দ শ টি

কিশোর উপন্যাস

শীর্ষেন্দু মুখোপাধ্যায়

আ ন ন্দ

প্রথম সংস্করণ জানুয়ারি ২০০১
সপ্তম মুদ্রণ জানুয়ারি ২০১০

ISBN 81-7215-115-4

আনন্দ পাবলিশার্স প্রাইভেট লিমিটেডের পক্ষে ৪৫ বেনিয়াটোলা লেন কলকাতা ৭০০ ০০৯ থেকে সুবীরকুমার মিত্র কর্তৃক প্রকাশিত এবং বসু মুদ্রণ ১৯এ সিকদার বাগান স্ট্রিট কলকাতা ৭০০ ০০৪ থেকে মুদ্রিত।

"রা-স্বা"

বন্দে শ্রীশ্রীঠাকুর অনুকূলচন্দ্রম

প্রকাশকের নিবেদন

শীর্ষেন্দু মুখোপাধ্যায়ের অদ্ভুতুড়ে মজার গল্পগুলি ছোট-বড় সকল পাঠককে মুগ্ধ করে। জনপ্রিয় এই লেখক ছোটদের জন্য বহু উপন্যাস লিখলেও সেগুলি নিয়ে কোনও বৃহৎ সংকলন গ্রন্থ এ-যাবৎ প্রকাশিত হয়নি। এবারে তাই আনন্দ পালবিশার্সের দশটি কিশোর উপন্যাস গ্রন্থমালায় শীর্ষেন্দু মুখোপাধ্যায়ের দশটি নানাস্বাদের কিশোর উপন্যাস সংকলিত হল। এই সংকলনের মধ্যে রয়েছে— গৌরের কবচ, হারানো কাকাতুয়া, গোলমাল, চক্রপুরের চক্করে, ছায়াময়, সোনার মেডেল, পাতালঘর, হরিপুরের হরেক কাণ্ড, দুধসায়রের দ্বীপ এবং বিপিনবাবুর বিপদ-এর মতো জনপ্রিয় উপন্যাসগুলি।

সূচিপত্র

দশটি কিশোর উপন্যাস

গৌরের কবচ

ঝিমঝিম করে উঠল সেই শব্দে। মৃতদেহগুলি একসঙ্গে তীব্র নাকি সুরে চিৎকার করতে লাগল! "মার! মার! শত্রু মার! মার! মার! আপদ মার! নির্বংশ হ! নরকে যা!"

চারদিক থেকে মৃতদেহগুলো এগিয়ে আসতে থাকে গৌরের দিকে কেমন যেন কাঁকড়ার মতো, মাকড়সার মতো চলার ভঙ্গি। চোখ কোটরে, দাঁত বেরিয়ে আছে, হাড়গুলো থেকে চামড়া ঝুলে ঝুলে পড়ছে। বাসি, শুকনো, কবেকার মড়া! তবু আসছে, এগিয়ে আসছে!

গৌর প্রথমটায় নড়তে পারেনি ভয়ে। কিন্তু হঠাৎ যেন কে তাকে একটা ধাক্কা দিল। চনমন করে উঠল রক্ত। ট্যাঁক থেকে কবচটা খুলে সে মুঠোয় নিল। তারপর খুব দুঃসাহসে ভর করে একটা লাফ মেরে সামনে যে মড়াটা পেল, সেটাকে সাপটে ধরল।

কিন্তু ধরতেই বেকুব বনে গেল গৌর। মড়াটা যেন ধুলোবালি দিয়ে গড়া। সে ছুঁতেই ঝুরঝুর ঝুরঝুর করে ঝরে পড়ে গেল মেঝেয়। চিহ্নমাত্র রইল না। এই আশ্চর্য কাণ্ড দেখে গৌর অবাক। কিন্তু অবাক হয়ে থেমে থাকার উপায় নেই। সময় আর খুব কমই আছে। সূর্যোদয়ের সঙ্গে-সঙ্গে কবচের খেলা শেষ হয়ে যাবে। গৌর আর-একটা মড়াকে ছুঁল। আর একটা। ঝুরঝুর ঝুরঝুর করে মৃতদেহগুলি ধুলোবালির মতো মিলিয়ে যেতে লাগল একে একে।

শুধু দুটো মড়া একটু তফাতে রয়ে গেল। কাছে আসছিল না। গৌর লক্ষ করল, এ মড়াদুটো অন্যগুলোর মতো তেমন শুঁটকো নয়। চোখও কোটরগত নয়, চামড়াও ঝুলে পড়েনি। একটু রোগাভোগা মানুষের মতোই দেখতে। গৌর তাদের দিকে দু'পা এগোতেই মড়াদুটো চোঁ-চাঁ দৌড়ে একটা সুড়ঙ্গের মধ্যে পালাল। গৌর তাদের পিছু নিল না। মড়া মেরে আর লাভ কী? এখন তাড়াতাড়ি রাঘবের নাগাল পাওয়া দরকার।

কিন্তু কোথায় রাঘব? গৌর চারদিকে তন্ন তন্ন করে খুঁজতে লাগল। সময় কত হল তা বুঝতে পারছে না গৌর। কিন্তু ভোর হতে যে আর দেরি নেই সেটা সে জানে। গৌর দৌড়তে লাগল। একবার এই সুড়ঙ্গে ঢোকে, আবার ওই সুড়ঙ্গে ঢোকে। চারদিকে একটা গোলোকধাঁধা, এর মধ্যে রাঘব কোথায় লুকিয়ে আছে, তা কে বলবে!

ক্রমে ক্রমে ভারী হতাশ হয়ে পড়তে থাকে সে। একটু ভয়ও হয়। রাঘব তো সোজা লোক নয়। মাটির তলায় একটা ভ্যাপসা গরম আর সোঁদা গন্ধ। গৌরের ঘাম হতে থাকে, ক্লান্ত লাগে। তার চেয়েও বড় বিপদ এতক্ষণ সে অন্ধকারেও বেশ দেখতে পাচ্ছিল। কবচেরই গুণ হবে। কিন্তু এখন আস্তে আস্তে চারদিকটা অন্ধকার হয়ে আসছে। গৌর বুঝল, কবচের তেজ নিঃশেষ হয়ে এল প্রায়। আর বেশিক্ষণ নয়।

গৌর সুড়ঙ্গের মধ্যে একটা বাঁক ঘুরে হঠাৎ থমকে দাঁড়াল। সামনেই কিছু দূরে একটা পিদিম জ্বলছে। একটা ছায়া আড়ালে সরে গেল।

"কে ওখানে?" গৌর জিজ্ঞেস করে।

একটা গমগমে গলা বলে ওঠে, "এসো গৌর, আমি তোমার জন্যই অপেক্ষা

করছি।”

রাঘব! রাজা রাঘব! গৌর হাতের নিষ্ফলা কবচটার দিকে একবার তাকাল।

রাঘবের গমগমে গলা বলে উঠল, “কবচের খেলা শেষ হয়ে গেছে গৌর। তোমার খেলাও। এগিয়ে এসো। পালাবার পথ নেই।!”

গৌর আস্তে-আস্তে এগিয়ে গেল। পিদিমের আলোয় সুড়ঙ্গের মধ্যে একটা চওড়া ঘর দেখতে পেল গৌর। রাঘবকে দেখা যাচ্ছিল না। গৌর ঘরটার মাঝামাঝি এসে দাঁড়াল। চারদিকে তাকিয়ে দেখল, দেওয়ালে অনেক খাঁজ, অনেক কোটর।

দেওয়ালের একটা খাঁজের আড়াল থেকে কালান্তক যমের মতো বেরিয়ে এল রাজা রাঘব। দুটো চোখ ধকধক করে জ্বলছে। মুখটা গ্র্যানাইট পাথরের মতো কঠিন। পিদিমের আলোয় তার দীর্ঘ ছায়াটা ছাদে পৌঁছে গেছে।

গৌর রাঘবের চোখে চোখ রাখতেই কেমন যেন অবশ নিথর হয়ে এল। হাত পা সব যেন শিথিল। তার ফের হাঁটু গেড়ে বসতে ইচ্ছে করছিল রাঘবের সামনে। অস্ফুট কণ্ঠে সে বলল, “হুজুর!”

রাঘব একটু হাসল। ডান হাতখানা আশীর্বাদের ভঙ্গিতে তুলে বলল, “তুমি বাহাদুর ছেলে। কিন্তু বিপজ্জনক। একবার তোমাকে ক্ষমা করে ভুল করেছি। আর নয়। এগিয়ে এসো।”

“যে আজ্ঞে, হুজুর।”

গৌর এগিয়ে যায়।

“মাথা নিচু করো ক্রীতদাস। ভয় নেই, তোমাকে আমি বেশি কষ্ট দিয়ে মারব না। গলাটা শুধু এক কোপে কেটে ফেলব।”

গৌরের ভারী আহ্লাদ হয়। সে একগাল হেসে বলে, “হুজুর খুশি হলেই আমার আনন্দ। কাটুন হুজুর। একবার শুধু মরার আগে যদি একটু পায়ের ধুলো পেতাম হুজুর।”

রাঘব ভ্রূকুটি করে বলে, “পায়ের ধুলো? ঠিক আছে ক্রীতদাস। নাও।”

গৌর যখন নিচু হয়ে রাঘবের পায়ের দিকে হাত বাড়িয়েছে, তখন এক অদ্ভুত দৃশ্য দেখে সে থমকে হাঁ করে চেয়ে রইল। রাঘবের দু' পায়ের ফাঁক দিয়ে পিছন দিকে অন্ধকারের মধ্যে সে দেখল, যে মড়াদুটো পালিয়ে গিয়েছিল, তারা ঘাপটি মেরে বসে জুলজুল করে তার দিকে চেয়ে আছে।

“কী হল গৌর?”

গৌর জবাব দিল না। মড়াদুটোর চোখ দিয়ে যে তীব্র রশ্মি ছুটে এল, তা যেন গৌরের গায়ে ছ্যাঁকার মতো লাগল। হঠাৎ যেন শরীরটা কেঁপে উঠল। মাথাটার ঝিমঝিমুনি ভাবটা কেটে গেল।

রাঘব তলোয়ারটা ধীরে ধীরে ওপরে তুলছিল। কিন্তু আচমকাই গৌর তার পায়ের ওপর ঝাঁপিয়ে পড়ে চোখের পলকে উলটে দিল রাঘবকে। দশাসই শরীরটা ধমাস করে যখন পড়ল, সমস্ত সুড়ঙ্গটা কেঁপে উঠল।

কিন্তু এত সহজে কাবু হওয়ার লোক তো রাঘব নয়। পড়তে না পড়তেই সে

আবার তড়াক করে লাফিয়ে উঠল। কিন্তু গৌর প্রস্তুত ছিল। কাবাডি খেলার সব কলাকৌশলই যেন তার শরীরে কিলবিল করছে। তলোয়ারসুদ্ধু রাজা রাঘবের হাতখানা ধরে সে এক মোচড়ে অস্ত্রটা কেড়ে নিয়ে ছুড়ে ফেলে দিল। তার শরীর রাগে, ঘেন্নায় নিশপিশ করছে। সম্মোহন কেটে গেছে। এখন—হয় রাঘব, নয় সে।

রাঘব যে সাঙ্ঘাতিক শক্তিশালী পুরুষ, তাতে সন্দেহ নেই। কিন্তু তার আসল শক্তি হল সম্মোহন। তার চোখের দিকে তাকালেই প্রতিপক্ষ দুর্বল হয়ে বশ মেনে নেয়। সেই সম্মোহনের জাল কেটে বেরিয়ে এসেছে গৌর। রাঘবের গায়ে যত জোরই থাক, গৌরও তো ভেড়া নয়।

দুজনের তুমুল দ্বন্দ্বযুদ্ধ চলতে লাগল। কখনও রাঘব তার গলা টিপে ধরে, কখনও গৌর তার কোমর ধরে প্যাঁচ মেরে ফেলে দেয়। কখনও রাঘব তার ঘাড়ে রদ্দা চালায়, কখনও গৌর তার ঠ্যাং ধরে উলটে ফেলে দেয়।

মড়া দুটো ঘাপটি মেরে বসে সবই দেখছিল। একজন মাথা নেড়ে বলল, "হচ্ছে না।"

আর একজন বলল, "তা হলে মুষ্টিযোগ দিই?"

"দাও।"

তখন একজন মড়া খুব চিকন সুরে বলে উঠল, "রাঘবের চুলে আরশোলা।"

এই শুনে রাঘব বে-খেয়ালে নিজের চুলে হাত দিল।

গৌর অবাক হয়ে দেখল, নিজের চুলে হাত দেওয়ার সঙ্গে সঙ্গে রাঘব চোখ উলটে গোঁ-গোঁ আওয়াজ করতে-করতে অজ্ঞান হয়ে পড়ে গেল।

বেকুবের মতো কিছুক্ষণ রাঘবের দিকে চেয়ে রইল গৌর। তারপর তার নজর পড়ল, মড়া দুটোর ওপর। সেইরকম ঘাপটি মেরে বসে তাকে জুলজুল করে দেখছে।

"তবে রে? এবার তোদেরও ব্যবস্থা করছি!" বলে গৌর তাদের দিকে তেড়ে যেতেই মড়া দুটো ভয়ে সিঁটিয়ে গেল।

একটা মড়া বলে, "উঁহুঁ উহুঁ, ছুঁসনি রে হতভাগা! তফাত থাক! আমরা মড়া নই!"

"তবে কী?"

দাঁত খিঁচিয়ে মড়াটা বলল, "আমি ফটিক। তুই আমার নাতির নাতি। আমাদের দেবদেহ, ওই এঁটোকাঁটা নরদেহ নিয়ে আমাদের ছুঁলে মহাপাতক হবে।"

ফটিক! গৌর হাঁ হয়ে গেল।

মড়া দুটো উঠে দাঁড়িয়ে গা ঝাড়া দিল। ফটিক বলল, "সারা জীবন লড়াই করেও রাঘবকে কাবু করতে পারবি না। ক্রমে-ক্রমে তোকে হাফসে-হাফসে মেরে ফেলত। তাই মুষ্টিযোগটা কাজে লাগাবার চেষ্টা করেছিলাম।"

গৌর অবাক হয়ে বলল, "মুষ্টিযোগ কী?"

"রাঘবের নিয়তি ওর চুলে। চুলে হাত দিলেই ওর পতন। তা এমনিতেই কিছুতেই চুলে হাত দেওয়ার লোক নয় রাঘব। তোর সঙ্গে লড়াই করতে করতে যখন আনমনা হয়ে গিয়েছিল, তখনই কৌশলটা কাজে লাগালুম। এখন আমরা চলে যাচ্ছি। আর দেখা পাবি না।"

বলতে না বলতেই দুজন অন্ধকার একটা রন্ধ্রে ঢুকে সরে পড়ল।

গৌর পিছন থেকে চেঁচিয়ে জিজ্ঞেস করল, "ফটিকদাদু, উনি কে?"

"যোগেশ্বরবাবা।"

হাউ মাউ আর খাউকে দাদা বাড়ি থেকে তাড়িয়েছে। গৌরের এখন খুব খাতির বাড়িতে। গোরু চরাতে হয় না, লোক রাখা হয়েছে। বাসন-টাসন বউদিই মাজে। গৌর পেট ভরে চারবেলা ভালমন্দ খায়।

কবরেজমশাই, ফকিরসাহেব, গোবিন্দ, সুবল, যে যার কাজকর্ম করে। সবই আগের মতো। নদীর ধারে দুপুরের দিকে একটা লম্বা লোক জমি চাষ করে হালগোরু নিয়ে। লোকটা কে, তা গাঁয়ের লোক খুব ভাল করে জানে না। শুধু জানে, লোকটাকে খানিকটা চাষের জমি আর বাস্তু দিয়েছেন কবরেজমশাই।

লোকটা আর কেউ নয়, রাজা রাঘব।

"এই যে গবাঠাকুর"—বলে একপাল গেঁয়ো মেয়ে-পুরুষ রাস্তার মাঝখানেই ঢিব-ঢিব করে গবা পাগলাকে প্রণাম করল। তারা সব হাটবারে আনাজপাতি, ধামাকুলো, গোরু, ছাগল, মুর্গি, ডিম, ধান চাল, দড়িদড়া নিয়ে বেচতে যাচ্ছে শহরে। তাদের ধারণা, গবাঠাকুর আকাশে উড়তে পারে, অদৃশ্য হতে পারে, জলের উপর দিয়ে হেঁটে যেতে পারে, যে-কোনও রোগ হাতের ছোঁয়ায় সারিয়ে দিতে পারে।

গবা তাদের দিকে তাকিয়ে মুচকি হেসে বলল, "হবে হবে, সব হবে, একবার যদি ছুঁচে সুতোটা পরাতে পারি। দেখিস'খন, সব অকাল চলে যাবে, খেতে-খেতে ধান আর ধরবে না, পুকুরে নদীতে মাছের গাদি লেগে যাবে। দাঁড়া একবার, ছুঁচে সুতোটা পরাই..."

বাঘা ওস্তাদ গাইয়ে রাঘব ঘোষ সকালের দিকটায় গলা সাধছিলেন। রোজই সাধেন। ভারী দাপুটে গলা। সাতটা সুর একেবারে রামধনুর মতো তার গলায় লেগে থাকে।

ঘণ্টাতিনেক গলার কসরত করায় এই শীতকালেও বেশ ঘেমে গেছেন রাঘব ঘোষ। একটু জিরিয়ে জর্দাপান মুখে দিয়ে তানপুরাটা সবে তারায় জড়িয়ে ধরে পিড়িং করেছেন মাত্র, অমনি মূর্তিমান গবা ঘরে ঢুকে বলল, "আরে সা লাগাও! সা লাগাও। একবার যদি ঠিকমতো 'সা'-টা লাগাতে পারো, তা হলেই হয়ে গেল, সুরে জগৎ ভেসে যাবে। 'সা' লাগালে 'রে' আসবে মা রে বাবা রে বলে তেড়ে। রে এলে কি আর 'গা' দূরে থাকবে গা? এসে যাবে গা দোলাতে-দোলাতে। 'গা' যদি এল তবে 'মা'-এর জন্য আর ভাবনা কী গো? মা তো মায়ের মতো কোল পেতেই আছে। আর মা-এর পা ধরেই সেধে আসবে 'পা'! পা-এর পিছু পিছু ধেয়ে আসবে 'ধা'। ধাঁ ধাঁ করেই আসবে হে। আর কী বাকি থাকে? 'নি'? নির্ঝঞ্ঝাটে আসবে, নির্ঝঞ্ঝাটে আসবে। নিত্যি নিত্যি আসবে, নৃত্য করতে করতে আসবে। এইভাবেই পৌঁছে যাবে তার গ্রাম। ধরো ফের চড়ায় গিয়ে 'সা'-এর চুলের মুঠি। বুঝলে? সা লাগাও হে, ঠিকমতো সা লাগাও।"

রাঘব ঘোষ বুঝলেন না। তবে মাথা নেড়ে একটা দীর্ঘশ্বাস ফেললেন। গবা এল, জীবনে আর শান্তি রইল না।

তবে গবা আসায় শহরে যে একটা শোরগোল পড়েছে, তাতে সন্দেহ নেই।

উদ্ধববাবু ভারী রাশভারী লোক। তাঁর সারা জীবনটাই রুটিনে বাঁধা। তেমনি রুটিনে বাঁধা তাঁর তিন ছেলে আর তিন মেয়ের চলাফেরা, লেখাপড়া, খেলাধুলো। তাঁর গিন্নিও রুটিন মেনে চলেন। চাকরবাকর ঝি তো বটেই, তাঁর বাড়ির গোরু ছাগল কুকুর বেড়াল পর্যন্ত কেউই রুটিনের বাইরে পা দেয় না। উদ্ধববাবু বলেন, ডিসিপ্লিন ইজ দি এসেন্স্ অব সাকসেস।

মুশকিল হল মাসখানেক আগে তিনি একটা ভাল জাতের কাকাতুয়া কিনেছেন। তাঁর ইচ্ছে ছিল, কাকাতুয়াটাকে শিখিয়ে পড়িয়ে এমন তৈরি করবেন যাতে সেটা তাঁর গবেট ছোট ছেলে রামুটাকে উঠতে-বসতে ডিসিপ্লিনের কথা মনে করিয়ে দেয়। উদ্ধববাবুর ছোট ছেলেটাই হয়েছে সবচেয়ে সৃষ্টিছাড়া। শাসনে থাকে, দুষ্টুমিও বেশি

করতে পারে না বটে, কিন্তু সে এই বাড়ির আবহাওয়া ঠিক মেনেও চলে না। আকাশে রামধনু উঠলে রামু হয়তো বাইরে গিয়ে দু হাত তুলে খানিক নেচে আসে। ঘুড়ি কাটা গেলে দৌড়ে যায় ধরতে। অঙ্কের খাতায় একদিন লিখে রেখেছিল, 'কে যায় রে ভোঁ-গাড়িতে উড়িয়ে ধুলো? যা না ব্যাটা...' দেখে শিউরে উঠেছিলেন উদ্ধববাবু। ওইটুকু ছেলে কবিতা লিখবে কী? কিন্তু কতই বা আর একটা ছেলের পিছনে লেগে থাকবেন তিনি? তাঁর তো কাজকর্ম আছে! মস্ত উকিল, দারুণ নামডাক, ব্যস্ত মানুষ। তাই ঠিক করেছিলেন, কাকাতুয়াটাকে রামুর পিছনে লাগিয়ে দেবেন। সে বলবে, "রামু পড়তে বোসো। রামু এবার স্নান করতে যাও। রামু, আজ আধ ঘণ্টা বেশি খেলেছ। রামু রামধনু দেখতে যেও না। রামু, কাটাঘুড়ি ধরতে নেই...ইত্যাদি।"

কিন্তু মুশকিল হল, কাকাতুয়াটা প্রথম দিনই নিজে থেকে বলে উঠল, "আমার ভীষণ ঘুম পাচ্ছে। বিশু বাতিটা নিভিয়ে দাও। ওঃ, কী মশা! কী মশা!"

ধৈর্য ধরে উদ্ধববাবু পরদিন তাকে আবার রামু-শাসন শেখাতে বসলেন। কাকাতুয়াটা গম্ভীরভাবে শুনল। তারপর বলল, "বিশু, আমার খাবারে খুব ঝাল দিয়ো।" উদ্ধববাবু কটমট করে পাখির দিকে চেয়ে বললেন, "ইয়ার্কি হচ্ছে?" কাকাতুয়াটা একথায় খক-খক করে হেসে বলল, "আমার ভীষণ হাসি পাচ্ছে। খক-খক।"

উদ্ধববাবু পরদিন আবার পাখিকে পড়াতে বসালেন। পাখি তাঁকে ঘাড় ঘুরিয়ে ঘুরিয়ে অনেকক্ষণ লক্ষ করে বলল, "বালিশের তলায় কী খুঁজছ বিশু? আলমারির চাবি?"

উদ্ধববাবু বললেন, "আহা, বলো, রামু এখন ঘুম থেকে ওঠো।"

পাখি বলল, "বিশু, আমার ঘুম পাচ্ছে। আলমারিতে টাকা নেই। অন্য জায়গায় আছে।"

উদ্ধববাবু বললেন, "হোপলেস।"

দুই

কাকাতুয়াকে শেখাতে গিয়ে উদ্ধববাবু ঘেমে ওঠেন। রেগে গিয়ে চেঁচাতে থাকেন, "ইয়ার্কি হচ্ছে? অ্যা! ইয়ার্কি?" কাকাতুয়াটা একথাটা খুব টক করে শিখে নেয়। ঘাড় কাত করে উদ্ধববাবুর দিকে চেয়ে গম্ভীর গলায় বলে, "ইয়ার্কি হচ্ছে? অ্যাঁ! ইয়ার্কি?"

"নাঃ, তোকে নিয়ে আর পারা গেল না। টাকাটাই জলে গেল দেখছি।" উদ্ধববাবু হতাশভাবে এই কথা বলে উঠে পড়লেন। নেয়ে খেয়ে আদালতে যেতে হবে।

কাকাতুয়াটা পিছন থেকে বলল, "টাকাটাই জলে গেল দেখছি।"

আড়াল থেকে কাকাতুয়া ভারসাস উদ্ধববাবুর লড়াইটা ছেলেমেয়েরা রোজই লক্ষ করে।

সেদিন কোর্টে উদ্ধববাবু যখন মামলার কাজে ব্যস্ত, সে-সময় একজন পেয়াদা এসে তাঁকে একটা হাতচিঠি দিয়ে বলল, "বাইরে একটা লোক দাঁড়িয়ে আছে। জবাব

নিয়ে যাবে।”

উদ্ধববাবু ভ্রূকুটি করে বললেন, “এখন সময় নেই। পরে আসতে বলো।”

পরে ভেবে দেখলেন, মোকদ্দমার ব্যাপারে কোনও মক্কেল কোনও পয়েন্ট দিয়ে থাকতে পারে। তাই পেয়াদাকে বারণ করে চিঠিটা খুলে পড়তে লাগলেন :

মাননীয় মহাশয়,

কিছুকাল পূর্বে আমার পোষা কাকাতুয়াটি বাড়ির লোকের অসতর্কতার সুযোগে উড়িয়া যায়। পাখিটি আমার অত্যন্ত আদরের। বহু জায়গায় অনুসন্ধান করিয়া এতকাল তাহার কোনও খবর পাই নাই। সম্প্রতি জানিতে পারিলাম, ওই কাকাতুয়াটিকে আপনি কোনও পাখিওলার কাছ হইতে কিনিয়াছেন। এখন আপনার নিকট সনির্বন্ধ অনুরোধ, দয়া করিয়া কাকাতুয়াটি আমার হাতে প্রত্যর্পণ করুন। আপনি টাকা খরচ করিয়া কিনিয়াছেন, তাই আপনার অর্থক্ষতি হউক ইহা আমার অভিপ্রেত নহে। পত্রবাহকের সঙ্গে টাকা আছে। ন্যায্য দাম লইয়া আপনি পাখিটি তাহার হস্তে দিলেই হইবে। পত্রবাহকটি জন্ম হইতেই মূক ও বধির। তাহার সহিত বাক্যালাপ করা নিষ্প্রয়োজন। কিছু জানিবার থাকিলে আপনি তাহার হাতে পত্রও দিতে পারেন। আমার প্রীতি ও নমস্কার জানিবেন। ইতি ভবদীয়—শ্রীশচীলাল শরমা।

চিঠি পড়ার পরও উদ্ধববাবু ভ্রূ কুঁচকেই ছিলেন। তিনি উকিল মানুষ, সুতরাং একটা সন্দেহবাতিক আছে। কোনও ঘটনাকেই সরলভাবে বিশ্বাস করেন না, যুক্তি দিয়ে সম্ভাব্যতা দিয়ে বিচার করে দেখেন। তিনি একটি চিরকুটে লিখলেন :

মাননীয় শচীলালবাবু,

আপনার পত্র পাইয়া প্রীত হইলাম। আমার ক্রীত কাকাতুয়াটি সাতিশয় অবাধ্য ও জেদি। আজ পর্যন্ত তাহাকে মনোমতো বুলি শিখাইতে পারি নাই। পাখিটি যদি আপনার হয় তবে ফেরত দিতেও বিন্দুমাত্র বিলম্ব করিব না, তবে দুনিয়ায় লক্ষ-লক্ষ কাকাতুয়া আছে। এই অঞ্চলেই কয়েকশো লোকের পোষা কাকাতুয়া আছে বলিয়া জানি। এখন আমার ক্রীত কাকাতুয়াটিই যে আপনার নিরুদ্দিষ্ট কাকাতুয়া, তাহার প্রমাণ কী? যদি অকাট্য প্রমাণ দেন তাহা হইলেই বুঝিব যে, আপনার নিরুদ্দিষ্ট এবং আমার ক্রীত কাকাতুয়াটি এক ও অভিন্ন। পাখিটি কিনিতে আমার দুইশত টাকা খরচ পড়িয়াছে। মাসখানেক তাহার খোরাকিবাবদ খরচ হইয়াছে প্রায় পঞ্চাশ টাকা। কাকাতুয়াটি বেশ ভাল-মন্দ খাইতে পছন্দ করে। প্রীতি ও নমস্কার জানিবেন।

ইতি ভবদীয়—উদ্ধবচন্দ্র ভট্টাচার্য।

পেয়াদার হাত দিয়ে চিরকুটটা পাঠিয়ে উদ্ধববাবু আবার মোকদ্দমার কাজে ব্যস্ত হয়ে পড়লেন। ঘটনাটা আর মনেই রইল না।

উদ্ধববাবুর বাড়ির সব কাজের কাজি হল নয়নকাজল। ছেলেবেলা থেকেই এ বাড়িতে আছে। ঘরের সব কাজ জানে। এমনকী, মোকদ্দমার ব্যাপারে উদ্ধববাবুকেও নাকি কখনও-সখনও পরামর্শ দেয়। বয়স বেশি নয়, চল্লিশের নীচেই। তবে তার চালচলন বুড়োমানুষের মতো ভারিক্কি হওয়ার জন্য সে চোখে একটা চশমা পরে।

দুপুরে কাকাতুয়াটাকে ঝাঁঝরি দিয়ে ভাল করে স্নান করাল নয়ন। বাইরের বারান্দায় শীতের রোদে দাঁড়টা ঝুলিয়ে দিল। তারপর চোখে চশমা এঁটে খবরের কাগজ খুলে পড়তে বসল। ঠিক এমন সময় বিশাল এক সাধু এসে হাজির। পরনে বাঘছাল, হাতে ত্রিশূল, ডমরু, কপালে ত্রিপুণ্ডক, মাথায় জটা, বিশাল ভুঁড়ি, পেল্লায় দাড়ি গোঁফ, হুহুংকার দিল—হর হর ব্যোম ব্যোম...। হর হর ব্যোম ব্যোম...হর হর ব্যোম ব্যোম..."

সেই হুংকারে আঁতকে উঠল নয়ন। এ শহরটা ছোট বলে সাধু ভিখিরি সবই সকলের চেনা। কিন্তু এই বিকট সাধুকে আগে কখনও দেখা যায়নি।

চশমার ভিতর দিয়ে (যদিও চশমার কাচে কোনও পাওয়ার নেই) খুব গম্ভীর ভাবে সাধুকে লক্ষ করে নয়ন বলল, "কোত্থেকে আসা হচ্ছে?"

সাধু কাঁধের ঝোলাটা নামিয়ে বারান্দার সিঁড়িতে জমিয়ে বসে বলে, "সোজা হিমালয় থেকে। দেড় হাজার মাইল হাঁটাপথ। ওফ, একটু জল খাওয়াও তো বাপু মায়াবদ্ধ জীব।"

'মায়াবদ্ধ জীব' বলে এ পর্যন্ত কেউ সম্বোধন করেনি নয়নকে। সে খানিকটা থতমত খেয়ে বলে, "শুধু জল?"

সাধু হা-হা করে আকাশ ফাটিয়ে হেসে ওঠে হঠাৎ। বলে, "আরে জলই তো হাতের গুণে অমৃত হয়ে যাবে। আনো দেখি ঘটিভর।"

সেই হাসি শুনে নয়নের খুব ভক্তি হল। তাড়াতাড়ি এক ঘটি জল নিয়ে এল সে।

সাধু দু'হাতে ঘটি ধরে উঁচু থেকে গড়গড় করে জল ঢালল গলায়। ঘাবুত-ঘুবুত করে খানিক গিলে ঘটিটা ফেরত দিয়ে বলল, "নে, পেসাদ খা।"

নয়ন ঘটিটা মাথায় ঠেকিয়ে সেটা আলগা রেখে গলায় জল ঢেলেই চমকে ওঠে। জল কোথায়? এ যে খাঁটি কমলালেবুর রস!

ঘটি রেখে নয়ন উপুড় হয়ে সাধুকে প্রণাম করে বলল, "আমাকে দয়া করতে হবে, বাবা।"

সাধু তার মাথায় প্রকাণ্ড হাতের একটা থাবড়া মেরে বলে, "হবে হবে। এই যে সিকি ঘটি অমৃত খেলি, এর ঠেলাটাই আগে সামলা।"

নয়নকাজল অবাক হয়ে বলল, "এই কি অমৃত, বাবা?"

"তা হলে কী?" সাধু কটমট করে তাকিয়ে বলে।

আমতা-আমতা করে নয়ন বলে, "না, অমৃতই হবে। খাওয়ার পর থেকে গায়ে একটু জোরও পাচ্ছি যেন। তবে কিনা খেতে একেবারে কমলালেবুর রসের মতো।"

"দূর বেটা খণ্ডিত সত্তা, তোরা হলি সংসার-পুকুরের মাছ। অমৃতের স্বাদ কি একবারে পাবি? তবু তো তোর কমলালেবুর রস বলে মনে হয়েছে, অনেকের আবার ডাবের জল বা এমনি জল বলে মনে হয়েছে। তারা ঘোর পাপী, ঘোর পাপী, ব্যোম ব্যোম হর হর..."

নয়ন আর একবার সাধুকে প্রণাম করে।

সাধু কাকাতুয়ার দাঁড়টার দিকে তাকিয়ে ফোঁত করে একটা দীর্ঘশ্বাস ফেলে বলে,

মামলা-মকদ্দমায় ডুবে-থাকা উদ্ধববাবু অবাক হয়ে বললেন, "কে শ্রীধরবাবু? কীসের মামলা?"

"মামলা নয়। শ্রীধরবাবু আপনার ছেলেদের পড়ান।"

"অ, তা কী করে পড়লেন?"

"সাইকেলে টিউশানি করে আসছিলেন এমন সময় একটা মোটরসাইকেল এসে তাঁকে ধাক্কা মেরে পালিয়ে যায়। খুব চোট হয়েছে। ডান পায়ের হাড় সরে গেছে।"

"তাই তো! খুব দুঃখের কথা।"

পরদিন সকালেই অবশ্য শ্রীধরবাবু চিঠি দিয়ে একটি লোককে পাঠালেন। চিঠিতে লেখা, "আমার বদলে এই ভদ্রলোক ছেলেদের ক'দিন পড়াবেন। ইনি তিনটি বিষয়ে এম.এ. পাস।"

উদ্ধববাবুর আপত্তির কারণ ছিল না। শ্রীধরবাবু যাকে পাঠিয়েছেন তার যোগ্যতা সম্পর্কে প্রশ্নই ওঠে না। লোকটির চেহারাও বেশ ভালমানুষের মতো। নাম যুধিষ্ঠির রায়। আগে এঁকে কখনও দেখেননি উদ্ধববাবু। জিজ্ঞাসা করলেন, "আপনি কি এই অঞ্চলের লোক?"

"এই অঞ্চলেরই। তবে পড়াশুনো করতে অনেকদিন বাইরে ছিলাম।"

"ঠিক আছে। আজ থেকেই শুরু করুন।"

রাত্রিবেলা চুপিসারে নয়নকাজল একটা লুচি খাওয়াল কাকাতুয়াটাকে। তারপর বেশ মিষ্টি করে পাখিটার গায়ে হাত বুলিয়ে মিষ্টি গলায় বলল, "হ্যাঁ, কী যেন বলছিলি! সেই টাকাটার কথা, না? কোথায় যেন আছে সেই টাকাটা? বল বাবা।"

পাখিটা ঘাড় বেঁকিয়ে নয়নকাজলকে ভাল করে দেখে নিয়ে বলল, "টাকা নয়, মোহর। মোহরগুলো...মোহরগুলো...।"

নয়নকাজল সাপের মতো চোখ করে চেয়ে ছিল পাখিটার দিকে। সাপের মতো গলাতেই বলল, "হ্যাঁ, হ্যাঁ মোহর। তা সে মোহরগুলো কোথায় রে বাপ?"

"মোহর আছে...মোহর আছে...মাটির তলায়...কিন্তু বিশু, তুমি অমন করে তাকিও না...আমি ভয় পাই...ভয় পাই।"

চাপা গলায় নয়নকাজল বলে, "ভয় নেই রে! মাটির তলায় তো বুঝলুম, কিন্তু জায়গাটি কোথায়?

পাখিটা দাঁড়ে দোল খেতে লাগল। তারপর হঠাৎ হাঃ হাঃ হাসির শব্দ তুলে বলল, "জানি, কিন্তু বলব না।"

"বলবি না? বলবি না?" বলতে বলতে নয়নকাজল দুটো হাত সাঁড়াশির মতো করে পাখিটার দিকে এক পা এগিয়ে গেল।

পেছনে কখন নিঃশব্দে রামু এসে দাঁড়িয়েছে। দৃশ্যটা দেখে সে অবাক! কিন্তু বিপদ বুঝে সে হঠাৎ বলে উঠল, "নয়নদা। কী হচ্ছে?"

নয়নকাজল চট করে নিজেকে সামলে নিয়ে একগাল হেসে বলল, "পাখিটাকে বড়বাবুর ঘরে রেখে আসার হুকুম হয়েছে কিনা। তাই দাঁড়টা নিয়ে যাচ্ছিলাম।"

কথাটা রামুর বিশ্বাস হল না। কিন্তু আর কিছু বললও না সে। তবে পাখিটা যে

মোহরের কথা বলছিল, তা সে স্পষ্ট শুনেছে।

রামু যে খুবই দুষ্টু ছেলে তা সে নিজেও জানে। একবার স্কুলের অঙ্কস্যার হেরম্ববাবু রেগে গিয়ে তাকে বলেছিলেন, “তুই এত পাজি কেন বল তো?”

“আজ্ঞে স্যার, আমার শরীরের মধ্যে সবসময় কে যেন কাতুকুতু দেয়। যখন খুব কাতুকুতুর মতো লাগে, তখন আমার কিছু একটা না করলে চলে না।”

“বটে!” বলে হেরম্ববাবু খুব রেগে গেলেন। রামু ইয়ার্কি করছে ভেবে শপাং শপাং কয়েক ঘা বেতও বসালেন তার গায়ে। তারপর বললেন, “এবার কাতুকুতু টের পাচ্ছিস?”

কিন্তু ইয়ার্কি রামু করেনি। বাস্তবিকই তার শরীরের মধ্যে সবসময় একটু কাতুকুতুর ভাব। কখনও বাড়ে, কখনও কমে। যখন বাড়ে তখন বেহদ্দ কোনও দুষ্টুমি না করলেই নয়। খাঁ-খাঁ দুপুরে সে তখন এলোপাথাড়ি ঢিল ছোড়ে, গাছের মগডালে ওঠে, ক্লাসে অন্য ছেলেদের বই খাতা গোপনে ছিঁড়ে রাখে, ক্লাসঘরে ছাগল ঢুকিয়ে দেয়, বাড়িতে রান্নাঘরে গিয়ে রান্না তরকারির মধ্যে নুন ছিটিয়ে দিয়ে আসে। প্রতিবেশীরা তার উৎপাতে অস্থির। রামুর মেজদাদুর সত্তর বছর বয়সেও সটান চেহারা, সবকটা দাঁত অটুট, মাথায় কালো কুচকুচে চুল। সেবার মেজদাদু রামুদের বাড়ি বেড়াতে এসে বললেন, “আমার মাথা থেকে পাকা চুল বের করতে পারবি? পার পাকাচুল চার আনা করে পয়সা দেব।”

চার

দুপুরে খাওয়ার পর মেজদাদু যখন শুয়েছেন তখন রামু চুল বাছতে গেল এবং ঘণ্টাখানেকের মধ্যে প্রায় শ'খানেক পাকা চুল বের করে ফেলল। দেখে মেজদাদু তো মূর্ছা যান আর কী! বাড়ি মাথায় করে চেঁচাতে থাকেন, “ভৌতিক কাণ্ড! ভৌতিক কাণ্ড! আমি কি রাতারাতি বুড়ো হয়ে গেলুম! ওরে উদ্ধব, শিগগির ডাক্তার ডাক। আমার বুকটা কেমন করছে, মাথা ঘুরছে, হাত পা কাঁপছে!”

ঠিক সেই সময়ে প্রতিবেশী জামালসাহেব তাঁর সাদা ধবধবে বিলিতি কুকুরটাকে চেন দিয়ে বেঁধে এনে বাড়িতে ঢুকলেন। দুঃখ করে বললেন, “রেমোর কাণ্ড দেখুন, একটু আগে আমার বাসায় গিয়েছিল, হাতে একটা কাঁচি। কুকুরটাকে খুব আদর করছিল তখন কি ছাই টের পেয়েছি! এখন দেখি পিঠের লম্বা চুলগুলো কেটে একেবারে টাক ফেলে দিয়ে এসেছে।”

বাস্তবিকই তাই। সুন্দর, বড় বড় লোমওয়ালা কুকুরটার পিঠ প্রায় ফাঁকা। উদ্ধববাবু হান্টার বের করলেন, মেজদাদু তখন গিয়ে তাঁকে আটকে দিয়ে বললেন, “যাই হোক বাবা, মাপ করে দাও। ছেলেমানুষ।”

মেজদাদু যে বাস্তবিকই বুড়ো হননি সেটা জেনেই তিনি তখন খুশি। তবে তার পরেও দিন-দুই তার চুল থেকে কুকুরের সাদা লোম ঝরে পড়ত।

শরীরের এই কাতুকুতুটা নিয়ে রামু মাঝে-মাঝে ভাবে। কে যে তাকে কাতুকুতু

দেয়! ব্যাটাকে ধরতে না পারলে কিছুতেই আর ভাল ছেলে হওয়া যাবে না।

অবশ্য ভাল ছেলে হওয়ার তেমন কোনও ইচ্ছেও তার হয় না। তার ইচ্ছে করে সার্কাসের রিং-মাস্টার বা ম্যাজিশিয়ান বা প্রেতসিদ্ধ তান্ত্রিক বা নামকরা ফুটবল খেলোয়াড় বা রেলের গার্ড বা মহাকাশচারী বা বহুরূপী বা বিশ্বভ্রমণকারী বা ট্রাক ড্রাইভার বা পাইলট বা ডুবুরি হতে। শুধু লেখাপড়া করে আর নিয়মমতো চলে এর কোনওটাই হওয়া যাবে না। সুতরাং সে ঠিক করেছে, একদিন বাড়ি থেকে পালিয়ে যাবে। কুমোরপাড়ার গাণ্টুরও পালানোর ইচ্ছে। দুজনে প্রায়ই শলাপরামর্শ করে। গাণ্টুর ইচ্ছে পালিয়ে প্রথমেই উত্তর মেরুতে যাবে। রামুর ইচ্ছে, আফ্রিকা। দুজনে এখনও একমত হতে পারেনি। হলেই গলা-জড়াজড়ি করে একদিন বেরিয়ে পড়বে।

তবে রামু দুষ্টু হলেও সে গাছপালা আর পশুপাখি খুব ভালবাসে। এমনকী, নিজেদের বাগানের সব কটা গাছের সঙ্গেই তার আলাদা আলাদা রকমের সম্পর্ক আছে। বুড়ো তেঁতুলগাছটার সঙ্গে তার সম্পর্ক দিদিমা আর নাতির। তেঁতুলগাছটাকে সে তিন্তিড়ি দিদিমা বলে ডাকেও। গাছটা যে তাতে সাড়া দেয়, তাও সে টের পায়।

কলমের আমগাছটা ভাল-ছেলে ধরনের। প্রতি বছর ঝাঁকা-ঝাঁকা আম ফলে তাতে। কাজের লোক, কিছু গম্ভীরও। তাকে রামু গোপালদা বলে ডাকে। রামুর ক্লাসের ফার্স্টবয়ের নামও গোপাল, আর গাছটাও গোলাপখাস আমের। তবে ফার্স্টবয়ের সঙ্গে রামুর ভাব নেই, গাছটার সঙ্গে আছে। একটু বর্ণ বিপর্যয় করে নিয়ে গোলাপখাসকে গোপালদা বানিয়ে নিতে রামুর অসুবিধে হয়নি।

এ ছাড়া কাক, শালিখ, চড়াই, বেড়াল, কুকুর, ইঁদুর, এমনকী কাঠবেড়ালিদের সঙ্গেও রামুর কোনও শত্রুতা নেই। তারা রামুকে পছন্দই করে। বাড়ির পোষা পায়রাগুলো রামুর মাথায়, কাঁধে নির্ভয়ে এসে বসে। কাঠবেড়ালি তার হাত থেকেই চিনেবাদাম খেয়ে যায়। গোটা চারেক চেনা শালিখ রোজ সকালে পড়ার ঘরে ঢুকে কিচির-মিচির করে তাদের পড়া ভণ্ডুল করে রামুকে সাহায্য করার চেষ্টা করে।

নয়ন পাখির দাঁড়টা বাবার ঘরে দিয়ে আসতে চলে যাওয়ার পর রামুর মনে হল, এই কাকাতুয়াটাকে হাত করা দরকার। বাবা এটাকে কিনেছে রামুকে টিট করবার জন্যই। পাখিটাকে হাত না করলে ব্যাটা তাকে বিস্তর জ্বালাবে।

উদ্ধববাবু মক্কেলদের বিদায় করে খাওয়াদাওয়া সেরে যখন ঘরে এলেন তখন অনেক রাত। পাখির দাঁড়টা সিলিং থেকে ঝোলানো একটা দড়িতে বাঁধা। কাকাতুয়া ঘাড় গুঁজে ঘুমোচ্ছে। উদ্ধববাবু নিশ্চিন্তে শুয়ে পড়লেন।

কিন্তু মাঝরাতে একটা দুঃস্বপ্ন দেখে তাঁর ঘুম ভেঙে গেল। না, দুঃস্বপ্নটা ঠিক দেখেননি তিনি। বরং বলা যায় একটা দুঃস্বপ্ন তিনি শুনলেন। কে যেন বলছে, "ওরে বাবা! কী ভয়ঙ্কর! কী সাংঘাতিক রক্ত! রক্ত!"

এইসব বিদঘুটে কথা শুনে ঘুম ভেঙে গেল। উদ্ধববাবু উঠে বসলেন। তাঁর শ্বাস-কষ্ট হতে লাগল। তবু চেঁচিয়ে বললেন, "কী হয়েছে রে? ডাকাত পড়ল নাকি?"

না, ডাকাত পড়েনি। হতচ্ছাড়া সেই পাখিটা। দাঁড়ের এধারে-ওধারে লাফিয়ে বেড়াচ্ছে। পায়ের সরু শিকলের শব্দ হচ্ছে। কিন্তু আশ্চর্য এই, ঘোর শীতকালেও

সিলিং ফ্যানটা বাঁই বাঁই করে ঘুরছে।

কে পাখা খুলল? কেন খুলল? পাখিটাই বা ওরকম চেঁচাল কেন? এসব প্রশ্নের জবাব পাওয়া গেল না।

উদ্ধববাবু উঠে পাখাটা বন্ধ করলেন। পাখিটা খুব কৃতজ্ঞ দৃষ্টিতে তাঁকে একবার দেখল। তারপর মৃদু স্বরে বলল, "সাবধান!"

উদ্ধববাবু আর বাকি রাতটা ঘুমোতে পারলেন না। ঠিক করলেন, পাখিটাকে শচীলাল শরমার কাছে বেচেই দেবেন। না হয় তো অন্য কাউকে। বড্ড ঝামেলা।

পাঁচ

দুপুরবেলা বহু দূর থেকে একটা লোক পশ্চিমের চষা খেতের মস্ত মাঠটা পেরিয়ে শহরের উপকণ্ঠে শালবনটার ভিতরে ঢুকল। ঝরা পাতার বনটায় আলো-ছায়ার চিকরি-মিকরি। গোঁ-গোঁ করে উত্তুরে শীতের হাওয়া বয়ে যাচ্ছে। ভোকাট্টা ঘুড়ির মতো শুকনো পাতা খসে পড়ছে। লোকটা কাঁধ থেকে তার খাকি রঙের ব্যাগটা নামিয়ে গাছতলায় রাখল।

তার ব্যাগটা দেখেই বোঝা যায়, লোকটা পর্যটক। তার গালে বেশ ঘন দাড়ি আর গোঁফ। খুব লম্বা নয়, কিন্তু শক্ত মজবুত চেহারা, পরনে মালকোঁচা-মারা ধুতি, গায়ে একটা ফতুয়া আর মোটা সুতির চাদর। কাঁধে একটা ভাঁজ করা কুটকুটে কম্বলও আছে। পায়ে খুব পুরু সোলের নাগরা জুতো। হাতে বেতের একটা লাঠি। বয়স বাইশ-তেইশ বা বড়জোর পঁচিশ পর্যন্ত হতে পারে। চোখ দুখানায় তীক্ষ্ণ দৃষ্টি। রোদে-জলে ঘুরে-ঘুরে গায়ের রং তামাটে হয়ে গেছে বটে, তবে একসময় সে খুব ফর্সা ছিল, তা বোঝা যায়।

লোকটা খানিকক্ষণ জিরিয়ে নিল। তারপর ব্যাগ থেকে চিঁড়ে আর গুড় বের করে কয়েকটা শালপাতা বিছিয়ে তার ওপর রাখল। সামনেই মটরখেত। উঠে গিয়ে খেত থেকে তাজা মটরশুঁটি তুলে আনল এক কোঁচড়। জলও জুটে গেল কাছেই এক চাষিবাড়ির কুয়ো থেকে। কোথায় কী জোটে তা লোকটা ভালই জানে।

খাওয়ার পর গাছের গুঁড়িতে ঠেস দিয়ে লোকটা অঘোরে ঘুমোতে লাগল। জঙ্গলে সাপখোপ, পাগলা শেয়াল থাকতে পারে। শীতকালে এই অঞ্চলে চিতাবাঘও হানা দেয়। লোকটা সবই জানে, কিন্তু ভ্রূক্ষেপ নেই।

শীতের বেলা তাড়াতাড়ি ফুরিয়ে পশ্চিমের মাঠে সূর্য টুক্ করে মেঘলা মতো একটা কুয়াশার স্তরের মধ্যে ডুবে গেল। শালবনের মধ্যে ঘনিয়ে উঠল অন্ধকার। আর হাড়-কাঁপানো হিম একটা হাওয়া হু-হু করে বইতে লাগল।

লোকটা চোখ মেলে তাকায়। সে দিনের বেলায় বড় একটা লোকালয়ে ঢুকতে চায় না। চারদিকটা বেশ আঁধারমতো হয়ে এসেছে দেখে লোকটা তার ব্যাগ-ঠ্যাগ গুছিয়ে নিয়ে উঠে পড়ল।

বন পার হয়ে লোকটা কিন্তু শহরে ঢুকল না। শহরের বাইরে মস্ত সার্কাসের তাঁবু

ছাড়া অন্য কিছু লোকও সার্কাসের আশেপাশে ঘোরা-ফেরা করছে। আর একদিন এসে রামু জানিয়ে গেল, খুব শিগগিরই সার্কাস এখান থেকে উঠে যাবে। গোবিন্দ যেন সার্কাসের দলের সঙ্গে না যায়। এবার সার্কাস যাবে অযোধ্যার দিকে। পারলে গোবিন্দ যেন সেখানে গিয়ে দলে ভিড়ে যায়।

সার্কাসের জন্য প্রাণটা বড় কাঁদে গোবিন্দর। চারদিক থেকে আলো এসে পড়ে, শূন্যে মাটিতে তার বা দড়ির ওপর হরেক রকম খেলা চলে, সঙ্গে অদ্ভুত ব্যান্ডের আওয়াজ—সে যেন এক স্বপ্নের জগৎ। তা ছাড়া সার্কাস হল এক বৃহৎ পরিবার। সকলের জন্য সকলে। সেই সার্কাসে আর ফিরে যাওয়া হবে কিনা কে জানে!

গোরু চরাতে-চরাতে এইসব ভাবে গোবিন্দ।

এক দিন গোরু নিয়ে বিকেলবেলা ফিরছে, হঠাৎ দেখে গেরস্তর বাড়ির সামনে খুব লম্বা আর জোয়ান একটা লোক দাঁড়িয়ে গাঁয়ের আর-একটা লোকের সঙ্গে কী কথা বলছে, গোবিন্দ পাশ কাটিয়ে যেতে গিয়ে শুনতে পেল গাঁয়ের লোকটা বলছে, "না, এ-গাঁয়ে খুনি গুণ্ডা বদমাশ আসবে কোত্থেকে? সে সব শহরে থাকে।"

লম্বা লোকটা বলল, "হয়তো পালিয়ে আছে।"

"পালানোর জায়গা কোথায়?"

"আচ্ছা গবা বলে কাউতে চেনো?"

"খুব চিনি। গবা পাগলা হলেন স্বয়ং শিব।"

"তিনি কি এ-গাঁয়ে আসেন?"

"প্রায়ই আসেন। এই তো সেদিন আমার কেলে গোরুটার কলেরার মতো হল। গবা পাগলাটাকে ডেকে আনতে তিনি এসে এমন এক ভস্ম খাইয়ে দিলেন যে, পরদিন থেকে গোবর একেবারে ইঁটের মতো এঁটে গেল।"

এই পর্যন্ত শুনে গোবিন্দ বাড়িতে ঢুকে পড়ল।

কিন্তু মুশকিল হল, এ লোকটা পুলিশের লোক নয়। লম্বা এবং বিশাল চেহারার এই দানবকে গোবিন্দ চেনে। রয়্যাল সার্কাসে লোকটা পাঁচ মন ভার তুলে রোজ লোককে তাক লাগিয়ে দিত। তারপর সে হঠাৎ একদিন সার্কাস ছেড়ে উধাও হয়। গোবিন্দ কানাঘুষো শুনেছে, এই লোকটা অর্থাৎ সাতনা একটা বাজে সঙ্গে পড়ে খুন-খারাপি করে বেড়ায়। কেন সাতনা খারাপ লোকদের দলে ভিড়ল তাও খানিকটা জানে গোবিন্দ। সাতনার সাত বছর বয়সের একটা মা-মরা মেয়ে ছিল। কে বা কারা সেই মেয়েটাকে চুরি করে সার্কাস থেকে নিয়ে যায়, তারপর দশ হাজার টাকা মুক্তিপণ দাবি করে। সাতনার অত টাকা ছিল না। আদরের মেয়েকে প্রাণে বাঁচানোর জন্য সে রয়্যাল সার্কাসের মালিকের হাতে পায়ে ধরে টাকাটা ধার হিসেবে চায়। কিন্তু সার্কাসের মালিক টাকাটা দেয়নি। কিছুদিন পর কে মেয়েটিকে নাকি কাশীতে ভিক্ষে করতে দেখেছিল। তখন তার জিব কাটা, একটা চোখ কানা। সাতনা কাশীতে যায়, কিন্তু মেয়েকে পায়নি। সেই থেকে পাগলের মতো হয়ে যায়। কাশিমের চরের কাছে সুলতানপুরে মেয়েটি চুরি যায়। সাতনা নিজের সঙ্গে মেয়েটাকে নিয়ে সার্কাসের দলে ঘুড়ে বেড়াত। মেয়েকে খেলা শেখাত। সেই মেয়ে নিখোঁজ হওয়ায় সে আবার

সুলতানপুরে ফিরে আসে। তারপর কী হয়েছে তা আর গোবিন্দ স্পষ্ট জানে না।

এখন সাতনা তার খোঁজ করছে জেনে সে খুব অবাক হল। সাতনার সঙ্গে তার কোনও শত্রুতা নেই। অবশ্য বন্ধুত্বও নেই। সাতনার সঙ্গে খুব সামান্য একটু চেনাজানা মাত্র ছিল তার।

রাতে খড়ের গাদায় শুয়ে অনেক ভেবেও সে কিছুতেই ব্যাপারটা বুঝতে পারছিল না। তবে সাতনার সঙ্গে হরিহর পাড়ুইয়ের খুব বন্ধুত্ব ছিল একসময়ে। হরিহর ছিল সুলতানপুরের সুলতান। তার কথায় গোটা গঞ্জ উঠত বসত। কিন্তু সেটা করত ভয়ে। ওই রকম ভয়ঙ্কর লোক দুটো দেখা যায় না।

গোবিন্দ ঘুমিয়ে পড়েছিল, মাঝ-রাতে আচমকা ধোঁয়ার গন্ধে উঠে বসল। চোখ কচলে চেয়ে কিছু বুঝবার আগেই হঠাৎ অবাক হয়ে দেখল পুরো খড়ের গাদাটার চারপাশে দিয়ে বেড়াজালের মতো আগুনের শিখা উঠে আসছে। ভাল করে ব্যাপারটা বুঝবার আগেই আগুনের শিখা দাপিয়ে উঠল আকাশে। চারদিকে রক্তাভ লেলিহান ভয়ঙ্কর আগুন। গেরস্তবাড়ি থেকে বিকট চেঁচামেচি আসছিল। লোকজন দৌড়ে আসছে।

গোবিন্দ কী করবে বুঝতে পারছিল না। চারদিক দিয়ে আগুন যে ভাবে ঘিরে ধরেছে তাতে পালানোর কোনও স্বাভাবিক পথ নেই। কিন্তু আর কয়েক সেকেন্ডে থাকলেও আগুনে বেগুন-পোড়া হতে হবে।

গোবিন্দ উঠল। পায়ের নীচে নরম খড়। তার জন্য শরীরের ভারসাম্য রাখাই দায়। লাফ দেওয়ার জন্য পায়ের নীচে শক্ত মাটি দরকার।

গোবিন্দ কিছু না ভেবেই মাথার ওপর থেকে টেনে এক পাঁজা খড় সরিয়ে ফেলল। মাঝখানের শক্ত খুঁটিটা দেখতে পেয়ে কাঠবেড়ালির মতো সেটা বেয়ে উঠে এল একদম ওপরে। খুঁটিটার মাথায় দাঁড়ানোর জায়গা নেই। কোনওক্রমে পায়ের পাতা রাখা যায় মাত্র। কিন্তু সার্কাসের খেলোয়াড়ের কাছে তা যথেষ্ট।

গোবিন্দ প্রায় ত্রিশ ফুট উঁচু খুঁটির মাথায় দাঁড়িয়ে ইষ্টদেবকে স্মরণ করে জীবনের সবচেয়ে বড় লাফটা মারল।

ষোলো

লাফের চোটে গোবিন্দ তিরিশ ফুট খুঁটির ওপরে আরও চারফুট উঁচুতে উঠে গেল। ধনুকের মতো বাঁকা পথে আগুনের বেড়াজাল টপকে গিয়ে পড়ল আরও অন্তত ষোলো সতেরো ফুট দূরে। অন্য কেউ হলে এই বিশাল লাফের পর মাটিতে আছড়ে পড়ে হাড়গোড় ভেঙে দ হয়ে থাকত। কিন্তু গোবিন্দ পড়ল বেড়ালের মতো প্রায় নিঃশব্দে, এবং বিনা দুর্ঘটনায়।

পড়ে সে আগুনের দিকে চেয়ে দেখছিল। এত বড় আগুন সে বহুকাল দেখেনি। গেরস্তর খড়ের গাদাগুলো সবই বিশাল। আগুনটাও তেমনি বিকট হয়ে আকাশ ছুঁয়ে চলেছে। তার চেয়েও বড় কথা, একটু দূরে-দূরে আরও দুটো খড়ের গাদা আছে।

পড়েছে। ডিম-ডিম করে বাজনা বাজছে। বাঘ সিংহের হুংকার শোনা যাচ্ছে। ভিড়ে ভিড়াক্কার। চারিদিকে আলো ঝলমল দোকানপাট, বেলুনওয়ালা, ভেঁপুওয়ালা, বাঁশিওয়ালা মিলে এক মেলা বসে গেছে।

লোকটা মোটা চাদরে নাক পর্যন্ত ঢেকে আর মাথায় একটা কপাল ঢাকা বাঁদুরে টুপি চাপিয়ে একটু সন্তর্পণে তাঁবুর পিছন দিকে এগোতে লাগল।

এ-পাশটা অন্ধকার। বাঘ সিংহের খাঁচা, রসুইখানা, খেলোয়াড়দের তাঁবু আর মেলা দড়িদড়া, বাঁশ-কাঠ, প্যাকিং বাক্সের গাদা। লোকটার কোনও অসুবিধে হল না। অন্ধকারে সাবধানে পা ফেলে এগিয়ে গেল।

খেলোয়াড়দের ঢুকবার দরজায় কড়া পাহারা, খুব কম করেও পাঁচ-সাতজন মুশকো লোক দাঁড়িয়ে পাহারা দিচ্ছে। খেলা শুরু হতে আর দেরি নেই। দরজার কাছে একটি আলোর চৌখুপি। মুখঢাকা লোকটা এগিয়ে যেতেই পাহারাদাররা পথ আটকাল, "এই এধারে যাওয়া বারণ। হঠো, হঠো।"

লোকটা তার বাঁদুরে টুপিটা খুলে চাদর-ঢাকার মুখটা একটু ফাঁক করে আলোয় তুলে ধরে বলে, "আমি রে আমি। গোবিন্দ ওস্তাদ।"

লোকগুলো ভ্যাবাচ্যাকা খেয়ে হাঁ করে আছে। লোকটা বলে কী? গোবিন্দ ওস্তাদ! তার তো আজ বাদে কাল ফাঁসি হওয়ার কথা।

গোবিন্দ আবার টপ করে টুপিটা কপালে টেনে, চাদরে মুখ ঢেকে ফেলল।

একজন তোতলাতে তোতলাতে বলল, "গোবিন্দদা। তোমার না ফাঁসি হওয়ার কথা ছিল! ভূত হয়ে আসনি তো?"

আর একজন রাম-নাম করতে করতে কাঁপা গলায় বলে, "সব ভুলে গেলে নাকি গোবিন্দদা?"

গোবিন্দ জবাব দিচ্ছিল না। খোলা দরজা দিয়ে তাঁবুর ভিতরে গোল জায়গাটা দেখছিল এক মনে। এই সার্কাসে সে বহু খেলা দেখিয়েছে। আপনা থেকেই তার একটা দীর্ঘশ্বাস বেরিয়ে গেল।

জোয়ান-জোয়ান লোকগুলো তার দিকে তাকিয়ে আছে, কী করবে বুঝতে পারছে না। জেলে যাওয়ার আগে গোবিন্দ যখন সার্কাসে খেলা দেখাত, তখনও সবাই তাকে ভয় খেত। মাথায় গোবিন্দ লম্বা নয় বটে, তবে তার গায়ে প্রচণ্ড জোরের কথা সবাই জানে। তার ওপর গোবিন্দর হাত-পা চলত বিদ্যুৎ গতিতে। তেমনি ছিল তার প্রচণ্ড রাগ। অমন খুনে রাগও দেখা যায় না বড়-একটা। গোবিন্দকে তাই কেউ কখনও চটাতে সাহস করত না। আজও তাকে দেখে লোকগুলো ভয়ে ভাবনায় সিঁটিয়ে আছে।

গোবিন্দ মৃদুস্বরে একটা লোককে ডেকে আড়ালে নিয়ে বলল, "সামন্তমশাইয়ের তাঁবুটা কোন দিকে রে?"

"দেখা করবে গোবিন্দদা?"

"করেই যাই।"

"চলো তা হলে।" লোকটা খুশি হয়ে বলে, "সামন্তমশাই তোমার কথা খুব বলে।

বলে, গোবিন্দটা খুন করল বটে, কিন্তু ওরকম খেলোয়াড় হয় না।”

গোবিন্দ এ-কথার জবাব দিল না। বারো-তেরো বছর বয়সে সে সামন্তমশাইয়ের সার্কাসে চলে এসেছিল। এই সার্কাসের সঙ্গে ঘুরে-ঘুরেই ছোট থেকে বড় হয়েছে। সে আর-একটা দীর্ঘশ্বাস ফেলল।

সামন্তমশাইয়ের তাঁবুটা একটু পিছনের দিকে, আলাদা জায়গায়। তাঁবুর এমনিতে কোনও চাকচিক্য নেই, তবে ভিতরটা বেশ বৈঠকি ঢঙে সাজানো। সেজবাতি জ্বলছে। নিচু একটা তক্তপোশে পুরু গদির বিছানা। তার ওপর বেশ কয়েকটা পুরুষ্টু তাকিয়া। বুড়ো সামন্তমশাই বসে ভাল গন্ধওলা তামাক খাচ্ছে গড়গড়ায়। সামন্তর চেহারা রোগার দিকেই, তবে রুগ্‌ণ নয়। মাথার চুল কাঁচা-পাকায় মেশানো। মস্ত পাকানো গোঁফ। চোখের দিকে চাইলে বুক গুড়গুড় করে। ভয়ডর বলতে কিছু নেই সেই চোখে। তবে লোকে তাকে ভয় খায়, আবার ভালও বাসে। চিরকুমার সামন্তমশাই সারা জীবন তিলে তিলে এই সার্কাসখানা তৈরি করেছে। সার্কাসটাই তার ধ্যান-জ্ঞান। এটা থেকে তার বেশ মোটা লাভও হয়। কিন্তু সেই টাকা কে খাবে তার ঠিক নেই। সামন্ত তাই ইদানীং একটু চিন্তিত।

দুজনে ঘরে ঢুকতেই সামন্ত মুখ থেকে তামাকের নলটা সরিয়ে অল্প আলোয় ঠাহর করে দেখতে-দেখতে বলে, “কে রে? কী চায়?”

গোবিন্দ এগিয়ে গিয়ে ভুঁয়ে মাথা ঠেকিয়ে দাঁড়াল। মুখের ঢাকা সরিয়ে বলে, “আমি গোবিন্দ, সামন্তমশাই।”

সামন্ত যেন ছ্যাঁকা খেয়ে সোজা হয়ে বসে। বলে, “কে বললি?”

“গোবিন্দ। মনে পড়ছে না?”

“গোবিন্দ।” বলে সামন্ত হতবুদ্ধি হয়ে চেয়ে থাকে। তারপর বলে, “তোর না ফাঁসি হয়ে গেছে?”

“হলে আর আসতাম কী করে?”

“আয় তো, এগিয়ে আয়, আলোতে ভাল করে দেখি।”

গোবিন্দ হাসিমুখে এগিয়ে গেল। দাড়িগোঁফওয়ালা মুখে সেজবাতির আলো পড়ল।

* * *

রামু ট্রাপিজের খেলা দেখে তাজ্জব। কী সাহস। অন্য সব সার্কাসের মতো এরা নীচে কোনও জালও খাটায়নি। পড়ে গেলে মাথা ফেটে ঘিলু বেরিয়ে যাবে। হাত-পা ভেঙে “দ” হয়ে যাওয়ার কথা।

“উঃ, কী খেলা গবাদা। আমি ট্রাপিজ শিখব।”

গবা হেসে বলে, “আরও আছে। দেখই না।”

ট্রাপিজ শেষ হতে-না-হতেই সাহেবি পোশাক পরা সার্কাসের ম্যানেজার এসে ঘোষণা করল, “আজ আপনাদের আমরা একটা নতুন খেলা দেখাব। লখিন্দর আর

কাল-নাগিনীর খেলা। জীবন ও মৃত্যুর খেলা। এই খেলায় একদিকে থাকবে আমাদের নতুন এক ওস্তাদ মাস্টার লখিন্দর অন্যদিকে থাকবে একটি বিষাক্ত রাজ-গোখরো। সাপটার বিষদাঁত আমরা কামাইনি। যে-কেউ পরীক্ষা করে দেখতে পারেন। সদ্য জঙ্গল থেকে ধরা বুনো সাপ। এ খেলা সবার শেষে।”

রামু রোমাঞ্চিত হল। আজ নতুন খেলা বাঃ, কপালটা ভাল।

এর পর সাইকেল, দড়ি, বাঘ, সিংহ, চোখ বেঁধে ছোরা নিক্ষেপ—একের পর এক হয়ে যেতে লাগল। রামুর আর পলক পড়ে না। বাঘ-সিংহের খেলা দেখে গায়ে রোঁয়া দাঁড়িয়ে গেল তার। লম্বা আর বেঁটে জোকার দুটোও খুব হাসাল।

সবার শেষে নতুন খেলা।

সব আলো জ্বেলে গোল এরেনাটাকে একেবারে ফাঁকা করে দেওয়া হল। বাজনা বাজতে লাগল অত্যন্ত মৃদু শব্দে। একটা সুরেলা বাঁশির স্বর কেঁপে কেঁপে উঠতে লাগল।

কয়েকজন লোক একটা মস্ত খাঁচা টেনে আনল মাঝখানে। স্পষ্টই দেখা যাচ্ছিল, খাঁচার মধ্যে একটা বিশাল ভয়ঙ্কর সাপ বিড়ে পাকিয়ে আছে।

খাঁচার মাথায় একটা লোক বসে আছে।

ম্যানেজার একটা পাটাতনের ওপর দাঁড়িয়ে ঘোষণা করল, “এবার আসছেন মাস্টার লখিন্দর। কিন্তু আগেই আপনাদের জানিয়ে রাখি, মাস্টার লখিন্দরের মুখ আপনারা দেখতে পাবেন না। কয়েক বছর আগে এক দুর্ঘটনায় ওর মুখটি পুড়ে বীভৎস হয়ে যায়। তার ফলে উনি সব সময়েই মুখোশ পরে প্রকাশ্যে আসেন।”

ঘোষণা শেষ হল। বাজনা মৃদু তরঙ্গে বাজতে লাগল। খাঁচার ওপরের লোকটা ছাড়া বাকি সবাই সরে গেল এরেনা থেকে।

আগাগোড়া কালো পোশাক এবং কালো মুখোশ পরা মাস্টার লখিন্দর এসে ঢুকল। ভারী চটপটে তার হাঁটার ভঙ্গি। চওড়া কাঁধ, সরু কোমর, আঁট পোশাকের ভিতর দিয়ে শরীরের শক্ত বাঁধুনি দেখা যাচ্ছে।

খাঁচার ওপরের লোকটা দরজাটা ওপর দিকে টেনে তুলতে না-তুলতে বিশাল সাপটা বিদ্যুৎগতিতে বেরিয়ে এল বাইরে। লখিন্দর তখনও দর্শকদের অভিবাদন শেষ করেনি। ঠিক এই অপ্রস্তুত মুহূর্তে বিশাল গোখরো লখিন্দরের পিঠ সমান উঁচু ফণা তুলে সাঁই করে চাবুকের মতো ছোবল দিল।

সেই দৃশ্য দেখে আর সকলের মতো চোখ বুজে ফেলল রামু। একটা মৃদু “গেল গেল এই রে, সব শেষ” গোছের আওয়াজও বেজে গেল চারদিকে।

ছয়

সবাই চোখ বুজলেও কুন্দকুসুম চোখ বোজেননি। বরং তাঁর চোখের পলক পড়ছিল না। তাঁবুর চারদিকে যে “হায় হায়” ধ্বনি ভেসে গেল, তিনি তাতেও যোগ দিলেন না।

বিশাল রাজগোখরো যখন ছোবল দিল, তখন তার দিকে মাস্টার লখিন্দর পেছন ফিরে আছে। আর যে চাবুকের মতো গতিতে ছোবলটা এল, তা থেকে নিজেকে বাঁচানো খুব শক্ত কাজ।

কিন্তু তবু দেখা গেল, সাপটা যেখানে ছোবলটা চালাল সেখানে লখিন্দর নেই। লখিন্দর লাট্টুর মতো একটা পাক খেয়ে কী করে যে সরে গেল এরেনার অন্য ধারে, সেটাই চোখ চেয়ে বোঝার চেষ্টা করছিলেন কুন্দকুসুম।

ছোবল ফসকে যাওয়ায় সাপটাও বুঝি হতভম্ব। আবার বিশাল ফণা তুলে কুটিল চোখে সাপটা দেখে লখিন্দরকে। কিন্তু ওস্তাদ লখিন্দর তখনও সাপটার দিকে পিছন ফিরে দর্শকদের হাত নেড়ে অভিবাদন জানাচ্ছে। যেন সে জানেই না যে তার পিছনে কালান্তক যমের মতো গোখরো।

আবার এরেনার ওপর বিদ্যুৎ খেলিয়ে সাপটা এগিয়ে গেল এবং শপাং করে ছোবল বসাল! এবার বাঁ পায়ের ডিমে।

সেই দৃশ্য দেখে দর্শকরা পাগলের মতো চেঁচাতে থাকে, "মরে গেল মরে গেল!"

লখিন্দর এবার সরেওনি ভাল করে। শুধু বাঁ পাটা একটু ছড়িয়ে দিয়েছিল। এক চুলের জন্য ছোবলটা পায়ে না-লেগে মাটি ছুঁয়ে উঠে গেল আবার।

"বন্ধ করো! এ সর্বনেশে খেলা বন্ধ করো!" বলে মহিলারা চেঁচাতে লাগলেন। চেঁচানোই স্বাভাবিক। লখিন্দর যে সাপটার দিকে তাকাচ্ছেই না।

সাপটা যখন তৃতীয় বার ছোবল তুলেছে, তখন লখিন্দর উবু হয়ে তার ডান পায়ের জুতোর ঢিলে-হয়ে যাওয়া ফিতে বাঁধছে মুখ নিচু করে। সুতরাং তার মাথাটা এবার একেবারে সাপের দোল-দোলন্ত ফণার সামনে।

"আর রক্ষে নেই গবাদা!" বলে রামু হাঁটু খিমচে ধরে।

এবার কুন্দকুসুমেরও চোখ বন্ধ করে ফেলতে ইচ্ছে হল। চোখের সামনে একটা নির্ঘাত মৃত্যু কার দেখতে ভাল লাগে!

সাপটা ফোঁস করে একটা ক্রুদ্ধ আওয়াজ ছেড়ে সটান লখিন্দরের মাথা লক্ষ্য করে হাতুড়ির মতো নেমে এল।

কিন্তু আশ্চর্য এই, বসা অবস্থাতেই লখিন্দর একটা ব্যাঙের মতো লাফিয়ে সরে গেল পিছনে। একবারও সাপটার দিকে না তাকিয়ে বসে-বসে সে জুতোর ফিতেটা শক্ত করে বেঁধে নিল ভারী নিশ্চিন্তভাবে।

পুলিশের একজন ইনফরমার বৈরাগীর ছদ্মবেশে কুন্দকুসুমের পিছনের বেঞ্চে বসে ছিল। কুন্দকুসুম একবার তার দিকে ফিরে ভ্রূ কুঁচকে মাথাটা একটু ওপরে তুললেন। অর্থাৎ লোকটা কে?

ইনফরমার চারদিকে চেয়ে দেখে নিল, কেউ তাকে লক্ষ করছে কি না। কিন্তু এরেনায় যে খেলা চলছে, তার দিকে রুদ্ধশ্বাস চেয়ে মানুষ কেউ কারও দিকে তাকাতে ভুলেই গেছে। ইনফরমার মুখটা এগিয়ে এনে মৃদু স্বরে বলল, "জানি না। তবে এ ধরনের খেলা একসময় দেখাত গোবিন্দ ওস্তাদ। কিন্তু কাশিমের চরের সেই মার্ডার কেসে গতকাল তার ফাঁসি হয়ে গেছে।"

"হয়ে গেছে?"

"হয়ে গেছে। গোবিন্দর ভাই জেলখানায় গিয়ে মড়া নিয়ে শ্মশানে দাহ পর্যন্ত করেছে বলে খবর পেয়েছি।"

"মুখোশের আড়ালে লোকটা তা হলে কে একটু খবর নিয়ো।"

"যে আজ্ঞে।"

ওদিকে এরেনায় মুখোশাবৃত লখিন্দর বারবার অবহেলায়, আনমনে ছোবল এড়িয়ে এড়িয়ে সাপটাকে হয়রান করে তুলল। অবশেষে সেই রাজগোখরো যখন ক্লান্তিতে ছোবল মারা মুলতুবি রেখে একধারে বিড়ে পাকিয়ে বিশ্রাম নিতে বসল তখন শেষ হল খেলা। জীবন ও মৃত্যুর এই বিপজ্জনক খেলা দেখে দর্শকরা এত জোর হাততালি দিল যা অন্য কোনও খেলায় দেয়নি।

লখিন্দর একবার হাত তুলে সবাইকে অভিবাদন জানিয়ে দৌড়ে বেরিয়ে গেল এরেনা থেকে।

রাত গভীর। সার্কাসের চত্বরে যে যার তাঁবুতে ঘুমোচ্ছে। জেগে আছে শুধু কয়েকজন চৌকিদার। আর জেগে আছে বুড়ো সামন্তর তাঁবুতে সামন্ত আর গোবিন্দ ওস্তাদ।

সামন্ত মৃদু স্বরে বলে, "এবার ঘটনাটা খুলে বল।"

গোবিন্দ একটু হাসল। বলল, "কাল আমার ফাঁসি হয়ে গেছে। এমনকী, দাহকাজ পর্যন্ত সারা।"

সামন্ত তামাকের নলটা মুখ থেকে সরিয়ে বলে, "আর একটু খোলসা করে বল। তোকে ফাঁসি দেয়নি তো দিল কাকে?"

গোবিন্দ একটা দীর্ঘশ্বাস ছেড়ে বলে, "তা আমি জানি না। ফাঁসি হবে বলে জানিয়ে দিয়েছিল আমাকে। আমিও তার জন্য তৈরি ছিলাম। কিন্তু মাসখানেক আগে একদিন সকালে আমাকে যখন জেলখানার চত্বরে পায়চারি করাচ্ছিল, তখন দেখি কয়েকজন রাজমিস্ত্রি ভারা বেঁধে জেলখানার উঁচু ঘেরা দেয়ালে মেরামতির কাজ করছে।"

"তুই তখন কী করলি?"

"আজ্ঞে মাথায় তখন মতলবটা খেলে গেল। ভাবলাম, এই সুযোগ পরে আর পাব না। আমাকে দুজন বিশাল চেহারার সেপাই পাহারা দিচ্ছিল। আমি তাদের ঠাট্টা করে বললাম ওই যে রাজমিস্ত্রি ভারা বেঁধেছে ওটায় উঠে যদি কোনও কয়েদি পালায় তবে কী করবে? ওরা বলল, অত সহজ নয়। তুই পারবি? আমি হেসে বললাম, চেষ্টা করতে পারি। ওরাও হাসল, বলল, কর না দেখি।"

"বলল?"

"আজ্ঞে হ্যাঁ। আমিও ইয়ার্কির ভাব দেখিয়ে হেঁটে গিয়ে ভারার পয়লা বাঁশটায় উঠে পড়লাম। তারা দেখি তখনও মোচে তা দিচ্ছে আর ফিড়িক-ফিড়িক করে হাসছে। আমি আর এক ধাপ উঠলাম। কেউ কিছু বলল না। রাজমিস্ত্রিরাও একমনে কাজ করে যাচ্ছে, আমার দিকে তাকাচ্ছে না। এক ধাপ দু ধাপ করে আমি একদম দেওয়ালের মাথায় পৌঁছে দেখি, তখনও সেপাই দুটো হাসছে আর মোচে তা দিচ্ছে।"

"বলিস কী?"

"যা হয়েছিল তাই বলছি। দেয়ালের মাথায় উঠে আমার মনে হল, কোনও কারণে জেলখানার কর্তৃপক্ষ আমাকে পালানোর সুযোগ ইচ্ছে করেই দিচ্ছে। নইলে ততক্ষণে পাগলা ঘণ্টি বেজে ওঠার কথা। বাজল না দেখে আমি দেয়ালের ওপর থেকে ঠাকুরের নাম করে বাইরের দিকে ঝাঁপ মারলাম। ট্রাপিজের খেলা দেখাতে গিয়ে অনেক উঁচু থেকে লাফ মারার অভ্যাস থাকায় হাড়গোড় ভাঙেনি। পড়েই কয়েকটা ডিগবাজি খেয়ে সামলে নিলাম। তারপর দৌড়।"

"তা হলে ফাঁসিটা হল কার?"

"তা আর খোঁজ নিইনি। পালিয়ে সোজা গাঁয়ের বাড়িতে গিয়ে হাজির হলাম। একটা ব্যাগে জামাকাপড় আর কিছু টাকা নিয়ে পথে বেরিয়ে পড়লাম তক্ষুনি। বাড়ির লোককে বলে এলাম, যেন কাউকে কিছু না বলে। নিজের বাড়ি ছাড়া দুনিয়ায় আমার আর একটা মাত্র আশ্রয় আছে, তা হল এই সার্কাস। সার্কাসের জন্য জেলখানাতেও প্রাণটা কাঁদত। তাই ঘুরতে-ঘুরতে এসে হাজির হয়ে পড়েছি।"

"বেশ করেছিস। ভাল করেছিস। তবে কিনা..." সামন্তকে একটু চিন্তিত দেখায়।

"আমি এসে কি আপনাকে বিপদে ফেললাম সামন্তমশাই?"

সামন্ত গম্ভীর হয়ে বলে, "তুই আমার ছেলের মতো। ছেলে যদি বিপদে পড়ে আসে তা হলে কি নিজের বিপদের চিন্তা থাকে রে গাধা! আমি ভাবছি তুই আজ খেলা দেখিয়ে ভুল করলি কি না। কুন্দ দারোগা আজ খেলা দেখতে এসেছিল। লোকটা খুবই বুদ্ধিমান। সে যদি গন্ধ পায় তবে তোর পক্ষে এ-জায়গা আর নিরাপদ নয়।"

"খেলা না দেখিয়ে যে হাঁফিয়ে পড়েছিলাম সামন্তমশাই। জেলখানায় তো ধরেই নিয়েছিলাম এই জীবনে আর সার্কাসের খেলা দেখানো হবে না। ঠাকুরের কাছে রোজ বলতাম, পরের জন্মে যেন আবার সার্কাসের খেলোয়াড় হতে পারি।"

সামন্ত মাথা নেড়ে, "এই সার্কাসকে তুই যে বুক দিয়ে ভালবাসিস তা আমার চেয়ে ভাল আর কে জানে? আমারও ইচ্ছে ছিল, মরার সময় এই সার্কাসের সব ভার তোকেই দিয়ে যাব। কিন্তু কাশিমের চরের সেই খুনটাই সব গোলমাল করে দিল।"

এবার গোবিন্দ গম্ভীর হয়ে বলল, "হরিহর পাড়ুই লোক খুব ভাল ছিল না। কিন্তু তাকে যে আমি খুন করিনি, তা কি আপনি বিশ্বাস করেন?"

"করি। আমি জানি, তুই রাগি বটে, কিন্তু কখনও পিঁপড়েটাকেও মারতে চাস না। খুন তোর দ্বারা হওয়ার নয়!"

* * *

রাত নিশুত হলেও যে সবাই লক্ষ্মী ছেলের মতো ঘুমিয়ে পড়ে তা নয়।

উদ্ধববাবুর চণ্ডীমণ্ডপের পাশে একটা ছোট্ট খুপরিতে খাটিয়ায় বিছানো খড়ের বিছানায় কুটকুটে এক কম্বল মুড়ি দিয়ে আরামসে ঘুমোচ্ছিল গবা পাগলা। কিন্তু ঘুম

তার খুব সজাগ। হঠাৎ চটকা ভেঙে সে উঠে বসল।

দুর্দান্ত হাড়-কাঁপানো শীত পড়েছে আজকে। বাইরেটা কুশায়া আর অন্ধকারে মাখা। খুপরিটার দরজা একটা কাঠের খিল দিয়ে আটকানো ছিল। সেটা খুলে দরজা অনেক্খানি ফাঁক হয়ে আছে, এটা অন্ধকারেও দেখতে পেল গবা। দেখে মৃদু একটু হাসল। তারপর বেশ হেঁকে বলে উঠল, "কাকাতুয়ার মাথায় ঝুঁটি খেঁকশিয়ালি পালায় ছুটি। পালা পালা পালা রে বাপ, নইলে হয়ে যাবি যে সাফ। পাগলা গবা ধরবে এসে টুঁটি!"

হয়তো আরও বলত গবা, কিন্তু তার আগেই দরজা নিঃশব্দে আর-একটু ফাঁক হল। একটা ছায়ামূর্তি এসে দাঁড়াল চৌকাঠে।

"গবা," একটা ভারী গলার গম্ভীর আওয়াজ হল।

"হ্যাঁ।" গবা জবাব দেয়।

"তুমি আসলে কে তা আমি জানি।"

গবা চোখ পিটপিট করতে থাকে।

লোকটা আবার বলে, "যদি বেঁচে থাকতে চাও তবে আমি যা বলছি ঠিক তাই করবে। পাগলামির ভান কোরো না। আমি জানি, তুমি কস্মিনকালেও পাগল নও।"

গবা নিরীহ গলায় জিজ্ঞেস করে, "আপনি কে?"

সাত

উদ্ধববাবু ওঠেন একেবারে কাক-ভোরে। তখনও আকাশে চাঁদ তারা থাকে। উঠে মুখ-হাত ধুয়ে ঠাকুর-পুজো সেরে বেড়াতে বেরোন। আর বেরিয়েই বেশ গলা ছেড়ে গান ধরেন। আসল কথা হল, ছেলেবেলা থেকেই উদ্ধববাবুর খুব গাইয়ে হওয়ার শখ। শখটা খুব তীব্র, কিন্তু তাঁর গলায় সুর নেই। সুরটা এমন জিনিস যে, জন্ম থেকে যার আছে তার আছে, যার নেই, সে গলা সেধে মুখে রক্ত তুলে ফেললেও হবে না।

উদ্ধববাবুর গলা নেই। তবু সেই ছেলেবেলা থেকেই তিনি অত্যন্ত নিষ্ঠার সঙ্গে গলা সেধেছেন, গানের মাস্টারমশাই রেখেছেন, বড় বড় ওস্তাদের জলসায় গেছেন। তাঁর ধারণা ছিল সাধনায় সব হয়। কিন্তু গানের সাধনা করতে গিয়ে লেখাপড়ায় জলাঞ্জলি হচ্ছে দেখে বাবা খুব রাগারাগি করতেন। তারপর গান গাইতে বসলে পাড়া-প্রতিবেশীরা কাঁসর-ঘণ্টা বাজাত, শাঁখে ফুঁ দিত। একবার নতুন এক বউদি তাঁকে বলেছিলেন, "উদ্ধব ঠাকুরপো, চার আনা পয়সা দেব, আজ আর গান গেয়ো না।"

এইসব দুঃখজনক ঘটনা ঘটে যাওয়ার পর উদ্ধববাবু আর প্রকাশ্যে গান গান না। তবে তাঁর এখনও ধারণা, চেষ্টা করলে এবং লোকে বাগড়া না দিলে তাঁর গলা একদিন খুলে যেত ঠিকই।

যেত কেন, গেছেই। প্রকাশ্যে গান না গাইলেও রোজ সকালে বেড়াতে বেরিয়ে শহরের নির্জন প্রান্তে এসে উদ্ধববাবু নিয়মিত গলা সাধেন। দীর্ঘদিনের এই গোপন

সাধনার ফলে তিনি ইদানীং লক্ষ করছেন, তাঁর গলায় সাতটা সুর চমৎকার খেলা করছে। হাঁ করলেই যেন গলা থেকে সাতটা পাখি বেরিয়ে চারদিকে উড়ে বেড়ায়।

উদ্ধববাবুর খুব ইচ্ছে, এবার একদিন লোকজন ডেকে সকলের সামনে গান গেয়ে তাক লাগিয়ে দেন। কিন্তু মুশকিল হল, ওস্তাদ রাঘব ঘোষকে নিয়ে। উদ্ধববাবু রাঘবকে দুচোখে দেখতে পারেন না। সারা তল্লাটের লোক রাঘবকে বড় ওস্তাদ বলে কেন যে অত খাতির করে, তাও তাঁর বোধের অগম্য।

সে যাই হোক, একদিন তিনি পুবের মাঠে এক শিশির ভোরে খুব আবেগ দিয়ে ভৈরবী ধরেছিলেন। চোখ বুজে গাইছেন। হঠাৎ একটা ফোঁপানির শব্দে গান থামিয়ে চোখ মেলে দেখেন, সামনেই রাঘব। ধুতির খুঁটে চোখ মুছে রাঘব বললেন, "এমন অনৈসর্গিক গান কখনও শুনিনি উকিলবাবু। তবে বলি এ গান সকলকে শোনানোর নয়। বিশেষ করে আপনার মক্কেলরা যদি শোনে, তবে তাদের ধারণা হবে, ইনি যখন এত ভাল গায়ক, তখন নিশ্চয়ই ভাল উকিল নন। কারণ প্রকৃতির নিয়ম অনুসারে একজন মানুষ সাধারণত একটা বিষয়েই পারফেকশন লাভ করতে পারে।"

সেই থেকে উদ্ধববাবুর রাগ। ইচ্ছে করেই তিনি রোজ সকালে একবার রাঘব ঘোষের বাড়ির কাছাকাছি এসে খানিকক্ষণ গান করেন। অভদ্র লোকটা বুঝুক গান কাকে বলে। আজও উদ্ধববাবু পুবের মাঠে এসে রাঘবের বাড়ির দিকে মুখ করে চমৎকার তান লাগালেন ভৈরবীতে। গাইতে গাইতে তাঁর নিজের পিঠ নিজেরই চাপড়ে দিয়ে চেঁচিয়ে উঠতে ইচ্ছে করছিল, শাব্বাশ।

আশ্চর্য, এই চোখ বুজে গাইতে-গাইতেই হঠাৎ টের পেলেন, কে যেন সত্যিই তাঁর পিঠ চাপড়ে দিয়ে বলে উঠল, শাব্বাশ।

উদ্ধববাবু অবাক হয়ে তাকিয়ে দেখেন গবা পাগলা!

গবাও বেকুবের মতো চেয়ে-চেয়ে খানিকক্ষণ তাকে দেখে বলে উঠল, "উদ্ধবকর্তার যে আবার গান-বাজনাও আসে, তা তো জানতাম না।"

উদ্ধববাবু একটু রাগের গলায় জিজ্ঞেস করলেন, "এখানে কী করছিস?"

গবা মাথা চুলকে বলল, "আজ্ঞে কিছু করছিলাম না। কাল রাতে একটি লোক আমাকে এখানে খুন করে রেখে গেল। সেই থেকে মরে পড়ে ছিলাম। হঠাৎ এই সকালবেলায় আপনার গানে প্রাণ ফিরে এল। ওঃ, কী গান। মড়া পর্যন্ত উঠে বসে।"

"কী যা-তা বলছিস। কে তোকে মেরে রেখে গেল?"

"আজ্ঞে, তাকে তো চিনি না। কালো পোশাক পরা, মুখ ঢাকা। রাতে গিয়ে আমার ঘরে হাজির। বলল, তোমাকে একটা কাজ করতে হবে, অনেক টাকা দেব। রাজি না হলে প্রাণ যাবে।"

"বলিস কী?"

"আজ্ঞে, যা ঘটেছিল, বলছি, লোকটা বেশি ধানাই-পানাই না করে বলল, উদ্ধববাবু যে কাকাতুয়াটা কিনেছেন সেটা আসলে আমার, কিন্তু প্রমাণ করার উপায় নেই। আমি পাখিটাকে কিনতে চাই, কিন্তু উদ্ধববাবু বেচতে তেমন গা করছেন না। আইন দেখাচ্ছেন। আমার বড় আদরের কাকাতুয়া। তা তুমি যদি পাখিটা উদ্ধার করে দিতে

পারো, তবে দুশো টাকা পাবে। নইলে...”

“নইলে মেরে ফেলবে?”

“ওই ‘নইলে’ কথাটায় আমার খটকা লাগল। পাখিটা ফেরত চায় কেন? অত গরজ কীসের? তা আমি সেই কথাটা জিজ্ঞেস করতেই লোকটা অ্যাই বড় একটা ভোজালি বের করে আর এক হাতে আমার টুঁটি ধরে টানতে-টানতে মাঠের মধ্যে নিয়ে এল।”

“অ্যাটেমপট অব মার্ডার।” উদ্ধববাবুর ওকালতি-মাথা কাজ করছে। বিড়-বিড় করে বললেন, “অ্যাটেমপট অব থেপট, থ্রেটেনিং অ্যান্ড অ্যাসাল্ট। তা লোকটা হঠাৎ ভোজালি বের করলই বা কেন? তুই তাকে কী বলেছিলি?”

“আজ্ঞে আমি তাঁকে বলেছিলাম, যুধিষ্ঠিরবাবু, আপনার পাখিটার জন্য এত গরজ কীসের?”

“যুধিষ্ঠিরবাবু! সে আবার কে?”

“আপনি চেনেন তাঁকে! বাড়িতে বাচ্চাদের পড়ান যে নতুন মাস্টারমশাই, তিনি।”

“বলিস কী! লোকটা কি সত্যিই যুধিষ্ঠির?”

“আজ্ঞে না। সত্যিকারের যুধিষ্ঠির ছিলেন ধর্মপুত্তুর। ইনি তিনি নন।”

“আরে দূর গাধা! আমি বলছি আমাদের যুধিষ্ঠির কি না।”

“তাই বা বলি কী করে? তবে যুধিষ্ঠিরবাবু খুব পান আর জর্দা খান। আমিও রাত্রিবেলায় যমদূতটার মুখ থেকে সেই জর্দার গন্ধ পেয়েছিলাম। তাই—”

“তারপর?”

“তারপর মাঠের মধ্যে এলে লোকটা ছোরা রেখে দু' হাতে আমার গলা টিপে শ্বাস বন্ধ করে মেরে ফেলল।”

“ফেলল? তবে বেঁচে রইলি কী করে?”

“কে বলল বেঁচে ছিলাম? সেই কখন থেকে মরে পড়ে আছি। সকালবেলা আপনার গান শুনে মরা দেহও জেগে উঠল। তাই ভাবলাম এমন যার গান, তাকে একটা শাবাশ জানিয়ে আসি। তা এসে দেখি আপনি স্বয়ং।”

উদ্ধববাবু গানের কথায় একটু গম্ভীর হলেন। বললেন, “গানের কথাটা অত বলার দরকার নেই।”

গবা অবাক হয়ে বলে, “বলেন কী? এমন উপকারী গান আমি জন্মে শুনিনি! আপনার গান শুনতে তেমন ভাল নয় বটে। মাথা ঘোরে, গা বমি-বমি করে, ভিতরটা কেমন চমকে-চমকে ওঠে। কিন্তু মরা শরীরে প্রাণও ফিরে আসে। পারবে রাঘব ঘোষ এমন গান গাইতে? রাঘবের তা-না-না কেবল লোক ভোলানোর জন্য। এখনও সা লাগাতে পারল না ঠিকমতো।”

এ-কথায় উদ্ধব খুশি হলেন। বললেন, “হুঁ।”

গবা বলল, “এ গান অবহেলার বস্তু নয়। কবরখানার কাছে বসে গাইলে কবর ফুঁড়ে অনেক মড়া জ্যান্ত হয়ে উঠে আসবে। শ্মশানের কাছে বসে গাইলে অনেক মড়া চিতা থেকে লাফ দিয়ে নেমে দৌড়াদৌড়ি শুরু করবে।”

"আঃ! বাজে বকিস না তো! আমি ভাবছি কাকাতুয়াটার কথা। ওটাকে নিয়ে চারদিকে একটা ষড়যন্ত্র চলছে। খোঁজ নিয়ে বের কর যে কাকাতুয়াটা আসলে কার! পাখিটা মাঝে মাঝে টাকার কথা বলে। মনে হয় কোনও গুপ্ত টাকার খোঁজ জানে, কিন্তু স্পষ্ট করে বলে না।"

"আমারও তাই মনে হয়। দেখব'খন খোঁজ নিয়ে।"

শেষরাতে যখন গোটা সার্কাসের চত্বরটা ঘুমে অচেতন, তখন হঠাৎ নিঃশব্দে একটা ছায়ামূর্তি বাঘের খাঁচার আড়াল থেকে বেরিয়ে এল। তার চেহারা বিশাল দশাসই। কিন্তু হাঁটাচলা বেড়ালের মতো ক্ষিপ্র এবং নিঃশব্দ।

ছায়ামূর্তি সবচেয়ে কাছের ছোট্ট একটা তাঁবুর দরজার পর্দা তুলে ঢুকে যায়। তার হাতে খোলা রিভলভার এবং টর্চ। টর্চটা জ্বেলে সে ঘুমন্ত লোক দুটোকে দেখে। এরা নয়।

আবার ক্ষিপ্র ও নিঃশব্দ গতিতে বেরিয়ে আসে ছায়ামূর্তি, আর একটা তাঁবুতে ঢোকে। এখানে চারজন লোক ঘুমিয়ে আছে। টর্চ জ্বেলে ছায়ামূর্তি তাদের ভাল করে দেখে নেয়। না, এরাও নয়।

ছায়ামূর্তি একের পর এক তাঁবুতে হানা দেয়। কিন্তু যে লোকটাকে দেখবে বলে আশা করছে তাকে কোথাও দেখতে পায় না।

শেষ তাঁবুটা একটু দূরে। খুব ছোট্ট। চারদিকে কাঁটাতারের বেড়া। এমনকী ফটকটায় তালা লাগানো।

ছায়ামূর্তি একটু দাঁড়ায়। তারপর চারদিকে চেয়ে দেখে নিয়ে টপ করে কাঁটাতারের বেড়া ডিঙিয়ে যায়।

রিভলভারটা বাগিয়ে ধরে লোকটা খুব সতর্কতার সঙ্গে চারদিক দেখে নেয়। তারপর খুব সাবধানে পর্দাটা ফাঁক করে টর্চ জ্বালে। অস্ফুটস্বরে বলে, "আশ্চর্য! খুবই আশ্চর্য!"

আশ্চর্য হওয়ারই কথা। তাঁবুটার মধ্যে কিছুই নেই। এমনকী, অন্যান্য তাঁবুর মতো একটা খাটিয়াও না, মানুষ তো দূরের কথা।

ছায়ামূর্তি টর্চটা জ্বেলে চারদিকে ঘুরে ঘুরে খুব ভাল করে দেখে, না, এই তাঁবুটা এখানে কেউ ব্যবহার করেনি। কিন্তু এই ফাঁকা তাঁবুটার জন্য এত সতর্কতা কেন? ছায়ামূর্তি চমকে উঠে স্থির হয়ে দাঁড়াল। বাইরে একটা ঢিল পড়ার শব্দ হল না? বেশ বড় একটা ঢিল।

ছায়ামূর্তি খুব সতর্কতার সঙ্গে দরজার কছে আসে এবং বাইরে উঁকি মারে। চারদিকে আজ বেশ কুয়াশা আছে। ভীষণ ঠাণ্ডা। শেষরাতের একটু জ্যোৎস্নায় চারদিক খুব আবছা দেখা যায়।

ছায়ামূর্তি বেরিয়ে আসার জন্য বাইরে পা দিতেই ঘটনাটা ঘটল।

পিছন থেকে হঠাৎ কে যেন বজ্রকঠোর হাতে পেঁচিয়ে ধরল তার গলা। তারপর হাঁটু দিয়ে কোমর ঠেসে ধরল। ছায়ামূর্তি নিজে প্রচণ্ড শক্তিশালী লোক। গায়ের

জোরে তার জুড়ি নেই। সুতরাং সে এক ঝটকায় হাতের বাঁধনটা ঝেড়ে ফেলার চেষ্টা করল। কিন্তু পারল না। যে তাকে ধরেছে সে শুধু তার চেয়ে বেশি শক্তিশালীই নয় অনেক বেশি ক্ষিপ্রও। এক হাতে ছায়ামূর্তির গলাটা ধরে রেখেই অন্য হাতে রিভলভার-ধরা হাতের ওপর একটা কারাটে চপ বসাল।

রিভলভারটা ছিটকে গেল হাত থেকে। ছায়ামূর্তি যন্ত্রণায় ওফ বলে আবার লোকটাকে ঝেড়ে ফেলার চেষ্টা করতে লাগল।

কিন্তু জোঁকের চেয়েও ছিনে লোকটার হাত আরও বজ্রবাঁধনে চেপে ধরল তাকে। ছায়ামূর্তি জ্ঞান হারিয়ে ফেলে।

আট

সামন্তমশাইয়ের তাঁবুতে কুন্দকুসুম চোখ মেলে চাইলেন। তার জ্ঞান ফিরেছে। জ্ঞানবয়সে এর আগে আর কখনও কোনও অবস্থাতেই তিনি জ্ঞান হারাননি। অজ্ঞান হওয়ার অভিজ্ঞতা তাঁর জীবনে এই প্রথম। কারও সঙ্গে গায়ের জোরে হেরে যাওয়াও এই প্রথম।

প্রবল শীতের মধ্যে একটা লোক তাঁর মুখে অনবরত জলের ঝাপটা দিচ্ছিল। কুন্দকুসুম জলদগম্ভীর স্বরে তাকে বললেন, "আর না।"

তারপর উঠে বসলেন। লোকটা বিনীতভাবে একটা গামছা এগিয়ে দিল। তিনি মুখ মুছতে-মুছতে দেখলেন, সামনেই একটা ফোল্ডিং চেয়ারে সামন্তমশাই উদ্বিগ্ন মুখে বসে আছে। চোখে চোখ পড়তেই বলে, "এখন একটু ভাল বোধ করছেন তো?"

কুন্দকুসুম নিজের গলায় হাত বোলালেন। ব্যথা। কোমরেও যেন কুমির কামড়ে ধরে আছে। কব্জিটাও বেশ কাবু। ঝিনঝিন করছে। কিন্তু সেই বলবান লোকটার রাক্ষুসে আলিঙ্গনে তার এতক্ষণে মরে লাশ হয়ে যাওয়ারই কথা। বেঁচে যে আছেন সেই ঢের। জলদগম্ভীর গলাতে বললেন, "বেশ ভাল বোধ করছি। এ যাত্রায় মরছি না। মরলে আপনার পোষা হারকিউলিসটির ফাঁসি হত।"

সামন্তমশাই শশব্যস্তে বলে, "আগে একটু দুধ খান। গায়ে বল হোক, তারপর সব কথা।"

তার ইশারায় মুহূর্তের মধ্যে একটা আধসেরি গ্লাস ভর্তি ঈষদুষ্ণ দুধ এসে গেল।

কুন্দকুসুম দুধটায় চুমুক দিয়ে বলেন, "বাঃ বেশ দুধ। তা এ নিশ্চয়ই গোরুমোষের দুধ নয়।"

"কেন বলুন তো!"

"আপনার হারকিউলিসটির গায়ে যা জোর, তাতে মনে হয় সে হাতির দুধ খায়। কিংবা বাঘের। আপনার সার্কাসে বাঘ আর হাতির তো অভাব নেই।"

সামন্ত বিনীতভাবে হাসে। তবে তার চাউনিতে উদ্বেগটা স্পষ্টই বোঝা যায়।

কুন্দকুসুমের এই দুধটুকুর দরকার ছিল। চোঁ করে খেয়ে গ্লাস নামিয়ে রেখে বললেন, "বিনা নোটিসে কাল রাতে আপনাদের তাঁবুতে হানা দেওয়া আমার উচিত

হয়নি এটা মানছি। আমার সার্চ ওয়ারেন্টও ছিল না।”

সামন্তমশাই গলা খাঁকারি দিয়ে বলে “আজ্ঞে একটা নোটিস দিয়ে এলে এই বিপদে পড়তেন না। অন্ধকারে আপনাকে চিনতে না পেরে চোর-ছ্যাঁচড় ভেবে আমাদের ওয়েটলিফটার ছেলেটা ওই কাণ্ড করে ফেলেছে।”

কুন্দকুসুম একটা শ্বাস ফেলে বললেন, “ওর দোষ নেই। আমার আচরণটা চোরের মতোই হয়েছিল। আপনার পাহারাদাররা আমাকে ধরতে পারেনি, কিন্তু এই ছোকরা—কী নাম ছোকরার?”

“আজ্ঞে ভবতোষ। খুব ভাল ছেলে। ধার্মিক। মাঝরাতে উঠে নামধ্যান করে। কাল রাতেও তাই করছিল।”

“হ্যাঁ ভবতোষ। তা এই ভবতোষ তো দিব্যি ক্যারাটেও জানে। যা একখানা ঝেড়েছিল আমার কব্জিতে। ভাল কথা, পিস্তলটা আছে তো?”

সামন্ত মাথা নেড়ে বলে, “আছে। চিন্তা করবেন না।”

কুন্দকুসুম বলেন, “আপনি নিশ্চয়ই ভাবছেন, আমার এই আচরণের অর্থ কী! বলতে বাধা নেই, সেদিন সেই সাপের খেলা দেখে আমি খুব অবাক হয়েছি। কোনও মানুষের অত অ্যাজিলিটি থাকতে পারে তা জানতাম না। কিন্তু মনে হয়েছিল মাস্টার লখিন্দরের আসল নাম মাস্টার লখিন্দর নয়। মুখোশের আড়ালে লোকটি কে সেটা জানাই ছিল আমার উদ্দেশ্য।”

সামন্তের চোখে উদ্বেগটা বাড়ল। বলল, “আজ্ঞে সে আর বেশি কথা কী? হুকুম করলেই তাকে সামনে হাজির করতাম। খামোখা এত কষ্ট করতে গেলেন।”

কুন্দকুসুমের আচরণটা যে অদ্ভুত ঠেকছে লোকের চোখে, তা তিনি জানেন। কিন্তু তার জন্য লজ্জা পেলেন না, লজ্জা পাবার অভ্যাস তাঁর নেই।

তিনি গম্ভীর হয়ে বললেন, “পুলিশের কাজ একটু অন্যরকম হয়। সবসময় সোজা পথে চললে আমাদের চলে না। ঠিক আছে, লখিন্দরকে একবার ডাকুন।”

আবার সামন্তর ইঙ্গিতে একজন বেরিয়ে যায়। মিনিটখানেকের মধ্যেই বেশ ছমছমে চেহারার এক ছোকরা তাঁবুতে ঢুকে কুন্দকুসুমকে নমস্কার করে দাঁড়ায়।

কুন্দকুসুম চোখ দিয়ে লোকটাকে মেপে নিচ্ছিলেন। আরেকদিকে লোকটা অবিকল লখিন্দরের মাপসই বটে, সন্দেহ নেই। কিন্তু কুন্দকুসুমের চোখকে ফাঁকি দেওয়া মুশকিল। বাঁ হাতের কড়ে আঙুলটা আসল লখিন্দরের একটু বেশি মাত্রায় ছোট ছিল। তিনি একটু বিস্ময়ের গলায় বললেন, “এই কি সেই?”

“আজ্ঞে। দলছুট হয়ে গিয়েছিল। ওর ঠাকুরমার খুব অসুখ। তাঁকে দেখতে দেশের বাড়িতে যাওয়ায় এখানে প্রথমে খেলা দেখাতে পারেনি। সদ্য ফিরেছে।”

“হুঁ।” বলে কুন্দকুসুম ছেলেটার দিকে চেয়ে বলেন, “তোমার নাম কী?”

“লখিন্দর। লখিন্দর কর্মকার।

“আচ্ছা, তুমি এখন যেতে পারো।”

কুন্দকুসুম যে সন্তুষ্ট হননি, তা টের পেল সামন্ত। মুখে উদ্বেগটা বাড়ল। বলল, “লুচি ভাজা হচ্ছে। একটু বসে যান দারোগাবাবু।”

"নাঃ, কাজ আছে।" বলে কুন্দকুসুম উঠলেন।

বাড়িতে ফিরে সেদিন কুন্দকুসুম তাঁর দুই ছেলে আন্দামান আর নিকোবরকে খুব পেটালেন, পড়ার টেবিলে বসে কাটাকুটি খেলছিল বলে। আসলে সেটা কারণ নয়। খুব রেগে গেলে কুন্দকুসুমের রাগ পড়ে একবার কাউকে ধরে বেধড়ক পেটালে।

বাসায় এসে তিনি আড়কাঠিকে ডেকে পাঠালেন। সুড়ুঙ্গে চেহারার ধূর্ত লোকটা এসে দাঁড়ালে জিজ্ঞেস করলেন, "তোর খবর ঠিক তো?"

"আজ্ঞে একদম পাকা।"

"সামন্ত কিন্তু অন্য এক ছোকরাকে দেখাল।"

"সামন্ত খুনিটাকে আড়াল করছে।"

"আচ্ছা যা। চোখ-কান খোলা রাখিস।"

যুধিষ্ঠির রায় সকালবেলায় যথারীতি পড়াতে এসেছেন। নিপাট ভালমানুষ। সাদা ধুতি আর সাদা শার্ট পরেন। অল্পবয়সি। চোখেমুখে লেখাপড়া এবং বুদ্ধির ছাপ আছে। তবে দোষের মধ্যে জর্দা দেওয়া পান খান।

উদ্ধববাবু তক্কে-তক্কে ছিলেন। কাছারি-ঘরে মক্কেলদের ভিড় ছিল খুবই। তবু এক ফাঁকে এসে ছেলেদের পড়ার ঘরে হানা দিলেন। উদ্ধববাবু কোনওরকম নেশা পছন্দ করেন না। তিনি নিজে সুপুরিটা পর্যন্ত খান না। বাচ্চাদের পড়ার ঘর জর্দার গন্ধে ম-ম করছে। তিনি একটু নাক কোঁচকালেন। গন্ধটা খারাপ নয়। বরং বেশ ভাল দামি আতরের গন্ধই। কিন্তু বাচ্চাদের শিক্ষকরা যদি নেশা-টেশা করেন, তা হলে শিশু-মস্তিষ্কে তার প্রভাব পড়তে পারে।

উদ্ধববাবু গলা খাঁকারি দিলেন। যুধিষ্ঠির খুব নিবিষ্ট মনে রামুকে অঙ্ক করাচ্ছিলেন। শব্দ শুনে শশব্যস্তে উঠে দাঁড়ালেন। বললেন, "কিছু বলবেন?"

উদ্ধববাবু ছেলেবেলা থেকেই শিক্ষকদের সম্মান করতে শিখেছেন। তাঁর মতে দেশের সবচেয়ে শ্রদ্ধেয় মানুষ হলেন শিক্ষকেরা। রাষ্ট্রের উচিত প্রধানমন্ত্রী বা রাষ্ট্রপতির চেয়ে শিক্ষকদের বেশি সম্মান দেওয়া। নইলে শিক্ষকের ওপর ছাত্রদের শ্রদ্ধা আসে না। আর শ্রদ্ধা ছাড়া জ্ঞান আসবে কী করে?

উদ্ধববাবু খুব বিনীতভাবে হাতজোড় করে যুধিষ্ঠিরকে বললেন, "আজ্ঞে কথা সামান্যই। আপনার ব্যস্ত হওয়ার কিছু নেই। বসুন।"

যুধিষ্ঠির বসলেন। কিন্তু উদ্ধববাবু কথাটা কীভাবে শুরু করবেন তা বুঝতে পারছিলেন না। তিনি উকিল মানুষ। পাজি-বদমাশ খুনে দেখে-দেখে চোখ পেকে গেছে। সেই অভিজ্ঞ চোখে যুধিষ্ঠিরের মধ্যে কোনও খুনির লক্ষণ দেখলেন না।

উদ্ধববাবু আমতা-আমতা করে বললেন, "ইয়ে, আপনার পান খাওয়ার অভ্যাস আছে দেখছি।"

"আজ্ঞে। পান খেলে আমার কনসেনট্রেশনটা ভাল হয়।"

"তা ভালই। ইয়ে, বলছিলাম কী, আপনি কি রাত্রিবেলায় পান-জর্দা খান?"

যুধিষ্ঠির একটু অবাক হয়ে বলেন, "আজ্ঞে না! সারাদিনে এই সকালবেলাই একটা। ব্যস।"

উদ্ধব মাথা চুলকে বললেন, "গবাটা যে কী সব আবোল-তাবোল বকে তার ঠিক নেই।"

"গবা কে?"

"ওই একটা পাগল আছে। এ-বাড়িতেই থাকে।"

যুধিষ্ঠির মাথা নেড়ে বলেন, "গবা পাগলা? ওঃ হোঃ, তার কথা সব শুনেছি। লোকে বলে লোকটা নাকি ছদ্মবেশী বৈজ্ঞানিক। তার সঙ্গে একবার দেখা করার খুব ইচ্ছে আছে।"

উদ্ধববাবু দুম করে জিজ্ঞেস করলেন, "আমাদের বাড়িতে একটা কাকাতুয়া আছে তা কি আপনি জানেন?"

যুধিষ্ঠির আরও একটু অবাক হয়ে বললেন, "জানি বই কী। রামুর মুখে শুনছিলাম আপনাদের কাকাতুয়াটা নাকি গুপ্তধনের কথা বলে।"

উদ্ধববাবু একটু রাগত চোখে রামুর দিকে তাকিয়ে নিলেন। তারপর যুধিষ্ঠিরকে প্রশ্ন করলেন, "কাল রাতে আপনার ভাল ঘুম হয়েছিল তো?"

উদ্ধববাবুর ছেলেমেয়েরাও পড়া ভুলে বাবার দিকে চেয়ে ছিল। এবার তারা নিজেদের মধ্যে তাকাতাকি করতে লাগল। যুধিষ্ঠিরও খুব অস্বস্তি বোধ করছেন। পান, কাকাতুয়া, ঘুম এবং অসংলগ্ন কথাবার্তা শুনে তারা সবাই অবাক।

উদ্ধববাবু বুঝতে পারছেন, আদালতে দাঁড়িয়ে যত ভাল সওয়ালই করুন না কেন আজ ছেলেমেয়েদের সামনে তাদের মাস্টারমশাইয়ের সঙ্গে সওয়াল-জবাব করতে গিয়ে তিনি নিতান্ত আহাম্মক বা পাগল বলে প্রমাণ হচ্ছেন।

যুধিষ্ঠির অবাক হলেও কথায় তা প্রকাশ করলেন না। বিনীত ভাবেই বললেন, "আজ্ঞে আমার বরাবরই ভাল ঘুম হয়। কাল রাতেও মড়ার মতো ঘুমিয়েছি।"

"বেশ বেশ।" বলে উদ্ধববাবু তাড়াতাড়ি সরে পড়লেন। গবাটাকে হাতের কাছে পেলে মাথায় কষে একটা গাঁট্টা লাগাতেন।

কিন্তু গবা হাতের কাছে ছিল না।

নয়

সকালবেলায় সার্কাসের খেলোয়াড়রা ট্রেনারের নির্দেশে কসরত করছিল। আসল যে-সব খেলা তারা দেখায়, তার চেয়েও এই কসরত বেশি কঠিন।

কসরতের সময় ট্রাপিজের জন্য নীচে জাল টাঙানো হয়েছে। জালের ওপর অনেক উঁচুতে, শূন্যে ট্রাপিজ-শিল্পীরা দোল খাচ্ছে। জালের নীচে চলছে সাইকেল, বিম ব্যালান্স ইত্যাদি। এক ধারে শক্ত করে দুটো খুঁটিতে বাঁধা তারের ওপর চলছে শীর্ষাসন, এক-চাকার সাইকেলে একজনকে কাঁধে নিয়ে আর-একজন এপার-ওপার হচ্ছে আগু-পিছু করে। জোকাররা নানারকম ডিগবাজির ভেলকি লাগাচ্ছে এরেনার অন্য ধারে। দামি সিটের একটা চেয়ারে বিমর্ষ মুখে বসে দেখছে সামন্ত। পুলিশ পিছনে লেগেছে, এখানকার ডেরাডাণ্ডা শিগগিরই তুলতে হবে। কিন্তু তুললেই যে

রেহাই মিলবে এমন নয়। কাশিমের চরে হরিহর পাড়ুই খুন হওয়ার পর কিছুদিন পুলিশের জ্বালায় প্রাণ ওষ্ঠাগত হয়েছিল। গোবিন্দকে ধরে নিয়ে যাওয়ার পর ঝামেলা মিটেছিল বটে, কিন্তু গোবিন্দের শোকে সামন্তর আহার-নিদ্রা ঘুচে গিয়েছিল। গোবিন্দ ফিরেছে, সেই সঙ্গে ঝামেলাও। মেরে ফেললেও অবশ্য সার্কাসের কেউই পুলিশের কাছে স্বীকার করবে না যে, গোবিন্দ এখানে লুকিয়ে আছে। কিন্তু তাতে আর কতটুকু কী লাভ হবে? ভেবে-ভেবে সামন্তর মাথা গরম, মন উচাটন।

একটা উটকো লোক হঠাৎ তাঁবুতে ঢুকে পড়ায় একটা শোরগোল পড়ে গেল। সামন্ত চোখ তুলে দেখে, একটা পাগল। গায়ে আল-পাকার কোট, গালে দাড়ি, ময়লা পাতলুন। লম্বা-লম্বা চুলে জট পড়েছে। বেঁটে জোকার বক্রেশ্বর রে-রে করে তেড়ে গেল তার দিকে। লোকটা বক্রেশ্বরকে লক্ষই করল না। চারদিকে চেয়ে তাচ্ছিল্যের গলায় বলল, "ছোঃ, এইসব খেলা দেখিয়ে লোক ঠকাও নাকি তোমরা?"

বক্রেশ্বর যখন খেলা দেখায় তখন তার হাতে একটা চুষিকাঠি থাকে। সেইটেই সে লাঠির মতো ব্যবহার করে। এখনও সেইটে বাগিয়ে ধরে বলল, "দেব নাকি কয়েক ঘা?"

লোকটা বক্রেশ্বরকে ভাল করে দেখার জন্য কোটের পকেট থেকে একটা দূরবীন বের করে চোখে লাগায়। ভাল করে দেখে নিয়ে বলে, "তোমার চেয়ে ঢের বেঁটে লোক দেখেছি। অত কায়দা দেখিও না।"

বক্রেশ্বর বুক ফুলিয়ে বলে, "আমি ভারতবর্ষের সবচেয়ে বেঁটে মানুষ। নইলে আমাকে ঠাহর করতে তোমার দূরবীন লাগল কেন হে?"

লোকটা হেসে বলে, "অ্যায়সা বেঁটে মানুষও আছে, যাকে দেখতে মাইক্রোস্কোপ লাগে। যাও, যাও মেলা বোকো না।"

বক্রেশ্বর চুষিকাঠিটা তুলে মারতে গেল। কিন্তু হঠাৎ কী ভেবে থমকে গিয়ে খানিকক্ষণ লোকটার দিকে চেয়ে থেকে বলে, "আরে! চেনা-চেনা লাগছে যে।"

"আমাকে সবাই চেনে। আমি হচ্ছি গবা পাগলা।"

"সাজা পাগল? না হওয়া পাগল?"

"আসলে পাগল হে, আসল পাগল?"

"বেশি বোকো না, তোমার চেয়ে ঢের বেশি পাগল লোক আমি দেখেছি।"

"দেখেছ? সত্যি?"

"সেই সব পাগলকে দেখলেও বোঝা যায়, এই হচ্ছে খাঁটি পাগল। তাকে বলতে হয় না, আমি অমুক পাগলা।"

গবা মুখ বিকৃত করে বলল, "এমন পাগলামি দেখাতে পারি যা দেখলে তোমার পিণ্ডি চটকে যাবে। কিন্তু এখন কাজে আসা, পাগলামির সময় নেই। সামন্তমশাইকে দুটো কাজের কথা জিজ্ঞেস করে যাব। তিনি কোথায়?"

বক্রেশ্বর চোখ পিটপিট করে লোকটাকে দেখে হঠাৎ ফিক করে হেসে বলল, "বলি ও ভাই পাগলা গবা! আর কতকাল পাগলা রবা? গোল ছেড়ে কও আসল কথা। পা নেই তার পায়ে ব্যথা।"

লোকটা মুখ বেঁকিয়ে বলে, "ভূতের সর্দি সারে, রাবণ যদি রামকে মারে, ঈশ্বর যদি বক্র তবে, গবা পাগলা কেন হবে?"

বক্রেশ্বর আর গবার এই তকরারে কেউ মনোযোগ দিচ্ছিল না। যে যার কাজে ব্যস্ত। বক্রেশ্বর চোখ পিটপিট করে আবার ফিক করে হেসে বলল, "চাঁদ-বদনখানা দাড়িগোঁফে বড়ই ঢাকা, তবু চেনা-চেনা ঠেকছে হে। গলার স্বরটা লুকোতে পারোনি। তা চেনা যখন দিতে চাও না, আমারই বা কী এমন দায় ঠেকেছে চিনবার। ওই হোথা সামন্তমশাই বসে আছেন। চলে যাও সিধে।"

হাত তুলে বক্রেশ্বর সামন্তকে দেখিয়ে দেয়।

গবা গিয়ে সামন্তর পাশের চেয়ারে বেশ জুত করে বসে বলে, "এবার ঠাণ্ডাটা পড়েছে মশাই।"

সামন্ত লোকটাকে বিরক্তির চোখে দেখে বলে, "কী চাই?"

গবা একটু অপমান বোধ করে বলে, "ভাল লোকেদের একটা দোষ কী জানেন? তারা পাগল-ছাগলকে পাত্তা দিতে চায় না। তারা ভাবে, পাগলগুলো সত্যিই পাগল। তা পাগলগুলো কি আর পাগল নয়? তারা তো পাগলই। কিন্তু ভাল লোকগুলো এমন পাগল না মশাই, কী বলব আপনাকে...হিঃ হিঃ...পাগলগুলো যদি ভাল লোক হত তা হলে দেখতে পেত, আসলে ভাল লোকগুলোই এমন পাগল যে পাগলকেই কেবল পাগল ভাবে।"

সামন্ত গম্ভীর হয়ে বলল, "বুঝলাম, কিন্তু কথাটা কী?"

"কথা কি একটা? কথা অনেক।"

"সংক্ষেপে বলে ফেলো।"

"বলছিলাম কী, এসব কি খেলা নাকি? বিষ্টুপুরের ওরিয়েন্ট সার্কাস কী দেখাচ্ছে জানেন?"

"কী দেখাচ্ছে?"

"ট্রাপিজ-ফাপিজ নেই স্রেফ শূন্যে কিছু লোক উড়ে বেড়াচ্ছে। আপনি তারের খেলা দেখাচ্ছেন, তারা দেখাচ্ছে বেতারের খেলা। এ-খুঁটো থেকে ও-খুঁটো কেবল একটা বাতাসের দড়ি টাঙানো, তারই ওপর দিয়ে লোক সাইকেল চালাচ্ছে, হেঁটমুণ্ড হয়ে কসরত করছে। তাছাড়া আপনি বিজ্ঞাপন দিয়েছেন, আপনাদের বামনবীর মাত্র আড়াই ফুট লম্বা, আর ওরা কী দিয়েছে জানেন? ওরা বিজ্ঞাপন দিয়েছে, আমাদের বামনবীর মাত্র তিন ফুট বেঁটে।"

"তাই নাকি?"

"আলবত তাই। লম্বাই যদি হবে, তবে আর বেঁটে বলবেন কী করে? বলতে হলে এরকমই বলতে হয়, আমাদের বামনবীর তিন ফুট বেঁটে বা চার ফুট বেঁটে বা পাঁচ ফুট বেঁটে বা ছয় ফুট বেঁটে বা—"

"থাক। থাক। আর বলতে হবে না।"

"বুঝেছেন তো?"

"বুঝেছি।"

"কী বুঝলেন?"

"বুঝলাম তুমি খাঁটি পাগল।"

গবা মাথা নেড়ে বলে, "ভাল মানুষদের তো ওই একটাই দোষ। তারা পাগলকে ভাবে পাগল। পাগলরা যে সত্যিই পাগল তা কি পাগলরা জানে না? আর তারা যে পাগল সেইটে বোঝানোর জন্য কোনও পাগল কি পাগল ছাড়া অন্য কোনও পাগলের কাছে যায়? বলুন!"

সামন্ত জ্বালাতন হয়ে বলে, "তাও বুঝলাম। কিন্তু বাপু হে, আজ আমার মনটা ভাল নেই।"

"মন ভাল করার ওষুধ আমি জানি।"

"বটে! কী ওষুধ?"

"একদম পাগল হয়ে যান। ভাল মানুষরা যদি পাগল না হয়, তা হলে পাগলরা যে পাগল তা বুঝবে কী করে? আর একবার যদি পাগল হয়ে পাগলামির মজা টের পায়, তবে কি আর মন খারাপ থাকে?"

"ওঃ!" বলে সামন্ত নিজের মাথা চেপে ধরে।

গবা বলল, "এই কথাটাই বলতে আসা মশাই। তবে যাওয়ার আগে, দু-চারটে আজে-বাজে কথাও বলে যাই। কথাটা হল, গোবিন্দ মাস্টার খড়ের গাদায় পৌঁছেছে। রাত্রে স্পাই আসবে। রামু নামে একটা ছেলে আসতে পারে খেয়াল রাখবেন।"

বলে গবা উঠে পড়ল।

সামন্ত মুখ তুলে হাঁ করে চেয়ে থাকে।

গবা এরেনাটা পার হওয়ার সময় তাচ্ছিল্যের মুখভঙ্গি করে খেলোয়াড়দের কসরত দেখে বক্রেশ্বরের দিকে চেয়ে বলে, "আড়াই ফুট লম্বা! হুঁ লম্বাই যদি হলে তবে বেঁটে বলে অত বড়াই কেন?"

বক্রেশ্বর চোখ পিটপিট করে বলে, "তুমিও যেমন পাগল আমিও তেমনি লম্বা।"

গবা আর কথা বাড়ায় না। বেরিয়ে সোজা হাঁটতে থাকে। রবিবার বলে আজ একটু বেলায় বাজার করে হরিহরবাবু আর গদাধরবাবু ফিরছিলেন। গবার সঙ্গে রাস্তায় দেখা।

গদাধরবাবু গদগদ হয়ে বললেন, "এই যে বৈজ্ঞানিক গবা, তোমার সারানো ঘড়িটা অদ্ভুত চলছে হে। একেবারে ঘণ্টায় মিনিটে সেকেন্ডে।"

হরিহরবাবু সঙ্গে-সঙ্গে বললেন, "তবে উলটোদিকে।

গদাধরবাবু বিরক্ত হয়ে বললেন, "দেখুন হরিহরবাবু—"

হরিহরবাবুও সঙ্গে-সঙ্গে বললেন, "কী বলবেন তা জানি গদাধরবাবু। তবে বলে লাভ নেই, গবা বিজ্ঞানের ব-ও জানে না। ও গবা, বলো তো, কাইনেটিক এনারজি কাকে বলে!"

গবা একটা প্রকাণ্ড হাই তুলে বলে, "আপনিই তো বলে দিলেন।"

"তার মানে?"

"কাইনেটিক এনারজিকেই কাইনেটিক এনারজি বলে। খুব সোজা কথা।"

হরিবাবু একগাল হেসে বলেন, “দেখলেন তো গদাধরবাবু, গবা কাইনেটিক এনারজি কাকে বলে জানে না।”

গদাধরবাবু উত্তেজিত হয়ে বললেন, “কে বলল জানে না? এই এই তো বলল শুনলেন না? কাইনেটিক এনারজিকেই কাইনেটিক এনারজি বলে?”

দুজনের মধ্যে আবার একটা ঝগড়া পাকিয়ে উঠল।

কিন্তু গবার সময় নেই। সে দ্রুত পায়ে চলেছে শহরের আর এক প্রান্তে। একটা খড়ের গাদায়।

দশ

পাখিদের মুশকিল হল তারা পুরনো কথা বেশিদিন মনে রাখতে পারে না। মস্তিষ্কের ততখানি ক্ষমতা তাদের নেই, স্মৃতিশক্তিও নেই। কিছুদিনের মধ্যেই তারা পুরনো বুলি ভুলে নতুন বুলি শিখতে শুরু করে।

আজ সকালে রামুর ঘুম ভেঙেছে পাখিটার ডাকে। কাকভোরে পাখিটা হঠাৎ বিকট স্বরে ডাকতে শুরু করে, ‘রামু ওঠো, রামু ওঠো, রামু ওঠো। মুখ ধুয়ে নাও। পড়তে বোসো।”

রামু তো অবাক। সে ধরে নিয়েছিল, পাখিটা নতুন বুলি কিছুতেই শিখবে না। তাই নিশ্চিন্ত ছিল। একটা পাখি তার ওপর খবরদারি করবে এটা কি সহ্য হয়? কিন্তু আজ সকালে এই অদ্ভুত কাণ্ড দেখে সে হতবাক। পাখিটা যে শুধু ডাকছে তা নয়, বেশ রাগের গলায় ধমকাচ্ছে। যেমনটা তার বাবা উদ্ধববাবু করে থাকেন, হুবহু সেই স্বর। ডাকছেও পাশে বাবার ঘর থেকেই। পাখির দাঁড়টা আজকাল উদ্ধববাবুর ঘরেই ঝোলানো থাকে।

শীতের ভোরে এখনও চারিদিক বেশ অন্ধকার। তার ওপর হাড় কাঁপানো ঠাণ্ডা। এই শীতে লেপের ওম থেকে বেরোবার সময় মনে হয় কেউ বুঝি গা থেকে চামড়াটা টেনে ছিঁড়ে নিচ্ছে।

রামু হয়তো পাখির ডাককে উপেক্ষা করে আরও কিছুক্ষণ শুয়ে থাকত। কিন্তু পাখিটার বিকট চেঁচামেচিতে উদ্ধববাবুরও ঘুম ভেঙেছে। তিনিও উঠে গম্ভীর গলায় হাঁক দিলেন, “এই রেমো! ওঠ!”

রামু মনে মনে রাগ চেপে রেখে ওঠে এবং শীতে হি-হি করে কাঁপতে কাঁপতে গিয়ে ঘুঁটের ছাই দিয়ে দাঁত মেজে পাথুরে ঠাণ্ডা জলে মুখ ধুয়ে নেয়। তারপর ঠাকুরঘরে গিয়ে প্রণাম করার নিয়ম।

একটা খদ্দরের চাদর মুড়ি দিয়ে সে যখন পড়ার ঘরে এল তখন উদ্ধববাবু প্রাতঃভ্রমণে বেরিয়ে গেছেন। রামু বাবার ঘরে ঢুকে কটমট করে পাখিটার দিকে তাকিয়ে বলে, “তুই ভেবেছিসটা কী শুনি।”

পাখিটা দাঁড়ের একদিকে সরে গিয়ে জড়সড় হয়ে বসে বলে “বিশু! আমাকে মেরো না বিশু! আমি বুড়ো মানুষ। মরার সময় সব মোহর তোমাকে দিয়ে যাব।”

রামু রাগে দাঁত কিড়মিড় করে বলে, "আমার মোহরের দরকার নেই। তুই চেঁচানি বন্ধ করবি কি না বল।"

পাখিটা হঠাৎ ডানা ঝাপটে, পায়ের শিকলের শব্দ করে ঠিক উদ্ধববাবুর মতো একটু কাশে। তারপর গম্ভীর গলায় বলে "পড়তে বসো। পড়তে বসো। সময় নষ্ট কোরো না।"

পাখিটা পুরনো বুলি সব ভুলে যায়নি এখনও। নতুন বুলিও শিখেছে। তবে আর কয়েকদিনের মধ্যেই পাখিটা নতুন বুলিই বলতে থাকবে ক্রমাগত। রামুর তখন ভারী বিপদ হবে। সুতরাং পাখিটাকে না ভাগানো পর্যন্ত রামুর শান্তি নেই।

কাকাতুয়া যে নিরীহ প্রাণী নয় তা রামু বুঝল শিকলটা খুলতে গিয়ে। যেই না দাঁড়ে হাত দিয়েছে, অমনি পাখিটা খচ করে ঠুকরে দিল হাতে। ডান হাতের বুড়ো-আঙুলের পিছন দিকটা কেটে গেল একটু।

কাটাকাটিকে অবশ্য রামু ভয় পায় না। প্রতিদিনই তার হাত কাটছে, মাথা ফাটছে, পা মচকাচ্ছে। ওসব গা-সওয়া। সে বাইরে গিয়ে একটু দুব্বোঘাস তুলে হাতে ডলে নিয়ে ক্ষতস্থানে লাগিয়ে দেয়।

যারা লেখাপড়ায় ভাল হয় না তারা হয়তো বা খেলাধুলো, গান-বাজনা, ছবি-আঁকা বা অন্য কোনওদিকে ভাল হয়। রামুর ভাইবোনরা লেখাপড়ায় সবাই ভাল। বোনরা ভাল গায়, বড়দা দারুণ তবলা বাজায়, ছোড়দা দুর্দান্ত স্পোর্টসম্যান। রামু কোনওটাতেই ভাল নয়। ক্লাসে টেনেটুনে পাস করে যায়, বার্ষিক স্পোর্টসে বড়জোর হাইজাম্প বা দৌড়ে একটা বা দুটো থার্ড প্রাইজ পায়। গান জানে না, ছবি আঁকতে পারে না। কিন্তু শরীরের সেই অদ্ভুত কাতুকুতুটার জ্বালায় সে সাংঘাতিক, সাংঘাতিক সব দুষ্টুমি করে বেড়ায়। দুষ্টু ছেলেরা সাধারণত মায়ের আদর একটু বেশিই পায়। কিন্তু রামুর কপালটা সেদিক দিয়েও খারাপ। ছয় ভাইবোনের মধ্যে তার আদরই বাড়িতে সবচেয়ে কম। আসল কথা হচ্ছে তার দিকে কারও তেমন নজর নেই। রামু বলে একটা ছেলে এ বাড়িতে থাকে মাত্র। যেমন নয়নকাজল থাকে, যেমন মাঝে-মাঝে গবা পাগলা থাকে। রামুর সন্দেহ হয়, সে নিরুদ্দেশ হলে এ-বাড়ির লোকে ঘটনাটা লক্ষ করবে কি না।

বাইরের সিঁড়িতে বসে রামু আজ সকালে এইসব ভাবছিল। তার জীবনে শান্তি নেই।

রোদ উঠল। দাদাদিদিরা পড়ার ঘরে পড়তে বসল। আর যুধিষ্ঠির মাস্টারমশাইও দেখা দিলেন।

যুধিষ্ঠিরবাবুকে রামুর বড় ভাল লাগে। ভারী অমায়িক মানুষ। কথায়-কথায় মারধোর নেই, ধমক-ধামক নেই। মিষ্টি হেসে নরম সুরে বোঝান, না পারলে রাগ করেন না। আজও রামুকে জিজ্ঞেস করলেন, "মুখখানা ভার দেখছি যে। বকুনি খেয়েছ নাকি?"

"আজ কিছু ভাল লাগছে না মাস্টারমশাই।"

"সকালবেলায় কিছু ভাল না লাগলে সারা দিনটাই খারাপ যায়। সকালটাই তো মানুষের সবচেয়ে সুন্দর সময়।"

যুধিষ্ঠিরবাবুর পরনে ধপধপে ধুতি। গরম কাপড়ের নস্যি রঙের পাঞ্জাবির ওপর শাল। তাঁর চেহারাখানাও বেশ লম্বা চওড়া। বয়স বেশি নয়। চোখের দৃষ্টি সব পরিষ্কার আর তীক্ষ্ণ। অগাধ জ্ঞান। রামু শুনেছে যুধিষ্ঠিরবাবু খুব বড়লোকের ছেলে। বাবার সঙ্গে রাগারাগি থেকে বেরিয়ে এসেছেন। নইলে তাঁর যা অবস্থা তাতে রোজগার না করলেও চলে।

রামু গম্ভীর হয়ে বলে, "আজ যদি না পড়ি তা হলে কি আপনি রাগ করবেন?"

"না না। রোজ কি পড়তে ভাল লাগে?"

"কিন্তু বাবা তো বকবে?"

"না, তাও বকবেন না। চলো, তোমার দাদা আর দিদিদের পড়া দিয়ে তোমার সঙ্গে বসে আমি কাটাকুটি খেলব।"

"সত্যি খেলবেন?"

"কেন খেলব না? চলো।"

বাস্তবিকই যুধিষ্ঠির মাস্টারমশাই আর সকলকে শক্ত-শক্ত টাস্ক করতে দিয়ে একটা রাফ খাতা খুলে রামুর সঙ্গে কাটাকুটি খেলতে লাগলেন। কিন্তু কাটাকুটিও উনি এত ভাল খেলেন যে, রামু বার বার হেরে যেতে লাগল।

যুধিষ্ঠিরবাবু হঠাৎ জিজ্ঞেস করেন, "তোমার হাত কাটল কী করে?"

"আমাদের পাখিটা কামড়ে দিয়েছে।"

"সেই কাকাতুয়াটা?"

"হ্যাঁ।"

"তুমি কী করেছিলে?"

"ছেড়ে দিচ্ছিলাম।"

"পাখিটাকে?"

"হ্যাঁ। আমাকে বড্ড জ্বালাতন করে।"

যুধিষ্ঠিরবাবু একটু চমকে উঠে বলেন, "ছেড়ে দিয়েছ?"

"না, শিকলটা খুলতে পারিনি।"

এরপর আর কোনও কথা হল না বটে কিন্তু যুধিষ্ঠিরবাবু বার বার কাটাকুটি খেলায় হেরে যেতে লাগলেন। মাস্টারমশাইয়ের সঙ্গে কাটাকুটি খেলার ঘটনা এবং পাখিটাকে ছেড়ে দেওয়ার চেষ্টার কথা রামুর দাদা আর দিদিরা বাড়িতে বলে দিল। উদ্ধববাবু কাচারিতে যাওয়ার আগে রামুকে নিজের ঘরে ডাকিয়ে আনলেন।

গম্ভীর হয়ে বললেন, "পাখিটা তোর সঙ্গে কোনও শত্রুতা করেছে?"

রামু ভয়ে কাঠ। গলা দিয়ে স্বর বেরোল না।

উদ্ধববাবু তাঁর বেতের ছড়িটা দিয়ে শপাং করে এক ঘা মেরে বললেন, "দুনিয়ার সবাইকে শত্রু মনে করতে কে তোমাকে শেখাল?"

রামু যন্ত্রণায় ছটফট করে বাঁ হাতের কবজি চেপে ধরল। বেতটা লেগেছিল সেইখানেই।

"বলো!" আবার শপাং। এবার লাগল কোমরে।

রামু বেঁকে গিয়ে বলল "পাখিটা আমাকে ধমকাচ্ছিল।"

"বটে। পাখির ধমকে তোমার এমন অপমান হয়েছে যে, শিকলি কেটে তাকে উড়িয়ে দিতে হবে?"

আবার শপাং। এবার পিঠের চামড়াই বুঝি কেটে গেল রামুর। সে একটা চিৎকার করতে গিয়েও দাঁত চেপে রইল। বাবার সামনে কান্না বারণ। তবে সে চাপা কান্নায় থরথর করে কাঁপছিল। রাগেও।

উদ্ধববাবু গম্ভীর হয়ে বলেন, "পাখিটা আমার প্রতিনিধি হয়ে তোমাকে শাসন করবে। কথাটা মনে রেখো। যদি কখনও ফের এরকম কিছু কর তবে বাড়ি থেকে তাড়িয়ে দেব। আর শুনলাম পড়ার মাস্টারমশাইয়ের সঙ্গে কাটাকুটি খেলছিলে আজ! সত্যি?"

"মাস্টারমশাই নিজেই তো খেললেন।"

"সে ক্ষেত্রে আমার বলার কিছু নেই। কিন্তু মাস্টারমশাইরা কোন ধরনের ছাত্রের সঙ্গে কাটাকুটি খেলেন তা জানো? যাদের কিছু হবে না বলে ওঁরা নিশ্চিন্ত হয়ে যান। তোমারও কিছু হবে না। এখন যাও।"

চোখ মুছতে মুছতে রামু বাবার ঘর থেকে বেরিয়ে এল।

উদ্ধববাবুর কড়া হুকুম আছে কোনও ছেলেকে তিনি যেদিন শাসন করবেন সেদিন সেই ছেলের খাওয়াও বারণ। তাতে নাকি ফল ভাল হয়। সুতরাং রামুকে আজ খালি পেটে ইস্কুল যেতে হল।

ক্লাসে লাস্ট বেঞ্চে বসে গাণ্টু কাঁচা কুল খাচ্ছিল নুন দিয়ে। স্যার এখনও আসেননি।

রামু গিয়ে পাশে বসতেই গাণ্টু চাপা গলায় বলে, "খুব ধোলাই খেয়েছিস তো!"

রামু আবার চোখের জল মোছে।

"দূর, আমি তো কত মার খেয়েছি। কাকা এখনও মারে। তবে এখন আর লাগে না।"

রামু অনেকক্ষণ চুপ করে থাকে। তারপর বলে, "শোন গাণ্টু, আমি ঠিক করেছি সার্কাসের দলে নাম লেখাব।"

"সার্কাস!"

"আমার লেখাপড়া হবে না। কিছু হবে না।"

"সার্কাসে গেলে নেবে কেন? ঝাঁট দেওয়ার কাজ করবি?"

"না। খেলা দেখাব।"

"পারবি?"

"শিখব।"

এগারো

অনেক ভেবে চিন্তে গাণ্টু বলল, "আমি সার্কাসে যাব না। আমি বাড়ি থেকে পালিয়ে জাহাজে চাকরি নিয়ে দুনিয়া ঘুরে বেড়াব।"

রামু বলে, "জাহাজে চাকরি পাওয়া অত সোজা নয়। তোকে নেবে কেন? তুই সাঁতার জানিস?"

"শিখে নেব। তোকে সার্কাসে নিলে আমাকেও জাহাজে নেবে।"

"তা হলে পালাবি?"

"পালাব। কিন্তু গাড়িভাড়ার কী হবে? রাস্তায় খাব কী?

"সে হয়ে যাবে। আমি তো সার্কাসের দলের সঙ্গে যাচ্ছি, আমাকে ওরাই খেতে-টেতে দেবে।"

"আমি যদি তোর সঙ্গে থাকি তো আমাকেও নেবে?"

"সেটা এখুনি বলতে পারছি না। কথা বলতে হবে।"

ক্লাসের ফাঁকে-ফাঁকে গাণ্টুর সঙ্গে নানারকম পরামর্শ করে রামু বাসায় ফিরল। সারাদিন খাওয়া নেই। টিফিনে গাণ্টু একটু চিনেবাদামের ভাগ দিয়েছিল মাত্র। তাতে খিদেটা আরও চাগিয়ে উঠেছে। পেটের আগুনটা রাগের হলকা হয়ে মাথায় উঠে আসছে। বইটই রেখে রামু নিঃসাড়ে গিয়ে বাগানে ঢুকল। বাগানের এক কোণে একটা কুলগাছ আছে। তাতে মস্ত-মস্ত টোপাকুল খেয়ে খিদেটা চাপা দেবে।

কিন্তু গিয়ে দেখে, কুন্দ দারোগার দুই ছেলে আন্দামান আর নিকোবর চুরি করে বাগানের দেয়াল টপকে ঢুকে গাছে উঠে কুল সব সাফ করছে। একজনের হাতে আবার একটা বাঁশের চ্যাঙাড়ি। সেটা টোপাকুলে টুপটাপ ভর্তি।

রামু হাঁক মারল, "অ্যাই! আমাদের গাছে উঠে কুল পাড়ছিস যে বড়!"

কুন্দকুসুমের শাসন বড্ড কড়া। কুল চুরির কথা জানাজানি হলে আস্ত রাখবে না। ভয়ের ব্যাপার আরও আছে। রামুর ঢিল ছোড়ার হাত দারুণ পাকা। এখন নীচ থেকে সে যদি ঢিল ছুড়তে শুরু করে তবে গাছের ওপর দুই ভাইয়ের বড়ই বিপদ। রামুর ঢিল বড় একটা ফসকায় না। তাই দুই ভাই ওপর থেকে কাকুতি-মিনতি করতে লাগল, "বলিস না, ভাই বলিস না। অন্যায় হয়ে গেছে। তোকে অর্ধেক দিচ্ছি। পায়ে পড়ছি, ঢিল মারিস না।"

খিদে-পেটে রামুর গাছে উঠতে ইচ্ছে করছিল না। তাছাড়া এ-বাড়ির ওপর তার এখন এমন রাগ যে, এই বাড়ির কোনও ক্ষতি হলে সে খুশিই হয়। সে গম্ভীর হয়ে বলল, "ঠিক আছে, নেমে আয়।"

আন্দামান আর নিকোবর পকেটে করে কাগজের পুরিয়ায় অনেকটা ঝাল-নুন এনেছে। তাই নিয়ে গাছতলায় তিনজনে কুলের ভোজে বসে গেল।

কিছুক্ষণ চুপচাপ বসে তিনজন কুল খেয়ে গেল। পাকা, আধ-পাকা ডাঁশা কুল আর দুর্দান্ত ঝালের শোঁসানি শোনা যাচ্ছিল কেবল। তারপর নিকোবর বলল, "তুই নাকি সার্কাসের দলে ভিড়ছিস?"

রামু কথাটা আর কাউকে বলেনি, গাণ্টু ছাড়া। তাই চোখ পাকিয়ে জিজ্ঞেস করল, "কে বলেছে?"

"গাণ্টু। স্কুল থেকে ফেরার পথে বলল, রামু সার্কাসের দলে চলে যাচ্ছে।"

আন্দামান মুখ থেকে একটা কুলের বিচি ফুড়ুক করে ফেলে বলল,"ওই সার্কাসে একটা সাঙ্ঘাতিক খুনি লোক আছে। দিনে-দুপুরে মানুষ খুন করে।"

রামু বলে, "কে বল তো!"

"যে লোকটা আজকাল সাপের খেলা দেখায়। মাস্টার লখিন্দর।"

"লোকটা খুনি কী করে জানলি?"

"বাবা গতকাল ফন্তুবাবুকে বলছিল, আমি আড়াল থেকে শুনেছি।"

"ফন্তুবাবুটা কে?"

"পুলিশের ইনফর্মার।"

"কী বলছিল?"

"বলছিল লখিন্দরের নাম নাকি আসলে লখিন্দর নয়। এ হচ্ছে মাস্টার গোবিন্দ। কাশিমের চরে হরিহর পাড়ুই বলে একটা লোককে খুন করে জেলে যায়। তার ফাঁসির হুকুমও হয়েছিল। কিন্তু লোকটা জেল থেকে পালিয়ে এসেছে।"

"তবে তোর বাবা তাকে ধরছে না কেন?"

"ধরা যাচ্ছে না, লোকটা মুখোশ পরে থাকে তো। আসল চেহারাটা কেউ দেখেনি। সার্কাসওয়ালারা অন্য একটা লোককে দেখিয়ে বলছে, এই হচ্ছে মাস্টার লখিন্দর।"

"তা হলে তোর বাবা এখন কী করবে?"

"কিছু করবে না। শুধু ওয়াচ করা হবে। মাস্টার গোবিন্দর সব খোঁজখবর চেয়ে পাঠানো হয়েছে। পুলিশ ফোর্সও আসছে। শহরটা ঘিরে ফেলা হবে। এখন ইনফর্মার আর সেপাইরা চারদিকে নজর রাখছে। গতকাল থেকে সার্কাসে সাপের খেলা বন্ধ হয়ে গেছে। বিরাট নোটিস টাঙিয়ে দেওয়া হয়েছে—মাস্টার লখিন্দর পেটের পীড়ায় আক্রান্ত। সাপের খেলা বন্ধ রইল। সব প্ল্যান করা।"

আর কয়েকটা কুল খেয়ে রামু উঠে পড়ল। আন্দামান আর নিকোবর তাকে অর্ধেক কুলের ভাগ দিতে চাইলে রামু ঠোঁট উলটে বলল, "তোরা নিগে যা।"

সন্ধেবেলা গবা পাগলার ঘরে গিয়ে তাকে ধরল রামু "গবাদা! শুনেছ হবিবগঞ্জের সার্কাসের সেই সাপ-খেলোয়াড় লখিন্দর নাকি আসলে খুনি?"

অন্যমনস্ক গবা বলল "হ্যাঁ, খুব গুণী।"

"গুণী নয় গো, সে নাকি খুনি।"

গবা অবাক হয়ে বলে, "তোমাকে কে বলল?"

"আন্দামান আর নিকোবর। কুন্দ দারোগার যমজ ছেলেরা।"

"বটে!" বলে গবা আঙুল দিয়ে তার দাড়ি আঁচড়াতে আঁচড়াতে বলে, "খুন একটা হয়েছিল বটে। সেই কাশিমের চরে। গেলবারের আগের বারে শীতকালে। জায়গাটা এখান থেকে খুব দূরেও নয়। বিশ-পঁচিশ ক্রোশ হবে। খুব জ্যোৎস্না ছিল সেই রাতে।"

"তুমি সেখানে ছিলে?"

"খানিকটা ছিলাম বই কী। কাশিমের চরেই যে সেই রাতে তেনাদের নামবার কথা।"

"কাদের?"

"আলফা সেনটরি হল সৌরলোকের সবচেয়ে কাছাকাছি নক্ষত্র। দূরত্ব হবে চার আলোবছর। সেখানকার একটা উন্নত গ্রহের সঙ্গে আমার অনেকদিনের যোগাযোগ। বহুকাল খবর-বার্তা দিইনি বলে চিন্তা করছিল তারা। আমাকে একদিন একটা ভাবসংকেত পাঠাল। যন্ত্রপাতি দিয়ে নয়, স্রেফ জোরালো মানসিক প্রক্রিয়ায়। জানান দিল, দিন-দুইয়ের মধ্যেই তারা এক পূর্ণিমার রাতে কাশিমের চরে নামবে। আমি যেন সেখানে হাজির থাকি।"

"গুল মারছ গবাদা!"

"গবা তো কেবল গুলই মারে। আর বলব না, যাও।"

"আচ্ছা আচ্ছা, গুল নয়। বলো।"

"শেষ পর্যন্ত অবশ্য সময়মতো তারা আসতে পারেনি। পরে শুনলাম ওদের মহাকাশযানের একটা মাস্তুল নাকি খারাপ হয়ে গিয়েছিল।"

"মাস্তুল তো নৌকায় থাকে।"

"আরে বাবা এ কি আর সাধারণ মাস্তুল! এই মাস্তুল হল আসলে একটা সুপারসেনসিটিভ স্ক্যানার।"

"যাকগে, তারপর কী হল?"

"সে এক কাণ্ড। আমি তো কাশিমের চরে জ্যোৎস্নায় একটা কম্বল মুড়ি দিয়ে বসে অপেক্ষা করতে করতে ঘুমে ঢুলে পড়ছি। কখন তেনারা আসবেন। কাশিমের চর জায়গাটা বড় ভাল নয়। একধারে ঘন জঙ্গল, মাঝখানে নদী। শীতকাল বলে জল প্রায় নেই-ই বলতে গেলে। দু ধার দিয়ে তিরতির করে নালার মতো দুটো স্রোত বয়ে যাচ্ছে। মাঝখানে মস্ত চর। তা সেই চরেও আবার কাশফুলের ঘন ঝোপ সব। মাঝখানে অবশ্য অনেকটা জায়গা ফাঁকা। সন্ধের পরই সোনার থালার মতো চাঁদ উঠল। জ্যোৎস্নায় একেবারে মাখামাখি। আর যা শীত পড়েছিল সেবার তা আর বলার নয়।"

"উঃ প্রকৃতি-বর্ণনা রেখে আসল গল্পটা বলবে তো!"

"তোমার বাপু বড্ড ধৈর্য কম। গল্পের আসল প্রাণই তো ওই প্রকৃতি আর পরিবেশের ওপর। ওটা না হলে গল্পটা বড্ড ন্যাড়া-ন্যাড়া হয়ে যায় যে। সত্যি বলে মনে হয় না।"

"তারপর কী হল?"

"সে এক কাণ্ড। আমি তো সেই শীতে একেবারে জড়সড় হয়ে ঠাণ্ডা মেরে বসে আছি। চারদিকে বেশ কুয়াশা। কুয়াশার মধ্যে জ্যোৎস্নার একটা আলাদা রূপ আছে। গোটা জায়গাটাকে মনে হচ্ছিল পরীর রাজ্য। দেখতে দেখতে রাত বেড়ে উঠল। ঘুমে আমি ঢুলে পড়ছি। এমন সময় মনে হল একটা লোক যেন দূর থেকে দৌড়ে আসছে। বালির ওপর তো পায়ের শব্দ হয় না। কিন্তু আমি সেই মহাকাশের লোকগুলোর

ভাবসংকেত পাওয়ার জন্য মনটাকে এমন চনমনে রেখেছিলাম যে, ছুঁচ পড়লেও শব্দ শুনতে পাব।”

“তবে এই যে বললে ঘুমে ঢুলে পড়ছিলে!”

“তা বটে। তবে কিনা সে-ঘুমও ভাবের ঘুম। চোখ বোজা থাকে বটে, কিন্তু কান, গায়ের চামড়া, নাক, চারদিকের খবর পায়।”

“লোকটা দৌড়ে কোথায় গেল?”

“গেল না। লোকটা আসছিল। আমি চোখ চেয়ে কুয়াশায় কাউকে দেখতে পেলাম না। তবে কয়েক সেকেন্ড পরেই আরও চার-পাঁচজনের দৌড়ে আসার আওয়াজ পেলাম। তারপর বুঝলাম প্রথম লোকটা পালাচ্ছে, পরের লোকেরা তাকে তাড়া করছে। প্রথম পায়ের শব্দটা ঝোপের আড়ালে-আবডালে বেড়ালের মতো চুপি চুপি ঘুরে বেড়াচ্ছে, গা ঢাকা দেওয়ার চেষ্টা করছে। অন্য লোকগুলো তাকে খুঁজছে।”

“তুমি কী করলে?”

“আমি একটা হাই তুললাম তখন।”

“মাত্র হাই তুললে?”

“না, দুটো তুড়িও দিয়েছিলাম মনে আছে।”

“ধুস, তারপর কী হল?”

“ওঃ, সে এক কাণ্ড!”

বারো

বিরক্ত হয়ে রামু বলে, “আঃ, বলোই না!”

“ভাবলে আজও গায়ের রোঁয়া দাঁড়িয়ে যায়। দ্যাখো না, আমার গা দ্যাখো!” বলে গবা হাতে দাঁড়ানো রোঁয়া দেখাল রামুকে। তারপর বলল, “কুয়াশা আর জ্যোৎস্নার মধ্যে ঝোপেঝাড়ে সেই লুকোচুরি খেলা চলছে, আর আমি বসে আছি। ব্যাপার কী তা বুঝতে পারছি না। একবার হঠাৎ একটা শেয়াল এক ঝোপ থেকে বেরিয়ে আমার ঘাড়ের ওপর দিয়ে লাফ মেরে সাঁ করে ছুটে পালাল।”

“তারপর?”

“তারপর সেই ঝোপের আড়াল থেকে ধুতি পরা একটা লোক র‍্যাপারে মুখ ঢেকে কুঁজো হয়ে বেরিয়ে এসে অবিকল শেয়ালের মতোই দৌড়ে পালাচ্ছিল। তার চেহারাটা বিশাল। ছ' ফুটের ওপরে লম্বা, ইয়া কাঁধ, ইয়া বুকের ছাতি। সেই ঝুঁসকো আলোয় মুখঢাকা লোকটাকেও কিন্তু আমি চোখের পলকে চিনে ফেললাম।”

“লোকটা কে?”

“সেই লোকটাই পাড়ুই। ওরকম লোক আমি জন্মে দুটো দেখিনি। হরিহর পাড়ুই না-পারে এমন কোনও কাজ নেই। লোকের ছেলেমেয়ে চুরি করে আড়কাঠিদের কাছে বেচে দিত, নয়তো মা-বাপের কাছ থেকে টাকা আদায় করত। ডাকাতি করত। চুরি করত। আর খুন করা ছিল তার জলভাত। ওই তল্লাটে তার দাপটে সবাই

কাঁপত।”

“লোকটা কী করল?”

“লোকটা তখন পালাচ্ছিল। খুব অদ্ভুত দৃশ্য। হরিহর পাড়ুইকে পালাতে দেখাটাও ভাগ্যের ব্যাপার। কারণ সাধারণত তাকে দেখেই অন্যেরা পালায়। তাই তাকে পালাতে দেখে ভারী অবাক লাগল। কাশিমের চরে এমনিতে ঘরবাড়ি নেই, তবে বহুকাল আগেরকার একটা ভাঙা বাড়ি আছে, সাপখোপ শেয়াল তক্ষক বাদুড় আর প্যাঁচার আড্ডা। চোরে-ডাকাতেও বড় একটা কেউ সেই বাড়িতে ঢোকে না। আমি যেখানে বসেছিলাম, সেখান থেকে একটু ডাইনে কোনাকুনি একটা ঝাউবন। তার আড়াল থেকে সেই ভাঙা বাড়িটার একটা গম্বুজ দেখা যাচ্ছিল। হরিহর পাড়ুই কোলকুঁজো হয়ে সেই ঝাউবনের মধ্যে ঢুকে বাড়িটার দিকে যাচ্ছে বলে মনে হল। এমন সময়ে দেখি, গম্বুজে একটা আলো দেখা যাচ্ছে। কে যেন উঁচু থেকে একটা টর্চবাতি জ্বালছে আর নেভাচ্ছে। আমার মনে হল, ব্যাপারটা একটু দেখা দরকার।”

“তোমার ভয় করল না?”

“না, ভয়ের কী? দুনিয়াটাই তো নানা খারাপ জিনিসে ভরা। ভয় পেতে শুরু করলে তার আর শেষ নেই।”

“তুমি কী করলে?”

“উঠে হরিহরের পিছু-পিছু এগোতে লাগলাম। সেটাও দুঃসাহসের কাজ। হরিহর যদি টের পায় তা হলে চোখের পলকে আমার ঘাড় থেকে মাথা নামিয়ে দেবে কসাই-ছুরি দিয়ে। তার কাছে সবসময় অস্ত্রশস্ত্র থাকে। স্বভাবটাও কেমন পাগলা খুনির। তাই খুব ঠাহর করে দেখে-শুনে সাবধানে এগোতে হচ্ছিল। কিন্তু ঝাউবনের মধ্যে আলো আঁধারিতে আর তাকে দেখতে পেলাম না। গম্বুজের বাতিটাও আর জ্বলছে না তখন।”

রামু চোখ বড়-বড় করে বলে, “তখন কী করলে?”

“কিছু করার নেই। চারদিক ঠাহর করছি। লোকটা তো আর নেই হয়ে যেতে পারে না। ঝাউবনের প্রথম দিকটায় বেশ পরিষ্কার। ঝোপজঙ্গল তেমন নেই। কিন্তু ভিতর দিকটায় মেলা আগাছা হয়েছে লুকিয়ে থাকার পক্ষে তোফা জায়গা। আমি একটা কাঁটাঝোপের কাছাকাছি ঘাপটি মেরে বসে চারদিকে দেখছি, এমন সময়—”

“এমন সময়? উঃ, বলো না!”

“বলছি দাঁড়াও। হাঁ করতেই গলায় একটা মশা চলে গেল যে!” খক-খক করে কেশে গলা সাফ করে গবা বলে, “বেশ নিঃঝুম। আলোর চিকড়ি-মিকড়ি। শীত। কোথাও কিছু নেই, হঠাৎ একটা লম্বা হাত কোত্থেকে বেরিয়ে এসে ঘপাত করে আমার ঘাড়টা ধরল।”

‘বলো কী?”

“ওরে বাবা, সে-কথা ভাবতে আজও গায়ে কাঁটা দেয়। এই দ্যাখো ফের গায়ের রোঁয়া দাঁড়িয়ে যাচ্ছে।”

“তারপর কী হল?”

"আমি তো কেমন হতবুদ্ধি হয়ে গেছি। আর হাতটাও পেল্লায়। এই মোটা-মোটা আঙুল, কুলোর মতো মস্ত পাঞ্জা। সেই হাতের একটু বেকায়দা বেশি চাপ পড়লে আমাদের মতো সাধারণ ঘাড় মট করে ভেঙে যাবে। কিন্তু আশ্চর্যের কথা, হাতটা আমার ঘাড় ধরল কিন্তু তেমন আঁট করে ধরল না। বরং মনে হচ্ছিল, মস্ত হাতটা আমার কাঁধে বিশ্রাম নিচ্ছে। কিন্তু আমি সেই ভাবেই তখন কুঁই-কুঁই করছি। টের পেলাম হাতটা সামনের কাঁটাঝোপ থেকে বেরিয়ে এসে আমার ঘাড় ধরেছে। হাতটা মানুষের না অন্য কিছুর তা তখনও বুঝতে পারছি না।"

'মানুষ নয়?"

"তখন তা বুঝবার মতো মনের অবস্থা নয়। তবে হঠাৎ ঝোপের ভিতর থেকে একটা খসখসে শ্বাস টানা শব্দ পেলাম। আমি তখন ভয়ে একেবারে পাথর। হঠাৎ সেই পেল্লায় হাত আমার ঘাড়ে একটা ঝাঁকুনি দিয়ে, আস্তে-আস্তে ঝোপটার মধ্যে টেনে নিতে লাগল। সাঙ্ঘাতিক কাঁটাঝোঁপে আমার গাল নাক কান ছড়ে যাচ্ছে। চোখেও কাঁটা ঢুকে যেতে পারে। আমি দুহাত দিয়ে চোখটা আড়াল করলাম। তারপর ডালপালা-সমেত মুখ থুবড়ে পড়লাম মাটিতে। দেখি কী, কাঁটাঝোপের মধ্যে একটা লোক শুয়ে আছে। চারদিকে রক্তে ভেজা।"

"ওঃ বাবা!"

"বাবা বলে বাবা! আমি তো তখন বাবা ছেড়ে ঠাকুরদাকে ডাকতে লেগেছি।"

"হল কী বলো না!"

"তেমন কিছু নয়। লোকটার তখন প্রায় হয়ে গেছে। বুকে মস্ত ক্ষত। তা থেকে বগবগ করে রক্ত পড়ছে। লোকটার গলায় ঘড়ঘড়ানি উঠে গেছে। লোকটা কোনওক্রমে বলল, পাখি জানে। পাখি সব জানে। এইটুকু বলেই লোকটা ঢলে পড়ল।"

"লোকটা কে?"

"আর কে? সেই হরিহর পাড়ুই। তখনও মরেনি, কিন্তু মরছে। কিন্তু আমার অবস্থা তখন সাঙ্ঘাতিক। মরার সময় কী করে জানি না, পাড়ুইয়ের হাতটা আমার ঘাড়কে শক্ত করে ধরল। কিছুতেই ছাড়াতে পারি না। ওদিকে কাছাকাছি অনেকগুলো পায়ের শব্দ শুনতে পাচ্ছি। কারা যেন এগিয়ে আসছে। চারদিকে টর্চের বাতি ঝলসাচ্ছে ফটাফট। যারাই হোক, তারা লোক ভাল নয়। আমার পালানো দরকার। কিন্তু হরিহরের হাতখানা আমাকে অষ্টপাশে বেঁধে ফেলেছে। কার সাধ্য ছাড়ায়! তার ওপর আঙুলগুলো ক্রমে বেঁকে গলায় গজালের মতো ঢুকে যাচ্ছে। মরন্ত মানুষের গায়ে যে অত শক্তি হয় কে জানত বলো।"

"তারপর কী হল? তাড়াতাড়ি বলো।"

"ওদিকে সেই বদমাশগুলোও তেড়ে আসছে। চারদিকে টর্চের আলো ঝলসাচ্ছে। একটা লোক চেঁচিয়ে জিজ্ঞেস করল, সাতনা, ঠিকমতো বল্লম চালিয়েছিলি তো! অন্য একজন রাশভারী গলায় বলল, আমার বল্লম এদিক-ওদিক হয় না। ঝাউবনে ঢুকবার মুখেই লোকটাকে গেঁথেছি। তবে দানোটার গায়ে খুব জোর। বল্লমটা ধাঁ করে টেনে

খুলেই দৌড়ে পালাল। কিন্তু মনে হয় না বেশি দূর যেতে পারবে। চারদিকে রক্তের ছড়া দেখছ না।”

“তখন তুমি কী করলে?”

“আমি? আমি তখন কিছু করাকরির বাইরে। হরিহরের কব্জায় আমার পুঁটিমাছের পরাণ ধড়ফড় করছে। আস্তে-আস্তে চেতন ভাবটা চলে যাচ্ছে। শ্বাস প্রায় বন্ধ। ঠিক এই সময়ে লোকগুলো ‘ওই যে’ বলে চেঁচিয়ে উঠল। পর মুহূর্তেই সবাই এসে ঘিরে ধরল আমাদের।”

“তুমি বেঁচে গেলে বুঝি!”

“আরে দূর! অত সহজে নাকি? লোকগুলো টর্চ জ্বেলে দৃশ্যটা দেখেই চেঁচিয়ে বলে উঠল, এখনও বেঁচে আছে! সর্বনাশ। শেষ করে দে। শেষ করে দে। বলতে বলতে একটা লোক মস্ত দা বের করে প্রথম কোপটায় হরিহরের গলা নামিয়ে দিল।”

“বলো কী? আর তুমি।”

“আর যারা ছিল তারা বলল, এ লোকটা কে রে? আর একজন বলল, যেই হোক, সাক্ষী রেখে লাভ নেই। লোকটা বেঁচে আছে। গলাটা নামিয়ে দে। সঙ্গে-সঙ্গে আর একটা লোক ঘচাত করে আমার গলাটাও নামিয়ে দিল।”

“যাঃ, কী যে বলো!”

“যা বলছি শুনে যাও। একেবারে প্রত্যক্ষ ঘটনা, দুনিয়ার আর কোনও মানুষের এমন অভিজ্ঞতা নেই। স্পষ্ট নিজের কাটামুণ্ডু প্রত্যক্ষ করলাম। বুঝলে! গলা দিয়ে ফোয়ারার মতো রক্ত পড়ছে। ধড়টা একটু ছটফট করছে। কিন্তু মুখখানা দিব্যি হাসি-হাসি।”

“গুল মারছ গবাদা।”

“সত্যি না। তারপর হল কী শোনো । সে এক কাণ্ড।”

“বলো।”

“ওরা তো আমাদের কবন্ধ করে রেখে পালিয়ে গেল। আমি একটা দীর্ঘশ্বাস ছেড়ে একটা গাছে ঠেস দিয়ে বসলাম। বারবার গলায় হাত বোলাচ্ছি। কিন্তু সেটা তো আমার গলা নয়। শরীরটা তখন বাতাসের মতো হালকা পাতলা জিনিস হয়ে গেছে। দেখি ঝোপের ওপাশ থেকে হরিহর পাড়ুইও উঠে পড়ে চারদিকে কটমট করে চাইছে। তার চাউনি দেখে ভয় খেয়ে পালাতে গিয়ে মনে হল, এখন আর ওকে ভয় কী? আমিও একটু ওর দিকে এগিয়ে গেলাম। হরিহর আমাকে পছন্দ করছিল না। কাছে যেতেই একটা হুংকার দিল, খবরদার! আমি খিক করে হেসে বললাম, তোমার আর সেই দিন নেই হে হরিহর। মাথা গরম কোরো না বাবা। তার চেয়ে চলো চাঁদের আলোয় চরে বেড়াতে-বেড়াতে দুটো সুখদুঃখের কথা কই। হরিহর প্রথমটায় একটু গোঁ ধরে বসে ছিল। তারপর যখন সত্যিই বুঝল যে, সে মরে গেছে, তখন আমার সঙ্গে মিশতে আপত্তি করল না তেমন।”

“মরে গিয়ে তুমি ফের বেঁচে উঠলে কী করে?”

“সে তো আর-এক গল্প। আলফা সেনটরির গ্রহ থেকে যাদের আসবার কথা ছিল,

তারা ভোর-রাত্রে এসে আমার দশা দেখে চটপট মাথাটা জুড়ে দিয়ে প্রাণ প্রতিষ্ঠা করে ফেলল যে।”

“যত সব গুল। কিন্তু পাখি কী জানে তা তো বললে না?”

“হ্যাঁ। সেইটেই তো আসল গল্প। আর একদিন হবে’খন।”

তেরো

রামু সঙ্গে-সঙ্গে গবার হাত ধরে বলে, “না, না, বলো। বলতেই হবে।”

গবা মাথা চুলকে বলে, “আসলে কী জান, বেশ কিছুদিন আগেকার কথা কিনা, ঠিক স্মরণ হচ্ছে না। তার ওপর আমার মাথাটা কাটা গিয়েছিল তো, তাতেও বুদ্ধি একটু ঘুলিয়ে গেছে। জ্যোৎস্নায় কাশিমের চরে হরিহরের প্রেতাত্মার সঙ্গে আমার যে-সব কথা হয়েছিল তার মধ্যে পাখির কথাটা আসেনি। মনে আছে আমরা সেই গলা-কাটনেওলা লোকগুলোর আক্কেল নিয়ে কথা বলছিলাম। হরিহর একবার ভুল করে একটা মশা মারতে গিয়েছিল তাও মনে আছে। হাওয়া হাত দিয়ে কি আর মশা মারা যায়? দুজনে খুব হেসেছিলাম। কী হয় জান, মরলে পর আর পুরনো শত্রুতা, রাগ, হিংসা এ সব থাকে না। বেঁচে থেকে মানুষ যে কাণ্ডমাণ্ড করে সেগুলোকে ভারী ছেলেমানুষি মনে হয় তখন। বাঁচা অবস্থায় তো আমি হরিহরকে কতই না সমঝে চলছিলাম, মরার পর আবার সেই হরিহরের সঙ্গেই চাঁদের আলোয় গলা-ধরাধরি করে বালির ওপর কত ঘুরলাম।”

“পাখির কথাটা তুললে না?”

“ওই যে বললাম, বাঁচা অবস্থায় কৌতূহলগুলো পর্যন্ত মরার সঙ্গে-সঙ্গে মরে যায়।”

“পাখিটা তবে কী জানত?”

“সেটা ভেবে দেখতে হবে!”

“আর হরিহরকে সেদিন খুনই বা করল কারা? তাদের তুমি চেনো?”

“কস্মিনকালে না।”

“মাস্টার গোবিন্দকে তা হলে পুলিশ ধরল কেন?”

“এমনি-এমনি ধরেনি। গোবিন্দরও দোষ আছে।”

“কী দোষ?”

একটা দীর্ঘশ্বাস ফেলে গবা বলে, “সে আবার আর-এক গল্প।”

“তা হলে গল্পটা বলে ফেলো।”

“সেটা এক দিন গোবিন্দর কাছেই শুনে নিয়ো। আজ মেলা বকবক করে ফেলেছি।”

“গোবিন্দর কাছে কবে আমাকে নিয়ে যাবে?”

“আমি এখন তার কাছেই যাচ্ছি। ইচ্ছে করলে তুমিও যেতে পারো। তবে খর্বদার, ঘুণাক্ষরেও কাউকে বোলো না যেন। জানাজানি হলেই পুলিশ গবাকে ধরে নিয়ে

গারদে পুরবে।”

শহর ছাড়িয়ে মাইলটাক মেঠোপথে হাঁটলে একটা বেশ সমৃদ্ধ গাঁ। সন্ধের একটু আগে সেই গাঁয়ের এক সম্পন্ন গেরস্তবাড়িতে রামুকে নিয়ে হানা দিল গবা।

গবাকে দেখে বাড়ির সবাই তটস্থ। “আসুন, আসুন, বসতে আজ্ঞা হোক।”

নিকোনো উঠোনে জলচৌকি পেতে দেওয়া হল। ঘটির জলে হাতমুখ ধুয়ে এসে রামু আর গবা পাশাপাশি দুটো জলচৌকিতে বসতে-না-বসতেই দুটো ছোট ধামায় টাটকা ভাজা মুড়ি, বাতাসা, নারকেল আর দুধ খেতে দেওয়া হল তাদের। সারা দিনে রামুর এই প্রথম সত্যিকারের কিছু খাওয়া। সে যখন হালুম-হুলুম করে খাচ্ছে তখন গবা খুব মুরব্বির চালে গেরস্তকে জিজ্ঞেস করল, “গোরু রাখার জন্য যে বোবা কালা লোকটাকে দিয়েছিলাম সে কেমন কাজ-টাজ করছে?”

“আজ্ঞে কাজ ভালই করে। খায়ও কম। কিন্তু লোকটা ভারী রাগি।”

“খুব চোটপাট করে বুঝি?”

গেরস্থ একটু অবাক হয়ে বলে, “বোবা লোক চোটপাট করবে কেমন করে? তা নয়, তবে চোখ দুখান দিয়ে মাঝে মাঝে এমনভাবে তাকায় যে, পেটের মধ্যে গুড়ড়গুড়নি উঠে যায়।”

“তা লোকটা কোথায়?”

“একটু আগে গোরু নিয়ে ফিরল। এখন গোয়ালে সাঁজাল দিচ্ছে। ডাকাচ্ছি।”

গেরস্তর ছেলে গিয়ে রাখালটাকে ডেকে আনল। পরনে আধময়লা হেঁটো ধুতি, গায়ে একটা মোটা কাপড়ের পিরান, গালে খোঁচা-খোঁচা দাড়ি। চোখ দুটির দৃষ্টি এত তীক্ষ্ণ যে, তাকালে বুকের মধ্যে একটু ধুকুর পুকুর হয় বটে।

গবা জিজ্ঞেস করল, “কেমন আছিস রে?”

লোকটা ‘ব ব ওয়াঁ’ গোছের কিছু দুর্বোধ শব্দ করল।

গবা মাথা নেড়ে বলে, “বেশ বেশ বেশ। তুই তো আবার কানেও শুনিস না। তা বলি, এরা ভাল লোক। এদের কাছে ভাল হয়ে থাকবি। চল, একটু এগিয়ে দিবি আমাদের। আঁধার হয়ে এসেছে, লণ্ঠনটা নিয়ে সঙ্গে আয়।”

শুনে গেরস্তর ছেলেপুলেরা হই হই করে উঠল। “এখুনি যাবে কি গবা জ্যাঠা। আমরা যে তোমার সেই মেছো-ভূতের গল্পটার শেষটুকু শুনব বলে কতদিন ধরে হা-পিত্যেশ করছি, সেই যে গো আন্নাপুরের বড় ঝিলে সেবার মাছ ধরতে গিয়ে জলে একটা বড় কড়াই ভাসতে দেখেছিলে। তারপর সেই ভাসন্ত কড়াইটা যেই কাছে এসেছে অমনি সেটাকে ধরতে গিয়ে হাতে গরম ছ্যাঁকা খেলে! তারপর দেখলে, কড়াইটা জলে ভাসছে বটে কিন্তু তাতে গরম তেল ফুটছে। তারপর কী হল?”

গবা উঠে পড়ে বলল, “সে আর এক দিন হবে। বাবুর বাড়ির ছেলেকে নিয়ে এসেছি, তাড়াতাড়ি না ফিরলে রক্ষে থাকবে না।”

রাখালটা লণ্ঠন আর লাঠি হাতে তাদের সঙ্গে এগিয়ে দিতে এল। মেঠোপথে পা দিয়েই বোবা রাখাল কথা কয়ে উঠল, “গবাদা, ওদিকে কী হচ্ছে?”

“ধুন্ধুমার। পুলিশ চারদিকে তোমায় খুঁজছে।”

চৌদ্দ

একটা শক্ত মামলায় মক্কেলকে জিতিয়ে দিয়েছেন উদ্ধববাবু। বড়লোক মক্কেল সকালেই বিরাট ভেট নিয়ে হাজির। ফলের ঝুড়ি, মিষ্টির চ্যাঙারি, দইয়ের হাঁড়ি, বারকোশে মস্ত রুইমাছ, ধামাভর্তি শীতের সবজি। এলাহি কাণ্ড।

মামলায় জিতে উদ্ধববাবুর মনটা আজ ভাল। অন্য একটা মামলায় সওয়ালের ফাঁকে গুনগুন করে ভৈরবী ভেঁজে নিচ্ছিলেন। আদালতে গান গাওয়া নিষিদ্ধ। হাকিমসাহেব গুনগুনানি শুনে বারবার এধার-ওধার তাকান, কিন্তু কোত্থেকে গানটা আসছে তা বুঝতে পারেন না। বার দুই-তিন হাতুড়ি ঠুকে "অর্ডার অর্ডার" হাঁক দিলেন। প্রতিবারই উদ্ধববাবু রুমালে মুখ ঢেকে জিব কাটলেন। কিন্তু গান জিনিসটা ভারী অবাধ্য। ভিতরে গানের ফোয়ারা খুলে গেলে তাকে ঠেকায় কার সাধ্য।

অবশেষে বিপক্ষের উকিল উঠে হাকিমকে বললেন, "আমাদের লার্নেড ফ্রেন্ড উদ্ধববাবুর স্বভাব অনেকটা কোকিলের মতো। বসন্ত সমাসন্ন দেখে ওঁর কণ্ঠ 'কুহু কুহু' রবে চঞ্চল হয়ে উঠেছে। কোকিল যেমন কাকের বাসায় ডিম পাড়ে, উনিও তেমনি ওঁর গানের ডিম এই আদালতে পেড়ে রেখে যাচ্ছেন।"

এই অদ্ভুত সওয়ালে হাকিম ভ্রূ কোঁচকালেন, লজ্জিত উদ্ধববাবু ঘাড় চুলকোচ্ছেন। আর এক হাতুড়ি মেরে আদালতকে চুপ করিয়ে উদ্ধববাবুকে বলেন, "আপনার হিয়ারিংয়ের জন্য একটা ডেট নিন। আজ বাড়ি চলে যান।"

হাঁফ ছেড়ে উদ্ধববাবু বেরিয়ে এলেন। বাস্তবিক এতক্ষণ তাঁর হাঁফ ধরে আসছিল, আইঢাই করছিল। পাকা ফোঁড়ার মতো ভিতরে টনটন করছে গান। একটু টুসকি দিলেই বোমার মতো ফেটে পড়বে। সেই টুসকিটা এতক্ষণ দিতে পারছিলেন না।

এজলাসের চৌহদ্দি পার হয়ে রাস্তায় পড়েই গানের ফোঁড়াটায় টুসকি দিলেন উদ্ধববাবু। আর বাস্তবিক সেটা বোমার মতোই ফাটল। হাঁ করে প্রথম তানটা লাগাতেই এত জোর শব্দ হল যে, উদ্ধববাবু নিজেই হকচকিয়ে গেলেন।

শুধু তাই নয়। সেই শব্দে রাস্তার লোকজনও পালাতে লাগল। কাক কা-কা করে উড়ে উড়ে ঘুরতে লাগল। উদ্ধববাবু তাজ্জব হয়ে দেখলেন, তাঁর গানের ফোঁড়াটা বোমার মতো ফেটে চারদিকে ধোঁয়া ছড়াচ্ছে।

ভ্যাবাচ্যাকা ভাবটা কেটে যেতে কয়েক সেকেন্ড সময় লাগল। তারপর উদ্ধববাবু হঠাৎ বুঝতে পারলেন শব্দটা তাঁর গলা থেকে বেরোয়নি। অমন বোমার মতো আওয়াজ খুব বড় ওস্তাদের গলা থেকেও বেরোবার কথা নয়। যুক্তি অনুসরণ করলে সন্দেহ থাকে না, বোমার মতো আওয়াজটা একটা বোমারই কাজ। আর সেটা ফেটেছে উদ্ধববাবুর মাত্র হাত দশেকের মধ্যে।

রাস্তার আর-পাঁচজনের মতো উদ্ধববাবুও দৌড়তে লাগলেন। অগ্রপশ্চাৎ বিবেচনার সময় নেই। গলায় গানটাও আর ঠেলাঠেলি করছে না।

বাড়িতে এসে নিজের ঘরে শুয়ে চোখ বুজে অনেকক্ষণ হাঁফ ছাড়লেন উদ্ধববাবু। ব্যাপারটা কী হল তা বুঝতে পারছিলেন না। বোমাটা এত কাছাকাছি ফেটেছে যে,

সেই শব্দে তাঁর মাথাটা এখনও ভোম্বল হয়ে আছে। এমনকী শুয়ে-শুয়ে কয়েকবার ভৈরবীতে তান লাগানোর চেষ্টাও করলেন উদ্ধববাবু। কিন্তু গলার স্বর ফুটল না।

ভিতরের বারান্দা থেকে কাকাতুয়াটা বলে উঠল, "দাঁড়া, তোকে মজা দেখাচ্ছি। দাঁড়া, তোকে মজা দেখাচ্ছি।"

উদ্ধববাবু কাকাতুয়ার কথা শুনে উঠে বসলেন। মক্কেল যে অঢেল ভেট দিয়ে গেছে, তা ফেলে-ছড়িয়ে খেয়েও শেষ হওয়ার কথা নয়। তাই উঠে ভিতরবাড়ি থেকে একটা রসগোল্লার হাঁড়ি এনে কাকাতুয়াটাকে খাওয়াতে লেগে গেলেন।

কাকাতুয়াটা বেশ চেখে-চুখেই খাচ্ছিল। কয়দিনে পাখিটা উদ্ধববাবুকে খুব চিনেছে। খেতে-খেতে ঘাড় ঘুরিয়ে-ঘুরিয়ে উদ্ধববাবুকে দেখছিল। হঠাৎ একটু চাপা গলায় বলল, "কাউকে বোলো না। কাশিমের চরে অনেক মোহর আছে।"

উদ্ধববাবু হাঁ করে চেয়ে রইলেন কিছুক্ষণ, তারপর বললেন, "বলিস কী রে?"

"বিশু জানে না। বিশু জানে না।"

"বিশুটা কে বলবি তো।"

পাখি তখন অন্য কথা বলতে লাগল। "রামু, তুমি ভীষণ দুষ্টু। পড়তে যাও। নইলে গোল্লা পাবে।" তারপর আবার স্বর পালটে বলে, "দাঁড়া, তোকে মজা দেখাচ্ছি।"

চারদিকে চেয়ে উদ্ধববাবু পাখির দাঁড়টা বারান্দা থেকে নিজের ঘরে এনে রাখলেন।

উদ্ধববাবু বিস্তর মামলা-মোকদ্দমা করেছেন। তিনি জানেন, যার কাছে কোনও গোপন খবর থাকে, তার জীবন সর্বদাই বিপদসংকুল। এই পাখিটা নিশ্চিত লুকোনো সম্পদের খবর জানে। এ পর্যন্ত পাখিটার ওপর হামলাও কিছু কম হয়নি। কিন্তু এতকাল কাকাতুয়াটা কাশিমের চরের কথা বলেনি! কেউ যদি কথাটা শুনতে পায়, তবে যেমন করেই হোক হন্যে হয়ে পাখিটাকে হাত করার চেষ্টা করবে। তার জন্য খুন পর্যন্ত করতে পিছপা হবে না।

উদ্ধববাবু আরও কিছুক্ষণ বিশ্রাম নিতে বিছানায় গা ঢালতেই পিঠের নীচে কী একটা খচমচ করে উঠল। উঠে দেখলেন একটা খাম। তাতে ওঁর নাম লেখা।

খাম খুলতেই একটা চিঠি।

মহাশয়, কাকাতুয়াটিকে ফেরত পাইবার জন্য যে প্রস্তাব দিয়াছিলাম তাহা আপনি কার্যত অগ্রাহ্য করিয়াছেন। বুঝিতেছি সহজ পথে আপনি পাখিটিকে ফেরত দিবেন না। তাহাতে অবশ্য আমাদের কিছু না, বিপদ আপনারই। আজ আদালতের বাহিরে যাহা ঘটিল, তাহা একটি নমুনা মাত্র। বোমাটিতে কেবল আওয়াজের মশলা ছিল, ক্ষতিকারক কোনওকিছু ছিল না। আপনাকে আমাদের সম্পর্কে সচেতন করিয়া দিতেই এই কাজ করিতে বাধ্য হইলাম। ইহার পর যদি কখনও আমাদের বোমা প্রয়োগ করিতে হয়, তবে এবার তাহার মধ্যে মারাত্মক বস্তু সকলই থাকিবে। মনুষ্যজীবন অতীব মহার্ঘ বিবেচনা করিয়া ভালয়-ভালয় পাখিটিকে আমাদের হাতে তুলিয়া দিবেন। বেশি কিছু করিতে হইবে না। আপনাদের বাহিরের বারান্দায় আজ রাতে পাখির দাঁড়টা (পাখি সমেত) ঝুলাইয়া রাখিবেন। কোনও পাহারা রাখিবেন না।

আমরা যথাসময়ে তাহা হস্তগত করিব। ক্ষতিপূরণ বাবদ যথেষ্ট অর্থও আপনি পাইবেন। ইতি।

এর আগের চিঠিতে 'আমি আমি' করে লেখা ছিল। এই চিঠিতে বহুবচনের 'আমরা'।

উদ্ধববাবু চারদিকে চেয়ে দেখলেন শোয়ার ঘরের তিন দিকেই বড়-বড় জানালা। দক্ষিণ দিকে বাগান, পূর্ব দিকেও বাগান, উত্তরদিকে কলতলা। পত্রবাহক কোন দিক দিয়ে এসে টুক করে এই অল্প সময়ের মধ্যে জানালা গলিয়ে বিছানায় চিঠিটা ফেলে গেছে, তা অনুমান করা শক্ত। তবে এরা যে বেশ সংগঠিত দল তাতে সন্দেহ নেই।

উদ্ধববাবু গম্ভীর মুখে বললেন, "হুঁ।"

পাখিটাও তাঁর হুঁ শিখে গেছে। সেও বলল, "হুঁ।"

উদ্ধববাবু কাকাতুয়ার দিকে চেয়ে দেখলেন পাখিটাও তাঁর দিকেই চেয়ে আছে। বড় মায়া পড়ে গেছে উদ্ধববাবুর। উঠে গিয়ে কাকাতুয়ার পালকে হাত বোলাতে-বোলাতে বললেন, "কেন যে বাবা গোপন কথাগুলো শিখতে গেলি। এখন তোরও বিপদ, আমারও বিপদ।"

পাখিটা হঠাৎ আর্তস্বরে বলে উঠল, "বিশু, আমাকে মেরো না! মেরো না!"

উদ্ধববাবু চমকে চারদিকে চেয়ে দেখলেন। না, কেউ কোথাও নেই। পাখিটা পুরনো মুখস্থ বুলিটা বলছে।

আলমারি খুলে উদ্ধববাবু তাঁর বাবার আমলের দোনলা বন্দুকটা বের করলেন। বহুকাল কেউ বন্দুকটা চালায়নি। উদ্ধববাবু বন্দুকটা পরিষ্কার করতে বসে গেলেন।

ভয়ের চেয়ে ভালবাসা অনেক বড়। উদ্ধববাবু ভয়ের কাছে হার মানতে রাজি নন।

পনেরো

এমনিতে দেখতে গেলে মাস্টার গোবিন্দ বেশ সুখেই আছে। সারাটা দিন গোরু চরায়, গেরস্ত বাড়ির অজস্র কাজ মুখ বুজে করে, পেট ভরে খায় আর সন্ধের পর খড়ের গাদায় ঢুকে ঘুমোয়। বোবা কালা হয়ে থাকতে একটু কষ্ট হয় বটে, কিন্তু সেটা সইয়ে নিচ্ছে।

মাঝে-মাঝে বেমক্কা মুখ ফুটে এক-আধটা শব্দ বেরিয়ে আসে ঠিকই, কিন্তু ততটা ক্ষতি কিছু হয়নি।

সেদিন গেরস্তর ছেলের বউ এক গামলা ফুটন্ত ভাতের ফ্যান উঠোনের কোণে রেখে খার কাচতে গেছে, এমন সময় গেরস্তর ছোট্ট নাতি হামা টানতে-টানতে গিয়ে সেই গামলার কানা ধরে উঠতে গিয়েছে। গোবিন্দ গোরুগুলোকে মাঠ থেকে নিয়ে আসতে যাচ্ছিল দুপুর বেলা। এই দৃশ্য দেখে বেখেয়ালে 'ইশ, গেল, ছেলেটা গেল' বলে চেঁচিয়ে দৌড়ে এসে বাচ্চাটাকে কোলে তুলে নেয়। ভাগ্যিস কেউ শোনেনি।

আর একদিন গেরস্তর মেজো ছেলে সকালে তাকে ঘুম থেকে তুলে দিতে এসেছিল। তখন একেবারে কাকভোর। আগের রাত্রে যাত্রা শুনেছে বলে ঘুমটা ভোরে

খুব গাঢ় হয়েছিল গোবিন্দর। ছেলেটার ডাকাডাকিতে উঠে বসে বলে ফেলেছিল, “দুত্তোর, এখন যাঁড়ের মতো কেন চেঁচায় লোকে!” ছেলেটা অবাক হয়ে তার দিকে চেয়ে বলল, “এ কী! তুমি যে বড় কথা বলতে পারো।” গোবিন্দ ফ্যাসাদে পড়ে অনেকক্ষণ বু-বু করল বটে, কিন্তু ছেলেটার যেন প্রত্যয় হল না। পাছে লোক জানাজানি হয়ে যায়, সেই ভয়ে তখন ছেলেটাকে কিছু-কিছু কথা খুলে বলল গোবিন্দ। রাজি করাল যাতে কাউকে না বলে।

বেশ কাটছিল। কিন্তু একদিন সকালবেলা গোবিন্দ দেখল, একটি রোগা শুঁটকো মতো লোক গেরস্তর সঙ্গে উঠোনে বসে কথা বলছে লোকটার চাউনি-টাউনিগুলো ভাল নয়। কথা বলতে-বলতে চারদিকে নজর রাখছে। বোঝা যায় কিছু বা কাউকে খুঁজছে।

লোকটা চলে যাওয়ার পর গোবিন্দ গেরস্তর মেজো ছেলেকে আড়ালে ডেকে জিজ্ঞেস করল, “যে লোকটা এসেছিল সে কে বলো তো!”

“ও হল ফন্তুবাবু।”

“সে আবার কে?’

“দালালি-ফালালি করে। জমি বেচাকেনার কারবার আছে।”

“আর কিছু?”

“আর কিছু তো জানি না।”

“মানুষটা কেমন?”

“তা কে জানে! তবে বাবার কাছে মাঝে-মাঝে আসে।”

“আজ কেন এসেছিল একটু খোঁজ নেবে? যাও, তোমার বাবাকে গিয়ে জিজ্ঞেস করে এসো।”

ছেলেটা একটু বাদে ঘুরে এসে বলল, “কে একটা লোক জেলখানা থেকে পালিয়ে এদিকে এসেছে তার সম্বন্ধে জিজ্ঞাসাবাদ করছিল।”

গোবিন্দ জেল পালানোর কথাটা ছেলেটাকে বলেনি। শুধু বদমাশ লোক তার পিছনে লেগেছে বলে সে লুকিয়ে আছে। গোবিন্দ জিজ্ঞেস করল, “তোমার বাবা আমার কথা কিছু বলেননি তো?”

কিছু লোকের স্বভাব হল, বুদ্ধি থাকলেও তা খাটাবে না। ছেলেটা বলল, “দাঁড়াও, গিয়ে বাবাকে জিজ্ঞেস করে আসি।”

গোবিন্দ তাকে থামিয়ে বলল, “এখন ফের জিজ্ঞেস করলে তোমার বাবার সন্দেহ হবে। থাকগে।”

রামু মাঝে-মাঝে ছুটির দিনে গোরু চরানোর মাঠে খেলা শিখতে আসে। গোবিন্দ লক্ষ করেছে, ছেলেটা যেদিকে মন দেয় সেদিকটায় বেশ ধাঁ করে উন্নতি করে ফেলতে পারে। খালি মাঠে যন্ত্রপাতি ছাড়া রামুকে আর কীই বা শেখাতে পারে গোবিন্দ? তবু যে কয়েকটা মামুলি একসারসাইজ শিখিয়েছিল, তা চটপট শিখে নিল রামু। খেলা শেখার ফাঁকে-ফাঁকে দু-একটা খবরও দিত। সামন্ত বলে দিয়েছে, পুলিশ সার্কাসের ওপর নজর রাখছে তো বটেই, কিন্তু ভাবগতিক দেখে মনে হয় পুলিশ

আগুনটা যেরকম ফুলকি ছড়াচ্ছে, আর শিখা যেমন উত্তুরে বাতাসে দক্ষিণামুখো বেঁকে যাচ্ছে, তাতে আর দুটো গাদা আর গেরস্তর বাড়িতেও আগুন ধরল বলে।

গেরস্ত তার বাড়ির মেয়েপুরুষ মিলে পরিত্রাহি চেঁচাচ্ছে, "গেল, গেল সব গেল! জল দে, জল দে শিগগির।"

কিন্তু এই শীতে টানের সময় খালবিল শুকিয়ে দড়ি। কুয়োর জল পাতালে। এই বিশাল আগুন নেভানো সহজ কর্ম নয়। মুনিশরা লাঠি দিয়ে খড়ের গাদায় পেটাপেটি করেছিল বটে, কিন্তু আগুনের তাতে ঝলসে সবাই হটে এল।

অত আগুনের আলোয় চোখ ঝলসে গেছে বলে গোবিন্দর হনুমান লাফটা কেউ লক্ষ করেনি। গেরস্ত বুক চাপড়ে চিৎকার করে বলছিল, বোবা-কালা অবোধ লোকটা সেদ্ধ হয়ে গেল রে। আহা বেচারি চেঁচানোরও সময় পায়নি।

গোবিন্দ পড়েছিল বেগুন-খেতের মধ্যে। সামনে ডালপালার বেশ উঁচু বেড়া। সুতরাং তাকে কেউ দেখতে পাচ্ছে না। এই সময়ে হঠাৎ গোবিন্দর মাথায় একটি বুদ্ধি এল। খড়ের গাদায় আগুন লেগে সে মরেছে, একথাটা প্রচার হয়ে গেলে কেমন হয়? যারা তাকে মারতে চেয়েছিল তারা অন্তত কিছুদিন নিশ্চিন্ত থাকতে পারবে।

গাঁ-সুদ্ধ লোক আগুন দেখতে ধেয়ে আসছে। গোবিন্দর উচিত ছিল এই অবস্থায় গেরস্তকে কিছু সাহায্য করা। কিন্তু সে দেখল, এই আগুনকে কব্জায় আনা তার অসাধ্য। গেরস্তর কপাল ভাল থাকলে বাঁচবে।

এই ভেবে গোবিন্দ হামাগুড়ি দিয়ে বেগুন-খেতের পিছনে বাঁশের বেড়া ডিঙিয়ে বাঁশবনে পড়ল। জিনিসপত্র কিছু পড়ে রইল বটে গেরস্তর বাড়িতে, কিন্তু সে তেমন কিছু নয়।

ঘুরপথে হেঁটে সে শহরের রাস্তায় উঠে পড়ল। খুবই অন্ধকার আর ঠাণ্ডা রাত। চারদিকে হিম কুয়াশা। গোবিন্দ তার গায়ের কাঁথাটা পর্যন্ত আনেনি। শীতে একেবারে জমে যাচ্ছে। এই ঠাণ্ডা থেকে বাঁচবার একমাত্র উপায় খুব জোরে জোরে হাঁটা। গোবিন্দ হাঁটতে লাগল।

এতকাল ফাঁসির দড়ির ভয় ছিল। পুলিশের ভয় ছিল। এবার তার সঙ্গে এ আর এক অচেনা বিপদ এসে জুটল। সাতনা। কিন্তু আগুন যে সাতনাই দিয়েছে, তার কোনও মানে নেই।

তবে কে? গোবিন্দকে মেরে তার কী লাভ?

ভাবতে ভাবতে কূলকিনারা পায় না গোবিন্দ। সে বুদ্ধিমান বটে, কিন্তু আজকের আচমকা সব ঘটনায় বুদ্ধি গুলিয়ে যাচ্ছে। ঠাণ্ডা মাথায় সবটা বিশ্লেষণ করতে পারছে না।

গাঁয়ের সীমানা ডিঙিয়ে যখন খোলা মাঠে পা দেবে গোবিন্দ, তখন হঠাৎ পিছনে শুনল কে যেন দৌড়ে আসছে। তবে এক জোড়া পায়ের আওয়াজ।

গোবিন্দ একটা গাছের আড়ালে দাঁড়িয়ে গেল। লোকটা শত্রু হলেও যদি একা হয় তবে গোবিন্দর ভয় নেই। যে-কোনও একজন লোকের সঙ্গে সে অনায়াসে পাল্লা টানতে পারবে।

কে যেন ঘুটঘুট্টি অন্ধকারে ডাকল, "রাখালদা! ও রাখালদা!"

গেরস্তর মেজো ছেলে। গোবিন্দ চাপা স্বরে বলল, "এখানে।"

কাছে এসে হাঁফাতে-হাঁফাতে সে জিজ্ঞেস করল, "পালাচ্ছ কেন?"

"না পালিয়ে উপায় নেই। তোমাদের বাড়িতে কি আগুনটা ছড়িয়েছে।"

"না। গাঁয়ের লোকেরা বড় বড় বাঁশ দিয়ে গাদার আগুন প্রায় ঠাণ্ডা করে এনেছে। খড়ের আগুন বেশিক্ষণ তো থাকে না। আমি তোমাকেই খুঁজছিলাম যে। মনে হচ্ছিল, তুমি অত সহজে মরবার পাত্র নও। ঠিক বেঁচে যাবে। তোমাকে লাফ দিয়ে বেগুন খেতে পড়তেও দেখেছি।"

"আর কেউ দেখেনি তো?"

"আমাদের বাড়ির কেউই দেখেনি। তবে তুমি পালানোর পর লম্বা আর জোয়ান একটা লোক বেগুনখেতে গিয়ে টর্চ জ্বেলে কী যেন দেখছিল। সে এই গাঁয়ের লোক নয়।"

গোবিন্দ একটা দীর্ঘশ্বাস ফেলল। সাতনা।

ছেলেটা জিজ্ঞেস করল, "লোকটা কে রাখালদা?"

"একটা দুঃখী লোক। দুঃখ অনেক সময় মানুষের ভাল করে। কখনও-কখনও খারাপও করে। এ লোকটার খারাপ করেছে।"

"তার মানে?"

"গল্পটা বলার তো সময় নেই। লোকটা কী করল বলো।"

"কিছু করল না। খানিকক্ষণ চারদিকে দেখে খুব গম্ভীর মুখে একদিকে চলে গেল।"

"সঙ্গে কাউকে দেখলে?"

"কাউকে না।"

"তা হলে ওই লোকটাও জানে যে, আমি মরিনি!"

"তা জানতে পারে। কিন্তু আগুনটা দিল কে বলো তো। বাবার ধারণা তুমি বিড়ি খেতে গিয়ে নিজের বিপদ নিজে ডেকে এনেছ। সত্যি নাকি?"

ম্লান হেসে গোবিন্দ বলে, "খেলোয়াড়দের বিড়ি সিগারেট খাওয়া বারণ জানো না?"

ছেলেটা অবাক হয়ে বলে, "তুমি খেলোয়াড় নাকি? কীসের?"

"সার্কাসের। কিন্তু সে-গল্পও আর এক দিন শুনো।"

"বাঃ রে, এসব কথা আমাকে বলোনি কেন?"

"তুমি ছেলেমানুষ। তোমাকে বিপদে ফেলতে চাইনি।"

"কীসের বিপদ?"

"এখন বলার সময় নেই।"

গেরস্তর মেজো ছেলে অভিমানভরে বলল, "কিছুই তো আমাকে বলছ না। কিন্তু আমি যে তোমাকে খুব ভালবাসতাম।"

গোবিন্দ একটু ভাবল। তারপর বলল, "বেশ কিছুদিন আগে কাশিমের চরে একটা

লোক খুন হয়েছিল। তার নাম হরিহর পাড়ুই। জানো?”

“জানি। সার্কাসের খেলোয়ার মাস্টার গোবিন্দর তো সেই জন্যই ফাঁসি হবে।”

“হয়নি। কারণ আমিই গোবিন্দ মাস্টার।”

“তুমি?” বলে যেন ভূত দেখে আঁতকে ওঠে ছেলেটা।

গোবিন্দ তার কাঁধে হাত রেখে বলে, “খুনটা যে আমি করিনি সেটা অনেকেই বিশ্বাস করে না। তবে হরিহরের সঙ্গে সেই রাতে কাশিমের চরে আমি গিয়েছিলাম বটে।”

“তবে কে খুনটা করল?”

“তা জানি না। কিন্তু জানতেই হবে। যেমন করেই হোক। খুনিকে ধরতে না পারলে পুলিশ শেষ পর্যন্ত আমাকে ধরবেই।”

“ তা হলে তুমি পালাও।”

“তা পালাচ্ছি।”

সতেরো

উদ্ধববাবু ঠিক করলেন আজকের রাতটা জেগে পাহারা দেবেন। বাড়ির লোকেরা খুব-একটা রাত জাগাতে আগ্রহী নয়। চাকরবাকরেরা দায়ে পড়ে জাগবে বটে, কিন্তু তাদের বিশ্বাস নেই! উদ্ধববাবু একাই জাগবেন বলে ঠিক ছিল। কিন্তু শেষ, পর্যন্ত তাঁর দুজন সঙ্গী জুটে গেল। একজন তাঁর ছোট ছেলে রামু। বাচ্চাদের রাত জাগা উদ্ধববাবু পছন্দ করেন না বটে, কিন্তু রামুটা বেশ ডাকাবুকো আছে, গুলতির হাতটাও বেশ পাকা। লেখাপড়ায় বুদ্ধি না খুললেও অন্যান্য ব্যাপারে যে রামুর বুদ্ধি খুব চটজলদি খেলে তা উদ্ধববাবু জানেন। কাজেই রামু যখন বাবার সঙ্গে পাহারা দেওয়ার প্রস্তাব করল তখন তিনি খুব-একটা আপত্তি করলেন না। কটমট করে ছেলের দিকে তাকিয়ে হুংকার দিয়ে বললেন, “ফুলহাতা সোয়েটার পরে, মাথায় কানে বেশ করে কমফর্টার জড়িয়ে নেবে। পায়ে জুতো মোজা থাকে যেন।” দ্বিতীয় সঙ্গী জুটল নব্বই বছরের জাফর মিঞা। বয়স নব্বই হলেও জাফর মিঞার শরীরটি মেদহীন, দীর্ঘ এবং খুবই কর্মক্ষম। তিনি সামান্য দুধ আর ফল ছাড়া অন্য কোনও খাবার খান না। দিনে পাঁচবার নমাজ পড়েন। তাঁর মাথাটি ঠাণ্ডা, মেজাজটি ঠাণ্ডা, মুখে সর্বদা হাসি। তবে জাফর মিঞা কানে কম শোনেন। উদ্ধববাবুকে সেই ছোট অবস্থা থেকে দেখে আসছেন। সেই উদ্ধববাবুর বাড়িতে ডাকাত পড়বে শুনে তিনি নিজেই যেচে একটা লাঠি হাতে চলে এলেন। গাল কান মাথা ঢাকা বাঁদুরে টুপি, মোটা কম্বল আর নাগরা জুতোয় তাঁকে বেশ জম্পেশ দেখাচ্ছিল।

উদ্ধববাবু নিজেও সঙ্গে একটা অস্ত্র রাখলেন। বহুকাল আগে তাঁর এক রাজপুত মক্কেল মামলায় জিতে একটা তরোয়াল উপহার দিয়েছিল। বংশের স্মৃতিচিহ্ন। তরোয়ালটা বেশ লম্বা আর ভারী। রাজপুত বলেছিল, এই তরোয়াল যদি খোপ থেকে কখনও বের করেন তবে রক্ত না খাইয়ে খাপে ভরবেন না। আজ পর্যন্ত এই তরোয়াল

রক্ত না খেয়ে খাপে ঢোকেনি কখনও। এমনি রক্ত না জোটে তো কুকুর-বেড়াল পোকামাকড় যা হোক একটা মেরে নিয়মটা রাখবেন।

উদ্ধববাবু রক্ত খাওয়ানোর কথা শুনে তরোয়ালটা কখনও খাপ থেকে বের করেননি। আজ করলেন। দেখে অবাক হলেন, দশ বছর খাপের মধ্যে একটানা বন্ধ থেকেও তরোয়ালটার গায়ে একটুও মরচে পড়েনি। এখনও ঝকঝক করছে। আর একটা অদ্ভুত ব্যাপার, অস্ত্রটা হাতে নিলেই শরীরের রক্ত কেমন একটু চনমন করে ওঠে। ঘোড়ার পিঠে চেপে এক্ষুনি যুদ্ধযাত্রায় বেরিয়ে পড়তে ইচ্ছে করে।

কিন্তু উদ্ধববাবুর ঘোড়া নেই। ধারেকাছে কোথাও কোনও যুদ্ধও হচ্ছে না। তাই তিনি শূন্যে কয়েকবার তরোয়ালটাকে ঘুরপাক খাইয়ে নিলেন। মনে দুর্জয় সাহস এল।

রাত এগারোটার পর তিনজন বাইরের বারান্দায় শতরঞ্চি পেতে বসলেন। ফ্লাস্কে চা, টিফিন ক্যারিয়ারে লুচি আর আলুর দম। তিনটে নতুন ব্যাটারি ভরা টর্চ।

জাফর মিঞা বললেন, "পুলিশে একটা খবর দিয়ে রাখলে পারতে হে উদ্ধব। বদমাশগুলো যদি দল বেঁধে আসে তা হলে আমরা তিনজন কী করব?"

উদ্ধববাবু বলেন, "সেটা একবার ভেবেছিলাম। তবে একটা পাখির জন্য পুলিশ পাহারা বসালে লোকে আমাকে পাগল ভাববে। তাই অতটা আর করিনি! এমনিতেই আজ আদালতে আমার সম্পর্কে একটু সন্দেহ প্রকাশ করেছেন হাকিম।"

ভালমানুষ জাফর মিঞা কী বুঝলেন কে জানে। শুধু বললেন, "তা ভাল। তা ভাল।"

রাত বারোটার মধ্যেই জাফর মিঞা ঢুলতে লাগলেন। রামু প্রথম দিকটায় তেজে পাহারা দিচ্ছিল। কিন্তু বাচ্চা ছেলে, হঠাৎ কোন সময়ে শতরঞ্চিতে কোণ ঘেঁষে শুয়ে ঘুমিয়ে পড়ল। উদ্ধববাবু একা।

তবে একা হলেও ভয়ের লেশমাত্র তিনি টের পাচ্ছেন না। হাতের তরোয়ালটা ঝকঝক করছে। শরীরের রক্ত এতই গরম হয়ে উঠেছে যে এই শীতেও তাঁর ঘাম হতে লাগল। তিনি প্রথমে আলোয়ানটা খুললেন, তারপর সোয়েটার ছেড়ে ফেললেন। তাতেও গরম বোধ করায় গায়ের জামাটা খুলে সেটা ঘুরিয়ে হাওয়া খেতে লাগলেন। গায়ের গেঞ্জিটাও ভিজে গেছে ঘামে। সেটাও খুলবেন কি না ভাবছেন, এমন সময় থানার ঘড়িতে একটা বাজবার ঢং শব্দ হল। উদ্ধববাবু তরোয়াল-হাতে পায়চারি করতে-করতে দরবারি কানাড়া রাগের একটি মুড তৈরি করতে লাগলেন। ভারী গভীর এবং গম্ভীর রাগ। তাঁর গলায় রাগটা খোলেও ভাল। গাইতে-গাইতে বেশ আত্মহারা হয়ে গেলেন তিনি। পাখির কথা মনে রইল না, পাহারার কথা মনে রইল না। সুরের ওঠা-পড়ার সঙ্গে সঙ্গে হাতের তরোয়ালটাও উঠছিল নামছিল। পা পড়ছিল তালেতালে। চোখ বোজা। উদ্ধববাবু স্পষ্টই টের পাচ্ছিলেন, আজ তাঁর গলায় অন্য কেউ ভর করেছে। এ যেন তাঁর সেই পুরনো গলাই নয়। সুরের এক মায়ারাজ্য থেকে রাগরাগিণীর বাতাস ভেসে আসছে। চারদিকে এক সুরের সম্মোহন ছড়িয়ে যাচ্ছে।

অনেকক্ষণ বাদে যখন চোখ মেললেন তখনও তিনি ঠিক বাস্তব জগতে নেই।

নিজের সুরের রেশ তাঁকে আচ্ছন্ন করে রেখেছে। বেশ অনেকটা সময় গেল ধাতস্থ হতে। তখন অবাক হয়ে দেখেন, রামু উঠে জড়সড় হয়ে বসে আছে। জাফর মিঞা ঘন-ঘন চোখের জল মুছছেন। বারান্দায়, সামনের বাগানে, ডাইনে বাঁয়ে বিস্তর পাড়া প্রতিবেশী জড়ো হয়েছে। প্রত্যেকেই হাঁ করে দেখছে তাঁকে।

উদ্ধববাবু একটু লজ্জা পেলেন। গান তিনি ভালই গেয়ে থাকেন বটে, কিন্তু এত রাতে লোক জড়ো হওয়ার মতো ততটা কি? যাই হোক, তিনি হাতজোড় করে শ্রোতাদের নমস্কার জানালেন।

ঠিক এই সময়ে বেরসিক গবা পাগলা বলে উঠল, "আপনি তো গানের ঠেলায় পাড়া জাগালেন। ওদিকে যে হয়ে গেছে।"

উদ্ধববাবু মিটিমিটি হেসে মিষ্টি করে জিজ্ঞেস করেন, "কী হল রে আবার?"

"আবার কী? যেনাদের আসবার কথা ছিল তেনারা এসে কাজ হাসিল করে হাওয়া।"

উদ্ধববাবুর মাথাটা আজ বড় ভাল। এই শীতের রাতে গান গেয়ে তিনি সকলের ঘুম ভাঙিয়েছেন। তাঁর সুরের চুম্বকে সকলে ছুটে এসেছে। এই সাফল্যের পর তাঁর এলেবেলে কথা ভাল লাগছে না। তবু গলাটা মিষ্টি রেখেই বললেন, "আরও লোক এসেছিল বুঝি? তা বসতে দিলি না কেন?"

"তারা বসবার জন্য এলে তো বসতে বলব! তারা কাজ গুছোতে এসেছিল, কাজ গুছিয়ে সরে পড়েছে।"

"তাই নাকি?" উদ্ধববাবু তবু গা করেন না।

গবা পাগলা বলল, "আমিও গোয়ালঘরের চালে বসে পাহারা দিচ্ছিলাম। হঠাৎ দেখি আপনি তরোয়াল ঘুরিয়ে গান ধরেছেন। তরোয়ালের ডগাটা একবার রামুর পেটের ধার ঘেঁষে গেল, আবার জাফরচাচার নাকের ডগা ছুঁয়ে এল। মারাত্মক কাণ্ড। ভাবছি নেমে এসে আপনাকে জাপটে ধরি। ঠিক এই সময়ে তেনারা এলেন। পাঁচ-সাতজন তাগড়া জোয়ান। আপনি চোখ বুজে গানে মত্ত।

তারা আপনার চোখের সুমুখ দিয়ে, বগলতলা দিয়ে দরজা খুলে ফেলল যন্ত্র দিয়ে, তারপর চোখের পলকে পাখির দাঁড়টা নিয়ে আপনার সুমুখে দিয়েই বেরিয়ে গেল। গান যে কী সব্বোনেশে তা আজ বুঝলাম।"

উদ্ধববাবু এখনও সঙ্গীতের সুরলোক থেকে নেমে আসতে পারেননি। চোখে এখনও ঘোর। মিষ্টি করে বললেন, "পাখি নিয়ে গেছে? যাক। পাখি যাক, সুর তো ধরা দিয়েছে। তুই বরং রাঘব ঘোষকে গিয়ে ডেকে নিয়ে আয়।"

লোকজনের ভিড় ঠেলে হঠাৎ দারোগা কুন্দকুসুম বারান্দায় উঠে এলেন। মুখ গম্ভীর। বললেন, "উদ্ধববাবু, আপনার মতো বিশিষ্ট লোককে হ্যারাস করতে চাই না। কিন্তু আপনার পাড়া প্রতিবেশীদের কয়েকজন গিয়ে আমার কাছে অভিযোগ করেছেন যে আপনি গভীর রাতে বিকট চিৎকার করে তাঁদের বিশ্রামের ব্যাঘাত ঘটিয়েছেন। ইন ফ্যাকট, আমিও থানা থেকে একটা চেঁচানি শুনতে পেয়েছি। প্রতিবেশীরা আপনাকে থামানোর জন্য এসে জড়ো হয়েছিল। কিন্তু আপনি একটি

বিপজ্জনক অস্ত্র ঘোরাচ্ছেন দেখে তাঁরা কেউ কাছে আসতে ভরসা পাননি। তাঁদের ধারণা, আপনি পাগল হয়ে গেছেন। আপনার বিরুদ্ধে বিপজ্জনক অস্ত্র রাখা ও ব্যবহার এবং লোকের বিশ্রামের ব্যাঘাত ঘটানোর দু-দফা অভিযোগ। আমি আপনাকে গ্রেফতারও করতে পারি। কিন্তু অতটা না করে আজ কেবল একটা ওয়ার্নিং দিয়ে যাচ্ছি। ভবিষ্যতে আর এরকম করবেন না।”

কুন্দকুসুম চলে যাওয়ার পর উদ্ধববাবু সুরলোক থেকে দড়াম করে বাস্তব জগতে নেমে এলেন। কিছুক্ষণ হাঁ করে চেয়ে থেকে হঠাৎ চেঁচিয়ে উঠলেন, “পাখিটা তবে নিয়ে গেছে?”

গবা বলল, “তবে আর বলছি কী?”

উদ্ধববাবু খিঁচিয়ে উঠলেন, “তবে চোখের সামনে দিয়ে নিয়ে গেল, তুই কিছু করলি না?”

গবাও সমান তেজে বলে, “সে তো আপনারও চোখের সামনেই নিয়ে গেছে। আমাকে দোষ দিচ্ছেন শুধু-শুধু। আমি একা অত জনের সঙ্গে পারব কেন?”

“চেঁচাতে তো পারতিস!”

গবা হেসে বলে, “আজ্ঞে, আপনার গানের চোটে আর সব শব্দ তো লোপাট হয়ে গিয়েছিল। আমার চেঁচানি শুনবে কে? তবু চেঁচিয়েছিলাম। কিন্তু আপনার গলার দাপটে আমার চেঁচানি ঢাকা পড়ে গেল।”

জাফর মিঞা হঠাৎ একগাল হেসে বললেন, “উদ্ধব, আমি বেশ শুনতে পাচ্ছি। বুঝলে! হঠাৎ কানের ভিতরকার ঝিঁঝি ভাবটা কেটে গেছে।”

উদ্ধববাবু কটমট করে তাকিয়ে বললেন, “তাই নাকি?”

“ওঃ তোমার গান যে কী উপকারী তা আর বলার নয়। প্রথমটায় একটু আঁতকে উঠেছিলাম বটে। কিন্তু তার পর থেকেই কান ভেসে যাচ্ছে হাজার রকম শব্দে।”

‘হুঁ’ বলে উদ্ধববাবু তরোয়াল-হাতে নিজের ঘরে গিয়ে দরজা দিলেন। রক্ত না-খাইয়ে তরোয়াল খাপে ভরা বারণ। উদ্ধববাবু তরোয়ালটার দিকে চেয়ে বললেন, “খাওয়াচ্ছি রক্ত। নে খা।”

বলে তরোয়ালটা দিয়ে নিজের কণ্ঠনালী চেপে ধরলেন।

আঠারো

ভোর রাত্রে সামন্তমশাইয়ের তাঁবুতে একটা লোক ঢুকল। চাপা গলায় ডাকল, “সামন্তমশাই!”

সামন্তর ঘুম পাতলা। এক ডাকেই জেগে লম্ফটা উসকে দিয়ে বলে, “কে?”

“আমি গোবিন্দ। শুনলাম সার্কাস এখান থেকে চলে যাচ্ছে।”

সামন্ত একটা শ্বাস ফেলে বলে, “রাত ভোর হলেই গোছগাছ শুরু হবে। বেলাবেলিই রওনা হওয়ার কথা।”

“আমি কি পড়ে থাকব এখানে? আমাকেও সঙ্গে নিন।”

সামন্ত একটা দীর্ঘশ্বাস ছেড়ে বলে, "তোকে না নেওয়া কি আমার ইচ্ছে? কিন্তু পুলিশ কড়া নজর রাখছে। যেখানে যাব সেখানেও রাখবে। লুকিয়ে থাকতে তো পারবি না।"

"তা হলে?"

"তা হলে যে কী তা আমার মাথায় খেলছে না। রোজই তোর কথা ভাবি, কিন্তু কোনও ফন্দিফিকির খুঁজে পাচ্ছি না!"

"সার্কাস ছাড়া যে আমি বাঁচব না।" বলে গোবিন্দ সামন্তর বিছানার পাশে হাঁটু গেড়ে বসে। তার চোখে জল।

সামন্ত তার মাথায় হাত বুলিয়ে দিয়ে বলে, "কী যে গেরোয় পড়েছিস বাবা। ভগবান তোকে কেন এমন বিপদে ফেলল তাও বুঝি না। ভাল লোকেরাই দেখছি এই দুনিয়ায় সবচেয়ে হতভাগ্য।"

গোবিন্দ মুখ গুঁজে ফুঁপিয়ে ফুঁপিয়ে একটু কাঁদল। তারপর মুখ তুলে বলল, "আপনি আমার বাবার মতো আপনাকেই তাই বলতে বাধা নেই। আমি ভাল লোক নই সামন্তমশাই।"

সামন্ত চোখ বড়-বড় করে বলে, "তোকে আমি এইটুকু বয়েস থেকে জানি। বলতে কী আমার কাছেই প্রতিপালিত হয়েছিস। কোনওদিন চুরিটুরি করিসনি, মিথ্যে কথা বলিসনি, লোকে বিপদে পড়লে ঝাঁপিয়ে পড়ে সাহায্য করেছিস, তবু তুই ভাল লোক নোস, এ আবার কেমন কথা?"

গোবিন্দ চোখের জল মুছে বলে, "সে-সব আপনিই শিখিয়েছেন। ভাল লোকের কাছে থাকলে লোকে সৎ শিক্ষাই পায়। কিন্তু কয়লা ধুলে কি ময়লা যায়? আমার ভিতরে যে গরল ছিল।"

"সে আবার কী কথা?"

গোবিন্দ ধীর গম্ভীর গলায় বলে, "হরিহরকে আমি খুন করিনি বটে, কিন্তু আমার মনে পাপ ছিল। গুপ্তধনটা খুঁজে পেলে আমার ইচ্ছে ছিল, হরিহরকে খুন করে সবটুকু আমি হাতিয়ে নেব। তারপর সেই টাকায় নিজের একটা সার্কাসের দল খুলব।"

"বটে।" সামন্ত একটু বিষণ্ণমুখে খানিকক্ষণ চুপ করে রইল। তারপর একটা দীর্ঘশ্বাস ছেড়ে বলল, "আমি তো তোকে অনেকবার বলেছি, আমি মরলে এই সার্কাস তোরই হবে। আমি জানি, তোর মাথায় ব্যবসা করে টাকা রোজগারের মতলব নেই। সার্কাস একটা আনন্দের জিনিস। লোকের কাছ থেকে পয়সা আমরা নিই বটে কিন্তু সেটাই কথা নয়। বড় কথা হল, ছোট-ছোট ছেলে মেয়েদের মধ্যে সাহস আর আনন্দ জাগিয়ে তোলা আর নিজেরাও তা থেকে আনন্দ পাওয়া। লোভ থাকলে ভাল খেলোয়াড় হওয়া যায় না, ভাল মানুষও হওয়া যায় না। তোর হঠাৎ লোভ এল কোথা থেকে?"

"লোভটা বাইরে থেকে আসে না, সামন্তমশাই। লোভ মানুষের ভিতরেই থাকে।" গোবিন্দের চোখে আবার জল। চোখ মুছে সে বলল, "হরিহরকে খুন করার কথা ভেবেছিলাম দুটো কারণে। একে তো হরিহরের মতো বদমাশ দুটো নেই। আর

একটা কারণ হল, আমি ওকে খুন না করলে ও-ই আমাকে খুন করত।”

সামন্ত চোখ ছোট করে খুব একদৃষ্টে গোবিন্দর দিকে চেয়ে ছিল। বলল “তোর সঙ্গে হরিহরের চেনা-পরিচয় হল কী করে?”

“হরিহরকে সবাই চিনত। আমরা যখন কাশিমের চরের কাছে খেলা দেখাচ্ছিলাম তখন একদিন হরিহর আমার কাছে লুকিয়ে আসে। আমাকে বলল, সে এক জায়গায় গুপ্তধনের সন্ধান পেয়েছে। আমি যদি সেই গুপ্তধন উদ্ধারে তাকে সাহায্য করি তা হলে সে আমাকে অর্ধেক বখরা দেবে। গুপ্তধনের কথা শুনেই প্রথম আমার ভিতরে লোভ জেগে উঠল।”

“সন্ধান পেয়েছিলি?”

“না। গুপ্তধনটা ছিল এক বুড়ির। সে সম্পর্কে হরিহরের পিসি হয়। সেই বুড়ির তিন কুলে কেউ নেই। এমনকী সেই গুপ্তধনও নাকি বুড়ি চোখে দেখেনি। তবে সন্ধানটা সে-ই জানত। বুড়ি একটা কাকাতুয়া পুষত, আর সেটাকে নিজের ছেলের মতো ভালবাসত। গোপনে নাকি বুড়ি কাকাতুয়াটাকে সেই গুপ্তধনের সন্ধান শিখিয়ে রেখেছিল। কিন্তু আর কাউকে বলত না। হরিহর বুড়ির গুপ্তধনের সন্ধান জানার জন্য বিশু নামে এক শাকরেদকে পিসির বাড়ি চাকরের কাজ দিয়ে রেখেছিল। কিন্তু বিশুও কোনও সন্ধান বের করতে পারেনি। তবে একদিন বিশু কাকাতুয়াটাকে চুরি করে পালিয়ে যায়। খবর পেয়ে হরিহর বিশুর পিছু ধাওয়া করে এক মাঠের মধ্যে তাকে খুন করে। কিন্তু বিশু খুন হওয়ার আগে পাখিটার পায়ের শিক্‌লি খুলে উড়িয়ে দেয়। ওদিকে হরিহরের পিসি কাকাতুয়ার শোকে মারা যায়। তবে মরার আগে সে যখন ভুল বকছিল তখন হরিহর সেইসব কথা থেকে গুপ্তধনের জায়গাটা আঁচ করেছিল। কিন্তু তা উদ্ধার করা বড় সহজ কাজ ছিল না। তাই আমার কাছে এসেছিল হরিহর।”

“তারপর কী হল?”

“সে অনেক ঘটনা। কাশিমের চরে একটা মস্ত পুরনো বাড়ি আছে। সেই বাড়ির অনেকগুলো গম্বুজ আছে। কোনও গম্বুজেই উঠবার কোনও সিঁড়ি নেই। আর এমন সমান করে তৈরি যে কোনও খাঁজ-টাজও নেই যা বেয়ে ওঠা যায়। হরিহর বলেছিল তার মধ্যে একটা গম্বুজের মাথায় নাকি একটা ঢাকনার নীচে গভীর এক কুয়োর মুখ। গম্বুজের মাথা থেকে সেই কুয়ো নেমে একেবারে মাটির তলায় চলে গেছে। আর মাটির তলায় কোনও কুঠুরিতে আছে সেই গুপ্তধন। সেই কুঠুরিতে পৌঁছানো খুব শক্ত কাজ। সার্কাসের খেলোয়াড় ছাড়া সে-কাজ করার সাধ্য খুব কম লোকের আছে।”

“তুই হরিহরের কথায় রাজি হলি?”

“প্রথমে হইনি। পরে লোভ হল। ভীষণ লোভ। মনে হল, রাতারাতি বড়লোক হওয়ার এমন সুযোগ আর পাব না।”

“তা বলে খুনের কথা ভাববি?”

“লোভ একটা নেশার মতো সামন্তমশাই, যখন ঘাড়ে চাপে তখন মানুষ আর মানুষ থাকে না।”

“তারপর কী হল?”

"কথা ছিল, আমি সন্ধেবেলা সেই পোড়া বাড়িতে হাজির থাকব। হরিহর আসবে। কিন্তু সে সময়মতো এল না। আমি অনেকক্ষণ দাঁড়িয়ে রইলাম। সেই বাড়িতে বহু গম্বুজ। কোনটা যে গুপ্তধনের সুড়ঙ্গ তা তো জানি না। হরিহর এসে চিনিয়ে দেবে। কিন্তু সে আর হল না। কাশিমের চরে অন্য একদল বদমাশের হাতে হরিহর খুন হয়ে গেল সেই রাতে। আমার চোখের সামনেই ঘটনা। দোষের মধ্যে আমি গিয়ে হরিহরের লাশটাকে নাড়াচাড়া করেছিলাম, বেঁচে আছে কি না দেখতে। যদি তার কাছ থেকে কোনও কথা আদায় করা যায়। ঠিক সেই সময়ে কিছু লোক এসে পড়ল সেখানে। ধরা পড়ে গেলাম।"

"তুই বলেছিলি, জেলখানা থেকে তোকে পালানোর সুযোগ দেওয়া হয়েছে। সেটা কেন দেওয়া হল তা জানিস?"

গোবিন্দ একটু হেসে বলল, "একটু-একটু বুঝতে পারি। জেলখানায় পুরনো এক ডাকাতির দাগি আসামি আছে। এখন সে ওয়ার্ডেন। কথায় কথায় তাকে একদিন গুপ্তধনের গল্পটা বলেছিলাম। মনে হয় লোকটা সেই থেকে লোভের খপ্পরে পড়ে গেছে। আমার ফাঁসি হলে তো আর গুপ্তধনের সন্ধান পাওয়া যাবে না। তাকে আমি জায়গাটার নাম বলতেও রাজি হইনি। কাজেই সেপাইদের সঙ্গে বন্দোবস্ত করে সে আমাকে পালানোর পথ করে দিয়েছিল। সে তো জানে পালিয়ে গিয়ে আমি সেই গুপ্তধনের সন্ধান করবই। গুপ্তধন উদ্ধার করবার সঙ্গে সঙ্গে আমাকে পাকড়াও করা হবে। শুনেছি সেই দাগি আসামির দলটা এখনও বেশ দাপটে ডাকাতি করে বেড়ায়, আর সে জেলে থেকেও তাদের সর্দার।"

উনিশ

গলায় তরোয়ালের ধারালো দিকটা চেপে ধরে উদ্ধববাবু চোখ বুজে দুর্গানাম স্মরণ করে বিড়বিড় করে বললেন, "দুর্গে দুর্গতিনাশিনী মাগো! সন্তানকে কোলে তুলে নাও মা। দেখো, যেন বেশি ব্যথা-ট্যথা না পাই, রক্তপাত যেন বেশি না হয়। মরার পর যেন ভূত-টুত হয়ে থাকতে না হয়। সব দেখো মা!" বলতে বলতে তরোয়ালটায় একটু চাপ দিয়েছেন।

আত্মহত্যার বিভিন্ন পন্থা নিয়ে চিন্তা করতে করতেই উদ্ধববাবু শোওয়ার ঘরে ঢুকেছিলেন। তরোয়ালটা হাতেই ছিল। রক্ত না খাইয়ে সেটাকে খাপে ভরা বারণ। সুতরাং তিনি চটপট স্থির করে ফেললেন, এক কাজে দুই কাজ সেরে ফেলাই ভাল।

কে যেন খুব কাছ থেকে বলে উঠল, "বাবামশাই, লুচি খাব।"

উদ্ধববাবু চোখ খুললেন। অবাক হয়ে দেখলেন, উত্তর দিকের জানালার গরাদ দিয়ে কাকাতুয়াটা সেঁধিয়ে ঘরে ঢুকেছে। টালুক-টুলুক করে দেখছে তাঁকে। চোখে চোখ পড়তেই বলল, "সব ভাল যার শেষ ভাল।"

উদ্ধববাবু তরোয়াল রেখে দিয়ে কাকাতুয়াটাকে বুকে তুলে নিয়ে আনন্দে প্রায় কেঁদে ফেললেন। ধরা গলায় বললেন, "তোর জন্যেই এ যাত্রায় প্রাণে বেঁচে গেলাম

বাপ, কত লুচি খেতে চাস? তোকে ফাঁসির খাওয়া খাওয়াব।" বলে ভিতর-বাড়ির দিকে মুখ করে হাঁক দিলেন, "ওরে নয়নকাজল, শিগগির লুচির জন্য ময়দা মাখ।"

কিন্তু নয়নকাজল তখন ময়দা মাখার মতো অবস্থায় তো আর নেই। বাড়ি থেকে মাইলখানেক দূরে একটা জঙ্গলের মধ্যে সে মাটির ওপর চিত হয়ে শুয়ে আছে। তার বুকের ওপর দানবের মতো একখানা পা রেখে দাঁড়িয়ে সাতনা। গলায় বল্লমটা চেপে ধরে সাতনা বলছে, "প্রাণে বাঁচতে চাস তো সত্যি কথা বল।"

ভয়ে নয়নকাজল বাক্যিহারা হয়ে গেছে। দোষটা অবশ্য তারই। পরশুদিনই একটা লোক তার মামাতো ভাই সেজে এসে তাকে দুশো টাকা দিয়ে বলে গেছে, "আমরা ঠিক সময়মতো আসব। উদ্ধব বাধা দেবে দিক। তুই পাছ-দুয়ার দিয়ে পাখিটা বের করে দিবি।" নয়নকাজল সে প্রস্তাবে রাজি হয়নি। পাখি গুপ্তধনের সন্ধান জানে। এমন পাখি হাতছাড়া করার জন্য মাত্র দুশো টাকায় রফা করে কোন আহাম্মক। সে পষ্টাপষ্টি বলে দিল, "ও সব হবে না। আমাকে ভাগ দিতে হবে। পাখি নিয়ে আমি তোমাদের সঙ্গেই বেরিয়ে পড়ব।"

সেই কথাই ঠিক ছিল। ডাকাতরা বাড়ি ঢুকতেই নয়নকাজলও পাখিটাকে দাঁড় থেকে খুলে র‍্যাপারে চাপা দিয়ে পাছ-দুয়ার খুলে বেরোয়। তারপর সবাই মিলে হাঁটা দিয়েছে জঙ্গলের দিকে। কিন্তু কাকাতুয়া খুব ছোটখাটো পাখি তো নয়? বেশ বড়সড়, আর ওজনও অনেকটা। জঙ্গলের কাছ-বরাবর এ বগল থেকে ও বগলে নেওয়ার সময় পাখিটা হঠাৎ ঝাপটা মেরে উড়ে গেল।

নয়নকাজল সাতনার দিকে চেয়ে চিঁ-চিঁ করে বলল, "মাকালীর দিব্যি বলছি, হাতটায় ঝিঁ-ঝিঁ ধরেছিল বলে। ইচ্ছে করে ছাড়িনি।"

দলের ষণ্ডামতো আর একটা লোক সাতনাকে ডেকে বলল, "এক্ষুনি মারিস না। ওটাকে দিয়ে কাজ হবে।"

সেই লোকটা এসে সাতনাকে সরিয়ে নয়নকাজলকে টেনে দাঁড় করাল। তারপর দু গালে ফটাস ফটাস করে দুখানা চড় মেরে বলল, "আবার যা। এবার শুধু পাখি নয়, উকিলের ছোট ছেলেটাকেও চুরি করবি। উকিলটা মহা ত্যাঁদড় আছে। থানা-পুলিশ করতে পারে। ছেলেটা আমাদের হাতে থাকলে তা আর করতে সাহস পাবে না।" চড় খেয়ে নয়নকাজলের ব্রহ্মরন্ধ্র পর্যন্ত ঝিনঝিন করছিল। সে কোনওমতে মাথা নেড়ে সম্মতি জানাল। সাতনা তার গলায় বল্লমটা আবার ধরে বলল, "শোন বাপু, গুপ্তধনের ভাগ চাস সে অনেক বড় কথা। কিন্তু এখন প্রাণ বাঁচানোর জন্যই ঠিক ঠিক কাজ করিস। একটু গুবলেট হলে যমদোরে গিয়েও আমাদের হাত থেকে বাঁচার উপায় নেই। মনে থাকবে?"

নয়নকাজল মাথা নাড়ল। একটু দম নিয়ে সে তাড়াতাড়ি বাড়ির দিকে হাঁটা দিল।

বাড়ি পৌঁছুতে ফর্সা হয়ে গেল চারদিক। উদ্ধববাবুর হুংকারে পাড়া কাঁপছে। "কোথায় গেল সেই পাজি ছুঁচোটা? সেই তখন থেকে কাকাতুয়া লুচি-লুচি করে হেদিয়ে মরছে!"

নয়নকাজল হাঁফাতে হাঁফাতে উদ্ধববাবুর সামনে গিয়ে দাঁড়াল। "আজ্ঞে

বাবামশাই, ধরতে ধরতেও ধরতে পারলাম না। একটুর জন্য...'''

উদ্ধববাবু নয়নকাজলের উড়োখুড়ো চেহারা দেখে আঁতকে উঠে বললেন, "কাকে ধরতে পারলি না?"

"দলে পাঁচ জন ছিল। হাতে ইয়া বড় দা, বন্দুক, কুড়ুল, বল্লম। তা ভাবলাম, যার নুন খাই তার জন্য না হয় প্রাণটা দেব। পাখিটা চুরি করে যেই না তারা পালাচ্ছে, আমিও লাঠি নিয়ে পিছু ধরলাম। মাইলটাক পর্যন্ত দৌড়ে ধরেও ফেলেছিলাম প্রায়। কিন্তু ভয় খেয়ে তারা এমন ছুটতে লাগল যে, একটুর জন্য..."

উদ্ধববাবু গম্ভীর হয়ে বললেন, "হুম! ঠিক আছে, এখন গিয়ে দু সের ময়দা মাখ ভাল করে। ডাকাতদের ব্যবস্থা আমি করছি।"

নয়নকাজল উদ্ধববাবুর কাঁধে-বসা পাখিটার দিকে কটমট করে একবার চেয়ে ময়দা মাখতে গেল।

কুড়ি

গতকাল রাতে কাকাতুয়াকে চুরি করতে ডাকাত এসেছিল কিন্তু চুরি করতে পারেনি। সকালে কাকাতুয়াকে লুচি খাইয়ে উদ্ধববাবু থানায় গেলেন। এতকাল এ ব্যাপারে পুলিশকে জড়াননি তিনি। কিন্তু রাত্তিরে যা হয়ে গেল তাতে তিনি ভাবনায় পড়েছেন। ডাকাতদলকে ঠেকানো তো একার কাজ নয়।

উদ্ধববাবু উকিল হিসেবে খুবই ডাকসাইটে। সবাই তাঁকে খাতিরও করে। কুন্দকুসুমও করতেন। কিন্তু রাত্রির ঘটনার পর আজ যেন উদ্ধববাবুকে তিনি বিশেষ পাত্তা দিতে চাইছিলেন না। ঘটনাটা শুনে বরং হোঃ হোঃ করে খানিক হেসে বললেন, "একটা পাখির জন্য সাতটা ডাকাত কাল আপনার বাড়ি চড়াও হয়েছিল, এ কথা নিতান্ত আহাম্মক ছাড়া কে বিশ্বাস করবে বলুন!"

উদ্ধববাবুও জানেন, পাখির জন্য ডাকাতি হয় এ কথা কেউ বিশ্বাস করবে না। কিন্তু তাঁর পাখিটা যে গুপ্তধনের সন্ধান জানে এ কথাটাও তিনি ফাঁস করতে চান না। গলাখাঁকারি দিয়ে তিনি বললেন, "পাখিটা আসলে খুব দামি। রেয়ার টাইপের জিনিস।"

কুন্দকুসুম ভ্রূ কুঁচকে উদ্ধববাবুকে একটু দেখে নিয়ে ফিচেল হাসি হেসে বললেন, "একটা খুব রেয়ার পাখিরও দাম নিশ্চয়ই এত বেশি হতে পারে না যার জন্য বাড়িতে ডাকাত পড়বে। আপনি কি আমাকে ছেলেমানুষ পেলেন উদ্ধববাবু?"

কথাটা যুক্তিযুক্তই। কিন্তু কুন্দকুসুম তো আর গোপন কথাটা জানেন না। উদ্ধববাবু তাই মাথা চুলকে বললেন, "সে যাই হোক, আমার বড় ভয় করছে। আজ রাত থেকে আমার বাড়িতে দুজন আর্মড গার্ড যদি রাখেন তবে বড় ভাল হয়।"

কুন্দকুসুম মাথা নেড়ে বললেন, "অসম্ভব। আমার হাতে যে ফোর্স আছে তা নিতান্তই সামান্য। তার ওপর এই থানার সব জায়গায় রিসেন্টলি ক্রাইম ভীষণ বেড়ে গেছে। ইন ফ্যাক্ট একজন ফেরারি খুনি আসামির জন্য আমাকে সদর থেকে এক্সট্রা

ফোর্স আনতে হচ্ছে! আপনি যত বড় উকিলই হন উদ্ধববাবু, এই অবস্থায় আপনার পোষা পাখিকে পাহারা দেওয়ার জন্য লোক দিতে পারব না। মাপ করবেন!"

উদ্ধববাবু মরিয়া হয়ে বললেন, "ডাকাত যে পড়েছিল তার কিন্তু সাক্ষী আছে। তারা দরকার হলে আদালতে বলবে যে, আপনি আমার বিপদ জেনেও প্রোটেকশন দেননি।"

"বটে!" বলে কুন্দকুসুম সোজা হয়ে বসে কটমট করে উদ্ধববাবুর দিকে চেয়ে বললেন, "আপনি আমার বিরুদ্ধে আদালতেও যাবেন বলে ভাবছেন! কারা সাক্ষী আছে বলুন তো! আমি তাদের স্টেটমেন্ট নেব।"

"গবা আছে, আমার ছোট ছেলে রামু আছে, জাফরচাচা আছেন।"

কুন্দকুসুম বাজখাঁই গলায় আবার হাঃ হাঃ করে হাসলেন। তারপর হঠাৎ গম্ভীর হয়ে বললেন, "রামু বা জাফরচাচা সাক্ষ্য দেবে না। ওরা কিছু দেখেনি। বরং সাক্ষ্য দিলে ওরা উলটো কথাই বলবে। এরা বলবে যে, আপনি বিপজ্জনক এক অস্ত্র নিয়ে বহু লোকের জীবন বিপন্ন করে তুলেছিলেন, বিকট চিৎকার করে লোকের বিশ্রামের ব্যাঘাত ঘটিয়েছেন।"

"ওরা দেখেননি!" চিন্তিত উদ্ধববাবু গম্ভীর মুখে বললেন, "কিন্তু গবা তো দেখেছে।"

"গবাকে সাক্ষী দাঁড় করালে দেশসুদ্ধ লোকের কাছে আপনি হাস্যাস্পদ হবেন। কারণ সবাই জানে গবা বদ্ধ উন্মাদ। পাগলের সাক্ষ্য টেঁকে না, উকিল হয়ে এটা আপনার জানা উচিত ছিল।"

উদ্ধববাবু একটা দীর্ঘশ্বাস ফেলে উঠলেন।

কুন্দকুসুম পিছন থেকে তিক্তমধুর গলায় বললেন, "সকালে আপনি রটিয়েছিলেন যে, আপনার পাখিটা চুরি গেছে বা ডাকাতি হয়েছে। কিন্তু আমি খবর রাখি যে, পাখিটা এখনও আপনার কাছেই আছে।"

উদ্ধববাবু কী একটা বলতে গেলেন, কিন্তু শেষ অবধি বললেন না। বলে লাভও নেই। এই মাথামোটা লোকটা তাঁকে বিশ্বাস করবে না। আর একটা দীর্ঘশ্বাস ছেড়ে তিনি থানা থেকে বেরিয়ে এলেন।

পাখিটার জন্য আজ রাতে ডাকাতরা আর একবার হানা দিতে পারে। সুতরাং সন্ধের আগেই উদ্ধববাবু তৈরি হতে লাগলেন। তবে অসুবিধে দেখা দিল লোকজন জোটানোর বেলায়। জাফরচাচাকে বলতে গিয়েছিলেন উদ্ধববাবু, "চাচা, আজও আমার সঙ্গে রাতটা গল্পগুজব করে কাটাবেন নাকি?"

জাফর মিঞা আঁতকে উঠে বললেন, "কানে শোনার ক্ষমতা ফিরে পেয়েছি ভাই, সেটা আবার হারাতে চাই না। তা ছাড়া আজ বাতের ব্যাথাটাও চাগাড় দিয়েছে।"

উদ্ধববাবু রামুকে ডাকাডাকি করলেন, কিন্তু তার সাড়া পাওয়া গেল না। এমনকী নয়নকাজলকে পর্যন্ত ডেকে গলা ভেঙে ফেললেন। "কোথায় যে সব থাকে।" বিরক্ত হয়ে এই কথা বলে সন্ধে-রাত্রিতেই উদ্ধববাবু বন্দুক কাঁধে নিয়ে বাড়ির চারদিকটা টহল দিলেন। টর্চ জ্বেলে বাড়ির সবচেয়ে দুর্বল অংশ কোনটা এবং কোথা দিয়ে

ডাকাতরা বাড়িতে ঢুকতে পারে তা ভাল করে খুঁটিয়ে দেখলেন। বাড়িটা তাঁর খুবই মজবুত এবং নিরাপদ। কিন্তু তা বলে কি আর রন্ধ্র থাকতে পারে না। লখিন্দরের বাসরঘরেও তো রন্ধ্র ছিল।

ওদিকে তাঁর স্ত্রী এবং অন্যান্য ছেলেমেয়েরাও বাড়ির চারদিকে সার্চ করতে লেগে গেছে।

উদ্ধববাবু খিড়কির দরজাটা পেরেক দিয়ে একেবারে সেঁটে দিলেন, তারপর কয়েকটা পাথরের চাঁই এনে ঠেকা দিলেন তাতে। বাড়ির চারদিকে উঁচু পাঁচিলের ওপর উঠে কাঁটাতার বিছিয়ে দিলেন। আর সামনের বারান্দায় সরষের তেল ঢাললেন। অনেকগুলো কলার খোসা ছড়িয়ে রাখলেন। ডাকাতরা হুড়মুড় করে এলে যাতে আছাড় খায়। কেলেহাঁড়ি দিয়ে একটা কাকতাড়ুয়াও বানালেন। সেটাকে সামনের দরজার পাশে ঠেস দিয়ে দাঁড় করিয়ে রাখলেন।

সবই হল, কিন্তু নয়নকাজলের পাত্তা নেই। সে নাকি বিকেলের দিকে দোকানের সওদা করতে গেছে। এখনও ফেরেনি। রামু গেছে খেলার মাঠে। তারও কোনও পাত্তা নেই। উদ্ধববাবু বেশ উদ্বিগ্ন এবং উত্তেজিত। কী করবেন ভেবে না পেয়ে তিনি স্টোর রুমে তালা দিয়ে রাখা পাখিটাকে দেখতে গেলেন।

তালা খুলে তাঁর চোখ কপালে উঠল। দাঁড় ফাঁকা। পাখির পালকটিরও পাত্তা নেই।

পাখি—রামু—নয়নকাজল! দুয়ে দুয়ে চার করতে উদ্ধববাবুর দেরি হল না। অবশ্য পাখির দাঁড়ে একটা চিরকুটও লটকানো ছিল। তাতে লেখা—"পাখিটা বিধিসম্মত মালিকের হস্তগত হইয়াছে। ব্যাপারটি লইয়া শোরগোল করিলে আপনার কনিষ্ঠ পুত্রের প্রাণ সংশয় হইবে। জনৈক শুভাকাঙ্ক্ষী।"

কিন্তু তবু শোরগোল হল। পাড়া প্রতিবেশীরা খবর পেয়ে ছুটে এল। কিন্তু তাতেও দেখা দিল প্রবল গণ্ডগোল। বারান্দায় আর উঠোনে ধপাধপ লোকজন আছাড় খাচ্ছে আর "বাবা রে, মা রে, গেছি রে" বলে চেঁচাচ্ছে। খুন্তিবুড়ি চোখে কম দেখেন। তিনি সামনের দরজায় কাকতাড়ুয়াটাকে দেখে ভূত ভেবে সেই যে ভিরমি খেলেন আর চোখ খোলার নামটি নেই। সামনের বারান্দায় ভিড় হওয়ায় জনাকয় লোক পাঁচিলে উঠেছিল। কাঁটাতারে জামা কাপড় আটকে তাদের বিতিকিচ্ছিরি অবস্থা। রামুর মা আর ঠাকুমা ডুকরে কাঁদতে লেগেছেন, রামুর ভাইবোনেরা কাঁদছে। এই গোলমালে মাথা ঠাণ্ডা রাখা দায়। বারবার সবাইকে চুপ করতে বললেন উদ্ধববাবু। কে শোনে কার কথা! অবশেষে এই গোলমালে অসহ্য হয়ে উদ্ধববাবু বন্দুকটা আকাশে তাক করে দুম দুম করে দুটো ফায়ার করলেন। তাতে ফল হল উলটো। যারা কাঁদছিল তারা আরও জোরে কাঁদতে লাগল। পাড়াপড়শির বাচ্চারা ভয় খেয়ে চেঁচাতে লাগল। বন্দুকের শব্দে যারা চমকে উঠে পালাবার তাল করেছিল তারা ফের কলার খোসা আর তেল-হড়হড়ে মেঝেয় আছড়ে পড়ে গড়াগড়ি খেতে লাগল। তবে উপকার হল একজনের। ভিরমি কেটে উঠে পড়লেন খুন্তিবুড়ি।

কিছুক্ষণ বাদে লোকজন বিদেয় হল, কুন্দকুসুম তদন্তে এলেন। চারদিক ঘুরেটুরে

দেখে বললেন, "আপনার বন্দুকের লাইসেনস আছে তো?"

"আছে।" উদ্ধববাবু বুক চিতিয়ে বললেন।

কুন্দকুসুম বুক ফুলিয়ে বললেন, "থাকলেই কী! যখন-তখন ফায়ার করার আইন কিন্তু নেই। যাকগে, আপনার মন আজ অস্থির, বন্দুকের ব্যাপারে তাই কিছু বলছি না। আর রামুকে কিডন্যাপ, পাখিটা চুরি এবং নয়নকাজলের উধাও হওয়া—এগুলো আমার নোট করা রইল।"

কুন্দকুসুম চলে যাওয়ার পর বেশ একটু রাতের দিকে গবা পাগলা এসে ঢুকল। তার মুখ থমথমে।

উদ্ধববাবু বাহ্যজ্ঞান শূন্য হয়ে ভাবছেন। হাতে এখনও বন্দুক। ডাকাতরা শোরগোল করতে নিষেধ করেছিল, কিন্তু শোরগোল কিছু বেশিই হয়ে গেছে। এখন রামুর কী হয় সেইটে নিয়েই তাঁর চিন্তা।

গবা ডাকল, "বাবু।"

"কী বলছিস?"

"একজন কাজের লোক রাখবেন? খুব ভাল লোক।"

এই দুঃসময়ে পাগলটা চাকর রাখার প্রস্তাব নিয়ে এসেছে দেখে উদ্ধব অবাক হন। বলেন, "কী বলছিস?"

গবা তখন উদ্ধবের কানে-কানে চুপি-চুপি কটা কথা বলল।

একুশ

রামু নিরুদ্দেশ, কাকাতুয়া বেহাত, নয়নকাজল হাওয়া। বাড়িতে প্রচণ্ড ডামাডোল। এরই মধ্যে সকলের চোখের আড়ালে একটা নতুন কাজের লোক বহাল হয়ে গেল।

উদ্ধববাবুর প্রেশার বেড়ে গেছে, তিনি শয্যা নিয়েছেন। ডাক্তার এসে দেখে নড়াচড়া বারণ করে গেছেন। কিন্তু উদ্ধববাবু কেবল এপাশ-ওপাশ করেন। তাঁর ছোট ছেলেটা দুষ্টু ছিল বটে, তিনি শাসনও করতেন তাকে, কিন্তু এখন তার জন্য বুক ফেটে যাচ্ছে কষ্টে। ছেলেটাকে কি ওরা জ্যান্ত রাখবে?

রাত বেশ গভীর হয়েছে। ঘরে মৃদু আলো জ্বলছে। উদ্ধববাবু ঘুমোনোর বৃথা চেষ্টা ত্যাগ করে উঠে বসে অন্যমনস্কভাবে চেয়ে রইলেন। ঠিক সেই সময়ে ভিতরবাড়ির দিককার দরজাটা নিঃশব্দে খুলে গেল। উদ্ধববাবু হাঁ করে চেয়ে রইলেন।

ঘরে ঢুকল নতুন কাজের লোকটা।

"কী চাও" উদ্ধববাবু জিজ্ঞেস করলেন।

"আজ্ঞে আমি একটা কথা বলতে এসেছিলাম।"

"এত রাতে কথা কীসের?"

"আজ্ঞে টের পাচ্ছি রামুর চিন্তায় আপনার ঘুম হচ্ছে না। শরীরও ভাল যাচ্ছে না আপনার। তাই বলতে এসেছিলাম গুপ্তধনের হদিস যতক্ষণ না পাচ্ছে ততক্ষণ ওরা রামুর ক্ষতি করবে না। তাতে ওদের লাভ নেই।"

"কিন্তু হদিস পেতে আর বাকি কী? কাকাতুয়া তো এদের হাতে।"

"তা বটে। কিন্তু মজা হল, কাকাতুয়াকে ঠিক-প্রশ্নটি না করা গেলে সে কিছুতেই হদিস বলবে না। এই কাকাতুয়াটাকে নিয়ে আমি বহুকাল ধরে চিন্তা করেছি। হরিহর পাড়ুই পারেনি, বিশু পারেনি, আপনারাও পারেননি। অনেক ভেবে দেখেছি, পাখিটাকে ঠিক প্রশ্নটি যতক্ষণ করা না হচ্ছে, ততক্ষণ তার মুখ থেকে আসল কথাটি বেরোবে না।"

"প্রশ্নটা তুমি জানো?"

"আন্দাজ করতে পারি। কিন্তু যারা পাখিটা চুরি করেছে তাদের মাথা অত সাফ নয়। পাখির কাছ থেকে তারা কথা বের করতে পারবে না। আপনি নিশ্চিন্তে ঘুমোন। যা করার আমি আর গবাদা মিলে করব।"

"গবা বলছিল, তুমি নাকি সার্কাসের খেলোয়াড়।"

"আজ্ঞে হ্যাঁ। কিন্তু কথাটা পাঁচকান করবেন না।"

উদ্ধববাবু চোখ বুজে বলেন, "সব বড় গোলমাল ঠেকছে হে। এক সার্কাসের খেলোয়াড় বাড়ির চাকর হয়ে ঢুকল। বাড়ির পুরনো চাকর ডাকাতের দলে গিয়ে ভিড়ল। ছেলেটা গুম হয়ে গেল। সব বড় গোলমাল ঠেকছে।"

নতুন লোকটা মাথা চুলকে বলল, "আজ্ঞে তা আর বলতে। তবে কিনা আমি লোক খারাপ নই।"

"তা কে জানে বাপু। আমার আর কাউকে বিশ্বাস হয় না। তবু তুমি যখন বলছ তখন একটু নির্ভর করেই দেখি।"

"আমি বলি কী বাবু, আপনি বরং শুয়ে শুয়ে দরবারি কানাড়ার সুরটা গুনগুন করতে থাকুন। ঘুমের সবচেয়ে বড় ওষুধ হল গান।"

উদ্ধববাবু কটমট করে লোকটার দিকে চাইলেন। ভাল করে দেখে তার মনে হল লোকটা ঠাট্টা করছে না। তখন খুশি হয়ে বললেন, "আমার গানের কথা তোমায় কে বলল?"

"কেউ বলেনি। ভাল গাইয়ের গলা কথাবার্তায়ও ফুটে ওঠে। কালে খাঁ সাহেব যখন চাকরকে বকতেন বা রান্নার নিন্দে করতেন, তখনও সমঝদার লোক 'কেয়াবাত, কেয়াবাত' করে উঠত। তা ছাড়া বড় গাইয়ের বাড়ির গোরু-কুকুর কি পোষা পাখির গলায় পর্যন্ত সুর এসে যায়। আপনার নেড়ি কুকুরটার গলায় আজ সন্ধেবেলাতেই আমি একটা সাপটা শুনেছি।"

"বলো কী?" উদ্ধববাবু খুবই অবাক ও উত্তেজিত হলেন।

লোকটা বিনয়ে হেসে হাত কচলে বলল, "সুর এমনই জিনিস যে, চেপে রাখা যায় না। যার গলায় সুর আছে, সে শত চেষ্টা করেও কোনওদিন বেসুর বের করতে পারবে না গলা থেকে। আপনার যেমন, একটু আগে শুয়ে শুয়ে 'আঃ উঃ' করছিলেন, আমি দরজার বাইরে থেকে শুনতে পাচ্ছিলাম। শুনলাম তার মধ্যেও সুর আছে।"

উদ্ধববাবু এত দুঃখেও হাসলেন। মাথা নেড়ে বললেন, "সমঝদারই নেই হে দেশে, সমঝদার থাকলে কি আজ আমাকে ওকালতি করে খেতে হত? তা তুমি

আমার বাড়িতেই থেকে যাও। সার্কাসের সমান মাইনে দেব। কাজকর্ম কিছুই করতে হবে না। শুধু আমার একটু সেবা-টেবা করবে আর কী।"

"সে হবে'খন বাবু। এখন আমি বিদেয় হই। অনেক কাজ বাকি।"

উদ্ধববাবু শুয়ে পড়লেন। সিলিং-এর দিকে চেয়ে খুব সাবধানে গলা ঝেড়ে নিয়ে আবার উঠে বসলেন। বাঁ হাতে কান চেপে ধরে নিখুঁত দরবারির সুর ধরলেন! তারপর আর বাইরের শোক-দুঃখ তাঁকে স্পর্শ করল না।

নতুন চাকরটা নিঃশব্দে বাইরে বেরিয়ে এল। তারপর মৃদু একটা শিস দিল সে। অন্ধকারে আর একটা মূর্তি এগিয়ে এল কাছে। তার দুহাতে ধরা দুটো সাইকেল। দুজনে সাইকেলে চেপে এত জোরে ছুটতে লাগল যে, মোটরগাড়িও পাল্লা দিতে পারবে না।

প্রায় ত্রিশ মাইল রাস্তা একনাগাড়ের সাইকেল চালিয়ে দুজনে যখন কাশিমের চরের কাছাকাছি পৌঁছল তখন এই দুর্দান্ত শীতের রাতেও তারা ঘেমে নেয়ে গেছে। কিন্তু বিশ্রামের সময় নেই। সামনেই একটা জঙ্গল। মরা নদীর খাত। তারপর আবার জঙ্গল।

ঘন ঝোপঝাড়ের মধ্যে সাইকেল লুকিয়ে রেখে দুজনে এবার পায়ে হেঁটে চলতে লাগল। দুজনের মধ্যেই চমৎকার বোঝাপড়া। কেউ কারও সঙ্গে কথা বলছে না, কিছু জিজ্ঞেস করছে না। যেন আগে থেকে প্ল্যান করা আছে এই অভিযান।

দ্বিতীয় জঙ্গলটায় খানিকদূর ঢুকে দুজনে থামল। জিরোতে নয়। অন্ধকার কুয়াশামাখা এই রাতে চারদিকে কিছুই দেখা যায় না। দুজনে তাই পাথরের মূর্তির মতো দাঁড়িয়ে রাতের শব্দগুলিকে চিনবার চেষ্টা করল। কোন শব্দটা প্রাকৃতিক কোনটা নয়। সন্দেহজনক কিছুই অবশ্য শুনতে পেল না তারা। তবে এরপর সাবধানে এগোতে লাগল।

সামনেই একটা দুর্গের মতো মস্ত বাড়ির কালো ভুতুড়ে আকারটা জেগে উঠছিল কুয়াশার মধ্যেও। একটা জায়গায় সামনের জন থামল। তারপর আস্তে ডাকল, "গবাদা।"

"হুঁ।"

"এই হল সেই জায়গা, যেখানে হরিহর খুন হয়। মনে আছে?"

"খুব মনে আছে।"

"আর সামনে ওই সেই বাড়ি।"

"জানি।"

দুজনে চুপ করে চেয়ে রইল খানিকক্ষণ।

এবার গবা ডাকল, "গোবিন্দ।"

"বলো।"

"হরিহরকে খুন হতে আমি দেখেছি। তবে খুনিকে দেখিনি। আর দেখিনি বলেই সাক্ষ্যও দিইনি। কিন্তু এখন মনে হচ্ছে ভুল করেছি। সাক্ষ্য দিলে তুই নির্দোষ মানুষ হয়তো খালাস পেতিস।"

গোবিন্দ মাথা নেড়ে বলল, "না, গবাদা। খালাস হলেও ওরা আমাকে ছাড়ত না। জেলখানাতেও ওদের লোক আছে। বিরাট দল। ফাঁসিতে না ঝুললেও খুন হতাম।"

দুজনে বাতাসের মতো ফিসফিস করে কথা বলছিল। এত আস্তে যে, চার হাত দূর থেকেও শোনা যায় না।

গবা আর গোবিন্দ আর একটু এগিয়ে গেল। তারপর গোবিন্দ বলল, "গবাদা, এইবার।"

গবা গলাটা সাফ করে নিল একটু। তারপর হঠাৎ বেশ চেঁচিয়ে গান ধরল, "আজ মনটা করে উড়ন খুড়ন গা করে আইঢাই। কাশিমের চরে দেখি জনমানব নাই। আছেন শুধু বিজ্ঞপক্ষী আর যতেক ভক্তজন। ইঙ্গিতে কয় কথা পাখি, তা বুঝেছেন কজন। আয় রে যত নন্দীভৃঙ্গী, তোদের ডাকে হরিহর। পাখির পেটে কথা করে খচরমচর। আছেন গুরু আছেন জ্ঞান কিন্তু শিষ্য নাই। বিজ্ঞপক্ষ গোমড়া মুখে বসে থাকেন তাই।"

গান শেষ হলে দুজনে উৎকর্ণ হয়ে বসে থাকে। অনেকক্ষণ কেটে যায়।

গোবিন্দ বলে, "ওরা বোধহয় এদিকে আসেনি গবাদা।"

গবা হঠাৎ ঠোঁটে আঙুল তোলে।

কাছে-পিঠে জঙ্গলের মধ্যে সড়সড় শব্দ হয় একটু। নিঃশব্দ পদসঞ্চারে কে বা কারা আসছে।

বাইশ

দুজনে নিঃসাড়ে বসে আছে। অপেক্ষা করছে। টের পাচ্ছে, আড়াল থেকে কেউ নজর করছে তাদের দিকে। কিন্তু বেশ কিছুক্ষণ অপেক্ষা করার পরও একদম সামনে কেউই এগিয়ে এল না।

"গবাদা।" গোবিন্দ ফিসফিস করে বলল।

"বলে ফ্যাল।"

"ওরা আমাদের মাপজোখ করছে। কাছে আসছে না।"

"তাই তো দেখছি। কিন্তু এই কুয়াশা আর অন্ধকারে মাপজোখটা করছে কীভাবে?"

"সেও তো কথা। আর আমরাই বা উজবুকের মতো লুকিয়ে আছি কেন? ওরা যে খুঁজে পাবে না আমাদের।" বলে গোবিন্দ উঠতে যাচ্ছিল।

গবা হাতটা টেনে ধরে বলল, "দূর পাগল। অতটা বেপরোয়া হসনে। বিপদ ঘটতে কতক্ষণ?"

"তুমি গানটা তা হলে আর একবার ধরো! ওরা জবাব দেয় কি না।"

গবা গলা খাঁকারি দিয়ে গান ধরল, "দানাপানি খায় রে পক্ষী, উড়াল দিতে চায়। তার শিকল করে ঠিনিন বেন্ধে রাখা দায়। এইবার উড়িলে পক্ষী আর না পাবে তারে।

ধনরত্নের হদিস রবে চির অন্ধকারে। তাই শুন শুন বুদ্ধিমন্ত যতেক ভক্তজন। পাখিরে কওয়াতে কথা এসেছেন দুজন। অতি শিষ্ট ভদ্র নখদন্ত নাই। দুধুভাতু খাই মোরা ধর্মেরে ডরাই।"

"গবাদা।" এবার বেশ একটু হেঁকেই ডাকল গোবিন্দ।

"বলে ফ্যাল।"

"কই, কারও তো টিকি দেখছি না।"

"এখনও বোধ হয় মাপজোখ করছে।"

"দাঁড়াও। ওদিকে এক বাঁশঝাড়ের কাছে একটা ছায়া মতো দেখছি।" বলে উঠে দাড়াল।

সঙ্গে-সঙ্গে বাতাসে একটা মৃদু শিসের মতো শব্দ হল। অন্ধকারেও ঝিকিয়ে উঠল একটা বিদ্যুৎগতি বল্লম।

"বাপ রে!" বলে গোবিন্দ বসে পড়ল।

বল্লমটা খচ করে বসে গেল পিছনের একটা গাছে।

"জোর বেঁচে গেছিস।" গবা গোবিন্দকে কাঁটাঝোপ থেকে টেনে তুলতে তুলতে বলে।

"অন্ধকারেও নিশানা দেখেছ! এই টিপ যার-তার হাতের নয়।"

"বকবক করিসনি। এখন চল, উঠে লম্বা দিই।"

গোবিন্দও কথাটায় সায় দিয়ে বলল, "তাই চলো। কিন্তু ওরা আমাদের বিশ্বাস করল না কেন বলো তো!"

"সেটাই বুদ্ধির কাজ।"

দুজনে জঙ্গলের মধ্যে যত তাড়াতাড়ি সম্ভব হামাগুড়ি দিয়ে ফিরে আসতে থাকে।

জঙ্গলের বাইরে এসে গবা একটু হাঁপ ছেড়ে বলে, "আর যাহোক, তাহোক, আমাদের গান ওদের কানে তো পৌঁছেছে। যদি কাজ হয় তো ওতেই হবে।"

"আমরা কারা তা জানবে কী করে?"

"খোঁজ নেবে। জানা কিছু শক্ত না। একটু বুদ্ধি চাই। সেটা ওদের ভালই আছে।"

বাড়ির দিকে ফিরতে ফিরতে গোবিন্দ জিজ্ঞেস করে, "কিন্তু সাতনার দল আমাকে খড়ের গাদায় পুড়িয়ে মারতে চেয়েছিল কেন বলো তো!"

"সে আর বলা শক্ত কী? তোকে মারলে হরিহরের সত্যিকারের খুনি বেঁচে যাবে। তুই যে নির্দোষ তা আর প্রমাণ হবে না।"

"আমাকে হাতে পেলে কি ওরা মেরে ফেলবে গবাদা?"

"চেষ্টা তো করবেই।"

গোবিন্দ আর কিছু বলল না।

গবা বলল, "রামুটার কথা ভাবছি। কীভাবে রেখেছে ওকে কে জানে! উদ্ধববাবুকে শাসিয়ে গেছে, পাখিচুরির কথা পাঁচকান হলে রামুকে জ্যান্ত রাখবে না। তা সেকথা তো দুনিয়া সুদ্ধু লোক জেনে গেছে।"

এ কথায় গোবিন্দ থমকে দাঁড়িয়ে গবার হাত চেপে ধরে বলল, "গবাদা, ফিরে যাই

চলো। আমরা দুজন হলেও দশজনের মহড়া নিতে পারি। চলো গিয়ে ওদের ডেরা হুটোপাটা করে দিয়ে রামুকে নিয়ে আসি।”

গবা মাথা নেড়ে একটু দীর্ঘশ্বাস ছেড়ে বলে, “উদ্ধববাবু রামুকে খুব শাসন করে বটে, কিন্তু আমি জানি, ওই দুষ্টু ছেলেটাই ওঁর সবচেয়ে প্রিয়পুত্র। যদি কোনও খারাপ খবর পান তা হলে আর বাঁচবেন না।”

“তা হলে?”

“তা হলেও মাথা ঠাণ্ডা রেখে কাজ করা চাই। সব কাজেই যে বুক চিতিয়ে বোকা সাহস দেখাতে হবে তার কোনও মানে নেই। ছুঁচ হয়ে ঢুকবি, বোমা হয়ে বেরোবি।”

“ঢুকতে দিচ্ছে কোথায়! যা একখানা বল্লম ঝেড়েছিল আজ।”

“রোস না দুদিন। পাখির মুখ থেকে তো আর আসল কথাটি বেরোচ্ছে না!”

কাশিমের চর নিঃঝুম। হাড় কাঁপানো শীতে কুয়াশার কম্বল জড়িয়ে গোটা জায়গাটাই ঘুমিয়ে আছে যেন। মাঝে-মাঝে শেয়ালের ডাক আর প্যাঁচার ভুতুড়ে শব্দ ওঠে ঝোপেঝাড়ে। রাতপাখি ডেকে ওঠে হঠাৎ-হঠাৎ। বাঁশবনে ঝিঁঝির ঝিনঝিন। কিন্তু এইসব শব্দ যেন কাশিমের চরের নির্জনতাকেই আরও গাঢ় করে তোলে।

দোতলার একটা ছোট্ট কুঠুরির মেঝের ওপর চটের বিছানায় রামু শুয়ে আছে। গায়ে একটা কুটকুটে কম্বল, এরকম শুয়ে তার অভ্যাস নেই। মেঝে থেকে চট ভেদ করে পাথুরে ঠাণ্ডা আসছে। কুটকুটে কম্বল দিয়ে ঢুকছে বাইরের শীত। বারবার তাই ঘুম ভেঙে যাচ্ছে রামুর। দুষ্টুমি করতে গিয়ে বহুবার বহুরকম বিপদে পড়েছে। দুষ্টু ছেলেরা পড়েই। কিন্তু এরকম বিপদে সে কোনও কালে পড়েনি।

ডাকাতদের এই দলটা বেশ বড়সড়। চেহারাগুলো একদম ভদ্রলোকের মতো নয়। হাতে সব সময়ে লাঠি, বল্লম, টাঙ্গি, বন্দুক-টন্দুকও আছে। কারও কোনও মায়া দয়া নেই। খেলার মাঠ থেকে ফেরার সময় সন্ধেবেলা হঠাৎ এসে খবর দিল, “তোমার বাবাকে কারা যেন পূর্বস্থলির মাঠে মারধোর করে ফেলে রেখে গেছে! শিগগির এসো।”

খবরটা পেয়েই রামু লোকটার পিছু-পিছু ছুটল। কদিন আগেই উদ্ধববাবুকে আদালত থেকে ফেরার পথে কারা বোমা মেরেছিল। এই সেদিনও বাড়িতে ডাকাত পড়েছে। সুতরাং লোকটার কথায় রামুর অবিশ্বাস হয়নি। উদ্ধববাবুকে ওরা মারতেও পারে।

পূর্বস্থলির মাঠ শহরের বাইরে। ভারী নির্জন জায়গা। সাঁঝের আবছায়া ঘন হয়ে উঠেছে। রামু সেখানে পৌঁছে এদিক-ওদিক তাকানোরও সময় পেল না। শিমুল গাছের পিছন থেকে জনাচারেক লোক বেরিয়ে এসে একটা গামছায় তার মুখ বেঁধে ফেলল। তারপর একটা গোরুর গাড়িতে তুলে ফেলল চটপট। অনেক রাতে তারা এসে পৌঁছায় এই জায়গায়। রামু পরে তাদের কথাবার্তা থেকে জানতে পেরেছে এই জায়গারই নাম কাশিমের চর।

প্রথম রাত্রিটা সারাক্ষণ বাড়ির কথা ভেবে কেঁদেছে রামু। এরা রুটি আর একটা আলুর ঝোল খেতে দিয়েছিল। তা ছোঁয়নি সে। কিন্তু সকাল থেকে রামুর চোখের

জল শুকিয়ে গেল। একটা দৈত্যের মতো লম্বা-চওড়া লোক এসে তাকে প্রথমেই বলল, "শোনো রামু, কেন তোমার এই দশা। উদ্ধব-উকিল বোকাও বটে, জেদিও বটে। কিন্তু সে জানে না, আমার সঙ্গে বিবাদ করলে তাকে নির্বংশ হতে হবে। সে কাজ শুরু হবে তোমাকে দিয়েই। একটু যদি বেচাল দেখি তবে রামদা দিয়ে দুখানা করে কেটে ফেলব। এখন যা জিজ্ঞেস করছি তার ঠিকঠাক জবাব দাও। প্রথমে বলো, গবা পাগলা আসলে কে!"

রামু ভয়ে হতভম্ব হয়ে গিয়েছিল। অতি কষ্টে বলল, "গবাদা তো পাগল।"

"ওর পাগলামিটা চালাকি ছাড়া কিছুই না। সেটা আমরা জানি। কিন্তু ওর আসল পরিচয়টা আমাদের দরকার।"

"গবাদা কারও কোনও ক্ষতি করে না তো।"

"ক্ষতি যাতে করতে না পারে তার জন্য সাবধান হওয়া ভাল।"

"গবাদার আর কোনও পরিচয় আমি জানি না।"

লোকটা অবশ্য রামুকে এ নিয়ে আর খোঁচাখুঁচি করেনি। কিন্তু কয়েক ঘণ্টা বাদে আবার লোকটা এল। কিন্তু তার সঙ্গে নয়নকাজলকে দেখে রামু হাঁ। সে চেঁচিয়ে উঠল, "নয়নদা।" কিন্তু সঙ্গের লোকটা রামুকে একটি ধমক মেরে বলল, "চোপ!" রামু ভয়ে চুপ করে গেল! নয়নকাজলও রামুর দিকে ভাল করে চাইতে পারছিল না। অন্য দিকে চেয়ে রইল। তার হাতে রামুদের কাকাতুয়ার দাঁড়টা।

দৈত্য লোকটা বলল, "এই পাখিটা কিছু গোপন খবর জানে। কিন্তু কিছুতেই বলছে না। তোমাদের পোষা পাখি, তোমরা নিশ্চয়ই এর গোপন কথা জানো!"

রামু মাথা নেড়ে বলল, "জানি না। পাখিটা গুপ্তধনের কথা বলে বটে, কিন্তু কোথায় তা আছে তা কখনও বলেনি।"

লোকটা বলল, "ঠিক আছে। কিন্তু তোমার কাজ হল পাখিটার পেট থেকে কথা বের করা। চব্বিশ ঘণ্টা সময় দিচ্ছি। যদি তার মধ্যে পারো ভাল, যদি না পারো তবে পাঁচ ঘা করে বেত খাবে রোজ। এই নয়নকাজলও থাকবে পাশের ঘরে। সে নজর রাখবে তুমি কী করছ না করছ।"

রামু আর নিজেকে সামলাতে না পেরে জোরে চেঁচিয়ে উঠল, "নয়নদা! তুমিও এদের দলে?"

নয়নকাজল তাড়াতাড়ি ঘর থেকে বেরিয়ে গেল।

তেইশ

ঘুম বারবার ভাঙছে রামুর। বড় শীত। বিছানাটাও বড্ড শক্ত, কম্বল কুটকুট করছে। জেগে উঠলে সে জঙ্গলের গভীর নিস্তব্ধতা টের পায় আর গা ছমছম করে ওঠে তার। যে বাড়িটায় তাকে আটকে রাখা হয়েছে, সেটা বিশাল। তবে প্রায় সবটাই ভেঙে পড়ে গেছে। এখানে সেখানে এক-আধটা ঘর দাঁড়িয়ে আছে কোনওক্রমে। বাদবাকিটা ইট আর চুন সুরকির স্তূপ। ডাকাতরা যথাসম্ভব বাড়িটাকে নিজেদের

থাকার মতো করে নিয়েছে। তবে রামু জানে এটা ওদের স্থায়ী আড্ডা নয়। একসঙ্গে বেশি লোক এখানে থাকে না। প্রায় সব সময়েই আনাগোনা করে। ঘরের দরজা বাইরে থেকে বন্ধ। সে দরজাও পেল্লায় ভারী কাঠের। ঘরখানাও খুবই বড়সড়। মেঝেয় আর দেওয়ালে পঙ্খের কাজ করা। তবে সবই অস্পষ্ট হয়ে এসেছে। মেঝেয় ফাটল, দেয়ালে পলেস্তারা খসে পড়েছে। দিনের বেলা ঘরটা খুবই ভাল করে দেখে নিয়েছে রামু। পালানোর কোনও পথ নেই। আর পালিয়ে যাবেই বা কোথায়? চারদিকে জঙ্গল। ডাকাতরা চারদিকে নজর রাখছে। ঘুম ভেঙে অন্ধকারে চুপচাপ তাকিয়ে ছিল রামু। শীতে একটু থরথরানি উঠছে শরীরে। কম্বলটা ভাল করে মুড়ি দিয়েও শীত যাচ্ছে না।

হঠাৎ দরজায় একটু শব্দ হল। খুব মৃদু টোকা দেওয়ার মতো শব্দ। রামু কান খাড়া করল। না, ভুল নয়। আবার গোটা দুটি টোকা পড়ল।

স্বাভাবিক বুদ্ধিতেই রামু বুঝল, এই টোকা ডাকাতদের নয়। অন্য কারও কোনও কাণ্ড। বিছানা ছেড়ে উঠে পড়ল। কম্বল মুড়ি দিয়ে দরজার কাছটায় এসে হাঁটু গেড়ে বসে রইল সে চুপচাপ। খানিকক্ষণ বাদে একটু জোরে টোকা দেওয়ার শব্দ। কে যেন চাপা গলায় ডাকল, "রামু!"

গলাটা চিনল রামু। বিশ্বাসঘাতক নয়নদা। কিন্তু বিশ্বাসঘাতক হলেও এই শত্রুপুরীতে নয়নকাজলই তার একমাত্র চেনা লোক। এমনিতে একসময়ে নয়নদা রামুকে ভালও বাসত খুব। পেয়ারার ডাল দিয়ে গুলতি বানিয়ে দিয়েছে, চাবি-পটকা বানাতে শিখিয়েছে। তার টাইফয়েডের সময় এই নয়নকাজলই লুকিয়ে লুকিয়ে তাকে সন্দেশ এনে খাইয়েছে।

রামু একটা দীর্ঘশ্বাস ছেড়ে দরজার কাছে মুখ নিয়ে বলল, "কে, নয়নদা?"

"হ্যাঁ। পাহারাদারটা একটু তফাতে গেছে। বোধ হয় ঘুমিয়েও পড়েছে। সেই ফাঁকে এলাম।"

"কী চাও?"

"শোনো, এই দরজার বাঁ দিকের পাল্লায় একটা ফোকর আছে। এমনিতে বোঝা যায় না। হাতড়ে-হাতড়ে খুঁজলে একটা ছোট্ট আলপিনের ডগার মতো জিনিস পাবে। সেটা টানলেই গোলমতো একটা ঢাকনা খোলা যায়।"

"তা দিয়ে বেরোতে পারব?"

"না। বেরোনোর কথা এখন ভেবো না। এরা অত কাঁচা ছেলে নয়।"

"তা হলে ফোকর দিয়ে কী হবে?"

"তোমার জন্য এক গেলাস দুধ এনেছি।"

"তুমি তো জানই দুধ খেতে আমার ভাল লাগে না।"

"সে জানি। কিন্তু এদের দেওয়া খাবার যে তোমার মুখে রুচছে না, তাও তো দেখছি। এরকম আধপেটা খেয়ে থাকলে দুর্বল হয়ে পড়বে যে। আর ও ট্যালটেলে দুধ নয়। একদম ক্ষীর-করা দুধ, সরে ভর্তি।"

রামু দরজা হাতড়ে ফোকরটা খুলতে পারল। নয়নদার দেওয়া দুধটা হাত বাড়িয়ে

নিল। মুখে দিয়ে দেখল সত্যিই চমৎকার ক্ষীরের গন্ধ। পুরু সর।

"কী, ভাল?"

"ভাল কিন্তু তুমি তো এদের দলে। তবে আমার জন্য ভাবছ কেন?"

নয়নকাজল একটু চুপ করে রইল। তারপর একটা দীর্ঘশ্বাস ছেড়ে বলল, "কপালের ফের রে ভাই। লোভে পড়ে এদের দলে ভিড়েছিলাম। কিন্তু এখন দেখছি প্রাণসংশয়।"

"তার মানে?"

"মানে এরা আমাকে এক বিন্দু বিশ্বাস করে না। তোমার মতো আমাকে ঘরে আটকে রাখেনি বটে, কিন্তু এদের চোখে ধুলো দিয়ে পালানোরও উপায় নেই। সব গাঁয়ে-গঞ্জে এদের লোক আছে। যেখানে যাব, সেখানেই গিয়ে খুন করে আসবে।"

রামু বলল, "এরা কি মাফিয়াদের মতো?"

"কে জানে বাপু কাদের মতো। তবে বিরাট দল। শুনেছি জেলখানাতেও নাকি এদের চর আছে। এদের কোনও লোককে পুলিশ ধরলে সে তিনদিনের মধ্যে জেল ভেঙে পালিয়ে আসে।"

"কিন্তু তোমাকে খুন করবে কেন?"

"সেইই তো হয়েছে মুশকিল। একবার এদের দলে ভিড়লে তার আর ছাড়ান-কাটান নেই। তাকে আর এরা কিছুতেই ফিরে যেতে দেয় না। সে ছিল একরকম। কিন্তু ওদিকে আমাকে ডাকাত বলেও স্বীকার করছে না। কোনও বখরা দেবে না, মাইনে দেবে না, চাকরের মতো খাটাচ্ছে।"

"তা তুমি এখন কী করতে চাও?"

নয়নকাজল করুণ স্বরে বলল, "এ আমারই পাপের প্রায়শ্চিত্ত রে ভাই। তাই ভাবছি আমার যা গতি হওয়ার হবে। খামোকা তুমি কষ্ট পাবে কেন? ঠিক করেছি, তোমাকে সুযোগ পেলেই পালানোর পথ করে দেব।"

"পারবে?"

"চেষ্টা তো করব। মুশকিল হয়েছে পাখিটাকে নিয়ে।"

"কী মুশকিল?"

"পাখিটা আসল কথা বলতে চাইছে না। সাতনা তোমাকে বলেছে, পাখিটার পেট থেকে কথা বের করতে না পারলে মেরে ফেলবে। আমি জানি, তুমি তা পারবে না। আর সাতনা সত্যিই তোমাকে খুন করবে।"

"ওই বিশাল চেহারার লোকটার নাম কি সাতনা?"

"হ্যাঁ। ওর দয়ামায়া বলতে কিছু নেই।"

"ও কি দলের সর্দার?"

"আরে না। দলের সর্দার কে, তা আজ পর্যন্ত বুঝতে পারলাম না। মস্ত দল, চারদিকে অনেক ডালপালা ছড়ানো।"

"আমার বাবাকে একটা খবর দিতে পারো না নয়নদা?"

"খবর দেওয়ার দরকার নেই। খবর পেলে তোমার বাবা তোমাকে উদ্ধার করার

চেষ্টা করবেন। তাতে তোমার বিপদ বাড়বে।”

“অন্তত গবাদাকে যদি একটা খবর দিতে পারো।”

“গবা পাগল! সে খবর পেয়ে গেছে। একটু আগে জঙ্গলে একটা লোক গান গাইছিল শুনলে না?”

“না তো!”

“আমি শুনেছি। গবারই গলা। তুমি ওসব নিয়ে ভেবো না। শুধু মনে রেখো, আমি আছি। মরলে মরব, কিন্তু ধড়ে যতক্ষণ প্রাণ আছে ততক্ষণ তোমার ক্ষতি হতে দেব না। গেলাসটা দাও, এবার যাই।”

গেলাস নিয়ে নয়নকাজল নিঃশব্দে চলে গেল।

দুধটা খাওয়ার পর শীত একটু কম লাগতে লাগল রামুর। কুটকুটে কম্বল মুড়ি দিয়ে ভরা পেটে সে ঘুমিয়ে পড়ল।

সকালবেলায় দরজা খুলে প্রথম যে ঘরে ঢুকল সে সাতনা।

ক্ষুরধার চোখে রামুর দিকে খানিকক্ষণ চেয়ে থেকে সে বলল, “কাল রাতে গবা পাগলা এখানে হানা দিয়েছিল, কে তাকে এ জায়গার হদিস দিল জানো?”

“আমি কী করে জানব?” রামু অবাক হয়ে বলে।

“তোমাদের চাকর নয়নকাজলকে কাঁটাওলা বেত দিয়ে মার দেওয়া হচ্ছে এখন। আমাদের মনে হচ্ছে, হদিসটা সেই দিয়ে এসেছে।”

রামু একটু কেঁপে উঠল ভয়ে। বলল, “নয়নদা? নয়নদা কী করে খবর দেবে? সেও তো তোমাদের দলে!”

“আমাদের দলে কি না তা এখনও আমরা জানি না। তোমার বাবার উকিলের বুদ্ধি তো কম নয়। হয়তো ওকে চর করে আমাদের দলে ভিড়িয়েছে। যাকগে, সেসব ভেবে লাভ হবে না। এখন একটা কথা বলো তো!”

“কী কথা?”

“গোবিন্দ কোথায়?”

“কে গোবিন্দ?”

“গোবিন্দকে তুমি ভালই চেনো। সার্কাসের গোবিন্দ মাস্টার।”

“সে কোথায়, তা আমি কী করে জানব?”

“আমাদের সন্দেহ, গোবিন্দ তোমাদের বাড়িতে লুকিয়ে আছে। তাকে অন্য কোথাও আমরা খুঁজে পাচ্ছি না।”

রামু কাঁপা স্বরে জিজ্ঞেস করে, “তাকে তোমরা খুঁজছ কেন?”

“তার মুণ্ডুটা ধড় থেকে আলাদা করা দরকার। তাই খুঁজছি।”

“তুমি এরকম নিষ্ঠুর লোক কেন?”

সাতনা কটমট করে রামুর দিকে চেয়ে রইল। কিন্তু তারপর হঠাৎ যেন কেমন ছাইমারা হয়ে গেল তার মুখ। যেমন হঠাৎ এসেছিল, তেমনি হঠাৎ ঘর থেকে বেরিয়ে গেল।

দরজাটা আঁট করে বন্ধ করে দিল পাহারাদার।

চব্বিশ

যুধিষ্ঠিরবাবুর কামাই নেই, রোজ যেমন আসেন তেমনই আজও পড়াতে এসেছেন।

কিন্তু যাদের পড়াচ্ছেন তাদের পড়ায় মন নেই। রামুর দুই দাদা আর তিন দিদির মুখ ভার, চোখ ছলছল গোঁজ হয়ে তারা বসে থাকে।

যুধিষ্ঠিরবাবু আজ বইপত্র খুললেন না, টাস্কও দেখলেন না। রামুর সবচেয়ে বড় দাদা সোমনাথকে জিজ্ঞেস করলেন, "রামুর কোনও খবর এখনও পাওয়া যায়নি, না?"

সোমনাথ মাথা নেড়ে বলল, "না আমাদের মা জল পর্যন্ত মুখে তুলছে না, বাবার চেহারা অর্ধেক হয়ে গেছে।"

যুধিষ্ঠিরবাবু গম্ভীরমুখে মাথা নেড়ে বললেন, "হুঁ, তা তোমার বাবার সঙ্গে একটু দেখা করা যাবে?"

"হ্যাঁ। বাবা তো ঘরেই শুয়ে আছেন।"

"আমাকে একটু তাঁর কাছে নিয়ে চলো তো!"

উদ্ধববাবু আর একটা বিনিদ্র রাত কাটিয়ে সকালে উঠেছেন। যন্ত্রের মতো পুজো-আচ্চা সেরে এসে ঘরে শুয়ে পড়েছেন। বুকটা বড় কাঁপে আজকাল। মাথায় কত যে চিন্তা!

যুধিষ্ঠিরবাবুকে নিয়ে সোমনাথ ঘরে ঢোকার পর তিনি আস্তে আস্তে উঠে বসলেন। একটা চেয়ার দেখিয়ে দিয়ে বললেন, "বসুন যুধিষ্ঠিরবাবু।"

যুধিষ্ঠির বসে বললেন, "রামুর খবরটা আমি বাইরের লোকের মুখে শুনেছি।"

উদ্ধববাবু কাতর স্বরে বললেন, "হ্যাঁ, বড্ড পাঁচকান হয়ে গেছে। এখন ভয়, খবরটা জানাজানি হয়ে যাওয়ায় ওরা আমার ছেলেটাকে মেরে-টেরে না ফেলে।"

যুধিষ্ঠির গম্ভীর হয়ে বললেন, "আপনি পুলিশকে কি সব কথা জানিয়েছেন?"

উদ্ধববাবু একটা দীর্ঘশ্বাস ছেড়ে বললেন, "হ্যাঁ কুন্দকুসুম সবই জানে, বিচক্ষণ লোক। কিন্তু সেও তো কিছু করতে পারল না।"

যুধিষ্ঠির একটু হেসে বললেন, "আশ্চর্যের ব্যাপার কি জানেন উদ্ধববাবু, সবাই সবকিছু জানে। কিন্তু কাজের বেলা কেউই কিছু করতে পারছে না।"

উদ্ধববাবু বুক কাঁপিয়ে আর একটা দীর্ঘশ্বাস ছেড়ে বললেন, "করা হয়তো যেত কিন্তু রামুকে আটকে রেখে ওরা আমাদের একেবারে জব্দ করে দিয়েছে। কাল রাতে এসে কুন্দকুসুম বলে গেল কিছু করা সম্ভব নয়। তা হলেই ছেলেটার বিপদ। এই অবস্থায় আমারও মাথায় কিছু খেলছে না।"

যুধিষ্ঠির ভ্রূকুটিকুটিল মুখে বসে রইলেন চুপচাপ। হঠাৎ কুঁজোয় জল নিয়ে বাড়ির চাকরটা ঘরে ঢুকল। যুধিষ্ঠির আনমনে তার দিকে তাকালেন। তারপর হঠাৎ অন্যমনস্কতা ঝেড়ে ফেলে ভাল করে তীক্ষ্ণ নজরে দেখলেন লোকটাকে, খুব লম্বা নয়, মজবুত গড়ন, গালে কিছু দাড়ি। তবু তাঁর স্মৃতি চমকে উঠল। যুধিষ্ঠির সোজা হয়ে

বসলেন। উদ্ধববাবুকে জিজ্ঞেস করলেন, "এ বুঝি আপনাদের নতুন কাজের লোক?"

"হ্যাঁ। এই তো তিন দিন হল কাজে লেগেছে।"

যুধিষ্ঠির আর কিছু বললেন না। তবে চাকরটা চলে যাওয়ার পরও অনেকক্ষণ দরজার দিকে চেয়ে রইলেন, "হুঁ।"

উদ্ধববাবু যুধিষ্ঠিরের মুখের দিকে চেয়ে ছিলেন। লোকটা কেমন তা বুঝতে পারছিলেন না। তবে গোপনে শ্রীধরবাবুর কাছে খোঁজ নিয়েছিলেন। শ্রীধরবাবুর ভাঙা পা এখনও সারেনি। তিনি অবশ্য ভরসা দিয়ে বলেছেন, যুধিষ্ঠির সম্পর্কে চিন্তা করবেন না। অতি উত্তম ছেলে। আমি বহুকাল ধরে চিনি।

উদ্ধববাবু অবশ্য নিশ্চিন্ত হতে পারেন না। আজকাল তাঁর সকলকেই সন্দেহ হয়। তিনি যুধিষ্ঠিরের মুখের ভাবসাব দেখে সন্দিহান হয়ে জিজ্ঞেস করলেন, "ওকে চেনেন নাকি?"

যুধিষ্ঠির মাথা নেড়ে মৃদু হেসে বললেন, "না বোধ হয়। চেনা-চেনা লাগছিল বটে, তবে কত মানুষের সঙ্গে কত মানুষের চেহারার মিল থাকে।"

এই বলে যুধিষ্ঠির উঠলেন। বললেন, " রামুর ব্যাপারে আমার যদি কিছু করার থাকে তবে আমাকে বলবেন। শত হলেও সে আমার ছাত্র। বলতে কী অমন উজ্জ্বল বুদ্ধিমান ছেলে কমই দেখেছি।

"বলেন কী?" উদ্ধববাবু অবাক হয়ে বলেন, "রামু উজ্জ্বল বুদ্ধিমান?"

"ঠিক তাই। দুষ্টুমির স্টেজটা কেটে গেলেই সেটা বোঝা যাবে।"

উদ্ধববাবু একটা দীর্ঘশ্বাস ছাড়লেন।

যুধিষ্ঠিরবাবু সন্তর্পণে বেরিয়ে এলেন। উঠোনের দিকটায় চাকরটা ভেজা কাপড়জামা মেলছে রোদ্দুরে, যুধিষ্ঠির চাপা স্বরে ডাকলেন, "ওহে, ও গোবিন্দ মাস্টার।"

গোবিন্দ চমকে চিতাবাঘের মতো ঘুরে দাঁড়াল। চোখ ধকধক করে জ্বলছে।

যুধিষ্ঠির একটু হাসলেন। তারপর কাছে গিয়ে বললেন, "ভয় পেয়ো না। একটু বাইরে নিরিবিলিতে চলো। তোমার সঙ্গে একটু কথা আছে।"

গোবিন্দর চোখের আগুনটা নিভে গেল। বলল, "আজ্ঞে।"

যুধিষ্ঠির গোবিন্দকে নিয়ে বাইরে এলেন। নিরিবিলি বকুলগাছটার তলায় দাঁড়িয়ে মৃদুস্বরে বললেন, "আমাকে চিনতে পারো?"

গোবিন্দ মুখখানা ভাল করে দেখল। তারপর চাপা স্বরে বলল, "চিনি। হরিহর পাঁড়ুইয়ের ছেলে না তুমি?"

যুধিষ্ঠির মৃদু হেসে মাথা নাড়লেন, "ধরেছ ঠিক। আমার বাবা বড় ভাল লোক ছিল না। পদবিটা আজকাল আর ব্যবহার করি না। এখন আমি যুধিষ্ঠির রায়।"

গোবিন্দ কঠিন স্বরে বলল, "কী চাও? বাপের খুনিকে পুলিশে ধরিয়ে দেবে?"

যুধিষ্ঠির গম্ভীর হয়ে বললেন, "না। আমার বাবা যেসব পাপ করেছিলেন তাতে তাঁর খুন হওয়া কিছু বিচিত্র ছিল না। তাঁর খুনির ব্যবস্থা সরকার করবে। আমার তা নিয়ে মাথাব্যথা নেই। কিন্তু আমি জানতে চাই তুমি কোন দলে? কেনই বা এ বাড়িতে

চাকর সেজে আছ?”

গোবিন্দ খুব তীব্র দৃষ্টিতে যুধিষ্ঠিরকে দেখছিল। হরিহরের ছেলে লেখাপড়া শিখেছে বলে জানে। হরিহরও বলত তার ছেলে নাকি তার মতো নয়। গোবিন্দ একটা শ্বাস ফেলে বলল, “তোমার হয়তো বিশ্বাস হবে না, হরিহরকে আমি খুন করিনি।”

“হতে পারে। এখন আসল কথা বলো। তুমি এখানে কী করছ? চাকর সেজে থাকলেই তো চলবে না। যদি বুঝি তোমার মতলব খারাপ তা হলে উদ্ধববাবুকে তোমার আসল পরিচয়টা আমাকেই দিতে হবে।”

গোবিন্দ একটু হেসে বলল, ‘উনি জানেন। আমি রামুর দলে। সাতনার দলে নেই।”

যুধিষ্ঠির একটু অবাক হয়ে বললেন, “সাতনা? সে আবার এর মধ্যে আছে নাকি?”

“আছে। দলের সর্দার না হলেও সে বেশ পাণ্ডা গোছের লোক। আমার ধারণা হরিহরকে সে-ই খুন করেছিল।”

যুধিষ্ঠির একটু আনমনা হয়ে যান। অনেকক্ষণ দূরের দিকে তাকিয়ে থেকে আস্তে আস্তে বলেন, “সাতনা!”

“সাতনাকে আমিও চিনতাম। সে লোক খারাপ ছিল না।”

যুধিষ্ঠির ব্যথিত মুখে মাথা নেড়ে বলেন, “তার মেয়েটা চুরি যাওয়ার পর থেকেই সে মানুষ থেকে জানোয়ার হয়ে গেল। তা শোনো গোবিন্দ মাস্টার, যদি সাতনার দলই রামুকে চুরি করে থাকে তা হলে একটা উপায় হয়তো করা যাবে।”

“তার মানে?”

যুধিষ্ঠির ব্যথিত মুখে বললেন, “সাতনার মেয়েটাকে চুরি করেছিলেন আমার বাবাই। বাবার কী মতলব ছিল জানি না। হয়তো সাতনার কাছ থেকে কিছু আদায় করা। কিন্তু চুরি করলেও মেয়েটাকে বাবা মেরে ফেলেননি। আমার এক নিঃসন্তান মাসির কাছে রেখে এসেছিলেন। যতদূর জানি মেয়েটা এখনও সেখানেই আছে। যত্নে আছে। সাতনাকে বহুবার খবরটা দেওয়ার চেষ্টা করেছি, পারিনি।”

“বলো কী!” গোবিন্দর চোখ কপালে উঠল।

“ঠিকই বলছি। তুমি যদি খবরটা সাতনার কাছে পৌঁছে দিতে পারো তা হলে হয়তো কাজ হবে। বলবে রামুকে ফেরত দিলে সে তার মেয়েকে ফেরত পাবে।”

উত্তেজিত গোবিন্দ কাঁপতে কাঁপতে বলল, “তোমার মাসির ঠিকানাটা?”

যুধিষ্ঠির মৃদু হেসে বললেন, “ওটা এখন গোপন থাক। তবে নিশ্চিন্ত থাকো, মেয়েটা আছে। আগে খবরটা সাতনার কানে পৌঁছে দাও। তারপর যা করার আমিই করব।”

“তোমার কথা কি সাতনাকে বলব?”

“না বলাই ভাল।” যুধিষ্ঠির মাথা নেড়ে বলেন, “কারণ যে গুপ্তধনের জন্য তোমরা সবাই হন্যে হয়ে গেছ তার আসল উত্তরাধিকারী আমিই। কিন্তু আমি ওসব দাবি করব না। আমি চাই গুপ্তধনের উদ্ধার হলে তা সরকারের তহবিলে জমা হোক। সাতনা জানে যে আমিই ওই গুপ্তধনের ওয়ারিশ। কাজেই আমি বেঁচে আছি জানলে সে

আমাকে খুন করতে চাইবে।"

গোবিন্দ বলে, "তা হলে কী বলব? সাতনা কি আমাদের কথা বিশ্বাস করবে?"

"করবে। মেয়েটার একটা ছবি আছে আমার কাছে। সেটা ওকে দিয়ো। তা হলে বিশ্বাস করবে।"

পঁচিশ

পরের রাতেও নয়নকাজল এল। রামু ভেবেছিল, বেত খেয়ে নয়নকাজলের বুঝি হয়ে গেছে। কে দরজায় শব্দ করল। রামু উঠে গিয়ে দরজায় মুখ লাগিয়ে জিজ্ঞেস করল, "কে?"

—"আমি নয়নদা।"

"উঃ নয়নদা! তুমি ভাল আছ?"

"ভাল কি আর থাকি? সারা গায়ে কালশিটে, কাঁকালে ব্যথা, চলতে গেলে মাথা ঘোরে।"

"তোমাকে খুব মেরেছে নয়নদা?"

"খুব। মেরেই ফেলত। কিন্তু পাখিটার মুখ থেকে এখনও কথা বেরোয়নি বলে প্রাণটা আমার রেয়াত করেছে।"

"তুমি পালিয়ে যাচ্ছ না কেন নয়নদা? গিয়ে পুলিশে খবর দাও।"

নয়ন একটু দুঃখের হাসি হেসে বলল, "পালালে যদি বাঁচতুম রে ভাই, তবে কি আর চেষ্টা করতুম না। আর পুলিশের কথা কী বলব! আমার মতো গরিব-দুঃখী মানুষের কথায় তারা গা করবে না।"

"তা হলে উপায়?"

"উপায় কিছু দেখছি না। যদি নিতান্ত চুনোপুঁটি ভেবে ছেড়ে-টেড়ে দেয়। ভগবান ভরসা। তোমার জন্য আজ আর দুধটুকু আনতে পারিনি।"

"দুধ লাগবে না। শোনো নয়নদা, এদের সর্দার যখন আবার আমার কাছে আসবে, তখন আমি তাকে বলে দেব যেন আর কখনও তোমার গায়ে হাত না দেয়। দিলে আমি পাখির মুখ দিয়ে কথা বলানোর চেষ্টা করব না।"

নয়ন একটু অবাক হয়ে বলে, "সর্দার! সর্দারকে তুমি কোথায় দেখলে?"

"কেন ওই দানবের মতো লোকটা। সাতনা না কী যেন নাম।"

নয়ন একটা শ্বাস ফেলে বলল, "সাতনা সর্দার টর্দার নয়। তবে মোড়ল গোছের একজন বটে। আসল সর্দার যে কে, তা এরা নিজেরাও ভাল জানে না। যেই হোক তাঁর অনেক ক্ষমতা। তাকে সবাই যমের মতো ডরায়।"

"তুমি সর্দারকে দেখনি?"

"আমি কেন, এরাও অনেকে দেখেনি। ওসব নিয়ে ভেবো না। সাতনাকে আমার কথা বললে হিতে বিপরীত হবে। এখন ছেড়ে রেখেছে, তুমি কিছু বললে হাতে-পায়ে শিকল পরিয়ে রাখবে।"

"তা হলে বলব না, কিন্তু এই যে তুমি আমার কাছে এসেছ, যদি ধরা পড়ে যাও?"

"সে ভয় খুব একটা নেই। তোমার ওপর এরা তেমন কড়া নজর রাখছে না। তুমি ছোট ছেলে, দরজা ভেঙে পালাতে তো পারবে না, আর পালালেই বা যাবে কোথায়? চারদিকে জঙ্গল।"

"এখানে ওরা কজন আছে?"

"বেশি নয়। তবে সব সময়েই লোক আনাগোনা করে। বিরাট কাণ্ড। কোদাল গাঁইতি দিয়ে চারদিকে খুব খোঁড়া-খুঁড়িও হচ্ছে গুপ্তধনের জন্য।"

"কিছু পেয়েছে?"

"না, পাওয়া বড় সহজ নয়।"

"পাখিটা কোথায়?"

"সে খুব ভাল জায়গায় আছে। আমাদের নাগালের বাইরে।"

রামু উত্তেজিত গলায় বলল, "শোনো নয়নদা, আমাদের যেমন করে হোক, পালাতেই হবে। এখানে থাকলে তুমি বা আমি কেউই হয়তো বেঁচে থাকব না।"

"পালাবে? ও বাবা!"

"ভয় পাচ্ছ কেন? মরার চেয়ে তো পালানোই ভাল।"

"তা ভাল কিন্তু..."

"কিন্তু টিন্তু নয়। ভাল করে দ্যাখো, এ ঘর থেকে বেরোনোর কোনও উপায় আছে কি না।"

"দেখেছি। নেই।"

"ছাদে উঠতে পারো?"

"তা পারি।"

"আর একটা দড়ি লাগবে।"

"তাও জোগাড় হবে। কিন্তু অত সাহস ভাল নয়। শুনেও আমার হাত-পা কাঁপছে।"

"শোনো নয়নদা, না পালালেও এরা রেহাই দেবে না। আমাকে যদি নাও মারে, তোমাকে মারবে। কারণ তুমি বড় মানুষ, ওদের অনেক গোপন খবর জেনে গেছ। কাজেই তোমার না পালিয়ে উপায় নেই। যদি দুজনে পালাতে পারি, তবে আমি বাবাকে গিয়ে সব বলব। বাবা পুলিশের কাছে গেলে পুলিশ কিছু না করে পারবে না। তা ছাড়া গোবিন্দদা আর গবাদা আছে। ওরা ঠিক একটা বুদ্ধি বের করবে।"

নয়ন কিছুক্ষণ চুপ করে থেকে বলল, "কিন্তু পালানোর উপায়টা কী ভেবেছ?"

"খুব সোজা। দক্ষিণ দিকে ছাদের কাছে একটু বড় ঘুলঘুলি আছে। অবশ্য অনেক উঁচুতে। ঘুলঘুলিতে পাতলা তারের জাল দেওয়া। জালটা পুরনো হয়ে মরচে পড়ে পচে গেছে। তুমি ছাদে উঠে কার্নিশে ভর দিয়ে ওই ঘুলঘুলির ভিতর দিয়ে দড়ি নামিয়ে দেবে। আমি দড়ি ধরে উঠে যাব।"

"পারবে? পড়ে যাবে না তো?"

"না, না। আমি গোবিন্দ-মাস্টারের কাছে অনেক তালিম নিয়েছি। কিন্তু তুমি খুব

সাবধান।”

“আজ রাতেই পালাবে নাকি?”

“আজ, এক্ষুনি। কাল আবার কী হয় কে জানে?”

“আমার বড় ভয় করছে রামু। পুরনো কার্নিশ ভেঙে যদি পড়ে যাই?”

“কার্নিশ যদি পুরনো হয় তা হলে ছাদের রেলিং বা শক্ত কিছুতে দড়িটা বেঁধে নিজে কোমরে জড়িয়ে নিয়ো। পড়বে না। কিন্তু সাবধান। শব্দ-টব্দ কোরো না।”

“আচ্ছা। কিন্তু পারবে তো রামু?”

“আমি পারব। তোমাকেও পারতে হবে।”

“দেখি তা হলে।” মিনমিন করে এ কথা বলে চলে গেল নয়ন।

রামু শীত তাড়ানোর জন্য কয়েকটা ডন-বৈঠক করল। স্কিপিং-এর ভঙ্গিতে নেচে মাংসপেশির আড় ভেঙে নিল। গা গরম করে না নিলে হঠাৎ কঠিন পরিশ্রম করতে গিয়ে পেশিতে টান ধরে যায়। গোবিন্দদা তাকে অনেক কটা কসরত শিখিয়েছে। সবই ফ্লোর একসাইজ। তার কয়েকটা করে নিল রামু।

তারপর কম্বল মুড়ি দিয়ে অপেক্ষা করতে লাগল। অন্ধকার ঘরে ঘুলঘুলিটা খুব আবছা দেখা যায়। অনেকটা উঁচুতে। খুব বড় ঘুলঘুলি নয় বটে, তবে রামু গলে যেতে পারবে। কিন্তু কথা হল, নয়নকাজল পারবে কি না কার্নিশে নামতে। একে ভিতু মানুষ, তার ওপর নয়ন তো আর খেলাধুলো করে না।

ওদিকে নয়ন পড়েছে মুশকিলে। একতলার একটা ঘরে মেলা দড়িদড়া শাবল খন্তা মজুত থাকে। দরজায় তালা-ও নেই। সে নিঃশব্দে গিয়ে একটা দড়ি বের করে এনেছে বটে, কিন্তু বাকি কাজ করতে ডরে ভয়ে হাত-পা অসাড় হয়ে যাচ্ছে।

দালানের মধ্যে তেমন পাহারা নেই। পাহারা আছে বাড়ির চারধারে। কোনও দরজা বা ফটক দিয়ে বেরোনোর উপায় নেই। আর নীচের তলায় দোর দিয়ে অনেক লোক ঘুমোচ্ছে। দোতলাতে গোটা দুই-তিন ঘরে লোক আছে। সাড়াশব্দ হলে তারা জেগে যেতে পারে।

নয়ন পা টিপে টিপে ছাদে উঠল। আজও কুয়াশা আছে, শীতও সাংঘাতিক। তবে মাঝরাতে একটু চাঁদের উদয় হয়ে থাকবে। অন্ধকারটা তেমন জমাট নয়। একটু ফিকে ভাব। মস্ত ছাদখানা অনেকটা দেখা যাচ্ছে। বিস্তর আজেবাজে জিনিস, পড়ে আছে ছাদে। পুরনো পিঁপে, পাথরের মূর্তি, ইট, ভাঙা দরজা-জানালার কাঠ।

নয়ন ঠাহর করে রামুর ঘরটা কোথায় তা আন্দাজ করল। রেলিং দিয়ে ঝুঁকতে নীচের দিকে মাথাটা বোঁ করে ঘুরে গেল তার। এই এত উঁচু থেকে যদি পড়ে যায় তো মাথাটা আস্ত থাকবে না। অনেকক্ষণ চোখ বুজে একটু ধাতস্থ হওয়ার চেষ্টা করল সে।

তারপর চোখ খুলতেই বুকের মধ্যে একটা চড়াই পাখি উড়াল দিল যেন।

সামনে লোক দাঁড়িয়ে।

দাঁতে-দাঁতে কত্তাল বাজছিল নয়নের। সে ‘বাবা-গো’ বলে ফের চোখ বুজে ফেলল।

লোকটা জিজ্ঞেস করল, "কে তুই?"

"আজ্ঞে আমি দলের লোক।"

"এখানে কী করছিস?"

"আজ্ঞে পাহারা দিচ্ছিলাম।"

লোকটা অবাক হয়ে বলল, "ছাদে তো আমার ডিউটি, তুই এলি কোত্থেকে? হাতে দড়িই বা কেন?"

নয়ন একটু সাহস করে বলল, "যদি কাউকে ধরে ফেলি তো বাঁধতে হবে না?"

"ওঃ, তাই বল!" বলে হঠাৎ লোকটা হাসতে-হাসতেই ঠাস করে একটা চড় কষাল নয়নের গালে। সেই চড়ে চোখে ফুলঝুরি দেখতে লাগল নয়ন। বাপ রে, কী চড়!

ছাব্বিশ

যখন একটু ধাতস্থ হল নয়নকাজল, তখন আবার আত্মারামের খাঁচা ছাড়ার উপক্রম। লোকটা তার কণ্ঠার কাছে বল্লমের চোখা ডগাটা ধরে আছে। যা ধার, তাতে একটু চাপ দিলেই গলা এফোঁড় ওফোঁড় হয়ে যাবে। নয়নের বুক ঢিবঢিব করছে, মাকালীর নামটাও স্মরণ আসছে না।

লোকটা জিজ্ঞেস করল, "তোর নাম কী?"

নয়নকাজল জিব দিয়ে ঠোঁট চেটে বলল, "ইয়ে মানে—"

সর্বনাশ! নয়নকাজল দেখে নিজের নামটাও তার মনে নেই মোটেই। মাথাটা এত ঘেবড়ে গেছে যে, কোনও কথা স্পষ্ট মনে পড়ছে না। বাবার নামও নয়, নিজের নামও নয়, কারও নামই নয়। তবে উপায়?

"কী রে?" বলে লোকটা বল্লমটা একটু নাড়ে।

নয়নকাজল চেঁচিয়ে বলে, "আমার নাম লোক।"

"লোক?" বলে লোকটা অবাক হয়ে পড়ে থাকা নয়নকাজলের দিকে চেয়ে বলে, "লোক আবার কারও নাম হয় নাকি?"

"কে জানে বাপু। নিজের নামটা আমার মনে পড়ছে না তেমন। মেলা খোঁচাখুঁচি কোরো না, লেগে যাবে।"

"এখানে কী করিস?"

"ডাকাতি। আর কী করার আছে?"

"তুই কেমনধারা ডাকাত? আমার মতো রোগাপটকা লোকের একটা চড় সহ্য করতে পারিস না। কোন আহাম্মক তোকে দলে ভিড়িয়েছে?"

এ কথায় নয়নের খুব অপমান বোধ হল। লোকটা তেমন রোগাপটকা মোটেই নয়। দিবি ঘাড়ে-গর্দানে চেহারা। হাতের চড়টাও বেশ খোলতাই হয়। নয়ন বলল, "চড়-টড় খাওয়া আমার অভ্যেস নেই।"

লোকটা হাসল! বলল, "তা দড়ি নিয়ে কোথায় যাচ্ছিলি. গলায় দড়ি দিতে?"

দড়ির কথায় নয়নের গোটা ব্যাপারটা মনে পড়ে গেল। তাই তো। রামু যে হাঁ করে

বসে আছে তার জন্য। আর তো দেরি করা যায় না।

নিজের অবস্থাটা আড়চোখে একটু দেখে নিল নয়ন। খুবই খারাপ অবস্থা। ছাদের ধুলোবালির মধ্যে চিত হয়ে পড়ে আছে সে। তার বুকের দুদিকে দুখানা পা রেখে দাঁড়িয়ে আছে লোকটা! হাতের বল্লম তার গলায় ঠেকানো। নড়ার সাধ্য নেই।

নয়ন বলল, "তা গলায় দড়ি দিলেই বা কী? তোমার বল্লমের চেয়ে সেটা কতটা খারাপ হবে?"

"মতলবটা কী ফেঁদেছিলি সেটা খোলসা করে বল তো বাপ। নইলে গেলি।"

নয়ন লক্ষ করছিল, লোকটা তাকে মানুষ বলেই তেমন গ্রাহ্য করছে না। ভাবছে নয়নের পিঁপড়ের প্রাণ, তাই ততটা সাবধানও হচ্ছে না। নয়ন নিজের ডান পাটা একটু তুলল। না, লোকটা লক্ষ করছে না। পা তোলার ঘটনাটা ঘটছে লোকটার পিছন দিকে। সুতরাং নয়ন লোকটাকে পিছন থেকে একটা রাম লাথি কষাতে পারে। ভয় হল, সেই ধাক্কায় লোকটার বল্লম না আবার তার গলায় বিঁধে যায়। তাই লাথি মারার সঙ্গে-সঙ্গে হাতের ঝটকায় বল্লমটা সরিয়ে নিতে হবে। তারপর মাকালী ভরসা। নয়ন লোকটাকে অন্যমনস্ক করার জন্য হঠাৎ একটু কঁকিয়ে উঠে বলল, "আমার পেটে বড় ব্যথা। বল্লমটা সরাও।"

লোকটা আবার তার নাটুকে হাসি হেসে কী যেন বলতে যাচ্ছিল। কিন্তু বলা আর হল না। নয়নের আচমকা লাথিটা লোকটাকে দুহাত ছিটকে দিল। হুড়মুড় করে লোকটা যেই পড়েছে অমনি নয়ন বল্লমটা বাগিয়ে উঠে দাঁড়িয়েছে। খুনটুন সে জীবনে করেনি। তাই বল্লমটা লাঠির মতো বাগিয়ে ইচ্ছেমতো ঘা কতক দিল লোকটাকে। লোকটা নেতিয়ে পড়ে রইল চুপচাপ।

নয়নকাজল দড়ি নিয়ে ছাদের একটা মজবুত রেলিং-এ বেঁধে খানিকটা নিজের কোমরে জড়াল। এখন আর তার আলসে দিয়ে নামতে ভয় করছে না। তার চেয়ে বড় ভয় ওই লোকটার যদি চট করে জ্ঞান ফিরে আসে।

দড়ি ধরে একটু ঝুঁকতেই রামুর ঘরের ঘুলঘুলিটা হাতের নাগালে পেয়ে গেল সে। দড়িটা নামিয়ে দিয়ে ডাকল "রামু!"

"এই যে!"

"উঠে পড়ো তাড়াতাড়ি। বাইরে বিপদ।"

রামু গোবিন্দর কাছে কায়দা-কসরত কিছু কম শেখেনি কদিনে। দড়ি ধরে টুপ করে ঝুল খেয়ে উঠে এল ঘুলঘুলিতে। তারপর দড়িটা টেনে নিয়ে বাইরের দিকে ঝুলিয়ে নেমে আসতে খুব বেশি সময় লাগল না।

সে যে পালাতে পারে, এটা নিশ্চয়ই কারও মাথায় আসেনি। এলে আরও ভাল পাহারা রাখত। কিন্তু পাহারা নেই। তা বলে পালানোও সহজ নয়। চারদিকে ঘন গাছপালা। নিবিড় জঙ্গল। তারা রাস্তা চেনে না।

"নয়নদা, কোনদিকে যাবে?"

"তাই তো ভাবছি। চলো এগোই যেদিকে হোক। এখানে বেশিক্ষণ থাকা নিরাপদ নয়।"

"চলো।" বলে রামু এগোতে থাকে।

কিন্তু এগোনো খুবই শক্ত। শীতকাল বলে সাপের ভয় নেই তেমন। কিন্তু লতাপাতায় পা আটকে যায়। হঠাৎ-হঠাৎ পাখি ডেকে ওঠে।

দুর্গের মতো বিশাল বাড়িটার চৌহদ্দি বড় কমও নয়। খানিকদূর এগোনোর পর সামনে আর-একটা ভাঙা দালান। সেই দালানের একটা ঘর থেকে টেমির আলো আসছে বন্ধ জানালার ফাঁক দিয়ে।

নয়ন রামুর হাত চেপে ধরে বলল, "সর্বনাশ! শিগগির অন্য পথে চলো।"

রামু হাত ছাড়িয়ে নিয়ে বলল, "যাব, একটু উঁকি দিয়ে যাই।"

"পাগল হয়েছ?"

হঠাৎ কাছে-পিঠে একটা ঘোড়া পা দাপিয়ে চিহিঁহিঁ করে ডেকে উঠল। দুজনেই সেই শব্দে চমকে ওঠে।

"রামু, লক্ষণ ভাল নয়।"

"তুমি চুপ করো তো নয়নদা। অত ঘাবড়ে যাও কেন?"

রামু নিঃসাড়ে গিয়ে জানালার ধার ঘেঁষে দাঁড়ায়। উঁকি মেরে ভিতরে তাকিয়ে তার রক্ত জল হয়ে যাওয়ার উপক্রম। একটা চৌকির ওপর কম্বলের আসনে বিশাল চেহারার এক কাপালিক বসা। তার মস্ত জটাজুট, বিশাল কালো দাড়ি-গোঁফ, কপালে সিঁদুরের ধ্যাবড়া টিপ। গায়ে লাল পোশাক। তার সামনে বিনীত ভাবে দাঁড়িয়ে সাতনা।

নয়ন ডাকল, "রামু! পালাও!"

রামু আর দাঁড়াল না, নয়ন আর সে প্রাণপণে দৌড়তে লাগল।

কতবার যে পড়ল দুজনে, কতবার ফের উঠল, তার হিসেব নেই। গাছের সঙ্গে বার-সাতেক ধাক্কা খেল। পা-হাত ছড়ে গেল, কপাল ফুলে উঠল। তবু তারা দৌড়তে থাকে।

খানিকটা দূর দৌড়োবার পরই তারা বুঝতে পারে, পিছনে কারও হাঁকডাক নেই বটে, কিন্তু কেউ তাদের পিছু নিয়েছে ঠিকই। তারা যেদিকে যাচ্ছে, পায়ের একটা শব্দও সেদিকেই তাদের পিছু নিচ্ছে।

"নয়নদা, পিছনে কেউ আসছে।"

"আমারও তাই মনে হচ্ছে।"

সাতাশ

রামু বলল, "বড্ড হাঁপিয়ে গেছি।"

নয়ন বলল, "আমিও। এসো, বসে একটু জিরিয়ে নিই।"

ফিসফিস করে নয়ন বলে, "আসছে আমাদের পায়ের শব্দ শুনে-শুনে। নইলে এই জঙ্গলে আমাদের পিছু নেওয়া চাট্টিখানি কথা নয়। যদি বসে থাকি, তবে আমাদের পায়ের শব্দও হবে না, আর লোকটাও খুঁজে পাবে না আমাদের।"

বলতে-বলতে নয়ন বসে দম নিতে থাকে। রামুও। পিছনে পায়ের শব্দটাও আর হচ্ছে না।

রামু জিজ্ঞেস করে, "আমরা কতদূর এসেছি নয়নদা?"

"তা কী করে বলব? এ জায়গা আমার চেনা নয়। জঙ্গলটাও ভারী জটিল। শুনেছি পুবধারে একটা দুর্ভেদ্য বাঁশবন আছে। সেই বন এত ঘন যে, শেয়ালও গলতে পারে না।"

"আমরা কি সেদিকেই যাচ্ছি?"

"তাও জানি না। আমরা খুব বেশি দূর আসতে পারিনি। ছুটবার সময় ডাকাতদের রাতপাহারার একটা হাঁক-ডাক শুনতে পেলাম যেন।"

রামু উঠে দাঁড়িয়ে বলল, "তা হলে চলো, আর-একটু দূরে যাই।"

নয়ন তার হাতখানা ধরে বসিয়ে দিয়ে কাহিল গলায় বলল, "খামোখা হয়রান হয়ে লাভ কী? গোলকধাঁধায় পড়ে আবার হয়তো গিয়ে ডাকাতদের আড্ডায় হাজির হতে হবে। তার চেয়ে বসে থাকো। ভোর হলে আলোয়-আলোয় চলে যাব।"

রামু জিজ্ঞেস করে, "কাপালিকটাকে দেখলে?"

"ভাল করে দেখিনি। যা ভয় পেয়েছিলাম।"

রামু একটা শ্বাস ফেলে বলল, "বিশাল চেহারা। ভাবসাব দেখে মনে হল সাতনাও ওকে খাতির করে।"

"তা হলে ও হল সাতনার ওপরের সর্দার। এ দলে যে কে কোন পোস্টে আছে, তা বলা মুশকিল।

"তান্ত্রিক কাপালিকরা কি ডাকাত হয়?"

"হতে পারে । তা ছাড়া আসল কাপালিক কি না তাই দ্যাখো, ভেকও হতে পারে।"

যেখানে তারা বসে আছে, সে জায়গাটায় গাছপালা তেমন ঘন নয়। শীতে গাছপালার পাতা ঝরে এমনিতেও একটু হালকা হয়েছে জঙ্গল। অন্ধকারে গাছপালা চেনা যায় না, তবে এখানকার গাছগুলো সবই বড় বড়। ঝোপঝাড় তেমন নেই। লম্বা ঘাসের জঙ্গল আছে অবশ্য। তারা তেমনি বুক-সমান ঘাসের মধ্যেই বসে আছে। হাত বাড়ালে একটা শিশুগাছের গুঁড়ি ছোঁয়া যায়।

হঠাৎ রামু বলল, "একটা শব্দ পেলে নয়নদা?"

নয়ন একটু শক্ত হয়ে গেল। তারপর ফিসফিস করে বলল, "হ্যাঁ, একটু-একটু পাচ্ছি। শুকনো পাতার ওপর দিয়ে কেউ আসছে।"

রামু বলল, "আসছে নয়, এসে গেছে। ওঠো নয়নদা, ছোটো।"

প্রাণের দায়ে নয়ন উঠল। কিন্তু ছুটতে গিয়েই ঘটল বিপদটা। কোত্থেকে একটা খেঁটে লাঠি ছিটকে এসে তার দুই পায়ের মধ্যে একটা ডিগবাজি খেল। তাইতে নয়ন পড়ল উপুড় হয়ে। আর একটা খেঁটে লাঠির পাল্লায় পড়ে রামুও চিতপটাং।

শিশুগাছের পিছন থেকে লোকটা ধীরে-সুস্থে বেরিয়ে এল। হাতে বল্লম। অন্য হাতে নড়া ধরে প্রথমে রামুকে দাঁড় করাল। ছোট্ট একটা চড় তার গালে কষিয়ে

গমগমে গলায় বলল, "পালাতে চাইবে আর? ওই খেঁটে লাঠির ক্ষমতা জানো? এককালে ঠ্যাঙাড়ে ঠগিরা ওই দিয়ে দূর থেকে লোককে ঘায়েল করত। ফের যদি পালাও তো পাবড়া দিয়ে ঠ্যাং ভেঙে দেব।"

রামুর অবশ্য পালানোর মতো অবস্থা নয়। চড়টা খেয়ে তার মাথা ঘুরছে। সে উবু হয়ে বসে পড়ল।

নয়নকাজল আর ট্যাঁফো করল না। শোয়া অবস্থাতেই লোকটার পায়ের দিকে হাত বাড়িয়ে বলল, "আজ্ঞে আর পালাব না।"

লোকটা দুজনকে পাশাপাশি বসিয়ে নিজেও মুখোমুখি বসল। অন্ধকারে আবছা যা দেখা যায় তাতে বোঝা যাচ্ছে লোকটার বয়স বেশি নয়। লম্বা চওড়া চেহারা, গায়ে বেশ জোর রাখে। পরনে মালকোঁচামারা ধুতি, গায়ে একটা বালাপোশের খাটো কোট, পায়ে নাগরা।

লোকটা জিজ্ঞেস করল, "কোথায় পালাচ্ছিলে তোমরা?"

নয়ন মাথা চুলকে বলল, "ঠিক পালাচ্ছিলাম না।"

"তা হলে কি এত রাতে জঙ্গলে বেড়াতে বেরিয়েছিলে?"

নয়ন একগাল হেসে বলল, "আজ্ঞে অনেকটা তাই, দিনকাল ভাল নয়। চারদিকে চোর-ছ্যাঁচড়ের উৎপাত। তাই চারদিকটায় একটু নজর রাখছিলাম আর কী।"

"এই জঙ্গলে চোর-ছ্যাঁচড় কী করতে আসবে?" ও লোকটা একটু অবাক গলায় জিজ্ঞেস করে।

নয়ন বিগলিত হয়ে বলে, "বলা তো যায় না আজ্ঞে। আমাদের আড্ডায় তো মেলাই দামি জিনিস আছে।"

লোকটা এবার একটু আগ্রহের সঙ্গে জিজ্ঞেস করে, "তোমাদের একটা আড্ডা আছে নাকি এখানে? তা সে আড্ডাটা কোথায়?"

নয়ন ব্যাপারটা বুঝতে না পেরে ঘন ঘন মাথা চুলকোতে থাকে। রামু বলে, "কেন, আপনি কি সাতনা ডাকাতের আড্ডা চেনেন না?"

লোকটা এবার উৎসাহে একহাত এগিয়ে আসে। চাপা গলায় বলে, "আরে, আমিও যে সেই আড্ডাটাই খুঁজতে বেরিয়েছি। জায়গাটা কোথায় বলো তো?"

রামু মাথা নেড়ে বলে, "তা আমরাও জানি না। আমরা সেখান থেকে পালিয়ে এসেছি। জঙ্গলের রাস্তা চিনি না। ফিরে যাওয়ার পথ বলতে পারব না।"

লোকটা বলে, "তোমরা পালিয়ে এসেছ কেন? তোমাদের কি ওরা ধরে রেখেছিল?"

"হ্যাঁ।"

"তোমার নাম কি রামু, উদ্ধববাবুর ছেলে তুমি?"

"হ্যাঁ।" রামু ভয়ে ভয়ে বলে।

লোকটা একটু হাসে, "আচ্ছা কাণ্ড যা হোক। আমি তো ভেবেছিলাম তোমরা ওদের দলেরই লোক।"

"আপনি কে?"

"আমাকে চিনবে না। আমি ডাকাতদের দলে নাম লেখাতে যাচ্চি।"

নয়ন ফস করে বলে ওঠে, "সে তো আমিও গিয়েছিলুম। কিন্তু ওরা নতুন লোককে সহজে দলে নেয় না।"

লোকটা খুব আত্মবিশ্বাসের সঙ্গে বলে, "নেবে। এলেমদার লোক দেখলে ঠিকই নেবে। তোমরা যদি কেবল পথটা বাতলে দিতে পারতে তা হলে আমার অনেক হয়রানি কমে যেত।"

নয়ন একটু গুম হয়ে থেকে বলল, "আপনি কেমন লোক কে জানে। খুব ভাল লোক যে নন তা বোঝাই যাচ্ছে। লোক আমিও ভাল নই। তাই আপনাকে বলতে বাধা নেই। আমার মনে হচ্ছে এই পশ্চিম দিকে নাক বরাবর এগোলে সেই আড্ডায় পৌঁছে যেতে পারবেন। তবে সাবধান, আচমকা বল্লম এসে বুকে বিঁধতে পারে। মাথায় লাঠি পড়তে পারে কিংবা ঘাড়ে রামদা-এর কোপ। ওরা বাইরের লোক পছন্দ করে না।"

লোকটা হেসে বলল, "কিন্তু তুমি তো ওদের দলের লোক।"

"না, আমি দল ছেড়ে পালাচ্ছি।"

"তাই কি হয়?" বলে লোকটা সাদা দাঁতে হাসতে-হাসতে উঠে দাঁড়াল। তারপর বলল, "তোমরা পালালে আমার এত পরিশ্রমই বৃথা যাবে। আমি তোমাদের ধরে আবার সাতনার আস্তানায় নিয়ে যাব চলো।"

নয়ন ভয়ে আঁতকে উঠে বলল, "বলেন কী? এই তো গত পরশু সাতনার এক কসাই আমাকে বিষ-বিছুটি দিয়ে ছেড়েছে। আবার সেখানে যাব?"

রামুও ভ্যাবাচ্যাকা খেয়ে বলে, "আপনি ডাকাত হতে যাচ্ছেন তো যান না, আমাদের টানছেন কেন?"

লোকটা মাথা নেড়ে বলে, "তোমাদের ধরে নিয়ে গেলে সাতনা চট করে আমার ওপর খুশি হয়ে যাবে। তাছাড়া দলের ঘাঁতঘোঁতও কিছু তোমাদের কাছে জানার আছে আমার। আর দেরি করে লাভ নেই। ওঠো, উঠে পড়ো।"

নয়ন লোকটার পায়ে ধরার চেষ্টা করল। রামুও কাঁদো-কাঁদো হয়ে অনেক কথা বলল। কিন্তু লোকটার নরম হওয়ার নাম নেই। খেঁটে লাঠিদুটো বগলে নিয়ে বল্লম বাগিয়ে সে একটা পেল্লায় ধমক দিয়ে বলল, "নাকিকান্না বন্ধ করো। তোমাদের এত সহজে ছাড়ছি না।"

অগত্যা বল্লমের মৃদু খোঁচা খেতে-খেতে দুজনে ম্লানমুখে লোকটার আগে-আগে পশ্চিমদিকে হাঁটতে লাগল।

বেশি দূর হাঁটতে হল না। আধ-মাইলটাক হাঁটতেই অন্ধকারে বিশাল বাড়িটা দেখা গেল। আর দেখা গেল মশাল হাতে বিশ-ত্রিশজন লোক ছোটাছুটি হাঁকাহাঁকি করছে।

লোকটা বলল, "ওই বোধ হয় সেই আড্ডা?"

"আজ্ঞে হ্যাঁ। যমদুয়ার।" নয়ন দীর্ঘশ্বাস ফেলে বলে।

আচমকা পিছন থেকে লোকটা একটা অমানুষিক "রে-রে-রে-রে" হাঁক ছাড়ল। সে এমন শব্দ যে মাটি কেঁপে ওঠে, গাছপালা নড়তে থাকে, দুর্বল লোকের হৃৎপিণ্ড থেমে যায়। কোনও কথা নয়, শুধু "রে-রে-রে-রে" শব্দ বজ্রনির্ঘোষের মতো বেজে

ওঠে।

সেই শব্দে মশালগুলো স্থির হয়ে দাঁড়াল। তার পর ধীরে ধীরে এগিয়ে আসতে লাগল।

আঠাশ

মশালের আলোয় সবার আগে সাত ফুট লম্বা সাতনাকে দেখা গেল এগিয়ে আসতে। হাতে টাঙ্গি।

ভয় খেয়ে নয়নকাজল রামুর হাত চেপে ধরে বলল, "আর রক্ষে নেই। দেশে আমার বিধবা মাকে একটা খবর পাঠিয়ে দিয়ো ছোটদাদাবাবু।"

রামু অত ঘাবড়ায়নি। সে তো জানে কাকাতুয়াটাকে দিয়ে এখনও আসল কথা বলাতে পারেনি এরা।

দলটা কাছে এগিয়ে আসতেই দুটো মুশকো চেহারার লোক এসে খপাখপ রামু আর নয়নকাজলকে ধরে পিছমোড়া করে দড়ি দিয়ে বেঁধে ফেলল।

সাতনা গমগমে গলায় লোকটাকে জিজ্ঞেস করল, "তুই কে রে?"

লোকটা বেশ বুক চিতিয়েই জবাব দিল, "আমার নাম কিংকর। তুমি কেডা?"

"আমি সাতনা সর্দার।"

"ওঃ, তুমিই!" বলে লোকটা একটু হাসল। তারপর বলল, "তোমার দলেই নাম লেখাতে এসেছি। আমি বর্ধমানের শংকর মাঝির শাকরেদ। নাম শুনেছ?"

"শংকর মাঝি।" সাতনার গলায় রীতিমতো ভক্তিশ্রদ্ধা ফুটে উঠল। ধরা গলায় বলল, "এ দলে আসবে নাকি?"

"ইচ্ছে তো তাই।" বলে লোকটা জামার বুকপকেট থেকে বের করে সাতনার হাতে দিয়ে বলল, "এই হল শংকর মাঝির পাঞ্জা। বাঁকরো, মুর্শিদাবাদ, পুরুলিয়া যেখানে খুশি যে কোনও দলে এই পাঞ্জা দেখালেই লুফে নেবে আমাকে। তবু তোমার দলেই এলাম কেন জানো? শুনেছি তোমরা একটা বড় দাঁও মারার ফন্দি এঁটেছ। সত্যি নাকি?"

সাতনার মুখটা একটু ব্যাজার হল। বলল, "সত্যি। তবে হিস্যা নিয়ে বেশি ঝাঁকাঝাঁকি কোরো না। আমাদের হিস্যাদার অনেক।"

সাতনা সর্দার তাদের দিকে ঘুরে দাঁড়িয়ে শাকরেদদের বলল, "এ দুটোকে নিয়ে যা।" তারপর লোকটার দিকে ফিরে বলল, "এদের তুমি পেলে কোথায়? ধরেই বা আনলে কেন?"

লোকটা বলল, "ওদের মুখেই শুনলুম যে, ওরা তোমার আস্তানা থেকে পালিয়েছে। তাই ভাবলুম যার দলে নাম লেখাতে যাচ্ছি তার একটু উপকার করি গে।"

সাতনা মৃদু হেসে বলে, "দল আমার নয়। আজ বড় সর্দার এখানেই আছে। চলো তোমাকে তার কাছে নিয়ে যাই।"

"চলো।"

শাকরেদরাও ওদিকে রামু আর নয়নকাজলকে হিড়হিড় করে টেনে নিয়ে চলল। এ বাড়ির মাটির নীচে গোটাকয় চোরকুঠুরি আছে। তারই দুটোয় দুজনকে ভরে বাইরে থেকে ঝপাঝপ তালা মেরে দিল।

ভিতরে জমাট অন্ধকার। সোঁদা-সোঁদা গন্ধ। হাতে আর মুখে মাকড়সার জাল জড়িয়ে যাচ্ছে বার বার। রামু বারকয়েক হাঁচি দিল নাক-সুড়সুড়ির চোটে। ঘরে কিছু নেই। না বিছানা চৌকি, না অন্য কোনও আসবাব। পায়ের নীচে শুধু ঠাণ্ডা মেঝে। তারই ওপর উবু হয়ে বসল সে। হাঁটু দুটো দুহাতে জড়িয়ে ধরে গুটিসুটি মেরে শীত তাড়ানোর চেষ্টা করতে করতে ঢুলতে লাগল।

চোরকুঠুরি থেকে কখন ভোর হল তা টেরও পায়নি রামু। একটা লোক এসে দরজা খুলে যখন নড়া ধরে তাকে ছেঁচড়ে বের করে আনল, তখন সে দেখল বাইরে বেশ বেলা হয়ে গেছে।

উঠোনের রোদে একটা দড়ির চারপাইতে বসে কাঁসার মস্ত গেলাসে খেজুর-রস খাচ্ছিল সাতনা। তার সামনে নিয়ে রামুকে খাড়া করা হল।

সাতনা একবার ভ্রূ কুঁচকে তার দিকে চেয়ে গেলাসটা গলায় উপুড় করে বাড়িয়ে দিল বাঁ ধারে। গামছায় মুখ বাঁধা একটা হাঁড়ি নিয়ে মাটিতে বসে আছে একটা লোক। সে গেলাসটা তাড়াতাড়ি আবার ভরে এগিয়ে দেয়।

সাতনা রামুর দিকে লালচে চোখে চেয়ে বলে, "খুব খারাপ কাজ করেছিলে কাল রাতে। তোমার কি জানের পরোয়া নেই? কিংকরের হাতে পড়েছিলে বলে বেঁচে গেছ। নইলে জঙ্গল থেকে বেরোতেও পারতে না, বেঘোরে আমার দলবলের হাতে শিকার হয়ে যেতে।"

রামু কিছু বলল না। দাঁড়িয়ে রইল চুপ করে।

আরও কয়েক ঢোক খেজুর-রস খেয়ে সাতনা একটা মস্ত ঢেকুর তুলে বলল, "তোমাকে এবারের মতো মাপ করে দিলাম। বাচ্চা ছেলেদের ওপর আমার কোনও রাগ নেই। কিন্তু খবর পেয়েছি, তোমার বাবা পুলিশে খবর দিয়েছে। তোমার খোঁজে লোকজনও লাগিয়েছে। কাজটা তোমার বাবা খুব ভাল করেনি। এখন যদি তোমাকে জ্যান্ত রাখি, তবে আমাদের মেলা ঝামেলা। তাই ঠিক হয়েছে তোমার মাথাটা কেটে নিয়ে তোমার বাবার কাছে পাঠানো হবে।"

বলে সাতনা আর-এক চুমুক খেজুর-রস খেল। আর রামুর শীত করতে লাগল।

সাতনা ধুতির খুঁটে মুখ মুছে বলল, "বুঝেছ?"

রামু একটু কাঁপা গলায় জিজ্ঞেস করে, 'আর নয়নদার কী হবে?"

"নয়ন?" বলে সাতনা অবাক হয়ে রামুর দিকে চেয়ে বলে, "নয়নের খবরে তোমার কী দরকার হে ছোকরা?"

"নয়নদার কিছু হলে তার বিধবা মা খুব কাঁদবে।"

"সে তো তোমার মা'ও কাঁদবে।"

"আমাকে কেউ ভালবাসে না। বাবা না, মা না।" বলতে বলতে আজ রামুর চোখে

জল এসে গেল। গলাটা এল ধরে।

সাতনা গেলাসে চুমুক দিতে গিয়েও কেমন থমকে গেল একটু। বারকয় গলা খাঁকারি দিল। হঠাৎ তার মনটা বোধহয় নরম হয়ে পড়েছিল। সেটা ঝেড়ে ফেলতে একটা বিকট হাঁকাড় দিল, "নিয়ে যা। নিয়ে যা একে।"

লোকগুলো তাকে জঙ্গলের দিকে টেনে নিয়ে যেতে লাগল। পশ্চিম ধারে একটা ঢিবি, তার ওপাশে পচা ডোবায় মস্ত হোগলা-বন। ভারী নির্জন জায়গা। ঢিবি পেরিয়ে ডোবার ধারটায় রামুকে নিয়ে এল তারা। জায়গাটা ভীষণ নির্জন। একদিকে ঢিবি, অন্যধারে হোগলার বন থাকায় জায়গাটা লোকচক্ষুর আড়ালও বটে। যে দুজন লোক রামুকে ধরে এনেছে তারা দুজনেই ভীষণ তাগড়া জোয়ান। কালো চেহারা। মুখে রসকষ নেই। একজনের হাতে ঝকঝকে একটা ভোজালি। একজন রামুকে ধরে হাত দুটো মুচড়ে পিঠের দিকে ঘুরিয়ে চুল ধরে মাথাটা ঝুঁকিয়ে দিল সামনের দিকে।

বিড়বিড় করে বলল, "এই বয়সে মরণ না ডাকলে কেউ বাঘের ঘরে ঢোকে!"

রামু কোনও ব্যথা টের পাচ্ছিল না। পেট জ্বলে যাচ্ছে খিদেয়। গলা তেষ্টায় কাঠ। বুকটা দুঃখে বড় ভার হয়ে আছে। মরতে সে ভয় পাচ্ছিল না। শুধু দুঃখ হচ্ছিল তাকে কেউ ভালবাসে না বলে।

যে লোকটার হাতে ভোজালি সে একটা মসৃণ পাথরের মতো জিনিসে ভোজালিটা বারকয় ঘষে নিয়ে আঙুলে ধার দেখে নিল। তারপর বলল, "না, হয়েছে। ভাল করে ধরিস। শেষ সময়টায় বড় ঝটকা দেয় কেউ কেউ।"

ঊনত্রিশ

জলার ধারে যখন এই ঘটনা ঘটছে, তখন একটু দূরে ঈশান কোণে একটা ভাঙা মন্দিরের উঁচু চাতালে দাঁড়িয়ে দুজন লোক দৃশ্যটা দেখছিল। আসলে দৃশ্যটা খুব মন দিয়ে দেখছিল একজন। সে কিংকর। আর দ্বিতীয় লোকটি অর্থাৎ সাতনা লক্ষ করছিল কিংকরকে।

রামুর ঘাড়ের ওপর উদ্যত ভোজালিতে রোদ ঝিকিয়ে উঠতেই কিংকর আর সহ্য করতে পারল না। হাতের বল্লমটা চোখের পলকে তুলে শাঁ করে ছুড়ে দিল। এত দূর থেকে বল্লম যত জোরেই ছোড়া হোক, তা পৌঁছনোর কথা নয়। তা ছাড়া নিশানা ঠিক রাখার তো প্রশ্নই ওঠে না। কিন্তু কিংকরের জাদু-হাত যেন বল্লমটাকে মন্ত্রঃপূত করে ছুড়ল। সেটা রোদে ঝিলিক হেনে হাউইয়ের মতো তেড়ে গিয়ে খুনেটার বাঁ কাঁধে বিঁধে গেল। ভোজালি ফেলে 'বাপ রে' বলে চেঁচিয়ে লোকটা মাটিতে পড়ে ছটফট করতে থাকে।

সাতনা এতটুকু চঞ্চল হল না। শুধু প্রকাণ্ড একখানা হাত বাড়িয়ে কিংকরের পিঠটা চাপড়ে দিয়ে বলল, "সাবাশ। বহোত খুব।"

কিকংর এই বাহবায় গলল না। চিতাবাঘের মতো ঘুরে দাঁড়িয়ে ধমক দিয়ে বলল, "তোমরা ডাকাত না ছুঁচো? কাপুরুষের দল! বাচ্চাদের যারা খুন করে, তারা কখনও

মরদ নয়।”

সাতনা একটু হাসল। তারপর মোলায়েম গলায় বলল, “রামুকে খুন করা হত না হে। তোমাকে একটু পরীক্ষা করার জন্য ওটুকু অভিনয় করতে হল।”

কিংকর ফুঁসে উঠে বলল, “কীসের পরীক্ষা? তোমাদের মতো চুনোপুঁটির কাছে পরীক্ষা দিতে হবে আমাকে তেমন ঠাউরেছ নাকি?”

সাতনা ঠাণ্ডা গলায় বলে, “আহা চটো কেন ভায়া! তুমি ভিন দলের লোক না শত্রুপক্ষের চর তা একটু বাজিয়ে দেখতে হবে না?”

কিংকর চোখ রাঙা করে তেজের গলায় বলল, “দেখ সাতনা, যতদূর জানি তুমি এ-দলের সামান্য মোড়ল মাত্র। সর্দার তান্ত্রিকবাবা কাল তোমাকে তেমন পাত্তা দিচ্ছিল না। বেশি ফোঁপরদালালি করবে তো সোজা সর্দারকে জানিয়ে দেব। আর একটা কথা, তোমার চেহারাটা বড়সড় বটে, ভেবো না বেড়ালের মতো তোমার নটা প্রাণ আছে। এ দুখানা শুধু-হাতে তোমার ওই মোষে গর্দান ভেজা-গামছার মতো নিংড়ে মুচড়ে দিতে পারি। কাজেই বুঝে-সমঝে চলো। আমি তোমার পালের মেড়াদের মতো নই।”

সাতনার সঙ্গে এই ভাষায় এবং তেজের ভঙ্গিতে কেউ কথা কওয়ার সাহস পায় না। কিন্তু এই অগ্রাহ্যের ভাব সাতনা মুখ বুজে সয়ে গেল। শুধু একটা দীর্ঘশ্বাস ফেলে বলল, “আমি একটা ছেলেকে চিনতাম। তখন তার অল্প বয়স। ইসকুলে পড়ে। প্রতি বছর ইসকুলের স্পোর্টসে ছেলেটা জ্যাভেলিন থ্রোয়ে সেরা প্রাইজ পেত। বর্শা ছুড়ত এমন জোরে যে দেখে তাক লেগে যেত। বেঁচে থাকলে এখন সে তোমার বয়সিই হয়েছে।”

এ কথা শুনে কিংকর একটু অস্বস্তি বোধ করতে লাগল। তবু তেজের সঙ্গে বলল, “ওসব এলেবেলে কথা শুনতে চাই না। এবার থেকে কিংকরকে একটু সমঝে চলো।”

দুজন লোক বল্লম-খাওয়া লোকটাকে ধরাধরি করে চাতালে এনে ফেলল। মুখে জল দেওয়া হচ্ছে রক্তে ভাসাভাসি কাণ্ড। চোট গুরুতর। তবে কাঁধে লেগেছে বলে প্রাণের ভয় নেই। সাতনার স্যাঙাতরা কটমট করে কিংকরের দিকে তাকাচ্ছে, একটি ইঙ্গিত পেলেই ঝাঁপিয়ে পড়ে গলা নামিয়ে দেবে।

কিন্তু সাতনা তাদের দিকে তাকাল না। কিংকরকে বলল, “চলো, ভিতর বাড়িতে যাই। ভয় নেই, রামুকে কেউ এখনই খুন করবে না।”

কিকংর বলল, “না-করাই বুদ্ধিমানের কাজ। ওই বাচ্চা-ছেলেটার গায়ে কেউ হাত তুলেছে বলে যদি টের পাই তবে সেই হাত আমি কেটে ফেলে দেব মনে রেখো।”

“বাপ রে!” বলে সাতনা হাসল, “তুমি যে আমাকে ভয় খাইয়ে দিচ্ছ।”

এ কথায় কিংকরও হেসে ফেলল। তারপর ভিতরবাড়িতে গিয়ে উঠোনের রোদে দুজনে দুটো দড়ির চারপাইতে বসে খেজুর-রস খেতে লাগল। কিংকর জিজ্ঞেস করল, “হঠাৎ আমাকে পরীক্ষা করার জন্য ওই ছেলেটাকে সাতসকালে খুনেদের হাতে ছেড়ে দিয়েছিলে কেন?”

সাতনা প্রথমটায় কথা বলল না। একমনে খেজুর-রস খেয়ে যেতে লাগল।

অনেকক্ষণ বাদে বলল, "দেখছিলাম ওই ছেলেটার প্রতি তোমার দরদ আছে কি না।"

কিংকর অবাক হয়ে বলল, "থাকবে না কেন? ডাকাতি করি বলে তো আর অমানুষ নই।"

সাতনা একটা দীর্ঘশ্বাস ছেড়ে বলল, "তোমাকে যে সেই ছেলেটার কথা বলছিলাম, যে ইসকুলে জ্যাভেলিন থ্রোতে প্রতিবার ফার্স্ট হত, তার কথা আর একটু শুনবে নাকি?"

কিংকর একটু থতমত খেয়ে বলে, "তার মানে? তোমার কি মাথার গণ্ডগোল আছে নাকি বাপু? হঠাৎ পুরনো গপ্পো ফেঁদে বসতে চাইছ কেন?"

"সাধে কি আর চাইছি? গপ্পোটা তোমার জানা দরকার। এমনও তো হতে পারে যে, সেই ছেলেটাই তুমি।"

কিংকর হাতের রসসুদ্ধু ভাঁড়টা হঠাৎ ছুড়ে ফেলে উঠে দাঁড়াল। তার চোখ ধকধক করছে, লম্বা শরীরের পেশিগুলো জামার তলায় ঠেলাঠেলি করছে। থমথমে গলায় সে বলে, "সাতনা, বুঝতে পারছি খামোখা আমাকে ঝামেলায় জড়িয়ে সকলের মনে সন্দেহ জাগিয়ে তুমি আমাকে দল থেকে হঠাতে চাইছ। কারণ আমি থাকলে এই দলে তোমার জায়গা আমার নীচেই হবে। তাই বলছি, ওসব হীন চক্রান্ত না করে এসো দুজনে মরদের মতো ফয়সালা করে নিই কে কত বড় ওস্তাদ। হাতিয়ার ধরতে হয় তো ধরো, নইলে খালিহাতে চাও তো তাই হোক। চলে এসো।"

এই চ্যালেঞ্জের জবাবে কিন্তু সাতনা নড়ল না। কেমন একরকম ক্যাবলা চোখে কিছুক্ষণ কিংকরের দিকে চেয়ে থেকে মাথা নেড়ে বলল, "বোসো কিংকর। না, তোমার সঙ্গে আমি কাজিয়া করতে চাই না। বোসো কথা আছে।"

রাগে ফুলতে ফুলতে কিংকর আবার চারপাইতে বসল।

সাতনা বলল, "তুমি খুব সাংঘাতিক লোক, মেনে নিচ্ছি। কিন্তু মনে রেখো, তোমারও একটা বই দুটো প্রাণ নেই।"

"তা জানি। ওসব ভয় আমাকে দেখিও না। কিংকরের একটাই জান বটে, কিন্তু সেটা মরদের জান। তোমার জান নয়। আমাকে প্রাণের ভয় দেখিও না।"

এতেও উত্তেজিত হল না সাতনা। শান্ত গলায় বলল, "তোমাকে ভয় দেখিয়ে লাভ নেই। জানি। সে-চেষ্টা করছি না। শুধু জানতে চাইছি তুমি এ-দলে ঢুকলে কেন?"

"তা জেনে তোমার লাভ কী? তুমি তোমার মতো থাকো।"

সাতনা মাথা নেড়ে বলে, "তা থাকতে পারছি কই? তুমি কথায়-কথায় আমাকে শাসাচ্ছ, লড়তে চাইছ। তার মানে ছুতোনাতায় আমার সঙ্গে তোমার লাগবেই। তাই মনে হয় তুমি আমাকে ভাল চোখে দেখতে পারছ না।"

কিংকর গম্ভীর গলায় বলে, "ভদ্রলোকের মতো ব্যবহার করলে ভাল চোখে দেখতে বাধা কী?"

সাতনা বলে, "বাধা আছে। তোমার বাধা আছে। আমার সব কিছু মনে থাকে। মানুষের মুখ আমি সহজে ভুলি না।"

কিংকরের মুখটা আবার হিংস্র হয়ে ওঠে।

সাতনা হাত তুলে তাকে থামিয়ে দিয়ে বলে, "কিছু বলতে হবে না। আমি মরদ কি না সে-পরিচয় যথাসময়ে পাবে। এখন খ্যামা দাও। শুধু মনে রেখো সাতনার দশজোড়া চোখ সব জায়গায় তোমাকে নজরে রাখবে। দশজোড়া হাত তৈরি থাকবে। এক চুল বেয়াদবি দেখলে চোখের একটা ইশারা করব, সঙ্গে-সঙ্গে তোমার মুণ্ডু খসে পড়বে।"

কিংকর ঝাঁকুনি মেরে উঠতে যাচ্ছিল। কিন্তু বাস্তবিকই পিছন থেকে আচমকা দশখানা বল্লমের তীক্ষ্ণ ডগা পিঠ আর কোমর স্পর্শ করল। কিংকর উঠল না। কিন্তু একটু তাচ্ছিল্যের হাসি হেসে বলল, "খুব মরদ।"

সাতনা খুব বড় একটা শ্বাস টেনে বলল, "তোমার সাহস আছে বটে।"

ত্রিশ

কোনও কথা না বলে দুখানা তীক্ষ্ণ চোখে অনেকক্ষণ কিংকরকে দেখল সাতনা। তারপর বলল, "তোমার বড্ড ঝাঁজ হে। ঝাঁজালো লোক আমি পছন্দ করি বটে, তবে বেশি ঝাঁজ ভাল নয়।"

কিংকর কথা বলল না। কটমট করে তাকিয়ে রইল। সাতনা একটা হাঁক দিলে এক স্যাঙাত দৌড়ে আসে। সাতনা তাকে বলে, "যা, রামুকে ধরে নিয়ে আয়।"

কিংকরের পিছনে দশখানা বল্লম উঁচিয়ে আছে। সে অবশ্য গ্রাহ্য করল না। একমনে খেজুর-রস খায় আর মাঝে-মাঝে সাতনার দিকে আগুনপারা চোখ করে চায়।

একটু বাদেই নড়া ধরে রামুকে নিয়ে এল সাতনার স্যাঙাত। অল্প সময়ের মধ্যেই রামুর মুখ শুকিয়ে গেছে। চোখে আতঙ্ক। তাকে দেখে কিংকর সাতনার ওপর রাগে দাঁতে দাঁত পিষল।

সাতনা কিংকরকেই লক্ষ করছিল। একটু হেসে বলল, "রাগ কোরো না হে। মায়াদয়া করলে আমাদের চলে না। ওহে রামু, এই লোকটাকে চেনো?"

রামু দিশাহারার মতো চারদিকে চেয়ে দেখল। তারপর কিংকরের দিকে তাকিয়ে বলল, "চিনি। এই লোকটাই কাল রাতে আমাদের ধরে এনেছে।"

সাতনা মাথা নেড়ে বলে, "সে তো জানি। সে-কথা নয়। লোকটাকে আগে থেকে চেনো কি না ভাল করে দেখে বলো তো।"

রামু ভাল করেই দেখল। আবছা-আবছা একটা চেনা মানুষের আদল আসে বটে, কিন্তু সঠিক চিনতে পারল না। মাথা নেড়ে সে বলল, "চিনি না।"

"খুব ভাল করে দেখলে চিনতে পারতে কিন্তু। অবিশ্যি তোমার দোষ নেই। এই লোকটা হরবোলা। একসময়ে সার্কাসে হরেক রকম পাখি আর জানোয়ারের ডাক নকল করত। যে-কোনও মানুষের গলা একবার শুনে হুবহু সেই গলায় কইতে পারে। সুতরাং গলা শুনে একে চিনবে না। আর চেহারা? যে-চেহারাটা এখন দেখছ সেইটেও এর আসল চেহারা নয়, তবে অনেকটা কাছাকাছি। দরকার শুধু থিয়েটারের সঙ

সাজার কয়েকটা জিনিস। তা হলেই হাঃ হাঃ হাঃ হাঃ...”

সাতনা হাসতে হাসতে বেদম হয়ে পড়ল।

কিংকর স্থির চোখেই সাতনার দিকে চেয়ে ছিল। কথা বলল না।

সাতনা হাসি থামিয়ে কিংকরের দিকে চেয়ে বলল, “তোমার অনেক গুণ। এত গুণ খামোখা নষ্ট করলে হে।”

কিংকর একটু হেসে বলে, “তোমারও অনেক গুণ। সেইসব গুণ তুমিও অকাজে নষ্ট করলে সাতনা। তবে বলি তোমার ক্ষতি করতে আমার আসা নয়। আমি তোমাকে দুটি কথা বলব। বেশ মন দিয়ে শোনো।”

সাতনা হাসি থামিয়ে গম্ভীর মুখ করে কিংকরের দিকে চাইল। তারপর বলল “শুধু গুল মেরে এই জাল কেটে বেরোতে পারবে না। কাজেই বলার আগে ভেবেচিন্তে নাও, যা বলবে তা সত্যি কি না।”

“আমি যা বলব তা সত্যি। তবে এত লোকের সামনে বলা যাবে না। কথাটা বড়ই গোপন।”

সাতনা পাহাড়প্রমাণ শরীরটা টান করে উঠে দাঁড়াল। বলল, “ঠিক আছে। চোরকুঠুরিতে চলো। তবে তোমার হাতদুটো পিছমোড়া করে বাঁধা থাকবে।”

“ঠিক আছে। তাই-ই সই।”

“সার্কাসে তুমি হাতকড়া খোলার খেলা দেখাতে। আমার সব মনে আছে। কিন্তু এখন চালাকি করে হাতের দড়ি খুলতে যেয়ো না আমার কাছে রিভলভার আছে। মনে রেখো।”

দুটো লোক এসে কিংকরের হাত পিছমোড়া দিয়ে শক্ত করে বাঁধল। তারপর সাতনা আর কিংকর গিয়ে ঢুকল চোরকুঠুরিতে।

কিংকরকে দেয়ালের সঙ্গে পিঠ ঠেকিয়ে মুখোমুখি বসল সাতনা। হাতে সত্যিই ছ'ঘরা রিভলভার। বসে বলল, “যা বলার চটপট বলে ফ্যালো।”

“আমি কাকাতুয়াটাকে দিয়ে কথা বলাতে পারি।”

“পারো? বটে?” সাতনা একটু তাচ্ছিল্যের হাসি হাসে।

কিংকর একটা দীর্ঘশ্বাস ছেড়ে বলে, “পারি। অনেক ভেবেচিন্তে কায়দাটা বের করেছি। কিন্তু পাখিটা কথা বললে তোমরা সেই গুপ্তধন বের করবে। অথচ ওই গুপ্তধন তোমাদের পাওনা নয়। আইন বলে, যত গুপ্তধন পাওয়া যাবে তার সবই গবর্মেন্টের। কিন্তু তোমরা গবর্মেন্টকে এক পয়সাও দেবে না।”

সাতনা জলদগম্ভীর স্বরে বলে, “শুধু এই কথা?”

“না। আরও আছে। গোবিন্দ ওস্তাদকে চেনো। বেচারা মিথ্যে খুনের মামলায় ফেঁসে গেছে। অথচ তা উচিত নয়। আসল খুনির উচিত নিজের দোষ স্বীকার করে নির্দোষ লোকটাকে খালাস করে দেওয়া।”

সাতনার মুখ ফেটে পড়ছিল দুর্দান্ত রাগে। খুব কষ্টে নিজেকে সংযত রেখে বলল, “আর কিছু?”

“হ্যাঁ। আর একটা কথা। তোমার যে-মেয়েটা হারিয়ে গিয়েছিল, আমি তার সন্ধান

জানি। সে যে তোমারই মেয়ে তার প্রমাণও দিতে পারি।”

আস্তে-আস্তে, খুব আস্তে-আস্তে সাতনার মুখে একটা পরিবর্তন ঘটতে লাগল। কর্কশ, নিষ্ঠুর ভয়ঙ্কর মুখখানা যেন কোমল হতে লাগল। চোখ দুটো ভরে উঠল জলে। একটা দমকা শ্বাসের সঙ্গে অস্ফুট গলায় সে বলল, “মিথ্যে কথা!” একটু থেমে আবার বলল, “মিথ্যে কথা! তুই আমাকে ভোলাতে এসেছিস!”

বলতে বলতে সাতনা উঠে দাঁড়াল।

“না সাতনা, তোমাকে ভোলানোর ক্ষমতা আমার নেই। এই দ্যাখো—” বলে পিছন থেকে ডান হাত বের করে কিংকর তার বালাপোশের কোটের ভিতর দিকে হাত ভরে একখানা ফোটো বের করে আনল।

সাতনা হাঁ করে চেয়ে দৃশ্যটা দেখে বলল, “হাত খুলে ফেলেছ! তোমাকে বলেছিলাম না চালাকি করার চেষ্টা করলে—”

কিংকর অমায়িক একটু হেসে বলে, “আমার হাত কিছুতেই বাঁধা থাকতে পারে না, বুঝলে! আপনা থেকে খুলে বেরিয়ে আসে। যাকগে, আবার না হয় বাঁধতে বলে দাও।”

সাতনা জানে, সে-চেষ্টা বৃথা। হাত বাড়িয়ে সে ফোটোটা নেয়। অবিশ্বাসের সঙ্গে চেয়ে থাকে ফোটোটার দিকে। চোরকুঠুরিতে শুধু একটা ছোট্ট ঘুলঘুলি দিয়ে আসা আলোতেও ফোটোর মেয়েটির মুখ দেখে স্তম্ভিত হয়ে যায় সাতনা। তার মেয়ে চুরি যায় পাঁচ-ছ বছর বয়সে। এই মেয়েটির বয়স তেরো-চোদ্দো বছর। কিন্তু কী হুবহু মিল। তার মেয়েটা বেঁচে থাকলেও এই বয়সিও হওয়ার কথা। সে জিজ্ঞেস করল, “এটা কতদিন আগেকার ফোটো?”

“গত বছরে। তোমার মেয়ের বয়স এখন চোদ্দো বা পনেরো।”

“আর কোনো প্রমাণ আছে?”

“আছে। তবে তা দিয়ে আর তোমার দরকার কী? আমার কথা বিশ্বাস করতে পারো। এ তোমারই মেয়ে এবং সে বহাল তবিয়তে বেঁচেও আছে।”

সাতনা ভাল করে কথা বলতে পারছিল না বার বার ঢোঁক গিলছে। চোখে জল আসছে। অত বড় সা-জোয়ান লোকটার হাত দুটো কাঁপছে থরথর করে। সে জিজ্ঞেস করল, “আমার মেয়ে কোথায়?”

“সেইটে এখন বলতে পারছি না।”

“বলো?” বলে সাতনা প্রকাণ্ড দুটো হাত বাড়িয়ে চেপে ধরল কিংকরকে। একটা রামঝাঁকুনি দিয়ে বলল, “শিগগির বলো। নইলে মেরে ফেলব।”

কিংকর নিজের শরীরটাকে একটু মোচড় দিয়ে সরে গেল। তারপর বিদ্যুৎগতিতে হাতটা তুলে সাতনার ঘাড়ে হাতের চেটোর ধার দিয়ে একটা কোপ মারল।

“আঁক” করে একটা শব্দ হল শুধু। তারপর হাতির মতো বিশাল শরীর নিয়ে সাতনা ঢলে পড়ল মেঝের ওপর।

কিংকর ঘরের কোণে একটা জলের কুঁজো অনেকক্ষণ আগেই লক্ষ করেছে। এখন সেইটে তুলে এনে সাতনার চোখেমুখে জলের ছিটে দিতে লাগল।

একটু বাদেই চোখ মেলে উঠে বসল সাতনা।

কিন্তু এ এক অন্য সাতনা।

একত্রিশ

ধীর গম্ভীর স্বরে সাতনা বলল, "যে-হাত আমার গায়ে তুলেছ, সে-হাত তোমার শরীর থেকে কেটে ফেলা হবে।"

কিন্তু সাতনা মুখে যা-ই বলুক, তার আর সেই ভয়ঙ্করতাও নেই। মুখটা কেমন ভোঁতা দেখাচ্ছে। চোখে একটা দিশেহারা ভাব। কিংকর একটু হেসে বলল, "ভয় দেখাচ্ছ নাকি? তোমার আমার জীবন যেরকম, তাতে কাউকে কারও ভয় দেখিয়ে লাভ নেই। খামোকা চোখ রাঙিয়ে নিজের কাছে নিজেই হাস্যাস্পদ হচ্ছ। ভয় খাওয়ার হলে এতক্ষণে খেতাম।"

সাতনাও সেটা ভালরকমে টের পাচ্ছে। কিংকর কিছুতেই ভয় পাচ্ছে না। তাই সাতনা খানিকটা চুপসে গিয়ে বলল, "আমার মেয়ের ছবি যদি খাঁটি হয়ে থাকে, যদি জাল-জোচ্চুরি না করে থাকো তবে এ-যাত্রায় তুমি প্রাণে বেঁচে যাবে। এখন বলো, আমার মেয়ে কোথায়?"

কিংকরের মুখ থেকে এখনও হাসি মুছে যায়নি। সে মাথা নেড়ে বলল, "ধীরে বন্ধু, ধীরে। অত তাড়া কীসের? তোমার শরীরে যে একটু নামমাত্র মায়াদয়া এখনও অবশিষ্ট আছে, তা ওই মেয়েটির জন্য, তা জানি। কিন্তু আমারও শর্ত আছে।"

সাতনা থমথমে মুখে বলল, "সেটা না-বোঝার মতো বোকা আমি নই। শর্তটা কী তা বলে ফ্যালো।"

"এক, দলের যে মাথা, তার নাম আমাকে বলতে হবে।"

"তার নাম জেনে কী হবে? ধরিয়ে দেবে?"

"সেটা পরে ঠিক করব। আগে নামটা তো জানি।"

"আর কোনও শর্ত আছে?'

"আছে। তোমাকে দল ছাড়তে হবে।"

সাতনা একটু ম্লান হেসে মাথা নাড়ল। "তোমার শর্তগুলো শুনতে ভাল কিন্তু কাজের নয়। প্রথম কথা, দলের বড়-সর্দারের নাম আমারও জানা নেই। দু নম্বর কথা হল, দল ছাড়া অসম্ভব। এ-দলে ঢোকা যায়, বেরোনো যায় না।"

কিংকর হাসিমুখে বলল, "আমার তিন নম্বর শর্ত হল, কোনও নির্দোষকে সাজা দেওয়া উচিত নয়। তাই বেচারা গোবিন্দ মাস্টারকে খালাস দেওয়ার ব্যবস্থা করতে হবে।"

সাতনা মুখ নিচু করে কিছুক্ষণ চুপ করে থেকে বলল, "যদি এর কোনও শর্তই না মানি?"

কিংকর এবার হাসল না। মৃদু স্বরে বলল, "তোমার যে-মেয়ে যাওয়ার পর তুমি মানুষ থেকে পশু হয়েছ, সেই মেয়ের খোঁজ জীবনেও পাবে না।"

সাতনা স্থির দৃষ্টিতে কিছুক্ষণ কিংকরের দিকে চেয়ে থেকে হঠাৎ একটা দীর্ঘশ্বাস ফেলল। তারপর কেমন ভ্যাবলার মতো বসে আকাশ-পাতাল ভাবতে লাগল। অনেকক্ষণ বাদে বলল, "রাত দুটোর সময় আবার এই চোর-কুঠুরিতে এসো। কথা হবে।"

"কিন্তু বাইরে যেসব যমদূত মোতায়েন আছে তারা আবার পিছু নেবে না তো?"

"বারণ করে দিচ্ছি। এখন তুমি স্বাধীন।"

দুজনে বেরিয়ে এল।

সাতনার মুখ নিচু। ভাবছে। মাঝে-মাঝে হারানো মেয়েটার কথা ভেবে চোখে জল আসছে তার। হাতের পিঠ দিয়ে চোখের জল মুছছে মাঝে-মাঝে, সাতনার চোখে জল! ব্যাপারটা তার নিজেরই বিশ্বাস হচ্ছে না।

এই কিংকর নামে লোকটা কে, তা ভেবে সারাদিন রামুর মাথা গরম। গতকাল রাতে জঙ্গলের অন্ধকারে প্রথম দেখা। লোকটা তাদের ধরিয়ে দিল। কিন্তু আজ সকালে আবার নিশ্চিত মৃত্যুর হাত থেকে তাকে বাঁচাল। সাতনা যখন তাকে ডাকিয়ে নিয়ে লোকটাকে চিনতে পারে কি না জিজ্ঞেস করল, তখন তার স্পষ্টই মনে হল, যে কিংকরকে চেনে। কিন্তু কিছুতেই বুঝতে পারল না, কোথায় দেখেছে বা কবে।

আজ সকালেই ডাকাতরা তার গলা কাটতে গিয়েছিল বটে, কিন্তু আজই আবার কী মন্ত্রে যেন তারা ভারী সদয় হয়েছে তার ওপর। সকাল থেকে কিছু খেতে দেয়নি। কিন্তু বেলা দশটা নাগাদ একজন নরম-সরম চেহারার ডাকাত এসে জামবাটি-ভরা সর-ঘন দুধ কলা আর নতুন গুড় দিয়ে মাখা চিড়ের ফলার খাওয়াল। তারপর ঘরের দরজা খুলে দিয়ে বলল, "যাও খোকা, ঘুরে-টুরে বেড়াও গিয়ে। তোমাকে আর ঘরে আটকে রাখার হুকুম নেই।"

রামু বেরিয়ে এল। চারদিকে আলো আর গাছপালা। মুক্ত বাতাস। বুক ভরে শ্বাস টানল সে। ডাকাতরা কেন সদয় হয়েছে তা বুঝতে পারল না।

ছেড়ে দিলেও রামুর পিছু-পিছু ছায়ার মতো একজন পাহারাদার রেখেছে এরা। ভাঙা প্রকাণ্ড বাড়িটার সব জায়গায় যাওয়া বারণ। লোকটা মাঝে-মাঝে পিছন থেকে সাবধান করে দিচ্ছে, "ওদিকে যেয়ো না খোকা। না না, ওই কুঠুরিতে উঁকি মেরো না।"

ঘুরতে ঘুরতে নয়নদার সঙ্গেও দেখা হয়ে গেল রামুর। নয়নকাজল দিব্যি হাসিমুখে পিছন দিককার একটা বাগানে রোদে বসে গায়ে সর্ষের তেল মালিশ করতে-করতে একজন রোগা-পটকা পশ্চিমা ডাকাতের সঙ্গে ভাঙা হিন্দিতে কথা বলছিল। "ছাপরা জিলা হাম খুব চিনতা। ওদিকে খুব ভাল দুধ মিলতা।"

রামু চেঁচিয়ে ডাকল, "নয়নদা।"

নয়ন একগাল হেসে বলল, "তোমাকেও ছেড়ে দিয়েছে? যাক বাবা! আমি তোমার কথাই ভাবছিলাম।"

রামু কাছে গিয়ে বসে একটু নিচু স্বরে জিজ্ঞেস করে, "আচ্ছা, কিংকর লোকটা কে বলো তো?"

নয়ন নিশ্চিত গলায় বলে, "সাংঘাতিক ডাকাত। এ সাতনার চেয়েও ভয়ঙ্কর।"

"তা তো বটে, কিন্তু তোমার চেনা-চেনা লাগছে না?"

নয়নকাজল একটু ভেবে বলল, "তুমি কথাটা বললে বলেই বলছি, আমারও মনে ওরকম একটা ভাব হয়েছিল। লোকটাকে যেন কোথায় দেখেছি। তারপর ভাবলাম, দেখলেও সে-কথা মনে না রাখাই ভাল। লোকটা এক নম্বরের বিশ্বাসঘাতক। আমাদের কাল রাতে ধরিয়ে দিল। আর-একটু হলেই পালাতে পারতাম।"

রামু বিষণ্ণ মুখে বলে, "পালিয়ে লাভটা কী হত? বাড়ি গিয়েও তো রক্ষা পেতাম না। তুমিও না, আমিও না।"

নয়ন চিন্তিত মুখে বলে, "তা বটে।"

"লোকটা হয়তো আমাদের ভালর জন্যই ধরিয়ে দিয়েছে। হয়তো এর পিছনে কোনও কারণ আছে। লোকটা জানত, পালিয়েও আমরা বেশি দূর যেতে পারব না। গেলেও বাঁচব না এদের হাত থেকে।"

নয়ন খুব মিনমিন করে বলল, "আমি অত ভেবে দেখিনি। কিন্তু এখন তুমি বলার পর দ্যাখো ভয়ে আমার গায়ে কাঁটা দিচ্ছে।"

"কিন্তু আমার মনে হচ্ছে নয়নদা, কিংকর লোকটা আমাদের শত্রু নয়।"

"না হলেই ভাল। ওরকম লোক যার শত্রু হবে, তার অনেক বিপদ।"

দুপুরে স্নান করে রামু আর নয়ন একটা ছোটখাটো ভোজ খেল আজ। নতুন একটা ঘরে খড়ের ওপর পাতা নরম বিছানায় দুজনে শুয়ে নাক ডাকিয়ে ঘুমিয়ে নিল অনেকক্ষণ। কাল রাতে অনিদ্রা গেছে। যখন উঠল, তখন বেলা ফুরিয়ে এসেছে। রামু দেখল তার বালিশের পাশে একটা ছোট্ট চিরকুট এক টুকরো পাথর চাপা দেওয়া। তাতে লেখা, "আজ রাতে সজাগ থেকো।"

আশা আর ভরসায় রামুর বুক ভরে উঠল। সে নয়নকাজলকে ঠেলে তুলে দিল। তারপর চিরকুটটা দেখিয়ে বলল, "আমার মনে হয় এটাও সেই কিংকরের কাজ।"

ঠিক রাত দুটোয় সাতনা চোরকুঠুরিতে হাজির হল। সারাদিন কেঁদে কেঁদে তার চোখ লাল। মুখের চামড়া ঝুলে পড়েছে কিছুটা। বেশ নড়বড়ে আর বুড়ো দেখাচ্ছে দানবের মতো লোকটাকে।

চোরকুঠুরিতে কোনও আলো নেই। জমাট অন্ধকার। কিন্তু সাতনা মৃদু একটু শ্বাসের শব্দ শুনে বুঝল, কিংকরও হাজির।

গলা খাঁকারি দিয়ে সাতনা ডাকে, "কিংকর"।

"বলো।"

"এখানে নয়। বড় সর্দারের হাজারটা চোখ, হাজারটা কান। চলো,জঙ্গলের দিকে যাই।"

"তথাস্তু। তোমার লোকজন আজ কেমন পাহারা দিচ্ছে?"

"পাহারা নেই। বেশির ভাগই গেছে কাছের একটা গঞ্জে ডাকাতি করতে। বাদবাকিদের আমি ছুটি দিয়েছি।"

"তা হলে চলো।"

দুজনে নিঃশব্দে বেরিয়ে পড়ে। তারপর আগে সাতনা এবং তার পিছনে কিংকর ছায়ার মতো জঙ্গলে গিয়ে ঢোকে।

নিস্তব্ধ জঙ্গলাকীর্ণ একটা জায়গায় এসে দুজনে দাঁড়ায়।

সাতনা বসে। মুখোমুখি কিংকর।

সাতনা বলে, "আমি রাজি।"

"ভাল করে ভেবে বলো।"

"ভেবেই বলছি। দুনিয়ায় ওই মেয়েটা ছাড়া আমার কেউ নেই। মেয়েটা চুরি যাওয়ার পর প্রতিশোধ নেওয়ার জন্য আমার মাথায় খুন চেপেছিল। সার্কাস ছেড়ে ডাকাতের দলে নাম লিখিয়েছিলাম। আজ সারাদিন ভেবে দেখলাম, মরতে একদিন হবেই। তার আগে যদি সুযোগ পাই, মেয়েটার একটা হিল্লে করে দিয়ে যাই। একবার তাকে চোখের দেখাও তো দেখতে পাব।"

"তা পাবে।"

"যখন ছোট্টটি ছিল, তখন সারাদিন আমার বুকের সঙ্গে লেগে থাকত মেয়েটা। মা-মরা মেয়ে। তাকে বুকে করে সার্কাসের সঙ্গে দেশ-বিদেশে ঘুরতাম। মেয়েটাই ছিল আমার জীবন, আমার শ্বাসের বাতাস আমার নয়নের মণি।"

"জানি সাতনা।"

"সকলেই জানত। জানত, সাতনার মেয়েই সাতনার সর্বস্ব।"

"এবার বড় সর্দারের নামটা বলো সাতনা।" সাতনা একটু চমকে উঠল।

বত্রিশ

সাতনার মতো ডাকাবুকো লোককে আঁতকে উঠতে দেখে একটু হাসল কিংকর। মোলায়েম গলায় জিজ্ঞেস করল, "ভয় পাচ্ছ?" সাতনা চারদিকে ভাল করে চেয়ে দেখল। তারপর ফ্যাসফ্যাসে গলায় বলল, "পাচ্ছি। আমার আয়ু আর বেশিদিন নয়। আজ অবধি সর্দারের চোখকে কেউ ফাঁকি দিতে পারেনি। আমিও পারব না। তবু জেনেশুনে যে হাঁড়িকাঠে গলা দিচ্ছি, তার কারণ আমার কাছে আর নিজের প্রাণের দাম নেই। শুধু একটাই সাধ। মরার আগে যেন মেয়েটার মুখ একবার দেখে যেতে পারি।"

কিংকর এ কথার জবাব দিল না চট করে। কিছুক্ষণ ভেবে নিয়ে বলল, "তোমার কি ধারণা, সর্দার তোমার ওপর নজর রাখছে?"

সাতনা মাথা নেড়ে বলল, "জানি না। কিন্তু মনে-মনে যেই ঠিক করেছি যে, সর্দারের সঙ্গে বিশ্বাসঘাতকতা করব, তখনই মনে ভয়টা এল। কোন মানুষের মনে কী আছে তা সর্দার মুখ দেখলেই টের পায়।"

কিংকর মৃদুস্বরে বলল, "মানুষের মুখে যে তার মনের কথা লেখা থাকে। সর্দার তো আর অন্তর্যামী ভগবান নয়, সে শুধু তোমাদের চেয়ে আর এক ডিগ্রি বেশি চালাক। এ-লাইনে আমার গুরু হল শংকর মাঝি। সে তোমাদের মতো নোংরা

ডাকাত নয়। টাকা-পয়সা সোনাদানায় লোভ নেই। সারাদিন জপ-তপ নাম-ধ্যান নিয়ে থাকে। লোকের ওপর কখনও খামোখা হামলা করে না। শুধু অন্যায় দেখলে রুখে দাঁড়ায়। লোভ-লালসা নেই বলে তার মনটাও পরিষ্কার। চোখটাও পরিষ্কার। তোমাদের সর্দারের চেয়ে লোকের মন বোঝবার ক্ষমতাও তার বেশি। শংকর মাঝি একবার আমাকে বলেছিল, পাপী-তাপী খুনে গুণ্ডা বা বদমাশদের ফাঁসিকাঠে ঝোলালে বা জেলে ভরে রাখলেই কি আর তাদের ঠিক-ঠিক সাজা হয় রে? লোকটার মনে অনুতাপ জাগাতে পারলে বরং সেইটেই ঠিক শাস্তি। একটা ডাকাতকে যদি ভাল করে তুলতে পারিস তবে দেখবি তার মতো মানুষই হয় না।

সাতনা কিছুক্ষণ চুপ করে থেকে বলল, "তুমি শংকর মাঝির দলে কতদিন ছিলে?"

"বছর-দুই। তার কাছে অনেক কিছু শিখেছি।"

সাতনা একটা গভীর শ্বাস ফেলে বলে, "অনেক কিছু শিখেছ বটে, কিন্তু আগুন নিয়ে এই খেলাটা না খেললেও পারতে। আমার মেয়ের খবর এনে আমাকে দুর্বল করে ফেলেছ, কিন্তু তা বলে তো আর বড় সর্দারের মন গলবে না। তার হাত থেকে নিজেকে বাঁচানোর মন্ত্রটা কে তোমাকে এখন শেখাবে?"

কিংকর নির্ভীক গলায় বলে, "বড় সর্দার ভগবান নয়, আগেই বলেছি। যত ক্ষমতাই থাক, তারও কিছু দুর্বলতা আছে, ভয় আছে। একবার তার মুখোশটা খুলতে দাও, তখন দেখবে।"

মাথা নেড়ে সাতনা বলে, "মুখোশ বা মুখ কোনটা তা আমিও জানি না। শুধু জানি, সর্দার মস্ত তান্ত্রিক। মারণ উচাটন বশীকরণ সব জানে। মানুষের মনের কথা টের পায়। আর জানি, পুলিশ বা গভর্মেন্টের সাধ্য নেই যে তাকে ধরে। তুমি তার ডেরায় ঢুকে মস্ত ভুল করেছ। তুমি পুলিশের লোক না গভর্মেন্টের চর তা জানি না। শুধু জানি, যাই হয়ে থাকো, সর্দারের হাত থেকে রেহাই পাবে না।"

কিংকর হাত নেড়ে প্রসঙ্গটা উড়িয়ে দিয়ে বলল, "আমার একটা শর্ত ছিল, নির্দোষ গোবিন্দ মাস্টারকে খুনের দায় থেকে রেহাই দিতে হবে। সেটা ভেবে দেখেছ?"

সাতনা বিষাক্ত গলায় বলল, "আমাকে তার জন্য কী করতে হবে।"

"দায়টা তোমাকে নিজের ঘাড়ে নিতে হবে।"

"নিতে আপত্তি নেই। কিন্তু যে মামলা বহুকাল আগে চুকে-বুকে গেছে, আসামির ফাঁসির হুকুম পর্যন্ত হয়ে গেছে তা আবার কেঁচেগণ্ডুষ করতে আদালত চাইবে কি? তা ছাড়া আমি স্বীকার করলেই তো হবে না, আদালত চাইবে প্রমাণ। তার ওপর আসামি জেল-হাজত থেকে পালিয়েছে, সেটাও তো মস্ত অপরাধ। পুলিশ তাকে এত সহজে ছাড়বে না।"

"সে আমরা বুঝব। তুমি তোমার কাজটুকু করলেই হবে।"

"করব। এখন আমাকে আমার মেয়ের কাছে নিয়ে চলো।"

ট্যাঁক থেকে একটা মস্ত পকেট-ঘড়ি বের করল কিংকর। ঝুঁঝকো অন্ধকারে

অনেকক্ষণ তীক্ষ্ণ নজরে চেয়ে থেকে সময়টা ঠাহর করল। তারপর বলল, "আর আধঘণ্টা। তারপর কিছু কাজ সেরে বেরিয়ে পড়ব দু'জনে।"

সাতনা সন্ত্রস্ত হয়ে বলে, "সময় দেখলে কেন? কীসের আধঘণ্টা?"

কিংকর মৃদুস্বরে বলল, "তোমার যেমন দলবল আছে আমারও তেমনি একটা ছোট্ট দল আছে। তাদের আজ রাত্তিরে এখানে পৌঁছানোর কথা।"

সাতনা অস্ফুট একটা শব্দ করে দুহাতে মুখ ঢাকল। মিনিটখানেক বাদে মুখ তুলে বলল, "তার মানে কী? তুমি কি লড়াই করতে চাও?"

কিংকর মাথা নেড়ে বলল, "না। লড়াই হবে না। তোমার যে কয়জন স্যাঙাত আছে, তাদের ঠেকিয়ে রাখবে তুমি। আমরা বিনা লড়াইয়ে যুদ্ধ জিতে তোমাদের বেঁধে নিয়ে যাব। আর তা হলে বড় সর্দারের মনে তোমার সম্বন্ধে কোনও সন্দেহ আসবে না।"

"বড় সর্দারকে কি ছেড়ে দেবে তা হলে?"

কিংকর অন্ধকারেও একটু হাসল। "না। বড় সর্দারের জন্য আমি তো রয়েছি।"

"বড় সর্দার এখানে নেই।"

"কে বলল নেই?" কিংকর আবার একটু হাসে। মৃদুস্বরে বলে, "আমি যে বড় সর্দারের গায়ের গন্ধ পাচ্ছি।"

আর ঠিক এই সময়ে একটা মস্ত কণ্টিকারির ঝোপের ওপাশ থেকে একটা ভারী পায়ের শব্দ আস্তে আস্তে দূরে সরে যেতে লাগল।

সাতনা পাথর হয়ে বসে থাকে। কিছুক্ষণ শ্বাস ফেলতে পর্যন্ত ভুলে যায়।

কিংকর মৃদু হেসে বলে, "কী হে, বিশ্বাস হল?"

সাতনার মুখে বিস্ময়ে কথা এল না। শুধু মাথা নাড়ল।

কিংকর স্বাভাবিক গলাতেই বলে, "তোমার মতো সর্দারও আমাকে বিশ্বাস করেনি। সারাক্ষণই আবডাল থেকে নজর রেখেছিল।"

"তবু ভয় পাচ্ছ না?"

"না। কিন্তু আমার আর সময় নেই। তুমি ওঠো, স্যাঙাতদের গিয়ে বলো, গাড্ডায় একটা ছোটখাটো হামলা হবে। তারা যেন বাধা না দেয়। বাধা দিলে রঙের গাঙ বয়ে যাবে।"

সাতনা উঠল। অসহায়ভাবে বলল, "আর বড় সর্দার?"

"তার কথা আমার খেয়াল আছে। তুমি ভেবো না। যাও।"

সাতনা দ্বিধাগ্রস্ত পায়ে ভাঙা কেল্লার দিকে এগোতে লাগল।

তার ছায়ামূর্তির দিকে ক্ষণকাল চেয়ে রইল কিংকর। তারপর ট্যাঁকঘড়িটা আর একবার দেখে নিয়ে খুব টানা নিচু পরদায় একটা শিস দিল। এমনই সে শব্দ যে, জঙ্গলের অন্যান্য শব্দের মধ্যে ঠিক ঠাহর হয় না।

শিসটা শেষ হওয়ার সঙ্গে সঙ্গে একটা ঘুঘুর ডাক ভেসে এল কাছ থেকে। নিশ্চিন্তির শ্বাস ফেলল কিংকর। তার দল এসে গেছে।

কিংকর উঠে চকিত-পায়ে কেল্লার দক্ষিণ কোণের দিকে চলে এল। ভাঙা ইঁদারার

পাশে দুটি ছায়ামূর্তি দাঁড়িয়ে।

কিংকর সাবধানী গলায় ডাকল, "রামু।"

"আজ্ঞে।"

"এসো।" বলে কিংকর হাত বাড়িয়ে রামুর একটা হাত ধরে। রামুর পিছনে নয়নকাজল দাঁড়িয়ে ছিল। তার হাতে কাকাতুয়ার দাঁড়। কাঁপা-কাঁপা গলায় সে জিজ্ঞেস করল, "আবার আমাদের কোথায় নিয়ে যাচ্ছেন? সেদিনকার মতো নতুন কোনও বিপদে পড়ব না তো?"

কিংকর একটু হেসে বলে, "না। বিপদের মধ্যেই তো আছ। বিপদকে ভয় করলে কি চলে?"

ধীরে ধীরে তিনজন গভীর জঙ্গলের দিকে এগোতে থাকে। অন্যদিক দিয়ে দশ-বারোটা ছায়ামূর্তি দ্রুত পায়ে নিঃশব্দে কেল্লায় গিয়ে ঢোকে।

একটা বাঁশঝাড় গোল হয়ে একটা চত্বরকে ঘিরে রেখেছে। বাইরে থেকে ভিতরকার ফাঁকা জায়গাটা বোঝা যায় না। কিংকর সেইখানে এনে রামু আর নয়নকাজলকে দাঁড় করাল। বলল, "আমার একটা কাজ বাকি আছে। সেটুকু সেরেই আসছি।"

নয়নকাজল উদ্বেগের গলায় বলে, "যদি কোনও বিপদ হয় এর মধ্যে?"

"তা হলে, ভগবান দুখানা পা তো দিয়েছেন, দৌড় মেরো।"

কিংকর আর দাঁড়ায় না। অতি দ্রুত পায়ে সে দৌড়তে থাকে কেল্লার দিকে। যেতে যেতেই দেখে, দশ-বারোজন লোক পাঁচ-সাতজন লোককে পিছমোড়া করে বেঁধে নিয়ে যাচ্ছে। কিন্তু সেদিকে আর ভ্রূক্ষেপ করে না কিংকর।

কেল্লায় ঢুকে সে জোর কদমে ছুটে একদম বায়ুকোণে চলে আসে। পুরনো ভাঙা খিলান গম্বুজের ভিতর একটা মিনার। তাতে ঢোকার কোনও রাস্তা নেই। কিন্তু কিংকর দিনের বেলায় লক্ষ করেছে এই মিনারের গায়ের কারুকাজ একটু অন্যরকম। খাঁজগুলো কিছু বেশি গভীর।

চারদিকটা একবার দেখে নিয়ে কিংকর বানরের মতো সেই খাঁজগুলোয় হাত আর পা রেখে উঠে যেতে থাকে ওপরে।

কিন্তু বেশিদূর উঠতে হয় না তাকে। উপর থেকে একটা ঝাঁঝালো টর্চের আলো এসে পড়ে তার ওপর। আর সেইসঙ্গে একটা গুলির শব্দ।

তেত্রিশ

গুলিটা একেবারে চুল ঘেঁষে বেরিয়ে গেছে। প্রাণের ভয়ে অনেকটা উঁচু থেকেই কিংকর লাফ দিয়ে নীচে পড়ল। একটা ভেঙে পড়া থামের আড়ালে গা ঢাকা দিতে যাবে, তার আগেই পর পর আরও দুটো গুলি। তবে মিনারের মাথা থেকে এত দূরের পাল্লায় রিভলভারের গুলি ততটা বিপজ্জনক নয়। রাইফেল হলে এতক্ষণে কিংকর ছ্যাঁদা হয়ে যেত।

থামের আড়াল থেকে মিনারের মাথাটা লক্ষ করল কিংকর। অন্ধকারে ভাল দেখা যায় না। শুধু বোঝা যায়, একটা মস্ত মানুষের ছায়ামূর্তি একটু ঝুঁকে নীচের দিকে নজর রাখছে। টর্চটা মাঝে-মাঝে ঝিকিয়ে চারদিকে আলো এসে পড়ছে কিংকরের।

হঠাৎ কিংকরের কাঁধে একটা ভারী হাত আলতো করে রাখল কেউ। একটু চমকে উঠেছিল কিংকর। পিছন থেকে একটা ভারী গলা তার কানে-কানে বলল, "সর্দারকে অত সহজে বাগে আনতে পারবে না।"

"সাতনা! তুমি এখনও যাওনি?"

"আমি গেলে সর্দারকে লড়াই দেবে কে? একা তোমার কর্ম নয়।"

"মিনারের ওপর লোকটাই কি সর্দার?"

"হ্যাঁ। সর্দারের আজ এখানে থাকার কথা নয়। কিন্তু কিছু একটা আঁচ পেয়ে সর্দার আবার ফিরে এসেছে। এখানে দাঁড়িয়ে থেকে লাভ নেই। আমার সঙ্গে এসো।"

"কোথায়?"

"কাকাতুয়ার কাছে। একমাত্র কাকাতুয়াটাই জানে ওই মিনারে ঢোকার গুপ্ত পথ। আমরা অনেকদিন ধরে তাকে দিয়ে বলানোর চেষ্টা করছি কিন্তু পাখিটা বলেনি। এখন শেষ চেষ্টা করে দ্যাখো, যদি তাকে দিয়ে কথা বলাতে পারো।"

"কিন্তু সর্দার যদি পালায়?"

"গুপ্তধন না নিয়ে সর্দার পালাবে না। ও এখন মরিয়া হয়ে উঠেছে। কিন্তু গুপ্তধনের সন্ধান পাওয়া খুবই কঠিন। মই লাগিয়ে আমরা প্রত্যেকটা মিনারের মাথায় চড়েছি। আশ্চর্য এই যে, তিনটে মিনারের মাথায় গুপ্ত সুড়ঙ্গের মুখও মিলেছে। সেই পথ ধরে আমরা পাতালেও নেমেছি। কিন্তু বৃথা। গোলকধাঁধার মতো কিছু গলিখুঁজি ছাড়া আর কিছু পাইনি। এই মিনারের সুড়ঙ্গটাও তাই। তবু সর্দার শেষ চেষ্টা করতে ওখানে উঠেছে। সহজে পালাবে না।"

কিংকর একটা দীর্ঘশ্বাস ফেলল। লোভই মানুষের সবচেয়ে বড় শত্রু। সে বলল, "কাকাতুয়াটা রামু আর নয়নকাজলের কাছে আছে। চলো।"

বাঁশবনে ঘেরা নিরাপদ জায়গাটায় পৌঁছে তারা দেখল, দুজন জড়সড় হয়ে বসে আছে। দাঁড়ে বসে ঝিমোচ্ছে কাকাতুয়া। টর্চের আলো চোখে পড়তেই ডানা ঝাপটে বলে উঠল, "মেরো না, মেরো না আমাকে বিশু।"

সবাই পাখিটার কাছে গুপ্তধনের সন্ধান জানতে চেয়েছে। পাখিটা বলেনি। কিংকর এবার পাখিটার সামনে বসে খুব আদরের গলায় বলল, "না না, বিশু তোমাকে মারবে না।"

পাখিটা ডানা ঝাপটে বলে, "আলমারিতে টাকা নেই। টাকা আছে...।"

কিংকর চাপা গলায় বলে, "বোলো না, বোলো না, টাকার কথা বোলো না।"

পাখিটা আবার ডানা ঝাপটায়। তারপর তীক্ষ্ণস্বরে বলে, "তিন নম্বর মিনার। পাথর সরাও, পাথর সরাও।"

"পাথর নেই।"

"তলার দিকে। পাথরে চিহ্ন আছে।"

কিছুক্ষণ কেউ কথা বলতে পারল না। তারপর কিংকর উঠে দাঁড়াল।

সাতনা বলল, "তিন নম্বর মিনারের মাথাতেই এখন সর্দার থানা গেড়েছে।"

কিংকর মৃদু হেসে বলে, "মিনারে চড়তে হবে না। পাখি কী বলল শুনলে তো। মিনারের গোড়ায় আর একটা পথ আছে। চলো। যদি পারো একটা শাবল নিয়ে এসো চট করে।"

দুজনে যখন আবার মিনারটার কাছে এল, তখন ওপরটা অন্ধকার। কোনও ছায়ামূর্তি দেখা যাচ্ছে না।

মিনারের গোড়ার দিকে চৌকো-চৌকো পাথর গাঁথা। তার ওপর নকশা। টর্চ জ্বেলে কিংকর পরীক্ষা করে দেখল, সব নকশাই একরকম। কোনটা নির্দিষ্ট পাথর এবং তাতে কী চিহ্ন আছে তা বোঝা মুশকিল। কিংকর হাঁটু গেড়ে বসে তন্ন-তন্ন করে খুঁজতে থাকে। বহু পুরনো আমলের নকশাগুলো সব ক্ষয় হয়ে এসেছে। তবু কিংকর বুঝবার চেষ্টা করে।

আচমকা ওপর থেকে আবার এক ঝলক টর্চের আলো এসে পড়ে। সঙ্গে-সঙ্গে গুলির আওয়াজ। দুজনের খুব কাছাকাছিই গুলি দুটো মাটিতে গেঁথে যায়। সাতনা অন্ধকারে কী একটা জিনিস মাথার ওপর তুলে ধরে। কিংকর তাকিয়ে দেখে, মস্ত একটা লোহার ঢাল। ছাতার মতো বড়। পুরনো আমলের ভারী জিনিস দেখে একটু হাসে সে, সাতনার বুদ্ধি আছে।

ওপর থেকে পর-পর আরও দশ-বারোটা গুলি ছুটে আসে। দু-চারটে টকাটক ঢালের ওপরও এসে পড়ে।

সাতনা চাপা গলায় বলে, "সর্দার নেমে আসছে মনে হয়। তাড়াতাড়ি করো।"

কিংকর নিশ্চিন্ত গলায় বলে, "আমরা দুজন, ও একা। ভয় কী?"

সাতনা মৃদু একটু হেসে বলে, "সর্দারকে চেনো না তাই বলছ। দু-দশ জনের মহড়া নেওয়া সর্দারের কাছে জলভাত। আমার এই লোহার মতো পাঞ্জা একবার সর্দার একটু চেপে ধরেছিল। তখনই বুঝেছিলুম, এর সঙ্গে ইয়ার্কি নয়।"

কিংকর এসব কথায় কান দেয় না। মন দিয়ে খুঁজতে থাকে। অনেক নিরিখ-পরখ করে তার মনে হয়, একটা পাথরের একটা কোনায় যেন খুব অস্পষ্ট একটা তীরের চিহ্ন আছে। খুবই অস্পষ্ট আন্দাজ। তবু এখন অন্ধকারে ঢিল ছোড়া ছাড়া উপায়ও তো নেই। শাবলটা পাথরের খাঁজে ঢুকিয়ে গায়ের সবটুকু জোর দিয়ে চাড় দিতে লাগল সে।

ঠিক এই সময়ে হাত দশেক ওপর থেকে সর্দারের রিভলভার দু ঝলক আগুন ওগরায়। এখন এত কাছ থেকে তার নিশানা ভুল হয় না। ঢাল ঘেঁষে দুটো গুলিই কিংকরের পায়ের কাছে গেঁথে যায় মাটিতে।

কিংকর মুখ তুলে সাতনাকে বলে, "হাঁদার মতো দাঁড়িয়ে আছ কেন? পালটা গুলি চালাও।"

সাতনা মাথা নেড়ে বলে, "তা হয় না। ভাল হোক মন্দ হোক, সর্দার আমার গুরু।

তাকে মারতে পারব না।”

কিংকর হাত বাড়িয়ে বলে, “তবে আমাকে অস্তরটা দাও।”

“তাও হয় না। আমার অস্ত্র দিয়ে ওকে মারা চলবে না।”

“তা বলে ওই পাষণ্ডটার হাতে মরবে নাকি?”

“আমার চেয়ে সর্দার তো বেশি পাষণ্ড নয়। দুজনেই সমান পাপী, তা হলে কে কার বিচার করবে বলো!”

ঢালের আড়াল থেকে খুব সাবধানে মুখ বের করে কিংকর ওপরের দিকে চেয়ে দেখল একটু। প্রকাণ্ড একটা ছায়ামূর্তি প্রায় বাদুড়ের মতো ঝুলে-ঝুলে নেমে আসছে। মিনারের অগভীর খাঁজে স্রেফ আঙুলের সাহায্যে শরীরের ভার নিয়ে নেমে আসা অত্যন্ত কঠিন কাজ। এ কাজ পারে সার্কাসের বাজিকররা। সর্দার নামছেও বেশ তাড়াতাড়ি। একবার থেমে একটা হাত ঘুরিয়ে নীচের দিকে তাক করল যেন। সাঁত করে ঢালের আড়ালে মাথা টেনে নেয় কিংকর। আর সঙ্গে সঙ্গে একটা গুলি এসে মাটি ছিটকে দেয় খানিকটা। একটা রিভলভারে এত গুলি থাকার কথা নয়। কিংকর অনুমান করল, সর্দারের কোমরে অন্তত গোটা চারেক রিভলভার আছে। একটার গুলি ফুরোলে আর একটা চালাচ্ছে।

শাবলে আর একটা চাড় দিতেই পাথরটা নড়ে উঠল। শাবল টেনে নিয়ে পাথরের অন্য ধারে ঢুকিয়ে আবার চাড় দেয় কিংকর। পাথরটা আলগা হয়ে ঢকঢক করে নড়ে। শাবল ফেলে দু হাতে মস্ত পাথরের চাঁইকে ধরে টান দেয় কিংকর।

ধড়াম করে পাথরটা খসে পড়ে মাটিতে। আর সেই মুহূর্তে প্রকাণ্ড বাঘের মতো সর্দারও লাফ দিয়ে নামে নীচে। নেমেই রিভলভার তুলে বিকট গলায় হাঁক দেয়, “খবর্দার! প্রাণে বাঁচতে চাস তো পালা। মাত্র দশ সেকেন্ড সময় দেব। পালা!”

ঢালের নিরাপদ আড়ালে থেকেও সেই স্বরে একটু কেঁপে ওঠে সাতনা। কিন্তু কিংকর কাঁপে না। পাথরটা হঠাৎ খসে আসার ফলে টাল সামলাতে না পেরে সেও পড়ে গিয়েছিল মাটিতে। কিন্তু খাড়া হওয়ার কোনও চেষ্টা না করে সে নিঃশব্দে হামাগুড়ি দিয়ে মিনারের আড়ালে সরে গেল। সর্দার বোকা নয়। দশ দিকে তার চোখ ঘোরে। তবু কিংকর শেষ একটা চেষ্টা করতে চায়। লোভে আর উত্তেজনায় এখন হয়তো সর্দারের মাথার ঠিক নেই।

সর্দার গম্ভীর গলায় বলে, “সাতনা পিস্তল ফেলে দে।”

সাতনা কাঁপা-কাঁপা গলায় বলে, “সর্দার, তোমাকে গুরু বলে মানি। কিন্তু জান নিয়ে টানাটানি হলে আমাকেও অস্ত্র ধরতে হবে।”

সর্দার একটা পেল্লায় মাটি কাঁপানো ধমক দিয়ে বলে, “চোপ শয়তান। সর্দারের পিছন থেকে ছোবল মারতে চেয়েছিলি, তার সাজা কী জানিস?”

“জানি।”

“সেই ছুঁচো কিংকরটা কোথায়?”

“আমার সঙ্গেই আছে।”

“যদি নিজের ভাল চাস তো সরে যা। আগে ওটাকে খুন করব। তোর বিচার তার

পরে।”

সাতনা নরম গলায় বলল, “শোনো সর্দার। তোমাকে আমি—তোমাকে আমি এমনিতে মারতে পারি না। সেটা অধর্ম হবে। তবে যদি একই জমিতে দাঁড়িয়ে ভগবানের আকাশের নীচে আমাদের মারার চেষ্টা করো, তা হলে কিন্তু গুলি তোমার দিকেও ছুটবে। রিভলবার আমার হাতেও তৈরি।”

সর্দার একটু চুপ করে থেকে এক পরদা গলা নামিয়ে বলে, “মেয়ের কথা ভেবে তুই দুর্বল হয়ে পড়েছিলি। তোর মাথা গুলিয়ে গেছে। সেইজন্য তোকে আমি এবারের মতো মাপ করে দিচ্ছি। একটা কথা মনে রাখিস, কাছেপিঠের একশো গাঁয়ে আমার চর আছে। তোর মেয়ে যদি বেঁচে থাকে, তবে তাকে আমি খুঁজে দেব। ভাবিস না।”

হামাগুড়ি দিয়ে মিনারের ও-পিঠে চলে এসেছে কিংকর। সর্দারের পিছন দিকে মাত্র হাত পাঁচেকের মধ্যে এসে থেমেছে সে। অপেক্ষা করছে।

সর্দার সাতনার দিকে এক পা এগিয়ে গেল। বলল, “সাতনা, এখনও বলছি, ফিরে আয় আমার দিকে। গুপ্তধনের পথ মিলেছে। দুজনে মিলে ভাগ করে নেব। আর উঞ্ছবৃত্তি করতে হবে না।”

সাতনা এক-পা পিছু হটে বলে, “দল ভেঙে দেবে?”

“দিতেই হবে। ডাকাতরা চিরকাল ডাকাত থাকে না। দুনিয়ার নিয়মে ভোল পালটাতে হয়।”

সাতনা ব্যঙ্গের হাসি হেসে বলে, “তুমি ভোল পালটাতে পারো সর্দার, কারণ তোমার আসল পরিচয় আজও কেউ জানে না। কিন্তু আমরা দাগি লোক, আমরা ভোল পালটাতে চাইলেও পারব না।”

অসাবধানে সাতনা ভারী ঢালটা এক হাত থেকে অন্য হাতে নিয়ে গিয়েছিল। পলকের সেই অসতর্কতাই কাল হল তার। সর্দারের রিভলভার গর্জে উঠল। একটা নয়, দু হাতে দুটো।

“আঃ!” বলে চেঁচিয়ে সাতনা উবু হয়ে বসে পড়ল মাটিতে। ঢালটা ছিটকে গেছে একধারে। আর আড়াল নেই।

সর্দার রিভলভার তুলে ভাল করে নিশানা করছে। আর তখনই তার ঘাড়ে চিতাবাঘের মতো লাফিয়ে পড়ল কিংকর।

চৌত্রিশ

কিংকর ঝাঁপিয়ে পড়ল বটে কিন্তু সর্দারকে নাগালে পেল না। সর্দার তো সোজা লোক নয়, সাতনার মতো দানবও তাকে খামোখা সমঝে চলে না। পিছন দিকে যেন-বা সত্যিই তার আর দুটো চোখ আছে। কিংকরও ঝাঁপ দিয়েছে, তক্ষণাৎ সর্দারও তড়িৎগতিতে সরে গেছে। কিংকর পড়ল মাটিতে, মুখ থুবড়ে।

সর্দার তার রিভলভার সোজা কিংকরের মাথায় তাক করে সাতনাকে বলল, "তোর অস্ত্র ফেলে দে। নইলে তোর এই প্রাণের ইয়ারকে শেষ করে দেব।"

সাতনা কিংকরের অবস্থাটা দেখল। বোকার মতো ঝাঁপিয়ে পড়ে পস্তাচ্ছে। কিংকর সর্দারের হাতে মারা পড়লে সাতনার শোক করার কিছু নেই। কিন্তু ভয় একটাই। কিংকর মরলে জীবনেও আর মেয়েটার খোঁজ পাওয়া যাবে না। সাতনার এখন ধ্যানজ্ঞান তার মেয়ে। একবার তাকে চোখের দেখা দেখতেই হবে। তারপর মরে গেলেও দুঃখ নেই। কিন্তু এখন যে সংকটে তারা রয়েছে তা থেকে উদ্ধার পাওয়ার আশা দেখছে না সাতনা। সর্দারের হাতে দুজনেই না মরতে হয়।

সাতনা জানে, সর্দারকে গুলি করার উপায় নেই। এখন আর গুরু বলে সর্দারকে খাতির না করলেও চলে। কারণ সর্দার বিনা কারণে তার দিকে গুলি চালিয়েছে। এখন উলটে গুলি চালালে সাতনার অপরাধ হয় না। কিন্তু তাও সম্ভব নয়। একটু নড়লেই কিংকরের মাথাটা সর্দারের গুলিতে ঝাঁঝরা হয়ে যাবে। আর অস্ত্র ফেলে দিলেও যে রেহাই পাওয়া যাবে তা নয়। সর্দার দুজনকেই মারবে। সুতরাং এই শীতেও সাতনা ঘামতে লাগল।

সর্দার দুম করে একটা গুলি চালিয়ে দিল। কিংকরের মাথার মাটি ছিটকে গেল খানিকটা। একটু হেসে সর্দার বলে, "এখনও ভেবে দেখ সাতনা, খুব বেশি সময় পাবি না। পরের গুলিটা ওর খুলি ফাটিয়ে দেবে।"

সর্দারের মস্ত টর্চের আলো অনেকটা ছড়িয়ে পড়েছে কিংকরের চারধারে। সেই আলোয় সাতনাকে স্পষ্ট দেখা যাচ্ছে। সাতনার আর সর্দারের মাঝখানে কেবল একটা বেঁটে কামিনীঝোপ। সাতনা ক্ষীণ স্বরে বলল, "দিচ্ছি।"

কিংকরের নড়াচড়ার নাম নেই। এমন ভঙ্গিতে শুয়ে আছে নিশ্চিন্তে, যেন-বা একটু বাদেই ওর নাকের ডাক শোনা যাবে। অসহায় সাতনা তার আগ্নেয়াস্ত্রটা সর্দারের পায়ের কাছে ছুড়ে ফেলে দিল।

বেচারা! প্রায় সঙ্গে-সঙ্গেই রিভলভার থেকে আগুন ঝাকিয়ে ওঠে। সাতনা তার পাঁজর চেপে ধরে লুটিয়ে পড়ে মাটিতে। সর্দারের রিভলভারের নল চকিতে কিংকরের দিকে ফেরে।

চোখে পলক ফেলার মতো একটুখানি দেরি হলে হয়তো কিংকর বেঁচে থাকত না। কিন্তু ঠিক সেই মুহূর্তে নির্ভুল নিশানায় একটা ইট সাঁ করে সর্দারের কপালে লাগে। সর্দার থমকে যায়। বাঁ হাতখানা কপাল চেপে ধরে। কিন্তু পড়েও যায় না, মূর্ছাও হয় না।

ততক্ষণে কিংকর উঠে দাঁড়িয়েছে। খুব-একটা তাড়াহুড়ো করল না সে। শাবলটা কুড়িয়ে নিল শান্তভাবে। তারপর সর্দারের ডান হাতের কব্জিতে আলতোভাবে মারল। রিভলভারটা পড়ে গেল। দু-পা এগিয়ে কিংকর সর্দারের মুখে একখানা ঘুঁষি চালাল।

সর্দার পড়ল না। এমনকী নড়লও না এতটুকু। হাত বাড়িয়ে সে কিংকরকে প্রায় মাথার ওপর তুলে ছুড়ে দেওয়ার চেষ্টা করল দূরে। কিন্তু কিংকর তো ঘাসজল খায় না। সর্দার যখন তাকে দুহাতে টেনে ওপরে তুলছে তখনই সে তার দুখানা পায়ে

ফুটবল-খেলোয়াড়ের মতো দুটো শট কষাল সর্দারের মুখে আর পেটে।

সেই দুটো লাথিতে যে-কোনও শক্তসমর্থ লোকেরও জমি নেওয়া উচিত। কিন্তু সর্দারের কাছে তা বোধহয় পিঁপড়ে কামড়ের শামিল। সে শুধু 'উম' করে একটা বিরক্তির শব্দ করল। তারপরেই উলটে এক ঘুষি মারল কিংকরকে। ভাগ্যিস ঠিক সময়ে মুখটা সরিয়ে নিয়েছিল কিংকর।

তারপরই শুরু হল দুজনের ধুন্ধুমার লড়াই।

কে জিতত, কে হারত তা বলা মুশকিল। কিন্তু হঠাৎ ঘটনাস্থলে আর-একজন লোকের আবির্ভাব হল। মজবুত গড়ন। মাঝারি লম্বা। সে এসেই একটানে কিংকরকে সরিয়ে আনল সর্দারের থাবা থেকে। তারপর নিজে লাফিয়ে পড়ল সর্দারের ওপরে।

এই দু' নম্বর লোকটা লড়তে জানে। মিনিট দুয়েক পরই দেখা গেল, সর্দার হাঁফাচ্ছে। লড়াইয়ের তাল পাচ্ছে না। যতবার ঘুঁষি লাথি চালায় ততবার তা বাতাস কেটে বেরিয়ে যায়। কুস্তির প্যাঁচে যতবার লোকটাকে কাবু করার চেষ্টা করে ততবার লোকটার প্যাঁচে পড়ে যায়।

কিংকরের দম শেষ। সে হাঁফাতে হাঁফাতে কিছুক্ষণ দম নিয়ে টর্চ আর রিভলভার তুলে নেয় মাটি থেকে। দুটোই সর্দারের। রিভলভারটা তুলে ধরে সে আদেশ দেয়, "সর্দার, লড়াই ছাড়ো। ধরা দাও।"

সর্দার একবার তার দিকে তাকায়। তারপর আচমকা প্রতিপক্ষকে একটা ধাক্কা দিয়ে সরিয়ে নিচু হয়ে ভোজবাজির মতো জঙ্গলের আবছা অন্ধকারে মিলিয়ে যায় চোখের পলকে।

কয়েক মুহূর্ত বোকার মতো দাঁড়িয়ে থেকে কিংকর সর্দারের অনুসরণ করার জন্য পা বাড়ায়। সেই সময়ে কামিনীঝোপের ওপাশ থেকে চলতে চলতে উঠে দাঁড়ায় সাতনা। টর্চের আলোয় দেখা যায়, রক্তে তার বুকের বাঁদিক ভেসে যাচ্ছে। বুকে হাত চেপে ধরে সাতনা হাঁফাতে হাঁফাতে বলে, "সর্দারের রনপা আছে। পশ্চিমধারে একটা সুঁড়ি পথ ধরতে হবে। সেদিকে যাও, সাবধান।"...বলে, সাতনা আবার ঢলে পড়ে।

কিংকর আর দু'নম্বর লোকটা তৎক্ষণাৎ পশ্চিমদিকে ছুটে যায়।

সুঁড়ি পথটার ধারেই জড়সড় হয়ে দাঁড়িয়ে ছিল দুজন। রামু আর নয়নকাজল। রামুর হাতে কয়েকটা আধলা ইট।

নয়ন বলল, "তোমার ঢিলটা সর্দারের কপালে লেগেছে। নইলে এতক্ষণে কিংকরের হয়ে যেত। কী টিপ তোমার! আর কী সাহস!"

রামু রাগের গলায় বলে, "কিন্তু তুমি অত কাঁপছ কেন? এত ভয়টা কীসের?"

"ও বাবা! এরা সব সাংঘাতিক লোক। ঢিলটা মেরে তুমি ভাল কাজ করোনি। সর্দার জানতে পারলে তোমাকে আস্ত রাখবে না।"

"অত সস্তা নয়। তুমি চুপ করে থাকো তো।"

"দেখলে তো নিজের চোখে তিন-তিনটে জোয়ান সর্দারকে কাবু করতে পারল

না। তুমি বাচ্চা ছেলে কী করতে পারবে?”

“আর কিছু না করতে পারি ঢিল মারতে পারব। তুমি অত ভয় পেয়ো না।”

নয়ন মাথা চুলকে বলে, “বুঝলে দাদাবাবু, আমি খুব-একটা ভিতু ছিলুম না। এই ডাকাত হওয়ার পর থেকেই ভয়টা বেড়েছে। ওরে বাপরে! ওটা কী!” রাম রাম বলতে বলতে নয়ন মাটিতে বসে দু'হাতে মুখ ঢাকে।

রামু প্রথমটায় ভ্যাবাচ্যাকা খেয়ে গিয়েছিল। ভাল করে তাকিয়ে দেখল, সুঁড়ি পথটার মুখে ভীষণ ঢ্যাঙা এক মূর্তি হনহন করে তাদের দিকে ধেয়ে আসছে। কম করেও বারো ফুট লম্বা। আবছায়ায় ভাল দেখা যায় না। কিন্তু ভুল নেই।

রামুর রনপায়ে চড়া অভ্যেস আছে। সুতরাং প্রথমটায় ঘাবড়ে গেলেও কয়েক সেকেন্ডের মধ্যেই ব্যাপারটা তার কাছে পরিষ্কার হয়ে গেল। সর্দার রনপায়ে চড়ে পালাচ্ছে।

রামু সুঁড়ি পথটার মাঝখানে এগিয়ে গিয়ে মূর্তিটার মুখোমুখি দাঁড়াল। তারপর বোঁ-বোঁ করে তার দুটো ঢিল ছুটে গেল নির্ভুল নিশানায়।

রনপায়ে লোকটা একটু থমকে গেল। রামু ভেবেছিল, বুঝি লাগেনি। কিন্তু কয়েক মুহূর্ত দাঁড়িয়ে থেকে মূর্তিটা হঠাৎ টলতে টলতে ধড়াস করে পড়ে গেল।

সেই সঙ্গেই ছুটে এল কিংকর আর সেই লোকটা। কিংকরের হাতে টর্চ। কিংকর চেঁচিয়ে বলল, “শাবাশ রামু!”

একটু বাদে সকলেই ঘিরে দাঁড়াল সংজ্ঞাহীন সর্দারকে। কিংকর শক্ত দড়ি এনে সর্দারের হাত-পা বেঁধে ফেলে। বলে, “বড় সাংঘাতিক লোক, বাঁধা না থাকলে জ্ঞান ফিরে আসার পরই গণ্ডগোল পাকাবে।”

রক্তাম্বর এবং দাড়িগোঁফে সর্দারকে বাঁধা অবস্থাতেও ভয়ঙ্কর দেখাচ্ছে।

দ্বিতীয় লোকটা আসলে গোবিন্দ। সে এসে রামুকে জড়িয়ে ধরে বলল, “তোমার এলেম আছে। আমার যা বিদ্যে সব তোমাকে শিখিয়ে দেব।”

রামু মুখ তুলে বলে, “তুমি একা কেন গোবিন্দদা? গবাদা আসেনি।”

মৃদু একটু হেসে গোবিন্দ বলে, “গবাদাও এসেছে। একটু তফাতে আছে। পাগল মানুষ তো। এসে পড়বে কিছুক্ষণ বাদে।”

কিংকর সর্দারকে বাঁধার পর মুখের ওপর ঝুঁকে হাত বাড়িয়ে আস্তে আস্তে তার নকল দাড়িগোঁফ টেনে খুলছিল। খুলতে খুলতে বলল , “এ লোকটাও চেনা লোক। কিন্তু কিছু করার নেই। ধরিয়ে দিলেও কেউ বিশ্বাস করবে না যে, এ সর্দার ছিল।”

“নিজেই দ্যাখো।”

রামু টর্চের আলোয় দাড়িগোঁফহীন সর্দারের মুখের দিকে চেয়ে হাঁ হয়ে যায়। এ যে আন্দামান আর নিকোবরের বাবা, দারোগা কুন্দকুসুম।

রামু কাঁপতে কাঁপতে বলে, “ইনিই সর্দার?”

কিংকর মাথা নাড়ে, “ইনিই।”

পঁয়ত্রিশ

কুন্দকুসুম যখন চোখ মেলে তাকাল, তখনও সকলের অবাক ভাবটা যায়নি, যাকে বলা যায় কিংকর্তব্যবিমূঢ় অবস্থা।

হাত-পা-বাঁধা কুন্দকুসুম কিন্তু একটুও ঘাবড়াল না। চারিদিকে চেয়ে নিজের অবস্থাটা একটু বুঝে নিল কয়েক সেকেন্ডে। কিংকরের হাতে একটা মশাল জ্বলছে। তার মস্ত আলোয় সবকিছুই স্পষ্ট দেখা যাচ্ছে।

কুন্দকুসুম রামুর দিকে চেয়ে মৃদু একটু হাসল। তারপর বলল, "তুমি উদ্ধববাবুর ছেলে রামু? আন্দামান আর নিকোবরের বন্ধু?"

রামু এত ঘাবড়ে গেছে যে, গলায় শব্দ এল না। শুধু মাথা নাড়ল।

কুন্দকুসুম একটা দীর্ঘশ্বাস ছেড়ে বলল, "তোমার টিপ খুব ভাল। আজ তোমার জন্যই সর্দার প্রায় ধরা পড়ে গিয়েছিল আর কী! শেষ অবধি অবশ্য পালাতে পেরেছে। কিন্তু বেশিদিন পালিয়ে থাকতে পারবে না।"

এ কথা শুনে রামুর মাথা একদম গুলিয়ে গেল। বলে কী লোকটা? তা হলে কি কুন্দকুসুম সর্দার নয়?

কুন্দকুসুম চারদিকে আর-একবার চোখ বুলিয়ে রামুকে জিজ্ঞেস করে, "এরা সব কারা বলো তো! আর আমাকে এমনভাবে বেঁধেছেই বা কে? কার এত সাহস?"

গোবিন্দ একটু হেসে বলল, "সেলাম দারোগাসাহেব। কিছু মনে করবেন না, নিজেদের জান বাঁচাতে আপনাকে একটু বাঁধতে হয়েছে।"

কুন্দকুসুম একটা হুংকার দিয়ে বলে, "খুলে দে। তারপর দেখাই তোর ঘাড়ে কটা মাথা!"

"মাথা একটাই, তবে সেটা এত সস্তা নয়। আপনার তো অনেকগুলো মাথা আর মুখ। কখনও দারোগা, কখনও সর্দার। আপনার একটা মাথা গেলেও আর একটা থাকবে।"

কুন্দকুসুম একটু অবাক হওয়ার ভান করে বলে, "দারোগাদের মাঝে-মাঝে ছদ্মবেশ ধরতেই হয়, তাতে আশ্চর্যের কী? আমি সর্দার এ কথা তোকে কে বলল রে মর্কট?"

"অত চিল্লাবেন না দারোগাবাবু। এখন আপনি একটু অসুবিধের মধ্যেই আছেন। আমরা ছাপোষা লোক সব, দারোগাবাবুকেও ভয় খাই, ডাকাতের সর্দারকেও ভয় খাই। কিন্তু আপনার স্যাঙাত সাতনা আপনার গুলি খেয়ে ভারী রেগে গেছে। জানেন তো বাঘ জখম হলে বড় বিপজ্জনক। সে এখন আপনাকে গুরু বলেও মানছে না, দারোগা বলেও মানছে না। আপনার সঙ্গে মোকাবিলা করতে সে এল বলে।"

কুন্দকুসুমকে একটু অস্বস্তি বোধ করতে দেখা যায়। গলা এক পরদা নামিয়ে বলে, "তোমরা বিশ্বাস করো, এই ডাকাতের দলটাকে অ্যারেস্ট করার জন্য গত তিন মাস ধরে চেষ্টা করছিলাম। আজই প্রথম এদের ডেরার পাকা সন্ধান পাই। আমার ফোর্স এই জঙ্গলটা ঘিরে আছে এখনও। আমি কাপালিকের ছদ্মবেশে—"

এতক্ষণ কিংকর একটাও কথা বলেনি। এবার সে হঠাৎ হোঃ হোঃ করে হেসে ওঠে। কুন্দকুসুম কটমট করে তার দিকে চায়।

কিংকর হাসি থামিয়ে বলে, "আমারও সেটা সন্দেহ হয়েছিল দারোগাবাবু, আপনি বোধ হয় সর্দার নন। আসল সর্দার বোধ হয় সত্যিই পালিয়েছে। আপনাকে আমরা ছেড়েও দিতে চাই। তবে তার আগে আমাদের কয়েকটা কথা আছে।"

কুন্দকুসুম গম্ভীর হয়ে বলে, "বলে ফেলো।"

কিংকর মাথা নেড়ে বলে, "আমার তেমন সাজিয়ে-গুছিয়ে কথা বলার অভ্যাস নেই। কথা বলবে গবাদা। আমি তাকে ডেকে আনছি।" এই বলে কিংকর জঙ্গলের মধ্যে মিলিয়ে গেল চকিত পায়ে।

কয়েক মিনিট বাদে একটু দূরে গবার গলা পাওয়া গেল। সে গান গাইছে: "বলো রে মন কালী কালী। আমার বুকটা করে ধুকুর পুকুর, পেটটা লাগে খালি-খালি। অধিক কী আর কবো রে ভাই, মনেতে মোর আনন্দ নাই। কত নাচন-কোঁদন দেখাইলাম রে, তবু দেয় না যে কেউ হাতে তালি।"

সামনে এসেই গবা এক হাত জিব কেটে নিজের কান ধরে বলল, "ছিঃ ছিঃ, কী পাষণ্ড রে তোরা! বড়বাবুকে হাত-পা বেঁধে ফেলে রেখেছিস! নরকে যাবি যে রে! খুলে দে! ওরে খুলে দে!"

গবা নিজেই নিচু হয়ে তাড়াতাড়ি কুন্দকুসুমের বাঁধন খুলতে লেগে যায়।

রামু গবাকে দেখেও নড়ে না। তার মনের মধ্যে টিকটিক করে কী যেন একটা হতে থাকে। সে একদৃষ্টে চেয়ে থাকে শুধু।

গবা কুন্দকুসুমকে হাতের বাঁধন খুলে ধরে-ধরে তাকে তুলে বসায়। তারপর সামনে ঢিপ করে মাথা ঠুকে বলে, "বড়বাবু, অপরাধ নেবেন না। ছেলেমানুষ সব, না-বুঝে করে ফেলেছে।"

কুন্দকুসুম গম্ভীর গলায় বলল, "হুঁ।"

গবা নিরীহ গলায় বলে,"মানুষ মাত্রেরই ভুল হয় আজ্ঞে।"

কুন্দকুসুম বলে, "তা বটে।"

গবা হাতজোড় করে বলে, "তা সেই ভুলের কথাই বলছিলুম আর কী। ভুল কি দারোগা-পুলিশেরও হয় না? এই আমাদের গোবিন্দ মাস্টারের কথাই ধরুন না। খুন-টুন করার ছেলেই নয়। তবে ফেঁসে গেছে!"

তাই নাকি?"

"একেবারে নির্যস সত্যি কথা।" বলতে বলতে গবা কুন্দকুসুমের পায়ের বাঁধনটা খুলবার চেষ্টা করতে করতে বলে, "এঃ, এই গিঁটটা বড্ড এঁটে বসেছে দেখছি। ওদিকে আবার সাতনাকে দেখে এলুম একটা খাঁড়ায় ধার দিচ্চে। নাঃ বড্ড বিপদ দেখছি। পায়ের বাঁধনটা তাড়াতাড়ি না খুললেই নয়..."

কুন্দকুসুম একটা ধমক দিয়ে বলে, "ইয়ার্কি রাখো। এটা ইয়ার্কির সময় নয়। কী চাও সেটা স্পষ্ট করে বলো।"

গবা মাথা চুলকে বলে, "আপনি দণ্ডমুণ্ডের কর্তা, গরিবের মা-বাপও বটে।

আপনার কাছে আবদার করে চাইব তাতে আর লজ্জা কী! বলছিলাম, গোবিন্দকে খালাসের একটা ব্যবস্থা করে দিতেই হবে আপনাকে।"

কুন্দকুসুম একটা দীর্ঘশ্বাস ছেড়ে বলে, "দেখা যাবে।"

"ভরসা দিচ্ছেন তো?"

কুন্দকুসুম একটু বিষাক্ত হেসে বলে, "হাতি কাদায় পড়েছে বাপু, ভরসা না দিয়ে যে আমার উপায় নেই সে তুমি ভালই জানো।"

ভারী লজ্জার ভান করে গবা বলে, "কী যে বলেন বড়বাবু। তা দিলেনই যদি, তবে আরও একটু দিন।"

"আবার কী?"

"আজ্ঞে ওই গুপ্তধনের ব্যাপারটা। ওটা সরকারের হক পাওনা।"

কুন্দকুসুমের চোখ দুটো হঠাৎ জ্বলে ওঠে।

চাপা গলায় গবা বলে, "প্রাণের দাম যে ওর চেয়ে একটু বেশি বড়বাবু। কিংকর বা সাতনা যেমন লোক, থানা-পুলিশ-কোর্ট-কাছারির তোয়াক্কা করবে না। জানে তো তাতে লাভ নেই। কোন ঝানু উকিল মামলা ঘুরিয়ে আপনাকে খালাস দিয়ে দেবে। তাই ওরা চায় বল্লমে এফোঁড় ওফোঁড় করে চলে যেতে। আমি অনেক কষ্টে ঠেকিয়ে রেখেছি।"

কুন্দকুসুম নিভে যায়। অনেকক্ষণ চুপ করে থেকে বলে, "ঠিক আছে, তাই হবে।"

গবা আবার মাথা চুলকে বলে, "আর একটা কথা।"

"আবার কী?"

"এতই যদি দিলেন তবে আর-একটু বা বাকি থাকে কেন? বলছিলাম, এ-জায়গায় আপনার অনেক দিন চাকরি হয়ে গেল। আমরা পাঁচজনে দেখছি, এখানকার জল-হাওয়া আপনার তেমন সহ্য হচ্ছে না। শুকিয়ে একেবারে অর্ধেক হয়ে গেছেন। তাই বলছিলুম আজ্ঞে, একটা বেশ ভাল স্বাস্থ্যকর জায়গায় বদলি নিয়ে চলে যান না বড়বাবু।"

কুন্দকুসুম থমথমে মুখ করে বলে, "বুঝেছি।"

"আজ্ঞে আপনি বুঝবেন না তো কে বুঝবে! এমন পাকা মাথা দেশে কটা আছে?"

কুন্দকুসুম বিরক্তির গলায় বলে, "এবার পায়ের গিঁটটা খুলতে পারো কি না।"

গবা জিব কেটে বলে, "ওই দ্যাখো, কথায়-কথায় ভুলেই যাচ্ছিলাম, ইয়ে বড়বাবু, আর-একটা কথা।"

"আরও কথা?"

"মানে সাতনার কাছে কয়েকটা চিঠি আছে। সর্দারের নিজের হাতের লেখা। কোথায় কোন বাড়িতে ডাকাতি করতে হবে, কাকে খুন করতে হবে, এই সব বৃত্তান্ত, সর্দারের হাতের লেখা সেই সব চিঠি সাতনা আবার পুলিশের কাছে পাঠাতে চায়। আমি বলি, তার কি কোনও দরকার আছে বড়বাবু?"

কুন্দকুসুম বিবর্ণ মুখে বলে, "না। তার দরকার নেই।"

গবা সঙ্গে-সঙ্গে বলে, "হ্যাঁ, আমিও তাই বলি। দরকার কী? কেঁচো খুঁড়তে আবার

সাপ বেরিয়ে পড়বে। তার চেয়ে চিঠি কটা বরং থাক। পরে কাজে লাগরে।"

কুন্দকুসুম ইঙ্গিত বোঝে। একটু চাপা স্বরে বলে, "তোমরা খুব ঘোড়েল।"

"ছিঃ ছিঃ, কী যে বলেন! আপনি থাকতে আমরা? হেঃ হেঃ..."

গবা পায়ের বাঁধনটা খুলে দিলে কুন্দকুসুম উঠে দাঁড়ায়। কিন্তু অত বড় মানুষটা যেন নুয়ে পড়েছে, বয়সটাও যেন কয়েক ঘণ্টার মধ্যে বেড়ে গেছে।

কুন্দকুসুম ধীরে ধীরে গিয়ে রণপা দুটো কুড়িয়ে নিল। কারও দিকে একবারও না তাকিয়ে রণপায়ে চড়ে লম্বা-লম্বা পা ফেলে জঙ্গলের অন্ধকার আর রহস্যময়তায় মিলিয়ে গেল।

ছত্রিশ

ঘটনার মাসখানেক পর এক গাঁয়ের রাস্তায় তিনজন হাঁটছিল। গবা পাগলা, সাতনা আর রামু।

একটা পুকুরধার পেরিয়ে কয়েকটা তালগাছের জড়াজড়ি। তারপর একটা বাঁক দেখা যাচ্ছিল। গবা বলল, "ওই বাঁকটা ঘুরলেই যুধিষ্ঠিরের সেই পিসি না মাসির বাড়ি। এসে গেছি হে।"

সাতনার বুকে এখনও ব্যান্ডেজ। আঘাত মারাত্মক না হলেও সর্দারের দুটো গুলিই তার পাঁজরে ক্ষত করে দিয়ে গেছে। হাঁটতে কষ্ট হচ্ছিল। তার ওপর মেয়েকে দেখতে পাবে সেই আনন্দে তার হাঁফ ধরে যাচ্ছিল। হঠাৎ থমকে দাঁড়িয়ে বলল, "কথাটা মনে রেখো গবা, মেয়ের কাছে বাপ বলে আমার পরিচয় দিয়ো না।"

"জানি। বলব দূর-সম্পর্কের আত্মীয়।"

সাতনা একটু ভাবল। তারপর বলল, "তারও দরকার নেই। মেয়ে খুব সম্ভব আমাকে চিনতে পারবে। আবছা হলেও আমার কথা তার মনে আছে। এ-চেহারা তো ভোলার নয়। তার চেয়ে এক কাজ করি এসো। ওই বাঁকের মুখে ঝুপসি আমগাছটার ছায়ায় বসে থাকি। একবার না একবার সে পুকুরে কিংবা বাগানে বেরোবেই। তখন একটু চোখের দেখা দেখে নেব।"

এ কথার ওপর গবা কোনও কথা বলতে পারল না। রামুর চোখদুটো ছলছল করতে লাগল। সে ফিরে আসার পর তার বাবা যে আনন্দে কাঁপতে কাঁপতে অজ্ঞান হয়ে গিয়েছিল সে কথাটা এখন মনে পড়ল তার। বাবাকে আগে তার খুব রাগি আর নির্দয় বলে মনে হত। এখন জানে, বাবা তাকে কত ভালবাসে। সাতনার জন্য তাই তার বড় কষ্ট হচ্ছিল।

গাছতলায় বসে সাতনা অপলক চোখে কিছুক্ষণ সামনের বাগানঘেরা একতলা পাকা বাড়িটার দিকে চেয়ে রইল। কাউকেই দেখা যাচ্ছিল না। সাতনা গবার দিকে চেয়ে বলল, "তুমি যে আমাকে পুলিশে ধরিয়ে দিলে না, আমি যে কোনও শাস্তি পেলুম না, এটা কি ঠিক হল?"

গবা মৃদু হেসে বলল, "শাস্তি কাকে বলো তুমি? কত চোর-ছ্যাঁচড়

খুনে-জালিয়াতকে তো পুলিশ গারদে ভরে। জেল খেটে কি আর তাদের শুদ্ধি হয়। বাপু হে, আমি বুঝি অনুতাপের আগুন না জ্বললে মানুষের পাপ পোড়ে না। অনুতাপ কাকে বলে জানো? কোনও কাজ করে বিচার দ্বারা তার ভালমন্দ অনুভব করে যে তাপের দরুন মন্দে বিরতি আসে তাই হল অনুতাপ। সেই অনুশোচনায় নিজের মেয়েটার সামনে গিয়ে পর্যন্ত তুমি দাঁড়াতে পারছ না। এর চেয়ে বেশি সাজা তোমাকে আর কে দেবে?"

সাতনা ধুতির খুঁটে চোখের জল মুছল।

ঠিক এ-সময়ে একটা দীঘল চেহারার মেয়ে বেরিয়ে এল। সদ্য স্নান করে এসেছে বুঝি। এক রাশ চুল এলো হয়ে আছে পিঠের দিকে। ভারী সুন্দর মুখখানি। একটা ভেজা কাপড় শুকোতে দিচ্ছিল বাইরের তারে।

গবা একটু ঠেলা দিয়ে সাতনাকে বলল, "দ্যাখো হে, দ্যাখো। দানবের মেয়ে কেমন পদ্মফুলটির মতো দেখতে হয়েছে!"

সাতনা জবাব দিল না। সম্মোহিতের মতো চেয়ে রইল মেয়ের দিকে। চোখের পলক পড়ে না, শ্বাসও বুঝি বন্ধ হয়ে গেছে।

ধীরে-ধীরে রোদে একটু পায়চারি করল মেয়েটি। তারপর ভিতর থেকে কেউ বুঝি ডাকল। মেয়েটি সাড়া দিল, "যাই।"

তারপর চলে গেল।

গবা উঠে পড়ল। বলল, "মেয়ের সামনে যদি না-ই যেতে পারো তবে আর মায়া বাড়িয়ো না। দশটা গাঁয়ের লোক তোমাকে চেনে। ধরা পড়লে বিপদ আছে। ওঠো, ওঠো।"

সাতনার চোখ দিয়ে জল পড়ছিল অঝোরে। উঠে আস্তে-আস্তে ফেরার পথ ধরে সে বলল, "যত খারাপ কাজ করেছি তার দশগুণ ভাল কাজ যদি বাকি জীবনটায় করি, তা হলে মেয়ের সামনে একদিন দাঁড়ানোর সাহস হবে না গবা?"

"হবে। খুব হবে। ইচ্ছেটাই আসল, অনুতাপটাই আসল।"

সাতনা হঠাৎ দাঁড়িয়ে গিয়ে বলে, "তা হলে এখান থেকেই আমায় বিদায় দাও ভাই। পৃথিবী জায়গাটা বিশাল, কাজেরও অন্ত নেই। দেরি করে কী হবে। এক্ষুনি শুরু করে দিই গিয়ে।"

গবা মাথা নাড়ল, "এসো তবে।"

সাতনা একটু ভেবে বলল, "আর একটা কথা। মেয়েটার বিয়ের বয়স হয়েছে। আমার খুব ইচ্ছে যুধিষ্ঠিরের সঙ্গে ওর বিয়ে হোক। তুমি ব্যবস্থা করবে?"

গবা একটু হেসে বলল, "করব। ভেবো না।"

"তা হলে যাই।"

চোখের পলকে লম্বা-লম্বা পা ফেলে সাতনা বাঁ পাশের মাঠটা দিয়ে অদৃশ্য হয়ে গেল।

রামু গবার সঙ্গে বাড়ি ফিরে এল ভারী মনে।

পুলিশ নতুন করে রিপোর্ট দেওয়ায় গোবিন্দ মাস্টারের মামলা আবার আদালতে

উঠেছে। গোবিন্দর পক্ষে সওয়ালে নেমেছেন মস্ত মস্ত ডাকসাইটে সব উকিল। সামন্তমশাই তাদের মোটা টাকা দিচ্ছেন। গোবিন্দ নিজে গিয়ে শহরে ধরা দেওয়ার পর ফের জামিনে খালাস পেয়ে সার্কাসে তার খেলা দেখাচ্ছে। মামলার যা গতিক তাতে সে খালাস পাবেই।

কুন্দকুসুম বদলি হয়নি। হঠাৎ চাকরি ছেড়ে সপরিবারে দেশের বাড়িতে চলে গেছে। সেখানে নাকি চাষবাস নিয়ে থাকবে। নতুন যে দারোগা এসেছে, তার নাম চন্দ্রাতপ খাঁড়া। ভারী ভাল লোক। প্রায়ই উদ্ধববাবুর বাড়িতে এসে রামুকে আদর করেন আর কাকাতুয়াকে ছোলা খাওয়ান।

উদ্ধববাবুর হঠাৎ জ্ঞানচক্ষু খুলেছে। তিনি বুঝতে পেরেছেন, রাঘব ঘোষ তাঁর চেয়ে ভাল গাইয়ে। তাই আজকাল সন্ধের পর রাঘবের বৈঠকখানায় গিয়ে বসেন প্রায়ই। চোখ বুজে গান শোনেন আর তারিফ করেন, "ওয়াঃ, ওয়াঃ, কেয়াবাত।"

রাঘব ব্যথিত স্বরে বলে, "কেয়াবাতটাও ঠিক জায়গামতো বলতে পারছেন না উদ্ধববাবু! বেজায়গায় তারিফ করলে সুর কেটে যায়।"

উদ্ধববাবু ভারী লজ্জা পান।

নয়নকাজলের সঙ্গে এখন আর কাকাতুয়ার আড়াআড়ি নেই। সরকারি লোকেরা গুপ্তধনের প্রায় দু-কলসি মোহর উদ্ধার করে নিয়ে গেছে। কাকাতুয়াকে তাই এখন হরিনাম শেখানো হচ্ছে। তবে পাখিটার স্মৃতিশক্তি বড়ই প্রবল। ভোর হতে না-হতেই সে ডাকতে থাকে, "রামু ওঠো। রামু ওঠো। মুখ ধোও। পড়তে বসো।"

রামুর মনে বহুদিন ধরেই একটা খটকা লেগে আছে। সে একদিন গবাকে ধরে পড়ল, "সেই কিংকর লোকটা সেই রাত্রে যে হাওয়া হয়ে গেল তারপর আর তার দেখা পেলাম না কেন বলো তো! কোথায় গেল সে?"

গবা এক গাল হেসে বলে, "সেই কথাটা কিন্তু খুব গুহ্য কথা। কেউ না জানতে পারে!"

"কেউ জানবে না।"

"তবে বলি। সেই যে তোমাকে আলফা সেনটরের কথা বলেছিলুম, মনে আছে?"

"আছে। আলফা সেনট্টর হল সৌরলোকের সবচেয়ে কাছের নক্ষত্র। পৃথিবী থেকে চার আলোকবর্ষ দূরে।"

"বাঃ, ঠিক বলেছ। সেখান থেকে একদল লোক আমার সঙ্গে মাঝে-মাঝে দেখা করে যায়, জানো তো!"

"জানি। কিন্তু সে তো গুল।"

"তা হলে বলব না।"

"আচ্ছা, গুল নয়। বলো।"

"আলফা সেনটরের একটা গ্রহের নাম হচ্ছে নয়নতারা। কিংকর হল আসলে সেই গ্রহের লোক। ডাকাতদের সঙ্গে যখন আমরা কিছুতেই এঁটে উঠতে পারছিলুম না, তখন আমি টেলিপ্যাথিতে নয়নতারায় খবর পাঠাই। খবর পেয়ে কিংকর একদিন একটা মহাকাশযানে চেপে চলে এল। তারপর সব ঠিকঠাক করে দিয়ে সামলে-সুমলে

নিয়ে ঘটনার সেই রাত্রে আবার নয়নতারায় ফিরে গেছে।"

"আর তুমি কে গবাদা?"

"আমি? ও বাবা, ও আবার কেমনধারা কথা! আমি হচ্ছি আমি, গবগবাগব পাগলা খুড়ো, উলিঝুলি ফোকলাটেকো নাংলাবুড়ো। ঝুলদাড়ি আর ঝোলা গোঁফে গুমসো ছিরি, নালে-ঝোলে চোখের জলে জড়ামড়ি!"

"তুমি কিন্তু মোটেই বুড়ো নও। বুড়োদের চামড়া এত টান থাকে না।"

"থাকে থাকে। এ কি তোমাদের এই নোংরা জায়গায় আধমরা বুড়ো নাকি। এসব মেড ইন অ্যানাদার ওয়ার্লড!"

"তার মানে?"

"কথাটা কিন্তু খুব গুহ্য। গোপন রেখো।"

" রাখব। কিন্তু ফের গুল দিলে!"

"আহা, আগে শোনোই না। কাউকে বোলো না। আমিও আসলে ওই নয়নতারার লোক। সেখানে জল-হাওয়ার এমন গুণ যে, দেড়শো-দুশো বছর বয়সে মানুষের যৌবন আসে।"

"ফের গুল?"

" গুল নয় গো। শুনলে প্রত্যয় যাবে না, সেখানে পঁচিশ-ছাব্বিশ বছরের লোকেরা হামা দেয়। ত্রিশ-চল্লিশে গিয়ে হাঁটতে শেখে। আধো-আধো বোল ফোটে তখন। সত্তর বছর বয়সে আমাদের হাতেখড়ি। পঁচাত্তর বছর বয়সে ইস্কুলের পাঠ শুরু। সেখানে গেলে দেখবে আশি-নব্বুই বছরের লোকরা ঢিল মেরে আম পাড়ছে, ঘুড়ি ওড়াচ্ছে, ক্রিকেট খেলছে।"

"সেখানে কি কিংকরদার গাঁয়েই তোমার বাড়ি?"

"হ্যাঁ, তা বলতে পারো একরকম। পাশাপাশি গাঁ। ওর গাঁয়ের নাম বাঘমারি, আমার গাঁ হল কুমিরগড়। দু গাঁয়ের মধ্যে দূরত্ব মাত্র শ-পাঁচেক মাইল, একই থানা আমাদের।"

"বলো কী! পাঁচশো মাইল দূরের গাঁ কি পাশের গাঁ হল নাকি?"

গবা খুব হাসে। বলে, "তোমাদের এখানকার মতো তো নয়। আমাদের গ্রহটাও যে বিশাল। আমাদের একটা জেলা তোমাদের গোটা ভারতবর্ষের সমান। চলো একবার তোমাদের নিয়ে যাব। জামবাটি ভর্তি সরদুধ আর সবরিকলা আর নতুন গুড় দিয়ে মেখে চিঁড়ের এমন ফলার খাওয়াব না! আর সেই জামবাটির সাইজ কী! ঠিক তোমার ওই পড়ার ঘরখানার মতো..."

"গুল! গুল!"

"আহা, শোনোই না..."

পরদিনই গবা আবার নিরুদ্দেশ হয়ে গেল। নয়নতারাতেই ফিরে গেল কি না কে জানে!

গোলমাল

সকালবেলাটি বড় মনোরম। বড় সুন্দর। দোতলার ঘর থেকে জানালা দিয়ে বাইরে চেয়ে হরিবাবুর মনটা খুব ভাল হয়ে গেল। বাগানে হাজার রকম গাছগাছালি। পাখিরা ডাকাডাকি করছে, শরৎকালের মোলায়েম সকালের ঠাণ্ডা রোদে চারদিকে ভারী ফটফটে। উঠোনে রামরতন কাঠ কাটছে। বুড়ি ঝি বুধিয়া পশ্চিমের দেয়ালে ঘুঁটে দিচ্ছে। টমি কুকুর একটা ফড়িঙের পিছনে ছোটাছুটি করছে। লকড়িঘরের চালে গম্ভীরভাবে বসে আছে বেড়াল ঝুমঝুমি। নীচের তলায় পড়ার ঘর থেকে হরিবাবুর ছেলে আর মেয়ের তারস্বরে পড়ার শব্দ আসছে। আর আসছে রান্নাঘর থেকে লুচি ভাজার গন্ধ। তিনি শুনেছেন, আজ সকালের জলখাবারে লুচির সঙ্গে ফুলকপির চচ্চড়িও থাকবে। হরিবাবু দাড়ি কামিয়েছেন, চা খেয়েছেন, লুচি খেয়ে বেড়াতে বেরোবেন। আজ ছুটির দিন।

কদিন ধরে হরিবাবুর মন ভাল নেই। তিনি ভাল রোজগার করেন। তাঁর কোনও রোগ নেই। সকলের সঙ্গেই তাঁর সদ্ভাব। কিন্তু তাঁর একটি গোপন শখ আছে। বাইরে তিনি যাই হোন, ভিতরে ভিতরে তিনি একজন কবি। তবে তাঁর কবিতা কোথাও ছাপা হয়নি তেমন। কিন্তু তাতে দমে না গিয়ে তিনি রোজ অনবরত লিখে চলেছেন কবিতার পর কবিতা। এযাবৎ গোটা কুড়ি মোটামোটা খাতা ভর্তি হয়ে গেছে। কিন্তু গত প্রায় পাঁচ-সাতদিনে বিস্তর ধস্তাধস্তি করেও এক লাইন কবিতাও তিনি লিখতে পারেননি। তাই মনটা বড় খারাপ।

আজ সকালের মনোরম দৃশ্য দেখে তিনি মুগ্ধ হয়ে কবিতার খাতা খুলে বসলেন। মনটা বেশ ফুরফুর করছে। বুকের ভিতরে কবিতার ভুরভুরি উঠছে। হাতটা নিশপিশ করছে। তিনি স্পষ্ট টের পাচ্ছেন, কবিতা আসছে। আসছে। তবে আর একটা কী যেন বাকি। আর একটা শব্দ, গন্ধ, স্পর্শ বা দৃশ্য যোগ হলেই ভিতরে কবিতার ডিমটা ফেটে শিশু-কবিতা বেরিয়ে আসবে ডাক ছাড়তে ছাড়তে।

হরিবাবু উঠলেন। একটু অস্থিরভাবে অধীর পায়ে পায়চারি করতে লাগলেন দোতলার বারান্দায়। একটা টিয়া ডাক ছেড়ে আমগাছ থেকে উড়ে গেল। নীচের তলায় কোণের ঘর থেকে হরিবাবুর ভাই পরিবাবুর গলা সাধার তীব্র আওয়াজ আসছে। কিন্তু না, এসব নয়। আরও একটা যেন কিছুর দরকার। কী সেটা?

হরিবাবু হঠাৎ থমকে দাঁড়ালেন। একটা ট্রেন যাচ্ছে। ঝিকির-ঝিকির ঝিকির-ঝিকির মিষ্টি শব্দে মাটি কাঁপিয়ে, বাতাসে ঢেউ তুলে গাছপালার আড়াল দিয়ে আপনমনে আপ ট্রেন চলে যাচ্ছে গন্তব্যে। বাঃ চমৎকার। এই তো চাই। কবিতার ডিম ফেটে গেছে।

হরিবাবু দৌড়ে টেবিলে বসে খাতা-কলম টেনে নিলেন। তারপর লিখলেন:

দ্যাখো ওই ভোরের প্রতিভা
ম্লান বিধবার মতো কুড়াতেছে শিউলির ফুল,
সূর্যের রক্তাক্ত বুকে দীর্ঘ ছুরিকার মতো ঢুকে যায় ট্রেন।

বাণ্টু নামে বাচ্চা চাকর এসে ডাকল, "বাবু, লুচি খাবেন যে! আসুন।"

হরিবাবু খুনির চোখে ছেলেটার দিকে চেয়ে বললেন, "এখন ডিস্টার্ব করলে লাশ ফেলে দেব! যাঃ।"

ছেলেটা হরিবাবুকে ভালই চেনে। হরিবাবু যে ভাল লোক তাতে সন্দেহ নেই, তবে কবিতা লেখার সময় লোকটা সাক্ষাৎ খুনে।

সুতরাং বাণ্টু মিনমিন করে "লুচি যে ঠাণ্ডা মেরে গেল" বলেই পালাল।

কিন্তু হরিবাবুর চিন্তার সূত্র সেই যে ছিন্ন হল, আর আধঘণ্টার মধ্যে জোড়া লাগল না। চতুর্থ, পঙ্‌ক্তিটা আর কিছুতেই মাথায় আসছে না। বহুবার উঠলেন, জল খেলেন, মাথা ঝাঁকালেন, একটু ব্যায়ামও করে নিলেন। কিন্তু নাঃ, এল না।

পরিবাবুর গান থামল। ছেলেমেয়ের পড়া থামল। পাখির ডাক থামল। কাঠ কাটার শব্দও আর হচ্ছে না। রোদ বেশ চড়ে গেল। হরিবাবুর পেট চুঁইচুঁই করতে লাগল। তবু এল না।

হরিবাবু একটা দীর্ঘশ্বাস ছেড়ে খাতাটা বন্ধ করলেন। তারপর নীরবে খাওয়ার ঘরে এসে টেবিলে বসলেন।

তাঁর স্ত্রী সুনয়নী দেবী ঝংকার দিয়ে উঠলেন, "এত বেলায় আর জলখাবার খেয়ে কী হবে? যাও, চান করে এসে একেবারে ভাত খেতে বোসো। বেলা বারোটা বাজে।"

"বারোটা?" খুব অবাক হলেন হরিবাবু। দেয়ালঘড়িতে দেখলেন সত্যিই বারোটা বাজে। এক গ্লাস জল খেয়ে ঘোরাঘুরি করতে লাগলেন।

কিন্তু কোথাও শান্তি বা নির্জনতা নেই। বাগানের কোণের দিকে মাটি কুপিয়ে তাঁর সবচেয়ে ছোট ভাই ন্যাড়া একটা কুস্তির আখড়া বানিয়েছে। সেইখানে তিন-চারজন এখন মহড়া নিচ্ছে। হুপহাপ গুপগাপ শব্দ। বিরক্ত হয়ে হরিবাবু বাড়ি থেকে বেরিয়ে পড়লেন।

বেরোবার মুখেই দেখলেন বাড়ির সামনে একটা উটকো লোক দাঁড়িয়ে আছে। গালে কয়েকদিনের রুখু দাড়ি, পরনে একটা ময়লা পাজামা, গায়ে তাপ্পি দেওয়া একটা ঢোলা জামা, কাঁধে একটা বেশ বড় পোঁটলা। রোগাভোগা কাহিল চেহারা। বয়স খুব বেশি নয়, ত্রিশের কাছাকাছি।

লোকটাকে দেখেই হরিবাবুর মনে পড়ল, ইদানীং খুব চোর-ছ্যাঁচড়ের উৎপাত হয়েছে শহরে। এই লোকটার চেহারাটাও সন্দেহজনক। উঁকিঝুঁকিও মারছে। সুতরাং তিনি লোকটার সামনে দাঁড়িয়ে বুক চিতিয়ে ধমকের স্বরে বললেন, "এই, তুমি কে হে? কেয়া মাংতা? হুম ডু ইউ ওয়ান্ট?"

তিন-তিনটে ভাষায় ধমক খেয়ে লোকটা কেমন ভ্যাবাচ্যাকা মেরে দিয়ে মিনমিন করে বলল, "আমি অনেক দূর থেকে আসছি।"

হরিবাবু খেঁকিয়ে উঠে বললেন, "তা হলে মাথা কিনে নিয়েছ আর কী। দুর থেকে আসছ তো কী? আসতে বলেছিল কে? না এলেই বা এমন কী মহাভারত অশুদ্ধ হত?"

লোকটা এসব প্রশ্নের কোনও সদুত্তর খুঁজে না পেয়ে মাথা চুলকোতে চুলকোতে বলল, "তা বটে, না এলেও হত।"

"তা হলে এবার কেটে পড়ো। যত দূর থেকে এসেছ, আবার তত দূরেই ফিরে যাও। নইলে পুলিশ ডাকব।"

লোকটা মাথা নাড়ল। অর্থাৎ সে বুঝেছে। কিছুক্ষণ ক্যাবলার মতো দাঁড়িয়ে থেকে লোকটা খুব ভয়ে-ভয়ে বলল, "আজ্ঞে একটা কথা ছিল। সেটা জেনেই চলে যাব।"

"কী কথা? অ্যাঁ! তোমার মতো ভ্যাগাবণ্ডের আবার কথা কীসের? যত সব গাঁজাখুরি দুঃখের কথা বানিয়ে-বানিয়ে বলবে, আর বাড়ির দিকে আড়ে-আড়ে চেয়ে কোথায় কী আছে নজর করবে তো? ওসব কায়দা আমি ঢের জানি।"

লোকটা সঙ্গে-সঙ্গে বুঝদারের মতো মাথা নেড়ে বলল, "আজ্ঞে কথাটা ঠিকই বলেছেন। দিনকাল ভাল নয়। চারদিকে চোর-জোচ্চোর সব ঘুরে বেড়াচ্ছে। উটকো লোককে প্রশ্রয় না দেওয়াই ভাল। তবে আমার কথাটা খুবই ছোট। আমি শুধু জিজ্ঞেস করছিলাম এটাই শিবু হালদার মশাইয়ের বাড়ি কি না।"

"হলে কী করবে?"

"তাঁর বড় ছেলেকে একটা কথা বলে যাব আর একটা জিনিসও দিয়ে যাব।"

"কী কথা? কী জিনিস?"

"আজ্ঞে সে তো শুধু হালদার মশাইয়ের বড় ছেলে ছাড়া আর কাউকে বলা যাবে না।"

হরিবাবু বিরক্তি হয়ে বললেন, "আমিই শিবু হালদারের বড় ছেলে, আর এটাই শিবু হালদারের বাড়ি।"

লোকটা মাথা নেড়ে বলল, "আমিও এরকমই অনুমান করেছিলাম।"

হরিবাবু বললেন, "আর তোমার অনুমানে কাজ নেই। শিবু হালদারের বাড়ি এ শহরের সবাই চেনে। বেশি বোকা সেজো না। যা বলবার বলে ফেলো।"

লোকটা ভারী কাঁচুমাচু হয়ে বলে, "আজ্ঞে আমি একরকম তাঁর কাছ থেকেই আসছি।"

"একরকম! একরকম মানেটা কী হল হে? তাঁর কাছ থেকে আসছ মানেটাই বা কী? ইয়ার্কি মারার আর জায়গা পেলে না?"

লোকটা সবেগে মাথা চুলকোতে-চুলকোতে বলল, "আপনি বড় ভড়কে দেন মানুষকে। অত ধমকালে কি বুদ্ধি ঠিক থাকে?"

"বুদ্ধি অনেক খেলিয়েছ, এবার পেটের কথাটি মুখে আনো তো বাছাধন। শিবু হালদারকে তুমি পেলে কোথায়? তিনি তো বছর বিশেক আগেই গত হয়েছেন।"

"আজ্ঞে তা হবে। তিনি যে আর ইহধামে নেই সে-কথা খবরের কাগজেই পড়েছিলাম। স্বনামধন্য লোক ছিলেন। বাঙালির মধ্যে অমন প্রতিভা খুব কম দেখা

যায়।”

“তা কথাটি কী তা বলবে?”

“বলছি। তাঁর সঙ্গে আমার শেষ দেখা প্রায় ত্রিশ বছর আগে। আপনি তখন এইটুকু।”

“বটে! তা তুমি তখন কতটুকু?”

“আমাকে দেখে বয়সের অনুমান পাবেন না।”

“তাই নাকি ব্যাটা হনুমান। ডাকব ন্যাড়াকে?”

“থাক থাক, লোক ডাকতে হবে না। আপনি একাই একশো। শিবু হালদার মশাই বলতেন বটে, ওরে পীতাম্বর, তুই দেখে নিস, আমার বড় ছেলে এই হরি একদিন কবি হবে। ওর হাত পা চোখ সব কবির মতো, তা দেখছি, শিবু হালদারের মতো বিচক্ষণ লোকেরও ভুল হয়। কবি কোথায়, এ তো দেখছি দারোগা।”

এ কথায় হরিবাবুর এবার ভ্যাবাচ্যাকা খাওয়ার পালা। খানিকক্ষণ হাঁ করে তাকিয়ে থেকে বললেন, “বাবা বলতেন ও কথা?”

“তবে কি বানিয়ে বলছি?”

হরিবাবু ঢোঁক গিলে বললেন, “তুমি বাপু বড্ড ঘোড়েল দেখছি। শিবু হালদারকে চিনতে, তার মানে তোমার বয়স তখন...”

লোকটা শশব্যস্তে বলল, “বেশি নয়, চল্লিশের মধ্যেই। এখন এই সত্তর চলছে।”

“সত্তর?”

“সামনের মাঘে একাত্তর পূর্ণ হবে।”

“মিথ্যে কথা!”

লোকটা একটা দীর্ঘশ্বাস ফেলে বলল, “কেউ বিশ্বাস করে না। তা সে যাকগে। গত ত্রিশ বছর তাঁর একটা দায় কাঁধে নিয়ে ঘুরছি। সেই দায় থেকে মুক্ত হতে আসা।”

বলে লোকটা পাজামার কোমর থেকে একটা গেঁজে বার করে আনল। তারপর সেটা হরিবাবুর হাতে দিয়ে বলল, “ঈশান কোণ, তিন ক্রোশ।”

হরিবাবু অবাক হয়ে বললেন, “তার মানে?”

লোকটা মাথা নেড়ে বলল, “আর জানি না। শিবু হালদার মশাই এর বেশি আর বলেননি।”

দুই

উটকো লোকটার ওপর হরিবাবুর আর তেমন যেন রাগ হচ্ছিল না। তবু রাগের ভাবটা বজায় রেখে একটু চড়া গলায় বললেন, “আমাকে ধাঁধা দেখাচ্ছ? ভাবছ তোমার সব কথা বিশ্বাস করছি? ঈশাণ কোণ আর তিন ক্রোশ, এর কোনও মানে হয়?”

লোকটা ঠোঁটে আঙুল দিয়ে বলল, “আরে চুপ চুপ। এসব অতিশয় গোপন কথা। শিবুবাবু পইপই করে বারণ করেছিলেন, পাঁচকান যেন না হয়। আমার কর্তব্যটুকু করে

গেলাম, ঘাড় থেকে দায় নেমে গেল, এবার তা হলে যাই।"

"গেলেই হল? তোমার নাম বলো। ঠিকানা বলো, কী কাজটাজ করো একে-একে তাও বলো।"

লোকটা মাথা চুলকে খুব বিনীতভাবে বলল, "নাম তো মেলা। এক-এক জায়গায় এক-এক রকম। কোনটা বলব?"

হরিবাবু ভড়কে গিয়ে বললেন, "অনেক রকম নাম কেন?"

"আজ্ঞে সে অনেক কথা, বললে আপনি রাগ করবেন।"

"আহা, যেন এখন আমি রেগে নেই! আমাকে আর রাগালে কিন্তু একদম রেগে যাব, তখন বুঝবে! আমার এক ভাই কুস্তিগির, এক ভাই পুলিশ আমি—"

"আজ্ঞে আর বলতে হবে না। শিবুবাবু খুব গেরোতে ফেলেছেন বুঝতে পারছি। কথাটা কী জানেন, আমি তেমন ভাল লোক নই। যেখানেই যখনই থাকি, একটা-না-একটা অপকর্ম করে ফেলি। ঠিক আমিই যে করি তা বলা যায় না। তবে আমার হাত দুখানা করে ফেলে, তা সে একরকম আমারই করা হল।"

"বটে! বটে! তা অপকর্মগুলো কীরকম?"

"কোথাও খুন, কোথাও ডাকাতি, কোথাও চুরি, এই নানারকম আর কী, পুলিশ পিছনে লাগে বলে নামধাম চেহারা সবই পালটাতে হয়। তা এই করতে-করতে নিজের নামটা একেবারে বিস্মরণ হয়ে গেল। কখনও মনে হয় চারুদত্ত, কখনও মনে হয় মেঘদূত, কখনও মনে হয় দ্বৈপায়ন। কিছুতেই স্থির করতে পারি না কোনটা। তাই লোকে জিজ্ঞেস করলে যা হয় একটা বলে দিই। এই যেমন এখন আপনি জিজ্ঞেস করার পর হঠাৎ মনে হল আমার নাম বোধ হয় পঞ্চানন্দ। কোত্থেকে যে নামটা মাথায় এল, তাই বুঝতে পারছি না। এরকম নাম জন্মে শুনিনি।"

হরিবাবু খুব কটমট করে পঞ্চানন্দের দিকে তাকিয়ে রইলেন। লোকটার ওপর সত্যি-সত্যি রাগ করা উচিত কি না তা তিনি বুঝতে পারছেন না। তবে তাঁর তেমন রাগ হচ্ছে না। রাগ কখনও তাঁর তেমন হয় না। আর রাগ হয় না বলেই সংসারে তাঁর মতামতের দাম এত কম। সে যাকগে, হরিবাবু যথাসাধ্য রাগ-রাগ গলায় বললেন, "তুমি তা হলে একজন খুনি, গুণ্ডা এবং চোর! ঠিক তো?"

"আজ্ঞে খুব ঠিক। লোক আমি মোটেই সুবিধের নই।"

"কিন্তু তা হলে আমার বাবার সঙ্গে তোমার এত মাখামাখি হল কী করে?"

পঞ্চানন্দ জামাটা তুলে মুখটা তাই দিয়ে একটু মুছে নিয়ে বলল, "লোক ভাল হলে কী হবে, শিবু হালদার মশাই ছিলেন মাথা-পাগলা লোক। ওই সায়েন্স-সায়েন্স করেই মাথাটা বিগড়োল। আমার চালচুলো ছিল না, এখনও অবিশ্যি নেই, তা আমি সারাদিন কুড়িয়ে-বাড়িয়ে চেয়েচিন্তে চুরি-ডাকাতি করে খেতাম। রাত্তিরের দিকটায় ওই আপনাদের পুবদিককার দালানের বাইরের বারান্দায় চট পেতে শুয়ে থাকতাম।... তা বাবু, খুব পোলাও রাঁধার গন্ধ পাচ্ছি যে, বাড়িতে কি ভোজ?"

"রোববারে ভালমন্দ হয় একটু।"

"হয়? বাঃ, বেশ। তা আপনারা ব্রাহ্মণভোজন করান না?"

"তুমি কি বাপু ব্রাহ্মণ?"

পঞ্চানন একগাল হেসে বলল, "ছিলাম বোধ হয়। অনেককালের কথা তো। কিন্তু মনে হয় ছিলাম যেন ব্রাহ্মণই। নিদেন দরিদ্রনারায়ণসেবাও তো করতে পারেন।"

স্পর্ধা দেখে হরিবাবু অবাক হন। লোকটা নির্লজ্জও বটে। তবে একেবারে দূর-দূর করে তাড়িয়ে দিতেও তাঁর বাধছে। লোকটা একটা পেতলের চাবি আর একটা সংকেত দিয়েছে। কোনও গুপ্তধনের হদিস কি না তা হরিবাবু জানেন না। গুলগপ্পোও হতে পারে। হরিবাবু খুব কটমট করে লোকটার দিকে চেয়ে থেকে বললেন, "ঠিক আছে, ব্রাহ্মণভোজন বা দরিদ্রনারায়ণসেবা যা হয় একটা হবে' খন। তবে সে সকলের খাওয়া হয়ে যাওয়ার পরে।"

পঞ্চানন্দ মাথা নেড়ে বলে, "সে আর বলতে। সব বাড়িতেই এক ব্যবস্থা। আমারও হলেও হল।"

"হ্যাঁ, কী বলছিলে যেন?"

পঞ্চানন্দ মুখটা করুণ করে বলল, "আজ্ঞে সেই হিমালয় থেকে টানা হেঁটে আসছি। মানুষের শরীর তো। একটু বসে-টসে একটু হাঁফ ছাড়তে-ছাড়তে কথাটথা বললে হয় না? শিবুবাবুর ঘরখানা যদি ফাঁকা থাকে তো তার দাওয়াতেই গিয়ে একটু বসি চলুন।"

হরিবাবু দোনোমনো করে বললেন, "ঘর ফাঁকাই আছে। বাবার ল্যাবরেটরিতে আমরা কেউ ঢুকি না। আমার ছেলে মাঝে-মাঝে খুটখাট করে গিয়ে। তা এসো।"

শিবু হালদারের ল্যাবরেটরি খুব একটা দেখনসই কিছুই নয়, বাড়ি থেকে কিছুটা তফাতে, খুব ঘন গাছপালা আর ঝোপঝাড়ে প্রায় ঢাকা, লম্বা একটা একতলা দালান। এদিকটা খুব নির্জন। ইদানীং সাপখোপের বাসা হয়েছে। ল্যাবরেটরিতে নানা ধরনের যন্ত্রপাতি, শিশিবোতল, জার, রাসায়নিক এখনও আছে। কেউ হাত দেয়নি। বারান্দাটা পরিষ্কার-পরিচ্ছন্ন। সেই দাওয়ায় বসে পঞ্চানন্দ জামার ঝুল দিয়ে ফের মুখ মুছল। তারপর বলল, "পোলাওয়ের গন্ধটা খুব ছড়িয়েছে কিন্তু মশাই। তা বেগুনি-টেগুনিও হবে না কি? চাটনি? মাংস তো বলতে নেই, হচ্ছেই। মাছও কি থাকছে সঙ্গে? দই খান না আপনারা? আগে এদিককার রসোমালাই খুব বিখ্যাত ছিল, আর ছানার গজা।"

হরিবাবু আবার রেগে যাওয়ার চেষ্টা করে বললেন, "এটা কি বিয়েবাড়ি নাকি? ওসব খাওয়ার গপ্পো এখন বন্ধ করো। কাজের কথা বলো দেখি।"

পঞ্চানন্দ বেশ জেঁকে বসল। দেয়ালে ঠেস দিয়ে পা ছড়িয়ে একটা আরামের শ্বাস ফেলে বলল, "এইখানটাতেই শুয়ে থাকতাম এসে। শিবুবাবু অনেক রাত অবধি ঘরের মধ্যে কী সব মারণ-উচাটন করতেন।"

হরিবাবু বিরক্ত হয়ে বললেন, "মোটেই মারণ-উচাটন নয়। নানারকম এক্সপেরিমেন্ট করতেন।"

"ওই হল। তা একদিন রাত্রিবেলা সবে চোখ দুটো লেগেছে, তখন এসে আমাকে ঠেলে তুললেন, 'ওরে ওঠ ওঠ, দেখে যা কাণ্ডখানা।' তা চোখ কচলাতে কচলাতে

গিয়ে ঢুকলাম শিবুবাবুর জাদুঘরে। বললে বিশ্বাস করবেন না যা দেখলাম তাতে চোখ ছানাবড়া।"

"কী দেখলে?"

"একখানা কাচের বাক্সে ব্যাঙের ছাতার মতো আকৃতির ঘন ধোঁয়া আর সাদা আগুনের ঝলকানি। শিবুবাবু কী বললেন জানেন? বললেন, জাপানিরা নাকি বড়-বড় গাছের বেঁটে-বেঁটে চেহারা করতে পারে। তাকে বসে বানসাই।"

"জানি। এক বিঘত বটগাছ, ছ' আঙুল তেঁতুলগাছ তো?"

"আজ্ঞে হ্যাঁ। তা শিবুবাবু সেইরকমই একখানা বানসাই অ্যাটম বোমা বানিয়েছেন। কাচের বাক্সের মধ্যে বিঘতখানেক উঁচু সেই কাণ্ডখানা হল সেই বানসাই অ্যাটম বোমার কাজ।"

"বলো কী?"

"সে তো গেল একটা ঘটনা। বৃত্তান্ত আরও আছে।"

"আছে? বলে ফেলো।"

"শুনবেন? আপনার খিদে পাচ্ছে না?"

"খিদে? না, এই তো লুচি খেলাম। ও হো, না না, আমি তো লুচি খাইনি। হ্যাঁ, খিদে তো পেয়েছে হে।"

পঞ্চানন্দ একগাল হেসে বলল, "ঠিক করতে পারছেন না তো? শিবুবাবুও তাই বলেন, আমার বড় ছেলেটা একেবারে অকালকুষ্মাণ্ড না হয়ে যায় না। তা না হয় হল, কিন্তু আবার কবিও না হয়ে বসে।"

একটু সংকুচিত হয়ে গিয়ে হরিবাবু বললেন, "কবিদের ওপর তাঁর খুব রাগ ছিল নাকি?"

"রাগ ছিল না আবার! কবি শুনলেই খেপে উঠতেন। অবশ্য খেপবারই কথা। বয়সকালে ঝুড়ি-ঝুড়ি কবিতা লিখে লিখে কাগজে পাঠাতেন। কেউ ছাপত না। হন্যে হয়ে উঠেছিলেন ছাপানোর জন্য। এমনকী, তিন-চারজন সম্পাদককে ধার পর্যন্ত দিয়েছিলেন। তবু ছাপা হয়নি। কবিদের ডেকে এনে খুব খাওয়াতেন, কবিদের সঙ্গে মেলামেশা করতেন, এক কবি তাঁর চেনসুদ্ধু সোনার ঘড়ি ধার নিয়ে আর ফেরত দিল না। আর এক কবি..."

তাঁর বাবা শিবু হালদারও কবিতা লিখতেন শুনে হরিবাবুর খুশি হওয়ার কথা। কিন্তু হলেন না, ব্যাজার মুখে বললে, "থাক, আর শুনতে চাই না।"

"সে না হয় না চাইলেন, কিন্তু খিদের ব্যাপারটার একটা হেস্তনেস্ত এইবেলা করে নিন। লুচি খেয়েছেন কি খাননি, খিদে পেয়েছে কি পায়নি এসব বেশ ভাল করে ভেবে চিন্তে ঠিক করে নিন। লুচি যদি না খেয়ে থাকেন, তবে আর অবেলায় সেটা খেয়ে কাজ নেই। বরং ব্রাহ্মণভোজনে লাগিয়ে দিন। জিনিসটারও সদ্‌গতি হল, খানিক পুণ্যিও পেয়ে গেলেন।"

"তুমি বড্ড বেশি বাচাল তো হে।"

"আজ্ঞে পেটটা ফাঁকা থাকলে আমার বড় কথা আসে। সে যাকগে, যা বলছিলাম।

এক দিন মাঝরাত্তিরে ল্যাবরেটরি-ঘরে এক ধুন্ধুমার কাণ্ড শুনে ঘুম ভেঙে গেল। তড়াক করে উঠে জানালা দিয়ে উঁকি মেরে দেখি তিনটে এই কালো জোয়ান সাহেব শিবুবাবুকে রাম-ধোলাই দিচ্ছে। দেখে আমি ভিরমি খাই আর কী, কিন্তু ভিরমি খেতে খেতেও দেখলাম শিবুবাবু তিনটে সাহেবকেই একে-একে নিকেশ করে ফেললেন।”

হরিবাবু কেঁপে উঠে বললেন, “বলো কী?”

“তাও আলপিন দিয়ে।”

“অ্যা! আলপিন?”

“তবে আর বলছি কী? ঠিক আলপিন নয় বটে, তবে ওরকমই সরু আর ছোট্ট পিস্তল ছিল তাঁর, মুখ থেকে সুতোর নালের মতো সূক্ষ্ম গুলি বেরোত। সাহেবরা তো অত কলকব্জা জানে না। শিবুবাবু তাদের খুন করে আমাকে ডাকলেন। দুজনে ধরাধরি করে তিন-তিনটে লাশকে ওই বাগানের পশ্চিমধারে পুঁতলাম। দেখছেন না ওখানে কেয়াগাছটা কেমন বাড়বাড়ন্ত। জৈব সার পেয়েছে কিনা।

তিন

হরিবাবু লোকটাকে বিশ্বাস করছেন না ঠিকই, কিন্তু কথাগুলো একেবারে উড়িয়েও দিতে পারছেন না। কেয়াঝোপটার দিকে তাকিয়ে একটু দুর্বল গলায় বললেন, “গুল মারার আর জায়গা পাওনি? আমার বাবাকে খুনি বলে বদনাম দিতে চাও?”

পঞ্চানন্দ মাথা নেড়ে বলে, ‘আজ্ঞে আত্মরক্ষার জন্য খুন করলে সেটাকে খুন বলে ধরা হয় না। আইনেই আছে। শিবুবাবু তো নিজেকে বাঁচাতে খুন তিনটে করেছিলেন। এখনও ওই কেয়াঝোপের এলাকার মাটি খুঁড়লে তিনটে কঙ্কাল পাওয়া যাবে, শাবল-টাবল নেই বাড়িতে? দিন না, খুঁড়ে দেখাচ্ছি?”

হরিবাবু আঁতকে উঠে বললেন, “থাক থাক, তার দরকার নেই।”

পঞ্চানন্দ তার খড়িওঠা গা চুলকোতে চুলকোতে বলল, “একটু চান-টান করা দরকার, বুঝলেন! খাঁটি সর্ষের তেল ছাড়া আমার আবার সহ্য হয় না। এক টুকরো গন্ধসাবান কি পাওয়া যাবে?”

রাগে হরিবাবু ভিতরে ভিতরে ফুঁসছিলেন। চোখ দিয়ে লোকটাকে প্রায় ভস্ম করে দিতে দিতে বললেন, “আর কী কী চাই তোমার বাপু?”

পঞ্চানন্দ মাথা চুলকে বললে, “আরও কিছু চাই বটে, কিন্তু ঠিক মনে পড়ছে না। তা ক্রমে ক্রমে বলব’খন। এখন একটু তেল আর সাবান হলেই হয়। আমার গরম জল লাগে না, গামছারও দরকার নেই আর ফুলেল তেল না হলেও চলবে।”

“বটে!”

লোকটা গালে হাত বোলাতে বোলাতে বলে, “দাড়িটা বড্ড কুটকুট করছে তখন থেকে। আট গণ্ডা পয়সা পেলে সেলুনে গিয়ে কামিয়ে আসতাম। আর মাথার অবস্থাটাও দেখুন, চুল একেবারে কাকের বাসা। তা ধরুন আরও পাঁচসিকে হলে চুলটারও একটা গতি হয়।”

"ব্ল্যাকমেল করার ফিকিরে আছ তো? দেখাচ্ছি ব্ল্যাকমেল!"

"মেল? আজ্ঞে মেলট্রেনের কথা উঠছে কেন বলুন তো? আমার তো এখন কোথাও যাওয়ার কথা নেই? তবে ফিকিরের কথা যদি বলেন তো বলতে হয়, আজ্ঞে হ্যাঁ, আমি খুব ফিকিরের লোক। শিবুবাবু যখন আকাশি জামা বানালেন, তখন সেই জামা পরে আমিও তাঁর সঙ্গে আকাশে উঠে যেতুম। হেঃ হেঃ! খুব মজা হত মশাই। দিব্যি হাত-পা ছড়িয়ে আকাশে ঘুরে বেড়ানো। মেঘের রাজ্যে ঢুকে সে যে কী রগড়ই হত! তা তখন একদিন একটা ফিকির খেলল মাথায়। এক দিন দুধ চিনি সব সঙ্গে নিয়ে গিয়ে খানিকটা মেঘ মিশিয়ে দিব্যি আইসক্রিম বানিয়ে খেলুম দুজনায়। শিবুবাবুও বলতেন, 'পঞ্চানন্দ, তুই খুব ফিকিরের লোক।"

"আকাশি জামা?" হরিবাবুর চোখ একদম রসগোল্লার মতো গোল হয়ে গেল।

"তবে আর বলছি কী? শিবুবাবু পাগলা গোছের ছিলেন বটে, তবে বুদ্ধির একেবারে ঢেঁকি। ফটাফট আজগুবি সব জিনিস বানিয়ে ফেলতেন।"

"কই, আমি তো এইসব আবিষ্কারের কথা শুনিনি?"

"খুব গোপন রেখেছিলেন কিনা। সর্বদাই শত্রুপক্ষের চরেরা ঘুরঘুর করত যে। ওই তিনটে সাহেব খুন হল কি এমনি-এমনি? তারাও মতলব নিয়ে এসেছিল। আরও সব আসত। মিশমিশে কালো, চ্যাপটা নাক আর ছোট চোখ-অলা লোক, বাদামি রঙের ঢ্যাঙা চেহারার লোক, বেঁটে বক্কেশ্বর চেহারার লোক। তারা বড় ভাল লোকও ছিল না। একদল তো চিঠি দিয়েছিল, যদি আকাশি জামার গুপ্ত কথা আমাদের না জানান, তো আপনার ছেলে হরিকে চুরি করব।"

"বলো কী?"

"আজ্ঞে একেবারে নিয্যস সত্যি। চুরি করে নিয়ে মেরেই ফেলত বোধহয়। সেই ভয়ে শিবুবাবু শেষ দিকটায় সব লুকিয়ে-টুকিয়ে ফেললেন, জিনিসও আর তেমন বানাতেন না। তবু ওলন্দাজের হাতে প্রাণটা দিতে হল।"

"তার মানে? ওলন্দাজটা আবার কী?"

"আচ্ছা মশাই, আপনার কি খিদে-তেষ্টা নেই নাকি? আপনার না থাক, আমার আছে। যদি অসুবিধে থাকে তো বলুন, আমি না হয় অন্য জায়গায় যাই। তখন থেকে বকে-বকে মুখে ফেকো উঠে গেল।"

হরিবাবু একটু নরম গলায় বললেন, "আচ্ছা বাপু বোসো, তেল পাঠিয়ে দিচ্ছি। ওই দিকে কলাঝাড়ের ওপাশে একটা কুয়ো আছে, চানটান করে নাও গে।"

খুবই চিন্তিতভাবে হরিবাবু ফিরে এলেন ঘরে। বাচ্চা চাকরটাকে ডেকে তেল দিয়ে আসতে বললেন, এক টুকরো সাবানও।

হরিবাবুর স্ত্রী এসে বললেন, "বলি লাটসাহেবটি কে?"

"ইয়ে, বাবার বন্ধু।"

"শ্বশুরমশাইয়ের বন্ধু ওইটুকু একটা ছোঁড়া! তোমার মাথাটা গেছে।"

"ঠিক বন্ধু নয়, ওই শাকরেদ ছিল আর কী।"

"তুমি ঠিক জানো, নাকি মুখের কথা শুনে বিশ্বাস করলে?"

হরিবাবু বিজ্ঞের মতো হেসে বললেন, "খুব চিনি। ছেলেবেলায় কতবার দেখেছি।"

মিথ্যে কথাটা বলে একটু খারাপও লাগছিল হরিবাবুর। তবে না বললেও চলে না। এ বাড়ির কেউ হরিবাবুর বুদ্ধির ওপর ভরসা রাখে না। কিন্তু হরিবাবু জানেন, মাঝেমধ্যে একটু-আধটু গণ্ডগোল পাকিয়ে ফেললেও তিনি বোকা লোক নন।

তাঁর স্ত্রী অবশ্য আর উচ্চবাচ্য করলেন না। আপনমনে হরিবাবুর নির্বুদ্ধিতার নানা উদাহরণ দিতে দিতে রান্নাঘরে চলে গেলেন। হরিবাবু রোদে বসে তেল মাখতে মাখতে হাঁ করে আকাশের দিকে চেয়ে আকাশি জামার কথা ভাবতে লাগলেন। আকাশি জামা হাতে পেলে তাঁর ভারী উপকার হত। পৃথিবীর এইসব গণ্ডগোল এড়িয়ে দিব্যি মেঘের ওপরে গিয়ে বসে কবিতার পর কবিতা লিখে যেতেন।

ভাবতে ভাবতে এমন তন্ময় হয়ে গিয়েছিলেন যে, তেল-মাখা অবস্থাতেই বসে রইলেন। স্নান-খাওয়ার কথা আর মনেই রইল না। মেঘের বিছানায় বসে, মেঘের বালিশে ঠেস দিয়ে কবিতা লিখতে যে কী ভালই না লাগবে! মাঝে-মাঝে মেঘ থেকে আইসক্রিম বানিয়ে খেয়ে নেবেন। তবে তাঁর ভারী সর্দির ধাত, আইসক্রিম সহ্য হবে কি?

কতক্ষণ এইভাবে বসে থাকতেন তা বলা শক্ত। হঠাৎ একটা জোরালো গলা-খাঁকারির শব্দে সচেতন হয়ে ঘাড় ঘুরিয়ে দেখলেন, বেশ তেল-চুকচুকে চেহারা নিয়ে পঞ্চানন্দ দাঁড়িয়ে আছে। গাল-টাল কামানো, ফিটফাট। অমায়িক হেসে বলল, "আজ্ঞে, স্নানের পর খাওয়ারও একটা নিয়ম আছে। তা কবিদের বেলায় কি কোনও নিয়মই খাটে না?"

"কেন, নিয়ম খাটবে না কেন?"

" আপনারা সাধারণ মানুষ নন, কিন্তু খিদে তো পাওয়ার কথা। আমাদের গাঁয়ে ভজহরি কবিয়ালকেও দেখেছি, ঝুড়িঝুড়ি কবিতা লিখে ফেলত লহমায়। তারও কাছাকোছার ঠিক থাকত না, এ পথে যেতে ও পথে চলে যেত, রামকে শ্যাম বলে ভুল করত, ঘোর অমাবস্যায় পূর্ণিমার পদ্য লিখে ফেলত, কিন্তু খিদে পেলে সে একেবারে বক-রাক্ষস। হালুম-খালুম বলে লেগে যেত খাওয়ায়। আপনি যে দেখছি তার চেয়েও ঢের এগিয়ে গেছেন।"

"অ! হ্যাঁ, খাওয়ার একটা ব্যাপার আছে বটে। খিদেও পেয়েছে। ঠিক বুঝতে পারছিলাম না পেটে এ রকম একটা খুটখাট হচ্ছে কেন।"

"কী রকম বলুন তো! রাতের বেলায় ইঁদুর যেমন খুটখাট করে বেড়ায় সে রকম তো?"

"হ্যাঁ হ্যাঁ, অনেকটা সে রকম।"

"তা হলে বলতে নেই আপনার খিদেই পেয়েছে। এবার গা তুলে ফেলুন, নইলে গিন্নিমা আমাদের ব্যবস্থাও করবেন না কিনা। আমারও পেটে ইঁদুরের দৌড়োদৌড়ি লেগে গেছে।"

হরিবাবু খুবই অন্যমনস্কভাবেই স্নান-খাওয়া সেরে নিলেন।

দুপুরবেলায় বিছানায় আধশোয়া হয়ে পিতলের চাবিটা খুব নিবিষ্টমনে দেখলেন ঘুরিয়ে-ফিরিয়ে। তাঁর সন্দেহ হতে লাগল, বাবা তাঁর আবিষ্কার করা জিনিসগুলো কোথাও লুকিয়ে রেখে গেছেন। ঈশান কোণে তিন ক্রোশ দূরে কোথাও। সেখানে এই পিতলের চাবি দিয়ে গুপ্ত দরজা খুলে ফেলতে পারলেই কেল্লা ফতে।

হরিবাবু এখন এইসব ভাবছেন তখন অন্যদিকে পঞ্চানন্দ দুপুরের খাওয়া সেরে বাড়ির চাকরের সঙ্গে গল্প জুড়েছে। চাকর কুয়োতলায় বাসন মাজছিল। পঞ্চানন্দ সেখানে গিয়ে ঘাসের ওপর জেঁকে বসে বলল, "ওফ, কত পাল্টে গেছে সব।"

চাকরটা বলল, "তা আর বলতে! আগে জলখাবারের জন্য পাঁচখানা রুটি বরাদ্দ ছিল, এখন চারখানা। আগে চিনির চা দিত, আজকাল গুড়ের। আর জিনিসপত্রের দাম দ্বিগুণ বাড়লেও বেতন সেই পুরনো রেটে। ওটাই কেবল পালটায়নি।"

পঞ্চানন্দ কথাটা কানে না তুলে বলল, "ত্রিশ বছর আগে যা দেখে গিয়েছিলুম তা আর কিছু নেই। তবে ভূত তিনটে নিশ্চয়ই আছে, না রে?"

"ভূত! তা থাকতে পারে।"

পঞ্চানন্দ মাথা নেড়ে বলে, "আহা, অত হালকাভাবে নিচ্ছিস কেন? যে কোনও ভূতের কথা বলছি না। এ হল তিনটে সাহেব-ভূত। তখন তো খুব দাপাদাপি করে বেড়াত।"

চাকর কাজ থামিয়ে হাঁ করে থেকে বলল, "সাহেব-ভূত! এ বাড়িতে ছিল নাকি?"

"থাকবে না মানে! যাবে কোথায়? ওই কেয়াঝোপের নীচে মাটির তলায় তাদের লাশ চাপা আছে না?"

"সত্যি বলছ?"

"মিথ্যে বলার কি জো আছে রে? নিজের হাতে পুঁতেছি তাদের। ওই পোঁতার পর থেকেই তাদের এখানে-সেখানে রাত-বিরেতে দেখা যায়। দেখিসনি?"

"আমি মোটে দু মাস হল এসেছি। এখনও দেখিনি।"

পঞ্চানন্দ মাথা নেড়ে বলে, "মাঝে-মাঝে দেখা যায় না বটে। বিশেষ করে এই সময়টায় ওরা নিজেদের দেশে বেড়াতে যায় ফিরে এসেই আবার লাগাবে'খন কুরুক্ষেত্র।"

"তিনটে সাহেব খুন হল কী করে?"

পঞ্চানন্দ গলা নামিয়ে বলল, "সে অনেক গোপন কথা।"

চাকরটা একটা দীর্ঘশ্বাস ফেলল। তারপর বলল, "সাহেব-ভূতের কথা জানি না, তবে এ বাড়িতে একটা পাহাড়ি ভূত আছে। বেঁটেখাটো মজবুত চেহারা।"

"বলিস কী?"

"কোমরে অ্যাই বড় ছোরা। দেখবে'খন, যদি থাকো। ওই যে বুড়োকর্তার জাদুইঘর, ওর দাওয়ায় রাত-বিরেতে বসে থাকে এসে।"

কথাটা শুনে পঞ্চানন্দ হঠাৎ যেন কেমন ফ্যাকাসে মেরে গেল।

চার

ন্যাড়া কুস্তিগির বটে, তবে খুব যে সাহসী এমন নয়। কেঁদো কেঁদো চেহারার তার কয়েকজন কুস্তিগির বন্ধু আছে। পিছনের বাগানের একধারে মাটি কুপিয়ে কয়েক টিন তেল ঢেলে মাটি নরম করে হুশহাশ শব্দে তারা সেখানে কুস্তি লড়ে। সকলেরই মাথার চুল ছোট করে ছাঁটা। সেইজন্য তাদের বলা হয় ন্যাড়ার দল। সপ্তাহে একদিন গজ পালোয়ান এসে কুস্তির নানারকম কূট-কৌশল তাদের শেখায়। গজ পালোয়ান ঠিক পেশাদার কুস্তিগির নয়। একটু সাধু-সাধু ভাব আছে। কৌপীন পরে এবং সারা বছর শীতে গ্রীষ্মে আদুর গায়ে থাকে। ইদানীং মাথায় একটু জট দেখা দিয়েছে। স্বাস্থ্য এমন কিছু সাংঘাতিক নয়। লম্বা ছিপছিপে গড়ন। বয়সও তেমন বেশি বলে মনে হয় না। তবে মুখে কালো দাঁড়িগোঁফের জঙ্গল থাকায় বয়স অনুমান করা শক্ত। বছর-দেড়েক আগে শহরের পূর্ব প্রান্তে চক সাহেবের পোড়ো বাংলো বাড়ির উলটোদিকে রাস্তার ধারে গজ পালোয়ানকে রক্তাপ্লুত অবস্থায় পড়ে থাকতে দেখা যায়। তখনও পরনে কৌপীন, পায়ে খড়ম। অচেনা লোককে ওই অবস্থায় পড়ে থাকতে দেখে লোকে ধরাধরি করে এনে হাসপাতালে ভর্তি করে দেয়। সুস্থ হয়ে ওঠার পর পুলিশ তাকে অনেক জিজ্ঞাসাবাদ করেও পেটের কথা বের করতে পারেনি। গজ পালোয়ান কোথা থেকে এসেছে, কে তাকে ছোরা মারল, এসব এখনও রহস্যাবৃত। তবে সেই থেকে গজ পালোয়ান এই শহরেই রয়ে গেছে। চক সাহেবের বাগানবাড়িতেই তার আস্তানা। সাধু গোছের রহস্যময় লোককে দেখলেই বহু মানুষের ভক্তিভাব দেখা দেয়। গজের ক্ষেত্রেও তাই ঘটেছে। লোকে অযাচিত হয়ে এসে চালটা ডালটা দিয়ে যায়, প্রণামীও পাওয়া যায় কিছু। সম্ভবত তাইতেই গজ পালোয়ানের চলে যায়।

গজ পালোয়ানের আস্তানায় ক্রমে ছেলে-ছোকরারাও জুটতে শুরু করল। গজ তাদের কাউকে কুস্তি শেখায়, কাউকে লাঠি বা ছোরা খেলা শেখায়, কাউকে শেখায় ম্যাজিক। যার যেরকম ধাত। ফলে শহরের ছেলে-ছোকরাদের এখন সময় কাটে মন্দ নয়। গজকে গুরুদক্ষিণা হিসেবে তারাও কিছু-কিছু দেয়। ন্যাড়া গজ পালোয়ানের অন্ধ ভক্ত।

ডন বৈঠক, নানারকম ব্যায়াম আর আসন এবং সেই সঙ্গে কুস্তি লড়ে ন্যাড়ার চেহারাটাও হয়েছে পেল্লায়। সারা গায়ে থানা থানা মাংস কে যেন ঘুঁটের মতো চাপড়ে দিয়েছে। কাউকে চেপে ধরলে দম বন্ধ হবে নির্ঘাত। কিন্তু পালোয়ান ন্যাড়াকে বীর বলা যাবে কিনা সন্দেহ। বাড়িতে চোর এলে ন্যাড়ার নাকের ডাক তেজালো হয়ে ওঠে। পাড়ায় মারপিট লাগলে ন্যাড়া মাথাধরার নাম করে বিছানা নেয়।

আজ ছুটির দিন ন্যাড়া সারা সকাল খুব কুস্তি লড়েছে। দুপুরে সেরটাক মাংস, ছ-টুকরো মাছ, আধসের পোলাও সাবড়ে উঠে বেশ তৃপ্ত বোধ করে নিজের ঘরে বসে আয়নায় ল্যাটিসমাসের খেলা দেখছিল। হ্যাঁ, তার ল্যাটিসমাস বেশ ভালই। হাত

দুখানা তার মুগুরের মতোই মজবুত। একখানা পাথরের চাঁইয়ের মতো বুক। আয়নায় নিজের চেহারা দেখতে দেখতে ন্যাড়া একেবারে মুগ্ধ হয়ে গেল। এত মুগ্ধ যে, ভেজানো দরজা ঠেলে ঘরে যখন একটা লোক নিঃশব্দে ঢুকল তখন সে টেরও পেল না।

লোকটা নিঃশব্দে দাঁড়িয়ে কিছুক্ষণ ন্যাড়ার মাসলের খেলা দেখে আপনমনেই বলে উঠল, "উরে বাস রে, এ যে দেখছি সাতটা বাঘে খেয়ে শেষ করতে পারবে না।"

এমন চমকানো ন্যাড়া বহুকাল চমকায়নি। বুকের ভিতর প্রথমেই তার হৃৎপিণ্ডটা একটা ব্যাঙের মতো লাফ মারল। তারপর একটা লাফের পর ব্যাঙ যেমন অনেকক্ষণ থেমে থাকে তেমনি থেমে রইল। ন্যাড়ার ঘাড় শক্ত হয়ে গেল, হাত পা অসাড় হয়ে গেল, শরীর ঠাণ্ডা হয়ে গেল বরফের মতো। গলা দিয়ে দুর্বোধ একটা শব্দ বেরিয়ে এল, 'ঘোঁক! ঘোঁক!'

লোকটা ন্যাড়ার জলে-পড়া মুখচোখ আয়নার ভিতর দিয়ে দেখতে লাগল। তারপর একগাল হেসে বলল, "দিব্যি খেলিয়ে তুলেছেন তো শরীরখানা। একেবারে কোপানো খেত, এখানে-সেখানে চাপড়া উলটে আছে। আহা, এই গন্ধমাদন দেখলে শিবুবাবু বড় খুশি হতেন।"

ন্যাড়া পলকহীন চোখে আয়নার ভিতর দিয়ে লোকটাকে দেখছিল। আসলে সে দেখতে চাইছিল না। কিন্তু চোখ বুজে ফেলার চেষ্টা করে সে টের পেল, চোখের পাতাও অবশ হয়ে গেছে। তাই বাধ্য হয়েই সে চেয়ে ছিল। এরকম ফটফটে দিনের আলোয় ভুত-প্রেত বা চোর-ডাকাতদের হানা দেওয়ার কথা নয়। কিন্তু দিনকাল যা পড়েছে তাতে ভরসারও তো কিছু নেই। এই যে দিব্যি দুপুরবেলা আস্ত একখানা উটকো ভূত তার ঘরে নেমে এসেছে এরই বা কী করা যাবে?

ভূত নাকি খোনা সুরে কথা বলে। কিন্তু এখন ভয়ের চোটে ন্যাড়ার গলা থেকেই খোনা স্বর বেরিয়ে এল, 'আঁমার যেঁ বড়ঁ শীত কঁরছেঁ! আঁমি যে কেঁমন ভঁয়-ভঁয় পাঁচ্ছি। এঁরে বাঁবাঁ রেঁ!"

লোকটা শশব্যস্তে এগিয়ে এসে ন্যাড়ার পিঠে হাত বুলিয়ে দিয়ে বলল, "এঃ, খোকাবাবু এঃ খোকাবাবু, ঠিক সেই ছোটবেলাটির মতোই ভয় পাও দেখছি। এঃ মা, দ্বৈপায়নকে ভয় কি খোকা? তোমাকে পিঠে নিয়ে কত ঘুরেছি, মনে নেই? সেই যে যখন এইটুকুন ছিলে, ঝুমঝুমি বাজাতে, মনে নেই?"

ন্যাড়ার ঘাড় একটু নরম হল। সে লোকটার দিকে হতভম্বের মতো চেয়ে বলল, "আপনি কে?"

লোকটা মাথা চুলকে বলে, "এই তো মুশকিলে ফেললে! লোকে যখন জিজ্ঞেস করে 'আপনি কে', তখনই আমি সবচেয়ে বিপদে পড়ে যাই। আমি লোকটা যে আসলে কে তা আজকাল আমি নিজেই ঠাহর করতে পারি না, তবে শিবুবাবু আমাকে খুব চিনতেন।"

ন্যাড়া বড় একটা শ্বাস ফেলে বলল, "আপনি আমার পিলে চমকে দিয়েছেন।"

লোকটা মাথা চুলকে একটু লজ্জার হাসি হেসে বলল, "তা চমকানো জিনিসটা

ভাল। মাঝে-মাঝে চমকালে মানুষের বাড় খুব তাড়াতাড়ি হয়। গাঁয়ের দেশে দেখবে পুকুরে বেড়াজাল ফেলে মাছ ধরা হয়, তারপর ফের সেগুলোকে জলে ফেলে দেওয়া হয়। ওই যে ধরা হয় তাতে মাছ খুব চমকে গিয়ে তাড়াতাড়ি বেড়ে গিয়ে পেল্লায় সাইজের হয়ে দাঁড়ায়।"

ন্যাড়া নিশ্চিন্ত হয়ে তার ডানহাতের বাইসেপটা বাঁ হাত দিয়ে একটু পরীক্ষা করে নিয়ে বলে, "ঠিক কথা তো?"

"আজ্ঞে চারুদত্তর কথা মিথ্যে হয় খুব কম।"

"চারুদত্ত! সে আবার কে?"

"কেন, আমি! নামটা ভাল নয়?"

"এই যে বললেন আপনার নাম দ্বৈপায়ন!"

"বলেছি? বুড়ো বয়সে মাথাটাই গেছে। আমার ঠাকুর্দারও মাথার দোষ ছিল। রাস্তায় বেরিয়ে যাকে-তাকে কামড়াতেন। সেই দোষটাই বর্তেছে আমার ওপর। না না, ভয় পেয়ো না খোকা। তোমাকে আমি কামড়াব না। আমার নাম দ্বৈপায়নও বটে, চারুদত্তও বটে। আরও কয়েকটা আছে, সব মনে পড়বে ধীরে ধীরে। তা, বলছিলাম কী, শিবুবাবুর যে ছেলে পুলিশে চাকরি করে, সে কোথায়?'

"সেজদা! সেজদা তো সেই কুমড়োডাঙায়।"

"অনেকটা দূর নাকি?"

"হাঁ, যেতে দেড় দিন লাগে। চারটে খাল পেরোতে হয়।"

"বাঃ বাঃ। খবরটা ভাল। তা খোকা, তোমাদের বন্দুক-টন্দুক নেই? শিবুবাবুর আমলে কিন্তু ছিল।"

"আছে, কিন্তু ব্যবহার হয় না।"

"খুব ভাল, খুব ভাল। বন্দুক বড় ভাল জিনিসও নয়। ওসব বিদেয় করে দেওয়াই ভাল। তা তুমিই বুঝি কুস্তিগির?"

"হ্যাঁ।"

"বাঃ বেশ। এরকমই চাই। তা সময়মতো দু-একটা প্যাঁচ-ট্যাঁচ শিখিয়ে দেব'খন।"

"আমি গজ পালোয়ানের কাছে শিখি।"

"গজ পালোয়ান! সে আবার কে?"

"ওই যে চক সাহেবের বাড়িতে যার আখড়া।"

কথাটা শুনে লোকটার মুখটা একটু কেমন যেন অন্যরকম হয়ে গেল।

পাঁচ

ন্যাড়াকে আর বিশেষ ঘাঁটাঘাঁটি করল না পঞ্চানন্দ। কয়েক মিনিটেই সে বুঝে নিয়েছে ন্যাড়া কীরকম লোক। তাই সে বলল, "তা বেশ ছোটবাবু, কুস্তিটুস্তি খুব ভাল জিনিস। তুমি বরং বসে বসে তোমার মাসল-টাসল দ্যাখো।" পঞ্চানন্দ বেরিয়ে এসে বাড়িটার এদিক-সেদিক সতর্ক পায়ে ঘুরে বেড়াতে লাগল। বলতে নেই বাড়িটা বেশ

বড়ই। একতলা দোতলা মিলিয়ে অনেকগুলো ঘর। বড় বড় বারান্দা। চাকর-বাকরদের থাকার জন্য বাড়ির হাতার মধ্যেই আলাদা ঘর আছে। দেখেশুনে পঞ্চানন্দ খুশিই হল। ঘরদোরের চেকনাই দেখে স্পষ্ট বোঝা যায় যে, এদের বেশ পয়সাকড়ি আছে। এরকমটাই আশা করেছিল সে।

ঘুরতে ঘুরতে একতলার একখানা ঘরে ঢুকে পড়ল পঞ্চানন্দ। সেই ঘরে ওস্তাদ খৈয়াম খাঁয়ের ছবির সামনে জরিবাবু ধ্যান করছিলেন তখন। বিকেলের রেওয়াজ শুরু করার আগে গুরুর ছবির সামনে একটু ধ্যান তিনি রোজই করেন। তারপর তানপুরাটাকে প্রণাম করে তুলে নেন। শুরু হয় সুরের খেলা।

খৈয়াম খাঁ লখনউতে থাকেন। রগচটা বুড়ো মানুষ। বিশেষ কাউকে পাত্তা দেন না। যে সব শিষ্যকে গানবাজনা শেখান, তারা তাঁকে যমের মতো ডরায়, আবার ভক্তিও করে। তাঁর চেহারাটা দেখবার মতো। বিশাল যমদূতের মতো পাকানো গোঁফ, মাথায় মস্ত পাগড়ি, গায়ে গলাবন্ধ কোট। চেহারাটা রোগাটে হলেও বেশ শক্তপোক্ত। চোখ দুখানা ভীষণ রাগি-রাগি। তার ফোটোর চোখের দিকে তাকালেও একটু ভয়-ভয় করে। শোনা যায় একসময় খৈয়াম খাঁ ডাকাতি করে বেড়াতেন। মানুষ-টানুষ মেরেছেনও মেলা। একবার পুলিশের তাড়া খেয়ে এক বাড়ির দোতলা থেকে লাফ মারতে গিয়ে ঠ্যাং ভেঙে যায়। ভাঙা ঠ্যাং নিয়েই পালিয়ে যান অদম্য ইচ্ছাশক্তির বলে। তারপর মাসচারেক পায়ে প্লাস্টার বেঁধে ঘরে শয্যাশায়ী ছিলেন। তখন সময় কাটানোর জন্য গান ধরেন এবং খুব অল্প সময়ের মধ্যেই গায়ক হয়ে ওঠেন। খৈয়াম খাঁ এতই উঁচুদরের ওস্তাদ যে, সুর দিয়ে তিনি প্রায় যা খুশি তাই করতে পারেন বলে একটা কিংবদন্তি আছে। শব্দের যে শক্তি আছে বলে বৈজ্ঞানিকরা বিশ্বাস করেন, তার নাকি সাক্ষাৎ প্রমাণ খৈয়াম খাঁয়ের গান। একদিন নাকি খৈয়াম খাঁ সকালবেলায় তাঁর বাড়ির ছাদে দাঁড়িয়ে পোষা পায়রা ওড়াচ্ছিলেন। সেই সময়ে একটা বাজপাখি তাঁর একটা পায়রাকে তাড়া করে। খৈয়াম খাঁ শুধু একটা তান ছুড়ে দিলেন আকাশে। সেই শব্দে বাজপাখিটা কাটা ঘুড়ির মতো লাট খেতে খেতে পড়ে গেল। আর একবার একটা বন্ধ দরজার তালা খোলা যাচ্ছিল না। খৈয়াম খাঁ দরজার সামনে দাঁড়িয়ে শুধু গুনগুন করে সুর ভাঁজলেন। ব্যস, সঙ্গে সঙ্গে তালা কড়াত করে খুলে গেল। এমনও শোনা যায় খৈয়াম খাঁর রেওয়াজের সময় নাকি রাজ্যের ভূত-প্রেত এসে চারদিকে ঘিরে বসে হাঁ করে গান শোনে। তাদের দেখা যায় না বটে, কিন্তু গায়ের বোঁটকা গন্ধ পাওয়া যায়।

এহেন খৈয়াম খাঁর শিষ্য বলেই জরিবাবুরও গানের ওপর অগাধ বিশ্বাস। তিনি জানেন ঠিকমতো ঠিক জায়গায় ঠিক সুর লাগাতে পারলে যে কোনও অসাধ্য সাধন করা সম্ভব। প্রায় সময়েই তিনি একটা নেবানো মোমবাতি সামনে নিয়ে বসে রেওয়াজ করেন। কোনওদিন সুরের আগুনে মোমটা দপ করে জ্বলে উঠবে বলে তাঁর দৃঢ় বিশ্বাস। গান গেয়ে তিনি জানালার কাচের শার্সি ফাটিয়ে দেওয়ারও চেষ্টা করেছেন। জরিবাবু জানেন এই বাড়িতে ভূত আছে। তিনি না দেখলেও ঝি-চাকরেরা বহুবার দেখেছে। গান গাওয়ার সময় প্রায়ই তিনি অনুভব করার চেষ্টা করেন ভূতেরা গান

শুনতে এসেছে কি না। আজও তেমন কিছু স্পষ্টভাবে অনুভব করেননি। হয়তো এ বাড়ির ভূতেদের গানে তেমন আগ্রহ নেই। তবে আগ্রহ তিনি জাগিয়ে তুলবেনই। নিষ্ঠার সঙ্গে চেষ্টা চালিয়ে গেলে যে মোমবাতিও জ্বলবে, শার্সিও ফাটবে এবং ভূতও আসবে, এই বিশ্বাস তাঁর আছে।

আজ গুরুর ছবির সামনে ধ্যান করতে-করতে জরিবাবু যেন স্পষ্টই খৈয়াম খাঁকে দেখতে পাচ্ছিলেন। এরকম মাঝে-মাঝে পান। ধ্যানে কথাবার্তাও হয় তাঁদের। আজ জরিবাবু ধ্যানে দেখলেন খৈয়াম খাঁ বিকেলে তাঁর বাড়ির সামনের বাগানে পায়চারি করছেন। করতে করতে একটা গোলাপ গাছের সামনে দাঁড়ালেন। গাছটার অনেক কুঁড়ি হয়েছে, তবে একটাও ফোটা ফুল নেই। খৈয়াম খাঁ গাছটার সামনে দাঁড়িয়ে গুনগুন করে একটা সুর ভাঁজলেন। অমনি ফটাফট কুঁড়িগুলো ফুটে মস্ত মস্ত গোলাপফুল হয়ে হাসতে লাগল। খৈয়াম খাঁ জরিবাবুর দিকে চেয়ে বললেন, "সুর মে রগড়ো, সুর মে মরো। বুঝলি ব্যাটা, সুরের পিছনে অসুরের মতো লেগে থাকতে হয়, সুরই সিঁড়ি, সুরই সড়ক, সুরই সম্পদ। বুঝলি?"

"জি হাঁ, খাঁ সাহেব।"

"রেওয়াজ করতে করতে গলা দিয়ে রক্ত উঠবে, তবু ছাড়বি না। মাথা ঘুরে পড়ে যাবি, ভিরমি খাবি, খিদে পাবে, তবু রেওয়াজ ছেড়ে উঠবি না। আমি একসময়ে দিনে আঠেরো ঘণ্টা রেওয়াজ করেছি, জানিস?"

"জানি খাঁ সাহেব।"

"তবে শুরু করে দে। সুরের ফুল ফুটিয়ে দিয়ে যা দুনিয়ায়। গান গাইবি এমন যে, মড়ার দেহে পর্যন্ত প্রাণসঞ্চার হয়ে যাবে।"

ভক্তিভরে গুরুদেবকে প্রণাম করে জরিবাবু ধ্যান শেষ করে তানপুরাটা তুলে নিলেন। তারপর পূরবীতে ধরলেন তান। আজ গলায় যেন আলাদা মেজাজ লেগেছে। খুব সুর খেলছে।

চোখ বুজে গাইতে গাইতে হঠাৎ তাঁর গায়ে কাঁটা দিল। কেমন যেন শিরশির করতে লাগল ঘাড়ের কাছটা। তিনি একটা গন্ধ পাচ্ছেন। চেনা গন্ধ নয় অচেনা গন্ধ। ঠিক বোঁটকা গন্ধ বলা যায় না, কিন্তু বোঁটকা কথাটাও তো গোলমেলে। বোঁটকা বলতে ঠিক কোন গন্ধটাকে বোঝায়, তাই বা কজন বলতে পারে? তার ওপর সব ভূতের গায়ে কি আর একরকমের বোঁটকা গন্ধ হবে? হেরফের হবে না?

গাইতে-গাইতে বড় করে একটা শ্বাস নিলেন। না, কোনও ভুল নেই। একটা অদ্ভুত গন্ধ। সন্দেহ নেই, গানের টানে অদৃশ্যের জগৎ থেকে কেউ একজন এসেছে। একজন? না একাধিক?

চোখ খুলতে ঠিক সাহস হল না জরিবাবুর। মানুষটা তিনি খুব সাহসীও নন। ভূতপ্রেতকে ভয় পান। ভূতেরা তাঁর গান শুনুক এটা তিনি চান বটে, কিন্তু তারা একেবারে চোখের সামনে এসে হাজির হোক এটা তাঁর মোটেই পছন্দ নয়। ভূত ভূতের মতোই থাকবে, আড়ালে-আবডালে। চক্ষুলজ্জা বজায় রেখে।

খুব সাবধানে জরিবাবু তান ছাড়তে ছাড়তে বাঁ চোখ বন্ধ রেখে ডান চোখটা

সিকিভাগ ফাঁক করলেন। ঘরের মধ্যে সন্ধের অন্ধকার বেশ ঘনিয়ে উঠেছে। শব্দসাধনা করার জন্য ঘরের জানালা সব কটকটে আঁটা বলে আরও অন্ধকার লাগছে। জরিবাবু তান ছাড়তে-ছাড়তে কোনাচে দৃষ্টিতে চারদিকটা দেখার চেষ্টা করলেন। প্রথমটায় কিছু দেখতে পেলেন না। তারপর হঠাৎ চোখে পড়ল দরজার দিকে একটা আবছায়া মূর্তি।

জরিবাবুর গলায় পূরবীতে হঠাৎ কাঁপন লাগল।

সে এমন কাঁপন যে, সুরটা পূরবী ছেড়ে হঠাৎ বেসুরো হয়ে তারসপ্তকে চড়ে বসল। কিছুতেই সেখান থেকে নামে না। জরিবাবুর হাত কাঁপতে লাগল, পা কাঁপতে লাগল, গলা কাঁপতে লাগল। এবং তারপর তিনি টের পেলেন গলা দিয়ে সুর নয়, কেবল "ভূ...ভূ...ভূ" শব্দ বেরিয়ে আসছে।

ভূতটা হঠাৎ নড়ে উঠল। তারপর মাথা নেড়ে বলল, "না গো মশাই, হচ্ছে না। গলায় জোয়ারি ছিল ভালই, কিন্তু সুরটা কেটে গেল।"

জরিবাবুর অবশ হাত থেকে তানপুরাটা ঝনাত করে পড়ে গেল। কাঁদো-কাঁদো গলায় বললেন, "আর হবে না।"

"কী হবে না?"

"আর কখনও গাইব না।"

"সে কী! গাইবেন না কেন? গান তো ভাল জিনিস। মন ভাল থাকে, ফুসফুস ভাল থাকে, গলার ব্যায়াম হয়। গাইবেন না কেন? খুব গাইবেন। আমাদের গাঁয়ের করালী ওস্তাদ এমন গান গাইত যে, আশেপাশের সাতটা গাঁয়ে কখনও চোর আসত না। গান ভারী উপকারী জিনিস।"

জরিবাবু কেমন যেন ক্যাবলার মতো খানিক লোকটার দিকে চেয়ে রইলেন। তাঁর মনে হতে লাগল, এই ভূতটা যথার্থ ভূত নাও হতে পারে, হয়তো চোর।

চোরকে জরিবাবু যথেষ্ট ভয় পান। গলা-খাঁকারি দিয়ে তিনি একটু ধাতস্থ হওয়ার চেষ্টা করে বললেন, "আপনি কোনটা?"

"আজ্ঞে, তার মানে?"

"মানে ইয়ে, আপনি ভূত না চোর?"

পঞ্চানন্দ এই কথায় দাঁত বের করে খুব একচোট হাসল। তারপর ঘাড়টাকে চুলকে ভারী লজ্জার ভাব দেখিয়ে বলল, "আজ্ঞে বোধহয় দুটোই।"

"তার মানে?"

"আজ্ঞে ভূতেরা কি কেউ কখনও চোর ছিল না? নাকি চোরেরাই কেউ কখনও মরে ভূত হয় না?"

"ছিল। হয়।"

"তা হলে? আমি ভূতও বটি, চোরও বটি।"

"দুটোই?"

পঞ্চানন্দ ঘাড় হেলিয়ে নির্বিকার মুখে বলল, "দুটোই। তবু বলি মশাই, সন্দেহও একটু আছে। বছর কুড়ি আগে ত্রিশূল পর্বত থেকে নামবার সময় বরফের উপর দিয়ে

পিছলে তিন হাজার ফুট গভীর এক খাদে পড়ে গিয়েছিলাম। আমারই দোষ। বঙ্কুবাবু বারবার সাবধান করে দিয়েছিলেন, ওরে পঞ্চানন্দ, তোকে যে চৌম্বক খড়মজোড়া দিয়েছি, সেটা ছাড়া কখনও বেরোসনি, পিছলে যাবি। তা তাড়াহুড়োয় সে কথা ভুলে খালি পায়ে বেরিয়ে ওই বিপত্তি। সাতদিন জ্ঞান ছিল না। পরে জ্ঞান-টান ফিরল, খাদ থেকে হাঁচোড়পাঁচোড় করে উঠেও এলাম। কিন্তু যে আমি উঠে এলাম, সে আসলে পঞ্চানন্দ না পঞ্চানন্দের ভূত, তা মাঝে-মাঝে ঠিক করতে পারি না মশাই। এমনও হতে পারে যে, খাদে পড়ে আমি অক্কা পেয়েছিলাম আর আমার ভূতটা উঠে এসেছে। আর চোর কি না? মশাই, আমি লুকোব না আপনার কাছে, হাতটান দোষ আমার বহুদিনের।”

জরিবাবু কী বলবেন তা বুঝে উঠতে পারছিলেন না। তবে দুর্বল গলায় একবার ডাকলেন, “ওরে ন্যাড়া, এদিকে আয়।”

“ন্যাড়া! ন্যাড়ার অবস্থা আপনার চেয়েও খারাপ। একটু আগে দেখে এসেছি শয্যা নিয়েছেন।”

ছয়

জরিবাবু ক্ষীণ গলায় বললেন, “তা হলে উপায়?”

“কীসের উপায় খুঁজছেন খোলসা করে বলে ফেলুন, উপায় বাতলে দেব। পঞ্চানন্দ থাকতে উপায়ের অভাব কী? আপনার বাবাকেও কত উপায় বাতলে দিয়েছি। পাগল-ছাগল মানুষ, কখন কী করে বসেন তার ঠিক নেই। মাঝে-মাঝে বিপাকেও পড়ে যেতেন খুব। একবার তো কী একটা ওষুধ বানিয়ে খেয়ে বসেছিলেন। আমি তাঁর জাদুইঘরের বারান্দায় শুয়ে আছি। নিশুত রাত্রি। হঠাৎ ‘হাউরে মাউরে’ চেঁচানি শুনে কাঁচা ঘুম ভেঙে ধড়মড় করে উঠে বসেছি। তারপর দৃশ্য দেখে চোখ চড়কগাছ। কী দেখলাম জানেন? সামনে ধুতি পাঞ্জাবি পরা একটা লোক।”

জরিবাবু হাঁ করে শুনছিলেন, এবার নিশ্চিন্তির শ্বাস ফেলে বললেন। “লোক! যাক বাবা, আমি ভাবলাম বুঝি...”

পঞ্চানন্দ মাথা নেড়ে বলল, “উহুঁ, অত নিশ্চিন্ত হবেন না। লোক বলেছি বলেই কি আর লোক। এমন লোক কখনও দেখেছেন যার মুণ্ডু নেই, হাত নেই, পা নেই, চোখ চুল নখ কিছু নেই, তবু লোকটা আছে?”

“আজ্ঞে না।”

“মাঝরাতে আমি উঠে যাকে দেখলাম তারও ওই অবস্থা। তার গলার স্বর শুনছি, ধুতি-পাঞ্জাবি দেখতে পাচ্ছি, কিন্তু লোকটা গায়েব। কিছুক্ষণ মশাই, আমার হাতেপায়ে সাড় ছিল না। তারপর গলার স্বর শুনে আর পাঞ্জাবির বুকপকেটের ছেঁড়াটা দেখে বুঝতে পারলাম যে, অদৃশ্য লোকটা আসলে শিবুবাবু, আপনার স্বর্গত পিতামশাই।”

“বলেন কী?”

"যা বলছি স্রেফ শুনে যান। বিশ্বাস না করলেও চলবে, তবে কিনা ঘটনাটা নির্জলা সত্যি। শিবুবাবু তো আমার হাত জাপটে ধরে কাঁদতে কাঁদতে বললেন, 'ওরে পঞ্চু। তুই না বাঁচালে আর আমার রক্ষে নেই। সলিউশন এ এন ফর্টি খেয়ে এই দ্যাখ আমার অবস্থা। স্রেফ গায়েব হয়ে গেছি, আয়নায় ছায়া পড়ছে না, নিজেকে হারিয়ে ফেলেছি। একটু খুঁজে দে বাবা। ওরে আমি আছি তো!"

"বটে!"

"তবে আর বলছি কী? আমি ঠাহর করে করে বাবুর মাথাটা খুঁজে হাত বুলিয়ে বললাম, 'অত চেঁচামেচি করবেন না। লোক জড়ো হয়ে যাবে, ঠাণ্ডা হয়ে বসুন, আমার মাথায় ফন্দি এসে গেছে।' তারপর কী করলাম জানেন?"

"কী করলেন?"

"বলছি, তার আগে বেশ ভাল করে একটা পান খাওয়ান দেখি। কালোয়াতরা শুনেছি গলা সজুত রাখতে পান আর জর্দা খায়। তা আপনার বেশ ভাল জর্দা আছে তো?"

জরিবাবু এবার অনেকটা স্বাভাবিক গলায় বললেন, "আছে।"

"লাগান একখানা জম্পেশ করে।"

জরিবাবুর হাত এখনও কাঁপছে। তবু পেতলের বাটা থেকে এক খিলি সাজা পান আর জর্দা পঞ্চানন্দকে দিয়ে নিজেও এক খিলি খেলেন। বললেন, "তারপর?"

পঞ্চানন্দ জরিবাবুর পিতলের পিকদানিতে পিক ফেলে কিছুক্ষণ আরামে চোখ বুজে পানটা চিবিয়ে নিমীলিত চোখে বলল, "ফন্দিটা এমন কিছু নয়। ওর চেয়ে ঢের বেশি বুদ্ধি আমাকে খেলাতে হয়। করলাম কী, সেই রাতের মতো শিবুবাবুকে ঘুম পাড়িয়ে রেখে পরদিন সকালেই বাজারে গিয়ে খানিকটা তেলরং কিনে আনলাম। তারপর শিবুবাবুর হাতে-পায়ে-মুখে খুব যত্ন করে রং লাগাতেই ফের আসল মানুষটা ফুটে উঠল। বলতে নেই, আপনার বাবামশাই বেশ কালোই ছিলেন। আমি এক পোঁচ ফর্সা করে দিলাম। একটা মুশকিল হল, চোখে আর রং লাগাতে পারি না। তাই একজোড়া পরকলা পরিয়ে দিতে হল। দিব্যি দেখাত। তাই বলছিলাম, পঞ্চানন্দ থাকতে উপায়ের অভাব?"

জরিবাবু হাঁ করে শুনতে শুনতে জর্দাসুদ্ধ পিক গিলে ফেলে হেঁচকি তুলতে তুলতে বললেন, "বাবাকে রং করলেন?"

"তবে আর বলছি কী? কেন, টের পাননি আপনারা? শিবুবাবুর গায়ের রংটা ছিল আদতে তেলরং।"

"আর কখনও ওরিজিন্যাল চামড়া ফুটে ওঠেনি?"

"তাই ওঠে? সলিউশন এ এম ফর্টি বড় সাংঘাতিক জিনিস। তবে উপকারও হত। একবার রহিম শেখ পড়ল একটা মিথ্যে খুনের মামলায়। লোকটা ভাল, সাতচড়ে রা নেই। তবু কপাল খারাপ। এসে শিবুবাবুর হাত জাপটে ধরল, শিবু, বাঁচাও।' তখন শিবুবাবুর অগতির গতি ছিলাম আমি। উনি এসে আমাকে বললেন, 'রহিম আমার ছেলেবেলার বন্ধু রে পঞ্চু, একটা উপায় কর।' আমি তখন দিলাম সলিউশন এ এম

ফর্টি এক চামচ ঠেসে। রহিম শেখ গায়েব হয়ে গেল। দিব্যি খায় দায়, ফুর্তি করে বেড়ায়, পুলিশের নাকের ডগা দিয়ে ঘোরে, পুলিশ রহিম শেখকে খুঁজে-খুঁজে ওদিকে নাচার হয়ে পড়ে। সে ভারী মজার ঘটনা। তা এ রকম আরও কিছু কিছু এখনও আছে। কখনও অশরীরী গলার আওয়াজ পান না?"

জরিবাবু আঁতকে উঠলেন। তারপর চারপাশটা সন্দিগ্ধ চোখে একটু দেখে নিয়ে বললেন, "ঠিক মনে পড়ছে না।"

"একটু চেপে মনে করার চেষ্টা করুন। এখনও দু-চারজন ঘোরাফেরা করে। একটু আগে আপনার ঘরে ঢোকার মুখেই কার সঙ্গে যেন একটা ধাক্কা লাগল। ব্যাটাকে ধরতে পারলাম না। আমাকে দেখেই পালিয়ে গেল। তবে আছে তারা।"

"ওরে বাবা! ধাক্কাও দেয়?"

পঞ্চানন্দ খুব হাসল। পানের পিক ফেলে বলল, "ধাক্কা তো ভাল জিনিস। ইচ্ছে করলে কত কী করতে পারে। আপনাকে পছন্দ হল না তো গলাটাই রাত্তিরে নামিয়ে দিয়ে গেল, কি তানপুরার তারগুলো ছিঁড়ে তবলা ফাঁসিয়ে রেখে গেল। কেউ তো আর তাদের ধরতে পারছে না।"

"তা হলে কী হবে?"

"এর জন্য আপনার বাবাই দায়ি। ওষুধটা পরীক্ষা করতে যাকে-তাকে ঘরে এনে খাইয়ে দিতেন। লোকগুলো ভাল কি মন্দ তা খুঁজে দেখতেন না। তাই রহিম শেখের মতো ভাল লোকও যেমন আছে তেমনি কালু-গুণ্ডা, নিতাই-খুনে, জগা-চোরেরও অভাব নেই। কখন যে কী করে বসে তারা!"

"ওরে বাবা!"

"তবে আপনি ভয় পাবেন না। পঞ্চানন্দ তো আর ঘোড়ার ঘাস কাটে না। তার কাছেও জড়িবুটি আছে। শিবুবাবু আমাকে একটা দোরঙা কাচের চশমা দিয়ে গেছেন। পাঁচজনের হাতে দেওয়া বারণ। তবে সেই চশমা চোখে দিলেই আমি অদৃশ্য লোকগুলোকে পরিষ্কার দেখতে পাই। আমি থাকতে চিন্তা নেই।"

"আপনি থাকবেন তো?"

"দেখি ক'দিন থাকতে পারি। হিমালয়ও বড় ডাকছে। দেখি কতদিন মনটাকে বেধে রাখতে পারি।"

জরিবাবু পানের বাটাটা এগিয়ে দিয়ে বললেন, "আর একটা পান ইচ্ছে করুন।"

"করলাম, আহা বেশ পান। সেই কাশীতে থাকতে একবার রাজা ললিতমোহন খাইয়েছিল। বড় মিঠে আর মোলায়েম পাতা।"

"আমি আপনাকে রোজ খাওয়াব।"

পঞ্চানন্দ মাথা নেড়ে বলল, "সে হবে'খন। তা ইদিকে শীতটাও পড়েছে এবার জেঁকে, ইয়ে, আপনার বেশ নরম কম্বল-টম্বল নেই? একখানা ধার পেলে হত।"

"হ্যাঁ আছে। নেবেন?"

"ধার হিসেবে। জাদুইঘরের বারান্দাতেই তো শুতে হবে রাতে। ঠাণ্ডা লাগবে।"

জরিবাবু শশব্যস্তে বলেন, "তা কেন, আমার পাশের ঘরখানাই তো এমনি পড়ে

থাকে। আপনি বাবার বন্ধু, থাকবেন, সে তো সৌভাগ্য আমাদের। তবে আপনার কথায় মনে পড়ল, কিছুদিন আগে সন্ধেবেলায় পিছনের উঠোনে ঘুরে ঘুরে একটু সুর তৈরি করার সময় হঠাৎ যেন আমার গায়েও কে একটু আলতো করে ধাক্কা মেরেছিল।"

"অ্যাঁ?"

"আজ্ঞে হ্যাঁ, তখন মনে হয়েছিল মনের ভুল। কিন্তু এখন বুঝতে পারছি ব্যাপারটা তা নয়। আরও কথা আছে..."

"অ্যাঁ! কী সর্বনাশ!"

"সেদিন সকালে রেওয়াজের সময় কিছুতেই রেখাবটা লাগাতে পারছিলাম না। হঠাৎ কানের কাছে কে যেন গলা খেলিয়ে সুরটা ধরিয়ে দিল। তখন মনে হয়েছিল, গলাটা বোধ হয় খৈয়াম খাঁয়ের। তা যে নয়, এখন বুঝতে পারছি। আমার বাবা কি কোনও গায়ককে অদৃশ্য করে দিয়েছিলেন?"

পঞ্চানন্দ জর্দাসুদ্ধ পানের পিক গিলে ফেলে হেঁচকি তুলতে লাগল। জবাব দিতে পারল না।

সাত

হরিবাবুর বড় দুই ছেলের নাম হল ঘড়ি আর আংটি। পোশাকি নাম অবশ্য আছে, সেটা কেবল স্কুলের খাতায়। দুজনেই অতি দুর্দান্ত প্রকৃতির দুষ্টু। সামলাতে সবাই হিমসিম।

ছুটির দিনে আজ দুজনেই গিয়েছিল জেলা স্কুলের সঙ্গে ক্রিকেট ম্যাচ খেলতে। দু' ভাইয়ের আর তেমন কোনও গুণ না থাকলেও তারা খেলাধুলোয় খুবই ভাল। তল্লাটে খেলোয়াড় হিসেবে দুজনেরই বেশ নাম ডাক। হরিবাবু অবশ্য খেলাধুলো পছন্দ করেন না। তিনি কবি মানুষ এবং মনে প্রাণে কবি বলেই বোধ হয় এসব স্থূল খেলাধুলোকে তাঁর ভারী ছেলেমানুষি বলে মনে হয়। ফুটবলের নাম শুনলে তিনি আঁতকে উঠে বলেন, "বর্বরতা। ফুটবল মানেই হচ্ছে গুঁতোগুঁতি, ল্যাং-মারামারি, ঢুসোঢুঁসি, বর্বরতা।" ক্রিকেটের কথা শুনলে নাক সিঁটকে বলেন, "কে যেন বলেছে ক্রিকেট হল উইলো কাঠের কবিতা। ছ্যাঃ, সে লোকটা কবিতার ক-ও বোঝে না। ডাংগুলি, স্রেফ ডাংগুলি, সাহেবরা মান বাঁচাতে নাম দিয়েছে ক্রিকেট।"

বলা বাহুল্য হরিবাবু দৌড়ঝাঁপ লাফালাফিও পছন্দ করেন না। তিনি চান সকলে সব সময়ে শান্তশিষ্ট হয়ে থাকুক। চেঁচামেচি ঝগড়া কাজিয়া না করুক। কথা কম বলুক। আরও বেশি করে ভাবুক। কবিতা ছাড়া অন্য কোনও বিষয় নিয়ে তিনি মাথা ঘামাতে ভালবাসেন না। কপালদোষে তাঁর বড় এবং মেজো ছেলে ঘড়ি আর আংটি স্বভাবে হয়েছে বিপরীত। দুটোই দুর্দান্ত বর্বর।

হরিবাবুর বড় ছেলে ঘড়ি খুবই ভাল ব্যাটসম্যান। আংটি বোলার। ফুটবলও তারা খুবই ভাল খেলে। দৌড়ঝাঁপেও কম যায় না। বিনোদবিহারী হাইস্কুল যে জেলার

মধ্যে খেলাধুলোয় সেরা, তা এই দুজনের জন্যই।

জেলা স্কুলের সঙ্গে বিনোদ হাই-এর রেষারেষি অনেক দিনের। এ বছর কলকাতা থেকে তিন-চারটে টাটকা খেলোয়াড় ছেলে এসে ভর্তি হওয়ায় জেলা স্কুলের জেল্লা বেড়ে গেছে। জেলা ক্রিকেট লিগে তারা ইতিমধ্যেই প্রায় সব স্কুলকে গো-হারা হারিয়ে দিয়েছে। আশিস রায় নামে তাদের একজন পাকা ব্যাটসম্যান আছে। দেবর্ষি ভট্টাচার্য দুরন্ত ফাস্ট বোলার, একজন গুগলিবাজও আছে—মদন মালাকার। তিনজনের দারুণ নামডাক। কলকাতায় এরা ফার্স্ট ডিভিশনে খেলত।

জেলা স্কুলের ক্যাপটেন আশিস টসে জিতে ব্যাট নিল।

বিনোদ হাই-এর ক্যাপটেন ঘড়ি তার দলকে প্যাভিলিয়নের সামনে জড়ো করে বলল, "জেলা স্কুলের প্রধান ভরসা আশিস। সে নামবে ওয়ান ডাউন। ওদের ওপেনার নাড়ু আর গণেশের মধ্যে গণেশটা গেঁতো, সহজে আউট হবে না। সুতরাং আমরা কনসেনট্রেট করব নাড়ুর ওপর। তাকে চটপট ফেলে আশিসকে মুখোমুখি এনে ফেললেই আসল লড়াই শুরু হবে। মনে রেখো, আশিসের অফ সাইড স্ট্রোক ভাল নয়। আংটি, তুই অফ স্টাম্পে বা অফ স্টাম্পের বাইরে বল দিবি। জ্যোতি, তুইও অ্যাটাক করবি অফ স্ট্যাম্প। ক্যাচ যেন আজ একটাও মাটি না ছোঁয়।"

বিনোদ হাই-এর লেখাপড়ায় নাম না থাকলেও খেলায় খুব সুনাম। তাই মাঠ ভেঙে পড়েছে লোকে। লিগ চ্যাম্পিয়নশিপের এইটাই চূড়ান্ত খেলা। যে জিতবে, সে-ই চ্যাম্পিয়ন হয়ে যাবে। কাজেই উত্তেজনা স্বাভাবিক।

প্রবল হাততালির মধ্যে নাড়ু আর গণেশ ব্যাট করতে নামল। গণেশ প্রথম বোলারের মোকাবিলা করবে। ঘড়ি একটু ভেবে বলটা জ্যোতির হাতে দিয়ে বলল, "প্রথম ওভারটা তুই-ই কর। বেশি জোরে বল করার দরকার নেই। লেংথটা রেখে যাস। গণেশ রান নেবে না, শুধু বাঁচিয়ে যাবে।"

তাই হল। জ্যোতি গুড লেংথে মিডল স্টাম্প লক্ষ্য করে বল দিয়ে গেল। তার তিনটে বল ছিল ইন-সুইঙ্গার। গণেশ দেখে প্রতিটি বল ব্লক করে গেল।

দ্বিতীয় ওভার বল করতে এল আংটি। তার বলে জোর বেশি, বৈচিত্র্যও বেশি। দু'রকম সুইং আছে তার হাতে, তার ওপর মাঝে-মাঝে অফকাটার বলও দিতে পারে। নাড়ু একটু ছটফটে ব্যাটসম্যান। মারকুট্টা বলে সে দ্রুত রান তুলে দেয়। আবার আউটও হয় চটপট।

আংটি আজ উত্তেজনাবশে প্রথম বলটাই লেংথে ফেলতে পারল না। একটু ওভারপিচ হয়ে গেল। নাড়ু দেড় পা এগিয়ে এসে সেটাকে মাটিতে পড়ার আগেই লং অফ দিয়ে চাবকে বাইরে পাঠাল। চার। প্রবল হাততালি।

দ্বিতীয় বল করতে গিয়ে আংটি বলটা ফেলল গুড লেংথে, তবে লেগ স্টাম্পের বাইরে সোজা বল। নাড়ু একটা চার মেরে গরম হয়েছিল। বলটাকে ব্যাকফুটে সরে গিয়ে হুক করল আবার চার।

ঘড়ি এগিয়ে এসে আংটিকে বলল, "লোপপা বলই দিয়ে যা। এবার শর্ট পিচ, লেগ স্টাম্পের বাইরে। আমি দেবুকে ডিপ ফাইন লেগে রাখছি। ও ক্যাচ ফেলে না।"

আংটি দাদার নির্দেশমতো লেগ স্টাম্পের বাইরে শর্ট পিচ বল দিল। যে কোনও ব্যাটসম্যানের কাছে এর চেয়ে লোভনীয় বল আর নেই। নাড়ু ব্যাক-ফুটে সরে গিয়ে বলটাকে স্কোয়ার লেগ দিয়ে বুলেটের গতিতে চালিয়ে দিল। আবার চার, এবং ক্যাচ উঠলই না।

আংটির মতো সাঙ্ঘাতিক বোলারের প্রথম তিন বলেই তিনটে চার হওয়ায় মাঠে রীতিমতো উত্তেজনা; জেলা স্কুলের সমর্থকদের হাততালি আর উল্লাস থামতেই চায় না।

চতুর্থ বলটা করার আগে আংটি একটু ভেবে নিল। আবার একটা লোপপা বল দিলে নাড়ু যদি আবার চার মারে, তা হলে ব্যাপারটা বেশ ঘোরালো হয়ে উঠবে তার পক্ষে।

তবু দাদার নির্দেশ সে ফেললও না। ঘড়ি ক্যাপটেন হিসেবে খুবই ভাল। স্কোয়ার লেগে বাউন্ডারির কাছ-বরাবর সে আর একজন ফিল্ডারকে টেনে এনেছে।

আংটি দৌড় শুরু করল এবং বেশ ধীরগতিতে শর্ট পিচ বলটা ফেলল আবার লেগ স্টাম্পের বাইরে। বলটা সামান্য উঠল। নাড়ুকে পায় কে। ব্যাকফুটে সরে গিয়ে সে বলটাকে সপাটে আকাশে তুলল ছয় হাঁকড়াতে।

বলটা ছয় হয়েই মাঠের বাইরে পড়ছিল। কিন্তু স্কোয়ার লেগ-এর ফিল্ডার মোহন বিশাল লম্বা। হাতে পায়ে ভীষণ চটপটে। নাড়ুর ছয়ের মার যখন সীমানা ঘেঁষে নেমে আসছিল, সে তখন শুধু পা দুখানা মাঠের ভিতরে রেখে লম্বা হাত বাড়িয়ে শূন্যেই বলটা নিঃশব্দে লুফে নিল। মাঠটা হঠাৎ নিঃশব্দ হয়ে গেল এই ঘটনায়। তারপর তুমুল উল্লাসে ফেটে পড়ল বিনোদ হাই-এর সমর্থকরা।

আশিস যখন এসে গার্ড নিল, তখন তার মুখে কোনও উদ্বেগ নেই। আত্মবিশ্বাসে ঝলমল করছে সে।

ঘড়ি এগিয়ে এসে আংটিকে বলল, "এবার ঠিক করে বল দে। গুড লেংথ অফ স্টাম্পের ওপর।"

আংটি তার স্বভাবসিদ্ধ দৌড় শুরু করল এবং দুর্দান্ত জোরে শরীর ভেঙে বলটা করল। গ্রিপ-এ কোনও ভুল ছিল না। বলটা বাতাস কেটে ইনসুইং হয়ে গুড লেংথে পড়ে অফ স্টাম্পের ছোবল তুলল। এ বল ব্যাটসম্যানকে খেলতেই হয়। ছেড়ে দেওয়া বিপজ্জনক। এল বি ডবলিউ বা বোল্ড হওয়ার সম্ভাবনা।

আশিস বলটাকে সোজা ব্যাটে খেলল।

খেলল, আবার খেললও না। কারণ বলটা ছিল কোনাচে। যতখানি ফ্রন্টফুটে এগোনো দরকার ছিল, আশিস ততটা এগোনোর সময় পায়নি। কারণ সে প্যাভিলিয়নে বসে দেখেছে, আংটি বল ফেলছে লেগ স্টাম্পের বাইরে। সুতরাং সেরকমই আশা করেছিল। আচমকা অফ স্ট্যাম্পের বল তাকে কিছুটা অপ্রস্তুত করেছিল বোধ হয়।

আটকানোর জন্য বাড়ানো ব্যাটের কানা ছুঁয়ে বলটা স্লিপের দিকে ছিটকে গেল। মাত্র ছ' ইঞ্চি উঁচু হওয়া সেই বলটা একটু নিচু হয়ে ঘড়ি তুলে নিল চিতাবাঘের মতো

ঝাঁপিয়ে পড়ে।

মাঠ ফেটে পড়ল উল্লাসে।

এক ওভারে দুই উইকেট পাওয়া আংটি একটু হাসল।

পরের ব্যাটসম্যান রঘু। ঠাণ্ডা মেজাজের ছেলে। অনেকটা গণেশের মতোই। তবে প্রথম কয়েক ওভার সে আনতাবড়ি খেলে, সেট হতে সময় নেয়।

ঘড়ি আংটির কানে-কানে বলে গেল, "মিডল স্টাম্পে বল রাখিস। ইয়র্কার গোছের।"

আংটি মাথা নাড়ল। ঠিক আছে।

ওভারের শেষ বলটায় উইকেট পেলে হ্যাট্রিক হবে। কিন্তু হ্যাট্রিকের চিন্তা মাথায় থাকলে বলটা ঠিকমতো দেওয়া যাবে না। তাই আংটি মনে-মনে দাদুর ল্যাবরেটরির ভূতটার কথা ভাবতে ভাবতে রান আপ করতে গেল।

হ্যাঁ, তার দাদুর ল্যাবরেটরির ভূতটাকে সে বেশ কয়েকবার দেখেছে। লম্বামতো। জোব্বা পরা। গভীর রাতে ল্যাবরেটরির ধারেকাছে ঘোরাঘুরি করে। দাদু নিজেই নয় তো!

শেষ বল। আংটি দৌড় শুরু করল। তার রান আপ একটু কোনাচে, সে দৌড়য় সহজ সাবলীল মসৃণ গতিতে। ডান হাতটা দোল খায়।

দৌড়ে এসে বলটাকে বাতাসে ছেড়ে দিয়ে পায়ে ব্রেক কষল আংটি। বলটা পড়ল ওভারপিচে। ব্যাটের তলায়। তারপর ইঁদুরের মতো ব্যাট পিচের ভিতরের ছোট্ট ফাঁকটুকু দিয়ে গলে গিয়ে মিডল স্টাম্পকে মাটিতে শুইয়ে উইকেট কিপার শম্ভুর হাতে গিয়ে জমা হল ।

হট্টগোলে কানা তালা লাগবার উপক্রম। বিনোদ হাই-এর কয়েকজন সমর্থক মাঠে ঢুকে আংটিকে কাঁধে নিয়ে খানিক নাচানাচি করে ফিরে গেল। এর পরের ইতিহাস খুবই সংক্ষিপ্ত। আংটি আর জ্যোতির দুমুখো ধারালো আক্রমণে জেলা স্কুল বাষট্টি রানে গুটিয়ে গেল। আংটি কুড়ি রানে সাত উইকেট নিল। দুটো জ্যোতি, একজন রান আউট।

ঘড়ি সাধারণত ওপেন করে না। আজ করল। ইচ্ছে করেই। দেবর্ষির প্রথম ওভারটা তাকেই খেলতে হবে। মনোবল যদি ভাঙতে হয়, তবে প্রথম ওভারেই। মার পড়লে বোলারের বল ঢিলে হয়ে যায়।

গুনে গুনে পাঁচটা বাউন্ডারি মারল ঘড়ি। লেক কাট, কভার ড্রাইভ, অফ ড্রাইভ, অন ড্রাইভ, আর একটা অফ স্টাম্পের বল অফ-এর দিকে সরে গিয়ে স্কোয়ার লেগ-এ হুক।

মাত্র আট ওভারেই বিনা উইকেটে জয়ের রান তুলে নিল বিনোদ হাই।

আট

খেলার শেষে দুই ভাইকে কাঁধে নিয়ে বিনোদ হাই-এর ছেলেরা মাঠে চক্কর দিল।

কত লোক যে এসে পিঠ চাপড়াল, ভীম আলিঙ্গনে জড়িয়ে ধরল আর হ্যান্ডশেক করল, তার হিসেব নেই, অভ্যেস না থাকলে এরকম আদরের আতিশয্যে শরীরে ব্যথা হওয়ার কথা। তবে কিনা ঘড়ি আর আংটি খেলার মাঠে এরকম পাইকারি ভালবাসা অনেক পেয়েছে।

বিনোদ হাই-এর গেম-স্যার পাঠান সিং। নামটা পাঠানি হলেও আসলে তিনি নির্যস বাঙালি। ছেলেবেলা থেকেই বীরত্বের প্রতি তাঁর তীব্র আকর্ষণ। পাঠানরা যে বীরের জাত, তাও তাঁর জানা ছিল। তাই ম্যাট্রিকের ফর্ম পূরণ করার সময় তিনি নিজের পল্লব নামটা পালটে অম্লানবদনে পাঠান করে দিলেন। এর জন্য হেডস্যারের বেত এবং বাপের চটির ঘা সহ্য করতে হয়েছিল বিস্তর। কিন্তু একবার ম্যাট্রিকের ফর্মে যে নাম উঠে যায়, তা নাকি আর পালটানো যায় না। পাঠানবাবু খেলা-পাগল মানুষ। নিজেও সব রকম খেলাধুলো করেছেন যৌবন বয়সে। কোনও খেলাতেই বিশেষ নামডাক হয়নি। তবে গেম-স্যার হিসেবে তিনি চমৎকার। ছেলেদের প্রাণ দিয়ে খেলা শেখান। ঘড়ি আর আংটি তার বিশেষ ভক্ত।

হই-চই একটু থামলে এবং পুরস্কার বিতরণ শেষ হলে পর পাঠানবাবু এসে ঘড়ি আর আংটিকে চুপি-চুপি আড়ালে ডেকে নিয়ে বললেন, "তোমাদের ভাগ্য খুবই ভাল। আজ হাতরাশগড়ের মহারাজা নরনারায়ণ রায় মাঠের পাশে তাঁর গাড়িতে বসে তোমাদের খেলা দেখেছেন। ভদ্রলোকের নাম শোনা ছিল, আগে কখনও চোখে দেখিনি। তবে বিশাল ধনী। ওঁর খুব ইচ্ছে তোমাদের ভাল করে খেলা শেখার সুযোগ করে দেবেন। খরচ সব ওঁর। খেলা শেষ হওয়ার পর ওঁর সেক্রেটারি এসে আমাকে ডেকে নিয়ে গিয়েছিল মহারাজের কাছে।"

দুই ভাই একটু অবাক হয়ে মুখ-তাকাতাকি করতে লাগল।

পাঠানবাবু হেসে বললেন, "কপাল যখন ফেরে, এমনি করেই ফেরে। এখন চলো, মহারাজ তোমাদের জন্য বসে আছেন।"

পাঠানবাবুর পিছু-পিছু দুই ভাই গিয়ে দেখে, জামতলায় বিশাল একখানা পুরনো মডেলের গাড়ি দাঁড়ানো। জানালার পর্দা রয়েছে বলে ভিতরে কিছু দেখা যায় না। তবে দরজার কাছেই মহারাজের লম্বা সুড়ুঙ্গে চেহারার সেক্রেটারি অপেক্ষা করছিল। কাছে যেতেই খুব সম্ভ্রমের সঙ্গে দরজা খুলে গলা খাঁকারি দিল।

ভিতর থেকে বিশাল চেহারার এক ভদ্রলোক বেরিয়ে এলেন। যেমন লম্বা, তেমনি চওড়া। ভুঁড়ি নেই, চর্বি নেই, বেশ শক্তপোক্ত শরীর। বয়সও বড়জোর ত্রিশ-পঁয়ত্রিশ। পরনে কালো স্যুট। মহারাজার গায়ের রং খুব ফর্সা নয়, তবে চেহারায় বেশ একটা অহংকারী আভিজাত্যের ছাপ আছে। চোখে হালকা রঙের গগলস এবং মোটা গোঁফ থাকায় বেশ সুন্দর দেখাচ্ছিল মহারাজাকে।

মহারাজা হাত বাড়িয়ে দুই ভাইয়ের সঙ্গে যখন হ্যান্ডশেক করলেন, তখনই ঘড়ি আর আংটি বুঝে গেল, মহারাজার একটি হাতেই দশটা হাতির জোর। হ্যান্ডশেকের পর দুই ভাই-ই গোপনে বাঁ হাত দিয়ে ডান হাতটা একটু মালিশ করে নিল।

মহারাজা যখন হাসলেন, তখন দেখা গেল তার দাঁতের পাটিও খুব সুন্দর এবং

ঝকঝকে। বজ্রগম্ভীর কণ্ঠস্বর। সেই স্বরেই বললেন, "একটা জরুরি কাজে এখান দিয়ে যাচ্ছিলাম। ক্রিকেট খেলা হচ্ছে দেখে গাড়িটা দাঁড় করিয়েছিলাম কিছুক্ষণের জন্য। কিন্তু তোমরা এমন খেলাই দেখালে যে, শেষ অবধি কাজে আর যাওয়াই হল না। যাকগে, আমি ঠিক করে ফেলেছি, তোমাদের দুজনকে কলকাতায় পাঠাব। ভাল কোচের কাছে খেলা শিখবে। ফার্স্ট ডিভিশনে খেলার ব্যবস্থাও হয়ে যাবে। পড়াশুনো এবং হোস্টেলে থাকার খরচ আমার এস্টেট থেকে দেওয়া হবে। রাজি?"

আলাদিনের প্রদীপ থেকে জিন বেরিয়ে এলে যেমন হত, দুই ভাইয়ের এ কথায় সেইরকমই হল। কিছুক্ষণ কথা-টথা এলই না মুখে।

পাঠান স্যার তাড়াতাড়ি বলললেন, "হ্যাঁ, হ্যাঁ খুব রাজি। এত বড় সুযোগ কি আর পাবে।..."

ঘড়ি একটু ঘাড় চুলকে বলল, "বাবাকে একবার জিজ্ঞেস না করে তো কিছু বলা যাবে না..."

মহারাজা হাসলেন, বললেন, "আরে সে তো আমি জানি। তবে আমি যখন ডিসিশন নিই। তখন সেটা কাজে করে তুলতে দেরি আমার সয় না। তোমাদের বাবার কাছে এখনই গিয়ে মত করিয়ে নিচ্ছি। ওঠো, গাড়িতে ওঠো।"

এই বলে মহারাজা গাড়ির ভিতরে ঢুকে গেলেন। সেক্রেটারি দরজাটা ধরে রেখে ঘড়ি আর আংটিকে ইশারা করলে উঠে পড়তে। দুই ভাই একটু ইতস্তত করে উঠে পড়ল। তাদের পিছু পিছু পাঠান স্যারও উঠতে যাচ্ছিলেন। কিন্তু সেক্রেটারি পট করে দরজাটা বন্ধ করে দিয়ে একটু কঠিন দৃষ্টিতে চেয়ে বলল, "সরি স্যার। গাড়িতে আর জায়গা নেই।"

পাঠানবাবু কাঁচুমাচু হয়ে ফিরে গেলেন।

গাড়ির ভিতরে দুই ভাই বাইরের এই ঘটনা কিছু টের পেল না। তবে গাড়ির ভিতরকার ব্যবস্থা দেখে তারা মুগ্ধ। নরম গদি। সামনে পা ছড়ানোর অনেকটা জায়গা। মেঝেয় পুরু কার্পেট পাতা। তা ছাড়া বাইরের কোনও শব্দ আসে না ভিতরে। সামনের সিট আর পিছনের সিটের মাঝখানে একটা কাচের পার্টিশন দেওয়া। কেউ কারও কথা শুনতে পায় না।

দুই ভাইয়ের মধ্যে ঘড়ি একটু বেশি বুদ্ধিমান, এবং তার পর্যবেক্ষণও বেশ তীক্ষ্ণ। গাড়ি ছাড়ার পরেই তার খেয়াল হল যে, পাঠান স্যার গাড়িতে ওঠেননি। পিছনে তারা তিনজন, এবং সামনে সেই সেক্রেটারি বসে গাড়ি চালাচ্ছে। ঘড়ি আরও লক্ষ করল যে মহারাজা, তাদের বাড়ির ঠিকানা জিজ্ঞেস করলেন না। গাড়ি কিন্তু বেশ স্পিডে চলছে।

মহারাজা একদৃষ্টে সামনের দিকে চেয়ে ছিলেন। সেইভাবে বসে থেকেই বললেন, "তোমাদের নিশ্চয়ই জানা আছে যে, আজকাল খেলাধুলোর কদর খুব বেশি। ভাল খেলোয়াড়দের ভবিষ্যৎ খুবই উজ্জ্বল। সঙ্গে একটু লেখা-পড়া জানা থাকলে তো কথাই নেই।"

ঘড়ি হঠাৎ জিজ্ঞেস করল, "আপনি নিজেও নিশ্চয়ই খেলাধুলো কিছু করেন?"

মহারাজা একটা দীর্ঘশ্বাস ফেলে বললেন, "ইচ্ছে তো খুবই ছিল, কিন্তু এস্টেট আর ব্যবসা নিয়ে এত ব্যস্ত থাকতে হয় যে, সময় দিতে পারি না। একসময়ে আমি অ্যামেরিকায় মার্শাল আর্ট শিখতাম। বেসবলও খেলেছি। তবে এখন আর কিছু করি না।"

ঘড়ি খুব সন্তর্পণে আংটিকে একটা চিমটি দিল।

দুই ভাইয়ের মধ্যে বোঝাপড়া চমৎকার। চিমটি খেয়ে আংটি চমকাল না বা কোনও প্রশ্ন করল না। কিন্তু হঠাৎ একটু সোজা হয়ে বসল। দাদা তাকে সাবধান হতে বলছে।

গাড়িটা শহর ছাড়িয়ে এসেছে। কিন্তু ঠিক কোন পথে যাচ্ছে তা বোঝা মুশকিল। গাঢ় খয়েরি রঙের পর্দায় জানালাগুলো একদম ঢাকা। সামনের কাচ দিয়েও কিছু দেখার উপায় নেই। কারণ, পিছনের সিটের গদি নিচু এবং গভীর। সামনের সিটটা অনেকটা উঁচু বলে উইন্ডস্ক্রিনটাকে আড়াল করে আছে।

ঘড়ি হঠাৎ বলল, "মহারাজ, আমরা কোনদিকে যাচ্ছি?"

"কেন, তোমাদের বাড়িতে।"

"আপনি কি আমাদের বাড়ি চেনেন?"

মহারাজ একটু হাসলেন। তারপর পকেট থেকে একটা রুমাল বের করে নাকটা চাপা দিয়ে বললেন, "আমার সেক্রেটারি চেনে।"

ঘড়ি আংটির পায়ে ছোট্ট একটা লাথি মারল।

কিন্তু দুই ভাই এখনও বুঝতে পারছে না ব্যাপারটা কী ঘটছে। একটু প্রস্তুত ও সতর্ক হয়ে বসে থাকা ছাড়া তাদের আর কিছুই করার নেই।

মহারাজা হঠাৎ একটু কাশলেন। তারপর পিছনে হেলান দিয়ে বসে চোখ বুজলেন। নাকটা তেমনই রুমাল চাপা দেওয়া।

হঠাৎ ঘড়ি আর আংটি মৃদু অস্বস্তিকর একটা গন্ধ পেল। ঘড়ি আর আংটির বহুবার হাত-পা ভেঙেছে। কয়েকবার হাসপাতালে হাড় জোড়া দিতে তাদের অজ্ঞান করা হয়েছে। অজ্ঞান করার জন্য ব্যবহৃত গ্যাসের গন্ধ তাদের চেনা। এ গন্ধটা অনেকটা সেইরকম।

ঘড়ি আংটির দিকে চেয়ে চাপা, প্রায় নিঃশব্দ গলায় বলল, "অ্যাকশন।"

মারপিট দাঙ্গাবাজিতে দুজনেই সিদ্ধহস্ত। তার ওপর মহারাজ চোখ বুজে আছেন।

আংটি হাতের পাঞ্জাটা শক্ত করে আচমকা তরোয়ালের মতো সেটা চালিয়ে দিল মহারাজের গলায়। একই সঙ্গে ঘড়ি আর একটা ক্যারাটে চপ বসাল মহারাজের মাথার পিছন দিকটায়।

নিঃশব্দে মহারাজ দরজার দিকে ঢলে পড়লেন। মাথাটা কাত হয়ে লটপট করতে লাগল।

মহারাজার সেক্রেটারি কিছু টের পাওয়ার আগেই ঘড়ি তার দিককার দরজাটার হাতল ঘুরিয়ে প্রস্তুত হয়ে রইল। গাড়ির স্পিড একটু কমলেই দরজা খুলে লাফিয়ে পড়বে।

নয়

আচমকা একটা মোড়ের কাছে গাড়ির স্পিড কমে গেল। সামনে একটা ছই-ওলা গোরুর গাড়ি রাস্তা জুড়ে চলেছে। এই রকম সুযোগ আর আসবে না।

ঘড়ি দরজাটা ঠেলল। কিন্তু বজ্র-আঁটুনিতে দরজা এঁটে আছে। ঘড়ি হাতলটা ওপরে নীচে দ্রুত ঘুরিয়ে ঠেলা এবং ধাক্কা দিতে লাগল প্রাণপণে। কপালে একটু ঘামও দেখা দিল তার। কিন্তু দরজা যেমনকে তেমন আঁট হয়ে রইল।

হঠাৎ একটা হাই তোলার শব্দে দুই ভাই-ই চমকে উঠে ডান দিকে তাকিয়ে দেখে মহারাজ নরনারায়ণ সকৌতুকে তাদের দিকে চেয়ে আছেন। আর একটা হাই তুলে আড়মোড়া ভেঙে বললেন, "দরজাটা লক করা আছে। সহজে খুলবে না, খামোকা চেষ্টা করছ।"

দুই ভাই বেকুব হয়ে অবিশ্বাসের চোখে চেয়ে থাকে। মহারাজ নরনারায়ণ লম্বাচওড়া লোক সন্দেহ নেই। কিন্তু দু-দুটো প্রাণাঘাতী ক্যারাটে চপ খেয়েও এত স্বাভাবিক থাকা চাট্টিখানি কথা নয়।

ঘড়ি আর আংটির মুখে কথা সরছে না দেখে মহারাজ নিজেই সদয় হয়ে বললেন, "এত ব্যস্ত হওয়ার কিছুই ছিল না। তোমাদের আমার প্রাসাদে নিয়ে গিয়ে একটু আপ্যায়ন করা হবে। তারপর বাড়ি পৌঁছে দেওয়ার কথা ভাবা যাবে, এখন হাত-পা না ছুড়ে চুপ করে বসে থাকলেই আমি খুশি হব।"

ঘড়ি আংটি পরস্পরের দিকে একটু তাকাল। আংটির রোখ আছে, জেদিও বটে, কিন্তু সে সব সময় তার দাদাকে মেনে চলে। ঘড়ির গুণ হল, সে চট করে কিছু করে না, ঠাণ্ডা মাথায় ভেবেচিন্তে করে। মহারাজাকে আক্রমণ করাটা হয়তো একটু ভুলই হয়ে থাকবে। ঘড়ি তো জানত না যে, মহারাজা অনেক উঁচুদরের খেলোয়াড়।

বুদ্ধি খেলিয়ে ঘড়ি চট করে স্থির করে ফেলল, আর গা-জোয়ারি দেখিয়ে লাভ নেই। এখন তালে তাল দিয়ে চলাটাই বুদ্ধিমানের কাজ হবে। তাই সে খুব অমায়িকভাবে একটু হেসে হাত কচলাতে-কচলাতে বলল, "আমরা ভয় পেয়ে ওরকম করে ফেলেছি। আপনার বেশি লাগেনি তো?"

রাজা নরনারায়ণ নিজের গলায় একটু হাত বুলিয়ে বললেন, "আংটি আর তুমি যে দুটো মার বসিয়েছ তাতে যে কোনও লোকের মরে যাওয়ার কথা। তোমরা দুজনেই সাক্ষাৎ খুনে।"

আংটি মুখখানা থোতা করে বলল, "কিন্তু আপনি তো মরেননি।"

নরনারায়ণ একটু হেসে বললেন, "রূপকথার গল্পে পড়োনি, সেই যে রাক্ষসের প্রাণভোমরা থাকে জলের তলায় একটা স্তম্ভের মধ্যে সোনার কৌটোয়? আমারও হল সেরকম। সোজাসুজি আমাকে মারা অসম্ভব। তবে যদি কোনওদিন আমার প্রাণভোমরাটাকে খুঁজে পাও তা হলে পুটুস করে আমাকে মেরে ফেলতে পারবে। কিন্তু কাজটা শক্ত।"

ঘড়ি আর আংটি ফের চোরা চোখে দৃষ্টি বিনিময় করে নিল। ঘড়ি ইঙ্গিতে ভাইকে

জানাল, মহারাজের মাথায় গোলমাল আছে।

মহারাজা তাদের দিকে দৃকপাতও করলেন না। পিছনে নরম গদিতে হেলান দিয়ে বসে চোখ বুজে বললেন, “আমি খুব ক্লান্ত। বুঝলে? খুব ক্লান্ত। একটু বিশ্রাম নিতে দাও।”

ঘড়ি আর আংটি কাঠ হয়ে বসে রইল।

গাড়ি কোন দিকে যাচ্ছে, কোথায় যাচ্ছে তা তারা বুঝতে পারছে না। তবে এটা বুঝতে পারছে, গাড়ির মধ্যে একটু আগে তারা যে ঘুমপাড়ানি ওষুধের গন্ধ পেয়েছিল সেটা মোটেই ঘুমপাড়ানি ওষুধ নয়। তাদের মতো দুর্বল ও অসহায় ছেলেকে ঘুম পাড়িয়ে গুম করার প্রয়োজনই নরনারায়ণের নেই।

তবে গন্ধটা খুব অদ্ভুত। চুপচাপ বসে থেকে ঘড়ি টের পেল এই গন্ধটা শ্বাসের সঙ্গে যতবার ভিতরে যাচ্ছে ততবারই সে যেন বেশ তরতাজা আর ঝরঝরে হয়ে উঠছে। তবে গন্ধটা কীসের তা সে জানে না।

একটু বাদে গাড়িটা একটা জঙ্গলের মধ্যে ঢুকল। সামনের উইন্ডস্ক্রিন দিয়ে দেখা যাচ্ছিল, বিশাল বিশাল গাছ। চারদিকে অন্ধকার-অন্ধকার। রাস্তাটাও বেশ এবড়ো-খেবড়ো। গাড়িটা লাফাচ্ছে, ঝাঁকুনি খাচ্ছে।

জঙ্গলের ভিতরে প্রায় পনেরো মিনিট চলার পর গাড়ি ধীরে-ধীরে গতি কমাল। তারপর দাঁড়িয়ে গেল।

সামনের সিট থেকে ড্রাইভার তড়াক করে নেমে পিছন দিকের দরজা খুলে বশংবদ ভঙ্গিতে দাঁড়াল।

প্রথমে মহারাজা এবং তাঁর পিছু পিছু ঘড়ি আর আংটি নেমে এল। ওদের ভাবখানা নিপাট বাধ্য ছেলের মতো।

জঙ্গলের মধ্যে একটু ফাঁকা একটা জায়গা। কোথাও কোনও প্রাসাদ দূরে থাক, কুঁড়েঘরেরও চিহ্ন নেই। তবে সামনে বড় বড় কোমরসমান ঘাসজঙ্গলের মধ্যে ভগ্নস্তূপের মতো কিছু একটা দেখা যাচ্ছে বটে।

সন্ধে হয়ে এসেছে। জঙ্গলের মধ্যে বেশ শীত। ঘড়ি আর আংটি শীতের বাতাসে একটু কেঁপে উঠল। খানিকটা শীতে, খানিকটা ভয়ে।

ঘড়ি আড়চোখে চারদিকটা দেখে নিচ্ছিল। যে রাস্তা দিয়ে গাড়িটা তাদের এইখানে নিয়ে এসেছে সেটা কাঁচা রাস্তা। রাস্তাটা এখানে এসেই শেষ হয়ে গেছে। চারদিককার জঙ্গল তেমন ঘন নয়। ঘড়ি শুনেছে তাদের বাড়ি থেকে কিছু দূরে হাতরাশের জঙ্গল আছে। একটা ছোট নদীও আছে সেখানে। মাঝে-মাঝে শীতকালে ছেলেরা দল বেঁধে চড়ুইভাতি করতে যায়। কেউ কেউ পাখি শিকার করতেও আসে। এটাই সেই জঙ্গল কি না কে জানে, সে কখনও হাতরাশের জঙ্গলে যায়নি।

দেখেশুনে ঘড়ির মনে হল, হঠাৎ যদি তারা দুই ভাই খুব জোরে দৌড়ে জঙ্গলের মধ্যে ঢুকে যায় তা হলে এই নকল রাজা আর তাঁর সুড়ুঙ্গে সেক্রেটারির হাত থেকে রেহাই পাওয়া সম্ভব। এদের মতলব যে ভাল নয় তা এতক্ষণে জলের মতো পরিষ্কার বোঝা যাচ্ছে।

মহারাজা গাড়ি থেকে নেমে খুব আলস্যভরে আড়মোড়া ভাঙলেন। তারপর ঘুম-ঘুম চোখে চারদিকে চেয়ে দেখতে লাগলেন। পাশে দাঁড়িয়ে তাঁর সেক্রেটারি গুনগুন করে কী যেন বলছে। একটু দূরে দাঁড়ানো জড়সড় দুই ভাই কিছু বুঝতে পারছে না।

ঘড়ি আংটির দিকে চেয়ে চোখের একটা ইশারা করল। তারপর আড়চোখে মহারাজা আর তাঁর সেক্রেটারিকে দেখে নিল। না, ওঁরা তাদের লক্ষ করছেন না।

ঘড়ি আর আংটি একটু হাত-পা ঝেড়েঝুড়ে নিল। বড় দৌড়ের আগে ওয়ার্ম-আপ করতে হয়, না হলে পেশিতে টান ধরে। তবে বেশিক্ষণ ওয়ার্মআপ করার সময় নেই। দু-একটা লাফ-ঝাঁপ দিয়ে একটু ওঠবোস করে নিয়ে দুই ভাই পরস্পরের দিকে চেয়ে চোখে-চোখে কথা বলে নিল।

তারপর জেলার দুই বিখ্যাত স্পোর্টসম্যান হঠাৎ বিদ্যুৎগতিতে দৌড়ে সামনের ঘাসজঙ্গলে গিয়ে পড়ল। জঙ্গলের মধ্যে ছুটবার হাজারো অসুবিধে। কিন্তু প্রাণের দায় বড় দায় এবং ভয় জিনিসটা মানুষকে অনেক অসাধ্য সাধন করায়।

দুই ভাই ঘাস-জঙ্গলটা প্রায় চোখের পলকে পার হয়ে গেল। লাফিয়ে লাফিয়ে এবং বড় বড় পা ফেলে। ধ্বংসস্তূপটা ডানদিকে, সেদিকে তারা গেল না। বাঁ দিক দিয়ে কোনাকুনি দৌড়ে তারা বড় বড় গাছের জঙ্গলে ঢুকে গেল।

ঘড়ি একবার ঘাড় ঘুরিয়ে দেখল রাজা বা সেক্রেটারি কী করছেন। অবাক হয়ে সে দেখল, তাদের দিকে ভ্রূক্ষেপও না করে রাজা আর সেক্রেটারি তখনও কথা বলে যাচ্ছেন।

লোকগুলো কি বোকা? নাকি অতিশয় ধূর্ত? ভাবতে ভাবতে ঘড়ি দৌড়তে থাকে। পাশাপাশি আংটি।

আংটি জিজ্ঞেস করল, "কী হল রে দাদা? কেউ তো পিছু নিল না?"

"তাই তো ভাবছি।"

"লোকটা কি খুব পাজি?"

"মনে তো হয়।"

"তা হলে আমাদের পালাতে দিল কেন?"

"বুঝতে পারছি না।"

"রাজা তো প্রাসাদের কথা বলছিলেন। সেই প্রাসাদই বা কোথায়?"

"কী করে বলব? তবে দৌড়োতে থাক। এখন পালানোটাই বড় কথা।"

"লোকটার হয়তো কুকুর আছে। লেলিয়ে দেবে।"

"বন্দুকও থাকতে পারে। দৌড়ো।"

দুই ভাই নিঃশব্দে দৌড়োতে থাকে। জঙ্গলটা খুব ঘন নয়। কিন্তু অন্ধকার হয়ে আসায় সব কিছু আস্তে-আস্তে অস্পষ্ট হয়ে আসছে। জঙ্গলের মধ্যে কুয়াশাও উঠছে জমাট বেঁধে। কোথায় যাচ্ছে তা তারা বুঝতে পারছে না।

দশ

কেউ তাড়া করছে না দেখে ঘড়ি আর আংটি দৌড়ের গতি কমিয়ে দিল। কুয়াশা এবং গাছগাছালির জন্য জোরে দৌড়নো সম্ভবও নয়। অন্ধকারও হয়ে এসেছে। দুলকি চালে দৌড়োতে দৌড়োতে ঘড়ি বলল, "খুব বেঁচে গেছি। লোকটার গায়ে ভীষণ জোর।" আংটি বলল, "শুধু জোরই নয়, যে দুটো সাঙ্ঘাতিক ক্যারাটের মার হজম করল, তাতেই বোঝা যায় মারপিটের লাইনের লোক। রাজা-ফাজা কিছু নয়।"

বড় বড় গাছ সংখ্যায় কমে আসছে। জঙ্গলটা ফাঁকা-ফাঁকা হয়ে যাচ্ছে ক্রমে। ঘড়ি সামনের দিকে চেয়ে বলল, "আমরা বড় রাস্তার কাছাকাছি এসে গেছি মনে হচ্ছে।"

বাস্তবিকই তাই। সামনে একটা বড়-বড় ঘাসের জঙ্গল। তারপরই বড় রাস্তা। সামনে একটা লরি মেরামত হচ্ছে। এক-আধটা সাইকেলও যাচ্ছে আসছে।

লোকজন দেখে দুই ভাই নিশ্চিন্ত হয়ে রাস্তায় উঠে এল। দুপাশে তাকিয়ে দেখল, মহারাজার গাড়ির কোনও চিহ্নও নেই। এ জায়গাটা ঘড়ি বা আংটির চেনা জায়গা নয়। এদিকটায় তারা কখনও আসেনি।

হাট সেরে কয়েকজন গেঁয়ো লোক ফিরছিল। ঘড়ি তাদের একজনকে জিজ্ঞেস করল, "এ জায়গাটার নাম কী?"

"হরিহরপুর।"

"আমরা শহরের দিকে যাব। কী ভাবে যাওয়া যায়?"

লোকটা একটু অবাক হয়ে বলল, "তার ভাবনা কী? একটু বাদেই বাসগাড়ি এসে যাবে। চেপে বসলেই শহরে নিয়ে গিয়ে তুলবে। ওই বোধহয় আসছে, এ পাশটায় দাঁড়িয়ে হাত তুলুন।"

ঘড়ি আর আংটি দেখল সত্যিই একটা বাস আসছে। খুবই লজঝড়ে চেহারা। ভিড়ে ভিড়াক্কার। ভিড় দেখে তারা আজ খুশিই হল।

বাসে উঠে দুই ভাই ভিড়ের ভিতর সেঁদিয়ে দাঁড়াল। এতক্ষণে একটু নিশ্চিন্ত লাগছে।

দু-তিনটে স্টপ পার হওয়ার পর কিছু লোক হুড়মুড় করে নেমে যেতে বাসটা হঠাৎ বেশ ফাঁকা হয়ে গেল।

হঠাৎ আংটি চাপা স্বরে বলল, "দাদা, পিছনে দ্যাখ।"

ঘড়ি তাকিয়ে দেখে থ হয়ে গেল। পিছনের সিটে জানালার ধারে একটা সুড়ুঙ্গে লম্বা লোক বসে বসে ঢুলছে। বাসের আবছা আলোতেও লোকটার চেহারা ভুল হওয়ার নয়। রাজা নরনারায়ণের সেক্রেটারি।

লোকটা কী করে বাসের মধ্যে এল বুঝতে পারল না ঘড়ি। তবে সে চাপা স্বরে বলল, "মুখ ঘুরিয়ে রাখ। দেখতে পাবে।"

লোকটা অবশ্য দেখল না। বসে-বসে যেমন ঢুলছে তেমনই ঢুলতে লাগল। আড়চোখে চেয়ে ঘড়ি মাঝে মাঝে দেখছিল, লোকটার ঘাড় লটপট করছে। মাথাটা বাসের ঝাঁকুনিতে মাঝে মাঝে জোরসে ঠুকে যাচ্ছে জানালায়। তবু কী ঘুম বাবা!

একটুও চোখ মেলল না।

বাস থামছে। লোকজন নামা-ওঠা করছে। সেক্রেটারি নির্বিকার ঘুমোচ্ছে বসে বসে।

আংটি চাপা স্বরে বলল, "দাদা, লোকটা বোধহয় আমাদের দেখতে পেয়েছে। ঘুমের ভান করে নজর রাখছে।"

ঘড়ি তীক্ষ্ণ চোখে একবার দেখে নিয়ে মাথা নেড়ে বলল, "তাও হতে পারে, তবে সাবধানের মার নেই। মুখটা আড়াল করে থাক।"

একটু বাদে কয়েকজন লোক নেমে যাওয়ার পর দুই ভাই বসবার জায়গা পেয়ে গেল। বসে দুজনেই মাথা নামিয়ে রেখে আড়ে-আড়ে নজর রাখতে লাগল।

আশ্চর্যের বিষয়, সুড়ুঙ্গে সেক্রেটারি একবারও চোখ মেলল না বা তাদের দিকে তাকাল না। সেক্রেটারির পাশে বসা লোকটা মাঝে-মাঝে বিরক্ত হয়ে ধমক দিচ্ছিল, "ও মশাই, গায়ের ওপর ওরকম হেলে পড়ছেন কেন? সোজা হয়ে বসুন না।"

কিন্তু সেক্রেটারির তাতে ভ্রূক্ষেপ নেই।

পাশে বসা লোকটা গেঁয়ো প্রকৃতির। বেশ জোরে-জোরেই গজগজ করে বলতে লাগল, "সেই হরিপুর থেকেই এমন কাণ্ড শুরু করেছে যে, অতিষ্ঠ হয়ে গেলাম! এমন গায়ে-পড়া লোক জন্মে দেখিনি বাবা। কতবার সোজা হয়ে বসতে বলছি, তা ইনি কথাটা কানেই তুলছেন না। চাষার ঘুমকেও হার মানিয়ে দিয়েছেন।"

ঘড়ি আর আংটি সবই শুনল। পরস্পরের দিকে তাকিয়ে নিল দুজনে।

সামনের একটা গঞ্জে বাসটা দাঁড়াতেই পেছনের সিট থেকে সেক্রেটারির পাশে বসা লোকটা একটা পুঁটলি নিয়ে উঠে দাঁড়াল এবং নেমে পড়ল। সেক্রেটারি জানালায় হেলান দিয়ে ঘুমোচ্ছে।

অনেকে নেমে যাওয়ায় সেক্রেটারির পাশে আর কেউ বসল না। বাস প্রায় ফাঁকা। আর দু-মাইল দূরে শহর।

বাসটা আবার ছাড়তেই হঠাৎ পিছনের সিটে একটা বিকট শব্দ শোনা গেল। সকলে চমকে চেয়ে দেখে, সুড়ুঙ্গে সেক্রেটারি মেঝের ওপর পড়ে আছে সটান হয়ে।

হইহই করে ওঠে লোকজন, "পড়ে গেছে...অজ্ঞান হয়ে গেছে...জল...পাখা...."

ঘড়ি আর আংটি খানিকটা থতমত খেয়ে তাড়াতাড়ি অন্য সব লোকজনের সঙ্গে মিলেমিশে এগিয়ে গিয়ে দেখল।

যা দেখল, তাতে তাদের চোখ চড়কগাছ। এরকম ঘটনা তারা স্বপ্নেও কল্পনা করতে পারেনি।

লোকজন প্রচণ্ড চেঁচাতে লাগল, "রক্ত...রক্ত...উরেব্বাস রে...খুন...খুন...?"

খুন যে তাতে কোনও সন্দেহ নেই। সেক্রেটারি উপুড় হয়ে পড়ে আছে। সমস্ত পিঠটা রক্তে ভাসাভাসি মাখামাখি।

বাস থেমে গেল। লোকজন সব নেমে পড়তে লাগল দুড়দাড় করে। বাইরে চেঁচামেচি শুনে আবার লোকজন জুটেও গেল অনেক।

এই চেঁচামেচি আর বিশৃঙ্খলার মধ্যে ঘড়ি মাথা ঠাণ্ডা রেখে চটপট যা দেখার

দেখে নিল। সেক্রেটারির পরনে সেই নীলচে ধূসর রঙের স্যুটটাই রয়েছে। লোকটার মাথার চুল পাতলা। বয়স চল্লিশের কাছাকাছি। পায়ে বেশ ঝাঁ-চকচকে একজোড়া জুতো।

রক্তে-মাখা পিঠটার ঠিক মাঝামাঝি মেরুদণ্ডের ওপর একটা ছ্যাঁদা লক্ষ করল ঘড়ি। বন্দুক বা পিস্তলের গুলিই হবে, ঘড়ি আরও লক্ষ করে, যেখানে সেক্রেটারি বসেছিল ঠিক সেইখানে বাসের পেছন দিককার সিটেও একটা ফুটো। সন্দেহ নেই কেউ পিছন থেকে গুলি চালিয়েছে; সেই গুলি বাস ফুটো করে সেক্রেটারির শরীরে ঢুকে গেছে। সম্ভবত মৃত্যুও হয়েছে তৎক্ষণাৎ। কিন্তু কোণের দিকে ভিড়ের চাপে সেঁটে বসে ছিল বলে এতক্ষণ পড়ে যায়নি।

ঘড়ি চাপা গলায় বলল, "আংটি, চল, কেটে পড়ি। এখানে আর থাকা বিপজ্জনক।"

আংটি মাথা নেড়ে বলল, "সেই ভাল।"

দুই ভাই নেমে পড়ল।

এ জায়গাটা তাদের চেনা। বহুবার এসেছে। লালমণিপুর। এখানে মণ্টু নামে ঘড়ির এক বন্ধু থাকে; বেশ বড়লোক।

ঘড়ি বলল, "চল, মণ্টুর মোটর সাইকেলটা নিয়ে ফিরে যাই।"

মণ্টুর বাড়ি বেশি দূর নয়। রাস্তার ওপরেই তাদের বিশাল বাগানঘেরা বাড়ি।

মণ্টু বাড়িতেই ছিল। তারা যেতেই বেরিয়ে এসে বলল, "আরে! তোদের কী খবর বল তো! আজ এত বড় একটা ম্যাচ জেতার পর কোথায় গায়েব হয়ে গিয়েছিলি? সবাই তোদের খোঁজ করে অস্থির। কোন রাজা নাকি তোদের নিয়ে গেছে।"

ঘড়ি বেশি ভাঙল না। বলল, "পরে সব বলব। এখন তোর মোটর সাইকেলটা দে। বাড়ি ফিরতে হবে।"

এগারো

দুই ভাই মোটর সাইকেল দাবড়ে যখন বাড়ি ফিরল তখন বেশ একটু রাত হয়ে গেছে। বাড়ির লোক চিন্তা করতে শুরু করেছে। হরিবাবু বাইরের বারান্দায় পায়চারি করতে করতে স্বগতোক্তি করছেন, "মরবে...মরবে, দুটোই একদিন বেঘোরে মরবে। ওসব বর্বর খেলার পরিণতি ভাল হওয়ার কথা নয়। ফাইনার সেন্স নষ্ট হয়ে যায়, বুদ্ধি লোপ পায়, হিংস্রতা আসে, মানুষ পশু হয়ে যায়..."

খেলাধুলো জিনিসটা যে এত খারাপ তা পঞ্চানন্দ জানত না। সে খুব গম্ভীর মুখে হরিবাবুর পিছু-পিছু পায়চারি করছিল। আর মাঝে-মাঝে "খুব ঠিক কথা", "বেড়ে বলেছেন", "সে আর বলতে"—এই সব বলে যাচ্ছিল।

হরিবাবু তার দিকে চেয়ে হঠাৎ বললেন, " তুমি তো অনেক ফিকির জানো। ছেলে দুটোর কী হল একটু দেখবে?"

পঞ্চানন্দ বিগলিত হয়ে বলল, "আজ্ঞে বৃথা ভেবে মরছেন। আপনার ছেলে দুটো

তো আর দুধের খোকা নয়। ঠিক ফিরে আসবে।”

একটা দীর্ঘশ্বাস ফেলে হরিবাবু বললেন, “দুধের খোকা যে নয় তা আমি বিলক্ষণ জানি। দুটোই ভয়ঙ্কর রকমের ডাকাবুকো গুণ্ডা। প্রায়ই মারপিট করে আসে। ওদের শত্রুর অভাব নেই। তার কেউ যদি গুম-খুন করে বসে, তা হলে কী হবে?”

পঞ্চানন্দ মাথা চুলকে বলল, “তা হলে তো খুবই মুশকিল।”

হরিবাবু একটু কঠিন চোখে পঞ্চানন্দের দিকে চেয়ে বললেন, “ওবেলা তো দিব্যি খ্যাঁট চালালে।”

পঞ্চানন্দ বিগলিত হয়ে বলল, “আজ্ঞে সে আর বলতে। মাংসটা কিন্তু মশাই খুব জমে গিয়েছিল। আর-একটু ঝাল হলে কথাই ছিল না। তারপর ধরুন পোলাওয়ের কথা। তারটা খুব উঠেছিল বটে, তবে কিনা জাফরান না পড়লে পোলাও ঠিক যেন পোলাও-পোলাও লাগে না। তবে ফুলকপির রোস্ট গিন্নিমা একেবারে সোনার ফ্রেমে বাঁধিয়ে দিয়েছিলেন বটে...”

হরিবাবু কঠিন গলায় বললেন, “খ্যাঁট ফের এ বেলাও তো চালাবে।”

পঞ্চানন্দ মাথা চুলকে বলল, “আজ্ঞে হিমালয়ে গিয়ে যখন থাকি, তখন দিনান্তে একটা পাকা হত্তুকি ছাড়া কিছুই জোটে না । এই আপনাদের কাছে যখন আসিটাসি, তখনই যা আজ্ঞে, একটু ভালমন্দ জোটে। বলতে নেই আজ্ঞে শ্রীভগবানের আশীর্বাদে এ বেলাও একটু খ্যাঁট চালানোর ইচ্ছে আছে।”

“তা চালাবে চালাও, কিন্তু বসে-বসে খাওয়া আমি অপছন্দ করি। যাও গিয়ে ছেলে দুটোর হদিস করে এসো।”

পঞ্চানন্দ মাথা চুলকে বলল, “প্রস্তাবটা মন্দ নয়! হাঁটাহাঁটি দাপাদাপি করলে খিদেটাও চাগাড় দিয়ে উঠত। কিন্তু মুশকিল কী জানেন! আপনার ছেলেদের তো আমি চিনি না। আপনাদেরই সব ছোট ছোট দেখেছি। সেই আপনারা বড় হলেন, ছেলের বাপ হলেন, ভাবতেও অবাক লাগে। ভাবি দুনিয়াটা হল কী!”

হরিবাবু যথেষ্ট রেগে গলা রীতিমতো তুলে বললেন, “ওসব বাজে কথা ছাড়ো। তুমি না চিনলেও ঘড়ি আর আংটিকে তল্লাটের সবাই চেনে। জিজ্ঞেস করে করে খোঁজ নাও। শুনছি, কোনও রাজা নাকি তাদের নিয়ে গেছে।”

পঞ্চানন্দ অবাক হয়ে বলে, “রাজা! এ তল্লাটে আবার রাজা-গজা কে আছে বলুন তো?”

“সে কে জানে। হাতরাশগড়ে একসময়ে রাজা ছিল একজন। সে কবে মরে হেজে গেছে। তা সে জমিদারি রাজত্বও কিছুই তো আর নেই। সব জঙ্গল হয়ে আছে। তাই ভাবছি হাতরাশের রাজা আবার কে এল ঘড়ি আর আংটিকে নিয়ে যেতে! কোনও বদমাশের পাল্লায় পড়ল না তো!”

পঞ্চানন্দ মাথা নেড়ে বলল, “আজকাল গুণ্ডা বদমাশের অভাব কী! চারদিকেই তো তারা—”

হরিবাবু খেঁকিয়ে উঠে বললেন, “সেইজন্যই তো খোঁজ নিতে বলছি।”

“যাচ্ছি আজ্ঞে।”

তবে পঞ্চানন্দকে যেতে হল না। বারান্দা থেকে সে সবে সিঁড়িতে পা বাড়িয়েছে, এমন সময় বিকট শব্দে হুড়মুড় করে একটা বিশাল মোটর সাইকেল এসে গা ঘেঁষে ব্রেক কষল। পঞ্চানন্দ সড়াত করে পা টেনে নিয়ে বলল, "বাপ রে!"

হরিবাবু কটমট করে ঘড়ি আর আংটির দিকে কিছুক্ষণ চেয়ে রইলেন। তারপর বিকট হুঙ্কার দিয়ে বললেন, "কোথায় ছিলি?"

ঘড়ি আর আংটি খুবই দামাল আর দুরন্ত বটে, কিন্তু আশ্চর্যের বিষয় তারা তাদের নিরীহ কবি-বাবাকে ভীষণ ভয় পায়। হরিবাবু তাদের কখনও মারধোর করেননি, এমনকী বকাঝকাও বিশেষ করেন না। বলতে কী, ছেলেদের খোঁজ-খবরই তিনি কম রাখেন। তবু ঘড়ি আর আংটি বাপের সামনে পড়লে কেমন যেন নেংটি ইঁদুরের মতো হয়ে যায়।

দুই ভাই মোটর সাইকেল থেকে নেমে কাঁচুমাচু হয়ে মাথা নিচু করে দাঁড়াল।

"কোথায় গিয়েছিলি? মোটরবাইকই বা কোথায় পেলি? কতবার বলেছি না মোটরবাইক, সাইকেল, এসব হল শয়তানের চাকা? দু চাকায় যে গাড়ি চলে তাকে কোনও বিশ্বাস আছে?"

ঘড়ি গলা খাঁকারি দিয়ে বলল, "আমরা একটু এই এক বাড়িতে নেমন্তন্ন খেতে গিয়েছিলাম।"

কথাটা মিথ্যে, তবে ঘড়ি জানে তাদের বাবা খুব ভিতু মানুষ। তারা যে বিপদে পড়েছিল, সে কথা বললে বাবার সারা রাত আর ঘুম হবে না।

হরিবাবু অত্যন্ত সন্দিহান চোখে মোটরবাইকটার দিকে চেয়ে বললেন, "ওটা কার?"

"আমাদের এক বন্ধুর। রাস্তায় বাস খারাপ হয়ে যাওয়ায় চেয়ে এনেছি।"

হরিবাবু একটা দীর্ঘশ্বাস ফেললেন। তারপর বললেন, "ওটা ফেরত দেওয়ার সময় ঠেলে নিয়ে যাবে। খবরদার চাপবে না। মনে থাকবে?"

ঘড়ি ঘাড় কাত করে বলল, "থাকবে।"

"এখন যাও। তোমাদের মা খুব দুশ্চিন্তায় আছেন। জরি, ন্যাড়া সব খুঁজতে বেরিয়েছে তোমাদের।"

হরিবাবুর পিছন থেকে পঞ্চানন্দ দুই ভাইকে দেখে নিচ্ছিল ভাল করে। মুখে বিগলিত হাসি। ঘড়ি আর আংটি ঘরে চলে যাওয়ার পর সে বলল, "বেশ দুষ্টু-দুষ্টু আর মিষ্টি-মিষ্টি দেখতে হয়েছে খোকা দুটি।"

হাত-মুখ ধুয়ে জামাকাপড় পালটে দুই ভাই নিজেদের ঘরে যখন মুখোমুখি বসল, তখন দুজনেরই মুখে দুশ্চিন্তার ছাপ।

আংটি বলল, "দাদা, এখনও আমি ঘটনাটা কিছু বুঝতে পারছি না।"

ঘড়ি প্রথমে উত্তর দিল না। ভ্রূ কুঁচকে ভাবল কিছুক্ষণ। তারপর বলল, "আমিও না।"

"সেক্রেটারিকে কে মারল, কেন মারল, তা আন্দাজ করতে পারিস?"

"দূর! কী করে আন্দাজ করব? শুধু মনে হচ্ছে, পিছন থেকে কেউ গুলি করেছে।"

"সেক্রেটারি বাসে করে যাচ্ছিল কোথায়? আমাদের খোঁজ নিতে নয় তো!"

ঘড়ি হাত উলটে বলল, "কে জানে! নরনারায়ণই বা আমাদের পাকড়াও করেছিল কেন তাও তো বুঝতে পারছি না।"

সমস্যার কোনও সমাধান সহজে হওয়ার নয় বুঝে ঘড়ি আর আংটি সোজা দাবার ছক পেতে বসে পড়ল।

দাবা খেলায় দুজনেই ওস্তাদ কিন্তু তার চেয়েও বড় কথা, কোনও সমস্যায় বা বিপদে পড়লে ঘড়ি সবসময়ে এক বা দুই পাট্টি দাবা খেলে নেয়। তাতে তার মনের ভাবটা সহজ হয়ে যায়।

হরিবাবু দাবা খেলা পছন্দ করেন না, তাস খেলা দু চোখে দেখতে পারেন না। তাই দুই ভাই গোপনে বসে দাবা খেলে।

* * *

ওদিকে ছেলেরা বাড়ি ফিরে আসায় হরিবাবু নিশ্চিন্ত হয়ে পঞ্চানন্দকে বললেন, "ওহে পঞ্চানন্দ, ইয়ে, আমার ঘরে চলো গিয়ে একটু বসি।"

"তা চলুন। বসতে আর আপত্তি কী?"

"ইয়ে বলছিলাম, আজ সন্ধেবেলায় ইয়ে একটা ওই লিখেছিলাম আর কী।"

"জিনিসটা একটু ভেঙে বলুন। কথা সবসময়ে খোলসা করে বলবেন, তাতে মনটা পরিষ্কার থাকে।"

"ইয়ে একটা কবিতা আর কী।"

"কবিতা? তা সে-কথা বলতে অত কিন্তু-কিন্তু করছেন কেন বলুন তো। কবিতা তো ভাল জিনিস। কবিতা ঝুড়ি-ঝুড়ি লিখে ফেলবেন। যত লিখবেন ততই ভাল।"

হরিবাবু খুব লাজুক মুখে বললেন, "না ইয়ে বলছিলাম কী, তোমাকে গোটাকয় শোনাব। হয়েছে কী জানো, এ বাড়িতে কবিতার ঠিক সমঝদার নেই। আমার স্ত্রী তো কবিতার খাতা পারলে উনুনে দেন। জরিটার নাকি কবিতা শুনলেই তেড়ে জ্বর আসে। ন্যাড়াটা তো গাধা। আর আমার পিসি তো কানে শোনেন না।"

পঞ্চানন্দ একটু গম্ভীর হয়ে বলল, "কবিতা শুনব সে তো ভাল কথা। কিন্তু মশাই, আমার আবার একটু বিড়ি-টিড়ি না হলে এসব দিকে মেজাজটা আসে না। দুটো টাকা দিন, ঝট করে মোড়ের মাথা থেকে এক বান্ডিল বিড়ি আর একটা ম্যাচিস নিয়ে আসি।"

হরিবাবু দিলেন, এবং বললেন, "তুমি খুব ঘোড়েল।"

বারো

গজ পালোয়ান নামটা শুনলে মনে হয় লোকটা বুঝি হাতির মতোই বিরাট আকারের। কিন্তু আসলে গজ পালোয়ানের চেহারা মোটেই সেরকম নয়, জামাকাপড় পরা অবস্থায় তাকে পালোয়ান বলে মনেই হয় না। ছিপছিপে গড়ন, লম্বাটে চেহারা,

মুখচোখ নিরীহ, একটু সাধু-সাধু উদাস-উদাস ভাব। ল্যাঙট পরে খালি গায়ে যখন সে কুস্তি শেখাতে দঙ্গলে নামে, তখন তার বিদ্যুতের মতো গতি আর বাঘের মতো শক্তির খানিকটা আঁচ পাওয়া যায়। ঘুষি মেরে যে পাথর ভাঙতে পারে, দু প্যাকেট তাস একসঙ্গে ধরে ছিঁড়ে ফেলতে পারে, তিন আঙুলের চাপে বেঁকিয়ে দিতে পারে একটা কাঁচা টাকা।

গজ খুব সাদাসিধে মানুষ। চকসাহেবের ভাঙা পোড়োবাড়ির একখানা ঘর নিয়ে সে থাকে। আসবাব বলতে একটা দড়ির খাটিয়া, একখানা উনুন আর কয়েকটা বাসনপত্র। জামাকাপড় তার বিশেষ নেই। যা আছে তা একটা দড়িতে ঝোলে। থাকার মধ্যে আর আছে একখানা পাকা বাঁশের তেলচুকচুকে পাঁচ হাত লাঠি। পুরনো বাড়ি বলে মাঝে-মাঝে বিষাক্ত সাপ বেরিয়ে আসে। গজ সাপখোপ মারে না, লাঠি মেঝেয় ঠুকে শব্দ করে তাড়িয়ে দেয়। এ ছাড়া লাঠিটা আর কোনও কাজে লাগে বলে কেউ জানে না। তবে মানুষের সবচেয়ে বড় অস্ত্র যেটা, তা লাঠি-বন্দুক এসব নয়। সেটা হল দুর্জয় সাহস। গজ পালোয়ানের সেইটে আছে।

চকসাহেবের বাড়ি নিয়ে অনেক কিংবদন্তি আছে। চক নামে কোনও নীলকর বা অন্য কোনও সাহেব এই বাহারি বাড়িখানা বানিয়েছিল। তারা মরে-হেজে যাওয়ার পর এ বাড়ি ছিল ডাকাতের আস্তানা। তারপর ভূতের বাড়ি হিসেবেও রটনা হয়েছিল একসময়। আস্তে-আস্তে বাড়িটা ভেঙে পড়ছে, জঙ্গলে ঢেকে যাচ্ছে। বসবাসের যোগ্য আর নেই। এই পড়ো-পড়ো বাড়িতে থাকতে যে কারও ভয় পাওয়ার কথা। তার ওপর ভূতপ্রেত এবং সাপখোপ। গজ এই ভগ্নপ্রায় বাড়িটার জঙ্গল কেটে কুস্তির আখড়া বানিয়েছে, একটা ঘর কোনওরকমে বাসোপযোগী করে নিয়েছে। বিকেলে গুটি দশ-বারো ছেলে তার কাছে কুস্তি শিখতে আসে। বাকি দিনরাত সে একা থাকে। কেউ তাকে বড় একটা ঘাঁটায় না। সে কোথাকার লোক, কেন তাকে জখম অবস্থায় পাওয়া গিয়েছিল, তার কে আছে, এসব খবর কেউ জানে না।

আজ রাত্রে প্রচণ্ড শীত পড়েছে। গজ খিচুড়ি রাঁধবে বলে চালে-ডালে মিশিয়ে উনুনে চাপিয়ে খাটিয়ায় বসে একটা বই পড়ছিল। চারদিকটা খুব নিঝুম। তবে পুরনো বাড়িতে নানারকম শব্দ থাকেই। যেমন, একটা তক্ষক বা প্যাঁচা ডেকে উঠল, একটা নড়বড়ে কপাট ফটাস করে বাতাসে বন্ধ হয়ে গেল, একটা বেড়াল ডেকে উঠল, মিঁয়াও। তা ছাড়া ঝিঁঝির শব্দ আছে, মশার পনপন আছে, ইঁদুরের চিকচিক আছে। এ সব সত্ত্বেও চকসাহেবের বাড়ি খুবই নিস্তব্ধ।

গজর গরম জামা বলতে প্রায় কিছুই নেই। একটা মোটা খদ্দরের চাদর আর একখানা কুটকুটে কালো কম্বল। কম্বলখানা সে শোয়ার সময়ে গায়ে দেয়। এখন শুধু চাদরখানা জড়িয়ে বসে ছিল সে। বই পড়তে-পড়তে হঠাৎ সে উৎকর্ণ হয়ে মুখ তুলল। তার মনে হল, সে একটা অচেনা শব্দ শুনছে। কীরকম শব্দ তা বলা মুশকিল। তবে পুরনো বাড়িতে যে সব শব্দ হয়, সবই তার চেনা। এ শব্দ সে রকম নয়।

কিছুক্ষণ অপেক্ষা করল গজ। আজ কৃষ্ণপক্ষের নিকষ অন্ধকার রাত্রি। তার ওপর গাঢ় কুয়াশা পড়েছে। এইরকম রাত্রে চকসাহেবের বাড়িতে খুব সাধারণ কেউ আসবে

না। কিন্তু গজর মনে হল, সে কারও একটা পায়ের শব্দ শুনতে পেয়েছে।

টেমিটা এক ফুঁয়ে নিবিয়ে দিয়ে গজ উঠল। অভ্যস্ত জায়গা থেকে লাঠিটা হাতে তুলে নিয়ে ছায়ার মতো নিঃশব্দে সে বাইরে বেরিয়ে এল। ঘরের সামনেই একটা বারান্দা। ছাদটা অনেকদিন আগেই ভেঙে পড়ে গেছে, আছে শুধু বাঁধানো চাতাল আর তিনটে থাম।

গজ একটা থামের পাশে দাঁড়িয়ে অন্ধকারেই একটা কিছু অনুভব করার চেষ্টা করল। চারদিক নিস্তব্ধ।

তবে কি গজ ভুল শুনেছে? না, সেটা সম্ভব নয়। গজকে যে অবস্থায় বেঁচে থাকতে হয়, তা সাধারণ গেরস্থ মানুষের জীবনের মতো নয়। তার কান সজাগ, চোখের দৃষ্টি অত্যন্ত তীক্ষ্ণ, অনুভূতি প্রবল। সুতরাং তার ভুল সহজে হয় না।

যারা চোখে দেখে না, তাদের শ্রবণশক্তি এবং অনুভূতি ধীরে ধীরে তীক্ষ্ণ হয়ে ওঠে। এটা লক্ষ করে গজ একসময়ে দিনের পর দিন চোখে ফেট্টি বেঁধে রেখে নিজের অনুভূতি ও শ্রবণশক্তি বাড়িয়ে তুলবার চেষ্টা করেছে। যারা কানে শোনে না, তাদের দৃষ্টি থাকে সবদিকে। সুতরাং গজ কিছুদিন কানে তুলো গুঁজে রেখে শব্দ না শুনেও শব্দকে অনুভব করার চেষ্টা করেছে এবং ঘ্রাণ ও দৃষ্টিশক্তিকে করে তুলেছে চৌখস। গজ জানে, একটু ভুল হলেই তার প্রাণসংশয়। রাতে সে যখন ঘুমোয়, তখনও তার কান এবং অনুভূতি জেগে থাকে। সামান্য একটু অস্বাভাবিক শব্দ হলেই সে তড়াক করে উঠে পড়ে। সাধারণ যে কোনও মানুষের চেয়ে তার ঘ্রাণ, শ্রবণ এবং দৃষ্টিশক্তি বহুগুণ বেশি। সুতরাং আজও তার ভুল হয়নি।

বাগানে খোয়া-বিছানো রাস্তায় একটা নুড়ি পাথরের গড়িয়ে যাওয়ার একটু শব্দ হল না?

গজ বারান্দা থেকে নেমে বোগেনভেলিয়ার ঝোপটার আড়ালে সরে গেল। তার শরীরের পেশিগুলো শক্ত হয়ে গেল, ঘ্রাণ-শ্রবণ-দৃষ্টিশক্তি হয়ে উঠল ক্ষুরধার। কে আসছে? কী চায়?

ঝোপের আড়ালে অনেকক্ষণ দাঁড়িয়ে রইল গজ। কিন্তু আর কোনও শব্দ নেই, কোনও নড়াচড়া নেই, কোনও গন্ধ নেই। কিন্তু তবু গজর মনে হতে লাগল, সে এ বাড়িতে আর একা নয়। কোনও একজন আগন্তুক এ বাড়ির কোথাও নিঃশব্দে অপেক্ষা করছে।

খিচুড়ির পোড়া গন্ধ পেল গজ। কিন্তু তবু অনেকক্ষণ নড়ল না। সে বুঝল, যে-ই এসে থাক, সে খুব তুখোড় লোক। গজর চোখ-কান-নাককে ফাঁকি দেওয়া বড় সহজ কাজ নয়।

অন্ধকারে আর একবার চারদিকে চোখ চালিয়ে গজ ধীরে-ধীরে বারান্দায় উঠল এবং ঘরে ঢুকে টেমি জ্বালল।

খিচুড়িটা একদম পুড়ে ঝামা হয়ে গেছে। হাঁড়িটা নামিয়ে রাখল সে। তারপর টেমিটা তুলে নিয়ে এ ঘর সে ঘর ঘুরে দেখল। কোথাও কেউ নেই।

গজ খুবই অস্বস্তি বোধ করতে লাগল। জীবনে বহুরকম বিপদে পড়েছে এবং

বেঁচেও গেছে। সুতরাং বিপদকে তার ভয় নেই। তার অস্বস্তিটা অন্য কারণে। তার কেবলই মনে হচ্ছে, তার চোখ-কান-নাককে ফাঁকি দিয়ে যদি কেউ এ বাড়িতে ঢুকেই থাকে, তবে সে সাধারণ মানুষ নয়। হয়তো সে মানুষই নয়।

তবে কি অশরীরী?

গজ খুব চিন্তিতভাবে বইখানা আবার খুলে বসল। কিন্তু মন দিতে পারল না।

একটা হুলো বেড়াল ভীষণ ডাকছে কোথায় যেন। কিছু দেখতে পেয়েছে কি? খুব ভয় পেয়েছে যেন!

হঠাৎ দুটো চামচিকে অন্ধের মতো চক্কর মারতে লাগল ঘরের মধ্যে। একটা ভাঙা দরজায় শব্দ হল, ক্যাঁচ।

গজ স্থির হয়ে বসে রইল। মাঠে ময়দানে, শ্মশানে কবরখানায় সে বহু রাত কাটিয়েছে। কখনও ভয় পায়নি। কিন্তু আজ এই প্রচণ্ড শীতেও তার কপালটা একটু-একটু করে ঘেমে উঠছে। লাঠিটা মুঠোয় নিয়ে সে বসে রইল চুপ করে। কী করবে তা ঠিক করতে পারছিল না। বিদ্যুতের মতো যার গতি, বাঘের মতো যার শক্তি, দুর্জয় যার সাহস, সেই গজ পালোয়ান কি আজ ভয় পাচ্ছে?

হঠাৎ একা ঘরেই হাঃ হাঃ করে হেসে উঠল গজ। সেই হাসির দমকে তার ভয় ভীতি উড়ে গেল। হঠাৎ শরীরে এল মত্ত হাতির ক্ষমতা। গজ পালোয়ান তার লাঠিটা নিয়ে এক ঝটকায় উঠে দাঁড়িয়ে বিকট একটা হুঙ্কার ছেড়ে বলল, "কে রে, চোরের মতো ঢুকেছিস বাড়িতে? বাপের ব্যাটা হয়ে থাকিস তো সামনে আয়!"

কেউ এই হুঙ্কারের জবাব দিল না। চারদিক নিস্তব্ধ।

গজ পালোয়ান আবার হুঙ্কার দিল, "শুনতে পেয়েছিস? সামনে আসার মতো বুকের পাটা নেই তোর?"

গজ পালোয়ান কয়েক সেকেন্ড অপেক্ষা করল।

হঠাৎ বারান্দায় খুব মৃদু একটা পায়ের শব্দ শোনা গেল। খুব ধীর পদক্ষেপে কে যেন আসছে।

গজ শক্ত হাতে লাঠিটা ধরে অপলক চোখে দরজার দিকে চেয়ে রইল।

প্রথমে একটা ছায়া বারান্দায় গাঢ় অন্ধকারে একবার যেন নড়ে উঠল। তারপর হঠাৎ দরজায় এসে দাঁড়াল দীর্ঘ রোগা একটা লোক। এত লম্বা আর শুঁটকো চেহারার লোক গজ কখনও দেখেনি। পরনে গাঢ় রঙের একটা স্যুট। বুক থেকে সর্বাঙ্গে রক্ত ঝরে পড়ছে।

সাদা ফ্যাকাসে মুখে লোকটা গজর দিকে একটু চেয়ে রইল। তারপর ধীরে ধীরে ওই লম্বা শরীরটা কাটা গাছের মতো পড়ে যেতে লাগল মেঝেয়।

গজ কিংকর্তব্যবিমূঢ় হয়ে চেয়ে রইল। এক পা নড়ার ক্ষমতাও তার ছিল না।

লোকটা মেঝের ওপর দড়াম করে পড়ে একটু ছটফট করল। তারপর নিথর হয়ে গেল।

সংবিৎ ফিরে পেতে অনেকক্ষণ সময় লাগল গজর। ঘটনাটা কী ঘটল তা সে বুঝতে পারছে না। কে খুন করল লোকটাকে? কেন?

গজ পালোয়ানের অবশ হাত থেকে টেমিটা পড়ে নিবে গেল। লাঠিটাও খসে গেল মুঠো থেকে।

গজ এবার সত্যিকারের ভয় পেল। এ ভয়ের কারণ অন্য। এ ভয়ের সূত্র লুকিয়ে আছে তার অতীত জীবনে। সে বুঝল, যে লোকটা তার দরজায় মরে পড়ে আছে, তার লাশ রাতারাতি পাচার করার উপায় নেই। পুলিশ আসবে, তাকে জেরা করবে। অনেক জল ঘোলা হবে তাতে।

গজ অন্ধকারে একবার চারদিকে চোখ বুলিয়ে নিল। না, তাকে পালাতে হবে। সঙ্গে বিশেষ কিছু নেওয়ার নেই।

দড়ি থেকে জামাকাপড়গুলো টেনে আর বিছানা থেকে কম্বলখানা তুলে সে বিছানার চাদর দিয়ে একটা পুঁটুলি বানাল দ্রুত হাতে। বাসনকোসনগুলো পড়ে রইল। থাকগে। গজকে এখনই পালাতে হবে। সময় নেই।

পোঁটলা ঘাড়ে নিয়ে গজ পিছনের দরজা দিয়ে বেরিয়ে এল। তারপর হন হন করে হাঁটতে লাগল ফটকের দিকে।

তেরো

কবিতা শুনতে শুনতে পঞ্চানন্দ খুব বিকট এক-একটা শব্দ করে প্রকাণ্ড প্রকাণ্ড হাই তুলছিল। হরিবাবু বিরক্ত হয়ে বললেন, "আহা, অত শব্দ করলে কি চলে? কবিতা হল স্বর্গীয় জিনিস।"

বিনীতভাবে পঞ্চানন্দ বলল, "আজ্ঞে সে তো ঠিকই। কবিতার মতো জিনিস হয় না। এত মোলায়েম জিনিস যে কান দিয়ে ভিতরবাগে ঢুকে একবারে বুকখানা জুড়িয়ে দিচ্ছে। ওই যে লিখেছেন লাইনটা 'ঘুম ঘুম ঘুম, ভূতের ঠ্যাং, বাদুড়ের ডানা, চাঁদের চুম' ওইটে শুনে এমন হাই উঠতে লেগেছে। ভাল জিনিসের মজাই এই। একবার রাজশাহির রাঘবসাই খেতে খেতে—খেয়েছেন তো? উরেব্বাস, কী যে সরেস জিনিস—হ্যাঁ তা খেতে এমন আরাম লেগেছিল যে খাওয়ার মাঝপথেই ঘুমিয়ে পড়লাম। নাক ডাকতে লাগল। শেষে একটা ইঁদুর এসে হাত থেকে বাকি আধখানা খেয়ে নেয়। তাই বলছিলাম আজ্ঞে, ভাল জিনিস পেলেই আমার বড্ড হাই ওঠে।"

হরিবাবু করুণ চোখে পঞ্চানন্দের দিকে চেয়ে বললেন, "কিন্তু ইয়ে, তুমি ঘুমিয়ে পড়লে যে আমার আর কবিতা পড়ার উৎসাহ থাকবে না।"

পঞ্চানন্দ খুব বিগলিত হয়ে দাঁত বের করে বলল, "তা হলে বরং গিন্নিমাকে বলে পাঠান, দুকাপ বেশ জবর করে চা পাঠিয়ে দিতে। শীতটাও জাঁকিয়ে পড়েছে। জমবে ভাল। সঙ্গে এক-আধখানা নোনতা বিস্কুট-টিস্কুট হলে তো চমৎকার। চা আবার খালিপেটে খেতেও নেই। পেটে গরম চা গেলে আপনার কবিতার সাধ্যি নেই যে, পঞ্চানন্দকে হাই তোলাবে।"

অগত্যা হরিবাবু উঠে গিয়ে চায়ের কথা বলে এলেন।

নোনতা বিস্কুট দিয়ে চা খাওয়ার পর মিনিট দশেক জেগে রইল পঞ্চানন্দ। হরিবাবু

নাগাড়ে কবিতা পড়ে চলেছেন। পঞ্চানন্দ দেয়ালে ঠেস দিয়ে ঘুম। তবে ঘুমের মধ্যেও পঞ্চানন্দ মাঝে মাঝে বলে যেতে লাগল, "আহা...বেড়ে লিখেছেন...চালিয়ে যান...।" তারপর হঠাৎ ঘুম ভেঙে সোজা হয়ে বসে বলল, "দাঁড়ান, দাঁড়ান, একতলা থেকে কে যেন ডেকে উঠল!"

হরিবাবু পড়া থামিয়ে অবাক হয়ে বললেন, "কই, আমি শুনিনি তো!"

পঞ্চানন্দ মাথা নেড়ে বলল, "নির্ঘাত ডেকেছে। ওই যে শুনুন।"

বাস্তবিকই শোনা গেল নীচে থেকে বাচ্চা-চাকরটা হাঁক মারছে "বাবুরা, সব খেতে চলে আসুন। মা-ঠাকরোন ডাকছেন।"

পঞ্চানন্দ একগাল হেসে বলল, "শুনলেন তো! এ হল পঞ্চানন্দের কান। সেবার তো কৈলাস থেকে ভূতেশ্বরবাবা ডাক দিলেন আর আমি সে-ডাক গঙ্গোত্রীতে বসে শুনে ফেললুম। শিবুবাবুও বলতেন, "ওরে পঞ্চা, তোর কান তো কান নয়, যেন টেলিফোন।" তা আজ্ঞে গিন্নিমা যখন ডাকছেন তখন আর দেরি করা ঠিক নয়। খবর নিয়েছি আজ খাসির তেলের বড়া হয়েছে এবেলা। গরম খেলে অমৃত, ঠাণ্ডা হলে গোবর। দেরি করাটা আর একদমই উচিত হবে না।"

হরিবাবু একটা দীর্ঘশ্বাস ফেলে কবিতার খাতা বন্ধ করে বললেন, "তোমার কান সত্যিই খুব সজাগ।"

যাই হোক, খাওয়াদাওয়া মিটতে একটু রাতই হয়ে গেল। পঞ্চানন্দ যা খেল তা আর কহতব্য নয়। তবে কিনা গিন্নিমা অর্থাৎ হরিবাবুর স্ত্রী তাকে খুব অপছন্দ করছিলেন না।

পঞ্চানন্দ এগারোটা খাসির তেলের বড়া শেষ করে যখন মাংসের ঝোল দিয়ে একপাহাড় ভাত মাখছে তখন গিন্নিমা সামনে এসে দাঁড়িয়ে কোমরে হাত দিয়ে তার খাওয়া দেখতে দেখতে বললেন, "এই খিদেটা পেটে নিয়ে এতকাল কোথায় ছিলে?"

পঞ্চানন্দ লজ্জা-লজ্জা ভাব করে বলল, "আজ্ঞে পাহাড়ে কন্দরেই কাটছিল আর কী টানা বছর-দুই নিরম্বু উপোস। পাহাড়িবাবার হুকুমে দেড় বছর একটানা এক ঠ্যাঙে দাঁড়িয়ে সাধনা করতে হল। তারপর..."

গিন্নিমা চোখ পাকিয়ে বললেন, "আমি তো কর্তাবাবুর মতো কবি নই, পাগলও নই যে, যা খুশি বুঝিয়ে দেবে। তোমার মতো হাড়হাভাতেদের আমি খুব চিনি। মিথ্যে কথা বললে দূর করে তাড়িয়ে দেব। বলি হাতটানের অভ্যেস নেই তো?"

পঞ্চানন্দ একটু মিইয়ে গিয়ে মিনমিন করে বলল, "খুব অভাবে পড়লে ওই একটু-আধটু। বেশি-কিছু নয়, এই ঘটিটা বাটিটা। সত্যি বলছি।"

"থাক, আর কিরে কাটতে হবে না। শোনো, এই বলে রাখছি, এ বাড়িতে থাকতে চাও থাকবে, দুবেলা দুটি করে খেতেও পাবে। তবে তার বদলে শক্ত কাজ করতে হবে। বসে খেলে চলবে না।"

পঞ্চানন্দ কাজের কথায় খুব নরম হয়ে গিয়ে বলল, "আজ্ঞে আমার হল ননীর শরীর। বেশি কাজটাজ আমার আসে না।"

"তা বললে তো হবে না। কাজ না করলে সোজা বাড়ি থেকে বের করে দেব।

তবে এও বলি বাছা, কাজ শক্ত হলেও বেশি পরিশ্রমের নয়। এবাড়ির কর্তাবাবুর বড় কবিতা লেখার বাতিক। কেউ শুনতে চায় না বলে ভারী মনমরা হয়ে থাকেন। খবরের কাগজের লোকগুলোও কানা, কেউ ছাপতে চায় না। তা এবার থেকে বাবুর কাছে-কাছে থাকবে। আর কবিতা শুনবে। পারবে তো!"

পঞ্চানন্দ একটা বিষম খেল। তারপর ঘটি আলগা করে খানিক জল গিলে নিয়ে বলল, "তা...তা পারব'খন। তবে কিনা মা-ঠাকরোন, এই বিড়িটা আশটা কিংবা একটু গরম চা, মাঝে-মাঝে চুল ছাঁটা আর দাড়ি কামানোর পয়সা..."

"ইঃ, আম্বা দ্যাখো, আচ্ছা সে অবস্থা বুঝে ব্যবস্থা করা যাবে। কর্তাবাবুর তোমাকে বেশ ভাল লেগেছে বলেই তোমাকে রাখছি। নইলে..."

পঞ্চানন্দ সপাসপ ঝোলমাখা ভাত খেতে খেতে বলল, "নইলে কী তা আর বলতে হবে না মা-ঠাকরোন। পঞ্চানন্দকে আজ অবধি কেউ ভাল চোখে দেখেনি। অবিশ্যি তাদের দোযও নেই।"

"আর শোনো, মিথ্যে কথাটথাগুলো একটু কম করে বোলো। তুমি নাকি আমার শ্বশুরমশাইয়ের বন্ধু ছিলে বলে বলেছ?"

জিব কেটে পঞ্চানন্দ বলে, "ছিঃ, ছিঃ, বন্ধু বললে আমার জিব খসে পড়বে যে। তবে কিনা শিবুবাবু আমাকে খুব স্নেহ করতেন। বাপে-তাড়ানো মায়ে-খেদানো বাউন্ডুলে তো আমি, তাই তাঁর জাদুইঘরের বারান্দায় থাকতে দিয়েছিলেন। ওরকম মানুষ হয় না।"

"আর তুমি নাকি একটা চাবি দিয়েছ কর্তাবাবুকে, সে চাবি কীসের চাবি?"

পঞ্চানন্দ বাঁ হাতে মাথা চুলকে বলল, "আজ্ঞে মা ঠাকরোন, আপনার কাছে মিথ্যে কথা বলে কোন আহাম্মক? চাবিটা কীসের তা আমিও জানি না। তবে শিবুবাবু..."

গিন্নিমা চোখ পাকিয়ে বললেন, "দ্যাখো পঞ্চানন্দ, আমাকে তোমার কর্তাবাবুর মতো গোলা লোক পাওনি। আমার শ্বশুরমশাইয়ের সঙ্গে তোমার ভাব থাকলে এখন তোমার কত বয়স হওয়ার কথা জানো?"

পঞ্চানন্দ খুব ভাবনায় পড়ে গিয়ে বলে "আজ্ঞে বয়সটাও আমার নেহাত ফেলনা নয়। তা বলতে নেই বয়স তো গিয়ে সেই..."

"থাক, থাক, তোমার ওজর আমার জানা আছে। এখন খাও, খেয়ে নিজের বাসন মেজে জায়গা পুঁছে ল্যাবরেটারির বারান্দায় গিয়ে শুয়ে থাকো।"

গিন্নিমা চলে যাওয়ার পর পঞ্চানন্দ রাঁধুনিকে ডেকে গম্ভীরভাবে বলল, "লেখাপড়া জানার ঝক্কি অনেক, বুঝলে? লেখাপড়া না শিখে খুব ভাল কাজ করেছ। আমি একটু বেড়াতে এসে কেমন ফেঁসে গেলুম দ্যাখো, বাবুর হয়ে এখন নানারকম লেখা-টেখার মুসাবিদা করতে হবে। মাথার খাটুনিটাও কিছু কম হবে না। কাল সকাল থেকে আমাকে এক গেলাস করে গরম দুধ দিয়ো তো। আর একটা কথা, আমার কাছে একটা পোঁটলা আছে। বেশি কিছু নেই তাতে। পড়তি জমিদার বংশ তো, বেশি কিছু ছিলও না। ভরি পাঁচ সাত সোনার গয়না, কয়েকটা মোহর আর বোধহয়

দশ-বারোখানা হিরে, তিন-চারটে মুক্তো এই সব আর কী। পোঁটলাটা তোমার কাছে গচ্ছিত রাখব। একটু লুকিয়ে রেখো। কেমন?"

রাঁধুনি একটু বোকা-সোকা লোক। সহজেই বিশ্বাস করে বলে, "যে আজ্ঞে। তা আপনি ক'দিন আছেন এখানে?"

"দেখি রে ভাই। যত দিন হিমালয় আবার না টানে ততদিন তো থাকতেই হচ্ছে। আর এঁরাও ছাড়তে চাইছে না। কেন বলো তো?"

রাঁধুনি মাথা চুলকে বলল, "না, ভাবছি কাল থেকে দুবেলাই কয়েক খুঁচি চাল বেশি করে নিতে হবে। আজ রাতে আমাদের ভাতে টান পড়েছে। আপনি বেশ খান।"

একটা দীর্ঘশ্বাস ফেলে পঞ্চানন্দ বলল, "সেই খাওয়া আর কোথায় রে ভাই। আর খাবই বা কী দিয়ে? কাল যদি একটু ভালমন্দ রাঁধো তো খাওয়া দেখাব, দেখলে ট্যারা হয়ে যাবে।"

"আজ্ঞে ভালমন্দ তো আজ কিছু কম হয়নি।"

"দূর পাগলা, মাংস, খাসির তেলের বড়া, ভাজা মুগের ডাল মাছের মাথা দিয়ে, ফুলকপির পোড়ের ভাজা, পটলের দোলমা এ আর এমনকী? এর সঙ্গে চিতল মাছের পেটি, ইলিশ ভাজা, কুচো মাছের টক, মুরগির কালিয়া, পায়েস আর কাঁচাগোল্লা হত তো দেখতে ভোজবাজি কাকে বলে।"

পঞ্চানন্দ আঁচিয়ে এসে বাড়ির কাজের লোকটিকে ডেকে বলল, "থালাটা ভাল করে মেজো। নোংরা কাজ একদম পছন্দ করি না।"

এই বলে সে সোজা গিয়ে জরিবাবুর ঘরে হানা দিল।

"এই যে জরিবাবু, হবে নাকি একখানা দরবারি কানাড়া? রাতটা বেশ হয়েছে। এই বেলা ধরে ফেলুন।"

জরিবাবু করুণ স্বরে বললেন, "ধরব, আবার যদি কেউ তারা চলে আসে গান শুনতে?"

"ভয় কী? আমি তো আছি। নাঃ, আজ বড় চাপনো খাওয়া হয়েছে। আজ বরং থাক। কাল হবে। তা আমার বিছানাটা কোন দিকে হবে?"

জরিবাবু তাড়াতাড়ি উঠে কম্বল চাদর আর বালিশ দিয়ে বললেন, "মেঝেয় শুতে কি আপনার খুব কষ্ট হবে?"

"নাঃ, হিমালয়ে তো বরফের ওপরেই শোওয়া-টাওয়া চলত। কষ্ট কীসের?"

পঞ্চানন্দ বেশ ভাল করে বিছানা পেতে শুয়ে বলল, "বাতিটা নিবিয়ে আপনিও শুয়ে পড়ুন। সকালে আবার গলাটলা সাধতে হবে।"

জরিবাবু বাধ্য ছেলের মতো শয্যা নিলেন।

আস্তে-আস্তে দুজনেই ঘুমিয়ে পড়ল। রাত্রি নিঝুম হয়ে গেল।

কিন্তু মাঝরাতে আচমকাই ঘুম ভেঙে চোখ চাইল পঞ্চানন্দ।

চোদ্দো

অন্ধকারে পঞ্চানন্দ ঘুম ভেঙে কিছুক্ষণ চুপচাপ শুয়ে রইল। তার ঘুম খুবই পাতলা। কিন্তু ঘুমটা ভাঙল কেন তা চট করে বুঝতে পারছিল না সে। কিছুক্ষণ কান খাড়া করে থাকার পর সে শুনতে পেল, কে যেন বাইরে থেকে খুব চাপা গলায় ডাকল, "ন্যাড়া! এই ন্যাড়া!" ব্যাপারটা একটু দেখতে হচ্ছে। রাত-বিরেতে চাপা গলার ডাক মোটেই সুবিধের নয়। কিছু গোলমাল আছে। আর যেখানে গোলমাল এবং গণ্ডগোল সেখানেই পঞ্চানন্দ জুত পায়।

কালো কম্বলটা মুড়ে নিয়ে উঠে পঞ্চানন্দ নিঃশব্দে দরজা খুলে ফেলল। তারপর বারান্দা ডিঙিয়ে, উঠোন পেরিয়ে বাইরের বাগানে এসে ন্যাড়ার ঘরের জানালার দিকে গুঁড়ি মেরে এগোল।

বেশিদূর এগোতে হল না। কুয়াশামাখা অন্ধকারে সে একজন লম্বামতো লোককে দাঁড়িয়ে থাকতে দেখে টপ করে কামিনীঝোপের আড়ালে গা ঢাকা দিল।

লোকটা ডাকছে, "ন্যাড়া! এই ন্যাড়া!"

ন্যাড়া কুস্তিগির বলেই বোধহয় ঘুমটা খুব গাঢ়। সাড়া দিচ্ছিল না। লোকটা খানিকক্ষণ ডাকাডাকির পর বন্ধ জানালার কপাটে টোকা দিতে লাগল।

ভিতর থেকে ন্যাড়ার ভয়জড়ানো গলা পাওয়া গেল, "কে? কে?"

লোকটা চাপা গলায় ধমক মারল, "চিৎকার কোরো না। আমি গজ পালোয়ান। জানালাটা খোলো, জরুরি কথা আছে।"

সঙ্গে-সঙ্গে জানালা খুলে গেল। ন্যাড়া শিকের ফাঁকে উঁকি মেরে অবাক হয়ে বলল, "গজদা! এত রাতে? কী ব্যাপার?"

গজ চাপা গলায় কী বলতে শুরু করল। পঞ্চানন্দ শুনতে না পেয়ে আরও একটু এগোল। বলতে গেলে গজ পালোয়ানের কোমরের হাতখানেকের মধ্যেই তার মাথা। মাঝখানে একটা শুধু কলাবতীর ঝোপ।

গজ বলল, "আমার বাড়িতে একটু আগে একটা লোক খুন হয়েছে।"

ন্যাড়া আঁতকে উঠে বলল, "সর্বনাশ!"

গজ বলল, "চেঁচিয়ো না, খুন হওয়ার ঘটনা আমি স্বচক্ষে দেখিনি। লোকটা রক্তমাখা শরীরে আমার ঘরে ঢুকেই পড়ে যায়। ঘাবড়ে গিয়ে আমি পালিয়ে আসি। কিন্তু কিছু দূর আসার পর আমার মনে হল, আগুপিছু ভাল করে না দেখে পালানোটা ঠিক হচ্ছে না। তখন আমি আবার ফিরে গেলাম। আশ্চর্যের ব্যাপার কী জানো? গিয়ে দেখলাম খুন-হওয়া লোকটার চিহ্নমাত্র কোথাও নেই। আরও দেখলাম, আমার জিনিসপত্র বলতে যা কিছু ছিল সব কে হাঁটকে মাটকে রেখে গেছে। তখন সন্দেহ হল, খুনটা হয়তো আসল খুন নয়। সাজানো ঘটনা। তাই বেরিয়ে যখন থানায় খবর দিতে যাচ্ছি তখন পানুর সঙ্গে দেখা। পানুকে চেনো তো? তোমাদের সঙ্গেই কুস্তি শেখে! তার মুখে আর এক আশ্চর্য ঘটনা শুনলাম। আজ একটা বাসে নাকি একটা লোক খুন হয়েছিল। লম্বা সুড়ুঙ্গে চেহারা। অবিকল আমার বাসার লোকটার মতো।

খুন হওয়ার পর তাকে ধরাধরি করে সকলে হাসপাতালে নিয়ে দিয়ে আসে। হাসপাতালে তাকে ইমারজেন্সিতে ফেলে রেখে ডাক্তাররা পুলিশে খবর দেয়। কিন্তু পুলিশ এসে দেখে ইমার্জেন্সির বেড খালি, লাশ নেই।"

"বলেন কী গজদা? এ তো ভুতুড়ে কাণ্ড?"

"হ্যাঁ। খুবই রহস্যময় ঘটনা। আমার মনে হচ্ছে দুটি ঘটনাই এক লোকের কাজ। দুবারই সে খুনের অভিনয় করেছে। কিন্তু তার কারণ কী সেটা জানা দরকার। তাই আমি ভাবছি কয়েকটা দিন তোমার এখানে একটু গা-ঢাকা দিয়ে থাকব। তোমার বাড়ির লোক জানলে ক্ষতি নেই, কিন্তু বাইরের লোক না যেন জানতে পারে।"

ন্যাড়া বলল, "কোনও চিন্তা নেই গজদা। আমার বাবার ল্যাবরেটরি তো পড়েই আছে। কেউ থাকে না। চলুন, এখনই ব্যবস্থা করে দিচ্ছি।"

গজ খুশি হয়ে বলল, "বাঃ, চমৎকার ব্যবস্থা।"

এই পর্যন্ত শুনে পঞ্চানন্দ সুট করে সরে এল। তারপর আড়ে-আড়ে থেকে নজর রাখল।

ন্যাড়া দরজা খুলে বেরিয়ে গজ পালোয়ানকে খাতির করে নিয়ে গিয়ে ল্যাবরেটরিতে ঢোকাল। ল্যাবরেটরির চাবি যে ন্যাড়ার কাছেই থাকে এটাও জেনে নিল পঞ্চানন্দ।

ল্যাবরেটরিতে শিবু হালদারের যা সব যন্ত্রপাতি ছিল তা আজও অক্ষত এবং যথাস্থানে সাজিয়ে রাখা আছে। কেউ নাড়াচাড়া করেনি। ল্যাবরেটরির একধারে একটা সিংগল খাটে বিছানা পাতা আছে আজও। কাজ করতে করতে রাত গভীর হয়ে গেলে শিবুবাবু এখানে শুয়ে থাকতেন।

ন্যাড়া বিছানাটা ঝেড়েঝুড়ে দিয়ে বলল, "গজদা, একটা কিন্তু সমস্যা আছে।"

"কী বলো তো?"

ন্যাড়া মাথা চুলকে বলল, "বাবার ল্যাবরেটরিতে ভূত আছে।"

গজ চমকে উঠে বলল, "ভূত! তোমরা দেখেছ?"

ন্যাড়া মাথা নেড়ে বলল, "আমি নিজে দেখিনি। তবে অনেকে দেখেছে।"

"ভূতটার চেহারা কেমন?"

"সেইটেই তো গোলমেলে। একটা ভূত হলে একই রকম চেহারা হওয়ার কথা। কিন্তু এখানে নানা সময়ে নানাজনে নানারকম ভূতকে দেখে। বেঁটে ভূত, লম্বা ভূত, সাহেব ভূত, কাফ্রি ভূত। ভয়ে রাত-বিরেতে এদিকে কেউ আসে না।"

গজ একটু চিন্তিত হয়ে বলল, "ভূতের ভয় আমার নেই। তবে অনেকে যখন দেখেছে, তখন কিছু একটা আছেই। যাই হোক, আমি সাবধান থাকব।"

"দরজাটা ভাল করে এঁটে শোবেন।"

কাচের শার্সি দিয়ে পঞ্চানন্দ সবই মন দিয়ে দেখছিল আর শুনছিল। ভূতের কথাতে তার গায়ে একটু কাঁটা দিল।

ল্যাবরেটরির ভিতরে আলো থাকায় গজ-পালোয়ানকে খুব ভাল করে দেখে নিল পঞ্চানন্দ। চেহারাটা একই রকম আছে। গায়ের জোরও কি আর কমেছে? ওই

হাতের রদ্দা যে কী বিভীষণ তা পঞ্চানন্দের মতো আর কে জানে?

ন্যাড়া বিদেয় হলে গজ ঘরের দরজা বন্ধ করে কিছুক্ষণ বাঘের মতো পায়চারি করল। মাঝে-মাঝে কটমট করে চারদিকে চাইছে। একবার যেন পঞ্চানন্দের দিকেও চাইল।

বাইরে ঘুটঘুট্টি অন্ধকার। পঞ্চানন্দ জানে তাকে গজ পালোয়ান দেখতে পায়নি। তবু সে একটু পিছনে সরে একটা লেবুগাছের আড়ালে দাঁড়াল, চারদিকটায় একটু চোখ বুলিয়ে দেখে নিল। নাঃ, কোথাও কেউ নেই।

গজ পালোয়ান আরও কিছুক্ষণ পায়চারি করে থমকে দাঁড়িয়ে গেল হঠাৎ। তারপর এগিয়ে এসে ঘরের জানালাগুলোর পরদা ভাল করে টেনে দিতে লাগল।

পরদাগুলো ভীষণ মোটা কাপড়ের। তার ভিতর দিয়ে কিছুই দেখা যায় না। পঞ্চানন্দ জানালার ধারে গিয়ে অনেক উঁকিঝুঁকি দিল, কিন্তু সুবিধে হল না। তবে এটা সে বুঝল যে, ঘরে আলো জ্বেলে গজ কিছু একটা করছে। একটা দেরাজ খোলার শব্দ হল। কিছুক্ষণ পর একটা লোহার আলমারির পাল্লার শব্দও পাওয়া গেল।

গজ বন্ধ ঘরে কী করছে তা জানার অদম্য কৌতূহল সত্ত্বেও কিছু করার নেই জেনে পঞ্চানন্দ একটা দীর্ঘশ্বাস ফেলে ঘরের দিকে রওনা দেওয়ার জন্য ঘুরে দাঁড়াল।

আর তার পরেই তার মাথার চুলগুলো দাঁড়িয়ে পড়ার উপক্রম।

কেয়াঝোপটার নীচে ঘুটঘুট্টি ছায়ায় হঠাৎ একটু নড়াচড়া পড়ে গেল যেন। পঞ্চানন্দের চোখে অন্ধকার সয়ে যাওয়ায় একটু ঠাহর করে চাইতেই সে দেখতে পেল, তিনটে মানুষের চেহারার প্রেতমূর্তি কেয়াঝোপের অন্ধকার থেকে ধীরে ধীরে বেরিয়ে আসছে।

পঞ্চানন্দ এমন হাঁ হয়ে গেল যে, নড়াচড়ার সাধ্য নেই। পা দুটো যেন পাথর। শরীরটা হিম। দাঁতে দাঁতে আপনা থেকেই ঠকঠক শব্দ হচ্ছে।

কিন্তু বহু ঘাটের জল খেয়ে পঞ্চানন্দ ঠেকে শিখেছে অনেক। কিছুক্ষণের মধ্যেই সে সংবিৎ ফিরে পেয়ে টক করে ঘাসের ওপর উপুড় হয়ে পড়ে গেল। কম্বলের তলায় হাত-পা সব টেনে নিয়ে একেবারে মরা হয়ে রইল সে। শুধু মুখের কাছটা একটু ফাঁক করে চোখ দুটো সজাগ রাখল।

আশ্চর্যের কথা, কেয়াঝোপের নীচে তিনটে সাহেবের লাশ পোঁতা আছে বলে সে নিজেই বলে বেড়িয়েছে। সেই তিনজন যে এমন জলজ্যান্ত হয়ে উঠবে তা জানত কোন আহাম্মক!

খুব আস্তে-আস্তে তিনটে মূর্তি ল্যাবরেটরির দিকে এগিয়ে আসতে লাগল। তিনজনেরই কালো রং। বেশ ঢ্যাঙা। শরীরও তাগড়াই। অন্ধকারে আর ভাল দেখা গেল না কিছু।

পঞ্চানন্দের বেশ কাছ ঘেঁষেই তিনটে মূর্তি ল্যাবরেটরির দিকে চলে গেল। পঞ্চানন্দ শ্বাস বন্ধ করে রইল কিছুক্ষণ। তারপর হামাগুড়ি দিয়ে কুয়োর পাড় আর কলার ঝোপ পেরিয়ে সোজা জরিবাবুর ঘরে ঢুকে দরজা এঁটে দিল।

জরিবাবু অন্ধকারে কাতর গলায় বলে উঠলেন, "বাপ রে! গেছি!"

পঞ্চানন্দ ভড়কে গিয়ে 'আঁ আঁ' করে উঠল। তারপর সামলে নিয়ে একটা শ্বাস ফেলে বলল, "জেগে আছেন নাকি আজ্ঞে?"

জরিবাবু কাঁপা গলায় বললেন, "আপনি কে আজ্ঞে?"

"আজ্ঞে পঞ্চানন্দ।"

"এতক্ষণ কোথায় ছিলেন?"

পঞ্চানন্দ সশব্দে একটা দীর্ঘশ্বাস ছেড়ে বলল, "আর বলবেন না জরিবাবু, পাজিগুলোর সঙ্গে কি আর পারা যায়? আবার জ্বালাতে এসেছিল। তাড়া করে গিয়ে একেবারে গোয়ালঘরে ঢুকিয়ে দিয়ে এসেছি।"

জরিবাবু উঠে বসে আলো জ্বালালেন। তারপর কতকটা নিশ্চিন্ত হয়ে বললেন, "গোয়ালঘর থেকে তারা ফের বেরিয়ে পড়বে না তো! এতক্ষণ বড় জ্বালাতন করে গেছে।"

পঞ্চানন্দ আঁতকে উঠে বলল, "কে জ্বালাতন করে গেছে?"

জরিবাবু পানের বাটা টেনে কোলের ওপর নিয়ে মাথা নেড়ে বললেন, "সে তো আপনি ভালই জানেন। ওই যে যাঁদের চোখে দেখা যায় না, অথচ আছেন, তাঁরাই আর কী। তাও একজন নয়, দুজন নয়, তিন-তিনজন।"

"বলেন কী জরিবাবু! অ্যাঁ?"

"কেন আপনার সঙ্গে তাদের দেখা হয়নি?"

পঞ্চানন্দ কাষ্ঠহাসি হেসে বলল, "হ্যাঁ, তা—তা হয়েছে বইকী। তবে কিনা...ইয়ে...।"

"আর বলবেন না। হঠাৎ ঘুম ভেঙে শুনি ঘরে খুটখাট শব্দ। আমার ঘরে বাদ্যযন্ত্রের অভাব নেই। শুনি, পিড়িং করে তানপুরা বেজে ওঠে, টুস করে তবলায় শব্দ হয়, জ্যাঁ করে হারমোনিয়ামের আওয়াজ ছাড়ে। ওফ, কতক্ষণ যে দম চেপে শুয়ে ছিলাম।"

পঞ্চানন্দ তার বিছানাটা জরিবাবুর চৌকির ধারে টেনে এনে বলল, "আর ভয় নেই। আমি কাছাকাছি রইলাম। একটা জব্বর পান সাজুন তো।"

পনেরো

জরিবাবু উঠে পান সাজতে বসলেন । কম্বল মুড়ি দিয়ে পঞ্চানন্দ হি হি করে কাঁপছিল। জরিবাবু বললেন, "আপনার কি খুব শীত লেগেছে পঞ্চানন্দবাবু?"

"আজ্ঞে হ্যাঁ। বেজায় শীত।"

"কিন্তু কই, ঘরের মধ্যে তো তেমন ঠাণ্ডা নেই?"

পঞ্চানন্দ বিরক্ত হয়ে বলল, "আমার ম্যালেরিয়ার ধাত। যখন-তখন শীত করে।"

"হিমালয়ে করত না?"

পঞ্চানন্দ কম্বল দিয়ে ভাল করে মাথাটা ঢেকে বলল, "করত। আবার যোগবলে শীত তাড়িয়েও দিতাম। তা ইয়ে, ঘরে কারা ঢুকেছিল বলেছিলেন যে?

"আজ্ঞে হ্যাঁ। তাদের তো আপনিও দেখেছেন।"

"তবু শুনি বৃত্তান্তটা।"

জরিবাবু একটা পানের খিলি পঞ্চানন্দকে এগিয়ে দিয়ে নিজেও একটা মুখে পুরলেন। তারপর নিমীলিতচক্ষু হয়ে কিছুক্ষণ চিবিয়ে বললেন, "প্রথমটায় ভেবেছিলাম আপনি বোধহয় কিছু খুঁজছেন।"

পঞ্চানন্দ মাথা নেড়ে বলল, "এ ঘরে খোঁজার আছেটাই বা কী বলুন। যত সব অকাজের বাদ্যযন্ত্র, নীচের দেরাজের টানায় বাহান্নটা টাকা, তোশকের তলায় তিন টাকার খুচরো আর আলমারিতে উঁচু তাকে ধুতি-পাঞ্জাবির ভাঁজের মধ্যে লুকোনো একটা সোনার বোতাম আর গুটিকয় আংটি। আরও কিছু আছে বটে, তবে কিনা ছুঁচো মেরে হাত গন্ধ করতে আর কে চায় বলুন।"

জরিবাবু চোখদুটোকে একেবারে রসগোল্লা বানিয়ে বাক্যহারা হয়ে চেয়ে থাকলেন পঞ্চানন্দের দিকে। তারপর অতিকষ্টে গলার স্বর খুঁজে পেয়ে বললেন, "দেরাজের টাকা, তোশকের তলা এ না হয় বুঝলুম খুঁজে পাওয়া শক্ত নয়, কিন্তু আলমারির ভিতরের জিনিসের সন্ধান পেলেন কী করে? ওটা যে চব্বিশ ঘণ্টা চাবি দেওয়া থাকে। আর চাবি বাঁধা থাকে আমার কোমরের ঘুনসিতে!"

পঞ্চানন্দ উঠে জানালা সাবধানে ফাঁক করে পানের পিক ফেলে আবার পাল্লা দুটো এঁটে ফিরে এসে হেঁ হেঁ করে লাজুক একটু হাসি হাসল, তারপর দরজার ওপরকার তাকে সরস্বতী মূর্তিটা দিকে উদাস নয়নে চেয়ে থেকে বলল, "শিবুবাবুও বলতেন, 'ওরে পঞ্চানন্দ, তোর চোখ যে দেয়াল ফুঁড়ে দেখতে পায়।' একবার হল কী জানেন, শিবুবাবুর সঙ্গে সকালে বেড়াতে বেরিয়েছি, গুঁইদের বাড়ির পিছনে একটা মস্ত পোড়ো মাঠ ছিল তখন। সেখানে বেড়াতে বেড়াতে হঠাৎ শিবুবাবুর পা আটকে গেল এক জায়গায়। কিছুতেই নাড়তে পারেন না, ভয় খেয়ে চেঁচাতে লাগলেন, 'ওরে পঞ্চানন্দ, এ কী অলুক্ষুনে কাণ্ড দ্যাখ। পা দুটো যে একেবারে খাটের পায়া হয়ে গেল, নট নড়ন নট চড়ন, এ কী কাণ্ড রে বাবা!' আমি গিয়ে কাণ্ড দেখে খুব হাসলুম, তারপর বললুম, 'আজ্ঞে পায়ের দোষ নেই, দোষ জুতোর, বিহারি নাগরা পরে বেরিয়েছেন, নাগরার নীচে বুলাকি আর নাল লাগানো। লোহার জিনিস চুম্বকে তো আটকাবেই।' উনি তো আকাশ থেকে পড়লেন! 'চুম্বক! চুম্বক কোথায়? আমি খুব হেসে-টেসে বললাম, 'আজ্ঞে মাটির সাত হাত নীচে।' পরে লোক ডেকে মাটি খুঁড়িয়ে সাত হাত নীচের থেকে সাত মন ওজনের এক চুম্বক তোলা হল। তাই বলছিলাম—"

জরিবাবু এত অবাক হয়ে গেছেন যে, ভুলে জর্দার রস সমেত পানের পিক গিলে ফেলে হেঁচকি তুলতে লাগলেন। শুধু স্খলিত কণ্ঠে বললেন, "আপনি লোহার আলমারির ভিতরটা দেখতে পান?"

"দিনের মতো। ওই তো দেখা যাচ্ছে, নীচের তাকে আপনার মুগার পাঞ্জাবি আর আলিগড় পায়জামা, দ্বিতীয় তাকের কোণের দিকে সেন্টের শিশির গোলাপজলের ঝারি, পমেটম। ওপরের তাকে—"

"থাক থাক। ওতেই হবে।"

পঞ্চানন্দ খুব আরামে পান চিবোতে-চিবোতে বলল, "শেষ দিকটায় তো এমন হয়েছিল যে, গ্রহ-নক্ষত্রের কোথায় কী হচ্ছে তা আর শিবুবাবুকে আঁক কষে বা দূরবিন দিয়ে দেখতে হত না। আমিই বলে দিতাম। সব ঠিকঠাক লেগেও যেত। সাধনায় কী না হয় বলুন! আপনার গলাতেও তো সাধনাতেই গান ফুটল!"

জরিবাবু গম্ভীর হয়ে বললেন, "তা বটে।"

"অথচ শিবুবাবু প্রায় বলতেন, ওরে পঞ্চানন্দ, আমার জরিটার গলা শুনেছিস? ঠিক যেন ব্যাঙ ডাকছে।"

"বাবা বলতেন ও কথা?"

পঞ্চানন্দ মিটিমিটি হেসে বলল, "তা সত্যি বলতে কী জরিবাবু, আপনাকে এই এত্তটুকু দেখেছি। তখন আপনার গলা দিয়ে সাতরকম স্বর বেরোত একসঙ্গে। ওফ, ওরকম বিকট আওয়াজ আর শুনিনি। তা সে কথা যাক। এখন আপনার গলার অনেক চেকনাই এসে গেছে। ধরবেন নাকি একখানা দরবারি কানাড়া? মেজাজ না থাকলে মালকোশই হোক। তবে তার আগে কথাটা শেষ করুন।"

জরিবাবু কিছুক্ষণ থম ধরে থেকে বললেন, "হাঁ, প্রথমটায় ভেবেছিলাম আপনি কিছু খুঁজছেন। তাই বিশেষ গা করলাম না। পরে ভাবলাম, আপনি হয়তো অন্ধকারে পানের বাটাটাই খুঁজে মরছেন। তাই বললাম, 'পঞ্চানন্দবাবু, পানের বাটা খাটের তলায়।' যেই-না বলা অমনি দেখি একটা কালো মূর্তি শাঁ করে খোলা দরজা দিয়ে বেরিয়ে গেল। পিছনে আরও দুটো।"

পঞ্চানন্দ জরিবাবুর খাটের সঙ্গে আরও ঘেঁষে বসে অমায়িক হাসি হেসে বলল, "পঞ্চানন্দের নাম করলেই কেন যে আজও এরা এত ভয় পায়! আমি সন্ন্যাসী বৈরাগী মানুষ, কারও কোনও ক্ষতি করি না, তবু নামটি করে দেখুন চোর-ডাকাত ভূত-প্রেত গুণ্ডা-বদমাস সব পড়ি-কি-মরি করে পালাচ্ছে।"

জরিবাবু ঘনঘন হিক্কা তুলতে তুলতে বললেন, "আপনি আছেন বলেই আমার ভরসা আছে। কিন্তু সেই সময়টায় আপনি যে কোথায় গিয়েছিলেন!"

পঞ্চানন্দ গম্ভীর হয়ে বলল, "একজনকে নিয়ে থাকলে তো আর আমার চলবে না জরিবাবু। এখন গোটা বাড়িটারই দেখাশোনার ভার আমার ওপর। শুধু কি তাই? কর্তাবাবু আর গিন্নিমা আজ আমার কাঁধে আরও এক গন্ধমাদন চাপিয়ে দিলেন। কাল থেকে আমি হব কর্তাবাবুর সেক্রেটারিকে সেক্রেটারি, আবার ম্যানেজারকে ম্যানেজার। পাগল-ছাগল নিয়েই জীবনটা কেটে গেল।"

জরিবাবুর চোখ আবার রসগোল্লা। বললেন, "আপনি দাদার সেক্রেটারি? দাদার আবার সেক্রেটারির কী দরকার?"

পঞ্চানন্দ মাথা নেড়ে রহস্যময় একটু হেসে বলল, "আছে আছে। চিরদিন কি আর হরিবাবুর একই রকম যাবে? তাঁর কপাল ফিরল বলে। তখন লাখে-লাখে টাকা, তাল-তাল সোনা আর হাজার রকমের বিষয়-সম্পত্তি সামলাবে কে?"

জরিবাবুর মুখ এমন হাঁ হয়ে রইল যে, একটা মশা তার মধ্যে সাতবার সেঁধিয়ে সাতবার বেরিয়ে এল। জরিবাবু ভুল করে ফের জর্দাসুদ্ধু পানের পিক গিলে বিকট

হেঁচকি তুলে বললেন, "বলেন কী! দাদা এসব পাবে কোত্থেকে?"

পঞ্চানন্দ বিজ্ঞের মতো মুখের ভাব করে বলল, "আকাশ থেকে নয় জরিবাবু। কেন, আপনাকে সেই চাবি আর তার সংকেতের কথা বলিনি নাকি?"

জরিবাবু মাথা চুলকে বললেন, "বললেও মনে পড়ছে না। সারাদিন আপনি এত হরেকরকম কথা বলেছেন যে, তার মধ্যে কোনটা রাখব কোনটা ছাড়ব তা ঠিক করতে পারিনি।"

পঞ্চানন্দ হেসে বলল, "তা বটে। আমি একটু বেশি কথা বলি ঠিকই। তবে বিশ বছর মৌন থাকার পর কথা তো একটু বেরোবেই।"

"চাবির কথা কী যেন বলছিলেন!"

"হ্যাঁ। চাবিটাকে শিবুবাবুই দিয়েছিলেন। বেশ ভারী চাবি। শিবুবাবুর অবস্থা তখন বেশ বিপজ্জনক। কারা যেন সব আসে যায়। কী সব বদ মতলব নিয়ে কারা যেন ঘোরা ফেরা করে। শিবুবাবু সব কথা আমার কাছে ভাঙতেন না। তবে এক সন্ধেবেলায় আমাকে ডেকে চুপিচুপি বললেন, "পঞ্চানন্দ, গতিক সুবিধের নয় রে। এবার বুঝি মারা পড়ি। কী কুক্ষণে বিজ্ঞান নিয়ে কাজে নেমেছিলাম, তার ফল এখন ভোগ করতে হচ্ছে।"

জরিবাবু সোৎসাহে বললেন, "বাবা বোধ হয় নতুন কিছু আবিষ্কার করেছিলেন? আর তার ফরমুলা বাগাতেই..."

পঞ্চানন্দ ফুঁ দিয়ে কথাটা উড়িয়ে বলল, "আবিষ্কার! সে তো উনি আকছার করতেন। এই যে ব্যাটারা চাঁদে মানুষ নামিয়ে খুব হাঁকডাক ফেলে দিয়ে বাহবা কুড়োচ্ছে, কেউ কি জানে যে, ওই রকেটের ন্যাজের কাছে তিনটে খুব ঘোড়েল স্ক্রু এই আমাদের শিবুবাবুর তৈরি? ওই তিনটে স্ক্রু না পেলে চাঁদে যাওয়া বেরিয়ে যেত। তিনহাত উঠতে না উঠতেই ধপাস করে পড়ে যেত রকেট। তারপর ধরুন না, ওই যে অ্যাটম বোমা, সেটার মশলার কথা কজন জানে? ব্যাটারা বোমা বানিয়েছিল ঠিকই, কিন্তু সেটা শত চেষ্টা করেও আর ফাটাতে পারে না। শিবুবাবু গিয়ে কী করলেন জানেন? স্রেফ এক-চিমটি হলুদের গুঁড়ো মিশিয়ে দিয়ে এলেন তাতে। আর অমনি সেই বোমা একেবারে ফটফাটং ফট।"

"বটে?"

"তবে আর বলছি কী? জাপানিরা দিব্যি ট্রানজিস্টর ছেড়েছে বাজারে। স্বীকার করবে না, তবু বলি, একদিন বিকেলে কুচো-নিমকি খেতে খেতে হঠাৎ করে ট্রানজিস্টর তৈরির ফিকিরটা মাথায় খেলে গেল শিবুবাবুর। সেইটে নিয়ে আজ জাপানের কত রমরমা।"

"এসব তো আমরা জানতামও না।"

"আমিই কি সব জানি? তবে রোজই দুচারটে করে জিনিস তিনি আবিষ্কার করে ফেলতেন। আর তাই নিয়েই তো গণ্ডগোল।"

জরিবাবু পানের পিক আবার ভুল করে গিলে ফেললেন। বললেন, "তারপর?"

"শিবুবাবু চাবিটা আমার হাতে দিয়ে বললেন, 'কবে খুন হয়ে যাই তার তো ঠিক

নেই। এই চাবিটা রাখ। আমার ছেলেগুলো এখনও নাবালক। তুই চাবি নিয়ে হিমালয়ে পালিয়ে যা। কেউ যেন তোর খোঁজ না পায়। আমার ছেলেরা বড় হলে ফিরে এসে চাবিটা দিস, আর বলিস, ঈশান কোণ, তিন ক্রোশ।"

জরিবাবুর মুখের মধ্যে ঢুকে মশাটা বার কয়েক চক্কর দিয়ে ফিরে এল। বোধহয় জর্দার কড়া গন্ধ সইতে পারল না। জরিবাবু বললেন, "কথাটার মানে কী?"

"আজ্ঞে তা কে জানে? তবে মানে একটা আছে এটা ঠিক। আর চাবিটা বড় আজেবাজে জিনিস নয়।"

"ঈশান কোণ তিন ক্রোশ তো? তা হলে জায়গাটা খুঁজতে কোনও অসুবিধেই তো হবে না।"

"হওয়ার কথা নয়।" বলে পঞ্চানন্দ।

ষোলো

ভোর না হতেই ন্যাড়া উঠে পড়ল। রাতে ভাল ঘুমও হয়নি তার। সে কুস্তিগির হলেও নানারকম ভয়ডর তার আছে। গায়ে জোর থাকলেও মনের জোর অন্য জিনিস। পঞ্চানন্দ নামে যে রহস্যময় লোকটি তাদের বাড়িতে থানা গেড়েছে, সে একদফা ভয় দেখিয়ে ভড়কে দিয়ে গেছে তাকে। তার ওপর মাঝরাতে গজ পালোয়ানের আবির্ভাব তাকে আরও দুশ্চিন্তায় ফেলে দিয়েছে।

দরজা খুলে ন্যাড়া সোজা গিয়ে ল্যাবরেটরির দরজায় ধাক্কা দিল, "ও গজদা, দরজা খুলুন।"

দরজা প্রায় সঙ্গে সঙ্গেই খুলে গেল এবং ন্যাড়া অবাক হয়ে দেখল, গজদার বদলে পঞ্চানন্দ। মুখে একগাল হাসি।

ন্যাড়া থতমত খেয়ে বলল, "আপনি এখানে?"

পঞ্চানন্দ মাথা চুলকে বলল, "আজ্ঞে, সব দিকে নজর রাখাই আমার অভ্যাস কিনা। ভোর রাতে কে যেন কানের কাছে ফিসফিস করে বলল, 'দাদা, উঠুন, শিবুবাবুর ল্যাবরেটরিতে কুরুক্ষেত্র হচ্ছে।' শুনেই চটকা ভেঙে গেল।"

ন্যাড়া বিবর্ণ মুখে বলল, "কে বলে গেল কথাটা?"

হেঁঃ হেঁঃ করে মাথা চুলকোতে-চুলকোতে একটু হাসল পঞ্চানন্দ, "আজ্ঞে সকল গুহ্য কথা কি ফাঁস করা যায়? তবে আমার চর-টর আছে। সাদা চোখে তাদের দেখা যায় না। তা সে যাকগে। খবর পেয়েই এসে হাজির হয়ে যা দেখলাম তাতে চোখ ছানাবড়া।"

"কী দেখলেন?"

"তিনটে সাহেবের সঙ্গে গজ পালোয়ানের একেবারে গজকচ্ছপ হচ্ছে। চারদিক একেবারে লণ্ডভণ্ড কাণ্ড। তারপর তিনজনে মিলে গজ পালোয়ানকে চ্যাংদোলা করে নিয়ে গেল।"

"বলেন কী!"

"তবে আর বলছি কী? এই এতক্ষণ ধরে মাথার ঘাম পায়ে ফেলে ল্যাবরেটরিটা আবার যেমনকে তেমন গুছিয়ে রাখলাম আর কী। কিন্তু একটা ধন্ধ আমার কিছুতেই যাচ্ছে না। গজ পালোয়ান লোকটা কেমন বলুন তো!"

ন্যাড়া মিনমিন করে বলল, "ভালই তো। কারও সাতে-পাঁচে থাকেন না।"

"তবে রাত্তিরে শিবুবাবুর ল্যাবরেটরিতে এসে তার সেঁধোনোর মানে কী?"

ন্যাড়া আমতা-আমতা করে বলল, "গজদা একটু অসুবিধেয় পড়ে এসেছিলেন, তাই আমিই তাঁকে এখানে থাকতে বলেছিলাম মাঝরাতে।"

শুনে পঞ্চানন্দ একটা দীর্ঘশ্বাস ছেড়ে খুব স্থির দৃষ্টিতে গম্ভীর মুখে ন্যাড়ার দিকে চেয়ে থেকে বলল, "কাজটা খুব ভাল করেননি ছোটবাবু। শিবুবাবুর ল্যাবরেটরিতে অনেক দামি জিনিস আছে। এসব জিনিসের দাম টাকায় হয় না। তার ওপর গজ-পালোয়ানের আপনি কতটুকুই বা জানেন?

দুষ্টু ছেলে যেমন দুষ্টুমি ধরা পড়ায় কাঁচুমাচু হয়ে পড়ে, তেমনি মুখ করে ন্যাড়া বলল, "গজদা লোক তো বেশ ভালই।"

পঞ্চানন্দ মাথাটা দুপাশে নেড়ে মুখে চুকচুক একটা শব্দ করে বলল, "তাই যদি হবে তো তিনটে শহরের পুলিশ তাকে হন্যে হয়ে খুঁজছে কেন? কেনই বা তার মাথার দাম দশ হাজার টাকায় উঠেছিল?"

ন্যাড়ার মুখে কিছুক্ষণ কথা সরল না। তারপর অনেকক্ষণ বাদে সে শুধু বলল, "ফঁত।"

পঞ্চানন্দ জানে 'ফঁত' কথাটার কোনও মানে হয় না, এটা বাংলা বা ইংরিজি বা হিন্দি কোনও ভাষাও নয়। এটা হল ভয় বিস্ময় ঘাবড়ে-যাওয়া মেশানো একটা শব্দমাত্র। অর্থাৎ ন্যাড়া বাক্যহারা।

পঞ্চানন্দ একটু মোলায়েম হয়ে বলল, "অবিশ্যি সে সব কথা আর না তোলাই ভাল। গজ পালোয়ান যদি ফিরেও আসে তবু তার কাছে সে সব কথা খবরদার তুলবেন না। লোকটা একে রাগি, তার ওপর ভয়ঙ্কর গুণ্ডা। চাই কি আপনাকেই দুটো রদ্দা বসিয়ে দিল।

ন্যাড়া বাক্য ফিরে পেয়ে ঘাড় নেড়ে বলল, "না, বলব না।"

পঞ্চানন্দ ল্যাবরেটরির দরজায় একটা ভারী তালা লাগিয়ে চাবিটা নিজের ট্যাঁকে গুঁজে বলল, "কথা আর পাঁচ-কান করবেন না।গজ পালোয়ান যে এখানে রাতে থানা গেড়েছিল, তাও বেমালুম ভুলে যান। মনে করবেন স্বপ্ন দেখেছিলেন।"

ন্যাড়া বিষণ্ণ মুখে ঘাড় নেড়ে বলল, "আচ্ছা।"

ন্যাড়াকে বিদায় করে পঞ্চানন্দ চারদিকটা একটু ঘুরে দেখল। বেশ মোলায়েম রোদ উঠেছে। ঘাসে শিশির ঝলমল করছে। গাছে পাখি ডাকছে।

কুয়োতলায় একডাঁই বাসন মাজতে বসেছে ঠিকে-লোক। পঞ্চানন্দ গিয়ে তার সামনে কোমরে হাত দিয়ে দাঁড়িয়ে বলল, "বুঝেসুঝে কাজ কোরো বাপু, বাসনে যেন ছাইয়ের দাগ না থাকে। আমি হলাম এ বাড়ির নতুন ম্যানেজার। কাজে গাফিলতি সইতে পারি না, দু-দশ টাকা মাইনে বেশি চাও তো সে দেখা যাবে।"

কাজের লোক বিগলিত হয়ে গেল।

হরিবাবু বাজার করতে পছন্দ করেন না। কিন্তু বাজার তবু তাঁকেই করতে হয়। কারণ, জরিবাবু বাজারে গেলে রেওয়াজে বাধা পড়ে, ন্যাড়া বাজারে গেলে কুস্তিতে ফাঁক পড়ে। ঘড়ি আর আংটির পড়াশুনো আছে। তাই কবি হরিবাবুকে রোজ সাতসকালে বাজার করার মতো অকাব্যিক কাজ করতে হয়।

আজও হরিবাবু বাজার করতে বেরোবার জন্য তৈরি হচ্ছিলেন। গিন্নি বাজারের ফর্দ করে টাকা বুঝিয়ে দিয়ে রোজকার মতোই মনে করিয়ে দিলেন, "প্রত্যেকটা আইটেম কিনে তার কত দাম দিলে তা পাশে লিখে নেবে।"

হরিবাবু তো রোজই লেখেন, তবু ফিরে এলে দেখা যায় দু-চার টাকার গোলমাল ওর মধ্যেই করে ফেলেছেন। মুশকিল হল, অঙ্কে তিনি বরাবরই কাঁচা। সাড়ে তিন টাকা কিলোর জিনিস সাড়ে তিনশো গ্রাম কিনলে কত দাম হয় এটা টক করে তাঁর মাথায় খেলে না। রোজই তাই বাজার থেকে এসে তাঁকে নানা জবাবদিহি করতে হয়।

আজ বেরোবার মুখেই দেখেন পঞ্চানন্দ ফটকের সামনে দাঁড়িয়ে জমাদারকে রীতিমতো দাবড়াচ্ছে, "বলি ঝাড়ু দিস তো তোর ঝ্যাঁটার শব্দ শোনা যায় না কেন রে? ওরকম ফাঁকির কাজ আর দেখলে একেবারে বিদেয় করে দেব। বাবু ভালমানুষ বলে খুব পেয়ে বসেছ দেখছি। দু-পাঁচ টাকা বাড়তি চাও পাবে, কিন্তু কাজ চাই একদম ফার্স্ট ক্লাস।"

হরিবাবু খুশিই হলেন। কাজের লোকগুলো বেজায় ফাঁকিবাজ তা তিনি জানেন, কিন্তু যথেষ্ট দাবড়াতে পারেন না। দাবড়ানোর জন্য যে সব ভাষা এবং স্পষ্ট কথার প্রয়োজন তা তাঁর আসে না। তাঁর মগজে যে সব ভাষা খেলা করে, তা কবিতার ভাষা। সে ভাষায় জমাদার বা কাজের লোককে দাবড়ানো যায় না।

তিনি পঞ্চানন্দের পিঠ চাপড়ে দিয়ে বললেন, "বাঃ, এই তো চাই।"

পঞ্চানন্দ বিগলিতভাবে বলল, "কবি মানুষের কি বাজার করা সাজে! ছিঃ ছিঃ, দিন ও সব ছোট কাজ আর আপনাকে করতে হবে না। ও আমিই বুঝেসুঝে করে আনব এখন।"

হরিবাবু খুশি হলেও ঘাড় চুলকে বললেন, "মুশকিল কী জানো, এটা শুধু বাজার করাই তো নয়, মর্নিং ওয়াক, অঙ্ক শিক্ষা, বাস্তব জ্ঞান অর্জন সবই একসঙ্গে। তাই গিন্নি যদি শোনেন যে, আমার বদলে তুমি বাজারে গেছ, তা হলে কুরুক্ষেত্র করে ছাড়বেন।"

এ কথাটায় পঞ্চানন্দও একটু ভাবিত হল। বস্তুত এ বাড়ির গিন্নিমাকেই সে একটু ভয় খাচ্ছে। তাই চাপা গলায় বলল, "তা হলে আপনিও না হয় চলুন। বাজারের কাছে মাঠের ধারে গাছতলায় বসে আকাশ-পাতাল যা হোক ভাবতে থাকুন, আমি ধাঁ করে বাজার এনে ফেলব। গিন্নিমাকে কথাটা না ভাঙলেই হল।"

হরিবাবু তবু সন্দিহান হয়ে বলেন, "হিসেব-টিসেব সব ঠিকমতো দিতে পারবে তো?"

পঞ্চানন্দ একগাল হেসে বলল, "হিসেব তেমন গোলমাল আমার হয় না। তবে

কিনা আমি লোকটা তো তেমন সুবিধের নয়। দু-চার টাকা এধার-ওধার হয়েই যাবে, যেমন আপনারও হয়। তবে হিসেব এমন মিলিয়ে দেব যে, গিন্নিমা টুঁ শব্দটিও করতে পারবেন না। শিবুবাবুও আমাকে দিয়ে মেলা বাজার করিয়েছেন।"

হরিবাবু সবিস্ময়ে বললেন, "তাই নাকি?"

"একেবারে আপনভোলা লোক ছিলেন তো, ডান বাঁ জ্ঞান থাকত না প্রায়ই। মাথায় নানারকম আগড়ম-বাগড়ম আজগুবি চিন্তা নিয়ে ঘুরে বেড়ালে যা হয় আর কী। আমি তাঁকেও ওই মাঠের ধারে গাছতলায় বসিয়ে রেখে বাজার করে আসতাম। এসে দেখতাম বসে-বসে ছোট্ট একখানা খাতায় মেলা আঁক কষে ফেলেছেন।"

"বটে!"

"কাল থেকে আপনিও একখানা ও রকম খাতা সঙ্গে করে আনবেন। গাছতলায় বসলে ভাব আসবে, পদ্যও লেখা হয়ে যাবে ঝুড়ি-ঝুড়ি।"

হরিবাবু পঞ্চানন্দের সঙ্গে বাজারের দিকে হাঁটতে-হাঁটতে একটা দীর্ঘশ্বাস ফেলে বললেন, "শুধু লিখলেই তো হল না হে। সেটা ছাপাও তো দরকার।"

পঞ্চানন্দ মাথা নেড়ে বলল, "খুব ন্যায্য কথা। ভাল জিনিসের আজকাল কদরই বা করে কে। আমাদের গাঁয়ের শ্রীপতি কবিয়াল তো হন্যে হয়ে উঠেছিল। পদ্য লিখে পোস্টার সাঁটত দেয়ালে, পদ্য লেখা কাগজের ঠোঙা বিলি করত দোকানে দোকানে, তারপর এক ঘুড়িওলাকে ধরে পদ্য ছাপানো কাগজের ঘুড়ি তৈরি করে গাদা-গাদা বিলোল। তাতে কাজও হল ভাল। লোকে পোস্টারে কবিতা পড়তে শুরু করল। মুড়ি খেয়ে ঠোঙাটা ফেলে দেওয়ার আগে অনেকেই ঠোঙার গায়ের লেখা একটু পড়ে দেখে। তেমনি শ্রীপতির কবিতাও পড়তে লাগল। তারপর ধরুন ঘুড়ির পদ্যও তো এক আজব জিনিস। যে ঘুড়ি কেনে সে পড়ে, তারপর ঘুড়ি কাটা গেলে আর একজন ধরে, তখন সে পড়ে। এমনি করে সাতটা গাঁ আর তিনটে শহরে শ্রীপতি রীতিমতো শোরগোল তুলে ফেলল।"

হরিবাবু যেন একটু উৎসাহী হয়ে উঠলেন। বললেন, "ব্যাপারটা একটু ছেলেমানুষি বটে, কিন্তু আইডিয়াটা বেশ নতুন তো।"

"তবে আর বলছি কী। দুনিয়ায় নতুন কিছু করতে পারলেই কেল্লা ফতে। তবে একটু খরচ আছে।"

সতেরো

পঞ্চানন্দ যখন বাজার করে ঘুরে এল তখনও হরিবাবু মাঠের ধারে বাঁধানো গাছতলায় বসে খুব কষে ভাবছেন, কবিতা লেখা ঘুড়ি ক'ডজন ছাপানো যায় এবং কবিতার ঠোঙা তিনি কীরকম কাগজ দিয়ে তৈরি করাবেন। ভাবতে-ভাবতে তন্ময় হয়ে গেছেন। একটা নেড়ি কুকুর এসে তাঁর গা শুঁকে অনেকক্ষণ ল্যাজ নাড়ল, তারপর তাঁর একপাটি চটি মুখে নিয়ে চলে গেল। তিনি টেরও পেলেন না।

পঞ্চানন্দ এসে এই অবস্থা দেখে প্রথমে গলাখাঁকারি দিল। তাতে কাজ না হওয়ায়

দু'বার "হরিবাবু, ও হরিবাবু" বলে ডাকল। এবং অপারগ হয়ে শেষে ধাক্কা দিয়ে হরিবাবুকে সচেতন করে বলল, "বাজার হয়ে গেছে। একেবারে কড়ায়-গণ্ডায় হিসেব মিলিয়ে এনেছি। গিন্নিমা'র ফর্দের মধ্যে দামটাও টুকে দিয়েছি।"

হরিবাবু এইসব তুচ্ছ ব্যাপারে গা করলেন না। এমনই তাঁর অন্যমনস্কতা যে, উঠে একপাটি চটি পায়ে দিয়ে আর একপাটির জন্য পা বাড়িয়ে যখন সেটা পেলেন না, তখনও তাঁর তেমন অস্বাভাবিক কিছু মনে হল না। মনে হল, একপাটি চটি পায়ে দেওয়াই তো রেওয়াজ। সুতরাং একটা খালি পা আর একটা চটি পায়ে পঞ্চানন্দের পাশে-পাশে হাঁটতে-হাঁটতে তিনি বললেন, "দ্যাখো পঞ্চানন্দ, ঠোঙা ঘুড়ি এ সব ভাল বটে, কিন্তু সেইসঙ্গে আরও কয়েকটা ব্যাপারও আমার মাথায় এসেছে। ধরো, স্কুল-কলেজের ছেলেমেয়েদের যদি বিনা পয়সায় খাতা বিলোনো যায়, আর সেই খাতার মলাটের চার পিঠে চারটে কবিতা ছাপিয়ে দিই তো কাজটা অনেক দূর এগোয়। বছরের শুরুতে আমরা কবিতা-ছাপানো ক্যালেন্ডার বের করতে পারি। তারপর হোমিওপ্যাথ ডাক্তারদের ধরে পড়লে তারা যে পুরিয়া করে ওষুধ দেয় সেই পুরিয়ার কাগজে ছোট-ছোট কবিতা ছাপিয়ে দেওয়া যেতে পারে।"

পঞ্চানন্দ বলল, "খাসা হবে। ওষুধের উপকার, কবিতার উপকার, দুই একসঙ্গে। এরকম আরও ভাবতে থাকুন। আমাদের হরিদাস কবিয়াল তো দিনে পাঁচ-সাতখানা করে খাম পোস্টকার্ড পাঠাত নানা লোককে।"

হরিবাবু হতচকিত হয়ে বললেন, "খাম পোস্টকার্ড?"

পঞ্চানন্দ মাথা নেড়ে বলল, "বুঝলেন না, সে কি আর সত্যিকারের চিঠি নাকি? সব কবিতায় ঠাসা। চিঠি ভেবে লোকে খুলে দেখত কবিতা। ওইভাবেই তো হরিদাস একেবারে ঝড় তুলে দিয়েছিল।"

হরিবাবু উত্তেজিত গলায় বললেন, "তুমি আজই কয়েকশো খাম আর পোস্টকার্ড নিয়ে এসো।"

পঞ্চানন্দ উদার গলায় বলল, "হবে হবে, সব হবে। পঞ্চানন্দ যখন এসে পড়েছে তখন আর আপনার ভাবনা কী? কিন্তু হরিবাবু, আপনার ডান পায়ের চটিটা যেন দেখছি না!"

হরিবাবুও তাকিয়ে দেখতে পেলেন না । কিন্তু তেমন অবাকও হলেন না। বললেন, "চটি জিনিসটাই বাজে। কখনও একটা পাই না, কখনও দুটোই পাই না।" বলে বাঁ পায়ের চটিটা ছুড়ে রাস্তার ধারে ফেলে দিয়ে খালি পায়ে ডগমগ হয়ে হাঁটতে-হাঁটতে বললেন, "আচ্ছা, ধরো, যদি কবিতা দিয়ে নামাবলী ছাপিয়ে বিলি করি, তা হলে কেমন হয়?"

"ভেবে দেখার মতো কথা বলেছেন। খুবই ভেবে দেখার মতো কথা। তবে কিনা গিন্নিমা দোতলা থেকে এদিকে নজর রেখেছেন। বাজারের থলিটা এইবেলা হাতে নিয়ে ফেলুন। আমি বরং পিছন দিকে দিয়ে ঘুরে যাচ্ছি।"

তা সত্যিই হরিবাবুর স্ত্রী দোতলা থেকে নজর রাখছিলেন। হরিবাবু বাড়ি ঢুকতেই তিনি ধেয়ে এসে তাঁর সামনে কোমরে হাত দিয়ে দাঁড়ালেন।

হরিবাবু পকেট থেকে ফর্দটা পট করে বের করে এনে একগাল হেসে বললেন, "আজ দ্যাখো, হিসেব একেবারে টু দি পাই মিলিয়ে এনেছি।"

তাঁর গিন্নি কঠোর গলায় বললেন, "হিসেব পরে হবে, আগে বলো, পায়ের চটি জোড়া কোথায় জলাঞ্জলি দিয়ে এসেছ!"

হরিবাবু খুব অবাক হয়ে বললেন, "চটি! চটি পরে আমি বাজারে যাইনি তো।"

"চটি পরে যাওনি মানে? তবে কি বুট পরে গিয়েছিলে?"

দুদিন পঞ্চানন্দের সঙ্গে মিশে হরিবাবুর বুদ্ধি বেশ খুলে গেছে। একগাল হেসে বললেন, "আরে না। খালি পায়েই গিয়েছিলাম। আজকাল ডাক্তারদের মত হচ্ছে, যত আর্থ কন্টাক্ট হয় ততই ভাল। তাতে চোখের জ্যোতি বাড়ে, ব্লাডপ্রেশার হয় না, মাথায় নানারকম ভাব খেলে।"

তাঁর গিন্নি কথাটা বিশ্বাস করলেন না বটে, কিন্তু বেশি ঝামেলাও করলেন না। অফিসের সময় হয়ে আসছে। রান্নায় এ সময় কিছু তাড়া থাকে। শুধু বললেন, "আচ্ছা এ নিয়ে পরে বোঝাপড়া হবে।"

হরিবাবু হাঁফ ছেড়ে বাঁচলেন। জামা ছেড়ে ছাদে উঠে রোদে বসে তেল মাখতে লাগলেন গায়ে। মাখতে-মাখতে তাঁর ভাব এল। তেলমাখা গায়েই তাড়াতাড়ি ঘরে গিয়ে টেবিলে বসে খাতা আর কলম টেনে নিলেন। লিখলেন:

পৃথিবীর গূঢ় অর্থ রয়েছে গোপন,
তেল যথা বুকে সরিষার।
ঘানির গোপন রন্ধ্রে তীব্র নিষ্পেষণে
শুরু হয় তার অভিসার।
কবির হৃদয় আজ ঘানিগাছ হয়ে
নিষ্পেষণ করে পৃথিবীরে,
সত্যের অমল মুখ আজি এ কবিরে
দেখা দিবি কি রে?

ওদিকে পঞ্চানন্দ বাড়ির পিছন দিকে একটু আড়ালে পড়েই হনহন করে হাঁটা দিল। বড় রাস্তা বা লোক-চলাচলের জায়গাগুলো সাবধানে এড়িয়ে সে একটু ঘুরপথেই শহরের বাইরে এসে পড়ল দেখতে-না দেখতেই। তারপর একটু পতিত জমি আর একটা মজা পুকুর পার হয়ে জঙ্গুলে রাস্তা ভেঙে এসে উঠল চকসাহেবের বাড়ির হাতায়।

বাইরে থেকে খুব ভাল করে বাড়িটা আর তার আশপাশ দেখে নিল সে। কোথাও কোনও নড়াচড়া নজরে পড়ল না। আগাছায় ভরা বাগানের মাঝখানে ভাঙা বাড়িটা দাঁড়িয়ে আছে। ধারে কাছে জনবসতি নেই।

পঞ্চানন্দ সাবধানে ভিতরে ঢুকল এবং ঝোপঝাড়ের আড়ালে যতদূর সম্ভব আত্মগোপন করে এগোতে লাগল।

দিনের বেলায় ভাঙা বাড়িটাকে যেমন করুণ দেখাচ্ছে, রাতের বেলায় তেমনি ভয়াবহ মনে হবে। এ সব বাড়িতে সাপ আর ভূত গিজগিজ করে।

পঞ্চানন্দ চোর-পায়ে বারান্দাটা পেরিয়ে দরজা দিয়ে ভিতরে উঁকি দিল। না, গজ পালোয়ানের ঘরে কেউ নেই। জিনিসপত্রগুলো সব লণ্ডভণ্ড হয়ে আছে বটে। কেউ কিছু একটা খুব খুঁজেছে। কী খুঁজেছে সেটাই জানা দরকার।

পঞ্চানন্দ ভিতরে ঢুকে চারপাশটা পাঁতি-পাঁতি করে দেখল। তার চোখে তেমন কিছু সূত্র নজরে পড়ল না।

দরজার কাছে মেঝের ওপরটা খুব ভাল করে দেখল পঞ্চানন্দ। মেঝেতে লালমতো দাগ রয়েছে খানিকটা। কিন্তু পঞ্চানন্দ চোখ বুজে বলে দিতে পারে ওটা কিছুতেই রক্তের দাগ নয়। রক্ত হলে এতক্ষণ মাছি ভ্যানভ্যান করত। জায়গাটা লাল না হয়ে কালচে দেখাত।

পঞ্চানন্দ একটা দীর্ঘশ্বাস ফেলে ভিতরের দরজা দিয়ে সাবধানে ভাঙা বাড়ির ভিতরে ঢুকল। দেখার মতো তেমন কিছু নেই। রাশি-রাশি ইটের স্তূপ, কড়িবরগা হেলে পড়ে আছে, থাম পড়ে আছে মেঝের ওপর, আগাছা জমেছে এখানে-সেখানে।

পঞ্চানন্দ একটার পর একটা ঘর পার হতে লাগল।

পশ্চিম দিকে যে হলঘরটা রয়েছে সেটা ততটা ভাঙা নয়। তবে চারদিক থেকে ইট বালি এবং আরও সব ধ্বংসস্তূপ পড়ে ঘরটা একেবারে দুর্গম জায়গা হয়ে গেছে।

পঞ্চানন্দ খুঁজে খুঁজে একটা জায়গায় একটা রন্ধ্র বের করে ফেলল। উঁকি দিয়ে দেখল, ঘরটা ঘুটঘুট্টি অন্ধকার। তবু অনেকক্ষণ চোখ রাখল সে ভিতরে।

একটা ইঁদুর বা ছুঁচো যেন ডাকল ভিতরে। চিঁ-চিক-চিক।

পঞ্চানন্দ হতাশ হয়ে সরে আসছিল। কিন্তু হঠাৎ তার একটা খটকা লাগল। ইঁদুর বা ছুঁচোর ডাক সে জীবনে অনেক শুনেছে। এ ডাকটা অনেকটা সেরকম হলেও হুবহু একরকম নয়। একটু যেন তফাত আছে।

পঞ্চানন্দ ফুটোটায় কান পাতল। এবার আর ছুঁচো বা ইঁদুরের ডাক বলে ভুল হল না। স্পষ্টই একটা যান্ত্রিক আওয়াজ। একটা কোনও সংকেত।

ফুটোর মধ্যে একটা দেশলাইকাঠির আগুন ধরলে ভিতরটা দেখা যেতে পারে মনে করে পঞ্চানন্দ ফুটোতে কান রেখেই দেশলাইয়ের জন্য জামার পকেট হাতড়াতে লাগল।

ঠিক এ সময়ে খুব মোলায়েম হাতে কে যেন তার কানটা একটু মলে দিয়ে বলে উঠল, "এখানে কী হচ্ছে?"

আঁতকে উঠে পঞ্চানন্দ এমন একটা লাফ মেরেছিল যে, আর একটু হলেই হাইজাম্পের বিশ্বরেকর্ড ভেঙে ফেলত। লাফ দিয়ে মাটিতে পড়ে গিয়ে পঞ্চানন্দ মিটিমিটি চোখে চেয়ে দেখল, পাঁচ-সাতজন ছেলেছোকরা দাঁড়িয়ে তাকে দেখছে।

পঞ্চানন্দ বুদ্ধি হারাল না। একগাল হেসে গায়ের ধুলো ঝেড়ে উঠে দাঁড়িয়ে বলল, "এই একটু দেখছিলাম আর কী!"

একটা কেঁদো চেহারার ছোকরা ধমক দিয়ে বলল, "এখানে দেখার আছেটা কী?"

পঞ্চানন্দ নির্বিকারভাবে বলল, "শুনেছিলাম বাড়িটা বিক্রি হবে। তাই অবস্থাটা একটু নিজের চোখে দেখে গেলাম আর কী। এ অঞ্চলে একটা বাড়ি কেনার ইচ্ছে অনেক দিনের।"

কেঁদোটা এক পা এগিয়ে এসে গমগমে গলায় বলল, "আর এদিকে গজদার ঘরে জিনিসপত্র হাটকে-মাটকে রেখেছে কে?"

"আজ্ঞে, আমি না। গজর সঙ্গে দেখা করতেই আসা। সে আমার সম্পর্কে মাসতুতো ভাই হয়। গজ কোথায় গেছে তা আপনারা বলতে পারেন?"

ছেলেগুলো একটু মুখ-চাওয়াচায়ি করল। তারপর কেঁদোটা একটু হটে গিয়ে বলল, "আমরা গজদার কাছে কুস্তি শিখি। কিন্তু গজদাকে কোথাও দেখতে পাচ্ছি না। আমরাও তাকে খুঁজছি।"

পঞ্চানন্দ খুব চিন্তিতভাবে বলল, "তা হলে তো বেশ মুশকিলই হল। গজ-র চিঠি পেয়েই আসা। সে-ই এ বাড়ির খবর দিয়েছিল কিনা।"

একটা ছেলে বলল, "আপনি কি সোজা স্টেশন থেকে আসছেন? তা হলে আপনার বাক্সটাক্স কোথায়?"

পঞ্চানন্দ খুব অমায়িক হেসে বলল, "গজর কাছে এসে উঠব, এমন আহাম্মক আমি নই। আমি উঠেছি ন্যাড়াদের বাড়িতে। ন্যাড়াকে বোধহয় আপনারা চেনেনও।"

"ন্যাড়া!" বলে সকলে আবার মুখ-চাওয়াচায়ি করে।

"আজ্ঞে। আমি হলুম গে হরিবাবুর ম্যানেজার। তাঁর বাবার আমল থেকেই যাতায়াত। মাঝখানে কয়েকটা বছর হিমালয়ে তপস্যা করতে যাওয়ায় সম্পর্কটা একটু ঢিলে হয়ে গিয়েছিল।"

সকলে বেশ সম্ভ্রমের চোখে পঞ্চানন্দের দিকে তাকায়।

কেঁদো বলে, "তা দাদার নামটা কী?"

"পঞ্চানন্দ। ওটি সাধনমার্গের নাম। ওতেই ডাকবেন।"

"আমাদের মাপ করে দেবেন। খুব অন্যায় হয়ে গেছে।"

পঞ্চানন্দ উদার গলায় বলল, "করলাম।"

আঠারো

ছেলেগুলো এসে পঞ্চানন্দকে একেবারে ঘিরে ধরল। ভারী লজ্জিত তারা । যণ্ডামতো একটা ছেলে বলল, "পঞ্চানন্দদা, আমরা যে আপনার সঙ্গে বেয়াদপি করে ফেলেছি সে কথা গজদাকে বলবেন না।"

পঞ্চানন্দ একগাল হেসে বলল, "আরে না। তোমরা সবাই বুঝি গজ'র ছাত্র? বাঃ বাঃ। তা গজ একটু-আধটু কুস্তি শিখেছিল বটে শেরপুরে থাকতে। আমিই শেখাতুম। অবশ্য আসল-আসল প্যাঁচগুলো শেখানোর সময়ই তো পেলাম না। হিমালয় থেকে আমার ডাক এসে গেল কিনা। তবে শুনেছি, গজ বেশ ভালই লড়েটড়ে।"

ছেলেগুলো এ কথায় মুগ্ধ হয়ে চেয়ে রইল। যণ্ডাটা বলল, "তা হলে আপনিই

কেন আমাদের আজ একটু তালিম দেন না!"

পঞ্চানন্দ জিব কেটে বলল, "ও বাবা, গুরুর বারণ। ঠিক বটে, এক সময়ে যারা ধর্ম কর্ম করত, তারাই নানারকম শারীরিক প্রক্রিয়া আর কূট প্যাঁচ আবিষ্কার করেছিল। এই যেমন যুযুৎসু, কুংফু, আসন। কিন্তু আমার গুরু আমাকে ও লাইনে একদম যেতে বারণ করেছেন। আসলে হল কী জানো?"

"কী পঞ্চানন্দদা?"

"যার সঙ্গেই লড়তে যাই তারই ঘাড় ভাঙে কি হাত ভাঙে কি ঠ্যাং ভাঙে। যত মোলায়েম করেই ধরি না কেন, একটা কিছু অঘটন ঘটেই যায়। সেবার তো গ্রেট এশিয়ান সার্কাসের হাতিটা খেপে বেরিয়ে পড়ল। বিস্তর লোক জখম হল তার পায়ের তলায় আর শুঁড়ের আছাড়ে। অগত্যা আমি গিয়ে হাতিটাকে সাপটে ধরলুম। ও বাবা, মড়াত করে দুটো পাঁজর ভেঙে হাতিটা নেতিয়ে পড়ল। তারপরই গুরু বারণ করলেন, ওরে তোর শরীরে যে স্বয়ং শক্তি ভর করে আছেন। আর কখনও কুস্তিটুস্তি করতে যাস না।"

ছেলেগুলো মুখ তাকাতাকি করতে লাগল। ঠিক বিশ্বাস করতে পারছে না। না করলেও পঞ্চানন্দের ক্ষতি নেই। ছেলেগুলোকে অন্যমনস্ক রাখাটাই তার উদ্দেশ্য। হলঘরের ভিতর থেকে যে যান্ত্রিক শব্দটা আসছে সেটা ওদের কানে না যাওয়াই ভাল। পঞ্চানন্দকে একাই ব্যাপারটা দেখতে হবে।

ষণ্ডাটা বলল, "এক-আধটা প্যাঁচও কি শেখাবেন না দাদা?"

পঞ্চানন্দ গম্ভীর মুখে মাথা নেড়ে বলল, "উপায় নেই রে ভাই। তবে এই বাড়িটা কিনে যদি সাধনপীঠ বানাতে পারি তখন দেখা যাবে।"

এ কথায় ছেলেগুলো ফের মুখ-তাকাতাকি করল। কেঁদো চেহারার ছেলেটা এতক্ষণ চুপ করে ছিল। এবার বলল, "দাদা, একটা কথা বলব? আপনি যদি ডাইরেক্টলি আমাদের না শেখান তা হলেও ক্ষতি নেই। আমরা নিজেরা নিজেদের মধ্যে কুস্তি করব, আর আমাদের কোথায় ভুল হচ্ছে তা আপনি দেখে-দেখে বলে দেবেন, তা হলে কেমন হয়?"

সব ছেলেই এ কথায় সায় দিয়ে উঠল।

পঞ্চানন্দ মাথা চুলকে বলল, "সেটা মন্দ হবে না। তা তাই হোক।"

বাড়ির পিছন দিকটায় মাটি কুপিয়ে কুস্তির আখড়া হয়েছে। ছেলেরা সেখানে একটা গাছতলায় পঞ্চানন্দকে বেশ খাতির করে বসিয়ে নিজেরা দঙ্গলে নামল।

পঞ্চানন্দ খুব মাথা নাড়তে লাগল কুস্তি দেখে। এক-একবার বলে ওঠে, "উহুঁহুঁ, হল না। পা-টা আর একটু কেতরে নিয়ে বল্টান মারতে হয়...আরে আরে, ওরকম পটকান দিতে হলে যে শিরদাঁড়া শক্ত রাখতে হয়...আহা-হা, ওরকম ঠেলাঠেলি করলে চলে? পট করে কাঁধ ছেড়ে কোমরটা ধরে নাও এইবেলা...ওটা কী হল হে? ছ্যা, ছ্যা, গজটা যে একবারে কিছু শেখায়নি তোমাদের!"

ঘণ্টা দেড়েক এরকম চালিয়ে পঞ্চানন্দ ছুটি পেল।

ঝিমঝিম করছে দুপুর। পঞ্চানন্দ পা টিপে-টিপে বাড়িতে ঢুকে আবার সেই

হলঘরটার দিকে এগোল।

হঠাৎই সাক্ষাৎ এক ডাইনিবুড়ি কোত্থেকে যে বকবক করতে-করতে এসে উদয় হল, তা বলা শক্ত। তবে পঞ্চানন্দ একটা থামের আড়ালে গা-ঢাকা দিয়ে পরিষ্কার শুনতে পেল বুড়িটা আপনমনে গজগজ করছে, "রোজ আমি হিরুকে এইখানে ঘাস খেতে বেঁধে রেখে যাই, লক্ষ্মী ছাগল আমার কোনওদিন পালায় না। আজ কোন অলপ্পেয়ে যে বাছাকে আমার গেরাস করতে এল গো!"

বলতে-বলতে বুড়ি হাঁটপাঁট করে চারদিকে ঘুরছিল। শনের মতো সাদা চুল, শরীরের চামড়ায় শতেক আঁকিবুকি, মুখখানা শুকনো, চোখ গর্তে, হাতে একখানা গাঁটওলা লাঠি।

পঞ্চানন্দ একটু গলাখাঁকারি দিল।

"কে রে? কোন মুখপোড়া? হিরিকে কি তুই গেরাস করেছিস রে ড্যাকরা? আয়, সামনে আয় তো!"

পঞ্চানন্দ একবার বলবার চেষ্টা করল, "আমি নয় গো, আমি নয়।"

কিন্তু কে শোনে কার কথা! বুড়ি একেবারে লাঠি উঁচিয়ে ধেয়ে আসতে-আসতে বলল, "তুই না তো কে রে মুখপোড়া? তোর মুখ দেখলেই তো বোঝা যায় গোরু-ছাগল চুরি করে-করে হাত পাকিয়ে ফেলেছিস। চোখ দেখলেই তো বোঝা যায় তুই এক নম্বরের পাজি। তোকে আজ ঝেঁটিয়ে বিষ নামাব..."

পঞ্চানন্দ পিছু ফিরে চোঁ-চাঁ দৌড় দিল। এ কাজটা সে খুব ভাল পারে।

দৌড়ে একেবারে হরিবাবুদের বাড়ির কাঁঠালতলায় এসে পঞ্চানন্দ হাঁফ ছাড়ল, "খুব বাঁচা গেছে বাপ। ওঃ, বুড়িটা কী তাড়াই না করেছিল!"

জামা দিয়ে মুখের ঘাম মুছে পঞ্চানন্দ ধীরেসুস্থে বাড়িতে ঢুকতে যাবে, এমন সময় হঠাৎ ক্যাঁক করে কে যেন তার গর্দানটা বাগিয়ে ধরল খিড়কির দরজার কপাটের আড়াল থেকে।

"দাদা, এই লোকটাই।"

পঞ্চানন্দ সঙ্গে-সঙ্গে বলে উঠল, "আমি না। কালীর দিব্যি, আমি কিছু করিনি।"

আংটি বলল, "তুমি নয় তো কে চাঁদু? কাল মাঝরাতে দাদুর ল্যাবরেটরির কাছে ঘুরঘুর করছিলে, দেখিনি বুঝি?"

কপাটের আড়াল থেকে আর-একজনও বেরিয়ে এল, ঘড়ি। খুব ঠাণ্ডা চোখে পঞ্চানন্দকে আপাদমস্তক দেখে নিয়ে বলল, "খুব গুলগপ্পো ঝেড়ে আমার বাবাকে বশ করে ফেলেছ কেমন?"

পঞ্চানন্দ অমায়িক হেসে বলল, "আজ্ঞে, অনেক কথার মধ্যে এক-আধটা বেফাঁস মিথ্যে কথা বেরিয়ে যেতে পারে বটে, কিন্তু সে তেমন না ধরলেও চলে। হরিবাবুকে জিজ্ঞেস করে দেখবেন, আমি তাঁকে আগেভাগেই সাবধান করে দিয়েছিলুম কিনা যে, লোক আমি তেমন সুবিধের নই।"

"বটে! তা হলে তো ধর্মপুত্তুর যুধিষ্ঠির। বাবাকে একটা চাবি দিয়েছ শুনলাম, আর নাকি গুপ্তধনের সংকেত!"

জিব কেটে পঞ্চানন্দ মাথা নাড়ল, "আজ্ঞে ওসব বুজরুকি কারবার আমার কাছে পাবেন না। গুপ্তধনের কথা শিবুবাবু আমাকে বলতে বলেননি, আমিও বলিনি।"

"তা হলে কথাটার মানে কী?"

পঞ্চানন্দ কাঁচুমাচু হয়ে বলে, "সে কি আমিই জানি? যেমন শুনেছি তেমনি বলেছি। তা ঘাড়খানা এবার ছেড়ে দিলে হয় না? বড্ড টনটন করছে। আমার আবার একখানা বই দুখানা ঘাড় নেই।"

আংটি একটু হেসে একখানা ঝাঁকুনি দিয়ে ঘাড়টা ছেড়ে বলল, "একটা কথা শুনে রাখো। আমার বাবা বেজায় ভাল মানুষ। তাঁকে যদি বোকা বানানোর চেষ্টা কর, তা হলে মাটিতে পুঁতে ফেলব ওই কেয়াঝোপের তলায়।"

পঞ্চানন্দ উদাস মুখে বলল, "তিনটে লাশ ছিল, চারটে হবে।"

"তার মানে?"

"আজ্ঞে সে এক বৃত্তান্ত। কিন্তু আপনাদের যা ভাবগতিক দেখছি, বেশি বলতে ভরসা হয় না। হয়তো দিলেন কষিয়ে একখানা ঘুষো!"

ঘড়ি গম্ভীরভাবে বলল, "গুলগপ্পো যারা মারে তাদের মাঝে-মাঝে ঘুষো খেতেই হয়। এবার বলো তো চাঁদু, মাঝরাত্তিরে দাদুর ল্যাবরেটরিতে গিয়ে ঢুকেছিলে কেন?"

"আজ্ঞে ওই গজটার জন্য। কতবার পই-পই করে বলেছি, ওরে গজ, মানুষ হ। পরের বাড়িতে ঢুকে ওসব করা কি ঠিক? তা ভাল কথায় কবেই বা কান দিয়েছে?"

"গজ মানে কি গজ পালোয়ান? সে কেন আমাদের বাড়িতে ঢুকবে?"

"সেইটেই তো কথা। পেত্যয় না হয় ন্যাড়াবাবুর কাছ থেকেই শুনে নেবেন'খন।"

ঘড়ি ঠাণ্ডা চোখে আবার একবার তাকে জরিপ করে নিয়ে বলল, "তোমার স্যাঙাতরা কারা ছিল?"

"স্যাঙাত! আজ্ঞে কোনওকালেই আমার স্যাঙাত-ট্যাঙাত নেই। বরাবর একাবোকা ঘুরে বেড়াই।"

"তবে কেয়াঝোপের আড়াল থেকে তিনটে লোক যে বেরিয়ে এল, তারা কি ভূত?"

পঞ্চানন্দ তাড়াতাড়ি হাতজোড় করে কপালে ঠেকিয়ে বলল, "ও কথা বলবেন না। এখনও বুকের মধ্যে ধড়াস-ধড়াস করে। একেবারে জলজ্যান্ত তেনারা। আমার হাত দুয়েকের ভিতর দিয়েই হেঁটে গেলেন। গায়ে সেই বোঁটকা গন্ধ, উলটো দিকে পা, হাওয়ায় ভর দেওয়া শরীর...ওরে বাবা! ভাবতেও ভয় করে।"

ঘড়ি ভ্রূ কুঁচকে চিন্তিতভাবে পঞ্চানন্দের দিকে চেয়ে বলল, "আমরা ভূতটূত মানি না। ওসব বুজরুকি আমাদের দেখিয়ো না। দাদুর ল্যাবরেটরির দিকে অনেকের নজর আছে, আমরা জানি। কিন্তু আমরাও বোকা নই, বুঝলে? ওই তিনটে লোক তোমারই দলের।"

পঞ্চানন্দ খুব গম্ভীর হয়ে বলল, "আজ্ঞে ভূত যদি নাও হয়, তা হলেও আমার সঙ্গে তাদের কোনও সাঁট নেই। তবে ওইখানে তিনটে লাশ বহুকাল আগে আমি আর শিবুবাবু মিলে পুঁতেছিলুম। তিনটেই সাহেব। গায়েগতরে পেল্লায়। বিশ্বাস না হলে

জরিবাবু বা হরিবাবুকে জিজ্ঞেস করতে পারেন।”

ঘড়ি বলল, “লাশ এল কোথা থেকে?”

পঞ্চানন্দ দু'পা পিছু হটে বলল, “আজ্ঞে রদ্দা-ফদ্দা চালিয়ে বসবেন না যেন। এই সময়টায় আমার বড় খিদে পায়। আর খিদের মুখে মারধোর আমার সয় না।”

“ঠিক আছে, মারব না। বলো।”

“আজ্ঞে শিবুবাবু নিজের জান বাঁচাতে ওই তিন সাহেবকে খুন করেন। তারপর আমরা ধরাধরি করে...”

“মিথ্যে কথা!”

“আজ্ঞে খুনটা আমি স্বচক্ষে দেখেছি। তবে কিনা নিজের জান বাঁচাতে খুন করলে সেটা খুনের মধ্যে ধরা যায় না।”

“জান বাঁচাতে কেন? ওরা কি দাদুকে মারতে চেয়েছিল?”

পঞ্চানন্দ বলল, “সে কে আর না চাইত বলুন। শিবুবাবু মরলে অনেকেরই সুবিধে ছিল।”

“খোলসা করে বলো।”

পঞ্চানন্দ বলল, “বলব'খন। আগে চানটান করে দুটো মুখে দিয়ে নিই, পিত্তি পড়লে আবার অনর্থ হবে'খন।”

কী ভেবে যেন ঘড়ি আর আংটি এ প্রস্তাবে আপত্তি করল না। বলল, “ঠিক আছে।”

উনিশ

হরিবাবুর খোকা দুটি যে বিশেষ সুবিধের নয়, তা পঞ্চানন্দ লহমায় বুঝে গেল। ওদের একজন হল গোমড়ামুখো গুণ্ডা, অন্যটা ছ্যাবলা গুণ্ডা। ছ্যাবলাদের তেমন আমল না দিলেও চলে, কিন্তু গোমড়াগুলোই ভয়জনক। কখন কী ভাবছে তা মুখ দেখে টের পাওয়া যায় না। তবে যতই গুণ্ডা হোক, পঞ্চানন্দ লক্ষ করেছে যে, ওরা ওদের বাপকে সাঙ্ঘাতিক ভয় পায়।

চানটান করে পঞ্চানন্দ যখন গিয়ে খেতে বসল, তখন দুপুর বেশ গড়িয়ে গেছে। এ সময়ে গরম ভাতের আশা বৃথা। পঞ্চানন্দ ধরে নিয়েছিল, ঠাণ্ডা কড়কড়ে ভাত আর তলানি কিছু ডাল-তরকারি জুটতে পারে।

কিন্তু খেতে বসার পর বামুনঠাকুর যখন ধোঁয়া-ওঠা ভাত আর গরম-গরম ডাল-তরকারি আর মাছের ঝোলের বাটি সাজিয়ে দিল, তখন রীতিমতো অবাক। ভাত ভাঙতে ভাঙতে বলল, “জরুরি একটা কাজে গিয়েছিলুম কিনা, তাই একটু দেরি হয়ে গেল।”

রাঁধুনি বিনয়ের সঙ্গে বলল, “তাতে কী বাবু? ওরকম হয়েই থাকে।”

পঞ্চানন্দ খেতে-খেতে বলল, “শেষপাতে একটু দই না হলে আবার আমার তেমন জুত হয় না।”

"আজ্ঞে, আছে। দই, কলা, চিনি সব সাজিয়ে রেখেছি।"

"বাঃ বাঃ, তুমি তো কাজের লোক হে। নাঃ, বাবুকে বলে তোমার মাইনেটা দু-পাঁচ টাকা বাড়িয়ে না দিলেই নয়।"

রাঁধুনি লাজুক মুখ করে একটু হাসল। তারপর গলাখাঁকারি দিয়ে বলল, "আপনি যে কী একটা পুঁটুলি আমার কাছে রাখবেন বলেছিলেন।"

পঞ্চানন্দ চট করে একটু ভেবে নিল। কখন কাকে কী বলে, তা তার হিসেবে থাকে না। হঠাৎ তার মনে পড়ল, রাত্রে এরকম একটা কথা বলেছিল বটে রাঁধুনিকে। মনে পড়তেই একটু হেসে বলল, "কথাটা বলে ভালই করেছ। পুঁটুলিটা নিয়েই দুশ্চিন্তা। সোনাদানা কিছু তার মধ্যে আছে বটে, তবে বেশি নয়। বারো-চোদ্দো ভরি হবে মেরে কেটে। শেরপুরের রাজা একখানা মুরগির ডিমের সাইজের হিরে দিয়েছিল একবার আমার গান শুনে। সেটাও বোধহয় আছে। কিন্তু ওগুলো নিয়ে দুশ্চিন্তা নেই রে ভাই। সন্ন্যাসী-বৈরাগী মানুষ আমি, ওসব দিয়ে কী-ই বা হবে। তবে হিমালয়ে থাকতে একবার খাড়াবাবার ডাক এল মানস-সরোবর থেকে। গিয়ে পড়তেই খাড়াবাবা কাঁদো-কাঁদো হয়ে বললেন, "ওরে পঞ্চা, আমি হলাম গিয়ে খাড়া-সন্ন্যাসী, বসা বা শোওয়ার জো নেই, দিনরাত এক ঠ্যাং বা দু ঠ্যাঙে ভর করে খাড়া হয়ে সাধন ভজন করতে হয়। কিন্তু একটা বেওকুফ ভূত এসে সারাক্ষণ আমার ঠ্যাং ধরে টানাটানি করে, পায়ে সুড়সুড়ি দেয়, হাঁটুতে গুঁতোয়। একটা ব্যবস্থা কর বাবা।' তা তখন মন্ত্র পড়ে চারদিকে বন্ধন দিয়ে নিয়ে ঘণ্টা খানেকের চেষ্টায় একটা পলো দিয়ে তো ভূতটাকে পাকড়াও করলাম। ভারী নচ্ছার ভূত, ছাড়া পেলেই চারদিকে লণ্ডভণ্ড কাণ্ড করে বেড়াবে। তাই একটা কৌটোয় ভরে পুঁটুলিতে রেখে দিয়েছি।"

রাঁধুনি আঁতকে উঠে বলল, "ও বাবা!"

পঞ্চানন্দ মাথা নেড়ে বলল, "ভয়ের কিছু নেই, আমি তো আছিই। তবে পুঁটুলিটা হুট করে খুলেটুলে ফেলো না। নাড়াচাড়ায় কৌটোর ভূত যদি জেগে যায়, আর বোঝে যে আনাড়ির হাতে পড়েছে, তা হলেই কিন্তু কুরুক্ষেত্র করে ছাড়বে।"

রাঁধুনি মাথা চুলকে বলল, "পুঁটুলিটা বরং আপনার কাছেই থাক। আমি বরং দইটা নিয়ে আসছি।"

বলে রাঁধুনি পালাল।

খাওয়াটা মন্দ হল না পঞ্চানন্দর। ঢেকুর তুলে তৃপ্ত মুখে উঠে সে আঁচিয়ে নিল। তারপর গিয়ে জরিবাবুর ঘরে ঢুকল।

জরিবাবু কলেজে পড়ান। এ সময়টায় ঘরে থাকেন না। পঞ্চানন্দ নিজেই একখানা পান সেজে মুখে দিল। তারপর শুয়ে একটু গড়াল।

যখন তার ঘুম ভাঙল, তখন জরিবাবু ফিরেছেন এবং সন্তর্পণে জামাকাপড় পালটাচ্ছেন। তাকে দেখে একটু লজ্জা পেয়ে বললেন, "ইস, আপনার ঘুমটা বোধহয় ভেঙে দিলাম।"

পঞ্চানন্দ অবাক হয়ে বলল, "ঘুম! ঘুমটা কোথায় দেখলেন? গত তেইশ বছর আমার ঘুম কেউ দ্যাখেনি। ঘুমের মতো যা দ্যাখেন, তা হল যোগনিদ্রা। মনটাকে

কূটস্থে ফেলে ধ্যান করতে করতে সূক্ষ্মদেহে বেরিয়ে পড়ি আর কী! কখনও বিলেত ঘুরে আসি, কখনও উত্তরমেরু চলে যাই, যখন যেখানে প্রয়োজন মনে হয়। চাঁদে তো হামেশাই যেতে হয়। মঙ্গলগ্রহে, শুক্রে, বৃহস্পতিতে, কোথায় ডাক না পড়ে বলুন।"

জরিবাবু একটু অবাক হয়ে বললেন, "কিন্তু আপনার যে নাক ডাকছিল।"

পঞ্চানন্দ খুব উচ্চাঙ্গের হাসি হেসে বলল, "মুশকিল কী জানেন? দেহ ছেড়ে আমি যখন বেরিয়ে পড়ি, তখন দেহটা একেবারে মড়ার মতো হয়ে যায়। শ্বাস চলে না, নাড়ি থেমে যায়। লোকে ভাবে, সত্যিই বুঝি পঞ্চানন্দ পটল তুলেছে। একবার তো কাশীতে ওই অবস্থায় আমাকে মড়া ভেবে দাহ করতে মণিকর্ণিকায় নিয়েও গিয়েছিল। ভাগ্যিস সময়মতো নেবুলাটা চক্কর মেরে ফিরে এসেছিলাম। নইলে হয়ে যেত। শরীর গেলে ভারী অসুবিধে। সেই থেকে করি কী, সূক্ষ্মদেহে বেরিয়ে পড়ার আগে নাকটাকে চালু রেখে যাই। ওটা ডাকলে আর কেউ মরা মানুষ বলে ভাববে না।"

জরিবাবুর খুবই কষ্ট হচ্ছিল বিশ্বাস করতে। কয়েকবার ঢোঁক গিললেন, ঠোঁট কামড়ালেন, গলাখাঁকারি দিলেন। তারপর বললেন, "তা ভাল, বেশ ভাল।"

পঞ্চানন্দ একটা হাই তুলে বলল, "তা আজও একটা চক্কর মেরে এলুম।"

জরিবাবু এত অবাক হয়েছেন যে, গলা দিয়ে স্বর বেরোচ্ছে না। খানিক বাদে ভাঙা গলায় জিজ্ঞেস করলেন, "কোথা থেকে?"

পঞ্চানন্দ আড়মোড়া ভেঙে বলল, "বেশি দূরে যেতে হল না। ভেবেছিলুম, একবারে ব্রহ্মলোকের সাত নম্বর সিঁড়িতে গিয়ে শিবুবাবুকে ধরব।"

"সাত নম্বর সিঁড়ি?"

পঞ্চানন্দ খুবই উচ্চাঙ্গের একখানা হাসি হেসে বলল, "শিবুবাবু একেবারে ব্রহ্মলোকের দোরগোড়াতেই পৌঁছে গেছেন বলা যায়। আর সাত ধাপ উঠলেই সাক্ষাৎ ব্রহ্মলোক। তবে কিনা যত কাছাকাছি হবেন ততই ওঠা শক্ত হয়ে দাঁড়ায়। শুনতে সাত ধাপ বটে, কিন্তু ওই সাত ধাপ পেরোতেই হয়তো লাখ লাখ বছরের তপস্যা লেগে যাবে। তবে হ্যাঁচোড় প্যাঁচোড় করে উঠেছেন অনেকটা। তা ভাবলাম সেখানেই চলে যাই। জায়গাটা বেশ সাফসুতরো, নির্জন, সিঁড়ির ধাপে বসে দুটো সুখদুঃখের কথাও কয়ে আসি আর বাড়ির সব খবর-টবরও দিয়ে আসি। শুনে শিবুবাবু খুশি হবেন। তা অতদূর আর যেতে হল না। কৈলাসটা পেরোতে দেখি, শিবুবাবু নিজেই হন্তদন্ত হয়ে নেমে আসছেন। আমাকে দেখেই বললেন, ওরে পঞ্চা, আমার বাড়িতে গিয়েছিস সে খবর পেয়েছি। বলি ওরা তোকে খাতিরযত্ন ঠিকমতো করছে তো! খাওয়া-শোওয়ার কোনও অসুবিধে নেই তো! এই শীতে গায়েই বা দিচ্ছিস কী?"

জরিবাবু চোখ গোল করে তাকিয়ে রইলেন।

পঞ্চানন্দ আড়চোখে ভাবখানা লক্ষ করে একটা দীর্ঘশ্বাস ফেলল। তারপর বলল, "আমি আর কী বলি! বললুম, ভালই আছি। কিছু কিছু অসুবিধে সে তো হতেই পারে। তখন শিবুবাবু ভারী দুঃখ করে বললেন, ওরে পঞ্চা, আমার বড় ছেলেটাকে খরচের খাতায় লিখে রেখেছি, মেজোটা বোধহয় মানুষ হল না, সেজোটা পুলিশে

ঢুকে গোল্লায় গেছে, ছোটটা তো গবেট। তা তুই যখন গিয়ে পড়েছিস সেখানে, আমার ছেলেগুলোকে একটু দেখিস বাবা।"

জরিবাবু কী একটা বলবেন বলে হাঁ করেছিলেন, কিন্তু স্বর ফুটল না।

পঞ্চানন্দ একটা দীর্ঘশ্বাস ফেলে বলল, "পরের বেগার খেটে-খেটে পঞ্চানন্দর আর নিজের জন্য কিছু করা হয়ে উঠল না, দুনিয়াটার নিয়মই এই। তা চায়ের ব্যবস্থাটা এ বাড়িতে কী রকম বলুন তো জরিবাবু? পাঁচটা বাজতে চলল যে! এরপর চা খাওয়া যে শাস্ত্রে বারণ।"

জরিবাবু শশব্যস্তে বললেন, "দাঁড়ান দেখছি।"

পঞ্চানন্দ মোলায়েম স্বরে বলল, "খালি পেটে চা খাওয়াটা কিন্তু মোটেই কাজের কথা নয়। গোটাকতক ডিমভাজা আর মাখন-টোস্টেরও ব্যবস্থা করে আসবেন।"

জরিবাবুর ব্যবস্থায় চা এল, টোস্ট আর ডিমভাজাও এল। পঞ্চানন্দ খেয়েদেয়ে উঠে ঢেকুর তুলে বলল, "এবার একখানা পান লাগান।"

পান চিবোতে-চিবোতে পঞ্চানন্দ যখন জরিবাবুকে ছেড়ে হরিবাবুর সন্ধানে দোতলায় এল, তখন হরিবাবুর বাহ্যজ্ঞান নেই। টেবিলে স্তূপাকৃতি খাম, পোস্টকার্ড আর ইনল্যান্ড। তিনি পোস্টকার্ডের পর পোস্টকার্ডে কবিতা লিখে চলেছেন।

পঞ্চানন্দ একটু গলাখাঁকারি দিয়ে বলল, "আজ্ঞে কাজ তো বেশ এগোচ্ছে দেখছি।"

হরিবাবু মুখ তুলে খুব পরিতৃপ্তির হাসি হেসে বললেন, "অফিসের পথেই ডাকঘর। নিজেই পঞ্চাশ টাকার কিনে আনলাম। আইডিয়াটা বেশ ভালই হে।"

পঞ্চানন্দ একটু চাপা গলায় বলল, "এসব কাজ করার সময় দরজাটা এঁটে নেবেন ভালমতন। গিন্নিমা যদি দেখে ফেলেন তবে কিন্তু কুরুক্ষেত্তর হবে।"

"তা বটে, ওটা আমার খেয়াল হয়নি। আচ্ছা পঞ্চানন্দ, এই ধরো রাষ্ট্রপতি, প্রধানমন্ত্রী আর মুখ্যমন্ত্রীকে যদি চিঠিতে কবিতা পাঠাই, তবে কেমন হয়?"

"সে তো খুবই ভাল প্রস্তাব। তাঁদের হাতেই তো সব কলকাঠি। কবিতা পড়ে যদি কাত হয়ে পড়েন তো আপনার কপাল খুলে গেল। সভাকবি-টবিও করে ফেলতে পারেন।"

"দূর! সভাকবি আজকাল আর কেউ হয় না।"

"নিদেন দরবারে তো ডাক পড়তে পারে। চাই কি নোবেল প্রাইজের খাতায় আপনার নাম তুলবার জন্য উঠে-পড়ে লেগে যাবেন তিনজনে।"

হরিবাবু একটু ব্যথিত হয়ে বললেন, "নোবেল প্রাইজের কথা থাক। এ দেশের সম্পাদকরাই আমার কবিতা ছাপল না, তো নোবেল প্রাইজ। তবে আমি ঠিক করেছি নিজের খরচে একখানা কবিতার বই ছেপে বের করব।"

"সে তো হেসে-খেলে হবে। টাকাটা ফেলে নিশ্চিন্তে কবিতা লিখে যান, ছাপাখানা থেকে দফতরির বাড়ি দৌড়োদৌড়ি যা করার আমিই করব। তা আজ এক-আধখানা কবিতা নামিয়েছেন তো! একখানা ছাড়ুন, শুনি।"

"শুনবে!" বলে একটু লজ্জার হাসি হাসলেন হরিবাবু। তারপর গলাখাঁকারি দিয়ে

শুরু করলেন:

কবিতা কখনও ক্ষমা করে না কবিরে।
ক্ষমা পায় হত্যাকারী, ক্ষমা লভে চোর,
ডাকাত, মস্তান আর যত ঘুঁষখোর—
সিক্ত হয় ক্ষমারূপ বৃষ্টিবারিধারে।
কবির বাগানে নাচে প্রেত, ডাকে তারে
মরীচিকা। তা-ই কাব্য, যমের দোসর।
কবিরে শোষণ করে, দিয়ে দেয় গোর।
কবিতা কখনও ক্ষমা করে না কবিরে।

কুড়ি

পঞ্চানন্দ মাথা নেড়ে-নেড়ে শুনছিল। বলল, "আবার একবার পড়ুন তো!"

পুলকিত হরিবাবু আবার পড়লেন।

পঞ্চানন্দ কাপড়ের খুঁটে চোখ মুছে বলল, "চোখের জল রাখা যায় না। আহা, কী জিনিসই লিখেছেন! বুকটা যেন খাঁ-খাঁ করে ওঠে, জিব শুকিয়ে যায়, আর তেষ্টায় যেন ছাতি ফাটতে থাকে।"

হরিবাবু বিনয়ে মাথা চুলকোলেন।

পঞ্চানন্দ কিছুক্ষণ ঝিম মেরে থেকে বলল, "নাঃ, তেষ্টাটা বড্ড চেপে বসেছে বুকে। তা হরিবাবু, বলে আসব নাকি চায়ের কথাটা? সঙ্গে একটু ঝাল চানাচুর!"

হরিবাবু প্রশংসায় এমনই বিগলিত হয়ে পড়েছিলেন যে, ফস করে বলে বসলেন, "আহা, শুধু ঝাল চানাচুর কেন, বেশ গরম গরম কড়াইশুঁটির কচুরি ভাজছে ভজুয়ার দোকানে। রেমোটাকে পাঠাও, এনে দেবে।"

এ কথায় পঞ্চানন্দ আর একবার চোখ মুছে উঠে গেল। কচুরি আর চায়ের ব্যবস্থা করে ফিরে এসে বেশ গম্ভীর মুখে সে বলল, "এ দেশটার কিছু হল না কেন জানেন? ভাল জিনিসের সমঝদার নেই বলে। মহারাজা কৃষ্ণচন্দ্র বা আকবরের আমল হলে আপনি নির্ঘাত সভাকবি হয়ে বসতেন!"

হরিবাবু খুব লাজুক মুখে হাসতে লাগলেন।

পঞ্চানন্দ নিমীলিত নয়নে খাটের তলায় একখানা তালা-দেওয়া তোরঙ্গকে লক্ষ করতে করতে বলল, "অবশ্য পঞ্চানন্দ তা বলে হাল ছাড়বে না। কাল সকালে শ দুয়েক টাকা একটু গোপনে আমার হাতে দিয়ে দেবেন তো। কিছু খাম-পোস্টকার্ড কিনে ফেলব'খন, আর পোস্টারের ব্যবস্থা করতে হবে। খরচটা নিয়ে বেশি ভাববেন না। পেটের পুজো তো অনেকেই করে, কাব্যলক্ষ্মীর পুজো অনেক উঁচু দরের ব্যাপার। খরচটা গায়ে মাখলে তো চলবে না।"

হরিবাবু মাথা নেড়ে বললেন, "বটেই তো। তা টাকাটা তুমি এখনই নিয়ে রাখতে

পারো।”

জিব কেটে পঞ্চানন্দ বলল, “না, না, আমাকে অত বিশ্বেস করে বসবেন না। লোকটা আমি তেমন সুবিধের নই। টাকা হাতে এলেই লোভ চাগাড় দেয়। আর লোভ থেকে কত কী হয়। ও কাল সকালেই দেবেন'খন।”

হরিবাবু খাতার পাতা ওলটাতে ওলটাতে খুব সংকুচিত গলায় বললেন, “তা ইয়ে, বলছিলাম কী, আরও গোটাকয় পড়ব নাকি?”

পঞ্চানন্দ একটু আঁতকে উঠে বলল, “আজ্ঞে, ভাল জিনিসের বেশি কিন্তু ভাল নয়। ধরুন পোলাও মাংস খাচ্ছেন, গুচ্ছের খেয়ে ফেললে কিন্তু পেট ভারী আইঢাই হতে থাকে। আর তাতে সোয়াদটাও তত পাওয়া যায় না। এই যে একখানা শোনালেন, এইটে মাথায় অনেকক্ষণ ধরে রেখে, গোরুর মতো মাঝে-মাঝে উগরে এনে জাবর কেটে যতটা আনন্দ হবে, এক গুচ্ছের শুনলে ততটা হওয়ার নয়।”

হরিবাবু ম্লানমুখে বললেন, “তা বটে। তা হলে আজ থাক।”

রেমো কচুরি আর চা দিয়ে গেল। পঞ্চানন্দ নিমীলিত চোখে কাঠের আলমারির মাথায় রাখা একখানা চামড়ার সুটকেসকে লক্ষ করতে করতে কচুরি আর চা শেষ করে উঠে পড়ল। বলল, “যাই আজ্ঞে, কবিতাটা নিয়ে শুয়ে শুয়ে একটু ভাবি গে।”

পঞ্চানন্দ বেরিয়ে পড়ল। সাবধানী লোক। সে আগেই দেখে নিল বাড়ির কে কোথায় রয়েছে এবং কী করছে। হরিবাবুর গিন্নি এই সময়ে পুজোর ঘরে থাকেন। কাজেই ওদিকটায় নিশ্চিন্ত। জরিবাবু তানপুরা চেপে ধরে রেওয়াজ করছেন, আরও ঘণ্টা দুই চলবে। ন্যাড়া ঘরে নেই, আড্ডা মারতে বেরিয়েছে। ঘড়ি আর আংটি সন্ধেবেলা এক মাস্টারমশাইয়ের বাড়ি পড়তে যায়। চারদিকটা দেখে নিয়ে পঞ্চানন্দ জরিবাবুর ঘরে ঢুকে বিনা বাক্যব্যয়ে তাঁর টর্চবাতিটা তুলে নিল। জরিবাবু চোখ বুজে রেওয়াজ করছেন, লক্ষ করলেন না। পঞ্চানন্দ বেরিয়ে এসে সাবধানে দরজাটা ভেজিয়ে দিল। তারপর সদর খুলে দ্রুতপায়ে হাঁটা দিল।

চকসাহেবের বাড়ির কাছাকাছি যখন পৌঁছল পঞ্চানন্দ, তখন চারদিকটা অন্ধকার আর কুয়াশায় একেবারে লেপেপুঁছে গেছে। চার হাত দূরের বস্তু ঠাহর হয় না। পঞ্চানন্দও এরকম পরিস্থিতিই পছন্দ করে।

সামনের দিক দিয়ে কোনও বাড়িতে ঢোকা বিশেষ পছন্দ করে না পঞ্চানন্দ। ঘুরপথে, হাঁটুভর কাঁটা-জঙ্গল ভেদ করে একবারও টর্চ না জ্বেলে সে দিব্যি পিছনের বাগানে পৌঁছল। অন্ধকারে দাঁড়িয়ে একটু হিসেব-নিকেশ করে নিল সে। তারপর আন্দাজের ওপর ভরসায় ধীরে-ধীরে ভাঙা বাড়িটায় ঢুকে পড়ল।

একটু-আধটু হোঁচট, দু-একটা দেয়ালের গুঁতো আর দু-একবার শেয়ালের ডাক কি ছুঁচোর চ্যাঁচানিতে চমকে ওঠা ছাড়া তেমন বিশেষ কোনও বাধা পেল না সে। হলঘরটার কাছ-বরাবর পৌঁছে কিছুক্ষণ দম বন্ধ করে অপেক্ষা করল সে।

এদিকটায় একেই জনবসতি নেই, তার ওপর শীতের রাত বলে ভারী নিঝুম। সেই নিস্তব্ধতার মধ্যে একটানা যান্ত্রিক শব্দটা বেশ স্পষ্ট শোনা যাচ্ছিল।

পঞ্চানন্দের চোখে অন্ধকার সয়ে এসেছে। ধীরে-ধীরে সে এগিয়ে গেল। তারপর

সাবধানে দেওয়ালের সেই ফোকরে চোখ রাখল।

প্রথমটায় কিছুই দেখতে পেল না পঞ্চানন্দ। ঘরটা বেজায় বড়, ফোকরটা নিতান্তই ছোট। তবে অনেকক্ষণ চোখ পেতে রাখার পর ঘরের বাঁ ধারে একটা নীলচে আলোর আভা দেখতে পেল সে। আর কিছু নয়।

পঞ্চানন্দ বুঝল, এই ফোকরটা দিয়ে এর বেশি আর কিছু দেখা যাবে না। সুতরাং খুব সাবধানে সে ফোকরটার মধ্যে হাত ঢুকিয়ে ইটগুলো নেড়েচেড়ে দেখল যদি কোনওটা খুলে আসে। খানিকক্ষণ চেষ্টার পর বাস্তবিকই একটা ইট একটু নড়ল। পঞ্চানন্দের হাত মাখনের মতো কাজ করে। ইটটা সামান্য চেষ্টাতেই সে নিঃশব্দে খুলে ফেলতে পারল। ফোকরটা এবার আর একটু বড় হয়েছে। পঞ্চানন্দ চারপাশটা সতর্ক চোখে একবার দেখে নিয়ে ফোকরের মধ্যে উঁকি মারল।

হলঘরটা বাস্তবিকই বিশাল। বাঁ দিকের শেষ প্রান্তে নীলচে আলোটা জ্বলছে। ভারী নরম আর মোলায়েম আলো। এত মৃদু যে ভাল ঠাহর না করলে মালুমই হয় না।

পঞ্চানন্দ হাত দিয়ে ফোকরের আর একটু অংশ সাবধানে ভেঙে গর্তটা অল্প একটু বাড়াতে পারল।

এবার নজরে পড়ল, ঘরের বাঁ দিকের শেষ প্রান্তে একটা বড় টেবিল। তার ওপর ফুটবলের চেয়ে একটু বড় সাইজের একটা গ্লোবের মতো বস্তু। সেই গ্লোবের মতো গোলকটা থেকেই নীল আলো ছড়িয়ে পড়ছে। টেবিলের সামনে একটা চেয়ারে একজন লোক গা ছেড়ে বসে আছে। বেশ মজবুত তার চেহারা। কাঁধখানা বিশাল। একেবারে পাথরের মতো স্থির হয়ে বসে গোলকটার দিকে চেয়ে আছে।

গোলকটা খুবই বিস্ময়কর। পঞ্চানন্দের অভিজ্ঞ চোখেও এরকম জিনিস এর আগে আর কখনও পড়েনি। কালচে নীল সেই গোলকটার মধ্যে বিন্দু বিন্দু সব আলো মিটমিট করে জ্বলছে। কোনওটা লাল, কোনওটা হলুদ, কোনওটা বা সাদা। ছোট বড় মাঝারি নানা রকম আলোর বিন্দু। কিছুই না বুঝে পঞ্চানন্দ একাগ্র দৃষ্টিতে চেয়ে রইল। তবে সে আহাম্মক নয়। মাঝে মাঝে সে চোখ ফিরিয়ে সে নিজের চারদিকটা সতর্ক চোখে দেখে নিচ্ছিল।

ঘরের ভিতর অনেকক্ষণ কিছুই ঘটল না। গোলকের সামনে লোকটা চুপ করে বসে আছে। প্রায় আধঘণ্টা কেটে যাওয়ার পর হঠাৎ ঘরের ডান দিকের অন্ধকার থেকে চিঁ-ই-চিক চিঁ-ই-চিক শব্দটা পালটে গিয়ে একটা রাগি বেড়ালের ঘ্যাঁও-ঘ্যাঁও শব্দ হতে লাগল। পঞ্চানন্দ একটু চমকে গেলেও চট করে সামলে নিল নিজেকে। অবিকল রাগি বেড়ালের শব্দ হলেও পঞ্চানন্দের অভিজ্ঞ কান টের পেল, এটাও একটা যন্ত্রেরই শব্দ। বাইরে থেকে লোকে আলটপকা শুনলে বুঝতে পারবে না।

পঞ্চানন্দ নিবিষ্ট মনে ভিতরের আবছায়া ঘরখানার মধ্যে চোখ পেতে রইল। আচমকাই সে দেখতে পেল, ডান ধারের অন্ধকার থেকে লম্বা সিড়িঙ্গে চেহারার একজন লোক এগিয়ে এল। বাঁ ধারে যেখানে পাথরের মতো লোকটা বসে গোলকের দিকে চেয়ে আছে, সেদিকে এগিয়ে গেল লোকটা। হাতে একটা টেপরেকর্ডারের

ক্যাসেট। লোকটা নিঃশব্দে টেবিলের ওপর ক্যাসেটটা রেখে বশংবদ ভঙ্গিতে দাঁড়িয়ে রইল।

মজবুত চেহারার লোকটা ক্যাসেটটা তুলে নিয়ে টেবিলের তলায় কোনও একটা যন্ত্রে ফিট করল। তারপর খুট করে একটা শব্দ হল। পঞ্চানন্দ দেখল, টেবিলের ওপর নীলচে গোলকটার রং পালটে সাদা হয়ে যাচ্ছে। ফুটকিগুলোর বদলে কতগুলো কিম্ভূত রেখা ফুটে উঠছে তাতে। লম্বা এবং আড়াআড়ি রেখাগুলো দ্রুত ফুটে উঠেই মিলিয়ে যাচ্ছে। আবার অন্য রকম সব রেখা আসছে। লাল, বেগুনি, হলুদ।

কিছুক্ষণ এরকম চলার পর জোয়ান লোকটা মুখ তুলে ঢ্যাঙা লোকটাকে অস্ফুট স্বরে কিছু বলল। ভাষাটা বাংলা কি না তা ধরতে পারল না পঞ্চানন্দ। তবে কান খাড়া করে রইল।

ঢ্যাঙা লোকটা গলাখাঁকারি দিয়ে বলল, "আজ রাতেই।"

জোয়ান লোকটা আবার একটা সুইচ টিপল টেবিলের তলায়। গোলকটা আগের মতো নীল হয়ে গেল।

নিরিখ-পরখ করে পঞ্চানন্দের মনে হল, গোলকটা খুব সাধারণ জিনিস নয়। খুবই আজব একটা কল। কল না বলে আয়না বলাই বোধহয় ঠিক হবে। কারণ গোলকটার মধ্যে যা ফুটে উঠছে তা আকাশের ছবি। ফুটকিগুলো হচ্ছে তারা। ছোট একটা গোলকের মধ্যে গোটা আকাশটাকে যেন ভরে রাখা হয়েছে।

জোয়ান লোকটাকেও খুব খর চোখে লক্ষ করল পঞ্চানন্দ। বেশ লম্বাচওড়া শক্ত কাঠামোর চেহারা। ঠিক এইরকম চেহারার একটা লোকের বিবরণই সে পেয়েছে। যদি এই লোকটাই সে লোকটা হয়, তবে এর ক্ষমতা প্রায় সীমাহীন। বিবরণে আছে: লোকটা ঘণ্টায় একশো মাইল বা তার চেয়েও বেশি বেগে দৌড়োতে পারে। দশ ফুট বা তার চেয়েও উঁচুতে লাফাতে পারে। লোকটা যে কোনও পাহাড় ডিঙোতে পারে। যে কোনও সমুদ্র পেরোতে পারে। শত্রু হিসেবে লোকটা অতি সাঙ্ঘাতিক। বন্ধু হিসেবে এ লোকটাকে পেলে যে কেউ পৃথিবী জয় করতে পারে। এ লোকটা পৃথিবীর বন্ধু না শত্রু সেইটেই এখন সবচেয়ে বড় প্রশ্ন।

পঞ্চানন্দ খুবই চিন্তিত মুখে ফোকর থেকে চোখ সরিয়ে নিল। তারপর খুব সাবধানে নিঃশব্দে বেরিয়ে এসে দ্রুত পায়ে হাঁটতে লাগল। মাথাটা এই শীতেও বেশ গরম লাগছে তার। গায়ে বেশ ঘাম হচ্ছে।

বাড়ি ফিরে সে দেখল, খাওয়াদাওয়া প্রায় শেষ।

পঞ্চানন্দ আজ আর খাওয়া নিয়ে বিশেষ মাথা ঘামাল না। বস্তুত আজ সে রুই মাছের কালিয়া বা ছানার কোফতার তেমন স্বাদও পেল না। সবই এক রকম লাগল।

ঠাকুর বিনীতভাবে বলল, "আজ কি খিদেটা তেমন নেই বাবু?"

"না হে, রোজ কি আর খেতে ভাল লাগে?"

একুশ

হরিবাবু আজ বেশ উদ্বেলিত বোধ করছেন। সমঝদারের অভাবে এতদিন তাঁর কাব্যসাধনা একরকম বিফলেই যাচ্ছিল। এতদিন পর তিনি একজন ভাল সমঝদার পেয়েছেন। লোকটা হয়তো তেমন সাধু চরিত্রের নয়। একটু পেটুকও আছে। চোর গুণ্ডা বদমাশ হওয়াও বিচিত্র নয়। তবু বলতেই হবে যে, পঞ্চানন্দ লোকটা কবিতা বোঝে।

উৎসাহের চোটে হরিবাবু আজ রাত দেড়টা পর্যন্ত এক নাগাড়ে কবিতার পর কবিতা লিখে চললেন। গিন্নি অনেকবার শোয়ার জন্য বললেন, বকাবকিও করলেন। কিন্তু কে শোনে কার কথা। হরিবাবুর হৃদয় আজ ময়ূরের মতো এমন নাচতে লেগেছে, ঠ্যাং না-ভাঙা অবধি সেই নাচ থামবে না। বলে বলে ক্লান্ত হয়ে গিন্নি ঘুমিয়ে পড়লেন।

দেড়টার সময় হরিবাবুর খিদে পেল। রাত দশটা নাগাদ সামান্য একটু কোনওক্রমে গিলে আবার কবিতা লিখতে বসে গিয়েছিলেন। এখন পেট কুঁই-কুঁই করছে।

হরিবাবু কিছুক্ষণ ঘুমন্ত বাড়ির এধার-ওধার ঘুরে খাবার খুঁজলেন। কিন্তু কোথায় খাবারদাবার থাকে, তা জানা নেই। ফলে কিছুই না পেয়ে পেট ভরে জল খেলেন। তারপর ভাবলেন, ছাদে গিয়ে খোলা হাওয়ায় একটু ঘুরে বেড়াবেন।

র‍্যাপারটা ভাল করে গায়ে জড়িয়ে হরিবাবু ছাদে উঠলেন।

আহা, চারিদিককার কী শোভা! আকাশে চাঁদটা খুব ঝুলে পড়েছে। এত ঝুলে পড়েছে যে, বেশ বড়সড় দেখাচ্ছে চাঁদটাকে। আর চাঁদের রংটাও বেশ ভাল লাগল হরিবাবুর। রোজকার মতো হলদে চাঁদ নয়। এ চাঁদের রংটা বেশ ফিকে নীল।

হরিবাবুর ইচ্ছে হল এখনই গিয়ে নীল চাঁদ নিয়ে একটা কবিতা লিখে ফেলেন।

কিন্তু হঠাৎ তাঁর মনে হল, চাঁদটা একটু নড়ল যেন! হ্যাঁ, চাঁদটা বাস্তবিকই আজ বাড়াবাড়ি করে ফেলছে। কথা নেই, বার্তা নেই, হঠাৎ আকাশ থেকে সড়াত করে বিঘত-খানেক নেমে এল।

হরিবাবু ঊর্ধ্বমুখ হয়ে চাঁদের এই কাণ্ড দেখে ভাবলেন, নড়ন্ত চাঁদ আর দুরন্ত ফাঁদে মিল কেমন জমবে?

উঁহু, চাঁদটা যে শুধু নীল আর নড়ন্ত তাই নয়। চাঁদটার সাইজটাও ভারী অন্যরকম। কেউ যেন দুদিক দিয়ে খানিকটা করে চেঁছে চাঁদটাকে হুবহু একখানা হাঁসের ডিম বানিয়ে দিয়েছে। এরকম ডিমের মতো চাঁদ আগে কখনও দেখেননি হরিবাবু। তিনি বিড়বিড় করতে লাগলেন:

এ কোন অদ্ভুত চন্দ্র বিস্মিত আকাশে?
চাঁদ, না ঘুঘুর ডিম ভাসে?
গগনের অশ্রু? নাকি স্বর্গের বাগানে রাজহাঁসে
ডিম ফুলে ফিরছে আবাসে?

কবিতাটি এক্ষুনি লিখে ফেলতে হবে। নইলে সংসারের নানা ঝামেলায় মাথা থেকে মুছে যাবে জিনিসটা। হরিবাবু তাই পড়ি কি মরি করে ছাদ থেকে নেমে এলেন এবং খাতায় লিখে ফেললেন কবিতাটি।

তারপর হঠাৎ হরিবাবুর একটা খটকা লাগল। চাঁদ কস্মিনকালেও নীল হয় না। চাঁদের আকার ডিমের মতো হওয়ারও সত্যিকারের কোনও কারণ নেই। আর চাঁদ আকাশে কখনওই এরকম বেমক্কা নড়াচড়া করে না।

তা হলে ব্যাপারটা কী হল? অ্যাঁ! হরিবাবু কলম রেখে আবার ছাদে উঠে এলেন। অবাক হয়ে দেখলেন, আকাশে চাঁদটা নেই, এমনকী আভাসটুকু পর্যন্ত নেই। ঘুটঘুটে আকাশে কুয়াশার জন্য তারাটারাও দেখা যাচ্ছে না।

হরিবাবু ভারী অবাক হয়ে চারদিকে চাঁদটাকে খুঁজতে লাগলেন। ছোটখাটো জিনিস নয় যে, হারিয়ে যাবে। এত তাড়াতাড়ি চাঁদটার অস্ত যাওয়ারও কথা নয়।

হরিবাবু খুবই উদ্বিগ্ন হয়ে উত্তেজিতভাবে পায়চারি করতে করতে আপনমনেই বলে উঠলেন, "এটার মানে কী? অ্যাঁ! এর মানে কী?"

জলের ট্যাঙ্কের পাশে অন্ধকার ঘুপচি থেকে একটা ক্ষীণ গলা বলে উঠল, "আজ্ঞে, মানেটা বেশ গুরুচরণ।"

হরিবাবু আঁতকে উঠে চারদিকে তাকাতে লাগলেন। অন্ধকারে কিছুই দেখার জো নেই। তবে জলের ট্যাঙ্কের দিক থেকে একটা কিম্ভূত ছায়ামূর্তি ধীরে-ধীরে এগিয়ে এল।

হরিবাবু চেঁচিয়ে উঠলেন, "কে? কে ওখানে?"

"আজ্ঞে চ্যাঁচাবেন না, আমি পঞ্চানন্দ।"

হরিবাবু একটা নিশ্চিন্তের শ্বাস ছেড়ে একটু হেসে বললেন, "ওঃ পঞ্চানন্দ? তা ইয়ে, বুঝলে, একখানা এইমাত্র লিখে ফেললুম। শুনবে নাকি?"

পঞ্চানন্দ বেশ ঝুব্বুস করে কম্বলখানা গায়ে জড়িয়ে আছে। বেশ অমায়িক ভাবেই বলল, "আপনার কি শীতও করে না আজ্ঞে? গায়ে একখানা পাতলা চাদর দিয়ে কী করে এই বাঘা শীত সহ্য করছেন?"

হরিবাবু উদার হেসে বললেন, "করবে না কেন, করে। তবে কিনা কবিতারও তো একটা উত্তাপ আছে। মাথাটা বেশ গরম হয়ে উঠেছিল একটু আগে।"

"সে না হয় বুঝলুম, কিন্তু চোখের সামনে এত বড় একটা ভুতুড়ে কাণ্ড দেখেও আপনার শুধু কবিতা মাথায় আসে কেন বলুন তো!"

হরিবাবু অবাক হয়ে বললেন, "ভুতুড়ে কাণ্ড! কী রকম ভুতুড়ে কাণ্ড বলো তো!"

"এই যে চোখের সামনে আকাশ থেকে যে বস্তুটাকে নেমে আসতে দেখলেন, সেটা ভুতুড়ে ছাড়া আর কী হতে পারে বলুন দিকি।"

হরিবাবু খুব হাসলেন। তারপর বললেন, "চাঁদটাকে দেখে ভয় পেয়েছ বুঝি? আমিও একটু অবাক হয়েছিলাম।"

পঞ্চানন্দ অবাক হয়ে বলল, "চাঁদ? আপনার কি তিথিটাও খেয়াল নেই? আজ কি আকাশে চাঁদ থাকার কথা?"

হরিবাবু অপ্রস্তুত হয়ে বললেন, "সে অবিশ্যি ঠিক।"

পঞ্চানন্দ মাথা নেড়ে বলল, "মোটেই ঠিক নয়। এ সব ব্যাপার খুবই গোলমেলে। এ নিয়ে একটু ভাবা দরকার।"

হরিবাবু মাথা নেড়ে বললেন, "হ্যাঁ, একটু ভাবলেও হয়।"

পঞ্চানন্দ একখানা হাই তুলে বলল, "আমার মুশকিল কী জানেন? পেট খালি থাকলে মাথাটা মোটেই খেলতে চায় না।"

হরিবাবু এতক্ষণ খিদের কথা ভুলে ছিলেন। হঠাৎ পঞ্চানন্দের কথায় তাঁর পেটটাও খাঁ-খাঁ করে উঠল। মাথা চুলকে বললেন, "খিদে জিনিসটা বোধহয় ছোঁয়াচে। আমারও বোধহয় একটু পাচ্ছে।"

'বোধহয়' শুনে পঞ্চানন্দ চোখ কপালে তুলে বলল, "ধন্য মশাই আপনি! খিদের ব্যাপারেও আবার বোধহয়?"

হরিবাবু লাজুক হেসে বললেন, "অনেকক্ষণ ধরেই বোধহয় খিদেটা পেয়ে আছে। কিন্তু খাবার-টাবার কিছুই ঘরে নেই দেখলাম।"

পঞ্চানন্দ একগাল হেসে বলল, "নেই মানে? আজ্ঞে, খাওয়ার ঘরের ঠাণ্ডা আলমারিতে এক ডেকচি নতুন গুড়ের পায়েস, এক বাটি রসগোল্লা, ছানার গজা, মাছের কালিয়া আর কয়েকখানা পরোটা রয়েছে। অবশ্য গিন্নি-মা ফ্রিজে চাবি দিয়ে রাখেন। কিন্তু তাতে কী?"

হরিবাবুর মাথায় ফ্রিজের কথাটা খেলেনি। একটা দীর্ঘশ্বাস ছেড়ে তিনি বললেন, "তুমি বাস্তবিকই প্রতিভাবান।"

দুজনে নিঃশব্দে নেমে এলেন। পঞ্চানন্দ ঠিক এক মিনিটে ফ্রিজের দরজা খুলে খাবার-দাবার বের করে ফেলল। খেতে-খেতে দুজনের কথা হতে লাগল।

হরিবাবু জিজ্ঞেস করলেন, "হ্যাঁ, চাঁদ নিয়ে কী যেন বলছিলে!"

পঞ্চানন্দ এক কামড়ে আধখানা মাছ উড়িয়ে দিয়ে বলল, "চাঁদ নয়, চাঁদ হলে ওরকম বেয়াদবি করত না।"

"তা হলে জিনিসটা কী?"

"মনে হয় এ হল গগন-চাকি।"

হরিবাবু খুব বিরক্ত হয়ে বললেন, "গগন চাকি? সে তো কামারপাড়ার দিকে থাকে, তার পাটের ব্যবসা! সে এর মধ্যে আসে কী করে?"

পঞ্চানন্দ পরোটা ঝোলে ডুবিয়ে খেতে-খেতে বলল, "আজ্ঞে, সে গগন চাকি নয়। গগন মানে আকাশ আর চাকি হল গোলাকার বস্তু। উড়ন্ত-চাকিও বলতে পারেন।"

"উড়ন্ত-চাকি? সে তো এক দুরন্ত ফাঁকি। শুনেছি উড়ন্ত চাকি বলে আসলে কিছু নেই। নিষ্কর্মা লোক ওসব গুজব রটায়!"

পঞ্চানন্দ দুটি রসগোল্লা দুগালে ফেলে নিমীলিত নয়নে অনেকক্ষণ চিবোল। তারপর বলল, "লোকে কত কী বলে। ওসব কথায় কান দেবেন না। যখন হিমালয়ে ছিলুম তখন খাড়াবাবার কাছে পরামর্শ নিতে বার-দুনিয়া থেকে কত কিম্ভূত চেহারার জীব আসত। তারা আসত ওইসব উড়ন্ত-চাকিতে করেই। কোনওটা চ্যাপটা,

কোনওটা বলের মতো গোল, কোনওটা আবার পটলের মতো লম্বাপানা। একবার আপনাদের পিছনের বাগানেও একটা নেমেছিল। তখন শিবুবাবু বেঁচে। কয়েকটা লোমওয়ালা হুমদো গোরিলা একখানা মস্ত পিপের মতো বস্তু থেকে বেরিয়ে গটগট করে গিয়ে শিবুবাবুর ল্যাবরেটরির দরজায় ধাক্কা দিল। আমি বারান্দায় শুয়ে চোখ মিটমিট করে সব দেখছিলাম।”

হরিবাবু এক চামচ পায়েস মুখে দিয়ে সেটা গিলতে ভুলে গিয়ে চেয়ে রইলেন।

পঞ্চানন্দ সস্নেহে বলল, “গিলে ফেলুন হরিবাবু, নইলে বিষম খাবেন যে!”

হরিবাবু পায়েসটা গিলে বললেন, “তারপর?”

“ভিতরে কী সব কথাবার্তা হল বুঝলাম না। তবে একটু বাদে দেখি, শিবুবাবু সেই গোরিলাগুলোর সঙ্গে বেরিয়ে যাচ্ছেন। যাওয়ার সময় আমাকে বলে গেলেন, ‘ওরে পঞ্চা, এই এদের সঙ্গে একটু আকাশের অন্য দিকে যেতে হচ্ছে। এদের গ্রহে একটা যন্ত্র একটু খারাপ হয়েছে। মেরামত করে দিয়ে আসতে হবে। ক’দিন বাদে ফিরব।’ তা বাস্তবিকই সেই পিপেটায় গিয়ে উঠলেন শিবুবাবু। আর তারপর সেটা একটা গোঁ-ও-ও শব্দ করে একটা গুড়ুলের মতো ছিটকে আকাশে উঠে গেল।”

হরিবাবু দম বন্ধ করে শুনছিলেন। বললেন, “তারপর?”

“আজ্ঞে, তাই বলছিলাম, গগন চাকি কিছু মিছে কথা নয়। আমার তো মনে হচ্ছে আজ যেটা দেখা গেল সেটাও ওই গগন চাকিই।”

হরিবাবু আনমনে বিড়বিড় করতে লাগলেন:

আকাশের ডিম, নাকি গগনের চাকি মর্ত্যধামে?
কিছু তার কল্পনা, কিছু তার ফাঁকি, মধ্যযামে।

বলতে বলতে হরিবাবু গায়ের চাদরে ঝোল আর রসগোল্লার রস-লাগা হাত মুছতে মুছতে নিজের ঘরে গিয়ে কবিতাটা লিখতে বসে গেলেন।

পঞ্চানন্দ ধীরে সুস্থে খাওয়া সেরে উঠল। মুখ ধুয়ে ধীরে-ধীরে নীচে নেমে জরিবাবুর ঘরে ঢুকে দরজাটা ভেজিয়ে দিল সে। তারপর আলো জ্বেলে নিজেই একটা পান সেজে খেল। তারপর বালিশের তলা থেকে চাবির গোছাটা বের করে টর্চটা হাতে নিয়ে বেরিয়ে এল সে।

আকাশ থেকে ডিমের মতো বস্তুটা যখন নেমে এসেছিল অনেকটা, তখনই হঠাৎ সেটার গায়ের নীল আলো নিবে গিয়েছিল। বস্তুটা যে ধারে-কাছে কোথাও নেমেছে তাতে পঞ্চানন্দের সন্দেহ নেই। কিন্তু ঠিক কোথায় নেমেছে সেটাই সে ঠাহর করতে পারেনি।

ফটক খুলে রাস্তায় পা দিয়ে পঞ্চানন্দ চারপাশটা সতর্ক চোখে একটু দেখে নিল। কেউ কোথাও নেই।

তারপর বেশ পা চালিয়ে হাঁটতে লাগল সে।

পঞ্চানন্দ যে একাই বস্তুটাকে নামতে দেখেছে তা নয়। আর-একজন ঘোড়েল

লোকও দেখেছে। এই লোকটা খুব সাধারণ লোক নয়। চকসাহেবের বাড়িতে গা-ঢাকা দিয়ে আছে বটে, কিন্তু তার সূক্ষ্ম যন্ত্রপাতিতে দুনিয়ার সব কিছুই ধরা পড়ে যায়।

পঞ্চানন্দ তাই খুব চিন্তিতভাবে এগোতে লাগল।

বাইশ

কোথায় বস্তুটা নেমেছে সে সম্পর্কে পঞ্চানন্দর একটা আন্দাজ ছিল মাত্র। তবে নামবার মুহূর্তে আলো নিবিয়ে দেওয়ায় সঠিক নিশানা সে ধরতে পারেনি। তবে চকসাহেবের বাড়ির দিকটাই হবে। পঞ্চানন্দ খুব দৌড়-পায়ে হেঁটে যখন চকসাহেবের বাড়ির কাছাকাছি পৌঁছল তখন তার সবটুকু মনোযোগ সামনের দিকে। ফলে পিছন দিক থেকে যে বিপদটা আসছিল, সেটা সম্পর্কে কোনও ধারণাই ছিল না তার। রাস্তা থেকে চকসাহেবের বাড়ির দিকে যাওয়ার একটা পরিত্যক্ত ভাঙা রাস্তা আছে। দুধারে মস্ত মস্ত বাবলাগাছ, কাঁটা-ঝোপ, ঘাস জঙ্গল। সেই রাস্তার মোড়ে একজন অতিকায় ঢ্যাঙা লোক একটা ঝোপের আবডালে দাঁড়িয়ে হাতে একটা ক্যামেরার মতো বস্তুতে কী যেন দেখছিল, পঞ্চানন্দ যতই নিঃসাড়ে আসুক লোকটা ঠিকই টের পেল তার আগমন। টপ করে অন্ধকারে আরও একটু সরে দাঁড়াল সে। পঞ্চানন্দ যখনই ভাঙা রাস্তা ধরে এগিয়ে গেল, তখনই বেড়ালের মতো তার পিছু নিল ঢ্যাঙা লোকটা।

চকসাহেবের বাড়ির পিছনে প্রকাণ্ড মাঠ। খানাখন্দে ভরা, পুরনো মজা পুকুর, ঝোপঝাড়, জলা জমির এই মাঠে লোকজন বড় একটা আসে না। চাষবাসও নেই। মাঝেমধ্যে গোরু চরাতে রাখাল-ছেলেরা আসে মাত্র। সন্ধের পর এখানে আলেয়া দেখা যায়।

পঞ্চানন্দ চকসাহেবের বাড়ি পিছনে ফেলে দ্রুত পায়ে মাঠটার দিকে হাঁটছিল। হঠাৎ কেন যেন তার মনে হল, সে একা নয়। মনে হতেই সে পিছু ফিরে চাইল। অন্ধকারে কিছুই দেখা যায় না। সন্তর্পণে টর্চটা একবার জ্বালল সে। পরমুহূর্তেই নিবিয়ে দিল।

ঢ্যাঙা লোকটা তার চেয়ে কম সেয়ানা নয়। একটা নিরাপদ দূরত্বে থেকে সে যন্ত্রের ভিতর দিয়ে লক্ষ রাখছিল পঞ্চানন্দকে। পঞ্চানন্দ টর্চ জ্বালবার আগেই একটা গাছের আড়ালে সরে গেল সে।

পঞ্চানন্দ একটু দ্বিধাগ্রস্ত হল। সে জানে যে সব অজানা মানুষ বা অমানুষের সঙ্গে তাকে পাল্লা দিতে হচ্ছে, তারা খুবই তুখোড় এবং শক্তিমান। চকসাহেবের বাড়িতে যে লোকটি স্যাঙাত নিয়ে থানা গেড়েছে সে বড় যে সে লোক নয়। পঞ্চানন্দকে ইচ্ছে করলে বায়ুভূত করে দিতে পারে যে কোনও সময়ে।

সুতরাং পঞ্চানন্দ একটু সাবধান হল। খোলা জায়গা এড়িয়ে ঝোপঝাড় খুঁজে আড়াল হয়ে একটু একটু করে এগোতে লাগল।

সামনে অন্ধকার বিশাল মাঠ। কিছুই দেখা যায় না। কুয়াশায় সব কিছু এক

ঘেরাটোপে ঢাকা। খুব আবছা এক ধরনের আভাস মাত্র পাওয়া যাচ্ছে।

দপ করে আলেয়ার একটা নীল শিখা জ্বলে উঠে বাতাসে খানিক দোল খেয়ে নিবে গেল। ফের একটু দূরে আর একটা জ্বলে উঠল।

আলেয়া দেখে পঞ্চানন্দ আন্দাজ করল যে, ওদিকটায় জলা। সাধারণত জলা-জমিতেই আলেয়া দেখা যায়।

পঞ্চানন্দ আর এগোল না। একটা বড়সড় ঝোপ দেখতে পেয়ে আড়ালে ঘাপটি মেরে বসে খুব তীক্ষ্ণ নজরে জলাটা দেখতে লাগল। গগন-চাকি যদি এখানে নেমে থাকে তবে জলার আশপাশেই নেমেছে।

কিন্তু অনেকক্ষণ চেয়ে থেকেও কিছুই ঠাহর করতে পারল না সে। তবে সে ধৈর্যশীল মানুষ। চুপচাপ বসে চোখকে যতদূর তীক্ষ্ণ করা যায় করে চেয়ে রইল।

খুব ক্ষীণ একটা আলো দেখা গেল কি? বাঁ ধারে ওই যেখানে খুব তুঁতেগাছ জন্মায়। হ্যাঁ, ওই দিকটায় একটা যেন নীলচে মতো আলো ফুটে উঠছে!

একটু ঝুঁকে সামনের ঝোপটা হাত দিয়ে সরিয়ে পঞ্চানন্দ দেখার চেষ্টা করল।

একেবারে নিঃশব্দে লম্বা ঢ্যাঙা একটা ছায়া এগিয়ে এল পিছন দিক থেকে। পঞ্চানন্দ টেরও পেল না। ঢ্যাঙা লোকটার হাতে টর্চের মতো একটা বস্তু। কিন্তু সেটা টর্চ নয়। লোকটা যন্ত্রটা তুলে একটা সুইচ টিপল।

কিছু টের পাওয়ার আগেই পঞ্চানন্দ লটকে পড়ল মাটিতে। অবশ্য ঝোপঝাড়ের জন্য পুরোটা মাটিতে পড়ল না সে। লটকে রইল মাঝপথে।

ঢ্যাঙা লোকটা যেন একটু দুঃখিতভাবেই চেয়ে রইল পঞ্চানন্দের নিথর দেহটার দিকে। তারপর দূরবিনের মতো যন্ত্রটা তুলে একটা বোতাম টিপল।

যন্ত্রের ভিতরে একটি কণ্ঠস্বর প্রশ্ন করল, "সব ঠিক আছে?"

ঢ্যাঙা লোকটা মৃদু স্বরে বলল, "একজন লোক এদিকে এসেছিল। মনে হয় মজা দেখতে। তাকে ঘুম পাড়িয়ে দিয়েছি।"

"লোকটার শরীর ভাল করে সার্চ করে দ্যাখো। টিকটিকিও হতে পারে।"

"দেখছি।"

ঢ্যাঙা লোকটা খুব দ্রুত এবং দক্ষ হাতে পঞ্চানন্দর পকেট ট্যাঁক হাতড়ে দেখে নিল। তেমন সন্দেহজনক কিছু পেল না।

যন্ত্রের কাছে মুখ নিয়ে বলল, "কিছু নেই।"

"জলার দিকে লক্ষ্য রেখেছ?"

"হ্যাঁ। এখনও মুভমেন্ট কিছু দেখতে পাচ্ছি না। মনে হচ্ছে এটা একটা অ্যাডভান্স সার্চ পার্টি। প্রাথমিক খোঁজখবর নিতে নেমেছে।"

"লক্ষ রাখো। বেশি কাছে যেয়ো না। আমার ধারণা যন্ত্রটার মধ্যে কোনও জীব নেই। শুধু যন্ত্রপাতি আর যন্ত্রমানব আছে। জীব থাকলে আমার স্ক্যানারে ধরা পড়ত।"

"আমি লক্ষ রাখছি।"

"আকাশে যন্ত্রটাকে আরও কেউ-কেউ দেখে থাকতে পারে। যদি দেখে থাকে

তবে তারাও হয়তো এদিকে আসবে। নজর রাখো। কাউকেই জলার দিকে তুঁতেবনে যেতে দিয়ো না।"

"আচ্ছা।"

ঢ্যাঙা লোকটা সুইচ টিপে হাতের যন্ত্রটাকে অন্য কাজে নিয়োগ করল। চার দিকের নিকটবর্তী আবহমণ্ডলে কোনও মানুষ ঢুকলেই যন্ত্র তাকে খবর দেবে।

ঢ্যাঙা লোকটা বিরক্ত হয়ে দেখল, যন্ত্র সংকেত দিচ্ছে। অর্থাৎ অন্য কোনও মানুষ কাছাকাছি এসেছে। ঢ্যাঙা লোকটা একটু আড়ালে সরে গেল এবং চোখে দূরবিনের মতো আর একটা যন্ত্র লাগিয়ে অন্ধকারেও চারদিকটা দেখতে লাগল।

নিশুত রাত্রে তিনটে ছায়ামূর্তি জলার দিকে এগিয়ে আসছিল। তিনজনেরই হোঁতকা চেহারা। একটু দুলে দুলে তারা হাঁটে। তবে চেহারা দশাসই হলেও তারা হাঁটে বেশ চটপটে পায়ে। তেমন কোনও শব্দ হয় না।

জলার দক্ষিণ দিকে মাইল-তিনেক দূরে একটা মস্ত ঢিবি আছে। ঢিবির চারদিকে বহুদূর অবধি জনবসতি নেই। অত্যন্ত কাঁকুড়ে জমি, ঘাস অবধি হয় না। তারই মাঝখানে ওই ঢিবি। লোকে বলে ঢিবির মধ্যে পুরনো রাজপ্রাসাদ আছে। যেটা নেহাতই কিংবদন্তি।

তবে ওই ঢিবির গায়ে বেশ বড়সড় কয়েকটা গর্ত হয়েছে ইদানীং। রাখালছেলেদের মধ্যে কেউ-কেউ সেইসব গর্ত লক্ষ করেছে বটে, কিন্তু তারা কেউ সে কথা আর পাঁচজনকে বলার সুযোগ পায়নি। কারণ যারাই ঢিবিটার কাছেপিঠে গেছে, তাদেরই সংজ্ঞাহীন অবস্থায় কয়েকটা ঘণ্টা পর কোনও গাঁয়ের ধারে পাওয়া গেছে। জ্ঞান ফিরে আসার পরও তারা আর স্বাভাবিক স্মৃতিশক্তি ফিরে পায়নি। আবোলতাবোল বকে আর বিড়বিড় করে। সুতরাং ঢিবির গায়ে গর্তের কথা কেউ জানতে পারেনি।

সেই ঢিবি থেকেই একটি গর্তের মুখ দিয়ে তিনটে ছায়ামূর্তি বেরিয়ে এসেছে। খুব নিশ্চিন্তে জলার দিকে হাঁটছে তারা। নিচু এক ধরনের গোঙানির স্বরে তারা মাঝে মাঝে সংক্ষিপ্ত দু-একটা কথাও বলছে। কিন্তু সে ভাষা বোঝার ক্ষমতা কোনও মানুষের নেই।

জলার কাছ-বরাবর এসে তিনজন একটু দাঁড়াল। একজন একটা ছোট্ট পিরিচের মতো জিনিস বের করে সেটার দিকে চাইল। অন্য দুজন একটু মাথা নাড়ল। পিরিচের মধ্যে তারা কী দেখল কে জানে, তবে তিনজনেই একটা নির্দিষ্ট লক্ষ্যের দিকে দ্রুত এগিয়ে যেতে লাগল।

ঢ্যাঙা লোকটা তার দূরবিনের ভিতর দিয়ে অন্ধকারে তিনজনকে স্পষ্ট দেখতে পেল। তাদের হাতে পিরিচটাও লক্ষ করল সে। একটা দীর্ঘশ্বাস ফেলে সে টর্চের মতো যন্ত্রটাকে তুলে পর পর কয়েকবার সুইচ টিপল।

তিনজন অতিকায় জীব হঠাৎ থমকে দাঁড়াল জলার ওপাশে। তিনজনই একটু কেঁপে উঠল। কিন্তু পঞ্চানন্দের মতো তারা লটকে পড়ল না।

হঠাৎ একটা ক্রুদ্ধ গর্জন করে উঠল তিনজন একসঙ্গে। তারপর চিতাবাঘের মতো

চকিত পায়ে তারা এক লহমায় জলাটা পার হয়ে দৌড়ে এল এদিকে।

ঢ্যাঙা লোকটা ভাল করে নড়বারও সময় পেল না। তিনটে অতিকায় জীব তার ওপর লাফিয়ে পড়ল তিনটে পাহাড়ের মতো।

কয়েক সেকেন্ডের মধ্যেই ঢ্যাঙা লোকটাকে তারা শেষ করে ফেলত। কিন্তু লোকটা অত্যন্ত বুদ্ধিমানের মতো হাতের টর্চটা তুলে ঘন ঘন সুইচ টিপতে লাগল।

তাতে ব্যাপারটা একটু বিলম্বিত হল মাত্র। তিনটে দৈত্যের মতো জীব ততটা বিক্রমের সঙ্গে না হলেও, অমোঘভাবে এগিয়ে আসতে লাগল তার দিকে। অবশেষে একজন হঠাৎ ঢ্যাঙা লোকটাকে ধরে মাথার ওপর তুলে একটা ডলপুতুলের মতো আছাড় দিল মাটিতে।

ঢ্যাঙা লোকটা চিতপাত হয়ে পড়ে রইল।

তিনটে অতিকায় জীব দ্রুত পায়ে জলার ওদিকে তুঁতেবনের দিকে এগিয়ে গেল।

তেইশ

জলার ধারে ঢিবির কথা গজ পালোয়ান ভালই জানত, ঢিবিটার কোনও বৈশিষ্ট্য সে কখনও লক্ষ করেনি। বাইরে থেকে দেখলে সেটাকে একটা ছোটখাটো টিলা বলেই মনে হয়। এর মধ্যে একখানা আস্ত রাজবাড়ি চাপা পড়ে আছে বলে যে কিংবদন্তি শুনেছে সে, তা গজ বিশ্বাস করে না।

কিন্তু আজ এই নিশুত রাতে এক দুঃস্বপ্নের মধ্যে তাকে কথাটা বিশ্বাস করতে হচ্ছে।

সে দিন চকসাহেবের বাড়ি থেকে পালিয়ে ন্যাড়াদের বাড়িতে শিবুবাবুর ল্যাবরেটরিতে আশ্রয় নেওয়ার পর থেকেই এমন সব ঘটনা ঘটতে লাগল যার মাথামুণ্ডু সে কিছু বুঝতে পারছে না।

ল্যাবরেটরির দরজা বন্ধ করে জানালার পরদাগুলো ভাল করে টেনেটুনে সে একটু ঘরটা ঘুরে-ঘুরে দেখছিল। নিজের কাছে লুকিয়ে তো লাভ নেই, শিবুবাবুর ল্যাবরেটরিতে একটা জিনিস সে অনেকদিন ধরেই খুঁজছে। এতদিন গোপনে চোরের মতো মাঝরাতে ঢুকে খুঁজেছে, আর সেদিন আলো জ্বেলে বেশ নিশ্চিন্ত মনেই খুঁজছিল। কিন্তু যে জিনিসটা সে খুঁজছিল, সেটা সম্পর্কে তার ধারণা খুব স্পষ্ট নয়। যতদূর জানে, জিনিসটা একটা টেনিস বলের মতো ধাতব বস্তু। খুবই আশ্চর্য বস্তু সন্দেহ নেই, কিন্তু তার ভিতরকার কথা তার জানা নেই। সে শুধু জানে, দুনিয়ায় ওরকম বস্তু দ্বিতীয়টি নেই। পাগলা শিবুবাবু সেই বস্তুটা নিজেই বানিয়েছেন না কারও কাছ থেকে পেয়েছেন তাও রহস্যময়। তবে ওই টেনিস বলের জন্য দুনিয়ার বহু জানবুঝওয়ালা লোক পাগলের মতো হন্যে হয়ে ঘুরছে।

বস্তুটা যে ল্যাবরেটরিতেই আছে তা নাও হতে পারে। কিন্তু কোথাও তো আছেই। ল্যাবরেটরিটাই সবচেয়ে সম্ভাব্য জায়গা। আর শিবুবাবুর ল্যাবরেটরিতে এত আলমারি, ড্রয়ার, তাক, গুপ্ত খোপ, মেঝের নীচে পাতালঘর আর পাটাতনে গুপ্ত কক্ষ

আছে যে সে এক গোলকধাঁধা। খুঁজতে-খুঁজতে মাথা গুলিয়ে যায়, হাঁফ ধরে, ধৈর্যচ্যুতি ঘটতে থাকে।

সেদিন গজরও সেরকমই হচ্ছিল। বস্তুটার একটা হদিস করতে পারলেই গজ এ শহরের পাট চুকিয়ে কেটে পড়তে পারে। হাতেও মেলা টাকা এসে যাবে।

আশ্চর্যের বিষয় এই, শিবুবাবুর কাছে যে ওরকম মূল্যবান একটা দরকারি জিনিস আছে, তা তাঁর ছেলেপুলেরা কেউ জানে না। শিবুবাবুর ছেলেগুলো যাকে বলে হাঁদাগঙ্গারাম। একজন কেবল মাথামুণ্ডু পদ্য লিখে কাগজ নষ্ট করে। একজন গাধাটে গলায় তানা-না-না করে সকলের মাথা ধরিয়ে দেয়। ছোটটা কেবল শরীর বাগাতে গিয়ে মাথাটা গবেট করে ফেলছে। এর ফলে আর পাঁচজনের সুবিধেই হয়েছে।

গজ যখন একটার পর একটা ড্রয়ার খুলে হাতড়ে দেখছিল তখন একসময়ে দরজায় খুব মৃদু একটা টোকার শব্দ হল। একটু আঁতকে উঠলেও গজ খুব ঘাবড়াল না। সম্ভবত ন্যাড়া তার খোঁজখবর নিতে এসেছে।

দরজার কাছে গিয়ে গজ সতর্ক গলায় জিজ্ঞেস করল, "কে, ন্যাড়া নাকি?"

ন্যাড়া যে নয় তার প্রমাণ পাওয়া গেল পর মুহূর্তেই। গজ দেখল দরজার দুটো পাল্লার ফাঁক দিয়ে লিকলিকে শিকের মতো একটা জিনিস ঢুকছে। আর শিকটা স্বয়ংক্রিয় যন্ত্রের মতো নিপুণভাবে ওপরে বেঁকে ছিটকিনি খুলে ফেলল, বাটামটাও নামিয়ে দিল। ঘটনাটা ঘটল চোখের পলক ভাল করে ফেলার আগেই।

গজ নিরুপায় হয়ে দরজাটা চেপে ধরে রেখেছিল কিছুক্ষণ। তার গায়ে আসুরিক শক্তি। গায়ের জোরে সে অনেক অঘটন ঘটিয়েছে।

কিন্তু এ যাত্রায় গায়ের জোর কাজে লাগল না। ওপাশ থেকে যেন একটা হাতি তাকে সমেত দরজাটাকে ঠেলে খুলে ফেলল।

গজ মেঝেয় ছিটকে পড়েছিল। চোখ চেয়ে যা দেখল, তা অবিশ্বাস্য। হাতিই বটে, তাও একটা নয়, তিনটে। এরকম অতিকায় চেহারার মানুষ সে কখনও দেখেনি। গোরিলার মতোই তাদের চেহারা, তবে রোমশ নয়। পরনে অদ্ভুত জোব্বার মতো পোশাকও আছে। তবে মানুষ তারা হতেই পারে না।

তিনজনেই তাকে কুতকুতে চোখে একটু দেখে নিল। তারপর দুর্বোধ কয়েকটা শব্দ করল মুখে। ধীরে-ধীরে এগিয়ে এল তার দিকে।

গজ বুঝল, তার বিপদ ঘনিয়ে আসছে। তা বলে সে শেষ চেষ্টা করতে ছাড়ল না। একটা লাফ দিয়ে উঠে সে সামনের গোরিলাটাকে একখানা পেল্লায় জোরালো ঘুষি ঝাড়ল। সোজা নাকে। তারপর আরও একটা। আরও একটা।

গোরিলার মতো চেহারার লোকটা কিন্তু ঘুষি খেয়ে একটু টলে গিয়েছিল। মুখটা চেপে ধরে একটা কাতর শব্দও করেছিল।

অন্য দুজন নীরবে দৃশ্যটা দেখে খুব নির্বিঘ্নে এবং নিশ্চিন্ত মুখেই দু'ধার থেকে বিদ্যুৎ গতিতে এগিয়ে এল গজর দিকে।

গজ ক্রমাগত ঘুষি চালিয়ে যাচ্ছিল ঝড়ের গতিতে। একবার সে ধোবিপাটে আছাড় দেওয়ার জন্য ডান ধারের দানোটাকে জাপটে ধরে তুলেও ফেলেছিল

খানিকটা। কিন্তু অত ভারী শরীর শেষ অবধি তুলতে পারেনি।

দানোগুলো কিন্তু তার সঙ্গে লড়েনি। কিছুক্ষণ তাকে নিরস্ত্র করবারই চেষ্টা করেছিল। তারপর যেন একটু বিরক্ত হয়েই একটা দানো একটা চড় কষাল তাকে।

গজ সেই যে মাথা ঝিমঝিম করে পড়ে গেল তারপর আর জ্ঞান রইল না কিছুক্ষণ।

একসময়ে টের পেল দানোগুলো তাকে চ্যাংদোলা করে নিয়ে যাচ্ছে।

যখন ভাল করে জ্ঞান ফিরল তখন গজ দেখল, সে একটা অদ্ভুত জায়গায় শুয়ে আছে। ঘর বললে ভুল বলা হবে, অনেকটা যেন সুড়ঙ্গের মতো। আবার ইঁটের গাঁথনিও আছে খানিকটা। বিছানা নয়, তবে একটা নরম গদির মতো কিছুর ওপর সে শুয়ে। মুখের ওপর একটা আলো জ্বলছে। বেশ স্নিগ্ধ আলো। কিন্তু আলোটা ইলেকট্রিক বা তেলের আলো নয়। গজ পরে পরীক্ষা করে দেখেছে একটা বেশ নারকোলের সাইজের পাথর থেকে ওই আলো আপনা-আপনি বেরিয়ে আসছে।

জ্ঞান ফেরার কয়েক মিনিটের মধ্যেই একটা দানো এসে তাকে ভাল করে আপাদমস্তক দেখল। দুর্বোধ ভাষায় কী একটা বলল। তারপর কোথা থেকে নানা যন্ত্রপাতি এনে তার শরীরে ঠেকিয়ে ঠেকিয়ে কী যেন পরীক্ষা করতে লাগল।

জায়গাটা কোথায় তা গজ বুঝতে পারছিল না। তবে মাটির নীচে কোথাও হবে। ইটের গাঁথনির ফাঁকে ফাঁকে মাটি দেখা যাচ্ছে। সোঁদা গন্ধও পাওয়া যাচ্ছিল।

ঘণ্টাখানেক বাদে একটা দানো তাকে কিছু খাবার এনে দিল। এরকম খাবার গজ জন্মেও খায়নি বা দ্যাখেনি। সবুজমতো চটকানো একটা ডেলা, সঙ্গে রক্তের মতো একটা পানীয়। যে ধাতুপাত্রে খাবার দেওয়া হল তা সোনার মতো উজ্জ্বল।

খিদে পেয়েছিল বলে গজ বিস্বাদ মুখ করে সেই খাবার মুখে দিয়ে কিন্তু মুগ্ধ হয়ে গেল। এত সুন্দর সেই খাবারের স্বাদ যে সমস্ত শরীরটাই যেন চনমনে খুশিয়াল হয়ে ওঠে। পানীয়টিও ভারী সুস্বাদু, বুক ঠাণ্ডা হয়ে যায়।

খেয়ে গায়ে একটু জোর পেল গজ। উঠে বসল। একটু হাঁটাহাঁটি করল। দেখল, তাকে সুড়ঙ্গে আটকে রাখার জন্য কোনও আগল বা দরজা নেই। ইচ্ছে করলেই সে বেরোতে পারে।

কিন্তু বেরোতে গিয়েই ভুলটা ভাঙল। সুড়ঙ্গের চওড়া দিকটায় ঠিক কুড়ি পা গিয়েই একটা ধাক্কা খেল গজ। সমস্ত শরীরে একটা তীব্র বিদ্যুৎতরঙ্গ খেলে গেল। ছিটকে সরে এসে গজ অনেকক্ষণ ধরে ধাক্কাটা সামলাল। বুঝল, এরা এমন ব্যবস্থা করেছে যাতে বাতাসে সূক্ষ্ম বৈদ্যুতিক বিক্রিয়া ছড়িয়ে থাকে পরদার মতো।

দানো-তিনটে পর্যায়ক্রমে এসে মাঝে-মাঝে নানা যন্ত্রপাতি দিয়ে তাকে পরীক্ষা করে আর দুর্বোধ ভাষায় কী যেন বলে। ওদের ভাষা না বুঝলেও গজ এটা টের পায় যে, তাকে নিয়ে দানো তিনটে একটা রিসার্চ চালাচ্ছে। হয়তো পৃথিবীর প্রাণী সম্পর্কেই সেই রিসার্চ। দানো তিনটে যে পৃথিবীর প্রাণী নয় এ বিষয়ে গজর আর কোনও সন্দেহ নেই।

সুড়ঙ্গের মধ্যে যেটুকু পরিসর তাকে দেওয়া হয়েছে, তাতে বিচরণ করে গজ বুঝতে পেরেছে, এটা বাস্তবিকই মাটির নীচেকার কোনও ধ্বংসস্তূপ। মাঝে মাঝে

বাইরে থেকে মৃদু একটু জলীয় বাষ্প বয়ে যায় ভিতরে। অর্থাৎ কাছাকাছি জলাভূমি আছে।

গজ আন্দাজ করল, জলার পাশে হয়তো সেই রাজবাড়ির ঢিবিটার গর্ভেই তাকে আটকে রাখা হয়েছে।

গজ লক্ষ করল, তিনটে দানোর হাতেই মাঝে-মাঝে পিরিচের মতো একটা জিনিস থাকে। খুবই উন্নত মানের পিরিচ সন্দেহ নেই। ওইটে হাতে নিয়েই ওরা বৈদ্যুতিক বেড়াজালটা দিব্যি ভেদ করে আসতে পারে।

গজ হিসেব করে দেখল, টানা দুদিন দুরাত্রি সে দানোদের হাতে বন্দি। দিনরাত্রির তফাত অবশ্য এখান থেকে বোঝা যায় না। শুধু এই উজ্জ্বল পাথরের আলো ছাড়া দিনরাত আর কোনও আলো নেই। মাঝে মাঝে গজর মনে হয় সে দুঃস্বপ্নই দেখছে। আর কিছু নয়।

আজ হঠাৎ গজ-র ঘুমটা মাঝরাতে ভেঙে গেল। সে উঠে বসল। তারপর কেন ঘুম ভাঙল তা অনুসন্ধান করতে চারদিকে একটু ঘুরে বেড়াল সে। আর হঠাৎই টের পেল, সুড়ঙ্গের এক ধারে বিদ্যুতের বাধাটা আজ নেই।

গজ খুব সন্তর্পণে এগোতে লাগল।

চব্বিশ

গজ সুড়ঙ্গ পেরিয়ে বাইরে উঁকি মেরে দেখল, যা ভেবেছি তাই। সামনে কুয়াশা আর অন্ধকারে জলাটা আবছা দেখা যাচ্ছে। এ সেই রাজবাড়ির ঢিবিই বটে! সুড়ঙ্গের মুখে দাঁড়িয়ে গজ একটুক্ষণ পরিষ্কার বাতাসে শ্বাস নিল। এখন ইচ্ছে করলেই সে পালাতে পারে।

কিন্তু পালানোর আগে গুহাটা একটু দেখে নেওয়া দরকার। এরা কারা, কী চায় বা কী অপকর্ম করছে তা না জেনে পালিয়ে গেলে চিরকাল আপশোস থাকবে।

ধরা পড়লে কী হবে, তা গজর মাথায় এল না। সাহসী লোকেরা আগাম বিপদের কথা ভাবে না, হাতে যে কাজটা রয়েছে সেটার কথাই ভাবে।

গজ ফের সুড়ঙ্গের মধ্যে ঢুকে দেখল বাঁ ধারে আর ডান ধারে দুটো পথ গেছে। বাঁ ধারে তাকে বন্দি করে রাখা হয়েছিল, ওদিকে বিশেষ কিছু নেই। ডান ধারের পথটা একটুখানি গিয়েই বাঁক খেয়েছে।

সে পথে হাঁটতে গজর কোনও অসুবিধে হল না, কারণ মাথার ওপর একটু দূরে দূরে সেই আলো-পাথর ঝোলানো। এরকম আশ্চর্য পাথর পৃথিবীর লোক চোখেও দ্যাখেনি। গজ প্রত্যেকটা পাথরই ছুঁয়ে দেখল। ঠাণ্ডা, নেড়ে দেখল, সেগুলো বজ্রআঁটুনিতে আটকানো রয়েছে। খোলার উপায় নেই।

সুড়ঙ্গটা ক্রমে চওড়া হচ্ছিল আর নীচে নেমে যাচ্ছিল। যখন শেষ হল, তখন গজ দেখল বেশ প্রশস্ত একখানা ঘর, একসময়ে যে ঘরখানা রাজবাড়ির ঘর ছিল, তাতে

সন্দেহ নেই। শ্বেতপাথরের মেঝে কারুকার্য করা পাথরের দেয়াল। ঘরে অবশ্য রাজকীয় কোনও জিনিসপত্র নেই। আছে নানারকম বিদঘুটে যন্ত্রপাতি। এসব যন্ত্রপাতি কস্মিনকালেও দ্যাখেনি গজ। সে হাঁ করে দেখতে লাগল।

হঠাৎ পায়ে কুট করে কী একটা কামড়াল গজকে।

একটু চমকে উঠে গজ চেয়ে দেখল, সবুজ রঙের একটা কাঁকড়াবিছে।

কাঁকড়াবিছের হুল সাংঘাতিক, চব্বিশ ঘণ্টা ধরে যন্ত্রণায় ছটফট করতে হয়। তেমন-তেমন কাঁকড়াবিছের হুলে মানুষও মরে যায়। তাই গজ ভীষণ আতঙ্কিত চোখে বিছেটার দিকে চেয়ে রইল।

হুল দিয়েই বিছেটা গুড়গুড় করে হেঁটে গিয়ে একটা ইঁদুরধরা বাক্সের মতো ছোট বাক্সের দরজা দিয়ে ঢুকে গেল। দরজাটা ধীরে বন্ধ হয়ে গেল।

গজ বসে পড়ে তার বাঁ পায়ের গোড়ালির কাছটা দেখল। কোনও ক্ষত নেই, ব্যথা জ্বালাও সে টের পাচ্ছে না। কিন্তু ভারী সুন্দর একটা গন্ধ মাদকের মতো তার নাকে এসে লাগল আর শরীরটা ঝিমঝিম করতে লাগল, ঘুমে জড়িয়ে আসতে লাগল চোখ।

অন্য কেউ হলে ঢলে পড়ত, কিন্তু গজ-র শরীরে এবং মনে অসম্ভব শক্তি। সে প্রাণপণে মাথা ঠিক রেখে উঠে দাঁড়াল। তারপর দুটো ভারী পা ফেলে ফেলে বাইরের দিকে দৌড়তে লাগল। তার ভয় হচ্ছিল, অজ্ঞান হয়ে এখানে পড়ে থাকলে সে আবার দানোদের হাতে ধরা পড়ে যাবে।

এরকম আশ্চর্য মাতাল-করা সুগন্ধ আর এমন মনোরম ঘুমের অনুভূতি কখনও হয়নি গজ-র। সে চোখে নানা রঙের রামধনু দেখছিল। তার খুব হাসতে ইচ্ছে করছিল, গান গাইতে ইচ্ছে করছিল, নাচতে ইচ্ছে করছিল।

কাঁকড়াবিছের বিষে এমন হওয়ার কথা নয়। রহস্য হল, এই বিছেটা সবুজ। পৃথিবীতে গজ যতদূর জানে, সবুজ রঙের কাঁকড়াবিছে হয় না। এই অদ্ভুত বিছেটার বিষও যে অভিনব হবে তাতে আর বিচিত্র কী?

গজ প্রাণপণে দৌড়তে লাগল। কিন্তু সে যাকে দৌড় বলে মনে করছিল তা আসলে হাঁটি-হাঁটি পা-পা। কিন্তু তবু গজ তার ঘুমে ভারাক্রান্ত শরীরটাকে একটা ভারী বস্তার মতো টেনে-টেনে এগোতে লাগল। থামল না।

কিন্তু সুড়ঙ্গের মুখটা অনেক দূর এবং চড়াই ভাঙতে হচ্ছে বলে গজ বেশিদূর এগোতে পারল না। শরীর ক্রমে ভেঙে পড়ে যাচ্ছে। আর বেশিক্ষণ গজ ঘুম-রাক্ষসের সঙ্গে লড়াই চালাতে পারবে না।

ভাগ্যবলেই গজ বাঁ দিকে একটা গর্ত দেখতে পেল। খুব আবছা দেখা যাচ্ছিল।

গজ প্রাণপণে গর্তটার দিকে এগোতে লাগল। খুবই সংকীর্ণ গর্তটা। একটু উঁচুতেও বটে। কিন্তু প্রাণ বাঁচাতে গজ অতি কষ্টে গর্তটার কানা ধরে উঠে পড়ল। তারপর হামাগুড়ি দিয়ে একটু এগোতেই একটা ভীষণ ঢালু বেয়ে সে গড়িয়ে পড়ে গেল।

পতনটা আটকানোর কোনও উপায় বা শক্তি গজ-র ছিল না। ভারী শরীরটা গড়াতে-গড়াতে কতদূর যে নেমে গেল গজ তার হিসেব করতে পারল না। তারপর

হঠাৎ শূন্যে নিক্ষিপ্ত হল সে।

ঝপাং, একটা শব্দ হল। গজ-র আর কিছু মনে রইল না। তবে এক গাঢ় ঘুমে সম্পূর্ণ তলিয়ে যাওয়ার আগে টের পেল, সে জলের মধ্যে পড়েছে, কিন্তু ডোবেনি।

পঞ্চানন্দ যখন চোখ মেলল, তখন রাতের অন্ধকার আছে।

চোখ মেলে পঞ্চানন্দ প্রথমটায় কিছুক্ষণ বুঝতেই পারল না, সে কোথায় এবং কেন এভাবে পড়ে আছে। ঝোপঝাড়ের মধ্যে পড়ায় তার হাত-পা ছড়ে গিয়ে বেশ জ্বালা করছে। মাথাটা ভীষণ ফাঁকা।

পঞ্চানন্দ উঠে বসে মাথাটা আচ্ছাসে ঝাঁকাল। নিজের গায়ে নিজে চিমটি দিল। বেশ করে আড়মোড়া ভেঙে একখানা মস্ত হাই তুলল। তারপরই জিনিসটা টের পেল সে। খিদে। হ্যাঁ, পেটটা তার মাথার চেয়েও বেশি ফাঁকাফাঁকা ঠেকছে।

খিদে টের পাওয়ার পরই ঝপ করে সব ঘটনা মনে পড়ে গেল তার। জলায় একটা গগনচাকি নেমেছে। সে তাই এখানে হাজির হয়েছিল। ঝোপের আড়ালে বসে নজর রাখতে...

ঘুমিয়ে পড়েছিল?

না, পঞ্চানন্দ তত অসাবধানী লোক নয়। এমন একটা ঘটনা সামনে ঘটতে চলেছে, আর সে ঘুমিয়ে পড়বে—এ হতেই পারে না।

তা হলে!

পঞ্চানন্দ উঠে পড়ল। তারপর আতিপাঁতি করে চারদিকটা ঘুরে দেখতে লাগল টর্চ দিয়ে। টর্চটা তার হাতের মুঠোতেই থেকে গিয়েছিল।

খুব বেশি খুঁজতে হল না। মাত্র হাত-দশেক দূরে একটা বুনো কুলগাছের আড়ালে একটা লম্বা টর্চের মতো বস্তু পড়ে আছে।

যন্ত্রটা হাতে তুলে ঘুরিয়ে-ফিরিয়ে দেখল পঞ্চানন্দ। মাথামুণ্ডু কিছু বুঝতে পারল না। কোনও যন্ত্রই হবে, তবে কী কাজে লাগে, তা কে জানে। গায়ে অনেকগুলো বোতাম আছে। পঞ্চানন্দ সাবধানী লোক, সে কোনও বোতামে চাপটাপ দিল না, কী থেকে কী হয়ে যায়, কে বলবে। তবে যন্ত্রটা সে কাছে রাখল।

জলার দিকটা আগের মতোই আঁধারে ঢেকে আছে।

পঞ্চানন্দ চারদিকটা ভাল করে দেখে নিয়ে ধীরে-ধীরে জলার দিকে এগোতে লাগল।

যেখানে চাকিটা নেমেছিল বলে তার ধারণা সেখানে তুঁতে বন। জংলা জায়গা। অনেকটা জলও পেরোতে হবে। তবে জলার জলও কখনই হাঁটুর ওপরে ওঠে না।

পঞ্চানন্দ কাপড়টা একটু তুলে পরে নিল। তারপর ঠাণ্ডা জলে কাদায় নেমে পড়ল দুর্গা বলে। মাঝে মাঝে একটু থেমে দিকটা ঠিক করে নিতে হচ্ছিল। টর্চটা সে ভয়ে জ্বালল না।

জল ভেঙে ঢিবিটার ধার দিয়ে ডাঙা জমির দিকে উঠবার সময় হঠাৎ একটা মস্ত পাথর বা অন্য কিছুতে পা বেধে দড়াম করে পড়ল পঞ্চানন্দ। এই শীতে জামা-কাপড়

জলে কাদায় একাকার।

তবে পঞ্চানন্দর এসব অভ্যাস আছে। শীতে হিহি করে কাঁপতে কাঁপতে উঠে সে টর্চটা হাতড়ে বের করল। বেশ ভাল টর্চ, ভিজেও নেবেনি।

কিন্তু টর্চ জ্বেলে যা দেখল পঞ্চানন্দ তাতে হাঁ হয়ে গেল। একটা বিশাল চেহারার লোক পড়ে আছে জলায়।

পঞ্চানন্দ টর্চটা নিবিয়ে নিচু হয়ে পরীক্ষা করে দেখল। না, মরেনি, নাড়ি চলছে, শ্বাস বইছে।

পঞ্চানন্দ চারদিকটা আবার ভাল করে দেখে নিয়ে হাতের আড়াল করে টর্চটা লোকটার মুখে ফেলল।

মুখটা খুব চেনা-চেনা ঠেকছে। অথচ কিছুক্ষণ চিনতে পারল না পঞ্চানন্দ।

দ্বিতীয়বার টর্চ জ্বালতেই সন্দেহ কেটে গেল।

লোকটা গজ পালোয়ান।

নামে আর কাজে পালোয়ান হলেও গজর কখনও এমন হাতির মতো চেহারা ছিল না। বরাবরই সে পাতলা ছিপছিপে। ছিপছিপে শরীরটা ছিল ইস্পাতের মতো শক্ত আর পোক্ত।

কিন্তু এই গজ পালোয়ান গামার চেয়েও বিশাল। দুটো হাত মুগুরের মতো, ছাতি বোধহয় আশি ইঞ্চির কাছাকাছি। ঘাড়ে-গর্দানে এক দানবের আকৃতি।

পঞ্চানন্দ কিছুক্ষণ স্তম্ভিত হয়ে চেয়ে রইল। গজর পরিবর্তন হল কী করে। মাত্র দুদিন আগেই গজকে শিবুবাবুর ল্যাবরেটরিতে দেখেছে সে। মাত্র দুদিনে কারও এরকম বিশাল চেহারা হয়!

পঁচিশ

আকাশ থেকে একটা অদ্ভুত বস্তু নেমে আসার দৃশ্যটা দেখতে পেয়েছিল ঘড়ি। আসলে সে এ বাড়িতে পঞ্চানন্দ নামে উটকো যে লোকটা এসে জুটেছে তার ওপর নজর রাখবার জন্যই রাতে জেগে অপেক্ষা করছিল। ঘড়ির দৃঢ় বিশ্বাস তার ভালমানুষ এবং কবি-বাবাকে জপিয়ে হাত করে এ লোকটা একটা বড় রকমের দাঁও মারার মতলবে আছে। লোকটা যে বিশেষ সুবিধের নয়, তা এক নজরেই বোঝা যায়। কিন্তু ঘড়ির বাবা হরিবাবু বড়ই সরল সোজা এবং আপনভোলা মানুষ। কে খারাপ আর কে ভাল তা বিচার করার মতো চোখই তাঁর নেই। তাই সে-ভার ঘড়ি নিজে থেকেই নিল। চোর-জোচ্চোররা রাতের বেলাতেই সজাগ হয় এবং তাদের কাজকর্ম শুরু করে। ঘড়িও তাই গভীর রাতেই লোকটাকে হাতেনাতে ধরে ফেলার মতলবে ছিল।

যা ভেবেছিল হয়েও যাচ্ছিল তাই। নিশুত রাতে পঞ্চানন্দ বেরোল জরিবাবুর ঘর থেকে। নিঃশব্দ, চোরের মতোই হাবভাব। সিঁড়ির মাথায় দাঁড়িয়ে ঘড়ি খুব তীক্ষ্ণ চোখে লক্ষ করছিল। কিন্তু লোকটাকে যে গিয়ে জাপটে ধরবে তার উপায় নেই।

কারণ হরিবাবু রাত জেগে কবিতার পর কবিতা লিখে চলেছেন। শোরগোল হলেই উঠে এসে বকাবকি করবেন। ঘড়ি তাই লোকটাকে শুধু নজরে রাখছিল।

তবে লোকটা বিশেষ গণ্ডগোল পাকাল না। শুধু চারদিকটায় ঘুরে-ঘুরে কী একটু দেখে নিয়ে বেড়ালের মতো সিঁড়ি বেয়ে ছাদে উঠে গেল। ছাদে গিয়েই লোকটাকে ধরার সুবিধে হবে ভেবে যেই না ঘড়ি সিঁড়ির কাছে গেছে, অমনি হরিবাবু তাঁর ঘর থেকে 'উঃ আঃ' শব্দ করতে করতে বেরিয়ে এসে ছাদপানে চললেন। ঘড়িকে কাজেই ক্ষ্যামা দিতে হল।

নিজের ঘরে এসে জানালা খুলে যখন ঘড়ি ছাদের পরিস্থিতিটা উৎকর্ণ হয়ে আন্দাজ করার চেষ্টা করছিল, তখনই সে আকাশের অদ্ভুত বস্তুটা দেখতে পায়। অনেকটা পটলের আকৃতি, নীলাভ উজ্জ্বল একটি জিনিস ধীরে-ধীরে নেমে আসছে।

তখন ঘড়ি তার ঘুমকাতুরে ভাই আংটিকে ডেকে তুলল, "এই ওঠ, দ্যাখ কী কাণ্ড হচ্ছে।"

আংটি উঠে জিনিসটা দেখল এবং রুদ্ধশ্বাসে বলল, "উফো, আনআয়ডেন্টিফায়েড ফ্লাইং অবজেক্ট।"

অপলক চোখে দুই ভাই জিনিসটা লক্ষ করতে লাগল। কিন্তু হঠাৎই আলো নিবে গিয়ে বস্তুটা অন্ধকার হয়ে গেল। আর দেখা গেল না।

ডাকাবুকো বলে দুই ভাইয়েরই খ্যাতি আছে। তারা সহজে ভয় খায় না। দুনিয়ায় তাদের যত ভয় বাবাকে। অথচ হরিবাবুর মতো নিরীহ আনমনা ভালমানুষ লোক হয় না। ছেলেদের গায়ে তিনি কখনও হাতে তোলেননি। বকাঝকাও করেন না বড় একটা। তবু দুই ডানপিটে ভাই ওই একজনকে যমের মতো ডরায়। আর কাউকে বা কিছুতেই তারা ভয় পায় না। উড়ন্ত- চাকিকেই বা পাবে কেন?

দুই ভাই চটপট শীতের পোশাক পরে নিল। মাথায় বাঁদুরে টুপি আর হাতে দস্তানা পরতেও ভুলল না। অস্ত্র বলতে ঘড়ির একটা স্কাউট ছুরি আর আংটির চমৎকার একটা গুলতি। আর সম্বল গায়ের জোর এবং মগজের বুদ্ধি।

এ শহরের সবরকম শর্টকাট তাদের জানা। কাজেই গজ পালোয়ানের আস্তানায় পৌঁছুতে দেরি হল না।

চক সাহেবের বাড়ির পর বিশাল জলা। তার ওপাশে তুঁতেবন। আর আছে বিখ্যাত সেই রাজবাড়ির ঢিবি। জায়গাটা বেশ গোলমেলে। অজস্র ঝোপঝাড় জলকাদায় দুর্গম। তবে ঘড়ি আর আংটি এ জায়গা নিজেদের হাতের তেলোর মতোই চেনে।

ঘড়ি চারদিকে চেয়ে বলল, "আমার যতদূর মনে হয় উফোটা জলার ওপাশে তুঁতেবনের দিকে কোথাও নেমেছে।"

আংটি গম্ভীর মুখে বলল, "হুঁ, কিন্তু জলা পার হবি কী করে?"

আসলে আংটি একটু শীতকাতুরে।

ঘড়ি গম্ভীর মুখে বলল, "জলা পার হতে হলে জলে নামতে হবে।"

"ও বাবা, আমি বরং এদিকটায় পাহারা দিই, তুই এগিয়ে দেখে আয়।"

ঘড়ি কিন্তু এই প্রস্তাবে আপত্তি করল না। পকেট থেকে ছোট্ট একটা টর্চ বের করে

চারদিকটা দেখে নিয়ে বলল, "চক সাহেবের বাড়িতে একটু আগে একটা আলো দেখেছি। যতদূর জানি, গজ পালোয়ান এখন ও বাড়িতে নেই। কিন্তু আলো যখন দেখা গেছে, তখন কেউ না কেউ আছে ঠিকই। তুই চারদিকে নজর রাখিস। বিশেষ করে চক সাহেবের বাড়ির দিকটায়। আমি জলার ওদিকটা দেখে আসছি।"

আংটি ঘাড় নাড়ল প্রকাণ্ড একটা হাই তুলতে তুলতে। তারপর বলল, "আমি বরং চক সাহেবের বাড়িতেই গিয়ে ঢুকে পড়ি। গজদার বিছানাটা পড়ে আছে, একটু গড়িয়ে নিইগে। তুই ফিরে এসে আমাকে ডেকে নিস।"

ঘড়ি তার প্যান্টের পা গুটিয়ে জুতোসুদ্ধু জলে নেমে পড়ল।

অন্ধকারে জলের মধ্যে ঘড়ি মিলিয়ে যাওয়ার পর আংটি আর-একটা বিকট হাই তুলল। ঘুমে চোখ ঢুলে আসছে। কৌতূহল তার যতই হোক শীত আর রাতজাগা সে একদম সইতে পারে না।

চক সাহেবের বাড়ি বেশি দূর নয়। আংটি চারদিকটা লক্ষ করতে করতে গিয়ে বাড়িটায় ঢুকে পড়ল। ঘড়ি বলল আলো জ্বলতে দেখেছে, কিন্তু আংটি কোথাও কোনও আলোর চিহ্ন পেল না। তবু সাবধানের মার নেই। সে চারদিকটা ঘুরে ঘুরে দেখে নিল। না, কোথাও কেউ নেই। গজ পালোয়ানের ঘরের ভেজানো দরজা ঠেলে ঢুকে দেখল, চৌকির ওপর বিছানাটা পাতাই রয়েছে। সামান্য কিছু জিনিসপত্র যেমন-কে-তেমন পড়ে আছে।

আংটি আর একটা হাই তুলে বিছানার চাদরটা তুলে ভাল করে মুড়ি দিয়ে শুয়ে পড়ল। গায়ে গরমজামা থাকায় তেমন শীত করল না। ঘুমও এসে গেল টপ করে।

গাঢ় ঘুমের সময় মানুষের শ্বাস যেমন ঘন-ঘন পড়ে, সেরকমই শ্বাস পড়তে লাগল আংটির। মৃদু-মৃদু নাকও ডাকছিল তার।

মিনিট পনেরো কেটে যাওয়ার পর হঠাৎ খুব ধীরে-ধীরে ঘরের দরজাটা খুলে গেল। নিঃশব্দে একটা ছায়ামূর্তি এসে দাঁড়াল দরজায়।

জলা পার হতে ঘড়ির বিশেষ সময় লাগল না। জল থেকে ডাঙায় উঠে সে টর্চ জ্বেলে পায়ে জোঁক লেগেছে কি না দেখে নিল। তারপর রাজবাড়ির ঢিবির নীচে উঁচু জমিতে উঠে জুতো খুলে মোজাটা নিংড়ে নিয়ে ফের পরল।

তুঁতেবন এখন বেশ খানিকটা দূরে। ঘড়ি উঠল। উঠতে গিয়েই হঠাৎ তার নজরে পড়ল ঢিবিটার গায়ে ঝোপঝাড়ের আড়ালে বেশ বড় একটা গর্ত। এরকম গর্ত থাকার কথা নয়। আর আশ্চর্যের কথা, গর্তের ভিতর থেকে একটা আলোর আভাস পাওয়া যাচ্ছে।

ঘড়ি ভারী অবাক হয়ে চেয়ে রইল। তারপর হঠাৎ তার মনে হল, মহাকাশযানটা ওই ঢিবির মধ্যে গিয়ে সেঁধোয়নি তো!

ঘড়ি ধীরে-ধীরে ঢিবির ঢাল বেয়ে গর্তটার মুখ-বরাবর চলে এল। ভয় যে করছিল না তা নয়। কিন্তু কৌতূহলটাই অনেক বেশি জোরালো।

ঢিবির মুখে এসে সাবধানে উঁকি দিয়ে ভিতরে যা দেখল, তাতে বেশ অবাক হয়ে গেল সে। দিব্যি আলোকিত সুড়ঙ্গ। ভিতরটা বেশ পরিষ্কার।

যেন চুম্বকের টানে সম্মোহিতের মতো ঘড়ি ভিতরে ঢুকল। চারদিকে চেয়ে সে বুঝল, ঢিবি সম্পর্কে যে কিংবদন্তি প্রচলিত আছে, তা মোটেই মিথ্যে নয়। বাস্তবিকই এখানে কোনও দিন একটা প্রাসাদ ছিল।

কিন্তু তার চেয়েও যেটা বিস্ময়কর, তা হল, সুড়ঙ্গটাকে কে বা কারা খুব যত্ন নিয়ে পরিষ্কার করেছে। ভিতরে খুঁড়ে খুঁড়ে ছোট বড় নানা রকম কুঠুরি বানিয়েছে। সব কুঠুরিরই দরজা বন্ধ। সুড়ঙ্গের ছাদে লাগানো আলোগুলো দেখে ঘড়ি হাঁ হয়ে গেল। ইলেকট্রিক লাইট নয়, স্রেফ এক-একটা উজ্জ্বল পাথর।

খানিক দূর হেঁটে গিয়ে সে দেখতে পেল, সুড়ঙ্গটা ঢালু হয়ে নেমে গেছে। ঘড়ি এগোতে লাগল। প্রতিমুহূর্তেই ভয় হচ্ছে, কেউ এসে পথ আটকাবে বা আক্রমণ করবে। কিন্তু সেরকম কিছু হল না।

ঘড়ি এসে থামল প্রকাণ্ড দরবার-ঘরে। চারদিকে অদ্ভুত সব যন্ত্রপাতি। কিন্তু কোনও মানুষজন নেই।

ঘড়ি যখন চারদিকে চেয়ে দেখছিল তখন হঠাৎ পায়ের কাছে একটা ইঁদুরকলের মতো ছোট্ট বাক্স নজরে পড়ল তার। এমনিতে পড়ত না, কিন্তু বাক্সের ডালাটা আপনা থেকেই খুলে যাচ্ছিল বলে তার চোখ আটকে গেল।

বাক্সের ভিতর থেকে একটা সবুজ কাঁকড়াবিছে বেরিয়ে এল।

ঘড়ি কাঁকড়াবিছে ভালই চেনে। অনেকবার ধরে সুতোয় বেঁধে খেলা করেছে। এক আধবার হুলও খেয়েছে। কাজেই সে বিশেষ ভয় পেল না। ফট করে এক পা পিছিয়ে গিয়ে ভাল করে দেখল।

কাঁকড়াবিছে সবুজ রঙের হয় কি না তার জানা নেই। তবে সে কখনও দ্যাখেনি।

বিছেটা তাকে লক্ষ্য করেই এগিয়ে আসছে, এটা বুঝতে বিশেষ বেগ পেতে হল না ঘড়ির। বাক্সের ডালা আপনা থেকেই খুলে যাওয়া এবং আশ্চর্য সবুজ রঙের বিছের আবির্ভাবের পিছনে যে রহস্য আছে, তা নিয়ে মাথা ঘামানোর সময় এখন ঘড়ির নেই। আপাতত প্রয়োজন আত্মরক্ষা।

ঘড়ি বিছেটার সামনে জুতোসুদ্ধ পা এগিয়ে দিয়ে নিচু হয়ে হুলের শুঁড়টা দু আঙুলে চেপে ধরে বিছেটাকে তুলে নিল। এই অবস্থায় বিছে খুবই অসহায়।

হুলটা সাবধানে ধরে রেখে বিছেটাকে কাছ থেকে যখন দেখল ঘড়ি, তখন সে স্পষ্টই বুঝতে পারল, এটা আসল কাঁকড়াবিছে মোটেই নয়। বিছেটার শরীর ধাতু দিয়ে তৈরি। ভিতরে স্প্রিং আছে, তার জোরে বিছের পা নড়ে। মুখের কাছে একটা লম্বা দাঁড়া রয়েছে যা অনেকটা সূক্ষ্ম টেলিস্কোপিক অ্যান্টেনার মতো।

হুলটা ভাল করে লক্ষ করল ঘড়ি। যা দেখল, তা বিশ্বাসযোগ্য নয়। হুলের বদলে যেটা বারবার বেরিয়ে আসছে, তা স্টেনলেস স্টিলের তৈরি একটা ফাঁপা ছুঁচ। অনেকটা ইনজেকশন দেওয়ার ছুঁচের মতোই।

গৌরগোপালেরা বড়ই গরিব। গ্রামের মধ্যে তাদের বাড়িখানাই সবচেয়ে বেশি ভাঙাচোরা এবং শ্রীহীন। একবুক আগাছার মধ্যে তেড়াবেঁকা হয়ে কোনওক্রমে বহুকালের পুরনো বাড়িটা দাঁড়িয়ে আছে।

একসময়ে গৌরগোপালদের অবস্থা ভালই ছিল। জমিজমা ছিল, চাষবাস ছিল, একটু ব্যবসাও ছিল। গৌরের ঠাকুর্দার আমল থেকে অবস্থা পড়তে পড়তে এখন একেবারে তলানিতে এসে ঠেকেছে। একবেলা নুনভাত জোটে তো আর একবেলা উপোস থাকতে হয়। চাষের জমি সব দেনার দায়ে বিক্রি হয়ে গেছে।

গৌরগোপালেরা দুই ভাই। নিতাইগোপাল বড়, গৌরগোপাল ছোট। গৌরের বয়স এখন উনিশ-কুড়ি। লেখাপড়ায় দুই ভাইয়ের কেউই ভাল নয়। তবে নিতাইগোপাল একটু সংস্কৃত জানে। পুজোআচ্চা করতে পারে। তাই করেই সে কোনওক্রমে সংসার চালায়। তাদের বাবা নেই, মা আছে। নিতাইগোপালের শ্বশুরবাড়ির লোকেরা একটু পয়সাওলা, তাই তার বউয়ের ভারী দেমাক। সে শ্বশুরবাড়ির লোকদের মানুষ বলে জ্ঞানই করে না। নিতাইগোপাল বউকে ভয় খায়। তাই বেশি উচ্চবাচ্য করে না। বড় ভাইয়ের সংসারে আহাম্মক গৌরগোপাল আর তার বুড়ো মা বড় অনাদরে থাকে।

গৌরগোপালের লেখাপড়া হয়নি, তেমন কোনও বিশেষ গুণও তার নেই। তবে সে খুব সরল এবং ভালমানুষ গোছের। মিথ্যে কথা বলে না, কাউকে আঘাত দেয় না, কখনও তার মুখে কেউ কোনও খারাপ কথা বা গালাগাল শোনেনি। অতি কষ্টে অধ্যবসায়ে সে ইস্কুলের শেষ পরীক্ষাটা পাশ করেছে। এখন তার দজ্জাল বউদি তাকে দিয়ে বাসন মাজায়, কাপড় কাচায়, উঠোন ঝাঁট দেওয়ায়, আগাছা পরিষ্কার করায়, গোয়ালেরও হরেক কাজ তাকে করতে হয়। এমনকী দুপুরবেলা গোরু চরানোও আজকাল তার কাজ হয়েছে।

গৌরের এই কষ্ট তার মা আর চোখে দেখতে পারে না।

একদিন মা তাকে ডেকে বলল, "শোন বাবা, আমি চোখ বুজলে এদের সংসারে তোর বড় অনাদর হবে। একটু রয়ে বুঝে থাকিস। আর মরার আগে আমি তোকে একটা জিনিস দিয়ে যাব। সেটা সাবধানে রাখিস।"

গৌর অবাক হয়ে বলে, "কী জিনিস, মা?"

"সে আছে। সময়মতো দেখতে পাবি।"

এই ঘটনার কিছুদিনের মধ্যেই গৌরের মা মারা গেল। মরার আগে গৌরকে কাছে ডেকে চুপিচুপি যে জিনিসটা তার হাতে দিল, সেটা এমন কিছু আহামরি জিনিস নয়। একটা কবচ।

গৌর খুব কান্নাকাটি করল মায়ের জন্য।

শ্রাদ্ধের পর নিতাই আর তার বউ গৌরকে একদিন ডেকে বলল, "এভাবে আর কতদিন বসে বসে খাবে? রোজগারের ধান্ধায় বেরিয়ে পড়ো।"

শুনে গৌরের ভারী ভয় হল। কারণ জীবনে সে কখনও গাঁয়ের বাইরে বেরোয়নি। বাইরের জগৎটা কেমন তাও সে জানে না। তবে মুখে কিছু বলল না সে। শুধু বলল, "আচ্ছা।"

নিজের ভাঙা ঘরখানায় বসে একদিন দুপুরে ভাগ্যের পাকচক্রের কথা ভাবতে ভাবতে মায়ের দেওয়া কবচটার কথা মনে পড়ল তার। কুলুঙ্গিতে লক্ষ্মীর পটের পিছনে লুকিয়ে রাখা কবচটা বের করে ভালভাবে দেখল সে। সাধারণ তামায় তৈরি। সোনা হলেও না হয় বেচে দু পয়সা আয় হত। কবচটার গুণই বা কী? যদি গুণই থাকত, তা হলে সংসারে এত অভাব আর অশান্তিই বা কেন!

গৌরগোপাল কবচটা হাতের মুঠোয় নিয়ে বসে আকাশ-পাতাল ভাবতে লাগল। মরার সময় তার মা বিকারের ঘোরে ভুল বকছিল। গৌরগোপাল তখন সংসারে তার শেষ স্নেহের আশ্রয় মায়ের মৃত্যু-নীল মুখখানার দিকে চেয়ে হাঁ করে বসে থাকত। কথাগুলো তার কানে সেঁধোলেও মগজে ভাল করে ঢুকত না। তার মনে পড়ল, মা বিকারের ঘোরে বলেছিল, "কবচটা কিন্তু খুব সাবধান...কখনও হারাসনি বাবা...ওর মধ্যে কিন্তু দানো আছে...দানো...খুব সাবধান..."

এই দানো কে বা কী তা গৌরগোপাল জানে না। তবে কবচটা সে আবার সাবধানে কুলুঙ্গিতে পটের আড়ালে রেখে দিল।

সংসারে তার যতই অনাদর হোক, মা যতদিন বেঁচে ছিল, ততদিন দু বেলা ভরপেট খাওয়া জুটত। কিন্তু মা মরে ইস্তক সেটাই আর জুটছে না। বউদি খেতে দেয় বটে, তবে একবারের বেশি দুবার ভাত সাধে না। ভাল পদ যদি কোনওদিন কিছু রান্না হয়, তবে তা গৌরগোপালের চোখের আড়ালে রাখে। এ সবই গৌর টের পায়, কিন্তু ভয়ে কিছু বলে না। বলে হবেই বা কী? বরং বেশি ট্যান্ডাই-ম্যান্ডাই করতে গেলে দাদা ঘাড়ধাক্কা দিয়ে বাড়ি থেকে বের করে দেবে। এই বাড়ি থেকে বেরোতেই গৌরের যত ভয়। বাইরের দুনিয়াটাকে তো সে একেবারেই চেনে না। এমন বিদ্যেও নেই যে, নিজে কিছু রোজগার করে খাবে।

গৌর তাই আধপেট খেয়েও আজকাল দাদার সংসারে দ্বিগুণ খাটুনি দেয়। গোরু চরানো, বাগান পরিষ্কার, মাটি কোপানো, জল তোলা তো ছিলই, সেই সঙ্গে আরও অনেক কাজ করে দেয় সে। কাঠ কাটে, পুকুরের পানা তোলে, দাদার ছেলেমেয়েকে পড়ায়। সারাদিন এক মুহূর্ত বিশ্রাম নেয় না। হাসি-হাসি মুখ করে সারাক্ষণ দাদা-বউদিকে খুশি করতে চেষ্টা করে, যাতে বাড়ি থেকে এরা তাকে তাড়িয়ে না দেয়।

কিন্তু বিপদ হল, হঠাৎ একদিন বউদি তার দুই ষণ্ডামতো বজ্জাত ভাইকে এ বাড়িতে থাকার জন্য আনাল। তাদের নাম মাউ আর খাউ। তারা নাকি বখে যাচ্ছিল. সুতরাং ঠাঁইনাড়া করে তাদের শোধরানো দরকার। দুই ভাইয়েরই বেশ পালোয়ানের

ফকিরসাহেব মোলায়েম গলায় বললেন, "বেঁচে থেকে হবেটা কী? বেঁচে থাকলেই খিদে পায়, খাটতে হয়, লোকের সঙ্গে ঝগড়া লাগে। তার চেয়ে মরে ভূত হয়ে আমার আরশিতে ঢুকে পড়, সুখে থাকবি।"

"তা না হয় থাকব ফকিরবাবা, কিন্তু বেঁচে থাকার দু-একটা সুখ না করে আমি মরতে পারব না।"

ফকিরসাহেব ভ্রূ কুঁচকে বলেন, "বেঁচে থাকায় আবার সুখ কী রে! মরলেই সুখ।"

"কিন্তু আমি যে জীবনে কখনও পোলাউ খাইনি, চন্দ্রপুলি খাইনি, লুচি দিয়ে পায়েস খাইনি, মোটরগাড়িতে চাপিনি, ঢেউপুরের রথের মেলায় সার্কাসের খেলা দেখিনি। আগে এসব হোক, তারপর মরব।"

ফকিরসাহেব একটা দীর্ঘশ্বাস ফেলে বললেন, "ছেলেমানুষ। একেবারে ছেলেমানুষ। তা যা, ভয় তাড়ানোর তেল একটু দিয়ে দিচ্ছি।" বলে ফকিরসাহেব উঠে ঘর থেকে একশিশি তেল এনে মন্ত্র পড়তে লাগলেন, "যন্তর মন্তর সার, ভয় ভাবনা পগার পার। রাক্ষস খোক্ষস দত্যি দানো, হাউ মাউ খাউ যতই আনো। ভূত পেতনি ডাকাত তস্কর, তফাত হ রে যত ভয়ঙ্কর। বৃশ্চিক, সর্প, সিংহ ব্যাঘ্র, দূর হয়ে যা শীঘ্র শীঘ্র। নিশুত রাত্রি, অমাবস্যা, হয়ে যা রে একদম ফরসা।" তিনটে ফুঁ দিয়ে ফকিরসাহেব তেলটি তার হাতে দিয়ে বললেন, "কবরেজটার কাছে একদম যাবি না। আর রোজ একঘটি করে টাটকা দুধ দুয়ে দিয়ে যাবি সক্কালবেলায়।"

গৌর ঘাড় নেড়ে তেল নিয়ে ফকিরসাহেবের কাছ থেকে বিদেয় হল।

বিকেলে যখন গৌর খিদে-পেটে গোরু চরিয়ে ফিরছে, তখন মহাকাল-মন্দিরের সামনের রাস্তায় কবরেজমশাইয়ের মুখোমুখি পড়ে গেল।

কবরেজমশাই নাক উঁচু করে বাতাস শুঁকতে শুঁকতে বললেন, "উঁ! উঁ! মহামাস তেলের গন্ধ পাচ্ছি। এই ছোঁড়া, কার গা থেকে গন্ধটা আসছে রে?"

ভয়ে ভয়ে গৌরগোপাল বলে, "আজ্ঞে আমার গা থেকে।"

"তুই এ তেল পেলি কোথায়?"

"ফকিরসাহেব দিয়েছেন। তবে এ মহামাস তেল নয় কবরেজমশাই, এ হল ভয়তাড়ানো তেল। অনেক মন্তর লাগে।"

কবরেজমশাই হাঃ হাঃ করে হেসে বললেন, "ফকরেটা তাই বলে বুঝি! ত্যাঁদড় তো কম নয়। এই তো বোধহয় গত মঙ্গলবার আমাকে অনেক তোতাই পাতাই করে পুরনো মহামাস তেলটা ধারে নিয়ে গেল। সেটাই ভয়তাড়ানো তেল বলে বেচেছে বুঝি!"

গৌর ঘাড় চুলকোতে থাকে।

কবরেজমশাই হুংকার দিয়ে বলেন, "তোর আবার ওটার কাছে যাওয়ার দরকারই বা পড়ল কেন? ভয় পাচ্ছিস বুঝি? কীসের ভয়?"

"আমার অনেকরকম ভয় কবরেজমশাই।"

"দেখি তোর নাড়িটা।" বলে কবিরাজমশাই অনেকক্ষণ ধরে গৌরগোপালের নাড়ি ধরে চোখ বুজে রইলেন। তারপর একটা দীর্ঘশ্বাস ছেড়ে বললেন, "প্রাণপাখিটা

যে বড্ড ডানা ঝাপটাচ্ছে রে। ভয় হওয়ারই কথা কিনা।"

"তবে কী হবে কবরেজমশাই?"

"বাড়ি গিয়ে শুয়ে থাকগে। আজ আর কিছু খাসনে। কাল একটা পাঁচন তৈরি করে রাখবখন, এসে নিয়ে যাস। আর ওই ফকরেটার কাছে কখনও যাবি না। জ্যান্ত মানুষ ওর ভালই লাগে না। মানুষ মরলে পরে ওর আনন্দ হয়।"

"যে আজ্ঞে।"

"তোদের পিছনের আমবাগানে একটা মস্ত মৌচাক দেখেছিলাম যেন।"

"ঠিকই দেখেছেন।"

"পিছনের পুকুরটায় খুব পদ্মফুল ফোটে, না?"

"আজ্ঞে হ্যাঁ।"

"তা হলে পদ্মমধুই হবে। খানিকটা দিস তো।"

ঘাড় নেড়ে গৌরগোপাল বাড়ির পথ ধরল। কবিরাজমশাই কিছু খেতে বারণ করেছেন। কিন্তু খিদের চোটে গৌরের বত্রিশ নাড়ি পাক দিচ্ছে। সকালে যে তেঁতুল-পান্তা খেয়েছিল, সারা দিন রোদে রোদে মাঠে ঘুরে তা কখন তল হয়ে গেছে। উপোস করলে কি আর রক্ষে আছে!

তবু গৌর বাড়ি ফিরে গোয়ালে সাঁজাল দিয়ে পেটব্যথা বলে ঘরে গিয়ে শুয়ে রইল।

গাঁ-গ্রামের লোকেরা সন্ধের পরই খেয়েদেয়ে শুয়ে পড়ে। বাতি জ্বালাবার খরচ অনেক। সন্ধের পর কাজটাই বা কী?

কিন্তু গৌরের ঘুম আসার নাম নেই। ঘড়ি ঘড়ি উঠে খিদের জ্বালায় জল খাচ্ছে। সাতঘটি জল খেয়ে ফেলল, কিন্তু খিদে মেটবার নামটিও নেই। রাত যখন নিশুতি হয়ে এসেছে, তখন গৌর আর পারল না, উঠে দরজা খুলে বেরিয়ে এল।

বেশ ফটফটে জ্যোৎস্না উঠেছে। সাদা উঠোনটা ধবধব করছে চাঁদের আলোয়।

গৌর চুপি চুপি গিয়ে রান্নাঘরের শিকল খুলে ঢুকল। সে জানে, রান্নাঘরে কিছুই থাকে না। চোরের ভয়ে বাসনকোসন রাখা হয় না এ ঘরে। তবে মাটির গামলায় কিছু ভাতের ফ্যান হয়তো রাখা আছে, এই ভেবে গৌর মাটির গামলাটা তুলে দেখল। না, নেই।

একটা দীর্ঘশ্বাস ফেলে গৌর বেরিয়ে আসছিল। বাগানের গাছে ফলটল আছে। কিন্তু রাত্রিবেলা গাছের গায়ে হাত দিতে নেই। বউদির ঘরে যদিও-বা মুড়ি-বাতাসা কিছু থেকে থাকে কিন্তু তার নাগাল পাওয়া অসম্ভব।

রান্নাঘরের শিকলটা তুলে দিয়ে গৌর উঠোনে নামবার জন্য পা বাড়িয়েও থেমে গেল। উঠোনের পশ্চিম দিকে দরজা খোলার শব্দ হচ্ছে। গৌর ছায়ায় সরে দাঁড়ায়।

দরজা খুলে খাউ আর মাউয়ের ঘর থেকে ঢ্যাঙামতো একটা লোক বেরিয়ে লম্বা লম্বা পায়ে উঠোনটা পেরিয়ে চলে গেল। জ্যোৎস্নায় লোকটার মুখ ভাল দেখা গেল না বটে, কিন্তু গৌরের মনে হল, লোকটার মুখে দাড়ি আছে। আর চোখ দুটো মনে হল বেশ গর্তে ঢোকানো। লোকটা উঠোন পেরোবার সময় চারদিকে চোখ ঘোরাতে

ঘোরাতে যাচ্ছিল।

গৌর এরকম ঢ্যাঙা লোক এ অঞ্চলে আর দেখেনি। লোকটা চলে যেতেই খাউ আর মাউয়ের ঘরে দরজাটা বন্ধ হয়ে গেল।

এই নিশুতি রাতে এরকম একটা অদ্ভুত লোক ওদের ঘরে এসেছিলই বা কেন আর চুপিচুপি চলেই বা গেল কেন, তা ভেবে পেল না গৌর। ভাববার মতো শরীরের অবস্থাও নয় তার। খিদের চোটে পেট থেকে গলা অবধি তার আগুন জ্বলছে।

ঘরে এসে সে ঘুমোবার চেষ্টা করল। না, ঘুম আসছে না। উঠে একটু পায়চারি করল। তাতেও হল না। তখন সে খুব কষে কয়েকটা বুকডন আর বৈঠক দিয়ে নিল। তাতে হল হিতে বিপরীত। খিদেটা রাক্ষসের মতো হাঁউ মাঁউ খাঁউ করে তার পেটটাকে ছিঁড়ে ফেলতে লাগল।

গৌর কুলুঙ্গিতে পটের পিছনে লুকোনো কবচটা বের করে হাতের মুঠোয় ধরে কাঁদতে-কাঁদতে বলল, "মা, তুমি বেঁচে থাকতে কখনও খাওয়ার কষ্টটা হয়নি। এবার যে খিদেয় বাঁচি না। বাঁচিয়ে দাও মা।"

খিদেটা তাতে মরল না বটে, কিন্তু কবচটা হাতের মুঠোয় নিয়ে বসে থাকতে থাকতেই গৌর কাহিল হয়ে শুয়ে পড়ল। কখন ঘুমিয়ে পড়েছে, তা আর তার খেয়াল নেই।

॥ ২ ॥

পেটে ভাত নেই বলে গৌরের ঘুম ভাঙল খুব ভোরে। শরীরটা বেশ কাহিল লাগছিল। মাথাটা ঝিম ঝিম করছে। বাইরে এসে গৌর অভ্যাসবশে গিয়ে গোয়ালঘরে ঢুকল।

গোরুদের সঙ্গে গৌরের ভারী ভাবসাব। তাদের দুটো গোরু, দুটো বাছুর। গৌরকে দেখলেই তারা ভারী চঞ্চল হয়ে ওঠে। গা শুঁকে, চেটে, কাছ ঘেঁষে দাঁড়িয়ে নানারকমভাবে তাদের আদর জানায়। পশুপাখিরাও মানুষ চেনে। গৌর গোরুদের গায়ে হাত বুলিয়ে, গলকম্বলে সুড়সুড়ি দিয়ে আদর করে বলল, "বড্ড খিদে পেয়ে গেছে তোদের, না রে? চল, আগে তোদের জাবনা দিই।" বড় গোরুটা এই কথা শুনে একটা দীর্ঘশ্বাস ফেলল।

গোরুদের জাবনা দিতে-দিতে গৌরের সেই লম্বা লোকটার কথা মনে পড়ল। মাউ আর খাউয়ের ঘর থেকে বেরিয়ে লোকটা হনহন করে কোথায় যেন চলে গেল। চোর-ডাকাত নয় তো! কথাটা একবার তার দাদা নিতাইয়ের কানে তোলা দরকার। গাঁয়ের চোরদের সবাইকেই চেনে গৌর। তাদের সঙ্গে বেশ ভাবসাবও আছে। সুতরাং লোকটা গাঁয়ের আশেপাশের গাঁয়েরও নয়। তা হলে লোকটা কে?

নিতাই যখন পুকুরের ঘাটলায় দাঁড়িয়ে দাঁতন করছিল, তখন গৌর গিয়ে মাথা চুলকোতে চুলকোতে বলল, "দাদা, একটা কথা ছিল।"

নিতাই ভাইয়ের ওপর বিশেষ সন্তুষ্ট নয়। অন্যদিকে চেয়ে বলল, "পয়সা-টয়সা

চেয়ো না। অন্য কথা থাকলে বলতে পারো।"

"না, পয়সা নয়। আমি পয়সা দিয়ে কী করব! বলছিলাম কী, কাল রাতে বাড়িতে চোর এসেছিল।"

নিতাই আঁতকে উঠে বলে, "চোর! কোন চোর দেখেছিস?"

"চেনা চোর নয়। লোকটা খুব লম্বা, খাউ আর মাউয়ের ঘর থেকে বেরিয়ে গেল দেখলাম।"

"তা হলে চেঁচাসনি কেন?"

"আমার প্রথমটায় মনে হয়েছিল, বোধহয় ওদের চেনা লোক। দরজা খুলে বেরোল, তারপর আবার ভিতর থেকে কে যেন দরজা বন্ধ করে দিল। তাই বুঝতে পারছিলাম না কী করব। যদি কুটুমদের চেনা লোক হয়, তা হলে চোর বলে চেঁচালে তাদের অপমান হবে।"

নিতাই দাঁতন করা থামিয়ে গৌরের দিকে চেয়েছিল। হঠাৎ বলল, "কীরকম চেহারাটা বললি?"

"খুব লম্বা আর সুড়ুঙ্গে।"

নিতাই গম্ভীর হয়ে বলল, "আজ রাত থেকে তোর ঘুমোনো বন্ধ। সারা রাত জেগে লাঠি নিয়ে বাড়ি পাহারা দিবি। তোর বউদিকে বলে দিচ্ছি, আজ থেকে যেন তোকে রাতে ভাতটাত না দেয়। ভাতটাত খেলেই ঘুম আসে। পেটে একটু খিদে থাকলে জেগে থাকতে সুবিধে হয়।"

নিতাইয়ের কথা শুনে গৌরের মুখ শুকিয়ে গেল। একেই তো বউদি তাকে পেট ভরে খেতে দেয় না বলে সারাদিন পেটের মধ্যে হাঁচোড়-পাঁচোড় করে। তার ওপর রাতের খাওয়া বন্ধ হলে যে কী অবস্থা হবে! কিন্তু কী আর করা। গৌর একটা দীর্ঘশ্বাস ফেলে চাট্টি পান্তাভাত খেয়ে গোরু নিয়ে বেরিয়ে পড়ল।

নদীর ধারের মাঠে গোরুগুলিকে ছেড়ে দিয়ে গৌর গোবিন্দের বাড়ি গিয়ে হানা দিল। গোবিন্দ এই তল্লাটের সবচেয়ে পাকা চোর। মাঝবয়সী। গাঁট্টাগোট্টা চেহারা, মাথায় কাঁচাপাকা চুল, চোখ দুখানায় বুদ্ধির ঝিকিমিকি। চোর হলেও গোবিন্দ লোক খারাপ নয়। গৌরের মা বেঁচে থাকতে ভাগবত শুনতে যেত, মুড়ি-বাতাসা খেয়ে আসত।

গোবিন্দ উঠোনে বসে পাটের দড়ি পাকাচ্ছিল। গৌরকে দেখে খুশি হয়ে বলল, "আয়, বোস এসে। তা দাদা-বউদির সংসারে কেমন আছিস?"

গৌর একটা দীর্ঘশ্বাস ফেলে বলে, "ভাল নয় গোবিন্দদা।"

"ভাল থাকবি কী করে? ওই যে দুটো গুণ্ডাকে আনিয়ে রেখেছে তোর দাদা, ওরাই তোকে মেরে তাড়াবে। সাবধানে থাকিস।"

গৌর একটা দীর্ঘশ্বাস ফেলে বলে, "তাড়াবে সে আর বেশি কথা কী? বেঁচে যে আছি, এই ঢের। আজ থেকে আবার রাতের খাওয়াও বন্ধ হল।"

"কেন, কেন?"

"কাল রাতে বাড়িতে চোর এসেছিল, সেকথা দাদাকে বলায় দাদা রাতের খাওয়া

বন্ধ করে সারা রাত জেগে পাহারা দিতে হুকুম করেছে।”

“চোর!” বলে গোবিন্দ সোজা হয়ে বসল। তারপর বলল, “চোরকে দেখেছিস?”

“সেই কথাই তো বলতে এলাম। লম্বা সুড়ুঙ্গে চেহারার বিটকেল একটা লোক রাতে খাউ আর মাউয়ের ঘর থেকে বেরিয়ে উঠোন পেরিয়ে চলে গেল। প্রথমটায় ভেবেছিলাম বুঝি ওদের কাছেই কেউ এসেছিল, চেনা লোক-টোক হবে।”

“লোকটা যে চোর তা বুঝলি কী করে?”

“চোর কি না তা জানি না। তুমি এরকম চেহারার কোনও লোককে চেনো?”

গোবিন্দ মাথা নেড়ে বলল, “সে কথা পরে হবে। আগে ভাল করে লোকটার চেহারাটা মনে করে বল।”

“খুব ভাল করে দেখিনি। জ্যোৎস্নার আলোয় আবছা-আবছা যা মনে হল, লোকটা তালগাছের মতো ঢ্যাঙা, রোগাটে চেহারা, লম্বা লম্বা পা ফেলে উঠোন পেরিয়ে চলে গেল। তারপর খাউ আর মাউয়ের দরজা বন্ধ হওয়ার আওয়াজ পেলাম।”

গোবিন্দ দড়ি পাকানো বন্ধ করে গোল-গোল চোখে চেয়ে রইল কিছুক্ষণ। তারপর ভুরু কুঁচকে বলল, “ঢ্যাঙা লোক বললি? খুব রোগা?”

“সেরকমই মনে হল।”

গোবিন্দ দু-একটা শ্বাস ফেলে মাথা নেড়ে বলল, “এ অঞ্চলের লোক হলে ঠিক বুঝতে পারতাম লোকটা কে। না রে, এ তল্লাটের লোক নয়। চোর বলেও মনে হচ্ছে না। চোর হলে দরজায় শব্দ হত না। তোর দাদার ওই দুই গুণ্ডা শালার স্যাঙাত নয় তো?”

“তাও হতে পারে।”

“একটু নজর রেখে চলিস। ওদের বড় ভাইটা লোক ভাল নয়। সেটা এখন জেলখানায় আছে বটে, কিন্তু চারদিকে তার অনেক চেলা-চামুণ্ডা।”

“হাউয়ের কথা বলছ? তাকে চেনো নাকি?”

“খুব চিনি, হাড়ে হাড়ে চিনি। বিশাল লম্বা-চওড়া চেহারা, গায়ে অসুরের মতো জোর। সেই জোর নিয়ে কী করবে তা ভেবে পায় না। তাই সবসময়ে একে মারছে, তাকে ধরছে, লোকের সঙ্গে পায়ে পা লাগিয়ে ঝগড়া করছে। চুরি ডাকাতি থেকে শুরু করে খুন অবধি কিছু বাকি নেই। হেন কাজ নেই যা ও করতে পারে না।”

গৌর একটা দীর্ঘশ্বাস ফেলে বলে, “শুনছি জেল থেকে বেরিয়ে সেও এখানে আসছে।”

“আমিও শুনেছি। তোর দাদার মাথায় গোলমাল আছে বলেই শালাকে আদর করে এনে বসাতে চাইছে। কিন্তু এই আমি বলে দিচ্ছি, হাউ যদি আসে তবে তোদের কাউকে আর ওই ভিটেয় তিষ্টোতে হবে না। এমনকী, গাঁয়ে লোক থাকতে পারবে কি না সন্দেহ।”

গৌর হতাশ হয়ে মাথায় হাত দিয়ে বসে রইল।

গোবিন্দ তার দিকে চেয়ে বলল, “লম্বা লোকটা কে সেটা আমাকেও জানতে হচ্ছে। তুই ভাবিস না, আজ রাতে তোর সঙ্গে আমিও পাহারা দেব’খন।”

খানিকটা ভরসা পেয়ে গৌর উঠে গোরু চরাতে গেল।

গোরু চরাতে গৌরকে খুব একটা পরিশ্রম করতে হয়, তা নয়। গোরুগুলো আপনি ঘুরে-ঘুরে মাঠের নধর ঘাস খেয়ে বেড়ায়। গৌর শুধু নজর রাখে যাতে ওরা হারিয়ে না যায় বা কারও বাগানে বা বাড়িতে না ঢোকে, কিংবা নালা-নর্দমায় না পড়ে-টড়ে যায়। গোরু মাঠে ছেড়ে দিয়ে গৌর প্রথমে জঙ্গলে গিয়ে ঢোকে। দুপুরবেলাটায় তার বড় খিদে পায়। কিন্তু এত ঘন ঘন খিদে পেলে তো চলবে না। দুপুরের ভাত সেই বেলা গড়ালে গিয়ে জুটবে। ততক্ষণে গৌর জঙ্গলে ঢুকে ফলটল খোঁজে। পেয়েও যায় মাঝে মাঝে। এক-এক সময়ের এক-এক ফল। কখনও কামরাঙা, কখনও আতা, তেঁতুল, বেল, মাদার বা ফলসা। চুনোকুল আর বনকরমচাও মিলে যায় কখনও-কখনও। তারপর একটা ঝুপসি গাছের তলায় শুয়ে সে কিছুক্ষণ ঘুমোয়।

আজ গৌর জঙ্গলে দুটো আতা পেয়ে গেল। ভারী মিষ্টি। খেয়ে গাছতলায় গামছা পেতে শুয়ে পড়ল। সঙ্গে সঙ্গে ঘুম। ঘুমিয়ে-ঘুমিয়ে গৌর স্বপ্ন দেখল, মা তার মাথার কাছটিতে এসে বসেছে। খুব মিষ্টি করে মা বলল, "কবচটা পরিসনি? ওরে বোকা! কবচটা সব সময়ে পরে থাকবি।"

ঘুম ভেঙে গৌর ধড়মড় করে উঠে বসল। তাই তো! কবচটার কথা যে তার খেয়ালই ছিল না। ঘরে কুলুঙ্গিতে তুলে রাখা আছে।

দুপুরবেলা বাড়ি ফিরেই গৌর গিয়ে কুলুঙ্গিতে কবচটা খুঁজল। নেই। গৌর অবাক। কাল রাতে নিজের হাতে কবচটা এইখানে রেখেছে সে। গেল কোথায়? সারা ঘর এবং ঘরের আশেপাশে আঁতিপাঁতি করে খুঁজল সে। কোথাও কবচটা খুঁজে পেল না। বুকটা ভারী দমে গেল তার। চোখে জল এল। কবচটার মধ্যে যে বিশেষ কোনও গুণ আছে, তেমন তার মনে হয় না। তবে মায়ের দেওয়া জিনিসটার মধ্যে মায়ের একটু ভালবাসা আর আশীর্বাদও তো আছে।

ঢাকা ভাত রান্নাঘরে পড়ে ছিল। গৌর স্নান সেরে কড়কড়ে সেই ঠাণ্ডা ভাত একটু ডাল আর ডাঁটাচচ্চড়ি দিয়ে কোনওক্রমে গিলেই ফকিরসাহেবের কাছে দৌড়োল, লোকে বলে ফকিরসাহেব তাঁর আরশিখানার ভিতর দিয়ে তামাম দুনিয়ার সব জিনিস দেখতে পান। হারানো জিনিসের সন্ধান তাঁর মতো আর কেউ দিতে পারে না।

ফকিরসাহেব এই দুপুরেও আরশিখানা হাতে নিয়ে দাওয়ায় বসে ছিলেন। চোখ দুটো ঢুলঢুলু, মুখে পান।

"ফকিরসাহেব! ও ফকিরসাহেব!"

ফকিরসাহেব একটু চমকে উঠে বললেন, "কে রে! গৌর!"

"আমার একটা জিনিস হারিয়েছে ফকিরবাবা।"

ফকিরসাহেব একটা হাই তুলে তুড়ি দিয়ে বললেন, "হারিয়েছে না চুরি গেছে? ঘর থেকে না বার থেকে? ধাতুদ্রব্য না অধাতুদ্রব্য? ভারী না হালকা? চকচকে না ম্যাটমেটে?"

"একটা কবচ ফকিরবাবা। একটা তামার কবচ। আমার মা মরার আগে দিয়ে

গিয়েছিল।"

কথাটা শুনে ফকিরসাহেব কিছুক্ষণ হাঁ করে চেয়ে রইলেন। সেই হাঁ দেখে গৌরের মনে হয়েছিল, ফকিরসাহেব বুঝি আবার হাই তুলছেন। কিন্তু এতক্ষণ ধরে কেউ তো হাই তোলে না! আর হাই তোলার সময়ে কেউ ওভাবে গুল্লু গুল্লু চোখ করে চেয়েও থাকে না। গৌরের বেশ ভয়-ভয় করতে লাগল। ফকিরসাহেব হাঁ করে খানিকক্ষণ চেয়ে থেকে হঠাৎ খিঁচিয়ে উঠে বললেন, "হারিয়ে বসলি? মুখ্যু গাধা কোথাকার!"

গৌর হকচকিয়ে গিয়ে বলল, "আমার দোষ নেই। কুলুঙ্গিতে যত্ন করে রেখেছিলুম।"

ফকিরসাহেব মুখ ভেঙিয়ে বললেন, "কুলুঙ্গিতে রেখেছিলুম! মাথাটা কিনে নিয়েছিলে আর কী! কেন রে হতভাগা, কবচটা হাতে পরে থাকতে কী হয়েছিল?"

"আজ্ঞে, গোরু-টোরু চরাই, বাসন-টাসন মাজি, কাঠ-টাঠ কাটি, কখন কোথায় ছিটকে পড়ে যায়, সেই ভয়ে হাতে পরিনি।

ফকিরসাহেব দুখানা হাত গৌরের মুখের সামনে নাচিয়ে বললেন, "উদ্ধার করেছ। এখন কী সর্বনাশ হয় দ্যাখো।"

এই বলে গম্ভীর মুখে ফকিরসাহেব উঠে গিয়ে বারান্দার এক কোণে তামাক সাজতে বসলেন।

গৌর ব্যাপারটা কিছু বুঝতে পারল না। তবে কাঁচুমাচু মুখ করে বসে রইল চুপচাপ।

ফকিরসাহেব অনেকক্ষণ ধরে তামাক খেলেন। তারপর কলকে উপুড় করে রেখে নিমীলিত চোখে কিছুক্ষণ চুপচাপ বসে থেকে বললেন, "ও কবচের কথা এ গাঁয়ে মাত্র কয়েকজন জানে। এই ধর আমি, কবিরাজ, সুবল হোমিও, চোর গোবিন্দ, এমন ক'জন মাত্র। যারা জানে, তাদের বয়স এই আমারই মতো দেড়শো বা দুশো বছর।"

গৌর চোখ কপালে তুলে বলে, "গোবিন্দদার বয়স দেড়শো দুশো?"

"এই সবে একশো একান্ন হয়েছে। আমার চেয়ে বাহান্ন বছরের ছোট। কবিরাজের বোধহয় একশো পঁচাত্তর চলছে, সেদিনের ছোকরা। সুবলের গত মাঘে দুশো হয়ে গেল।"

গৌর খুব ভক্তিভরে চেয়ে ছিল। বলল, "উরে বাবাঃ।"

"বয়সের কথাটা তুললাম কেন জানিস? তোদের ওই কবচটার ইতিহাস পুরনো লোক ছাড়া কেউ জানে না। আর ইতিহাসও সাঙ্ঘাতিক। তিনশো বছর আগে এই গাঁয়ে যোগেশ্বর নামে একজন লোক থাকতেন। সে কীরকম লোক তা এক কথায় বলা মুশকিল। তবে আমরা তাঁকে আকাশে উড়তে, জলের ওপর হাঁটতে আর ডাঙায় ডিগবাজি খেয়ে খেয়ে চাকার মতো চলেফিরে বেড়াতে দেখেছি। তিনি আগুন দিয়ে বরফ জমাতে পারতেন, দিনদুপুরে অমাবস্যার অন্ধকার নামাতে পারতেন, একমুঠো ধুলো নিয়ে এক ফুঁ দিয়ে সোনার গুঁড়ো তৈরি করতেন। আমি, কবরেজ, গোবিন্দ, সুবল সব তার সাগরেদি করতুম। এই যে আরশিখানা দেখছিস, এ তাঁরই দেওয়া।

কবরেজটা তেমন কিছু শিখতে পারল না বলে ওকে কবরেজির লাইনে ঠেলে দিয়েছিলেন তিনি। একখানা শিশিও দিয়েছিলেন ওকে, তাতে কী আছে জানি না। গোবিন্দ, সুবল, ওরাও কিছু-না-কিছু পেয়েছিল, তবে ও সব গুহ্য কথা। তোর ঠাকুর্দার ঠাকুর্দাও ছিল তাঁর সাকরেদ। সে পেয়েছিল ওই কবচখানা। যাকে বলে জ্যান্ত কবচ। কবচের গুণাগুণ বলা বারণ, অত ভেঙে বলেনওনি যোগেশ্বরবাবা! তবে আমার ধারণা, ওই কবচ ঠিকমতো ব্যবহার করতে পারলে মানুষের অসাধ্যি কিছু নেই। কিন্তু বংশের বাইরে কারও হাতে গেলেই সর্বনাশ।"

গল্প শুনে গৌর আর-একটু এগিয়ে বসল। বলল, "আমার ঠাকুর্দার ঠাকুর্দাকে আপনি চিনতেন?"

"চিনব না মানে? এইটুকু দেখেছি।"

"তা যোগেশ্বরবাবার দয়ায় আপনারা সব এতকাল ধরে বেঁচে আছেন, তবে তিনি মরলেন কেন?"

"মরেছে! তোকে কে বলল যে, মরেছে! যোগেশ্বরবাবার যখন হাজার বছর বয়স পুরল তখন আমাদের ডেকে একদিন বললেন, 'ওরে আমার তো মরণ নেই, কিন্তু এই শরীরটা বড় পুরনো হয়ে গেছে। হাড়গুলোয় ঘুণ ধরেছে, চামড়াটাও বড্ড কালচে মেরে গেছে, মাংস যেন ছিবড়ে। তা এটাতে বাস করতে আর আমার মন চায় না। আজই এটা ছেড়ে ফেলব।' আমরা শুনে তাঁর হাতে-পায়ে ধরে অনেক কান্নাকাটি করলুম। তখন তিনি বললেন, 'মন যখন করেছি তখন ছাড়বই। ছেঁড়া, ময়লা, নোংরা জামা গায়ে পরে থাকতে যেমন ঘেন্না হয় আমারও এই শরীরটা নিয়ে তাই হয়েছে। তবে তোরা দুঃখ করিস না, শরীর ছাড়লেও আমি কাছাকাছিই থাকব।' এই বলে তিনি পটাং করে শরীরটা ফেলে দিলেন। বাস্তবিকই শরীরটা আর কিছু ছিল না, একেবারে চামচিকের মতো দেখতে হয়েছিল। আমরা সবাই খুব কান্নাকাটি করলুম। কিন্তু তোর ঠাকুর্দার ঠাকুর্দা ফটিক শোকে কেমন হয়ে গেল। যোগেশ্বরবাবার সেই শরীরখানা ঘাড়ে নিয়ে বিবাগী হয়ে গেল। সে মরেনি, দিব্যি আছে। আরশিখানার ভিতর দিয়ে তার সঙ্গে প্রায়ই দেখাসাক্ষাৎ হয়, হিমালয়ে এক দুর্গম জায়গায় খুব জপতপ করছে ব্যাটা। এই আরশিখানা দিয়ে সব দেখা যায় কিনা।"

"তা হলে আমার কবচখানা কোথায় তা একটু দেখে দিন।"

ফকিরসাহেব মাথা নেড়ে বললেন, "ওটি হওয়ার জো নেই। এই আরশি দিয়ে আর সব দেখা গেলেও যোগেশ্বরবাবার মন্ত্রপূত জিনিস কোনওটাই দেখার উপায় নেই। এই ধর যেমন কবরেজের শিশি, ফটিকের কবচ, সুবল বা গোবিন্দর কাছে যা আছে সে সব এই আরশিতে ধরা পড়বে না। তাই বলছি, কবচটা হারিয়ে খুব গ্যাঁড়াকলে পড়ে গেছিস। এখন খুঁজেপেতে দেখগে কে নিল।"

ফকিরসাহেবের গল্প শুনে কেমন যেন আনমনা হয়ে গেল গৌর। বিশ্বাস করতে ইচ্ছে যায় না, আবার না করেই বা উপায় কী। বাড়ি ফিরে গৌর এক ডাঁই বাসন মাজল, উঠোন ঝাট দিল, গাছে জল দিল, গোরুকে জাবনা দিল। তারপর মাটি কোপাতে গেল বাড়ির উত্তর দিককার বাগানে। কবচখানার জন্য মনটা বড় খারাপ।

মন খারাপ থাকলে গৌরের গায়ে বেশ জোর আসে, কাজও করে ফেলে চটপট। যে মাটি কোপাতে অন্য দিন সন্ধে হয়ে যায়, তা আজ গৌর এক লহমায় কুপিয়ে ফেলল।

গৌর কুয়োর পাড়ে যখন মাটিমাখা হাত পা ধুচ্ছে, তখন নেতাইগোপাল এসে বলল, "মনে আছে তো?"

গৌর ঘাড় নেড়ে বলে, "আছে।"

"আজ রাত থেকে তোর খাওয়া বন্ধ। সারা রাত ঘরদোর পাহারা দিবি। বসে বসে আবার ঢুলিস না যেন। সব সময়ে পায়চারি করবি আর মাঝে মাঝে লাঠি ঠুকবি। মনে থাকবে যা বললুম?"

গৌড় ঘাড় নেড়ে বলল, "থাকবে।"

সন্ধের পর গৌর চুপিসারে বেরিয়ে পড়ল কবরেজমশাইয়ের বাড়ির দিকে। পথেই বাজারের গা ঘেঁষে হরিপদর ফুলুরির দোকান। দারুণ করে। দেখল, সেখানে দাঁড়িয়ে মাউ আর খাঁউ খুব মনের সুখে ফুলুরি ওড়াচ্ছে। গৌর আড়াল হয়ে সুট করে কেটে পড়ল।

কবরেজমশাই বৈঠকখানায় বসে কী একটা ঘষছিলেন। সবসময়েই তিনি কিছু-না-কিছু বানিয়েই যাচ্ছেন। লতাপাতা, শেকড়বাকড়, ধাতু, পাথর, মধু, দুধ, এই সব সারাদিন একটার সঙ্গে আর-একটা মেশাচ্ছেন, জ্বাল দিচ্ছেন, পোড়াচ্ছেন। এরকম কাজপাগল লোক গৌর দুটো দেখেনি।

তাকে দেখে কবরেজমশাই হাতের কাজ থামিয়ে ভ্রূ কুঁচকে বললেন, "এঃ, তোর গা থেকে যে বড্ড ভূত-ভূত গন্ধ আসছে রে। ওই বুজরুক ফকরেটার কাছে গিয়েছিলি নাকি?"

"আজ্ঞে হ্যাঁ। আমার একটা সমস্যা দেখা দিয়েছে।"

"আবার সমস্যা কীসের?"

"আমার একটা জিনিস হারিয়েছে।"

"অ। তাই ফকরেটার কাছে গিয়েছিলি বুঝি? তা কী বলল বুজরুকটা?"

"আজ্ঞে সে মেলা কথা।"

"তা জিনিসটা পাওয়া গেল না তো!"

"আজ্ঞে না। যোগেশ্বরবাবার দেওয়া সেই কবচ নাকি ফকিরসাহেবের আরশিতে দেখা দেন না।"

কবিরাজমশাই এতক্ষণ দিব্যি সুস্থ স্বাভাবিক ছিলেন। কবচের কথা শুনে আচমকা একটা 'আঁক' করে শব্দ তুললেন গলায়। তারপর বজ্রাহতের মতো কিছুক্ষণ চেয়ে রইলেন গৌরের দিকে। সেই দৃষ্টি দেখে গৌরের মনে হল, কবিরাজমশাই বুঝি বসে-বসেই মূর্ছা গেছেন। ভয় খেয়ে সে কবিরাজমশাইয়ের গায়ে একখানা ঠেলা দিয়ে ডাকল, "কবরেজমশাই! ও কবরেজমশাই!"

কবিরাজমশাই চোখ পিটপিট করে খুব নিচু স্বরে বললেন, "সর্বনাশ!"

"ফকিরসাহেবও সেই কথাই বলছিলেন। কবচটা হারানো নাকি ঠিক হয়নি। কুলুঙ্গিতে পটের পিছনে কবচটা লুকোনো ছিল। হারানোর কথা নয়। তবু যে কী করে

হারাল!”

কবিরাজমশাই খেঁকিয়ে উঠে বললেন, “কুলুঙ্গি! তোর কি মাথা খারাপ? ও জিনিস কেউ হেলাফেলা করে এখানে-সেখানে ফেলে রাখে?”

গৌর কাঁদো-কাঁদো গলায় বলে, “এখন তা হলে কী হবে কবরেজমশাই?”

কবিরাজমশাই মুখ ভেঙিয়ে বলে উঠলেন, “কী হবে কবরেজমশাই! কী হবে তার আমি কী জানি রে লক্ষ্মীছাড়া? বেরো, বেরো, দূর হয়ে যা চোখের সামনে থেকে! হাঁদারাম কোথাকার!”

গৌর ভয় খেয়ে তাড়াতাড়ি বেরিয়ে এল। তারপর চোখের জল মুছতে মুছতে ফিরে এল বাড়ি। বাড়িতে ঢুকতেই দেখল, বড় ঘরের বারান্দায় হ্যারিকেনের আলোয় তার দাদা নিতাই দুই শালাকে নিয়ে খেতে বসেছে। গরম ভাত আর ডালের গন্ধে ম’ ম’ করছে বাড়ি।

॥ ৩ ॥

গৌর নিজের অন্ধকার ঘরখানায় ঢুকে একপেট জল খেয়ে বসে রইল। নিতাই আর তার দুই শালা আঁচিয়ে ঘরে ঢুকল। বউদি এঁটো সারছে। আজ আর তাকে কেউ খেতে ডাকল না। শুধু নিতাই নিজের ঘর থেকে একখানা হাঁক দিয়ে বলল, “গৌর, জেগে আছিস তো?”

গৌর ক্ষীণ কণ্ঠে বলল, “আছি।”

“এবার তা হলে রোঁদে বেরিয়ে পড়। আমরা ঘুমোচ্ছি।”

গৌর কী আর করে। লাঠিগাছ হাতে নিয়ে বেরোল। ঠিক নিতাই যেমন বলেছিল, তেমনি লাঠি ঠুকে-ঠুকে চারদিক ঘুরে-ঘুরে পাহারা দিতে লাগল।

তারপর শেয়াল ডাকল, পেঁচা ডাকল, ঝিঁঝি ঝিনঝিন করতে লাগল। ক্রমে রাত নিশুত হয়ে গেল। গৌরের পেট খাঁ খাঁ করতে লাগল খিদের চোটে। বড় ঘরের দাওয়ায় একটু জিরোতে বসল সে। তারপর কখন একটু ঢুলুনি এসে গেল।

আচমকা চটকা ভেঙে উঠে বসল সে। কীসের একটা অস্পষ্ট শব্দ শুনেছে সে ঘুমের মধ্যে। অনেকটা দরজার শেকলের শব্দের মতো। লাঠি হাতে গৌর উঠে আর-একবার বাড়িটা এক পাক ঘুরে দেখল। দরজা জানালা সব ঠেলেঠুলে দেখল, সবই বন্ধ আছে। নিশ্চিন্ত হয়ে আবার সে দাওয়ায় বসে একটা হাই তুলল। গোবিন্দদা বলেছিল আসবে। এল না কেন তা বোঝা যাচ্ছে না।

ফের ঢুলুনি আসতে না আসতেই আবার শব্দ। শেকল নাড়ার শব্দ নয়, এবার বেশ মনে হল ধারে কাছে কেউ ফিসফাস করে কথা বলছে। গৌরের গায়ে একটু কাঁটা দিল। ভয়-ভয় করতে লাগল। আর-একবার লাঠি ঠুকে বাড়িটা চক্কর দিল সে। কোথাও কিছু নেই।

এবার গৌর দাওয়ায় একটু গা এলিয়ে দিয়ে বসল, শরীরটা ঝিমঝিম করছে খিদে আর ক্লান্তিতে। হাঁটাহাঁটি ভাল লাগছে না। ঢুলতে-ঢুলতে গৌর কখন হাতের ওপর

মাথা রেখে ঘুমিয়ে পড়েছিল তা আর খেয়াল নেই।

খাউ আর মাউ যে ঘরটায় থাকে, সেটা এ বাড়ির সেরা ঘর। তবে পুরনো বাড়ি বলে জানালা-দরজা খুলতে বা বন্ধ করতে প্রচণ্ড ক্যাঁচকোঁচ শব্দ হয়। আচমকা সেই শব্দ গৌরের ঘুমের মধ্যেও সেঁধোল গিয়ে। চটকা ভেঙে সে উঠে বসল। তারপরই দেখল, খাউ আর মাউয়ের ঘরের দরজা খুলে সেই লম্বা লোকটা বেরিয়ে আসছে। লোকটার পরনে একটা আলখাল্লার মতো লম্বা ঝুলের পোশাক। কোনওদিকে ভ্রূক্ষেপ না করে লোকটা লম্বা লম্বা পা ফেলে উঠোনে নেমে চলে যাচ্ছিল।

গৌর কী করবে প্রথমটায় বুঝতে পারেনি। হাতের লাঠিটার কথা বেমালুম ভুলে গিয়ে তাই সে হঠাৎ চিৎকার করার জন্য হাঁ করল। কিন্তু সেই সুযোগ আর পেল না। পিছন দিক থেকে একটা হাত এসে তার মুখ খুব শক্ত করে চেপে ধরল। প্রথমটায় হকচকিয়ে গিয়ে আঁট হয়ে বসা হাতটার সঙ্গে ধস্তাধস্তি করে জুত করতে পারল না গৌর। একে উপোসি শরীর, তার ওপর রাত জাগার ক্লান্তি। তবে বুদ্ধি করে সে ফুট করে একটা কামড় বসাল হাতটায়।

পিছন থেকে "উঃ", শব্দ শোনা গেল। তারপরই হাতটা সরে গেল মুখ থেকে। গোবিন্দ হাতটা ঝাড়তে ঝাড়তে বলল, "আর একটু হলেই কাঁদিয়ে দিয়েছিলি আর কী।"

"ওঃ, গোবিন্দদা! তুমি কখন এলে?"

"এসেছি অনেকক্ষণ, তোর দাদা ঘুমোতে যাওয়ার আগে।"

"সে কী! টের পাইনি তো!"

"আমরা কি আর জানান দিয়ে আসি রে। লুকিয়ে লুকিয়ে নজর রাখছিলাম।"

"লোকটাকে দেখলে?"

গোবিন্দ একটা শ্বাস ফেলল, তারপর পাশে রাখা একটা পুঁটুলি খুলতে খুলতে বলল, "দেখেছি। এখন এই রুটি ক'খানা আর তরকারিটুকু খেয়ে নে তো।"

খাবার দেখে গৌরের চোখে জল এসে গেল। বলল, "ওঃ, খিদে যে কী জিনিস তা হাড়ে হাড়ে টের পাচ্ছি গোবিন্দদা।"

"ভাবিস না, রাতের খাবারটা এখন থেকে রোজ আমিই এনে দেবখন। এখন আর কথা নয়, আগে খা, মাথা ঠাণ্ডা হোক, বুদ্ধি খুলুক, তারপর কথা।"

গৌরকে দুবার বলতে হল না। আটখানা রুটি চোখের নিমেষে উড়িয়ে এক ঘটি জল খেয়ে ঢেঁকুর তুলে সে বলল, "লোকটা চোর নয়?"

গোবিন্দ একটু গম্ভীর হয়ে গেল। তারপর মাথা নেড়ে বলল, "জানি না।"

"তা হলে লোকটাকে ধরলে না কেন?"

"ধরা কি অত সোজা?"

"চেঁচালেও হত। লোকজন উঠে পড়ত, তারপর সবাই মিলে তাড়া করে ধরে ফেলতাম।"

গোবিন্দ মাথা নেড়ে বলে, "অত সোজা নয় রে। অনেক গুহ্য কথা আছে।"

গৌরের একটু অভিমান হল। সে বলল, "তোমরা সবাই আমার কাছে কী যেন

একটা লুকোচ্ছ গোবিন্দদা।"

গোবিন্দ একটু হেসে বলে, "যদি লুকিয়েই থাকি তবে সে তোর ভালর জন্যই। এখন একটা কথা জিজ্ঞেস করি। তোর মা মরার আগে যে কবচটা তোকে দিয়ে গেছে সেটা কোথায়?"

"কবচ! সেই কবচ তো চুরি গেছে।"

"চুরি! বলিস কী?"

গৌর বিপন্ন গলায় বলে, "কবচ চুরি গেছে শুনে ফকিরবাবা আর কবরেজমশাইয়ের যে কী রাগ!"

গোবিন্দ কিছুক্ষণ গৌরের দিকে চেয়ে বলল, "রাগ না হওয়াই বিচিত্র কিনা। শুনে আমারও হচ্ছে। তা সেটা চুরি গেল কী করে?"

গৌর মাথা নেড়ে বলে, "জানি না। ঘরে ছিল, খুঁজে পাচ্ছি না।"

"তোর ঘরে তালা দেওয়া থাকে না?"

"বাড়িতে লোক থাকতে কেউ ঘরে তালা দিয়ে বেরোয়? তা ছাড়া আমাদের তালাটালা নেই, চোরের নেওয়ার মতো থাকেও না কিছু ঘরে। কিন্তু আগে বলো, কবচটা এমনকী দামি জিনিস যে চুরি গেছে শুনে তোমরা অত রেগে যাচ্ছ?"

গোবিন্দ কিছুক্ষণ চুপচাপ বসে থেকে বলল, "সে তুই বুঝবি না। তবে কবচটা যে অমূল্য জিনিস তা আমরা জনাকয় লোক ছাড়া আর কেউ জানে না। তা হলে একটা সামান্য কবচ চুরি করতে কে আসবে বল তো! যারা জানে তারা সব আমার মতোই বুড়ো-টুড়ো লোক, আমি ছাড়া চুরি করার এলেমও কারও নেই। আর চুরি করে লাভও নেই, যার কবচ সে ছাড়া অন্য কারও হাতে গেলে তার সর্বনাশ হবে, এও আমরা জানি।"

গৌর বলল, "তা হলে?"

গোবিন্দ মাথা নেড়ে বলল, "চুরি যায়নি। কোথাও আছে। খুঁজে দেখতে হবে।"

"আমি তন্ন তন্ন করে খুঁজেছি।"

"তোর খোঁজা আর আমার খোঁজায় তফাত আছে।"

"তুমি খুঁজবে?"

"খুঁজতেই হবে রে। এখন দাওয়ায় শুয়ে ঘুমিয়ে থাক। আজ রাতে আর কোনও উপদ্রব হবে বলে মনে হয় না। আমি সকালবেলায় আসব'খন।"

গোবিন্দ নিঃশব্দে চলে গেল। গৌর আকাশ-পাতাল ভাবতে ভাবতে হাই তুলে দাওয়ায় এলিয়ে পড়ল। কখন যে ঘুমিয়ে পড়েছে তা টেরও পেল না।

ঘুম ভাঙল মাজায় দুটো মোক্ষম লাথি খেয়ে! সঙ্গে বাজখাঁই গলা, "অ্যাই গাধা, ঘুমোচ্ছিস যে বড়! তোকে না জামাইবাবু পাহারা দিতে বলেছে?"

গৌর ঘুম ভেঙে উঠে বসে হাবার মতো তাকিয়ে দেখে, সামনে মাউ আর খাউ দাঁড়িয়ে। এখনও ভোর হয়নি। ফুটফুট করছে জ্যোৎস্না। দুঃখে তার চোখ ফেটে জল এল। রাগও হল খুব। তেজের গলায় বলল, "আমাকে লাথি মারছ কেন? তোমাদের ঘরে চোর আসে, তোমরা পালা করে পাহারা দিলেই পারো।"

এ কথায় দু' ভাই একটু মুখ চাওয়াচাওয়ি করল। মাউ বলল, "আমরা না তোদের কুটুম! আমাদের বাড়ি পাহারা দিতে বলিস, এত বড় সাহস! বড় বড় কথা বলছিস, দেব জামাইবাবুকে বলে? একবেলা খাওয়া জুটছে, তাও বন্ধ হয়ে যাবে।"

গৌর জানে কথাটা ঠিকই। সে নিতাইগোপালের মায়ের পেটের ভাই হলে কী হবে, নিতাই তাকে মানুষ বলেই জ্ঞান করে না। অসহায় গৌর কাপড়ের খুঁটে চোখের জল মুছে উঠে পড়ল।

উঠতেই মাউ তার চুলের মুঠিটা ধরে মোলায়েম করে একটা নাড়া দিয়ে বলল, "এবার বলো তো বাছাধন, আমাদের ঘরে যে চোর আসে, সেটা আর কে কে জানে!"

গৌর কাঁদো কাঁদো গলায় বলে, "দাদা জানে।"

"শুধু দাদা? আর কেউ না?"

গৌর ভয় খেয়ে বলল, "না।"

"তুই চোরকে দেখেছিস? বল তো কেমন চেহারা?"

এবার চুলের টানে গৌরের চোখে নতুন করে জল এল। বলল, "লম্বা সুড়ুঙ্গে একটা লোক।"

"সে যে চোর, তা কী করে বুঝলি?"

"চোরের মতোই মনে হল যে! নিশুত রাতে তোমাদের ঘর থেকে বেরোল।"

"তুই ভুল দেখেছিস।"

গৌর হাঁ করে কী যেন বলতে যাচ্ছিল, মাউ তার ঝুঁটিটা ধরে এত জোরে নাড়া দিল যে, পটপট করে কয়েকটা চুল ছিঁড়ে গেল, কতগুলোর গোড়া আলগা হয়ে গেল। গৌর "বাপ রে" বলে চাপা আর্তনাদ করল একটা। মাউ কঠিন গলায় বলল, "চেঁচাবি তো গলা টিপে মেরে ফেলে দেব। এখন যা জিজ্ঞাসা করছি, ঠিকঠাক জবাব দে। লোকটা আজ এসেছিল?"

"এসেছিল।"

"তা হলে চেঁচাসনি কেন?"

গৌর চেঁচাতেই চেয়েছিল, কিন্তু গোবিন্দ চেঁচাতে দেয়নি। কিন্তু সেই কথাটা মাউকে বলে কী করে গৌর। তাই হাত দিয়ে চোখের জল মুছে ধরা গলায় বলল, "ভয় পেয়েছিলাম।"

"ভয় পেলে পাহারা দিস কী করে? তোর দাদাকে বলে দেব যে, তুই চোরকে দেখেও চেঁচাসনি বা ধরার চেষ্টা করিসনি?"

"বোলো না। তা হলে দাদা তাড়িয়ে দেবে।" গৌর ফুঁপিয়ে-ফুঁপিয়ে কাঁদতে-কাঁদতে বলল।

গৌরের কান্না দেখেও মাউ চুলের মুঠি ছাড়ল না, বরং আরও শক্ত হাতে চুলের গোছা চেপে ধরে বলল, "তা হলে আমাদের কথা শুনে চলতে হবে। যা বলব তাই করতে হবে। রাজি?"

চুলের টানে গৌরের বোধবুদ্ধি গুলিয়ে যাচ্ছিল। চিঁচিঁ করে বলল, "রাজি। আমাকে খামোকা মারছ কেন? আমি তো কিছু করিনি।"

"করেছিস বই কী! যে ব্যাপারে তোর নাক গলানো উচিত নয়, তাইতে নাক গলিয়েছিস। এখন আমাদের কথায় রাজি না হলে একদম শেষ করে পাঁকে পুঁতে দেব। বুঝলি?"

গৌর বুঝেছে। না-বুঝলেও বুঝেছে। বলল, "আচ্ছা।"

মাউ চুল ছেড়ে দিয়ে বলল, "আমাদের সঙ্গে আয়।"

গৌরকে নিজেদের ঘরে নিয়ে গিয়ে মাউ আর খাউ দরজাটা বন্ধ করে দিল, তারপর মাউ বলল, "বোস।"

গৌরের চুলের গোড়াগুলো ফুলে উঠেছে। একশো ফোঁড়ার যন্ত্রণা তার মাথায়। মাথায় চিন্তাভাবনা কিছু আসছে না। চুপ করে ভ্যাবলার মতো বসে রইল সে।

মাউ হ্যারিকেনটা একটু উশকে দিয়ে গৌরের দিকে আগুন-চোখে চেয়ে রইল। মাউ আর খাউ পাজি বটে, কিন্তু এরকম ঠাণ্ডা খুনির মতো চেহারা তাদের কখনও দেখেনি গৌর। এ যেন অন্য জগতের দুটো মানুষ। চোখ ধক ধক করে জ্বলছে, কপালের শিরা ফুলে উঠেছে, চিতাবাঘের মতো থাবা পেতে আছে যেন, একটু বেয়াদবি করলেই লাফিয়ে পড়বে।

মাউ চাপা গলায় বলল, "যাকে তুই দেখেছিস, সে চোর নয়। আমাদের কাছে প্রায়ই আসবে। গভীর রাত্রেই আসবে। কিন্তু খবরদার, তাকে দেখে একটি শব্দও করবি না। যদি করিস তা হলে তার কিছুই হবে না, কেউ ধরতে পারবে না তাকে, কিন্তু তোর দারুণ বিপদ ঘটবে। বুঝেছিস?"

গৌর সম্মোহিতের মতো মাউয়ের দিকে চেয়ে ছিল। মাথা নেড়ে বলল, "বুঝেছি।"

"আর-একটা কথা। এ সব ব্যাপার যদি বাইরের কেউ জানতে পারে, তা হলে কিন্তু..." মাউ কথাটা শেষ না করে অর্থপূর্ণ চোখে গৌরের দিকে চাইল।

গৌর মাথা নেড়ে বলে, "কেউ জানবে না।"

"ঠিক বলছিস?"

"দিব্যি করে বলতে পারি।"

"তোর দিব্যির কোনও দাম আছে নাকি? সে যাকগে, দিব্যি-টিব্যি করতে হবে না। শুধু বলে দিচ্ছি, তার কথা কেউ জানলে তোর গলার ওপর মাথাটা আর থাকবে না। যদি প্রাণে বাঁচতে চাস তো মুখে কুলুপ এঁটে রাখিস। এখন যা।"

গৌর পালিয়ে বাঁচল। নিজের ঘরে এসে দু' ঘটি জল খেল, তারপর বসে-বসে ব্যাপারখানা ভাবতে লাগল। ব্যাপারটা যে জটিল, তাতে কোনও সন্দেহ নেই। এ বাড়িতে আর থাকাটাই তার পক্ষে ভয়ের কারণ হয়ে দাঁড়িয়েছে। কিন্তু এই বাড়িতেই তার জন্ম, এই গাঁয়েই সে এত বড়টি হয়েছে। এ জায়গা ছেড়ে অন্য কোথাও যেতে তার একটুও ইচ্ছে করে না। এ বাড়িতে তারও অধিকার আছে । মাউ আর খাউ উটকো লোক, তাদের ভয়ে নিজের বাপ-পিতামহের ভিটে ছেড়ে পালাতেও ইচ্ছে করে না। এই বাড়ি, এই গাছপালা, এরা সব যেন তার বন্ধু, তার আপনজন। ভাবতে ভাবতে তার চোখে জল এল। আপনমনে নিজের মাথায় একটু হাত দিল সে। চুলের

গোড়ায় রক্ত জমে আছে, সাঙ্ঘাতিক ব্যথা।

কী করবে বুঝতে না পেরে গৌর কিছুক্ষণ ফুঁপিয়ে-ফুঁপিয়ে কাঁদল। তারপর আকাশ-পাতাল ভাবতে লাগল। ভোরের দিকে একটু ঢুলুনি এসেছিল তার। তখন স্বপ্নে তার মা দেখা দিল। মাথায় হাত বুলিয়ে বলল, "বড্ড লেগেছে বাবা? তা কবচটা হারিয়ে ফেললি, কী যে করি তোকে নিয়ে! একটা কথা বলি শোন, রাজা রাঘব কিন্তু ভাল লোক নয়। তাকে কখনও বিশ্বাস করিসনে।"

ঘুম ভেঙে গৌর দেখল, ভোর হয়ে গেছে। গোয়ালে গোরুগুলো ডাকাডাকি করছে খুব। গৌর তাড়াতাড়ি উঠে বাসন-টাসন মেজে, ঝাঁটপাট দিয়ে, পান্তা খেয়ে বেরিয়ে পড়ল গোরু নিয়ে।

নদীর ধারে একটা বেশ বড় বটগাছ আছে। গোরুগুলোকে ছেড়ে দিয়ে সেই বটগাছের ছায়ায় বসে গৌর কাল রাতের কথা, স্বপ্নের কথা, সব ভাবছিল। মা স্বপ্নে এসে বলল, "রাজা রাঘব ভাল লোক নয়।" কিন্তু রাজা রাঘবটা কে? সে তো এরকম কোনও রাজার নামই শোনেনি।

বটের ছায়ায় বসে একটু ঝিমুনি এসেছিল গৌরের। হঠাৎ একটা কর্কশ গলা-খাঁকারির শব্দে চোখ চাইল। বটগাছের কাছেই একটা বহু পুরনো ঢিবি। রাখালরা ওখানে লুকোচুরি খেলে। সেই ঢিবির চুড়োয় একটা শুঁটকো চেহারার বুড়ো লোক দাঁড়িয়ে জুলজুলে চোখে তাকে দেখছে। পরনে চোগা-চাপকান, হাতে লাঠি। গৌর চমকে উঠে বসতেই বুড়ো লোকটা ঢিবির আড়ালে ওধারে নেমে গেল ধীরে-ধীরে।

দুপুর বেলা ফেরবার পথে গৌর ফকিরসাহেবের থানে আবার হানা দিল। লোকটা বুজরুক হোক, মিথ্যেবাদী হোক, বেশ মজার লোক। তাকে গৌরের ভালই লাগে।

"ও ফকিরবাবা।"

ফকিরসাহেব একটা পুরনো পুঁথি পড়ছিলেন। চোখে তুলে অবাক হয়ে বললেন, "বেঁচেবর্তে আছিস এখনও। শুনলুম কাল রাতে মাউ আর খাউ তোকে ভালরকম ডলাই-মলাই করেছে। তা মরিসনি কেন? মরলে এতক্ষণে দিব্যি আমার আরশিনগরে থাকতে পারতি। তা বৃত্তান্তটা কী?"

গৌর অবাক হয়ে বলে, "ডলাই-মলাই নয়, চুল ধরে খুব টেনেছে। কিন্তু সে কথা আপনি জানলেন কী করে?"

ফকিরসাহেব খুব হেঃ হেঃ করে হেসে বললেন, "আমার আরশিখানা যে সবজান্তা রে।"

কথাটা ঠিক বিশ্বাস হল না গৌরের, আবার অবিশ্বাসই বা করে কী করে? একটু মাথা চুলকে সে বলল, "কাল রাতে মাকে স্বপ্নে দেখলাম। তা মা বলল, রাজা রাঘব নাকি খুব খারাপ লোক। কিন্তু মুশকিল হল, রাজা রাঘব লোকটা যে কে, তাই আমি বুঝতে পারছি না। আপনি জানেন ফকিরবাবা।"

ফকিরসাহেবের মুখখানা দিব্যি হাসি-হাসি ছিল এতক্ষণ। কানের আতর-ভেজানো তুলো থেকে দিব্যি সুবাস আসছিল। তেল-চুকচুক করছিল মুখখানা। রাজা রাঘবের

নামটা শুনেই কেমন যেন হত্তুকির মতো শুকিয়ে গেল। ফকিরসাহেব একটা ঢোঁক গিলে বললেন, "তোর মা বলল? অ্যাঁ! ওরে বাবা! তা কী বলল বল তো! রাঘব আসছে নাকি?"

"তা আমি জানি না। মা শুধু সাবধান করে দিয়ে গেল। কেন ফকিরবাবা, রাঘবরাজা কি খুব সাঙ্ঘাতিক লোক?"

ফকিরসাহেব একটা দীর্ঘশ্বাস ছাড়লেন। তারপর মাথায় হাত দিয়ে বসে অনেকক্ষণ কী যেন ভাবলেন। তারপর আপনমনে বিড়বিড় করে বলতে লাগলেন, "ঈশানকোণে রক্তমেঘ! আগেই জানতুম, আর বেশিদিন নয়। লেগে যাবে সুন্দে-উপসুন্দে। গাঁ ছারখার হয়ে যাবে। ওরে বাবা!"

গৌর হাঁ করে ফকিরসাহেবের মুখের দিকে চেয়ে ছিল। বুঝতে পারছিল না, ব্যাপারখানা কী।

ফকিরসাহেব বিড়বিড় করা থামিয়ে তার দিকে বড়-বড় চোখ করে চেয়ে বললেন, "এখনও বসে আছিস যে বড়! এখনই গিয়ে পুকুরে ঝাঁপ দিয়ে মরে যা। কোনও ভয় নেই, মরতে না মরতেই আমি আত্মাটাকে চিমটে দিয়ে ধরে বের করে এনে আরশিতে পুরে ফেলব।"

"মরব ফকিরবাবা? কেন?"

"বেঁচে থেকে আর সুখ কী রে? সে যদি এসেই যায়, তবে বেঁচে থেকে আর সুখ কী? গাঁ কে গাঁ শ্মশান হয়ে যাবে।"

"রাঘব কে ফকিরবাবা?"

"ওরে বাবা, সে আমি জানি না।"

"এই যে এতক্ষণ বিড়বিড় করে কী সব বলছিলেন, যা শুনে মনে হল, রাঘবরাজা খুব খারাপ লোক।"

ফকিরসাহেব নিজের কানে হাতচাপা দিয়ে বললেন, "ভুল বলেছি তা হলে। ও কিছু নয়। তুই বাড়ি যা তো, বাড়ি যা।"

গৌর বেজার মুখে উঠে পড়ল।

॥ ৪ ॥

দুপুরবেলা ভাত খেয়ে গৌর যখন পুকুরে বাসন মাজছে, তখন দেখল পাশের কচুবনের মধ্যে একটা লোকের মাথা। উবু হয়ে-হয়ে কী যেন খুঁজছে। কৌতূহলী হয়ে গৌর উঠে ভাল করে লোকটাকে দেখার চেষ্টা করতে-করতে বলল, "ওখানে কে গো?"

লোকটা মুখ তুলে তার দিকে চেয়ে একটা ধমক দিল। "কাজের সময় কেন যে এত চেঁচামেচি করিস।"

গৌর দেখল, গোবিন্দদা। চাপা গলায় সে বলল, "গোবিন্দদা! ওখানে কী করছ তুমি?"

"করছি তোর মাথা আর মুণ্ডু! কাছে আয়।"

গৌর একটু অবাক হল। তারপর হাত ধুয়ে গুটিগুটি গিয়ে কচুবনে সেঁধোল। দেখল গোবিন্দ একটা তামার ঘটে জল নিয়ে তার ওপর একখানা সিঁদুরমাখানো ছোট্ট আয়না ধরে চারদিকে ঘুরিয়ে ঘুরিয়ে কী যেন দেখছে। দেখতে দেখতে বলল, "সন্ধান প্রায় পেয়ে গেছি। পশ্চিম দিকেই ইশারা দিচ্ছে।"

গৌর উদ্‌গ্রীব হয়ে বলল, "কবচটা?"

"তবে আর কী খুঁজব রে গাড়ল! ইশ, কাল রাতে কী চোরের মারটাই না খেলি গুণ্ডাদুটোর হাতে!"

"তুমি দেখেছ!"

"চোখের পাতা না ফেলে দেখেছি। প্রথম থেকে শেষ অবধি।"

গৌর অভিমানের গলায় বলল, "তবু আমাকে বাঁচানোর চেষ্টা করনি? তুমি কেমনধারা ভালবাস আমায়?"

গোবিন্দ খিঁচিয়ে উঠে বলে, "হ্যাঁ, তোকে বাঁচাতে গিয়ে দু-দুটো গুণ্ডার হাতে হাড় ক'খানা ভেঙে আসি আর কী! তা তুইও তো ঘাড়ে-গর্দানে কম নোস, নিজেকে বাঁচাতে হাত-পা ছুড়তে পারলি না? নিদেন কামড়েও তো দিতে পারতিস!"

গৌর মুখ গোমড়া করে বলে, "সেটা পারলে আর কথা ছিল নাকি! ওরা কুটুম মানুষ না! কুটুমের গায়ে হাত তোলে কেউ? আর তুললে দাদাই কি আমাকে আস্ত রাখবে?"

গোবিন্দ ভেবেচিন্তে বলল, "তা বটে। তা খেয়েছিস না হয় একটু মারধোর। কিল চড় ঘুষি, চুলের গোছায় টান, এ সব এমনিতে খেতে ভাল লাগে না বটে, তবে ও সব খেলে গা-গতর বেশ শক্তপোক্ত হয়ে ওঠে, গায়ের জোর বাড়ে, মনের জোরও বাড়ে। যে সব ছেলে মারধোর খায় না, তারা একটুতেই দেখবি কাহিল হয়ে পড়ে। তা ছাড়া মারধোর খেলে ভয়ডরও চলে যায়। এতে তোর ভালই হচ্ছে।"

গৌর একটা দীর্ঘশ্বাস ফেলে বলে, "পেটে খেলে পিঠে সয় কথাটা তো জানো! আমার কপালে পেটে কিছু নেই, কিন্তু পিঠে আছে।"

গোবিন্দ জবাব দিল না, দর্পণে কী যেন ইশারা পেয়ে বনবাদাড় ভেঙে পশ্চিম দিকে ধেয়ে চলল। পিছু-পিছু গৌর। দন্তকলসের জঙ্গল, ভাটগাছ আর বিছুটিবন পেরিয়ে একটা ঢিবির সামনে দাঁড়িয়ে পড়ল গোবিন্দ। ঢিবির গায়ে একটা বড়সড় গর্ত। ছুঁচোর বাসাই হবে। সেই গর্তের সামনে দর্পণটা ধরে থেকে গোবিন্দ একটা নিশ্চিন্তির শ্বাস ফেলে বলল, "হয়েছে।"

"কী হয়েছে গোবিন্দদা?"

"গর্তের মধ্যেই আছে। দৌড়ে গিয়ে একটা শাবল নিয়ে আয়।"

চোখের নিমেষে গৌর দৌড়ে গিয়ে শাবল আনল। গোবিন্দ গর্তটার মুখে শাবল ঢুকিয়ে চাড় দিতেই ঢিবির অনেকটা অংশ ঝুরঝুরে হয়ে ভেঙে পড়ল। গোবিন্দ খানিক মাটি সরিয়ে ভিতরে হাত ঢুকিয়ে দিতেই বাচ্চাসমেত তিনটে ধেড়ে ছুঁচো বেরিয়ে কিচিক-মিচিক শব্দ করে দিগ্বিদিক হারিয়ে ছুটে পালাল। গোবিন্দ বগল

পর্যন্ত হাত ঢুকিয়ে খানিকক্ষণ হাতড়ে অবশেষে যখন হাত বের করে আনল, তখন তার হাতের মুঠোয় কবচ।

গৌরের চোখ আনন্দে চকচক করে উঠল। চেঁচিয়ে বলল, "এই তো আমার কবচ!"

গোবিন্দ মাথা নেড়ে বলল, "সে তো ঠিকই রে। অসাবধানে রেখেছিলি বলে ছুঁচোয় মুখে করে নিয়ে এসেছিল। কিন্তু অত আনন্দ করার মতো কিছু হয়নি।"

"কেন গোবিন্দদা, তোমরাই তো বলো, এ কবচের নাকি সাঙ্ঘাতিক গুণ!"

"সেটাও মিথ্যে নয়। তবে যোগেশ্বরবাবার দেওয়া ও কবচ হচ্ছে ঘুমন্ত। ঘুমের মধ্যে কি তুই কাজ করতে পারিস?"

"না তো!"

"তা হলে ও কবচটাও পারবে না। ওটাকে জাগাতে হবে।"

'কী করে জাগাতে হয়?"

"সে আমি কী জানি? আমার ছিল কবচ খুঁজে দেওয়ার কথা, দিয়েছি। এখন যার কবচ সে বুঝবে।"

"কিন্তু না জাগলে আমি জাগাব কী করে?"

গোবিন্দ একটু হাসল। বলল, "সে ঠিকই জানতে পারবি। এখন কোমরে একটা কালো সুতোয় ভাল করে কবচটা বেঁধে রাখ। যেন না হারায়। সময় হলেই কবচকে ঘুম থেকে তোলা হবে। এখন কাজে যা। ঘাটে বাসন ফেলে এসেছিস, একখানা চুরি গেলে তোর বউদি আস্ত রাখবে না।"

গৌর তাড়াতাড়ি ঘাটে ফিরে গেল।

বিকেলবেলায় কবচটা খুব সাবধানে কোমরে বেঁধে নিল গৌর। তারপর গোরুর জাবনা দিয়ে, গোয়ালে সাঁজাল দিয়ে কাজ সেরে ফেলতে গেল।

হাডুডু সে খুবই ভাল খেলে। অফুরন্ত দম, এক দমে তিন-চারজনকে মেরে দিয়ে আসে। যাকে জাপটে ধরে, সে আর নিজেকে ছাড়াতে পারে না।

গৌরের দল রোজই জেতে। আজও তারা তিন পার্টিই জিতল। কিন্তু জিতেও গৌরের সুখ নেই, বরং উলটে তার ভয় হল। বেশি খেলাধূলা করলে খিদেটাও যে বেশি পায়। রাতের খাওয়া বন্ধ, খিদে পেলে পেটের জ্বালা জল ছাড়া আর কিছু দিয়ে তো মেটানো যাবে না। গোবিন্দদা যদি আজ না আসে বা এলেও যদি রুটি আনতে ভুলে যায়, তা হলে কী হবে?

খেলার পর মাঠের ধারে বসে রোজই গৌর বন্ধুদের সঙ্গে একটু গল্পগাছা করে। আজও করল। তারপর বাড়ি যাবে বলে সবাই যে যার পথ ধরল।

বাজারের কাছ দিয়ে আসার সময় তেলেভাজার ম' ম' গন্ধে গৌর দাঁড়িয়ে গেল। বলতে নেই, তার খিদে পেয়েছে। তেলেভাজার গন্ধে সেই খিদেটা এখন দাউদাউ করে জ্বলে উঠল। হরিপদ আজ হিং দিয়ে আলুর চপ আর ফুলুরি ভাজছে। কী যে বাস ছেড়েছে, সে আর বলার নয়। ইচ্ছে করে লাফিয়ে পড়ে থাবিয়ে সব খেয়ে নেয়।

কিন্তু ইচ্ছে করলেই তো হল না। আইনকানুন আছে, সহবত আছে, চক্ষুলজ্জা

আছে। গৌর একটা দীর্ঘশ্বাস ফেলে হরিপদর দোকানটা এড়িয়ে বটতলার ঘুরপথটা ধরল। এ পথটা অন্ধকার, নির্জন। তা হোক, তবু ফুলুরির দোকানের সামনে দিয়ে না যাওয়াই ভাল। তার লোভী চোখের নজর লাগলে ও ফুলুরি আর তেলেভাজা যে খাবে, তারই পেটের অসুখ করবে।

বটতলার মহাবীরের থান পেরোলেই আমবাগান। সেখানে জমাট অন্ধকারে থোকা-থোকা জোনাকি জ্বলছে। ঝিঁঝি ডাকছে খুব। সামনেই সরকারদের পোড়ো বাড়ি, যেখানে কন্ধকাটা ভুত আছে বলে সবাই জানে। সন্ধের পর এ পথে কেউ বড় একটা হাঁটাচলা করে না। গৌর যে খুব সাহসী এমন নয়, তবে গরিব-দুঃখীদের ভয়ডর বেশি থাকলে চলে না। সে এগোতে লাগল। গুনগুন করে একটু গান ভাঁজছিল সে, ভয় তাড়ানোর জন্য। হঠাৎ থমকে দাঁড়িয়ে চেঁচিয়ে উঠল, "কে রে?"

তার স্পষ্ট মনে হয়েছে, অন্ধকারে আগে আগে কে যেন হাঁটছে। এখনও চাঁদ ওঠেনি। অমাবস্যা চলছে। কিন্তু আকাশ থেকে যে ঝাপসামতো একটুখানি আভা-আভা আলো আসে, তাইতেই তার মনে হয়েছে, একটা সরু লোক, স্পষ্ট বোঝা যায়নি অবশ্য। কিন্তু লোকটা জবাব দিল না।

গৌর আবার হাঁটতে লাগল। আমবাগানের সুঁড়িপথে ঢুকতে যাবে এমন সময় আবার মনে হল, সামনেই কেউ একটা আছে। পায়ের শব্দ হল যেন।

"কে, ওখানে?"

কেউ জবাব দিল না। কিন্তু হঠাৎ ঠন করে কী একটা জিনিস যেন এসে পড়ল গৌরের পায়ের কাছে। সে প্রথমটায় চমকে উঠেছিল। তারপরে সাহস করে নিচু হয়ে মাটি হাতড়ে গোলমতো একটা জিনিস পেয়ে তুলে নিল। জিনিসটার ওপর হাত বুলিয়ে আন্দাজে বুঝল, একটা কাঁচা টাকা।

ভয়ে গৌর আর এগোতে পারল না। টাকাটা মুঠোয় নিয়ে পিছু হটে আবার বাজারে চলে এল। দোকানের আলোয় মুঠো খুলে দেখল, টাকাই বটে। কিন্তু টাকাটা তার দিকে ছুড়ে দিল কে? আর দিলই বা কেন? অনেকক্ষণ ভেবেও সে প্রশ্নের জবাব পেল না। তবে মনে হল, টাকাটা যখন পাওয়াই গেছে, তখন খরচ করতে দোষ নেই। যেই দিয়ে থাক, সে গৌরের খিদের কথা জানে।

হরিপদর দোকানে গিয়ে গরম-গরম ফুলুরি আর আলুর চপ খেল গৌর। শ্রীদাম ময়রার দোকান থেকে রসগোল্লাও খেল। টাকাটা কে দিল তা ভাবতে-ভাবতে একটু অস্বস্তি নিয়েই বাড়ি ফিরল গৌর। নিতাইগোপাল তার দুই শালাকে নিয়ে খেয়ে উঠে আঁচাচ্ছে। তার দিকে চেয়ে গম্ভীর মুখে বলল, "তৈরি হ'। রাতে পাহারা দিতে হবে মনে থাকে যেন।"

গৌর মাথা নেড়ে নিজের ঘরে গিয়ে লাঠিগাছা হাতে নিয়ে বেরিয়ে এল।

ক্রমে রাত নিশুতি হয়ে এল। সবাই অঘোর ঘুমে। গৌর একা দাওয়ায় বসে লাঠি ঠুকে-ঠুকে পাহারা দেওয়ার চেষ্টা করছে। মাঝে-মাঝে উঠে চারদিকটা ঘুরেও আসছে। হুয়া হুয়া করে এক ঝাঁক শেয়াল ডেকে উঠল কাছেই, দীর্ঘ বিষণ্ণ সুরে একটা কুকুর কাঁদতে লাগল। রাতের আরও সব বিচিত্র শব্দ আছে। কখনও তক্ষক ডাকে,

কখনও পেঁচা, কখনও বাঁশবনে হাওয়া লেগে মচমচ শব্দ ওঠে, কখনও গুপুস করে পুকুরে ঘাই মারে বড়-বড় মাছ। ঝিঁঝি ডাকে, কোনও বাড়ির খোকা হঠাৎ ওঁয়া-ওঁয়া করে কেঁদে ওঠে। শব্দগুলি সবই গৌরের চেনা। তবু আজ তার একটু গা-ছমছম করতে লাগল। তাকে ঘিরে যেন ক্রমে-ক্রমে একটা রহস্যের জাল বোনা হচ্ছে। কে বুনছে? কে সেই অদ্ভুত মাকড়সা?

একটু ঢুলুনি এসেছিল গৌরের। হঠাৎ দূর থেকে একটা খটখট শব্দ এগিয়ে আসতে লাগল। চটকা ভেঙে সোজা হয়ে বসল গৌর। ঘোড়ার পায়ের শব্দ না? জোর কদমে নয়, আস্তে আস্তে একটা ঘোড়া হেঁটে আসছে এদিকপানে।

গৌর ভয়ে তাড়াতাড়ি ঘরে ঢুকে কপাটের আড়ালে গা ঢাকা দিল। উঁকি মেরে দেখল, উঠোনে একটা মস্ত সাদা ঘোড়া ধীর পায়ে হেঁটে এসে দাঁড়াল, পিঠে সেই লম্বা লোকটা। লোকটা এতই লম্বা যে, ঘোড়ার পিঠ থেকেও তার পা দুটো মাটি ছুঁই-ছুঁই। ঘোড়ার পিঠ থেকে নেমে লোকটা সোজা গিয়ে মাউ আর খাউয়ের ঘরের দরজায় ধাক্কা দিল। সঙ্গে সঙ্গে খুলে গেল কপাট। লোকটা ভিতরে ঢুকতেই দরজা ফের বন্ধ হয়ে গেল।

গৌরের বুকটা ভয়ে ঢিবঢিব করছে। এই লম্বা লোকটাকে দেখলেই তার মনটা ভয়ে কুঁকড়ে যায়। মনে হয় এ-লোকটা মোটেই ভাল নয়। আগের দিন ঘোড়াটা দেখতে পায়নি গৌর। আজ দেখল। গ্রামদেশে এরকম বিশাল চেহারার ঘোড়া দেখাই যায় না। খুবই ভাল জাতের তেজি ঘোড়া। স্থির হয়ে দাঁড়িয়ে আছে তো আছেই, লেজটা পর্যন্ত তেমন নাড়াচ্ছে না।

কৌতূহল বড় সাংঘাতিক জিনিস। লম্বা লোকটা যে ভাল নয়, তা বুঝেও, এবং মাউ আর খাউয়ের হুমকি সত্ত্বেও, গৌরের ইচ্ছে হল, লোকটা কী করতে এত রাতে আসে সেটা একটু দেখতে। খুব ভয় করছিল গৌরের, তবু সে পা টিপে-টিপে গিয়ে মাউ আর খাউয়ের ঘরের পিছন দিকের একটা জানালার ভাঙা খড়খড়ি দিয়ে ভিতরে উঁকি দিল।

ঘরে মিটমিটে হ্যারিকেনের আলোয় লম্বা লোকটার মুখখানা দেখে বুকের ভিতরটা গুড়গুড় করে ওঠে গৌরের। এ যেন কোনও জ্যান্ত মানুষের মুখই নয়। বাসি মড়ার মুখে যেমন একটা রক্তশূন্য হলদেটে ফ্যাকাসে ভাব থাকে, এর মুখখানাও সেরকম। চোখ দুটো গর্তের মধ্যে ঢোকানো, নাকটা লম্বা হয়ে বেঁকে ঝুলে পড়েছে ঠোঁটের ওপর। একটা কাঠের চেয়ারে বসে কোলের ওপর দুই হাত জড়ো করে লোকটা স্থির দৃষ্টিতে মাউ আর খাউয়ের দিকে চেয়ে ছিল। মাউ আর খাউয়ের ভাবগতিক দেখে খুবই অবাক হল গৌর।

গুণ্ডা ও দুর্দান্ত প্রকৃতির দুই ভাই এখন জড়সড় হয়ে লোকটার সামনে দাঁড়িয়ে আছে। তাদের মুখ অবশ্য দেখতে পেল না গৌর, কারণ গৌরের দিকেই তাদের পিঠ। তবে হাবভাবে বুঝতে পারল লম্বা লোকটাকে এরা দারুণ ডরায়।

লম্বা লোকটা স্থির দৃষ্টিতে খানিকক্ষণ দুই ভাইকে দেখল, তারপর মৃদুস্বরে বলল, "খুন করতে প্রথমটায় হাত কাঁপে বটে, কিন্তু আস্তে-আস্তে অভ্যেস হয়ে যায়।

মশা-মাছি মারা যেমন খুন, মানুষ মারাও তাই। ভয় পেয়ো না। আমার দলে থাকতে গেলে এসব করতেই হবে।”

মাউ ভয়-খাওয়া গলায় বলে, “যদি পুলিশে ধরে?”

লম্বা লোকটা মৃদু একটু হাসল। তারপর মাথা নেড়ে বলল, “পুলিশ কিছু করতে পারবে না। সে ব্যবস্থা আমি করব। আমার রাজ্য উদ্ধার হয়ে গেলে তোমাদের এত বড়লোক বানিয়ে দেব যে, এখন তা কল্পনাও করতে পারবে না। বড়লোক হতে গেলে একটু কষ্ট তো স্বীকার করতেই হবে।”

মাউ গলা খাঁকারি দিয়ে বলল, “কাকে খুন করতে হবে তা যদি বলেন!”

“সময়মতো জানতে পারবে। কিন্তু তার আগে আর একটা কাজ আছে। আমি আমাদের পুরনো প্রাসাদের নকশা থেকে জানতে পেরেছি যে, এই বাড়িটা একসময়ে আমাদের তোশাখানা দিল। আমার বিশ্বাস, এ বাড়ির তলায় এখনও আমার পুর্বপুরুষের ধনসম্পদ রয়ে গেছে। কাজেই নিতাই আর গৌরকে খুব তাড়াতাড়ি এ-বাড়ি থেকে তাড়াতে হবে।”

মাউ আর খাউ পরস্পরের দিকে একটু তাকাতাকি করল। তারপর মাউ বলল, “তা হলে ওরা যাবে কোথায়?”

লম্বা লোকটা মৃদু হাসল। তারপর বলল, “নিতাইকে নদীর ধারে একটা ছোট ঘর করে দেওয়া যাবে। আর গৌর ছেলেটা একেবারেই ফালতু। এটাকে টিকিয়ে রাখার কোনও মানেই হয় না। তোমরা কী বলো?”

মাউ আর খাউ ফের নিজেদের মধ্যে তাকাতাকি করে নেয়। তারপর মাউ বলে, “সে অবশ্য ঠিক রাজামশাই।”

গৌরের হাত-পা এ-কথা শুনে একদম হিম হয়ে গেল।

রাজামশাই চেয়ার ছেড়ে উঠে দাঁড়াতে দাঁড়াতে বলে, “ওকে একবার তোমরা ডুবিয়ে প্রায় মেরে ফেলেছিলে, তাই না? ছোঁড়াটা অল্পের জন্য বেঁচে গিয়েছিল। এবার ওকে দিয়েই তোমাদের বউনি হোক। কিন্তু সাবধান, বোকার মতো কোনও কাজ কোরো না। এমনভাবে কাজ হাসিল করবে, যাতে কেউ তোমাদের সন্দেহ করতে না পারে।”

“যে আজ্ঞে।”

রাজামশাইয়ের পরনে আলখাল্লার মতো লম্বা সাদা পোশাক। তাতে জরির চুমকি। পকেটে হাত ভরে রাজামশাই একটা চকচকে জিনিস বের করে মাউ আর খাউয়ের দিকে ছুড়ে দিয়ে বলল, “এটা রাখো।”

রাজামশাই দরজা খুলে বেরোতেই গৌর চুপিসারে সরে গিয়ে আমবাগানের মধ্যে সেঁধোল। ভয়ে তার বুক ঢিপঢিপ করছে, হাত-পা ঝিমঝিম করছে, বুদ্ধি গুলিয়ে যাচ্ছে। সে একটা গাছের গোড়ায় ধপ করে বসে দম নিতে লাগল।

রাজামশাইয়ের ঘোড়ার পায়ের শব্দ ধীরে-ধীরে দূরে মিলিয়ে যেতে একটু নড়েচড়ে বসল গৌর। তার মনে হল, বাঁচতে হলে আর বেশি দেরি করা চলবে না। এক্ষুনি পুঁটুলি বেঁধে নিয়ে রওনা হয়ে পড়তে হবে।

পা টিপে টিপে চারদিকে চোখ রাখতে-রাখতে গৌর নিজের ঘরে এসে কপাটটা নিঃশব্দে বন্ধ করে দিল। জামাকাপড় তার খুবই সামান্য। জিনিসপত্তরও তেমন কিছু নেই। একজোড়া মোটা কাপড়ের ধুতি আর দুটো গেঞ্জি গামছায় বেঁধে লাঠিগাছা হাতে নিয়ে সে যখন বেরোতে যাচ্ছে, তখন হঠাৎ পিছন থেকে সরু গলায় কে যেন বলে উঠল, "গৌর কি ভয় পেলে?"

গৌর চমকে উঠে, সভয়ে জানালাটার দিকে তাকাল। জানালার ওপাশে অন্ধকারে একটা ছায়ামূর্তি দাঁড়িয়ে আছে।

কাঁপা গলায় গৌর বলে, "কে...কে ওখানে?"

"পালিয়ে কি বাঁচতে পারবে গৌর? যেখানেই যাও, রাজা রাঘবের গুপ্তঘাতকদের হাত থেকে রেহাই পাবে না।"

"আপনি কে?"

"আমি তোমার একজন মঙ্গলাকাঙ্ক্ষী। এখন যা বলছি, শোনো। রাজা রাঘবের ক্ষমতা অনেক। তার মতো নৃশংস মানুষও হয় না। এই জায়গায় এক সময়ে তার পূর্বপুরুষেরা রাজত্ব করত। অনেক দিন আগেই সেই রাজ্য ধ্বংস হয়ে যায়। রাঘব আবার সেই রাজ্য প্রতিষ্ঠা করার জন্য উঠে পড়ে লেগেছে। আমরা কিছু লোক সেটা ঠেকাতে চাইছি। কেন জানো?"

লোকটা যেই হোক, এর কথাবার্তা শুনে গৌরের মনে হল, লোকটা শত্রু নয়। সে একটু ভরসা পেয়ে বলল, "আজ্ঞে না। বলুন।"

"রাঘবের পূর্বপুরুষেরা ছিল সাংঘাতিক অত্যাচারী। কেউ সামান্য বেয়াদপি করলেই তার গলা কেটে ফেলে দিত। আসলে ওরা রাজত্ব তৈরি করেছিল ডাকাতি করে। রাজা হয়েও সেই ডাকাতির ভাবটা যায়নি। প্রায় একশো পঁচিশ বছর আগে একদল প্রজা খেপে গিয়ে মরিয়া হয়ে প্রাসাদ আক্রমণ করে। প্রাণভয়ে রাজা আর তার আত্মীয়রা পালায়। বিদ্রোহী প্রজার হাতে কয়েকজন মারাও পড়ে। তখন যে রাজা ছিল তার নাম মাধব। সে প্রতিজ্ঞা করেছিল, এই বেয়াদপির শোধ সে নেবেই। সে না পারলেও তার বংশের কেউ না কেউ ফিরে এসে এখানে আবার রক্তগঙ্গা বইয়ে রাজ্য স্থাপন করবে।"

গৌর জানালার দিকে তাকিয়ে বলল, "ওই লম্বা লোকটাই কি রাঘব?"

"হ্যাঁ। সাংঘাতিক লোক। রাঘব না পারে এমন কোনও কাজ নেই। ওর চেহারাটা রোগা বটে, কিন্তু লোহার মতো শক্ত। যে-কোনও বড় পালোয়ানকে ও পিষে মেরে ফেলতে পারে। আর শুধু গায়ের জোরই নয়, ওর কিছু অদ্ভুত ক্ষমতাও আছে। ও চোখের দৃষ্টি দিয়ে যে-কোনও মানুষকে একদম অবশ করে দিতে পারে। নানারকম দ্রব্যগুণও ওর জানা আছে। ওর টাকাপয়সাও অনেক। যেখানে যত ভয়ংকর, নিষ্ঠুর, পাজি আর বদমাস আছে, তাদের ও একে একে জোগাড় করছে। সেইসব লোককে নিয়ে একটা দল তৈরি করে একদিন ঝাঁপিয়ে পড়বে এই গ্রাম আর আশপাশের পাঁচ-সাতখানা গাঁয়ের ওপর। গাঁয়ের পর গাঁ জ্বালিয়ে দেবে, বহু মানুষকে কচুকাটা করবে। তারপর নিজের দল নিয়ে রাজত্ব করবে। বুঝেছ?"

পা টিপে টিপে চারদিকে চোখ রাখতে-রাখতে গৌর নিজের ঘরে এসে কপাটটা নিঃশব্দে বন্ধ করে দিল। জামাকাপড় তার খুবই সামান্য। জিনিসপত্তরও তেমন কিছু নেই। একজোড়া মোটা কাপড়ের ধুতি আর দুটো গেঞ্জি গামছায় বেঁধে লাঠিগাছা হাতে নিয়ে সে যখন বেরোতে যাচ্ছে, তখন হঠাৎ পিছন থেকে সরু গলায় কে যেন বলে উঠল, "গৌর কি ভয় পেলে?"

গৌর চমকে উঠে, সভয়ে জানালাটার দিকে তাকাল। জানালার ওপাশে অন্ধকারে একটা ছায়ামূর্তি দাঁড়িয়ে আছে।

কাঁপা গলায় গৌর বলে, "কে...কে ওখানে?"

"পালিয়ে কি বাঁচতে পারবে গৌর? যেখানেই যাও, রাজা রাঘবের গুপ্তঘাতকদের হাত থেকে রেহাই পাবে না।"

"আপনি কে?"

"আমি তোমার একজন মঙ্গলাকাঙ্ক্ষী। এখন যা বলছি, শোনো। রাজা রাঘবের ক্ষমতা অনেক। তার মতো নৃশংস মানুষও হয় না। এই জায়গায় এক সময়ে তার পূর্বপুরুষেরা রাজত্ব করত। অনেক দিন আগেই সেই রাজ্য ধ্বংস হয়ে যায়। রাঘব আবার সেই রাজ্য প্রতিষ্ঠা করার জন্য উঠে পড়ে লেগেছে। আমরা কিছু লোক সেটা ঠেকাতে চাইছি। কেন জানো?"

লোকটা যেই হোক, এর কথাবার্তা শুনে গৌরের মনে হল, লোকটা শত্রু নয়। সে একটু ভরসা পেয়ে বলল, "আজ্ঞে না। বলুন।"

"রাঘবের পূর্বপুরুষেরা ছিল সাংঘাতিক অত্যাচারী। কেউ সামান্য বেয়াদপি করলেই তার গলা কেটে ফেলে দিত। আসলে ওরা রাজত্ব তৈরি করেছিল ডাকাতি করে। রাজা হয়েও সেই ডাকাতির ভাবটা যায়নি। প্রায় একশো পঁচিশ বছর আগে একদল প্রজা খেপে গিয়ে মরিয়া হয়ে প্রাসাদ আক্রমণ করে। প্রাণভয়ে রাজা আর তার আত্মীয়রা পালায়। বিদ্রোহী প্রজার হাতে কয়েকজন মারাও পড়ে। তখন যে রাজা ছিল তার নাম মাধব। সে প্রতিজ্ঞা করেছিল, এই বেয়াদপির শোধ সে নেবেই। সে না পারলেও তার বংশের কেউ না কেউ ফিরে এসে এখানে আবার রক্তগঙ্গা বইয়ে রাজ্য স্থাপন করবে।"

গৌর জানালার দিকে তাকিয়ে বলল, "ওই লম্বা লোকটাই কি রাঘব?"

"হ্যাঁ। সাংঘাতিক লোক। রাঘব না পারে এমন কোনও কাজ নেই। ওর চেহারাটা রোগা বটে, কিন্তু লোহার মতো শক্ত। যে-কোনও বড় পালোয়ানকে ও পিষে মেরে ফেলতে পারে। আর শুধু গায়ের জোরই নয়, ওর কিছু অদ্ভুত ক্ষমতাও আছে। ও চোখের দৃষ্টি দিয়ে যে-কোনও মানুষকে একদম অবশ করে দিতে পারে। নানারকম দ্রব্যগুণও ওর জানা আছে। ওর টাকাপয়সাও অনেক। যেখানে যত ভয়ংকর, নিষ্ঠুর, পাজি আর বদমাস আছে, তাদের ও একে একে জোগাড় করছে। সেইসব লোককে নিয়ে একটা দল তৈরি করে একদিন ঝাঁপিয়ে পড়বে এই গ্রাম আর আশপাশের পাঁচ-সাতখানা গাঁয়ের ওপর। গাঁয়ের পর গাঁ জ্বালিয়ে দেবে, বহু মানুষকে কচুকাটা করবে। তারপর নিজের দল নিয়ে রাজত্ব করবে। বুঝেছ?"

মশা-মাছি মারা যেমন খুন, মানুষ মারাও তাই। ভয় পেয়ো না। আমার দলে থাকতে গেলে এসব করতেই হবে।"

মাউ ভয়-খাওয়া গলায় বলে, "যদি পুলিশে ধরে?"

লম্বা লোকটা মৃদু একটু হাসল। তারপর মাথা নেড়ে বলল, "পুলিশ কিছু করতে পারবে না। সে ব্যবস্থা আমি করব। আমার রাজ্য উদ্ধার হয়ে গেলে তোমাদের এত বড়লোক বানিয়ে দেব যে, এখন তা কল্পনাও করতে পারবে না। বড়লোক হতে গেলে একটু কষ্ট তো স্বীকার করতেই হবে।"

মাউ গলা খাঁকারি দিয়ে বলল, "কাকে খুন করতে হবে তা যদি বলেন।"

"সময়মতো জানতে পারবে। কিন্তু তার আগে আর একটা কাজ আছে। আমি আমাদের পুরনো প্রাসাদের নকশা থেকে জানতে পেরেছি যে, এই বাড়িটা একসময়ে আমাদের তোশাখানা দিল। আমার বিশ্বাস, এ বাড়ির তলায় এখনও আমার পুর্বপুরুষের ধনসম্পদ রয়ে গেছে। কাজেই নিতাই আর গৌরকে খুব তাড়াতাড়ি এ-বাড়ি থেকে তাড়াতে হবে।"

মাউ আর খাউ পরস্পরের দিকে একটু তাকাতাকি করল। তারপর মাউ বলল, "তা হলে ওরা যাবে কোথায়?"

লম্বা লোকটা মৃদু হাসল। তারপর বলল, "নিতাইকে নদীর ধারে একটা ছোট ঘর করে দেওয়া যাবে। আর গৌর ছেলেটা একেবারেই ফালতু। এটাকে টিকিয়ে রাখার কোনও মানেই হয় না। তোমরা কী বলো?"

মাউ আর খাউ ফের নিজেদের মধ্যে তাকাতাকি করে নেয়। তারপর মাউ বলে, "সে অবশ্য ঠিক রাজামশাই।"

গৌরের হাত-পা এ-কথা শুনে একদম হিম হয়ে গেল।

রাজামশাই চেয়ার ছেড়ে উঠে দাঁড়াতে দাঁড়াতে বলে, "ওকে একবার তোমরা ডুবিয়ে প্রায় মেরে ফেলেছিলে, তাই না? ছোঁড়াটা অল্পের জন্য বেঁচে গিয়েছিল। এবার ওকে দিয়েই তোমাদের বউনি হোক। কিন্তু সাবধান, বোকার মতো কোনও কাজ কোরো না। এমনভাবে কাজ হাসিল করবে, যাতে কেউ তোমাদের সন্দেহ করতে না পারে।"

"যে আজ্ঞে।"

রাজামশাইয়ের পরনে আলখাল্লার মতো লম্বা সাদা পোশাক। তাতে জরির চুমকি। পকেটে হাত ভরে রাজামশাই একটা চকচকে জিনিস বের করে মাউ আর খাউয়ের দিকে ছুড়ে দিয়ে বলল, "এটা রাখো।"

রাজামশাই দরজা খুলে বেরোতেই গৌর চুপিসারে সরে গিয়ে আমবাগানের মধ্যে সেঁধোল। ভয়ে তার বুক টিপটিপ করছে, হাত-পা ঝিমঝিম করছে, বুদ্ধি গুলিয়ে যাচ্ছে। সে একটা গাছের গোড়ায় ধপ করে বসে দম নিতে লাগল।

রাজামশাইয়ের ঘোড়ার পায়ের শব্দ ধীরে-ধীরে দূরে মিলিয়ে যেতে একটু নড়েচড়ে বসল গৌর। তার মনে হল, বাঁচতে হলে আর বেশি দেরি করা চলবে না। এক্ষুনি পুঁটুলি বেঁধে নিয়ে রওনা হয়ে পড়তে হবে।

সোনার মেডেলগুলো ঝকঝক করছে। টেবিলের ওধারে চারটে চেয়ারে চারজন বেশ সম্ভ্রান্ত চেহারার মানুষ বসে আছেন।

গৌররা ঢুকতেই সকলে হাততালি দিয়ে হর্ষধ্বনি করে উঠল।

তেজেন গৌরের কানে-কানে বলল, "আজ জিততেই হবে গৌর।"

"চেষ্টা করব।"

"জিতে না ফিরলে প্রেস্টিজ থাকবে না, মনে রাখিস।"

খেলা শুরু হতে একটু দেরি আছে; দু'পক্ষের টিম এসে মাঠের ধারে জড়ো হয়েছে সবে। একটা দৃশ্য দেখে সকলে অবাক। ন'পাড়ার খেলোয়াড়দের মধ্যে মাউ আর খাউ রয়েছে।

তেজেন ন'পাড়ার ক্যাপটেনের কাছে গিয়ে আপত্তি জানাল, "ওরা তো আমাদের গাঁয়ে থাকে, ওরা তোমাদের হয়ে খেলছে কেন?"

ন'পাড়ার ক্যাপটেন বলল, "মোটেই তোমাদের গাঁয়ের লোক নয় ওরা, কুটুমবাড়িতে বেড়াতে গিয়েছে এই মাত্র। তোমরা ওদের টিমেও নাওনি, তাই আমরা হায়ার করেছি।"

তেজেন আর যুক্তি খুঁজে না পেয়ে ফিরে এসে গৌরকে চুপি-চুপি বলল, "তোর কুটুমরা ও-দলে খেলছে, ব্যাপারটা একটু গোলমেলে।"

"তাই দেখছি।"

গৌরের বুকের ভিতরটা একটু ঢিবঢিব করতে লাগল। মাউ আর খাউ ন'পাড়ার হয়ে খেলছে খেলুক, সেটা বড় কথা নয়। কিন্তু রাঘবরাজা ওদের যে হুকুমটা দিয়েছে, সেটা মনে করেই গৌরের হাত-পা হিম হয়ে আসছিল। তার মনে হচ্ছিল, খেলায় না নেমে ফিরে গেলেই বোধহয় ভাল হত। মাউ আর খাউয়ের মতলব হয়তো ভাল নয়।

কিন্তু পিছিয়ে যাওয়া আর সম্ভব নয়। মালা পরে চন্দনের ফোঁটা নিয়ে পিছিয়ে গেলে সবাই দুয়ো দেবে। তাদের গাঁ থেকেও অনেকে খেলা দেখতে এসেছে, তারাই বা মনে করবে কী? ভিড়ের মধ্যে গৌর কবরেজমশাই, ফকিরসাহেব, গোবিন্দদা, সবাইকেই দেখতে পেল।

শরীরের আড় ভাঙার জন্য কোর্টে নামার আগে একটু ডন-বৈঠক করে গা ঘামিয়ে নিচ্ছিল সবাই। এমন সময় কবরেজমশাই এগিয়ে এসে একটা ছোট্ট শিশি গৌরের হাতে দিয়ে বললেন, "চটপট তেলটুকু মেখে নে। হাতে-পায়ে আর ঘাড়ে ভাল করে মাখিস।"

"এ মেখে কী হবে কবরেজমশাই?"

"হবে আমার গুষ্টির পিণ্ডি, যা বলছি চোখ বুজে করে যা। আজ তোর বড় ফাঁড়া।"

গৌর আর দ্বিরুক্তি না-করে তেলটা মেখে ফেলল। ভারী অদ্ভুত তেল। জলের মতো পাতলা, মাখতেই শরীরে মিশে গেল। কোনও তেলতেলে ভাব অবধি থাকল না।

খেলা শুরু হল। প্রথম দান গৌরদের। তেজেন দম নিয়ে 'ডু...উ...উ...উ...' ডাক ছেড়ে ঢুকে গেল ন'পাড়ার এলাকা। দু'হাত পাখির ডানার মতো ছড়ানো, হালকা

পায়ে উড়ে-উড়ে কোর্টের এ-প্রান্ত থেকে ও-প্রান্ত যেতে যেতে হাত দিয়ে তীব্র কয়েকটা ছোবল ছুড়ল সে, চকিতে পা বাড়িয়ে দিল এদিক সেদিক। না, ন'পাড়ার কেউ 'আউট' হল না।

তেজেন নিজের কোর্টে ফিরে আসতে না আসতেই ন'পাড়ার এক বিশাল চেহারার কালো জোয়ান পাহাড়ের মতো ধেয়ে এল। বিকট 'ডু...উ...উ...' শব্দ করতে করতে কোর্টে ঢুকে পড়তেই গৌর বুঝে গেল, লোকটা আনাড়ি। চেহারা বিশাল হলেই তো হয় না। এ খেলায় চটপটে হওয়া এবং কূটকৌশল জানা একান্ত দরকার। এ-লোকটার তা নেই, এক্ষুনি ধরা পড়ে যাবে। গৌর প্রস্তুত হল।

কিন্তু আশ্চর্যের বিষয়, লোকটা কাউকে আউট করার জন্য হাত-পা খেলানোর চেষ্টাই করল না। বিপক্ষের কোর্টে ঢুকে সে একটু থমকে দাঁড়িয়ে হঠাৎ প্রবল আক্রোশে আর প্রতিহিংসায় সোজা এগিয়ে এল গৌরের দিকে।

গৌর লোকটার কাণ্ড দেখে অবাক। তেজেন এবং তার দলবল চারদিক থেকে ঘিরে ধরে জাপটেও ফেলল লোকটাকে। কিন্তু দানবের মতো লোকটা দু' তিন ঝটকায় সবাইকে ঝেড়ে ফেলে জোড় পায়ে একটা তুর্কি লাফ মেরে লাফিয়ে পড়ল গৌরের ওপর।

ওই বিশাল দানবীয় চেহারার জোড়া লাথি বুকে লাগলে পাঁজরের হাড় মড়মড় করে ভেঙে যাওয়ার কথা। কিন্তু গৌর নিজে ভাল খেলোয়াড়, গায়ের জোরে দানবটার সঙ্গে পাল্লা টানতে না পারলেও সে দারুণ চটপটে, দ্রুতগতি। পা দুটো যখন তার বুকের ওপর নেমে আসছে, তখন সে খানিকটা হতবুদ্ধি হয়ে গিয়েছিল। এ-খেলায় ছোঁয়াছুঁয়ি আছে বটে, কিন্তু ধরা পড়ার ভয় না-রেখে কেউ যে এরকম বেহেড হয়ে কারও ওপর লাফিয়ে পড়তে পারে, এ-ধারণা তার ছিল না। তাই অবাক হয়ে গিয়েছিল। কিন্তু একেবারে শেষ মুহূর্তে সে চট করে বাঁ দিকে শরীরটা বাঁকিয়ে পাঁকাল মাছের মতো সরে গেল। দানবটা তাকে পেরিয়ে গদাম করে আছড়ে পড়ল মাটিতে। গৌরই গিয়ে ধরে তুলল তাকে। অবাক হয়ে বলল, "এ কেমনধারা খেলা?"

লোকটা ভ্রূকুটি করে বলল, "এখনই কী? খেলা দেখবে।"

একটা লোক আউট হওয়ায় ন'পাড়ায় কোনও বৈলক্ষণ্য দেখা গেল না। পরের দান গৌরের, গৌর চোখ বুজে ঠাকুর স্মরণ করে বুক ভরে দম নিল। তারপর ভিমরুলের মতো ডাক ছেড়ে হালকা পায়ে গিয়ে ঢুকল ন'পাড়ার কোর্টে। তেজেনের চেয়ে সে বহুগুণ দ্রুতগতি, অনেক বেশি তার গায়ের জোর। সে অনেক উঁচুতে লাফাতে পারে, শরীরে নানারকম অদ্ভুত মোচড় দিতে পারে। এ-খেলায় সেইটিই দরকার। গৌর ঢুকেই চটপট ডাইনে বাঁয়ে একটু বিদ্যুৎ-তরঙ্গের মতো নিজেকে বইয়ে দিল। কিন্তু তার মনে হচ্ছিল, ন'পাড়ার খেলোয়াড়গুলো আসলে খেলোয়াড় নয়, খুনে, কেন মনে হল কে জানে!

ডান থেকে বাঁয়ে, বাঁ থেকে আবার ডান দিকে ঘুরে যাওয়ার মুখেই এক পায়ের ওপর শরীরটাকে রেখে আর-এক পা চকিতে বাড়িয়ে লাইনে দাঁড়ানো একজন মুশকো চেহারার লোককে ছুঁয়ে দিল। আউট। গৌর চোখের পলকে বাতাসে শরীর

ভাসিয়ে একটা লাফ মারল নিজের কোর্টের দিকে।

কিন্তু মাটিতে পড়তে পারল না গৌর, মুশকো লোকটা মোর হয়ে তখন মরিয়া। সেও এক লাফে এগিয়ে এসে গৌরের কোমরটা দু'হাতে জাপটে ধরে পেড়ে ফেলল মাটিতে। কিন্তু গৌর পাকা খেলোয়াড়। এই হুটোপাটিতেও দম হারায়নি। ডাক ছাড়তে ছাড়তেই সে লাইনের দিকে খানিকটা গড়িয়ে গেল লোকটাকে জাপটে ধরেই।

কিন্তু ন'পাড়ার খেলুড়েরা তখন ক'টা মস্ত মস্ত পাথরের মতো গদাম গদাম করে এসে তার ওপর পড়ছে। এ-খেলায় হুটোপাটি হয়ই। কিন্তু মারদাঙ্গার তো নিয়ম নেই। কিন্তু গৌর বুঝতে পারছিল, তাকে আউট করার ছল করে কে যেন লোহার হাতে তার গলার নলি টিপে ধরেছে। আর একজন ঘুঁসি চালাচ্ছে কানের পিছনে। কে যেন হাঁটু দিয়ে তার বুকের পাঁজর ভেঙে দেওয়ার চেষ্টা করছে। কনুই দিয়ে কে যেন মারল তার পেটে। একটা লাথি এসে জমল তার মুখে।

অন্য কেউ হলে এতক্ষণে অজ্ঞান হয়ে যেত। কিন্তু গৌর অনেক কষ্ট করে বড় হয়েছে। ব্যথাবেদনা তাকে কাবু করতে পারে না। শরীরটাও তার যথেষ্ট সহনশীল। তাই অতগুলো লোকের জাপটাজাপটি এবং আক্রমণের মধ্যেও সে দম ধরে রেখে ইঞ্চি-ইঞ্চি করে এগোতে লাগল লাইনের দিকে। যেন পাহাড় বয়ে নিয়ে যাচ্ছে। মুখ দিয়ে রক্ত পড়ছে তার, মাথা ঝিমঝিম করছে। কিন্তু সে জানে, ন'পাড়ার এই লোকগুলো খেলোয়াড়ই নয়, এরা চায় তাকে খুন করতে। খেলায় হারজিত নিয়ে এরা মাথা ঘামায় না।

চারদিকে খুব চেঁচামেচি হচ্ছিল। গৌর লক্ষ করল, কে যেন তাকে আটকাতে না পেরে তার চোখে আঙুল ঢুকিয়ে দেওয়ার চেষ্টা করছে। হাতের অনামিকায় পলার আঙটিটা দেখে চিনল গৌর। মাউ। মুখটা অন্য দিকে ফিরিয়ে নিল গৌর। বুক ফেটে যাচ্ছে, তবু দম না ছেড়ে সে একবার শেষ চেষ্টায় শরীরে একটা ঢেউ দিল। সামান্য আলগা হল কি পিঠের ওপর পাহাড়টা? তবে গৌর দেখল, খুব চেষ্টা করলে তার আঙুল লাইনটা ছুঁয়ে ফেলতে পারে।

'ডু...উ...উ...' করে বুকের তলানি বাতাসটুকু উজাড় করে দিয়ে গৌর মাটির ওপর নিজেকে ঘষে দিয়ে এগোল। এগোতেই হবে। ডান হাতখানা আকুলভাবে বাড়িয়ে দিল লাইনের দিকে।

লাইনটা ছুঁল কি না বুঝতে পারল না গৌর, তবে একটা বিশাল চিৎকার উঠল চারদিকে। গৌরের চোখে সেইসময়ে নেমে এল নিবিড় অন্ধকার। সে জ্ঞান হারিয়ে ফেলল।

যখন জ্ঞান ফিরে এল, তখন তার সর্বাঙ্গ জলে ভেজা। কোর্টের ধারে তাকে শুইয়ে ক্ষতস্থানে ওষুধ মাখাচ্ছেন কবরেজমশাই। ক্ষত হয়েছেও বড় কম নয়। বুক আর হাতের অনেকটা ছাল উঠে গেছে। ঠোঁট ফেটে রক্ত পড়ছে, নাক ভেঙে গেছে, কানের পিছনে মাথাটা ফুলে ঢোল, কপালের অনেকটা ছড়ে গেছে। চারদিকে ভিড়ে ভিড়াক্কার।

গৌর প্রথমেই জিজ্ঞেস করল, "আমার দানটার কী হল?"

কে একজন চেঁচিয়ে বলল, "ওঃ, যা দেখালে খেলা একখানা বাপ! এক দানে ন'পাড়ার গোটা দল আউট!"

শুনেই গৌরের রক্ত গরম হয়ে গেল। শরীরের ব্যথা-বেদনা যেন উড়ে গেল ফুৎকারে। সে এক লাফে উঠে পড়ে বলল, "আমি পরের গেম খেলব।"

ন'পাড়া কী চায় তা গৌর বুঝে গেছে। সে বুঝে গেছে, রাজা রাঘবের আদেশে ন'পাড়ার সাত খুনি সব খেলুড়েকে ছেড়ে শুধু তার ওপরেই চড়াও হবে। এই খেলার লক্ষ্যই হল গৌর। কিন্তু গৌরের আর ভয় করছিল না।

তেজেন তার অবস্থা দেখে চিন্তিত মুখে বলল, "এ কি খেলা নাকি? এ তো খুনখারাবি! তোকে আর খেলতে হবে না, বসে যা। একটা গেম তো একাই জিতিয়ে দিয়েছিস, এখন বসে জিরো।"

গৌর মাথা নেড়ে বলল, "না, বসব না। আমার কিছু হয়নি।"

"পারবি তো?"

"খুব পারব।"

পরের গেম শুরু হল। ন'পাড়ার দলটা একটু মনমরা বটে, কিন্তু ওদের চোখ ধকধক করে জ্বলছে। আর সকলেরই দৃষ্টি প্রতিপক্ষের একজনের ওপর। সে হল গৌর। গৌর যে এই বাঁশডলা খাওয়ার পর এখনও দাঁড়িয়ে আছে এবং আবার খেলার জন্য তৈরি হচ্ছে, এটা যেন তাদের বিশ্বাসও হচ্ছিল না, তারা সইতেও পারছিল না। সবচেয়ে বেশি ছটফট করছিল মাউ আর খাউ। পারলে তারা যেন ছিঁড়ে খায় গৌরকে।

খেলা শুরু হল। প্রথম ন'পাড়ার দান। যে দানবটা প্রথম দান দিতে এসে গৌরকে জোড়-পায়ে লাথি মারার চেষ্টা করেছিল এবারও সেই আসছে। 'ডু...উ...উ...' বলে ডাক ছেড়ে সে লাফিয়ে এল গৌরদের কোর্টে। তবে এবার আর গৌরকে লাথি মারার মতো বোকামি করল না। খেলার ভান করে এদিক ওদিক ঘুরতে লাগল। গৌর স্থির দৃষ্টিতে লোকটাকে দেখছিল। মাউ আর খাউয়ের সঙ্গে লোকটার চেহারার বেশ মিল আছে। তবে এ আরও বেশি লম্বা-চওড়া এবং আরও বেশি নিষ্ঠুর প্রকৃতির।

লোকটা কাউকে 'মোর' করতে না পেরে ফিরে যাচ্ছিল। হঠাৎ গৌর লাইন ছেড়ে এগিয়ে এল। বিদ্যুৎগতিতে গিয়ে লোকটা লাইন পার হওয়ার আগেই দু'হাতে লোকটার কোমর ধরে ফেলল। গৌরের দলের সকলেই 'হায় হায়' করে উঠল। এ-অবস্থায় লোকটাকে ধরে রাখা অসম্ভব। গৌর আউট হবেই, কারণ লোকটা গৌরের চেয়ে চেহারায় দেড়গুণ এবং লাইনে প্রায় পৌঁছেও গেছে।

কিন্তু গৌর অবিচল। কোনও দিকে ভ্রূক্ষেপ না করে সে আচমকা একটা হ্যাঁচকা টানে লোকটাকে প্রায় লাইনের ওপর থেকে টেনে আনল। গৌরের এই দুঃসাহসে লোকটা অবাক। তবে মুহূর্তের মধ্যে নিজেকে সামলে সেও এক ঝটকা মারল। সেই ঝটকায় হাতি অবধি ছিটকে যায়।

কিন্তু গৌরের আজ হল কী কে জানে। সে সেই বিকট ঝটকায় একচুলও টলল

না। একটা 'কোঁত' শব্দ করে সে লোকটাকে দু'হাতে শূন্যে তুলে নিল, তারপর কয়েকটা পাক দিয়ে নিজের কোর্টে মারল এক আছাড়। সেই আছাড়ে মাটি কেঁপে উঠল। চারদিকে এক সূচীভেদ্য নিস্তব্ধতা। কেউ যেন ঘটনাটা ঠিক বিশ্বাস করতে পারছে না। তারপরেই বিপুল উল্লাসে দর্শকরা ফেটে পড়ল।

তেজেন এসে গৌরের পিঠ চাপড়ে দিয়ে বলল, "তুই আমাদের সেরা খেলোয়াড় বটে, কিন্তু এ-রকম খেলা আগে কখনোই তো দেখিনি তোর! হল কী রে গৌর?"

গৌর গম্ভীরভাবে বলল, "আমিও তা জানি না। তবে এবার আমি দান দেব।"

তেজেন একটু দোনোমোনো করে বলল, "দে তা হলে। আজ তোর কপালটা ভালই যাচ্ছে।"

কপাল নয়, অন্য কিছু। কিন্তু সেটা যে কী, তা গৌর বুঝতে পারছে না। হঠাৎ যেন শরীরে একশো হাতির জোর জোয়ারের মতো নেমে এসেছে। ঘোড়ার মতো টগবগ করছে হাত-পা। রক্ত গরম। শরীর পালকের মতো হালকা।

সে যখন হানা দিতে ন'পাড়ার কোর্টে ঢুকল তখন তার শরীরে ঘূর্ণিঝড়ের মতো গতি। শব্দ করে দম ছাড়তে-ছাড়তে সে একেবারে বিপক্ষ দলের মধ্যে ঢুকে গেল। ন'পাড়ার মুশকো-মুশকো খেলোয়াড়রা তার কাণ্ড দেখে ভ্যাবাচ্যাকা খেয়ে সকলে একেবারে শেষপ্রান্তে সরে গিয়ে অপেক্ষা করছে।

ডান কোণে দাঁড়িয়ে ছিল মাউ। চোখে উপোসি বাঘের মতো তীব্র দৃষ্টি। হঠাৎ যেন ভোজবাজির মতো মাউয়ের হাতে একটা গজাল এসে গেল কোথা থেকে। এমন কৌশলে সেটা হাতের পাতায় ঢেকে রেখেছে মাউ যে, কারও চোখে পড়ার কথা নয়। কিন্তু গৌর ঠিকই দেখতে পেল।

বাঁ দিকে একটু ঢেউ খেয়ে গৌর সোজা মাউয়ের দিকেই এগিয়ে গেল। পা বাড়িয়ে একটা ভড়কি দিয়েই সরে এল। ফের ডান দিকে ঝুল খেল। সবাই ভাবছে এবার সে ডান দিকে সরে যাবে। কিন্তু গৌর আবার বাঁ দিকে বিদ্যুৎগতিতে এগিয়ে গিয়ে মাউকে বাঁ হাতে মোর করে দিল। কিন্তু মোর হয়েই মাউ লাফিয়ে পড়ল তার ওপর। হাতে লুকোনো গজাল।

গৌর শুধু হাতটা নজরে রেখেছিল। গজালসুদ্ধু হাতটা সোজা এগিয়ে এসেছিল তার পেটের দিকে। গৌর শরীরটা সরিয়ে নিয়ে হাতটা ধরে ফেলল, ঠিক যেমনভাবে নিপুণ সাপুড়ে বুনো সাপ ধরে। সঙ্গে-সঙ্গে একটা মোচড়।

পাটকাঠির মতো মাউয়ের হাতটা যে ভেঙে যাবে, তা গৌর স্বপ্নেও কল্পনা করেনি। মাউয়ের চেহারা বিশাল, গায়ে দানবের মতো জোর। এই সেদিনও গৌরকে মনের সুখে মেরেছে। গজালটা পড়ে গেল হাত থেকে। বাঁ হাতে ডান হাতটা চেপে ধরে 'বাপ রে' বলে চেঁচিয়ে বসে পড়ল মাউ। চারদিকে একটা হইহই উঠল। "গজাল! গজাল! ...এ তো খুনখারাবির মতলবে ছিল! বের করে দাও! ন'পাড়া হেরে গেছে। ...দুয়ো... দুয়ো..."

কিন্তু লোকে চেঁচালে হবে কী? ন'পাড়ার উদ্দেশ্য তো খেলা নয়! মাউ পড়ে যেতেই ন'পাড়ার বাকি ছ'জন আবার লাফিয়ে পড়ল গৌরের ওপর।

গৌর পড়ে গেল না, ঘাবড়াল না। সাবধানে দমটা ধরে রেখে সে শরীরে একটা ঘূর্ণি তুলল আবার। চরকির মতো বোঁ-বোঁ করে ঘুরপাক খেতে লাগল সে। আর ঘূর্ণাবেগে ন' পাড়ার বিশালদেহী খেলোয়াড়রা ছিটকে-ছিটকে যেতে লাগল এদিক-সেদিক। দু'জন গিয়ে পড়ল কোর্টের বাইরে, একজন দর্শকদের মধ্যে।

গৌর সবাইকে আউট করে নিজের কোর্টে ফিরে আসতেই এমন তুমুল হাততালি আর হর্ষধ্বনি উঠল যে, কানে তালা ধরার উপক্রম।

দর্শকদের সেই উল্লাস ছাপিয়ে একটা রাজকীয় গুরুগম্ভীর গলা থেকে একটা মাত্র শব্দ বেরিয়ে এল, "শাবাশ!"

গৌর তাকিয়ে হিম হয়ে গেল। যে-টেবিলে প্রাইজ রাখা আছে, তার ওপাশে দাঁড়িয়ে রাজা রাঘব। প্রায় সাড়ে ছ'ফুট লম্বা, সাদা একটা জোব্বার মতো পোশাকে তাকে অদ্ভুত দেখাচ্ছে।

গৌর সম্মোহিতের মতো রাজা রাঘবের দিকে চেয়ে ছিল।

হঠাৎ রেফারি ঘোষণা করল, "খেলা শেষ। পাঁচ পাট্টি খেলা বাতিল করা হল। মল্লারপুরকে বিজয়ী ঘোষণা করা হচ্ছে। বিজয়ী দলের গৌরগোপাল এ-খেলায় শ্রেষ্ঠ খেলোয়াড়ের সম্মান পেয়েছে। তাকে এর জন্য অতিরিক্ত একশো টাকা পুরস্কার দেওয়া হবে।"

এই ঘোষণার সঙ্গে সঙ্গে মল্লারপুরের লোকেরা দারুণ নাচানাচি আর হইহই শুরু করে দিল। খেলোয়াড়দের কাঁধে তুলে কোর্টের চারপাশে ঘোরানো হল। গৌরকে নিয়েই হইচই হল সবচেয়ে বেশি। গোলমাল থামবার পর গৌর আর রাজা রাঘবকে কোথাও দেখতে পেল না, ন'পাড়ার গুণ্ডা খেলোয়াড়রাও কে কোথায় সরে পড়েছে।

॥ ৬ ॥

খাওয়া-দাওয়া সেরে উঠতে বেশ রাত হয়ে গেল। আর খাওয়াটাই তো এক এলাহি ব্যাপার। পোলাও, মাছের কালিয়া, মাংসের কোর্মা, ছানার ডালনা, মুড়িঘণ্ট, মাছের মুড়ো দিয়ে মুগডাল, চাটনি, রাবড়ি, রসগোল্লা, সরভাজা...উফ। সকলে খেতে খেতে একেবারে জেরবার হয়ে গেল। তবে গৌর মাছমাংস-পেঁয়াজরসুন খায় না। তার মা তাকে ছেলেবেলা থেকেই ওসব খাওয়ায়নি! তাদের বংশটাই নিরামিষ বংশ। বহুকাল ধরে প্রথাটা চলে আসছে। কিন্তু নেতাইগোপাল তার বউয়ের পাল্লায় পড়ে ওসব আর মানে না। গৌর মানে। মা বারণ করে গেছে বলেই মানে। সে ছানার ডালনা দিয়ে পোলাও খেল, আর প্রায় এক হাঁড়ি রাবড়ি।

খেয়ে উঠে সবাই মিলে গলায় মেডেল আর মালা ঝুলিয়ে, ট্যাঁকে প্রাইজের টাকা গুঁজে রওনা হল। মল্লারপুরের লোকেরা যারা খেলা দেখতে এসেছিল, তারা সবাই আগেই ফিরে গেছে। এখন তারা শুধু আট-দশজন।

রাস্তা অন্ধকার বলে দুটো মশাল জ্বালিয়ে নিয়েছে তারা। গল্প করতে করতে

হাঁটছে। আজকের খেলার কথাই হচ্ছে বেশি। সবাই বেশ নিশ্চিন্ত আর খুশি।

কিন্তু গৌর নিশ্চিন্তও নয়, খুশিও নয়। ন'পাড়ার দলে মাউ আর খাউ ছাড়াও আর একটা লোক ছিল, যে অনেকটা ওদের মতোই দেখতে। লোকটা কে তা বুঝতে পারছে না সে। অথচ মনটা টিকটিক করছে। লোকটা তাকে নির্ঘাত খুন করে ফেলতে চেয়েছিল। তার ওপর রাজা রাঘব। রাঘব যে কেন ওখানে জুটল তা-ই বা কে বলবে?

গৌর স্পষ্টই টের পাচ্ছে, এই খেলাটা এক মস্ত ষড়যন্ত্র। সম্ভবত এ-খেলার উদ্দেশ্য ছিল তাকে খুন করা। খেলার মধ্যে বেকায়দায় লেগে সে মরে গেলে সেটা ইচ্ছাকৃত খুন বলে কেউ প্রমাণ করতেও পারত না এবং খুনি ধরা পড়ত না। কিন্তু সেই উদ্দেশ্য সফল হয়নি। সুতরাং ওরা আবার চেষ্টা করবে। কখন, কোথা দিয়ে যে আক্রমণটা আসবে তার তো ঠিক নেই। কিন্তু তার মতো এক অতি সাধারণ ছেলেকে খুন করে কী লাভ সেটাই গৌর ভাবছে।

ন'পাড়ার প্রকাণ্ড মাঠটা পেরিয়ে তারা ফলসা-বনে ঢুকল। চারদিকটা ছমছম করছে। একঝাঁক শেয়াল পালাল পাশ দিয়ে। ঘুমন্ত পাখিরা কেউ কেউ একটু ডানা ঝাপটে ডেকে উঠল ভয় পেয়ে। গৌরের বন্ধুরা খুব নিশ্চিন্তে হাঁটছে। সকলেরই ভারী ফুর্তি। সোনার মেডেল, টাকা পাওয়া, ভরপেট ভালমন্দ খাওয়া এসব তো সচরাচর জোটে না কপালে!

ফলসা-বন পার হয়েই আর একটা বড় মাঠ। তার পরেই মল্লারপুরের সীমানা। বন্ধুরা এখান থেকেই ভাগ ভাগ হয়ে যে যার বাড়ি যাবে। গৌরের বাড়ির দিকে যাওয়ার কেউ নেই। রাস্তাটাও নির্জন। এত রাতে গাঁ গঞ্জে কেউ জেগে থাকে না।

তেজেন বলল, "গৌর, তুই একা যাবি, একটা মশাল নিয়ে নে।"

মশাল হাতে গৌর একা-একাই চলল, ভয়ডর তার বিশেষ লাগছিল না, কিন্তু কেমন যেন মনের মধ্যে একটা সুড়সুড়ি টের পাচ্ছিল সে। রাঘবরাজা এত সহজে ছেড়ে দেওয়ার পাত্র নয়। কাবাডি খেলায় এত লোকের সামনে ওরকম হেনস্থা আর লাঞ্ছনা নীরবে হজম করে যাওয়ার পাত্রও নয় মাউ আর খাউ। একটা কিছু করবে।

সামনেই মহাবীর থানের বটতলার ঝুপসি অন্ধকার। থোকা-থোকা জোনাকি জ্বলছে। মশালের আলো এখন নিবু-নিবু। সেটা উঁচু করে তুলে ধরে গৌর বটতলাটা দেখার চেষ্টা করল। মনটায় বড্ড সুড়সুড়ি লাগছে। বাঁ দিকে বুড়ো শিবের ভাঙা মন্দিরে একটা তক্ষক ডেকে ওঠে। একটা কেলে খোঁড়া কুকুর এই বটতলায় রোজ শুয়ে থাকে। আজ সেটার কোনও সাড়াশব্দ নেই। পা বাড়িয়েও বটতলাটা পেরোতে একটু ইতস্তত করতে লাগল সে। মশালের নিবু-নিবু আলোয় কাউকে দেখা যাচ্ছে না বটে, কিন্তু জায়গাটা যে বেশ ছমছমে সে-বিষয়ে সন্দেহ নেই।

ঘুরপথে যাওয়ারও উপায় নেই। একধারে নিবিড় কাঁটাবন, অন্যধারে বিপজ্জনক জলার ধারে চোরাবালি, পথ এই একটাই। গৌর করে কী?

একটু ভেবেচিন্তে গৌর দ্বিধার ভাবটা ঝেড়ে ফেলল। তারপর চারদিকে সতর্ক চোখ ফেলে ধীর পায়ে এগোল।

বটের ঝুরি নেমে চারদিকটা যেন জঙ্গলের মতো হয়ে আছে। অনেকটা জায়গা

নিয়ে বটের বিস্তার। গৌর যখন মাঝামাঝি এসেছে তখন পিছনে হঠাৎ অস্পষ্ট একটা শব্দ শুনতে পেল সে। যেন কে শুকনো পাতা মাড়িয়ে দিল। বিদ্যুৎ-বেগে ঘুরে দাঁড়াল গৌর।

কিন্তু কিছু করতে পারল না। একটা লাঠি এসে মশালটা ছিটকে ফেলে দিল মাটিতে। আর একটা লাঠি এসে পড়ল বাঁ দিকের কাঁধে।

গৌর লাঠি খেয়ে চোখে সরষেফুল দেখে বসে পড়ল মাটিতে। মাথাটা ঘুরছে। মাটি দুলছে। সে অজ্ঞান হয়ে যাবে নাকি? ন'পাড়ার কালীবাড়ির মাঠে মাত্র কয়েক ঘণ্টা আগে যে গৌর সাত-সাতটা দানবকে একাই মোর করেছে, সে মাত্র দু'ঘা লাঠির চোটে কুপোকাত হয়ে যাবে? এখনও সোনার মেডেলটা তার গলায় দুলছে যে! ট্যাঁকে রয়েছে প্রাইজের কড়কড়ে দেড়শোটা টাকা। মল্লারপুরের লোকেরা তাকে বীর বলে একটু আগেই কাঁধে নিয়ে কত নাচানাচি করেছে যে! এত সহজে হার মানলে তার চলবে কেন?

এইসব ভাবতে কয়েক সেকেন্ড মাত্র সময় নিয়েছে সে। এর মধ্যেই উপর্যুপরি কয়েকটা লাঠি এসে পড়ল তার ওপর। ভাগ্যি ভাল যে, মশালটা পড়েই নিবে গেছে। অন্ধকারে তাই লাঠিগুলোর সব ক'টা তার শরীরে পড়ল না। একটা মাজায় লাগল বটে, কিন্তু তত জোরে নয়। বোধহয় বটের কোনও ঝুরিতে ঠেকে গিয়েছিল লাঠিটা। আর দুটো লাঠি পরস্পরের সঙ্গে লেগে কাটাকুটি হয়ে গেল।

কে একজন চাপা স্বরে বলল, "শেষ করে দে! শেষ করে দে! তারপর কবচটা ছিঁড়ে নে কোমর থেকে। নইলে রাজার কাছে মুখ দেখানোর উপায় থাকবে না।"

গৌর মাথা বাঁচানোর জন্য একটা হাত তুলে রেখেছিল। একটা লাঠি এসে পড়ল ঠিক তার মুঠোয়। প্রচণ্ড লাগল হাতে। মনে হল চামড়া ছড়ে গেল লাঠির চোটে। কিন্তু গৌর তবু চেপে ধরল লাঠিটা। প্রথমে একহাতে, তারপর দু'হাতে, এক হ্যাঁচকা টান মেরে অদৃশ্য আততায়ীর হাত থেকে লাঠিটা ছিনিয়ে নিয়েই খানিকটা হামাগুড়ি দিয়ে সরে গিয়ে লাফ মেরে উঠে দাঁড়াল গৌর।

তারপরে অন্ধকারে কী যে হল তা গৌর বলতে পারবে না। তার আনাড়ি হাতের লাঠি অন্ধকারে এলোপাথাড়ি চলতে লাগল। ঠকাঠক ঠকাঠক শব্দ উঠতে লাগল মুহুর্মুহু। অদৃশ্য আততায়ীদের শরীরেও লাগল বোধহয়। কে একজন চেঁচাল—"উঃ!" আর একজন বলল, "বাবা রে!"

মিনিট কয়েক লড়াই চলার পর গৌর টের পেল, ওরা রণে ভঙ্গ দিচ্ছে। একজোড়া পা বাজারপানে দৌড় মারল। একজন বুড়োশিবের মন্দিরের দিকে ছুটল। একজন মাটিতে গড়াগড়ি খাচ্ছে। চার নম্বরটা সাঁত করে কোথায় লুকিয়ে পড়ল লাঠি ফেলে।

হতভম্বের মতো লাঠি হাতে নিয়ে খানিকক্ষণ দাঁড়িয়ে রইল গৌর। চার-চারটে লোক যে তার জন্য ওত পেতে ছিল, এটা যেন তার বিশ্বাস হল না। চারজনেই যে রণে ভঙ্গ দিয়েছে এটাও হজম করতে একটু সময় লাগল তার। কোমরে হাত দিয়ে সুতলিতে বাঁধা কবচটা একবার ছুঁয়ে দেখল, গলায় মেডেল বা ট্যাঁকে টাকা, কিছুই খোয়া যায়নি। তারপর সে জোর কদমে হাঁটতে লাগল বাড়ির দিকে।

॥ ৭ ॥

বাড়ি ঢুকে গৌর একটু অবাক হয়ে দেখল দাদার ঘরের দাওয়ায় হ্যারিকেন জ্বলছে। দাদা আর বউদি বসে বসে মশা তাড়াচ্ছে। প্রথমে গৌর ভেবেছিল রাত হয়েছে, বোধহয় তার জন্যেই উদ্বেগে দাদা-বউদি বসে আছে বারান্দায়। কথাটা ভেবে গৌর একটু খুশিই হয়েছিল। কিন্তু নিতাইগোপালের কথায় গৌরের ভুল ভাঙল।

গৌরকে দেখে নিতাই বলল, "কে রে, গৌর এলি নাকি?"

"হ্যাঁ, দাদা।"

"তোর মাউ আর খাউদাদাকে দেখেছিস? তারা এখনও ফেরেনি।"

"তারা তো ন'পাড়ায় কাবাডি খেলতে গিয়েছিল।"

নিতাই ভারী বিরক্ত হয়ে বলল, "সে খবর শুনেছি। বেকায়দায় পেয়ে তুমি তাদের হেনস্থাও করেছ, কিন্তু তোমার বিচার পরে। তারা গেল কোথায়?"

"আমি তো তা জানি না।"

গৌরের বউদি কান্নাজড়ানো খনখনে গলায় বলল, "তা জানবে কেন? খেয়ে খেয়ে গতর হয়েছে, আমার ভাই দুটো খেলতে গিয়েছিল, ধরে সবাই মিলে মেরেছ, লজ্জা করে না? এখন সত্যি করে বলো, তাদের কী হয়েছে। মেরে পাঁকে পুঁতেটুঁতে দিয়ে আসোনি তো?"

গৌর অবাক হয়ে বলল, "আমি মারব কেন?"

বউদি ফুঁসে উঠে বলল, 'কেন মারবে তা জানো না? দিনরাত তো হিংসেয় জ্বলেপুড়ে মরছ! চোর গোবিন্দ, বুড়ো কবরেজ আর ভণ্ড ফকিরটার সঙ্গে সাঁট করে ওদের সরানোরও মতলব করেছ, সব জানি। ওরা নিজেরাই আমাকে বলেছে। এই বলে রাখছি আমার ভাইরা যদি না ফেরে, তা হলে তোমাকে আঁশবঁটি দিয়ে আমি দু'খানা করে কাটব।"

নিত্যগোপালও রাগের গলায় বলল, "তোমার ব্যবহারে লজ্জায় আমার মাথা কাটা গেছে। আবার সোনার মেডেল গলায় ঝুলিয়ে রেখেছ! লজ্জা করে না। মাউ আর খাউ কী এমন দোষ করেছিল যে, সবাই মিলে ওদের ওরকম মারধোর করলে?"

গৌর এত অবাক জীবনে হয়নি। কিছুক্ষণ সে কথাই বলতে পারল না, তারপর নিজেকে সামলে নিয়ে বলল, "ওদের মেরেছি কে বলল?"

"বলবে আবার কে! গাঁয়ের লোকেরাই ঘুরিয়ে-ফিরিয়ে বলে গেছে। খেলতে একটু গুঁতোগুঁতি হয়েই থাকে। না হয় তোমাকে একটু ধাক্কাধাক্কিই করেছে তা বলে হাত ভেঙে দেওয়া! ছিঃ!"

"গাঁয়ের লোক কী বলল? তারা কি বলল দোষটা আমার?"

বউদি খনখনে গলায় বলে ওঠে, "তা বলবে কেন? আমার ভাই দুটো এ গাঁয়ে আছে বলে সকলেরই চোখ টাটায়। সব শত্রু! কী হি-হি করে হাসি সকলের! আমার ভাইয়ের হাত ভাঙায় কী আহ্লাদ তাদের! গৌর ভারী বীরত্বের কাজ করেছে তো। কুটুম-মানুষের হাত ভেঙে দিয়েছে। যাও এবার সোনার মেডেলটা তাদের দেখিয়ে

এসো। হুঃ, বীর! মুখে নুড়ো অমন বীরের।”

নিতাই বলল, “অত কথায় কাজ নেই। হ্যারিকেনটা নিয়ে যা, যেখানে পাস খুঁজে নিয়ে আয়। আমরা শুতে যাচ্ছি। সকালের মধ্যে যদি তারা না ফেরে, তবে আমাকে পুলিশে খবর দিয়ে তোকে হাজতে পাঠাতে হবে।”

চোখের জল মুছে গৌর হ্যারিকেন নিয়ে বেরিয়ে পড়ল।

গৌরের সন্দেহ নেই যে, মহাবীর থানের বটতলায় যারা তাকে আক্রমণ করেছিল তাদের মধ্যে মাউ আর খাউ ছিল। খেলার মধ্যে কী হয়েছে তা সেই উত্তেজনায় গৌরের আর মনে নেই। তবে মাউ বা খাউ কারও হাত ভেঙেছে বলে তার মনে হয় না। যদি ভেঙে থাকে, তা হলে অবশ্য লজ্জার কথা।

গৌর হারিকেন হাতে মহাবীর থানের দিকে হাঁটছিল। যদি ওদের পাওয়া যায় তবে ওখানেই পাওয়া যাবে।

রাত আরও গভীর হয়েছে। আরও নিশুতি। চারদিক ছমছমে থমথমে। কেমন যেন মনের মধ্যে ফের সুড়সুড়িটা টের পাচ্ছে গৌর। কী যেন একটা ঘটবে।

গৌর বটগাছটার ছায়ার দিকে চেয়ে থমকে দাঁড়াল। তার পা সরছিল না। দূর থেকেই সে গলা খাঁকারি দিয়ে মৃদু স্বরে ডাকল, “মাউদাদা! খাউদাদা!”

কেউ জবাব দিল না।

গৌর আরও দু’ পা এগোল। আবার ডাকল, এবার জবাব নেই। একটা বিদঘুটে উত্তুরে হাওয়া কনকন করে বয়ে গেল, হ্যারিকেনটা দপদপ করে কয়েকবার লাফিয়ে ঝপ করে নিবে গেল। নিকষ্যি অন্ধকার গ্রাস করে নিল চারদিক।

কিন্তু সেই অন্ধকারে এক আশ্চর্য কাণ্ড ঘটল। এমন কাণ্ড গৌর আর কখনও দেখেনি।

হ্যারিকেনটা নিবে যাওয়ার একটু পরেই হঠাৎ বটতলার অন্ধকারে দপ করে একটা নীলচে আলো জ্বলে উঠল। খুব উজ্জ্বল নয়, কিন্তু ভারী নরম, ভারী মায়াময় এক আলো। যেন জ্যোৎস্নার সঙ্গে আকাশের নীল রংখানা কে গুলে মিশিয়ে দিয়েছে। সেই অদ্ভুত আলোয় বটতলাটা যেন এক রূপকথার রাজ্য হয়ে গেল। কিছুই আর যেন চেনা যায় না। বুড়োশিবের ভাঙা মন্দির, বাঁধানো চাতাল, বটের ঝুরি সব যেন ভোজবাজির মতো মিলিয়ে গেল। নীল আলোর মধ্যে ফুটে উঠল একটা ধপধপে সাদা সিংহাসন।

গৌর পালাতে গিয়েও পারল না। সম্মোহিতের মতো চেয়ে রইল সামনের দিকে। আঠাকাঠি দিয়ে যেমন পাখি ধরে, তেমনি করে কে যেন আটকে ফেলল গৌরকে। সে পিছোতে পারল না, ঘুরে দৌড় দিতে পারল না, বরং ধীরে ধীরে চুম্বকের টানে এক-পা এক-পা করে এগিয়ে যেতে লাগল বটতলার দিকে।

এখানে এমন ধপধপে সাদা সিংহাসন এল কোত্থেকে? এমন অদ্ভুত আলোও তো জন্মে দেখেনি গৌর! বটতলায় হাজারটা ঝুরির ভিতরে বিচিত্র এক আলোছায়া। গাছের মোটা গুঁড়িটার কাছে ফাঁকা সিংহাসনটা কে রেখে গেল?

গৌর ধীরে-ধীরে সিংহাসনটার কাছে এসে দাঁড়াল, না, নিজের ইচ্ছেয় নয়।

এতক্ষণ যেন এক অদৃশ্য সুতোর টান তাকে নিয়ে এসেছে এইখানে। একটা অদৃশ্য হাত যেন হঠাৎ তাকে থামিয়ে দিল নির্দিষ্ট জায়গায়।

গৌরের চোখে পলক পড়ছে না। বুকের ভিতর সেই গুড়গুড় সুড়সুড়। হঠাৎ একটা সাদা আলোর ঝলকানি দেখতে পেল গৌর। তারপর নিজের চোখকে বিশ্বাস হল না তার—সিংহাসনে রাজা রাঘব বসে আছে। সেই অদ্ভুত লম্বা লোকটা। পরনে সাদা একটা জোব্বা, মাথায় জরির কাজ করা সাদা একটা পাগড়ি।

রাজা রাঘব গৌরের দিকে চেয়ে একটু হাসল। বলল, "খুব বাহাদুর ছেলে তুমি। বহোত খুব। আমি তোমার ওপর খুশি হয়েছি।"

গৌর জিব দিয়ে ঠোঁট চেটে বলল, "আপনি কি ভোজবাজি জানেন?"

রাজা রাঘব মৃদু হেসে মাথা নেড়ে বলল, "তা একরকম বলতে পারো। তবে ভোজবাজি মানেই হল বস্তুবিদ্যার সঙ্গে আত্মশক্তির প্রয়োগ। অত সব তুমি বুঝবে না। তবে তুমি যে আজ ন'পাড়ার সঙ্গে কাবাডি খেলায় ভোজবাজি দেখালে, সেটাও একটা বস্তুবিদ্যার কারসাজি।"

গৌর অবাক হয়ে বলল, "বস্তুবিদ্যা? কই, আমি তো কিছু জানি না?"

রাঘব মাথা নেড়ে বলল, "তোমার জানার কথাও নয়। আর সেইজন্যই বস্তুটি তোমার পক্ষে বিপজ্জনক।"

"আমার তো তেমন কোনও বস্তু নেই?"

রাঘব মৃদু-মৃদু হেসে মাথা নেড়ে বলল, "আছে বই কী! কিন্তু বাঁদরের গলায় যেমন মুক্তোর মালা বেমানান, তোমার মতো আনাড়ির কাছে ও-বস্তু থাকাও তেমন বিপজ্জনক। বস্তুটি আমি চাই।"

গৌর এক পা পিছিয়ে বলল, "আমার কাছে কিছু নেই।"

মুহূর্তের মধ্যে রাঘবের হাসিমুখ পাথরের মতো স্থির হয়ে গেল। চোখ দুটো ধকধক করে উঠল। হিংস্র গলায় রাঘব বলল, "পালানোর চেষ্টা করে লাভ নেই। এই জায়গাটা আমি বন্ধন দিয়ে রেখেছি। আর-একটা কথাও মনে রেখো, যে বস্তুবিদ্যার জোরে আমার লোকদের হাত থেকে বেঁচে বেরিয়ে গেছ, তা দিয়ে আমায় ঠকাতে পারবে না।"

গৌর কী বলবে বুঝতে না পেরে শুধু অপলক চেয়ে রইল।

রাঘব ক্রূর চোখে কিছুক্ষণ তার দিকে চেয়ে থেকে বলল, "কবচটা কোমর থেকে খোলো।"

শুনে গৌরের মনে হল, এই আদেশ পালন না করে তার উপায় নেই। ওই কণ্ঠস্বর যেন দৈববাণী। তার একখানা হাত আস্তে-আস্তে কোমরের দিকে উঠে এল।

রাঘব বলল, "কবচটা খুলে নাও। তারপর জলার ধারে ওই চোরাবালুতে ছুড়ে ফেলে দাও।"

গৌর কোমরের সুতলিটার গিঁট খুলল। তারপর কবচটা হাতে নিয়ে ধীর পায়ে জলার দিকে এগিয়ে গেল।

পিছন থেকে রাঘবরাজার গলা গমগম করে উঠল, "ফেলে দাও! ছুড়ে ফেলে

দাও!”

গৌর কবচসুদ্ধু হাতটা মাথার ওপর তুলল। তারপর প্রাণপণ শক্তিতে সেটা ছুড়ে দিল জলার দিকে।

তারপর আস্তে-আস্তে ঘুরে দাঁড়াল সিংহাসনের দিকে।

কিন্তু বটতলা নিকষ কালো অন্ধকারে ডুবে গেছে আবার। সেই আলো নেই, সিংহাসন নেই। শুধু অন্ধকার থেকে একটা গমগমে গলা বলে উঠল, “এবার বাড়ি যাও।”

শরীরটা দুর্বল লাগছিল গৌরের। এতক্ষণ যে নির্ভয় নির্ভার মন ছিল, তা আর নেই। এখন তার ভয় করছে, শীত করছে, ঠকঠক করে কাঁপছে সে। তাহলে কি কোনও কার্যকারণে তার কবচটার ঘুম ভেঙে গিয়েছিল? কবচের গুণেই কি সে ন'পাড়ার সাত-সাতটা দানবীয় খেলুড়িকে মোর করে দিয়েছিল দু'দুবার? আর জাগ্রত সেই কবচের জন্যই রাজা রাঘবের এত দুশ্চিন্তা?

গৌর আর ভাবতে পারল না। সে প্রাণপণে বাড়ির দিকে ছুটতে লাগল।

বাড়িতে ঢোকার মুখেই একটা বাঁশঝাড়। অন্ধকারে দেখতে পায়নি গৌর, একটা বাঁশ ঝুঁকে পড়েছিল রাস্তার ওপর। সেটায় পা বেধে ধমাস করে পড়ে গেল সে। মাথাটা ঝিমঝিম করে উঠল। ভয়ে সিঁটিয়ে গেল হাত-পা। সে বুঝল যে, আর রক্ষা নেই। এবার শত্রুপক্ষ তাকে পিঁপড়ের মতো পিষে মারবে।

গৌর চেঁচাল, “বাঁচাও...”

একটা হোঁতকা হাত তার মুখটা চেপে ধরল অন্ধকারে।

কানের কাছে কে যেন বলে উঠল, “চেঁচাস না! খবর্দার!”

গৌর একটা শ্বাস ছেড়ে বলল, “গোবিন্দদা!”

“এদিকে আয়, তফাতে গিয়ে দাঁড়াই। কথা আছে।”

কাঁপতে-কাঁপতে গোবিন্দর পিছু-পিছু সে বাঁশঝাড় পেরিয়ে একটা জংলা জায়গায় গিয়ে দাঁড়াল।

হাঁফাতে-হাঁফাতে গোবিন্দ বলল, “আর রক্ষে নেই। প্রাণ বাঁচাতে যদি চাস তো এক্ষুনি এখান থেকে পালা!”

গৌর সভয়ে বলল, “কোথায় পালাব গোবিন্দদা? আমার যে যাওয়ার জায়গা নেই। আর পালিয়েই বা হবে কী? আমার বাঁচার ইচ্ছেও নেই।”

গোবিন্দ চোখ কপালে তুলে বলে, “কেন রে, বাঁচার ইচ্ছে নেই কেন?”

গৌরের চোখে প্রায় জল এসে গেল। “বেঁচে থেকে লাভ কী বলো? রাঘবরাজার তোশাখানা খুঁড়ে বের করবে বলে আমাদের ভিটেছাড়া হতে হবে। তার ওপর যদি প্রাণে কোনওরকমে বেঁচেও যাই, সারাজীবন দাদার শালাদের তাঁবেদারি করে মরতে হবে। খাউ মাউ তো জুটেছেই, বোম্বেটে হাউও এসে জুটল বলে। বড় ভরসা ছিল কবচখানা। তার জোরেই আজ কাবাডিতে খুব লড়েছিলাম। তা সেটাও গেল রাঘবরাজার পাল্লায় পড়ে। বেঁচে থেকে আর লাভ কী?”

গোবিন্দ একটু মাথা নেড়ে বলল, “সবই জানি রে। তুই ভাবিস তুই বুঝি একা! তা

নয় রে বোকা। আমরা কেউ না কেউ সব সময়ে তোকে চোখে-চোখে রাখছি। যা-যা ঘটেছে, সব স্বচক্ষে দেখেছি।"

গৌর অভিমানভরে বলল, "দেখেছ! তাও আমাকে বাঁচানোর চেষ্টা করলে না!"

গোবিন্দ মাথা নেড়ে বলল, "উপায় নেই! রাঘবরাজার সঙ্গে পাল্লা টানতে পারি, আমাদের তেমন ক্ষমতা কোথায়? তোকে বশ করে ভেড়া বানিয়ে কবচ-ছাড়া করল, তাও মুখ বুজে হজম করতে হল। কিন্তু কাছে গেলে আমারও তোর মতোই দশা হত।"

গৌর একটা দীর্ঘশ্বাস ছেড়ে বলল, "এতকাল কবচটার মহিমা বুঝতে পারিনি। ঘুমন্ত ছিল। আজই কিন্তু কবচটা জ্যান্ত হল। আমার শরীরটায় আজ ঝিলিক খেয়ে গেল বারবার।"

গোবিন্দ মাথা নেড়ে বলল, "দূর বোকা। কবচ জাগেনি।"

"জাগেনি? তাহলে এসব হল কী করে?"

"কবচ জাগলে তার লক্ষণ আমরা ঠিকই টের পেতাম। যোগেশ্বরবাবার তুক আছে। কবচ জাগলে আমরা যারা তাঁর চেলা, সবাই নীল আকাশে তিনবার বিদ্যুতের ঝলক দেখতে পাব।"

"তাহলে কী করে এতসব কাণ্ড হল?"

"তুই বড় বোকা গৌর। যে ক্ষমতা আজ তুই দেখিয়েছিস, তা কবচের ক্ষমতা নয়, তোরই ক্ষমতা।"

গৌর বিস্ময়ে হাঁ করে কিছুক্ষণ চেয়ে থেকে বলল, "আমার? আমি সাতটা দানবকে ওরকম গো-হারান হারিয়েছি? বলো কী গোবিন্দদা!"

"ঠিকই বলছি। আরে হাঁদারাম, যোগেশ্বরবাবার দেওয়া কবচ যদি জাগত তাহলে কি রাঘব অত সহজে তোকে হিপনোটাইজ করতে পারত?"

গৌর জিজ্ঞেস করে, "তাহলে কবচ জাগত কীসে? কেমন করে?"

গোবিন্দ মাথা নেড়ে বলে, "তা জানি না। সেসব আমাদের যোগেশ্বরবাবা বলে দেননি। তবে এটুকু জানি, ঠিক সময়ে ঠিক যোগাযোগে কবচ জাগবে। আর সেইটেই আমাদের একমাত্র ভরসা। নইলে রাঘবরাজা গাঁয়ের পর গাঁ শ্মশান করে দেবে।"

গৌর একটা দীর্ঘশ্বাস ফেলে বলে, "আর ভরসা করে কী হবে? কবচ তো চোরাবালিতে ডুবে গেছে।"

"তা বটে। কিন্তু কবচ না থাকলেও তোর নিজের ক্ষমতাও যে কিছু কম নয়, তা তো আজ টের পেলি!"

"সে-ক্ষমতা দিয়ে কি রাঘবরাজার সঙ্গে পাল্লা দেওয়া যাবে?"

"সে-ক্ষমতাটাও যে বড় ফ্যালনা নয় রে। আমরা যারা বুড়ো-হাবড়া, বয়সের গাছপাথর যাদের নেই, তারা অবধি মরার কথা ভাবি না, তুই ভাবছিস কেন? এখন তুই-ই যে আমাদের বড় ভরসা।"

গৌর অবাক হয়ে বলে, "আমি তোমাদের ভরসা? বলো কী? না হয় গায়ে একটু জোরই আছে, আর কাবাডিও মন্দ খেলি না, তা বলে রাঘবরাজার সঙ্গে পাল্লা দেব

এমন সাধ্যি কী?"

গোবিন্দ চিন্তিতভাবে বলল, "গায়ের জোরটাও কিছু ফ্যালনা নয় রে। তাতেও মাঝে মাঝে কাজ হয়। তবে কিনা রাঘবের গায়ে অসুরের জোর। তার ক্ষমতাও অনেক বেশি। কিন্তু তা বলে নিজেকে ছোট ভাবতে নেই। যদি এক বার ধরে নিস 'পারব না' তাহলে আর কিছুতেই পারবি না। অন্তত 'পারব' বলে একটা ধারণা রাখতে হয়।"

গৌর বলল, "তাহলে পালাতে বলছ কেন?"

'পালানো মানেও একটা কৌশল। এইমাত্র দেখে এলাম তোর বাড়িতে রাঘব জনাকয়েক যমদূত মোতায়েন রেখেছে। দুটো বসে আছে তোর ঘরের পিছনে আমবাগানে, আর দুটো কলার ঝাড়ে। ওরা কি তোকে ছাড়বে?"

গৌর অবাক হয়ে বলে, "মারতে হলে রাঘবরাজা তো বটতলাতেই আমাকে মারতে পারত। এমন হিপনোটাইজ করেছিল যে, আমার হাত-পা শরীর একদম অসাড় হয়ে গিয়েছিল। তখন মারল না কেন?"

গোবিন্দ ঠোঁট উলটে বলল, "কে জানে রাঘবের কী লীলা। তবে তোকে যদি মেরে ফেলে তা হলে আর আমাদের রক্ষে নেই।"

গৌর একটু ভাবল। আশ্চর্য এই যে, রাঘবরাজা তাকে কবচ-ছাড়া করায় সে যেমন ভয় পেয়েছিল, এখন আর সেরকম ভয় করছে না। শরীরটা বেশ হালকা লাগছে, গায়ে স্বাভাবিক জোর-বলও যেন ফিরে এসেছে। তার চেয়েও বড় কথা, তার মাথায় একটু-আধটু বুদ্ধি-বিবেচনা খেলছে। সে মাথা নেড়ে বলল, "পালানোর কোনও মানেই হয় না। আমার যাওয়ার জায়গাও নেই। তবে আমার মনে হয় রাঘবরাজা আমাকে মারতে চাইছে না। চাইলে অনায়াসে মারতে পারত।"

গোবিন্দ বলল, "তা বটে। তা হলে কী করবি?"

"আমি বাড়ি যাব।"

"যদি যমদূতগুলো তোকে মেরে ফেলার চেষ্টা করে?"

"দেখাই যাক।"

"তোর সাহস আছে গৌর। ঠিক আছে, আমিও পিছনে রইলাম। আড়াল থেকে নজর রাখব। তেমন বিপদ দেখলে অন্তত একটা পাবড়া বা বল্লম তো অন্তত ছুড়ে মারতে পারব।"

গৌর একটু হাসল। তারপর অন্ধকারে পথ ঠাহর করে করে হাঁটতে লাগল বাড়ির দিকে।

সদরের দিক দিয়ে গৌর গেল না। একটু ঘুরে আমবাগানের পথ ধরল। এসব তার চেনা জায়গা, নখদর্পণে। অন্ধকারেও সে বলে দিতে পারে, কোন গাছটায় মৌচাক আছে, কোনটায় কাঠঠোকরার বাসা বা কোনটার প্যাঁচ-খাওয়া শরীরে আছে কুস্তিগিরের আকৃতি।

লোকদুটোকে অন্ধকারেও ঠিকই দেখতে পেল গৌর। কাঁচামিঠে আর বেগমপসন্দ দুটো গাছ একেবারে পাশাপাশি। ভারী ঝুপসি ছায়া। সেই ছায়ায় আরও গাঢ় দুটো

ছায়া ঘাপটি মেরে আছে। হাতে কোনও অস্ত্র আছে কি? কে জানে!

গৌর নিঃশব্দে এগিয়ে গেল। একটা গাছ থেকে আর-একটা গাছের আড়ালে কোলকুঁজো হয়ে ছুটে যাচ্ছিল সে। কাবাডি খেলার দক্ষ খেলোয়াড়ের কাছে ব্যাপারটা খুবই সহজ। কিন্তু লোকদুটো বোকা নয়। অন্ধকারে যতই নিঃশব্দে গৌর এগোক না কেন, লোক দুটো কিন্তু ঠিক টের পেল। আচমকা ছায়াদুটো ছিটকে সোজা হল। তারপর সিঁটিয়ে গেল গাছের আড়ালে।

গৌর চারদিকটা একটু লক্ষ করল। তারপর কাঠবেড়ালির মতো একটা গাছ বেয়ে উঠে গেল খানিকটা ওপরে। এক গাছ থেকে আর-এক গাছে যাওয়া তার কাছে ছেলেখেলার মতো। লোক দুটো যে-গাছের তলায় দাঁড়িয়ে আছে, সে দুটো টপকে গৌর সোজা গিয়ে তার ঘরে পিছনটায় নেমে পড়ল। নামল খুবই সাবধানে, আড়াল রেখে। কেউই দেখতে পায়নি তাকে।

হামাগুড়ি দিয়ে গিয়ে তার ঘরের দাওয়ার পাশে হাজির হল। কেউ কোথাও নেই। খুব সাবধানে উঠে দাঁড়াল গৌর। দাওয়ায় গা রাখল। উঠতে যাচ্ছে, ঠিক এই সময়ে লোহার মতো দু'জোড়া হাত এসে তার দুই বাহু চেপে ধরল।

গৌর একটুও চমকাল না, ভয়ও পেল না। ঘাড় ঘুরিয়ে লোকদুটোকে একটু দেখল। সাক্ষাৎ যমদূতই বলা যায়। কিন্তু গৌরের আত্মবিশ্বাস বেড়ে গেছে। সে জানে, ইচ্ছে করলে বোধহয় এই যমদূতদের সঙ্গেও সে পাল্লা দিতে পারে।

তবে গৌর কিছুই করল না। ঠাণ্ডা গলায় জিজ্ঞেস করল, "কী চাও তোমরা?"

যমদূতদের একজন একটু অবাক হয়ে বলল, "ভয় পাচ্ছিস না যে! খুব তেল হয়েছে, না?"

"তেল হবে কেন? তেল তো দেখছি তোমাদের।"

ঘাড়ে একটা রদ্দা মেরে যমদূতটা বলল, "কার কত তেল সেটা আজই বোঝা যাবে। চল!"

রদ্দা খেয়ে গৌরের মগজ নড়ে গিয়েছিল। মাথাটা ঝিমঝিম করছে। চোখে সরষেফুল। তবু শরীরটা ঝাঁকিয়ে নিজেকে সামলে নিয়ে বলল, "তোমরা বাবু কথায়-কথায় বড় গায়ে হাত তোলো। সবসময়ে কি হাত নিশপিশ করে নাকি?"

"তা করে। তোর মতো চোরকে হাতে পেলে হাত নিশপিশ করবেই।"

"আমি চোর!" গৌর অবাক হয়ে বলে, "কী চুরি করলাম বলো তো!"

যমদূতটা আর-একটা রদ্দা চালিয়ে বলল, "ন'পাড়া থেকে যে সোনার মেডেল নিয়ে এলি, সেটা চুরি নয়? কবচের জোরে জিতেছিস। ওরকম জেতাকে চুরিই বলে!"

এই বলে যমদূতেরা গৌরকে হিড়হিড় করে টেনে নিয়ে চলল। বনবাদাড় মাঠঘাট কাঁটাঝোপের ভিতর দিয়ে যেখানে এনে হাজির করা হল তাকে, সে-জায়গাটা গৌরের খুব চেনা। সেই বটতলা, যেখানে একটু আগেই রাঘবরাজার সঙ্গে তার দেখা হয়েছে। এখন আর সিংহাসন নেই, সেই স্বপ্নের মতো আলো নেই। শুধু বাঁধানো চাতালে একটা পিদিম জ্বলছে। আধো-অন্ধকারে লম্বা পায়ে পায়চারি করছে রাঘব।

তাকে দেখে বাঘের চোখে চাইল। সেই চোখ, যা দেখলে বাঘেরও বোধহয় রক্ত জল হয়ে যায়।

গৌর রাঘবের চোখের দিকে চেয়ে কেমন অবশ হয়ে গেল। সে টের পেল, রাঘবের সাঙ্গোপাঙ্গরা যতই সাঙ্ঘাতিক হোক, তারা কেউ রাঘবের হাজার ভাগের এক ভাগও নয়।

গমগমে স্বরে রাঘব বলল, "আমি কে তা জানিস?"

গৌর মাথা নেড়ে ক্ষীণ স্বরে বলল, "জানি। আপনি রাজা, রাঘব।"

"আর কী জানিস?"

গৌর একটা শ্বাস ফেলল। তার মনটা ধীরে-ধীরে অবশ হয়ে যাচ্ছে। প্রতিরোধ চলে যাচ্ছে। সে সম্মোহিত হয়ে পড়ছে। ক্ষীণ স্বরে গৌর বলল, "আপনি আপনার রাজ্য আবার স্থাপন করতে চান। তার জন্য সৈন্যসামন্ত জোগাড় করছেন।"

"তা হলে সবই জানিস দেখছি। যোগেশ্বর নামে একটা শয়তান এখানে একসময়ে থানা গেড়েছিল। তার কয়েকজন শিষ্যসাবুদ এখনও এখানে আছে বলে খবর পেয়েছি। তারা নাকি আমাকে তাড়াতে চায়?"

"জানি।"

"লোকগুলোকে আমি চিনি না। শুনেছি তারা খুব গোপনে ষড়যন্ত্র আঁটছে। তুই জানিস তারা কারা?"

"জানি।"

"নাম আর ঠিকানা বলে যা।"

"আপনি কি তাদের মারবেন?"

"আমার কাজে যে বাধা দেবে, তাকেই সরিয়ে ফেলতে হবে। কোনও উপায় নেই।"

"আমাদের এই গ্রাম কি আর এরকম থাকবে না?"

"না। সব ভেঙে ফেলে দেওয়া হবে। বাড়িঘর, মন্দির, সব। আবার সব গড়ে তোলা হবে যেমন আগে ছিল।"

"আর মানুষজন?"

"এখানকার মানুষ একসময়ে শত্রুতা করে আমাদের তাড়িয়েছিল। এখনও তাদেরই বংশধরেরা এখানে বাস করছে। সুতরাং সবাইকে উচ্ছেদ করা হবে। এবার নামগুলো বল।"

"গোবিন্দদা, কবরেজমশাই, ফকিরসাহেব, সুবলদাদু।"

রাঘব তার যমদূতদের দিকে তাকিয়ে চোখের একটা ইঙ্গিত করল। যমদূতদুটো চোখের পলকে অন্ধকারে মিলিয়ে গেল।

রাঘব গৌরের দিকে সেই ভয়ঙ্কর চোখে চেয়ে বলে, "রাজা রাঘব বড় একটা ভুল করে না। কিন্তু তোর ব্যাপারে আজ আমার একটা মস্ত ভুল হয়েছে। কবচের জোরে নয়, নিজের ক্ষমতাতেই তুই আজ অনেক ভেলকি দেখিয়েছিস।"

গৌর চুপ করে রইল।

রাজা রাঘব বলল, "আমি তোর ওপর খুশিই হয়েছি। যদিও তুই যোগেশ্বরের এক চেলার নাতির নাতি, তবু তোকে ক্ষমা করতে পারি। একটা শর্তে।"

"কী শর্ত?"

"আমার হয়ে কাজ করতে হবে। একটু বেচাল দেখলেই খুন করব। আর কথামতো চললে কোনও অভাব থাকবে না।"

"আমাকে আপনার দলে নিতে চান?"

"চাই। তবে আমার দলে আসতে গেলে শুধু গায়ের জোর থাকলেই হবে না। শক্ত কলজে চাই। যদি সেই পরীক্ষায় পাশ করতে পারিস, তবেই দলে আসতে পারবি।"

"কী পরীক্ষা?"

"হাসতে হাসতে খুন করতে পারা চাই। রক্ত দেখে ভিরমি খেলে হবে না। গেরস্তের ঘরে আগুন দিবি, কিন্তু বুক কাঁপবে না। পারবি?"

"আপনি বললে চেষ্টা করতে পারি।"

"পরীক্ষা এখনই হবে। আমার লোকেরা ফিরে এল বলে।"

বাস্তবিকই কয়েক মিনিট বাদে যমদূতের চেহারার কয়েকজন লোক পিছমোড়া করে বেঁধে টানতে টানতে চারজন লোককে এনে হাজির করল। গৌর দেখল, গোবিন্দদা, কবরেজমশাই, ফকিরসাহেব, আর সুবলদাদু। তিনজনেই ভয়ে জড়োসড়ো, মুখে কথা নেই।

রাঘব চারজনকে খুব তাচ্ছিল্যের চোখে দেখে গৌরের দিকে ফিরে জিজ্ঞেস করল, "এই চারটে মর্কটের কথাই বলেছিলি তো।"

"আজ্ঞে হ্যাঁ।"

"এখন এক-এক করে এদের ধরে নিয়ে গিয়ে চোরাবালিতে ফেলে দিয়ে আয়। খবর্দার, চালাকির চেষ্টা করিস না। আমার লোক নজর রাখবে। ওদিকটায় জলার ধারে একটা ঢিবি আছে। ঢিবির ওপর এক একটাকে দাঁড় করিয়ে ধাক্কা দিয়ে ফেলে দিবি। যা। এইটাই তোর পরীক্ষা।"

গৌর বলল, "যে আজ্ঞে।"

বলেই গৌর গিয়ে কবরেজমশাইয়ের হাত ধরল।

কবরেজমশাই ফোঁত করে একটা শ্বাস ছেড়ে ঢোক গিলে বললেন, "বাবা গৌর, তোর মনে কি এই ছিল?"

পিছন থেকে এক যমদূত একখানা রদ্দা মারতেই কবরেজমশাই হুমড়ি খেয়ে পড়লেন। গৌর তাঁকে ধরে তুলল। তারপর হঠাৎ যমদূতটার ঘাড় ধরে একটা ঝাঁকুনি দিয়ে বলল, "এ শিকার আমার। স্বয়ং হুজুর সামনে রয়েছেন। এরকম বেয়াদবি আর করলে মুণ্ডু ছিঁড়ে দেব। খেয়াল রেখো।"

সকলেই অবাক হয়ে গৌরের দুঃসাহস দেখল। যমদূতেরা হয়তো সবাই মিলে লাফিয়ে পড়ত গৌরের ওপর। কিন্তু সেই সময়ে রাজারাঘব চারদিক প্রকম্পিত করে বলে উঠল, "শাবাশ! এই তো চাই।"

কবরেজমশাই কাঁপতে-কাঁপতে ঢিবির ওপর উঠলেন। অস্পষ্টভাবে বিড়বিড় করে

বীজমন্ত্র জপ করছেন, শুনতে পেল গৌর। তাদের দুজনের দুদিকে চারজন চারজন করে আটজন বল্লম লাঠিধারী লোক।

কবরেজমশাই কাঁপতে-কাঁপতে বললেন, "গৌর, শেষে ব্রহ্মহত্যার পাতকী হলি? রাঘবের দলে গেলি? ওঃ, ভাবতে পারি না। আর কিনা তুই-ই ছিলি আমাদের শেষ ভরসা! নাঃ, এর চেয়ে মরণ ভাল।"

বলতে-বলতেই কবরেজমশাই উচ্চৈঃস্বরে বীজমন্ত্র উচ্চারণ করতে করতে ঢিবি থেকে লাফ দিলেন। প্রায় হাত-দশেক নীচে চোরাবালি। গৌর ঝুঁকে দেখল, কবরেজমশাই বারকয়েক হাত-পা ছুড়লেন, তারপর তলিয়ে যেতে লাগলেন বালির মধ্যে।

এরপর সুবলদাদু। তিনি কোনও কথা বললেন না। কথা এমনিতেও কম বলেন। ঢিবির ওপর ওঠার সময় শুধু ট্যাঁক থেকে একটুকরো সুপুরি বের করে মুখে দিলেন। ওইটেই তাঁর একমাত্র নেশা। তারপর গৌরের দিকে চেয়ে বললেন, "কুলাঙ্গার।"

এই বলে তিনিও লাফ দিলেন। ঠেলা ধাক্কা দিতে হল না।

ফকিরসাহেব কেবল একবার রোষকষায়িত লোচনে গৌরের দিকে চেয়ে বললেন, "ফুঃ, আমাকে মারা কি অত সোজা রে? শরীরখানা ছেড়েই আরশিতে ঢুকে পড়ব। তারপর কেবল ফুর্তি আর ফুর্তি। তোরা কাঁচকলা খা।" এই বলে বুড়ো আঙুল দেখিয়ে ফকিরসাহেব গিয়ে ঢিবির ধারে দাঁড়ালেন। তারপর চোখ বুজে একবার আল্লার নাম স্মরণ করেই মারলেন লাফ।

গোবিন্দ কোনও কথা বলল না, তাকালও না। চুপচাপ উঠে চলে এল ঢিবির ধারে। লাফ মারার আগে চাপা স্বরে শুধু বলল, "ঝিলিক দেখা গেছে।" তারপরেই লাফিয়ে পড়ল চোরাবালিতে।

কথাটার অর্থ প্রথমে বুঝতে পারেনি গৌর। তারপর মনে পড়ল। গোবিন্দদাই তাকে বলেছিল যে, কবচ জাগলে বিনা মেঘেও আকাশে তিনবার ঝিলিক দেখা যাবে। কিন্তু গৌরের এখন সে-সব ভাববার সময় নেই। রাঘবরাজাকে খুশি করাই এখন তার জীবনের লক্ষ্য। তার বেশ আনন্দ আর উত্তেজনা হচ্ছিল মনের মধ্যে। সে লোকের ঘরবাড়ি জ্বালাবে, গ্রামের পর গ্রাম শ্মশান করে দেবে, একের পর এক মানুষ মারবে। কী যে মজা হবে! ওঃ! তার গা রীতিমতো গরম লাগছে। রক্তে যেন আগুন লেগেছে। আর বেশ নেশা-নেশা মাতলা-মাতলা ভাব।

গৌর বটতলায় ফিরে এসে রাঘবরাজার সামনে হাঁটু গেড়ে বসে হাতজোড় করে বলল, "খুশি তো হুজুর!"

হুজুর! গৌর যেন নিজের কানকেই বিশ্বাস করতে পারছিল না। সে রাঘবরাজাকে 'হুজুর' বলছে! কিন্তু বলে বেশ ভালই লাগছিল তার। ইচ্ছে হচ্ছিল, রাঘবরাজার পায়ের ওপর মাথা রেখে ধুলোয় গড়াগড়ি খায়। আহা, রাঘবরাজার মতো মানুষ হয় না। মানুষও নয়, দেবতা। গৌরের চোখে আনন্দাশ্রু বইছিল।

রাঘবরাজা গম্ভীরমুখে তার বিশাল দক্ষিণবাহুটি তুলে বলল, "নাঃ, বাহাদুর আছিস বটে! শাব্বাশ!"

"তা হলে পাশ তো হুজুর? দলে নেবেন তো?"

"হ্যাঁ। এবার যা, গাঁয়ের গোটা দুই বাড়িতে আগুন লাগিয়ে আয়।"

গৌর সঙ্গে-সঙ্গে ছুটল। পথের ধারে দুটো খোড়ো ঘরে আগুন ধরিয়ে আবার দৌড়ে ফিরে এল। দাউদাউ করে আগুন জ্বলছে, লোকজন প্রাণভয়ে চেঁচামেচি দৌড়োদৌড়ি করছে, আর গৌর তখন রাঘবরাজার সামনে হাঁটু গেড়ে বসে বিগলিত মুখে বলছে, "দিয়ে এসেছি হুজুর। আর কী করতে হবে একবার হুকুম করুন।"

রাঘবরাজা মৃদু হেসে বলল, "আজকের মতো যথেষ্ট হয়েছে। কাল থেকে আমার সত্যিকারের কাজ শুরু হবে। কাল সকালে এসে এইখানে হাজির হবি। তোর যা এলেম দেখছি, তোকেই সর্দার করে দেব। এই নে আমার পাঞ্জা।"

রাঘবরাজা একখানা তুলোট কাগজ গৌরের হাতে দিল। তাতে একখানা প্রকাণ্ড হাতের ভুষোকালির ছাপ। গৌর কাগজটা নিয়ে কপালে ঠেকাল।

রাঘবরাজা বলল, "খুব সাবধানে রাখিস।"

"যে আজ্ঞে।"

"এখন বাড়ি গিয়ে ঘুমো। কাল অনেক কাজ।"

গৌর হাতজোড় করে বলল, "হুজুর, একটা কথা। অভয় দেন তো বলি।"

"বল বল, অত সঙ্কোচ কীসের?"

"আমার দুই কুটুমকে পাচ্ছি না। খাউ আর মাউ। তাদের খুঁজে নিয়ে না গেলে দাদা বাড়িতে ঢুকতে দেবে না বলেছে।"

এ-কথায় রাঘবরাজার চোখ দুটো ঝলসে উঠল। পিদিমের ম্লান আলোতেও দেখা গেল, লম্বাটে মুখখানা পাথরের মতো শক্ত হয়ে গেছে। চাপা হিংস্র গলায় বলল, "কে তোকে বাড়ি ঢুকতে দেবে না? কার এত বুকের পাটা? তোর দাদাকে যদি কড়াইয়ের মধ্যে পুরে আগুন দিয়ে বেগুনপোড়া না করি..."

"আজ্ঞে হুজুর, মায়ের পেটের ভাই। অতটা করার দরকার নেই।"

রাঘবরাজা ভ্রূকুটি করে কিছুক্ষণ গৌরের দিকে চেয়ে থেকে বলল, "খাউ আর মাউ কোনও কর্মের নয়। বরং ওদের বড় ভাইটা কাজের লোক। খাউ আর মাউকে বেঁধে বুড়ো শিবের মন্দিরে বন্ধ করে রেখেছি। ভেবেছিলাম কেটে নদীর জলে ভাসিয়ে দেব। আমার রাজ্যে অপদার্থের স্থান নেই।"

"হুজুর, আমারও তাতে অমত নেই। বলেন তো নিজের হাতেই কাটব। তবে বউদি বড় কান্নাকাটি করবে।"

একটা দীর্ঘশ্বাস ছেড়ে রাঘব বলে, "ঠিক আছে। তুই ওদের নিয়ে যা। একটু নজরে নজরে রাখিস। তোর মুখ চেয়েই ওদের ছেড়ে দিচ্ছি।"

আধমরা খাউ আর মাউকে নিয়ে বাড়ি ফিরেছে গৌর। তারপর খুব নিশ্চিন্তে নিজের বিছানায় শুয়ে ঘুমিয়েছে। ভারী নিশ্চিন্ত। কবচ হারানোর দুঃখ আর নেই। কবচের বদলে রাঘবরাজার পাঞ্জা পেয়ে গেছে সে। আর দুঃখ কীসের? কাল থেকে সে হবে রাঘবরাজার দলের সর্দার। গ্রাম জ্বালাবে, মানুষ মারবে, রাজ্য প্রতিষ্ঠা করবে। তারপর একদিন হবে রাঘবরাজার সেনাপতি। ঘুমিয়ে-ঘুমিয়ে গৌর স্বপ্ন

দেখছিল। সেনাপতি হয়ে সে ঘোড়ায় চেপে সৈন্যসামন্ত নিয়ে একটা রাজ্য জয় করে ফিরছে। তার বল্লমের আগায় গাঁথা একটা নরমুণ্ড। নরমুণ্ডটা ভারী চেনা-চেনা। কিন্তু ঠিক মনে পড়ছিল না মুখটা কার।

হঠাৎ আকাশ থেকে একটা ঈগল পাখি শোঁ করে নেমে নরমুণ্ডটা তুলে নিয়ে উধাও হয়ে যাচ্ছিল। গৌর কি কিছু কম যায়? সঙ্গে-সঙ্গে ধনুক বাগিয়ে তীর ছুড়ল। পাখিটা লাট খেয়ে পড়তে লাগল। আশ্চর্য! নরমুণ্ডটা এসে আবার বল্লমে গেঁথে গেল। আর ঈগলটা নেমে এসে হঠাৎ দুটো থাবায় চেপে ধরল তার গলা।

গৌরের দম বন্ধ হয়ে এল। চোখ কপালে উঠল। কিন্তু কিছুতেই ঈগলটা ছাড়ছে না তাকে। চোখের সামনে যেন বিদ্যুতের ঝিলিক দেখা গেল বারকয়েক। আর সেই যন্ত্রণার মধ্যে গৌর বুঝতে পারল, বল্লমে গাঁথা নরমুণ্ডটা আসলে তারই মুখ। তাই অত চেনা।

ঘুম ভাঙতেই গৌর বুঝল, মস্ত একটা মানুষ অন্ধকারে প্রাণপণে লোহার থাবায় তার গলা চেপে ধরেছে। বুকে হাঁটু।

গৌর বুঝল, আর একটু পরেই সে অজ্ঞান হয়ে যাবে। তাই পা দুখানা তুলে সে লোকটার গলায় লটকে একটা ঝটকা দিল। দড়াম করে লোকটা খসে গেল তার বুক থেকে। গৌর বিদ্যুৎবেগে উঠে লোকটাকে একটা লাথি লাগাল কষে। তারপর অনায়াসে তার একটা হাত পিঠের দিকে ঘুরিয়ে অন্য হাতে গলা চেপে ধরল।

গৌরের এই বজ্রবাঁধনে লোকটা খাবি খাচ্ছে।

গৌর জিজ্ঞেস করল, "তুমি কে?"

"আমি হাউ। খাউ আর মাউয়ের বড় ভাই।"

গৌর অবাক হয়ে বলল, "তুমি তো জেলখানায় ছিলে!"

"রাঘব আমাকে ছাড়িয়ে এনেছে। তারপর ন'পাড়ায় লুকিয়ে ছিলুম।"

"তা আমার ওপর তোমার রাগ কীসের?"

"আমার ভাইদের এই হেনস্থার জন্য তুই-ই দায়ী। তুই রাঘবরাজার নজরে পড়েছিস। এখন রাঘব আমাদের পাত্তা দিতে চাইছে না। তোকে খুন করা ছাড়া আমার অন্য উপায় ছিল না।"

"তুমি ন' পাড়ার কাবাডির দলে ছিলে?"

"হ্যাঁ। রাঘব হুকুম দিয়েছিল, খেলার মধ্যে যেন তোমাকে খুন করা হয়।"

"এখন যদি তোমার ঘাড়টা ভেঙে দিই।"

হাউ কোনও জবাব দিল না। কিন্তু আচমকাই পিছন থেকে বেড়ালের পায়ে চার-পাঁচজন লোক ঘরে ঢুকল। তাদের প্রত্যেকের হাতে লাঠি তরোয়াল খাঁড়া।

গৌর কিছু করার আগেই তার মাথায় বিশাল একটা লাঠি সজোরে এসে পড়ল। ফটাস করে একটা শব্দ আর সেই সঙ্গে ছড়াক করে খানিক রক্ত ছিটকে পড়ল মেঝেয়। তারপরেই উপর্যুপরি ধুপধাপ লাঠি এসে পড়তে লাগল চারধার থেকে। গৌর নড়বার সময় পেল না। লাঠির ঘায়ে কাটা কলাগাছের মতো অজ্ঞান হয়ে পড়ে গেল মাটিতে।

হাউ লোকগুলোর দিকে চেয়ে বলল, "লাশ এখানে ফেলে রাখা চলবে না। রাঘব সন্দেহ করবে। রক্তটা ভাল করে মুছে দে। আর চারজন ধরাধরি করে নিয়ে গিয়ে চোরাবালিতে ফেলে দিয়ে আয়। সর্দার হওয়া ওর বের করছি।"

নিশুত রাতে চারজন লোক গৌরের অচেতন দেহখানা চ্যাংদোলা করে বটতলার টিবিটার ওপর নিয়ে তুলল। তারপর দু'বার দোল দিয়ে ছুড়ে ফেলে দিল চোরাবালির মধ্যে।

বালির মধ্যে আস্তে-আস্তে মিলিয়ে গেল গৌর। কেউ কিছু জানতে পারল না।

গৌরের চেতনা যখন ফিরল, তখন তার চারধারে বালি আর বালি। ওপরে বালি, নীচে বালি, চারধারে ঝুরঝুর করে ঝুরো বালির স্তর কেবল সরে যাচ্ছে, ঝরে পড়ছে। কিন্তু অবাক কাণ্ড! গৌরের তাতে কোনও অসুবিধে হচ্ছে না। সে দম নিতে পারছে। সে অনুভব করছিল, বালির মধ্যে শক্তমতো ছোট একটা জিনিস বারবার তার হাতে, পিঠে, বুকে এসে ঠেকছে। গৌর হাত বাড়িয়ে জিনিসটা মুঠোয় নিল।

কবচটা না? হ্যাঁ, সেই কবচটাই তো মনে হচ্ছে! গোবিন্দদা কী যেন বলছিল? হ্যাঁ, বলেছিল যে ঝিলিক দেখা গেছে। তার মানে কি কবচটা জেগে উঠেছে।

কবচটা মুঠোয় চেপে শোয়া-অবস্থা থেকে গৌর উঠে দাঁড়ায়। কোনও অসুবিধে হয় না তার। হঠাৎ তার মনে পড়ে যায়, আজ রাঘবরাজার হুকুমে তার চারজন অকৃত্রিম শুভাকাঙ্ক্ষীকে এই চোরাবালিতে ডুবিয়ে মেরেছে। মনটা হায়-হায় করে ওঠে গৌরের। তার বুদ্ধিনাশ হয়ে গিয়েছিল। শোকে পাগলের মতো হয়ে গৌর চারদিকে বালির মধ্যে হাতড়ে হাতড়ে খুঁজতে লাগল ওঁদের। খুঁজতে খুঁজতে চোখের জল ফেলে সে বারবার বলছিল, "এ আমি কী করলাম! এ আমি কী করলাম!"

বেশি খুঁজতে হল না। প্রথমে কবরেজমশাইকে পেয়ে গেল সে। তারপর সুবলদাদু। একটু বাদেই হাত ঠেকল গোবিন্দদা আর ফকিরসাহেবের গায়ে।

একে একে চারজনকেই টেনে হিঁচড়ে ওপরে নিয়ে এল গৌর। চোরাবালিতে একটুও কষ্ট হল না তার। শরীরটা যেন পালকের মতো হালকা।

চারজনকেই ঘাসজমিতে শুইয়ে একে-একে নাড়ি দেখবে বলে গৌর প্রথমে কবরেজমশাইয়ের কব্জিটা ধরতেই কবরেজমশাই খেঁকিয়ে উঠলেন, "ওঃ, কী আমার ধন্বন্তরি এলেন যে! বলি নাড়িজ্ঞানটা আবার তোর কবে থেকে হল?"

গৌর আনন্দ কেঁদে ফেলে বলল, "আপনি বেঁচে আছেন কবরেজমশাই?"

"মারে কে? চোরাবালিতে পড়ার আগে একটা করে বিশল্যকরণীর বড়ি খেয়েছি না সবাই? মরা কি অত সোজা? তা ছাড়া, কবচ যে জেগেছে, সে-খবরও পেয়েছিলাম কিনা। যাকগে, তোকে ভাবতে হবে না। ওই তিনজনও বেঁচেই আছে। এক্ষুনি গা-ঝাড়া দিয়ে উঠবে।"

গৌর অবাক হয়ে দেখল, সত্যিই তাই। কথা শেষ হতে না হতেই গোবিন্দদা, সুবলদাদু আর ফকিরসাহেব উঠে বসেছেন। একটা হাই তুলে ফকিরসাহেব বললেন, "বেশ ঘুম হল একখানা। ঘুমটার বড় দরকার ছিল।"

গোবিন্দদা গা থেকে বালি ঝাড়তে-ঝাড়তে বলল, "এখন বসে গল্প করার সময়

নেই গো। কবচ জেগেছে, কিন্তু যোগেশ্বরবাবার বলা আছে, মস্ত বিপদের দিনে কবচ জেগে উঠবে বটে, তবে মাত্র কয়েক ঘণ্টার জন্য। তারপর যেই ভোর হবে, অমনি চিরতরে নিবে যাবে। সুতরাং যা করার এই কয়েক ঘণ্টার মধ্যে। ওঠো সব, উঠে পড়ো।”

॥ ৮ ॥

রাঘবরাজার গুপ্ত আবাসের কথা তার সাঙ্গোপাঙ্গরা কেউ জানে না। জানা সম্ভবও নয়।

নদীর বাঁকের মুখে যেখানে স্রোত ভয়ঙ্কর, সেইখানে দক্ষিণ তীরে মাটির মধ্যে কিছু ইঁট গাঁথা আছে দেখা যায়। কোনও প্রাচীন ইমারতের ধ্বংসাবশেষ বলে লোকে তেমন মনোযোগ দেয় না। তা ছাড়া ওই জায়গাতেই নদীর মধ্যে একটা ঘূর্ণি আছে। মানুষ নৌকো, যা পড়বে তা-ই তলিয়ে যাবে। তাই ভয়ে কেউ ওই খাড়া পাড় আর ঘূর্ণির কাছাকাছি যায় না। তবে সাধারণ মানুষ যা পারে না, রাঘবের কাছে তা খুবই সহজ কাজ।

নিশুত রাতে রাঘব সেই খাড়া পাড়ের ধারে এসে দাঁড়িয়ে চারদিকে একবার দেখে নিল। তার বাঘের মতো চোখ অন্ধকারেও সব কিছু দেখতে পায়। না, কোথাও কেউ নেই। কেউ তাকে লক্ষ করছে না। রাঘব নিঃশব্দে পাড়ের ধারে ইঁটের খাঁজে পা রাখল। তারপর অলৌকিক দক্ষতায় ঠিক টিকটিকির মতো প্রায় পনেরো হাত খাড়াই বেয়ে খরস্রোত জলের মধ্যে ঝুপ করে নামল। সেখানে জলের স্রোত এমন প্রবল যে, হাতি অবধি ভেসে যায়। কিন্তু রাঘব ভেসে গেল না। এমনকী, খুব একটা টললও না। জলের মধ্যে টুপ করে ডুব দিল সে। ডুব দিয়ে গভীর থেকে গভীরে নেমে গেল। একদম তলায় যখন নামল, তখন তার কাছ থেকে মাত্র কয়েক হাত দূরে পাতালের এক গহিন গহ্বর। নদীর জল চোরাস্রোতে বিভীষণ বেগে সেই গহ্বরে ঢুকে যাচ্ছে। একটু পা হড়কালেই সেই গহিন গহ্বরের উন্মত্ত জলরাশি কোথায় কোন পাতালগঙ্গায় টেনে নিয়ে যাবে তার ঠিক নেই। অন্ধকারে একবার তাচ্ছিল্যের সঙ্গে রাঘবরাজা গহ্বরটার দিকে চাইল। সামনে নদীর পাড়টা যেখানে এসে নীচে ঠেকেছে সেখানে ইটের ফাঁকে একটা সংকীর্ণ ফাটল। রাঘব ধীর পায়ে সেই ফাটলের মধ্যে ঢুকল। তারপর কতগুলো খাঁজ বেয়ে উঠে এল খানিকটা ওপরে।

মাটির নীচে অনেকগুলো সুড়ঙ্গের মতো পথ চলে গেছে নানা দিকে। রাঘব সামনের পথটা ধরে একটু নিচু হয়ে লম্বা পা ফেলে দ্রুত এগিয়ে চলল। ক্রমে সুড়ঙ্গটা চওড়া হতে হতে একটা মস্ত হলঘরের মতো জায়গায় এসে শেষ হল। সুড়ঙ্গটা পাথর দিয়ে বাঁধানো। দেয়ালে অনেক কুলুঙ্গি। একধারে একটা মস্ত কাঠের বাক্সের ওপর বিছানা পাতা। একটা দীপাধারে দীপ জ্বলছে। রাঘবের আস্তানা।

রাঘব ভেজা জামাকাপড় ছেড়ে শুকনো পোশাক পরল।

তারপর, দীপটা হাতে নিয়ে এগিয়ে গেল কুলুঙ্গির দিকে। কুলুঙ্গিগুলো বেশ

চওড়া। প্রত্যেকটাতে একটা করে বড় কাঠের বাক্স, তাতে ঢাকনা দেওয়া। অনেকটা কফিনের মতো।

রাঘব প্রথম বাক্সটা খুলল। দীপের আলোয় দেখা গেল, বাক্সের মধ্যে একটা শুকনো মমির মতো মৃতদেহ। চামড়া কুঁচকে গেছে, চোখ কোটরে ঢোকানো, হাড়গুলো ঠিকরে বেরিয়ে আসছে। রাঘব ঢাকনাটা বন্ধ করে দিল। আর-একটা খুলল। এটার মধ্যেও আর একটা মৃতদেহ। তেমনই শুকনো, কোঁচকানো। একটার পর একটা বাক্স খুলল রাঘব। আবার বন্ধ করল। এ-সবই রাঘবের পূর্বপুরুষের মৃতদেহ। বহুকাল আগে তাদের বংশে মৃতদেহ সংরক্ষণের প্রথা চালু হয়। প্রাসাদ থেকে একটি গুপ্ত সুড়ঙ্গপথে মৃতদেহগুলি এই পাতালঘরে এনে রাখা হত। সেই সুড়ঙ্গ এখন বুজে গেছে। নদীর তলা দিয়ে এখানে আসার পথটি আবিষ্কার করেছে রাঘব নিজেই।

কথা আছে, যদি রাঘবের কোনও বিপদ ঘটে তা হলে এইসব মৃতদেহ আর-একবার, শেষবারের মতো, জেগে উঠবে একদিন। জেগে উঠে তাদের বংশের দুলালকে বিপদ থেকে উদ্ধার করবে। তারপর আবার ফিরে যাবে মৃতের জগতে।

রাঘব বুঝতে পারছে, আর দেরি নেই। ভোর হতে না হতেই সে শুরু করবে তার বিজয়-অভিযান। এমন কিছু শক্ত কাজ নয়। অত্যাচার শুরু করলেই ভীরু, কাপুরুষ গাঁ-গঞ্জের লোকেরা পালাবে। একমাত্র বাধা ছিল শয়তান যোগেশ্বরের কয়েকজন চেলা। তা সেগুলোও সব নিকেশ হয়েছে। যোগেশ্বরের প্রধান চেলা ফটিকের এক বংশধর গৌরকে দিয়েই কাজ হাসিল করবে রাঘব। আর সেইটেই হবে যোগেশ্বরের ওপর তার প্রতিশোধ। না, রাঘবের আর কোনও বিপদ নেই। সুতরাং এইসব মৃতদেহও আর জাগবে না। এবার কাজ উদ্ধার হয়ে গেলে রাঘব মৃতদেহগুলি নদীর নীচের সেই গহ্বরে বিসর্জন দেবে।

বিছানায় জোড়াসনে বসে সে কিছুক্ষণ ধ্যানস্থ হল। চোখের সামনে ভেসে উঠল তার ভাবী রাজ্য। এই বিংশ শতাব্দীর পৃথিবীতেও সে এমন এক রাজ্য প্রতিষ্ঠা করবে, যা দেখে অবাক হয়ে যাবে লোকে। সেই রাজ্যে রাজাই হবে সবচেয়ে ক্ষমতাবান। প্রজারা বাস করবে অনুগত দাসের মতো। কোথাও কোনও বিশৃঙ্খলা থাকবে না। সামান্য বেয়াদবির শাস্তি হবে মৃত্যু।

ধ্যানস্থ অবস্থায় কেমন যেন একটু অস্বস্তি বোধ করল রাঘব। ধ্যানটা ভেঙে গেল। একটা শবাধারের ভিতরে একটু নড়াচড়ার শব্দ হল না? কান খাড়া করে শুনল রাঘব।

প্রদীপটা নিয়ে প্রথম কুলুঙ্গিটার কাছে গিয়ে ঢাকনাটা খুব ধীরে খুলল রাখব। চিত হয়ে পড়ে থাকা মৃতদেহ পাশ ফিরে শুয়ে আছে।

রাঘব একটু চমকে উঠল। এ কী? মৃতদেহে কেন জাগরণের লক্ষণ?

আবার ধ্যানস্থ হল রাঘব। আবার অস্বস্তি। শবাধারে শব্দ। আর একটা মৃতদেহ পাশ ফিরল। তারপর আর একটা। আর একটা।

রাঘবের ঘাম হচ্ছে। তবু জোর করে ধ্যানস্থ হওয়ার চেষ্টা করল রাঘব। চোখ বুজেই শুনতে পেল, একটা শবাধারের ঢাকনা সরে যাচ্ছে।

রাঘব চোখ খুলল। শুকনো কঙ্কালসার একটি মৃতদেহ উঠে বসেছে। রাঘব ভ্রূকুটি করে চেয়ে রইল। আস্তে আস্তে মৃতদেহ কুলুঙ্গি থেকে নেমে আসার চেষ্টা করছে।

বিদ্যুৎগতিতে উঠে দাঁড়াল রাঘব। তারপর বিকট স্বরে চেঁচিয়ে উঠল, "অসম্ভব! অসম্ভব! আমার সব শত্রুর নিপাত হয়েছে।"

শবদেহ তবু নেমে আসছে কেন?

রাঘব বিছানার পাশ থেকে একটা লম্বা তরোয়াল টেনে নিল হাতে। এই পাতালঘরে কোনও মানুষের পক্ষেই আসা সম্ভব নয়। ওই খাড়া পাড়, চোরা স্রোত, ঘূর্ণির ভিতর দিয়ে কে আসবে এখানে?

॥ ৯ ॥

চার বুড়ো মিলে নদীর ধারে একটা দড়ি ঝুলিয়ে বসে ছিল। দড়িটা টানটান হয়ে খরস্রোতের মধ্যে নেমে গেছে। দড়ির প্রান্তে গৌর। চারজন, অর্থাৎ কবরেজমশাই, ফকিরসাহেব, গোবিন্দচোর আর সুবলবুড়ো দড়িটা মাঝে-মাঝে টেনে দেখছে। না, এখনও গৌর দড়ি ছাড়েনি। এ-জায়গাটা বড় বিপজ্জনক। গৌর পারবে তো?

গৌর জলের তলায় নেমে ভয়ে চোখ বুজে ফেলেছিল প্রথমে। উত্তাল স্রোতের জল প্রথমটায় অনেকখানি টেনে নিয়েছিল তাকে। দড়ি ধরে আবার সে জায়গামতো ফিরেছে। কিন্তু জলের নীচে নেমে ঘূর্ণি দেখে তার মূর্ছা যাওয়ার জোগাড়। ওরেব্বাস, একটু পা পিছলে পড়লেই সর্বনাশ। পাতালে টেনে নিয়ে যাবে।

কিন্তু কিছুই হল না। আশ্চর্য এই, জলের তলায় দীর্ঘক্ষণ দমবন্ধ করে থাকতেও তার কোনও অসুবিধে হচ্ছিল না। আর অন্ধকারেও সে বেশ দেখতে পাচ্ছিল।

ফাটলটা খুঁজে বের করতে তাকে বেশি বেগ পেতে হল না। ফাটলের মুখে পা দিয়ে সে দু'বার দড়িটা নাড়া দিয়ে ওপরে জানান দিল যে, সে নেমেছে।

আস্তে আস্তে সুড়ঙ্গ বেয়ে ওপরে উঠল সে। এখানে জল নেই। সে দম নিল। চারদিকে অনেকগুলো সুড়ঙ্গ গেছে। কোনটায় যাবে সে। কবচটা একবার স্পর্শ করতেই মাথাটা যেন পরিষ্কার হয়ে গেল। ওই তো সামনের পথ!

গৌর এগোতে লাগল। খুব ধীরে-ধীরে এবং নিঃশব্দে। ভোর হতে আর দেরি নেই। ভোর হলেই কবচের ক্ষমতা শেষ হয়ে যাবে। সুতরাং তাড়াতাড়ি করা দরকার। কিন্তু গৌর এটাও জানে, তাড়াতাড়ি করতে গেলে বিপদ বেশি।

সুড়ঙ্গটা চওড়া হচ্ছে। ক্রমে ক্রমে একটা মস্ত হলঘরের চেহারা নিচ্ছে।

গৌর থমকে দাঁড়াল। অবাক হয়ে দেখল, পাতালে এক আশ্চর্য ঘর পাথর দিয়ে তৈরি। মাঝখানে একটা দীপ জ্বলছে।

কিন্তু ও কী? ওরা কারা? পাথরের অনেক তাক চারদিকে। প্রত্যেকটা তাকে একটা করে লম্বা কাঠের বাক্স। আর সেই সব বাক্স থেকে কঙ্কালসার, মস্ত মস্ত মাকড়সার মতো ওরা কারা নেমে আসছে? মানুষ? মানুষ কি এরকম হয়?

হঠাৎ একটা অমানুষিক তীব্র আর্তনাদে ঘরটা ভরে গেল। গৌরের সমস্ত শরীর

ঘড়ি তার রুমালটা বের করে ছুঁচের মুখে ধরতেই সেটা বিঁধে গেল রুমালে আর কয়েক ফোঁটা ভারী সুগন্ধি তরল বস্তু বেরিয়ে এল ছুঁচ থেকে।

ছাব্বিশ

অন্ধকারে যখন আংটি চোখ মেলল, তখন তার মাথাটা ঘুমে ভরা। কোথায় শুয়ে আছে সেই বোধটা পর্যন্ত নেই। কিছুক্ষণ ভোম্বলের মতো চেয়ে থাকার পর হঠাৎ সে তড়াক করে উঠে বসল। বিছানার পাশে একটা ভূত দাঁড়িয়ে আছে।

ভূত যে তাতে কোনও সন্দেহই নেই। মুখটা ভাল দেখা না গেলেও এরকম শীর্ণকায় এবং লম্বা চেহারার লোক বড় একটা নেই। এই সেই নকল রাজার সেক্রেটারি, যাকে সে এবং তার দাদা ঘড়ি বাসের মধ্যে খুন হতে দেখেছিল।

মারপিট আংটি বিস্তর করেছে, কিন্তু ভূতের সঙ্গে কীভাবে লড়তে হয় তা তার অজানা। তার ওপর তার ভূতের ভয়ও আছে।

সুতরাং আংটি একটি বিকট খ্যা-খ্যা শব্দে গলাখাঁকারি দিয়ে চেঁচিয়ে উঠল, "কে, কে আপনি?"

লম্বা সিড়িঙ্গে ছায়ামূর্তিটা আংটির দিকে একদৃষ্টে চেয়ে ছিল। পাথরের মতো স্থির। আংটির প্রশ্নের জবাবে একটু ফ্যাসফ্যাসে গলায় বলল, "তুমি এখানে কী করছ?"

আংটি তোতলাতে লাগল, 'আ...আমি...আমি...কিন্তু আ-আপনি তো মরে গিয়েছিলেন!"

লম্বা লোকটা নিজের কোমরে হাত দিয়ে কোনও একটা বোতাম টিপল। আংটি দেখল লোকটার পায়ের দিকে, বোধহয় জুতোয় লাগানো একটা আলো জ্বলে উঠল এবং লোকটাকে বেশ স্পষ্ট দেখা যেতে লাগল। তবে তলার দিক থেকে আলো ফেললে যে কোনও মানুষকে একটু ভৌতিক-ভৌতিক দেখায়। কিন্তু তার চেয়েও বড় কথা গায়ে আলো ফিট করা লোক জীবনে দ্যাখেনি আংটি।

সে ফের আমতা-আমতা করে বলল, "আ-আপনি কিন্তু আমাকে ভয় দেখাচ্ছেন।"

লোকটা মৃদু ফ্যাসফেসে গলায় বলল, "এখন দ্যাখো তো, আমি মরে গেছি বলে কি মনে হচ্ছে?"

আংটি দেখল, বাস্তবিকই লোকটার শরীরে কোনও ক্ষতচিহ্ন নেই। একটু ভুতুড়ে দেখালেও লোকটাকে তার জ্যান্ত বলেই মনে হচ্ছিল। মাথাটা গুলিয়ে গেল আংটির। সে বোকার মতো জিজ্ঞেস করল, "আপনি কি জ্যান্ত মানুষ?"

লোকটা আলো নিবিয়ে দিয়ে বলল, "জ্যান্ত কি না জানি না, তবে ভূত-টুত নই।"

"তা-তার মা-মানে?"

"মানে বললেও তুমি বুঝতে পারবে না। সে কথা থাক। এখন বলো তো, তোমরা দুই ভাই আমাদের কাছ থেকে পালিয়ে এলে কেন?"

"আমরা ভেবেছিলাম, আপনারা আমাদের কিডন্যাপ করছেন।"

"কিডন্যাপ কি ওভাবে করে? তোমাদের খেলা দেখে মহারাজ খুব খুশি

হয়েছিলেন। তিনি তোমাদের উপকারই করতে চেয়েছিলেন। পালিয়ে এসে তোমরা ওঁকে অপমান করেছ।"

দাদা ঘড়ি সঙ্গে থাকলে আংটি তেমন ভয় খায় না। কিন্তু একা বলেই তার বেশ ভয়-ভয় করছিল। সে কাঁপা-কাঁপা গলায় বলল "উনি যে আমাদের উপকার করতে চেয়েছিলেন তা আমরা বুঝতে পারিনি।"

"তা না হয় পারোনি, কিন্তু তোমরা ওঁকে মারারও চেষ্টা করেছ। আজ অবধি ওঁর গায়ে হাত তুলে কেউ রেহাই পায়নি।"

আংটি তাড়াতাড়ি বলল, "আমি সেজন্য মাপ চাইছি।"

"মাপ স্বয়ং মহারাজের কাছেই চাওয়া উচিত। উনি তোমার জন্য অপেক্ষা করছেন। আমার সঙ্গে এসো।"

আংটি অবাক হয়ে বলল, "উনি কি এখানে আছেন?"

"আছেন বই কী।"

আংটি চারদিকে একবার চেয়ে দেখে নিল। দাদা ঘড়ি সঙ্গে নেই, সে একা। এই অবস্থায় আবার এদের খপ্পরে পড়লে রেহাই পাওয়া অসম্ভব হবে। সুতরাং পালাতে হলে এই বেলাই পালানো দরকার। সিড়িঙ্গে লোকটা বোধহয় দৌড়ে তার সঙ্গে পেরে উঠবে না। পারলে জঙ্গলের মধ্যেই তাদের তাড়া করত।

আংটি যখন এসব ভাবতে-ভাবতে গড়িমসি করছে, তখন লোকটা বলল, "পালানোর কথা ভাবছ?"

আংটি আমতা-আমতা করে বলল, "তা নয় ঠিক।"

"পালালে আমরা কিছুই করব না। যখন আগেরবার পালিয়েছিলে তখন আমরা অনায়াসেই তোমাদের ধরে ফেলতে পারতাম। কিন্তু মহারাজের সেরকম ইচ্ছে নয়। তাই তোমাদের পালাতে দেখেও আমরা কিছুই করিনি, এবারও করব না।

আংটি ভয়ে ভয়ে বলল, "কিন্তু সেবার আপনি আমাদের পিছু নিয়েছিলেন। বাসের মধ্যে আপনাকে কে যেন গুলি করেছিল।"

লোকটা নিরুত্তাপ গলায় বলল, "আমি মোটেই তোমাদের পিছু নিইনি। অন্য একটা জরুরি কাজে মহারাজ আমাকে পাঠিয়েছিলেন। পথে কে বা কারা আমাকে খুন করার চেষ্টা করে।"

"হ্যাঁ, আপনার বুকে গুলি লেগেছিল।"

"গুলি নয়। তার চেয়ে অনেক মারাত্মক কিছু। কিন্তু আসল কথা, আমি তোমাদের পিছু নিইনি। আজও নেব না। তোমার বা তোমাদের কারও কোনও ক্ষতি করা মহারাজের উদ্দেশ্য নয়।"

আংটি এই বিপদের মধ্যেও যেন একটু ভরসা পেল। লোকটার কথার মধ্যে একটু সত্যও থাকতে পারে।

সে জিজ্ঞেস করল, "উনি কোথাকার মহারাজ?"

"উনি মহারাজ নামে। ইচ্ছে করলে উনি গোটা দুনিয়াটারই সম্রাট হতে পারেন। কিন্তু তেমন ইচ্ছে তাঁর নেই।"

"আপনার বুকে গুলি লাগা সত্ত্বেও আপনি বেঁচে আছেন কী করে?"

"সে সব মহারাজ জানেন। এ পর্যন্ত আমাকে অনেকবারই খুন করবার চেষ্টা হয়েছে। কোনওবারই মরিনি। একটু আগেই কতগুলো বর্বর আমাকে আক্রমণ করেছিল। এতক্ষণ আমার বেঁচে থাকার কথা নয়। তবু দ্যাখো, দিব্যি বেঁচে আছি।"

কথাগুলো আংটি ভাল বুঝতে পারছিল না। খুব হেঁয়ালির মতো লাগছিল। একটু দুরুদুরুও করছিল বুক। কিন্তু সে প্রাণপণে নিজেকে স্বাভাবিক রাখার চেষ্টা করল। বলল, "মহারাজের কাছে যদি যেতে না চাই, তা হলে সত্যিই উনি কিছু করবেন না?"

"না। তবে গেলে তোমারই লাভ হবে। অকারণে ভয় পেয়ো না। তোমার ক্ষতি করতে চাইলে অনায়াসেই করতে পারি। আমার কাছে এমন ওষুধ আছে চোখের পলকে তোমাকে অজ্ঞান করে দেওয়া যায়। এমন অস্ত্র আছে যা দিয়ে তোমাকে ধুলো করে দেওয়া কিছুই নয়। তবে সে সব আমরা প্রয়োগ করার কথা চিন্তাও করি না।"

আংটি কাঁপা গলায় বলল, "ঠিক আছে। মহারাজ কোথায়?"

"আমার সঙ্গে এসো।"

আংটি লোকটার পিছু-পিছু ঘর থেকে বেরিয়ে এল।

লোকটা কোমরের বোতাম টিপে জুতোর আলোটা জ্বালিয়ে নিয়েছে। বেশ ফটফটে আলো। এরকম সুন্দর আলোওলা জুতো আংটি কখনও দ্যাখেনি। জুতোর ডগায় দুটি ছোট হেডলাইটের মতো জিনিস বসানো। আলোটা নীলচে এবং তীব্র।

সিড়িঙ্গে লোকটা একটা ধ্বংসস্তূপের ওপরে উঠল। স্তূপের ওপরে একটা ড্রাম বসানো। দেখলে মনে হয়, পুরনো ড্রাম এমনি পড়ে আছে।

লোকটা ড্রামটাকে দুহাতে ধরে একটা ঝাঁকুনি দিয়ে তুলে ফেলল। তলায় একটা গর্ত।

লোকটা বলল, "নিশ্চিন্তে নামো। কোনও ভয় নেই।"

আংটি একটু ইতস্তত করল। ভয় করছে বটে, কিন্তু ভয় পেলে লাভ নেই। তাই সে 'দুর্গা' বলে গর্তের মধ্যে পা বাড়াল।

না, পড়ে গেল না আংটি। গর্তের মধ্যে থাক-থাক সিঁড়ি। কয়েক ধাপ নামতেই সিড়িঙ্গে লোকটাও গর্তের মুখ বন্ধ করে তার পিছু-পিছু নেমে এল।

আংটি দেখল, তলাটা অনেকটা সাবওয়ের মতো। একটু নোংরা আর সরু, এই যা। তবে দেখে মনে হয়, এই সাবওয়ে বহুকালের পুরনো। বোধহয় এই বাড়ি যখন তৈরি হয়েছিল তখনই চক সাহেব এই সুড়ঙ্গ বানিয়েছিলেন। আংটি, ঘড়ি এবং তাদের বন্ধুরা বহুবার এ বাড়িতে চোর চোর খেলেছে, গুপ্তধনের সন্ধান করেছে। কিন্তু এই সুড়ঙ্গটা কখনও আবিষ্কার করতে পারেনি।

একটু এগোতেই ফের সিঁড়ি। এবার ওপরে ওঠার।

সিঁড়ি দিয়ে উঠে আংটি যেখানে হাজির হল, সেটা এক বিশাল হলঘর। পরিষ্কার-পরিচ্ছন্ন এরকম ঘর যে এ বাড়িতে থাকতে পারে তা যেন বিশ্বাস হতে চায় না। ঘরে বিজলি বাতির মতো আলো জ্বলছে বটে, কিন্তু খুব মৃদু। ঘরের একধারে কয়েকটা যন্ত্রপাতি রয়েছে। একটা যন্ত্র থেকে অবিরল নানারকম চিঁ-চিঁ, কুঁই-কুঁই,

টর-র টর-র শব্দ হচ্ছে।

হলঘরের অন্যপ্রান্তে একটা টেবিলের সামনে বসে একজন লোক অখণ্ড মনোযোগে একটা গ্লোব দেখছে। গ্লোবটা নীল কাচের মতো জিনিসে তৈরি। তাতে নানারকম আলো।

লোকটাকে চিনতে মোটেই কষ্ট হল না। মহারাজ।

মহারাজ আংটির দিকে তাকালেন।

আংটি ভয়ে সিঁটিয়ে যাচ্ছিল।

কিন্তু আশ্চর্যের বিষয়, মহারাজ তাকে দেখে হাসলেন। হাসিটা ভারী সুন্দর। রাগ থাকলে এরকম করে কেউ হাসতে পারে না।

মহারাজ ভরাট গলায় বললেন, "এসো আংটি, তোমার জন্যই বসে আছি।"

আংটি এক পা দু পা করে এগিয়ে গেল।

মহারাজের ইঙ্গিতে সিড়িঙ্গে লোকটা একটা টুল এগিয়ে দিল।

আংটি মুখোমুখি বসতেই মহারাজ বললেন, "তুমি খুব ভয় পেয়েছ বলে মনে হচ্ছে।"

আংটি বলল, "না, এই একটু..."

মহারাজ একটা দীর্ঘশ্বাস ফেলে বললেন, "ভয় পাওয়ার কিছু নেই। তবে দুঃখ এই যে, পৃথিবীকে কতগুলো বর্বরের হাত থেকে বাঁচানো বোধহয় সম্ভব হবে না। অনেক চেষ্টা করছি। কিন্তু..."

বলেই মহারাজ তাঁর গোলকের ওপর ঝুঁকে কী একটা দেখতে লাগলেন।

আংটি কিছুই বুঝতে না পেরে হাঁ করে চেয়ে রইল।

মহারাজ ধীরে ধীরে মুখ ফিরিয়ে তাঁর অ্যাসিস্ট্যান্টকে বললেন, "খুব তাড়াতাড়ি আমার আর্থ-মনিটরটা নিয়ে এসো তো।"

সিড়িঙ্গে লোকটা দৌড়ে গিয়ে একটা ক্যালকুলেটরের মতো যন্ত্র নিয়ে এল।

সাতাশ

আর্থ-মনিটর কাকে বলে, তা আংটি জানে না। কিন্তু সে এটা বেশ বুঝতে পারছিল যে, সাধারণ ক্যালকুলেটরের মতো দেখতে হলেও যন্ত্রটা সামান্য নয়। মহারাজ যন্ত্রটা হাতে নিয়েই কী একটু কলকাঠি নাড়লেন, আর সঙ্গে-সঙ্গে যন্ত্রটার চার কোণ দিয়ে চারটে লিকলিকে অ্যান্টেনা বেরিয়ে এল। আরও আশ্চর্যের ব্যাপার হল, চারটে অ্যান্টেনাই নড়ন্ত। নিজে থেকেই অ্যান্টেনাগুলো কখনও ওপরে কখনও নীচে ধনুকের মতো বেঁকে যাচ্ছে, আবার সটান সোজা হয়ে যাচ্ছে, ছোট হয়ে যাচ্ছে, আবার গলা বাড়িয়ে লম্বা হয়ে যাচ্ছে। চারটে ধাতব যষ্টির ওরকম যথেচ্ছ নড়াচড়া দেখে আংটির গা শিরশির করতে থাকে।

মহারাজ যন্ত্রটির দিকে চেয়ে কী দেখছিলেন তিনিই জানেন। শরীরটা পাথরের মতো স্থির, চোখের পলক পড়ছে না। মহারাজকে খুব তীক্ষ্ণ চোখেই লক্ষ করছিল

আংটি। পরে তার মনে হল, এরকম মানুষ সে কখনও দেখেনি। লোকটা লম্বা-চওড়া সন্দেহ নেই, গায়েও বোধহয় অসীম ক্ষমতা। তার চেয়েও বড় কথা, লোকটা যে সব যন্ত্রপাতি ব্যবহার করছে তা একমাত্র খুব উঁচুদরের বিজ্ঞানীরাই বোধহয় করে থাকে। টেবিলের ওপর রাখা গোলকটাও লক্ষ করল আংটি। গ্লোবের মতো দেখতে হলেও মোটেই গ্লোব নয়। ঠিক যেন আকাশের জ্যান্ত মডেল। তাতে গ্রহ তারা নক্ষত্রপুঞ্জের চলমান ছবি দেখা যাচ্ছে।

মহারাজ ক্যালকুলেটর থেকে মুখ তুলে বললেন, "আংটি, তোমাকে একটা কথা জিজ্ঞেস করি, জবাব দেবে?"

আংটি ভয়ে সিঁটিয়েই ছিল। সঙ্গে-সঙ্গে মাথা নেড়ে বলল, "আজ্ঞে হ্যাঁ।"

"যদি তোমাদের এই পৃথিবীকে সৌরজগতের বাইরে নিয়ে যাওয়া হয়, তা হলে কী ঘটতে পারে জানো?"

আংটি অবাক হয়ে বলল, "তা হলে পৃথিবী শেষ হয়ে যাবে।"

মহারাজ মাথাটা ওপরে-নীচে মৃদুভাবে নাড়িয়ে বললেন, "ঠিক তাই। সৌরজগতের বাইরে টেনে নিয়ে যাওয়ামাত্রই পৃথিবীর উপরিভাগে যা কিছু আছে, সবই ধ্বংস হয়ে যাবে। একটা জীবাণু অবধি বেঁচে থাকবে না, তা বলে পৃথিবী নামক মাসটি নষ্ট হবে না। এটাকে যদি অন্য কোনও নক্ষত্রের কক্ষপথে স্থাপন করা হয়, তা হলে আবার এই গ্রহটিকে কাজে লাগানো সম্ভব হবে। আবহমণ্ডল তৈরি করে নতুন বসত গড়ে তোলা কঠিন হবে না।"

আংটি কিছুই না বুঝে চেয়ে রইল।

মহারাজ একটু হাসলেন। খুবই বিষণ্ণ আর ম্লান দেখাল তাঁর মুখ। মাথাটা নেড়ে বললেন, "আমি পাকেচক্রে পৃথিবীতে এসে পড়েছি বটে, কিন্তু অল্প কিছু দিনের মধ্যেই গ্রহটাকে ভালও বেসে ফেলেছি। মনে-মনে ভেবেছি, এই গ্রহটাকে ইচ্ছে করলে কত না সুন্দর করে তোলা যায়।"

মহারাজ যেন আবেগভরে একটু চুপ করে রইলেন।

আংটির গলার স্বর আসছিল না। বেশ একটু কসরত করেই গলায় স্বর ফুটিয়ে সে জিজ্ঞেস করল, "আপনি কোথা থেকে এসেছিলেন?"

মহারাজ মৃদু স্বরে বললেন, "সে আর-এক কাহিনী। পরে কখনও শোনাব। শুধু জেনে রাখো, আমি বিদেশি। বহু কোটি মাইল দূরের আর-এক জায়গা থেকে আমি এসেছি।"

আংটি এত অবাক হল যে, হাঁ করে চেয়ে থাকা ছাড়া তার আর কিছুই করার ছিল না। মহারাজকে গুলবাজ বলে মনে হলে সে এত অবাক হত না। কিন্তু এ লোকটার গ্র্যানাইট পাথরের মতো কঠিন মুখ, তীক্ষ্ণ গভীর চোখ এবং হাবভাবে এমন একটা ব্যক্তিত্বের পরিচয় সে পাচ্ছিল যে, অবিশ্বাস্য হলেও তার বিশ্বাস করতে ইচ্ছে করছিল। আর বিশ্বাস করছিল বলেই মাথাটা কেমন যেন ঝিমঝিম করছিল তার।

মহারাজ তাঁর যন্ত্রের দিকে ফের কিছুক্ষণ চুপচাপ চেয়ে রইলেন। তারপর উঠে দাঁড়িয়ে আংটির দিকে চেয়ে বললেন, "এসো।"

মহারাজ হলঘরটার আর এক প্রান্তে গিয়ে একটা পরদার সামনে দাঁড়িয়ে গেলেন। পিছনে যন্ত্রচালিতের মতো হেঁটে এসে আংটিও দাঁড়াল। মহারাজ পরদাটা হাত দিয়ে সরাতেই একটা টেলিভিশনের মতো বস্তু দেখা গেল। মহারাজ সুইচ টিপতেই পরদায় নানারকম আঁকিবুকি হতে লাগল।

আংটি বলল, "এটা কী?"

মহারাজ মৃদু স্বরে বললেন, "কয়েকজন বর্বর কী কাণ্ড ঘটাতে চলেছে তা তোমাকে দেখাচ্ছি।"

মহারাজ একটা নব ঘোরালেন। পরদায় একটা আবছা দৃশ্য ফুটে উঠল। ঘন কুয়াশার মধ্যে কী যেন একটা লম্বাটে জিনিস। ঠিক বোঝা যাচ্ছে না।

মহারাজ বললেন, "এই যে আবছা জিনিসটা দেখছ, এটাও পৃথিবীর নয়। বহুদূর থেকে এসেছে।"

"এটা কি মহাকাশযান?"

"হ্যাঁ। খুবই উন্নত ধরনের যন্ত্র। শুধু মহাকাশই পাড়ি দেয় না, আরও অনেক কিছু করে।"

পরদার দিকে মন্ত্রমুগ্ধের মতো চেয়ে ছিল আংটি। গল্পে উপন্যাসে সে অন্য গ্রহের উন্নত জীবদের নানা কাণ্ড-কারখানার কথা পড়েছে। নিজের চোখে দেখবে তা ভাবেনি । সে স্বপ্ন দেখছে না তো!

পরদার ছবিটা একটু পরিষ্কার হল। দেখা গেল, বিশাল দৈত্যের আকারের কয়েকটা জীব মহাকাশযানের মস্ত দরজা দিয়ে ওঠানামা করছে। মনে হল তারা কিছু খুচরো জিনিস নামাচ্ছে।

আংটি ভিতু গলায় জিজ্ঞেস করে, "ওরা কারা?"

মহারাজ মৃদু স্বরে বললেন, "ওরা কারা তা আমিও সঠিক জানি না। তবে খুবই উন্নত-বুদ্ধিবিশিষ্ট কিছু বর্বর। বেশ কিছুদিন যাবৎ এরা পৃথিবীতে নানা জায়গায় থানা গেড়ে আছে। সমুদ্রের নীচে, পাহাড়ে, মেরু অঞ্চলে। নানাভাবে এরা পৃথিবীকে পরীক্ষা করে দেখছে।"

"কেন? ওরা কি পৃথিবীর কিছু করবে?"

মহারাজ হেসে বললেন, "শুনলে হয়তো তোমার অবিশ্বাস হবে। আসলে ওরা বোধহয় পৃথিবীকে চুরি করতে চায়।"

"চুরি?"

"ওরা অন্য একটা জগতে থাকে। ওদের বাসও এই তোমাদের সৌরমণ্ডলের মতোই একটি কোনও নক্ষত্রের মণ্ডলে। আমার বিশ্বাস, ওদের মণ্ডলে অনেকগুলো গ্রহ জুড়ে ওরা বসবাস করে। সম্ভবত বাসযোগ্য আরও গ্রহ ওদের দরকার।"

আংটি শিউরে উঠে বলে, "ও বাবা! আমার মাথা ঘুরছে।"

মহারাজ মৃদু হেসে বললেন, "তোমাদের বিজ্ঞান যেখানে আছে, সেখান থেকে ভাবলে এসব প্রায় অবিশ্বাস্যই মনে হয় বটে। তবে আমি যা বলছি, তা তুমি অন্তত অবিশ্বাস কোরো না।"

আংটি নিজের মাথাটা একটু ঝাঁকিয়ে নিয়ে বলল, "ঠিক আছে।"

মহারাজ মৃদু হেসে বললেন, "আমার মনে হয় পছন্দমতো একটা গ্রহ খুঁজে বের করতে ওরা মহাকাশে পাড়ি দিয়ে তোমাদের পৃথিবীতে এসে পৌঁছেছে। নানাভাবে পরীক্ষা-করে ওরা বুঝেছে যে, এরকম একটা গ্রহ হলে ওদের ভালই হয়। এখন কাজ হল পৃথিবীকে ঠেলে নিজেদের নক্ষত্রের মণ্ডলে নিয়ে যাওয়া। ওদের পক্ষে তেমন কিছু শক্ত কাজ নয়।"

আংটি আতঙ্কিত হয়ে বলল, "তা হলে আমাদের কী হবে? এত মানুষ, জীবজন্তু, গাছপালা?"

"সৌরমণ্ডল থেকে ছিটকে গেলে পৃথিবীর উপরিভাগের সব ধ্বংস হয়ে যাবে। নষ্ট হয়ে যাবে আবহমণ্ডল! দারুণ ঠাণ্ডায় সব জমে পাথর হয়ে যাবে। ওরা ওদের নক্ষত্রমণ্ডলে নিয়ে গিয়ে পৃথিবীতে আবার আবহমণ্ডল তৈরি করবে। আমার বিশ্বাস, ওরা পৃথিবীকে ওদের কৃষি-গ্রহ হিসেবে ব্যবহার করবে। আমাদের নিজেদের মণ্ডলে আমরাও এক-একটা গ্রহকে এক-এক কাজে ব্যবহার করি।"

আংটি সবিস্ময়ে বলে, "তোমাদের ক'টা গ্রহ আছে?"

"একান্নটা। তাতে আমাদের কুলোয় না। কিন্তু তা বলে আমরা মানুষজন গাছপালাসহ কোনও গ্রহ চুরির কথা ভাবতেও পারি না। ওরা বর্বর বলেই এরকম নৃশংস কাজ করতে পারে।"

"এখন তা হলে কী হবে?"

মহারাজ চিন্তিতভাবে মাথা নেড়ে বললেন, "সেটাই ভাবছি। বেশ কিছু দিন আগে আমি একটি দুর্ঘটনায় পড়ে তোমাদের পৃথিবীতে আশ্রয় নিতে বাধ্য হই! আমার মহাকাশযান অকেজো হয়ে গেছে, মেরামত করতে অনেক সময় লাগবে। আমার কাছে এখন তেমন কোনও অস্ত্রশস্ত্র নেই, যা দিয়ে বর্বরদের মোকাবিলা করা যায়।"

আংটি আশান্বিত হয়ে বলল, "কিন্তু আমাদের অ্যাটম বোমা আছে, হাইড্রোজেন বোমা আছে, নাইট্রোজেন বোমা আছে।"

মহারাজ মাথা নেড়ে বললেন, "সে সব আমি জানি। বর্বররাও সব খবর রাখে। তোমাদের কোনও অস্ত্রই কাজে লাগবে না। ওরা সবই সময়মতো অকেজো করে দেবে। পৃথিবীর কোথায় কী আছে, তার সব খবরই ওদের নখদর্পণে। ওরা তোমাদের কোনও সুযোগই দেবে না। আজ ওদের যে মহাকাশযান এসেছে, তাতে কিছু অদ্ভুত যন্ত্রপাতি আছে। এগুলো ওরা ভূগর্ভে পাঠিয়ে দেবে। ওরা নিজেরা মহাকাশযানে উঠে বেশ কিছু দূরে গিয়ে ভূগর্ভের যন্ত্রকে নির্দেশ পাঠাবে। তারপর কী হবে জানো?"

আংটি সভয়ে বলল, "কী হবে?"

"ওই যন্ত্রগুলোর প্রভাবে পৃথিবী নিজেই কক্ষচ্যুত হয়ে ওদের মহাকাশযানের নির্দেশমতো চলতে শুরু করবে এক নির্বাসনযাত্রায়।"

"উরেব্বাস!"

"ভয় পেয়ো না। আমি এখনও আছি। এ ঘটনা এত সহজে ঘটতে দেব না। তবে তোমাদের সাহায্য চাই।"

আঠাশ

নাড়ি দেখে পঞ্চানন্দ বুঝল, গজপালোয়ানের শরীরটা যতই ফুলে উঠুক তার প্রাণের ভয় নেই। তবে জ্ঞান কখন ফিরবে তা বলা যায় না। গজ-র গা থেকে একটা ভারী মিষ্টি গন্ধ আসছে। লোকটাকে এই জলকাদায় এরকম অসহায় অবস্থায় ফেলে যেতে একটু মায়া হল তার। তাই নিচু হয়ে দু বগলের নীচে হাত দিয়ে প্রাণপণে সে শরীরটা টেনে একটু ওপরে তোলার চেষ্টা করছিল। কিন্তু অত বড় লাশকে নড়ায় কার সাধ্যি? পঞ্চানন্দের গা দিয়ে ঘাম বেরোতে লাগল, ঘনঘন শ্বাস পড়তে লাগল, কোমর টনটন করতে লাগল বৃথা পরিশ্রমে। আচমকাই পিছন থেকে কে যেন তার কাঁধে দুটো টোকা দিল।

পঞ্চানন্দ চমকে একটা লাফ দিয়ে বলে উঠল, "আমি না, আমি কিছু করিনি।"

অন্ধকারে মৃদু একটু হাসি শোনা গেল! কে যেন বলে উঠল, "তা তো দেখতেই পাচ্ছি। কিন্তু ওই গোরিলাটা তোমার কে হয়?"

পঞ্চানন্দ ঘড়িকে দেখে একগাল হাসবার চেষ্টা করল। কিন্তু হাসিটা ভাল ফুটল না। মাথা চুলকে বলল, "আজ্ঞে, বললে পেত্যয় যাবে না, ইটি হল গে আমাদের গজ পালোয়ান। কিন্তু আঙুল ফুলে কী করে যে কলাগাছ হল সেটিই মাথায় আসছে না।"

বলে পঞ্চানন্দ টর্চটা জ্বেলে গজ পালোয়ানের মুখে আলো ফেলল।

ঘড়ি একটু ঝুঁকে ভাল করে দেখে নিয়ে বলল, "অবাক কাণ্ড! এ তো গজদাই দেখছি! বেঁচে আছে নাকি?"

"আছে আজ্ঞে। নাড়ি চলছে, শ্বাস বইছে, কিন্তু একে কি বেঁচে থাকা বলে? তবে সে চিন্তা পরে। আপাতত গজকে জল থেকে তোলা দরকার।"

ঘড়ি ভ্রূ কুঁচকে একটু ভাবল। ঘটনাটা খুবই বিস্ময়কর। গজ পালোয়ান এত অল্প সময়ের মধ্যে এরকম পেল্লায় হয়ে উঠল নিশ্চয়ই কোনও কঠিন অসুখে। কিংবা অন্য কোনও রহস্যময় কারণে। ঘড়ি তার হাতে রুমালের পোঁটলার দিকে একবার তাকাল। কলের কাঁকড়াবিছেটাকে সে রুমালের ফাঁসে আটকে রেখেছে। বিছেটা নড়াচড়া বন্ধ করেছে। তবে মিষ্টি গন্ধটায় এখনও ম ম করছে রুমালটা। ভারী নেশাড়ু গন্ধ। মাথা ঝিমঝিম করে। রুমালটা মাটিতে রেখে সে গজকে তোলার জন্য পঞ্চানন্দের সঙ্গে হাত লাগাল।

কাজটা বড় সহজ হল না। জলকাদায় পা রাখাই দায়। তারপর ওই বিরাট লাশকে টেনে ঢালু বেয়ে তোলা। দুজনেই গলদঘর্ম হয়ে গেল এই শীতের রাতেও।

ডাঙায় তুলে পঞ্চানন্দ আর ঘড়ি ভাল করে গজ পালোয়ানকে পরীক্ষা করে দেখল। কেউ কিছু বুঝতে পারল না। তবে গজ-র গা থেকে সেই ম ম করা মিষ্টি গন্ধটা পাচ্ছিল ঘড়ি। সে গিয়ে তার ফাঁস-দেওয়া রুমালটা ফের শুঁকল। একই গন্ধ।

পঞ্চানন্দ তার দিকেই চেয়ে ছিল। বলল, "কিছু বুঝতে পারলেন?"

ঘড়ি মাথা নেড়ে বলল, "বড্ড ধাঁধা ঠেকছে।"

"রুমালটার মধ্যে কী বেঁধে রেখেছেন?"

"একটা সবজে কাঁকড়াবিছে। আসল নয়। কলের।"

পঞ্চানন্দ গম্ভীর হয়ে বলল, "হুঁ।"

"কিছু বুঝলেন?"

পঞ্চানন্দ দুঃখিতভাবে মাথা নেড়ে বলল, "আজ্ঞে না।"

"তা হলে বিজ্ঞের মতো হুঁ বললেন যে?"

পঞ্চানন্দ মৃদু হেসে বলল, "আজ্ঞে আপনি আমাকে খামোকা 'আপনি' 'আজ্ঞে' করতে লেগেছেন কেন?"

"আগে কথাটার জবাব দিন।"

পঞ্চানন্দ উদাস গলায় বলল, "হুঁ হাঁ লোকে অমন কত বলে, সব সময়ে কারণ থাকে না।"

"আমার কী মনে হয় জানেন? বাইরে থেকে আপনাকে যাই মনে হোক না কেন আপনি আসলে একটি ঘুঘু লোক।"

পঞ্চানন্দ তেমনি উদাসভাবে বলল, "আজ্ঞে আমার তেমন সুনাম নেইও। সবাই ওরকম সব বলে আমার সম্পর্কে। তা ঘুঘুই বোধ হয় আমি। কিন্তু এসব কথা পরেও হতে পারবে। ওদিকে কী একটা যেন কাণ্ড হচ্ছে। ওটাও একটু দেখা দরকার।"

"ফ্লাইং সসার তো! আমরাও ওটাই দেখতে বেরিয়েছিলাম। কোনখানে নামল বলুন তো?"

"বেশি দূর বোধহয় নয়। গজ আপাতত এখানেই থাক। এ লাশ তো এখন নড়ানো যাবে না। আমার সঙ্গে আসুন।"

পঞ্চানন্দ চলতে শুরু করল। পিছনে ঘড়ি।

বেশি দূর যেতে হল না। জলার ধারে ঘন ঝোপঝাড় ভেদ করে কিছু দূর এগোবার পরই পঞ্চানন্দ দাঁড়িয়ে মাথাটা নামিয়ে ফেলে বলল, "ওই যে। উরে বাবা, এ তো দেখছি রাক্ষস-খোক্কশের বৃত্তান্ত!"

ঘড়িও দেখল। তার মুখে কথা সরল না।

জলার মাঝ-বরাবর জলের মধ্যেই একখানা বিশাল চেহারার পটলের মতো বস্তু। দেখতে অনেকটা আদ্যিকালের উড়োজাহাজ জেপলিনের মতো। অন্ধকারে চোখ সয়ে গেছে বলে এবং শেষ রাতের দিকে কুয়াশা ভেদ করে ম্লান একটু জ্যোৎস্নাও দেখা দিয়েছে বলে বস্তুটা দেখা গেল। কিন্তু উড়ন্ত চাকির চেয়েও বিস্ময়কর হল কয়েকজন দানবাকৃতি জীব সেই মহাকাশযান থেকে কী যেন সব বড় বড় যন্ত্রপাতি নামাচ্ছে।

পঞ্চানন্দ, চাপা গলায় বলল, "কিছু বুঝলেন?"

"না। এরা কারা?"

পঞ্চানন্দ একটা শ্বাস ফেলে বলল, "এদের আমি আগেও দেখেছি। শিবুবাবুর ল্যাবরেটরি থেকে এরাই গজকে ধরে নিয়ে যায়। খুব সুবিধের লোক বোধহয় এরা নয়। গজও ছিল না।"

"তার মানে? গজদা আবার কী করেছে?"

"সে লম্বা গল্প। শুধু বলে রাখি, গজ এখানে এসে থানা গেড়েছিল একটা মতলবে। সে মতলব হাসিল হয়েছে কি না জানি না। যদি হয়েও থাকে বেচারা কর্মফলে ফেঁসে গেছে। ধর্মের কল বাতাসে নড়ে কিনা।"

"এরা গজদাকে দাদুর ল্যাবরেটরি থেকে ধরে নিয়ে গিয়েছিল তা আপনি জানলেন কী করে? গজদাই বা ওখানে কী করছিল?"

"ফের এক লম্বা গল্পের ফেরে ফেললেন। এখন অত কথার সময় নেই। তবে ঘটনাটা আমি স্বচক্ষে দেখেছি। আপনার দাদুর ল্যাবরেটরিতে সে প্রায়ই ঢুকত। তবে লুকিয়ে চুরিয়ে। এবার ঢুকেছিল ন্যাড়াবাবুকে বলে। কিন্তু বেচারার কপালটাই খারাপ।"

"দাদুর ল্যাবরেটরিতে কী আছে?"

"তার আমি কী জানি! আমি মুখ্যু লোক, তিনি পণ্ডিত।"

"আপনি অনেক কিছুই জানেন। ঘুঘু লোক।"

মাথা চুলকে পঞ্চানন্দ বলল, "আমি একরকম তাঁর হাতেই মানুষ তো। তাই একটু-আধটু জানি বইকী! তবে বেশি নয়।"

ঘড়ি একটু হেসে বলল, "আপনি মোটেই আমার দাদুর হাতে মানুষ নন। আমার সন্দেহ হয় আপনি তাঁকে চিনতেনই না।"

"শিবু হালদার মশাইকে কে না চেনে! প্রাতঃস্মরণীয় ব্যক্তি।"

"নামে কেউ কেউ চিনতে পারে। কিন্তু আপনি সেরকম লোক নন।"

"আচ্ছা সে তর্ক পরে হবে'খন। এখন সামনে যা হচ্ছে তার কী করবেন?"

ঘড়ি মাথা নেড়ে বলল, "আমি কিছু বুঝতে পারছি না।"

"কিছু কিন্তু করা উচিত। এই দানবগুলোর মতলব ভাল নয়।"

কার্যত অবশ্য কে কী করবে বুঝতে না পেরে চেয়ে রইল।

পঞ্চানন্দ লোকটার ওপর হরিবাবুর বেশ আস্থা এসে গেছে। কাজের লোক। হাতে রাখলে মেলা উপকার হবে।

হরিবাবু আজ প্রায় মধ্যরাত্রি পর্যন্ত কবিতা লিখে বায়ু এমন চড়িয়ে ফেলেছেন যে ঘুম আর আসছে না। ঘরময় পায়চারি করে করে পায়ে ব্যথা হয়ে গেল।

হঠাৎ তাঁর মনে হল, ঘরে হাঁটাহাঁটি না করে প্রাতঃভ্রমণ করে এলে কেমন হয়? প্রাতঃকাল অবশ্য এখনও হয়নি। কিন্তু ভ্রমণ করতে করতে একসময়ে প্রাতঃকাল হবেই। না হয়ে যাবে কোথায়? তা ছাড়া বাইরে এখন বেশ পরিষ্কার বাতাস বইছে, ভাবটাব এসে যেতে পারে। চাই কী নিশুত রাতের ওপর একখানা কবিতা নামিয়ে ফেলতে পারবেন।

হরিবাবু আর দেরি করলেন না। গা ঢেকে, বাঁদুরে টুপি পরে, মোজা জুতো পায়ে দিয়ে তৈরি হয়ে নিলেন। তাঁর মনের মধ্যে কয়েকটা শব্দ ভ্রমরের মতো গুনগুন করছিল। "ঈশান কোণ, তিন ক্রোশ, ঈশান কোণ, তিন ক্রোশ।" প্রথমটায় কথাগুলোকে তাঁর একটা না-লেখা কবিতার লাইন বলে মনে হচ্ছিল। ক্রোশের সঙ্গে

কোন শব্দটা মেলানো যায় তাও ভাবছিলেন। বোস, তোষ, মোষ, ঘোষ, ফোঁস অনেক শব্দ আসছিল মাথায়। তারপর হঠাৎ মনে পড়ে গেল, এটা একটা সংকেত-বাক্য। পঞ্চানন্দ বলেছিল। একটা চাবিও দিয়েছিল বটে।

চাবিটা টেবিলের দেরাজে পেয়ে গেলেন হরিবাবু। ঈশান কোণও তাঁর জানা। তিন ক্রোশ পথ একটু বেশি বটে, কিন্তু ক্রোশ মানে কি আর সত্যিই ক্রোশ?

আসলে এক ক্রোশ ঠিক কতটা পথ তা হরিবাবুর মনে পড়ল না। কিন্তু এই সামান্য সমস্যা নিয়ে কালহরণ করাও তাঁর উচিত বলে বিবেচনা হল না। তিনি চাবিটা নিয়ে বেরিয়ে পড়লেন।

ঈশান কোণ ঠিক করে নিতে তাঁর মোটেই দেরি হল না। পঞ্চানন্দ লোকটাকে তাঁর মোটেই অবিশ্বাস হয় না। মিথ্যেকথা বলে হয়তো, গুলগপ্পোও ঝাড়তে পারে, চুরি-টুরির বদ অভ্যাস যে নেই তা বলা যায় না, পেটুকও বটে, কিন্তু তবু মন্দ নয়। কবিতা জিনিসটাকে প্রাণ দিয়ে ভালবাসে।

হরিবাবু হনহন করে হাঁটা ধরলেন। মনটায় বেশ স্ফূর্তি লাগছে। চাঁদও উঠে পড়েছে একটু। কুয়াশায় চারদিকটা বেশ স্বপ্নময়। এরকমই ভাল লাগে হরিবাবুর। চাঁদ থাকবে, কুয়াশা থাকবে, কবিতা থাকবে, তবে না।

হাঁটতে হাঁটতে হরিবাবু আত্মহারা হয়ে গেলেন। কোনদিকে যাচ্ছেন তাঁর খেয়াল রইল না।

উনত্রিশ

একটা হোঁচট খাওয়ার পর হরিবাবুকে থেমে পড়তে হল। পড়েই যাচ্ছিলেন। কোনও রকমে সামলে নিয়ে চারিদিকটা খেয়াল করে যা দেখলেন, তাতে বেশ অবাক হওয়ার কথা। বাড়ি থেকে বেরিয়ে তিনি ঈশান কোণ লক্ষ্য করে হাঁটা ধরেছিলেন। এতক্ষণে মাইলটাক দূরে গিয়ে পৌঁছনোর কথা। কিন্তু মাথায় কবিতার পোকা ওড়াউড়ি করছিল বলে দিক ভুল করে তিনি ফের নিজের বাড়ির মধ্যেই ফিরে এসেছেন যেন!

হ্যাঁ, এটা তাদেরই বাড়ি বটে। ওই তো সামনে ঝুপসি কেয়াঝোপ। তার ওপাশে তাঁর বাবার ল্যাবরেটরি। তারপর বাগান, তার ওপাশে তাঁদের বাড়িটা। ফটফটে জ্যোৎস্নায় সবই স্পষ্ট দেখা যাচ্ছে।

হরিবাবু একটু অপ্রতিভ বোধ করলেন। লজ্জা পেয়ে একা একাই জিভ কাটলেন তিনি।

ভোর হতে এখনও ঢের দেরি। হরিবাবু বাগানের মধ্যেই কিছুক্ষণ হাঁটাহাঁটি করলেন। গুনগুন করে গান গাইলেন একটু। কবিতার লাইনও ভাববার চেষ্টা করলেন, কিন্তু মাথায় তেমন কোনও লাইন এল না।

তিনি কবিতার মানুষ। সেইজন্যই বোধহয় নিজের বাবার ল্যাবরেটরিতে তিনি

বিশেষ ঢোকেননি। বৈজ্ঞানিক ক্রিয়াকাণ্ডে তাঁর তেমন আগ্রহ নেই। তবে পঞ্চানন্দ শিবু হালদারের বৈজ্ঞানিক আবিষ্কারের যে সব গল্প তাঁকে শুনিয়েছে, যা যদি সত্য হয় তবে বিজ্ঞান জিনিসটা বিশেষ খারাপ নয় বোধহয়। বিজ্ঞান বিষয়ে দু-একটা কবিতাও লিখে ফেলা বোধহয় সম্ভব।

ভাবতে ভাবতে তিনি ল্যাবরেটরিটার দিকে এগোলেন। দেখলেন দরজাটা ভেজানো থাকলেও তালা লাগানো নেই। বস্তুত ভাঙা তালাটা মেঝের ওপর পড়ে ছিল। কিন্তু হরিবাবু সেটা লক্ষ না করে ঘরে ঢুকলেন। তারপর বাতি জ্বালালেন। চারিদিকটা বেশ অগোছালো হয়ে আছে। দেরাজ খোলা, আলমারি হাঁটকানো, যন্ত্রপাতিও অনেকগুলো চিত বা কাত হয়ে পড়ে আছে।

হরিবাবু তাঁর বাবার গবেষণাগারটি হাঁ হয়ে দেখলেন কিছুক্ষণ। তারপর এটা-ওটা একটু-একটু করে নেড়ে-চেড়ে দেখতে লাগলেন। অবশ্য কিছুই তেমন বুঝতে পারলেন না।

এই ল্যাবরেটরিতে তিনি ছেলেবেলায় মাঝে-মাঝে লুকোচুরি খেলতে গিয়ে ঢুকে পড়তেন। কাজের সময় ছেলেপুলেদের উৎপাতে বিরক্ত হলেও শিবুবাবু তেমন কিছু বলতেন না ছেলেকে। বহুকাল বাদে বাবার কথা মনে পড়ায় হরিবাবুর চোখ দুটো সজল হয়ে উঠল।

হরিবাবুর মনে পড়ল, একবার দেয়াল-আলমারির মধ্যে ঢুকে পড়েছিলেন লুকোতে গিয়ে। নীচের তাকটা বেশ বড়ই ছিল। তার মধ্যে থাকত পুরনো সব কাগজপত্র। তার মধ্যে লুকোতে খুব সুবিধে। তা সেই রকম লুকিয়ে আলমারির দেয়ালে ঠেস দিয়ে বসে থাকতে থাকতে হঠাৎ বাঁ ধারে একটা বোতামের মতো দেখতে পেয়ে সেটা খুঁটতে শুরু করেছিলেন। তখন হঠাৎ পিছনের দেয়ালটা হড়াস করে খুলে গেল। আর হরিবাবু উলটে একটা চৌকো-মতো গর্তে পড়ে গেলেন। তেমন যে চোট পেয়েছিলেন, তা নয়। কিন্তু লুকোনো গর্ত আবিষ্কার করে খুব অবাক হয়ে গিয়েছিলেন। শিবুবাবুই তাঁকে টেনে তুলেছিলেন গর্ত থেকে।

অনেক দিন কেটে গেছে। সেই লুকোচুরি খেলা, সেই গর্তে পড়ে যাওয়ার কথা ভেবে আজ হরিবাবুর চোখ দিয়ে ফোঁটা ফোঁটা জল পড়তে লাগল।

কিছুক্ষণ অশ্রু বিসর্জনের পর হরিবাবু চোখ মুছলেন। দেয়াল-আলমারিটা এখনও তেমনি আছে। হরিবাবু সেটা খুলে ডাঁই করা পুরনো কাগজপত্র সরিয়ে বোতামটা বের করলেন। আজ আবার তাঁর সেইরকম লুকিয়ে থাকতে ইচ্ছে করছে।

ইচ্ছেটা এমনই প্রবল হয়ে উঠল যে, হরিবাবু নিজেকে আটকে রাখতে পারলেন না। হামাগুড়ি দিয়ে পুরনো কাগজপত্র ঠেলে অন্যধারে সরিয়ে ঢুকে পড়লেন ভিতরে। হাত-পা গুটিয়ে বসে থাকতে থাকতে তাঁর নিজেকে ফের শিশু বলে মনে হতে লাগল। বয়স যেন অনেক বছর কমে গেছে।

বেখেয়ালে তিনি দেয়ালের গায়ে বোতামটাকে খুঁটতে লাগলেন।

ঘটনাটা এমন আচমকা ঘটল যে, হরিবাবু সাবধান হওয়ার কোনও রকম সুযোগই পেলেন না। সেই বহুকাল আগের মতোই পিছনে একটা ফোকর হঠাৎ দেখা দিল

এবং হরিবাবু হড়াস করে একটা চৌকো গর্তের মধ্যে পড়ে গেলেন।

তবে বয়সটা আর তো সত্যিই অত কম নয়। সেবার পড়ে গিয়ে তেমন ব্যথা পাননি। এবারে পেলেন । মাথাটায় ঝং করে কী যেন লাগল। ঝিমঝিম করে উঠল মাথা। চোখে কিছুক্ষণ অন্ধকার দেখলেন হরিবাবু।

গর্তটা মাঝারি মাপের। অনেকটা জলের চৌবাচ্চার মতো। অন্ধকারে খুব ভাল করে কিছু বোঝা যায় না।

পতনজনিত ভ্যাবাচ্যাকা ভাব আর ব্যথার প্রথম তীব্রতাটা কাটিয়ে উঠে হরিবাবু হাতড়ে-হাতড়ে চারদিকটা দেখলেন। একটা গোল ছোট বলের মতো জিনিস তাঁর হাতে ঠেকল। তিনি বস্তুটা কুড়িয়ে নিলেন। খুবই ভারী জিনিসটা। আর বলের মতো মসৃণ নয়। বস্তুটার গায়ে নানারকম খাঁজ আর ছোট-ছোট টিপ-বোতামের মতো কী সব যেন লাগানো আছে।

হরিবাবু জিনিসটা পকেটে পুরে ধীরেসুস্থে উঠে পড়লেন। হামাগুড়ি দিয়ে বাইরে এসে গর্তটার কপাট আঁটলেন। তারপর আলমারি বন্ধ করে ল্যাবরেটরির আলো নিবিয়ে দরজা ভেজিয়ে বেরিয়ে এলেন বাইরে।

ব্রাহ্মমুহূর্তটা পড়াশুনোর পক্ষে খুবই ভাল সময়। হরিবাবু ভাবলেন, এখন ঘড়ি আর আংটিকে ঘুম থেকে তুলে দেবেন। তারপর পঞ্চানন্দকে ডেকে নিয়ে ফের একবার বেড়াতে বেরোবেন। অবশ্য হাতে ঘড়ি না থাকায় হরিবাবু বুঝতে পারছিলেন না, এখন ঠিক ক'টা বাজে। যটাই বাজুক, ব্রাহ্মমুহূর্তটা আজ তিনি পেরোতে দেবেন না কিছুতেই।

দোতলায় উঠে তিনি ছেলেদের ঘরে গিয়ে হানা দিলেন।

"এই ওঠ, ওঠ, পড়তে বসে পড়। আর দেরি করা ঠিক নয়।"

ডাকতে গিয়ে হরিবাবু দেখে খুশিই হলেন যে, ছেলেরা কেউ বিছানায় নেই। তার মানে দুজনেই উঠে পড়েছে। এই তো চাই।

একতলায় নেমে এসে হরিবাবু পঞ্চানন্দের খোঁজ করতে গিয়ে দেখেন, সেও বিছানায় নেই।

বাঃ। সকলেই ব্রাহ্মমুহূর্তে উঠে পড়ছে আজকাল। এ তো খুবই ভাল লক্ষণ!

হরিবাবু আর দেরি করলেন না। প্রাতঃভ্রমণে বেরিয়ে পড়লেন।

রাস্তাঘাট তিনি ভালই চেনেন। কিন্তু অন্যমনস্কতার দরুন এক রাস্তায় যেতে আর-এক রাস্তায় চলে যান। এ ছাড়া তাঁর আর কোনও অসুবিধে নেই।

আজও হাঁটতে হাঁটতে ব্রাহ্মমুহূর্ত নিয়ে একটা কবিতা লেখার কথা ভাবতে লাগলেন। ভাবতে-ভাবতে রাস্তাঘাট ভুল হয়ে গেল। তিনি সম্পূর্ণ অচেনা একটা জায়গায় চলে এলেন।

মহারাজ টিভির মতো যন্ত্রটা বন্ধ করে দিয়ে আংটির দিকে চেয়ে বললেন, "তুমি খুব ঘাবড়ে গেছ, না?"

আংটি সত্যিই ভীষণ ঘাবড়ে গেছে। রূপকথার গল্পেও এরকম ঘটনার কথা নেই।

গোটা পৃথিবীটাকে চুরি করে নিয়ে যেতে চায় কিছু লোক, এ কি সম্ভব?

শিহরিত হয়ে আংটি বলল, "আপনি আসলে কে, আমাকে বলবেন?"

মহারাজ হাসলেন। বললেন, "আর যাই হই আমি গুলবাজ নই। আমাকে বিশ্বাস করতে পারো।"

আংটি কাঁপতে-কাঁপতে বলল, "আপনি আমাদের বাঁচানোর জন্য কিছু করতে পারেন না?"

মহারাজ ভ্রূ কুঁচকে বললেন, "চেষ্টা নিশ্চয়ই করব। কিন্তু বিপদ কী জানো? এদের ধ্বংস করার মতো যে অস্ত্র আমার কাছে আছে, তা প্রয়োগ করলে পৃথিবীও ধ্বংস হয়ে যাবে।"

আংটি হঠাৎ এই প্রসঙ্গ থেকে সম্পূর্ণ আলাদা একটা প্রশ্ন করল, "আপনি অন্যগ্রহের মানুষ হয়েও এমন চমৎকার বাংলা শিখলেন কী করে?"

মহারাজ একটু হেসে বললেন, "শুধু বাংলা নয়, পৃথিবীর অনেক ভাষাই আমাকে শিখতে হয়েছে। তোমরা ভাষা শেখো, আমরা শিখি ধ্বনি। আমাদের মাথাও অবশ্য একটু বেশি উর্বর। শিখতে সময় লাগে না। তা ছাড়া আছে অনুবাদযন্ত্র। যে-কোনও ভাষাই তুমি বলো না কেন, তা আমার ভাষায় অনুবাদ হয়ে আমার কানে পৌঁছবে, আমার ভাষা তোমার ভাষায় অনুবাদ হয়ে যাবে।"

আংটির মাথায় একটা স্মৃতি খেলা করে গেল। সে রামরাহা নামে একজন লোকের কথা কোনও বইতে পড়েছিল। এই সেই রামরাহা নয় তো!

আংটিকে কিছু বলতে হল না। মহারাজ নিজেই একটু মুচকি হেসে বললেন, "ঠিকই ধরেছ। আমিই সেই রামরাহা।"

"আপনি একশো মাইল স্পিডে দৌড়োতে পারেন! দশ ফুট হাইজাম্প দিতে পারেন!"

মহারাজ হাত তুলে বললেন, "ব্যস, থামো। তোমার কাছে যেটা বিস্ময়কর ক্ষমতা বলে মনে হচ্ছে, আমাদের কাছে তা খুবই স্বাভাবিক ঘটনা।"

"আপনি তো ইচ্ছে করলেই ওই বর্বরদের ঠাণ্ডা করে দিতে পারেন।"

রামরাহা দুঃখিতভাবে মাথা নেড়ে বললেন, "না আংটি, এই বর্বররা আমার চেয়ে কম ক্ষমতা রাখে না। কিন্তু সে কথা যাক। আমার কাছে একটা অত্যন্ত সেনসিটিভ ট্রেসার আছে। তা দিয়ে পৃথিবীর কোথায় কোন শক্তি উৎপন্ন হচ্ছে বা ক্রিয়া এবং প্রতিক্রিয়া হচ্ছে সেগুলো ধরা যায়। কয়েকদিন আগে ট্রেসারে আমি একটা কাঁপন লক্ষ করি। মনে হয়েছিল, পৃথিবীতে এমন একটা যন্ত্র বা শক্তির উৎস আছে যা অকল্পনীয়। আমি সেই উৎসের সন্ধানে খুঁজেখুঁজে যন্ত্রের নির্দেশে এখানে এসে হাজির হই। এখানেই আস্তানা গেড়ে কয়েকদিন হল বসে আছি। বুঝতে পারছি উৎসটা এখানেই কোথাও আছে। কিন্তু ঠিক কোথায় তা বুঝতে পারছি না। আশ্চর্যের বিষয় যখন ক্রিকেট খেলার মাঠের পাশ দিয়ে যাচ্ছিলাম, তখন ট্রেসারে সেই কম্পন ধরা পড়ে। তোমাদের গা থেকে সেই শক্তির একটা আভাস আসছিল। সেজন্যই তোমাদের দু ভাইকে তুলে এনেছিলাম। কিন্তু পরে বুঝতে পেরেছিলাম, তোমাদের

কাছে জিনিসটা নেই।"

"কী ভাবে বুঝলেন?"

"তোমাদের মগজ এক্স-রে করে।"

ত্রিশ

আংটি আমতা আমতা করে বলল, "কিন্তু আমাদের কাছে তো ওরকম কিছু নেই।"

মহারাজ অর্থাৎ রামরাহা একটু হেসে বললেন, "হয়তো আছে, কিন্তু তোমরা জানো না। হয়তো নয়, অবশ্যই আছে। কিন্তু জিনিসটা ঘুমন্ত। ওর ভিতর থেকে সূক্ষ্ম একটা বিকিরণ সব সময়েই ঘটছে। কিন্তু বিকিরণটা এতই সামান্য যে, ধরা মুশকিল। তোমরা যে-বাড়িতে থাকো তারই কোথাও লুকোনো আছে। কিন্তু সেটা খুঁজে দেখার সময় আমি পাইনি। সময় বোধহয় আর পাবও না। এখন আমার হাতে যেটুকু ক্ষমতা আছে সেইটুকুই কাজে লাগাতে হবে। চলো, আর সময় নেই।"

এই বলে মহারাজ উঠে পড়লেন।

হরিবাবু যেখানটায় এসে পড়েছেন, সেটা যে একটা জলা তা তাঁর খেয়াল হল পায়ে ঠাণ্ডা লাগায়। এতক্ষণ বেশ ব্রাহ্মমুহূর্তে পবিত্রতার কথা ভাবতে ভাবতে মনটা উড়ু-উড়ু করছিল। কিছু কবিতার লাইনও চলে আসছিল মাথায়।

ত্যাগ করো লোকলজ্জা,
ভোরবেলা ছাড়ো শয্যা,
করো কব্জা ব্রাহ্মমুহূর্তেরে,
ঝরাও ঘর্ম, ধরো কর্ম,
এলেন বলে লক্ষ্মী তেড়েফুঁড়ে।

এর পরেও কবিতাটা চলত। কিন্তু ঝপাং করে হাঁটুভর যমঠাণ্ডা জলে আচমকা নেমে পড়লে কোনও কবিরই ভাবটাব থাকে না। হরিবাবুরও তাল কেটে গেল। একটা দীর্ঘশ্বাস ছাড়লেন তিনি। কবির পথে যে কত বাধা তা আর বলে শেষ করা যায় না।

অন্য কেউ হলে জল থেকে হাঁচোড়-পাঁচোড় করে উঠে পড়ত। কিন্তু হরিবাবু সেরকম লোক নয়। জলে নেমে ব্রহ্মরন্ধ্র পর্যন্ত ঠাণ্ডায় ঝনঝন করে উঠলেও তিনি পিছু হটলেন না। ছেলেবেলায় এই জলায় তিনি কতবার মাছ ধরতে এসেছেন। জলার মাঝখানটা তখন বেশ গভীর ছিল। নিতাই নামে একটা লোকের একখানা ডিঙি নৌকো বাঁধা থাকত ধারে। বহুবার সেই নৌকো বেয়ে জলায় ঘুরে বেড়িয়েছেন তিনি। আজ নৌকো নেই, কিন্তু...

কিন্তু জাহাজ আছে!

হরিবাবু খুবই অবাক হয়ে গেলেন। জলার মধ্যে বেশ খানিকটা জলকাদা ভেঙে তিনি আপনমনে এগিয়ে যাচ্ছিলেন। নিতাইয়ের ডিঙি নৌকোর কথাটা বারবার মনে আসছে। এমন সময় দেখলেন, জলার মধ্যে বাস্তবিকই মস্ত এক জাহাজ। না, একেবারে হুবহু জাহাজের মতো চেহারা নয়। মাস্তুল-টাস্তুল নেই। কেমন একটু লেপাপোঁছা চেহারা। তা হোক, তবু এ যে জাহাজ তাতে সন্দেহ নেই।

বিস্ময়টা বেশিক্ষণ রইল না হরিবাবুর। ব্রাহ্মমুহূর্তে উঠলে কত কী হয়, কত অসম্ভবই সম্ভব হয়ে ওঠে তার কি কিছু ঠিক আছে! তবে স্বয়ং ব্রহ্মই যে হরিবাবুর মনের ইচ্ছে টের পেয়ে নৌকোর বদলে আস্ত একখানা জাহাজ পাঠিয়ে দিয়েছেন, এ বিষয়ে তাঁর কোনও সন্দেহ রইল না।

হরিবাবু জল ভেঙে যতদূর সম্ভব দ্রুত জাহাজটার দিকে এগোতে লাগলেন।

জাহাজের লোকজন যেন হরিবাবুর জন্যই অপেক্ষা করছিল। করারই তো কথা কিনা। তবে লোকগুলোর চেহারা-ছবি হরিবাবুর বিশেষ পছন্দ হল না। বড্ড বড়সড় আর বেজায় হোঁতকা। সংখ্যায় তারা জনা চার-পাঁচ হবে। হরিবাবু জাহাজটার কাছে হাজির হতেই লোকগুলো হাতের কাজ ফেলে তাঁর দিকে হাঁ করে চেয়ে রইল। হরিবাবু তাদের দিকে চেয়ে একটু হেসে বললেন, "বাঃ, বেশ জাহাজখানা তোমাদের!"

ঠিক এই সময় অনেকটা দূর থেকে কে যেন চেঁচিয়ে উঠল, "বাবা, পালিয়ে এসো? ওরা তোমাকে মেরে ফেলবে।"

হরিবাবু একটু থমকে চারদিকে চাইলেন। গলাটা তাঁর বড় ছেলে ঘড়ির বলে মনে হল। কিন্তু ঘড়ি কেন চেঁচাচ্ছে তা তাঁর মাথায় ঢুকল না।

হরিবাবুও চেঁচিয়ে একটা কিছু বলতে যাচ্ছিলেন, কিন্তু তার আগেই দু' মন ওজনের একখানা থাবা এসে ক্যাঁক করে তাঁর ঘাড়খানা ধরে এক ঝটকায় শূন্যে তুলে নিল। হরিবাবু চোখে অন্ধকার দেখলেন।

ভাল করে কিছু বুঝবার আগেই সেই বিশাল হাতখানা একখানা ক্রেনের মতো তাঁকে শূন্যে ভাসিয়ে সেই জাহাজখানার ভিতরে একটা চৌকো বাক্সের মতো ঘরে নিক্ষেপ করল।

হরিবাবুর কিছুক্ষণের জন্য মূর্ছার মতো হয়েছিল। তারপর চোখ মেলে চাইতেই তিনি দেখলেন, তাঁর আশেপাশে আরও বেশ জনাকয় লোক রয়েছে। দু'চারজনকে তিনি চেনেনও। যেমন লোহার কারিগর হরিদাস, পটুয়া বক্রেশ্বর, আতরওয়ালা এক্রাম, হালুইকর গণেশ, রামজাদু স্কুলের বিজ্ঞানের মাস্টার যতীন ঘোষ। আরও অনেকে।

যতীনবাবুই হরিবাবুকে দেখে এগিয়ে এলেন। মুখখানা শুকনো, চোখে আতঙ্ক। বললেন, "এসব কী হচ্ছে মশাই?"

হরিবাবু মাথা নেড়ে বললেন, "কিছুই বুঝতে পারছি না। মনের ভুলে জলায় নেমে জাহাজ দেখে এগিয়ে এসেছি, অমনি ধরে আনল।"

যতীনবাবু ধরা গলায় বললেন, "আমিও রাতে একটু বাথরুমে গিয়েছিলুম। বাইরে

একটা অদ্ভুত আলো দেখে বেরিয়ে আসি। জলায় আলো জ্বলছে দেখে ব্যাপারটা তদন্ত করতে এসে পড়েছিলুম। তারপর এই তো দেখছেন।”

“এঁরা সব কারা?”

“মানুষ নয়। ভূত যদি বা হয় তবে বেশ শক্ত ভূত। সেই কখন থেকে এক নাগাড়ে রাম-রাম করে যাচ্ছি, কোনও কাজই হচ্ছে না।”

হরিবাবু চারদিকে চেয়ে দেখলেন। ঘরখানায় দেখার অবশ্য কিছু নেই। লোহার মতোই শক্ত কোনও ধাতু দিয়ে তৈরি মসৃণ দেওয়াল। ছাদখানা বেশ নিচু। তাতে কয়েকটা অদ্ভুত রকমের আলো জ্বলছে। ঘরের মেঝেখানাও ধাতুর তৈরি। তবে ঘরখানা বেশ গরম। বাইরের ঠাণ্ডা মোটেই টের পাওয়া যাচ্ছে না।

হরিবাবু হঠাৎ যতীনবাবুকে জিজ্ঞেস করলেন, “আচ্ছা, জাহাজের সঙ্গে মেলানো যায় এমন কোনও শব্দ মনে পড়ছে?”

“জাহাজ!” বলে যতীনবাবু অবাক হয়ে তাকালেন। তারপর মাথা নেড়ে বললেন, “আজ্ঞে, না। রাম-নাম ছাড়া আর কোনও শব্দই আমার মাথায় নেই কিনা। কিন্তু, আপনি কি এখনও কবিতার কথা ভাবছেন? এই দুঃসময়ে, এত বিপদের মধ্যেও?”

হরিবাবু একটু লজ্জিত হয়ে বললেন,“কী জানেন, একবার কবি হয়ে জন্মালে আর কবিতা কিছুতেই ছাড়তে চায় না। শত বিপদ, শত ঝড়ঝঞ্ঝা, এমনকী মৃত্যুর মুখেও কবিতার লাইন গুনগুন করবেই মাথায়। ওয়ানস এ পোয়েট অলওয়েজ এ পোয়েট।”

যতীনবাবু একটা দীর্ঘশ্বাস ছেড়ে বললেন, “তাই তো দেখছি। কিন্তু কবিতা দিয়ে আর কীই-বা করবেন হরিবাবু? পরিস্থিতি যা বুঝছি, এরা সব মহাকাশের জীব। আর এই যেখানে আমরা আটক রয়েছি, এটা একটা মহাকাশযান। আমার মনে হচ্ছে এরা আমাদের ধরে অন্য কোনও গ্রহে নিয়ে যাচ্ছে। সেখানে কবিতার চল আছে কি না কে জানে।”

হরিবাবু একটু ভ্রূ কুঁচকে ভাবলেন। তারপর একটা শ্বাস ছেড়ে বললেন, “কবিতা নেই এমন গ্রহ কোথাও থাকতে পারে না। দুনিয়াটাই তো কবিতায় ভরা, আমি তো রাতের আকাশের দিকে তাকিয়ে স্পষ্ট দেখতে পাই, নক্ষত্র থেকে টপটপ করে কবিতা ঝরে পড়ছে জলের ফোঁটার মতো।”

“বটে!” বলে যতীনবাবু আর একবার দীর্ঘশ্বাস ছাড়লেন। মাথা নেড়ে বললেন, “বাস্তবিক আপনি ক্ষণজন্মা পুরুষ।”

হরিবাবু একটু হাসলেন। লোকগুলো ভয়ে সব বোবা মেরে আছে। দু-চারটে ফিসফাস শোনা যাচ্ছে মাত্র। হরিবাবু ওসব গ্রাহ্য করলেন না। দেয়ালে ঠেস দিয়ে বসে জাহাজের সঙ্গে কী মেলানো যায় তা গভীরভাবে ভাবতে লাগলেন।

আংটি যখন রামরাহার পিছু-পিছু জলার ধারে এসে দাঁড়াল তখন জলার মধ্যে একটা অদ্ভুত ব্যাপার ঘটছে। কী ঘটছে তা স্পষ্ট বোঝা যাচ্ছে না। কিন্তু খুব শক্তিশালী একটা যন্ত্রের চাপা শব্দ আসছিল। পায়ের তলায় মাটি সেই যন্ত্রের বেগে থিরথির করে কাঁপছে।

রামরাহা বললেন, "ওরা মাটি ফুটো করে ভিতরে চার্জ নামিয়ে দিচ্ছে।"

"চার্জ মানে?"

"এক ধরনের মৃদু বিস্ফোরক। শুধু এখানেই নয়, পৃথিবীর আরও কয়েকটা জায়গায় এরকম কাজ চলছে। চার্জগুলো কার্যকর হলেই পৃথিবী তার কক্ষপথ থেকে ধীরে ধীরে সরে সৌরমণ্ডলের বাইরের দিকে ছুটতে শুরু করবে।"

"কী ভয়ঙ্কর!"

রামরাহা দাঁতে ঠোঁট কামড়ালেন। তাঁর পিঠে একটা রুকস্যাকের মতো ব্যাগ। সেটা ঘাসের ওপর নামিয়ে প্রথমে একটা ক্যালকুলেটারের মতো যন্ত্র বের করে কী যেন দেখতে লাগলেন।

হঠাৎ চমকে উঠে বললেন, "এ কী।"

"কী হয়েছে?"

"সর্বনাশ! আমি যে শক্তির উৎসটার কথা তোমাকে বলছিলাম, এখন দেখছি সেটার সন্ধান বর্বররাই পেয়ে গেছে। এই দ্যাখো।"

মহারাজ ওরফে রামরাহা ক্যালকুলেটারটা আংটির সামনে ধরলেন। আংটি দেখল একটা ছোট্ট ঘষা কাচের পর্দায় একটা মৃদু আলোর রেখার ঢেউ খেলে যাচ্ছে।

রামরাহা বললেন, "তোমার দাদু একজন আবিষ্কারক ছিলেন। সম্ভবত কোনও সময়ে তিনি এই অদ্ভুত জিনিসটি আবিষ্কার করেছিলেন। এই জিনিসটির সন্ধানেই বোধহয় বর্বররা এখানে হানা দিয়েছিল। এখন দেখছি, ওরা ওটা পেয়ে গেছে।"

"তা হলে কী হবে?"

রামরাহা কব্জির ঘড়ির দিকে চেয়ে বললেন, "আংটি, আমার আর বিশেষ কিছু করার নেই। কয়েক ঘণ্টার মধ্যেই পৃথিবী কক্ষচ্যুত হবে। সেই সময়ে আমার পক্ষে এই গ্রহে থাকা ঠিক হবে না। আমি সমুদ্রের তলায় আমার মহাকাশযানে ফিরে যাচ্ছি। পৃথিবীকে ওরা টেনে নেওয়ার আগেই আমাকে চলে যেতে হবে। তবে আমি তোমাকে আমার সঙ্গে নিয়ে যেতে পারি।"

একত্রিশ

রামরাহা আংটির পিঠে তার সবল হাতখানা রেখে বললেন, "তোমাদের তেমন যন্ত্রপাতি বা অস্ত্রশস্ত্র নেই বটে, কিন্তু দারুণ সাহস আছে। তোমাদের মতো আমাদের মা, বাবা, ভাইবোন নেই, কাকা মামার তো প্রশ্নই ওঠে না। আমাদের গ্রহমণ্ডলে ওসব সম্পর্কই নেই। জন্মের পর থেকেই আমরা স্বাধীন। তাই কারও জন্য কোনও পরোয়াও নেই। যাদের জন্য তুমি নিজে মরতে চাইছ, আমি হলে তাদের জন্য এক সেকেন্ডও চিন্তা করতাম না। সন্দেহ নেই তোমরা খুব সেকেলে, খুব আদিমযুগে পড়ে আছ এখনও। তবু এইজন্যই তোমাদের ভাল লাগে আমার।"

আংটি ছলোছলো চোখে বলল, "মা, বাবা, দাদা, কাকাদের ভীষণ ভালবাসি যে।"

রামরাহা মাথা নেড়ে বললেন, "আমরা ভালবাসা কাকে বলে জানিই না। আমরা

শুধু কাজ করতে জানি, যুদ্ধ করতে জানি, ফসল ফলাতে জানি, যন্ত্রবিদ্যা জানি। আমাদের সঙ্গে যন্ত্রের খুব একটা তফাত যে নেই, তা এই পৃথিবীতে এবং বিশেষ করে তোমাদের এই পুবদিকের দেশে এসে বুঝেছি। তোমাদের কাছে এসে মনে হচ্ছে আমরা কী বিশ্রী জীবনই না যাপন করি।" বলতে বলতে রামরাহা একটা দূরবীনের মতো জিনিস চোখে এঁটে জলার দিকে তাকালেন। তারপর সামান্য উত্তেজিত গলায় বললেন, "আরে ওরা যে একটা লোককে ওদের যানে তুলে নিয়েছে!"

আংটি বিন্দুমাত্র দ্বিধা না করে রামরাহার হাত থেকে যন্ত্রটা নিয়ে চোখে লাগাল। এবং বায়োস্কোপের ছবির মতো দেখতে পেল, একটা বিকট দানব জলা থেকে একজন মানুষকে ধরে নিয়ে ভিতরে চলে যাচ্ছে। সবচেয়ে ভয়ঙ্কর কথা, মানুষটা তার বাবা।

আংটি কোনও আর্তনাদ করল না। যন্ত্রটা ছুড়ে ফেলে দিয়ে সে হরিণের মতো টগবগে পায়ে জলার জলে নেমে ছুটতে লাগল। রাগে আর আতঙ্কে সে দিশেহারা। বুদ্ধি স্থির নেই।

বিশাল পটলের মতো মহাকাশযানটার কাছাকাছি পৌঁছতেই পথ আটকাল তার চেয়ে দশগুণ বড় দশাসই একটা দানব। আংটি বিন্দুমাত্র না ভেবে লাফিয়ে গিয়ে জোড়া পায়ে দানবটার পেটে লাথি কষাল, তারপর এলোপাথাড়ি কিল চড় ঘুষি ক্যারাটের মার—কিছুই বাদ রাখল না।

আশ্চর্যের বিষয় তার মতো খুদে মানুষের ওই তীব্র আক্রমণে দানবটা আধ মিনিট যেন হতভম্ব হয়ে গেল। একবার গোঙানির মতো যন্ত্রণার শব্দও করল একটা। কিন্তু সেটা আর কতক্ষণ? আংটির লড়াই করার ক্ষমতা আর কতটুকুই বা। দানবটা তার বিশাল হাতে আংটির ঘাড়টা ধরে শূন্যে ভাসিয়ে নিয়ে ঠিক তার বাবার মতোই মহাকাশযানের ভিতরে চৌকো ঘরটায় ফেলে দিল। আংটির তেমন লাগল না। লাফঝাঁপে তার অভ্যাস আছে। সে ঘরের চারদিকে তার বাবাকে খুঁজতে লাগল।

"বাবা!"

হরিবাবু খুবই অবাক হয়ে গেলেন আংটিকে দেখে। তারপর হাত বাড়িয়ে ছেলেকে কাছে টেনে নিয়ে বললেন, "তুই কোত্থেকে এলি?"

"বাবা! আমাদের ভীষণ বিপদ।"

হরিবাবু মাথা নেড়ে বললেন, "সে তো বুঝতেই পারছি। যখন জাহাজের সঙ্গে মিল দেওয়ার মতো একটাও শব্দ খুঁজে পেলাম না, তখনই বুঝলাম আমাদের খুব বিপদ ঘটেছে নিশ্চয়ই, তা আর কী করা যাবে, তোদের দুই ভাইয়ের জন্য একটা ক্রিকেট বল রেখেছি। এই নে। বাবার ল্যাবরেটরিতে পেলাম। ভাবলাম তোরা খুব খেলা-টেলা ভালবাসিস, তোদের কাজে লাগবে হয়তো।"

আংটি গোল বস্তুটা হাতে নিয়ে বলল, "কিন্তু বাবা, এ তো ক্রিকেট-বল নয়।"

"তবে এটা কী?"

জিনিসটা হাতে তুলে নিয়ে দেখল আংটি। বেশ ভারী কোনও ধাতু দিয়ে তৈরি। গায়ে খুদে-খুদে বোতামের মতো কী সব রয়েছে। আংটির বুকটা গুড়গুড় করে উঠল।

রামরাহা যে জিনিসটার কথা বলেছে, এটা সেটা নয় তো! দাদুর ল্যাবরেটরিতে যখন পাওয়া গেছে, তখন সেটাই হতে পারে। কিন্তু এই বস্তু দিয়ে কী করা যায় তা তো আংটি জানে না। সে জিনিসটা হাতে নিয়ে ঘুরিয়ে-ফিরিয়ে দেখতে লাগল। দেখতে-দেখতে হঠাৎ চোখ পড়ল একটা বোতামের ওপর।

আংটি বোতামটা হালকা আঙুলে একটু চাপ দিল। কিছুই ঘটল না। আংটি আর একটু জোরে চাপ দিল। কিছুই ঘটল না এবারও।

আংটি একটু ভেবে নিল। তারপর তার শরীরের সমস্ত শক্তি আঙুলে জড়ো করে প্রাণপণে বোতামটা চেপে ধরল।

ঘড়ি আর পঞ্চানন্দ সবই দেখছিল। তবে আবছাভাবে।

ঘড়ি মুখ চুন করে বলল, "ওরা বাবাকে ধরেছে, আংটিকেও ধরল, এবার কী করা যায় বলুন তো!"

পঞ্চানন্দ ভয়-খাওয়া মুখে বলল, "আমার মাথায় কিছু খেলছে না। তবে আংটি বড্ড বোকার মতো তেড়েফুঁড়ে গিয়ে বিপাকে পড়ে গেল। একটু বুদ্ধি খাটালে কাজ দিত।"

ঘড়ি একটা দীর্ঘশ্বাস ছেড়ে বলল, "কিন্তু বুদ্ধি তো মাথায় খেলছে না।"

পঞ্চানন্দ ঘড়ির দেখাদেখি একটা দীর্ঘশ্বাস ছেড়ে বলল, "আমার মাথাটা পেটের সঙ্গে বাঁধা। পেট ফাঁকা থাকলে মাথাটাও ফাঁকা হয়ে যায়। আর পেট ভরা থাকলে মাথাটাও নানারকম বুদ্ধি আর ফিকিরে ভরে ওঠে। অনেকক্ষণ কিছু খাইনি তো।"

পঞ্চানন্দ কথাটা ভাল করে শেষ করার আগেই তার ঘাড়ে ফঁত করে একটা শ্বাস এসে পড়ল। শ্বাস তো নয়, যেন ঘূর্ণিঝড়। পঞ্চানন্দ একটু শিউরে উঠে ঘাড় ঘুরিয়ে যা দেখল তাতে তার বাক্য সরল না। সে হাঁ হয়ে রইল।

ঘড়ি নিবিষ্টমনে জলার মধ্যে দানবদের চলাফেরা লক্ষ করছিল। এক্ষুনি একটা কিছু করা দরকার। কিন্তু এই প্রবল প্রতিপক্ষের বিরুদ্ধে দুর্বল মানুষের কীই বা করার আছে! আচমকা সেও পিছন দিকে একটা কিছুর অস্তিত্ব টের পেল। বিদ্যুৎবেগে ঘাড় ঘুরিয়ে সেও যা দেখল তাতে আঁতকে ওঠারই কথা।

পিছনে বিকট এক চেহারা নিয়ে দাঁড়িয়ে আছে গজ পালোয়ান। দু'খানা চোখ জ্বলজ্বল করে জ্বলছে। ফুলে-ওঠা শরীরটা যেন খুনখারাপির জন্য উদ্যত হয়ে আছে। হাতের আঙুলগুলো আঁকশির মতো বাঁকা।

ঘড়ি ঘুষি তুলেছিল, কিন্তু সেটা চালাল না। চাপা স্বরে বলল, "গজদা!"

গজ তার দিকে তাকাল। তারপর একটু ভাঙা-গলায় বলল, 'তোরা এখানে কী করছিস?"

গজ যে মাতৃভাষায় স্বাভাবিকভাবে কথা বলবে, এটা ঘড়ি আশা করেনি। সে মনে মনে ধরে নিয়েছিল, গজপালোয়ানও ওই বর্বর দানবদের একজন হয়ে গেছে। কিন্তু তা হয়নি দেখে সে স্বস্তির শ্বাস ছেড়ে বলল, "ওই দ্যাখো গজদা, জলার মধ্যে কী সব কাণ্ড হচ্ছে!"

গজ গম্ভীর মুখে বলল, "দেখেছি, আমাকে ওরাই আটকে রেখেছিল ওই গুহায়।"

ঘড়ি আকুল হয়ে বলল, "এখন আমরা কী করব গজদা?"

"তোদের কিছু করতে হবে না। আমিই যা করার করছি।"

এই বলে গজপালোয়ান নিঃশব্দে জলে নেমে গেল। ওই বিশাল দেহ নিয়ে যে কেউ এত সাবলীল চলাফেরা করতে পারে তা না দেখলে বিশ্বাস হয় না।

ঘড়িও টপ করে উঠে পড়ল। কিছু একটা করতে হবে। নইলে সাঙ্ঘাতিক একটা বিপদ ঘটবে। আর একটা কিছু করার এই সুযোগ। সে গজর পিছনে পিছনে এগোতে গিয়ে টের পেল, পঞ্চানন্দও জলে নেমে পড়েছে।

গজর সঙ্গে পাল্লা দিয়ে অবশ্য তারা পেরে উঠছিল না। গজ এগিয়ে যাচ্ছে মোটর-লঞ্চের মতো তীরবেগে। ঘড়ি আর পঞ্চানন্দ যত তাড়াতাড়ি সম্ভব জল ভেঙে এগোতে লাগল।

রামরাহা আংটির আকস্মিক প্রস্থানে একটু থমকে গিয়েছিলেন। তারপর তিনি আপনমনে একটু হাসলেন। স্মিত হাসি। যে জগৎ থেকে তিনি এসেছেন সেখানে কেউ আবেগ বা ভালবাসা দিয়ে চালিত হয় না। তারা চলে হিসেব কষে। প্রতি পদক্ষেপই তাদের মাপা। কিন্তু এই পুরনো আমলের গ্রহটিতে মানুষজনের আচার-ব্যবহার তিনি যত দেখছেন, তত ভাল লাগছে। তত এরা আকর্ষণ করছে তাঁকে।

রামরাহা নিজের মহাকাশযানে ফিরে যাবেন বলে ঠিক করেছিলেন। কিন্তু এখন তাঁর মনে হল, পৃথিবীর অসহায় এইসব মানুষজনকে বাঁচানোর একটা শেষ চেষ্টা করলে মন্দ হয় না।

রামরাহা ঘাড় ঘুরিয়ে অন্ধকারের দিকে চেয়ে চাপা গলায় বললেন, "জানুস, আমার বি মিটারটা নিয়ে এসো।"

সেই সুড়ুঙ্গে লম্বা লোকটা অন্ধকার ফুঁড়ে এগিয়ে এল। হাতে একটা খুব ছোট্ট থার্মোমিটারের মতো জিনিস।

রামরাহা কোমর থেকে বেল্টটা খুলে তার একটা সকেটে মিটারটা ঢুকিয়ে দিলেন। তারপর বেল্টটা কোমরে পরে নিয়ে তিনি জলের দিকে পা বাড়ালেন।

আশ্চর্যের বিষয় জলের দু' ইঞ্চি ওপরে যেন একটা অদৃশ্য কুশনে তার পা পড়ল। তারপর অনায়াসে জলের ওপর দিয়ে তিনি হাঁটতে লাগলেন।

হাতের মিটারটার দিকে বারবার চাইছিলেন রামরাহা। নানারকম আলোর সংকেত ভেসে উঠল। একটা আলোর রেখা বারবার ঢেউ খেলে যাচ্ছে।

আচমকা আলোর রেখাটা একটা পাক খেয়ে বৃত্ত রচনা করল।

রামরাহা থমকে দাঁড়ালেন! এরকম হওয়ার কথা নয়। অজানা এক শক্তির উৎস কেউ ব্যবহার করছে। যদি যন্ত্রটা সক্রিয় হয়ে ওঠে, তবে পৃথিবীর সর্বত্র সবরকম শক্তির উৎস কিছুক্ষণের জন্য অকেজো হয়ে যাবে। বিজলি উৎপন্ন হবে না। পারমাণবিক সংঘাত একরত্তি তাপ দেবে না, থেমে যাবে বেশিরভাগ রিঅ্যাক্টর।

রামরাহা ভাবতে লাগলেন, বর্বররা যদি যন্ত্রটার সন্ধান পেয়েই থাকে তবে তারা এত বোকা নয় যে, এই মোক্ষম সময়ে সেটা ব্যবহার করবে।

তবে? তা হলে?

যন্ত্রটা কে ব্যবহার করছে?

বত্রিশ

দানবের মতো লোকগুলো তাদের দ্রুত ও অতিশয় শক্তিশালী খনক দিয়ে মাটির নীচে যে-সব গর্ত করে ফেলল, সেগুলো বহু মাইল গভীর। খনকগুলোর সঙ্গেই লাগানো রয়েছে চার্জ। বহু দূর থেকে বেতার-তরঙ্গের সংকেতে সেগুলোকে সক্রিয় করা যায়। বিপুল এক উথাল-পাথাল শক্তিতে আলোড়িত হয়ে পৃথিবীর অভ্যন্তরে উথলে উঠবে। তারপর ভারসাম্য নষ্ট করে কক্ষচ্যুত টালমাটাল করে দেওয়া হবে পৃথিবীকে। সূর্যের বিপুল আকর্ষণ থেকে তার কোনও গ্রহকেই বাইরে টেনে নিয়ে যাওয়া সহজ নয়। মানুষের বিজ্ঞানে তা একরকম অসম্ভব। কিন্তু পৃথিবী নিজেই যদি মহাকাশযানে পরিণত হয়ে ছুটতে থাকে, তবে তাও সম্ভব। দানবেরা পৃথিবীর গভীরে চার্জ ঢুকিয়ে সেই ব্যবস্থাই করে রাখল। পৃথিবী যখন ছুটতে থাকবে সৌরলোকের বাইরে, তখন এক অদৃশ্য রশ্মি দিয়ে দূর থেকে নিয়ন্ত্রণ করা হবে তাকে। কক্ষচ্যুত হলে প্রথম ধাক্কাতেই সমুদ্রে উঠবে বিপুল জলোচ্ছ্বাস, দেখা দেবে প্রবলতম ভূমিকম্প, অগ্ন্যুৎপাত। জীবজগৎ শেষ হয়ে যাবে তখনই। সৌরলোকের বাইরে পৌঁছলে উবে যাবে পৃথিবীর আবহমণ্ডল, কঠিন বরফের মৃত্যুহিম মোড়কে ঢেকে যাবে চরাচর। গ্রহটি পরে ফের নিজেদের বাসযোগ্য করে নেবে দানবেরা। তবে তখন আর সেটা এই পৃথিবী থাকবে না। এইসব গাছপালা, পাখি, জীবজন্তু, মানুষ কিছুই না।

রামরাহা হাতের মিটারটার দিকে চেয়ে ভ্রূ কুঁচকে দাঁড়িয়ে রইলেন কিছুক্ষণ। ছোট্ট কিন্তু বিপুল শক্তির আধার একটি রহস্যময় যন্ত্র এই অদ্ভুত কাণ্ডটি ঘটাচ্ছে। কিংবা যন্ত্রটাকে বলা যায় প্রতিশক্তির আধার। কাছাকাছি যত শক্তির উৎস আছে যন্ত্রটা ঠিক তার বিপরীত ধর্মে কাজ করে যায়। শক্তি ও প্রতিশক্তির সংঘাতে সৃষ্টি হয় একটা নিউট্রাল শূন্যতা। এরকম যন্ত্র রামরাহার অগ্রজ বিজ্ঞানীও আবিষ্কার করতে পারেনি। এই পুরনো আমলের গ্রহে একজন মানুষ কী করে বানাল এরকম জিনিস? তার চেয়েও বড় কথা, এ-যন্ত্র ব্যবহার করাও বড় সহজ নয়। বোধহয় কেউ সত্যিই সেটাকে কাজে লাগাচ্ছে। হয়তো আনাড়ির মতো। কিন্তু ঠিকমতো কাজে লাগাতে পারলে যন্ত্রটা অনেক অসম্ভব সম্ভব করবে।

রামরাহার অত্যন্ত হিসেবি মন জীবনে এই প্রথম একটু দ্বিধাগ্রস্ত হল। ইচ্ছে করলে তিনি এখনই বিপন্ন পৃথিবী থেকে নিজের প্রাণ বাঁচাতে পালিয়ে যেতে পারেন। পৃথিবীর এক মহাসাগরের তলায় তাঁর মহাকাশযান তৈরি আছে। মাত্র আধঘণ্টার মধ্যেই সেখানে পৌঁছে মহাকাশযানে করে পৃথিবীর মাধ্যাকর্ষণ ছেড়ে মহাকাশে পাড়ি

দেওয়া সহজ। আর যদি পৃথিবীকে বাঁচাতে চেষ্টা করেন, তবে সেই কাজে বিপন্ন হবে তাঁর প্রাণ। শেষ অবধি হয়তো পৃথিবীও বাঁচবে না, সেও নয়। তবে তিনি যদি ওই যন্ত্রটা হাতে পান, তা হলে কোনও কথাই নেই।

রামরাহার দ্বিধাটা রইল কয়েক সেকেন্ড। তারপর তিনি স্থির মস্তিষ্কে সিদ্ধান্ত নিয়ে ফেললেন। তাঁকে একটা কাজই করতে হবে। ওই ছোট্ট ছেলেটিকে তার প্রিয়জন সহ কিছুতেই তিনি মরতে দেবেন না। সুতরাং রামরাহাকে ওই দানবদের আকাশযানে উঠতে হবে। দানবদের হাতে ধরা দিতে হবে।

"জানুস!"

সেই লম্বা লোকটা অবিকল রামরাহার মতোই জলের ওপর দিয়ে ভেসে এগিয়ে এল। রামরাহা তাঁর সব বৈজ্ঞানিক যন্ত্রপাতি গা থেকে খুলে লোকটার হাতে দিয়ে বললেন, "সেন্টারে গিয়ে অপেক্ষা করো।"

যন্ত্র না থাকায় রামরাহাকে জলে নামতে হল। সঙ্গে কোনও অস্ত্র নেই। থাকলেও লাভ ছিল না। দানবদের ট্রেসারে তা ধরা পড়ত, এবং ওরা তা কেড়ে নিত।

রামরাহা খুব বোকা মানুষের মতো এগিয়ে গেলেন।

একজন দানব তাকে দেখে ক্রুদ্ধ এক শব্দ করল। বাকিরা বিদ্যুৎ-গতিতে ধেয়ে এল তার দিকে।

স্বাভাবিক পরিস্থিতিতে রামরাহার পক্ষে এই আক্রমণ ঠেকানো মোটেই শক্ত কাজ ছিল না। কিন্তু এখন তিনি একটুও গায়ের জোর দেখাবেন না, তবে সামান্য একটু বাধা দেবেন। নইলে ওরা সন্দেহ করতে পারে।

প্রথম যে দানবটা তাঁর দিকে তেড়ে এল, তাকে এড়াতে রামরাহা একটু দৌড়ে পালানোর ভান করলেন। লোকটা লম্বা হাত বাড়িয়ে খামচে ধরল তার কাঁধ। আর একজন তার দু পা ধরে সটান শূন্যে তুলে ফেলল। তারপর একটা আছাড়।

রামরাহা হাসছিলেন। দশতলা বাড়ি থেকে তিনি তো কতদিন স্রেফ লাফ দিয়ে নেমেছেন। তবু তিনি একটু যন্ত্রণার শব্দ করলেন। তিন-চারজন দানব এসে চ্যাংদোলা করে তুলে নিল তাকে। এবং একটা অদ্ভুত ভাষায় নিজেদের মধ্যে কথা বলছে।

রামরাহা চুপ করে কথাগুলো শুনতে লাগলেন। তাঁর সঙ্গে অনুবাদযন্ত্র নেই। কিন্তু বিপুল বিশ্বের অনেক গ্রহে তিনি ঘুরেছেন, ভাষাও শুনেছেন হাজার রকম। শব্দ সম্পর্কে তাঁর অভিজ্ঞতা বিপুল। তাই তিনি শব্দ ধরে-ধরে অর্থে পৌঁছনোর চেষ্টা করতে লাগলেন মনে-মনে। তাঁর মাথা টেপরেকর্ডারের মতোই নির্ভুল স্মৃতিশক্তির অধিকারী। যা শোনে বা দ্যাখে, সব হুবহু মনে থাকে।

খানিকক্ষণ শুনে রামরাহা বুঝতে পারলেন, এরা পৃথিবী থেকে কিছু মানুষকে জ্যান্ত অবস্থায় নিজেদের গ্রহে নিয়ে যাচ্ছে নমুনা হিসেবে। এইসব মানুষের হৃৎপিণ্ড, রক্ত, ফুসফুস সব তারা পুঙ্খানুপুঙ্খ পরীক্ষা করবে। দেখবে এদের বেঁচে থাকার পদ্ধতি। এর জন্য কয়েকজন মানুষকে মেরে ফেলতে হবে। বাকিদের জিইয়ে রেখে দেওয়া হবে চিড়িয়াখানার জন্তু হিসেবে।

চ্যাংদোলা করে এনে যে-ঘরটায় দানবেরা তাঁকে ফেলে দিল, সেটাতে রামরাহা

বেশ কয়েকজন মানুষকে দেখতে পেলেন। যাকে দেখে তিনি সবচেয়ে খুশি হলেন, সে আংটি।

আংটি তাঁকে দেখেই চেঁচিয়ে উঠল, "রামরাহা!"

রামরাহা হাত বাড়িয়ে বললেন, "যন্ত্রটা দাও।"

"যন্ত্র"! বলেই কেমন বিবর্ণ হয়ে গেল আংটি। তারপর মাথা নেড়ে বলল, "নেই। কেড়ে নিয়ে গেছে।"

"কী করে কাড়ল?"

"আমি যন্ত্রটায় একটা রঙিন বোতাম দেখে চাপ দিয়েছিলাম। খুব জোরে। তাতে কিছু হয়নি। কিন্তু হঠাৎ একটা দানব এসে হাজির। আমাকে একটা ধাক্কা দিয়ে ফেলে যন্ত্রটা কেড়ে নিয়ে গেল এই একটু আগে।"

রামরাহা ঠোঁট কামড়ালেন।

"কী হবে রামরাহা?"

"দেখা যাক। কাজটা আর সহজ রইল না, এই যা।"

হঠাৎ একজন লোক এগিয়ে এসে রামরাহার মুখের দিকে চেয়ে করুণ স্বরে বলল, "আচ্ছা মশাই, জাহাজের সঙ্গে মেলানো যায়, এমন একটা শব্দ বলতে পারেন?"

রামরাহা অবাক হয়ে বললেন, "জাহাজ!"

আংটি বলল, "ইনি আমার বাবা। আমার বাবা একজন কবি।"

"কবি! কবি কাকে বলে?"

"যারা কবিতা লেখে।"

রামরাহা মাথা চুলকে বললেন, "কবিতা! কিন্তু আমাদের দেশে তো এরকম কোনও জিনিস নেই। কবিতা! কবিতা! কীরকম জিনিস বলো তো!"

হরিবাবু খুব দুঃখের সঙ্গে বললেন, "তা হলে আপনার দেশেরই দুর্ভাগ্য রাহাবাবু। বাঙালি হয়ে কবিতা কাকে বলে জিজ্ঞেস করছেন! আপনার লজ্জা হওয়া উচিত।"

যে-সময়ে এই নাটক ভিতরে চলছিল, ঠিক সেই সময়ে গজপালোয়ান তার অতিকায় চেহারাটা নিয়ে শ্বাপদের মতো এসে পৌঁছল মহাকাশযানের কাছে। একজন দানব মাত্র পাহারায়। বাকিরা রামরাহাকে ভিতরে নিয়ে গেছে, এখনও ফেরেনি।

গজপালোয়ান একবার চারদিকটা দেখে নিয়ে নিঃশব্দে কয়েক পা এগিয়ে দানবটার ঘাড়ে লাফিয়ে পড়ল।

দানবটা চকিত পায়ে একটু সরে গিয়েছিল শেষ মুহূর্তে নিজের বিপদ টের পেয়ে। তবে গজকে সম্পূর্ণ এড়াতে পারেনি সে। গজর কাঁধের ধাক্কায় সে ছিটকে গেল খানিকটা। তারপর উঠে এসে গজকে দু'হাতে জড়িয়ে ধরার চেষ্টা করল।

কিন্তু পারবে কেন! গজর শক্তি এবং মত্ততা দুই-ই দশ-বিশ গুণ বেড়েছে। উপরন্তু সে তার প্যাঁচ-পয়জারও ভোলেনি। সে দু'হাতে বিপুল দু'খানা ঘুষি চালাল দানবটার মুখে। দানবটা টাল খেয়ে পড়ে যাচ্ছিল। গজ তার পা দু'খানা ধরে পেল্লায় দুটো পাক মারল মাথার ওপর তুলে। তারপর একটি আছাড়।

কিন্তু আছাড় মারতে গিয়েই দানবটার কোঁচড় থেকে কী একটা ভারী আর শক্ত জিনিস ঠক করে গজ-র মাথায় পড়ল।

"উঃ," বলে বসে পড়ল গজ।

দানবটা উপুড় হয়ে পড়ে রইল। নড়ল না।

ঘড়ি আর পঞ্চানন্দ এসে গজকে ধরল।

"তোমার কী হল গজদা! দানোটাকে তো আউট করে দিয়েছ।"

পঞ্চানন্দ হাতের টর্চটা জ্বেলে গজ-র মাথাটা দেখে বলল, "এঃ, খুব লেগেছে এখানটায়। কালসিটে দেখা যাচ্ছে।...আরে, ওটা কী?" এই বলে পঞ্চানন্দ মাটি থেকে একটা গোলাকার বস্তু তুলে নিয়ে ঘুরিয়ে-ফিরিয়ে দেখতে লাগল।

ঘড়ি হাত বাড়িয়ে বলল, "দেখি।"

পঞ্চানন্দ হঠাৎ "বাপ রে" বলে আঁতকে উঠে চেঁচাল, "দৌড়ও! আসছে!"

কিন্তু সামান্য বে-খেয়ালে যে-ভুল তারা করে ফেলেছিল, তা আর শোধরানো গেল না। চার-পাঁচজন দানো চোখের পলকে ঘিরে ফেলল তাদের।

শেষ চেষ্টা হিসেবে হাতের ভারী বলের মতো বস্তুটা পঞ্চানন্দ প্রাণপণে ছুড়ে মারল একজন দানোর মাথা লক্ষ্য করে। কিন্তু দানোটা স্লিপের দক্ষ ফিল্ডারের মতো সেটা লুফে নিল।

কয়েক মিনিটের মধ্যেই তারা একে-একে নিক্ষিপ্ত হল দানোদের মহাকাশযানের গুপ্ত ঘরে। আংটি চেঁচিয়ে উঠল, "দাদা!"

বড় ছেলে ঘড়িকে দেখে হরিবাবু খুশি হলেন। তবে পঞ্চানন্দকে দেখে তাঁর প্রাণে যেন জল এল। হরিবাবু ভারী খুশি হয়ে বললেন, "পঞ্চানন্দ যে!"

"আজ্ঞে, আমিই। যেই শুনলুম আপনাকে এই গাধাগুলো ধরে এনেছে, অমনি আর থাকতে পারলুম না, ছুটে এলুম। তা ভাল তো কর্তাবাবু?"

"ভাল আর কী করে থাকব বলো। জাহাজের সঙ্গে মিল নিয়ে একটা শব্দও যে মাথায় আসছে না। নাগাড়ে ঘণ্টা-দুই ধরে ভাবছি।"

পঞ্চানন্দ একগাল হেসে বলল, "জাহাজ যখন পেয়েছেন, তখন মিলটা আর এমন কী শক্ত জিনিস। হয়ে যাবে'খন।"

"আচ্ছা, মমতাজ শব্দটা কি চলবে হে পঞ্চানন্দ?"

পঞ্চানন্দ মাথা নেড়ে বলল, "চলবে, খুব চলবে।"

"কিন্তু একটা অক্ষর যে বেশি হয়ে যাচ্ছে হে।"

"তা হোক। অধিকন্তু ন দোষায়।"

"না হে না, কবিতায় অধিকন্তু চলে না, ন্যূনও চলে না। দেখি আর-একটু ভেবে। সময়টাও কাটাতে হবে।"

এসব কথা যখন চলছে, তখন হঠাৎই একটা শিহরন টের পেল সবাই। তারপর তীব্র একটা বাতাস কাটার শব্দ। একটা ভারহীনতার অনুভূতি।

সবাই কেমন ভ্যাবাচ্যাকা খেয়ে বাক্যহারা হয়ে গেল।

রামরাহা আংটির কানে-কানে বললেন, "আমরা পৃথিবী ছেড়ে চলেছি।"

আতঙ্কিত আংটি বলল, "কোথায়?"

"মহাকাশে।"

আংটি বোবা হয়ে গেল।

যে গর্ত দিয়ে তাদের ঘরের মধ্যে ফেলা হয়েছে, সেটার দিকে চোখ রেখেছিলেন রামরাহা। গর্তটার কোনও পাল্লা বা ঢাকনা নেই। একজন দানব ওপরে দাঁড়িয়ে তাদের নজরে রাখছে। তার হাতে একটা খুদে যন্ত্র, অনেকটা ইঞ্জেকশনের সিরিঞ্জের মতো। যন্ত্রটা চেনেন রামরাহা। ছুঁচের মুখ দিয়ে তরলের পরিবর্তে একটা আলোর রেখা বেরিয়ে আসে। যাকে লক্ষ্য করে ছোড়া হয়, সে কয়েক ঘণ্টার জন্য ঘুমিয়ে পড়ে।

রামরাহা আংটিকে বললেন, "শোনো আংটি, এখান থেকে গর্তটার মুখ দশ ফুটের বেশি উঁচু হবে না। আমার পক্ষে এই দশ ফুট লাফিয়ে ওঠা খুব শক্ত কাজ নয়। এমনকী, ওই দানবটাকে কব্জা করাও কঠিন হবে না। কিন্তু তারপরেই গণ্ডগোল দেখা দেবে। আমরা সবাই মিলে লড়াই করে ওদের হারিয়ে দিলেও পৃথিবী বাঁচবে না। কারণ ওরা একা নয়। পৃথিবীর আরও কয়েক জায়গা থেকে ঠিক এই সময়ে একই রকম মহাকাশযানে আরও কতগুলো দানব মহাকাশে উড়ে যাচ্ছে। ঘণ্টা খানেকের মধ্যেই ওরা দূর-নিয়ন্ত্রণে পৃথিবীকে ভারসাম্যহীন করে দেবে। তারপর চার্জগুলো চালু করবে। যা করবার করতে হবে এক ঘণ্টার মধ্যেই।"

"কী রকম রামরাহা?"

"আমার ওই গোলকটা চাই। ওটা হাতে পেলে সবই সম্ভব। নইলে..."

"নইলে কী হবে সে তো জানি।"

"তা হলে তৈরি হও. আমি যখন লাফ মারব, তখন তুমি আমার কোমর ধরে ঝুলে থাকবে। খুব শক্ত করে ধরবে। পড়ে যেয়ো না। আমি উপরে উঠেই দানবটার সঙ্গে লড়াই করব। সেই ফাঁকে তুমি সরে পড়বে। যেমন করেই হোক, গোলকটা তোমাকে উদ্ধার করতে হবে। আমাদের বাঁচার এবং পৃথিবীকে বাঁচানোর ওইটেই একমাত্র এবং শেষ অবলম্বন। পারবে?"

আংটি দাঁতে ঠোঁট টিপে বলল, "এমনিতেও তো মরতেই হবে। পারব।"

"তবে এসো। গেট রেডি।"

দশ ফুট হাইজাম্প দেওয়া যে সম্ভব, এটা বিশ্বাস করাই শক্ত। বিশেষ করে একটুও না দৌড়ে শুধু দাঁড়ানো অবস্থা থেকে অতটা উঁচুতে লাফানো এক অলৌকিক ব্যাপার। আংটির বিশ্বাস হচ্ছিল না। তবু রামরাহার কোমর ধরে দাঁড়াল। মহাকাশযানটা কাঁপছে আর কেমন যেন একটা শিহরন খেলে যাচ্ছে বাতাসে। কানে একটা অদ্ভুত শব্দ বা তরঙ্গ এসে লাগছে। মহাকাশের অভিজ্ঞতা তো নেই আংটির। তার হাত-পা অবশ হয়ে আসছিল। তবু সে প্রাণপণে ধরে রইল রামরাহাকে।

রামরাহা ওপরের দিকে চেয়ে একটু হিসেব কষে নিলেন। মহাকাশে যদিও ভারহীন অবস্থায় তারা পৌঁছে গেছে, তবু এই মহাকাশযানে সেটা টের পাওয়া যাচ্ছে না। কৃত্রিম উপায়ে এরা এই ঘরে পৃথিবীর মাধ্যাকর্ষণের মতোই অবস্থা সৃষ্টি করে রেখেছে। সেইটে হিসেব কষে নিয়ে রামরাহা আচমকা শূন্যে একটা রকেটের মতো

মসৃণ লাফ দিলেন। আংটির মনে হল, তিনি যেন লিফটে করে ওপরে উঠে যাচ্ছেন।

চমৎকার লাফ। গর্তটার ভিতর দিয়ে সোজা উঠে দু'পাশে ছড়ানো পায়ে দাঁড়িয়েই দানবটাকে রামরাহা দুই হাতে ধরেই শূন্যে তুলে ফেললেন। তারপর চাপা গলায় বললেন, "আংটি, পালাও। কাজ সেরে আসা চাই।"

তেত্রিশ

কোন দিকে যেতে হবে, কোথায় খুঁজতে হবে, তার কিছুই জানে না আংটি। তবু অন্ধের মতো সে ছুটতে চেষ্টা করল। ঘাড় ঘুরিয়ে দেখল, রামরাহা দৈত্যটাকে স্রেফ দু'হাতে ধরে ওয়েটলিফটার যেমন মাথার ওপর ভার তুলে দাঁড়ায় তেমনি তুলে ধরে দাঁড়িয়ে আছেন। দৈত্যটা অসহায়ের মতো হাত-পা ছুড়ছে।

দানবদের মহাকাশযান তাদের আকারেই তৈরি। মস্ত মই, মস্ত বড় সব যন্ত্রপাতি, বিশাল সব কুঠুরি। তার মধ্যে মেলা অলিগলিও আছে। কোন দিকে যাবে তা আংটি বুঝতে পারছিল না। সামনে যে পথ বা সিঁড়ি পাচ্ছে, তাই দিয়ে এগোচ্ছে বা উঠছে। এক জায়গায় ভারী কাচ লাগানো গোল একটা জানালা দেখতে পেয়ে কৌতূহল চাপতে পারল না আংটি। উঁকি দিয়ে সে এক অদ্ভুত দৃশ্য দেখতে পেল। কুচকুচে কালো আকাশে এক অতিশয় উজ্জ্বল সূর্য জ্বলজ্বল করছে। একটু দূরে এক নীলাভ সবুজ বিশাল গ্রহ। গ্রহটাকে চিনতে অসুবিধে হল না আংটির। তাদের আদরের পৃথিবী। পরিষ্কার দেখা যাচ্ছে আফ্রিকা, দক্ষিণ ভারত, এশিয়া, আরব সাগর, ঠিক যেমন মানচিত্রে দেখেছে। পৃথিবী যে কত সুন্দর তা প্রাণ ভরে আজ উপলব্ধি করল আংটি। চাঁদকে দেখতে পেল সে। আবহমণ্ডলহীন আকাশে গ্রহনক্ষত্র চৌগুণ উজ্জ্বল হয়ে ফুটে আছে। মহাকাশে যেসব শারীরিক অসুবিধা বোধ করার কথা, তার বিশেষ কিছুই টের পাচ্ছিল না আংটি। তবে মাঝে মাঝে গা গুলোচ্ছে আর কানে তালা লাগছে।

সুন্দর পৃথিবীর দিকে চেয়ে আংটি চোখের জল মুছল। এমন সুন্দর গ্রহকে ধ্বংস হতে দেওয়া যায়? রামরাহা অপেক্ষা করছেন। তাকে গোলকটা উদ্ধার করতেই হবে।

আংটি সামনেই একটা লোহার মই পেয়ে উঠতে লাগল। ওপরে একটা গলি পথ। আংটি গলি ধরে খানিক দূর এগিয়ে একটা ধাতুর তৈরি বন্ধ দরজার সামনে দাঁড়াল। দরজার হাতল নেই, নব নেই। একেবারে লেপাপোঁছা।

আংটি দরজায় কান পেতে শোনার চেষ্টা করল।

ভিতর থেকে মৃদু সব যান্ত্রিক শব্দ আসছে। দু-একটা দুর্বোধ্য কথাবার্তা। আংটির কাছে সবটাই দুর্বোধ্য। আংটি কী করবে তা বুঝতে না পেরে দাঁড়িয়ে রইল। দানবেরা যে খুবই উন্নতমানের বিজ্ঞানী সে বিষয়ে সন্দেহ নেই। নইলে পৃথিবীর মতো বিশাল একটি গ্রহকে সূর্যের পরিমণ্ডল থেকে ছিঁড়ে নিয়ে যাওয়ার পরিকল্পনাও যে অসম্ভব! কিন্তু মস্ত বিজ্ঞানী হলেও তারা মানুষের মতো নয়। কোথাও যেন বাস্তববোধ এবং সাধারণ বুদ্ধির একটু খামতি আছে।

এতক্ষণ নিশ্চয়ই রামরাহাও চুপ করে নেই। তিনি একটা কিছু করছেন। কিন্তু যে যাই করুক গোলকটা হাতে না পেলে সবই পণ্ডশ্রম। একটু বাদেই দানবদের মহাকাশযান থেকে পৃথিবীর অভ্যন্তরে ভয়ঙ্কর সব চার্জ-এ বিস্ফোরণ ঘটানো হবে। তারপর আলোর চেয়েও বহু-বহুগুণ গতিবেগে দানবেরা ছুটতে থাকবে তাদের নিজস্ব গ্রহমণ্ডলের দিকে।

আংটি দরজাটার গায়ে হাত বুলিয়ে দেখল। মসৃণ। খুবই মসৃণ এক ধাতু দিয়ে তৈরি। অনেকটা সোনার মতো রং। তবে বেশি উজ্জ্বল নয়।

"এখানে কী করছিস?"

চাপা গলায় এ-কথা শুনে আংটি চমকে উঠল। অবাক হয়ে চেয়ে দেখল, তার পেছনে ঘড়ি দাঁড়িয়ে আছে।

আংটি মস্ত একটা শ্বাস ফেলে বলল, "দাদা! তুই কী করে উঠে এলি?"

"গজদার কাঁধে ভর দিয়ে উঠে। রামরাহা তুলে নিলেন।"

"রামরাহা কোথায়?"

"ধারেকাছেই কোথাও আছেন। এই ঘরটার মধ্যে কী হচ্ছে?"

"বুঝতে পারছি না। তবে কথাবার্তার শব্দ শুনছি। তোর হাতে ওটা কী?"

ঘড়ি নিজের হাতের রুমালের পুঁটুলির দিকে চেয়ে বলল, "একটা কাঁকড়াবিছে।"

"কাঁকড়াবিছে! কোথায় পেলি?"

"সে অনেক কথা। তবে এটা খুব সহজ জিনিস নয়। দেখবি?"

ঘড়ি রুমালটা মেঝেয় রেখে রুমালের গিঁট খুলে দিল। সবুজ রঙের বিছেটা ঝিম মেরে রয়েছে। একটা সুগন্ধে চারদিক ভরে যেতে লাগল। এত সুন্দর গন্ধ যে ঘুমিয়ে পড়তে ইচ্ছে করে।

দুই ভাই হঠাৎ অবাক হয়ে দেখল, কাঁকড়াবিছেটা একটা ডিগবাজি খেয়ে আস্তে-আস্তে দরজাটার দিকে এগোতে লাগল। দরজার তলার দিকে সামান্য একটু ফাঁক রয়েছে। আধ সেন্টিমিটারেরও কম। বিছেটা কিন্তু ধীরে-ধীরে গিয়ে সেই ছোট্ট ফাঁকের মধ্যে নিজের শরীরটা ঢুকিয়ে দিল। তারপর সুট করে ঢুকে গেল ভিতরে। ঘড়ি ওটাকে আটকানোর চেষ্টা করল না দেখে আংটি বলল, "যেতে দিলি কেন?"

"দেখা যাক না, কী করে।"

দুই ভাই দরজার বাইরে দাঁড়িয়ে চারদিকটা খুব ভাল করে লক্ষ করল। দেখার মতো কিছুই নেই। মেঝে দেওয়াল ছাদ সবই মসৃণ ধাতুর তৈরি। ওপরে সারি-সারি পাথরের স্নিগ্ধ আলো জ্বলছে।

দরজাটা যে খুব ধীরে-ধীরে খুলে যাচ্ছে, এটা প্রথম লক্ষ করল আংটি। সে শিউরে ঘড়ির হাত চেপে ধরল। দরজাটা খুলছে খুব অদ্ভুতভাবে। নীচে থেকে ওপরে উঠে যাচ্ছে থিয়েটারের ড্রপস্ক্রিনের মতো।

খোলা দরজার ওপাশে মস্ত একখানা ঘর। তীব্র আলো জ্বলছে। হাজার রকমের কনসোল, যন্ত্রপাতি, শব্দ। খোলা দরজা দিয়ে টলতে টলতে একজন দানব বেরিয়ে

এল। তার মুখের করুণভাব দেখেই বোঝা যায় যে, সে সুস্থ নয়। জিভ বেরিয়ে ঝুলে আছে। গলা থেকে একটা গোঙানির শব্দ আসছে।

আংটি শিউরে উঠে বলল, “দাদা।”

ঘড়ি হাতটা ছাড়িয়ে নিয়ে বলল, “ভয় পাসনি। এটা ওই কাঁকড়াবিছের কাজ।”

দানবটা তাদের দেখতে পেয়ে একটু থমকাল। কোমরের দিকে হাত বাড়াল। কিন্তু যে জিনিসের জন্য হাত বাড়িয়েছিল তা ছোঁওয়ার আগেই ঘড়ি লাফিয়ে পড়ল তার ওপর। দুর্বল দানবটা ঘড়ির দুটো ঘুষিও সহ্য করতে পারল না। গদাম করে পড়ে গেল মেঝের ওপর। ঘড়ি তার কোমরের বেল্ট থেকে একটা ছোট্ট লাইটারের মতো যন্ত্র খুলে নিল।

আংটি বলল, “ওটা কী করে?”

“জানি না। তবে কাজে লাগতে পারে। আমরা না পারি, রামরাহা কাজে লাগাবেন। এখন আয়, ভিতরটা দেখি। হামাগুড়ি দিয়ে আসবি কিন্তু।”

দুই ভাই হামাগুড়ি দিয়ে ভিতরে ঢুকে পড়ল। চারদিকে যা তারা দেখছে তার কিছুই তারা কস্মিনকালেও দ্যাখেনি। চারদিকটায় এক যান্ত্রিক বিভীষিকা। তারই ফাঁকে-ফাঁকে এক-আধজন দানবকে মনোযোগ দিয়ে কাজ করতে দেখা যাচ্ছে। কোনওদিকে দৃকপাত নেই।

আংটি কাঁকড়াবিছেটাকে আবিষ্কার করল একটা টেবিলের নীচে। ঝিম মেরে পড়ে আছে। সে ঘড়িকে একটা খোঁচা দিয়ে বিছেটাকে দেখাল।

ঘড়ি টপ করে বিছেটার হুলের নীচে দু' আঙুল দিয়ে ধরে সেটাকে তুলে নিল হাতের তেলোয়। তারপর চাপা গলায় বলল, “এটা মাঝে-মাঝে নেতিয়ে পড়ে কেন ভেবে পাচ্ছি না।”

বলে সে চিত করে বিছেটার বুকের কাছটা দেখাল। ছোট-ছোট সব বোতামের মতো জিনিস রয়েছে। একটার রং লাল। ঘড়ি সেটা একটু চাপ দিতেই ক্লিক করে একটু শব্দ। তারপরই বিছেটা চাঙ্গা হয়ে উঠল। ঘড়ি কাছাকাছি যে দানবটার পা দেখতে পাচ্ছিল, সেটার দিকে মুখ করে মেঝেয় ছেড়ে দিল সেটাকে। অমনি বিছেটা একটা দম-দেওয়া খেলনাগাড়ির মতো বেশ দ্রুত বেগে সেই পা লক্ষ্য করে এগিয়ে গেল।

যন্ত্রপাতির প্রবল শব্দের মধ্যেও দানবটার চাপা আর্তনাদ শুনতে পেল তারা। দানবটা উঠে দাঁড়াল, তারপর থরথর করে কেঁপে পড়ে গেল মেঝেয়। তারপর উঠে টলতে-টলতে দরজার দিকে রওনা হল।

ঘড়ি সময় নষ্ট করল না। হঠাৎ লাফিয়ে উঠে দানবটাকে টেনে মেঝেয় ফেলে তার মুখে দুখানা ঘুষি বসিয়ে দিল দ্রুত পর পর। এই দানবের কোমরে পাওয়া গেল ডটপেনের মতো একটা বস্তু। ঘড়ি সেটাও খুলে নিল।

আংটি দানবটার শরীর হাতড়ে বলল, “গোলকটা এর কাছে নেই।”

ঘড়ি কাঁকড়াবিছেটাকে আবার তুলে চালু করে ছেড়ে দিল।

একটু বাদেই আবার এক দানব একইভাবে আর্তনাদ করে উঠল।

কিন্তু এবার ঘড়ির কাজটা আর সহজ হল না। হঠাৎ অন্য তিন-চারজন দানব একসঙ্গে ফিরে তাকাল ভূপাতিত দানবটার দিকে। তারপর ছুটে এল সকলে।

প্রথমেই ধরা পড়ে গেল ঘড়ি। একজন দানব একটা থাবা মেরে তাকে তুলে নিল বেড়ালছানার মতো।

আংটি একটু আড়াল পেয়ে গিয়েছিল। তার সামনে একটা বাক্সের মতো জিনিস। বাক্সের একটা ডালাও আছে। আংটি চিন্তাভাবনা না করে ডালাটা তুলে ভিতরে ঢুকে পড়ল। তারপর ডালাটা আস্তে করে নামাল। ঘড়ির কী হল তা সে বুঝতে পারল না।

বাক্সের মধ্যে ঘোর অন্ধকার। হাত বুলিয়ে-বুলিয়ে চারদিকটা দেখল আংটি। আংটির হিসেবমতো দানবেরা ছ-সাতজনের বেশি নেই। একজনকে রামরাহা জব্দ করেছেন। বাকি তিনজন বিছের কামড়ে কাহিল। খুব বেশি হলে আর দু-তিনজন দানবের মহড়া নিতে হবে। ভেবে বুকে একটু বল এল আংটির। খানিকক্ষণ চুপ করে থেকে সে খুব সন্তর্পণে ডালাটা ঠেলে তুলল।

ঘরের ছাদের কাছে ক্যাটওয়াকের মতো একটা জায়গায় একজন দানব দাঁড়িয়ে চারদিকে দেখছে। আংটির সঙ্গে তার চোখাচোখি হয়ে গেল। কিন্তু দানবটা তাকে দেখতে পেয়েছে বলে মনে হল না। বাক্সের সামনে মেঝের ওপর লাইটারের মতো জিনিসটা পড়ে আছে। ওটা দিয়ে কী হয়। তা জানে না আংটি। কিন্তু মনে হল, কোনও অস্ত্রই হবে। সে যন্ত্রটার দিকে হাত বাড়াল। খুব ধীরে-ধীরে। তার চোখ ওপরে দানবটার দিকে।

শেষ মুহূর্তে একটু নার্ভাস হয়ে গিয়েছিল আংটি। যন্ত্রটা তুলতে গিয়ে একটু দ্রুত হাত বাড়িয়েছিল। সেই নড়াটুকু চোখে পড়ে গেল দানবটার। ওই ওপর থেকে দানবটা এক লাফে নীচে নামল।

আংটি যন্ত্রটা তুলে নিয়ে কিছু না বুঝেই দানবটার দিকে সেটা তাক করে ট্রিগার বা ওই-জাতীয় কিছু খুঁজতে লাগল। বুড়ো আঙুলের তলায় আলপিনের মাথার মতো কিছু একটা অনুভব করে সেটায় প্রাণপণে চাপ দিল সে।

চিড়িক করে একটা শব্দ। বুলেট নয়, অন্য কিছু একটা জিনিস ছুটে গেল দানবটার দিকে। দানব কাটা কলাগাছের মতো লুটিয়ে পড়ল মেঝের ওপর।

অন্য সব দানবেরা চিৎকার করে ছুটে এল।

আংটি বুঝল, লুকিয়ে থাকা বৃথা। সে বাক্সের ডালাটা খুলে বেরিয়ে এসে যন্ত্রটা আর-একজনের দিকে তাক করল। কিন্তু তার হাত উত্তেজনায় ভয়ে এত কাঁপছিল যে, লক্ষ্যভ্রষ্ট হয়ে গেল সে। অমনি দানবটা একটা হুঙ্কার দিয়ে ঝাঁপ খেল তার ওপর।

দানবের শরীরের চাপে চিড়েচ্যাপ্টাই হয়ে যেত সে। কিন্তু হঠাৎ বিদ্যুতের বেগে আর-একটা লোক যেন শূন্য দিয়ে ভেসে এল। আর তার দুই লোহার হাতে দানবটাকে তুলে অন্য দিকে ছুড়ে দিল।

"রামরাহা!" চেঁচিয়ে উঠল আংটি।

শেষতম দানবটি দৃশ্যটা দেখে চকিতে তার বেল্ট থেকে একটা জিনিস খুলে আনল। সেটা তাক করল রামরাহার দিকে।

এবার আংটির পালা। এক বানরের লাফে সে দানবের হাত ধরে ঝুলে পড়ল। ঝুল খেয়েই দানবের হাঁটুটায় সে পেল্লায় এক কিক জমিয়ে দিল।

মনঃসংযোগে এই সামান্য ব্যাঘাতই চাইছিলেন রামরাহা। উড়ন্ত এক বল্লমের মতো তিনি দানবটার বুকে এসে পড়লেন। তারপর দানবটাকে অনায়াসে দু'হাতে তুলে আছড়ে ফেললেন তিনি।

রামরাহা সব ক'জন দানবের শরীর তল্লাস করে বললেন, "কিন্তু গোলকটা কোথায়? সেটা না পেলে তো সব চেষ্টা বৃথা যাবে।"

আংটি আর্তনাদ করে উঠল, "নেই?"

কোথা থেকে ক্ষীণ একটা গলা বলে উঠল, "আছে! এখানে!"

রামরাহা দৌড়ে গেলেন দেয়ালের কাছে। দেয়ালে কম্বিনেশন লকের মতো গোল চাকতি আর নানা সংকেত! রামরাহা কয়েক সেকেন্ড চিন্তা করে নিয়ে ডিস্কটা ঘোরাতে লাগলেন। একসময়ে চড়াক করে দেয়ালের গায়ে একটা কুলুঙ্গির ঢাকনা খুলে গেল। তার মধ্যে ঘড়ি। ঘড়ির হাতে গোলক। মুখে হাসি।

রামরাহা গভীর একটা শ্বাস ফেলে পরম নিশ্চিন্তে বললেন, "আর ভয় নেই!"

বলাই বাহুল্য, মানুষের মস্ত এক বিপদ ঘটতে-ঘটতেও শেষ অবধি ঘটতে পারেনি। অল্পের জন্য ফাঁড়াটা কেটেছে। কিন্তু এ-গল্পের শেষ অবধি কী ঘটল সেটা জানার ইচ্ছে আমাদের হতেই পারে।

রামরাহা খুবই দক্ষতার সঙ্গে সেই গোলকটা ব্যবহার করে দানবদের পুঁতে রাখা চার্জ অকেজো করে দেন। তার আগেই তিনি অবশ্য মহাকাশযানটিকে নামিয়ে এনেছিলেন। নইলে প্রতিশক্তি-উৎপাদক গোলকটির প্রভাবে মহাকাশযানের কলকব্জাও অকেজো হয়ে যেত এবং তারা ঝুলে থাকত মহাশূন্যে। দানবদের অন্য চারটি মহাকাশযান, যেগুলি পৃথিবীর বিভিন্ন জায়গা থেকে যাত্রা করেছিল সেগুলির ভাগ্যে এরকমই ঘটেছিল।

যে কয়েকজন দানব তাদের হাতে ধরা পড়েছিল তাদের দিয়ে রামরাহা মাটির তলা থেকে সমস্ত চার্জ তুলে আনেন। তারপর মহাকাশযানে সেগুলি দানবদের সঙ্গেই তুলে দেওয়া হয়। দানবদের জন্য রামরাহা বা আর কেউ কোনও শাস্তির ব্যবস্থা করেনি। কারণ, তা হলে তাদের খুন করতে হয়। দানবরা অবশ্য, রামরাহাকে কথা দিয়ে যায় যে, ভবিষ্যতে তারা আর পৃথিবীতে হানা দেবে না।

বিপন্মুক্ত পৃথিবীতে প্রথম শ্বাস নিয়েই আংটি পাঁচটি ডিগবাজি খেয়েছিল আনন্দে। ঘড়ি খেল ছয়টি। দেখাদেখি পঞ্চানন্দ দশটি ডিগবাজি খেয়ে ফেলল। হরিবাবুর মনে হল, ডিগবাজি খেলে মস্তিষ্কে একটা নাড়াচাড়ার ফলে জাহাজের সঙ্গে মিল খায় এমন একটা শব্দ মাথায় এসেও যেতে পারে, তিনি পনেরোটা ডিগবাজি খেয়ে গায়ের ব্যথায় সপ্তাহখানেক বিছানায় পড়ে রইলেন।

রামরাহা চক-সাহেবের বাড়িতে আরও কয়েকদিন রইলেন। আংটি আর ঘড়ি কিছুতেই তাঁকে সমুদ্রগর্ভে ফিরে যেতে দেবে না। রামরাহা তখন কথা দিলেন যে, তিনি আরও কিছুকাল পৃথিবীতে থাকবেন। এই গ্রহটা তাঁর খুবই ভাল লাগছে।

মাঝে-মাঝে তিনি ঘড়ি আর আংটির কাছে বেড়াতে আসবেন। গোলকটা রামরাহার কাছে রইল। তিনি ছাড়া এর মর্ম আর কে বুঝবে?

পঞ্চানন্দ একদিন ঘাড় চুলকোতে চুলকোতে হরিবাবুকে বলল, "কর্তাবাবু, এবার তো আমাকে ছেড়ে দিতে হয়।"

হরিবাবু আঁতকে উঠে বললেন, "বলো কী হে, তোমাকে ছাড়লে আমার চলবে কেন?"

"আজ্ঞে, আমি লোক বিশেষ সুবিধের নই। আগেই বলেছিলুম আপনাকে। আমি হলুম গে আসলে গোয়েন্দা।"

হরিবাবু ফের চমকে উঠলেন, "গোয়েন্দা, সর্বনাশ!"

"ঘাবড়াবেন না। গোয়েন্দা শুনলে লোকে ভয় খায় বটে, কিন্তু ভাল লোকদের ভয়ের কিছু নেই। অনেকদিন ধরেই সরকার-বাহাদুর এ-জায়গায় একটা গণ্ডগোলের আঁচ পাচ্ছিলেন। তাই আমাকে পাঠানো হয়েছিল।"

সুতরাং পঞ্চানন্দকে বিদায় দেওয়া হল।

রয়ে গেল গজ পালোয়ান। ধীরে-ধীরে তার শরীর শুকিয়ে আবার আগের মতো হয়ে গেল। অবশ্য পঞ্চানন্দ তার সম্পর্কে সব কথাই জানত। একদল খারাপ লোক তাকে লাগিয়েছিল গোলকটা চুরি করতে। গজ পালোয়ানের অতীত ইতিহাসও খুব ভাল নয়। কিন্তু সে দানবের সঙ্গে প্রাণ তুচ্ছ করে লড়াই করেছিল বলে শেষ অবধি তার সম্পর্কেও লোকের রাগ রইল না। গজ ফের কুস্তি শেখাতে শুরু করল।

কিন্তু মুশকিল হল, হরিবাবু জাহাজের সঙ্গে মেলানো শব্দটা খুঁজে পাচ্ছেন না। রোজ দিস্তা-দিস্তা কাগজ নষ্ট হচ্ছে।

চক্রপুরের চক্করে

সকালের আপ ট্রেন থেকে একটা লোক যখন লটবহর নিয়ে হুড়মুড়িয়ে চক্রপুর রেল স্টেশনে নেমে পড়ল তখন পোর্টার লাখন আর স্টেশনবাবু সতীশ দত্ত দু'জনেই কিছু অবাক হয়েছিল। চক্রপুর নিতান্তই ব্রাঞ্চ লাইনের খুদে একটা স্টেশন। এখানে শহর গঞ্জ বলে কিছু এখন আর নেই। লোকজন বিশেষ যায়ও না, আসেও না।

লোকটার সঙ্গে একটা কালো ট্রাঙ্ক, একটা সুটকেস, একটা বেডিং, একটা টিফিন ক্যারিয়ার আর জলের বোতল। লাল মোরামের প্ল্যাটফর্মে জিনিসপত্র নিয়ে দাঁড়িয়ে লোকটা বোকার মতো ইতিউতি চাইছে দেখে সতীশ একটু এগিয়ে গেল।

"কুলি খুঁজছেন নাকি ? এখানে কিন্তু কুলিটুলি পাবেন না।..."

লোকটা দেখতে সরল সোজা ভালমানুষের মতো। রংটি কালো, বেশ মোটাসোটা, মস্ত গোঁফ আছে, পরনে ধুতি আর সাদা শার্ট। সতীশের দিকে করুণ নয়নে চেয়ে লোকটা একটু চাপা গলায় বলল, "এখানে একটু লুকিয়ে থাকার জায়গা পাওয়া যাবে ?"

সতীশ অবাক হয়ে বলে, "লুকিয়ে থাকবেন ? লুকিয়ে থাকবেন কেন ?"

লোকটা একটা সবুজ রুমালে মুখটা ঘষে-ঘষে মুছতে-মুছতে বলল, "আমার বড় বিপদ যাচ্ছে মশাই। একটা খুনের মামলায় সাক্ষী দিয়ে এমন ফেঁসে গেছি যে, আর কহতব্য নয়। তা এখানে একটু গা-ঢাকা দিয়ে থাকার ব্যবস্থা নেই ?"

লোকটার ভাবভঙ্গি আর কথা বলার ধরন এমন যে, বিপদের কথা শুনেও সতীশের একটু হাসি পেয়ে গেল। হাসিটা চেপে সে গম্ভীর হয়ে বলল, "লুকিয়ে থাকা তো দূরের কথা, এখানে মাথা গোঁজার জায়গাই নেই। চক্রপুরে এসে আপনি ভুল করেছেন।"

লোকটা হতাশ হয়ে ধপ করে ট্রাঙ্কের ওপর বসে পড়ল। তারপর আপন মনে মাথা নেড়ে বলল, "ভুল করাটাই আমার স্বভাব কিনা। যা-ই করতে যাই সেটাতেই গণ্ডগোল। তা এটা ঠিক-ঠিক চক্রপুরই বটে তো !"

"আজ্ঞে, এটা ঠিক-ঠিক চক্রপুরই বটে। ওই তো স্টেশনের সাইনবোর্ডে লেখাও আছে।"

লোকটা ঘাড় নেড়ে বলে, "তা হলে জায়গাটা ভুল করিনি বোধ হয়। এইখানেই আমাদের আদি বাড়ি ছিল। যদিও পঞ্চাশ-ষাট বছর হল বসবাস উঠে গেছে। এখানে শুখানালা বলে একটা জায়গা আছে কি ?"

সতীশ ভ্রূ কুঁচকে বলল, "শুখানালা ? নামটা শোনা-শোনা মনে হচ্ছে। তবে ঠিক,..."

কখন লাখন এসে পেছনে দাঁড়িয়ে ছিল। এবার সে বলল, "হাঁ হাঁ, শুখানালা জরুর হ্যায়। হুই দিকে যো শালজঙ্গল আছে, তার ভিতরে। উখানে তো এখুন জঙ্গল ছাড়া কুছু নাই।"

লোকটা মাথা নেড়ে বলে, "এরকমই হওয়ার কথা। কবে বসত উঠে গেছে, বাড়িঘরও নিশ্চয়ই লোপাট। আমি অবশ্য কখনও আসিনি এখানে। তবে বাপ ঠাকুর্দার মুখে চক্রপুরের কথা শুনেছি।"

সতীশ বলে, "তা এখন আপনি করবেন কী? শুখানালায় পৈতৃক বাড়ির সন্ধানে যাবেন নাকি?"

লোকটা দুশ্চিন্তায় তোম্বা মুখখানা নিয়ে কিছুক্ষণ চুপ করে থেকে বলল, "আমার যা বিপদ যাচ্ছে সে আপনাদের বোঝাতে পারব না। আচ্ছা, এখানে কোনও সদাশয় সাহসী লোককে কি পাওয়া যাবে, যে প্রয়োজনে একটু-আধটু মিথ্যে কথা বলতে পারে?"

সতীশ এবার আর হাসি চাপতে পারল না। পরমুহূর্তেই গম্ভীর হয়ে বলল, "এরকম লোক দিয়ে কী করবেন?"

লোকটা কাঁচুমাচু হয়ে বলে, "সদাশয় না হলে আমাকে আশ্রয় দেবে না, সাহসী না হলে বিপদ-আপদ ঠেকাবে কে, আর মিথ্যে কথা না বললে আমাকে বাঁচানো সহজ হবে না। পানু মল্লিকের দল আমাকে হন্যে হয়ে খুঁজছে।"

সতীশ এবার আরও একটু গম্ভীর হয়ে বলে, "তা হলে বলতেই হয়, আপনি এখানে এসে ভুল করেছেন। এখানে মানুষজনের বসতি বিশেষ নেই। ছড়িয়ে-ছিটিয়ে দু-চারঘর মানুষ আছেন বটে, কিন্তু সেখানে সুবিধে হবে না।"

লোকটা মাথা চুলকোতে-চুলকোতে মহা-ভাবিত হয়ে বলল, "তা হলে তো খুব মুশকিল হল মশাই। এ তো দেখছি বেঘোরে প্রাণটা যাবে। ভেবেছিলুম পৈতৃক ভিটেয় এসে পড়লে পাড়া-প্রতিবেশীরা ফেলবে না। এ তো দেখছি পাড়াই নেই। এখন কী করা যায় একটু বলতে পারেন?"

সতীশের একটু মায়া হল। লোকটার মুখচোখে বিপন্ন ভাব দেখে সে বলল, "এ-বেলাটা আমার কোয়ার্টারে বিশ্রাম নিতে পারেন। তারপর ভেবে দেখা যাবে।"

লোকটা বেজার মুখ করে বলে, "স্টেশন বড় উদোম জায়গা। লোকের নজরে পড়ে যাওয়ার ভয় আছে।"

"তা হলে কী করবেন?"

"আচ্ছা, এখানে কি চোর-ছ্যাঁচড়ের খুব উৎপাত আছে? না থাকলে মালপত্রগুলো স্টেশনেই রেখে আমি বরং বাপ-পিতেমোর ভিটেটাই একটু দেখে আসি। তারপর যা হওয়ার হবে। কী বলেন!"

লাখন এবার এগিয়ে এসে বলে, "আহা-হা, জঙ্গলে গিয়ে হোবেটো কী? দু-চারটো রোটি খেয়ে লিন, একটু চা-পানি ভি পিয়ে লিন, তারপর ঘুমনে যাবেন।"

কিন্তু লোকটার এমনই অবস্থা যে, এসব ভাল প্রস্তাব গ্রহণই করতে পারছে না। মাথা নেড়ে বলে, "না বাবা না, পরের গাড়িতেই পানু মল্লিকের খুনে গুণ্ডারা চলে আসতে পারে। স্টেশন বড় ভয়ের জায়গা।"

সতীশ বলে, "পরের গাড়ি সেই সন্ধের পর। আপনার কোনও ভয় নেই। তা ছাড়া একা-একা জঙ্গলে ঘুরে শুখানালা খুঁজে বের করাও সহজ নয়। এ-বেলাটা কাটিয়ে ও-বেলায় গাঁয়ের লোক বা রাখাল-ছেলে কাউকে সঙ্গে দিয়ে দেব'খন।"

অগত্যা লোকটা যেন খানিকটা অনিচ্ছের সঙ্গেই রাজি হয়ে গেল।

বিপদে পড়লে মানুষের খিদে-তেষ্টা থাকে না। এ-লোকটারও দেখা গেল তাই। স্নানটান করার পর লাখন যখন গরম-গরম রুটি আর আলু-মরিচের তরকারি বেড়ে দিল তখন লোকটা তেমন খেতেই পারল না। অথচ লাখনের রুটি-তরকারি সতীশের জিভে অমৃতের মতো ঠেকে।

"খাচ্ছেন না যে বড়!"

লোকটা দীর্ঘশ্বাস ফেলে বলে, "আর খাওয়া! যখনই কিছু খাই তখনই মনে হয় এই শেষ-খাওয়া খাচ্ছি। মুখের খাবার যেন ছাই হয়ে যায়।"

"ঘটনাটা একটু খুলে বলবেন? আপনাকে দেখে তো ভাল লোক বলেই মনে হয়, খুনের মামলায় জড়ালেন কী করে?"

লোকটা অকপটে বলল, "আজ্ঞে, আপনার অনুমান যথার্থ, আমি সত্যিই বেশ ভাল লোক। এমনকী খুব ভালও বলা যায়। তবে এতটা বললে আবার নিজের মুখে নিজের প্রশংসা হয়ে যায় বলে একটু চেপেই বলছি। আর খুনের মামলার কথা কী আর বলব মশাই। দুনিয়ায় ভাল লোকদেরই আজ দুর্দিন। স্বচক্ষে দেখা খুন। কিন্তু পানু মল্লিকের লোকেরা আমার গলায় গামছা দিয়ে কথা আদায় করেছিল, আদালতে দাঁড়িয়ে বলতে হবে, ধর্মাবতার আমি খুনটুন কিছু দেখিনি। বলতুমও তাই। কিন্তু বাধ সাধল কী জানেন? মহাত্মা গান্ধীর একখানা ছবি। এজলাসের দেওয়ালে ছবিটা টাঙানো, নীচে আবার লেখা সত্যমেব জয়তে। দেখে কেমন যেন হয়ে গেলুম। আমার মনে হল, না, যা থাকে কপালে, আজ বুক ঠুকে সত্যি কথাটাই বলে ফেলি। আর সেটা বলেই তো এই বিপদ।"

সতীশ জিজ্ঞেস করল, "পানু মল্লিক লোকটা কে?"

"ও বাবা, সেই তো পালের গোদা। দিনে-দুপুরে হাতে মাথা কাটে।"

"সাক্ষী দিয়ে আপনি পালালেন কী করে? তার স্যাঙাতরা ছিল না?"

লোকটা মাথা হেলিয়ে বলল, "খুব ছিল। এজলাসে তাদের চোখ জোড়া-জোড়া টর্চবাতির মতো আমার ওপর ফোকাস হচ্ছিল। আমি সাক্ষী দেওয়ার পরই বুঝলুম, এজলাস থেকে বাড়ি যাওয়ার পথেই আমি খুন হব। তাই একজন পুলিশ অফিসারকে সাপটে ধরে বললুম, সার, আমাকে একটু এগিয়ে দিন। তা লোকটা মন্দ নয়। জিপ গাড়িতে তুলে খানিকদূর এগিয়েও দিল। আমি নেমে চোঁ-চা দৌড়ে সোজা স্টেশনে এসে গাড়ি ধরেছি।"

বিস্মিত সতীশ বলল, "তা হলে এইসব মালপত্র আপনাকে দিয়ে গেল কে?"

লোকটা ততোধিক বিস্মিত হয়ে বলে, "মালপত্র! মালপত্র আসবে কোথা থেকে?"

"এই যে ট্রাঙ্ক, সুটকেস, টিফিন ক্যারিয়ার এসব কোথা থেকে এল?"

লোকটা যেন কাঁচা ঘুম থেকে উঠল এমন অবাক চোখে মালপত্রগুলোর দিকে চেয়ে রইল কিছুক্ষণ। তারপর বলল, "তাই তো!"

"এগুলো কি আপনার নয়?"

লোকটা সবেগে ডাইনে-বাঁয়ে মাথা নেড়ে বলে, "কস্মিনকালেও নয়। এসব কি আমি সঙ্গে করে গাড়ি থেকে নেমেছি?"

"আলবাত। আমরা নিজের চোখে দেখেছি। ওই লাখনকে জিজ্ঞেস করুন না!"

লাখনও সায় দিল, "হাঁ হাঁ, জরুর। ইসব তো আপনারই মাল আছে বাবুজি।"

লোকটা জিভ কেটে মাথা নেড়ে বলে, "ইস, বড্ড ভুল হয়ে গেছে মশাই। মাথাটারও ঠিক নেই। ট্রেন থেকে নামার সময় আনমনে কার মালপত্র যেন নামিয়ে ফেলেছি। ব্যাপারটা কী জানেন? ওরকম একটা কেলে ট্রাঙ্ক, ওরকম একটা বাদামি সুটকেস আর ওই স্টিলের টিফিন ক্যারিয়ার আর জলের বোতল আমারও আছে। যখন যেখানে বেড়াতে যাই তখন ওই চার পিস মাল আমার সঙ্গে থাকেই। অভ্যাস কিনা। নামবার সময় ওই চারটে সামনে দেখে মনে হয়েছে বুঝি আমারই জিনিস। এ হে, এ যে ভারী গণ্ডগোল হয়ে গেল!"

সতীশ একটা দীর্ঘশ্বাস ফেলে বলে, "খুবই গণ্ডগোল। যার মাল সে যদি এখন পুলিশে খবর দেয় তো আপনার বিপদ আছে।"

লোকটা মাথা চুলকোতে-চুলকোতে বলে, "আজ্ঞে আমার বিপদের আর অভাব কী? চারদিকে বিপদের একেবারে ঢেউ খেলছে।"

সতীশ হঠাৎ কী যেন মনে পড়ায় বলল, "ওঃ ভাল কথা, আপনার টিকিটটা কিন্তু এখনও দেননি। রেলের টিকিটটা কোথায়!"

লোকটা মাথা নেড়ে বলে, "নেই। টিকিট কাটার সময় হল কোথায় বলুন! দৌড়ে এসে ট্রেন ধরলুম যে!"

"তা হলে বিনা টিকিটের যাত্রী হিসেবে আপনার আরও কিছু ঝঞ্ঝাট আছে। ফাইনসহ গাড়িভাড়া দিতে হবে।"

"একেই কি লোকে বিপদের ওপর বিপদ বলে?"

"হ্যাঁ, এটাই হল বিপদের ওপর বিপদ।"

লোকটা কাহিল মুখে কিছুক্ষণ ভেবে নিয়ে বলে, "এখানে কি রেল পুলিশ বা থানা আছে?"

"এখানে না থাকলেও পরের স্টেশনে আছে। টরেটক্কা করে দিলেই বেলা দশটার ডাউন গাড়িতে ফোর্স চলে আসবে। এই স্টেশনে আজ অবধি একটি লোকও আমার হাতে পার পায়নি। টিকিট না থাকলে হয় জরিমানা দাও নয়তো স্টেশনের ঘরে বসে থাকো, পুলিশ এসে নিয়ে যাবে।"

লোকটা চারদিকে টালুমালু করে চাইল। তারপর হঠাৎ ফ্যাঁসফ্যাঁসে গলায় বলল, "একটু জল খাব। গলাটা বড় শুকনো লাগছে।"

লাখন তাড়াতাড়ি পেতলের ঘটিটা এগিয়ে দিল। লোকটা ঢকঢক করে ঘটি খালি করে দিয়ে একটা দীর্ঘশ্বাস ফেলে বলল, "আচ্ছা একটা কথা আছে না, বিপদ কখনও একা আসে না!"

"আছে।"

লোকটা কাঁদো-কাঁদো হয়ে বলে, "ইয়ে, আমি একটু বাথরুমটা ঘুরে আসি। কেমন?"

"আসুন। আমি স্টেশন থেকে টরেটক্কা করে দিয়ে আসছি ততক্ষণ।"

"পুলিশ ডাকবেন তো!"

"আজ্ঞে হ্যাঁ। ফাইনসহ পুরো ভাড়া না দিতে পারলে পুলিশে হ্যান্ডওভার করতেই হবে।"

"আপনি খুব তেজস্বী লোক দেখছি।"

সতীশ মাথা উঁচু করে বেশ অহঙ্কারের সঙ্গে বলল, "তা বলতে পারেন। আমরা তিনপুরুষের রেলের চাকুরে। আমাদের বংশে কেউ কখনও কোনও দুর্নীতির প্রশ্রয় দেয়নি। কর্তব্য যত কঠিন আর নিষ্ঠুরই হোক তা আমরা করবই।"

লোকটা সভয়ে মাথা নেড়ে বলল, "সে বুঝেছি। তেজস্বী লোকদের জন্যই আজ আমার এই বিপদ। ওই যে গান্ধীজি— উনিও এক তেজস্বী লোক। তাঁর ফেরে পড়েই আজ আমার এই দুর্গতি। দুটো মিথ্যে কথা কইলে আজ কত সুখে থাকতে পারতুম। তা মশাই, আমি এখন একটু বাথরুমে যাব কি?"

সতীশ বলল, "সে যান। কিন্তু পালানোর চেষ্টা করবেন না। লাখন মস্ত কুস্তিগির, সে আপনার ওপর নজর রাখবে। আর পালালেও বিশেষ সুবিধে হবে না। এখানে নানারকম বিপদ। আপনার নামটি কী বলুন তো, নোট করে রাখি।"

"নাম!" বলে লোকটা ঢোক গিলল, "এই রে! নামটা যে ভুলে মেরে দিয়েছি!"

সতীশ চোখ কপালে তুলে বলে, "নিজের নাম ভুলে গেছেন! আপনি তো সাঙ্ঘাতিক লোক মশাই!"

লোকটা সিলিঙের দিকে তাকিয়ে গলা চুলকোতে-চুলকোতে অত্যন্ত ব্যস্তভাবে ভাবতে লাগল। ঘন-ঘন মাথা নাড়ল। তারপর চোখ-মুখ কুঁচকে বলল, "পেটে আসছে, মুখে আসছে না। এত বিপদে কি মাথার ঠিক থাকে! মাথাটা কেমন যেন ফরসা হয়ে গেছে, একেবারে সাদা। তবে নিজের নামটা ভুরভুরি কাটছে ঠিকই। একটু সময় দিন, ঠিক মনে পড়ে যাবে।"

সতীশ মাথা নেড়ে বলে, "ওসব চালাকি আমার ঢের জানা আছে। যে নিজের নাম চাপা দিতে চায় তার ভালরকম গলদ আছে। আমার সন্দেহ হচ্ছে আপনি কোনও গুরুতর রকমের অপরাধ করে পালিয়ে এসেছেন। হয়তো খুন, হয়তো

ডাকাতি। নাঃ, আর দেরি করা ঠিক হবে না। রেল-পুলিশে খবরটা তো আগে দিই, তারপর এখানকার থানাতেও ব্যাপারটা জানাতে হবে।"

এ-কথায় লোকটা খুব অবাক হয়ে হাঁ করে চেয়ে রইল, মুখে বাক্য সরল না। শুধু বারকয়েক শুকনো মুখে ঢোক গিলল। মুখখানা এমন করুণ আর ফ্যাকাসে হয়ে গেল যে, সতীশের মতো দৃঢ়চেতা লোক না হয়ে অন্য কেউ হলে সেই করুণ মুখ দেখে হয়তো করুণায় কেঁদেই ফেলত। কিন্তু সতীশ বজ্রকঠিন মানুষ। অন্যায় সে একেবারেই সহ্য করতে পারে না। তার সঙ্গী লাখনও তার মতোই। লাখন কুস্তিগির পালোয়ান এবং পরম রামভক্ত মানুষ। রোজ সে রামচরিতমানস সুর করে পড়ে, রাম-সীতা এবং বজরঙ্গবলীর পুজো না করে জলগ্রহণ করে না। সে-ও অন্যায়-অধর্ম সইতে পারে না। সুতরাং লোকটার মুখ দেখে কারও তেমন করুণার উদ্রেক হল না।

লোকটা একটা দীর্ঘশ্বাস ফেলে ভাঙা গলায় বলল, "এরেই কয় মাইনকা চিপি।"

সতীশ গলা চড়িয়ে বলল, "কী বললেন ? গালমন্দ করছেন নাকি ?"

লোকটা মাথা নেড়ে বলে, "আজ্ঞে না। গালমন্দ নয়। কথাটা আমার দাদু প্রায়ই বলতেন।"

"কথাটার মানে কী ?"

"আজ্ঞে সেটা আমিও ঠিক জানি না। শুধু জানি মাইনকা চিপি।"

"এটা কি বাঙাল ভাষা ?"

"তা হতে পারে।" বলে লোকটা চোখ বুজে বড়-বড় শ্বাস ফেলতে লাগল। দীর্ঘশ্বাসই।

সতীশ বেরিয়ে গেলে লোকটা করুণ নয়নে লাখনের দিকে চেয়ে বলে, "লাখনদাদা, আমি একটু বাথরুমের দিকে যেতে পারি ?"

"হাঁ, হাঁ, কিঁউ নেহি ? লেখিন ভাগবার কোসিস করবেন না। খবরদার। পুলিশ আসবে, বিচার হোবে, তারপর রামজীর যো হিচ্ছা সো হোবে।"

লোকটা বিগলিত হয়ে মাথা নেড়ে উঠে পড়ল।

রেলের কোয়ার্টারের ভেতরদিকে একটা উঠোন। উঠোনের এককোণে স্নানঘর। উঠোনটা বেশ উঁচু দেওয়াল দিয়ে ঘেরা। তবে পেছনদিকে জমাদার আসবার একটা দরজা আছে। সেটাতে হুড়কো দেওয়া। লোকটা স্নানঘরে ঢুকে দরজা ভেজিয়ে দিল। তারপর দরজার পাল্লা সামান্য ফাঁক রেখে নজর করে দেখল, লাখন দরজায় দাঁড়িয়ে একবার হাই তুলল, তারপর আড়মোড়া ভেঙে "জয় বজরঙ্গবলী" বলে দু-চারবার ডন-বৈঠক করে নিল। এ সময়ে বাইরে থেকে হঠাৎ হেঁড়ে গলায় কে হাঁক দিল, "এ লাখনভাই, তোহর ভৈঁস কাঁহা ভাগলবা ? খোটুয়া উখাড়কে ভাগলবা রে।"

"আয়া রে।" বলে লাখন এক দৌড় মারল।

লোকটা আর দাঁড়াল না। পেছনের দরজার হুড়কো খুলে বেরিয়ে প্রাণপণে

দৌড়তে লাগল। কিন্তু মুশকিল হল, লোকটা জীবনে দৌড়ঝাঁপ করেনি, শরীরটাও থলথলে। ফলে দৌড়লেও কোনও লাভ হচ্ছিল না। উপরন্তু লোকটা একটা ছোটখাটো মাঠ পেরোতে গিয়েই ঘেমে, হাঁফিয়ে বেদম হয়ে পড়ল। সারা শরীর ঝনঝন করতে লাগল দৌড়ের ধাক্কায়।

মাঠ পেরিয়েই একটা বাগানওলা পাকাবাড়ি দেখে লোকটা সটান ঢুকে পড়ল। বারান্দায় বসে এক পাকাচুলের বুড়ো মানুষ হুঁকো খাচ্ছেন। লোকটাকে দেখে তিনি হঠাৎ আঁতকে উঠে চেঁচাতে লাগলেন, "ও বাবা, এ যে মস্ত এক কেলে গোরু ঢুকে পড়েছে বাগানে! ওরে পল্টু, তাড়া শিগগির গোরুটাকে, সব গাছ খেয়ে ফেলবে… !"

লোকটা আতঙ্কিত হয়ে হাতজোড় করে বলে, "আজ্ঞে আমি গোরু নই। বড় বিপদে পড়ে এসেছি, যদি একটু আশ্রয় দেন।"

বৃদ্ধ হুঁকোটি রেখে ভ্রূ কুঁচকে লোকটার দিকে চেয়ে বললেন, "অ, তা ভাল কথা। কিন্তু বাপু, আমার কোদালখানা কী করলে ?"

লোকটা ভ্যাবাচাকা খেয়ে বলে, "কোদাল ! কোদালের কথা উঠছে কেন ?"

বুড়ো খ্যাঁক করে উঠলেন, "কোদালের কথা কি আর এমনি ওঠে বাপু ! ন্যাকামি কোরো না। পরশুদিন এসে সক্কালবেলায় তুমি আমার কোদালখানা চালাকি করে নিয়ে যাওনি ? খুব তো ইনিয়ে-বিনিয়ে বলেছিলে, জ্যাঠামশাই, আমি হরি সামন্ত, কোদালখানা একটু দেবেন, ও-বেলা দিয়ে যাব। তা আমিও হরি সামন্ত মনে করে কোদালখানা দিয়ে দিলুম। পরে হরি এসে বলল, সে পরশুদিন এখানে ছিলই না।"

লোকটা হাতজোড় করেই বলল, "আজ্ঞে আমিও ছিলুম না। আজ সকালেই আমার এখানে প্রথম আগমন হল।"

"বিপদে পড়লে লোকে কত কী বলে, ওসব বিশ্বাস করে আহাম্মকেরা। তোমাকে ঠিকই চিনেছি বাপু, চোখে কম দেখি বলে যে আমার চোখে ধুলো দিয়ে পালাবে তার জো নেই। পরশু কোদাল নিয়েছ, আজ আবার আশ্রয় না কী যেন নিতে এসেছ, তুমি তো মহা ধুরন্ধর হে ! ওরে পল্টু, শুনছিস ! বল্লমখানা নিয়ে আয়, এই কোদালচোর সাঙ্ঘাতিক লোক।"

ভেতর থেকে কে যেন হেঁড়ে গলায় বলে উঠল, "এই আসছি জ্যাঠামশাই, মুগুরটা আর দশবার ভেঁজেই আসছি। চোরটাকে ধরে রাখো।"

এ-কথা শুনে লোকটা আর দাঁড়াল না। ফটক পেরিয়ে পাঁই-পাঁই করে ছুটতে লাগল। তবে তার কাছে ছোটাটা পাঁই-পাঁই মনে হলেও আসলে সে ছুটছিল নিতান্তই থপ-থপ করে, গজকচ্ছপের মতো। বুকে দম নেই, হাঁটু ভেঙে আসছে, তেষ্টায় কণ্ঠা অবধি শুকনো। তবে ভাগ্য ভাল, মুগুরভাঁজা শেষ করে পল্টু এখনও তার পিছু নেয়নি।

তবু সাবধানের মার নেই। লোকটা পথ ছেড়ে পাশের মাঠে নেমে পড়ল। সেখানে দিব্যি বুকসমান উঁচু ধানগাছ। লুকোনোর খুব সুবিধে। কোথায় যাবে

তারই যখন ঠিক নেই, তখন ধানখেতে ঘুরে বেড়ালেই বা ক্ষতি কী ?

এখন শরৎকাল। নীল আকাশে ভোরের সোনার রোদ ছড়িয়ে পড়েছে। মিঠে হাওয়া দিচ্ছে। পাখি ডাকছে। লোকটার বেশ ভাল লাগতে লাগল। গাঁয়ে-গঞ্জে বড় একটা যায়নি সে। প্রকৃতির শোভা যে এতদূর ভাল তা-ও যেন অজানা ছিল। আহা, কী সুন্দর !

ধানখেতের ভেতরে আলপথ বেয়ে লোকটা খানিকদূর এগোতেই দেখতে পেল দু-চারজন চাষি ধান কাটছে। কাছেই কোনও গ্রাম থেকে কুকুরের ঘেউ-ঘেউ আর গোরুর হাম্বা রব ভেসে আসছে। লোকটার মন খুব ভাল হয়ে গেল। গাঁয়ের লোক নিশ্চয়ই খারাপ হবে না। গাঁয়ে যারা থাকে তারা হল গে সহজ-সরল মাটির মানুষ, সাত চড়ে রা কাড়ে না। সেখানে "গেয়ে গান নাচে বাউল, গান গেয়ে ধান কাটে চাষা।"

তবে সামনে যে ক'জন চাষিকে দেখা যাচ্ছে তারা কেউ গান গাইছিল না। একদম সামনেই যে চাষিটিকে দেখা যাচ্ছিল, তার মুখখানা ভারী তিরিক্ষে। তা হোক, এরা লোক খারাপ হয় না।

লোকটা যথাসাধ্য হাসি-হাসি মুখ করে এগিয়ে গিয়ে বলল, "এই যে ভাই !"

লোকটা ধান কাটতে-কাটতে গোমড়া মুখটা তুলে গুরুগম্ভীর গলায় বলে, "কী চাই ?"

বলার ধরনটা ভাল ঠেকল না, লোকটা একটু দমে গিয়ে বলে, "আচ্ছা, এদিকে ভাল লোক কি দু-একজনকে পাওয়া যাবে ? বেশ নরম দয়ালু মন, অন্যের দুঃখে প্রাণ কাঁদে, দান করার ঝোঁক আছে, অথচ গায়ের জোর-টোর তেমন নেই— পাওয়া যায় এমন মানুষ ?"

চাষিটি কিছুক্ষণ ভ্রূ কুঁচকে চেয়ে থেকে হঠাৎ মুখ ফিরিয়ে পাশের খেতের লোকটাকে হাঁক মারল, "ওরে নেতাই, এই সেই লোক।"

নেতাই চেঁচিয়ে বলল, "কে লোক রে ?"

"আরে, গেল বুধবার কুঞ্জখুড়োর বাড়িতে যে ডাকাতি হল মনে নেই ? সেই দলে ছিল। মুখে ভুসোকালি মাখা ছিল, তবু ঠিক চিনেছি। এ সেই দলের লোক।"

লোকটা হাঁ-হাঁ করে উঠল, "না, না, কোথাও খুব ভুল হচ্ছে— খুব ভুল করছেন আপনারা—"

ততক্ষণে দুই চাষি কাস্তে হাতে তেড়ে এল। লোকটা ফের পাঁই-পাঁই করে ছুটতে লাগল। সে যা ছুট তাতে যে-কেউ একটু পা চালিয়ে হেঁটেই ধরে ফেলতে পারত তাকে। কিন্তু কপালটা ভালই, মাঝখানে একটা জলের নালা থাকায় লোক দুটো চট করে কাছে চলে আসতে পারল না। নালাটা পেরোতে একটু ঘুরপথে আসতে হল। ততক্ষণে লোকটা ধানখেত পার হয়ে একটা জঙ্গলের ধারে পৌঁছে গেছে।

জঙ্গলে সাপ আছে কি বাঘ আছে সে বিচার করার সময় নেই। লোকটা

হাঁফাতে-হাঁফাতে জঙ্গলের মধ্যে ঢুকে পড়ল। বেশ নিবিড় অন্ধকার জঙ্গল। ঘন গাছপালা, লতা, ঝোপ সব রয়েছে। গা-ঢাকা দেওয়ার পক্ষে চমৎকার। লোকটা জঙ্গলে ঢুকে হ্যা-হ্যা করে হাঁফাতে-হাঁফাতে কোমরে হাত দিয়ে একটু দাঁড়িয়ে রইল। আর চলবার ক্ষমতা নেই।

জঙ্গলের বাইরে সেই হেঁড়ে গলাটা শোনা গেল, "ওরে নেতাই, ডাকাতটা যে মনসাপোঁতার জঙ্গলে ঢুকে গেল!"

নেতাই খুব আহ্লাদের গলায় বলে, "ভালই হয়েছে রে জগা। ডাকাত ধরলে আমাদেরই ভয় ছিল। ওর দল এসে আমাদের কেটে ফেলত। তার চেয়ে মনসাপোঁতার ব্রহ্মদত্যিই নিকেশ করবে ওকে। হুঁ-হুঁ বাছাধন, এবার যাবে কোথায়?"

জগাও বেশ প্রফুল্ল গলায় বলল, "আর ব্রহ্মদত্যিই বা একা কেন? শুখানালার বুনো কুকুরগুলোও রয়েছে। দেখতে পেলেই ছিঁড়ে খাবে।"

এইসব বলাবলি করতে-করতে দু'জনে চলে গেল।

লোকটা সভয়ে নিজের চারদিকটা দেখল ভাল করে। বিশাল বড়-বড় গাছ চারদিকে। শাল-সেগুনই হবে। আর তার ফাঁকে-ফাঁকে ঝোপঝাড় আর লতাপাতায় চারদিকটা দুর্ভেদ্য হয়ে আছে।

লোকটা একটা বড় গাছের গুঁড়িতে ঠেস দিয়ে বসে ধুতির খুঁটে মুখের ঘাম মুছল। তারপর নিজের বর্তমান অবস্থাটা গম্ভীর মুখে বিচার করতে লাগল। যা অবস্থা দেখা যাচ্ছে, তাতে এ-জঙ্গল থেকে চট করে বেরোনো ঠিক হবে না। অথচ খিদে-তেষ্টা আছে, ঘুম আছে, স্নানটান করাও আছে, এ-জঙ্গলে কীভাবে সেসবের ব্যবস্থা হবে সেটাও চিন্তার বিষয়। তার ওপর ব্রহ্মদৈত্য এবং বুনো কুকুরের কথাও শোনা গেল। গতিক মোটেই সুবিধের ঠেকছে না তার কাছে।

হাত চার-পাঁচ দূরে শুকনো পাতায় একটা সরসর শব্দ হল। লোকটা সেদিকে তাকিয়ে যা দেখল তাতে শরীরের রক্ত হিম হয়ে যায়। একটা হাত-তিনেক লম্বা গোখরো সাপ হিলহিল করে একটা গর্তে ঢুকে যাচ্ছে। ওপরেও একটা শব্দ হল। লোকটা তাকিয়ে দেখে, একটা মস্ত বানর ডালে বসে সবেগে পেট চুলকোচ্ছে।

"নাঃ, প্রাণটা দেখছি বেঘোরেই যাবে!" বলে লোকটা শ্রান্ত শরীরে হেদিয়ে বসে রইল। "সত্য জয়তে" কথাটার মানেই হয় না। সত্যি কথা বলার গুনাগার যা দিতে হচ্ছে তা কহতব্য নয়।

বসে থাকতে-থাকতে লোকটার চোখ ঘুমে ঢুলে আসতে লাগল। সারারাত উদ্বেগ-অশান্তিতে তার ঘুম হয়নি। তার ওপর সকাল থেকে বিস্তর দৌড়ঝাঁপ করতে হয়েছে। চারদিকে বিপদ জেনেও লোকটা ঢুলতে-ঢুলতে গাছের গুঁড়িতে ঠেস দিয়ে একসময়ে ঘুমিয়ে পড়ল।

ঘুম যখন ভাঙল তখন দুপুর। বেশ চনচনে খিদে পেয়েছে। প্রচণ্ড জলতেষ্টা। জঙ্গলের মধ্যে রোদের চিকড়িমিকড়ি এসে পড়েছে। ঝিঁঝি ডাকছে।

লোকটা চারদিকে চেয়ে ফের নিজের অবস্থাটা বিচার করে দেখল। খুবই

খারাপ অবস্থা। নোংরা জামাকাপড় বদলানোর উপায় নেই। খাদ্য পানীয় নেই। বিছানা নেই। জঙ্গলের বাইরে অনেক শত্রু। জঙ্গলের মধ্যেও বন্ধু কেউ নেই।

তবে একটা ভাল ব্যাপার। লোকটার হঠাৎ নিজের নামটা মনে পড়ে গেল। লোকটার নাম অভয় সরকার।

॥ ২ ॥

চক্রপুরের দারোগাবাবুকে দেখলে যে-কারও শ্রদ্ধা হবে। হ্যাঁ, শ্রদ্ধা করার মতোই চেহারা। যেমন লম্বা, তেমনই চওড়া এবং তেমনই দশাসই। যখন শ্বাস ফেলেন তখন মোষও লজ্জা পায়। ইদানীং ভুঁড়িটা বড্ড ঝুলে পড়েছে আর গলার নীচেও থাক-থাক চর্বি জমেছে বটে, কিন্তু এখনও একটু কষ্ট করলে ছোটখাটো একখানা খাসি বা মাঝারি একখানা পাঁঠার মাংস একাই সাবাড় করতে পারেন। অবশ্য তার সঙ্গে লুচি বা পরোটা থাকা চাই। শেষ পাতে একটু ক্ষীর দু'বেলাই চাই। দিনের বেলা চারটি ভাতই খান বটে, তবে চার হাতা ভাত হলে দু' হাতা ঘি লাগে। তা এ-সবের জন্য তাঁকে তেমন ভাবতে হয় না। দারোগাবাবু টিকে আছেন বলে গোটা এলাকাই টিকে আছে। লোকে তাই কৃতজ্ঞতাবশে এ-সবই জোগান দেয়। দারোগাবাবু খাবেন, এর চেয়ে আহ্লাদের ব্যাপার আর কী আছে?

আজ সকালবেলাতেই নেতাই আর জগা এসে হাজির। দু'জনেই একসঙ্গে হাতজোড় করে বলল, "বড়বাবু, সাঙ্ঘাতিক কাণ্ড। কুঞ্জখুড়োর বাড়িতে যারা ডাকাতি করেছিল তাদেরই একজন মনসাপোঁতার জঙ্গলে সেঁধোল। অবশ্য এমনি সেঁধোয়নি, এমন তাড়া করেছিলুম যে, বাছাধন আর পালানোর পথ পায়নি।"

দারোগাবাবু, অর্থাৎ সুদর্শন হালদার গেঞ্জি আর লুঙ্গি পরে কোয়ার্টারের বারান্দায় একটা ইজিচেয়ারে গা এলিয়ে বসে ছিলেন। কথাটা শুনে কোনও ভাবান্তর হল না। শুধু বললেন, "হুঁ।"

"আজ্ঞে আমরা হলুম তো মনসাপোঁতার জগা আর নেতাই। আমাদের কথাটা একটু মনে রাখবেন।"

সুদর্শনবাবু নিমীলিত নয়নে তাদের দিকে চেয়ে বললেন, "কেন, তোদের কথা আবার মনে রাখতে হবে কেন?"

নেতাই মাথা চুলকে একটু ফিচিক হাসি হেসে বলল, "কথাটা তা হলে খুলেই বলি বড়বাবু। কুঞ্জখুড়োকে তো চেনেন, সাতটা গাঁ মিলেও অতবড় বন্ধকি কারবার আর কারও নেই। সোনাদানা হিরে জহরত দাঁড়া দোনলা। ওঁর মক্কেলরা সবাই টাকার কুমির। ডাকাতরা এসে সেইসব গচ্ছিত জিনিস চেঁছেপুঁছে নিয়ে গেছে। কুঞ্জখুড়োর একটা মস্ত দোষ হল, সরকারবাহাদুরের ওপর একেবারেই ভরসা নেই। তাই ঠিক করেছেন ডাকাতদের হদিস যে দিতে পারবে তাকে পঞ্চাশ হাজার টাকা প্রাইজ দেবেন।"

সুদর্শনবাবু সবেগে সোজা হয়ে বসে বললেন, "কত টাকা বললি?"

"আজ্ঞে পঞ্চাশ আছে আপাতত, তবে ওটা দু-একদিনের মধ্যেই লাখে উঠে যাবে মনে হয়।"

"কই, আমি তো প্রাইজের কথা শুনিনি!"

"আজ্ঞে ছোট মুখের কথা তো, এখনও বড় কান অবধি পৌঁছয়নি। তবে ভাববেন না, কুঞ্জখুড়ো গাঁময় ঢ্যাঁড়া পিটিয়ে জানিয়ে দিয়েছে। যে ধরবে সে পুলিশই হোক আর পাবলিকই হোক, পঞ্চাশ হাজার থোক পাবে। তাই বলছিলুম, আমাদের কথাটা একটু মনে রাখবেন। নিজের চোখে দেখা, ডাকাতটা মনসাপোঁতার জঙ্গলে ঢুকেছে।"

দারোগাবাবু একটু চিন্তিত হয়ে বললেন, "কিন্তু সেই জঙ্গলটা তো ভাল নয় রে।"

নেতাই ঘাড় নেড়ে বলে, "আজ্ঞে না। ব্রহ্মদত্যির বাস তো আছেই, তার ওপর বুনো কুকুরেরও উৎপাত।"

"ডাকাতটার চেহারা কেমন?"

"আজ্ঞে ডাকাতের মতোই। মোটাসোটা, কালো, রক্তবর্ণ চোখ। ও ভুল হওয়ার জো নেই।"

সুদর্শনবাবু চিন্তিত মুখেই বললেন, "তোদের চক্রপুর তো ক্রমে-ক্রমে বসবাসের অযোগ্য হয়ে উঠছে দেখছি। এই তো কিছুক্ষণ আগে স্টেশনমাস্টার সতীশ আর তার স্যাঙাত এসে নালিশ করে গেল, কে একটা লোক নাকি ট্রেন থেকে জিনিসপত্র চুরি করে নেমে পড়েছিল। রেল-পুলিশ বলেছে লোকটা স্টেশনের চৌহদ্দি পেরিয়ে যাওয়ায় তারা আর কিছু করতে পারবে না। এখন আমার যত দায়। আবার একটু আগে ফণিবাবুর নাতি পল্টু এসে বলে গেল, কে নাকি তাদের বাড়ি থেকে ক'দিন আগে কোদাল চুরি করে নিয়ে গেছে, আজ সকালে নাকি আবার আশ্রয় চুরি করতে এসেছিল। অবশ্য আশ্রয় কী জিনিস তা আমি ঠিক বুঝতে পারলুম না। কিন্তু এ তো দেখছি চোর-ছ্যাঁচড়-ডাকাতদের স্বর্গরাজ্য হয়ে উঠল! অ্যাঁ!"

নেতাই গদগদ হয়ে বলে, "সে সত্যি কথা, তবে গোদের ওপর বিষফোড়ার মতো আপনিও তো আছেন, আর সেইটেই আমাদের ভরসা। পঞ্চাশ হাজারের পঞ্চাশও যদি পাই তবে গোয়ালঘরটা ছাইতে পারি, একজোড়া লাঙলের ফালও কেনা বড় দরকার।"

সুদর্শনবাবু বজ্রগম্ভীর গলায় বললেন, "এখন বাড়ি যা তো বাপু। আমাকে ঠাণ্ডা মাথায় একটু ভাবতে দে।"

দু'জনে বিদেয় হলে সুদর্শনবাবু উঠে তাঁর পুলিশের পোশাক পরে নিলেন। তারপর কোমরে রিভলভার এঁটে থানায় রওনা দিলেন।

থানা থেকে গোটাচারেক সেপাই সঙ্গে নিয়ে সুদর্শনবাবু মনসাপোঁতার জঙ্গলের ধারে যখন এসে পৌঁছলেন তখন বেশ বেলা হয়েছে, রোদ চড়েছে এবং খিদেও পেয়েছে। খিদে পেলে সুদর্শনবাবুর মাথার ঠিক থাকে না।

জঙ্গলের দিকে মুখ করে মুখের দু'ধারে হাত দিয়ে চোঙার মতো করে সুদর্শনবাবু একখানা পিলে-চমকানো হাঁক দিলেন, "ওরে, জঙ্গলের মধ্যে কে আছিস ? যদি প্রাণে বাঁচতে চাস তো বেরিয়ে আয়। নইলে রক্ষে থাকবে না কিন্তু !"

কেউ সাড়া দিল না।

সুদর্শনবাবুর গলা আরও চড়ল, "বলি শুনতে পাচ্ছিস ? ধরা না দিলে কিন্তু আমি ফোর্স নিয়ে জঙ্গলে ঢুকব। খুব খারাপ হয়ে যাবে কিন্তু তখন ! একেবারে রক্তারক্তি কাণ্ড ঘটবে। ভাল চাস তো লক্ষ্মী ছেলের মতো দুটো হাত গৌরাঙ্গের মতো ওপরপানে তুলে বেরিয়ে আয়।"

কেউ এল না।

সুদর্শনবাবু এবার গলা আরও ওপরে তোলার চেষ্টা করলেন, "ভাবছিস জঙ্গলের মধ্যে গা-ঢাকা দিয়ে থেকে বেঁচে যাবি ? জানিস এ-জঙ্গলে জয়রাম বেহ্মদত্যি থাকে ? জানিস বুনো কুকুরদের কথা ? তা ছাড়া সাপ-খোপ আছে, বাঘ-সিংহও থাকতে পারে। বিপদে পড়লে কিন্তু জানি না বাপু। কাজ কী তোর অত বিপদ মাথায় করে জঙ্গলে থাকার ? থানায় ভাল বিছানা আছে, গায়ের কম্বল পাবি, চারবেলা মিনি-মাগনা খাওয়া— জঙ্গলের চেয়ে ঢের ভাল। বলছি গুটিগুটি বেরিয়ে আয়। মারধোর করব না রে বাপ, আমরা সেরকম লোকই নই।"

কিন্তু কেউ এগিয়ে এল না।

সোজা আঙুলে যে ঘি উঠবে না এটা বুঝতে সুদর্শনবাবু একটু ফাঁপরে পড়লেন। কারণ বাঁকা আঙুলে ঘি তোলা কঠিন ব্যাপার। মনসাপোঁতার জঙ্গলে কেউ ঢুকবে না। তবু তিনি সেপাইদের দিকে রক্তচক্ষুতে চেয়ে অত্যন্ত গম্ভীর গলায় বললেন, "জঙ্গলে ঢুকতে হবে। লোকটা ভেতরেই আছে।"

চারজন সেপাই সঙ্গে-সঙ্গে চার হাত পিছিয়ে গেল। রামরিখ সিং বলল, "হুজুর, চাকরি যায় সো ভি আচ্ছা। দেশে ফিরে গিয়ে মকাইকা খেতি করব। লেকিন মনসাপোঁতায় ঘুসব না।"

অন্য সেপাইদেরও প্রায় একই কথা। চাকরি গেলে তাদের একজন ভিক্ষে করতেও রাজি, আর-একজন পানের দোকান দিতে চাইল এবং চতুর্থজন সাধু হয়ে হিমালয়ে চলে যাওয়ার ভয় দেখাল।

মনসাপোঁতার জঙ্গল সম্পর্কে মানুষের ভয় অকারণে নয়। রাত্রিবেলা এই জঙ্গলে ভুতুড়ে আলো দেখা যায়, শোনা যায় নানারকম ভুতুড়ে শব্দও। দিনের বেলা আগে কাঠ কুড়োতে বা গাছ থেকে বুনো ফলপাকুড় সংগ্রহ করতে অনেকে ঢুকত। ইদানীং আর কেউ যায় না। কারণ আজকাল জঙ্গলে ঢুকলেই পেছন থেকে কে যেন আক্রমণ করে। পাথরের টুকরো বা ডাণ্ডা দিয়ে মেরে অজ্ঞান করে দেয়। তারপর টেনে জঙ্গলের বাইরে ফেলে দিয়ে যায়। জঙ্গলের ধারে যে অশ্বত্থ গাছটা আছে তার তলায় জবাফুল, কড়ি, জীবজন্তুর মাথা, হাড়গোড় ইত্যাদিও প্রায়ই দেখতে পাওয়া যায়। এইসব কারণে মনসাপোঁতা এখন সকলের কাছেই নিষিদ্ধ জায়গা।

সুদর্শনবাবু তা ভালই জানেন। ঢুকতে হলে তাঁকে একাই ঢুকতে হবে। কিন্তু সেটা কেন যেন সাহসে কুলোচ্ছে না। তাঁর ইচ্ছে, সেপাইদের জঙ্গলে পাঠিয়ে তিনি বাইরে ওত পেতে থাকবেন। কিন্তু তাঁর সেই ইচ্ছে পূরণ হওয়ার লক্ষণ দেখা যাচ্ছে না। তা বলে পঞ্চাশ হাজার টাকার কথাই বা তিনি ভোলেন কী করে? বেজার মুখ করে তিনি সেপাইদের বললেন, "ঠিক আছে, প্রত্যেকে দশ-দশ টাকা করে পাবি।"

সেপাইদের পায়ে তবু যেন পাথর বাঁধা।

সুদর্শনবাবু গলাখাঁকারি দিয়ে বললেন, "আচ্ছা যা, পঞ্চাশ-পঞ্চাশ।"

রামরিখ হাতজোড় করে বলল, "রুপাইয়া দিয়ে কী হোবে বড়বাবু? জান না বাঁচলে রুপাইয়া দিয়ে কৌন কাম হোবে?"

ঠিক এই সময়ে একটা মস্ত পাথর জঙ্গলের ভেতর থেকে প্রচণ্ড জোরে এসে অশ্বত্থ গাছটার গায়ে লাগল। সবাই আঁতকে উঠল এই আচমকা ঘটনায়। কিন্তু তারপরই একের পর এক পাথর উড়ে আসতে লাগল।

"বাপরে!" বলে সেপাইরা উলটোদিকে দৌড় দিল।

সুদর্শনবাবু রিভলভার বের করে শূন্যে একবার ফায়ার করে বললেন, "সাবধান বলছি! খবরদার, ঢিল ছুড়বি না, গুলি করব।"

জঙ্গলের মধ্যে কে যেন হিঃ হিঃ করে রক্তজল-করা হাসি হেসে উঠল।

সুদর্শনবাবু আর দাঁড়ালেন না। সেপাইদের দৃষ্টান্ত অনুসরণ করে তিনিও ছুটতে লাগলেন।

সন্ধেবেলার আপ ট্রেন থেকে চক্রপুর রেল স্টেশনে চারটে লোক নামল। চারজনের চেহারাই বেশ লম্বা-চওড়া মজবুত। সঙ্গে মালপত্র বিশেষ নেই, শুধু একটা করে সুটকেস।

চক্রপুরে এরা যে নতুন তা বুঝতে পেরে ট্রেনটা পাস করিয়ে সতীশ এগিয়ে গিয়ে বলল, "আপনারা কোথা থেকে আসছেন?"

চারজনের একজন অন্য সকলের চেয়ে একটু বেশি লম্বা এবং চওড়াও। লোকটা সতীশের দিকে চেয়ে বেশ গম্ভীর গলায় বলে, "আমরা একটা তদন্তে এসেছি।"

"তদন্তে? আপনারা কী পুলিশের লোক?"

"হ্যাঁ। আমরা গোয়েন্দা।"

সতীশ সরকারি কর্মচারী এবং পুলিশ-মিলিটারি দেখলে খুবই শ্রদ্ধাশীল হয়ে পড়ে। খুব বিনয়ের সঙ্গে বলল, "আসুন, আসুন, স্টেশনঘরে একটু বসুন। চক্রপুরে হঠাৎ গোয়েন্দা-পুলিশের আগমন হল কেন সেটা একটু শুনি।"

এ-প্রস্তাবে লোকগুলোর তেমন আপত্তি হল না। স্টেশনের ছোট ঘরে এসে চারজন যখন কাঠের বেঞ্চটায় বসল তখন কেরোসিনের আলোয় চারজনের চেহারা একটু পরিষ্কার দেখতে পেল সতীশ। সত্যি কথা বলতে কী, চারজনের চেহারাই

একটু যেন অস্বস্তিকর। একজনের কপালে একটা বেশ গভীর কাটা দাগ আছে। একজনের নাক ভাঙা। তৃতীয়জনের একটা চোখ কানা। চতুর্থজনের বাঁ হাতের কড়ে আঙুলটা নেই।

এদের সর্দার বলে যাকে মনে হচ্ছিল সেই লম্বা-চওড়া লোকটা সতীশের দিকে চেয়ে বলল, "আমরা একজন ভয়ঙ্কর অপরাধীর খোঁজে এখানে এসেছি। লোকটা কয়েকদিন আগে একটা খুন করে পালিয়ে এসেছে। আমরা খবর রাখি, সে এদিকেই এসেছে। সম্ভবত এখানেই কোথাও তার পৈতৃক বাড়ি ছিল।"

সতীশ তটস্থ হয়ে বলে, "লোকটার চেহারা কেমন বলুন তো! কালো মতো? একটু থলথলে? মুখে একটা ভালমানুষী ভাব?"

চারজন নিজেদের মধ্যে একটু দৃষ্টি-বিনিময় করে নিয়ে বলল, "ঠিক মিলে গেছে। লোকটার চেহারা দেখে ভুল বুঝবেন না। সে মোটেই ভালমানুষ নয়।"

সতীশ মাথা নেড়ে বলে, "সে আমি খুব জানি। লোকটা অন্যের মাল চুরি করে পালাচ্ছিল। টিকিটও ছিল না। পরে শোনা গেছে সে কোনও ডাকাতের দলেও ছিল।"

"অতি সত্যি কথা। এখন প্রশ্ন হল, লোকটা কোথায়?"

"লোকটা পালিয়েছে। যতদূর মনে হয় মনসাপোঁতার জঙ্গলে গিয়ে ঢুকেছে। তবে ভাববেন না, মনসাপোঁতায় একবার ঢুকলে কারও নিস্তার নেই। ভয়ঙ্কর জায়গা।"

লোকটা বলল, "যত ভয়ঙ্কর জায়গাই হোক, লোকটাকে আমাদের খুঁজে বের করতেই হবে। মনসাপোঁতা কোনদিকে?"

"সে অনেকটা দূর। রাতে সেখানে যেতে পারবেন না।"

"আমরা সকালেই রওনা হব। আজ রাতটা আমরা এই স্টেশনঘরেই কাটাতে চাই। আশা করি আপনার আপত্তি হবে না।"

সতীশ মাথা নেড়ে বলল, "না, আপত্তি কীসের? কিছু রুটি-তরকারি পাঠিয়ে দেব'খন।"

"তা হলে তো চমৎকার।" এই বলে লোকটা হাত বাড়িয়ে সতীশের হাত ধরে একটা ঝাঁকুনি দিয়ে বন্ধুত্ব প্রকাশ করে বলল, "আমার নাম তিনু সেন। আর এরা হল পচা, ল্যাংড়া আর সন্তু।"

হাতখানায় ঝাঁকুনি খেয়েই সতীশ বুঝে গিয়েছিল, তিনু সেন খুব শক্ত ধাতের লোক। সতীশের হাতটা যে ছিঁড়ে গেল না সেটাই ভাগ্যের কথা। গোয়েন্দা-পুলিশ হলেও লোকগুলোর হাবভাব তেমন সুবিধের ঠেকছিল না তার। চোখগুলো যেন বড্ড জ্বলজ্বল করছে।

সতীশ টেবিলের কাগজপত্র একটু তাড়াহুড়ো করে গুছিয়ে রেখে বলল, "তা হলে আমি এখন আসি? পোর্টার লাখন একটু বাদে আপনাদের খাবার দিয়ে যাবে'খন।"

তিনু হঠাৎ জিজ্ঞেস করল, "আচ্ছা, এখানে থানা-টানা আছে?"

"আছে। কেন, সেখানে খবর পাঠাতে হবে ? কাল সকালেই লাখনকে পাঠিয়ে দিতে পারি দারোগাবাবুর কাছে।"

তিনু মাথা নেড়ে বলে, "তার দরকার নেই। প্রয়োজন হলে আমরাই যাব। আপাতত আমরা লোকাল পুলিশের সঙ্গে ইনভল্ভড হতে চাই না।"

"ঠিক আছে।" বলে সতীশ তাড়াতাড়ি কোয়ার্টারে ফিরে এল। কিন্তু তার মনে হচ্ছিল, এই চারজন গোয়েন্দা-পুলিশের কথা সুদর্শন দারোগাকে জানানো দরকার।

রাত্রিবেলা লাখন রুটি-তরকারি পৌঁছে দিতে গিয়ে খুব গণ্ডগোলে পড়ে গেল। স্টেশনের ঘরে চারটে তাগড়াই লোক কেরোসিনের বাতির আলোয় জাম্বুবানের মতো বসে আছে। একজন নিবিষ্ট মনে টেবিলের ওপর চারটে পিস্তল পর পর সাজিয়ে রেখে সযত্নে গুলি ভরছে। অন্য একজন বেশ তেজি গলায় বলছে, "অভয় সরকার মাস্ট বি কিল্ড। কোনওভাবে যেন পুলিশ ওর নাগাল না পায়। তার জন্য দরকার হলে আরও দু-চারটে লাশ ফেলে দিতে হবে। যদি কেউ ওকে প্রোটেক্ট করতে চায়।"

লাখন ইংরেজি এবং বাংলা দুটোই কিছু-কিছু বোঝে। পিস্তল দেখে এবং কথাবার্তা শুনে কুস্তিগির লাখনেরও হাত-পা ঠাণ্ডা হয়ে এল।

যে-লোকটা কথা বলছিল সে লাখনকে হঠাৎ দরজায় উদয় হতে দেখে কথা থামিয়ে বাজখাঁই গলায় বলে উঠল, "তুই কে রে ?"

পিস্তলওলা লোকটা ধাঁ করে একটা পিস্তল তুলে তাক করে বলল, "হ্যান্ডস্ আপ।"

লাখন কথাটা বুঝল, তবে হাত তোলার উপায় ছিল না। এক হাতে টিফিনবাটিতে রুটি, অন্য হাতে অ্যালুমিনিয়ামের ডেকচিতে তার তৈরি বিখ্যাত আলুর তরকারি। সে ভয়ে কাঁপতে-কাঁপতে বলল, "আমি লাখন আছি বাবুজি। পোর্টার লাখন। আপলোগকা খানা লায়া।"

"অ !" বলে প্রথম লোকটা যেন খুব তাচ্ছিল্য করে বলল, "ওই টেবিলে রেখে যা, আর শোন, খবরদার সাড়াশব্দ না করে এ-ঘরে কখনও আসবি না। একেবারে জানে মেরে দেব।"

লাখন এত কাঁপছিল যে, হাত থেকে বাটি-টাটি পড়েই যেত। কোনওরকমে টেবিলে নামিয়ে রেখে সে প্রাণভয়ে পালাতে যাচ্ছিল, কিন্তু পিস্তলওলা লোকটা উঠে এসে প্ল্যাটফর্মে তার পথ আটকাল, "এই, তুই আমাদের কথা কিছু শুনতে পেয়েছিস ?"

"নেহি বাবু, রাম কি কিরিয়া।"

"যদি শুনে থাকিস তো ভুলে যা। মুখ দিয়ে যদি টুঁ শব্দটি বেরোয় তা হলে কিন্তু খুন হয়ে যাবি। মনে থাকবে ?"

"জি বাবু।"

"এখানকার থানাটা কোথায় !"

"আধা মিল দূর হোবে। হুই দিকে।"

"দারোগা কেমন লোক ?"

"ভাল লোক আছে বাবুজি।"

"ভাল মানে কী ? চালাক-চতুর, না বুদ্ধু ?"

কোনটা বলা ঠিক হবে, তা বুঝতে না পেরে লাখন একটু মাথা চুলকোল। তার মনে হল দারোগাবাবু বোকা হলেই এদের সুবিধে। সে বলল, "বড়বাবু বুদ্ধু আছে।"

"আর তুই ! তুই চালাক, না বুদ্ধু ?"

"আমি-ভি বুদ্ধু আছে।"

"তোর চেহারাটা ভাল। কুস্তিটুস্তি করিস নাকি ?"

"থোড়া থোড়া।"

"ঠিক আছে, আমাদের কাজটা মিটে যাক, তারপর তোর সঙ্গে একদিন কুস্তি হয়ে যাবে।"

লাখন ভয় পেয়ে বলল, "নেহি হুজুর, হামি তো হারিয়ে যাব।"

লোকটা হাঃ হাঃ করে হেসে বলল, "লড়ার আগেই হেরে বসে আছিস ! ঠিক আছে, তা হলে তোকে কুস্তির কয়েকটা প্যাঁচ শিখিয়ে দিয়ে যাব।"

"জি হুজুর মেহেরবান।"

"আর শোন, ওই স্টেশন-মাস্টারটা কেমন লোক ?"

"ভাল আদমি বাবুজি।"

"তোর কাছে দেখছি সবাই ভাল ! এ-লোকটা চালাক, না বোকা ? সাহসী, না ভিতু ?"

"ভিতু আছে, একটু বুদ্ধু-ভি আছে।"

"দরকার পড়লে বোকা সাজতে পারে তো ! তা হলেই হবে। এখন যা।"

॥ ৩ ॥

অভয়ের ঘুম যখন ভাঙল তখন সন্ধে। ঘুমের ঘোরে গড়িয়ে পড়ে গিয়েছিল মাটিতে। ধড়মড় করে উঠে বসে চারদিকে চেয়ে হাঁ হয়ে গেল। এখানে যে কী করে এল, কেন এল তা ঘুমজড়ানো চোখে প্রথমটায় কিছুতেই বুঝতে পারল না। তারপর হঠাৎ ঝাঁ করে সব মনে পড়ে গেল। আতঙ্কিত চোখে চারদিকে চাইল সে। চারদিকে ধীরে-ধীরে অন্ধকার ঘনিয়ে উঠছে। ঝিঁঝি ডাকছে। মিটমিট করছে জোনাকি পোকা।

অভয় টের পেল তার যেমন প্রচণ্ড তেষ্টা পেয়েছে তেমনই দাউ-দাউ খিদে। ছোটখাটো খিদেই অভয়ের সহ্য হয় না, আর এ তো বড় খিদে। এই জঙ্গলের মধ্যে খিদেতেষ্টা কোনওটারই কোনও সমাধান পাওয়া যাবে বলে ভরসা হল না অভয়ের। তার ওপর অন্ধকার হয়ে আসছে। একঝাঁক শেয়ালও কাছেপিঠে

ডেকে উঠল।

এরকম গা-ছমছমে পরিস্থিতিতে কখনও পড়তে হয়নি অভয়কে। সে শহুরে মানুষ। সে জন্তু-জানোয়ার, সাপ-বিছে, ভূত-প্রেত ইত্যাদিকে ভীষণ ভয় খায়। এই জঙ্গলে যদি রাত কাটাতে হয় তা হলে ভয়েই মরে যাবে অভয়।

সে টপ করে উঠে পড়ল। এবং উঠতে গিয়েই টের পেল তার সর্বাঙ্গে হাজারটা বিষফোড়ার যন্ত্রণা। অভয় জীবনে কখনও দৌড়ঝাঁপ করেনি, ব্যায়াম করেনি, তার থলথলে আদুরে শরীর। সেই শরীর নিয়ে আজ সকালে যে দৌড়ঝাঁপ করতে হয়েছে তাতে যন্ত্রণা তো তুচ্ছ, মরেই যাওয়ার কথা।

হাঁটতে গিয়ে দেখল, মাথায় খচখচ করে এমন ব্যথা উঠছে যে, দু'পা হাঁটতে গেলে তিন মিনিট দম নিতে হয়। কিন্তু প্রাণের ভয় বড় ভয়। অভয় তার শরীরটাকে একরকম টানতে-টানতে হ্যাঁচড়াতে-হ্যাঁচড়াতে নিয়ে চলতে লাগল। জঙ্গলের বেশি ভেতরে সে ঢোকেনি, বাইরেটা দেখাও যাচ্ছে। অভয় সুতরাং খুব উৎসাহ নিয়ে পায়ে-পায়ে এগোতে লাগল। কাছেই গ্রাম আছে, সেখানে গিয়ে পড়লে লোকে বোধ হয় ফেলবে না।

বাইরে বেরিয়ে এসে অভয় একটা নিশ্চিন্তির শ্বাস ছাড়ল। সামনেই একটা অশ্বত্থ গাছ। তার পাশ দিয়ে আবছা অন্ধকারেও একটা পায়ে-হাঁটা পথ দেখা যাচ্ছে। ও পথ ধরে একটু এগোলেই গ্রাম।

অভয় প্রাণপণে এগোতে লাগল। শরীরের ব্যথা আর হাঁটার ধকলে এই শীতেও তার ঘাম হতে লাগল। হাঁফ ধরে গেল। মাথা ভোঁ-ভোঁ করে চোখে অন্ধকার দেখতে লাগল।

তবু হাল ছাড়ল না অভয়। পৈতৃক প্রাণটা বাঁচাতে কোনওরকমে এখন তাকে লোকালয়ে পৌঁছতেই হবে।

একটা বাঁশবন পেরিয়ে রাস্তাটা একটা বাঁক খেয়ে গাঁয়ের মধ্যে ঢুকেছে। হ্যারিকেন বা কুপির আলো দেখা যাচ্ছে এদিক-সেদিক। বাচ্চাদের চিৎকার শোনা যাচ্ছে। গোরুর গলার ঘণ্টা বাজছে। একটা ছাগলও যেন ম্যা করে উঠল। এসব শুনে আর দেখে ভারী ভাল লাগতে লাগল অভয়ের।

একটা লোক দুটো বলদ তাড়িয়ে ফিরছিল, কাঁধে লাঙল, অভয় তার সঙ্গে-সঙ্গে হাঁটতে-হাঁটতে বলল, "আচ্ছা ভাই, এ-গাঁয়ের মোড়ল-মশাইয়ের বাড়িটা কোনদিকে?"

লোকটা অত্যন্ত তাচ্ছিল্যের সঙ্গে বলে, "এ-গাঁয়ে সবাই মোড়ল। তা মোড়লকে কীসের দরকার আপনার?"

অভয় কাঁচুমাচু হয়ে বলল, "এ-গাঁয়ের খুব নাম শুনেছি কিনা, তাই দেখতে আসা।"

লোকটা বলদের লেজে একটা মোচড় দিয়ে জিভে একটা বিকট ট-ড়-ড়-ড় আওয়াজ তুলে অভয়কে খুব চমকে দিল। তারপর খুব অবাক হয়ে বলল, "এ-গাঁয়ের নাম শুনেছেন! এমন আশ্চর্য কথা আর কারও মুখে জন্মে শুনিনি। তা

এ-গাঁয়ের নামটি কী বলুন তো !"

অভয় নামটা সকালে বোধ হয় একবার শুনেছিল। কিন্তু এখন তার মাথা বেবাক ফরসা। কিছুই মনে নেই। সে আমতা-আমতা করে বলল, "খুবই ভাল নাম আপনাদের গাঁয়ের। কিন্তু নামটা আমার পেটে আসছে, মুখে আসছে না।"

"অ। তা ভাল। এই গাঁয়েই কি আজ দেহরক্ষা করার ইচ্ছে ?"

অভয় আঁতকে উঠে বলে, "তার মানে ?"

"বলছি এ-গাঁয়েই কি রাতটা কাটাবেন ?"

"তা বটে। কিন্তু দেহরক্ষা করার কথা বলছেন কেন ? দেহরক্ষা মানে তো পটল তোলা !"

লোকটা এবার অন্ধকারেও সাদা দাঁত দেখিয়ে এক পলক হেসে বলে, "ওই হল। আমরা মুখ্যু-সুখ্যু মানুষ, কত ভুলভাল বলি। একটু ঘষেমেজে নেবেন। তা আপনার কোনও অসুবিধে হবে না এখানে। দিব্যি থাকবেন।"

অভয় আশার আলো দেখতে পেয়ে নিশ্চিন্ত হয়ে বলে, "আঃ, বাঁচালেন। আজ বড্ড ধকল গেছে কিনা। খিদেতেষ্টায় প্রাণ একেবারে ওষ্ঠাগত।"

লোকটা ফ্যাচ করে হেসে বলে, "তা আপনাকে ন্যাংচাতে দেখেই বুঝেছি। ধকলটা গেল কীসে ? কেউ তাড়াটাড়া করেছিল নাকি ?"

"যা বলেছেন। এখানকার লোকগুলো যেন কেমনধারা। সত্যি কথা বললেও বিশ্বাস করতে চায় না।"

লোকটা খুব বুঝদারের মতো বলে, "কথাটা সত্যি, এদিককার লোক বিশেষ সুবিধের নয়। তবে আর চিন্তা নেই, আপনি ঠিক জায়গাটিতেই এসে পড়েছেন। একেবারে সিংহের গুহায়।"

অভয় ফের আঁতকে উঠে বলে, "তার মানে ?"

লোকটা ফের ফ্যাচ করে হেসে বলে, "মুখ্যু-সুখ্যু মানুষ আমরা কী বলতে কী বলে ফেলেছি। ওসব ধরবেন না। আমরা খুব যত্নআত্তি করব আপনার, কিছু ভাবতে হবে না। আমরা একটু মোটা চালের ভাত খাই। মোটা রাঙা মিঠে ভাত। মোটা চালের ভাত চলবে তো আপনার ?"

ভাতের কথায় অভয়ের চোখে জল এল, বলল, "খুব চলবে। কতকাল যে ভাত খাইনি মনে হচ্ছে। সঙ্গে ডাল থাকবে তো !"

লোকটা তেজি গলায় বলে, "থাকবে না মানে ? সোনামুগের ডাল একেবারে গরমাগরম ঢেলে দেওয়া হবে ভাতের মাথায়। সঙ্গে ফুলকপি ভাজা, মটর শাকের ঘণ্ট, মাছের ঝোল, শেষ পাতে গোরুর দুধ, তাতে আবার পুরু সর।"

অভয় যেন নিজের দুই কানকে বিশ্বাস করতে পারছিল না। বলল, "অত দরকার নেই।"

"না, না, দরকার থাকবে না কেন ?" গাঁয়ে এতকাল পরে একজন অতিথি এলেন, তার সৎকার ভালমতো করতে হবে না ? কী বলেন ?"

'সৎকার' শব্দটা খট করে লাগল অভয়ের কানে। তবে সে আর ওটা নিয়ে

মাথা ঘামাল না। সৎকার কথাটার ভাল মানেও আছে। হাঁটতে হাঁটতে গাঁয়ের মাঝ-বরাবর চলে এল তারা। দুটো পুকুর এবং আর-একটা বাঁশঝাড় পেরোতে হয়েছে। তারপর একটা মস্ত উঠোনওলা বাড়ি। লোকটা আগল ঠেলে বলদ তাড়িয়ে ভেতরে ঢুকতে-ঢুকতে বলল, "আসুন, আসুন, লজ্জা করবেন না। এই হল আমার বাড়ি। ওরে, অতিথি এয়েছে— মহামান্য অতিথি, তোরা একটা মোড়া বা জলচৌকি দে তো। তারপর পাদ্যঅর্ঘ্য দে।"

আপ্যায়নটা বড্ড বাড়াবাড়ি ঠেকছে অভয়ের কাছে। এতটা কেউ করে নাকি ?

জলচৌকি, মোড়া বা পাদ্যঅর্ঘ্য কোনওটাই অবশ্য এল না। লোকটা গোয়ালঘরের দিকে যেতে-যেতে মুখ ফিরিয়ে বলল, "বাবুমশাই, ওই দাওয়াতেই একটু চেপে বসুন। আমি বলদ দুটোকে জাবনাটা দিয়েই এলুম বলে। তারপর দেখবেন কেমন যত্নআত্তি করি।"

দাওয়ায় একটা টেমি জ্বলছে। লোকজন বিশেষ দেখা যাচ্ছে না। তবে দু-একজন মহিলা উঁকিঝুঁকি দিয়েই আড়ালে সরে গেলেন। রান্নাঘর থেকে ভাত ফুটবার গন্ধ আসছে। ডালে সম্বরা দেওয়ারও একটা ছ্যাঁক শব্দ এল। অভয় শরীরের ব্যথা আর ক্লান্তি ভুলে আকুল হয়ে বাতাস শুঁকতে লাগল। আঃ, কী সুবাস ! পেটে খিদেটাও যেন একেবারে উথলে উঠল।

বেশ কিছুক্ষণ বসে থাকবার পরও লোকটার দেখা পাওয়া গেল না। ভাতের খিদে চাগাড় দিচ্ছে। জলতেষ্টাও আর সহ্য করা যাচ্ছে না। উঠোনের এককোণে ইঁদারা আর দড়িবাঁধা বালতি দেখতে পেয়ে অভয় নিজেই উঠে গেল। জল তুলে-তুলে প্রাণভরে খেল। জলের যে এত স্বাদ, তা যেন জানা ছিল না এতকাল। মুখে-ঘাড়ে জল দিয়ে বড় আরামও হল। গাঁয়ের লোকেরা সাঁঝরাতেই খেয়ে নেয় বলে সে শুনেছে। তাই আশা হল, এরাও বোধ হয় এখনই খেতে ডাকবে।

দাওয়ায় বসে এসব ভাবতে-ভাবতে ক্লান্তিতে আবার একটু ঝিমুনি এসে গিয়েছিল অভয়ের। হঠাৎ একটা প্রবল চিৎকারে চমকে চাইল।

"ওরে ! এই তো সেই ! এই তো কুঞ্জখুড়োর বাড়ির সেই ডাকাত ! এই তো আজ সকালে আমাদের তাড়া খেয়ে মনসাপোঁতার জঙ্গলে সিঁধিয়েছিল !"

অভয় অবাক হয়ে দেখল, সামনে তাকে ঘিরে লাঠিসোঁটা নিয়ে অন্তত চোদ্দো-পনেরো জন লোক। অন্তত চার-পাঁচটা হ্যারিকেন জ্বলছে। একটা মশালও। সামনের ভিড়ে সকালের সেই দুটি চাষিকেও চিনতে পারল অভয়। ভয়ে সে সিঁটিয়ে গেল।

বাড়ির মালিক একটু ফিচিক হাসি হেসে বলল, "ব্যাটা যখন গাঁয়ের নামটাই বলতে পারল না তখনই বুঝেছি এ-ব্যাটা সাঙ্ঘাতিক লোক। আগেই তোমাদের বলে দিচ্ছি ভাই, কুঞ্জখুড়োর পঞ্চাশ হাজারের মধ্যে আমি বেশি চাইব না, দশটি হাজার কিন্তু আমার চাই। নইলে এ-ডাকাত আমি হাতছাড়া করব না।"

জগা বলল, "ভাগ-বাঁটোয়ারার কথা পরে হবে। আগে কুঞ্জখুড়োর কাছে খবরটা

তো পাঠাতে হয়। নইলে ওই পেটমোটা দারোগা এসে আসামিও নিয়ে যাবে, প্রাইজও।"

নেতাই বলল, "তোরা আহাম্মক আছিস বাপু। ওরে, চোরাই মাল উদ্ধার না হলে কুঞ্জখুড়ো ট্যাঁক থেকে ফস করে টাকাটা দিয়ে ফেলবে ভেবেছিস ? এর মুখ থেকে কথা বের করতে হবে না আগে ? দলে কে কে ছিল, চোরাই মাল কার কাছে আছে সেসব আগে জেনে নে। তারপর মাল উদ্ধার করে দিতে হবে না ? বলি মাথায় আছে সেসব কথা ? অক্ষয়, কী বলো হে ?"

কথাটা যে ন্যায্য, সেটা সবাই স্বীকার করল। অক্ষয় হল বাড়ির মালিকের নাম। সে বলল, "তোমার কথা কখনও ফেলনা নয়। এখন বাঁশডলা দিয়ে বিছুটি লাগিয়ে এর পেট থেকে কথা বের করতে হবে।"

একজন ভিতু ও সরল গ্রামবাসী বলে উঠল, "ও অক্ষয়দা, এর কাছে আবার অস্তর নেই তো !"

অক্ষয় বলে, "থাকতে পারে। তবে ক'জনকে আর মারবে ? বল্লমে গেঁথে ফেলব না ! ওরে ও জগা, দ্যাখ তো কোমরে পিস্তল ভোজালি কিছু আছে কি না !"

ছিল না। থাকার কথাও নয়। জগা হাতিয়ে দেখে নিয়ে বলে, "নেই। বোধ হয় জঙ্গলে ফেলে দিয়েছে ভয়ে।"

অভয় হঠাৎ বুঝতে পারল, গরম-গরম ডালভাত জোটার আর কোনও সম্ভাবনা নেই। এবার যা জুটবে তা সইতে পারার ক্ষমতাও তার নেই। সে জীবনে মারধোর খায়নি। অভয় তাই আচমকা উঠেই একটা দৌড় লাগাল।

কিন্তু সেটাই ভুল হয়েছিল। এই চক্রব্যূহ ভেদ করা যে অসাধ্য কাজ তা বুঝতে পারেনি। ছুটতে শুরু করামাত্র দু-তিনটে লাঠি দমাদম তার পিঠে, মাথায় আর কাঁধে এসে পড়তে লাগল। পায়ে লাঠি দিয়েই কে যেন ল্যাং মেরে ফেলে দিল তাকে। আরও দু-চার ঘা পড়তেই চোখ অন্ধকার হয়ে গেল তার।

যখন চোখ মেলল, তখন তাকে চারদিক দিয়ে ঘিরে ধরেছে লোক।

জগা বলল, "কুঞ্জখুড়ো, ভাল করে দ্যাখো, এই লোকটাই কি না ?"

গায়ে তুষের চাদর-জড়ানো আর সাদা গোঁফওলা একটা লোক হ্যারিকেন তুলে অভয়ের মুখখানা দেখে নিয়ে বলল, "ধরেছিস ঠিকই বাপ। তবে এ কবুল করলে হয়। মাল উদ্ধার না হলে কিন্তু আমি টাকা দিচ্ছি না।"

"উদ্ধার হবে না মানে ! পেট থেকে কী করে কথা বের করতে হয় তা আমরা জানি।"

কুঞ্জখুড়ো ব্যস্তসমস্ত হয়ে বলে, "ওরে, আমার চোখের সামনে ওসব আসুরিক কাজ করিস না। ও আমি সইতে পারি না। আমি ধর্মভীরু লোক। আমি বিদেয় হই, তারপর তোরা যা পারিস করিস। তবে কথা আদায় করাই চাই।"

কুঞ্জখুড়ো বিদেয় নিতেই জগা চুলের মুঠি ধরে অভয়কে তুলে পেল্লায় একখানা কিল মারল মুখে, "কী রে হতভাগা, বলবি কি না !"

অভয়ের ঠোঁট ফেটে রক্ত পড়তে লাগল। জিভে রক্তের নোনতা স্বাদ পেল সে। গায়ে আর একরত্তি জোর নেই। মনে কোনও শক্তি নেই। সে ভ্যাবলার মতো চেয়ে রইল। কিছু একটা না বললে এরা যে থামবে না এবং মারতে-মারতে মেরেই ফেলবে তাতে তার সন্দেহ নেই। জগা আবার কিল তুলল ওই।

হঠাৎ অভয় হাত তুলে বলল, "বলছি, বলছি।"

"মিছে কথা বোলো না কিন্তু।"

"টাকা আর সোনাদানা পোঁতা আছে শুখানালার সরকারদের বাড়িতে।"

নেতাই অবাক হয়ে বলে, "এসব কী বলে রে ব্যাটা?"

অভয় অতশত জানে না। মার ঠেকাতে সে নিজের পৈতৃক বাড়ির ঠিকানা দিয়ে দিয়েছে।

অক্ষয় খুব ভাবিত মুখে বলে, "শুখানালার সরকার-মশাইদের বাড়ি তো কবে হেজেমজে গেছে। সেখানেই এখন ডাকাতদের আস্তানা! তা হলে তো ভীম সরকারের গপ্পোটা মিথ্যে হয়ে যায়। ওখানে তো জনমনিষ্যি যেতে পারে না।"

জগাও চিন্তিত মুখে বলে, "সেটাই তো কথা। সরকারবাড়িতে ঢোকা তো আর ফাজলামি নয়।" বলে সে অভয়ের দিকে চেয়ে বলে, "ওরে ও ভূত, সত্যি কথা বলছিস তো! মিথ্যে বললে কিন্তু বল্লমে গেঁথে জলায় পুঁতে রাখব। বিশ বছরেও কেউ লাশ খুঁজে পাবে না।"

অভয় চিঁচিঁ করে বলল, "আজ্ঞে, সত্যি কথাই বলছি। আমাকে আর মারবেন না। শরীরে আর মার খাওয়ার মতো জায়গা নেই।"

জগা খিঁচিয়ে উঠে বলল, "আর অন্যদের যখন মারো-কাটো, তখন তাদের শরীরে কী হয় সেটা ভেবে দেখেছ? ডাকাতি করতে গিয়ে যখন ছোরাছুরি গোলাগুলি চালাও, ঘরে আগুন দাও, মেয়েদের কান থেকে দুল ছিঁড়ে নাও, তখন কী হয়?"

অভয় হাতজোড় করে বলল, "ওসব মহাপাপ।"

নেতাই ফ্যাচ করে হেসে বলল, "ওরে, এর যে ধর্মজ্ঞান হতে লেগেছে। দড়িদড়া নিয়ে এসে পিছমোড়া করে বাঁধ এটাকে থামের সঙ্গে। রেমোটা কোথায় গেল?"

নাপিত রেমো নিবিষ্ট-মনে একধারে বসে ক্ষুর শানাচ্ছিল। গম্ভীর গলায় বলল, "আছি।"

নেতাই বলে, "আর দেরি কেন, দে ডাকাতটার মাথা কামিয়ে।"

রেমো ক্ষুর হাতে এগিয়ে এসে উবু হয়ে বসল অভয়ের পাশে, বলল, "বাঃ দিব্যি ঢেউ-খেলানো চুল দেখছি। ডাকাত হলে কী হয়, চুলের বাহার আছে।"

অভয় সভয়ে ক্ষুরটার দিকে চেয়ে রইল। চুলে তার খুব পরিপাটি। সেই সাধের চুল এরা কামিয়ে দেবে? অভয় হতাশ হয়ে চোখ বুজে ফেলল। প্রতিবাদ করার বা বাধা দেওয়ার শক্তিটুকু অবধি তার নেই।

রেমো অভয়ের মাথার বাঁদিকটা কামিয়ে দিল শুধু। তারপর বলল, "বাঃ, এবার

সবাই দ্যাখো কেমন নতুন রকমের বাহার খুলেছে।”

অভয় ক্লান্তিতে তলিয়ে যেতে-যেতে টের পেল সবাই খুব হাসছে আর আনন্দ করছে। করুক গে, সে আর পারছে না। প্রায় অচৈতন্য অবস্থাতেই সে টের পেল, একটা থামের সঙ্গে তাকে দড়ি দিয়ে বাঁধা হচ্ছে। এও শুনতে পেল, তাকে নাকি সারারাত জলবিছুটি দিয়ে জাগিয়ে রাখা হবে। কারণ গাঁয়ে অনেকদিন যাত্রা বা কীর্তন বা কবির লড়াই হয়নি। মানুষ বড্ড মনমরা হয়ে আছে। তাই আজ তাকে যন্ত্রণা দিয়ে সবাই সারারাত আনন্দ করবে। জলবিছুটির সঙ্গে গরম কলকে, লোহার শিকের ছ্যাঁকাও দেওয়া হবে। অনেকরকমের আয়োজন হচ্ছে। সবাই তাড়াতাড়ি বাড়ি চলে গেল খেয়েদেয়ে আসতে।

অভয় হাল ছেড়ে দিয়েছিল অনেক আগেই। ঘাড় লটকে সে নিস্তেজ হয়ে ঝুলছিল থামটার সঙ্গে। ঠিক এই সময়ে কে যেন তার কানের কাছে ফিসফিস করে বলল, “বাঁধন ক্ষুর দিয়ে একটু-একটু কেটে রেখেছি। হ্যাঁচকা টান মারলেই খুলে যাবে, বুঝলে!”

চোখ না চেয়েও অভয় বুঝতে পারল, এ হচ্ছে রেমো নাপিতের গলা। সে অতি কষ্টে ঘাড় নেড়ে বলল, “বুঝেছি।”

“উঠোনের উত্তরে কচুবনের পিছনদিক দিয়ে যদি পালাতে পারো তা হলে বেঁচে যাবে। মাইলখানেক যেতে পারলেই শুকনো নালার খাত পেয়ে যাবে। আর শোনো বাপু, হুকুম সিং যে সরকারবাড়িতে আস্তানা গেড়েছে তা তো বলেনি কখনও আমাকে! এটা খুব অন্যায় কথা। আমি তো জানতুম হুকুম সিং ময়নাগড়ের টিলার পেছনে জঙ্গলে থাকে। ঠিকানা বদলে ফেলেছে তা তো বলেনি আমাকে। আর আমি কিনা বহুকাল ধরে তাকে খবর জোগাচ্ছি, সুলুক-সন্ধান দিচ্ছি কোন বাড়িতে কী আছে আর সে কিনা আমার সঙ্গে বেইমানি শুরু করেছে! তাকে বোলো এরকম হলে কিন্তু আমি তার হয়ে গোয়েন্দাগিরি করতে পারব না।”

অভয় মাথা নেড়ে বলল, “যে আজ্ঞে।”

“তুমি হুকুম সিং-এর লোক বলেই পালাতে দিচ্ছি। এটাও তাকে বোলো। আমি নেমকহারাম নই। তবে হুকুম সিং কাজটা ভাল করছে না। কুঞ্জখুড়োর বাড়ির খবরও তো আমিই দিয়েছিলাম। কয়েক লাখ টাকা লুটে নিয়ে গেল, আর আমাকে কী দিল জানো? মোটে দু' হাজার টাকা আর একখানা আংটি। এসব কি তার ধর্মে সইবে?”

অভয় এবার চোখের কোণ দিয়ে চারদিকটা দেখে নিল। উঠোন এখন ফাঁকা। সারারাত মজা দেখবে বলে সবাই ভাত খেতে গেছে। একা রেমো তাকে পাহারা দিচ্ছে।

রেমো তার ক্ষুর-কাঁচির বাক্স গুছিয়ে বন্ধ করে বলল, “ওরা এলেই আমি বাড়ি যাব বলে কথা আছে। কিন্তু লোকজন এসে পড়ার আগেই সরে পড়তে হবে তোমাকে। অক্ষয় খেতে বসেছে। আমি বরং রান্নাঘরে গিয়ে অক্ষয়ের সঙ্গে একটু জরুরি কথা সারছি, এই ফাঁকে পালিও। বেশি সময় পাবে না কিন্তু।”

অভয় ঘাড় নাড়ল।

রেমো শব্দ করে একটা হাই তুলল। তারপর চেঁচিয়ে বলল, "ও অক্ষয়, মকর নন্দীর জমিটা কি কিনছ নাকি? মকর একটা খবর পাঠিয়েছে। বলব?"

অক্ষয় ভাতভর্তি মুখেই উঁচু গলায় বলল, "বলবে না মানে! কতকাল ধরে জমিটার ওপর নজর আমার! এসো এসো, খবরটা বলে যাও।"

"যাব তো, কিন্তু ডাকাতটা আবার এই ফাঁকে পালাবে না তো!"

"আরে না। ওর হাড়গোড় কি আর আস্ত রেখেছি নাকি, তার ওপর আষ্টেপৃষ্ঠে বাঁধা। পালাবে না। তুমি এসে খবরটা বলো।"

"যাই।" বলে যেন অনিচ্ছের সঙ্গেই রেমো উঠে গেল। চাপা গলায় বলে গেল, "এই সুযোগ কিন্তু আর আসবে না।"

সুযোগ বলতে সুযোগ! একেবারে সুবর্ণ সুযোগ। হ্যাঁচকা টান মারলেই বাঁধন খুলে যাবে। কিন্তু হ্যাঁচকা মারবার ক্ষমতাটুকুও যে অভয়ের নেই। তার আদরের শরীরের ওপর দিয়ে আজ যা ঝড় গেল!

বার কয়েক হ্যাঁচকা মারার চেষ্টা করে দেখল অভয়। হচ্ছে না। বরং সেই পরিশ্রমে তার দম বন্ধ হয়ে আসছে। কিন্তু বাঁচতেও তো হবে! হাতে বেশি সময় নেই। দূরে যেন লোকজনের শব্দও পাওয়া যাচ্ছে। কারা আসছে বুঝি!

অভয় প্রাণ হাতে করে শরীরে একটা মোচড় দিল। তারপর দুটো।

তিনবারের বার বাঁধন খুলে সে হড়াস করে পড়ে গেল বারান্দা থেকে উঠোনে। পড়ার ধাক্কাটা সামলে সে আর দাঁড়ানোর চেষ্টা করল না। হামাগুড়ি দিয়ে কচুবনের দিকে এগোতে লাগল।

চার-পাঁচজন লোক হল্লা করতে-করতে উঠোনে ঢুকে পড়েছে। মুখ ফিরিয়ে দৃশ্যটা দেখেই অভয়ের শরীরে যেন দুনো বল এল।

প্রবল বেগে হামা দিতে-দিতে সে কচুবনে ঢুকে পড়ল, তারপর উঠে দাঁড়াল। রেমো পথের কথা বলেছিল, কোথায় পথ? সামনে বুকসমান আগাছা আর অন্ধকার। পথ নয় বটে, তবে বিপদে পড়লে সব আঘাটাই পথ।

অভয় কাঁদছিল, জীবনে এত হেনস্থা, অপমান আর লাঞ্ছনা তাকে কেউ কখনও করেনি। এত মারধোর জীবনে খায়নি। এত পরিশ্রমও জীবনে করতে হয়নি। নিজের জন্য আজ তার বড় কষ্ট হচ্ছে। বেঁচে থাকায় আর কী লাভ?

তবু জৈব তাগিদে সে চলতে লাগল। শীত, কুয়াশা, অন্ধকার, জঙ্গল, তবু চোখের জল মুছতে-মুছতে অভয় এগোচ্ছে। দৌড়নোর মতো অবস্থা তার নয়। একটু পেছনে দূরে চেঁচামেচি আর ছোটাছুটির শব্দ পাওয়া যাচ্ছে। অনেকগুলো মশাল জ্বলে উঠে আগাছার জঙ্গলেও আলোর আভা এনে ফেলল। কিছু মানুষ যে তার খোঁজে পিছু নিয়ে আসছে তাও টের পেল অভয়। কিন্তু তবু তাড়াহুড়ো করল না। যা হওয়ার হবে। মরবে? তা না হয় মেরেই ফেলুক। এর চেয়ে মরাটা আর এমনকী বেশি?

ক্রমে-ক্রমে চারদিকে উঁচু-উঁচু গাছ দেখা দিতে লাগল। অন্ধকার আরও ঘন

হতে লাগল। পেছনের কোলাহল থেমে গিয়ে চারদিক ভীষণ নির্জন হয়ে গেল। অভয় বুঝতে পারল যে, আবার মনসাপোঁতার জঙ্গলে ফিরে এসেছে। সভয়ে দাঁড়িয়ে সে চারদিকটা দেখল। অন্ধকার ছাড়া অবশ্য দেখার কিছু নেই। আর কুয়াশাও বড্ড ঘন। নিজের হাতখানা পর্যন্ত ঠাহর হয় না। রাতচরা একটা পাখি টি-হি-ট করে ডেকে উঠল। শেয়ালের ঝাঁক হাসল তাদের অট্টহাসি। একটা বুনো জানোয়ার খ্যা-খ্যা করে যেন অভয়কেই ভ্যাঙাল।

অভয় সামনের দিকে পা বাড়াতেই চমকে উঠে শুনল, তার পেছনে যেন কেউ হাই করে একটা শ্বাস ছাড়ল।

"কে ?" কাঁপা গলায় জিজ্ঞেস করে অভয়।

কেউ জবাব দেয় না। কিন্তু অভয় আবার এগোতেই পেছনে আবার হাই-হাই-হাই শব্দ হতে লাগল। অভয় চলা ছেড়ে ছুটতে লাগল। পেছনে হাই-হাই শব্দটাও সমান বেগে তেড়ে আসছে। গাছপালা ক্রমে ঘন থেকে ঘনতর হচ্ছে, ঝোপঝাড় লতাপাতায় পথ এত দুর্গম যে, এগোনো যাচ্ছে না। অভয় বারবার আছাড় খাচ্ছে, কিন্তু ঝোপঝাড়ের ওপর পড়ায় তেমন ব্যথা পেল না। তবে দু'বার দুটো গাছের সঙ্গে সঙ্ঘর্ষ হল তার। তাতে ব্যথা পেলেও তার শরীরে ইতিমধ্যেই এত ব্যথা জমা হয়েছে যে, তার তুলনায় এ-ব্যথা নস্যি।

একটা ঘন ঝোপ পেরিয়ে হঠাৎ সামনে আলো দেখতে পেল অভয়। তেমন জোরালো আলো নয়। ভারী মোলায়েম মিঠে নীলচে একটা আভা। পেছনে হাই-হাই শব্দটা থেমেছে।

বিপদ কি তা হলে কাটল ? সামনে কি কারও বাড়ি-টাড়ি আছে ?

একটু বাদেই ভুল ভাঙল। বাড়ি নয়, সামনে একটু ফাঁকা গোল জায়গা। সেখানে কোথা থেকে যেন নীলচে একটা আলো এসে পড়েছে।

তারপর অভয় যা দেখতে পেল তাতে গায়ের রক্ত জল হয়ে যাওয়ার জোগাড়। ফাঁকা জায়গাটায় একটা অস্বাভাবিক লম্বা লোক দাঁড়িয়ে আছে। খালি গা, গলায় পৈতে, সাদা ধবধবে লোকটার গায়ের রং। মাথায় জটা রয়েছে। পরনে শুধুমাত্র একটা লেংটি। হাতে একটা মুগুরের মতো জিনিস। ব্রহ্মদৈত্য !

লোকটা যেন অভয়ের জন্যই অপেক্ষা করছিল। নীলচে আলোয় একজোড়া ক্রুদ্ধ চোখ যেন নীল আলোয় ছ্যাঁদা করে দিল অভয়কে।

লোকটা মুগুর তুলে অভয়ের দিকে এগিয়ে আসতেই অভয় দু'হাত ওপরে তুলে "বাবা গো ! মেরে ফেললে !" বলে চেঁচিয়ে অজ্ঞান হয়ে পড়ে গেল।

ব্রহ্মদৈত্য তার মুগুরটা নামিয়ে অভয়ের কাছে এসে নিচু হয়ে মুখটা দেখল। তারপর জঙ্গলের দিকে চেয়ে বজ্রগম্ভীর স্বরে হাঁক দিল, "কালু, এদিকে আয়।"

জঙ্গল ফুঁড়ে একটা কালোমতো মজবুত চেহারার লোক বেরিয়ে এল, হাতে টর্চ।

ব্রহ্মদৈত্য বলল, "একে চিনিস ? ভাল করে মুখটা দেখ দিকি।"

কালু টর্চ জ্বেলে মুখটা দেখে নিয়ে বলল, "আজ্ঞে না। এদিককার লোক নয়।

কোথা থেকে এসে পড়েছে।”

ব্রহ্মদৈত্য মাথা নেড়ে বলল, “এর অবস্থা ভাল মনে হচ্ছে না। খুব মারধোর করেছে কেউ, গায়ে দাগড়া-দাগড়া কালশিটে। কিন্তু মুখ দেখে একে আমার খারাপ লোক মনে হচ্ছে না।”

“আমারও তাই মত।”

“তা হলে একে তুলে ডেরায় নিয়ে চল। বাঁচাতে হবে।”

কালু অত্যন্ত বলবান মানুষ। সে অভয়কে অনায়াসে তুলে একখানা চাদরের মতো কাঁধে ফেলে নিয়ে একটা শুঁড়িপথ দিয়ে এগোল। ব্রহ্মদৈত্য ফাঁকা জায়গাটার দু'ধারে দুটো ঝোপের আড়ালে রাখা দুটো স্পটলাইট নিবিয়ে হাতে ঝুলিয়ে নিয়ে কালুকে অনুসরণ করল।

গভীর জঙ্গলের মধ্যে একটা পুরনো ভাঙাচোরা বাড়ি। অন্ধকার, সামনের দিকটায় বিকট ধ্বংসস্তূপ। সেটা পেরোনো বেশ কষ্টকর। কারণ, পুরনো কড়ি-বরগা, বিম, থাম, রাবিশ সব স্তূপাকার হয়ে আছে। সেটা পেরিয়ে একটু পরিচ্ছন্ন জায়গা। কয়েকটা বড়-বড় খাঁচা আছে। জীবজন্তুর খাঁচা। একটা হায়েনা খাঁচার ভেতর থেকে হেসে উঠল। গ-র-র শব্দ করে উঠল অন্য খাঁচা থেকে একটা নেকড়ে। ব্রহ্মদৈত্য বা কালু, কেউ অবশ্য ভ্রূক্ষেপ করল না।

বাড়ির পেছনের দিকটা একটা আলাদা মহল। সেটার অবস্থা কিছু খারাপ নয়। অবশ্য যথেষ্ট পুরনো হয়েছে এবং মেরামতি হয়নি।

একটা ঘরে কেরোসিনের বাতি জ্বলছিল। একটা খাটিয়া পাতা। সেখানে এনে অভয়কে খাটিয়ায় শুইয়ে দিল কালু। গায়ে কম্বল চাপা দিল।

ব্রহ্মদৈত্য অভয়ের নাড়ি দেখে গম্ভীর মুখে বলল, “একটু গরম জলে অ্যান্টিসেপটিক দিয়ে নিয়ে আয়। আর টেটভ্যাক, আমি চট করে পাঁচন তৈরি করে আনছি।”

নিঃশব্দে দু'জন মানুষ অভয়কে বাঁচাতে যন্ত্রের মতো কাজ করে যেতে লাগল।

ভোরের দিকে যখন ঘুম ভাঙল অভয়ের, তখন তার মনে হল, সারারাত সে দুঃস্বপ্ন দেখেছে। যা ঘটেছে তা সত্য নয়। কিন্তু চোখ চেয়ে ভোরের আবছা আলোয় সে যা দেখতে পেল তাও তার সত্য বলে মনে হল না। সে কি এখনও স্বপ্ন দেখছে ? সে একখানা ঘরে খাটিয়ায় শুয়ে আছে— কিন্তু এরকম তো হওয়ার কথা নয় ! এ ঘর তার চেনাও নয়।

সে চোখ বুজে ফেলল। গায়ে এখনও অসহ্য ব্যথা, মাথা ধরে আছে। তবু অভয় উঠে বসতে পারল। খাটিয়া এবং গায়ে কম্বল দেখে সে আরও অবাক। এত যত্নআত্তি তার কে করল ?

আগের দিনের ঘটনা ধীরে-ধীরে সবই তার মনে পড়ে গেল। সকাল থেকে সন্ধে অবধি তাকে অমানুষিক কষ্ট আর নির্যাতন ভোগ করতে হয়েছে। দানাপানি জোটেনি, তার ওপর ওই মার ? এ সত্ত্বেও যে সে বেঁচে আছে সেটাই অবাক কাণ্ড। শুধু বেঁচেই নেই, গায়ে ব্যথা-বেদনা সত্ত্বেও সে অনেকটা হালকা আর সুস্থ

বোধ করছে।

অভয় গায়ের কম্বলটা সরিয়ে ধীরে-ধীরে খাটিয়া থেকে নেমে মেঝের ওপর দাঁড়াল। ঘরটা বেশ বড়। বহু পুরনো বাড়ি বলে দেওয়ালের চাপড়া অনেক জায়গাতেই খসে গেছে। উঁচু সিলিং। বেশ বড়-বড় দুটো খোলা জানলা দিয়ে ভোরের আবছা আলোতে বাইরের নিবিড় জঙ্গল দেখা যাচ্ছে। সে কি এখনও মনসাপোঁতার জঙ্গলের মধ্যেই রয়েছে? এ-বাড়ি এখান এল কোত্থেকে? এখানে কারা থাকে?

কাল রাতের ব্রহ্মদৈত্যের কথা মনে পড়ায় সে একবার শিউরে উঠল।

অভয় ঘরের একমাত্র দরজাটা ভয়ে-ভয়ে একটু ঠেলল। ভেজানো দরজা মচ-মচ শব্দে খুলে যায়। দরজার ওপাশে একটা বেশ লম্বা দরদালান। দরদালানে পা দিয়ে দেখতে পেল, আশপাশে আরও দু-তিনটে ঘর রয়েছে। দরদালানের দরজা খুলে বেশ বড় উঠোনের মতো দেখতে পায় অভয়। উঠোনে পাঁচ-সাতটা জীবজন্তুর খাঁচা। তাতে হিংস্র চেহারার কয়েকটি পশু রয়েছে। নেকড়ে বাঘটাকে চিনতে পারল অভয়, হায়েনাটাকে চেনা-চেনা মনে হল। বাদবাকিগুলো সম্পর্কে তার উৎসাহ রইল না। কে পোষে এগুলো? উঠোনের ওপাশে ধ্বংসস্তূপ।

অভয় একটা বিচ্ছিরি পশুর ডাক শুনতে পেয়ে চমকে দরদালানে ঢুকে দরজা বন্ধ করতেই কে যেন বজ্রগম্ভীর গলায় বলে উঠল, "বাঃ, এই তো আমার ওষুধে দিব্যি কাজ হয়েছে!"

মুখ ফিরিয়ে ব্রহ্মদৈত্যকে দেখেই আঁ-আঁ করে ওঠে অভয়।

ব্রহ্মদৈত্য হাসিমুখে বলে, "চেঁচিও না বাপু, ভয়ের কিছু নেই, আমি ব্রহ্মদৈত্য নই, মানুষ।"

অভয় এরকম দীর্ঘকায় মানুষ জীবনে দেখেনি। কত লম্বা হবে লোকটা? সাত ফুট বা আট ফুট নয় তো!

লোকটা যেন অভয়ের মনের কথা পড়ে নিয়ে বলল, "আমার হাইট দেখছ? তা মন্দ নয়। ছ' ফুট সাত ইঞ্চি। প্ল্যাটফর্ম শু আর টপ হ্যাট পরলে সাত ফুটের ওপর।"

অভয় গলা-খাঁকারি দিয়ে সভয়ে বলল, "আপনি কে? আ-আমি বড় ভয় পাচ্ছি।"

"লম্বা লোককে ভয় কী?"

"আ-আপনি সত্যিকারের মানুষ তো!"

"হ্যাঁ। সত্যিকারেরই। তবে মাঝে-মাঝে ব্রহ্মদৈত্য সাজতে হয় আর মানুষজনকে চোরাগোপ্তা মারধোরও করতে হয়। নইলে ভগবানের দান এই জঙ্গল কি বাঁচাতে পারতুম! আহম্মক লোকগুলো গাছ কেটে আর জন্তু মেরে নিকেশ করছিল।"

"আপনি এখানেই থাকেন?"

"হ্যাঁ। এটাই আমার ডেরা বলতে পারো।"

"আপনি কি বাঙালি ?"

লোকটা সবেগে মাথা নেড়ে বলে, "না হে বাপু। গায়ের রং দেখছ না ? আমি ঘোর ইউরোপিয়ান। সুইডেনে বাড়ি। ভারতীয় আধ্যাত্মিকতার আকর্ষণে চলে এসেছিলুম বছর দশেক আগে। সেই থেকে রয়ে গেছি।"

"আপনি কি সাধু ?"

"সাধু হতে পেরেছি কিনা জানি না। তবে বাপু, ভণ্ড নই। যা করার তা প্রাণপণ করি। একশো পারসেন্ট। তোমার দেশের লোকগুলো বড্ড লোভী। আহম্মক আর অদূরদর্শী। বন-জঙ্গল, গাছপালার প্রতি কোনও মায়া নেই। যখন-তখন ইচ্ছেমতো গাছ কেটে চারদিক ন্যাড়া করে দেয়। পশুপাখিও মারে নির্বিচারে। সেইটে বন্ধ করতে পেরেছি বলে আজ আমার খুব আনন্দ হচ্ছে।"

"আপনি এখানে এলেন কী করে ? এই জায়গাতেই বা রয়েছেন কেন ?"

"ঘুরতে-ঘুরতে চলে এলুম। সাধুদের তো পরিক্রমা করতেই হয়। এ-জায়গাটা ভালও লেগে গেল। সাধন-ভজনের পক্ষে ভাল জায়গা। তবে সাধু দেখে লোকেরা এসে বড্ড বিরক্ত করত। হাত দেখতে বলে, কোষ্ঠী বিচার করতে বলে, জলপড়া চায়, রোগ সারানোর বায়না করে। তিতিবিরক্ত হয়ে শেষে জঙ্গলে ঢুকে আত্মরক্ষা করলুম।"

"আপনি যে কী চমৎকার বাংলা বলেন !"

"কেন কইব না বাপু ? আমার গুরু যে বাঙালি। তোমাদের ভাষাটিও ভারী মিষ্টি, শিখতে আমার কষ্ট হয়নি। এবার তোমার কথা শোনা যাক। তুমি কে ? কী করে এখানে এলে ? মারধোরই বা খেলে কেন ?"

অভয় ধীরে-ধীরে সংক্ষেপে সবই বলল। খুনের মামলায় সাক্ষী দেওয়া থেকে শুরু করে ব্রহ্মদৈত্য অবধি।

ব্রহ্মদৈত্য মাথা নেড়ে বললেন, "তোমাকে চোরাশিকারি মনে করে আমার শাগরেদ কালু ভয় দেখাতে ওই হাই-হাই আওয়াজ করতে-করতে তাড়িয়ে আনছিল। কালু হচ্ছে হরবোলা। আমিও তোমাকে মুগুরপেটা করতে যাচ্ছিলুম, কিন্তু তোমার অবস্থা দেখে আর সেটা করিনি। ওই গ্রামের লোকগুলোর ওপর তোমার নিশ্চয়ই খুব রাগ হচ্ছে! কিন্তু ওদের খুব দোষ নেই। এখানে খুবই ডাকাতের উৎপাত। পুলিশ কিছুই করতে পারে না। ঠাকুরের দয়ায় তুমি বেঁচে গেছ। এখন কি শরীরে একটু জোর পাচ্ছ বাপু ?"

"আজ্ঞে হ্যাঁ।"

"তা হলে আমার ওষুধে ভালই কাজ হয়েছে। কিন্তু তোমাকে একটা কথা বলি। শরীরটাকে এত অবহেলা করছ কেন ? তোমার বয়স তো ছাব্বিশ-সাতাশের বেশি নয়, এই বয়সে ওরকম থলথলে চেহারা কেন হবে ? শরীর থলথলে হলে মানুষ ছুটতে পারে না, পরিশ্রম করতে পারে না, রোগভোগও দেখা দেয়। তুমি বোধ হয় খেলাধুলো বা ব্যায়াম কর না ?"

অভয় লজ্জিত হয়ে মাথা নিচু করে বলল, "আজ্ঞে না।"

ব্রহ্মদৈত্য বললেন, "ঠিক আছে, কয়েকদিনের মধ্যেই আমি তোমাকে শক্তপোক্ত করে দেব। এখন আমার সঙ্গে ভেষজাগারে এসো, তোমার জন্য কয়েকটা পাতার রস করে রেখেছি। একটু তেতো লাগবে, কিন্তু মহা উপকার।"

ব্রহ্মদৈত্য অভয়কে যে ঘরটায় নিয়ে এলেন সেটা রীতিমতো একটা ল্যাবরেটরি-বিশেষ। বকযন্ত্র থেকে শুরু করে বুনসেন বার্নার অবধি আছে। চারদিকে দেওয়ালের তাকে হরেকরকম ছোট-বড় কাচের শিশি ও জারে নানারকম তরল পদার্থ রয়েছে। ব্রহ্মদৈত্য একটা ছোট্ট গেলাসে খানিকটা তরল জিনিস দিলেন। ঘন সবুজ রং।

অভয় সভয়ে বলে, "কী আছে এতে?"

"থানকুনি, কুলেখাড়া, কালমেঘ, পাথরকুচি আর আরও কয়েকটি পাতা। নির্ভয়ে খাও। এর পর আরও চিকিৎসা আছে।"

অভয় ওষুধ খাওয়ার পর ব্রহ্মদৈত্য তাকে অন্য একটা ঘরে নিয়ে এলেন। মেঝের ওপর মাদুর আর তার ওপর শতরঞ্চি পাতা, ব্রহ্মদৈত্য বললেন, "এবার কয়েকটা যোগ করাব। গায়ের ব্যথা উবে যাবে।"

অভয় জীবনে কখনও ব্যায়াম করেনি বলে ভয় পাচ্ছিল ঠিকই, কিন্তু ব্রহ্মদৈত্য তাকে এত ধীরে-ধীরে এবং সুকৌশলে নানারকম যোগাসন করিয়ে নিলেন যে, তার তেমন কোনও কষ্ট হল না। বরং বেশ আরাম লাগতে লাগল। সবশেষে কিছুক্ষণ শবাসন করিয়ে বললেন, "যাও এবার বিশ্রাম। আধঘণ্টা পর কিছু খেয়ে নিতে হবে। পেছনদিকে কুয়ো পাবে, খুব ভাল জল, স্নান করে নাও। তোমার জন্য ধুতি আর গামছা দরদালানে রাখা আছে।"

ঘণ্টাখানেক বাদে স্নান করে দই-চিঁড়ে খেয়ে যখন অভয় উঠল তখন তার শরীর ঝরঝরে হয়ে গেছে। মনটাও খুব ভাল লাগছে। মনে হচ্ছে ইচ্ছে করলে সে এখন বেশ হাঁটাচলা এবং খানিকটা দৌড়ঝাঁপও করতে পারে। তারপর সে কৌতূহলী হয়ে ব্রহ্মদৈত্যকে জিজ্ঞেস করল, "আচ্ছা, উঠোনে খাঁচার মধ্যে যেসব জীবজন্তু দেখছি ওদের কি আপনি পোষেন?"

"তা বলতে পারো। তবে ইচ্ছে করে পুষিনি। জঙ্গলের প্রাণীরা নিশ্চিহ্ন হতে বসেছিল। তীর-ধনুক, বল্লম, বন্দুক দিয়ে একেবারে পশুমেধ শুরু করেছিল লোকে। আমি যে ক'টাকে পেরেছি বাঁচিয়েছি। রাত্রিবেলা খাঁচাতেই থাকে। একটু বেলা হলে ছেড়ে দিই। সময়মতো ওরা ফিরেও আসে।"

ব্রহ্মদৈত্য ঘুরে-ঘুরে তাকে জায়গাটা দেখাচ্ছিলেন। চারদিকে একটা বেশ নিবিড় লতাপাতার প্রতিরোধ আছে। ঘন বাঁশবনও রয়েছে। ব্রহ্মদৈত্য বললেন, "এটা প্রায় দুর্গের মতো জায়গা। বাইরে থেকে এ-বাড়িটা দেখাও যায় না, দুম করে এসে হাজিরও হওয়া যায় না। ফলে নিরিবিলিতে ভালই থাকি। মনে হয় কোনও দেশি জমিদার এ-বাড়ি বানিয়েছিল, তখন হয়তো বসতিও ছিল এখানে। এখন সবই হেজেমজে গেছে।"

অভয় হঠাৎ জিজ্ঞেস করে, "আচ্ছা, শুখানালা বলে কোনও জায়গা আছে

এখানে ?”

ব্রহ্মদৈত্য যেন একটু চমকে উঠে বললে, “শুখানালা ? কেন, শুখানালা দিয়ে কী হবে ?”

অভয় একটা দীর্ঘশ্বাস ফেলে বলে, “কী আর হবে ! ওই শুখানালায় আমাদের আদি বাড়ি ছিল। এখন নিশ্চয়ই কিছু নেই। তবে জায়গাটা একবার চোখে দেখতে পেলে ভাল লাগত।”

দুটো দীর্ঘ শক্তিমান হাত অভয়ের দু' কাঁধে রেখে ব্রহ্মদৈত্য গম্ভীর মুখে অভয়ের দিকে চেয়ে গাঢ় স্বরে বললেন, “তোমার পদবি তো সরকার ? বাই চান্স তুমি শুখানালার সরকারদের বংশধর নও তো ?”

অভয় বলল, “হ্যাঁ, আমি সরকার-বাড়িরই ছেলে। তবে এখানে কখনও আসিনি।”

ব্রহ্মদৈত্য বললেন, “তুমি ছাড়া বোধ হয় সরকারদের আর কোনও বংশধর নেই। শোনো, সব রহস্য তোমার কাছে খুলে বলা যাবে না। কিন্তু এই জঙ্গল ধরে যদি উত্তরদিকে যাও তবে খানিকদূর গিয়ে একটা শুকনো নালার মতো খাত পাবে। মনে হয় কোনও কালে ওটা নিকাশি খাল ছিল। ওইটে ধরে যদি এগোও তা হলে শুখানালায় পৌঁছনো কঠিন নয়। কিন্তু, সব ব্যাপারেই একটা মস্তবড় কিন্তু আছে।”

“কেন বলুন তো !”

“সেটা বললেও তোমার বিশ্বাস হবে না। তবে যদি তুমি বাস্তবিকই সরকারদের বংশধর হয়ে থাকো, তা হলে তোমার হয়তো ভয় নেই।”

উৎকণ্ঠ অভয় বলে, “ভয়ের কথা উঠছে কেন ? ভয়ের জিনিস আমি মোটেই ভালবাসি না।”

“কেউই বাসে না বাবা। তবে শুখানালার ধারে-কাছে লোকে যায় না।”

“আপনিও না ?”

“আমার কথা বাদ দাও। আমার অগম্য স্থান কমই আছে।”

হাঁটতে-হাঁটতে যখন ধ্বংসস্তূপটার কাছে এসে পড়েছে তারা, তখন হঠাৎ একটা ভারী মিষ্টি পাখির ডাক শোনা গেল। অভয় উৎকর্ণ হয়ে শুনল, পাখির ডাক সে বড় একটা শুনতে পায় না। বলল, “আচ্ছা, এ কি দোয়েল পাখি ডাকছে ?”

ব্রহ্মদৈত্য সামান্য ভ্রূ কুঁচকে বলেন, “না, ও হচ্ছে কালু।”

“কালু কে বলুন তো ?”

ব্রহ্মদৈত্য হেসে বললেন, “কালুও একদিন মানুষের নির্যাতনে পালিয়ে এসেছিল ডাকাতের দল গড়বে বলে। বিহারের গাঁয়ে ওর বাড়ি। কাজেই নিচু জাত বলে রাজপুতরা খুব অত্যাচার করত। বাড়ি জ্বালিয়ে, চাষের খেত কেড়ে নিয়ে সে অনেক কাণ্ড ! মরতে-মরতে ছোকরা বেঁচে যায়। মতলব ছিল ডাকাতের দল গড়ে নিয়ে প্রতিশোধ নেবে। আমিই সেটা ঠেকাই। এখন আমার কাছেই থাকে।”

"ভারী সুন্দর শিস দেয় তো!"

"তোমার ভাল লাগছে শিসটা? আমার লাগছে না। কারণ, ওই শিসের একটা বিশেষ অর্থ আছে। কালু জানান দিচ্ছে যে, জঙ্গলে কিছু বাইরের লোক ঢুকেছে এবং তারা ভাল লোক নয়। তাদের হাতে আগ্নেয়াস্ত্র আছে। সংখ্যায় তারা চারজন।"

অভয়ের মুখ এ-কথা শুনে ফ্যাকাসে হয়ে গেল। সে একটু কাঁপা গলায় বলল, "সর্বনাশ! এরা তো বোধ হয় পানু মল্লিকের দল।"

ব্রহ্মদৈত্য চিন্তিত মুখে অভয়ের দিকে চেয়ে বলেন, "তাই হবে। কারণ, স্থানীয় লোকদের কুসংস্কার আছে। তারা এ-জঙ্গলে ঢুকবে না।"

"এখন তা হলে কী হবে?"

"ভয় পেও না। ভয় পেতে নেই। বিপদের সময় ভয় পেলে বুদ্ধি ঘুলিয়ে যায়, আর বুদ্ধি ঘুলিয়ে গেলে বিপদ থেকে রক্ষা পাওয়া কঠিন।"

"এদের ব্রহ্মদৈত্যের ভয় দেখালে হয় না?"

ব্রহ্মদৈত্য একটু হেসে মাথা নেড়ে বলেন, "সরল সোজা গ্রামবাসী হলে হত। কিন্তু এরা বোধ হয় পেশাদার খুনি। অত সহজে দমবার পাত্র এরা নয়। তা ছাড়া এরা মরিয়া, তুমি বেঁচে থাকলে এদের বিপদ।"

কাঁদো-কাঁদো হয়ে অভয় বলে, "তা হলে এখন আমি কী করব?"

"চিন্তা কোরো না। ওরা খুব সহজে এ-জায়গা খুঁজে পাবে না। তবে খুব বেশিক্ষণও লাগবে না। হয়তো দুপুরের দিকে ওরা ঠিকই খুঁজে-খুঁজে চলে আসবে এখানে। ততক্ষণে চলো, তোমাকে আর-একবার পাঁচন খাইয়ে দিই। গায়ে একটু বল পাবে। আরও একটা কথা আছে। তোমার মাথার বাঁদিকটা ওরা কামিয়ে দিয়েছে, ডানদিকটাও কামিয়ে নাও। আমার কাছে ভাল ক্ষুর আছে, চলো।"

তাই হল। ব্রহ্মদৈত্য তাকে আরও একটা বিকট স্বাদের পাঁচন খাওয়ালেন। তারপর মাথাটা পুরো ন্যাড়া করে দিলেন। তারপর গরম-গরম ডালভাত আর কচুসেদ্ধ খাইয়ে দিয়ে বললেন, "দুপুর প্রায় হয়ে এল। এবার তোমাকে এ-জায়গা ছাড়তে হবে। আমার অনুমান, চারটে খুনি আর কিছুক্ষণের মধ্যেই এদিকে এসে পড়বে। পেশাদার গুণ্ডাদের হাত থেকে তোমাকে বাঁচানোর ক্ষমতা আমার নেই। কাজেই তোমাকে পালাতে হবে।"

অভয় হাতজোড় করে বলল, "কোথায় যাব?"

ব্রহ্মদৈত্য চিন্তিত মুখে বলেন, "আমি তো একটা ছাড়া অন্য উপায় দেখছি না।"

"সেটা কী?"

"শুখানালা। তোমাদের আদি বাড়ি। উত্তরদিকে যেমন বলেছি তেমনই এগিয়ে যাও। একটা নাম মনে রেখো, ভীম সরকার। এখন পালাও।"

অভয় পালাল।

॥ ৪ ॥

সুদর্শনবাবু খুবই অবাক হয়ে লাখনের মুখের দিকে চেয়ে বললেন, "গোয়েন্দা-পুলিশ! গোয়েন্দা-পুলিশ এসে আমাদের সঙ্গে যোগাযোগ না করেই লোকটার খোঁজে বেরিয়ে গেল এ কেমন কথা! কেন, আমি কি মরে গেছি? সুদর্শন দারোগাকে ডিঙিয়ে নিজেদের সর্দারি ফলানো!"

লাখন হাতজোড় করে বলল, "আপনি তো জবরদস্ত দারোগা আছেন। আর ই চারটো আদমি বহুত খতরনাক আছে। শের কা মাফিক আঁখ আউর বহুত ওয়সা।"

সুদর্শনবাবু খুবই উত্তেজিতভাবে বললেন, "আইডেন্টিটি কার্ড দেখিয়েছিল?"

"না মালিক। উ লোক এক কৌন অভয় সরকারকে জানে মারতে এসেছে। ওহি বাত তো বলছিল। হামলোগকা বহুত ডর লাগল। এ ভি বলেছে যে, দারোগাবাবুকে কোই খবর-টবর দিলে খারাবি হোয়ে যাবে।"

সুদর্শনবাবু আঁতকে উঠে বললেন, "অ্যাঁ, তা হলে তো দেখছি জালি ব্যাপার। এরা তো পুলিশের লোক নয়।"

"ওহি বাত তো বোলতে আসলম মালিক। ইসব খতরনাক আদমি ডাকু আছে কি খুনি আছে কৌন জানে! এখুন তো ভরসা আপনি।"

"আমি?" বলে সুদর্শনবাবু এই শীতেও কপালের ঘাম হাতের তেলোয় মুছে হাতটা ফের মুছলেন বুকপকেটের ওপর ঘষে। তারপর খুবই থমথমে মুখে বললেন, "দুনিয়ায় কোনও দারোগাই কখনও শান্তিতে থাকে না জানি। কিন্তু তোরা যে আমাকে খেতে-শুতে অবধি দিচ্ছিস না, এটা কি ভাল হচ্ছে রে!"

লাখন গদগদ হয়ে বলে, "জি মালিক, কিন্তু এখুন তো সবের টাইম আছে। দশটা বাজছে। এখুন তো কোই নিদ যানেকা টাইম নেহি মালিক। তোবে ভুখ লাগার কথা আলাদা। ভুখ সোবসময় লাগতে পারে হুজুর।"

লাখন কথাটা শেষ করার আগেই দরজার কাছ থেকে কে যেন ভারী বিনয়ী গলায় বলে উঠল, "ভুখ লাগলেও কোনও চিন্তা নেই। দারোগাবাবুর যে সবসময় খিদে পায় সে আমরা খুব জানি। আর সেইজন্যই আসা।"

সুদর্শনবাবু একটা হুঙ্কার দিলেন, "তোরা কারা?"

দরজার কাছ থেকেই হাতজোড় করে তিনজন ঘরে ঢুকল। একজনের হাতে একটা মেটে হাঁড়ি।

"আজ্ঞে, আমাকে চিনতে পারছেন না বড়বাবু? আমি রেমো নাপতে। এ হল অক্ষয়। আর ওই যে উঁচু দাঁত, ও হল গে নেতাই। রসময় হালুইকরের গরম-গরম ক'খানা জিবেগজা এনেছিলুম বাবু। একটু ইচ্ছে করুন।"

"জিবেগজা!" বলে দারোগাবাবু ঈষৎ প্রসন্ন মুখে বলেন, "ওই একটাই যা সুখ এখনও আছে রে! দুনিয়াটা পচে গেছে বটে, কিন্তু এখনও যে এ-দুনিয়ায় জিবেগজা হয়, জিলিপি হয়, এটাই যা ভরসার কথা। নিয়ে আয় এখানে।"

রেমো বিগলিত মুখে এগিয়ে এসে হাঁড়িটা টেবিলে রেখে মুখের সরাখানা সরিয়ে নিল। দারোগাবাবু গন্ধটা শুঁকে বললেন, "আঃ, এ একেবারে স্বর্গের জিনিস। দেবভোগ্য।"

"হেঁ-হেঁ, আপনি ছাড়া ভাল জিনিসের কদর আর কে বুঝবে বলুন! সমঝদার কই? তিরিশখানা আছে, আজ্ঞে। আপনার কাছে অবশ্য কিছুই নয়, তিন মিনিটে উড়ে যাবে।"

দারোগাবাবু তাচ্ছিল্যের সঙ্গে বললেন, "হালকা-পলকা জিনিস, এ ত্রিশখানাও যা, তিনশোখানাও তাই।" এই বলে একখানা মুখে দিয়ে চিবোতে-চিবোতে চোখ আধবোজা করে বললেন, "মন্দ নয়।"

অক্ষয় রেমোর পেছন থেকে বলে উঠল, "আজ্ঞে, রসময় এ গজার নামই দিয়েছে দারোগাভোগ।"

রেমো বলল, "আর তার জিলিপির নাম শুনলে আপনি হাসবেন। জিলিপি হল গিয়ে সুদর্শনচক্র। খুব বিকোচ্ছে।"

সুদর্শনবাবু গোটা দশেক জিবেগজা উড়িয়ে দিয়ে কথা বলার ফুরসত পেলেন, "হ্যাঁ, এবার বল তোদের সমস্যাটা কী?"

অক্ষয় এগিয়ে এসে একটা নমো ঠুকে বলল, "আজ্ঞে, কাল রাতেও একটা ডাকাত একেবারে ভরসন্ধেবেলা ঢুকে পড়েছিল আমাদের গাঁয়ে। আপনি তো জানেন আমরা ভেড়ুয়া নই। মনসাপোঁতার লোকেরা ভগবান আর দারোগাবাবুকে ছাড়া কাউকে ভয় খায় না। তা আমরা ডাকাতটাকে সবাই মিলে এমন দাবড়ে দিলুম যে, পালানোর পথ পায় না। আর পালাল বলেই ভয় হল। ব্যাটা হুকুম সিং-এর দলের লোক। গিয়ে খবর দিলে হুকুম কি আর আমাদের ছেড়ে কথা কইবে!"

জিবেগজা খাওয়া থামিয়ে দারোগাবাবু ব্যথিত মুখে বললেন, "হ্যাঁ রে, এই জিবেগজা খাওয়ার সময়েই কি ওসব অলক্ষুনে কথা বলতে হয়? তোদের এটুকু খেয়াল হল না যে, হুকুম সিং-এর নাম শুনলে সুদর্শন দারোগার জিভ অসাড় হয়ে যায়! দূর, খাওয়াটাই মাটি করলি তোরা।"

অক্ষয় জিভ কেটে কানে হাত দিয়ে বলল, "এঃ, বড্ড ভুল হয়ে গেছে বড়বাবু। আচ্ছা, আপনি বরং খেয়ে নিন। আমরা একটু বাইরে বসছি গিয়ে।"

সুদর্শনবাবু চেয়ারে হেলান দিয়ে একটা দীর্ঘশ্বাস ফেলে বললেন, "খাওয়াটা মাটি যখন করেছিস তখন বাকিটাও বলে ফেল। জিবেগজা না হয় রয়েসয়ে খাওয়া যাবে।"

লাখন এতক্ষণ চুপ করে ছিল। এবার মাথা নেড়ে বলল, "ওই বাত ঠিক বলিয়েছেন। সবেরবেলায় তো আজ বহুত ভারী নাস্তা হয়েছে মালিক। হামি তো বিশটো পুরি-কচৌরি আর তিন পৌয়া সবজি আপনার ভোগমে লাগালম। শোচ করছিলাম কী, দারোগা-মালিকের পেটমে আর কত জায়গা হোবে।"

দারোগাবাবু রোষকষায়িত লোচনে লাখনের দিকে চেয়ে বললেন, "তোর কথা

তো শুনেছি। এখন যা তো। একটু শান্তিতে থাকতে দে।"

লাখন "রাম রাম" বলে নমস্কার জানিয়ে বিদায় নিল।

দারোগাবাবু গভীর একটা দীর্ঘশ্বাস ফেলে বললেন, "এবার তোরা বল। সকালে যে আজ কার মুখ দেখে উঠেছিলুম!"

নেতাই বলল, "আজ্ঞে, বোধ হয় লাখনের মুখ দেখে। ব্যাটা বড্ড অপয়া। এই তো সেদিন তায়েবগঞ্জ থেকে ভোরবেলা ইস্টিশনে নেমেই দেখি লাখন। আর সেদিনই কিনা জীবনে প্রথম বিনা টিকিটের জন্য ধরা পড়লুম! গত বিশ বছর তায়েবগঞ্জে শ্বশুরবাড়িতে যাচ্ছি-আসছি, কস্মিনকালে টিকিট কাটিনি, হাসতে-হাসতে চলে এসেছি লাইন ধরে হেঁটে। আর সেদিন বারো টাকা গচ্ছা দিয়ে তবে রেহাই পাই।"

দারোগাবাবু হাতের একটা ঝাপটায় নেতাইকে চুপ করিয়ে বললেন, "ডাকাতের কথাটা বলে ফেল।"

অক্ষয় গলা-খাঁকারি দিয়ে বলল, "আজ্ঞে। এই বলি। তা হুকুম সিং-এর দলের লোকটা তো রাতে পালাল। সারারাত আমরা শলাপরামর্শ করলুম, এখন কী করা! হুকুম এসে তো গাঁ জ্বালিয়ে দেবে, গুলি চালাবে, লুটপাট করবে। মাথার ওপর আপনি আছেন বটে, কিন্তু পিদিমের নীচেই তো অন্ধকার কিনা, হুকুম ব্যাটার ভাগ্য ভাল যে, এমন ভাল একজন দারোগা পেয়েছে। নইলে এতদিনে তার জারিজুরি বেরিয়ে যেত।"

দারোগাবাবু বিরক্ত হয়ে বললেন, "আসল কথাটা বলবি তো!"

"আজ্ঞে, সেই কথাই বলছি। আজ সকালেরই ঘটনা। রাত পোয়াতে না পোয়াতেই কী বলব হুজুর, বন্দুক পিস্তল নিয়ে হুকুমের দলের চারজন ষণ্ডামার্কা লোক এসে হাজির। তখনও হুজুর, আমাদের বিষয়কর্ম শুরু হয়নি, প্রাতঃকৃত্যও করিনি, কাক অবধি সকালের আবর্জনা খায়নি, সবে মোরগ ডাকতে লেগেছে, এমন সময় চার-চারটে দানো এসে গাঁয়ে সে কী তুলকালাম বাধাল, যাকে সামনে পাচ্ছে তাকেই রদ্দা, লাথি, চড় মারছে আর বলছে, বল অভয় সরকারকে কোথায় লুকিয়ে রেখেছিস! আমরা তো হুজুর, যাকে বলে একগাল মাছি। ভয়ে আত্মারাম সব খাঁচাছাড়া হওয়ার জোগাড়। দু-চারজন পালিয়ে যেতে পারল বটে, কিন্তু এই যে রেমো, এ তিনটে লাথি খেয়েছে।"

রেমো খ্যাঁক করে উঠল, "আর তুমি বুঝি খাওনি! একা আমাকেই বুঝি অপমান করেছে?"

অক্ষয় সঙ্গে-সঙ্গে বলে, "আজ্ঞে, সে-কথাও ঠিক। আমার কাঁকালেও কী যেন একটা লেগেছিল। সেটা লাথিও হতে পারে।"

রেমো দৃঢ় স্বরে বলে, "লাথিই। কী হে নেতাই, তুমিই বলো না!"

নেতাই বলল, "লাথির মতোই মনে হয়েছিল।"

অক্ষয় সঙ্গে-সঙ্গে নেতাইয়ের দিকে চেয়ে বলে, "তুমিও বাদ যাওনি নেতাইদা। তিনখানা রদ্দা তোমাকে আমি নিজের চোখে খেতে দেখেছি।"

নেতাই বলে, "তিনখানা নয় রে বাপু, দু'খানা মারতে পেরেছিল, তিন নম্বরটা আমি পাশ কাটিয়ে দিয়েছি, ছুঁয়ে গেছে বলতে পারিস। তা ওই আড়াইখানাই ধর। তোর কথাও থাক, আমার কথাও থাক।"

দারোগাবাবু রোষকষায়িত লোচনে চেয়ে বললেন, "ওসব ছেঁদো কথা ছেড়ে আসল কথাটা বলবি ?"

অক্ষয় হাতজোড় করে বলে, "আজ্ঞে, আমরা সকলেই অল্পবিস্তর মারধোর খেয়েছি। বিশের জ্যাঠামশাইয়ের মাথায় পিস্তলের বাঁট দিয়ে মেরে আলু তুলে দিয়েছে। সদানন্দের নাক ভেঙেছে। তারপর এইসব হুজ্জত করে তারা যখন গাঁ একেবারে লণ্ডভণ্ড করে ফেলছে তখন আমরা তাদের বলে দিলুম, বাপু হে, আমাদের মড়ার ওপর খাঁড়ার ঘা দিয়ে আর কী হবে ! অভয় সরকার মনসাপোঁতার জঙ্গলে সেঁধিয়েছে। যদি ব্রহ্মদত্যির হাত থেকে বাঁচে তো বুনো কুকুরের মুখে পড়বে। তা ছাড়া নেকড়ে আছে, হাতি আছে। সেই শুনে তারা আমাদের ছেড়ে জঙ্গলে গিয়ে ঢুকল।"

দারোগাবাবু অতিশয় ব্যথিত মুখে বললেন, "হ্যাঁ রে, মনসাপোঁতার জঙ্গল ছাড়া কি আর আসামিদের যাওয়ার জায়গা নেই ! ওই ভয়ের জায়গাটায় গিয়ে চোর-ডাকাতরা সেঁধোলে আমিই বা কী করি ! ওদের যে কবে আক্কেল হবে সেটাই বুঝি না।"

নেতাই গলা বাড়িয়ে বলে, "আজ্ঞে, সে-কথা আমরাও বলাবলি করি। কলির শেষ কিনা, সবই উলটো হচ্ছে। আমার মেজোমামা তো বলেন, কলির শেষে নদী উজোনে বইবে, মেয়েমানুষ সব পুরুষ হবে আর পুরুষেরা মেয়ে, পাথরে দুব্বো গজাবে। তা দেখছি সেরকমই সব হচ্ছে।"

দারোগাবাবু একটু মনমরা হয়ে বললেন, "ভরসা একটাই। ব্যাটা ব্রহ্মদৈত্য যদি পাঁচটাকে ধরে চিবিয়ে খায়।"

"একটু নুন দিয়ে।" ফোড়ন কাটে নেতাই।

অক্ষয় হাতজোড় করে বলে, "আজ্ঞে, তাতে কোনও ভুল নেই। তবে কিনা বেহ্মদত্যিটার আবার জিভের খুব তার। যাকেতাকে খায় না। এই তো শ্রীপদ, হারু মল্লিক এরাও সব তেনার খপ্পরে পড়েছিল কিনা, মাথায় মুগুর মেরে ফেলে দিয়ে চেটে দেখেছে, সব ক'টা অখাদ্য। তারপর জঙ্গলের বাইরে টেনে ফেলে দিয়ে গেছে।"

দারোগাবাবু কৌতূহলী হয়ে বলেন, "তা হলে খায় কাকে ?"

নেতাই হাতজোড় করে বলে, "অভয় দেন তো বলি। হুজুরের মতো নাদুস-নুদুস লোক পেলে বেহ্মদত্যি ব্যাটা চেটেপুটে খাবে। ছিবড়েটুকু অবধি ফেলবে না। আর ভগবানের দয়ায় হুজুর, আপনার শরীরে ছিবড়ের আঁশটুকু অবধি নেই। একেবারে নধরকান্তি জিনিস, সবটুকুই একেবারে থলথল করছে। কপাকপ খেলেই হল।"

"মুখ সামলে !" বলে একটা বাঘা হুঙ্কার দিয়ে সুদর্শনবাবু রুমালে কপালের ঘাম

মুছে বললেন, "নজর দিয়ে-দিয়েই ব্যাটারা আমার বারোটা বাজাল। তাই তো পিসি আমাকে এখনও কাজলের ফোঁটা দিয়ে তবে বেরোতে দেয়। আর ওকে আহাম্মক, ব্রহ্মদৈত্য আমাকে খেলে তোর কিছু সুবিধে হবে ?"

নেতাই নাক-কান মলে জিভ কেটে হাতজোড় করে বলে, "আপনি গেলে আমরা অনাথ হয়ে যাব। ও-কথা বলবেন না, শুনলেও পাপ হয়। বাড়ি গিয়ে কানে একটু গঙ্গাজল দেব। বলছিলাম কী, হুজুর, বেহ্মদত্যির নজর খুব উঁচু। যেমন-তেমন লোক মুখে রোচে না। হুজুরের মতো মান্যগণ্য উঁচু থাকের লোক হলে তবেই সে একটু খায়।"

সুদর্শনবাবু দু' চোখে নেতাইকে ভস্ম করার চেষ্টা করতে-করতে বললেন, "ফের যদি ওরকম অলক্ষুনে কথা বলবি তো তিনশো দুই ধারায় ফাটকে পুরে রাখব।"

নেতাই মাথা মেঝেয় ঠেকিয়ে নমো ঠুকে বলল, "আজ্ঞে, এবার থেকে ওরকম কথা বলার আগে আমার যেন জিভ খসে যায়। তিনশো দুই ধারাটা কীরকম হুজুর ? আমাদের মতো চাষাভুষোর বেলায় খাটে ?"

"সে আমিও জানি না। কতরকম ধারা আছে। তবে এই চক্রপুরে আমার মুখের কথাই হচ্ছে ধারা। বুঝলি !"

বিগলিত নেতাই বলে, "খুব বুঝেছি আজ্ঞে। আমরা হাড়ে-হাড়ে জানি যে, হুজুর শুধু ধারাই নন, তিনিই আমাদের আইন-আদালত, মা-বাপ, তিনিই ভগবান। এ আর নতুন কথা কী ?"

"কথাটা মনে রাখিস। এখন ছেঁদো কথা ছেড়ে কাজের কথায় আয়। পাঁচ-পাঁচটা ডাকাত মনসাপোঁতার জঙ্গলে ঢুকে বসে আছে, এ নিয়ে তদন্ত না করলে সরকারকে আমি বলব কী ? তার ওপর লাখনটা খবর দিয়ে গেল, কাল সন্ধেবেলায় চারটে লোক গোয়েন্দা-পুলিশ বলে নিজেদের জাহির করে এ-তল্লাটেই কোথাও ঘাপটি মেরে আছে। তাদের ধরলে হয় মোট ন'জন। এতগুলো বদমাশকে ঠাণ্ডা করা কি যে-সে কথা ! দারোগাদের জীবন সুখের নয় জানি, কিন্তু তা বলে এরকম নাকালও হতে হয় বাপ !"

নেতাই তদ্‌গত হয়ে বলল, "আপনার কষ্ট চোখে দেখা যায় না হুজুর। শক্ত মানুষ বলেই এখনও বর্তে আছেন। তবে কিনা কুঞ্জখুড়ো এক লাখ টাকায় উঠেছে।"

এ-কথায় সুদর্শনবাবু ঝাঁকুনি মেরে সোজা হয়ে বললেন, "বলিস কী ! এ-কথা আগে বলতে হয়। এবার তো তা হলে গতর নাড়তেই হচ্ছে।"

অক্ষয় হাতজোড় করে বলে, "হুজুর, একটা কথা আছে। কালকে যে ডাকাতটাকে ধরেছিলুম সে নিজে মুখে কবুল করেছে যে, হুকুম সিং শুখানালার সরকারদের পোড়ো বাড়িতে লুটের মালপত্র পুঁতে রেখেছে। আর সেখানেই তার ঘাঁটি।"

"শুখানালা ! ও বাবা, সে তো ভীম সরকারের তল্লাট ! মাছিটাও গলতে পারে না।"

রেমো শুকনো মুখে বলল, "হুজুর, কথাটা ধরবেন না। লোকটা ভয় খেয়ে উলটোপালটা বলেছে।"

সুদর্শনবাবু কাহিল মুখে বললেন, "যাঃ, লাখ টাকা জলে গেল। ওঃ, দারোগাদের দুঃখ যদি এইসব চোর-ডাকাত একটু বুঝত!"

নেতাই বলল, "বুঝবে হুজুর, সত্যযুগটা আসতে দিন। তখন বুঝবে। কলির শেষ কিনা, তাই হুজুরের মতো লোকদের এত কষ্ট। তা হলে হুজুর, আমরা বিদেয় হচ্ছি। শুধু যদি দয়া করে আমাদের গাঁয়ে দু-একজন সেপাইকে দু-চারদিন একটু রোঁদে পাঠান তবে ভাল হয়। কিছু করুক না করুক, পুলিশ দেখলেই আমাদের বুকে একটু বল-ভরসা আসে। এই কথাটুকুই বলতে আসা।"

"সে হবে'খন।" বলে লোকগুলোকে বিদেয় করে সুদর্শনবাবু চোখ বুজে স্ট্র্যাটেজি ভাবতে লাগলেন।

চারজনের হাতেই অত্যন্ত ধারালো চপার, বাঁ হাতে পিস্তল। তারা চারজনই খুব শক্তপোক্ত এবং দুর্গম জায়গায় যাওয়ার অভ্যাস আছে। জঙ্গলের মধ্যে ঢুকে তারা একটু দূরে-দূরে ছড়িয়ে গেল বটে, কিন্তু যোগাযোগ হারাল না। শিস দিয়ে-দিয়ে পরস্পরের সঙ্গে যোগাযোগ রাখছিল। চপার দিয়ে ঘন ঝোপঝাড় বা লতাপাতা কেটে পথ করে নিচ্ছিল তারা। ভয়ডরের লেশমাত্র তাদের হাবভাবে দেখা যাচ্ছিল না। ইন্দ্রিয় তাদের খুবই সজাগ। চোখ তীক্ষ্ণ এবং দয়ামায়ার লেশমাত্র সেখানে নেই। হাতে-পায়ে চিতাবাঘের মতো তৎপরতা।

একটা বাঁশঝাড়ের কাছ বরাবর এসে তিনু হঠাৎ থমকে দাঁড়ায়। তার স্পষ্টই মনে হয়েছে কেউ তাকে আড়াল থেকে লক্ষ করছে। সে চারদিকে সতর্ক দৃষ্টি ফেলে দেখে নিল। তারপর সঙ্গীদের সতর্ক করতে একটা টু-হিট শিস দিল। তারপরই সে শুনতে পেল, তার সঙ্গীরা নয়, অন্য কেউ ঠিক দোয়েলের মতো শিস দিল। খুবই নিখুঁত। অভ্যস্ত কান না হলে অবশ্যই পাখি বলেই ধরে নিত।

শিসটা লক্ষ্য করে বাঁদিকে একটা ঘাসজঙ্গলের মধ্যে ঢুকেই আবছা সে একটা লোকের দ্রুত অপসৃয়মাণ অবয়ব দেখতে পেল। চোখের পলকে পিস্তল তুলে গুলি করল তিনু। সামনে একটা পতনের শব্দ হল। লেগেছে!

তিনু দৌড়ে গিয়ে দেখল, এক জায়গায় ঘাসের কিছুটা শুয়ে পড়েছে! কেউ এখানেই হুমড়ি খেয়ে পড়েছিল। তবে সে পালিয়েছে। ঘাসে এবং জমিতে রক্তের দাগ খুঁজল তিনু। পেল না। লোকটা যেই হোক, অভয় সরকার হতে পারে না। কারণ, অভয় সরকারকে সে দেখেছে। মোটাসোটা নাড়ুগোপাল-মার্কা লোক। দৌড়ঝাঁপ তার কর্ম নয়।

রক্তের দাগ না পেলেও লোকটা কোন পথে গেছে তার হদিস পেয়ে গেল তিনু। আর এই পথেই যাওয়া উচিত কাজ হবে। সে শিস দিয়ে সঙ্গীদের ইশারা করে এগোতে লাগল।

একটু বাদে একটা ঝোপ পেরিয়ে সে একটা ফাঁকা জায়গায় পা দিয়েই অবাক

হয়ে গেল। জঙ্গলের মধ্যে এত পরিষ্কার জায়গা মানুষের কাজ ছাড়া হতে পারে না। অতএব, কাছেপিঠে মানুষ আছে।

একে-একে পচা, ল্যাংড়া আর সন্তুও এসে ফাঁকা জায়গাটায় জড়ো হল।

তিনু তার সঙ্গীদের দিকে চেয়ে বলল, "ব্রহ্মদৈত্যের কথা বলছিল না স্টেশনের ওই কুলিটা ?"

পচা বলল, "গাঁয়ের লোকগুলোও বলছিল।"

তিনু গম্ভীর মুখে বলে, "মনে হচ্ছে ব্রহ্মদৈত্যকে এবার আমরা পেয়ে যাব।"

একটু খুঁজতেই শুঁড়িপথটার সন্ধান পেয়ে গেল তারা। সবাইকে সতর্ক করে দিয়ে তিনু আগে এবং পেছনে তার তিন খুনে সঙ্গী দ্রুত-পায়ে এগোতে লাগল।

দশ মিনিটের মধ্যেই তারা ধ্বংসস্তূপটার সামনে এসে দাঁড়াল। তিনু ঘড়ি দেখল। বেলা প্রায় বারোটা বাজে। সে সঙ্গীদের দিকে চেয়ে বলে, "অভয়কে এখানেই পেয়ে যাব মনে হচ্ছে। কাজ সেরে সন্ধের ডাউন গাড়ি ধরা যাবে।"

তারা ধ্বংসস্তূপটা খুব অনায়াসেই ডিঙিয়ে গেল। উঠোনে জন্তু-জানোয়ারের খাঁচাটার দিকে একটু ভ্রূক্ষেপ করল মাত্র তারা। তারপর সোজা গিয়ে দরদালানে উঠল।

দরজা খোলাই ছিল। একটা কাঠের চেয়ারে একজন অত্যন্ত দীর্ঘকায়, গৌরবর্ণ প্রৌঢ় বসে একখানা বই পড়ছেন। চারজনকে দেখে বিস্মিত চোখে তাকালেন, "আপনারা!"

তিনু তীক্ষ্ণ চোখে লোকটাকে দেখে নিয়ে বলল, "বাংলা জানেন দেখছি! নিশ্চয়ই ইউরোপিয়ান!"

প্রৌঢ় মাথা নেড়ে উঠে দাঁড়ালেন, "জঙ্গলে কী করছেন আপনারা ?"

তিন মৃদু হেসে বলে, "আপনার ভয় নেই। আমরা ব্রহ্মদৈত্যকে খুঁজছি না। আপনার হাইট কত ? সাড়ে ছ' ফুট ?"

"ছ' ফুট সাত ইঞ্চি।"

"ব্রহ্মদৈত্য সাজবার পক্ষে চমৎকার হাইট।"

প্রৌঢ় বিনয়ের সঙ্গে বললেন, "আপনারা পরিশ্রান্ত হয়ে এসেছেন। বসুন।"

তিনু মাথা নেড়ে বলল, "বসবার সময় নেই। আমরা পুলিশের লোক। একজন ফেরারি খুনি আসামিকে খুঁজছি। তার নাম অভয় সরকার। মনে হচ্ছে, আপনার কাছে তার খোঁজ পেয়ে যাব।"

প্রৌঢ় একটু দোনোমোনো করলেন, তারপর বললেন, "অতিথি নারায়ণ।"

তিনু হেসে বলে, "তার মানে কী ? অতিথি শুধু আমরাই নই, অভয় সরকারও! শুনুন, আমার অনুমান অভয় সরকার এখানে আছে।"

প্রৌঢ় একটু চুপ করে থেকে বললেন, "ভারতবর্ষের পুলিশ সার্ভিস রিভলভার ব্যবহার করে। তাদের কাছে অত্যাধুনিক বারো শটের জার্মান পিস্তল থাকে না। আর ওই প্রফেশন্যাল চপার, ও-জিনিসও পুলিশের জিনিস নয়।"

"বন্দুক-পিস্তল তো আপনি ভালই চেনেন দেখছি! নাড়াচাড়া করার অভ্যাস

আছে নাকি ?"

"ছিল। যখন মিলিটারিতে ছিলুম।"

তিনু হাসল, "আলাপ করে ভালই লাগল। কিন্তু গল্প করতে তো আসিনি বুঝতেই পারছেন। অভয় সরকারকে আমাদের চাই।"

প্রৌঢ় গম্ভীর মুখে বললেন, "আপনাদের উদ্দেশ্য কী, তা জানি না। তবে অভয় সরকারকে আমি লুকিয়ে রাখিনি।"

তিনুও এবার গম্ভীর হল। গুরুগম্ভীর গলায় বলল, "আমাদের উদ্দেশ্য একজন অতি-বদমাশ লোককে ধরে নিয়ে সরকারের হাতে তুলে দেওয়া। যদি সেটা সম্ভব না হয় তা হলে তাকে হত্যা করারও হুকুম আছে। আমরা আমাদের কর্তব্য করতে এসেছি মাত্র।"

"আপনারা কি সত্যিই পুলিশ ?"

"হ্যাঁ, স্পেশাল ব্র্যাঞ্চ।"

"আইডেন্টিটি কার্ড দেখাতে পারবেন ?"

"আমাদের আইডেন্টিটি কার্ড যাকে-তাকে দেখানোর নিয়ম নেই। বিশেষ কারণ ছাড়া। আমরা সেগুলো সঙ্গেও আনিনি। স্টেশনে আমাদের মালপত্র রয়েছে, তার মধ্যেই আছে। জঙ্গলে আইডেন্টিটি কার্ড দেখাতে হবে বলে জানতাম না।" এই বলে তিনু ঘড়ি দেখল।

প্রৌঢ় গম্ভীর মুখে বললেন, "অভয় সরকার এখানে নেই। অনেকক্ষণ আগেই সে চলে গেছে।"

"কোথায় গেছে ?"

"তার যাওয়ার বিশেষ জায়গা আছে বলে জানি না। তবে আপনারা বা অন্য কেউ তার সন্ধানে আসতে পারেন বলে তার ভয় ছিল। তাই সে স্থানত্যাগ করেছে মাত্র।"

তিনু মাথা নেড়ে বলে, "এত জলের মতো সহজ গল্প আমরা বিশ্বাস করব ভেবেছেন ? অভয় সরকার স্থানত্যাগ করলে আমাদের হাত এড়াতে পারত না। আমরা এ-জায়গা খুঁজে দেখব।"

প্রৌঢ় বইটা আবার খুলে চোখের সামনে ধরে বললেন, "স্বচ্ছন্দে। শুধু অনুরোধ, আমার সামান্য জিনিসপত্র আছে, ওগুলো বিনষ্ট করবেন না।"

"ভাল কথা। আপনার কোনও অ্যাসিস্ট্যান্ট আছে ? জঙ্গলের মধ্যে কেউ একজন আমাদের ওপর নজর রাখছিল। কিন্তু সে লোক আপনি নন। সে কে ?"

প্রৌঢ় অসহায় ভঙ্গিতে হাত উলটে বললেন, "কে জানে !"

তিনু একটু হেসে বলে, "আমি কিন্তু তাকে গুলি করেছি। গুলি খেয়েও সে পালিয়ে যায়।"

প্রৌঢ় এ-কথায় কেমন যেন ফ্যাকাসে হয়ে গেলেন, "গুলি করেছেন ! সর্বনাশ ! গুলি করলেন কেন ?"

"বললাম তো সে আমাদের ওপর নজর রাখছিল।"

প্রৌঢ় বিদ্যুদ্বেগে উঠে দাঁড়িয়ে আপনমনে বললেন, "সেইজন্যই অনেকক্ষণ কোনও সঙ্কেত দেয়নি! হায়, আপনি কি তাকে মেরে ফেলেছেন?"

"সে মরলেও মরেছে নিজের দোষে। কিন্তু আমরা জঙ্গলে কোনও রক্তের দাগ দেখিনি।"

"সর্বনাশ! সে তো কোনও অন্যায় করেনি! সে কেবল জঙ্গলে কাঠুরে আর চোরাশিকারিদের খবর আমাকে দেয়।"

তিনু পরম তাচ্ছিল্যের সঙ্গে বলল, "তা হবে। কিন্তু সে-কথা আমাকে সে জানাতে পারত!"

প্রৌঢ় হাত বাড়িয়ে তিনুর ডান হাতটা চেপে ধরে বললেন, "হাতে পিস্তল থাকলেই বুঝি গুলি চালাতে ইচ্ছে হয়?"

প্রৌঢ়ের থাবায় তিনুর কবজি। তিনু যথেষ্ট বলবান। তবু এই প্রৌঢ়ের হাতের জোর তাকে স্তম্ভিত করে দিল। হাত থেকে পিস্তলটা খটাস করে পড়ে গেল মাটিতে এবং যন্ত্রণায় ককিয়ে উঠল তিনু। লোহার মতো শক্ত আঙুলের চাপে তার কবজি ভেঙে যাচ্ছে।

তবে কয়েক সেকেণ্ড মাত্র। পচা ত্বরিত গতিতে তার ভারী পিস্তলের বাঁটটা সজোরে বসিয়ে দিল প্রৌঢ়ের মাথায়। প্রৌঢ় ঢলে পড়ে গেলেন অজ্ঞান হয়ে। পচা পিস্তলটা ঘুরিয়ে ভূপাতিত সংজ্ঞাহীন প্রৌঢ়ের দিকে তাক করে তিনুর দিকে চেয়ে বলল, "শেষ করে দেব? তা হলে আর সাক্ষী থাকবে না।"

তিনু একটু চিন্তিতভাবে বলল, "দিবি? দে তা হলে। কিন্তু আমরা কত সাক্ষী লোপাট করব? আমাদের খুনখারাপির তো হাজার-হাজার সাক্ষী আছে। হয়েছে তো কাঁচকলা। একে মারার ইচ্ছে আমার ছিল না। তবে লোকটা সাহেব, হয়তো ঝামেলা পাকাবে।"

পচা পিস্তলের সেফটি ক্যাপটা খুলে ট্রিগারে আঙুল দিতেই দরদালানের ওপাশে ধপ করে একটা শব্দ হল। চারজন চেয়ে দেখল, দরদালানের শেষ মাথায় একজন লোক ভীত মুখে দাঁড়িয়ে। তারা তাকাতেই লোকটা হাতজোড় করে বলল, "ওঁকে মারবেন না। উনি সাধু মানুষ। জঙ্গলের মধ্যে আমিই আপনাদের ওপর নজর রেখেছিলাম। আমি কালু।"

নিষ্কম্প তিনটে পিস্তল কালুর বুকের দিকে একচক্ষু হয়ে চেয়ে ছিল। তিনু তার তিন সঙ্গীকে হাত তুলে নিবারণ করে কালুকে বলল, "গুড বয় কালু। তোমাকেই বোধ হয় জঙ্গলের মধ্যে আমি গুলি করেছিলাম। তোমার কপাল দেখছি খুব ভাল। ভয় পেয়ো না, আমরা ঝামেলা করতে আসিনি। অভয় সরকার কোথায়?"

"আজ সকালে উনি চলে গেছেন।"

"কোথায় গেছে?"

"শুখানালা।"

"সেটা কোথায় ?"

"উত্তর দিকে। দু-তিন মাইল হতে পারে। পাহাড়ের নীচে।"

"ঠিক আছে কালু, তুমিই আমাদের পথ দেখিয়ে নিয়ে যাবে। যদি অভয় সরকারকে না পাই তাই তোমাকে জামিন রাখছি। তার আগে তোমাদের এই ডেরাটা অবশ্য আমরা সার্চ করব। সাবধানের মার নেই। আর তোমার সাধুবাবার জন্য চিন্তা কোরো না। উনি শক্ত ধাতের জিনিস। কয়েক মিনিটের মধ্যেই গা-ঝাড়া দিয়ে উঠে পড়বেন।"

চারজন পিস্তলধারী কালুকে পথপ্রদর্শক নিয়ে তন্নতন্ন করে সারা বাড়িটা খুঁজল। তারপর আশপাশে ঝোপঝাড়ে এবং ছাদের ওপরেও।

অনুসন্ধান করে ফিরে এসে তারা দেখল, সাধুবাবা উঠে বসেছেন। দু' হাতে মাথা রেখে উবু হয়ে ফোঁটা-ফোঁটা রক্ত পড়তে দেখছেন মেঝের ওপর।

তিনু একটু নম্র স্বরে বলল, "আপনার সঙ্গে আমাদের কোনও ঝগড়া নেই। মাফ করবেন।"

তারপর কালুকে নিয়ে তারা চারজন বেরিয়ে পড়ল।

॥ ৫ ॥

ঘন জঙ্গলের ভেতর দিয়ে পথচলা যে কী কঠিন ব্যাপার তা যার অভিজ্ঞতা নেই সে বুঝবে না। দুর্ভাগ্যের বিষয়, অভিজ্ঞতা অভয়েরও নেই। লতাপাতা, কাঁটাঝোপ এবং মাঝে-মাঝে দুর্ভেদ্য বাঁশঝাড় এমন শক্ত বেড়ার মতো বাধা হয়ে দাঁড়ায় যে, চলা বন্ধ হয়ে যায়। সাপখোপ জন্তু-জানোয়ারের ভয় তো আছেই। তবু ঘণ্টা দুই অভয় একটানা হাঁটল। না, ঠিক হাঁটা বলা যায় না। কখনও হামাগুড়ি, কখনও স্রেফ বুক ঘেঁষটে, কখনও ছোটখাটো গাছের ডাল ধরে ঝুল খেয়ে নানা কায়দায় তাকে এগোতে হচ্ছে। কিন্তু বিস্ময়ের কথা, তার যে এত এলেম ছিল এটাই জানত না অভয়। কাল সারাদিন ওরকম দৌড়ঝাঁপ, তারপর সন্ধেবেলা হাটুর মার, অনাহার সত্ত্বেও আজ এই কঠিন অভিযান, সে পারছে কী করে ? স্বাভাবিক নিয়মে তার তো এখন বিছানায় পড়ে থাকার কথা !

শুধু চলছেই না অভয়, জঙ্গলের সবুজ সৌন্দর্য, নির্জনতা এবং পাখির ডাক সে উপভোগও করছে। এত সবুজ, এত গভীর নির্জনতা যে কোথাও আছে তা তার খেয়ালই হয়নি। ঠিক বটে, নানা পাতা আর ঝোপঝাড়ে ঘষা লেগে তার গা চুলকোচ্ছে, মৌমাছির হুলও খেতে হয়েছে কয়েকবার, অল্পের জন্য একটা কাঁকড়া-বিছেকে মাড়িয়ে দেয়নি, কাঁটা লেগে হাত-পা কিছু ছড়ে গেছে, তবু বেশ ভালই লাগছে তার। বনের মধ্যে সে দু' জায়গায় দুটো চেনা ফলের গাছ পেয়ে গেল। প্রথমে পেল একটা পেয়ারা গাছ। দিব্যি কাঁচা-পাকা পেয়ারা ধরে আছে। গোটাকয়েক খেয়ে গোটাকয়েক পকেটেও পুরে নিল। বেশ কিছুক্ষণ পরে পেয়ে গেল একটা পেঁপে গাছ। পাকা পেঁপের মতো জিনিস হয় না। সে একটা নরম

গাছের ডাল ভেঙে আঁকশি বানিয়ে টপাটপ দুটো পেঁপে পেড়ে মহানন্দে খেয়ে নিল। ব্রহ্মদৈত্যের পাঁচনের গুণ এবং হাঁটার ফলে যে ব্যায়াম হচ্ছে তাতে খিদেটা বেশ চাগাড় দিচ্ছে। ফলটল খেয়ে একটা বড় গাছের তলায় বসে জিরোতে-জিরোতে সে খানিকক্ষণ পাখির ডাক শুনে নিল। জীবনে শিস দেয়নি অভয়, চেষ্টাও করেনি। ওসব তার আসেও না। আজ হঠাৎ পাখির ডাক শুনে তার শিস দিতে ইচ্ছে হল। দেখল, বেশ ভালই শিস দিতে পারে সে। গুনগুন করে একটু গান গাইতে গিয়ে বুঝতে পারল, গলায় তার সুরের খুব একটা অভাব নেই তো ! তা হলে সে এতকাল এসবের চর্চা করেনি কেন ?

ভাবতে-ভাবতে হঠাৎ গা-ঝাড়া দিয়ে খাড়া হয়ে বসল অভয়। নিজের সম্পর্কে আজ তার নতুনরকমের ধারণা হচ্ছে। অত দৌড়েও সে তেমন জব্দ হয়নি, অত মার খেয়েও সে মরেনি এবং জঙ্গলের দুর্গম রাস্তায় প্রায় টারজানের কায়দায় দিব্যি তো সে এতখানি চলে এল। তা হলে কি নিজেকে সে যতটা অপদার্থ ভাবত ততটা সত্যিই নয় ? তা হলে কি অভয় সরকার নামে এই থলথলে, বিদিকিচ্ছিরি লোকটাকে একেবারে বাতিলের দলে না ধরলেও চলে ? ইস, জীবনের ছাব্বিশ-সাতাশটা বছর কেবল কুঁড়েমি করে, খেয়ে আর ঘুমিয়ে, তেমন কোনও কাজ না করে সে তো বরবাদ করে দিয়েছে। বাপের কিছু টাকা আর সম্পত্তি ছিল, সেটাই ভাঙিয়ে কেবল পায়ের ওপর পা দিয়ে বসে জীবনটা কাটিয়ে দিচ্ছিল। অথচ তার মধ্যে তো জিনিস ছিল !

নিজের সম্পর্কে এই আবিষ্কার করে অত্যন্ত উত্তেজিতভাবে উঠে দাঁড়াল অভয়। আত্মবিশ্বাস আসার সঙ্গে-সঙ্গে তার শরীরেও যেন দুনো বল চলে এল। গা বেশ গরম হয়ে উঠল। মনে চলে এল দুর্জয় একটা সাহসের ভাব। জঙ্গলে শোনার কেউ নেই, তবু অভয় হঠাৎ বেশ হেঁকে বলে উঠল, "আমি কাউকে ভয় খাই না।"

অভয় এত উত্তেজিত হয়ে পড়ল যে, এক্ষুনি একটা বীরত্বের কাজ না করলে যেন তার রক্তের টগবগানিটা থামবে না। সে গিয়ে সামনে যে গাছ পেল তারই একটা ডাল মড়াত করে ভেঙে ফেলল। তারপর বাঁই-বাঁই করে সেটা কিছুক্ষণ লাঠির মতো ঘোরাল। বিড়বিড় করে বলতে লাগল, "কাউকে না ! কাউকে না ! কাউকে ভয় খাই না ! আয় না ব্যাটারা কে আসবি ! আয় না !"

কেউ অবশ্য এগিয়ে এল না, তবে দুটো ঘুঘু পাখি গাছের ডালে বসে বিশ্রাম করছিল, বিরক্ত হয়ে উড়ে গেল।

অভয় লাঠি হাতে এবার সদর্পে জঙ্গল ভেঙে এগোতে লাগল। ঠোঁট ছুঁচোলো করে মাঝে-মাঝে শিস দিচ্ছিল। মাঝে-মাঝে বেশ জোর গলায় গান গাইছিল। আবার মাঝে-মাঝে বাঘা চোখে চারদিকে চেয়ে দেখছিল কেউ তার সঙ্গে লাগতে আসছে কি না। তার এই দেখতে-দেখতেই হঠাৎ হুমড়ি খেয়ে সে একটা গর্তের মতো জায়গায় ধপাস করে পড়ে গেল। অবশ্য লাগল না। কারণ গর্ত হলেও লম্বা-লম্বা ঘাসে একেবারে নরম গদি হয়ে আছে। গর্ত থেকে উঠতে গিয়ে

অভয়ের মাথায় ব্রহ্মদৈত্যের কথাটা চড়াক করে গেল। এই সেই শুখানালা নয়তো! শুকনো নালার খাত!

কাল রাতে গাঁয়ের একটা লোক ভীম সরকারের কথা বলেছিল। আজ ব্রহ্মদৈত্যও বলছিলেন। ভীম সরকার কে এবং কেন তাঁকে এদের এত ভয়, তা অভয় জানে না। সরকার পদবি যখন, তখন হয়তো অভয়দের কোনও আত্মীয় হবেন। কিন্তু শুখানালায় তাদের কোনও আত্মীয় আছেন বলে সে শোনেনি। তার দাদুর আমলেই এখানকার বাস উঠে যায়।

অভয় অতশত ভাবল না। বস্তুত ভেবে তার লাভও নেই। সামনে যদি বিপদ থেকে থাকে, পেছনেও বিপদ। বিপদের অভাব যখন নেই তখন বিপদের সঙ্গে ভাব করে ফেলাই ভাল।

লাঠিটা বাগিয়ে বীরদর্পে অভয় সামনে এগোতে লাগল। একটু বাদেই বুঝল, এটা শুখানালাই বটে। কোমরসমান গভীর এবং হাতচারেক মাত্র চওড়া নালাটায় অবশ্য এখন উদ্ভিদ ভরে আছে। এগোনো শক্ত। বেশ বাঁক খেয়ে-খেয়ে খাতটা কোথায় যে গেছে, তা বোঝা যাচ্ছে না।

অভয় বনের শোভা দেখতে-দেখতে আনমনে এগোচ্ছে। কিছু খারাপ লাগছে না তার। হাতের লাঠিগাছ দিয়ে মাঝে-মাঝে সমুখের জঙ্গল ভাঙছে। শীতের রোদ ক্রমে-ক্রমে মরে আসছে। জঙ্গলের মধ্যে অন্ধকার নামতে আর দেরি নেই।

হঠাৎ অভয় উৎকর্ণ হয়ে দাঁড়িয়ে গেল। এ কী! সামনে থেকে কলকল করে জলের আওয়াজ আসছে নাকি? না, কোনও ভুল নেই। শুখানালার শুকনো খাতে তীরবেগে এক জলস্রোত ছুটে আসছে যেন! প্রথমে দূরে শোনা যাচ্ছিল। দ্যাখ না-দ্যাখ শব্দটা কাছে চলে এল। প্রলয়ঙ্কর এক জলস্রোত মেল ট্রেনের মতো এসে পড়ল যে!

অভয় আর দেরি না করে হাঁচোড়-পাঁচোড় করে পাড়ে উঠে পড়ল। তারপর সম্পূর্ণ বোকা বনে চেয়ে দেখল, এক ফোঁটাও জল নেই, কিন্তু জলের স্রোতের শব্দ ভীমবেগে বয়ে যাচ্ছে। সে চোখ কচলাল, ভাল করে দেখল। না, কোথায় জল? কিন্তু শব্দটায় কোনও ভুল নেই।

মিনিট-পাঁচেক পর শব্দটা বন্ধ হয়ে বনভূমি আবার নির্জন হয়ে গেল। ভয় পাবে কিনা তা বুঝতে পারছিল না অভয়। ভয় পাওয়াই বোধ হয় উচিত।

তবে কিনা দু'দিন ধরে সে এত ভয়ের মধ্যে আছে যে, নতুন করে আরও ভয় পাওয়া একটু কঠিন। সে একটা দীর্ঘশ্বাস ফেলে হাতের লাঠিটা কয়েকবার নীরবে আস্ফালন করে খাতের ধার ধরে-ধরে হাঁটতে লাগল।

আচমকাই ভীষণ ঘাবড়ে গিয়ে ফের তাকে দাঁড়িয়ে পড়তে হল। কারা ওরকম হুঙ্কারে তেড়ে আসছে ঘোড়ায় চেপে? কয়েকশো ঘোড়ার ছুটন্ত খুরের আওয়াজ আর সেইসঙ্গে মানুষের রণং দেহি চিৎকার দূর থেকে ঝড়ের বেগে ছুটে আসছে তারই দিকে! হাতের লাঠিটার দিকে কাতরভাবে একবার তাকাল অভয়। একটু আগেই সে "কে আসবি আয়" বলে খুব বীরত্ব দেখিয়েছিল। এখন সেটা বেবাক

ভুলে গিয়ে সামনের দিকে চেয়ে রইল বোকার মতো। কারা আসছে তা এখনও দেখা যাচ্ছে না বটে, কিন্তু এল বলে। অভয় লাঠি ফেলে সভয়ে পাশের একটা ঝুপসি গাছে হাঁচোড়-পাঁচোড় করে উঠে পড়ল। জীবনে গাছে ওঠেনি সে, গাছ বাইতে জানেও না। কিন্তু প্রাণের দায়ে যতটা পারে ওপরদিকে উঠে একটা বেশ লতাপাতার আড়াল দেখে ঠ্যাং ঝুলিয়ে বসল। ওদিকে সৈন্য-সামন্তরা তেড়ে আসছে। ঘোড়ার ডাক, রণহুঙ্কার এবং অস্ত্রের শব্দ শোনা যাচ্ছে। সেইসঙ্গে ঘোড়ার পায়ের খটাখট শব্দ।

অভয় চোখ পলকহীন করে চেয়ে রইল নীচের দিকে। ঘোড়ার লেজটুকু বা মানুষের একটা মাথাও তার নজরে পড়ল না। অথচ বনভূমি প্রকম্পিত করে তার গাছের তলা দিয়ে এবং আশপাশ দিয়ে ওই ভয়ঙ্কর শব্দ বয়ে গেল খানিকক্ষণ ধরে। তারপর আবার সব চুপচাপ। নির্জন। শান্ত।

অভয় টপ করে নামল না। বুদ্ধিটা কেমন ঘুলিয়ে যাচ্ছে। চোখেও কি কম দেখছে আজকাল ? খানিকক্ষণ বসে দম নিয়ে সে আবার ধীরেসুস্থে গাছ থেকে নেমে তার লাঠিগাছ কুড়িয়ে নিল।

জঙ্গলের মধ্যে এখন অন্ধকার বেশ ঘনিয়ে এসেছে। একটু বাদেই ঘুটঘুটি হয়ে যাবে। অভয় আর এগোবে কি না ভাবতে-ভাবতে এগোনোই সাব্যস্ত করল। পিছিয়ে লাভ নেই। তার খোঁজে খুনিরা এসে পড়েছে। পেছনে জানা বিপদ, সামনে অজানা বিপদ। এগোনোই ভাল।

দু'পাও ভাল করে এগোয়নি অভয়, অমনই হঠাৎ তাকে আপাদমস্তক শিউরে দিয়ে সামনেই ধাঁ-ধাঁ করে একটা আগুনের শিখা মাটি থেকে উঠে খাড়া হয়ে সামনে দাঁড়িয়ে গেল। এরকম সোজা আর লম্বা আগুন জীবনে দেখেনি অভয়। অন্তত বিশ হাত উঁচু হয়ে লকলক করছে। চারদিক সেই আগুনের হলকায় একেবারে রাঙা হয়ে গেল। অভয়ের অবশ্য হাত থেকে লাঠিটা খসে পড়ে গেল মাটিতে। মুখটা এমন হাঁ হয়ে গেল তার যে, একটা ছোটখাটো এরোপ্লেন ঢুকে যেতে পারে।

কিন্তু অভয় ভয় পেতে-পেতে ভয় থেকেই খানিক শিক্ষা নিয়েছে। কাজেই কয়েক সেকেন্ডের মধ্যে সে হাঁ বুজিয়ে ফেলতে পারল এবং লাঠিটাও কুড়িয়ে নিল। সামনে আগুনের শিখা তখন কোমর দুলিয়ে-দুলিয়ে নাচছে। বেশ একটা হিল্লোল বয়ে যাচ্ছে সরু শিখার সর্বাঙ্গে। অভয় চোখ চেয়ে আগুনের নাচ কিছুক্ষণ দেখল। তারপর হঠাৎ সে এক দুঃসাহসী কাণ্ড করে বসল। হাততালি দিয়ে বেশ হেঁকে বলে উঠল, "বাঃ, সুন্দর নাচ নেচেছ তো বাপু !"

অমনই দপ করে আগুনের শিখা মিলিয়ে গেল। চারদিকে নেমে এল ঘুটঘুট্টি অন্ধকার। জোনাকি পোকা জ্বলতে লাগল। ঝিঁঝি ডাকতে লাগল। গাছে-গাছে পাখিদের তীব্র ঝগড়া-কাজিয়া চলতে লাগল। শেয়াল ডাকল দূরে। একটা অট্টহাসির মতো শব্দও শোনা গেল। বোধ হয় সেটা হায়েনার ডাক।

কাণ্ডগুলো যে ভুতুড়ে, তাতে অভয়ের সন্দেহ নেই। তবে ভয়ের ব্যাপারে মানুষ আর ভূত দুই-ই তার কাছে একাকার। ভূতে মারলেও মারবে, মানুষে

মারলেও মারবে। সমুদ্রে শয়ান যার, শিশিরে কী ভয় তার ? বরং তার মনে হল এখন ভূতটুতকে ভয় খাওয়া তার পক্ষে এক বাবুগিরি বা শৌখিনতার জিনিস। ওসব যারা সুখে আছে তাদেরই মানায়। তার মতো প্রাণ-হাতে-করা মানুষের কি ভূতের ভয় খেয়ে থেমে থাকলে চলে ?

অভয় সুতরাং খানিকটা ভয়ে এবং খানিকটা অকুতোভয়ে এগোতে লাগল। সামনে যম-অন্ধকার, জঙ্গল, আঘাটা, কিন্তু হাতে লাঠি বাগিয়ে অভয় দৃঢ় পদক্ষেপে এগিয়েই যেতে থাকল। আর বিড়বিড় করে বলতে লাগল, "কাউকে না, আমি কাউকে ভয় খাই না। আয় না ব্যাটা কে আসবি ! আয় না !"

হঠাৎ ফের উৎকর্ণ হতে হল অভয়কে। বহুদূরে কে একজন যেন বলে উঠল, "গায়।"

শোনার ভুলই হবে। এ জঙ্গলে কে কার গানের কথা বলবে ? কিন্তু ফের কে যেন বলে উঠল, "খায়।"

খায় ! অভয় মাথা নাড়ল, এ তো হতে পারে না। কে খায় ? কী খায় ? খাওয়ার কথা ওঠে কেন ?

আবার আবছা সেই স্বরটা শোনা গেল, "যায়।"

যায় ? উঁহুঁ, এটারও তো কোনও অর্থ হচ্ছে না ! এর মানে কী ?

অভয় দ্রুত হাঁটতে লাগল। পায়ের নীচে এখন ঘাস ছাড়া আর বিশেষ কোনও বাধা নেই। ঝোপঝাড়ও যেন কম। আর নালার পাশে বড় গাছও বিশেষ নেই যে, ধাক্কা খাবে।

খানিকটা এগোনোর পর হঠাৎ এবার গলার স্বরটা বেশ স্পষ্টই শুনতে পায় অভয়। গায়, খায় বা যায় নয়। তবে কি হায় ? না, তাও নয়। বহুদূর থেকে কে যেন করুণ স্বরে ধীরে-ধীরে ডাকছে, "আয়··· আয়··· আয়··· আয়···"

গায়ে কাঁটা দিয়ে উঠল অভয়ের। শরীরে একটা শীতল শিহরন বয়ে গেল। এরকম করুণ, কান্নায় ভরা, অপার্থিব কণ্ঠস্বর সে কখনও শোনেনি। তার মনে হল, এ স্বর বহুকাল ধরে ক্রমান্বয়ে কাউকে যেন ডেকে চলেছে, ডেকেই চলেছে, "আয়··· আয়··· আয়··· আয়···"

অভয় দাঁড়িয়ে পড়েছিল। পায়ে যেন পাথর বাঁধা, বুকটা ধকধক করছে। আর এগোনো কি ঠিক হবে ! তার মনে হচ্ছে সে যেন এক মহাভয়, মহাসর্বনাশ, মহাশোকের সমুদ্রের খুব কাছাকাছি এসে গেছে। ওই শোক-সমুদ্রের ঢেউই যেন অনাদিকালের বিরহ বুকে নিয়ে ক্রমান্বয়ে নিরবধি ডেকে চলেছে, "আয়··· আয়··· আয়··· আয়···"

অভয় হাতের লাঠিটা বড্ড জোরে চেপে ধরেছিল নিজের অজান্তেই। আঙুলগুলো টনটন করে ওঠায় তার খেয়াল হল। মুঠোটা একটু আলগা করল সে। শরীরটাও আড়ষ্ট, শক্ত হয়ে গিয়েছিল। শরীরও এবার সহজ হল। অভয় সোজা হয়ে দাঁড়িয়ে বুকভরে শ্বাস নিল। তারপর লাঠিটা মাটিতে কয়েকবার ঠুকে নিয়ে বিড়বিড় করে বলতে লাগল, "কাউকে না, আমি কাউকে ভয় খাই না। আয়

না ব্যাটা কে আসবি।” এই বলে সে এগোতে লাগল। বুক কাঁপছে, পা কাঁপছে। তবু অভয় থামল না।

টেনে-টেনে দীর্ঘ করুণ স্বরে কে যেন কাকে ডেকেই চলেছে, “আয়... আয়... আয়... আয়...।” বিরামহীন। বিরক্তিহীন।

অভয় হাঁটতে লাগল। হাঁটতেই লাগল। রাত গাঢ় হল। গাছে-গাছে পাখিদের ঝগড়া থেমে গেছে অনেকক্ষণ। চারদিক বড্ড নিঝঝুম। ঝিঁঝির ডাক, নিজের পায়ের শব্দ আর সামনে ওই ক্ষীণ “আয়... আয়...” ছাড়া আর কোনও শব্দ নেই।

হঠাৎ বনে মর্মরধ্বনি তুলে এই শীতের কুয়াশামাখা রহস্যময় রাতে একটা দমকা বাতাস বয়ে গেল। শুকনো পাতা গড়িয়ে গেল বনময়। কোনও জঙ্গুলে ফুলের মোহময় গন্ধ ছড়াল হঠাৎ। আর তারপরেই অভয় একটা পেল্লায় হোঁচট খেয়ে পড়তে-পড়তে সামলে গেল।

অন্ধকারেও সে টের পেল, তার সামনে একটা বাধা। হাতড়ে-হাতড়ে সে বুঝতে পারল, একটা পাথর বা সিমেন্টের থাম বা ওই জাতীয় কিছু। সেটা ডিঙিয়ে অভয় যেখানে পা দিল সেটা আগাছায় ভরা বটে, কিন্তু পায়ের তলায় ইট-সুরকি, পাথরের টুকরো, লোহার বিম, কাঠের বরগা ইত্যাদির একটা বিরাট ধ্বংসস্তূপ। টিলার মতো উঁচু সেই ধ্বংসস্তূপের ওপর হামাগুড়ি দিয়ে উঠতে লাগল অভয়। এখন সে স্পষ্ট শুনতে পাচ্ছিল, মাটির গভীর থেকে কে যেন ডাকছে, “আয়... আয়... আয়... আয়...”

অভয় ধীরে-ধীরে ধ্বংসস্তূপের ওপরে উঠে এসে সোজা হয়ে দাঁড়াতেই সেই “আয়... আয়...” শব্দটা স্তব্ধ হয়ে গেল। আর তারপরেই চারদিকে যেন মৃদু একটা ঘূর্ণিঝড় উঠল। তার সঙ্গে উঠল গাছে-গাছে মর্মরধ্বনি। পাখিরা ঘুম ভেঙে ডেকে উঠল। তারপর সব নিস্তব্ধ হয়ে গেল। পায়ের নীচে মাটিটা কি একটু দুলে উঠল? কে জানে! কিন্তু এটা স্পষ্ট টের পেল অভয়, ধ্বংসস্তূপে এতকাল যেন একটা দীর্ঘশ্বাস চাপা ছিল। সে এসে দাঁড়ানোর পর হঠাৎ সেই চাপা দীর্ঘশ্বাসটা বহুকাল পরে মুক্তি পেয়ে আকাশে মিলিয়ে গেল।

অন্ধকারে চারদিকে কিছুই দেখা যাচ্ছে না। তবু অভয়ের স্পষ্ট মনে হল, এই তার পূর্বপুরুষের ভিটে। শুখানালার সরকারবাড়ি। মস্ত বাড়ি ছিল একসময়ে, পাইক-বরকন্দাজ ছিল, মস্ত আস্তাবল ছিল, অনেক কিছু ছিল। সেই বাড়িতে বহুকাল পর একজন বংশধর ফিরে এসেছে। অভয় শীতে অন্ধকারে অনিশ্চিত অবস্থায় দাঁড়িয়েও আপনমনে একটু হাসল, তারপর মাটিতে লাঠিটা ঠুকে বলল. “এটা আমার বাড়ি। বুঝলে সবাই? এটা আমার বাড়ি।”

এ-কথা শুনে একটা তক্ষক ডেকে উঠল, “ঠিক ঠিক।”

॥ ৬ ॥

"ওই হচ্ছে শুখানালা ! এবার আমাকে ছেড়ে দিন। আমি আর যাব না।"

তিনু ভ্রূ কুঁচকে বলে, "যাবে না মানে ! আলবাত যাবে। শুখানালা-ফালা আমরা জানি না। আমরা অভয় সরকারকে চাই। যতক্ষণ তাকে পাওয়া না যাচ্ছে ততক্ষণ তুমি তার জামিন।"

কালু কাতর মুখে বলে, "শুখানালা ভীম সরকারের এলাকা। এখানে কেউ ঢোকে না। এখানে নানারকম ভুতুড়ে কাণ্ড হয়। আঁতুড়ে ছেলের কান্না শোনা যায়, নালায় জল আসে, আরও সব। আমাকে ছেড়ে দিন।"

তিনু তার চপারটার চওড়া দিক দিয়ে কালুর পিঠে সজোরে মেরে ভয়ঙ্কর গলায় বলল, "বেশি ট্যাঁ-ফোঁ করলে কিন্তু কেটে রেখে যাব !"

ট্যাঁ-ফোঁ করার অবস্থা অবশ্য কালুর নয়। তার কোমরে শক্ত করে দড়ি বাঁধা, সেই দড়ির প্রান্ত তিনুর বাঁ হাতে জড়ানো। কালু যদি দড়ি ছিঁড়ে পালায়ও, তবে পেছনের তিনজনের তিনটে পিস্তল তাকে ঝাঁঝরা করে দেবে। তাই সে ভয়ে ঘামতে লাগল। কাতর স্বরে বলল, "আমাদের এ এলাকায় ঢোকা বারণ।"

তিনু বলল, "শোনো বুদ্ধু, আমরা ভূতপ্রেতে বিশ্বাস করি না। আমরা খুব প্র্যাকটিক্যাল লোক। যেমন-তেমন করে কাজ হাসিল করতেই আমরা ভালবাসি। ভূতপ্রেত যদি থেকেও থাকে তবে জেনো, তারাও আমাদের ভয় খায়।"

শুখানালার খাত দেখা গেল একটা বাঁশঝাড়ের পরেই।

কালু দাঁড়িয়ে গেল, "ওই যে।"

"ওটাই শুখানালা ! তা বেশ। অভয় সরকার ভিতু লোক, সে গা-ঢাকা দেওয়ার জন্য অবশ্যই খাতের মধ্যে ঘাপটি মেরে থাকবে। সন্তু, দেখ তো, খাতের ভেতর কোথাও ঘাসটাস বে-গোছ হয়েছে কি না।"

সন্তু অত্যন্ত অভ্যস্ত চোখে খাতের ধারে গিয়ে একটু দেখেই বলল, "এই তো এখানে ঘষটানোর দাগ রয়েছে। কুমড়োপটাশটা বোধ হয় পা পিছলে পড়ে গিয়েছিল। হ্যাঁ তিনুদা, ওই যে ঘাসটাস লণ্ডভণ্ড করে জলহস্তীর মতো গেছে।"

তিনুর মুখে হাসি ফুটল, "তা হলে শিকার বেশিদূর যেতে পারেনি। ওই থলথলে শরীর নিয়ে আর কতদূরই বা যাবে !"

ল্যাংড়া বলল, "সে তো ঠিক কথা। কিন্তু এদিকে যে রোদ মরে আসছে তা দেখতে পাচ্ছ ? অন্ধকার হয়ে গেলে কাজটা কঠিন হবে।"

তিনু ঘড়ি দেখল এবং আকাশের দিকে চাইল। তারপর বলল, "আমরা খাতে না নেমে যদি ধার দিয়ে-দিয়ে যাই তা হলে ওকে স্পট করতে সুবিধে হবে।"

কালু হঠাৎ গোঁ ধরে দাঁড়িয়ে গিয়ে বলল, "আমি আর যাব না। আপনারা খুনখারাপি করবেন, সেটা চোখে দেখা আমার সহ্য হবে না। শুখানালার সীমানা ডিঙোলেও আমাদের বিপদ আছে, সে আপনারা ভূতপ্রেত মানুন বা না-মানুন।"

তিনু মোলায়েম স্বরে বলে, "আমরা পাঁচজন শক্তপোক্ত পুরুষ-মানুষ যদি ভয়

খাই তবে অভয় সরকারের মতো ভেড়ুয়া শুখানালায় ঢুকল কী করে ? তার ভয়ডর নেই ? ওসব চালাকি ছাড়ো। গাঁয়ের লোকের অনেক কুসংস্কার থাকে। ওসব আমরা মানি না। আর খুনের কথা বলছ ? অভয় সরকারকে যদি না পাই তা হলে তোমার নিজের দশা কী হবে জানো ? যা বলেছি ঠিক তাই করব, দু-আধখানা করে কেটে ফেলে রেখে যাব জঙ্গলে। চলো !”

কালু তবু সভয়ে দাঁড়িয়ে রইল। তিনু তাকে দমাস করে এমন একখানা ঘুসি মারল মুখে যে, কালু ছিটকে পড়ে গেল মাটিতে। সামনের একটা দাঁত উপড়ে গিয়ে গলগল করে রক্তে ভেসে গেল তার মুখ।

“ওঠ শয়তান।” হুকুম দিল তিনু।

কালু ধীরে-ধীরে উঠে দাঁড়াল। হাতে তার নিজের ওপড়ানো দাঁতখানা রক্তে ডুবে আছে। চোখে জল এল কালুর। নীরবে সে মুখ ফিরিয়ে চলতে শুরু করল। পেছনে চার সশস্ত্র নিষ্ঠুর খুনি, তার পালানোর উপায় নেই।

তীক্ষ্ণ চোখে চারজন তন্নতন্ন করে খুঁজে দেখছে শুখানালার খাত। অভ্যস্ত চোখে ধরা পড়ছে অভয় সরকারের গমনপথ। তারা বেশ দ্রুতই এগোতে লাগল। শিকার আর দূরে নেই।

হঠাৎ এক জায়গায় দেখা গেল, খাতের মধ্যে মথিত ঘাসের চিহ্ন শেষ হয়েছে। অর্থাৎ খাতের মধ্যে অভয় সরকার ওখানেই ঘাপটি মেরে আছে।

তিনু চাপা গলায় বলে, “এইবার ! শয়তানটা ওখানেই নিশ্চয় নেতিয়ে পড়ে আছে। লেট আস ফিনিশ হিম।”

কালুকে পেছন থেকে একটা লাথি মারল তিনু। কালু লাথি খেয়ে গড়িয়ে খাতের মধ্যে পড়ে গেল। পেছনে চারজন নেমে এল বেড়ালের মতো তৎপর পায়ে। চপার দিয়ে চারদিককার আগাছা সাফ করে যখন তারা সন্দেহজনক জায়গাটায় এল তখন দেখা গেল, সেখানে অভয় সরকার নেই।

পচা হঠাৎ চাপা গলায় বলল, “ব্যাটা ওখান দিয়ে উঠে গেছে। ওই যে মাটির গায়ে দাগ।”

খাত থেকে অভয় যেখানে উঁচু পাড়ে উঠেছিল সে জায়গায় নরম মাটিতে তার হাঁচোড়-পাঁচোড়ের দাগ এখনও টাটকা। পাঁচজন জায়গাটা দেখছিল।

আচমকা দূরে এক জলকল্লোল শুনতে পেল পাঁচজনই।

তিনু কালুর দিকে ফিরে বলল, “এখানে ঝরনা আছে কোথাও ? শব্দ কীসের ? এতক্ষণ তো শুনতে পাইনি !”

কালুর মুখ সাদা হয়ে গেছে ভয়ে। ঠোঁট কাঁপছে। সে মাথা নেড়ে জানাল, এখানে ঝরনা নেই।

তিনু জলের শব্দ যেদিক দিয়ে আসছে সেদিকে চেয়ে থেকে বলল, “এ তো দেখছি সাঙ্ঘাতিক স্রোতের শব্দ ! নিশ্চয়ই পাহাড়ি নদীটদি আছে।”

কালু অস্ফুট গলায় বলল, “কাজটা আপনারা ভাল করেননি। এই এলাকা ভীম সরকারের। আমরা কেউ ওকে চটাই না।”

"চোপ !" বলে তিনু একটা ধমক দিল। বস্তুত সে বুঝছিল না যে, জলের শব্দ শুনে কালুর এত ভয় পাওয়ার কী আছে। ঝরনা বা পাহাড়ি নদীর শব্দ তো এরকমই হয় !

পচা বলল, "অভয় তা হলে আরও কিছুটা এগিয়ে গেছে ! তিনুদা, আজ আর আমাদের সন্ধের গাড়িটা ধরা হল না। অলরেডি সন্ধে হয়ে এল। দেখেছ কেমন অন্ধকার হয়ে আসছে চারদিক !"

তিনু চিন্তিতভাবে ঘড়ি দেখে বলল, "দেখছি। কিন্তু আমার হিসেবমতো অন্ধকার হতে আরও আধঘণ্টা লাগা উচিত। এত তাড়াতাড়ি তো আলো মরে যাওয়ার কথা নয় !"

ল্যাংড়া বলে, "জঙ্গলে তাড়াতাড়ি সন্ধে হয়, এ তো সবাই জানে।"

তিনু তবু চিন্তিতমুখে ভ্রূ কুঁচকে আকাশটা দেখল। আর আচমকাই সামনের দিকে ঘুরে দাঁড়িয়ে বলল, "ও কী ?"

প্রত্যেকেই চমকে সামনের দিকে ঘুরে তাকাল। দূরের জলকল্লোল কাছে চলে এসেছে এবং মেলট্রেনের মতোই ধেয়ে আসছে প্রলয়ঙ্কর জলরাশি। দূর থেকেই দেখা যাচ্ছে সফেন জলরাশির শীর্ষে ঢেউ যেন লক্ষ হাত তুলে প্রবল এক প্রতিবাদেই ধেয়ে আসছে।

তিনুকে এই প্রথম ভয় পেতে দেখা গেল, সে চেঁচিয়ে কালুকে ধমকাল, "এই বদমাশ ! ওঠ ওপরে, আমাকে টেনে তোল।"

কালু তিলমাত্র দেরি না করে এক লাফে ওপরে উঠে গেল। তিনু আর তার তিন সঙ্গীও উঠে গিয়েছিল প্রায়। কিন্তু তাদের সম্পূর্ণ অপ্রস্তুত করে দিয়ে উত্তাল জলরাশি কূল ছাপিয়ে ধেয়ে এল। তীর থেকে তাদের চারজনকে চুম্বকের মতো টেনে নিয়ে তরঙ্গে-তরঙ্গে লোফালুফি করতে-করতে নিয়ে চলে গেল !

কালুরও যাওয়ার কথা। কিন্তু ভাগ্য ভাল, কোমরের দড়ির প্রান্তটা তিনু ধরে রাখতে পারেনি।

কালু আর দাঁড়াল না। প্রাণপণে পিছু ফিরে ছুটতে লাগল। ছুটতে-ছুটতেই দেখতে পেল, শুখানালা খটখট করছে শুকনো। কোথাও জলের চিহ্নমাত্র নেই। শব্দ নেই। স্রোত নেই।

কুঞ্জখুড়ো পুরস্কারের পরিমাণ দু' লাখ পর্যন্ত বাড়িয়ে ঢ্যাঁড়া পিটিয়ে দিলেন। ঢ্যাঁড়াওয়ালা যখন থানার সামনে দিয়ে ঢ্যাঁড়া বাজিয়ে চোঙা ফুঁকে সুসংবাদটি প্রচার করে গেল তখন আর সুদর্শনবাবু থাকতে পারলেন না। মোট চারজন নির্ভরযোগ্য সেপাইকে ডেকে লাইন আপ করিয়ে গম্ভীর মুখে বললেন, "তোমরা কে কে দেশের জন্য প্রাণ দিতে প্রস্তুত ?"

সেপাই লালারাম এই কথায় বুক ফুলিয়ে বলল, "দেশের জন্য হুজুর, জান তো জান, এক মাহিনার তলব ভি দিয়ে দিব।"

সেপাই মগন বলল, "দো মাহিনাকা তলব আর জান ভি।"

কিচলু বলল, "হাঁ হাঁ জরুর, কিঁউ নেহি। জান লিবেন সো তো আচ্ছা বাত। আউর হামার তিন মাহিনাকা তনখা আর দোটো ভৈঁস ভি দিয়ে দিব মালিক।"

রামু বলল, "আজ্ঞে,আমার ছেলেবেলা থেকেই ক্ষুদিরামের মতো দেশের জন্য ফাঁসিতে ঝোলার বড় শখ। তা হুজুরের দয়ায় সেরকমটা হলে বড় ভাল হয়। আর ফাঁসিতে যেতে-যেতে ওই গানটাও কিন্তু আমাকে গাইতে দিতে হবে, হাসি হাসি পরবো ফাঁসি, দেখবে ভারতবাসী..."

লালারাম বিনীতভাবে জিজ্ঞেস করল, "হজৌর, জান কখুন দিতে হোবে ? জারা আগারি বললে থোড়া বহুত রোটি আর মুলি কি সবজি খায়ে লিব। আউর এক লোটা দুধ।"

মগন বলল, "হামি জারা রামজিকি ভজন ভি কোরে লিব। আউর এক দফে পূজা চড়িয়ে দিব বজরঙ্গবলী কি মন্দিরমে।"

কিচলু মাথা চুলকে বলে, "এক দফে হরদোয়ার ঘুমে আসলে দেশকা লিয়ে জান দেনে সে কোই হরজা নেহি।"

রামু বলল, "আমার ওসব নয় বাবা। কলকাতার রায়ট রেস্টুরেন্টের কবিরাজি কাটলেট আর মোগলাই পরোটা একবারটি খেয়ে নিলেই হবে। আর একটা হিন্দি সিনেমা।"

সুদর্শনবাবু রুমালে কপাল মুছতে-মুছতে অত্যন্ত উত্তেজিতভাবে খানিকক্ষণ পায়চারি করে বললেন, "ওসব মতলব ছাড়ো। দেশ তোমাদের শেষ রক্তবিন্দু দিয়ে লড়াই করতে ডাকছে। এখনই, এই মুহূর্তে। আর সময় নেই। একটু আগে শুনলে তো, চোঙা ফুঁকে কী বলে গেল !"

লালারাম অবাক হয়ে বলে, "উতো কুঞ্জবাবুকা কোঠি মে ডাকাকা বাত। উনকো লুটা মাল আপস লানে পর কুছ মিলেগা !"

সুদর্শনবাবু চোখ বড়-বড় করে বললেন, "কুছ নয় রে বাবা, কুছ নয়। কুছ বলে তুচ্ছ করিস না। দু' লাখ ! বুঝলি ! দু' লাখ !"

"হাঁ হাঁ, দো-চার লাখ কোই বাত নেহি।"

সুদর্শনবাবু অবাক হয়ে বলেন, "বলিস কী ? দু-চার লাখ কোনও কথাই নয় ! দু' লাখে কত হয় জানিস ? দু'শো হাজার টাকা !"

"হোবে মালিক। হামি গরিব আদমি। দো-পাঁচ জানি, দো-চারশো জানি, লেকিন উসকা জেয়াদা কুছু জানি না।"

রামু বিরক্ত হয়ে বলে, "কিন্তু কী করতে হবে সেটাই তো বুঝতে পারছি না বড়বাবু !"

"বলছি, বলছি। ডাকাতরা শুখানালার সরকারদের পোড়ো বাড়িতে সব মাল মজুদ করেছে। মালটা আমাদের উদ্ধার করতে হবে।"

শুখানালার নাম শুনেই চারজন পরস্পর মুখ চাওয়াচাওয়ি করল। লালারাম বলল, "উ হোবে না মালিক।"

একগাল হেসে সুদর্শনবাবু বললেন, "শোন রে শোন, আমি ঠিক করেছি তোদের

চারজনকে পাঁচ··· না, পাঁচ কেন, দশ-দশ হাজার করেই দেব। বাকি লাখ-দেড়েক আমার থাকবে।”

“উ হোবে না মালিক।”

রামু একটা দীর্ঘশ্বাস ছেড়ে বলে, “মোটে দশ হাজার ! ধুস !”

সুদর্শনবাবু বললেন, “আচ্ছা, না হয় আরও হাজার টাকা দিলুম।”

রামু মাথা নাড়ল, “পোষাচ্ছে না সার।”

বেশ কিছুক্ষণ দরাদরির শেষে ঠিক হল, সেপাইরা পঁচিশ হাজার করে পাবে। সুদর্শনবাবু পুরো এক লাখ। স্টেশনের লাখন, গাঁয়ের নেতাই, রেমো, আর অক্ষয়কে নিতে হবে। তারা শুখানালা যাওয়ার একটা শর্টকাট চেনে। তবে ওদের কোনও ভাগ দেওয়া হবে না। পঞ্চাশটা করে টাকা ফেলে দেওয়া হবে শুধু। কাল শেষ রাতেই রওনা দিতে হবে।

স্তূপের ওপর সারারাত লাঠি হাতে বসে রইল অভয়। বসে-বসেই গভীর ঘুমে তলিয়ে গেল। ঘুম যখন ভাঙল তখন চারদিকে যেন স্বর্গের ছবি। কুয়াশামাখা আকাশে দিপ-দিপ করছে নিবন্ত সব তারা। পাখি ডাকছে। আর শরীরে যেন আনন্দের ঢল নেমে এসেছে অভয়ের। মনটা হালকা, শরীরটাও ভারী ফুরফুরে। সে টানটান হয়ে দাঁড়িয়ে চারদিক দেখল। এখনও ফরসা হয়নি বটে, কিন্তু শেষ-রাতের মরা-জ্যোৎস্নায় অনেকটা দেখা যাচ্ছে। দেখা যাচ্ছে এ-বাড়িতে ছিল বিশাল বাগান, পুকুর, আস্তাবল, গোয়াল, ছিল নহবতখানাওয়ালা ফটক, কাছারি। কালের অমোঘ নিয়মে সব মাটিতে মিশে গেছে। তবু এই ধ্বংসস্তূপের ওপর দাঁড়িয়ে তার খুব চেঁচাতে ইচ্ছে করল আনন্দে। তাই সে চেঁচাল, “এই হচ্ছে আমার বাড়ি ! আমার বাড়ি !”

সেই শুনে যেন একটা পাথরের পরি তার শেষ ঠেকনোটা ভেঙে হঠাৎ গড়িয়ে পড়ল। দু-আধখানা হয়ে গেল ভেঙে।

“আহা রে !” বলে এগিয়ে গিয়ে অভয় পরিটাকে তুলতে গেল। এবং সবিস্ময়ে দেখল, পরির ফাঁপা পেটের ভেতরে একটা লোহার বাক্স। কাঁপা হাতে সে বাক্সটা তুলে নিয়ে খুলল। যা দেখল তা অবিশ্বাস্য ! অবিশ্বাস্য !

বাক্সটা বুকে ধরে চুপ করে বসে রইল অভয়। ধীরে-ধীরে ভোরের আলো ফুটে উঠল। অভয় উঠে দাঁড়িয়ে চারদিকে চেয়ে গম্ভীর গলায় বলল, “আমি আবার সব গড়ে তুলব।”

নিজের গলার স্বর শুনে অভয় চমকাল না বটে, কিন্তু চারদিক চমকাল। অভয় নিজে বুঝতেও পারল না সে কতটা বদলে গেছে এক রাতে। সেই থলথলে, ভিতু, করুণার পাত্র অভয় আর নেই। বদলে দাঁড়িয়ে আছে এক শক্তিমান পুরুষ, অকুতোভয়। তার চোখে ঝলকাচ্ছে আত্মবিশ্বাস।

অভয় জানতেও পারল না, জঙ্গলের ভেতরে ঝোপঝাড় ভেঙে সুদর্শনবাবু আর তাঁর দলবল একটা বাঁশঝাড়ের আড়াল থেকে ধীরে-ধীরে এগিয়ে আসছে।

চারজনের হাতে রাইফেল, সুদর্শনবাবুর হাতে রিভলভার, নেতাই, অক্ষয় আর রেমোর হাতে পাকা বাঁশের লাঠি।

রেমো বলল, "হুজুর, এই হল সরকার-বাড়ির চৌহদ্দি। আমাদের চৌদ্দ পুরুষের ভাগ্য ভাল যে, এই অবধি আসতে পেরেছি।"

একটু ধরা গলায় অক্ষয়ও বলল, "ভীম সরকারের এলাকায় কখন যে কী ঘটে যায় কিছু বলা যায় না।"

বাঁশঝাড়ের আড়াল পেরিয়ে তারা ধ্বংসস্তূপটার মুখোমুখি হল।

সুদর্শনবাবু অবাক হয়ে বললেন, "ওটা কে রে, ওই উঁচুতে দাঁড়িয়ে ? ডাকাত নাকি ?"

আচমকাই অক্ষয় বিকট আর্তনাদ করে উঠল, "ওরে বাবা, ও যে ভীম সরকার ! সেই ন্যাড়ামাথা ! সেই তেজি চেহারা ! ওরে বাবা রে..."

রেমো চোখ বুজে "রাম, রাম" করতে-করতে কাঁপা গলায় বলল, "বড়বাবু ! আজ আর রক্ষে নেই। কাঁচাখেগো দেবতা যে ! ওই তো ভীম সরকার..."

নেতাই হাউহাউ করে কেঁদে উঠল, "আপনার জন্যই এই সর্বনাশটা হল বড়বাবু ! ভীম সরকার আর রক্ষে রাখবে না..."

তিনজন ঘুরে দৌড়তে শুরু করতে-না-করতেই চারজন সেপাই "আই বাপ রে" বলে তাদের পিছু নিল। ভয় জিনিসটা অতি সংক্রামক, সুদর্শনবাবু অতি সাহসের সঙ্গে আরও ছয় সেকেন্ড দাঁড়িয়ে লোকটার দিকে হাঁ করে চেয়ে ছিলেন। হ্যাঁ, ভীম সরকার হতেও পারে।

দু' লাখ টাকার কথা বেবাক ভুলে সুদর্শনবাবুও ঘুরে দৌড়তে লাগলেন। তাঁর ভুঁড়ি প্রবলবেগে লাফাতে লাগল। প্রতিবাদ করতে লাগল হাঁটু। তবু প্রাণের ভয় বড় ভয়। তিনি তিলেক দাঁড়ালেন না। শুধু বলতে লাগলেন, "ওরে, তোরা আমাকে একা ফেলে যাসনি। ধর্মে সইবে না। দুনিয়ায় দারোগাদের মতো দুর্গতি আর কারও নেই রে বাপ। কবে যে তোরা দারোগার দুঃখ বুঝবি !"

আর-একটা ঝোপের আড়াল থেকে দীর্ঘকায় গৌরবর্ণ এক মানুষও অভয়কে দেখছিলেন। তিনি ব্রহ্মদৈত্য। অভয়কে চিনতে তাঁর বিন্দুমাত্র বিলম্ব হয়নি। তবু তিনি দেখছিলেন, আত্মবিশ্বাস ফিরে পেলে একটা মানুষ কত বদলে যায়। কালকেও এ-লোকটা ছিল অসহায়, দুর্বল, ভিতু। আর আজ !

জঙ্গলের ওপর দিয়ে একটা ঝটকা হাওয়া বয়ে গেল। একটা সবুজ পাতা খসে পড়ল অভয়ের ন্যাড়া মাথায়। যেন এইমাত্র কেউ সবুজ একটা রাজমুকুট পরিয়ে দিল তার মাথায়। ক্লান্ত দেখাচ্ছিল অভয়কে। তবু মনে হল, রণক্লান্ত এক দিগ্বিজয়ী রাজা।

গৌরবর্ণ পুরুষটি স্মিত হাসলেন। তারপর আপনমনে বিড়বিড় করে বললেন, "দুঃখী মানুষ, তোমার ভাল হোক।"

ছায়াময়

পেশকার গগন সাঁপুইয়ের বাড়িতে মাঝরাতে এক চোর ধরা পড়ল। চোরকে চোর, তার ওপর আবার আহাম্মকও। পালানোর অনেক পথ ছিল। সাঁপুইবাড়ি হচ্ছে শিমুলগড় গাঁয়ের পুবপ্রান্তে, তারপরই দিক-দিগন্ত খোলা। মাঠ-ময়দান-জঙ্গল-জলা। কে খুঁজতে যেত সেখানে! তা না করে আহাম্মকটা গগন সাঁপুইয়ের লাকড়ির ঘরে সেঁদিয়ে বসে ছিল।

এক হিসাবে চোরটাকে ভালই বলতে হবে। গুলি-বন্দুক, ছোরা-ছুরি বা লাঠি-সোটা বের করেনি, সে সব ছিলও না তার কাছে। দুরবস্থায় পড়েছে—তাই দেখলেই বোঝা যায়। গায়ে একটা নীল ছেঁড়া হাফশার্ট, আর পরনে একখানা তালিমারা পাতলুন। পায়ে ফুটোফাটা একজোড়া কেড্‌স জুতো। দুহাতে একখানা চামড়ার থলি জাপটে ধরে বসে ছিল।

গগনের বন্দুক আছে, গোটা কয়েক পাইক আছে, তিন-তিনটে জোয়ান ছেলে আছে, দুটো বাঘা দিশি সড়ালে কুকুর আছে। আহাম্মক না হলে সাঁপুইবাড়িতে চোর ঢোকে কখনও? মাঝরাতে চেঁচামেচি শুনে গাঁয়ের লোক জড়ো হল। তবে বাইরের লোকের সাহায্য দরকার হল না। গগনের পাইকরাই লাকড়ির ঘর থেকে চোরটাকে টেনে বের করল।

গাঁয়ের মাতব্বরদের দেখে গগন আপ্যায়ন করে বলল, "আসুন, আসুন, আপনারা। দেশের অরাজকতাটা একবার স্বচক্ষে দেখে যান। এই সুভাষ বোস, গান্ধীজি, সি. আর. দাশ, মাইকেল, মাতঙ্গিনী হাজরা, রবি ঠাকুরের দেশের কী হাল হয়েছে দেখুন। আইন শৃঙ্খলার কী নিদারুণ অবনতি; এ যে দিনে ডাকাতি! এ যে পুকুরচুরি! তবে হ্যাঁ, ধর্মের কল আজও বাতাসে নড়ে। যেমন কর্ম তেমন ফল—মহাকবির এই বাণী আজও মিথ্যে হয়ে যায়নি। বাতাসে কান পাতলে আজও শুনতে পাবেন ভগবানের দৈববাণী, 'সাধু সাবধান! সাধু সাবধান'!"

পটল গাঙ্গুলি বিচক্ষণ মানুষ, গঞ্জের সবাই খুব মানে। উঠোনের ওপর গগনের এগিয়ে দেওয়া কাঠের চেয়ারে জুত করে বসে হ্যাজাকের আলোয় চোরটাকে ভাল করে দেখলেন। নিতান্তই অল্প বয়স। কুড়ি-বাইশের বেশি হবে না। চেহারাটা একসময়ে হয়তো মন্দ ছিল না, কিন্তু অভাবে-কষ্টে একেবারে চিমসে মেরে গেছে। গাল-বসা, চোখের কোলে কালি। পটল বললেন, "ও গগন, তা চোরে তোমার নিল কী?"

"সেসব তো এখনও হিসাব কষে মিলিয়ে দেখা হয়নি। তবে একটা থলি দেখতে পাচ্ছি।"

"থলিতে কী আছে?"

গগন একটা দীর্ঘশ্বাস ফেলে বলে, "কী আর থাকবে। গরিবের যথাসর্বস্ব। যা কিছু তিল-তিল করে জমিয়ে তুলেছিলাম, বুকের বিন্দু-বিন্দু রক্ত জল করে আমার দুধের বাছাদের জন্য যে খুঁদকুঁড়োর ব্যবস্থা রেখে যেতে চেয়েছিলাম, তার সবটুকুই তো ওই থলিতে। হক্কের ধন মেসো, ধর্মের রোজগার, তাই ব্যাটা পালাতে পারেনি।"

নটবর ঘোষ একটু বিরক্ত হয়ে বললেন, "থলিটা রেখেছিলে কোথায়?"

গগন মাথা নেড়ে বলল, "থলি আমার নয়। দামি চামড়ার জিনিস। মনে হচ্ছে, ছোঁড়া থলিটা কোনও বাড়ি থেকে চুরি করে এনেছে।"

হেডসার বিজয় মল্লিক বললেন, "কী-কী চুরি গেছে তা কি হিসাব করে দেখেছ?"

গগন মাথা নেড়ে বলে, "দেখার সময় পেলুম কই! যা-কিছু সরিয়েছে তা ওই থলির মধ্যেই আছে মনে হয়। তবে সঙ্গে কোনও শাগরেদ ছিল কি না বলতে পারি না। যদি তার হাত দিয়ে কিছু চালান করে দিয়ে থাকে তবে আলাদা কথা। সে সবও হিসাব করে খতিয়ে দেখতে হবে।"

গগনের লোকেরা আরও দুটো হ্যাজাক জ্বেলে নিয়ে এল। বিয়েবাড়ির মতো রোশনাই হল তাতে। সেই আলোয় দেখা গেল, চোর-ছেলেটা ফ্যাকাসে মুখে দাঁড়িয়ে কাঁপছে। মুখে বাক্য নেই। দুটো পাইক বাঘা হাতে তার দুটো কনুইয়ের কাছে চেপে ধরে আছে। হুকুম পেলেই তারা ছোঁড়ার ওপর ডলাইমলাই, রদ্দা-কিল শুরু করতে পারে।

তার সুযোগও এসে গেল হঠাৎ। বলা নেই কওয়া নেই, রোগা চোরটা হঠাৎ হাঁচোড়পাঁচোড় করে পাইক দুটোর হাত ছাড়িয়ে ঝটকা মেরে পালানোর ক্ষীণ একটা চেষ্টা করল যেন। পারবে কেন? পাইক দুটোর বজ্রমুষ্টি ছাড়ানোর সাধ্যই তার ছিল না, আর ছাড়ালেও চারদিকে ত্রিশ-চল্লিশজন মানুষের বেড়া ভেদ করবেই বা সে কী করে? তার এই বেয়াদবিতে পাইক দুটো দুদিক থেকে তার কোমরে আর পিঠে এমন দুখানা হাঁটুর গুঁতো দিল যে, ছোকরা ককিয়ে উঠে যন্ত্রণায় বসে পড়ল মাটিতে। পাইক দুটো এত অল্পে খুশি নয়, তারা দুদিক থেকে পর-পর ক'খানা রদ্দা বসাল তার ঘাড়ে। ছোকরা একেবারেই নেতিয়ে পড়ল এবার। চোখ উলটে গোঁ-গোঁ করতে লাগল।

গগন সাঁপুই শশব্যস্তে বলল, "ওরে করিস কী? থাক, থাক, মারধোর করিসনি। চোর ধরা আমাদের কাজ বটে, কিন্তু তার বিচার আর শাসনের ভার আমাদের ওপর নেই রে বাবা। সে সব সরকারবাহাদুর বুঝবেন, আর বুঝবেন গাঁয়ের মোড়লরা। আমাদের কী দরকার পাপের বোঝা ভারী করে? গাঁয়ের মান্যগণ্য মানুষেরা এসেছেন, পরিস্থিতিটা তাঁদের বিচার করতে দে।"

বলতে-বলতে গগন সাঁপুই সংজ্ঞাহীন ছেলেটির শিথিল হাতের বাঁধন থেকে অতি সাবধানে থলিটা তুলে নিল। বেশ ভারী থলি। গগনেরও বেশ কসরত করতে হল থলিখানা তুলে নিতে। থলির ভেতরে ধাতব জিনিসের ঝনৎকার শুনে নটবর ঘোষ কৌতূহলী হয়ে বলে উঠল, "দেখি-দেখি, কী আছে থলিতে!"

গগন জিভ কেটে মোলায়েম হেসে বলে, "ওই অনুরোধটি করবেন না নটবরখুড়ো। চারদিকে শত্রুর কুনজর। এত জোড়া চোখের সামনে আমি এ জিনিস

খুলে দেখাতে পারব না। কাল সকালের দিকে আসবেন, এক ফাঁকে দেখিয়ে দেব'খন। তেমন কিছু নয়, গরিবের বাড়িতে আর কীই-বা থাকবে।"

বিজয় মল্লিক আমতা-আমতা করে বললেন, "তবু একবার দেখে নেওয়া ভাল হে গগন। থলিতে অন্য বাড়ির চোরাই জিনিসও তো থাকতে পারে। তখন আবার তুমি ফেঁসে যাবে।"

"যে আজ্ঞে। এখনই দেখে বলছি ধর্মত ন্যায্যত আমারই জিনিস কি না। ওরে ভুতো টর্চটা একটু ধর তো থলির মুখটায়।"

ভুতো টর্চ ধরল। গগন সাঁপুই থলির মুখটা একটু ফাঁক করে উঁকি মেরেই বলে উঠল, "নিয্যস আমারই জিনিস বটে মশাইরা। এ সবই আমার বুকের রক্ত জল করে জোগাড় করা। ওরে, তোরা ছোঁড়াটার চোখে-মুখে জল দিয়ে লাকড়ির ঘরে পুরে রাখ।"

ঠিক এই সময়ে ভিড়ের ওদিক থেকে একটা 'ববম-ববম' শব্দ উঠল। শব্দটা সকলেরই চেনা। এ হল গে কালী কাপালিক। তবে কিনা গেঁয়ো যোগী, ভিখ পায় না, কালী কাপালিককেও এই গঞ্জ এলাকার কেউ বিশেষ মানে না । কালী একসময়ে ছিল কালীচরণ গোপ। বাজারের সত্যচরণের মুদির দোকানে কাজ করত। চুরি ধরা পড়ায় সত্যচরণ তাড়িয়ে দেয়, কালীর বাবা নরহরিও তাকে ত্যজ্যপুত্তুর করে। কালী না কি তারপর তন্ত্র শিখতে কামাখ্যা চলে যায়। কয়েক বছর হল ফিরেছে। পরনে রক্তাম্বর, মাথায় জটা, মুখে পেল্লায় দাড়ি-গোঁফ। বাড়িতে ঠাঁই হয়নি। এখন বটতলার পুরনো ইটভাঁটার কাছে আস্তানা গেড়ে আছে। শাগরেদও আছে কয়েকজন। কেউ পাত্তা না দিলেও কালী গঞ্জের সব ব্যাপারেই নাক গলায়। মানুষকে ভয় দেখানোর চেষ্টা করে। সে শাপশাপান্ত করে, বাণ-টান মারে, তবে তাতে বিশেষ কারও ক্ষতি হয়েছে বলে শোনা যায়নি।

ভিড় ঠেলে পেল্লায় চেহারার কালী সামনে এসে দাঁড়াল। কোমরে হাত দিয়ে ভূপতিত চোরের দিকে খানিকক্ষণ চেয়ে থেকে বলল, "হুঁ, সন্ধেবেলাতেই ছোঁড়াকে সাবধান করে বলে দিয়েছিলুম, ওরে আজ অমাবস্যা, তায় তোর গ্রহবৈগুণ্য আছে, আজ বাড়ি যা। তা শুনল না। নিয়তি কেন বাধ্যতে। চন্দ্র-সূর্য এদিক-ওদিক হয়, কিন্তু কালী কাপালিকের কথার নড়চড় হওয়ার জো নেই।"

পটল গাঙ্গুলি ভ্রূ কুঁচকে বলে, "চিনিস নাকি ওকে?"

কালী পটল গাঙ্গুলিকে একটু সমঝে চলে। অনেককাল আগে এই পটল গাঙ্গুলির একটা গোরু নিয়ে খোয়াড়ে দিয়ে দু আনা পয়সা রোজগার করে শিবরাত্রির মেলায় শোনপাপড়ি খেয়েছিল। তার ফলে খুব খড়ম-পেটা হয়েছিল গাঙ্গুলির হাতে। আজও ব্যথাটা কপালের বাঁ ধারে চিনচিন করে। কালী গলাখাঁকারি দিয়ে বলে, "চিনব কী করে! সন্ধেবেলা এসে আমার আস্তানায় ভিড়ে পড়েছিল। বলছিল, কোথাও যাওয়ার আছে যেন। একটু রাত করে বেরোবে। সন্ধেটা কাটিয়ে যেতে চায়। সঙ্গে ওই একখানা চামড়ার ব্যাগ ছিল।"

পটল গাঙ্গুলি বলে উঠল, "ওই ব্যাগটা কি, দ্যাখ তো!"

কালী গগনের হাতের ব্যাগখানা দেখে বলল, "ওইটেই, ভেতরে বেশ ভারী জিনিস আছে। ঝনঝন শব্দ হচ্ছিল।"

গগন সাঁপুই অমায়িক হাসি হেসে বলল, "ভুল দেখেছ কালী। ব্যাগের মধ্যে তখন জিনিস-টিনিস ছিল না, তবে এখন হয়েছে। ওরে ভুতো, ব্যাগখানা তোর মায়ের হেফাজতে দিয়ে আয় তো!"

ভুতো এসে ব্যাগটা নিয়ে যেতেই বিজয় মল্লিক বলল, "গগন, পুলিশে একটা খবর পাঠানো ভাল।"

গগন মাথা নেড়ে বলে, "যে আজ্ঞে, সকালবেলাতেই ভল্টাকে পাঠিয়ে দেব'খন ফাঁড়িতে। ও নিয়ে ভাববেন না।"

কালী কাপালিক গগনের দিকে স্থির চোখে কিছুক্ষণ চেয়ে হঠাৎ ফিচিক করে একটু হেসে বলল, "গগনবাবু, তোমার লাল গোরুটা শুনেছি ভাল দুধ দিচ্ছে আজকাল। সকালের দিকে আমার রোজ আধসেরটাক দুধ লাগে। বুঝেছ!"

গগন একটু অবাক হয়ে বলে, "দুধ! হঠাৎ এই মাঝরাতে চোরের গোলমালে দুধের কথা ওঠে কেন রে কালী?"

"ওঠাও বলেই ওঠে। কাল সকাল থেকেই বরাদ্দ রেখো। আমার এক চেলা ঘটি নিয়ে আসবে।"

গগন ঠাট্টার হাসি হেসে বলল, "শোনো কথা! ওরে যা-যা, এখন বিদেয় হ। দুধের কথা পরে ভেবে দেখা যাবে।"

কালী কাপালিক একটা হাঃ হাঃ অট্টহাসি হেসে বলল, "আরও কথা আছে হে গগনচন্দ্র সাঁপুই। ইটভাঁটার পাশে বটতলার আস্তানাটা অনেকদিন ধরে বাঁধিয়ে নেওয়ার ইচ্ছে। ভগবান তো তোমায় মেলাই দিয়েছেন। কালী কাপালিকের জন্য এটুকু করলে আখেরে তোমার ভালই হবে। বুঝলে?"

এই চোর ধরার আসরে দুধ আর আস্তানা বাঁধানোর আবদার কালী কেন তুলছে তা কেউ কিছু বুঝতে পারল না। তবে কালীর সাহসটা যে বড্ড বেড়েছে এটা বেশ বোঝা যাচ্ছে। আগে তো গঞ্জের পুরনো লোকেদের কারও মুখের ওপর এরকম বেয়াদবি গলায় কথা বলত না!

পটল গাঙ্গুলি বেশ চটে গিয়ে বললেন, "ওরে কালী, তোর হঠাৎ হলটা কী? এ যে আরশোলাও হঠাৎ পক্ষী হয়ে উঠল দেখছি!"

গগন সাঁপুই কাতর কণ্ঠে বলল, "দেখুন আপনারাই দেখুন, কী অবিচারটাই না আমার ওপর হচ্ছে। এত বড় একটা চুরির ধাক্কা সামলে উঠতে না উঠতেই আবার..."

কালী আরও একটা কী বলতে যাচ্ছিল, হঠাৎ ভিড়ের পেছন থেকে একটা বাজখাঁই গলা বন্দুকের মতো গর্জে উঠল, "অ্যাই বোকা, দূর হ এখান থেকে!"

গলাটা কালী কাপালিকের পঁচাশি বছর বয়সী বাবা হরনাথের। কালী আজও তার বাপকে যমের মতো ভয় পায়। এক ধমকেই সে সুড়সুড় করে ভিড় ঠেলে বেরিয়ে গেল। কিন্তু যাওয়ার আগে একটু চাপাস্বরে গগনকে বলে গেল, "আজ যাচ্ছি, কিন্তু কাল আবার দেখা হবে।"

চোর ধরার পর্ব একরকম শেষ হয়েছে। চোরটাকে পাইকরা আবার ধরাধরি করে লাকড়ির ঘরে তুলে নিয়ে গেল। একে-একে লোকেরা ফিরে যাচ্ছে। পটল গাঙ্গুলি আর বিজয় মল্লিকও উঠে পড়লেন।

নটবর ঘোষ যাওয়ার আগে বললেন, "তোমার বাড়িতে কী করে যে চোরটা ঢুকল সেটাই আমার মাথায় ঢুকছে না। এ তো বাড়ি নয়, দুর্গ।"

কাঁচুমাচু মুখে গগন বলল, "নিত্যানন্দ ঘোষালের জমির ওই বেলগাছটাই যত নষ্টের গোড়া। দেখুন না, ওই তো দেখা যাচ্ছে। আগে এত বাড়বাড়ন্ত ছিল না গাছটার, এবার হয়েছে। গাছের ডাল বেয়ে এগিয়ে ওই খড়ের গাদায় ঝাঁপ খেয়ে পড়েছিল বোধহয়। আপনারা সবাই মিলে বলে-কয়ে বুঝিয়ে গাছটা কাটিয়ে ফেলতে ঘোষালকে রাজি করান। আমি অনেক বলেছি, ঘোষাল কথাটা কানেই তোলে না।"

"বেলগাছ কাটতে নেই হে বাপু। তুমি বরং আরও একটু সজাগ থেকো। এক চোর যখন ঢুকেছে, আরও চোর এল বলে।"

লোকজন সব বিদেয় হয়ে যাওয়ার পর গগন সাঁপুই পাইকদের ডেকে বলল, "ওরে, আর দেরি নয়, ছোঁড়ার জ্ঞান ফেরার আগেই ধরাধরি করে নিয়ে গিয়ে রথতলার মাঠে রেখে আয়। থানা-পুলিশের হাঙ্গামা কে করতে যাবে বাবা! জ্ঞান ফিরলে বাছাধন আপনিই চম্পট দেবে'খন। যা-যা, তাড়াতাড়ি কর। একটু চুপিচুপি কাজ সারিস বাবা, কেউ টের পেলে আবার পাঁচটা কথা উঠবে।"

লক্ষ্মণ পাইক একটু হতাশ হয়ে বলল, "ছেড়ে দেবেন! এই চোরটার পেট থেকে যে অনেক কথা টেনে বের করা যেত। চোরদের পেছনে দল থাকে। পুরো দলটাকেই ধরা যেত তা হলে!"

গগন ঘনঘন মাথা নেড়ে বলে, "ওরে বাবা, চন্দ্র-সূর্য যতদিন আছে পৃথিবীতে চোর-ছ্যাঁচড়ও ততদিন থাকবে। কত আর ধরবি? আমি শান্তিপ্রিয় লোক, চোর ধরে আরও গোলমালে পড়তে চাই না। আপদ বিদেয় হলেই বাঁচি। চল আমিও সঙ্গে যাচ্ছি।"

লক্ষ্মণ পাইক বলবান লোক। একটু তাচ্ছিল্যের সঙ্গে বলল, "লোক-লশকর লাগবে না, বড়বাবু। আপনাকেও সঙ্গে যেতে হবে না। চোরটা একেবারেই হালকা-পলকা। আমি একাই কাঁধে করে নিয়ে গিয়ে রেখে আসছি।"

"তাই যা বাবা, পাঁচটা টাকা বকশিশ পাবি।"

লক্ষ্মণ পাইক লাকড়ির ঘরে ঢুকে রোগা ছেলেটার সংজ্ঞাহীন দেহটি বাস্তবিকই ভাঁজ করা চাদরের মতো ডান কাঁধে ফেলে রওনা হল। রথতলার মাঠ বেশি দূরে নয়। রায়বাবুদের আমবাগান পেরোলেই বাঁশঝাড়। তারপরেই রথতলা। জোরকদমে হাঁটলে পাঁচ মিনিটের রাস্তাও নয়।

নিশুত রাত। চারদিক নিঃঝুম। লক্ষ্মণের বাঁ হাতে টর্চ। মাঝে-মাঝে আলো ফেলে সে অন্ধকার বাঁশঝাড়টা পেরিয়ে রথতলায় পৌঁছে গেল। চারধারে একবার তাকিয়ে দেখে নিয়ে ছোঁড়াটাকে হড়াম করে ফেলে দিল ঘাসের ওপর।

ফিরে যাওয়ার আগে লক্ষ্মণ অন্ধকারে একটু দাঁড়িয়ে রইল। তার মাথাটা যদিও

নিরেট এবং ভাবনা-চিন্তা তার মাথায় বিশেষ খেলে না, তবু এখন সে এই ছোকরার কথাটা একটু ভাবছে। এই মাঠে পড়ে থাকলে একে সাপে কাটতে পারে, শেয়ালে কামড়াতে পারে, ঠাণ্ডা লেগে অসুখ করতে পারে। লক্ষ্মণ তার মনিবের হুকুম তামিল করেছে বটে, কিন্তু তার মনটা কেন যেন খুঁত-খুঁত করছে।

একটু আনমনা ছিল লক্ষ্মণ, হঠাৎ ঘোর অন্ধকার থেকে একটা লম্বা হাত এগিয়ে এসে তার কাঁধে আলতোভাবে পড়ল।

"কে রে শয়তান?" বলে লক্ষ্মণ বিদ্যুদ্বেগে ঘুরে তার বিশাল হাতে একখানা মোক্ষম ঘুসি চালাল। ঘুসিটা কোথাও লাগল না। উলটে বরং ঘুসির তাল সামলাতে না পেরে লক্ষ্মণ নিজেই বেসামাল হয়ে পড়ে যাচ্ছিল। তখন দুখানা লোহার মতো হাত তাকে ধরে তুলল। কে যেন বলল, "ঘাবড়ে যেয়ো না, মাথা ঠাণ্ডা করো। কথা আছে।"

কেমন যেন ফ্যাসফেসে গলা। সাপের শিসের মতো। শুনলে ভয়-ভয় করে। লক্ষ্মণ একটু ঘাবড়ে গিয়ে শ্রদ্ধার সঙ্গে জিজ্ঞেস করল, "আপনি কে?"

"সে কথা পরে হবে।"

লক্ষ্মণ টের পেয়েছে, লোকটার গায়ে বেজায় জোর। তার চেয়েও বেশি। সে সতর্ক গলায় বলল, "কথা কীসের? আমাকে এখনই ফিরতে হবে। দাঁড়ান, টর্চটা পড়ে গেছে, তুলি।"

"টর্চটা আমার পায়ের নীচে আছে। যাওয়ার সময় পাবে। কিন্তু যাওয়ার আগে কয়েকটা কথার জবাব দিয়ে যেতে হবে।"

"আপনি বোধহয় এই চোরটার শাগরেদ!"

"হতেও পারে। এখন বলো তো, ওকে এখানে ফেলে যাওয়ার মানেটা কী?"

"গগনবাবু বললেন তাই ফেলে যাচ্ছি। তিনি পুলিশের হাঙ্গামা চান না। তাঁর দয়ার শরীর, ছোকরাকে পালানোরও পথ করে দিলেন। জ্ঞান ফিরে এলে চলে যাবে।"

লোকটা হাত-দুই তফাতে দাঁড়িয়ে আছে। অন্ধকারে মুখটা দেখা যাচ্ছে না। তবে বেশ লম্বা চেহারা, এটা বোঝা যাচ্ছে। লোকটা ফ্যাসফেসে রক্ত-জল-করা সেই গলায় বলল, "ও যে চোর তা ঠিক জানো?"

লক্ষ্মণ বেশ দৃঢ়তার সঙ্গে বলল, "নিয্যস চোর। চোরাই জিনিস অবধি পাওয়া গেছে।"

"কী জিনিস?"

"তা আমি জানি না। গগনবাবু জানে।"

"রাত-পাহারায় কি তুমি ছিলে?"

"আমি আর শম্ভু।"

"চোর কীভাবে ঢুকল জানো?"

"বেলগাছের ডাল বেয়ে এসে খড়ের গাদায় লাফিয়ে নামে। কুকুরগুলো তখনই চেঁচাতে শুরু করে। আমরাও লাঠি আর বল্লম নিয়ে দৌড়ে যাই।"

"গিয়ে কী দেখলে?"

"কিছু দেখিনি। তবে খড় ছিটিয়ে পড়ে ছিল। কুকুরগুলো লাকড়ির ঘরের দিকে দৌড়ে গেল।"

"তারপর?"

"তারপর আর কী? বাড়ির সবাই উঠে পড়ল। চেঁচামেচি হতে লাগল। চোরও ধরা পড়ে গেল।"

"তা হলে চোরটা চুরি করল কখন?"

"তার মানে?"

"খড়ের গাদায় লাফিয়ে নামতেই কুকুরগুলো চেঁচিয়ে ওঠে, তোমরাও তাড়া করে গেলে, বাড়ির লোকও উঠে পড়ল আর চোর গিয়ে ঢুকলে লাকড়ির ঘরে। এই তো! তা হলে চুরি করার সময়টা সে পেল কখন? চুরি করতে হলে দরজা বা জানলা ভাঙতে হবে বা সিঁদ দিয়ে ঘরে ঢুকতে হবে, তারপর আবার সিন্দুক ভাঙাভাঙি আছে। তাই না?"

লক্ষ্মণ একটু জব্দ হয়ে গেল। তারপর বলল, "কথাটা ভেবে দেখিনি। চুরিটুরি করিনি কখনও।"

"তুমি এ গাঁয়ে নতুন, তাই না?"

"আজ্ঞে হ্যাঁ। এই মোটে ছ'মাস হল গগনবাবুর চাকরিতে ঢুকেছি।"

"গগন কেমন লোক তা জানো?"

"আজ্ঞে না। জানার দরকারই বা কী? যার নুন খাই তারই গুণ গাই।"

"খুব ভাল কথা। কিন্তু বিনা বিচারে ছেলেটাকে মারধোর করা কি ঠিক হয়েছে?"

লক্ষ্মণ মাথা চুলকে বলল, "ছোকরা পালানোর চেষ্টা করছিল যে!"

"তোমার গায়ে বেশ জোর আছে। যেসব রদ্দা মারছিলে তাতে রোগা ছেলেটা মরেও যেতে পারত। মরে গেছেও হয়তো।"

লক্ষ্মণ জিভ কেটে বলে, "আজ্ঞে না। মরেনি। শ্বাস চলছে। বুকও ধুকধুক করছে।"

"ঠিক আছে, তুমি যেতে পারো। তবে আমার সঙ্গে যে তোমার কথা হয়েছে তা যেন কাকপক্ষীতেও টের না পায়।"

আমতা-আমতা করে লক্ষ্মণ বলে, "কিন্তু আপনি কে?"

"আমি এ গাঁয়ের এক পুরনো ভূত। বহু বছর আগে মারা গেছি।"

লক্ষ্মণের মুখে প্রথমটায় বাক্য সরল না। তারপর গলা খাঁকারি দিয়ে বলল, "কী যে বলেন! জলজ্যান্ত দেখতে পাচ্ছি, মানুষ।"

"না, দেখতে পাচ্ছ না। যা-দেখছ তা ভুল দেখছ। এই যে টর্চটা নাও। সরে পড়ো।"

॥ ২ ॥

আঙুল দিয়ে বাতাসে আঁকিবুকি কাটা আর বিড়বিড় করা রামবাবুর পুরনো স্বভাব। বাতাসে আঁকিবুকি করে কী লেখেন কেউ জানে না, অনেকে বলে, 'আঁক কষেন।' অনেকে বলে, 'ছবি আঁকেন।' অনেকে বলে, 'ভূতপ্রেতের সঙ্গে সঙ্কেতে কথা কন।'

দু-চারজন বলে, 'ওটা হচ্ছে ওর বায়ু।' আসল কথাটা অবশ্য পুরনো দু-চারজন লোকেরই জানা আছে। রামপদ বিশ্বাস যৌবনে হাত-টাত দেখে বেড়াতেন। ভাল করে জ্যোতিষশাস্ত্র অধ্যয়ন করবেন বলে কাশীতে গিয়ে এক মস্ত জ্যোতিষীর শাগরেদি করতে থাকেন। বেশ শিখে ফেলেছিলেন শাস্ত্রটা। হঠাৎ একদিন নিজের জন্মকুণ্ডলীটা গ্রাম থেকে আনিয়ে বিচার করতে বসলেন। আর তখনই চক্ষুস্থির। গ্রহ-সংস্থান যা দেখলেন তাতে তাঁর নিজের ভবিষ্যৎ অতীব অন্ধকার। এ কোষ্ঠীতে কিছুই হওয়ার নয়। খুঁটিয়ে-খুঁটিয়ে নানাভাবে বিচার করলেন। কিন্তু যা দেখলেন তাতে ভরসা হওয়ার মতো কিছু নেই। হতাশ হয়ে তিনি হাল ছাড়লেন বটে, কিন্তু কোষ্ঠীর চিন্তা তাঁর মাথা থেকে গেল না। দিনরাত ভাবতে লাগলেন। মাঝে-মাঝে কাগজে, তারপর দেওয়ালে বা মেঝেতেও নিজের ছকটা এঁকে একমনে চেয়ে থাকতেন। বিড়বিড় করে বলতেন, "নাঃ, রবি অত নীচস্থ...ইস, শনিটাও যদি এক ঘর তফাত হত...মঙ্গলটার তো খুব খারাপ অবস্থা দেখছি...!"

সেই থেকে রামবাবুর মাথাটা একটু কেমন-ধারা হয়ে গেল। যখন হাতের কাছে কাগজ-কলম বা দেওয়াল-টেওয়াল জোটে না তখন তিনি বাতাসেই নিজের কোষ্ঠীর ছক আঁকতে থাকেন আর বিড়বিড় করেন। তবে নিজের কোষ্ঠীর ফলটা খুব মিলে গেছে তাঁর। কিছুই হয়নি রামবাবুর, ঘুরে-ঘুরে বেড়ান আর বিড়বিড় করেন আর বাতাসে আঁকিবুকি কাটেন।

তবু রামবাবুর কাছে পাঁচটা গাঁ-গঞ্জের লোক আসে এবং যাতায়াত করে। তার কারণ, রামবাবু মাঝেমধ্যে ফস করে এমন এক-একটা ভবিষ্যদ্বাণী করে ফেলেন যা অক্ষরে-অক্ষরে মিলে যায়। তাঁর মুখ থেকে যদি কখনও ওরকম এক-আধটা কথা বেরিয়ে পড়ে সেই আশায় অনেক দূর-দূর থেকে লোক এসে তাঁর বাড়িতে ধরনা দিয়ে পড়ে থাকে। এই তো মাত্র বছর-দুই আগে ফটিক কুণ্ডুর দেউলিয়া হওয়ার দশা হয়েছিল। ফটিক রামবাবুর বাড়ির মাটি কামড়ে দিন-রাত পড়ে থাকত। অবশেষে একদিন রামবাবু রাত বারোটায় বাতাসে ঢ্যাঁড়া কাটতে-কাটতে ঘরের বাইরে এলেন। বারান্দায় কম্বল বিছিয়ে ফটিক বসে-বসে মাথায় হাত দিয়ে আকাশ-পাতাল ভাবছিল। রামবাবু তার দিকে চেয়ে গম্ভীর গলায় বললেন, "ফটিক, বাড়ি যাও। পরশুদিন বেলা বারোটার মধ্যে খবর পেয়ে যাবে।"

শশব্যস্তে ফটিক বলল, "কীসের খবর?"

"যে-খবর পাওয়ার জন্য হাঁ করে বসে আছ। যাও, ভাল করে খেয়েদেয়ে নাকে তেল দিয়ে ঘুমোও গে। রাহু ছেড়েছে, বৃহস্পতির বাঁকা ভাব সোজা হয়েছে, আর চিন্তা কী?"

রামবাবুর কথা একেবারে সোনা হয়ে ফলল। পরের-পরের দিন দশটা নাগাদ ফটিকের লটারি জেতার খবর এল। দু লাখ টাকা। এখন ফটিকের পাথরে পাঁচ কিল। সেই টাকায় ব্যবসা-বাণিজ্য করে এখন ফলাও অবস্থা, বোল-বোলাও ব্যাপার।

চৌধুরী বাড়ির নতুন জামাই এক দুপুরে শ্বশুরবাড়িতে খেতে বসেছে। রামবাবু রাস্তা দিয়ে যেতে-যেতে হঠাৎ বাড়িতে ঢুকে সোজা জামাইয়ের সামনে হাজির।

খানিকক্ষণ চেয়ে থেকে বললেন, "চৌধুরীমশাই, দিব্যি জামাইটি হয়েছে আপনার। ফরসা রং, রাজপুত্তুরের মতো মুখ, টানা-টানা চোখ, দু'খানা হাত, কিন্তু পা কি একখানা কম?"

নগেন চৌধুরী এমনিতেই রামবাবুকে পছন্দ করেন না, তার ওপর তাঁর এই উটকো আগমনে তিনি চটে গিয়ে বললেন, "একখানা পা মানে? খোঁড়া-খুঁতো জামাই সস্তায় ঘরে এনেছি বলে ভাবছ? নগেন চৌধুরী অত পিচেশ নয়। নগদ দশটি হাজার টাকা বরপণ, একখানা মোটর সাইকেল, রেডিয়ো, চল্লিশ ভরি সোনা, আলমারি, ফার্নিচার...বুঝলে! জামাই সস্তায় হয়নি। বাইরে তোমরা কেপ্পন বলে আমার বদনাম রটাও, সে আমি জানি। তা বলে এত কেপ্পন নই যে, কানা-খোঁড়া ধরে এনে মেয়ের বিয়ে দেব। ও জামাই, এই বেয়াদবটাকে তোমার দুটো ঠ্যাং বের করে দেখিয়ে দাও তো!"

জামাই কিছু হতভম্ব হয়ে বিচি সমেত একটা কাঁটালের কোয়া গিলে ফেলল। তারপর ভয়ে-ভয়ে দুটো পা বের করে দেখাল।

রামবাবু বিমর্ষ হয়ে বললেন, "নাঃ, ডান ঠ্যাংটা তো হাঁটুর নীচ থেকে নেই দেখছি। তাতে অবশ্য তেমন ক্ষতি নেই, এই ঠ্যাঙেই দিব্যি কাজ চলে যাবে।"

নগেন চৌধুরী মহা খাপ্পা হয়ে বললেন, "চোখের মাথা খেয়েছ নাকি? স্পষ্ট দেখতে পাচ্ছে দুটো ঠ্যাং! তবু বলছ!" বলেই গলা একটু নামিয়ে বললেন, "কী বলতে চাও সে আমি বুঝেছি। এই কথাই তো বলতে চাইছ যে, বাপ-মা মরা ভাইঝিটাকে কেন ধরেবেঁধে ওই কানা সাতকড়ির সঙ্গে বিয়ে দিলাম! ওরে বাবা, সে কি আর সস্তা খোঁজার জন্য! গাঁয়ের পাঁচটা লোক জানে বিয়ের রাতে দশরথ দত্ত নগদ পাঁচ হাজারের জন্য অত চাপাচাপি না করলে ঘটনাটা ঘটতই না। দশরথ দেমাক দেখিয়ে ছেলে তুলে নিয়ে গেল, তখন মেয়েটা লগ্নভ্রষ্টা হয় দেখে কানা সাতকড়ির সঙ্গে বিয়ে দিই। তবে আমি জানি, লোকে কথাটা বিশ্বাস করে না। তারা বলে বেড়ায়, দশরথের সঙ্গে নাকি আমি আগেই সাঁট করে রেখেছিলাম, আর সাতকড়ির সঙ্গেও নাকি বোঝাপড়া ছিল। আমার কুচ্ছো গাইতে হলধর গায়েন পালা অবধি বেঁধে শিবরাত্তিরের মেলার সময় আসর জমিয়েছিল। ছিঃ, ছিঃ কী বদনামই না করতে পারো তোমরা!"

রামবাবু এত কথা কানে নিলেন না। দুঃখিতভাবে মাথা নেড়ে বললেন, "ঠ্যাং একটাই, তাতে ভুল নেই। সামনের অমাবস্যার পর বিয়ে হলে এ জামাই আপনি অনেক সস্তায় পেতেন। একেবারে জলের দর।"

এই ঘটনার দুদিন পর অমাবস্যা ছিল। নগেন চৌধুরীর জামাই শিমুলগড়ে গাড়ি ধরতে গিয়ে চাকার তলায় পড়ে ডান পা খোয়াল। এখন ক্রাচ নিয়ে ঘুরে বেড়ায়।

বুড়ো গৌরগোবিন্দর বয়স বিরানব্বই পেরিয়ে তিরানব্বইতে পড়ল। গত দশটি বছর গৌরগোবিন্দ ধৈর্য ধরে আছেন যদি তাঁর সম্পর্কে এক-আধটা কথা রামের মুখ থেকে বেরোয়। আজ অবধি বেরোয়নি। গৌরগোবিন্দ সকালে উঠে পান্তাটি খেয়েই একখানা মাদুর বগলে করে এসে রামবাবুর দক্ষিণের ঘরের দাওয়ায় চেপে বসে যান।

গ্রীষ্মে ফুরফুরে বাতাস থাকে, শীতে থাকে রোদ। বসে দিব্যি আরামে ঝিমুনি এসে যায়। দুপুরে নাতনি এসে ডাকলে গিয়ে চাট্টি ভাত খেয়ে নেন, তারপর একখানা বালিশ বগলে এসে এখানেই দিবানিদ্রাটি সেরে নেন। সন্ধেবেলা ঘরে ফিরে যান। একেবারেই রুটিন। নিবারণ পুততুণ্ড একদিন জিজ্ঞেস করেছিল, "গৌরদাদু, বিরানব্বই পেরোবার পরও কি মানুষের ভবিষ্যৎ বলে কিছু থাকে?"

গৌরগোবিন্দ একঝুড়ি আসল দাঁত দেখিয়ে হেসে বললেন, "ওরে, আমি যে আর মাত্র চল্লিশ-পঞ্চাশ বছরের বেশি বাঁচব না সে আমিও জানি। তাই বলে কি হাল ছেড়ে দিয়ে বসে থাকব?"

এ কথার পর আর কার কী বলার থাকতে পারে?

আজ ভোরবেলায় গৌরগোবিন্দ যথারীতি দক্ষিণের বারান্দায় মাদুর পেতে বসে আছেন। দিব্যি হাওয়া দিচ্ছে। শরৎকালের মিঠে রোদটাও পড়েছে পায়ের ওপর। কিন্তু গৌরগোবিন্দের আজ ঝিমুনিটা আসতে চাইছে না। কাল রাতে গাঁয়ে চোর ঢুকেছিল, সেই খবরটা পাওয়া ইস্তক মনটা কেমন চুপসে গেছে। বেশ বুকের পাটাওয়ালা চোর, ঢুকতে গেছে গগন সাঁপুইয়ের বাড়ি। আর কে না জানে যে, গগন সাঁপুই হল সাক্ষাৎ কেউটে? তবে চোর ধরা পড়ার একটা ভাল দিকও আছে। সেইটেই ভাবছিলেন তিনি।

উঠোনের আগড় ঠেলে নটবর ঘোষকে ঢুকতে দেখে গৌরগোবিন্দ খুশি হলেন। গাঁয়ের পাঁচটা খবর এবং পাঁচ গাঁয়ের খবর ওর কাছেই পাওয়া যায়। বছর দুই আগে নটবর ঘোষের জ্যাঠা পাঁচুগোপাল মোকদ্দমার সাক্ষী দিতে সদরে যাচ্ছিল, স্টেশনে রাম বিশ্বেসের সঙ্গে দেখা হতেই রাম বাতাসে ঢ্যাঁড়া কাটতে-কাটতে বলল, "খুব যে যাচ্ছ! বলি উইল-টুইল করা আছে? আর উইল করেই বা কী হবে। তোমার ধনসম্পত্তি তো পিঁপড়েরা খাবে বাবা। তবে একটা কথা, খুব দুর্যোগ হবে, বুঝলে! ভয়ানক দুর্যোগ। রেলগাড়ি অবধি না ভেসে যায়!"

পাঁচুগোপালের জরুরি মামলা। রামের কথায় কান দেওয়ার ফুরসত নেই। তাই পাত্তা দিল না। সেই রাতে সত্যিই ভয়ংকর দুর্যোগ দেখা দিল। যেমন ঝড় তেমনই বৃষ্টি। রাত দশটার আপ ট্রেন শিমুলগড়ে ঢোকার মাইল দুই আগে কলস নদীর ব্রিজ ভেঙে স্রোতে খানিকটা ভেসে গেল। সাক্ষ্য দিয়ে পাঁচুগোপাল আর ফিরল না। কিন্তু মুশকিল হল, চিরকুমার পাঁচুগোপালের যা কিছু বিষয়-সম্পত্তির ওয়ারিশান হল নটবর ঘোষ। হলে কী হয়, পাঁচুগোপালের টাকাপয়সা আর সোনাদানা সব লুকিয়ে রাখা আছে। কাকপক্ষীতেও জানে না। কোথায় আছে তা খুঁজে বের করা শিবের অসাধ্য। পাঁচুগোপাল জ্যাঠার লুকোনো সম্পত্তির হদিস করতে নিত্যি এসে এখানে ধরনা দেয়। কিন্তু সুবিধে হয়নি। রাম গুপ্তধনের ব্যাপারে একেবারে চুপ। নটবর একবার কালী কাপালিকের কাছেও গিয়েছিল। কালী নরকরোটিতে করে সিদ্ধি খেতে-খেতে হাঃ হাঃ করে হেসে বলেছিল, "আপনার জ্যাঠার ভূত তো নিত্যি আমার কাছে আসে। সুলুকসন্ধান সবই জানি। তবে মশাই, বটতলায় মায়ের থানটা আগে বাঁধিয়ে দিন, গুপ্তধনের হদিস একেবারে হাতে-হাতে দিয়ে দেব। আপনার জ্যাঠারও

তাই ইচ্ছে কিনা।"

মায়ের থান বাঁধানোর কথায় নটবর পিছিয়ে গেলেন। এখনও পিছিয়েই আছেন। কালী কাপালিক মাঝে-মাঝেই হানা দিয়ে বলে যায়, "মশাই, কাজটা কিন্তু ভাল করছেন না। আপনার জ্যাঠা কুপিত হচ্ছেন। ক'টা টাকাই বা লাগবে? গোটা কয়েক ইট, এক চিমটি সিমেন্ট আর একটা রাজমিস্ত্রির একটুখানি যা খরচ, তার বদলে সাত-আট লাখ টাকার সোনাদানা—এ সুযোগ কেউ ছাড়ে!"

গৌরগোবিন্দ হাতছানি দিয়ে নটবরকে ডাকলেন।

"গৌর-ঠাকুর্দা যে!" বলে নটবর এসে মাদুরের এককোণে চেপে বসে বললেন, "আচ্ছা ঠাকুর্দা, এই বয়সে এই পাকা আপেলটির মতো চেহারা নিয়ে ঘুরতে তোমার লজ্জা হয় না? এখনও বত্রিশ পাটি দাঁত, মাথাভর্তি কালো চুল, টান চামড়া, বলি বুড়ো হচ্ছ না কেন বলো তো! এ তো খুব অন্যায্য কাজ হচ্ছে ঠাকুর্দা! প্রকৃতির নিয়মকানুন সব উলটে দিতে চাও নাকি? সেটা যে গর্হিত ব্যাপার হবে!"

গৌরগোবিন্দ এক গাল হেসে বললেন, "হব রে বাবা, আমিও বুড়ো হব। আর বিশ-পঁচিশটা বছর একটু সবুর কর, দেখতে পাবি। সব ব্যাপারেই অত তাড়াহুড়ো করতে নেই। কত সাধ-আহ্লাদ শখ-শৌখিনতা বাকি রয়ে গেছে আমার!"

নটবর চোখ কপালে তুলে বলেন, "এখনও বাকি! তা বাকিটা কী-কী আছে বলো তো ঠাকুর্দা?"

"আছে রে আছে। এই ধর না, আজ অবধি কাশী গিয়ে উঠতে পারলাম না। তারপর ধর, এখনও আমার বত্রিশটা মামলার রায় বেরোনো বাকি। তারপর ধর, সেই ছেলেবেলা থেকে শুনেছি, হলদে চিনি দিয়ে বাঁকিপুরের ক্ষীর নাকি অমৃত—তা সেটাও আজ অবধি চেখে দেখিনি। তারপর ধর, ফি-বছর যে সব লটারির টিকিট কাটছি তার একটাতেও প্রাইজ মারতে পারিনি। তারপর রাঙি গাইটার দুধ খাওয়ার জন্য কবে থেকে আশা করে আছি, দেবে-দেবে করছে, দিচ্ছে না। আরও কত আছে। তা সব একে-একে হোক। তারপর ধীরেসুস্থে বুড়ো হওয়ার কথা ভাবব'খন। অত হুড়ো দিসনি বাপ।"

"কিন্তু বয়সটা কত হল সে খেয়াল আছে?"

গৌরগোবিন্দ খাড়া হয়ে বললেন, "আমার বয়সটার দিকে তোদের অত নজর কেন রে? নিবারণ যে একশো পেরিয়ে এক গণ্ডা বছর টিকে দিব্যি হেসেখেলে পাঁঠার মুড়ো চিবিয়ে ঘুরে বেড়াচ্ছে তা তোদের পোড়া চোখে পড়ে না নাকি? কুঞ্জপুরের শৈলেন ঘোষ—সেও কি কম যাচ্ছে! আমার হিসাবমতো তার এখন একশো সাত। তা শৈলেন বাকিটা রাখছে কী বল তো! গেল হপ্তায় নবাবগঞ্জে হাট করতে এসে গন্ধমাদন বয়ে নিয়ে গেল, নিজের চোখে দেখা। পরশুদিন সারা রাত জেগে কলসি গাঁয়ে ভট্ট অপেরার যাত্রা দেখেছে, দু মাস আগেও ফুটবল মাঠে গিয়ে কুঞ্জপুরের হয়ে মেলা নাচানাচি করে এসেছে—তা এদের বেলায় কি চোখ বুজে থাকিস?"

নটবর ঘোষ সবেগে ডাইনে-বাঁয়ে মাথা নেড়ে বলে, "ওটা কাজের কথা নয়। সব জিনিসেরই একটা সময় আছে। তোমার মধুগুলগুলি গাছের আমগুলো যদি জষ্ঠি

মাসে না পাকে তবে কি তুমি খুশি হও? খেতের ধান সময়মতো না পাকলে তোমার মেজাজখানা কেমনধারা হবে বলো তো! এও হচ্ছে সেই কথা। তিরানব্বই বছর বয়সে বত্রিশখানা দাঁত, টানটান চামড়া, মাথা ভর্তি চুল নিয়ে গটগট করে ঘুরে বেড়াচ্ছ—তোমার আক্কেলটা কী বলো তো! আম পাকে, ধান পাকে, আর মানুষ পাকবে না?"

গৌরগোবিন্দ একটা দীর্ঘশ্বাস ফেলে বললেন, "মধুগুলগুলি আমের কথা বলে খারাপ করে দিলি তো মেজাজটা। গাছ ঝেঁপে আম এসেছিল এবার। চোর-ছোঁড়াদের জ্বালায় কি একটাও মুখে দিতে পেরেছি! কী চোরটাই হয়েছে গাঁয়ে বাপ। তোরা সব করিসটা কী? এই তো গগনের বাড়ি কাল অতবড় চুরিটা হয়ে গেল! শিমুলগড় কি চোরের মামাবাড়ি হয়ে উঠল বাপ? তা চোরটাকে তোরা করলি কী?"

এবার নটবর ঘোষের দীর্ঘশ্বাস ফেলার পালা। দীর্ঘশ্বাস ফেলে হেঁটমুণ্ডু হয়ে সে বলল, "সে কথা আর জিজ্ঞেস কোরো না ঠাকুর্দা। গগনের নাকি দয়ার শরীর, চোরের দুঃখে তার প্রাণটা বড্ড কেঁদেছিল। তাই ছেড়ে দিয়েছে।"

গৌরগোবিন্দ ফের খাড়া হয়ে বসে চোখ কপালে তুলে বলেন, "অ্যাঁ! ছেড়ে দিয়েছে! সে কী রে! একটা আস্ত চোরকে ছেড়ে দিলে!"

"চোরটা নাকি বড্ড কান্নাকাটি করছিল, তাইতে বাড়ির কারও ঘুম হচ্ছিল না। তাই নাকি ছেড়ে দিয়ে সবাই নিশ্চিন্তে ঘুমিয়েছে।"

গৌরগোবিন্দ মুখে একটা আফসোসের চুক-চুক শব্দ করে বললেন, "ইস! এ তো বড় ক্ষতি হয়ে গেল দেখছি! শিমুলগড়ের একটা নিয়ম আছে তো রে বাপ। সেই পুরনো আমল থেকে প্রথা চলে আসছে, চোর ধরা পড়লে তাকে দিয়ে যত পারো বেগার খাটিয়ে নাও। খেতে নিড়েন দেওয়াও, খানিকটা মাটি কুপিয়ে নাও, বাড়ির পানাপুকুরের পানা পরিষ্কার করাও, আগাছা সাফ করিয়ে নাও, এমনকী আগের দিনে বুড়ো-বুড়িরা চোরকে দিয়ে পাকা চুলও বাছিয়ে নিত। আমি তো চোরের খবর শুনে ঠিক করে রেখেছি, তিনটে গাছের নারকোল পাড়িয়ে নেব, পাঁচখানা বড়-বড় মশারি কাচাব, কুয়োর পাড়টা পিছল হয়েছে, সেটা ঝামা দিয়ে ঘষিয়ে নেব, আর গোয়াল ঘরখানা ভাল করে সাফ করিয়ে নেব। না না, গগন কাজটা মোটেই ভাল করেনি।"

মুখখানা বেজার করে নটবর ঘোষ বলল, "চোরটার সঙ্গে আমারও একটু দরকার ছিল। এ-চোর তো যে-সে চোর নয়। গগনের বাড়ি হল কেল্লা। তার ওপর পাইক আছে, কুকুর আছে, লোক-লশকর আছে। সে সব অগ্রাহ্যি করে চোর যখন গগনের বাড়ি ঢুকে সিন্দুক ভেঙে জিনিস হাপিস করেছে তখন একে ক্ষণজন্মা পুরুষ বলতেই হবে। আমি তখন থেকেই ঠিক করে রেখেছি, জ্যাঠার ধনসম্পত্তি কোথায় লুকিয়ে রাখা আছে তা একে দিয়েই খুঁজে বের করব। এর যা এলেম এ ঠিক পারবে। তা বরাতটাই আমার খারাপ। সকালে চোরের সন্ধানে গিয়ে শুনি, এই বৃত্তান্ত।"

গৌরগোবিন্দ দুঃখ করে বললেন, "এঃ, কতবড় সুযোগটা হাতছাড়া হল বল তো! আমার পাঁচ-পাঁচখানা মশারি কাচা হয়ে যেত, ঝুনো নারকোলগুলো গাছ থেকে নামানো যেত, তোর জ্যাঠার ধনসম্পত্তিরও একটা সুলুকসন্ধান এই ফাঁকে হয়ে যেতে

পারত। আজকাল ভাল চোর পাওয়া কি সোজা কথা রে! এখনকার তো সব ছ্যাঁচড়া চোর। আগের দিনে চুরিটা ছিল এক মস্ত বিদ্যে। নিধে চোর, সিধু চোর, হরিপদ চোর—কী সব চোর ছিল সে আমলে! কত মন্তর-তন্তর জানত, হাতের কাজ ছিল কত সাফ, তেমনই ছিল বুদ্ধি আর সাহস। সবই দিনকে দিন উচ্ছন্নে যাচ্ছে।"

বিরক্ত মুখে নটবর বলে, "এমন ঠ্যাঁটা জ্যাঠাও কি কখনও কেউ দেখেছ? আমরা দুটি ভাই সেই কবে থেকে জ্যাঠার সম্পত্তি তাক করে বসে আছি, অথচ টাকাপয়সা নিয়ে একটা শ্বাস অবধি ফেলে গেল না! কেবল বলত, যদি সজ্জন হও, যদি দয়ালু হও, যদি ভাল লোক হয়ে উঠতে পারো, তবে ঠিক খুঁজে পাবে। তা আমরা কি কিছু খারাপ লোক, বলো তো ঠাকুর্দা?"

গৌরগোবিন্দ মাথা নেড়ে দুঃখের সঙ্গে বললেন, "ওইটেই তো পাঁচুগোপালের দোষ ছিল রে, বড্ড বেশি ভালমানুষ। কলিযুগে কি অত বেশি ভাল হলে চলে! একটি মিথ্যে কথা বলবে না, অন্যের একটি পয়সা এধার-ওধার করবে না, কথা দিলে প্রাণপণে কথা রাখবে, ছলচাতুরির বালাই নেই, বাবুগিরি নেই, মাছমাংস অবধি খেত না, গরিবকে দুহাতে পয়সা বিলোত—এসব করে তো বারোটা বাজাল তোদের। সেই পাপের শাস্তিও তো ভগবান হাতে-হাতে দিলেন, কলস নদীতে রেলগাড়ি ভেসে গেল, লাশটা অবধি পাওয়া গেল না।"

নটবর মাথা নেড়ে বলে, "আমরাও সেই কথাই বলি, অতি ভাল তো ভাল নয়। এই আমার কথাই ধরো না কেন, আমি ভাল বটে, কিন্তু জ্যাঠার মতো আহাম্মক তো নই। এই তো গতকালই মাছওয়ালা নিতাই প্রামাণিকের কাছ থেকে সাত টাকার মাছ কিনে দাম দিতে দশটা টাকা দিয়েছি। তা নিতাই তখন খদ্দের নিয়ে এত ব্যস্ত যে, ভুল করে তিন টাকার বদলে সাত টাকা ফেরত দিয়ে দিয়েছে। আমিও কথাটা না বলে টাকাটি ট্যাঁকে গুঁজে চলে এলাম। কারণ কী জানো? ওই ভুলটা হয়তো বা ভাগ্যলক্ষ্মীরই কৃপা! নিতাই ওজনে ঠকায়, চড়া দাম হাঁকে, তারও একটা কর্মফল হয়তো ওই সাত টাকায় কাটল, কী বলো? জ্যাঠা হলে আহাম্মকের মতো দরকার হলে বাড়ি গিয়ে টাকা ফেরত দিয়ে আসত। এই যে আমি বন্ধক রেখে লোককে টাকা ধার দিই, জ্যাঠা এটা একদম সহ্য করতে পারত না। কিন্তু কাজটা কি খারাপ? গরিব-দুঃখী ঘটিটা, বাটিটা, আংটিটা, দুলটা বন্ধক রেখে টাকা নেয়, এতে অধর্মের কী আছে বলো! এ তো এক ধরনের পরোপকারই হল। তাদেরও পেট ভরল, আমারও সুদ থেকে দুটো পয়সা হল।"

গৌরগোবিন্দ একগাল হেসে গলাটা একটু খাটো করে বললেন, "তা সোনাদানা কেমন কামালি বাপ? এক-দেড়শো ভরি হবে?"

নটবর লজ্জায় নববধূর মতো মাথা নামিয়ে বলে, "অত নয়। তবে তোমাদের আশীর্বাদে খুব খারাপও হয়নি।"

এই সময়ে উঠোনের আগড় ঠেলে লম্বা-চওড়া একটা লোক ঢুকল। খালি গা, মালকোঁচা মেরে ধুতি পরা, হাতে একখানা পেতলের গুল বসানো লম্বা কাঠি।

গৌরগোবিন্দ সচকিত হয়ে বলেন, "কে রে ওটা?"

"ঘাবড়াও মাত ঠাকুরদা, ও হল গগনের পাইক। ওরে ও লক্ষ্মণ, বলি খবর-টবর আছে কিছু?"

লক্ষ্মণের মুখখানা কেমন ভ্যাবলামতো। চোখে-মুখে কেমন একটা ভয়-খাওয়া ভাব। কাছে এসে যখন দাঁড়াল তখনও একটু হাঁপাচ্ছে। ভাঙা গলায় বলল, "আচ্ছা, এই গাঁয়ে কি খুব ভূতের উপদ্রব আছে মশাই?"

গৌরগোবিন্দ ফের খাড়া হয়ে বললেন, "ভূত তো মেলাই আছে বাপু। শিমুলগড়ের ভূত তো বিখ্যাত। কিন্তু তোমাকে হঠাৎ ভূতে পেল কেন? কিছু দেখেছ-টেখেছ নাকি?"

লক্ষ্মণ একটু মাথা চুলকে বলল, "আজ্ঞে, সেটা বলতে পারব না। বলা বারণ। তবে সেটা বড় অশৈলী কাণ্ড।"

গৌরগোবিন্দ সজোরে মাথা নেড়ে বললেন, "পেটে কথা রাখতে নেই। কথা রাখলেই পেটের গণ্ডগোল হয়। কলেরা অবধি হতে দেখেছি।"

লক্ষ্মণ একটু ভড়কে গিয়ে বলে, "কলেরা!"

"কলেরা, সান্নিপাতিক, শূলব্যথা। কী বলিস রে নটবর?"

"একেবারে নিয্যস কথা। আরে লক্ষ্মণভায়া, দাঁড়িয়ে কেন? বোসো, বোসো। আমরা তো সবাই তোমার কথা বলাবলি করি। হ্যাঁ বটে, গগন এতদিনে পয়সা খরচ করে একখানা লোক রেখেছে বটে। যেমন তেজ তেমনই সাহস। বুঝলে গৌরঠাকুর্দা, কালকের চোরটাকে তো এই লক্ষ্মণই সাপটে ধরেছিল। নইলে সে কি যে-সে চোর, ঠিক পাঁকাল মাছটির মতো পিছলে বেরিয়ে যেত থলিটি নিয়ে। লক্ষ্মণ খুব এলেমদার লোক। কাছে-পিঠে এমন একখানা লোক থাকলে বল-ভরসা হয়।"

লক্ষ্মণ একটা দীর্ঘশ্বাস ফেলে মাদুরের এককোণে বারান্দা থেকে পা ঝুলিয়ে বসল। কাঁধের গামছা দিয়ে কপালটা একটু মুছে নিয়ে বলল, "আমার সাহসের কথা আর বলবেন না, গায়ের জোরের কথাও আর না তোলাই ভাল। কাল রাতে যা কাণ্ড হল, যত ভাবছি তত বুক শুকিয়ে যাচ্ছে। গগনবাবুর চাকরি আমি ছেড়ে দিচ্ছি। এ গাঁয়ে আর নয়।"

গৌরগোবিন্দ মাথা নেড়ে বলেন, "ভুল করছ হে বাপু। এ গাঁয়ের জল-হাওয়া খুব ভাল। কত লোক এখানে হাওয়া বদলাতে আসে। আর ভূতের কথা যদি বলো তো বলি, শিমুলগড়ের ভূতের যে এত নামডাক, তাও তো এমনই নয়। এমন ভদ্র, পরোপকারী, ভাল আর শান্ত ভূত আর কোথাও পাবে না। বিশেষ করে বাইরের লোকের সঙ্গে বেয়াদবি করাটা তাদের রেওয়াজই নয়। তবে হ্যাঁ, বিশেষ কারণ থাকলে অন্য কথা। আর নতুন ভূতেরা একটু-আধটু মজা করে বটে, তবে সেটা ধরতে নেই।"

লক্ষ্মণ মাথা নেড়ে বলে, "না না, নতুন ভূত নয়। ইনি পুরনো ভূত। গায়ে পেল্লায় জোর।"

নটবর চোখ কপালে তুলে, "ভূতের গায়ে জোর! সে কী গো! ভূত তো শুনেছি বায়ুভূত জিনিস। ধোঁয়া বা গ্যাস জাতীয় বস্তু দিয়ে তৈরি ফঙ্গবনে ব্যাপার। তা গায়ের

জোরটা বুঝলে কী করে? ভূতের সঙ্গে কুস্তি করলে নাকি?”

লক্ষ্মণ তাড়াতাড়ি নিজের দু কান স্পর্শ করে জিভ কেটে বলে, “তেনার সঙ্গে কুস্তি যেন কখনও করতে না হয়, এই আশীর্বাদটুকু করবেন। যা একটু ছোটখাটো ঝাঁকুনি দিয়েছেন তাতেই হাড়গোড় কিছু আলগা হয়ে রয়েছে। সারা রাত্তির ঘুমোতে পারিনি। রামবাবুর কাছে ব্যাপারটা বলে একটা নিদান নিতেই আসা।”

গৌরগোবিন্দ আরও একটু ঝুঁকে বলেন, “তা ভূতের সঙ্গে তোমার লাগল কী নিয়ে? শিমুলগড়ের ভূতেরা তো বাপু সাত চড়ে রা করে না। তা ইনি কুপিত হলেন কেন? বাসি কাপড়ে বটতলায় যাওনি তো! এঁটো মুখে তুলসীগাছ ছোঁওনি তো! না কি অন্য কোনও অনাচার!”

লক্ষ্মণ হতাশ গলায় বলে, “না গো বুড়োবাবা, ওসব অনাচার কিছুই করিনি। দোষের মধ্যে মনিবের হুকুম তামিল করতে গিয়েছিলাম। আমার কী দোষ বলো! মানছি যে, চোরটাকে মারধোর করা ঠিক কাজ হয়নি। চোরটারও মতিভ্রম, পালানোর চেষ্টাই বা কেন করল কে জানে! তবে এটুকু বলতে পারি বুড়োবাবা যে, সে মরেনি। যখন তাকে বটতলার মাঠে নিয়ে ফেললুম তখনও বুক ধুকপুক করছিল।”

নটবর ঘোষ উত্তেজনায় প্রায় দাঁড়িয়ে গিয়ে বলে, “অ্যাঁ! বটতলার মাঠে নিয়ে ফেললে, মানে! ফেলার মতো কী হল?”

গৌরগোবিন্দও বেশ উত্তেজিত গলায় বললেন, “চোর কি ফ্যালনা জিনিস হে! অমন জিনিস হাতের মুঠোয় পেয়েও কেউ হাতছাড়া করে! কত কাজ হয়ে যেত! তা ফেলতে গেলে কেন বাপু? জন্মেও শুনিনি কেউ কখনও চোর ফ্যালে।”

লক্ষ্মণ যথেষ্ট ঘাবড়ে গেছে। মুখখানা ফ্যাকাসেপানা দেখাচ্ছে। আমতা-আমতা করে বলে, “চোর যে ফ্যালনা জিনিস নয় তা এখানে এসেই শিখলাম মশাই। নাক মলছি, কান মলছি আর ইহজীবনে চোরকে হেলাফেলা করব না। রাতের তিনিও সে কথাই বলছিলেন কিনা!”

গৌরগোবিন্দ একটু ঝুঁকে পড়ে বললেন, “তা এই তেনাকে কেমন দেখলে বলো তো! পুরনো ভূত সব ক'জনকেই চিনি। বলি তিনুকে দ্যাখোনি তো! তিনুর গায়েও সাঙ্ঘাতিক জোর ছিল, মুগুরের বদলে রোজ সকালে দুখানা আস্ত ঢেঁকি দু হাতে নিয়ে বনবন করে ঘুরিয়ে মুগুর ভাঁজত। তবে বড্ড গবেট ছিল, খুব ভিতুও। গায়ে জোর থাকলে কী হয়, কেউ চোখ রাঙালেই লেজ গুটোত।”

লক্ষ্মণ মাথা নেড়ে বলে, “তা হলে ইনি তিনি নন। চুরি নিয়ে যখন আমাকে জেরা করছিলেন, তখনই বুঝেছিলাম এঁর খুব বুদ্ধি।”

নটবর বলল, “চুরি নিয়ে কী জেরা করল হে?”

লক্ষ্মণ একটা দীর্ঘশ্বাস ফেলে, “তিনিই আমার চোখ খুলে দিলেন। তবে সে মশাই অনেক কথা। আমি বড্ড ভয় পেয়েছি। লক্ষ্মণ পাইকের বুকে ভয় বলে বস্তু ছিল না কখনও। কাল রাত থেকে হল। এখানে আমার আর পোষাবে না মশাই। রামবাবুর কাছে তাই হাতটা গোনাতে এসেছি।”

শুনে গৌরগোবিন্দ খুব অট্টহাসি হেসে বললেন, “কত বছর রামের পেছনে ফেউ

হয়ে লেগে আছি জানো? আজ অবধি মুখের কথাটা খসাতে পারিনি। তবে বেড়ালের ভাগ্যে কারও-কারও শিকে ছেঁড়ে দেখেছি। তোমারও কপাল ভাল থাকলে রামের মুখ থেকে বাক্যি বেরোবে।"

এমন সময় উঠোনের অন্যদিককার একখানা ঘরের দরজা খুলে রাম বিশ্বাস বেরিয়ে এলেন। ডান হাতে অবিরল ঢ্যাঁড়া কেটে যাচ্ছেন, আর মুখে অনর্গল বিড়বিড়।

লক্ষ্মণ তাড়াতাড়ি উঠে গিয়ে জোড়হাতে রামবাবুর সামনে দাঁড়িয়ে বলল, "আমার সমস্যার একটা বিহিত করে দেন আজ্ঞে। আমার বড় বিপদ যাচ্ছে।"

রামবাবু ভ্রূ কুঁচকে লক্ষ্মণের দিকে একটু চেয়ে থেকে বললেন, "ক'দিন শ্রীঘর বাস করা হয়েছে বলো তো! বছর পাঁচেক নাকি?"

লক্ষ্মণ এত ঘাবড়ে গেল যে, প্রথমটায় মুখে বাক্য সরল না। চোখ দুটো কেমন গোল্লা পাকিয়ে গেল ভয়ে। তারপর একটু ভাঙা গলায় বলল, "মোট তিন বছর। সব তো আপনি জানেন, লুকোছাপা করব না। জেল যে খেটেছি তা পুরো নিজের দোষে নয়। লালু দাসের দলে ভিড়েছিলুম পেটের দায়ে। ঘরে বুড়ো বাপ, রোগা মা, তিনটে আইবুড়ো বোন, কী করব বলুন। মোট চারটে ডাকাতিতে ছিলুম বটে, কিন্তু দলে থাকাই সার। আমাকে তেমন দায়িত্বের কাজ দিত না, শুধু বাইরে পাহারায় রাখত। শেষে নায়ায়ণপুরে লালু ধরা পড়ল। মামলায় মোট পাঁচ বছর জেল হল তার। তা লালু দাসের মতো লোকেরা কি আর জেল খাটে! আমাকে ডেকে বলল, 'তোকে মাসে-মাসে চারশো করে টাকা দেব, আমার হয়ে জেল খাটবি।' পেটের দায়ে রাজি হয়েছিলাম। তবে পুরো মেয়াদ খাটতে হয়নি। তিন বছর পর ছেড়ে দিল। লালু দিব্যি গায়ে ফুঁ দিয়ে ঘুরে বেড়াচ্ছে, বদনামের ভাগী হলাম গে আমি। নিজের গাঁয়ে অবধি ঢুকতে পারি না।"

রামবাবুর চেহারাটি ছোটখাটো, রংখানা ফরসা, মাথায় একটু টাক, তিনি অতি দ্রুত বাতাসে ঢ্যাঁড়া কাটতে-কাটতে উত্তেজিতভাবে পায়চারি করতে-করতে আপনমনে বললেন, "একজনের নামের আদ্যক্ষর ন। আর একজনের দুটো হাতই বাঁ হাত। হুঁহুঁ, হুঁহুঁ, এ তো ঘোর বিপদের লক্ষণ দেখছি। অর্থই অনর্থের মূল।"

কথাটা কাকে বলা তা বোঝা গেল না ঠিকই। কিন্তু সবাই একটু তটস্থ হল। নটবর, গৌরগোবিন্দ এবং লক্ষ্মণ ছাড়াও দশ-বারোজন মানুষ ইতিমধ্যেই উঠোনের চারদিকে জমায়েত হয়েছে। সবাই এদিক-ওদিক চাওয়াচাওয়ি করছে। বিপদের কথায় সকলেরই মুখ শুকনো। এর মধ্যেই লক্ষ্মণ হঠাৎ বিদ্যুদ্বেগে ঘুরে সোজা গিয়ে নটবর ঘোষের সামনে দাঁড়িয়ে বাঘের গলায় গর্জন করে উঠল, "নটবরবাবু।"

লক্ষ্মণের এই চেহারা দেখে আতঙ্কিত হয়ে নটবর ঘোষ বললেন, "অ্যাঁ!"

"আপনার নামের আদ্যক্ষর ন।"

নটবর বিস্ফারিত চোখে চেয়ে বলে, "কে বলল ন?"

"আপনি নটবর।"

নটবর সবেগে ডাইনে-বাঁয়ে মাথা নেড়ে বলে, "কখনও নয়। ভুল শুনেছ ভাই।

আমার নাম হল গে হলধর। বিশ্বাস না হয় এই গৌর ঠাকুর্দাকেই জিজ্ঞেস করো।"

লক্ষ্মণ পাইক তার দুটো হাত মুঠো পাকিয়ে দাঁতে-দাঁত ঘষে বলল, "চালাকি হচ্ছে? আমি নিজের কানে শুনেছি আপনার নাম নটবর।"

নটবর দাওয়ার ভেতর দিকে সরে বসে বলে, "আহা হা, অত খেপছ কেন ভায়া, নটবর বলে মাঝে-মাঝে ভুল করে কেউ-কেউ ডাকে বটে, তবে দেখতে হবে যে, কোন ন। মূর্ধ্যণ না দন্ত্য ন। তোমাকে কিন্তু আগেভাগেই বলে রাখছি বাপু দন্ত্য ন হলে কিন্তু মিলবে না। আমার নটবর হল মূর্ধ্য ণ দিয়ে। যাও না, ওই রামের কাছেই জেনে এসো কোন ন।"

"আপনার হাত দুটো দেখি। আমার মনে হচ্ছে আপনার দুটো হাতই বাঁ হাত।"

নটবর তার হাত দুখানা পিছমোড়া করে রেখে আতঙ্কের গলায় বলে, "মোটেই নয় বাপু। আমার বাঁ হাত নেই। দুটোই ডান হাত।"

ঠিক এই সময়ে হঠাৎ কাছে পিঠে প্রচণ্ড বজ্রাঘাতের শব্দের মতো শব্দ হল, "ব্যোম্...ব্যোম্...ব্যোম্ কালী! খেয়ে লে মা, সব খেয়ে লে! সব খেয়ে ফ্যাল বেটি করালবদনী। গরিব-বড়লোক, সাধু-চোর, কালো-ধলো—সব ব্যাটাকে ধরে খেয়ে লে মা জননী। কড়মড়িয়ে খা মা, চিবিয়ে-চিবিয়ে খা, ছিবড়ে ফেলিসনি মা। সব গাপ করে দে।"

ওই বিকট শব্দে লক্ষ্মণ পাইক অবধি ঘাবড়ে গিয়ে হাঁ করে চেয়ে ছিল। সেই ফাঁকে নটবর ঘোষ দাওয়া থেকে নেমে সুট করে কচুবনের ভেতরে সেঁদিয়ে পালিয়ে গেল।

কালী কাপালিক রাম বিশ্বাসের বাড়িতে কখনও ঢোকে না। রামবাবুর ওপর তার একটা পুরনো রাগ আছে। বহুকাল আগে, কালী যখন কাপালিক হয়নি, তখন রামবাবু একবার তাকে বলেছিলেন, "ওরে, সামনের জন্মে তুই তো দেখছি বাদুড় হবি।" এই কথায় কালী প্রথমটায় ভীষণ ভয় খেয়ে যায়। অনেক কাকুতিমিনতি করতে থাকে, "ও রামবাবু, বাদুড় নয়, আমায় বরং সামনের জন্মে বানর করে দিন, তাও ভাল। বাদুড় হলে আমি মরে যাব। ও রামবাবু, আপনার পায়ে পড়ি।"

পঞ্চানন সরখেল কাছেই ছিলেন, তিনি বললেন, "তা বাপু কালী, বাদুড়ের চেয়ে কি বানর হওয়া ভাল? বাদুড়ের তো দুখানা ডানা আছে, কত ঘুরেটুরে বেড়াতে পারে, আর বানর তো ত্যাঁদড়ের একশেষ। এই সেদিনও আমার বাগানের তিন কাঁদি কলার সর্বনাশ করে গেছে। এ গাঁয়ে আর বানরের সংখ্যা বাড়ানো উচিত হবে না।"

কালী তখন রেগেমেগে বলল, "বাদুড় যে মুখ দিয়ে পায়খানা করে তা কি জানেন! ওয়াক থুঃ। আমি কিছুতেই বাদুড় হতে পারব না। রামবাবু, একটা ব্যবস্থা করে দিন। কুকুর-বেড়াল সব হতে রাজি আছি, শুধু ওই বাদুড়টা পারব না।" রাম বিশ্বাস অবশ্য সে কথায় কান দেননি। শুধু বলেছেন, "যা দেখতে পাচ্ছি তাই বলেছি বাপু, ওর আর নড়চড় নেই।"

সেই থেকে রামবাবুর ওপর কালীর রাগ। সে এ বাড়ির উঠোন মাড়ায় না কখনও। তবে মাঝে-মাঝে আসে আর বাইরে দাঁড়িয়ে 'ব্যোম কালী, ব্যোম কালী' করে যায়।

আজ কালীর চেহারাটা কিন্তু ভয়ঙ্কর দেখাচ্ছে। মাথার চুল সব ফণা ধরে আছে,

দাড়ি-গোঁফ সব যেন ফুলেফেঁপে উঠেছে, রোষকষায়িত লোচন। রামবাবুর উঠোনের দিকে চেয়ে হাতের শূলখানা ওপরে তুলে বিকট স্বরে বলল, "এ-গ্রাম উচ্ছন্নে যাবে। অসুখ হয়ে মরবে, আগুন লাগবে, ভূমিকম্প হবে। এত বড় পাপের জায়গা আর নেই হে। সবার আগে যাবে ওই গগন সাঁপুই।"

কালীকে সবাই অল্পবিস্তর চেনে, তাই সবাই চুপচাপ বসে রইল। তবে লক্ষ্মণ পাইক এ গাঁয়ে নতুন লোক। সে মনিবের নাম শুনে দু কদম এগিয়ে বলল, "কে হে, গগন সাঁপুই আগে যাবে কেন?"

কালী অট্টহাস্য করে, "এ যে লক্ষ্মণ দরোয়ান দেখছি! বলি, আজ সকাল থেকে আমাকে যে আধসের করে দুধ পাঠানোর কথা ছিল, তার কী হল? আর মায়ের থান বাঁধানোর ইটের ব্যবস্থা? দেব নাকি সব ফাঁস করে? গগন সাঁপুইকে বলিস, কাজটা সে মোটেই ভাল করেনি। আমার আখড়ায় দেড় হাজার ভূত মন্তর দিয়ে আটকে রেখেছি। সবক'টা কাঁচাখেগো অপদেবতা। একসঙ্গে যদি ছেড়ে দিই সারা গাঁ লণ্ডভণ্ড হয়ে যাবে কিন্তু।"

রোগামতো পটল সাহা কাঁটালগাছতলায় বসে ছিল এতক্ষণ। হঠাৎ বলে উঠল, "কিন্তু আমরা যে শুনতে পাই তোমারই নাকি বেজায় ভূতের ভয়! সেই ভয়ে তুমি শ্মশানমশানে অবধি যাও না, মড়ার ওপর বসে তপস্যা কখনও করোনি!"

কালী কাপালিক আর-একটা অট্টহাসি হেসে নিয়ে বলে, "শবসাধনা! সে আমার কোন যুগে সারা হয়ে গেছে। আর শ্মশানের কথা বলছিস! আমার যখন এইটুকু বয়স তখন থেকে রথতলার শ্মশানে যাতায়াত। নন্দ কাপালিকের সঙ্গে তো সেখানেই ভাবসাব হল, মন্তর দিলেন। বুঝলে পটলবাবু, এইজন্যেই কথায় বলে গেঁয়ো যোগী ভিখ পায় না। আমি যদি অন্য গাঁয়ের লোক হতুম, তা হলে এই তোমরাই দুবেলা গিয়ে পেন্নাম ঠুকতে। তবে আমিও ছাড়বার পাত্র নই, কালী কাপালিক যে কী জিনিস তা একদিন এ গাঁয়ের লোককে টের পাইয়ে ছাড়ব। আরও একটা কথা পেট-খোলসা করে বলেই দিচ্ছি। পাপ কখনও গোপন থাকে না।" এই বলে কালী লক্ষ্মণের দিকে চেয়ে মৃদু একটু ব্যঙ্গর হাসি হেসে বলল, "তোমার মনিবকেও কথাটা বোলো হে দরোয়ান। পাপ কখনও গোপন থাকে না। আমার কাছে সব খবরই আছে। বিকেল অবধি দেখব। যদি গগনের সুমতি হয় তবে কড়ার মতো কাজ করবে। আর যদি না করে তবে কাল সকালে সারা গাঁয়ে খবরটা রটে যাবে। থানা-পুলিশ হলে আমাকে দোষ দিয়ো না বাপু।"

কালী কাপালিক চলে গেলে সবাই একটু হাঁফ ছেড়ে নড়েচড়ে বসল।

কালী মনসাতলা পেরোনোর আগেই গৌরগোবিন্দ পা চালিয়ে ধরে ফেললেন, "ওরে ও কালী, দাঁড়া বাবা, দাঁড়া। কথা আছে।"

কালী বিরক্ত হয়ে ফিরে দাঁড়াল, "আবার কীসের কথা!"

গৌরগোবিন্দ দুঃখের সঙ্গে মাথা নেড়ে বলেন, "একটু দুধের জন্য তোর এত হেনস্থা, এ যে চোখে দেখা যায় না রে! আমার কেলে গোরুর দুধ খাবি এক গেলাস? অ্যাই বড় আধসেরি গেলাস।" বলে গৌরগোবিন্দ দুই হাতে গেলাসের মাপ দেখিয়ে

মিটিমিটি হাসলেন, "আর গোরু দেখলেই ভিরমি খাবি। যেন সাক্ষাৎ ভগবতী। হাতির মতো পেল্লায় চেহারা, তেল চুকচুকে গায়ে রোদ পিছলে যায়। আর দুধের কথা যদি তুলিস বাপ, তা হলে বলব, অমন দুধ একমাত্র বুঝি রাজাগজাদেরই জোটে। যেমন ঘন, তেমনই মিষ্টি, আর তেমনই খাসা গন্ধটি। খাবি বাপ একটি গেলাস? গরম, ফেনায় ভর্তি, সরে-ভরা দুধ?"

কালী একটা দীর্ঘশ্বাস ফেলে বলে, "তোমার মতলব আছে ঠাকুর্দা।"

একগাল হেসে গৌরগোবিন্দ বলেন, "দূর পাগলা, মতলব আবার কী রে? দুটো কথা-টথা কইব বসে, সেই তো এইটুকু থেকে দেখছি তোকে। আয়, আয়।"

নিজের বাড়ির উঠোনে পা দিয়েই গৌরগোবিন্দ হাঁক মারলেন, "ওরে, তাড়াতাড়ি এক গেলাস দুধ নিয়ে আয় তো! আধসেরি গেলাসে, ভর্তি করে দিস। সাধু-সন্ন্যাসী মানুষ এরা সব, কুপিত হলেই বারোটা বাজিয়ে দেবে।"

দাওয়ায় কালীকে আসন পেতে যত্ন করে বসালেন গৌরগোবিন্দ। দুধও এসে গেল। কালীকে দুধটা খানিক খাওয়ার সময় দিয়ে গৌরগোবিন্দ গলাটা খাটো করে বললেন, "তা হলে কথাটা আসলে এই! মানে গগন সাঁপুই একখানা দাঁও মেরেছে!"

কালী নিমীলিত নয়নে চেয়ে বলে, "দুধটি বড্ড খাসা ঠাকুর্দা, এর যা দাম দিতে হবে তাও আমি জানি। শোনো, কথাটা পাঁচকান কোরো না। ও ছোকরা মোটেই চোর নয়। থলির মধ্যে দুশো এগারোখানা মোহর ছিল। গগন সেটিই গাপ করেছে। ছোঁড়ার কী মতিচ্ছন্ন হয়েছিল, কেন যে গগনের বাড়ি সেঁধোতে গেল।"

গৌরগোবিন্দ চোখ কপালে তুলে বলেন, "দুশো এগারোখানা! দেখলি থলি খুলে?"

"থলি খুলতে হবে কেন ঠাকুরদা! আমার কি অন্তর্দৃষ্টি নেই? বাইরে থেকেই দেখলুম, থলির ভেতর মোহর। দুশো এগারোখানা। তবে ভোগে লাগল না।"

"তার মানে?"

"ছোকরাকে রাতেই মেরে লাশ গুম করে দিয়েছে কিনা। কাল রাতেই ছোকরার প্রেতাত্মা এসে বলে গেল।"

॥ ৩ ॥

নিজের নাম নিয়ে একটু দুঃখ আছে অলঙ্কারের। নামটার মধ্যে কি মেয়ে-মেয়ে গন্ধ? বন্ধুরা তা বলে না অবশ্য, কিন্তু তার কেন যেন মনে হয় নামটা বড্ড মেয়েলি। নাম ছাড়াও আরও নানারকমের দুঃখ আছে অলঙ্কারের। যেমন, তার গায়ে তত জোর নেই যাতে সে বুক্কাকে হারিয়ে দিতে পারে। তাকে ন'পাড়া স্পোর্টিং ক্লাবের ফুটবল টিমে কিছুতেই কেন যে নেয় না! তার বাবার তত পয়সা নেই যে, চাটুজ্যেবাড়ির ছেলে চঞ্চলের মতো একখানা এয়ারগান তাকে কিনে দেন। চঞ্চল তার এয়ারগানটা, অলঙ্কারকে ছুঁতেও দেয় না। অলঙ্কারের আর-একটা দুঃখ মা-বাবার কাছে কিছু চাইলেই সবসময়েই শুনতে হয়, "না, হবে না। আমাদের পয়সা নেই।" নেই-নেই

শুনতে-শুনতে অলঙ্কারের কান পচে গেল। আলাদিনের আশ্চর্য প্রদীপ বা পরশপাথর পেলে তার একটু সুবিধা হত। সে অবশ্য খুব বেশি কিছু চাইত না। বিশ্বকর্মা পুজোর সময় কয়েকখানা রঙিন ঘুড়ি আর লাটাই, কয়েকটা লাট্টু, কিছু মার্বেল, পুজোয় নতুন জুতো, এইসব।

অলঙ্কারদের বাড়ি পুবপাড়ায়। দোতলা মিষ্টি একটা মাটির বাড়িতে তারা থাকে। বাড়ির সামনে একটু বাগান আর পেছনে ঘন বাঁশঝাড়। দোতলার ছোট্ট একটা কুঠুরিতে অলঙ্কার একা থাকে। সেখানে তার যত বইপত্র আর কিছু খেলার জিনিস। তার বইগুলো সবই পুরনো আর ছেঁড়াখোঁড়া। উঁচু ক্লাসে যারা উঠে যায় তাদের বই সস্তায় কিনে আনেন বাবা। তার খেলার জিনিসও বেশি কিছু নেই। একটা বল, দুটো ফাটা লাটিম, তক্তা দিয়ে বানানো একটা ব্যাট, একটা গুলতি, একটা ধনুক, একটা বাঁশি। ব্যস। তার জন্মদিনও হয় না কখনও। হলে টুকটাক দু-একটা উপহার পাওয়া যেত। দুঃখের বিষয়, তার যেসব বন্ধুর জন্মদিন হয়, তাদের বাড়িতে নেমন্তন্নেও যেতে পারে না অলঙ্কার। কারণ উপহার কেনার পয়সাই যে নেই তাদের।

দুঃখ যেমন আছে তেমনই কিছু সুখও আছে তার। ফুটবল খেলতে, সাঁতার কাটতে তার দারুণ ভাল লাগে। ভাল লাগে বৃষ্টি পড়লে, শীতকালে রোদ উঠলে, আকাশে রামধনু দেখলে। সকালে যখন পাখির ডাকে ঘুম ভাঙে, তখনও তার খুব আনন্দ হয়। অলঙ্কারের আরও একটা গোপন সুখের ব্যাপার আছে। সে খুব খুঁজতে ভালবাসে। না, কোনও হারানো জিনিস নয়। সে এমনিতেই মাঠেঘাটে, জঙ্গলে, জলায় আপনমনে খোঁজে আর খোঁজে। হয়তো একটা অদ্ভুত পাথর, কখনও-বা কারও হারানো পয়সা, অদ্ভুত চেহারার অচেনা গাছের চারা, ভাঙা পুতুল বা এরকম কিছু যখন পেয়ে যায় তখন খুব একটা আনন্দ হয় তার। খুঁজতে-খুঁজতে এই গ্রাম আর তার আশপাশের সব অন্ধিসন্ধি তার জানা হয়ে গেছে।

আজ ভোর-রাতে ঘুমের মধ্যে একটা আজগুবি ব্যাপার ঘটল। নিজের দোতলা ঘরে শুয়ে ঘুমোচ্ছিল সে। এ ঘরে জানলার বদলে ছোট ঘুলঘুলি আছে দুটো। মাথার কাছের ঘুলঘুলি দিয়ে কে যেন তাকে বলছিল, "বাঁশঝাড়ের পেছনে যে জঙ্গলটা আছে, সেখানে চলে যাও। সেখানে একটা জিনিস আছে।"

অলঙ্কার পাশ ফিরে ঘুমের মধ্যেই বলল, "কী জিনিস?"

"দেখতেই পাবে।"

"আপনি কে?"

"আমি শিমুলগড়ের পুরনো ভূত। আমার নাম ছায়াময়।"

ভূত শুনে ঘুমটা ভেঙে গেল অলঙ্কারের। সে উঠে বসল। দেখল, বাইরে ভোর-ভোর হয়ে আসছে। খুব পাখি ডাকছে। ঘুলঘুলি দিয়ে অবশ্য কাউকেই দেখা গেল না। স্বপ্ন স্বপ্নই, তাকে পাত্তা দিতে নেই। অলঙ্কারও দিল না। সে রোজকার মতো সকালে উঠে দাঁত মেজে পড়তে বসল। চাট্টি মুড়ি খেল। তারপর মায়ের অনুমতি নিয়ে বেরোল খেলতে। আজ ইস্কুলের প্রতিষ্ঠাদিবস বলে ছুটি। বেরোবার মুখেই হঠাৎ তার স্বপ্নটার কথা মনে পড়ে গেল।

বাঁশঝাড়ের পেছনের জঙ্গলে একটা জিনিস আছে! কিন্তু কীই-বা থাকবে? গতকালও ইস্কুল থেকে ফেরার পথে জঙ্গলটা ঘুরে এসেছে। প্রায়ই যায়। ওই জঙ্গলটা তার খুব প্রিয় জায়গা।

আজ পুবপাড়ায় জোর ডাংগুলি খেলা হবে। সেদিকেই মনটা টানছিল অলঙ্কারের। তবু শেষ অবধি ঠিক করল জঙ্গলটায় পাঁচ মিনিটের জন্য ঘুরে আসবে।

বাঁশঝাড়টা বিরাট বড়। এক দিন নাকি এই বাঁশঝাড় তাদের বংশেরই সম্পত্তি ছিল। তবে শরিকে-শরিকে বাঁশঝাড়ের মালিকানা নিয়ে মামলা-মোকদ্দমা হওয়ায় এখনও এটা কারও সম্পত্তি হয়ে ওঠেনি। কেউ এখানকার বাঁশ কাটে না। ফলে ভেতরটা বেশ জমাট অন্ধকার। বাঁশপাতা পড়ে-পড়ে কার্পেটের মতো নরম একটা আস্তরণ হয়েছে মাটির ওপর। বাঁশঝাড় পেরিয়ে একটা আগাছার জঙ্গল। বড় গাছও বিস্তর আছে। এ হচ্ছে সাহাবাবুদের পোড়োবাড়ির বাগান। জঙ্গলটা অলঙ্কার নিজের হাতের তেলোর মতোই চেনে। সে চারদিকে চোখ রেখে জঙ্গলের এধার থেকে ওধার ঘুরতে লাগল। তারপর হঠাৎ মস্ত মহানিম গাছটার তলায় চোখ পড়তেই সে অবাক হয়ে চেয়ে রইল। গাছতলায় খানিকটা পরিষ্কার ঘাসজমি আছে। এখানে বসে অলঙ্কার বাঁশি বাজায় মাঝে-মাঝে। এখন সেখানে একটা লোক শুয়ে আছে। মরে গেছে কি না বোঝা যাচ্ছে না। তবে কাত হয়ে, ভাঁজ-করা হাতের ওপর মাথা রেখে গুটিসুটি হয়ে শোওয়ার ভঙ্গি দেখে মারা গেছে বলে মনে হয় না। লোকটা রোগা চেহারার, লম্বা চুল আছে, গালে অল্প দাড়ি।

অলঙ্কার পায়ে-পায়ে এগিয়ে গিয়ে লোকটার কাছে দাঁড়িয়ে একবার গলাখাঁকারি দিল। প্রথমে আস্তে। তারপর জোরে। কাজ হল না দেখে নিচু হয়ে বলল, "আপনি কি ঘুমোচ্ছেন! এখানে কিন্তু শেয়াল আছে। আর খুব কাঠপিঁপড়ে।"

হঠাৎ লোকটা চোখ চাইল। তাকে দেখে ধড়মড় করে উঠে বসেই বলল, "আ-আমি কোথায়? আমি এখানে কেন?"

অলঙ্কার একটু হেসে বলে, "আপনি এখানে কী করে এলেন তা আপনি নিজেই ভুলে গেছেন? খুব ভুলো মন তো আপনার!"

লোকটির বয়স কুড়ি-বাইশের বেশি হবে না। নিজের ঘাড়ে হাত বোলাতে-বোলাতে বলল, "মাথাটা বোধ হয় গুলিয়ে গেছে। এখানে যে কী করে এলাম!" বলে লোকটা শুকনো মুখে অলঙ্কারের দিকে চেয়ে ফের বলে, "আমার ভীষণ খিদে পেয়েছে। সাঙ্ঘাতিক খিদে। কিছু খেতে দিতে পারো?"

অলঙ্কার ম্লানমুখে বলল, "তবেই তো মুশকিল। আমাদের বাড়িতে কিচ্ছু খাবার থাকে না যে! আমাদের কত খিদে পায়, আমরা তখন জল খাই খুব করে। আমাদের পাতে কিছু ফেলা যায় না বলে আমাদের বাড়িতে কাক-কুকুর-বেড়ালরা পর্যন্ত আসে না। আমরা কোনও জিনিসের খোসা ফেলি না, ছিবড়ে ফেলি না। আমার বাবা সজনে ডাঁটা চিবিয়ে অবধি গিলে ফেলেন। আমি চিনেবাদাম পেলে তা ওপরের শক্ত খোসাটাসুদ্ধু চিবিয়ে খেয়ে নিই।"

ছেলেটা অবাক হয়ে চেয়ে ভয়-খাওয়া গলায় বলে, "ও বাবা, ওসব তো আমি

পারব না। কিন্তু খিদেটা যে সহ্য করা যাচ্ছে না আর।"

"কেন, আপনার কাছে পয়সা নেই?"

ছেলেটা মাথা নেড়ে বলে, "ছিল। এখন আর নেই। অনেক ছিল। কেড়ে নিয়েছে।"

"কে কাড়ল? ডাকাত!"

ছেলেটা ঠোঁট উলটে বলল, "তাই হবে। ভাল চিনি না। তবে তোমাদের এই অঞ্চলটাই খুব খারাপ জায়গা।"

অলঙ্কার একটু ম্লানমুখ করে বলে, "আমার বাবারও তাই মত। আপনার কি অনেক টাকা ছিল?"

ছেলেটা করুণ হেসে বলে, "হ্যাঁ, অনেক। সে তুমি ভাবতেও পারবে না।"

"এখানে একটা কাশীর পেয়ারাগাছ আছে। চমৎকার পেয়ারা হয়। তবে গাঁয়ের ছেলেরা সব পেড়ে খেয়ে যায়। গতকাল দেখেছি, তিনটে অবশিষ্ট আছে। এনে দেব?"

"পেয়ারা! তাই দাও। জল পাওয়া যাবে তো!"

"হ্যাঁ। জল যত চাই। আমাদের বাড়ি ওই বাঁশঝাড়টার ওধারে। কুয়ো আছে। আগে পেয়ারা পেড়ে আনি, তারপর বাড়ি নিয়ে যাব আপনাকে।"

গাছে তিনটে পেয়ারাই ছিল। অলঙ্কার পেড়ে নিয়ে এল। বেশ বড় পাকা হলুদ পেয়ারা। ছেলেটা একটাও কথা না বলে কপকপ করে মুহূর্তের মধ্যে খেয়ে ফেলল তিনটেই। খুব খিদে পেলে খাবে বলে অলঙ্কার পেয়ারা তিনটে গাছ থেকে পাড়েনি। ভাগ্যিস পাড়েনি। খিদের যে কী কষ্ট তা তো সে জানে।

ছেলেটাকে সঙ্গে নিয়ে অলঙ্কার যখন বাড়ির দিকে আসছিল তখন তার একটু ভয়-ভয় করছিল। তাদের বাড়িতে একমাত্র পাওনাদারেরা ছাড়া আর কেউ আসে না। তারা বাইরে দাঁড়িয়ে কটু-কাটব্য করে যায়। এ ছাড়া, কোনও অতিথি-অভ্যাগত, এমনকী আত্মীয়স্বজন অবধি কেউ আসেনি কখনও। বাইরের কোনও লোক এসে তাদের বাড়িতে খায়ওনি কোনওদিন। নিজের বন্ধুদের বাড়িতে ডেকে আনতেও ভয় পায় অলঙ্কার। আজ হঠাৎ এই উটকো লোকটাকে দেখলে তার মা-বাবা কি খুব রেগে যাবেন তার ওপর? তা মা-বাবা খুবই রাগি এবং ভীষণ গম্ভীর। কখনও তাঁদের মুখে হাসি দেখা যায় না। অলঙ্কার তাঁদের একমাত্র ছেলে হওয়া সত্ত্বেও সেও কখনও মা বা বাবার তেমন আদর বা আশকারা পায় না। তাদের বাড়িতে কোনও আনন্দ নেই, ফুর্তি নেই, হাসি নেই, গান নেই। এরকম বাড়িতে বাইরের কাউকে নিয়ে যেতে ভয় লাগবে না? এখন বাবা বাড়ি নেই, মা আছেন। মা যদি রেগে যান!

মা অবশ্য রাগলেন না। অলঙ্কারের রোগামতো মা কুয়োর ধারে কাপড় কাচতে বসেছেন। অলঙ্কারের সঙ্গে ছেলেটাকে আসতে দেখে কাচা থামিয়ে অবাক হয়ে চাইলেন।

অলঙ্কার ভয়ে-ভয়ে বলল, "মা, এঁর সব চুরি হয়ে গেছে। জঙ্গলে পড়ে ছিলেন।"

অলঙ্কারের মা অধরা উঠে মাথায় একটু ঘোমটা টেনে বললেন, "এ তো বড় ঘরের ছেলে মনে হচ্ছে! যাও বাবা, দাওয়ায় গিয়ে বোসো। ওরে অলঙ্কার, চটের আসনটা

পেতে দে তো!"

মায়ের এই কথাটুকুতেই অলঙ্কারের বুক আনন্দে ভেসে গেল। মাকে সে যত রাগি আর বদমেজাজি ভাবে ততটা নন তা হলে! সে তাড়াতাড়ি আসন পেতে বসতে দিল ছেলেটাকে। চুপিচুপি জিজ্ঞেস করল, "আপনার নাম কিন্তু বলেননি।"

"আমার নাম ইন্দ্রজিৎ রায়।"

"ইন্দ্রদা, আমাদের বাড়িতে কিন্তু আপনার খুব অসুবিধে হবে।"

ইন্দ্র মাথা নেড়ে বলে, "অসুবিধে তোমাদেরই হবে বোধ হয়। তবে আমি এ গাঁয়ে বেশিক্ষণ থাকব না। একটু জিরিয়ে নিয়েই চলে যাব। আগে একটু জল দাও।"

ইন্দ্র প্রায় আধঘটি জল খেয়ে নিল। অধরা দুটো বাতাসা এনে বললেন, "এ দুটো খাও বাবা। মনে হচ্ছে খুব খিদে পেয়েছে।"

বাতাসা দুটো কচমচিয়ে খেয়ে ইন্দ্র বলল, "এখন খিদেটা সহ্যের মধ্যে এসে গেছে।"

"তবে আর-একটু সহ্য করো বাবা! আমি কচুসেদ্ধ দিয়ে ভাত বসাচ্ছি। আর হিঞ্চের ঝোল। দুটি গরম ভাত খাও।"

"কিন্তু আমি যে আর বেশিক্ষণ এখানে থাকব না মাসিমা। আমাকে চলে যেতে হবে।"

অধরা করুণ চোখে ছেলেটার দিকে চেয়ে বললেন, "তোমাকে দেখে মনে হচ্ছে, খুব দুর্বল। এই শরীরে কি হাঁটতে পারবে? দুটি খেয়ে নিলে গায়ে একটু জোর পেতে।"

ইন্দ্র সভয়ে মাথা নেড়ে বলে, "না, দেরি হয়ে যাবে। না পালালে আমার রক্ষে নেই।"

"তুমি কি ভয় পেয়েছ বাবা?"

ইন্দ্র নীরবে মাথা নেড়ে জানাল যে, সে ভয় পেয়েছে।

অধরা কী বলতে যাচ্ছিলেন, ঠিক এমন সময়ে বাইরে থেকে একটা ভারী গলার হাঁক শোনা গেল, "বলি ও হরিপদ, বাড়ি আছিস? হরিপদ-ও-ও..."

অলঙ্কার শখ করে জঙ্গল থেকে একটা নতুন ধরনের ফণীমনসা এনে উঠোনের বেড়া হবে বলে লাগিয়েছিল। সেগুলো এখন বুক সমান বেড়ে উঠে প্রায় নিশ্ছিদ্র এক আড়াল তৈরি করেছে। বাইরে থেকে উঠোনটা আর কারও নজরে পড়ে না। লোকটাকে দেখা গেল না বটে, কিন্তু গলা শুনে অধরা আর অলঙ্কারের মুখ শুকোল।

ইন্দ্র চকিতে মুখ তুলে বলল, "লোকটা কে বলো তো!"

অলঙ্কার ম্লানমুখে বলে, "ও হচ্ছে হরিশ সামন্ত। গগন সাঁপুইয়ের খাজাঞ্চি। তাগাদায় এসেছে।"

"গগন সাঁপুই!" বলে ইন্দ্র ভ্রূ কোঁচকাল। তারপর টপ করে উঠে ঘরে ঢুকে কপাটের আড়ালে লুকিয়ে পড়ল। হরিশ সামন্ত ততক্ষণে ফটকের সামনে এসে দাঁড়িয়েছে, পাশে শম্ভু পাইক।

অধরা ইন্দ্রের কাণ্ড নীরবে দেখলেন, কিন্তু কোনও ভাবান্তর হল না। হরিশের

দিকে চেয়ে শান্ত গলায় বললেন, "উনি তো বাড়ি নেই।"

হরিশ একটু খেঁচিয়ে উঠে বলে, "যখনই আসি তখনই শুনি বাড়ি নেই! সাতসকালে গেল কোন চুলোয়? যাকগে সে এলে বোলো বাবু এত্তেলা দিয়েছেন। এবেলাই গিয়ে যেন একবার হুজুরের কাছে গিয়ে হাজির হয়। সুদে-আসলে তার মেলা টাকা বাকি পড়েছে। বুঝলে?"

"বুঝেছি। এলে বলব'খন।"

"আর-একটা কথা। মন দিয়ে শোনো। আজ আদায় উশুলের জন্য আসা নয়। বাবুর একটা জরুরি কাজ করে দিতে হবে। ভয় খেয়ে যেন আবার গা-ঢাকা না দেয়। বরং কাজটা করে দিলে কিছু পেয়েও যাবে। বুঝলে?"

"বুঝেছি।"

হরিশ সামন্ত চলে যাওয়ার পর ইন্দ্র বেরিয়ে এল। তার মুখে-চোখে আতঙ্কের গভীর ছাপ। সে অলঙ্কারকে জিজ্ঞেস করল, "কী কাজের জন্য তোমার বাবাকে খুঁজছে ওরা?"

ঠোঁট উলটে অলঙ্কার বলে, "কে জানে! তবে বাবার তো সোনার দোকান ছিল, গয়না বানাতেন। এখন আর ব্যবসা ভাল চলে না। গগনজ্যাঠা মাঝে-মাঝে সোনা গলানোর জন্য বাবাকে ডাকেন।"

ইন্দ্রর মুখ থেকে শেষ রক্তবিন্দু পর্যন্ত যেন সরে গেল। সাদা ফ্যাকাসে মুখে সে খানিকক্ষণ চেয়ে রইল শূন্য দৃষ্টিতে। তারপর বিড়বিড় করে বলল, "গলিয়ে ফেলবে! গলিয়ে ফেলবে!"

অধরা একদৃষ্টে দেখছিলেন ইন্দ্রকে। হঠাৎ একটু হেসে বললেন, "শোনো বাবা ইন্দ্র, তুমি এত ভয় পেয়ো না। ওপাশে একটা পুকুর আছে। ভাল করে স্নান করে এসো তো। তারপর খেয়ে একটু ঘুমোও। তোমার কোনও ভয় নেই। মাথা ঠাণ্ডা না করলে মাথায় বুদ্ধি আসবে কেমন করে?"

ইন্দ্র মাথা নেড়ে বলল, "কিন্তু ওরা যে আমার সব মোহর গলিয়ে ফেলবে!"

অধরা অবাক হয়ে বলেন, "তোমার মোহর? মোহর তুমি কোথায় পেলে বাবা? আর তা গগনবাবুর কাছেই বা গেল কী করে?"

"সে কথা বলতে অনেক সময় লাগবে।"

"তবে এখন থাক। আগে স্নান-খাওয়া হোক। তারপর কথা।"

"কিন্তু ততক্ষণে..."

অধরা মাথা নেড়ে বললেন, "ভয় নেই। সোনা যাতে না গলে তার ব্যবস্থা হবে। এ-গাঁয়ে স্বর্ণকার মাত্র একজন, সে ওই অলঙ্কারের বাবা। তিনি না গেলে ও সোনা গলবে না।"

ইন্দ্র বেজার মুখে খানিকক্ষণ বসে রইল। অলঙ্কারই তাকে ঠেলে তুলে পুকুর থেকে স্নান করিয়ে আনল। দুশ্চিন্তায়, উদ্বেগে ভাল করে ভাত খেতে পারল না সে। বোধ হয় এসব সামান্য খাবার খাওয়ার অভ্যাসও নেই।

দুপুরে হরিপদ ফিরে ঘরে অতিথি দেখে অবাক। তবে অলঙ্কার যা ভয় করছিল

তা কিন্তু হল না। হরিপদ রেগেও গেলেন না, বিরক্তও হলেন না। আবার যে খুশি হলেন, তাও নয়। অধরা বললেন, "ও ছেলেটি সম্পর্কে সব বুঝিয়ে বলছি। তুমি আগে স্নান-খাওয়া করে নাও।"

হরিপদর স্নান-খাওয়া সারা হলে চারজন গোল হয়ে বসল। ইন্দ্র খুব নিচু গলায় বলতে শুরু করল, "আমার নাম ইন্দ্রজিৎ রায়। আমি খুব শিশুকালে আমার মা-বাবার সঙ্গে বিদেশে চলে গিয়েছিলাম। এখন আমি লন্ডনের এক মস্ত লাইব্রেরিতে চাকরি করি। আমার কাজ হল পুরনো পুথিপত্র সংরক্ষণ এবং সেগুলোর মাইক্রোফিল্ম তুলে রাখা। পৃথিবীর নানা প্রান্ত থেকে নানা ভাষার পুথি, দলিল-দস্তাবেজ বা চিঠিপত্র আমাদের লাইব্রেরি সংগ্রহ করে রাখে। তার মধ্যে বাংলাভাষার পুথিও অনেক আছে। একদিন হঠাৎ একটি পুথির মাইক্রোফিল্ম করতে গিয়ে আমি একটা মজার জিনিস লক্ষ করি। পুথিটা পদ্যে লেখা এক দিশি বাঙালি রাজার জীবনী। মজার জিনিস হচ্ছে রাজার গুণাবলী সম্পর্কে বাড়াবাড়ি সব বিবরণ। রাজা নাকি সসাগরা পৃথিবীর অধীশ্বর। তিনি নাকি সশরীরে স্বর্গ-মর্ত্য-পাতালে অনায়াসে যাতায়াত করে থাকেন। তাঁর নাকি পক্ষিরাজ ঘোড়া এবং পুষ্পক রথও আছে। তাঁর ওপর মা লক্ষ্মীর নাকি এমনই দয়া যে, রোজ নিশুতরাতে একটা প্যাঁচা নাকি আকাশ থেকে উড়ে এসে রাজবাড়ির ছাদে একটি করে সোনার টাকা ফেলে যেত, রাজা ভোরবেলা ছাদে গিয়ে সেটা কুড়িয়ে আনতেন। বোধ হয় রাজার কোনও চাটুকার সভাসদ জীবনীটা লেখেন। লেখকের নাম চন্দ্রকুমার। আর রাজার নাম মহেন্দ্রপ্রতাপ। আপনারা কি শুনেছেন এঁর নাম? প্রায় দেড়শো বছর আগে শিমুলগড়ের দক্ষিণে রায়দিঘিতে তাঁর রাজত্ব ছিল।"

হরিপদ সচকিত হয়ে বলেন, "শুনব না কেন? বাপ-পিতামহের কাছে ঢের শুনেছি। ওই সোনার টাকার কথা এ অঞ্চলের সবাই জানে। তবে রাজাগজার গল্পে অনেক জল মেশানো থাকে। কেউ বিশ্বাস করে; আবার কেউ করে না।"

ইন্দ্র মাথা নেড়ে বলে, "ঠিকই বলেছেন। আমিও তাই পুথিটাকে প্রথমে গুরুত্ব দিইনি। তবে পুথির শেষদিকে কয়েকটা অদ্ভুত ধরনের ছড়া ছিল। অনেকটা ধাঁধার মতো। আমার মনে হল, সেগুলো কোনও সঙ্কেতবাক্য। পুরনো পুথিপত্র থেকে সঙ্কেতবাক্য উদ্ধার করার একটা নেশা আমার আছে। সেই ছড়াগুলো নাড়াচাড়া করে বুঝলাম, চন্দ্রকুমার চাটুকার হলেও অত্যন্ত বুদ্ধিমান লোক এবং ভাষার ওপর তাঁর দখলও চমৎকার। আমি দু দিন-দু রাত্তির ধরে সেই সব ছড়ার অর্থ উদ্ধার করে দেখলাম, রাজা মহেন্দ্রপ্রতাপের আসল চরিত্র কীরকম সে সব কথা চন্দ্রকুমার খুব সাবধানে প্রকাশ করেছেন। মহেন্দ্রপ্রতাপ অত্যন্ত অত্যাচারী রাজা, ইংরেজের খয়ের খাঁ, প্রজারা তাঁকে মোটেই পছন্দ করে না। রাজা অত্যন্ত নিষ্ঠুর প্রকৃতিরও ছিলেন। মহেন্দ্রপ্রতাপের প্রপিতামহ প্রাসাদের নীচে শ'খানেক গুপ্ত প্রকোষ্ঠ তৈরি করিয়ে রেখেছিলেন। এই প্রকোষ্ঠগুলো আসলে ভুলভুলাইয়া বা গোলকধাঁধা। রাজ্য আক্রান্ত হলে লুকিয়ে থাকার জন্য এবং মূল্যবান ধনসম্পত্তি নিরাপদে রাখার জন্যই সেগুলো তৈরি করা হয়েছিল। সে নাকি এমন গোলকধাঁধা যে, একবার সেখানে ঢুকলে বেরিয়ে আসা ছিল সাঙ্ঘাতিক কঠিন। সেই পাতালপুরী কতটা নিরাপদ তা পরীক্ষা করে

দেখার জন্য মহেন্দ্রপ্রতাপ নাকি মাঝেমধ্যে এক-আধজন দাস বা দাসীকে সেখানে নামিয়ে দিতেন। তাদের কেউ শেষ অবধি বেরিয়ে আসতে পারত না। মাটির নীচে বেভুল ঘুরে-ঘুরে ক্লান্ত হয়ে খিদে-তেষ্টায় মরে পড়ে থাকত। সেইসব মৃতদেহ উদ্ধার বা সৎকার করা হত না। সেইসব দাস-দাসীর প্রেতাত্মারা যখ হয়ে গুপ্তধন পাহারা দিত। পুথির শেষে গুপ্তধনের হদিসও চন্দ্রকুমার দিয়েছেন। দিয়ে বলেছেন, রাজা মহেন্দ্রপ্রতাপ অত্যন্ত কৃপণ, কুটিল, বায়ুগ্রস্ত ও সন্দেহপ্রবণ। রাজার নির্দেশেই চন্দ্রকুমার গুপ্তধনের নির্দেশ লিখে রাখছেন বটে, কিন্তু তাঁর একটা ভয় হচ্ছে। ভয় হল, রাজা যদি গুপ্তধনের সঠিক নির্দেশই চন্দ্রকুমারকে দিয়ে থাকেন, তা হলে খবরটা যাতে গোপন থাকে তার জন্য তিনি চন্দ্রকুমারকে অবশ্যই হত্যা করবেন। আর যদি ইচ্ছে করেই ভুল নির্দেশ দিয়ে থাকেন তা হলে চন্দ্রকুমার বেঁচে যাবেন। চন্দ্রকুমারের বিবরণ থেকে জানা যায়, রাজা মহেন্দ্রপ্রতাপের মোহর জমানোর নেশা ছিল। পৃথিবীর নানা জায়গার মোহর তিনি সংগ্রহ করতেন। অনেক দুষ্প্রাপ্য মোহরও তার মধ্যে ছিল। সেইসব ঐতিহাসিক মোহরের দাম শুধু সোনার দামে নয়। ঐতিহাসিক মূল্য ধরলে এক-একটার দামই লাখ-লাখ টাকা। যদি কোনও বোকা লোকের হাতে সেগুলো যায় তবে সে আহাম্মকের মতো তা সোনার দরে ছেড়ে দেবে বা গলিয়ে ফেলবে। সেক্ষেত্রে অনেক মূল্যবান তথ্য আমাদের হাতছাড়া হয়ে যাবে, হারিয়ে যাবে অনেক ঐতিহাসিক নিদর্শন। সেই ভয়ে আমি পুথিটার শেষ অংশটা কপি করে নিয়ে খুব তাড়াহুড়ো করে ভারতবর্ষে চলে আসি। এদেশ সম্পর্কে আমার তেমন কিছু জানা নেই।”

হরিপদ, অধরা আর অলঙ্কার সম্মোহিত হয়ে শুনছিল। হঠাৎ হরিপদ একটু গলাখাঁকারি দিয়ে বললেন, “শুনেছি আমাদের বংশের কে একজন যেন মহেন্দ্রপ্রতাপের দরবারে স্বর্ণকারের কাজ করতেন। নামটা বোধ হয় নকুড়।”

ইন্দ্র একটু অবাক হয়ে বলে, “হ্যাঁ, নকুড় কর্মকার মোহরের ব্যাপারে খুব জানবুঝদার লোক ছিলেন। বণিক বা দালালরা যে সব মোহর নিয়ে আসত তা নকুড় কর্মকার পরীক্ষা করে দেখে কিনতে বললেই রাজা কিনতেন।”

অলঙ্কার একটু ধৈর্য হারিয়ে বলল, “তারপর ইন্দ্রদা?”

ইন্দ্রর চেহারাটা এখন আর তেমন ফ্যাকাসে দেখাচ্ছে না। পেটের কথা খোলসা করে বলতে পেরে তার মুখে একটা রক্তাভা এসেছে। সে একটু চিন্তা করে বলল, “লন্ডন থেকে রওনা হওয়ার আগে একটা ঘটনা ঘটেছিল। সেটা আপাতত উহ্য থাক। কিন্তু এদেশে পা দিয়েই আমার তিক্ত অভিজ্ঞতা হচ্ছিল। আমি শুনেছি এদেশের সরকার খুব ঢিলাঢালা, কোনও কাজেই তাদের গা নেই। তাই আমি গুপ্তধন উদ্ধারের ব্যাপারে তাদের অনুমতি চাইনি। এসব ব্যাপারে এদেশে বেসরকারি উদ্যোগেই কাজ চটপট হয়। আমি আমার পোর্টেবল তাঁবু আর যন্ত্রপাতি নিয়ে এসেছিলাম লন্ডন থেকেই। দু-একজন বিশ্বস্ত সাহায্যকারী খুঁজতে গিয়ে নাজেহাল হতে হয়েছে। একগাদা ফড়ে আর দালাল পেছনে লাগল। যাই হোক, কোনওরকমে তাদের চোখে ধুলো দিয়ে আমি একাই শেষ অবধি রায়দিঘিতে হাজির হই। কিন্তু কলকাতা থেকে

রওনা হওয়ার একটু পরেই আমার মনে হচ্ছিল, কেউ যেন আমার পিছু নিয়েছে। সারাক্ষণ নজর রাখছে আমাকে। খুব অস্বস্তি বোধ করতে শুরু করি। রায়দিঘিতে এসে দেখি, রাজপ্রাসাদ বলতে আর কিছুই অবশিষ্ট নেই। অনেকখানি জায়গা জুড়ে একটা জংলা জায়গা। সাপখোপের বাসা। মাঝখানে একটা ধ্বংসস্তূপ। কাছে পিঠে লোকালয় বলতে এই শিমুলগড়, তা সেটাও দেড় মাইল দূরে। আমি খানিকটা জায়গা পরিষ্কার করে নিয়ে ক্যাম্প খাটিয়ে আমার কাজ শুরু করলাম। প্রথম, জায়গাটা মাপজোখ করা এবং নিশানা ঠিক করা। প্রাসাদের যা অবস্থা তাতে মাটির নীচের সব প্রকোষ্ঠই ভেঙে ধসে গেছে। সুতরাং ভুলভুলাইয়ার পথ ধরে যাওয়ার উপায় নেই। কিন্তু চন্দ্রকুমারের বিবরণে সেই পথের কথাই আছে। ফলে আমার কাজ বহুগুণ বেড়ে গেল। চন্দ্রকুমার একটা জয়স্তম্ভের কথা বলেছেন। তার নীচের প্রকোষ্ঠেই মোহর থাকার কথা। কিন্তু জয়স্তম্ভ যে কোথায় ছিল তা কে জানে। সারাদিন মাপজোখ আর খোঁড়াখুঁড়িতে অমানুষিক পরিশ্রম যাচ্ছে। তার চেয়েও ভয়ের কথা, চন্দ্রকুমারকে যদি রাজা ইচ্ছে করেই ভুল নির্দেশ দিয়ে থাকেন, তা হলে আমার গোটা পরিশ্রমই পণ্ডশ্রম হবে। জল এবং খাবারের বেশ অভাব হচ্ছিল। কাজ করতে-করতে খাওয়ার কথা মনেও থাকত না। অনিয়মে এবং এদেশের জলে আমার পেট খারাপ হল, শরীর ভেঙে যেতে লাগল। আমি বেশ অসুস্থ হয়ে পড়লাম। যে কথাটা এতক্ষণ বলিনি সেটা হল, রায়দিঘিতে ক্যাম্পে থাকার সময় আমার কিন্তু সারাক্ষণই মনে হত, আমি ঠিক একা নই। কেউ যেন আড়াল থেকে আমার ওপর নজর রাখছে। রাত্রিবেলা আমি তাঁবুর আশেপাশে পায়ের শব্দ পেতাম যেন। উঠে টর্চ জ্বেলে, কাউকে দেখতে পেতাম না! যখন অসুস্থ হয়ে পড়লাম তখন একদিন জ্বরের ঘোরের মধ্যে শুনতে পেলাম, কে যেন বলছে, নিমগাছে যে গুলঞ্চ হয়ে আছে সেটা চিবিয়ে খেলে সেরে যাবে।

"আশ্চর্যের বিষয়, পরদিন সত্যিই নিম-গুলঞ্চ খেয়ে শরীর অনেকটা সুস্থ হল। তারপর আরও দুদিন দুরকম পাতার নাম শুনলাম, কুলেখাড়া আর থানকুনি। কোথায় আছে তাও বলে দিল। খেয়ে আরও একটু উপকার হল। কিন্তু, কথা হল, লোকটা কে? তার মতলবটাই বা কী। একদিন নিশুতরাতে তার আগমন টের পেয়ে আমি জিজ্ঞেস করলাম, 'আপনি কে?' জবাবে সে বলল, 'আমি ছায়াময়'।"

অলঙ্কার অবাক হয়ে বলে, "ছায়াময়? আরে, আজ সকালে তো ছায়াময়ই আমাকে বলল, বাঁশঝাড়ের পেছনের জঙ্গলে একটা জিনিস পাবে! আমি গিয়ে আপনাকে দেখতে পেলাম।"

ইন্দ্র মাথা নেড়ে মৃদু হেসে বলে, "তা হলে বলতেই হবে, সে যদি মানুষ হয়, তবে খুব মহৎ মানুষ, আর যদি ভূত হয়, তবে খুব উপকারী ভূত।"

"তারপর বলুন।"

"দিন কুড়ি দিনরাত খেটে অবশেষে বিজয়স্তম্ভের একটা আভাস পেলাম। পাওয়ার ড্রিল দিয়ে গর্ত করে ভেতরে আলো ফেলে গর্ভগৃহ পাওয়া গেল। সেখানে ধুলোময়লা, রাবিশের স্তূপ। কোনওরকমে ফোকরটা বড় করে নীচে নেমে বিস্তর

ময়লা সরিয়ে তবে পেতলের কলসিটা পাওয়া গেল। মোহর সমেত।”

অধরা কথার মাঝখানে বলে ওঠেন, “বাবা ইন্দ্র তোমার গলা শুকিয়ে গেছে, একটু ঠাণ্ডা জল খেয়ে নাও।”

জল খেয়ে ইন্দ্র বলল, “অনেক মেহনত করে বিকেলে সেই কলসিটা ওপরে তুলে আনলাম। তাঁবুতে এনে মোহর বের করে দেখলাম, সত্যই অমূল্য সব মোহর। পাঁচ-সাতটা তো খুবই দুষ্প্রাপ্য। মোহরগুলো দেখে আমি এমন বাহ্যজ্ঞানশূন্য হয়ে পড়েছিলাম যে, চারদিকে চাইবার মতো অবস্থাও নয়। এক-এক করে গুনে দেখলাম মোট দুশো এগারোখানা আছে। আমার হিসাবে কয়েক কোটি টাকার সম্পদ। গুনে যখন শেষ করেছি, তখন হঠাৎ তাঁবুর দরজা থেকে একটা মোলায়েম গলা বলে উঠল, “হ্যাঁ, দুশো এগারোখানাই আছে।' চমকে তাকিয়ে দেখি, শূল হাতে দাড়ি-গোঁফওয়ালা এক বিশাল মূর্তি। চোখ দুখানা জুলজুল করছে, মুখে একখানা বাঁকা হাসি। পরনে টকটকে লাল রঙের একটা পোশাক। তাকে দেখে প্রথমটায় ভীষণ চমকে গেলেও টপ করে সামলে নিলাম।

তা হলে এই লোকটাই ছায়াময়! এই-ই আড়াল থেকে আমার গতিবিধি নজরে রাখছিল এবং আমার কিছু উপকারও করেছে। কিন্তু আসল সময়ে ঠিক এসে হাজির হয়েছে সশরীরে! আমি যখন মোহরগুলো একটা চামড়ার ব্যাগে পুরছিলাম, লোকটা হাত বাড়িয়ে বলল, 'দিয়ে দে, দিয়ে দে, ও মায়ের জিনিস, মায়ের কাছেই থাকবে। তুই কেন পাপের ভাগী হতে যাস?'

লোকটা যে জালি তাতে সন্দেহ নেই। আমি হঠাৎ উঠে লোকটাকে একটা ঘুসি মারলাম। বিদেশে আমি বকসিং-টকসিং করেছি বটে, কিন্তু এখন না খেয়ে অসুখে ভুগে আমার শরীর খুব দুর্বল। কিন্তু এদেশের লোকের সাধারণ স্বাস্থ্য ও সহ্যশক্তি এতই খারাপ যে, আমার সেই দুর্বল ঘুসিতেই লোকটা ঘুরে পড়ে গেল। আমি আর এক মুহূর্ত দেরি না করে ব্যাগটা নিয়ে বেরিয়ে পড়লাম। বেরিয়ে দেখি, একটু দূরেও আরও একটা লোক দাঁড়িয়ে আছে। বোধ হয় কাপালিকের চেলা।

সে আমাকে দেখে তেড়ে এল। আমি বিপদ বুঝে জঙ্গলে ঢুকে গা-ঢাকা দিলাম। একটু অন্ধকার হতেই জঙ্গল থেকে বেরিয়ে অনেক কষ্টে শিমুলগড়ে পৌঁছই। গায়ে তখন একরত্তি শক্তি নেই, খিদেয়-তেষ্টায় ভেতরটা কাঠ হয়ে আছে। কারও বাড়িতে আশ্রয় চাইতে আমার সাহস হল না। কে কেমন লোক কে জানে! অত মোহর নিয়ে কোনও বিপদের মধ্যে পা বাড়ানো ঠিক নয়। আমি একটা আমবাগানে ঢুকে সেখানেই রাতটা কাটিয়ে ভোরবেলা আমার কর্তব্য ভেবে দেখব বলে ঠিক করলাম। কিন্তু কপাল খারাপ। যখন একটা গাছতলায় বসে গুঁড়িতে ঠেস দিয়ে একটু ঘুমিয়ে পড়েছি, তখনই কয়েকটা কুকুর তেড়ে এল। অগত্যা গাছে উঠলাম। পাশেই একটা বাড়ি। গাছের একটা মোটা ডাল বাড়ির দেওয়ালের ওপাশে ঝুঁকে পড়েছে, ভেতরে একটা খড়ের গাদা। ভাবলাম যদি খড়ের গাদায় লাফিয়ে পড়তে পারি, তা হলে আরামে রাতটা কাটানো যাবে। কিন্তু যেদিন ভাগ্য মন্দ হয় সেদিন সব ব্যাপারেই বাধা আসে। খড়ের গাদায় লাফিয়ে নামতেই কুকুর আর দরোয়ানের তাড়া খেয়ে একটা ঘরে

ঢুকলাম। একদম ইঁদুরকলে ধরা পড়ে যেতে হল। মোহর গেল, মার খেয়ে জ্ঞান হারিয়ে ফেললাম। আর কিছু মনে নেই। সকালে অলঙ্কার গিয়ে আমাকে নিয়ে আসে।”

হরিপদ মাথা নেড়ে বলেন, “তা হলে এই হল ব্যাপার! গগন সাঁপুই যা রটাচ্ছে তা যে সত্য নয়, তা আমি আগেই আন্দাজ করেছিলাম। চোর নাকি তার যথাসর্বস্ব নিয়ে পালাচ্ছিল। ও বাড়িতে চোরের চোদ্দো পুরুষের সাধ্যি নেই যে সেঁধোয়। কুকুর, দরোয়ান, তিনটে জোয়ান ছেলে, লোক-লশকর তো আছেই, তার ওপর তার দরজা-জানলা সব কেল্লার মতো মজবুত, এই পুরু ইস্পাতের সিন্দুক। এ তল্লাটের কোনও চোর ও বাড়িতে নাক গলাবে না। আর আমার যখন ডাক পড়েছে তখন সন্দেহ নেই গগন বাটপাড়ি করা সোনা তাড়াতাড়ি গলিয়ে ফেলতে চাইছে।”

ইন্দ্র ফ্যাকাসে মুখে বলে, “তা হলে সাঙ্ঘাতিক কাণ্ড হয়ে যাবে। যেমন করেই হোক ওই মোহর রক্ষা করা দরকার। পৃথিবীর বহু মিউজিয়াম এবং সংগ্রহশালা ওসব মোহর লুফে নেবে।”

অলঙ্কার বলল, “আচ্ছা, পুলিশে জানালে কেমন হয়?”

ইন্দ্র ম্লানমুখে বলে, “আমি সরকারি অনুমতি ছাড়াই খোঁড়াখুঁড়ি করেছি, তাই আইন বোধ হয় আমার পক্ষে নেই।”

হরিপদও মাথা নেড়ে বলে, “তা ছাড়া পুলিশের সঙ্গেও গগনের সাঁট আছে। মোহরও এতক্ষণে গোপন জায়গায় হাপিস হয়ে গেছে। পুলিশ ইচ্ছে করলেও কিছু করতে পারবে না।”

ইন্দ্র করুণ স্বরে বলে, “তা হলে?”

হরিপদ উঠে গায়ে জামা চড়াতে-চড়াতে বলে, “আমি গগনের বাড়ি যাচ্ছি। একমাত্র আমাকেই সে মোহরগুলো বার করে দেখাবে। চোরাই মোহর যত তাড়াতাড়ি গলিয়ে ফেলা যায় ততই তার পক্ষে নিরাপদ। তবে তুমি ভেবো না ইন্দ্র। মোহর যাতে না গলানো হয় সে চেষ্টা আমি করব। আর-একটা কথা, তোমাকে কিন্তু একটু গা-ঢাকা দিয়েই থাকতে হবে। গাঁয়ের পাঁচজন যেন দেখতে না পায়। দেখলে একটা শোরগোল হবে। আর গগনের কানে গেলে সে হয়তো তার দুই ভাড়াটে খুনে কালু আর পীতাম্বরকে লেলিয়ে দেবে।”

“তারা কারা?”

“তারা এ গাঁয়ের লোক নয়। নিকুঞ্জপুরে থাকে। সেখানে গিয়েই গোপন খবরটা পেলুম। এরা পয়সা পেলে নানা কুকর্ম করে দেয়। আগে গগন কখনও তাদের ডাকেনি। আজই হঠাৎ শুনলুম, কালু আর পীতাম্বরকে নাকি ডাকিয়ে এনেছে গগন। কেন কে জানে! তবে তুমি সশরীরে এ গাঁয়ে আছ জানলে গগন আর ঝুঁকি নেবে না। তার ওপর গাঁয়ের লোকের কাছে তুমি চোর বলে প্রতিপন্ন হয়েই আছ। তোমার এখন চারদিকে বিপদ।”

“তাই দেখছি।” বলে ইন্দ্র বিষণ্ণ মুখে বসে রইল। তারপর শুকনো মুখে বলল, “নিজের বিপদ নিয়ে আমি তত ভাবছি না। মোহরগুলো নষ্ট না হলেই হল।”

হরিপদ একটু হেসে বলে, "ও মোহরের ওপর আমারও একটু দরদ আছে হে। নকুড় কর্মকারের নামটা যখন জড়িয়ে আছে তখন ও বস্তু নিয়ে হেলাফেলা করার উপায় আমার নেই। তবে কতটা কী করতে পারব তা ভগবান জানেন।"

ইন্দ্র বলে, "মোহরগুলো যে গগনের নয়, ওটা যে আমি রায়দিঘি রাজবাড়ি থেকে উদ্ধার করেছি, তার কিন্তু একজন সাক্ষী আছে। সে ওই কাপালিক।"

হরিপদ একটু হেসে বলে, "সেও মহা ধুরন্ধর লোক। তার কথা কেউ বিশ্বাস করবে না। দুটো টাকা হাতে দিয়ে যদি তাকে বলতে বলো যে, সূর্য পশ্চিমদিকে ওঠে, তো সে তাই বলবে। ওসব লোকের কথার কোনও দাম নেই।"

"তবু আমি তার সঙ্গে একবার দেখা করতে চাই।"

"সেটা পরে ভেবে দেখা যাবে।"

হরিপদ বেরিয়ে যাওয়ার পর অধরা বলল, "দুপুরে তো কিছুই খাওনি বাবা। ভাত নিয়ে শুধু নাড়াচাড়া করেছ। একটু সাগু ভিজিয়ে রেখেছি, গাছের পাকা মর্তমান কলা আর মধু দিয়ে খাবে?"

ইন্দ্র একটু হেসে বলল, "দিন।"

সাগুর ফলার তার খুব খারাপ লাগল না।

খাওয়াদাওয়ার পর ইন্দ্র অলঙ্কারকে বলল, "আমাকে একটা ছদ্মবেশের ব্যবস্থা করে দিতে পারো? একটু বেরোনো দরকার। হাত গুটিয়ে চুপচাপ বসে থাকা অসম্ভব।"

অলঙ্কার একটু ভেবে বলে, "আপনি তো বাবার একটা লুঙ্গি পরে আছেন। গায়ে একটা গামছা জড়িয়ে নিলে চাষিবাসির মতো লাগবে। তবে আপনার রংটা তো ফরসা, একটু ভুষো কালি মেখে নিলে হয়ে যাবে।"

"মন্দ বলোনি। সহজ-সরল ছদ্মবেশই ভাল। নকল দাড়ি-গোঁফ লাগালে লোকের সন্দেহ হতে পারে।"

মতলব শুনে অধরা প্রথমটায় বারণ করলেও পরে বললেন, "তা হলে অলঙ্কারকেও সঙ্গে নাও বাবা। ও তো গাঁ চেনে। বিপদ হলে খবরটা দিতে পারবে।"

॥ ৪ ॥

গগন সাঁপুইয়ের বাড়ির পেছন দিকে ঢেঁকিঘরের দাওয়ায় দুটি লোক উবু হয়ে বসা। দুজনেরই বেশ মজবুত কালো চেহারা। গগন সামনেই দাঁড়িয়ে। বসা লোক দুটোর একজন কালু, অন্যজন পীতাম্বর। কালু কথা-টথা বেশি বলে না। ভ্যাজর-ভ্যাজর করা তার আসে না। সে হল কাজের লোক। তবে পীতাম্বর বেশ বলিয়ে-কইয়ে মানুষ। পীতাম্বরের সঙ্গে গগনের একটু দরাদরি হচ্ছিল।

পীতাম্বর বলল, "রেটটা কি খুব বেশি মনে হচ্ছে গগনবাবু? বাজারের অবস্থা তো দেখছেন! কোন জিনিসটার দর এক জায়গায় পড়ে আছে বলতে পারেন? চাল, ডাল, নুন, তেল, আটা-ময়দা, জামা-কাপড়—সব কিছুর দরই তো ঠেলে উঠছে! আমরাই

বা তা হলে পুরনো রেটে কী করে কাজ করি বলুন?”

গগন একগাল হেসে বলে, “ওরে বাবা, এ তো আর খুনখারাপি নয় যে, দেড়শো টাকা হাঁকছিস। একটা পাজি লোককে একটু শুধু কড়কে দেওয়া, আর আলতো হাতে দু-চারটে চড়-চাপড় মারা। ধরলাম না হয়, মুখে যেসব বাক্যি বলবি তার জন্য পাঁচটা টাকাই নিলি। আর চড়চাপড় ধর, টাকায় একটা করে। কিছু কম রেট হল? ধর, যদি দশটা চড়ই কষাস তা হলে দশ টাকা, আর বকাঝকা চোখ রাঙানোর জন্য পাঁচ টাকা। তার ওপর না হয় আরও পাঁচটা টাকাই বখশিস বলে দিচ্ছি। একুনে কুড়ি টাকা।”

পীতাম্বর হা-হা করে হেসে বলে, “এ তো সেই সত্যযুগের রেট বলছেন কর্তা। টাকায় একটা চড় কি পোষায় বলুন! আর ধমক-চমক তো এমন হওয়া চাই, যাতে লোকটার পিলে চমকে যায়! তা সেরকম ধমক-চমক রাঙানোর জন্য দরটাও একটু বেশি দিতে হবে বইকী! তার ওপর লোকটা আবার কাপালিক, মারণ-উচাটন জানে, বাণ-টান মারতে পারে। ছেলেপুলে নিয়ে ঘর করি মশাই, অত অল্প রেটে কাজ করতে গিয়ে কাপালিককে চটাতে পারব না।”

গগন শশব্যস্তে বলে, “ওরে না না। সে মোটে কাপালিকই নয়। এক নম্বরের ভণ্ড। এইটুকু বয়স থেকে চিনি। মারণ-উচাটন জানলে কবে এ গাঁ শ্মশান করে ছেড়ে দিত। এসব নয় রে বাবা। তবে লোকটা পাজি। আমি বাবা নিরীহ মানুষ, তার সঙ্গে এঁটে উঠতে পারব না। সে আমার গোরুর দুধ চায়, তার মায়ের থানে মন্দির তুলে দিতে বলে। দুর্বলের ওপর সবলের অত্যাচার চিরকালই হয়ে আসছে, নতুন কথা কী? শোষণ, উৎপীড়ন, নির্যাতন—এসব আর কতদিন সহ্য করা যায় বল তো! দে বাবা, একটা অসহায় লোককে একটা শয়তানের হাত থেকে বাঁচিয়ে দে। ভগবান তোদের মঙ্গল করবেন। কুড়ি না হয়, ওই পঁচিশই দেব। দশটা চড়ের দরকার নেই, গোটা দুই কম দিলেও হবে। তবে দাঁত কড়মড় করে চোখ পাকিয়ে হুমকিটা ভালরকম দেওয়া চাই। ওই সেবার ভট্ট কোম্পানির ‘রাবণবধে’ রাবণ যেমনধারা হনুমানকে দেখে করেছিল। দেখিসনি বুঝি? সে একেবারে রক্তজল-করা জিনিস।”

পীতাম্বর একটা দীর্ঘশ্বাস ফেলে মাথা নেড়ে বলে, “ভাল জিনিসের জন্য একটু উপুড়হস্ত হতে হয় মশাই। কাঁচাখেগো কাপালিকের সঙ্গে ভিড়িয়ে দিচ্ছেন, চড়চাপড় চাইছেন, রাবণের পার্ট চাইছেন, মাত্র পঁচিশ টাকায় কি এত হয় কর্তা? হুঁ! এর ওপর কর্মফলের জন্য যে ভোগান্তি আছে, তার দামটা কে দেবে মশাই? আপনারা তো মশাই দু-পাঁচশো টাকা ফেলে দিয়ে হুকুম জারি করেই খালাস, অমুকের লাশ ফেলে দিয়ে আয়, তমুকের ঘরে আগুন দিয়ে দে, অমুকের খেতের ধান লোপাট কর, তমুকের মরাই ফাঁক করে দিয়ে আয়। ইদিকে এসব করতে গিয়ে চিত্রগুপ্তের খাতায় তো আর আমাদের নামে ভাল-ভাল সব কথা লেখা হচ্ছে না। সেখানেও তো নামের পাশে ঘনঘন ঢ্যাঁড়া পড়ছে। এসব অপকর্মের জন্য নরকবাসের মেয়াদও তো বাড়ছেই মশাই! কুম্ভীপাকে শুনেছি, হাঁড়িতে ভরে সেদ্ধ করে, বিষ্ঠার চৌবাচ্চায় ফেলে রাখে বছরের পর বছর, কাঁটাওলা বেত দিয়ে পেটায়। তা মশাই সেসব ব্যাপারের জন্য দামটা কে দেবে? পাপ-তাপ কাটাতে আমাদের যে মাসে একবার করে কালীঘাট

যেতে হয়, তারকেশ্বরে হত্যে দিতে হয়, তার খরচটাই বা উঠছে কোত্থেকে? কাশীতে বাবা বিশ্বনাথের শ্রীচরণেও গিয়ে একবার মাথা মুড়িয়ে আসতে হবে, তা তারও রাহাখরচা আছে। আপনারা তো কাজ বাগিয়ে খালাস, এখন মরতে মরুক কেলো আর পীতাম্বর। না কর্তা, অত সস্তায় হচ্ছে না। আমাদের পরকালটার কথাও একটু ভাববেন।"

গগন ভারী অমায়িক গলায় বলে, "ওরে বাবা, ভগবান কি আর কানা নাকি? বলি হ্যাঁ বাবা পীতাম্বর, একটা পাজি লোককে ঢিট করলেও কি পাপ হয়? তা হলে বলছ যে, রাবণকে মেরে রামচন্দ্রের পাপ হয়েছিল? না কি দুর্যোধনকে মেরে ভীমের? পাজি বদমাশদের ঠাণ্ডা করলে ভগবান খুশি হয়ে তোদের আর পাঁচটা পাপই হয়তো কেটেকুটে দিলেন খাতা থেকে। তা ছাড়া দুর্বলকে রক্ষা করা তো মহাপুণ্যের কাজ। বিনি মাগনা করে দিলে তো খুবই ভাল, তাতে যদি না পোষায় তা হলে একটা ন্যায্য দরই নে। আমার দিকটাও একটু ভেবে বল বাবা, যাতে তোরও পুণ্যি হয়, আমার ট্যাঁকটাও বাঁচে।"

পীতাম্বর একটু গুম হয়ে থেকে বলে, "ওই চড়পিছু চারটে করে টাকা ফেলে দেবেন, আর চোখ রাঙানোর জন্য কুড়িটি টাকা। এর নীচে আর হচ্ছে না। আর চড়চাপড় অত হিসাব করে দেওয়া যায় না, দু-চারটে এদিক-ওদিক হতে পারে। ধরুন দুই চড়েই যদি কাজ হয়ে যায় তা হলে আট চড়ের কোনও দরকার নেই। আবার আটে কাজ না হলে দশ-বারোটাও চালাতে হতে পারে। তা কম-বেশি আমরা ধরছি না। ওই আট চড়ের বাবদ বত্রিশটা টাকা ধরে দেবেন। যদি রাজি থাকেন তো চিঁড়ে-দই আনতে বলুন, আমাদের তাড়া আছে। সেই আবার গঙ্গানগরে এক বাড়িতে আগুন দিতে হবে আজ রাতেই। আপনার কাজটা সেরে গঙ্গানগর রওনা হতে হবে। অনেকটা পথ।"

গগন একটু অবাক হয়ে বলে, "চিঁড়ে-দইয়ের কথা কী বললি বাপ? ঠিক যেন বুঝতে পারলুম না।"

পীতাম্বর আর-একটা দীর্ঘশ্বাস ছেড়ে বলে, "কাজ হাতে নিলে আমরা মক্কেলের পয়সায় একটু ফলার করি। ওইটেই রীতি। এর মানে হল, কাজটা আমরা হাতে নিচ্ছি। দুজনের জন্য দু ধামা চিঁড়ে, দু ডেলা গুড়, সেরটাক দই, আর চারটি পাকা কলা। আর মায়ের পুজোর জন্য পাঁচ সিকে করে দুজনের মোট আড়াই টাকা।

"বাপ রে! তোদের আস্বা বড় কম নয় দেখছি।"

"আপনি মশাই এত কেপ্পন কেন বলুন তো! সেই নিকুঞ্জপুর থেকে টেনে এনে তো ছুঁচো মেরে আমাদের হাত গন্ধ করাচ্ছেন। খুনখারাপি আগুন দেওয়া-টেওয়া বড় কাজ নয়। এইসব কম টাকার কাজ আজকাল আর আমরা করি না। তার ওপর যা দরাদরি লাগিয়েছেন, এ তো পোষাচ্ছে না মশাই।"

"রাগ করিসনি বাপ। চিঁড়ে-দইয়ের ব্যবস্থা হচ্ছে। পাইক-বরকন্দাজ তো আমারও আছে, কিন্তু তারা সব গেঁয়ো যোগী। কালী কাপালিক তাদের মোটেই ভয় খায় না। উলটে চোটপাট করে। কাজটা কিন্তু ভাল করে করা চাই। যেন আর কখনও রা

কাড়তে না পারে। মুখ একেবারে বন্ধ করে দিবি।”

গগন হাঁকডাক করে চিঁড়ে-দই সব আনিয়ে ফেলল। কালু আর পীতাম্বর যখন ফলারে বসেছে তখন কাজের লোক কেষ্ট এসে খবর দিল, হরিপদ কর্মকার এসেছে। গগন শশব্যস্তে বাইরে বেরিয়ে এল।

একগাল হেসে গগন বলল, “এসেছিস ভাই হরিপদ! আয়, বিপদের দিনে তুই ছাড়া আর আমার কে আছে বল? ভেতরে চল ভাই, একটু গোপন শলাপরামর্শ আছে।”

হরিপদকে ঘরে ঢুকিয়ে খিল এঁটে গগন একটা দীর্ঘশ্বাস ছেড়ে বলে, “বিপদ যখন আসে তখন চতুর্দিক থেকেই আসে। শুনেছিস তো, কাল রাতে এক সাঙ্ঘাতিক চোর ঢুকেছিল বাড়িতে! সে কী চোর রে বাবা, এইটুকুন বয়স, কিন্তু তার বুদ্ধি আর কেরামতির বলিহারি যাই। দু-দুটো বাঘা কুকুর, পাইক, বাড়িসুদ্ধু এত লোকজন, মজবুত দরজা-জানলা কিছুই তাকে রুখতে পারেনি। ঘরে ঢুকে সিন্দুক ভেঙে যথাসর্বস্ব নিয়ে পালিয়েই গিয়েছিল প্রায়। মা মঙ্গলচণ্ডীই রক্ষা করেছেন। এ কী দিনকাল পড়ল রে হরিপদ? এ যে বাংলার ভ্যাগ্যাকাশে দুর্যোগের ঘনঘটা! কলিযুগের শেষদিকটায় নাকি চোর-বাটপাড়দের খুব বাড়বাড়ন্ত হবে। তাই হচ্ছে দেখছি। ওদিকে বিজ্ঞানের যা অগ্রগতি হচ্ছে শুনতে পাই সেটাও ভয়েরই ব্যাপার। বিজ্ঞানের কলকাঠি সব চোরদের হাতেই চলে যাচ্ছে বুঝি! নইলে এত লোককে ঘুম পাড়িয়ে নিঃসাড়ে কাজটা যে কী করে সেরে ফেলল, সেইটেই ভেবে পাচ্ছি না। তাই ভাবছি সোনাদানা আর ঘরে রাখা ঠিক নয়। মুকুন্দপুরের বিশু হাজরার চাল কলটা কিনব-কিনব করছিলাম, বায়নাপত্তরও হয়ে আছে। বিশু হাজরাও চাপ দিচ্ছে খুব। তাই ভাবছি, আর দেরি নয়, ঘরের সোনার ওপর যখন চোর-ছ্যাঁচড়ের নজর পড়েছে, তখন ও জিনিস না রাখাই ভাল। ধানকল তো আর চোরে নিতে পারবে না, কী বলিস?”

হরিপদ কাঁচুমাচু মুখে বলে, “আজ্ঞে, তা তো বটেই।”

গগন একটা দীর্ঘশ্বাস ফেলে বলে, “নেইও বেশি কিছু। ঠাকুরদার আমলের গোটাকয় মোহর। স্মৃতিচিহ্নই একরকম। কতকালের জিনিস। গঞ্জের শাবলরাম মাড়োয়ারির সঙ্গে কথাও হয়েছে। তবে সে সেয়ানা লোক। বলে কিনা, পুরনো আমলের মোহরে নাকি মেলা ধুলোময়লা ঢুকে থাকত। সত্যি নাকি রে?”

হরিপদ মাথা নেড়ে বলে, “আজ্ঞে, অতি সত্যি কথা। সে আমলে সোনার শোধনের তেমন ব্যবস্থা ছিল না তো।”

দীর্ঘশ্বাস ফেলে গগন বলে, “মাড়োয়ারিও তাই বলছে রে। সে বলেছে, মোহর গলিয়ে শোধন করে খাঁটি সোনার বাঁট দিলে সে নগদ টাকায় কিনে নেবে। তুই ভাই, চটপট কাজটা করে দে। মাড়োয়ারির পো কাল বাদে পরশুই নাকি দেশে চলে যাবে। তার মেয়ের বিয়ে। সোনাদানার তারও বড় দরকার। তোর জিনিসপত্তর আজই নিয়ে চলে আয়। কোণের ঘরে বসে কাজ করবি।”

হরিপদ একটু উদাস মুখে বলে, “আগে মোহরগুলো তো দেখি।”

গগন তার লোহার আলমারি খুলে চমৎকার চামড়ার ব্যাগখানা বার করল। একটু দুঃখী মুখে বলল, "তুই ছাড়া বিশ্বাসী লোকই বা আর পাব কোথায়। কাজটা করে দে, থোক পঞ্চাশটা টাকা দেব'খন। তবে আজ রাতেই কাজ সেরে ফেলা চাই।"

গগন হরিপদর হাতে কয়েকখানা মোহর দিতে সে সেগুলো ঘুরিয়ে-ফিরিয়ে দেখল। বিকেলের আলো মরে এসেছে। গগনের ঘরে জানলা-দরজাও বড্ড কম। তবু আবছা আলোতেও সে যা দেখল, তাতে ইন্দ্রের কথায় আর সন্দেহ নেই। সে গগনের দিকে চেয়ে বলে, "গগনবাবু, যদি অভয় দেন তো একটা কথা বলি।"

"অভয় মানে! তোর আবার ভয়ের আছেটা কী?"

"বলছি, এ মোহর গলিয়ে আপনি যা সোনা পাবেন, সেটা এমন কিছু নয়। পান অনেক বাদ যাবে। কিন্তু..."

গগন ব্যগ্র গলায় বলে, "কিন্তুটা আবার কী রে?"

"ভাবছি ভগবান যাকে দেন তাকে ছপ্পড় ফুঁড়েই বুঝি দেন। আপনার কপালটা খুবই ভাল।"

গগনের মুখে একটা লোভনীয় ভাব জেগে উঠলেও মনের ভাব চেপে রেখে সে গম্ভীর হয়ে বলে, "কপালের কথা বলছিস হরিপদ! ঘরের সোনা বেরিয়ে যাচ্ছে, আর বলছিস ভগবান ছপ্পর ফুঁড়ে দিচ্ছেন! এত দুঃখেও বুঝি আমার হাসিই পাচ্ছে। তা হ্যাঁ রে হরিপদ, একটু ঝেড়ে কাশবি বাবা? তাপিত এ প্রাণটা জুড়োবার মতো কোনও লক্ষণ কি দেখছিস রে ভাই? মেঘের কোলে কি আবার কোনওদিন রোদ হাসবে রে?"

হরিপদ মাথা নেড়ে বলে, "বলে লাভ কী গগনবাবু? গরিবের কথায় আপনার হয়তো প্রত্যয় হবে না। পেটের দায়ে উঞ্ছবৃত্তি করে-করে মানুষ হিসাবে আমাদের দামই কমে গেছে।"

গগন হরিপদর হাতটা খপ করে জাপটে ধরে বলে, "আর দগ্ধে মারিস না ভাই। বলে ফ্যাল।"

হরিপদ মাথা চুলকে বলে, "যা বলব তা বিশ্বাস হবে তো?"

"খুব হবে। বলেই দ্যাখ না। তোর হল জহুরির চোখ। আজ না হয় আতান্তরে পড়ে তোর দুর্দশা যাচ্ছে। কিন্তু গুণী লোকের কি কদর না হয়ে উপায় আছে রে! তোরও একদিন মেঘের কোলে রোদ হাসবে, দেখিস।"

"আমার রোদ হাসবে কি না জানি না, তবে আপনার রোদ তো একেবারে হা-হা করে অট্টহাসি হাসতে লেগেছে গগনবাবু। এ যা জিনিস দেখালেন তাতে আমার ভিরমি খাওয়ার জোগাড়। তবে ভগবানের একটা দোষ কী জানেন গগনবাবু, তিনি বড্ড একচোখা লোক। তিনি কেবল তেলা মাথাতেই তেল দেন। এই যে মনে করুন আপনি, আপনার ঘরদোরে তো মা-লক্ষ্মী একেবারে গড়াগড়ি যাচ্ছেন। গোলাভরা ধান, গোয়ালভরা গোরু, পুকুরভরা মাছ, তবু এই দুষ্প্রাপ্য মোহরের থলিটাও যেন আপনাকে না দিলেই ভগবানের চলছিল না। এর একখানা মোহর পেলেই আমার—শুধু আমার কেন, এই গোটা গাঁয়ের ভাগ্য ফিরে যেত, তা জানেন? আমার সব

ধারকর্জ শোধ হয়েও সাতপুরুষের বন্দোবস্ত হয়ে যেত।"

গগন আকুল হয়ে বলে, "ওরে, ওরকম বলিসনি। আর একটু ঝেড়ে কাশ ভাই, পেট খোলসা করে বল। তোর সেই পঞ্চাশ টাকা ধার তো! বেড়ে-বেড়ে শ'চারেক হয়েছে। এই আজই সেই ধার আমি বাতিল করে দিচ্ছি। কাগজপত্র হাতের কাছেই আছে। দাঁড়া।"

এই বলে গগন আলমারি খুলে কোথা থেকে একখানা কাগজ বার করে হরিপদকে দেখিয়ে নিয়ে ঘ্যাঁচ-ঘ্যাঁচ করে ছিঁড়ে ফেলে দিল। তারপর বলল, "এবার বল ভাই। তোর পাওনাও মার যাবে না। পঞ্চাশের জায়গায় একশো দেব।"

হরিপদা গলাখাঁকারি দিয়ে গম্ভীর হয়ে বলল, "কিছু মনে করবেন না। গগনবাবু, আমি হলুম গে নকুড় কর্মকারের নাতির নাতি। নকুড় কর্মকার ছিলেন রায়দিঘির রাজা মহেন্দ্রপ্রতাপের খাস স্বর্ণকার। আমরা এইসব পুরনো মোহর, ধাতুর জিনিস, গয়নাগাটির জহুরি। আমাদের বংশের ধারা এখনও লোপ পায়নি। এই মোহর সম্পর্কে আমার মত যদি সত্যিই চান তা হলে উপযুক্ত নজরানাও দিতে হবে। পুরো পাঁচটি হাজার টাকা।"

গগন চোখ উলটে ধপাস করে চৌকির ওপর বসে পড়ে বলে, "ওরে, আমার চোখেমুখে জল দে। এ যে হরিপদর বেশ ধরে—ঘরে ঢুকেছে এক ডাকাত!"

"ঘাবড়াবেন না গগনবাবু। এইসব মোহরের আসল দাম শুনলে পাঁচ হাজার টাকাকে আপনার স্রেফ এক টিপ নস্যি বলে মনে হবে।"

চোখ পিটপিট করে গগন বলে, "সত্যি বলছিস তো! ধোঁকা যদি দিস তা হলে কিন্তু...।"

একটু থেমে হরিপদ বলে, "ধোঁকা দেওয়ার মতো বুকের জোর আমার নেই। দরকার হলে আমার গর্দান নেবেন। কালু আর পীতাম্বর তো আপনার হাতেই আছে।"

গগন ধড়মড় করে উঠে বলে, "আহা, আবার ও কথা কেন? কালু আর পীতাম্বর এই পথ দিয়েই কোথায় যাচ্ছিল, খিদে-তেষ্টায় কাহিল, এসে হাজির হল। তা আমি তো ফেলতে পারি না, শত হলেও অতিথি। একটু ফলার করেই চলে যাবে। কথাটা চাউর করার দরকার নেই। হ্যাঁ, এখন মোহরের কথাটা হোক!"

"হবে। মোহর সম্পর্কে আপনাকে যা বলব তার জন্য পাঁচটি হাজার টাকা এখনই আগাম দিতে হবে গগনবাবু। নইলে মুখ খোলা সম্ভব নয়। এ আমাদের বংশগত বিদ্যে। বিনা পয়সায় হবে না।"

গগন কিছুক্ষণ স্তম্ভিত চোখে থেকে বলে, "কুলুঙ্গিতে মা-কালীর একটা ফোটো আছে দেখেছিস? ওই ফোটো ছুঁয়ে বল যে, সত্যি কথা বলছিস।"

হরিপদ ফোটো ছুঁয়ে বলে, "সত্যি কথাই বলছি।"

"পাঁচ হাজার টাকা কত টাকায় হয় জানিস? একখানা-একখানা করে গুনতে গুনতে কত সময় লাগে জানিস? জন্মে কখনও দেখেছিস পাঁচ হাজার টাকা একসঙ্গে?"

হরিপদ একটু বিজ্ঞ হাসি হেসে বলে, "আপনি এই মোহর নিয়ে গঞ্জের নব কর্মকার বা বসন্ত সেকরার কাছে গিয়ে যদি হাজির হন তা হলে তারা চটপট মোহর গলিয়ে দেবে, মূর্খরা তো জানেও না যে, এইসব মোহর এক-একখানার দামই লাখ-লাখ টাকা। আমাকে না ডেকে যদি তাদের কাউকে ডাকতেন, তা হলে আপনার লাভ হত লবডঙ্কা।"

গগন চোখের পলক ফেলতে ভুলে গিয়ে বলল, "কত টাকা বললি?"

"লাখ-লাখ টাকা। সব মোহরের সমান নয়। এক-এক আমলের মোহরের দাম এক-একরকম। এগুলো সবই ঐতিহাসিক জিনিস। দুনিয়ার সমঝদাররা পেলে লুফে নেবে। তবে হুট বলে বিক্রি করতে বেরোবেন না যেন। তাতে বিপদ আছে। পুলিশ জানতে পারলে খপ করে ধরে ফাটকে দিয়ে দেবে। এর বাজার আলাদা। চোরাপথে ছাড়া বিক্রি করা যাবেও না। কিন্তু কথা অনেক হয়ে গেছে। যদি হরিপদ কর্মকারের মাথা ধার নেন তবে তার দক্ষিণা আগে দিয়ে দিন।"

গগনের হাত-পা কাঁপছে উত্তেজনায়। কাঁপা গলাতেই সে বলে, "ওরে, আর একটু বল। শুনি। এ যে অমাস্যায় চাঁদের উদয়!"

"বলতে পারি। কিন্তু আগে দক্ষিণা।"

গগন ফের আলমারি খুলল এবং কম্পিত হাতে সত্যিই পাঁচ হাজার টাকা গুনে হরিপদর হাতে দিয়ে বলে, "যদি আমাকে ঘোল খাইয়ে থাকিস তা হলে নির্বংশ ভিটেছাড়া করে দেব কিন্তু।"

"সে জানি।" বলে হরিপদ টাকাটা ট্যাঁকে গুঁজল। তারপর বলল, "মশাই, আমি যদি লোকটা তেমন খারাপই হতুম, তা হলে এই মোহরের আসল দাম কি বলতুম আপনাকে? বরং এর একখানা সোনার দামে কিনে নিয়ে গিয়ে লাখ টাকা কামিয়ে নিতুম। সে তুলনায় পাঁচ হাজার টাকা কি টাকা হল?"

গগন একটা শ্বাস ফেলে বলে, "না, তুই ভাল লোক। তোর মনটাও সাদা। এবার মোহরের কথা বল।"

হরিপদ মোহরগুলো মেঝের ওপর উপুড় করে ঢেলে কিছুক্ষণ নাড়াচাড়া করে বলল, "মোট দু'শো এগারোখানা আছে, তাই না?"

গগন একখানা শ্বাস ছেড়ে বলল, "হ্যাঁ।"

"এর মধ্যে নানা জাত আর চেহারার মোহর দেখতে পাচ্ছেন তো! কোনওটা তেকোনা, কোনওটা ইংরেজি 'ডি' অক্ষরের মতো, কোনওটা ছ'কোনা, কোনওটা পিরামিডের মতো—এগুলোই পুরনো। হাজার-দেড় হাজার বছর আগেকার। এগুলোর দামই সবচেয়ে বেশি। গোলগুলো তত পুরনো নয়, কিন্তু ঐতিহাসিক দিক দিয়ে এগুলোও কম যায় না। এগুলো যদি গলিয়ে ফেলতেন গগনবাবু, তা হলে যে কী সর্বনাশই হত!"

"পাগল নাকি! গলানোর কথা আর উচ্চারণও করিস না, খবর্দার।"

হরিপদ মাথা চুলকে বলে, "কিন্তু মুশকিল কী জানেন, এসব যে অতি সাঙ্ঘাতিক মূল্যবান জিনিস!"

"বুঝতে পারছি রে। তা হ্যাঁ রে, দুশো এগারোর সঙ্গে লাখ-লাখ গুণ দিলে কত হয়?"

"তার লেখাজোখা নেই গগনবাবু, লেখাজোখা নেই। আর সেইটেই তো হয়েছে মুশকিল।"

গগন তেড়ে উঠে বলে, "কেন, দুশো এগারোর সঙ্গে লাখ-লাখ গুণ দিতে আবার মুশকিল কীসের? আজকাল তো শুনি গুণ দেওয়ার যন্ত্র বেরিয়ে গেছে! ক্যারেকটার না ক্যালেন্ডার কী যেন বলে!"

"ক্যালকুলেটার।"

"তবে? ওই যন্ত্র একটা কিনে এনে ঝটপট গুণ দিয়ে ফেলব মুশকিল কীসের?"

"গুণ তো দেবেন। গুণ দিয়ে কূলও করতে পারবেন না। কিন্তু আমি ভাবছি অন্য কথা। এত টাকার জিনিস আপনার ঘরে আছে জানলে যে এ বাড়িতে ভাগাড়ে শকুন পড়ার মতো দশা হবে! ডাকাতরা দল বেঁধে আসবে যে! কুকুর, বন্দুক, দরোয়ান দিয়ে কি ঠেকাতে পারবেন? গাঁয়ে-গঞ্জে কোটি-কোটি টাকার জিনিস তো মোটেই নিরাপদ নয়।"

গগন স্থির করে বলে, "কত বললি?"

"কোটি-কোটি।"

"ভুল শুনছি না তো! কোটি-কোটি?"

"বহু কোটি গগনবাবু। আর ভয়ও সেখানেই।"

গগন হঠাৎ আলমারি খুলে একটা মস্ত ভোজালি বের করে ফেলল। তারপর তার মুখ-চোখ গেল একেবারে পালটে। গোলপানা অমায়িক মুখখানা হঠাৎ কঠিন হয়ে উঠল, চোখে সাপের ক্রূরতা। চাপা গলায় গগন বলে, "মোহরের খবর তুই ছাড়া আর কেউ জানে না। তোকে মেরে পাতালঘরে পুঁতে রেখে দিলেই তো হয়।"

হরিপদ দুপা পেছিয়ে গিয়ে সভয়ে বলে, "আজ্ঞে, আমার কাছ থেকে পাঁচকান হবে না। সে ভয় নেই। কিন্তু আপনারও বুদ্ধির বলিহারি যাই। এই হরিপদ কর্মকার ছাড়া ও মোহর বেচবেন কী করে? মোহরের সমঝদার পাবেন কোথায়? এ তল্লাটে তেমন সেকরা একজনও নেই যে, এইসব মোহরের আসল দাম কত তা বলতে পারে। যদি বা শহরে-গঞ্জে কাউকে পেয়েও যান সে আপনাকে বেজায় ঠকিয়ে দেবে বা মোহরের গন্ধ পেয়ে পেছনে গুণ্ডা-বদমাশ লেলিয়ে দেবে। কাজটা সহজ নয় গগনবাবু।

গনন সঙ্গে-সঙ্গে ভোজালিটা খাপে ভরে আলমারিতে রেখে একগাল হেসে বলে, "ওরে, রাগ করলি নাকি? আমি তোকে পরীক্ষা করলাম।"

হরিপদ মাথা নেড়ে বলে, "আমার আর পরীক্ষায় কাজ নেই মশাই, ঢের শিক্ষা হয়েছে। আমার পৈতৃক প্রাণের দাম মোহরের চেয়েও বেশি। আমি আপনার কাজ করতে পারব না। এই নিন, আপনার পাঁচ হাজার টাকা ফেরত নিন।"

এই বলে ট্যাঁক থেকে টাকা বের করে হরিপদ গগনের দিকে ছুড়ে দিল।

গগন ভারী লজ্জিত হয়ে বলে, "অমন করিসনি রে হরিপদ। একটা মানুষের

মাথাটা একটু হঠাৎ গরম হয়ে উঠেছিল বলে তুই এই বিপদে তাকে ত্যাগ করবি? তুই তো তেমন মানুষ নোস রে।"

"আপনি আমাকে বিশ্বাস করেন না। আর বিশ্বাস না করলে মোহর হাতবদল করা আপনার কর্ম নয়। পাঁচ হাজার টাকায় তো আর মাথা কিনে নেননি।"

গগনবাবু পুনর্মুষিক হয়ে কাঁপতে-কাঁপতে বলে, "দাঁড়া ভাই, দাঁড়া। আমারও মনে হচ্ছিল যেন, পাঁচ হাজার টাকাটা বড্ড কমই হয়ে গেল। তোকে আমি আরও দশ হাজার দিচ্ছি ভাই, আমাকে বিপদে ফেলে যাস না।"

"না মশাই, আপনার ভাবগতিক ভাল ঠেকছে না। এখন ছেড়ে দিচ্ছেন, কিন্তু পরে বিপদে ফেলবেন।"

"আচ্ছা, আরও দশ। মোট পঁচিশ হাজার দিলে হবে? না, তাও গাল উঠছে না তোর? ঠিক আছে, আরও পাঁচ ধরে দিচ্ছি না হয়।"

বলে গগন আলমারি থেকে টাকার বান্ডিল বের করে মোট ত্রিশ হাজার টাকা গুনে দিয়ে বলল, "এবার একটু খুশি হ ভাই। কিন্তু কথা দে, তোর মুখ থেকে মোহরের খবর কাকপক্ষীতেও জানবে না। মা কালীর ফোটোটা ছুঁয়েই বল একবার।"

হরিপদ কালীর ফোটো ছুঁয়ে বলে, "জানবে না। আপনি মোহরগুলো গুনে-গুনে ব্যাগে ভরে আলমারিতে তুলে রাখুন। আলমারির চাবি সাবধানে রাখবেন। আর চারদিকে ভাল করে চোখ রাখা দরকার।"

"তা আর বলতে! তবে বড় ভয়ও ধরিয়ে দিয়ে যাচ্ছিস। আজ রাতে আর ঘুম হবে না যে রে।"

"ঘুম কম হওয়াই ভাল। সজাগ থাকাও দরকার। আমিও বাড়ি গিয়ে একটু ভাবি গে।"

"যা, ভাই যা। ভাল করে ভাব। কত যেন বললি? কোটি-কোটি না কী যেন! ঠিক শুনেছি তো!"

"ঠিকই শুনেছেন। এবার আমি যাই, দরজাটা খুলে দিন।"

আলমারি বন্ধ করে চাবি ট্যাঁকে গুঁজে গগন দরজা খুলে দিল।

হরিপদ গগনের বাড়ি থেকে বেরিয়ে সোজা বাজারে গিয়ে চাল, ডাল, তেল, নুন, আনাজ কিনে ফেলল। একশিশি ঘি অবধি। বাড়িতে ফিরে যখন বাজার ঢেলে ফেলল, তখন অধরা অবাক, "এ কী গো! এ যে বিয়ের বাজার!"

"এতদিনে ভগবান বুঝি মুখ তুলে একটু চাইলেন। বেশ ভাল করে রান্নাবান্না করো তো। আমি একটু ঘুরে আসছি।"

"আবার কোথায় যাচ্ছ?"

"জামাকাপড়ের দোকানে। তোমার জন্য শাড়ি, অলঙ্কারের জন্য প্যান্ট আর জামা নিয়ে আসি। ফিরে এসে সব বলব'খন। এখন সময় নেই। সন্ধে অনেকক্ষণ হয়েছে, দোকান বন্ধ হয়ে যাবে।"

॥ ৫ ॥

অঙ্কের সার রাসমোহনবাবু খুবই ভুলোমনের মানুষ। কাছাকোছা ঠিক থাকে না, এক রাস্তায় যেতে আর-এক রাস্তায় চলে যান, বৃষ্টির দিনে ছাতা নিতে গিয়ে ভুল করে লাঠি নিয়ে বেরিয়ে পড়েন, প্রায়ই চকের বদলে পকেট থেকে কলম বের করে ব্ল্যাকবোর্ডে অঙ্ক কষতে চেষ্টা করেন। বাজার করতে গিয়ে আজ রাসমোহনবাবু ভুল করে বাজার করার বদলে নব হাজামের কাছে বসে দাড়িটি কামিয়ে নিলেন। নব অবশ্য মিনমিন করে একবার বলল, "সকালেই তো একবার কামিয়ে দিয়েছি, আবার বিকেলেই কেন কামানোর দরকার পড়ল কে জানে বাবা। আপনি তো তিন দিন বাদে-বাদে কামান।" দাড়ি কামিয়ে রাসমোহনবাবু খুশিমনে বাড়ি ফিরছিলেন। সন্ধের মুখে বটতলায় হঠাৎ খপ করে কে যেন পেছন থেকে তাঁর হাত চেপে ধরে বলে উঠল, "আপনার যে দুটো হাতই বাঁ হাত মশাই!"

রাসমোহনবাবু খুবই চমকে গিয়ে পেছন ফিরে একটা হুমদো চেহারার লোককে আবছায়া অন্ধকারে দাঁড়িয়ে থাকতে দেখে অবাক হয়ে বললেন, "আমাকে কি অ্যারেস্ট করলেন দারোগাবাবু? কিন্তু খুনটা তো আমি করিনি। কে করেছে তাও জানি না। আসলে কেউ খুন হয়েছে কি না তাও বলতে পারব না।"

লক্ষ্মণ পাইক বিরক্ত হয়ে বলে, "খুনখারাপির কথা উঠছে কীসে? আসল কথাটাই চেপে যাচ্ছেন মশাই, আপনার দুটো হাতই যে বাঁ হাত!"

এ-কথায় রাসমোহনবাবু খুবই চিন্তিতভাবে তাঁর হাত দু'খানার দিকে তাকালেন। অন্ধকারে ভাল দেখতে পেলেন না। অত্যন্ত উদ্বেগের গলায় বললেন, "তাই তো! এ তো খুব গোলমেলে ব্যাপার দেখছি। এঃ, দু-দুটো বাঁ হাত নিয়ে আমি এতকাল ঘুরে বেড়াচ্ছি, কেউ তো ভুলটা ধরেও দেয়নি! ডান হাতের কাজ তা হলে এতকাল আমি বাঁ হাতেই করে এসেছি! ছিঃ ছিঃ! এক্কেবারে খেয়াল করিনি তো! এখন কী হবে? এ তো খুব মুশকিলেই পড়া গেল দেখছি!"

লক্ষ্মণ তার টর্চটা একবার পট করে জ্বেলে রাসমোহনের হাত দুটো দেখে নিয়ে বিরক্ত হয়ে বলে, "না মশাই, আপনারও তো দেখছি দুটো দু'রকমেরই হাত। তা হলে দুই বাঁ-হাতওয়ালা লোকটা কোথায় গা-ঢাকা দিল বলুন তো! আচ্ছা আপনার নাম কি দন্ত্য ন দিয়ে শুরু?"

রাসমোহন সন্ত্রস্ত হয়ে বললেন, "দন্ত্য ন? দাঁড়ান-দাঁড়ান, একটু ভেবে দেখতে হবে। যতদূর মনে পড়ছে আমার নাম রাসমোহন নস্কর। রাসমোহন তো দন্ত্য ন দিয়ে শুরু হচ্ছে না মশাই। তা দন্ত্য ন দিয়ে শুরু হলে কি কিছু সুবিধে হত?"

লক্ষ্মণ ফোঁস করে একটা শ্বাস ফেলে বলে, "সেই সকাল থেকে দন্ত্য ন আর বাঁ হাত খুঁজে-খুঁজে হয়রান হয়ে পড়লাম মশাই। তা লোক দুটো যে কোথায় গা-ঢাকা দিয়ে আছে সেটাই বুঝতে পারছি না। নাঃ, আরও দেখতে হচ্ছে।"

লক্ষ্মণ হনহন করে এগিয়ে গেল। রাসমোহনবাবু খুবই চিন্তিতভাবে নিজের বাড়ি মনে করে ভুলবশত স্কুলের অন্ধকার দালানে উঠে একটা ক্লাসঘর ফাঁকা পেয়ে

সেখানে ঢুকে বসে রইলেন।

নগেন মুদি সবে দোকান বন্ধ করার তোড়জোড় করছিল, এমন সময় লক্ষ্মণ এসে লাঠি বাগিয়ে দাঁড়াল, "এই যে নগেনবাবু, তোমার নাম তো দন্ত্য ন দিয়েই শুরু হে!"

নগেন রোগাভোগা রগচটা লোক। খিঁচিয়ে উঠে বলে, "তাতে কী হয়েছে? দন্ত্য ন দিয়ে শুরু হলে কি নামটা পচে গেছে? নাকি তোমার পাকা ধানে মই পড়েছে?"

লক্ষ্মণ বুক চিতিয়ে বলে, "তুমি লোক সুবিধের নও বাপু। যাদের নাম ন দিয়ে শুরু হয়, তারা খুব খারাপ লোক।"

নগেন দোকানের ঝাঁপটা পটাং করে ফেলে ফোঁস করে ওঠে, "তোমার মাথায় একটু ছিট আছে নাকি হে! ন দিয়ে নামের লোক যদি খারাপই হয়, বাপু তা হলে নগেন কেন, ন্যাপলা নেই নাকি? ওই যে নেপাল সাহা দু' বেলা খদ্দেরের গলা কাটছে, ঝলমলে দোকান সাজিয়ে সাপের পাঁচ পা দেখেছে, তার কাছে যাও না। গিয়ে একবার বীরত্বটা দেখিয়ে এসো দেখি, কেমন মানুষ বুঝি তা হলে! আর শুধু নেপালই বা কেন, ওই যে নবকেষ্ট, মাছ বেচে লাল হয়ে গেল, তার দাঁড়িপাল্লা কখনও উলটে দেখেছ? জন্মে কখনও কাউকে পাল্লার ফের দেখায় না, তার পাল্লার নীচে অন্তত দেড়শো গ্রাম চুম্বক লোহা সাঁটা আছে। যাও না তার কাছে। হুঁঃ, উনি আমাকে ন চেনাতে এসেছেন!"

লক্ষ্মণ একটু ফাঁপরে পড়ে গেল। ন দিয়ে বিস্তর লোক পাওয়া যাচ্ছে, কিন্তু কোনটা আসল ন, সেইটে বোঝা কঠিন। আর বাঁ-হাতওলা লোকটা যে কোথায় ঘাপটি মেরেছে তাই বা কে জানে বাবা। তবে লক্ষ্মণ সহজে হাল ছাড়তে রাজি নয়।

ইটখোলার দিকে কদমতলায় হাঁদুর পান-বিড়ির দোকানে দুটো লোক পান কিনতে দাঁড়িয়েছে। টেমির আলোয় তাদের ভাল ঠাহর হচ্ছে না, কিন্তু পেছন থেকে দেখে বেশ লম্বা-চওড়া মনে হল। লক্ষ্মণ কাছাকাছি গিয়ে দাঁড়াতেই নজরে পড়ল, দু'জনের কোমরেই দু'খানা ল্যাজা গোঁজা রয়েছে। এরা লোক সুবিধের বলে মনে হল না তার। আর বেঁটে লোকটা তার ডান হাতখানা কি ইচ্ছে করেই একটু আড়াল করতে চাইছে? ওটি কি আসলে বাঁ হাত? দুটো হাতই কি তবে বাঁ? লক্ষ্মণ অবশ্য হুট করে গিয়ে লোকটাকে যাচাই করতে সাহস পেল না। সে সাত ঘাটের জল খেয়ে মানুষ চিনেছে। এই টেমির আলোতেও এদের পাশ-ফেরানো মুখ দেখে সে বুঝে গেল, এরা লাশটাস নামায়। লক্ষ্মণ একটু দূর থেকে নজর রাখতে লাগল। গতিবিধিটা একটু দেখতে হবে।

সেই থেকে গৌরগোবিন্দর মনটা আবার ফিঙেপাখির মতো নাচানাচি করছে। অনেকদিন বাদে শিমুলগড়ে একখানা জম্পেশ ঘটনা ঘটেছে বটে। গুম খুন আর দু'শো এগারোখানা মোহর। কালী কাপালিকটা ঝুড়ি-ঝুড়ি মিথ্যে কথা বলে বটে, তার মধ্যে কি আর একটু-আধটু সত্যি কথার ভেজাল একেবারেই থাকবে না? গৌরগোবিন্দর মন বলছে, কথাটা একেবারে ফ্যালনা নয়। তা কালী কাপালিককে সকালে একঘটি দুধ খাইয়ে কথাটা আদায় করার পর গৌরগোবিন্দ ভেবেছিলেন

ঘটনাটা চেপে রাখবেন। কারণ দীর্ঘদিনের অভিজ্ঞতায় তিনি দেখেছেন, কোনও-কোনও খবর চেপে রাখতে পারলে আখেরে তা থেকে লাভই হয়। সেই ছেলেবেলায়, সদিপিসির অম্বুবাচীর দিন ভুল করে এক ডেলা গুড় খেয়ে ফেলার কথা চেপে রেখেছিলেন বলেই দু' গণ্ডা পয়সা আদায় হয়েছিল। তাঁর মেজোখুড়ো যে তামাক খেতেন সে-কথাটা দাদুর কাছে চেপে যেতেন বলেই খুড়োমশাইয়ের কাছ থেকে যখন-তখন ঘুড়িটা লাটিমটা আদায় হত। সেইসব পুরনো কথা ভেবে মোহর আর গুম খুনের ব্যাপারটাও চেপেই রেখেছিলেন গৌরগোবিন্দ। কিন্তু, গোপন কথা অতি সাঙ্ঘাতিক জিনিস। ঘণ্টাখানেকের মধ্যে তাঁর পেট ফেঁপে চোঁয়া ঢেকুর উঠতে লাগল। গায়ে ঘাম হতে লাগল। কানে দু'শো এগারোখানা মোহরের ঝনঝন শব্দে মাথা ঝিমঝিম করতে লাগল। শরীরে আইঢাই, ঘনঘন জল খেতে হচ্ছিল। সে এক ভারী অস্বস্তিকর অবস্থা। গৌরগোবিন্দ তাই ছাতা নিয়ে বাড়ি-বাড়ি বেরিয়ে পড়লেন। বিজয় মল্লিক, পটল গাঙ্গুলি, নটবর ঘোষ, গাঁয়ের আরও সব মাতব্বরদের খবরটা দেওয়ার পর পেটের বায়ু নেমে গেল, গায়ের ঘাম শুকোল, কানের শব্দটাও বন্ধ হল।

কিন্তু মুশকিল হল কথাটা কেউ গায়ে মাখছে না। কালীটা তো গাড়ল আর আহাম্মক, আজগুবি সব কথা বলে বেড়ায়, তার কথায় প্রত্যয় হবে কার? সবাই শুনে হাসছে। হারান সরকার তো বলেই বসল, "তোমারও কি একটু বয়সের দোষ দেখা দিচ্ছে নাকি গো গৌরঠাকুর্দা! নইলে কালীর কথায় মেতে উঠলে কেন?"

তবে যে-যাই বলুক, ভগবানের দয়ায় কালীর মুখ থেকে যদি এই একটা সত্যি কথাও জন্মে বেরিয়ে থাকে, তা হলে গাঁয়ে কী হুলুস্থুলুটাই না পড়ে যাবে! সেই কথা ভেবে মনটা সত্যিই আজ নেচে বেড়াচ্ছে গৌরগোবিন্দর। কতকাল পরে এই ঝিমধরা, ম্যাদাটে মার্কা, মরা গাঁয়ে একটা জম্পেশ ঘটনা ঘটেছে! ক'টা দিন গাঁ একটু গরম থাকবে। মাঝে-মধ্যে উত্তরের মাঠে সার্কাস এলে যেমন হয়, রথের মেলা বা মহাকালীর পুজোয় যেমন একটু বেশ গরম থাকে গাঁ, অনেকটা তেমনই। তবে ভেতরে গুহ্য কথা থাকায় এটার স্বাদই আলাদা। খুন! চোরাই মোহর! উঃ, খুব জমে গেছে ব্যাপারটা। একেবারে লঙ্কার আচারের মতো। ঝাল-ঝাল, টক-টক, মিষ্টি-মিষ্টি। ভাবতে-ভাবতে দুপুরে আর ঘুমটাই হল না গৌরগোবিন্দর।

সন্ধেবেলায় এইসব বৃত্তান্ত নিয়েই আজ চণ্ডীমণ্ডপে একটা জমায়েত হয়েছে। মাতব্বররা সবাই আছেন। মধ্যমণি পটল গাঙ্গুলি বেশ জমিয়ে বসে বললেন, "সব শোনো তোমরা, গৌরঠাকুর্দা আজ কালী কাপালিকের কাছে এক আজগুবি গল্প শুনে এসেছেন। কালকে গগনের বাড়ি যে চোর ছোকরাটা ঢুকেছিল সে নাকি খুন হয়েছে, আর তার আত্মা নাকি আমাদের কালী কাপালিকের কাছে এসে গভীর রাতে নাকিকান্না কেঁদে গেছে যে, তার থলিতে দু'শো এগারোখানা মোহর ছিল। সেসব নাকি গগন গাপ করেছে।"

পরান সরকার মুখখানা তেতো করে বলল, "অ। তা এই আষাঢ়ে গপ্প শোনার জন্যই কি হাঁটুর ব্যথা নিয়ে এতদূর নেংচে-নেংচে এলাম! ওই কালী তো কত কী বলে বেড়ায়! নাঃ, যাই, গিয়ে হাঁটুতে একটু সেঁক-তাপ দিই গে।"

নটবর ঘোষ বলে ওঠে, "আমারও একটা সমস্যা হয়েছে। গগনের ওই গুণ্ডা পাইক লক্ষ্মণটা বড় হুড়ো দিচ্ছে আমায়। রাম বিশ্বাসদা আজ সকালে একটু সাঁটে কী একটা কথা বলেছিল, সেই থেকে সে বড় হামলা করছে আমার ওপর। আমার নাকি দুটো হাতই বাঁ হাত, আমার নামের আদ্যক্ষর দন্ত্য ন বলে নাকি আমি লোক খুব খারাপ। আমি আপনাদের কাছে এর একটা বিহিত চাই। এ তো বড় অরাজকতা হয়ে উঠল মশাই।"

হারু সরখেল বলে উঠল, "কথাটা মিথ্যে নয়। আমাকেও আজ চৌপর দিন লক্ষ্মণকে বোঝাতে হয়েছে যে, আমার নাম নাড়ু নয়, হারু। ব্যাটা কিছুতেই বুঝতে চায় না।"

ঠিক এ-সময়ে হঠাৎ একটা রাখাল ছেলে দৌড়তে-দৌড়তে এসে চণ্ডীমণ্ডপের সামনে থমকে দাঁড়াল। তারপর চেঁচিয়ে বলল, "দাদুরা সব এখানে বসে রয়েছ! ওদিকে যে কালী কাপালিকের পেটাই হচ্ছে!"

শুনে মাতব্বররা সব হাঁ-হাঁ করে ওঠে। পটল গাঙ্গুলি বলে ওঠেন, "পেটাচ্ছে মানে! কে পেটাচ্ছে রে ছোকরা? কেনই বা পেটাচ্ছে?"

রাখাল ছেলেটা বলে, "ভিন গাঁয়ের লোক।"

নটবর ঘোষ হঠাৎ লাফ দিয়ে খাড়া হয়ে বলে, "কেন, বাইরের লোক এসে কালীকে পেটাবে কেন? শিমুলগড় কি মরে গেছে? কালী এ-গাঁয়ের লোক, পেটাতে হলে তাকে আমরা পেটাব। চলুন তো সবাই, দেখে আসি ব্যাপারটা! এ কি অরাজকতা নাকি?"

রাখাল ছেলেটা বলে, "উদিকে যেয়ো না কর্তা। বাইরের লোক হলেও তারা হলেন কালু আর পীতাম্বর।"

নাম দুটো শুনেই সভাটা হঠাৎ ঠাণ্ডা মেরে নিশ্চুপ হয়ে গেল। নটবর ঘোষ আবার ভিড়ের মধ্যে চুপ করে বসে গা-ঢাকা দিল। কিন্তু সবাইকে অবাক করে গৌরগোবিন্দ হঠাৎ ঝিমুনি কাটিয়ে খাড়া হলেন, "কালীকে পেটাচ্ছে! সর্বনাশ! সে যে আমাদের রাজসাক্ষী! কালী খুন-টুন হয়ে গেলে যে মামলার কিনারা হবে না! এ যে সব ভেস্তে যাবে দেখছি।"

বলে হাতের লাঠিখানা বাগিয়ে ধরে গৌরগোবিন্দ চণ্ডীমণ্ডপ থেকে নেমে তাঁর জুতো খুঁজতে লাগলেন ব্যস্ত হয়ে।

বিজয় মল্লিক হাঁ-হাঁ করে ওঠেন, "করো কী ঠাকুর্দা, তারা দুটি যে সাক্ষাৎ যমের স্যাঙাত! মহাকালীর পুজোয় ওই কালুটা যে এক হাতে এক কোপে মোষের গলা নামিয়ে দেয়, দ্যাখোনি? আর পীতাম্বরটা তো চরকির মতো তলোয়ার ঘোরায়।"

গৌরগোবিন্দ খিঁচিয়ে উঠে বলেন, "তা বলে রাজসাক্ষী হাতছাড়া করব? এতদিন বাদে একটা ঘটনা ঘটল গাঁয়ে, সেটার মাথায় ঠাণ্ডা জল ঢেলে দেব? আর কালু-পীতাম্বর যখন আসরে নেমে পড়েছে তখন বলতেই হবে বাপু, কালী কাপালিকের কথায় একটু যেন সত্যি কথাও আছে। না বাপু, আমাকে দেখতেই হচ্ছে ব্যাপারটা।"

রাম বিশ্বাস চণ্ডীমণ্ডপের এককোণে বসে বাতাসে ঢ্যাঁড়া কাটছিলেন। হঠাৎ বলে

উঠলেন, "কালীর এখনই মৃত্যুযোগ নেই, সকালেই কপালটা দেখেছি ভাল করে।"
গৌরগোবিন্দ আর কোনও দৃকপাত না করে ছুটতে লাগলেন।

ইটখোলায় কালী কাপালিকের থানে দৃশ্যটা একটু অন্যরকম। যেমনটা ভাবা গিয়েছিল তেমনটি নয়।

সন্ধেবেলায় কালী একটু সিদ্ধি-টিদ্ধি খায়। বাণ মারে, ব্যোম্-ব্যোম্ করে আর তার তিন-চারজন চেলা ধুনির আগুনে রান্না চাপায়।

বেশ শান্ত নিরিবিলি জায়গা। হাওয়া দিচ্ছে। চারদিক বেশ খোলামেলা। কালী তার শিষ্যদের বলছিল, "গগন ব্যাটার বুকের পাটা দেখনি তো! কী এমন চাইলুম রে বাবা! চোরাই মোহরগুলোর কথা তো পাপমুখে উচ্চারণও করিনি। এমনকী খুনটার কথাও চেপে গেছি। তা তার...একটা দাম দিবি না? নিজের জন্য কি চেয়েছি? পাঁচটা ভক্ত আসবে, ভদ্রলোকেরা আসবে, তীর্থ হিসাবে শিমুলগড়েরই নাম হবে। কয়েক হাজার ইট আর কয়েক বস্তা সিমেন্ট হলেই হয়ে যেত। তার বদলে কয়েক বস্তা পুণ্যি! আর আধ সের করে দুধ—সেটাও তার বড্ড বেশি মনে হল নাকি রে? ভক্তকে দুধ খাওয়ালে ভগবান খুশি হন, সেইটেই বুঝল না ব্যাটা পাপী।"

অন্ধকারে বাবলাবনের ভেতরের শুঁড়িপথটা দিয়ে দুটো ছায়ামূর্তি আসছিল। তারা আড়াল থেকে কথাটা শুনতে পেল। শুনে পীতাম্বর একখানা হাঁক পাড়ল, "এই যে, খাওয়াচ্ছি তোমাকে দুধ! আর ইটের বন্দোবস্তও হচ্ছে।"

কালী প্রথমটায় কিছু বুঝে উঠবার আগেই পেল্লায় চেহারার দুটো লোক এসে তার ওপর পড়ল। গালে বিশাল এক থাবড়া খেয়ে কালী চেঁচিয়ে উঠল, "মেরে ফেললে রে!"

চেলারা ফটাফট আড়ালে সরে গেল। চেঁচামেচি শুনে আশপাশ থেকে ছুটে এল কিছু লোক। তবে তারা বেশি এগিয়ে এল না। কালু আর পীতাম্বরকে সবাই চেনে।

কালু পর-পর আরও দু'খানা চড় কষাতেই পীতাম্বর বলে উঠল, "আহা, খামোখা চড়গুলো খরচা করছিস কেন? বত্রিশটা টাকার বেশি তো আর কঞ্জুষটার কাছ থেকে আদায় হবে না। আটখানা কড়ার।" এই বলে ভূপাতিত কালীর দিকে চেয়ে একটা বড় করে দম নিয়ে বিকট গলায় বলে উঠল, "এখন যদি হাঁড়িকাঠে ফেলে মায়ের নামে তোর গলাখানি নামিয়ে দিই তা হলে কী হয়? গুণ্ডামি আর গা-জোয়ারি তা হলে কোথায় থাকবে রে পাষণ্ড? ভাল-ভাল মানুষদের ওপর হামলা করে দুধ আর ইট-সিমেন্ট আদায় করছিস যে বড়, অ্যাঁ! গগন সাঁপুইয়ের টাকা বেশি দেখেছিস?"

কালী উঠল না। উঠলেই বিপদ। শুয়ে-শুয়েই বলল, "টাকা কোথায় গো পীতাম্বরদাদা? সব মোহর।"

কালু একটা রদ্দা তুলেছিল, পীতাম্বরও কড়কে দেবে বলে হাঁ করেছিল, থেমে গেল দু'জনেই। "মোহর!"

কালী এবার উঠে বসে গা থেকে একটু ধুলো ঝেড়ে নিয়ে বলল, "সবই বুঝি গো পীতাম্বরদাদা, দিনকাল খারাপই পড়েছে। নইলে ওই ছুঁচোটার হয়ে এই সস্তার কাজে

নামবার লোক তো তোমরা নও। তা কতয় রফা হল গগনের সঙ্গে?”

পীতাম্বর গম্ভীর গলায় বলে, “তা দিয়ে তোর কী দরকার? মুখ সামলে কথা বলবি।”

কালী দুঃখের গলায় বলে, “সে তোমরা না বললেও আন্দাজ করতে কষ্ট নেই। খুব বেশি হলে পাঁচ-সাতশো টাকায় রফা হয়েছে। আর কাল রাতেই কিনা পাষণ্ডটা দু’শো এগারোখানা মোহর বেমালুম গাপ করে ফেলল ভালমানুষ ছোকরাটার কাছ থেকে। ধর্মে সবই সইছে আজকাল হে। দু’শো এগারোখানা মোহর গাপ করে সেই ছোঁড়াকে মেরে কোথায় গুম করে ফেলল কে জানে! আমার দোষ হয়েছে কী জানো, মোহরের বৃত্তান্ত আমি জেনে ফেলেছিলুম। সে-কথা যাক, দিনকাল খারাপ পড়েছে বুঝতে পারছি, তোমাদের মতো বড়দরের ওস্তাদেরা যখন পাঁচ-সাতশো বা হাজার টাকায় কাজে নামছ তখন আকালই পড়েছে বলা যায়। তবে কিনা, মোহরগুলো গগনের ন্যায্য পাওনা নয়। কিন্তু সে-কথা তাকে বলবার সাহসটা আছে কার বলো?”

পীতাম্বর কালুর দিকে চেয়ে বলে, “দরটা বড্ড কমই হয়ে গেছে না রে?”

কালু খুব গম্ভীর মুখে বলে, “তোর আক্কেল যে কবে হবে! অত কমে কেন যে এত মেহনত খরচা করলি! চড় প্রতি দশ টাকা করে ধরলে হত।”

পীতাম্বর দুটো হাত ঝেড়ে চাপা গলায় বলে, “যা হয়েছে তা তো হয়েই গেছে। আর একটাও চড় খরচ করার দরকার নেই। বকাঝকাও নয়। বাহান্ন টাকার কাজ আমরা তুলে দিয়েছি।”

কালু বলল, “তার বেশিই হয়ে গেছে।”

পীতাম্বর দুঃখিতভাবে মাথা নাড়ল। তারপর কালীর দিকে চেয়ে বলে, “যাঃ, খুব বেঁচে গেলি আজ। এবার বৃত্তান্তটা একটু খোলসা করে বল তো!”

কালী ধীরে-ধীরে উঠে দাঁড়িয়ে বড়-বড় চোখে চেয়ে বলল, “কী বললে পীতাম্বরদাদা! কানে কি ভুল শুনলুম আমি! বাহান্ন টাকা! মোটে বাহান্ন টাকায় তোমাদের মতো রুস্তম আজকাল হাত নোংরা করছে! এ যে ঘোর কলিকাল পড়ে গেল গো! এতে যে আমারও বেজায় অপমান হয়ে গেল! মাত্র বাহান্ন টাকায় আমার গায়ে হাত তুললে তোমরা!”

পীতাম্বর একটা হুঙ্কার দিয়ে বলে, “বেশি বকুনি দিলে মুখ তুবড়ে দেব বলছি!”

কালু বলে ওঠে, “উহুঁ উহুঁ, আর নয়। টাকা উশুল হয়ে এখন কিন্তু বেজায় লোকসান যাচ্ছে আমাদের।”

পীতাম্বর সঙ্গে-সঙ্গে নরম হয়ে বলে, “তা বটে, ওরে কালী, বাহান্ন টাকার কথা তুলে আর আঁতে ঘা দিস না। ওই হাড়কেপ্পনটার সঙ্গে দরাদরিতে যাওয়াই ভুল হয়েছে। এখন সুদে-আসলে লোকসানটা তুলতে হবে।”

কালী একটা দীর্ঘশ্বাস ফেলে বলল, “সে আর তোমরা পারবে না। সকলের চোখের সামনে দু’শো এগারোখানা মোহর যে-মানুষ হাতিয়ে নিতে পারে, তার সঙ্গে এঁটে ওঠা তোমাদের মতো ভালমানুষদের কর্ম নয়। আর এ-গাঁয়ের লোকগুলোও সব চোখে ঠুলি-আঁটা ঘানির বলদ। খুন করে লাশটা কোথায় গুম করল সেটা অবধি খুঁজে

দেখল না। ছোকরার আত্মাটা এই সন্ধেবেলাতেও এসে কত কাঁদাকাটা করে গেছে! একটু আগেই তো তার সঙ্গে কথা হচ্ছিল, তোমরা এসে হুজ্জত শুরু করায় ভয় খেয়ে তফাত হয়েছে। আমার আধসের দুধ আর কয়েকখানা ইট বড় করে দেখলে পীতাম্বরদাদা, কালুভাই! ওদিকে যে পুকুরচুরি হয়ে গেল, সে-খবর রাখলে না! লোকটা কত বড় পিচাশ একবার ভেবে দ্যাখো, দু'শো এগারোখানা মোহর ট্যাঁকে গুঁজেও যে মাত্র বাহান্ন টাকায় তোমাদের কেনা গোলাম করে রাখতে চাইছে! আর শুধু কি তাই, ওই দ্যাখো, তোমাদের ওপর গোয়েন্দাগিরি করার জন্য লক্ষ্মণ পাইককে পাঠিয়েছে! ওই যে, বাবলাতলায় দাঁড়িয়ে!"

পীতাম্বর আর কালু চিতাবাঘের মতো ঘুরে দাঁড়াতেই বাবলাতলা থেকে লক্ষ্মণ বেরিয়ে এসে পীতাম্বরের দিকে চেয়ে গম্ভীর গলায় বলে উঠল, "অনেক আগেই আন্দাজ করেছিলুম যে, তুমিই সেই লোক। আর লুকোছাপা করে লাভ নেই বাপু! আমি আবছা আলোতেও ঠিক বুঝতে পেরেছি, তোমার দুটো হাতই বাঁ হাত।"

পীতাম্বর এ-কথায় এমন অবাক হয়ে গেল যে, তার মুখে কথা জোগাল না। খানিকক্ষণ লাগল সামলে উঠতে। তারপর বাঘা গলায় বলল, "কী বললি রে হনুমান?"

লক্ষ্মণ বিন্দুমাত্র ভয় না খেয়ে একটু হেসেই বলল, "সারাদিনের পরিশ্রম আজ সার্থক। রাম বিশ্বাসের কথা কি মিথ্যে হওয়ার যো আছে! দুটো বাঁ-হাতওলা লোক থাকতেই হবে!"

পীতাম্বর নিজের হাত দু'খানা চোখের সামনে তুলে একটু ঘুরিয়ে-ফিরিয়ে দেখে বলে, "কোথায় রে দুটো বাঁ হাত! আর থাকলে আমি তা এতদিনে টের পেতুম না! আচ্ছা বেল্লিক তো তুই দেখছি! আমাদের ওপর গোয়েন্দাগিরি করতে এসে এখন আবোলতাবোল বলে মাথা বাঁচানোর চেষ্টা করছিস হতভাগা! দেখাচ্ছি মজা!"

দু'হাতে বজ্রমুষ্টি পাকিয়ে পীতাম্বর লাফিয়ে পড়ার উপক্রম করতেই কালু তার হাত চেপে ধরে বলল, "কত লোকসান যাচ্ছে খেয়াল করেছিস? এখন কিল-চড় খরচা করলে তার দামটা দেবে কে? বাহান্ন টাকার একটি পয়সাও কি বেশি আদায় হবে?"

"তা বটে!" বলে পীতাম্বর বন্ধ-করা মুঠি খুলে, দমটা ছেড়ে ক্লান্ত গলায় বলে, "গাড়লটা বলছে কিনা আমার দুটোই বাঁ হাত! সেই জন্ম থেকে বাঁ-ডান দুই হাত নিয়ে বাস করে এলুম, হঠাৎ রাতারাতি জলজ্যান্ত হাতটা বদলে যাবে! এই যে ভাল করে দেখে নে আহাম্মক, ডান-বাঁ জ্ঞান যদি থেকে থাকে, তবে ভাল করে পরখ করে নে। তোর কপালের খুব জোর, এই দুটো হাতের ঘুসো তোকে খেতে হয়নি। নইলে..."

পীতাম্বরের মুখের কথা শেষ হওয়ার আগেই হঠাৎ লাঠি হাতে একটা লম্বা সিড়িঙ্গে মূর্তি বাবলাবনের শুঁড়িপথটা দিয়ে ধেয়ে এল, "মারবে মানে? ইয়ার্কি পেয়েছ? এ কি মগের মুলুক? আমার রাজসাক্ষী মারলে অত বড় বাটপাড়ি আর খুনের কিনারা করবে কে?"

বলতে-বলতেই গৌরগোবিন্দ হাতের মজবুত লাঠিটা তুলে পটাং-পটাং করে

পেটাতে লাগলেন। পীতাম্বর আর কালু বহুকাল কারও হাতে মার-টার খায়নি। সবাই তাদের সমঝে চলে, কেউ গায়ে হাত তুলবার সাহসই পায় না। ফলে তারা এত অবাক হয়ে গেল যে, নিজেদের বাঁচানোর কোনও চেষ্টাই করতে পারল না। উপরন্তু মার না খেয়ে-খেয়ে এমন অনভ্যাস হয়ে গেছে যে, দু'জনেই প্রথম চোটের লাঠির বাড়িটা খেয়েই "বাবা রে" বলে অজ্ঞান হয়ে মাটিতে পড়ে কুমড়ো গড়াগড়ি দিতে লাগল।

"বলি ও কালী, তুই ভাল আছিস তো বাপ! চোট-টোট লাগেনি তো! কোথায় পালালি বাবা? ভয় নেই রে, গুণ্ডা দুটোকে দিয়েছি ঠাণ্ডা করে। ওই দ্যাখ, কেমন চিতপটাং হয়ে পড়ে আছে।"

ঠিক এই সময়ে কে যেন পেছন থেকে বলে উঠল, "এই বয়সেও বেশ ভাল হাত আপনার। লাঠিখানা বেশ গুছিয়ে ধরেছিলেন বটে। ঠিক এরকমটা দেখা যায় না।"

গৌরগোবিন্দ তেড়ে উঠলেন, "বয়সটা আবার কোথায় দেখলে হে। কীসের বয়স? বয়সের কথা ওঠেই বা কেন? আর লাঠি ধরারই বা কী নতুন কায়দা দেখলে? চিরকাল লাঠি-হাতে ঘুরে বেড়ালুম!"

"আজ্ঞে, তা বটে। কিন্তু যার দুটো হাতই বাঁ হাত, তার পক্ষে ওভাবে জুতসই করে বাগিয়ে ধরে লাঠি চালানো তো বড় সোজা কথা নয় কিনা!"

গৌরগোবিন্দ একটু ঝুঁকে লোকটাকে ঠাহর করে নিয়ে বললেন, "অ, তুমি গগন সাঁপুইয়ের সেই পাইক লক্ষ্মণ বুঝি! সকাল থেকে বাঁ হাতের ফেরে পড়ে আছ দেখছি! তা কালীর ঠেক-এ তোমার আবার কী দরকার? অ্যাঁ! সাক্ষী গুম করতে এসেছ? দেখাচ্ছি মজা, দাঁড়াও..."

হঠাৎ করে লাঠির একখানা ঘা ঘাড়ে পড়তেই লক্ষ্মণ আর কালবিলম্ব না করে চোঁচাঁ দৌড় লাগাল।

"ও কালী, তুই কোথায় বাবা?"

কালী অবশ্য গৌরগোবিন্দর ডাক শুনতে পাচ্ছিল, কিন্তু জবাব দেওয়ার মতো অবস্থা তার নয়।

ঘটনাটা হল, কালু আর পীতাম্বর এসে একটা গণ্ডগোল পাকিয়ে তোলায় কালী একটু গা-ঢাকা দিতে চেয়েছিল। মোহর আর খুনের ঘটনাটা এদের কাছে প্রকাশ করে ফেললে গগনের কাছ থেকে আর কিছু আদায়ের আশা নেই। কথাটা একটু প্রকাশ হয়েছে, ভাল। বাকিটুকু চাপা থাকলে গগনের ওপর একটা চাপ হয়। তাতে আদায় উশুলের সুবিধা। নইলে গুণ্ডা দুটো সব গুপ্ত কথা জেনে নিয়ে আগেভাগে গিয়ে গগনের ট্যাঁক ফাঁক করতে লেগে যাবে। বরাতজোরে একটুও সুবিধাও হয়ে গেল কালীর। গৌর ঠাকুর্দা এসে গুণ্ডা দুটোকে ঘায়েল করেছে। কালী এই ফাঁকে তাড়াতাড়ি কাজ সারতে পেছনের কাঁটাবন দিয়ে সটকে সটান গগনের বাড়ি গিয়ে উঠবার তাল করেছিল।

কিন্তু কাঁটাবনে ঢুকতেই, ওরে বাপ! সামনেই ঘন কাঁটাবনে দুটো পেল্লায় চেহারার আবছা মূর্তি দাঁড়িয়ে! তারা অবশ্য কালী কাপালিককে গ্রাহ্যও করছিল না। কী একটা

ব্যাপার নিয়ে দু'জনের একটা রাগারাগি তর্কাতর্কি হচ্ছে। অন্ধকার কালীর চোখ-সওয়া, যেটা তার পিলে চমকে দিল তা হল লোক দুটোর পোশাক। জরিটরি দেওয়া পোশাক পরনে, মাথায় আবার মুকুটগোছের কী যেন আছে, গলায় মুক্তোমালার মতো মালা, হাতে আবার বালা-টালাও দেখা যাচ্ছে। যাত্রাদলে যেমন দেখা যায় আর কী! কিন্তু এ-গাঁয়ে বা আশেপাশে কোথাও এখন কোনও যাত্রাপালা হওয়ার কথা নেই। এরা এল কোত্থেকে?

কালী সুট করে গাছের আড়ালে সরে দাঁড়াল।

লম্বা-চওড়া আর বেশি ঝলমলে পোশাক-পরা লোকটা বলছে, "তুমি অত্যন্ত বেয়াদব এবং বিশ্বাসঘাতক। যেভাবে তুমি আমাকে পাতালঘরে টেনে নামিয়ে পেছন থেকে ছোরা বসিয়েছিলে তা কাপুরুষ এবং নরাধমরাই একমাত্র পারে।"

অন্য লোকটা একটু নরম গলায় বলে, "মহারাজ, আপনাকে না মারলে যে আমাকেই মরতে হত। আপনার মতলবটা তো আমি আগেই আঁচ করেছিলাম কিনা। আত্মরক্ষার জন্য খুন করা শাস্ত্রে অপরাধ নয়।"

"কিন্তু রাজ-হত্যার মানে কী জানো চন্দ্রকুমার? রাজা হচ্ছে পিতার সমান। তাকে হত্যা করে তুমি পিতৃঘ্ন হয়েছ। তুমি চিরকাল আমার অন্নে প্রতিপালিত হয়েছ, আমার নুন খেয়েছ, রাজসভায় যথেষ্ট মর্যাদা পেয়েছ আমারই বদান্যতায়। তার প্রতিদান কি এই? তোমাকে মারতে চেয়েছিলাম এটাই বা কে বলল? তোমাকে পাতালঘরে নেমে দেখাতে চেয়েছিলাম সুড়ঙ্গগুলো কীরকম।"

"আজ্ঞে না, মহারাজ। মোহরের হদিস যখনই আপনি আমাকে দিয়ে দিলেন, তখনই বুঝলুম যে, আমার আয়ু আর বেশিদিন নয়। তাই আমি সঙ্গে গোপনে একখানা ধারালো ছোরা রাখতুম। যেদিন আপনি নিজে সঙ্গে করে মহাসমাদরে আমাকে পাতালঘর দেখাতে নিয়ে গেলেন, সেদিনই আমি ঠিক করেছিলুম, যদি নামি আপনাকে নিয়েই নামব। প্রাসাদে গর্ভগৃহে নামবার গুপ্ত সিঁড়িতে আপনি আমাকে ঠেলে নামিয়ে দিয়ে ভারী দরজাটা বন্ধ করে দিচ্ছিলেন। আমি সঙ্গে-সঙ্গে লাফ দিয়ে আপনাকে টেনে নামিয়ে এনে ষড়যন্ত্রটা ওখানেই শেষ করে দিই।"

"তুমি বোধ হয় ধরাও পড়োনি?"

"আজ্ঞে না, মহারাজ। আমি অত্যন্ত বুদ্ধিমান। আপনি হঠাৎ বৈরাগ্যবশত নিরুদ্দেশ হয়েছেন এটাই রটনা হয়েছিল। তবে আমি নিমকহারাম নই। গুপ্তধনের হদিসসহ পুথিখানা আমি আপনার পুত্র বিজয়প্রতাপকে হস্তান্তর করেছিলাম। আমি নিজে কিন্তু গুপ্তধন হরণের চেষ্টা করিনি।"

মহারাজ দাঁত কড়মড় করে বললেন, "করলেও লাভ হত না। আমি নিজে যখ হয়ে দেড়শো বছর মোহরের কলসিতে ঢুকে ঘাপটি মেরে বসে ছিলুম। মাঝে-মাঝে যে বেরিয়ে এসে তোমার ঘাড় মটকাতে ইচ্ছে করত না, তা নয়। কিন্তু মোহরগুলো এমন চুম্বকের মতো আমাকে আটকে রেখেছিল যে, বেরোবার সাধ্যই হয়নি।"

চন্দ্রকুমার একটু যেন মিচকে হাসি হেসে বললেন, "আজ্ঞে সেটা আমি জানতুম। আপনার পক্ষে ওই মোহর ছেড়ে বেরিয়ে আসা অসম্ভব ছিল বলেই আমি

নিশ্চিন্তমনে নিরানব্বই বছর অবধি বেঁচে হেসেখেলে আয়ুষ্কালটা কাটিয়ে গেছি। মোহরের মোহ ছিল না বলেই পেরেছি।"

মহারাজ গম্ভীর হয়ে বললেন, "আমার পুত্র বা পৌত্ররাও তো কেউ গুপ্তধনের খোঁজ করেনি!"

"না মহারাজ। তারা ও-পুথি উলটেও দেখেনি। দেখলেও সঙ্কেত উদ্ধার করতে পারত না। আমার জীবিতকালেই ও-পুথি নিরুদ্দেশ হয়। তাতে আমি বেঁচেছি আর আপনিও নিরুদ্বেগে দেড়শো বছর মোহরের মধ্যে ডুবে থাকতে পেরেছেন।"

"কথাটা সত্যি। মোহর অতি আশ্চর্য জিনিস। তার মধ্যে ডুবে থেকে কখন যে দেড়শোটা বছর কেটে গেল তা টেরই পেলাম না। বেরিয়ে এসেই আমি তোমাকে হন্যে হয়ে খুঁজে বেড়িয়েছি কাল থেকে।"

"জানি মহারাজ। আপনার ভয়েই আমি কাল থেকে নানা জায়গায় পালিয়ে বেড়াচ্ছি। শেষে এই নিরিবিলি কাঁটাবনে এসে আত্মগোপন করতে চেষ্টা করেছিলাম। হাতে একটা জরুরি কাজ ছিল, নইলে আমি অনেক দূরে কোথাও গিয়ে আত্মগোপন করে থাকতাম।"

মহারাজ যেন কিছুটা নরম হয়ে বললেন, "শোনো চন্দ্রকুমার, আমার মনে হচ্ছে তোমার প্রতি আমি একটু অবিচারই করে ফেলেছি। এতদিন পরে আমি আর সেই পুরনো রাগ পুষে রাখতে চাই না। বরং তোমার সাহায্যই আমার প্রয়োজন। তুমি পণ্ডিত মানুষ, বলতে পারো, দেড়শো বছর ধরে আমার মোহর আগলে রাখার প্রয়াস এভাবে ব্যর্থ হয়ে গেল কেন?"

"ব্যর্থ হবে কেন মহারাজ?"

মহারাজ রাজকীয় কণ্ঠে হুঙ্কার করে উঠলেন, "আলবাত হয়েছে। কোথাকার কে একটা অজ্ঞাতকুলশীল এসে আমাকে সুদ্ধু মোহরের ঘড়া গর্ভগৃহ থেকে টেনে বের করে আনল, আমি তাকে বৃশ্চিক হয়ে দংশন করলাম, সাপ হয়ে হুমকি দিলাম, কিম্ভূত মূর্তি ধরে নাচানাচি করলাম, কিন্তু কিছুতেই কিছু হল না। তা হলে কি যখ হয়ে নিজস্ব ধনসম্পত্তি পাহারা দেওয়ার কোনও দামই নেই?"

"অবশ্যই আছে মহারাজ। কোনও অনধিকারী ওই কলসি উদ্ধার করতে গেলে আপনার প্রক্রিয়ায় কাজ হত। কিন্তু অধিকারী যদি উদ্ধার করে তা হলে যখের কিছুই করার থাকে না।"

রাজা আবার ধমকে উঠলেন, "কে অধিকারী? ওই ছোকরাটা?"

"অবশ্যই মহারাজ, সে আপনার অধস্তন ষষ্ঠ পুরুষ।"

মহারাজ অতিশয় বিস্ময়ের সঙ্গে বললেন, "বলো কী হে চন্দ্রকুমার?"

"আপনার বংশতালিকা আমার তৈরিই আছে। আপনার পুত্র বিজয়প্রতাপ, তস্য পুত্র রাঘবেন্দ্রপ্রতাপ, তস্য পুত্র নরেন্দ্রপ্রতাপ, তস্য পুত্র তপেন্দ্রপ্রতাপ, তস্য পুত্র রবীন্দ্রপ্রতাপ, এবং তস্য পুত্র এই ইন্দ্রজিৎপ্রতাপ। ইন্দ্রজিৎ ও তস্য পিতা অবশ্য ম্লেচ্ছদেশে বসবাস করেন। বিলেতে।"

রাজা মহেন্দ্রপ্রতাপ একটু উদ্বেগের গলায় বললেন, "কিন্তু আমার এই

উত্তরপুরুষেরা ওইসব মূল্যবান দুষ্প্রাপ্য মোহরের কদর বুঝবে তো! রক্ষা করতে পারবে তো!”

চন্দ্রকুমার একটু চিন্তিত গলায় বললেন, “সেটা বলা কঠিন। আপনার উত্তরপুরুষেরা যদি মোহর নয়ছয় বা অপব্যবহার করে, তা হলেও আপনার আর কিছুই করার নেই। মোহরের কথা ভুলে যান মহারাজ।”

মহারাজ আর্তনাদ করে উঠলেন, “বলো কী হে চন্দ্রকুমার! কত কষ্ট করে, কত অধ্যবসায়ে, কত ধৈর্যে, কত অর্থব্যয়ে আমি সারা পৃথিবী থেকে মোহর সংগ্রহ করেছি। ওই মোহরের জন্য তোমার হাতে প্রাণ পর্যন্ত দিয়েছি। পর-পর দেড়শো বছর যখ হয়ে মোহর পাহারা দিয়েছি, এসব করেছি কি মোহরের কথা ভুলে যাওয়ার জন্য?”

“মহারাজ, মোহরের মধ্যে মোহ শব্দটাও লক্ষ করবেন। এই মোহে পড়ে আপনি যথোপযুক্ত প্রজানুরঞ্জন করেননি, বহু নিরীহ মানুষের প্রাণনাশ করেছেন, আমাকেও হত্যা করতে উদ্যত হয়েছিলেন। ওই মোহরের মধ্যে কোন মঙ্গল নিহিত আছে? আপনার উত্তরপুরুষ যা খুশি করুক, আপনি চোখ বুজে থাকুন।”

মহারাজ হাহাকার করে উঠে বললেন, “তোমার কথায় যে আমার আবার মরে যেতে ইচ্ছে করছে চন্দ্রকুমার! মরার আগে তোমাকেও হত্যা করতে ইচ্ছে করছে! আমার মোহর...আমার মোহর...”

ঠিক এই সময়ে কালী কাপালিক আড়াল থেকে বেরিয়ে এসে রক্তাম্বরের খুঁটে দুটি চোখ মুছে নিয়ে বলল, “আহা, এ-জায়গাটায় যা পার্ট করলেন মশাই, চোখের জল রাখতে পারলুম না। পালাটিও বেঁধেছেন ভারী চমৎকার। কোন অপেরা বলুন তো! কবে নাগাদ নামছে পালাটা?”

দুই ছায়ামূর্তি নিঃশব্দে কালীর দিকে চেয়ে রইল।

কালী বিগলিত মুখে বলে, “আমিও এককালে পার্ট-টার্ট করতুম। অনেকদিন আর সাধন-ভজনে মেতে গিয়ে ওসব হয়নি। তা এ যা পালা দেখছি, একটা কাপালিকের পার্ট অনায়াসে ঢোকানো যায়। আর আমাকে তো দেখছেন, মেকআপও নিতে হবে না। আড়াল থেকে শুনছিলুম মশাই, তখনই ভেবে ফেললুম এ-পালায় যদি একখানা চান্স পাই তা হলে কাপালিকের কেরামতি দেখিয়ে দেব। কিন্তু বড্ড হালফিলের ঘটনা মশাই, এত তাড়াতাড়ি পালাটা বাঁধল কে?”

মহারাজ বজ্রগম্ভীর স্বরে বললেন, “চন্দ্রকুমার, এ-লোকটা কে?”

“এ এক ভ্রষ্টাচারী, মহারাজ। কাপালিক সেজে থাকে।”

হঠাৎ দুই বিকট ছায়ামূর্তি ভোজবাজির মতো বাতাসে মিলিয়ে গেল।

কালীর মাথায় বিদ্যুৎ খেলে গেল লহমায়। চোখের সামনে যা দেখল, নিজের কানে যা শুনল, তা কি তা হলে যাত্রার পালা নয়? কাঁটাবনে ঢুকে যাত্রার মহড়া দেওয়াটাও তো কেমন-কেমন ঠেকছে যেন! আর ঘটনাটা! বাপ রে!

কালী বিকট স্বরে চেঁচাতে লাগল, “ভূঃ... ভূঃ...ভূঃ...ভূঃ...”

ঠিক এই সময়ে বাজারের দিকটাতেও একটা শোরগোল উঠল, “চোর! চোর!”

কে একজন চেঁচিয়ে উঠল, "এই তো! এই তো সেই কাল রাতের চোরটা! গগন সাঁপুইয়ের বাড়িতে ধরা পড়েছিল! আজ আবার ভোল পালটে কার সর্বনাশ করতে ঘুরঘুর করছিল!"

চোরের বৃত্তান্ত শুনে চণ্ডীমণ্ডপের আসর ভেঙে মাতব্বররাও ছুটে এলেন। শিমুলগড়ের মতো ঠাণ্ডা জায়গায় কী উৎপাতই না শুরু হয়েছে! তবে হ্যাঁ, এসব কিছু হলে পরে সময়টা কাটে ভাল।

চোর শুনে গৌরগোবিন্দও লাঠি হাতে দৌড়ে এলেন। অত্যন্ত রাগের গলায় বলতে লাগলেন, "এ কি গগনের চোরটা নাকি? তার তো খুন হওয়ার কথা! কোন আক্কেলে ঘুরে বেড়াচ্ছে! এরকম হলে তো বড়ই মুশকিল। একবার খুন হয়ে গেলে ফের আবার ধরা পড়ে কোন আহাম্মক! সব হিসাব আমার গণ্ডগোল হয়ে গেল দেখছি!"

নটবর ঘোষ চাপা গলায় বলে, "খুব জমে গেছে কিন্তু ঠাকুর্দা।"

॥ ৬ ॥

রাত্রিবেলাটাই ভয়ের সময়। ঘরে লাখ-লাখ, কোটি-কোটি টাকার মোহর। গগন সাঁপুইয়ের টাকা আছে বটে, কিন্তু এত টাকার কথা সে জীবনেও ভাবতে পারেনি। ভগবান যখন দিলেন, তখন এ-টাকাটা ঘরে রাখতে পারলে হয়। চারদিকে চুরি, ডাকাতি, জোচ্চুরি, বাটপাড়িতে কলির ভরা একেবারে ভরভরন্ত। হরিপদ বিদায় হওয়ার পরই ঘরে ডবল তালা লাগিয়ে চাবি কোমরে গুঁজে গগন বেরোল নিজের বাড়ির চারদিকটা ঘুরে দেখতে।

নাঃ, উঁচু দেওয়াল থাকলে কী হয়, এ-দেওয়াল টপকানো কঠিন কাজ নয়। দুটো কুকুর আছে বটে, কিন্তু জানোয়ার আর কতটাই বা কী করতে পারে! পাইক আর কাজের লোকজন আছে বটে, কিন্তু লোকবলটা মোটেই যথেষ্ট নয়। ডাকাত যদি পড়ে তবে মহড়া নেওয়ার ক্ষমতা এদের নেই। দরজা-জানলা খুবই মজবুত কিন্তু অভেদ্য নয়। বড়জোর দুর্ভেদ্য বলা যায়। শালবল্লা দিয়ে গুঁতো মারলেই মড়মড় করে ভেঙে পড়বে। বাড়িতে দু-দুটো বন্দুক আছে, কিন্তু ডাকাতরা যদি সাত-আটটা বন্দুক নিয়ে আসে, তা হলে? নাঃ, বাড়ির প্রতিরক্ষা-ব্যবস্থায় মোটেই খুশি হল না গগন। দিনের আলো ফুরোবার আগেই আরও পাকা ব্যবস্থা করা দরকার। বাড়িতে যত লাঠি, দা, কুড়ুল, কাটারি, টাঙি, ট্যাটা, বল্লম, সড়কি, ছোরাছুরি ছিল, গগন সব বের করে জড়ো করল দাওয়ায়। বাড়ির লোককে ডেকে বলল, "ডাকাত পড়ার কথা আছে। সবাই খুব সাবধান। প্রত্যেকেই অস্ত্র রাখবে হাতে।"

তিন ছেলের দু'জন বন্দুক হাতে সন্ধে থেকেই মোতায়েন রইল দাওয়ায়। পাইক আর কাজের লোকজনদেরও সজাগ করে দেওয়া হল। একজন কাজের লোক তীর-ধনুক নিয়ে ঘরের চালে উঠে বসে রইল।

গগন ঘরে ঢুকে ভেতর থেকে দরজায় খিল এঁটে মোহরের থলিটা বের করে গুনে

দেখল। নাঃ, দু'শো এগারোখানাই আছে। তারপর দরজায় তিন ডবল তালা লাগিয়ে এক হাতে রাম-দা অন্য হাতে বল্লম নিয়ে উঠোনে পায়চারি করতে লাগল। তবু ব্যবস্থাটা তার মোটেই নিরাপদ মনে হচ্ছে না। পাশেই নারায়ণপুর গাঁয়ে কয়েক ঘর লেঠেল চাষি বাস করে। কাল সকালেই তাদের কয়েকজনকে আনিয়ে নিতে হবে।

ঘরের চাল থেকে হঠাৎ ধনুকধারী কাজের লোকটা চেঁচিয়ে উঠল, "ওই আসছে!"

গগন একটা লাফ দিয়ে উঠল, "কে! কে আসছে রে? কার আবার মরার সাধ হল? কোন নরাধম এগিয়ে আসছিস মৃত্যুমুখে? আজ যদি তোর মুণ্ডু নিয়ে গেণ্ডুয়া না খেলি তো আমার নাম গগনই নয়..."

বলতে-বলতে গগন ছুটে সদর দরজার বাইরে গিয়ে রাম-দা ঘোরাতে-ঘোরাতে চেঁচিয়ে উঠল, "আয়! আয়! আজই কীচক বধ হয়ে যাক।"

যে-লোকটা সদর দরজার কাছ বরাবর চলে এসেছিল, সে ভয়ে চেঁচিয়ে উঠল, "রক্ষে করুন কর্তাবাবু! আমি লক্ষ্মণ।"

গগন উদ্যত রাম-দা নামিয়ে বলল, "লক্ষ্মণ, তুই কোথা থেকে?"

"আজ্ঞে, একটু খবর আছে। ভাল খবর। চোরটা ধরা পড়েছে।"

গগন হকচকিয়ে গিয়ে বলে, "ধরা পড়েছে মানে! তার তো ধরা পড়ার কথা নয়।"

লক্ষ্মণ নিজের ঘাড়ে হাত বোলাতে-বোলাতে বলে, "ছেড়ে দেওয়াটাই ভুল হয়েছিল কর্তাবাবু। চোরের স্বভাব যাবে কোথায়। কু-মতলব নিয়ে ঘোরাফেরা করছিল, গাঁয়ের লোকেরা ধরে চণ্ডীমণ্ডপে নিয়ে গেছে। লোক জড়ো হয়েছে মেলা।"

গগন বিরক্ত হয়ে বলে, "আচ্ছা আহাম্মক তো! ছেড়ে দিয়েছি; চলে যা। ফের ঘোরাফেরা করতে এল কেন?"

"আজ্ঞে, মোহর-টোহর নিয়ে কীসব কথাও হচ্ছে যেন। আমার ঘাড়ে বড় চোট হয়েছে বলে দাঁড়িয়ে থাকতে পারলাম না। ঘাড়ে মালিশ করতে হবে।"

মোহর নিয়ে কথা! গগনের বুকটা একটু দুলে উঠল। সে ভেবে নিয়েছিল, ছোকরা কোথা থেকে চুরি করে মোহর নিয়ে পালাচ্ছিল। বেকায়দায় তার বাড়িতে ঢুকে ধরা পড়ে যায়। যে পরিমাণে ভয় খেয়ে গিয়েছিল তাতে তার এ-তল্লাটে থাকার কথাই নয়। যদিও চোরের কথায় কেউ বিশ্বাস করবে না, তবু কথাটা পাঁচকান হওয়া ভাল নয়। ভগবান যখন ছপ্পর ফুঁড়ে দিলেনই এখন ভালয়-ভালয় শেষরক্ষা হলে হয়।

ভগবানকে ডাকতে-না-ডাকতেই ঘরের চাল থেকে কাজের লোকটা আবার চেঁচাল, "ওই আসছে!"

"কে! কে! কোন ডাকাত! কোন গুণ্ডা! কোন বদমাশ..."

সদর দরজার বাইরে দুই বিশাল চেহারার লোক এসে দাঁড়াল।

তাদের একজন অত্যন্ত গম্ভীর গলায় বলল, "কাজটা কি ভাল করলেন গগনবাবু?"

গগন উদ্যত বল্লমখানা নামিয়ে গদগদ কণ্ঠে বলে, "পীতাম্বর নাকি রে?"

পীতাম্বর অত্যন্ত করুণ গলায় বলে, "সবাই যে ছ্যাঃ-ছ্যাঃ করছে গগনবাবু! আমাদের মান-ইজ্জত যে আর রাখলেন না আপনি! এমনকী কালী কাপালিক অবধি

নাক সিঁটকে বলল, 'মাত্র বাহান্ন টাকায় আমার গায়ে হাত তুললে তোমরা! যার ঘরে দু'শো এগারোখানা মোহর, সে মাত্র বাহান্ন টাকায় তোমাদের মতো রুস্তমকে কিনে নিল!' এখন আপনিই বলুন গগনবাবু, আপনার জন্য কীরকম অপমানিত হতে হল আমাদের!"

চোখ কপালে তুলে গগন বলে, "মোহর! অ্যাঁ! মোহর! তাও আবার দু'শো এগারোখানা! কালীর এই গল্প বিশ্বাস করে এলি তোরা? কালী দশটা কথা বললে তার মধ্যে এগারোটা মিথ্যে কথা থাকে! মোহর আমি জন্মেও দেখিনি রে ভাই, কেমন দেখতে হয় তাই জানি না। গোল না চৌকো, তেকোনা না চারকোনা কে জানে বাবা!"

পীতাম্বর গম্ভীরতর গলায় বলে, "সেটা মিথ্যে না সত্যি তা জানি না। তবে বাহান্ন টাকাটা তো আর মিথ্যে নয়। বড্ড সস্তার দরে ফেলে দিলেন আমাদের। জাতও গেল, পেটও ভরল না। সবাই জানল, কালু আর পীতাম্বর আজকাল ছিঁচকে কাজ করে বেড়ায়। কেউ পুঁছবে আর আমাদের?"

গগন গদগদ হয়ে বলল, "আয় রে ভাই, ভেতরে আয়। লোকসান যা হয়েছে পুষিয়ে দিচ্ছি। মানীর মান দিতে আমি জানি রে ভাই। আয়, আয়, পেছনের উঠোনে নিরিবিলিতে গিয়ে একটু কথা কই।"

পেছনের উঠোনে দুটো মোড়ায় দু'জনকে সমাদর করে বসিয়ে গগন একটু হেঁ-হেঁ করে নিয়ে বলে, "কত চাই তোদের বল তো!"

পীতাম্বর আর কালু মুখ চাওয়াচাওয়ি করে নিয়ে আর-একটু গম্ভীর হয়ে গেল। পীতাম্বর গলাখাঁকারি দিয়ে বলে, "যে-কাজে আমাদের পাঠিয়েছিলেন তার দরুন দুটি হাজার টাকা আমাদের পাওনা হয়। আপনি বোধ হয় মানুষকে ওষুধ করতে পারেন, নইলে বাহান্ন টাকায় রাজি হওয়ার বান্দা আমরা নই। যখন আপনার সঙ্গে দরাদরি হচ্ছিল তখন আমার মাথাটা একটু ঝিমঝিম করছিল মশাই।"

গগন অবাক হয়ে বলে, "কিন্তু তুই যে নিজে মুখেই দেড়শো টাকা চেয়েছিলি ভাই।"

"সেও ওই ওষুধের গুণে। আমাদের ন্যায্য দর দু' হাজার।"

গগন একটু বিগলিত হেসে বলে, "তাই পাবি রে, তাই পাবি। তবে আর-একটা ছোটখাটো কাজও করে দিতে হবে যে ওস্তাদ। তার দরুন আলাদা চুক্তি।"

"কাজ! আজ যে আমাদের দম ফুরিয়ে গেছে গগনবাবু। আপনারই আহাম্মকি। কালী কাপালিকের যে লাঠিয়াল আছে সে-কথাটা আগে বলতে হয়। আমরা তৈরি থাকলে ব্যাটার চোদ্দপুরুষের সাধ্যি ছিল না অমন বেমক্কা লাঠিবাজি করে যায়। আচমকা যেন মাটি ফুঁড়ে উঠে এসে পটাং-পটাং করে এমন ঘা-কতক চোখের পলকে বসিয়ে দিল যে, মাথাটা এখনও ঝিমঝিম করছে, কাঁধের হাড়েও চোট।"

গগন অবাক হয়ে বলে, "কালীর লাঠিয়াল! এ যে নটে শাকের ক্যাশমেমোর কথা বলছিস! পায়জামার কি বুক পকেট হয় রে? ইঁদুরের কি কখনও শুঁড় হয় দেখেছিস? না কি খরগোশের শিং!"

পীতাম্বর মাথা নেড়ে বলে, "সে আমরা বলতে পারব না। তবে সিড়িঙ্গে লম্বা একটা লোক ইয়া বড় লাঠি নিয়ে এসে আমাদের ওপর খুব হামলা করেছে মশাই। অবিশ্যি আমাদের হাতে পার পাবে না। গায়ের ব্যথাটা মজলেই আমরা তার পাওনা চুকিয়ে দিয়ে যাব। তবে আজ আর কাজের কথা বলবেন না। টাকাটা ফেলে দিন। বাড়ি যাই।"

গগন গনগনে মুখে উঠে দাঁড়িয়ে বলল, "তোরা দুটোই পুরুষের সমাজে কুলাঙ্গার। মস্তানি করতে গিয়ে লাঠি খেয়ে এসেছিস, তোদের ধুতির কাছা খুলে ঘোমটা দেওয়া উচিত। তার ওপর টাকা চাইছিস! দেব পাঁচ গাঁয়ে রটিয়ে তোদের এই কলঙ্কের কথা? ভাল চাস তো কাজটা উদ্ধার করে দে। নইলে দেব কিন্তু ঢ্যাঁড়া পিটিয়ে।"

পীতাম্বর একটা দীর্ঘশ্বাস ছেড়ে বলে, "আপনি খুব নটঘটে লোক মশাই। তা কাজটা কী? টাকা কত?"

"কাল রাতে একটা চোর ধরা পড়েছিল আমার বাড়িতে। সর্বস্ব নিয়ে পালাচ্ছিল। তো তাকে ধরেও মায়া করে ছেড়ে দিই। শুনলুম সে নাকি এখন চণ্ডীমণ্ডপে বসে এ-গাঁয়ের আমার শত্তুরদের সঙ্গে ঘোঁট পাকাচ্ছে। আমার তো শত্তুরের অভাব নেই। খেটেখুটে দুটো পয়সা করব তার কি জো আছে? অমনই লোকের চোখ টাটাবে। তার ওপর ছোঁড়া আমার ঘরে ঢুকে সব খোঁজখবর নিয়ে গেছে। এখন কী করে তার ঠিক নেই। গাঁয়ের লোককেও হাত করল, তারপর গিয়ে ডাকাতের দলে খবর দিল, যা হোক, একটা কিছু লোকসান সে আমার করবেই। এখন ভাবছি, বেঘোরে আমার প্রাণটাই যায় কি না। তা বাবা, এ-ছোকরাটার একটা ব্যবস্থা তোদের করতেই হবে। জখম-হওয়া সাপ বা বাঘের শেষ রাখতে নেই।"

"খুনের মামলা নাকি মশাই?"

"সে তোরা যা ভাল বুঝবি করবি। পাপমুখে কথাটা উচ্চারণ করি কী করে? তবে তার মুখ চিরকালের মতো বন্ধ না করলেই নয়। দরাদরি করব না ভাই, আগের দু' হাজার আর থোক আরও পাঁচ হাজার টাকা পাবি। কিন্তু আজই কাজটা উদ্ধার করতে হবে। এখনই।"

কালু কুট করে একটা চিমটি কাটল পীতাম্বরকে। পীতাম্বর মাথা নেড়ে বলে, "আমাদের মানমর্যাদার কথাটা কি ভুলে গেলেন! তার ওপর সদ্য লাঠি খেয়ে এসেছি। গায়ের ব্যথাটাও মরেনি। খুনের বাবদ মোট দশটি হাজার টাকা ফেলে দিয়ে নিশ্চিন্তে নাকে তেল দিয়ে ঘুমোন গিয়ে। রাজি থাকলে চিঁড়ে-দই আনতে বলে দিন তাড়াতাড়ি। আমাদের আবার অনেকটা পথ যেতে হবে। ঘরে আগুন দেওয়ার আরও একটা কাজ রয়েছে হাতে। আর পুরো টাকাটাই আগাম ফেলুন।"

গগন একটা দীর্ঘশ্বাস ফেলে বলে, "আজ যে আমার ঘরের মা-লক্ষ্মীর বেরিয়ে যাওয়ারই দিন। তাই হবে বাপ, যা চাচ্ছিস তাই দেব। কিন্তু চিঁড়ে-দই কি আর সহ্য হবে? একটু আগেই তো খেয়ে গেলি! উপর্যুপরি খাওয়া কি ভাল! বদহজম হয়ে শেষে কাজ গুবলেট করে দিবি না তো! জিনিস না হয় অন্যের, কিন্তু নৌকো তো তোর নিজের, নাকি রে? তা যা ভাল বুঝবি করবি।"

পীতাম্বর মাথা নেড়ে বলে, "চিঁড়ে-দই না হলে আমরা কাজে হাতই দিই না। প্রত্যেক কাজের আগে চিঁড়ে-দই।"

তাই হল। আবার সাপটে চিঁড়ে-দই খেয়ে বারো হাজার টাকা ট্যাঁকে গুঁজে কালু আর পীতাম্বর 'দুর্গা দুর্গতিনাশিনী' বলে রওনা হয়ে পড়ল।

গগন আর দেরি করল না। সদর দরজা এঁটে একটা পুরনো ভাঙা ঢেঁকিগাছ ধরাধরি করে এনে দরজায় ঠেকনো দিল। তার ওপর একটা উদুখল চাপাল। বাড়ির মেয়েদের হুড়ো দিয়ে রাতের খাওয়া আগেভাগে সারিয়ে নিল। সবাইকে সজাগ থাকতে বলে নিজে মোহরের ঘরে ঢুকে দরজা ভাল করে এঁটে একটা ভারী আলমারি দিয়ে দরজা চেপে দিল। রাম-দা আর বল্লম হাতে ঘরময় পায়চারি করতে লাগল। মাঝে-মধ্যে অবশ্য মোহর বের করে গুনে দেখছিল সে। নাঃ, দু'শো এগারোখানাই আছে। কাগজ-কলম নিয়ে লক্ষ-লক্ষর সঙ্গে দু'শো এগারো গুণ দিয়ে দেখল, কোটি-কোটিই হয়। টাকাটা ভগবান বড্ড বেশিই দিয়ে ফেলেছেন। তা না হবে কেন, গগন তো লোক খারাপ নয়। সেই গেল বছর একটা কানা ভিখিরিকে পুরনো কেলে কম্বলটা দেয়নি সে? চার বছর আগে বাবা বিশ্বনাথের মাথায় একঘটি খাঁটি মোষের দুধ ঢেলে আসেনি সে? আরও আছে। গগনের মুনিষ প্যালারাম খেতের কাজে বেগার খাটতে গিয়ে বজ্রাঘাতে মারা গেলে তার বউ যখন এসে কেঁদে পড়ল, তখন প্যালারামের তিনশো টাকা ঋণের ওপর যে ন'শো টাকা সুদ হয়েছিল, তার পাঁচটা টাকা সুদ থেকে কমিয়ে দেয়নি গগন? এই ভাল-ভাল কাজ করার পরও যদি ভগবান মুখ তুলে না চান, তবে আর দুনিয়াতে ধর্ম বলে কিছু থাকে নাকি?

রাত কি খুব গভীর হয়ে গেল? চারদিকটা কেমন ছমছম করছে যেন! এখন হেমন্তের সময়, রাতে শিশির পড়ে। চারদিকটা এত ছমছম করছে যে, শিশির পড়ার টুপটাপ শব্দও শুনতে পাওয়া যাচ্ছে। বাইরে যারা পাহারায় আছে তারা কি সবাই ঘুমিয়ে পড়ল? রাম-দাখানা দু-একবার ঘোরাল গগন। বল্লমখানা একটু লোফালুফি করে নিল। দুটোরই বেশ ওজন। হাত ব্যথা করছে। তা করুক। হাতে অস্ত্র থাকলে একটা বল-ভরসা হয়। মাঝে-মাঝে মোহর বের করে গুনে দেখছে গগন। নাঃ, দু'শো এগারোখানাই আছে।

হঠাৎ গায়ে একটু কাঁটা দিল গগনের। ঘরে কি সে একা! আর কেউ ঘাপটি মেরে লুকিয়ে নেই তো! একটা শ্বাস ফেলার শব্দ হল যেন! গগন তাড়াতাড়ি ঘরের ভেতর চারদিকটা ভাল করে টর্চ জ্বেলে দেখে নিল। লুকোবার তেমন জায়গা নেই এ-ঘরে। তবু চৌকির তলা, বাক্স-প্যাঁটরা সরিয়ে দেখল, আলমারির পাশের ফাঁকে দেখল, পাটাতনে উঠেও দেখে নিল। কেউ নেই। ঘরে সে একাই বটে।

কিন্তু রাতটা যে বড্ড বেশি নিশুত হয়ে উঠল! এখনও তো ভাল করে ন'টাও বাজেনি! তা হলে এমন নিশুতরাতের মতো লাগছে কেন? বাড়ির কারও যে কাশি বা নাক-ডাকারও শব্দ হচ্ছে না! গগন ঘটি থেকে একটু জল মুখে দিল। গলাটা বড্ড শুকিয়ে যাচ্ছে।

হঠাৎ ফিচিক করে একটা হাসির শব্দ হল না!

গগন রাম-দাখানা ঝট করে তুলে বলল, "কে রে?"

অমনই একটা দীর্ঘশ্বাসের শব্দ। গগন বাঘের মতো চারদিকটা হুটপাট করে দেখল। কেউ নেই। গগন একবার হাঁক মারল, "ওরে ভণ্টা! নিতাই! শম্ভু! তোরা সব জেগে আছিস তো!"

কেউ সাড়া দিল না। গগন লক্ষ করল, তার গলাটা কেমন কেঁপে-কেঁপে গেল, তেমন আওয়াজ বেরোল না। সে আবার জল খাওয়ার জন্য ঘটিটা তুলতেই কে যেন খুব চাপা স্বরে বলে উঠল, "কোথায় মোহর?"

ঘটিটা চলকে গেল। গগন ঘটি রেখে বিদ্যুদ্বেগে রাম-দা তুলে প্রাণপণে বনবন করে ঘোরাতে লাগল, "কে? কার এমন বুকের পাটা যে, সিংহের গুহায় ঢুকেছিস? যদি মরদ হোস তো বেরিয়ে আয়! দু' টুকরো করে কেটে ফেলব, যদি খবর্দার মোহরে নজর দিয়েছিস তো...!"

ফের একটা দীর্ঘশ্বাস।

গগন ভারী খাঁড়াখানা আর ঘোরাতে পারছিল না। হাঁফ ধরে গেছে। দুর্বল হাত থেকে খাঁড়াখানা ঝনাত করে মেঝেয় পড়ে গেল, গগন পড়ল তার ওপর। ধারালো খাঁড়ায় ঘ্যাঁচ করে তার ডান হাঁটুর নীচে খানিকটা কেটে ফিনকি দিয়ে রক্ত ছুটল। রক্তকে অবশ্য গ্রাহ্য করল না গগন। খাঁড়া টেনে তুলে ফের দাঁড়াল। দু' চোখে খুনির দৃষ্টি।

খুব খুশখুশে গলায় কে যেন বলে উঠল, "আসছে!"

গগন ফের খাঁড়া মাথার ওপর তুলে ঘোরাতে-ঘোরাতে বলে উঠল, "কে আসছে রে পাষণ্ড? অ্যাঁ! কে আসে? মেরে ফেলে দেব কিন্তু! একদম খুন করে ফেলে দেব, মা-কালীর দিব্যি!"

বলতে-বলতে খাঁড়ার ভারে টাল সামলাতে না পেরে গগন গিয়ে সোজা দেওয়ালে ধাক্কা খেল। এবার খাঁড়ায় তার বাঁ হাতের কব্‌জি অনেকটা ফাঁক হয়ে গলগল করে রক্ত পড়তে লাগল।

ফের কে যেন ফ্যাসফেসে গলায় বলে, "ওই এল।"

গগন আর পারছে না। সে খাঁড়া ফেলে বল্লম দিয়ে চারদিকে হাওয়ায় খোঁচাতে লাগল। মেঝেয় নিজের রক্তে পিছলে গিয়ে সে ফের খাঁড়ায় হোঁচট খেল। বাঁ পায়ের কড়ে আঙুলটা প্রায় অর্ধেক নেমে গেল তার।

গগন কষ্টেসৃষ্টে ফের উঠল। এক হাতে খাঁড়া, অন্য হাতে বল্লম। কিন্তু তার শ্বাস নিতে কষ্ট হচ্ছে বেজায়। হাঁফাতে-হাঁফাতে সে বলল, "আয় দেখি, কে আসবি! আয় না! গর্দান চলে যাবে কিন্তু! বাইরে আমার লোক আছে। ডাকব কিন্তু! বন্দুক আছে, দেখাব? কুকুর আছে, এমন কামড়াবে যে..."

"কত মোহর!"

গগন ফের বনবন করে রাম-দা ঘোরাতে গেল।

॥ ৭ ॥

চণ্ডীমণ্ডপে আজ বেজায় গণ্ডগোল, কাল রাতের চোরটা ফের আজ ধরা পড়েছে। বাজারে নটবর ঘোষের ভাই হলধর ঘোষের মিষ্টির দোকানে ঢুকে জল খেতে চেয়েছিল। তাতে কারও সন্দেহ হয়নি। জল খেয়ে হঠাৎ বলে বসেছে, "থ্যাঙ্ক ইউ!"

চাষাভুষোর মুখে 'থ্যাঙ্ক ইউ' শুনেই হলধর ঘোষ উঠে ছোকরাকে ধরেছে, "কে রে তুই! সাতজন্মে কেউ কখনও চাষার মুখে ইংরেজি শুনেছে? তুই যে বড় ফটাস করে ইংরেজি ফোটালি! বলি সাপের পাঁচ পা দেখেছিস নাকি? আজকাল গাঁয়ে-গঞ্জে স্কুল খোলার এই ফল হচ্ছে বুঝি! অ্যাঁ!"

ছোকরার হাতখানা চেপে ধরেছিল হলধর, তা হাত থেকে খানিকটা ভুষো কালি উঠে এল তার হাতে। আর ছোকরার ফরসা রংটাও বেরিয়ে পড়ল একটুখানি। তখনই চেঁচামেচি। "চোর! চোর! সেই চোর!"

ছোকরা পালাতে পারল না। সঙ্গে একটা স্যাঙাত ছিল বাচ্চামতো। সে অবশ্য পালাল।

ছোকরাকে চণ্ডীমণ্ডপে এনে একটা খুঁটির সঙ্গে কষে বাঁধা হয়েছে। মাতব্বররা সব জাঁকিয়ে বসেছেন।

নটবর ঘোষ গলা তুলে বলে, "চোরকে ছেড়ে দেওয়াটা গগনের মোটেই উচিত কাজ হয়নি। ছেড়ে দিল বলেই তো ফের গাঁয়ে ঢুকে মতলব আঁটছিল।"

গৌরগোবিন্দ বললেন, "আহা, এ তো অন্য চোরও হতে পারে বাপু! আমি তো শুনেছি কালকের চোরটা খুন হয়েছে!"

বিজয় মল্লিক বললেন, "না ঠাকুর্দা, এ সেই চোর। আমরা সাক্ষী আছি। এর বুকের পাটা আছে বাপু। একবার ধরা পড়েও শিক্ষা হয়নি! ওরে ও ছোঁড়া, বলি পেছনে দলবল আছে নাকি? এত সাহস না হলে হয় কী করে তোর!"

খাঁদু বিশ্বাস বলল, "শিমুলগড়ে ফাল হয়ে ঢুকেছ, এবার যে সূঁচ হয়ে বেরোতে হবে!"

হলধর হুঙ্কার দিয়ে উঠল, "বেরোতে দিচ্ছে কে? এইখানেই মেরে পুঁতে ফেলব। আজকাল গাঁয়ে-গঞ্জে চোর-ডাকাত ধরা পড়লে পুলিশে দেওয়ারও রেওয়াজ নেই। মেরে পুঁতে ফেলছে সবাই। যাদের মন নরম তারা বরং বাড়ি গিয়ে হরিনাম করুন।"

নটবর বলে, "হলধর কথাটা খারাপ বলেনি। পুলিশে দিয়ে লাভ নেই। ওসব বন্দোবস্ত আছে। হাজত থেকে বেরিয়ে ফের দুষ্কর্মে লেগে পড়বে। আমাদের সকলের ঘরেই খুদকুঁড়ো সোনাদানা আছে। সর্বদা ভয়ে-ভয়ে থাকতে হয়।"

মাতব্বররা অনেকেই মাথা নেড়ে সায় দিল, "তা বটে।"

হরি গাঙ্গুলি বললেন, "সে যা হোক, কিছু একটা করতে হবে। তবে চোরের একটা বিচারও হওয়া দরকার। পাঁচজন মাতব্বর যখন আমরা আছি, একটা বিচার হয়ে যাক।"

প্রাণকৃষ্ণ মণ্ডল বলে উঠল, "কিন্তু সওয়াল-জবাব হবে কী করে! চোরটা যে বড্ড

নেতিয়ে পড়েছে, দেখছ না! ঘাড় যে লটরপটর করছে!"

হলধর উঠে দাঁড়িয়ে বলে, "দু'খানা পেল্লায় চড় কষালেই ফের খাড়া হয়ে যাবে ঘাড়। কালকেও তো এরকমই নেতিয়ে পড়ার ভান করেছিল।"

হলধর গিয়ে ছোকরার কাছে দাঁড়িয়ে একটা পেল্লায় চড় তুলে ফেলেছিল। এমন সময় উদ্‌ভ্রান্তের মতো ছুটে এল কালী কাপালিক।

"ওরে, মারিসনে! মারিসনে! মহাপাতক হয়ে যাবে! এ যে মহেন্দ্রপ্রতাপের বংশধর!"

সভা কয়েক মুহূর্তের জন্য চুপ মেরে গেল।

পটল গাঙ্গুলি বললেন, "তার মানে?"

কালী কাপালিকের চুল-দাড়ি সব উড়ছে, সর্বাঙ্গে কাঁটায় ক্ষতবিক্ষত হওয়ার দাগ। রক্তাম্বরও ছিঁড়েখুঁড়ে গেছে। মণ্ডপে উঠে ছোকরাকে আড়াল করে দাঁড়িয়ে হাতের শূলটা আপ্‌সে নিয়ে বলে, "রায়দিঘির রাজা মহেন্দ্রপ্রতাপের নাম শোনোনি নাকি? এ-হল তার অধস্তন ষষ্ঠ পুরুষ। আকাশে এখনও চন্দ্র-সূর্য ওঠে, কালীর সব কথাই মিছে বলে ধোরো না। এ-কথাটা বিশ্বাস করো। এ চোর-ছ্যাঁচড় নয়।"

সবাই একটু হকচকিয়ে গেছে। মুখ চাওয়াচাওয়ি করছে। একটা গুঞ্জনও উঠল নতুন করে।

হলধর থাপ্পড়টা নামিয়ে নিয়ে বলল, "তুই তো গঙ্গাজলের মতো মিথ্যে কথা বলিস! এর সঙ্গে তোর সাঁট আছে।"

পটল গাঙ্গুলি বললেন, "ওরে কালী, এ যে মহেন্দ্রপ্রতাপের বংশধর তার প্রমাণ কী? প্রমাণ নইলে আমার হাতে তোর লাঞ্ছনা আছে।"

"প্রমাণ আছে। রাজা মহেন্দ্রপ্রতাপের ছেলে হল বিজয়প্রতাপ, তস্য পুত্র রাঘবেন্দ্রপ্রতাপ, তস্য পুত্র নরেন্দ্রপ্রতাপ, তস্য পুত্র তপেন্দ্রপ্রতাপ, তস্য পুত্র রবীন্দ্রপ্রতাপ এবং তস্য পুত্র এই ইন্দ্রজিৎপ্রতাপ। একেবারে ঘোড়ার মুখের খবর। স্বয়ং চন্দ্রকুমারের মুখ থেকে শোনা।"

কে যেন বলে ওঠে, "ব্যাটা গুল ঝাড়ছে।"

ঠিক এই সময়ে ছেলে অলঙ্কারকে নিয়ে চণ্ডীমণ্ডপে উঠে এল হরিপদ। হাতজোড় করে বলল, "মাতব্বররা অপরাধ নেবেন না। কালী কাপালিক মিছে কথা বলছে না। যতদূর জানি, ইনি সত্যিই মহেন্দ্রপ্রতাপের বংশধর। কপালের ফেরে পড়ে নির্দোষ লোক আমাদের হাতে অপমান হচ্ছেন।"

হরিপদ গরিব হলেও সৎ মানুষ বলে সবাই জানে। পটল গাঙ্গুলি বললেন, "তুমি যখন বলছ তখন একটা কিন্তু থাকছে। রায়দিঘির রাজা মানে শিমুলগড়ও তাঁর রাজত্বের মধ্যে ছিল। আমরা—মানে আমাদের পূর্বপুরুষেরা ছিলেন রায়দিঘিরই প্রজা। সেদিক দিয়ে দেখতে গেলে ইনি তো মানী লোক। কিন্তু হাওয়াই কথায় তো হবে না, নিরেট প্রমাণ চাই যে। ওরে ও হলধর, ওর বাঁধনটা খুলে দে। বসতে দে। একটু জলটলও দিয়ে নে আগে।"

তাড়াতাড়ি বাঁধন খুলে ইন্দ্রজিৎকে বসানো হল। ছুটে গিয়ে অলঙ্কার এক ভাঁড় জল

নিয়ে এল। সেটা খেয়ে ইন্দ্রজিৎ কিছুক্ষণ চোখ বুজে বসে থেকে জিরিয়ে নিল। তারপর চোখ খুলে বলল, "প্রমাণ আছে। দলিলের কপি আমি সঙ্গেই এনেছি। রায়দিঘির রাজবাড়ির চত্বরে আমার তাঁবুতে রয়েছে। কেউ যদি গিয়ে নিয়ে আসতে পারে তো এখনই দেখাতে পারি।"

গৌরগোবিন্দ খাড়া হয়ে বসে বললেন, "পারবে না মানে! আলবাত পারবে। সাইকেলে চলে গেলে কতটুকু আর রাস্তা! তুমি বাপু একটু জিরোও, আমরা লোক পাঠাচ্ছি।"

সবাই সায় দিয়ে উঠল। কয়েকজন ছেলেছোকরা তৎক্ষণাৎ রওনা হয়ে পড়ল সাইকেল নিয়ে।

ঘণ্টাখানেকের মধ্যেই গোটা তাঁবু সহ সব জিনিস এনে ফেলল তারা।

গৌরগোবিন্দ তাঁর বাড়ি থেকে একটু গরম দুধ আনিয়ে দিয়েছেন এর মধ্যে। ইন্দ্রজিৎ সেটা শেষ করে তার হ্যাভারস্যাক থেকে কাগজপত্র বের করে বলল, "এই হচ্ছে আমাদের দলিল। বাবার কাছেই ছিল, আমি ফোটোকপি করে এনেছি। আর এই দেখুন, আমার পাশপোর্ট, আমি যথার্থই রবীন্দ্রপ্রতাপের ছেলে ইন্দ্রজিৎপ্রতাপ, মহেন্দ্রপ্রতাপের অধস্তন ষষ্ঠ পুরুষ।"

পটল গাঙ্গুলি শশব্যস্তে বললেন, "তুমি কি বিলেতে থাকো নাকি বাবা?"

"আজ্ঞে হ্যাঁ।"

বিলেত শুনে সকলেই একটু ভড়কে কেমনধারা হয়ে গেল। পটল গাঙ্গুলি মাথা নেড়ে বললেন, "তা হলে ঠিকই আছে। আমিও শুনেছিলাম, রাজবাড়ির উত্তরপুরুষেরা বিলেতে থাকে।"

গৌরগোবিন্দ বললেন, "আমি তো এর দাদু তপেন্দ্রপ্রতাপ আর তস্য পিতা নরেন্দ্রপ্রতাপের সঙ্গে রীতিমতো ওঠা-বসা করেছি। রবীন্দ্রপ্রতাপকেও এইটুকু দেখেছি ওদের কলকাতার বাড়িতে। এ তো দেখছি সেই মুখ, সেই চোখ। তবে স্বাস্থ্যটা হয়নি তেমন। তপেন্দ্রপ্রতাপ তো ইয়া জোয়ান ছিল।"

চারদিকে একটা সমীহের ভাব ছড়িয়ে পড়ল। সঙ্গে একটু অনুশোচনাও। হলধর একটু চুকচুক শব্দ করে বলল, "কাজটা বড় ভুল হয়ে গেছে রাজাবাবু। মাফ করে দেবেন।"

ইন্দ্র মাথা নেড়ে বলে, "আমাকে রাজাগজা বলবেন না। আমি সাধারণ মানুষ, খেটে খাই। আমি যে রাজবংশের ছেলে তাও আমার জানা ছিল না। চন্দ্রকুমারের লেখা একটা পুরনো পুথি থেকে লুকোনো মোহরের সন্ধান জেনে এদেশে আসার সিদ্ধান্ত নিই। তখনই আমার বাবা আমাকে জানালেন, রায়দিঘির রাজবাড়ির আসল উত্তরাধিকারী আমরাই। ভেবেছিলাম মোহর উদ্ধার করে সেগুলো বিভিন্ন প্রদর্শনীতে পাঠাব। বিক্রি করলে অনেক টাকা পাওয়া যেত ঠিকই, কিন্তু টাকার চেয়েও মোহরগুলোর ঐতিহাসিক মূল্য অনেক বেশি। বিক্রি না করলেও অবশ্য মোহরগুলো থেকে আমার অনেক আয় হত। ভেবেছিলাম, আমার পূর্বপুরুষ মহেন্দ্রপ্রতাপ তো প্রজাদের বঞ্চিত করেই মোহর জমিয়েছিলেন, সুতরাং আমি এই অঞ্চলের মানুষের জন্য কিছু করব। অলঙ্কারের মতো বাচ্চা ছেলেরা এখানে ভাল খেতে-পরতে পায় না,

গাঁয়ে হাসপাতাল নেই, খাওয়ার জলের ব্যবস্থা ভাল নয়। এগুলোর একটা ব্যবস্থা করতে পারতাম। কিন্তু মোহরগুলো হাতছাড়া হয়ে গেল।”

সবার আগে নটবর ঘোষ লাফিয়ে উঠল, “গেল মানে! আমরা আছি কী করতে?”

সকলেই হাঁ-হাঁ করে সায় দিয়ে উঠল।

ঠিক এই সময়ে বাইরের জমাট অন্ধকার থেকে হঠাৎ যমদূতের মতো দুই মূর্তি চণ্ডীমণ্ডপে উঠে এল। হাতে বিরাট-বিরাট দুটো ছোরা হ্যারিকেনের আলোতেও ঝলসে উঠল।

কে যেন আতঙ্কের গলায় বলে উঠল, “ওরে বাবা! এ যে কালু আর পীতাম্বর!”

সঙ্গে-সঙ্গে গোটা চণ্ডীমণ্ডপে একটা হুলুস্থুলু হুড়োহুড়ি পড়ে গেল। পালানোর জন্য এমন ঠেলাঠেলি যে, এ-ওর ঘাড়ে পড়ছে। যারা নেমে পড়তে পারল তারা তাড়াতাড়িতে ভুল জুতো পরে এবং কেউ-কেউ জুতো ফেলেই চোঁ-চাঁ পালাল। কয়েক মুহূর্তের মধ্যে মণ্ডপ একেবারে ফাঁকা। শুধু পটল গাঙ্গুলি, গৌরগোবিন্দ, হরিপদ, অলঙ্কার আর ইন্দ্রজিৎ। তারা কেউ নড়েনি।

পীতাম্বর চেঁচিয়ে উঠল, “এই যে! এই ছোকরাটা!”

কালু বলে, “দে ভুকিয়ে। ওদিকে দেরি হয়ে যাচ্ছে।”

পীতাম্বর ছোরাটা কপালে ঠেকিয়ে বলল, “এই যে দিই। জয় মা...”

কিন্তু মুখের কথা শেষ হওয়ার আগেই গৌরগোবিন্দর পাকা বাঁশের ভারী লাঠি পটাং করে তার মাথায় পড়ল।

“বাপ রে!” বলে বসে পড়ল পীতাম্বর।

কালু অবাক হয়ে বলে, “এরও লেঠেল আছে দেখছি। সকলেরই যদি লেঠেল থাকে তা হলে কাজকর্ম চলে কীসে?”

কিন্তু তাকেও আর কথা বলতে হল না। গৌরগোবিন্দর লাঠি পটাং করে তার কাঁধে পড়ল।

“উরেব্বাস!” বলে বসে পড়ে কালু।

তারপর কিছুক্ষণ শুধু পটাং-পটাং লাঠির শব্দ হল। কালু আর পীতাম্বর ফের অজ্ঞান হয়ে পড়ে গেল। একেবারে চিতপটাং।

গৌরগোবিন্দ দুঃখ করে বললেন, “সন্ধেবেলা একবার ভূত ঝেড়ে দিয়েছি। তাতেও দেখছি আক্কেল হয়নি! ওরে তোরা সব কোথায় পালালি? আয় আয়, ভয় নেই। এ দুটি বাঘ নয় রে, শেয়াল।”

কালী কাপালিকের চারদিকে নজর। একটু তফাত হয়েছিল। গুণ্ডা দুটো ঘায়েল হয়েছে দেখে সবার আগে এসে সে পীতাম্বরকে একটু যেন গায়ে-মাথায় হাত বুলিয়ে দিয়ে বলল, “আহা, বড় হ্যাপা গেছে এদের গো। আর লাঞ্ছনাটাও দেখতে হয়...” বলতে-বলতেই নজরটা চলে গেল ট্যাঁকে। জামা উঠে গিয়ে ট্যাঁকের ফোলাটা দেখা যাচ্ছে। পীতাম্বরের ট্যাঁক থেকে বারো হাজার টাকার বাণ্ডিলটা বের করে সে চোখের পলকে রক্তাম্বরের ভেতরে চালান দিয়ে দিল, “মায়ের মন্দিরটা এবার তা হলে হচ্ছেই! জয় মা...”

এদিকে গগনের ঘরে গগনের অবস্থা খুবই কাহিল। ইতিমধ্যে দেওয়ালে ধাক্কা খেয়ে তার মাথা ফেটে রক্ত পড়ছে, বল্লমের খোঁচায় তার পেট একটু ছ্যাঁদা হয়েছে। চোখে ঝাপসা দেখছে গগন। দাঁড়ানোর ক্ষমতা নেই বলে সে সারা ঘরে হামা দিয়ে বেড়াচ্ছে আর বলছে, "খবর্দার! খবর্দার! একদম জানে মেরে দেব কিন্তু! ভগবানের দেওয়া মোহর। যে ছোঁবে তার অসুখ হবে। খবর্দার..."

খাঁড়াটা হামা দেওয়ার সময়েও হাতছাড়া করেনি গগন, ঘষটে-ঘষটে নিয়ে বেড়াচ্ছে। হঠাৎ কে যেন আলতো হাতে খাঁড়াটা তুলে নিয়ে দেওয়ালের গজালে ঝুলিয়ে রাখল। গগন বলল, "ক্কে?"

তারপরই গগন স্থির হয়ে গেল। সে শুনতে পেল, তার ঘরে দুটো লোক কথা কইছে।

একজন বলল, "বৎস চন্দ্রকুমার, একটা রহস্য ভেদ করে দেবে? আমি দেখতে পাচ্ছি, তুমি বায়ুভূত হয়েও দিব্যি পার্থিব জিনিসপত্র নাড়াচাড়া করতে পারছ। এইমাত্র ভারী খড়্গখানা তুলে ফেললে। কিন্তু আমার হাত-পাগুলো এমনই ধোঁয়াটে যে কই আমি তো তোমার মতো পারছি না!"

"আজ্ঞে মহারাজ, দেড়শো বছর মোহরে ডুবে থেকে আপনার কোনও ব্যায়ামই হয়নি যে। তাই এখনও ধোঁয়াটে মেরে আছেন। আর আমি বাইরের খোলামেলা আলো-হাওয়ায় ঘুরে বেড়াই বলে আমার কিছু পোষ্টাই হয়েছে। তা ছাড়া নিয়মিত অভ্যাস ও অনুশীলনে আমি বায়বীয় শরীরকে যথেষ্ট ঘনীভূত করে তুলতে পারি। সেটা না পারলে আপনার ছ' নম্বর উত্তরপুরুষকে বাঁচাতে পারতাম না। তাকে ঘাড়ে করে মাইলটাক বইতে হয়েছে কাল রাতে। তারও আগে থেকে তাকে নানারকম সাহায্য করে আসছি। এমনকী বিলেত অবধি ধাওয়া করে আমার পুথিটা উদ্ধার করে তার হাতের নাগালে আমিই এগিয়ে দিয়েছিলাম। আমাকে কিন্তু নিমকহারাম বলতে পারবেন না মহারাজ।"

"আরে না, না। তোমার কাজকর্ম যতই দেখছি ততই সন্তুষ্ট হচ্ছি। তা এ-লোকটাকে কি তুমি মেরে ফেলবে?"

"আজ্ঞে না মহারাজ, পৃথিবীতে আর-একটা যখ বাড়াতে চাই না। আপনার ষষ্ঠ উত্তরপুরুষের ওপর অন্যায় হামলা করায় এ-শাস্তি ওর পাওনাই ছিল।"

"ও, ভাল কথা চন্দ্রকুমার, আমার সেই উত্তরপুরুষটি কোথায়? সে নিরাপদে আছে তো!"

"ব্যস্ত হবেন না মহারাজ। ছোকরা একটু বিপদের মধ্যেই আছে। তবে জীবনে তিক্ত অভিজ্ঞতা, বিপদআপদ ঘটা ভাল। তাতে মানুষ শক্তপোক্ত হয়, আত্মরক্ষা করতে শেখে, বুদ্ধি আর কৌশল বৃদ্ধি পায়, বাস্তববোধ জেগে ওঠে।"

চোখের রক্ত মুছে গগন ভাল করে চেয়ে হাঁ করে রইল। তার সামনে ঘরের মধ্যে দুটো বিশাল মূর্তি দাঁড়িয়ে। দু'জনেরই পরনে ঝলমলে রাজাগজার পোশাক। গগন হুঙ্কার দিতে যাচ্ছিল, কিন্তু গলা দিয়ে চিঁচিঁ শব্দ বেরোল, "ওরে চোর, তোরা এ-ঘরে ঢুকলি কী করে?"

তার কথায় কেউ ভ্রূক্ষেপ করল না। গগন দেওয়াল ধরে উঠে দাঁড়াল। তারপর সর্বশক্তি দিয়ে খাঁড়াখানা দেওয়াল থেকে টেনে হঠাৎ আচমকা ঘ্যাচাং করে এককোপে কেটে ফেলল একজনকে।

"আহা হা, চন্দ্রকুমার! তোমাকে যে একেবারে দু'-আধখানা করে কেটে ফেলল! সর্বনাশ!"

চন্দ্রকুমার একটু হেসে বলে, "আজ্ঞে হ্যাঁ মহারাজ, ঘনীভূত অবস্থায় ছিলাম কিনা! তাই কেটে ফেলতে পেরেছে। তবে জুড়ে নিতে দেরি হবে না।"

চন্দ্রকুমারের শরীরের নীচের অংশটি আলাদা হয়ে সারা ঘরে দাপিয়ে বেড়াচ্ছিল। চন্দ্রকুমার বললেন, "আমার ওই অংশটি কিছু দুষ্ট প্রকৃতির..." বলতে-বলতে তিনি গিয়ে ওই অংশটি আবার প্যান্ট পরার মতো সহজেই জুড়ে নিলেন শরীরে।

গগন সাঁপুই খাঁড়াসমেত ফের মেঝের ওপর পড়ে গেছে। বিড়বিড় করে সে বহুকাল আগে শোনা 'কর্ণার্জুন' নাটকের একখানা সংলাপ বলে যাচ্ছে, "চলে গেলি একবিঘাতিনী, মরণের নামমাত্র করিয়া প্রচার, কিরীটির কিরীট ছুঁইয়া?"

"ওহে গগন!"

গগন দু'খানা হাত জোড় করে বলে, "যে আজ্ঞে।"

"কেমন বুঝছ?"

"আজ্ঞে, আপনাদের সঙ্গে এঁটে উঠব না।"

"মোহরের থলিটা যে এবার বের করতে হবে ভায়া।"

গগন খুব অবাক গলায় বলে, "মোহর! হুজুর, মোহরটা আবার কোথায় দেখলেন? কু-লোকে কু-কথা রটায়।"

"তোমার চেয়ে কু-লোক আর কে আছে বাপু? একটু আগে তুমি মহারাজের ষষ্ঠ উত্তরপুরুষকে খুন করতে দুটো খুনিকে পাঠিয়েছ। তুমি অন্যায়ভাবে পরস্বাপহরণ করেছ।"

"আজ্ঞে না হুজুর, আমি পরের অপকার করিনি। আর সেই চোর যে মহারাজের কেউ হন, তাও জানতুম না কিনা!"

"কিন্তু মোহর!"

গগন কাঁদো-কাঁদো গলায় বলে, "আজ্ঞে, ভগবান দিয়েছেন। তাই..."

"এই যে মহারাজকে দেখছ, ইনি মোহরের খপ্পরে পড়ে দেড়শো বছর পাতাল-ঘরে মাটিচাপা ছিলেন।"

গগন ডুকরে উঠল, "ওরে বাবা, আমি মোটে বন্ধ জায়গা সইতে পারি না। ছেলেবেলায় একবার পাতকুয়োর মধ্যে পড়ে গিয়েছিলুম, সেই থেকে বেজায় ভয়।"

"তা হলে উঠে পড়ো গগন! মোহর বের করে ফ্যালো।"

গগন হাতজোড়া করে বলে, "বড্ড লোকসান হয়ে যাবে যে!"

"মোহর তো আলমারি খুলে আমিই বের করতে পারি। কিন্তু তাতে তো তোমার প্রায়শ্চিত্ত হবে না গগন। ওঠো। আর দেরি নয়। তারা আসছে।"

"হুজুর, বড্ড গরিব হয়ে যাব যে। কোটি-কোটি টাকা থেকে একেবারে

পপাতধরণীতলে! দু-চারখানা যদি রাখতে দেন।"

" দু'শো এগারোখানা মোহর গুনে দিতে হবে। ওঠো।"

"আজ্ঞে, মাজায় বড় ব্যথা। দাঁড়াতে পারছি না।"

"তা হলে হামাগুড়ি দাও। তুমি দুর্বিনীত, হামাগুড়ি দিলে কিছু বিনয় প্রকাশ পাবে।

গগন মোহরের থলি নিয়ে যখন হামাগুড়ি দিয়ে বেরোল, তখন উঠোনে বহু লোক জমায়েত হয়েছে। অনেক মশাল জ্বলছে। ভিড়ের মাঝখানে রোগা ছেলেটা দাঁড়িয়ে।

গগন সিঁড়িতে হামাগুড়ি দিয়ে নেমে কাঁপতে-কাঁপতে এগিয়ে গেল। মোহরের থলিটা উঁচুতে তুলে ধরে বলল, "বড্ড গরিব হয়ে গেলাম, আজ্ঞে।"

লাঠি হাতে একটা লোক দু'পা এগিয়ে এসে বলল, "গগনবাবু, দুটো বাঁ হাতওলা লোক এই এতক্ষণে খুঁজে পেলাম। কথাটা সারাদিন মাথায় চক্কর দিচ্ছিল। আপনারই মশাই, দুটোই বাঁ হাত। ডান হাতেও তো আপনি অশুদ্ধি কাজই করেন। কাজেই ওটাও বাঁ হাতই।" বলে লক্ষ্মণ পাইক চারদিকে একবার চাইল, "আর ন দিয়ে নামের আদ্যক্ষর..."

নটবর ঘোষ টপ করে মাথাটা নামিয়ে ফেলায় লক্ষ্মণ বলে উঠল, "আপনিও খারাপ লোক নটবরবাবু। তবে এ-আদ্যক্ষর আপনার নামের নয়। নামটা আমারই। আমার পিতৃদত্ত নাম নরহরি। নামটা ভুলে গিয়েছিলাম।"

গাঁ-সুদ্ধু লোক হেসে উঠল।

সোনার মেডেল

বিকেলের দিকে বাবু মিত্তির চিঠিটা পেলেন। তাঁর দারোয়ান রাম পহলওয়ান এই সময়টায় রোজ তাঁকে এক গেলাস ঘোলের নোনতা শরবত খাওয়ায়। শরবতের সঙ্গে চিঠিটাও সে দিয়ে গিয়েছিল।

বাবু মিত্তির সব কাজই নিখুঁতভাবে করতে ভালবাসেন। সাবধানে ছোট কাঁচি দিয়ে খামের মুখটা কেটে চিঠিটা বের করলেন। দামি সাদা কাগজে টাইপ করা রোমান হরফে গীতার একটা শ্লোকের খণ্ডাংশ, "বাসাংসি জীর্ণানি যথা বিহায়—ডেল্টা।"

শরবতটা আর খাওয়া হল না। তিনি উঠলেন।

বাবু মিত্তির আজকাল সব কাজই করেন খুব ধীর গতিতে। খেতে, পোশাক পরতে, চলাফেরা করতে তাঁর অনেকটা সময় লাগে। কেউ বিশ্বাসই করবে না যৌবনকালে এই বাবু মিত্তিরের চলাফেরা ছিল বাঘের মতো, বিদ্যুতের মতো, সাপের মতো। সাহেবরা তাঁর নামই দিয়েছিল কোব্রা।

বক্সার বাবু মিত্তির অলিম্পিকে গিয়েছিলেন। লাইট হেভিওয়েটে সোনার মেডেলটা জেতার দুর্দমনীয় বাসনা ছিল। প্রথম তিন লড়াইতে প্রতিটিতে তাঁর প্রতিপক্ষ এক বা দুই রাউন্ডে নক আউট হয়ে যায়। চার নম্বর লড়াইয়ের আগে পেটের অসহ্য যন্ত্রণায় তিনি রিং-এ নামতে পারেননি। নামতে পারলে, ভারতের দীর্ঘদিনের একটা বদনাম ঘুচত।

কিন্তু পেটের ব্যথাটা কেন হয়েছিল সে বিষয়ে বাবু মিত্তির খুব নিশ্চিত নন। সাবোটাজ? ষড়যন্ত্র? এ ছাড়া আর কীই বা হবে? অলিম্পিক ভিলেজে ভারতীয় শিবিরে তাঁর তেমন শত্রু কি কেউ ছিল? বোধ হয় না। তবে এ-কথা ঠিক যে, ভাল ব্যবহারের জন্য বাবু মিত্তিরের মোটেই সুনাম ছিল না। রাগি, রগচটা, মারকুট্টা, স্পষ্টবক্তা, দুর্মুখ বাবু মিত্তিরকে কেউ পছন্দ করত না, সবাই এড়িয়ে চলত। কিন্তু তা বলে খাবারে গণ্ডগোল ঘটাবে এমন কেউ ছিল না। রহস্যটা আজও বাবু মিত্তিরের কাছে রহস্যই থেকে গেল। অলিম্পিক ভিলেজে খেলোয়াড়দের খাবারদাবারের ব্যাপারে খুবই সতর্কতা থাকে। তবু কী করে যেন বাবু মিত্তিরের খাবারে মৃদু কোনও বিষ মেশানো হয়েছিল। কোন খাবারটিতে বিষটা ছিল, তা তিনি জানেন না, অনেক ভেবেছেন।

বাবু মিত্তির খুব ধীরে-ধীরে পোশাক পরলেন। আজকাল ধুতি আর কামিজ ছাড়া বিশেষ কোনও পোশাকই নেই তাঁর। পোশাক পরে পায়ে চটিটা গলিয়ে ধীরে-ধীরে দোতলা থেকে নেমে গ্যারাজ থেকে পুরনো অস্টিন গাড়িটা বের করলেন। গাড়ি আজও তিনি নিজেই চালান।

গাড়ি ছাড়বার আগে একবার নিজের বাড়িটার দিকে ফিরে চাইলেন তিনি। প্রকাণ্ড

তিনতলা বাড়ি। অন্তত পনেরোটা শোওয়ার ঘর, দুটি বৈঠকখানা, একটা নাচঘর, দুটো ডাইনিং হল আছে। বাবু মিত্তির মারা গেলে এ-বাড়ি বেওয়ারিশ হয়ে যাবে। তাঁর কোনও উত্তরাধিকারী নেই, থাকলেও যে কোথায় আছে তা তিনি জানেন না।

মরবার যে আর খুব বেশি দেরি নেই, তা বাবু মিত্তির জানেন। যে-চিঠিটা তিনি এইমাত্র পেলেন, সেটি ফাঁকা আওয়াজ বা রসিকতা নয়।

যৌবনকালে বড়ই দুর্দান্ত মানুষ ছিলেন তিনি। প্রচণ্ড গুণ্ডামি করে বেড়াতেন। খুন না করলেও জখম করেছেন বিস্তর। সাহস ছিল, প্রচণ্ড রাগ ছিল। কিন্তু একটা গণ্ডগোলে পড়ে গিয়েছিলেন একবার। মুষ্টিযুদ্ধ ছেড়ে তখন তিনি সারা পৃথিবী ঘুরে বেড়াচ্ছেন। কিন্তু পৃথিবী-ভ্রমণের জন্য যথেষ্ট টাকা বা বিদেশি মুদ্রা তাঁর ছিল না। খুব কষ্ট করে এবং আইন ও আন্তর্জাতিক নিয়মকানুনকে ফাঁকি দিয়েও তিনি দেশে-দেশে ঘুরতেন।

আর্জেন্টিনায় সেবার একটা লোকের সঙ্গে তাঁর পরিচয় হয়ে যায়। বাবু মিত্তিরের চমৎকার পেটানো চেহারা, তেজ ও সাহস দেখে সেই লোকটা বলে, তোমাকে উপযুক্ত কাজ দিতে পারি। যথেষ্ট টাকা পাবে। কিন্তু খুব সাবধান, বেইমানি কোরো না।

অর্থাভাব এবং অনিশ্চয়তায় জেরবার বাবু মিত্তির লোকটার প্রস্তাবে রাজি হয়ে যান। সেই লোকটাই ছিল ডেল্টা নামে ছোট একটি টেররিস্ট সংগঠনের নায়ক। তবে তাদের কোনও বিশেষ মতাদর্শ ছিল না। টাকা পেলে তারা নেতা, ভি আই পি বা বাণিজ্যিক সংস্থার কর্ণধারদের খুন করত। সোনা, অস্ত্র, নেশার জিনিস চোরাপথে চালান দিত।

এই সংগঠনে বছরখানেক ছিলেন বাবু মিত্তির। ওই এক বছরে গোটা দক্ষিণ আমেরিকা, মার্কিন যুক্তরাষ্ট্র, কানাডা, ওয়েস্ট ইন্ডিজ চষে বেড়িয়েছেন ডেল্টার বিভিন্ন কাজে। প্রচুর টাকাও পেয়েছিলেন। কিন্তু মেক্সিকোর এক অভিজাত নৈশভোজের নাচের আসরে একজন ইউরোপিয়ান শিল্পপতিকে খুন করার চুক্তি কার্যকর করতে গিয়ে বাবু মিত্তিরের সঙ্গী নিরাপত্তারক্ষীদের গুলিতে মারা যায়, এবং বাবু মিত্তির পালান।

পালানোর একটা সুযোগ কিছুদিন যাবৎ খুঁজছিলেন তিনি। ডেল্টার হয়ে কয়েকটা খুনের ঘটনায় তাঁকে অংশ নিতে হয়েছে। সমাজবিরোধী আরও নানা পাপ কাজ করতে হচ্ছে। এ-জীবন ঠিক তাঁর পছন্দ হচ্ছে না। তিনি ভেবেছিলেন, কলকাতায় চলে গেলে ডেল্টা আর কিছু করতে পারবে না। অত লম্বা হাত বা বড় সংগঠন তাদের নেই যে, ভারতবর্ষে ধাওয়া করবে।

প্রচুর বিদেশি টাকা নিয়ে প্রথম আফ্রিকায় আর তারপর সোজা কলকাতায় চলে আসেন তিনি। বিশ্বভ্রমণের সাধ তখন মিটে গেছে। একটু বয়সও হচ্ছে। তিনি বিয়ে করে সংসারে মন দিলেন।

কিন্তু সংসারে মন দিলেও নিজের চড়া মেজাজ এবং উগ্র কথাবার্তার দরুন সংসারে খুব অশান্তি ছিল। একটি ছেলে হয়েছিল বাবু মিত্তিরের। তার নাম

রেখেছিলেন সর্বকালের সেরা একজন মুষ্টিযোদ্ধার নামানুসারে, রকি মিত্র। ইচ্ছে ছিল ছেলেকে বক্সার বানাবেন। এমন বক্সার যে, একদিন বিশ্ব চ্যাম্পিয়ান হবে।

কিন্তু বাবু মিত্তিরের সেই সাধ পূর্ণ হয়নি। খুব শিশুকাল থেকেই বক্সিং-এ তালিম দিতে গিয়ে বুঝতে পেরেছিলেন, ছেলেটা তার মায়ের স্বভাব এবং চরিত্র পেয়েছে। রকির মা শান্ত, নিরীহ, গম্ভীর এবং একটু জেদি। রকিও তাই। রকি গান গায়, ছবি আঁকে। বক্সিংও করে, তবে তেমন রোখ নিয়ে নয়।

দশ-বারো বছর বয়সেই রকিকে তিনি কম্পিটিশনে নামাতেন। রকি কখনও জিতত, কখনও হেরে যেত। হারত অন্যমনস্কতার দরুন। খুব রেগে গিয়ে ছেলেকে বেদম মারতেন তিনি।

ঠিক ষোলো বছর বয়সে রকির মা মারা যান। মায়ের শ্রাদ্ধ করার পরদিনই রকি বাড়ি থেকে চলে যায়। শুধু একটা চিঠি রেখে যায় বাবার নামে। চিঠিতে লেখা ছিল, "আমাকে খুঁজে লাভ নেই। আমি চিরতরে চলে যাচ্ছি।"

বাবু মিত্তির অবশ্য খুঁজতে কসুর করেননি। লাভ হয়নি তাতে।

ছেলে নিরুদ্দেশ, স্ত্রী মৃতা। বাবু মিত্তির যখন সম্পূর্ণ একা হয়ে গেলেন তখনই ধীরে-ধীরে তাঁর শরীরে নানা ব্যাধি এসে বাসা বাঁধে। বক্সারদের মাঝে-মাঝে যে রোগটা হয় সেই পারকিনসন্‌স ডিজিজও তাঁকে কিছুটা কাহিল করেছে। বারবার মাথায় প্রতিপক্ষের জোরালো ঘুসি লাগলে মস্তিষ্কের সূক্ষ্ম কোষ আর স্নায়ুর ক্ষতি হতেই পারে।

এখন সঙ্গী বলতে পহলওয়ান দারোয়ান, পরিচারক রাখাল, আর তাঁর একটি কুকুর। অবশ্য তাঁর কিছু ছাত্রও তাঁর কাছে রোজই আসে। তিনি আজও তাঁদের বক্সিংয়ের কলাকৌশল শেখান।

বাবু মিত্রের টাকার অভাব নেই। মেক্সিকো থেকে পালিয়ে এসেই তিনি একটা ইলেকট্রনিক্সের ব্যবসা করে প্রচুর বড়লোক হয়ে যান। কিছুদিন হল ফলাও ব্যবসাটা বিক্রি করে দিয়েছেন। আর পয়সা করে লাভ নেই। খাবে কে?

রকি নিরুদ্দেশ হওয়ার পর দশ বছর কেটেছে। সে কোনও চিঠি বা খবর দেয়নি। রকির মুখটাই তাঁর আর ভাল মনে নেই।

সাবধানে গাড়ি চালিয়ে তিনি তাঁর উকিল-বন্ধু গজপতির বাড়িতে এসে হাজির হলেন। গজপতি এখনও কোর্ট থেকে ফেরেননি। ভৃত্য তাঁকে নিয়ে খাতির করে বাইরের ঘরে বসাল। বাবু মিত্তির খুবই অন্যমনস্ক হয়ে চুপ করে বসে রইলেন।

গজপতি ব্যস্ত উকিল। ফিরতে মাঝে মাঝে রাত হয়ে যায়। কিন্তু সেজন্য বাবু মিত্তির ধৈর্যহারা হলেন না। বসেই রইলেন।

গজপতি এলেন সন্ধে সাতটারও পর।

"আরে মিত্তির যে! কী খবর?"

বাবু মিত্তির বিনা ভূমিকায় বললেন, "গজপতি, আমার কি উইল করা দরকার?"

গজপতি অবাক হয়ে বললেন, "উইল! হঠাৎ উইলের কথা কেন?"

"আমি হয়তো আর বেশিদিন বাঁচব না।"

"কেন, যমরাজা কি কোনও পেয়াদার হাতে নোটিশ পাঠিয়েছে?"

একটুও না-হেসে বাবু মিত্তির বললেন, "পাঠিয়েছে।"

"তা হলে যমের বাড়ি যাওয়ার জন্য প্লেনের টিকিট কিনে ফেলেছ?"

"একরকম তাই।"

"বলি, কোনও রোগটোগ হয়েছে নাকি? টার্মিনাল ডিজিজ? ক্যানসার বা হার্ট?"

"না। ইনিয়ে-বিনিয়ে মরা আমার ভাগ্যে নেই। আমি মরব দুম করে।"

গজপতি বসলেন। তারপর মৃদু হেসে বললেন, "খুলে বলো।"

বাবু মিত্তির খুলে বললেন না। বলে লাভও নেই। শুধু বললেন, "আমার আয়ু সত্যিই আর নেই। মরতে আপত্তিই বা কী? কার জন্য বাঁচব? শুধু বিষয়সম্পত্তি নিয়ে একটা উদ্বেগ আছে। আমি মরার পর এগুলো পাঁচ ভূতে লুটে খাবে।"

"তোমার বয়স তো পঞ্চান্ন-ছাপ্পান্নর বেশি নয় হে মিত্তির। এখনই মরবে কেন?"

"মরতে বয়স লাগে না। ওসব কথা থাক। আমি চাই আমার টাকা-পয়সা, বিষয়-আশয় আমার ছেলেটা এসে ভোগ করুক। কিন্তু সে বেঁচে আছে কি না তা জানি না, যদি বেঁচে থেকে থাকে তবে হয়তো দুঃখ-কষ্টেই আছে। আমি চাই সম্পত্তিটার এমন একটা বন্দোবস্ত করে যেতে, যাতে সে কোনওদিন ফিরে এলে ভোগদখল করতে পারে।"

গজপতি সামান্য চিন্তিত হয়ে বললেন, "উইল করতে পারো। তবে উইল না করলেও আইনত ছেলেই পাবে। যেটা সবচেয়ে বড় দরকার তা হল রকির খোঁজ।"

"অনেক খুঁজেছি।"

"পত্রিকায় একটা বিজ্ঞাপন দিতে পারো।"

বাবু মিত্তির একটা দীর্ঘশ্বাস ফেলে বলেন, "কোনও পত্রিকায় বিজ্ঞাপন দিতে বাদ রাখিনি। নিরুদ্দেশ হওয়ার পর টানা এক বছর প্রায় প্রতি রবিবার সব কাগজে বিজ্ঞাপন বেরোত।"

"সেটা আমি জানি। তবু বলছি, এখন আবার বিজ্ঞাপন দাও। সে হয়তো এতদিনে অভিমান ভুলেছে। রাগও কমেছে। দেখই না দিয়ে।"

"তুমি যখন বলছ, দেব। কিন্তু ধরো, যদি হঠাৎ আজ কিংবা কাল—আমার মৃত্যু হয় তা হলে কী হবে?"

গজপতি অবাক হয়ে বলেন, "আজ বা কাল! কেন, মরার এত তাড়া কীসের হে? এত তাড়াহুড়োর তো কিছু নেই। দু-চারদিন সবুর করে তারপর না হয় মরবে।"

বাবু তাঁর পকেট থেকে চিঠিটা বের করে নিঃশব্দে গজপতির হাতে দিলেন।

গজপতি চিঠিটায় চোখ বুলিয়ে একটু ভ্রূ কুঁচকে বললেন, "এটার মানে কী? কিছু তো বুঝতে পারছি না।"

রোমান হরফে লেখা গীতার একটা শ্লোক।

"বাসাংসি জীর্ণানি যথা বিহায়—ডেল্টা! শ্লোকটার মানে তো জানি। মানুষ যেমন জীর্ণ বাস পরিত্যাগ করে...। তা বেশ তো, জীর্ণ বাস ত্যাগ করতে কেউ তোমাকে উপদেশ দিচ্ছে। কিন্তু সেই উপদেশ তুমি নিতে যাচ্ছ কেন?"

চিঠিটা ফেরত নিয়ে পকেটে ভরে বাবু মিত্তির বললেন, "তুমি চিঠিটার আসল অর্থ জানো না।"

"ডেল্টা কথাটার অর্থ কী?"

"ব-দ্বীপ।"

"সে তো বাচ্চা ছেলেও জানে। কিন্তু এখানে কী অর্থে প্রয়োগ হয়েছে? চিঠিটা দিলই বা কে?"

"সবটা তোমাকে বলা যাবে না। আমার একটা বিশ্রী অতীত আছে। খুব ভয়ঙ্কর সেই অতীত। ডেল্টা একটা আন্তর্জাতিক সংগঠন। আগে ছোট ছিল। এখন বিশাল আকার নিয়েছে।"

গজপতি হঠাৎ চিন্তিত মুখে বললেন, "ডেল্টা! ডেল্টা! দাঁড়াও, বোধ হয় 'টাইম' ম্যাগাজিনে একটা খবর পড়েছি, তাতে এ নামটা যেন ছিল!"

"ঠিকই ধরেছ, টাইম ম্যাগাজিন আমিও পড়ি। কিছুদিন আগে ডেল্টার গুপ্তঘাতকেরা নিউ ইয়র্কে একজনকে দিনে-দুপুরে মারে।"

গজপতি উদ্বেগের সঙ্গে বলেন, "এরাও কি তারাই?"

"তারাই। আমি একসময়ে ওদের মেম্বার ছিলাম। পালিয়ে এসেছিলাম। আজও ওরা প্রতিশোধের কথা ভোলেনি।"

গজপতি অবাক হয়ে বাবুর দিকে চেয়ে বলেন, "কিন্তু সংস্কৃত শ্লোক ওরা কোথায় পেল?"

বাবু মিত্তির মলিন একটু হাসলেন, "গীতা একটি আন্তর্জাতিক গ্রন্থ। সবাই খোঁজ রাখে। আমি ভারতীয় বলেই ওরা গীতা থেকে লাগসই একটা শ্লোকের কিছুটা তুলে দিয়েছে। অর্থ পরিষ্কার। আমাকে জীর্ণ বাসটি ত্যাগ করতে হবে। অর্থাৎ—"

"অর্থাৎ মৃত্যু?"

"এবার তোমার মাথা খেলছে।"

"ব্যাপারটা কি সত্যিই সিরিয়াস মিত্তির?"

"আমি ডেল্টাকে যতদূর চিনি, তাতে এই পরোয়ানাকে অমোঘ বলে ধরে নিতে পারো। আমাকে ওরা মারবেই। সেটা কবে বা কখন তার কিছু ঠিক নেই। আমার মনে হয়, ওরা দেরি করবে না। আমি একা মানুষ, অসুস্থ, নিজেকে রক্ষা করার মতো ক্ষমতা আমার নেই। ওদের কাজটা খুবই সহজ হবে।"

গজপতি একটু ভাবলেন।

বাবু মিত্তির ধৈর্য হারিয়ে বললেন, "কী ভাবছ গজপতি? ভাববার সময় কিন্তু নেই।"

গজপতি বললেন, "না ভেবে পরামর্শ দেওয়া যায় নাকি?"

"তা হলে চটপট ভাবো। আমার যে সময় নেই।"

গজপতি ভ্রূ কুঁচকে বললেন, "তোমার ওই চিঠিটাকে যদি সিরিয়াস বলে ধরে নিই তা হলে অনুমান করতে পারি যে, ওরা তোমাকে খুন করতে বিদেশ থেকেই খুনি পাঠাবে। তাতে তো একটু সময় লাগার কথা। বিদেশ থেকে যে খুনটা করতে আসবে

তাকে তো আগে এ-দেশের ঘাঁতঘোঁত জানতে হবে, নিজেকে বাঁচানোর ব্যবস্থা করে তবেই তো সে খুনটা করবে, নাকি?”

বাবু মিত্তির মাথা নেড়ে বললেন, “তা নয়। আগে এ-দেশে ওদের অর্গানাইজেশন ছিল না। আজকাল হয়েছে।”

“কী করে বুঝলে?”

“খুব সোজা। যেসব দেশে বহু ছেলে-ছোকরা বেকার বসে থাকে, যাদের ভবিষ্যৎ বলে কিছু নেই তারা রুজি-রোজগারের ধান্দায় যে-কোনও কাজে নামতে রাজি হয়ে যায়। আমি যখন ডেল্টায় ছিলাম তখন দেখেছি, অনুন্নত এবং গরিব দেশগুলোয় কত তাড়াতাড়ি অর্গানাইজেশনকে ছড়িয়ে দেওয়া যায়। আজকাল অপরাধও একটা ভাল জীবিকা।”

“তা হলে তুমি বলতে চাও ওরা এ-দেশেরই কাউকে এ-কাজে লাগাবে?”

“সেটাই স্বাভাবিক।”

“তুমি কি জানো যে, ভারতবর্ষে ওদের অর্গানাইজেশন আছে?”

বাবু মিত্তির ম্লান হেসে বললেন, “তুমি ব্যস্ত উকিল, তাই বেশি খবর রাখো না। আমি কিন্তু বেকার মানুষ, হাতে অঢেল সময় বলে প্রচুর দেশি-বিদেশি ম্যাগাজিন পড়ি। ডেল্টা গত দু' বছরে দিল্লি, বোম্বাই আর কলকাতায় ছড়িয়ে পড়েছে।”

এবার গজপতি খুবই উদ্বিগ্ন মুখে বাবুর দিকে চেয়ে থেকে বললেন, “তা হলে আপাতত তুমি বাড়িটা ছেড়ে কিছুদিন গা-ঢাকা দাও।”

বাবু মিত্তির মাথা নেড়ে বললেন, “লাভ নেই। ওদের যতদূর জানি এ চিঠি দেওয়ার আগে থেকেই ওরা আমাকে স্পট করছে এবং নজরে রেখেছে। এই যে আমি তোমার কাছে এসেছি, ফেরার পথে হয়তো একটা মস্ত ট্রাক আমাকে গাড়িসমেত পিষে দিয়ে যাবে। কিংবা ডেল্টার লোক হয়তো আমার বাড়িতে কোনও অছিলায় ঢুকে আমার জলের কুঁজোয় সায়ানাইড মিশিয়ে দিয়ে যাবে। ইট উইল নট বি এ হিরোইক ডেথ ফর মি।”

গজপতি একটা দীর্ঘশ্বাস ছেড়ে বললেন, “গুলিটুলি করবে না বলছ?”

“গুলিতে শব্দ হয়। খুনের প্রমাণ থাকে। ডেল্টা অত কাঁচা কাজ করে না। আজকাল তারা খুব স্কিলফুল কিলার হয়ে দাঁড়িয়েছে। মাফিয়াদেরও পিছনে ফেলে দিচ্ছে। শোনো, আমার মৃত্যু নিয়ে দুশ্চিন্তা কোরো না। ওটা ঘটবেই। আমি শুধু বিষয়-সম্পত্তি নিয়ে তোমার পরামর্শ চাই।”

গজপতি বিষণ্ণ মুখে বলেন, “বিষয়-সম্পত্তির বিলিব্যবস্থা করতেও তো একটু সময় চাই। তুমি যা বলছ, তাতে তো সময় একদম নেই। আচ্ছা, একটা কাজ করলে কেমন হয়?”

“কী কাজ?”

“কিছুদিনের জন্য যদি একজন বডিগার্ড রাখো?”

“কী লাভ? আমি যাকে বডিগার্ড রাখব তাকেও বিপদে ফেলে দেওয়া হবে। বাধা দিলে খুনি কি তাকেও ছাড়বে ভাবছ?”

"বডিগার্ডদের তো সেই ঝুঁকি নিতেই হবে। নইলে আর বডিগার্ড কীসের?"

"আমি কাউকে বিপন্ন করতে চাই না। বডিগার্ডের সাধ্য নেই ডেল্টার খুনির হাত থেকে আমাকে রক্ষা করবে।"

গজপতি হতাশ গলায় বললেন, " তুমি চিরকালের গোঁয়ারবোবিন্দ, সবাই জানে। কিন্তু একটা কথা বুঝবার চেষ্টা করো। যদি ডেল্টার হুমকিটা সত্যিকারের হয় তা হলেও তোমার বিষয়-সম্পত্তির বিলিব্যবস্থার জন্য কিছু সময় দরকার। বডিগার্ড রাখলে হয়তো তোমার খুনি চট করে এগোবে না, একটু ভাববে। এবং নতুন ফন্দি আঁটবে। সেই ফাঁকে তুমি কিছু সময় পেয়েও যেতে পারো। আর একটা কথা হল, সবসময়েই এক জোড়ার চেয়ে দু' জোড়া চোখ ভাল। তোমার গার্ড যদি একজন ইয়াংম্যান হয় তা হলে তার রিফ্লেক্স বা রি-অ্যাকশন তোমার চেয়েও অনেক বেশি ভাল হবে।"

বাবু মিত্তির কথাটা ভাবলেন। তাঁর নাম ছিল কোব্রা। সেই যৌবনের দিনে তাঁর চকিত রিফ্লেক্স, দুরন্ত গতি, দুর্দমনীয় শক্তি প্রতিপক্ষকে নাজেহাল করে দিত। আজ সেই বাবু মিত্তিরকেই কিনা বডিগার্ডের ওপর নির্ভর করতে হবে? বাবু মিত্তিরের শরীর বা মস্তিষ্ক সবই গেছে বটে, কিন্তু অহঙ্কারটুকু এখনও আছে। প্রস্তাবটা তাঁর অহঙ্কারে আঘাত করেছিল।

সেটা অনুমান করেই বোধ হয় গজপতি খুব নরম গলায় বললেন, "বডিগার্ড থাকলে তোমার তো একজন সঙ্গীও হবে। সারাদিন তো বাড়িতে চুপচাপ বসে থাকো. একজন সঙ্গী থাকলে তো একা লাগবে না। একটু কথাবার্তা বলতে পারবে, মাথাটা হালকা হবে।"

বাবু মিত্তির গম্ভীর মুখে বললেন, "আমি একাই ভাল থাকি। তুমি তো জানোই, কথাবার্তা আমি পছন্দ করি না।"

"জানি। তুমি একটু অদ্ভুত লোক। কিন্তু পরিস্থিতি বিচার করে তোমার বডিগার্ড রাখতে রাজি হওয়া উচিত।"

বাবু মিত্তির ভ্রূ কুঁচকে বললেন, "আচ্ছা, তুমি কোনও বেকার-যুবককে এই ফাঁকে কিছু রোজগার করিয়ে দিতে চাইছ না তো! তোমার তো আবার পরোপকার করে বেড়ানোর অভ্যাস আছে।"

গজপতি খুব হাঃ হাঃ করে হাসলেন। তারপর বললেন, "অনুমানটা খুব ভুল হয়নি তোমার। আমার হাতে সত্যিই একটা ছেলে আছে। কিছুদিন মিলিটারিতে কাজ করে এসেছে। খুব সৎ ছেলে। খুব সাহসী আর বিশ্বাসী। দায়িত্বজ্ঞানও ভালই আছে। সবচেয়ে বড় কথা বাঙালির ছেলে হয়েও এ-ছেলেটি অ্যাডভেঞ্চার ভালবাসে।"

ভ্রূ কুঁচকে বাবু বললেন, "বেতন কত নেবে? বেশি হলে দরকার নেই।"

গজপতি মাথা নেড়ে বললেন, "তুমি বড্ড কেপ্পন লোক হে। যেখানে প্রাণ নিয়ে টানাটানি সেখানে পয়সা নিয়ে ভাবছ। তবে ভয়ের কারণ নেই। এ ছেলেটির পয়সার ভাবনা নেই। প্রাণগোপাল রায়ের নাম শুনেছ? হাওড়ায় বিরাট লোহার কারখানা। কোটিপতি মানুষ। পলাশ তারই ছোট ছেলে। সে তোমাকে পাহারা দেবে বিনা

পারিশ্রমিকে। তার খাওয়াদাওয়ার ব্যবস্থা রাখলেই হবে।”

বাবু মিত্তির উঠে পড়লেন। বললেন, “কাছারিঘরে বোধ হয় তোমার মক্কেলরা জুটতে শুরু করেছে। আমি আর তোমার সময় নষ্ট করব না, তোমার সুবিধামতো ছেলেটাকে পাঠিয়ে দিয়ো। শুধু বলে দিয়ো যেন বেশি বকবক না করে।”

“তাই হবে। সে বেশি কথার মানুষ নয়। আর শোনো, তোমার ছেলের খোঁজে আমিই কাগজে বিজ্ঞাপন দিয়ে দিচ্ছি। বিল তোমাকে পাঠিয়ে দেব।”

‘লাভ আছে কিছু?”

“চেষ্টায় ত্রুটি রাখতে নেই।”

॥ ২ ॥

ছেলেটি এল পরদিন সকালে। বেশ লম্বা ছিপছিপে চেহারা। একটু যেন রোগাটেই। চোখে পড়ার মতো চেহারা নয় বটে, তবে চোখ দুটি বেশ উজ্জ্বল। গায়ে একটা ফর্সা সাদা ফুলহাতা শার্ট, পরনে নীল জিনস। পায়ে স্পোর্টস শু। নমস্কার করে বলল, “আমার নাম পলাশ রায়। গজপতিবাবু আমাকে পাঠিয়েছেন।”

বাবু মিত্তির খুব শান্ত হিসেবি চোখে ছেলেটিকে দেখে নিয়ে বললেন, “তুমিই সেই বডিগার্ড তো! বোসো।”

ছেলেটি বসবার পর বাবু মিত্তির বললেন, “তোমাকে বিপদের মধ্যে টেনে আনার কোনও ইচ্ছেই আমার ছিল না। তোমার বয়স অল্প, সামনে কত সম্ভাবনা। গজপতি চাপাচাপি করায় রাজি হতে হল। তুমি কি সব জেনেশুনে কাজটা করতে এসেছ?”

ছেলেটি খুব আত্মবিশ্বাসের সঙ্গে হেসে বলল, “গজপতিবাবু আমাকে সবই বলেছেন।”

বাবু মিত্তির একটা দীর্ঘশ্বাস ফেলে বলেন, “গজপতি হয়তো বিপদটা কীরকম তা আন্দাজ করতে পারছে না। নয়তো ভাবছে, চিঠিটা একটা রসিকতা।”

পলাশ ভ্রূটা একটু কুঁচকে বলল, “বোধ হয় তা নয়। গজপতিবাবুকে খুব উদ্বিগ্ন মনে হল।”

বাবু মিত্তির পলকহীন চোখে পলাশের দিকে চেয়ে থেকে একটু ভাবলেন। তারপর বললেন, “চিঠিটা কোনও রসিকতা নয়। এটা মনে রেখো।”

“রাখব।”

“তুমি স্পোর্টসম্যান?”

“মিলিটারিতে থাকতে আমাকে প্রচুর ফিজিক্যাল ট্রেনিং করতে হয়েছে।”

“বক্সিং জানো?”

ছেলেটি হাসল, “না। তবে আপনি যে খুব বড় বক্সার ছিলেন তা জানি।”

“কুং ফু, ক্যারাটে, ওসব জানো নাকি?”

“না।”

বাবু মিত্তির মাথা নেড়ে বললেন, “জেনেও এক্ষেত্রে লাভ ছিল না। আমি অবশ্য

কুং ফু, ক্যারাটে তেমন পছন্দও করি না। তোমার প্রিয় স্পোর্টস কী?"

"আমি ভাল দৌড়ই। এ ছাড়া মাউন্টেনিয়ারিং আর সাঁতার।"

বাবু মিত্তির একটু তাচ্ছিল্যের সঙ্গে বললেন, "ওঃ, একশো মিটার কত সেকেন্ডে দৌড়তে পারো?"

"সাড়ে বারো সেকেন্ড বা তার একটু বেশি।"

বাবু মিত্তির সময়টাকে তত গুরুত্ব দিলেন না। বললেন, "আমাকে তোমার কিছু জিজ্ঞেস করার আছে কি?"

পলাশ খুব সঙ্কোচের সঙ্গে বলে, "একটা কথা জানতে চাই। চিঠি কোথা থেকে এসেছে?"

"কোথা থেকে! কেন গোয়েন্দাগিরি করবে নাকি? আতশ কাচটাচ দিয়ে সূত্র আবিষ্কার করতে চাও না তো! ওসব করে লাভ নেই। তবু দেখতে চাইলে দেখ। ওই টেবিলের ওপর একটা সাদা খাম পড়ে আছে। ওটাই। এদেশেই কোথাও ডাকে ফেলা হয়েছে।"

পলাশ উঠে গিয়ে খামটা উলটে-পালটে দেখে বলল, "সিলটা ভাল বোঝা যাচ্ছে না। তবে মনে হচ্ছে, বোম্বাই থেকে পোস্ট করা।"

"তা হবে। চিঠিটা তোমার কাছেই রাখতে পারো। ওটাতে আমার প্রয়োজন নেই। আর কিছু জানতে চাও?"

"আপনি বেশি কথা পছন্দ করেন না বলে জিজ্ঞেস করতে ভয় পাচ্ছি। একটা ব্যাপার জানতে চাই। ডেল্টার লিডার এখন কে?"

বাবু মিত্তির উদাসভাবে ঠোঁট উলটে বললেন, "কে জানে? আমি যখন ডেল্টার অপারেটর ছিলাম তখন সেটা ছিল ছোট একটা অর্গানাইজেশন। রিং-লিডার ছিল পল। সেটা তার আসল নাম ছিল কি না কে জানে। তবে এসব অর্গানাইজেশনের রিং-লিডাররা বেশিদিন টিকতে পারে না। খুনটুন হয়ে যায়। আর একজন এসে হাল ধরে।"

"রিং-লিডার বদল হলে তারা এতদিন বাদে কি প্রতিশোধ নিতে চাইত?"

বাবু মিত্তির পলাশের দিকে চেয়ে চিন্তিতভাবে বললেন, "তা বটে। হয়তো পল এখনও আছে। আমি আর খোঁজ রাখি না। কিন্তু ওসব জেনে কী হবে বাবা? পল আমাদের ধরাছোঁয়ার বাইরে। সারা পৃথিবীতে তার হাজারটা অপারেটর কাজ করে যাচ্ছে। ডেল্টা এখন একটা ভয়জাগানো নাম। মাফিয়াদের চেয়ে কম ভয়ঙ্কর নয়। ডেল্টা যখন কাউকে টারগেট করে, তখন কারও সাধ্য নেই যে, রক্ষা করবে। এমনকী পুলিশ আর মিলিটারি দিয়ে ঘিরে রাখলেও লাভ হয় না। কেন জানো? ডেল্টা ওই সিকিউরিটির ভেতরেও নিজের লোক রেখে দেয়। ওই পুলিশ বা মিলিটারির মধ্যেই তাদের লোক থাকে। যখন তাও না থাকে তখন কী করে জানো? ওই সিকিউরিটি গার্ডদের মধ্যে কারও ছেলে বা মেয়েকে কিডন্যাপ করে নিয়ে যায় আর মেরে ফেলার ভয় দেখিয়ে লোকটাকে বাধ্য করে নিজের ইচ্ছেমতো কাজ করিয়ে নিতে। এই যে তুমি আমাকে পাহারা দিতে এসেছ, হতে পারে তুমিই ডেল্টার লোক।"

পলাশ হাসল, "না। আমি ডেল্টার লোক নই।"

বাবু মিত্তির বিরক্ত চোখে চেয়ে থেকে বললেন, "নও বলছ? আজ হয়তো নও। কিন্তু ডেল্টা ইচ্ছে করলে চব্বিশ ঘণ্টার মধ্যে তোমাকে দিয়ে তাদের কাজ হাসিল করিয়ে নিতে পারে। প্রথম টোপ ফেলবে প্রচুর টাকা দিয়ে। তাতে কাজ না হলে তোমার সবচেয়ে দুর্বল জায়গাটাকে অ্যাটাক করবে। ধরো, তোমার প্রিয় একটি ভাই বা বোন বা ভাইঝি, ভাইপো, যাকেই হোক তুলে নিয়ে যাবে। তাকে বাঁচানোর জন্য তখন তুমি কি এই বুড়ো বাবু মিত্তিরের লাশ ফেলতে দ্বিধা করবে? অপরাধ জগতের ভেতরকার খবর যদি তোমার জানা থাকত তা হলে ভয়ে-ঘেন্নায় শিউরে উঠতে।"

পলাশ সত্যিই শিউরে উঠল। কেননা তার একটা ফুটফুটে তিন বছর বয়সি ভাইঝি আছে, যাকে সে প্রাণাধিক ভালবাসে। তার ছোট একটা স্কুল-পড়া বোন আছে, ভীষণ ভক্ত তার। ডেল্টা তাদের কিডন্যাপ করবে নাকি সত্যিই?

দুটি চোখ সরু করে পলাশের ভাবান্তর লক্ষ করছিলেন বাবু মিত্তির। এবার বললেন, "ভাল করে ভেবে দ্যাখো বাবা। তোমাকে সুখে থাকতে ভূতে কিলোচ্ছে না তো! এ-কাজে সত্যিই বিপদ আছে। শুধু তোমার একার নয়। তোমার গোটা পরিবারের বিপদ। আরও একটা কথা জেনে রাখো, ডেল্টার অপারেটররা সবসময়ে যে বীরের মতো বন্দুক-পিস্তল নিয়ে আসবে তাও নয়। তাদের খুনের পদ্ধতি খুবই বাস্তববোধ সম্পন্ন। তারা প্রয়োজনে জলে বা খাবারে বিষ মিশিয়ে দিতে পারে, রাস্তায় অ্যাকসিডেন্ট ঘটাতে পারে, সাজানো আত্মহত্যা অ্যারেঞ্জ করতে পারে, আমার বিছানায় গোখরো সাপ বা মারাত্মক কাঁকড়াবিছে ছেড়ে দিয়ে যেতে পারে— মৃত্যু যে কোনদিক দিয়ে আসবে তুমি তার আন্দাজই পাবে না।"

পলাশ চিন্তিত হয়ে পড়ল। তার মুখ দেখে বাবু মিত্তির একটু হাসলেন। বললেন, "বুঝেছ তো ব্যাপারটা?"

পলাশ বলল, "তার মানে কি আপনাকে ডেল্টার হাত থেকে রক্ষা করার কোনও উপায়ই নেই?"

বাবু মিত্তির মাথা নেড়ে বললেন, "না। গজপতি অবশ্য মাত্র কয়েকটা দিন আমাকে বেঁচে থাকতে বলেছে, যাতে আমার বিষয়-সম্পত্তির বিলি-ব্যবস্থা করা সম্ভব হয়। হয়তো একটা বা দুটো অ্যাটেম্পট থেকে আত্মরক্ষা করতে পারলে তিন-চারদিন সময় পাওয়া যাবে। কিন্তু ডেল্টা তার বেশি সময় আমাকে দেবে না। একটা-দুটো অ্যাটেম্পট কার্যকর না হলে ওরা আমাকে বোম মেরে উড়িয়ে দেবে, কোনও ল্যাটা রাখবে না।"

পলাশ চিন্তিত মুখে বলল, "কবে থেকে খুনের চেষ্টা করবে বলে আপনার মনে হয়?"

ক্লান্ত গলায় বাবু মিত্তির বললেন, "ওদের মোডাস অপারেন্ডি যতদূর জানি, ওরা সবরকম খোঁজখবর না নিয়ে কাজে হাত দেয় না। চিঠিটা এসেছে গতকাল। চিঠি দেওয়ার আগেই ওদের তথ্য সংগ্রহের কাজ শেষ হয়েছে। আমি কী খাই, কখন খাই, কখন বেরোই, কোন যানবাহন ব্যবহার করি, আমার সঙ্গে কে থাকে, বাইরের

কোন-কোন লোক নিয়মিত আমার বাড়িতে যাতায়াত করে, এইসব। আমার স্বভাব, চরিত্র, অভ্যাস, বাতিক, শখ, অসুখ, আমার ডাক্তার, রজক, পরামানিক, খবরের কাগজওয়ালা, দুধওলা, কাজের লোক, আমার পোষা পশুপাখি, আত্মীয়, বন্ধু, সব খবর ওরা নিয়ে ফেলেছে। মনে হচ্ছে, আজকেই কোনও সময়ে ওরা প্রথম আক্রমণটা করবে। আমি যখন ডেল্টার অপারেটর ছিলাম তখন আমাকেও এসব হোমওয়ার্ক করতে হত। ডেল্টা কোনও বেইমান বা বিশ্বাসঘাতক বা তাদের বিচারে কোনও ঘৃণিত লোককে মারবার আগে তার কোনও প্রিয়জন, তার ছেলে বা মেয়ে বা স্ত্রী—এদের কাউকে মারে। লোকটাকে প্রচণ্ড মানসিক কষ্ট দিয়ে তারপর তাকে খুন করে। ভাগ্যের কথা, আমার আজ সেরকম কেউ নেই। রকি নিরুদ্দেশ না হলে ডেল্টা আগে তাকেই মারত।”

পলাশ বলল, “আপনার ছেলেকে ডেল্টা কিডন্যাপ করেনি তো!”

বাবু মিত্তির মাথা নাড়েন, “না। কিডন্যাপ করলে তারা সেটা আমাকে জানিয়ে দিত। তাদের সব কাজের পেছনেই উদ্দেশ্য থাকে। রকি আমাকে পছন্দ করত না বলেই মায়ের মৃত্যুর পর চলে যায়। তোমার আর কিছু জানবার আছে কি? না থাকলে আমি একটু নীচের তলার জিমনাসিয়ামে যাব। আমার দু’জন ছাত্র ট্রেনিং করতে আসবে।”

পলাশ উঠে দাঁড়িয়ে বলল, “ঠিক আছে। তবে আমি আগে জিমনাসিয়ামটা একটু চেক করব।”

বাবু মিত্তির হাসলেন, “স্বচ্ছন্দে।”

পলাশ চলে যাওয়ার পর তিনি রাখালকে ডাকলেন। রাখালের বয়স পঁয়ত্রিশ-ছত্রিশ হবে। মেদিনীপুরের একটি গাঁয়ে তার বাড়ি। প্রায় সাত-আট বছর বাবু মিত্তিরের কাছে আছে। খুব বিশ্বাসী লোক। তবে বিশ্বাসীকে আজ আর বিশ্বাস নেই বাবু মিত্তিরের। ডেল্টা যে-কাউকে কিনে নিতে পারে বা অন্যভাবে নিজেদের কাজ করিয়ে নিতে বাধ্য করতে পারে।

বাবু মিত্তির ভাল করে রাখালের মুখখানা দেখে নিলেন। কোনও পরিবর্তন ঘটলে চোখে তা ধরা যাবে। কিন্তু রাখালের চোখ আজ সকাল অবধি স্বাভাবিক। বাবু জিজ্ঞেস করলেন, “টাইগার কোথায়?”

“আজ্ঞে, বাঁধা আছে।”

“ওকে আমার কাছে নিয়ে আয়।”

রাখাল গিয়ে টাইগারকে ছেড়ে দিতেই সে একটা উল্লাসের শব্দ করে কয়েক লাফে দোতলায় উঠে সোজা বাবু মিত্তিরের কাছে চলে এল।

বিশাল এই অ্যালসেশিয়ানটাই শুধু আজ বাবুর সবচেয়ে বিশ্বাসের পাত্র। ডেল্টা কিছুতেই একে বাবু মিত্তিরের বিরুদ্ধে ব্যবহার করতে পারবে না। কিন্তু ডেল্টা আর একটা কাজ করবে। বাবুকে মারার আগে টাইগারকে মারবে। কারণ, টাইগারই বাবুর সবচেয়ে প্রিয়পাত্র।

বাবু টাইগারের মাথাটা বুকের কাছে চেপে ধরে একটু আদর করলেন। বেশিই

আদর করলেন। অবোলা জীব। বিনা দোষে ওকে মরতে হবে। ওকে বাঁচানোর এক শেষ চেষ্টা অবশ্য বাবু মিত্তির করবেন।

টাইগারের মাথাটা বুকে চেপে রেখেই তিনি টেলিফোন তুলে বোতাম টিপে এক নম্বর ডায়াল করলেন। কেনেল হাভেন-এর রায় কুকুর নিয়ে ব্যবসা করে বটে, কিন্তু ওর কাছে কুকুরের যত্নের অভাব হয় না। রায়ের কাছ থেকেই টাইগারকে বছর-পাঁচেক আগে কিনে এনেছিলেন তিনি।

"রায় নাকি? আমার একটা উপকার করবে রায়?"

"আরে, মিস্টার মিত্তির, আমি তো সবসময়েই অ্যাট ইওর সার্ভিস। বলুন কী করতে পারি।"

"তোমার কাছে টাইগারকে কিছুদিন রাখবে?"

"কেন, বাইরে যাচ্ছেন কোথাও?"

"হ্যাঁ, তা বলতে পারো।"

"ঠিক আছে, পাঠিয়ে দিন।"

"না, পাঠানোর উপায় নেই। অসুবিধে আছে। ওকে নিয়ে যাওয়ার ব্যবস্থা তোমাকে করতে হবে। টাকা যা লাগে দেব।"

"ঠিক আছে, আমার ডগ-ভ্যান তো আছেই। পাঠিয়ে দেব।"

"শোনো রায়, আমার একটু তাড়া আছে। ভ্যানটা তুমি এখনই পাঠিয়ে দাও।"

"বেশ তো, আধ ঘণ্টার মধ্যেই যাবে।"

"তোমার ওখানে এখন ক'টা অ্যালসেশিয়ান আছে রায়?"

"সব মিলিয়ে পনেরো-ষোলোটা হবে। কেন?"

"এমনিই। আমি অপেক্ষা করছি কিন্তু।"

ফোন ছেড়ে বাবু একটু নিশ্চিন্ত বোধ করলেন। রায়ের কাছে পনেরো-ষোলোটা অ্যালসেশিয়ান আছে, টাইগার ওদের মধ্যে থাকলে ওকে আলাদা করে চেনা যাবে না। হয়তো টাইগার বেঁচে যাবে।

আধ ঘণ্টার মধ্যেই ডগ-ভ্যান চলে এল। বাবু মিত্তির ভাল করে দেখে নিলেন ভ্যানটা সন্দেহজনক কি না। ড্রাইভারকেও দু-একটা প্রশ্ন করলেন। তারপর নিশ্চিন্ত হয়ে টাইগারকে ভ্যানে তুলে ভেতরে হুকের সঙ্গে শিকলটা আটকে দিয়ে নেমে পড়লেন। টাইগার প্রচণ্ড চেঁচাল। বাবু মিত্তির কানে হাত চাপা দিলেন। তাঁর চোখ জলে ভরে এল।

কিছুক্ষণ বাদে রায়কে আবার ফোন করলেন। রায় বলল, "চিন্তা করবেন না, আপনার টাইগার পৌঁছে গেছে। অনেক সঙ্গী-সাথী পেয়ে আনন্দেই আছে। আপনি নিশ্চিন্তে বাইরে থেকে ঘুরে আসুন।"

জিমনাসিয়ামে তাঁর তিন-চারজন ছাত্র অনেকক্ষণ অপেক্ষা করছে। এরা এশিয়াডের ট্রায়ালে যাবে। ঘষামাজা করতে বাবু মিত্তিরের কাছে আসে।

বাবু মিত্তিরের অবশ্য আজ কোচিংয়ে মন নেই। মনটা বড্ড খারাপ। তবু জিমনাসিয়ামে এলেন। ছেলেদের কিছুক্ষণ মৌখিক তালিম দিলেন।

ছাত্রদের সঙ্গে কথা বলতে-বলতেই লক্ষ করলেন, জিমনাসিয়ামের র‍্যাকে রাখা তাঁর গ্লাভসগুলো খুব খুঁটিয়ে পরীক্ষা করছে পলাশ। ছোকরা সাবধানী আছে। গ্লাভসের ভেতরে কিছু একটা ঢুকিয়ে রাখা সোজা ব্যাপার।

কিছুক্ষণ ছেলেদের প্র্যাকটিস করালেন বাবু মিত্তির, কয়েকটা প্রয়োজনীয় পরামর্শ দিয়ে ওপরে উঠে আসবার সময় শুনতে পেলেন, ওপরের বসবার ঘরে ফোন বাজছে।

ফোন তুলে হ্যালো বলতেই রায়ের গলা পাওয়া গেল, "মিস্টার মিত্তির, কেনেল হাভেন থেকে রায় বলছি। আচ্ছা, আজ সকালে টাইগারকে কী খাওয়ানো হয়েছিল বলুন তো?"

বাবু মিত্তিরের মজবুত হৃৎপিণ্ড হঠাৎ প্রবলভাবে ধকধক করতে থাকে। সামান্য কাঁপা গলায় তিনি বললেন, "কেন, কী হয়েছে?"

"খুব স্যাড কেস। এখানে আসার ঘণ্টাখানেক বাদেই টাইগার অসুস্থ হয়ে পড়ে। এ ক্লিয়ার কেস অফ ফুড পয়জনিং।"

"তোমাদের ওখানে কিছু খায়নি তো!"

"না মিস্টার মিত্তির। আমরা কুকুরকে একবার খাওয়াই, বেলা দুটোয়।"

বাবু মিত্তির বাঁ হাতে নিজের বুকের বাঁ দিকটা চেপে ধরে বললেন, "টাইগার কি বেঁচে আছে?"

"আধ ঘণ্টা আগে এক্সপায়ার করেছে। আমি অত্যন্ত দুঃখিত, কিন্তু দোষটা অবশ্যই আমাদের নয়। বিশ্বাস করুন।"

বাবু মিত্তিরের মাথাটা শূন্য লাগছিল। চারদিকটা বড্ড ফাঁকা। ধীরে রিসিভারটা রেখে দিলেন তিনি, চোখ দিয়ে অবিরল ধারায় জল গড়িয়ে পড়তে লাগল।

পলাশ নিঃশব্দে সামনে এসে দাঁড়াল। কিন্তু কোনও কথা বলল না। চুপচাপ অপেক্ষা করতে লাগল।

বাবু মিত্তির চোখ মুছলেন। বড় ক্লান্ত, বড় হতাশ, বড় শূন্য লাগে তাঁর। শরীরের সব শক্তি যেন কেউ সিরিঞ্জ দিয়ে টেনে বের করে নিয়েছে। ইজিচেয়ারে শরীরটা এলিয়ে দিয়ে পলাশের দিকে মড়ার মতো চেয়ে থেকে বললেন, "ডেল্টা স্ট্রাইকস।"

পলাশ স্থির দৃষ্টিতে বাবু মিত্তিরের দিকে চেয়ে থেকে বলে, "কখন?"

"আধ ঘণ্টা আগে।"

পলাশ সোজা গিয়ে রাখালকে ধরল, "সকালে টাইগারকে কী খাইয়েছ রাখাল?"

রাখাল একটু অবাক হয়ে বলে, "রোজ যা খায়। দুধ আর ভিটামিন ক্যাপসুল।"

"ক্যাপসুল! কই শিশিটা দেখি!"

রাখাল শিশিটা এনে দিয়ে বলে, "কেন, কী হয়েছে?"

"টাইগার মারা গেছে।"

রাখালের মুখটা ফ্যাকাসে, বিহ্বল হয়ে গেল, "মারা গেছে! টাইগার!"

"বিষক্রিয়া! এ-শিশিটা কোথায় থাকে?"

রাখালের ঠোঁট কাঁপল, তারপর মুখে হাত চাপা দিয়ে কেঁদে উঠল। জবাব দিতে

পারল না।

পলাশ বুঝল, এই পরিস্থিতিতে তার গোয়েন্দাগিরির কাজ এগোবে না। বোধ হয় লাভও নেই। তার ঘোরতর সন্দেহ, বিষটা ছিল ক্যাপসুলের মধ্যে। একটু বিলম্বিত ক্রিয়ার ক্যাপসুলই হবে, যা পেটে গিয়ে সঙ্গে-সঙ্গে গলে যায় না। একটু সময় নেয়। কিন্তু এ-তথ্য জেনেই বা লাভ কী? ডেল্টা তার উপস্থিতি তো ভালরকমেই জানান দিয়েছে।

পলাশ আবার বাবু মিত্তিরের কাছে ফিরে এল। সে যথেষ্ট ঘাবড়ে গেছে। বুদ্ধি স্থির রাখতে পারছে না।

বাবু মিত্তির কিন্তু ইতিমধ্যে সামলে গেছেন। চোখ-মুখ গম্ভীর বটে, কিন্তু অসহায় ভাবটা নেই। পলাশের দিকে চেয়ে বললেন, "কিছু বুঝলে?"

"ভিটামিন ক্যাপসুলের শিশিটা কেউ বদল করে দিয়ে গেছে। বিষ ছিল ক্যাপসুলের মধ্যেই।"

বাবু মিত্তির একটা দীর্ঘশ্বাস ফেলে বললেন, "তা হলে তো রাখালকে সন্দেহ করতে হয়। কিন্তু আমি ওকে যতদূর লক্ষ করেছি, ডেল্টা এখনও ওকে হাত করেনি।"

"তা হলে?"

বাবু মিত্তির হাসলেন, "বিষটা দুধের মধ্যেও থাকতে পারে। দুধটা বাইরে থেকে আসে।"

পলাশ একটু স্তব্ধ হয়ে থেকে সপ্রতিভ মুখে বলল, "তা বটে। কিন্তু দুধে বিষ থাকলে টাইগার তো তখনই মারা যেত।"

"বিষ হাজারো রকমের হয়। যাকগে, লক্ষণ যা দেখছি, গজপতিকে আর সময় দিতে পারব না। ডেল্টা আমার ঘাড়ে নিশ্বাস ফেলছে। শুধু ছোবলটা দেওয়া বাকি।"

"আমাদের কি কিছুই করার নেই কাকাবাবু?"

"আছে। রাখালকে গিয়ে বলো, দুধওয়ালা যে দুধটা দিয়ে গেছে সেটা যেন ফেলে দেয়। কাক-কুকুরেও যেন মুখ দিতে না পারে।"

পলাশ দৌড়ে গিয়ে রাখালকে কথাটা বলে এল। তারপর বলল, "আর কিছু কাকাবাবু?"

"আর কিছু মাথায় আসছে না। তবে ওভারহেড ট্যাঙ্কের জলটা আজ ব্যবহার না করাই ভাল। ডেল্টা বিষে বিষক্ষয়ের চেষ্টা করছে বলে মনে হয়। জলে বিষ মেশানো কঠিন কাজ নয়। আজ যেন সবাই টিউবওয়েলের জল ব্যবহার করে। দারোয়ান রাম পহলওয়ানকে বোলো, কাউকে যেন বাড়িতে ঢুকতে না দেয় আমার হুকুম ছাড়া।"

পলাশ এসব জরুরি কাজ করতে চলে গেলে বাবু মিত্তির উঠলেন। একটা ছোট চিরকুট লিখে একটা কৌটোয় ভরলেন। তারপর নিঃশব্দে ছাদে উঠে এলেন। চিলেকোঠার গায়ে পায়রার জন্য খোপ করা আছে। অনেকগুলো খোপের মধ্যে বিশেষ একটি খোপ থেকে তিনি একটি পায়রাকে বের করে আনলেন। পোষা, বাধ্য পায়রা। তার পায়ে কৌটোটা সাবধানে বেঁধে বাবু মিত্তির আকাশে উড়িয়ে দিলেন।

পায়রাটা একবার একটা চক্কর খেল আকাশে। তারপর সোজা দক্ষিণ-পুব দিকে সুনির্দিষ্ট একটা রেখায় উড়ে যেতে লাগল।

বাবু মিত্তির দোতলায় নেমে এসে শোওয়ার ঘরে ঢুকে দরজাটা বন্ধ করে দিলেন। জানালাগুলো আগে থেকেই বন্ধ এবং ভারী পরদা টানা। ঘর একরকম অন্ধকার, বাবু মিত্তির বালিশের পাশ থেকে টর্চটা তুলে নিয়ে দেওয়ালের গায়ে তাঁর বিশাল ওয়ার্ডরোবটা খুললেন, ভেতরে বিস্তর স্যুট, প্যান্ট, শার্ট, টাই ঝুলছে। একসময়ে এসব পোশাক ব্যবহার করতেন। এখন পড়েই থাকে। ওয়ার্ডরোবের বাঁ ধারে একটা সুইচ টিপে ধরলেন বাবু মিত্তির। টুক করে একটা ইলেকট্রনিক লক খুলে গেল। ছোট একটা ঢাকনা পট করে ঝুলে পড়ল। ভেতরে একটা নম্বর লেখা চৌকো বোর্ড। অভ্যস্ত আঙুলে মুখস্থ কয়েকটা নম্বর ছুঁতেই মৃদু আর-একটা শব্দ হল। বাবু মিত্তির বাঁ দিকের সাইড প্যানেলের গায়ে লাগানো একটা ছোট আংটা ধরে টান দিতেই গোপন একটি খোপ উন্মোচিত হল। তিনি খোপের ভেতরে হাত দিয়ে একটা পুরনো হার্ড টপ মাঝারি মাপের সুটকেস বের করলেন।

কম্বিনেশন লক খুলে ডালাটা তুলতেই দেখা গেল, ওপরে একটা সবুজ তোয়ালের ওপর একটি নয় মিলিমিটার বোরের পিস্তল শুয়ে আছে। ব্যারেল কিছুটা ভোঁতা, হাতলের ভেতরে এগারো গুলির ম্যাগাজিন পোরা আছে। বেশ ভারী ও বিপজ্জনক অস্ত্রটি সস্নেহে তুলে নিলেন তিনি। তোয়ালে সরিয়ে একবার দেখলেন, মেক্সিকো থেকে আনা তাঁর বিপুল নগদ ডলারের রাশি। যা এনেছিলেন তার বেশির ভাগই খরচ হয়েছে কারখানা করতে গিয়ে। কিন্তু এখনও লাখ-কুড়ি ডলার তাঁর আছে। শুধু এই সুটকেসেই আছে লাখচারেক ডলার।

পিস্তলটা বের করে সুটকেস যথাস্থানে রেখে ওয়ার্ডরোব বন্ধ করে দিলেন বাবু মিত্তির। পিস্তলটার কোনও লাইসেন্স নেই। এটা তিনি চোরাই পথে এনেছেন। ডেল্টার সঙ্গে তাঁর শেষ অ্যাসাইনমেন্টে এটাই ছিল তাঁর অস্ত্র। রাউল আক্রান্ত হলে তাকে বাঁচানোর জন্য বাবু মিত্তির একটিও গুলি চালাননি সিকিউরিটি গার্ডদের লক্ষ্য করে। চালালে লাভও হত না। একজন বা দু'জনকে মারতে পারতেন, কিন্তু তাদের গুলিতে নিজে ঝাঁঝরা হয়ে যেতেন। গুলি চালাননি বলে ধরাও পড়েননি। নিরাপদে পালাতে পেরেছিলেন। তাতে তেমন দোষ হয়নি তাঁর, পরিস্থিতি বুঝে ঠিক কাজই করেছিলেন। কিন্তু নিয়মানুসারে তাঁর উচিত ছিল ডেল্টার হেডকোয়ার্টারে গিয়ে ঘটনাটা রিপোর্ট করা।

পিস্তলটার দিকে চেয়ে তাঁর আজ সেইসব কথা দ্রুত মনে পড়তে লাগল। যদিও সঙ্গে পিস্তল রাখলে এখন আর বিশেষ লাভ নেই। ডেল্টা তাঁর পিস্তলের পাল্লায় বোকার মতো এসে তো হাজির হবে না। তবু চামড়ার শোলডার হোলস্টারটা বের করে গলায় পরে নিলেন। পিস্তলটা রইল বাঁ বগলের একটু নীচে, খাপের মধ্যে। গায়ে জামা থাকলে বাইরে থেকে বোঝাই যাবে না জিনিসটার অস্তিত্ব।

জামা গায়ে দিয়ে যখন দরজা খুলে বেরোলেন, তখন দেখলেন পলাশ বিবর্ণ মুখে বসবার ঘরে দাঁড়িয়ে আছে।

"কাকাবাবু!"

বাবু মিত্তির শান্ত গলাতেই বললেন, "কী হয়েছে?"

"রাম পহলওয়ান তার ঘরে অজ্ঞান হয়ে পড়ে আছে। মুখে গ্যাঁজলা উঠছে। এখনই হাসপাতালে নেওয়া দরকার।"

বাবু মিত্তির দুঃখিতভাবে মাথা নাড়লেন, "আমার একার অপরাধের প্রায়শ্চিত্ত কতজনকে করতে হবে তা বুঝতে পারছি না। অ্যাম্বুলেন্সে একটা খবর দাও।"

"দিয়েছি। এখন আর কী করব?"

"তুমি ঘাবড়ে গেছ। মাথা ঠাণ্ডা রাখো। ডেল্টার সঙ্গে পাল্লা টানতে আসা তোমার উচিত হয়নি। আমি বলি কী, তুমি বরং ফিরেই যাও। আমার পরিণতি তো বুঝতেই পারছ।"

"পারছি। তবু ব্যাপারটার শেষ দেখতে চাই।"

"একেবারে ড্রপসিন পড়ার পর যাবে? কিন্তু ততক্ষণে যদি তোমার জীবনেও ড্রপসিন নেমে আসে?"

"প্রাণের ভয় আমার ততটা নেই। কিন্তু ভয় পাচ্ছি, আমার অসহায় অবস্থাকে। ডেল্টার সঙ্গে একটু লড়াই হল না, বিনা যুদ্ধে এ তো একেবারে কাপুরুষের মতো মরতে হবেই দেখছি।"

"বীরের মতো লড়লেও লাভ ছিল না। ডেল্টা বীরদেরও টিট করতে জানে।"

একটু বাদে অ্যাম্বুলেন্স এল এবং রাম পহলওয়ানের অচেতন দেহটা তুলে নিয়ে চলে গেল। পাথরের মূর্তির মতো দাঁড়িয়ে দৃশ্যটা দেখলেন বাবু মিত্তির। চোখের কোণে জল টলটল করছিল।

॥ ৩ ॥

কালীপুরের সবচেয়ে বিখ্যাত হল তার কালীবাড়ি। বাদা অঞ্চলের এই দুর্গম গাঁয়ে লোকজনের যাতায়াত কম। তবু লোকে ওই কালীবাড়ির টানে কষ্ট সয়েও আসে। শোনা যায় পর্তুগিজ বোম্বেটের আমলে একজন দেশি ডাকাতও খুব মাথাচাড়া দিয়ে উঠেছিল। তার নাম তারাপ্রসাদ। এ-গাঁয়ের প্রতিষ্ঠাতা সে-ই। কালীবাড়িও তার প্রতিষ্ঠা করা। ডাকাত তারাপ্রসাদ গরিবের বন্ধু ছিল, দানধ্যান ছিল প্রচুর। পর্তুগিজ বোম্বেটেদের সঙ্গে লড়াইও সে করেছে এলাকা দখলের জন্য। তখনকার শ্বাপদসঙ্কুল সুন্দরবনে সে অকুতোভয়ে দলবল নিয়ে ঘুরে বেড়াত নৌকো এবং ছিপে। লোকে বলত, তারাপ্রসাদ পিশাচসিদ্ধ।

তারাপ্রসাদ নেই, তবে তার প্রতিষ্ঠিত গাঁ এবং কালীবাড়ি আছে। আর আছে তার এক বংশধর। কালীপ্রসাদ। তারাপ্রসাদকে লোকে ভয় পেত। কালীপ্রসাদকেও সবাই দারুণ ভয় খায়। তার কারণ কালীপ্রসাদ অতিশয় রহস্যময় পুরুষ। যেমন গম্ভীর তেমনই অমিশুক, কালীপুরের মায়ের মন্দিরের পিছনে কয়েক ফার্লং দূরে কালীপ্রসাদের বিশাল বাগানঘেরা পাকা বাড়ি। সেই বাড়িতে কালীপ্রসাদ ছাড়া আর

থাকে একজন রান্নার লোক এবং একজন কাজের লোক। এ-দু'জন কালীপুরের বাসিন্দা নয়, কালীপ্রসাদ অন্য জায়গা থেকে এদের আনিয়েছেন। কাজের লোকটি বোবা এবং কালা, পাচক ঠাকুরটি অত্যন্ত কম কথার মানুষ। কালীপ্রসাদের সঙ্গে গাঁয়ের লোকের বিশেষ ভাবসাব নেই। তাঁর বাড়িতে কেউ কস্মিনকালে যায় না। পুজোর চাঁদা তুলতে বা বিজয়ার কোলাকুলি করতেও নয়। কারণ কালীপ্রসাদ ওসব পছন্দ করেন না।

কালীপ্রসাদ সম্পর্কে গাঁয়ে নানা কিংবদন্তি আছে। তার মধ্যে একটা হল, কালীপ্রসাদ ভূত পোষেন। তাঁর পোষা ভূতের সংখ্যা কারও মতে সাত, কারও মতে সতেরো। কালীপ্রসাদের বাড়িতে নিশুত রাতে হঠাৎ-হঠাৎ প্রচণ্ড আলোর ঝলকানি দেখা যায়, লাল-নীল ধোঁয়া ওড়ে, বিচিত্র সব শব্দ হয়। অনেকে দেখেছে, অনেকে শুনেছে। কালীপ্রসাদ ভূত পোষেন কি না তা হলফ করে বলা যাবে না, তবে একসময়ে বাঘ পুষতেন। সুন্দরবনের বিখ্যাত রয়েল বেঙ্গল বাঘের একটা বাচ্চা জঙ্গলের কোথাও কুড়িয়ে পেয়ে নিয়ে আসেন। সেটা ধীরে ধীরে বিরাট আকারের কেঁদো হয়ে দাঁড়িয়েছিল। কয়েক বছর আগেও সেটা স্বাধীনভাবে বাড়ির ভেতরে ঘুরে বেড়াত। সেটা মারা গেছে। এখন কালীপ্রসাদ পায়রা পোষেন। তাঁর নানারকমের অনেক পায়রা আছে।

যৌবনকালে কালীপ্রসাদ কলকাতায় থাকতেন। বিজ্ঞানের মেধাবী ছাত্র ছিলেন। খুবই ভাল ফুটবল খেলতেন। কলেজে তাঁর সহপাঠী ছিলেন বিখ্যাত মুষ্টিযোদ্ধা বাবু মিত্তির। দু'জনের দারুণ বন্ধুত্ব হয়ে যায়। পরে বাবু মিত্তির বিদেশে চলে যান। কালীপ্রসাদের সঙ্গে তারপর থেকে আর যোগাযোগ ছিল না। দীর্ঘদিন বিদেশে কাটিয়ে বাবু মিত্তির ফিরে এসে যখন সংসারী হতে চাইলেন, তখন তাঁর বিয়ের নেমন্তন্ন পেয়ে কালীপ্রসাদ গিয়েছিলেন। দুই বন্ধুতে তখন খুব পুরনো দিনের কথা হয়। তারপর থেকে আবার কালীপ্রসাদ যাওয়া-আসা করতেন, বাবু মিত্তিরও সপরিবারে এসে কয়েকবার কালীপুরে কাটিয়ে গেছেন। চণ্ড রাগ আর দুর্ব্যবহারের জন্য বাবু মিত্তিরকে কেউ পছন্দ করে না বটে, কিন্তু কালীপ্রসাদকে বাবু মিত্তির বরাবরই একটু আলাদা খাতির করেন।

চিরকাল সমান যায় না। বাবু মিত্তির ব্যবসা করে হঠাৎ বিরাট বড়লোক হয়ে গেলেন, ব্যস্ততা বাড়ল। কালীপ্রসাদও আর ঘন ঘন যেতেন না। মেলামেশাটা কমে গেল। তারপর একেবারেই বন্ধ হয়ে গেল।

বছরদশেক আগে হঠাৎ একদিন সন্ধেবেলা শোকার্ত চেহারায় একটি কিশোর এসে হাজির হল।

"আমাকে চিনতে পারছেন?"

কালীপ্রসাদের বুদ্ধি, স্মৃতি ও অনুমানশক্তি অত্যন্ত প্রখর। তিনি চিনতে পেরে চমকে উঠে বললেন, "তুই তো রকি! কী হয়েছে?"

রকি অনেকক্ষণ কান্নাকাটি করল। তারপর মায়ের মৃত্যুসংবাদ জানিয়ে বলল, "বাবার সঙ্গে থাকলে আমি পাগল হয়ে যাব। বাবা আমাকে ওয়ার্ল্ড চ্যাম্পিয়ান বক্সার

করতে চায়। আমি তা চাই না। মা মারা যাওয়ার আগে আমাকে বলে গেছে, তিনি যদি না বাঁচেন তবে তাঁর মৃত্যুর পর আমি যেন আপনার কাছে চলে আসি। কালীকাকা, আপনি আমাকে যদি আশ্রয় নাও দেন তবু দয়া করে বাবাকে আমার খোঁজ দেবেন না। বাবা তা হলে আমাকে ধরে নিয়ে যাবে।”

কালীপ্রসাদ এই দুর্বলচিত্ত ছেলেটির সমস্যা বুঝতে পারলেন। বাবু মিত্তির যে জেদি ও অবুঝ মানুষ তাও তিনি ভালই জানেন। তাই বললেন, “তোর ভয় নেই। আমার কাছেই থাক। বাবু জানতে পারবে না।”

রকি সভয়ে বলল, “বাবা যদি খুঁজতে খুঁজতে এখানে চলে আসে?”

কালীপ্রসাদ মাথা নেড়ে বললেন, “আসবে না। তার কারণ তুই যে কালীপুরের রাস্তা চিনে আসতে পারবি সেটাই তার বিশ্বাস হবে না। তুই তো বোধ হয় পাঁচ-ছয় বছর বয়সে এখানে শেষবার এসেছিস। চিনলি কী করে?”

“কালীপুর নামটা মনে ছিল। মা বলে দিয়েছিল। জিজ্ঞেস করে করে চলে এসেছি।”

কালীপ্রসাদ একটু চিন্তা করে বললেন, “এসে যখন পড়েছিস তখন আর ভাবনা নেই। তবে গাঁয়ে থাকার দুটো অসুবিধে আছে। নতুন লোক দেখলে গাঁয়ের মধ্যে কথা উঠবে আর সেটা ছড়িয়ে পড়তেও দেরি হবে না। দ্বিতীয় অসুবিধে হল, এখানে থাকলে তোর লেখাপড়া হবে না। কয়েকটা দিন থাক, তোর মায়ের শ্রাদ্ধশান্তি এখানেই কর। তারপর কিছু একটা ঠিক করা যাবে।”

কালীপ্রসাদ রকিকে কালীপুরে রাখেননি। তাঁর পয়সার অভাব নেই। তারা-ডাকাতের কল্যাণে সোনাদানা, হিরে-জহরত, রুপোর বাঁট, বাসনকোসন যা ছিল তার দাম লাখ-লাখ টাকা। পাপের রোজগার বলে কালীপ্রসাদ তাতে হাত দেননি, বিলিয়েও দেননি। তারাপ্রসাদের সেই গুপ্ত সম্পদ এবার রকির কাজে লাগালেন। তাকে দিল্লিতে পাঠিয়ে দিলেন লেখাপড়া করতে। পরে রকি নিজের যোগ্যতাতেই বিদেশে চলে যায়। সম্প্রতি সে ফিরে এসে কালীপ্রসাদের সঙ্গে দেখা করে। এখন সে মস্ত এঞ্জিনিয়ার। লম্বা-চওড়া চেহারা হয়েছে।

এসে বলল, “বাবা হয়তো এখনও আমার ওপর রাগ করে আছে। আমার হুট করে তাঁর কাছে যেতে সাহস হয় না। তবু আমি বাবাকে জানাতে চাই যে, আমি বেঁচে আছি এবং বক্সার না হলেও আমি আমার মতো হয়েছি।”

কালীপ্রসাদ একটু ভেবে বললেন, “যতদূর জানি বাবুর শরীর ভাল নয়। পারকিনসনস ডিজিজ হয়েছে। হার্ট খুব মজবুত নয়। হুট করে খবর দিলে হয়তো ভীষণ শক লাগবে। হঠাৎ করে আনন্দটাও ভাল ব্যাপার নয়। তুই ভাবিস না। খবরটা আমি সইয়ে সইয়ে দেব’খন।”

রকি আমেদাবাদে তার কর্মস্থলে ফিরে গেল। কালীপ্রসাদ তাঁর পোষা দুটি শিক্ষিত পায়রা নিয়ে দেখা করতে গেলেন বাবুর সঙ্গে।

অনেক কথা হল দু’জনে। কালীপ্রসাদ বুঝতে পারলেন, হারানো ছেলের জন্য তৃষ্ণার্ত হয়ে আছেন বাবু মিত্তির। কিন্তু সেই উৎকণ্ঠাটা এতই প্রবল যে, ছেলের খবর

পাওয়ার সঙ্গে সঙ্গে বাবু মিত্তির হয়তো হার্টফেল করবেন।

সুতরাং কালীপ্রসাদ নানা কথা ফাঁদলেন। বললেন, "হ্যাঁ রে, তুই কি ভূতে বিশ্বাস করিস?"

বাবু মিত্তির অবাক হয়ে বললেন, "হঠাৎ ভূতের কথা কেন?"

"করিস কি না বল না।"

"আগে করতাম না। আজকাল মন্ত্র-তন্ত্র, ভূত-প্রেত সব বিশ্বাস করি। রকির খোঁজে আমি তো দু' দফায় দু'জন তান্ত্রিককেও লাগিয়েছিলাম। জ্যোতিষীরাও কম পয়সা নেয়নি।"

"কালীপুরে সবাই বলে, আমার নাকি পোষা ভূত আছে।"

বাবু মিত্তির হাসলেন। বললেন, "সেটা শুনেছি।"

"বিশ্বাস করিস?"

"তোর যে পোষা ভূত আছে সেটা কি তুই নিজেই বিশ্বাস করিস?"

কালীপ্রসাদ খুব গম্ভীর হয়ে বললেন, "যদি বলি আছে, বিশ্বাস করবি?"

বাবু মিত্তির হেসে বললেন, "তোর অনেক খ্যাপামি আছে জানি। ওই অজ পাড়াগাঁয়ে ল্যাবরেটরি বানিয়ে নানা আজগুবি এক্সপেরিমেন্ট করিস, গাঁয়ের লোক সেটাকেও ভৌতিক ব্যাপার বলে ভয় খায়। আমাকেও কি ওদের দলে ফেলতে চাস?"

"আমি কোনও আজগুবি এক্সপেরিমেন্ট করি না। বিকল্প বিদ্যুতের উৎস খোঁজার জন্য আমি প্রাণপাত পরিশ্রম করে যাচ্ছি। পৃথিবীর বিভিন্ন দেশে কোটি কোটি টাকা খরচ হচ্ছে এই গবেষণায়। মাটির নীচে কয়লা আর তেল ফুরিয়ে আসছে। একুশ শতকের গোড়ায় যদি বিকল্প শক্তির উৎস না বের করা যায় তা হলে মানুষের ভবিষ্যৎ অন্ধকার। আমাদের অত টাকা নেই। আমি সস্তা এবং সহজ উপায়ে কিছু করা যায় কি না সেই চেষ্টা করছি। হয়তো লাভ হবে লবডঙ্কা, কিন্তু কাজ একটু এগিয়ে রেখে যাচ্ছি। তার রেকর্ডও থাকছে। যদি কেউ আমার কাজের ফাঁক-ফোকর ত্রুটি শুধরে পরবর্তীকালে কিছু করতে পারে তাতে আখেরে মানুষের লাভই হবে।"

"সে তো বুঝলাম। কিন্তু এর মধ্যে ভূত আসছে কোথা থেকে?"

কালীপ্রসাদ হাসলেন। বললেন, "ভূতের ব্যাপারটা কিছুদিন হল ঘটছে। বিয়ে-টিয়ে করিনি, আমার সংসার বলতেও কিছু নেই। একা মানুষ তো, নানারকম বাতিক দেখা দেয়। আমি কিছুদিন আগে নিশুত রাতে একা-একা প্ল্যানচেট করার চেষ্টা করতাম। কীরকম করে করতে হয় তা জানি না। একা ঘরে বসে একটা মোম জ্বেলে খুব একাগ্রতার সঙ্গে আমার দাদু শিবপ্রসাদকে ভাবতে শুরু করি। রোজ একই প্রসেস। দিন-সাতেক রোজ একইভাবে তাঁকে চিন্তা করতে করতে এবং তাঁকে চাক্ষুষ করার আগ্রহ বাড়াতে বাড়াতে একদিন হঠাৎ বন্ধ ঘরের মধ্যে মোমবাতির শিখাটা কেমন যেন এঁকেবেঁকে লতিয়ে উঠতে লাগল। তারপর নিভে গেল। আমি চুপ করে শ্বাস বন্ধ করে বসে রইলাম। মনে হচ্ছিল, ঘরে আমি একা নই। আরও কেউ একজন আছে। ভয় বলে আমার কিছুই নেই। তবে একটা দুশ্চিন্তা হচ্ছিল, যা অনুভব করছি

তা সত্য কি না। খানিকক্ষণ পর হঠাৎ খুব ক্ষীণ একটা ফিসফিসানি শুনতে পেলাম, ‘আমি তোমার দাদু শিবপ্রসাদ। কী জানতে চাও বলো!’ আমি ভয় পাইনি, তবু কেমন যেন শরীরটায় ঠাণ্ডা একটা স্রোত বয়ে গেল। আমার নিজের অনেক কিছু জানার আছে। তাই প্রথমেই জিজ্ঞেস করলাম, ‘পৃথিবীতে বিকল্প শক্তির আবিষ্কার সম্ভব হবে কি না।’ দাদু জবাব দিলেন, ‘আমি সবজান্তা নই।’ আরও কয়েকটা প্রশ্ন করে বুঝলাম, দাদু জবাব দিতে চাইছেন না। তখন প্রশ্ন করলাম, ‘আমার বন্ধু বাবু মিত্তিরের নিরুদ্দেশ ছেলে রকি কি বেঁচে আছে?’ দাদু এবার কিন্তু বেশ জোর গলায় বললেন, ‘আছে।’ শুনে খুব একটা আনন্দ হল। বললাম, ‘কোথায় এবং কেমন আছে?’ দাদু বললেন, ‘বেশি বলা সম্ভব নয়। তবে ভাল আছে।’”

বাবু মিত্তির ঘটনাটা শুনতে শুনতে কেমন যেন লাল হয়ে গেলেন। তারপর হঠাৎ উঠে দ্রুতবেগে পায়চারি করতে লাগলেন। তারপর হঠাৎ ক্লান্ত হয়ে বসে পড়ে হাঁফাতে লাগলেন। সর্বাঙ্গ ঘামে ভেজা।

কালীপ্রসাদ বন্ধুর অবস্থা দেখে শঙ্কিত হয়ে পড়লেন। ছেলের জন্য নীরবে গোপনে দুশ্চিন্তা করতে করতে বাবু যে নিজের জীবনীশক্তিকে নিংড়ে দিয়েছেন, তা খুব গভীরভাবে বুঝতে পারলেন কালীপ্রসাদ।

বাবু মিত্তির স্বাভাবিক হতে অনেক সময় নিলেন। তারপর ফ্যাঁসফ্যাঁসে হাঁফধরা গলায় বললেন, “কালীপ্রসাদ, তুই যা বলছিস তা যে সত্যি তা আমাকে ছুঁয়ে বল।”

কালীপ্রসাদ নির্দ্বিধায় বন্ধুর হাত স্পর্শ করে বললেন, “তোর ছেলে যে বেঁচে আছে তাতে আমার কোনও সন্দেহ নেই।”

“আমি তার খবর চাই।”

“খবর পেলেই আমি তোকে জানাব, দাদুর সঙ্গে আমি আবার কথা বলবার চেষ্টা করব।”

“তুই থাকিস সুন্দরবনে, দুর্গম জায়গায়। আমি খবর পাব কী করে?”

কালীপ্রসাদ হাসলেন, বললেন, “সেইজন্যই আমার পায়রা-দূত নিয়ে এসেছি। তুইও আমার সঙ্গে যোগাযোগ করতে পারবি, আমিও পারব।”

বাবু মিত্তিরকে রকির খবরটা পুরো জানাতে কেন যেন ইচ্ছে হল না তাঁর। কেন যেন মনে একটা বাধা অনুভব করছিলেন কালীপ্রসাদ। তাড়া নেই, খবরটা দু-চারদিন পরে দিলেও হবে।

কলকাতা থেকেই তিনি আমেদাবাদে ট্রাঙ্ককল করে রকিকে সব জানিয়ে বললেন, “ভূতের গল্প বানিয়ে বলতে হয়েছে। সাধারণভাবে বাবুর পক্ষে গল্পটা বিশ্বাস করা সম্ভব হত না। কিন্তু এখন মানসিক অবস্থা এত খারাপ যে, বিশ্বাস করেছে।”

রকি করুণ গলায় বলল, “বাবার জন্য আমার খুব কষ্ট হচ্ছে কালীকাকা।”

“কষ্ট হোক, তবু দুম করে ফোনটোন করে বসিস না যেন। ও তোর গলা শুনলে না হার্টফেল করে। ক’দিন একটু সয়ে যাক। সময় বুঝে আমি যা করার করব!”

কালীপ্রসাদ গাঁয়ে ফিরে এলেন। আর এসেই পড়লেন মুশকিলে।

কালীপ্রসাদ বিজ্ঞানী মানুষ। ভূতের গল্প বানিয়ে বললেও তাঁর বাস্তবিক ভূতে কোনও বিশ্বাস নেই। ওসব নিয়ে চিন্তাভাবনাও করেননি কখনও। থাকেন নিজের কাজ নিয়ে। বিশাল বাড়ির একতলার হলঘরে ল্যাবরেটরি। সেখানেই তাঁর দিনের বেশির ভাগ সময় কাটে। নানারকম রাসায়নিক ক্রিয়া-বিক্রিয়া, পাথর, ধাতু, গাছ-গাছড়া সবকিছু নিয়েই তিনি কাজ করেন। প্রতিদিনকার কাজের নোট রাখেন। এসব নিয়ে এত ব্যস্ত থাকেন যে, অন্য কিছু নিয়ে ভাববার অবকাশই তাঁর নেই।

কিন্তু যেদিন বাবু মিত্তিরকে ভূতের গল্প শুনিয়ে গাঁয়ে ফিরে এলেন সেই রাতেই একটা অদ্ভুত ঘটনা ঘটল।

অনেক রাতে ল্যাবরেটরির কাজ শেষ করে যখন ওপরে দোতলায় শোওয়ার ঘরে ঘুমোতে এলেন, তখন কালীপুর এক শব্দহীন ঘুমের পুরী। বেশ শীত পড়েছে। চারদিকে ঘন কুয়াশা। শিশির পড়ার টুপটাপ শব্দ হচ্ছে।

ঘরের দরজা বন্ধ করে বাতি নিভিয়ে লেপের তলায় ঢুকবার পরই তাঁর হঠাৎ মনে হল, ঘরে তিনি একা নন। আর কেউ আছে। কোনও শব্দ হয়নি বা কিছু চোখেও পড়েনি। তবু মনে হল। তিনি টর্চ জ্বেলে ঘরটা দেখলেন। কেউ কোথাও নেই। খাটের তলাও ফাঁকা। তবে কি মনের ভুল? তাই হবে। কালীপ্রসাদ চোখ বুজলেন। কিন্তু কেমন একটা অস্বস্তি হতেই লাগল।

একটা দীর্ঘশ্বাসের মতো শব্দ হল কি? কালীপ্রসাদ উঠে বসলেন। হাতে টর্চ। মৃদুস্বরে বললেন, "কে?"

কেউ জবাব দিল না। কিন্তু দেওয়াল ঘড়িতে টং করে একটা শব্দ হল। রাত একটা বাজে কি? নাকি সাড়ে বারোটা? নাকি দেড়টা? ঘড়ি দেখে চলার অভ্যাসই নেই কালীপ্রসাদের। বাদা অঞ্চলের গাঁয়ে ঘড়ি ধরে চলার কোনও কারণও তো নেই। কালীপ্রসাদ কদাচিৎ ঘড়ির দিকে তাকান। সময়টা তাই ধরতে পারলেন না। খাট থেকে নেমে চারদিকটা তন্ন-তন্ন করে দেখলেন টর্চ জ্বেলে। কোথাও কেউ নেই।

বারান্দায় এসে দেখলেন, বাইরে কুয়াশায় মাখা জ্যোৎস্নায় বনে-জঙ্গলে যেন এক অপ্রাকৃত কিছুর সঞ্চার হয়েছে। এ যেন চেনা কালীপুর নয়। স্বপ্নে দেখা কোনও জায়গা।

সিঁড়ি দিয়ে একটা অস্পষ্ট পায়ের শব্দ নেমে যাচ্ছে কি? কালীপ্রসাদ তাড়াতাড়ি গিয়ে সিঁড়ির মুখ থেকে নীচে আলো ফেললেন। কাউকে দেখা গেল না। কিন্তু স্পষ্ট শুনতে পেলেন একজোড়া ভারী চটির শব্দ যেন সন্তর্পণে নীচে নেমে একতলার দরদালান দিয়ে ল্যাবরেটরির দিকে যাচ্ছে।

কালীপ্রসাদ সাহসী মানুষ। তবু একটু বিহ্বল বোধ করতে লাগলেন। এরকম অভিজ্ঞতা তাঁর নতুন। তিনি ঘরে এসে তাঁর মোটা লাঠিগাছটা নিয়ে একতলায় নেমে এলেন। এ-অঞ্চলে এমন কোনও চোর নেই, যে কি না তাঁর বাড়িতে হানা দেওয়ার সাহস রাখে। কালীপ্রসাদকে সবাই ভয় খায়। তবে আজ কোন চোরের এমন বুকের পাটা দেখা দিল?

তিনি পায়ের শব্দ না করে ল্যাবরেটরির দরজার সামনে এসে দাঁড়ালেন। দরজা

ভেজানোই থাকে। তালা দেওয়ার প্রয়োজন বোধ করেন না। কারণ, একতলার সদর দরজা বন্ধ থাকলে কেউ ঢুকতে পারে না। বাইরে থেকে কান পেতে ভেতরে কোনও শব্দ হচ্ছে কি না শোনার চেষ্টা করছিলেন তিনি। এমন সময়ে কে যেন তাঁর কাঁধে খুব মৃদু একটা চাপড় দিল।

কালীপ্রসাদ চমকে ফিরে তাকালেন। কেউ নেই। একটু হতভম্ব বোধ করলেন তিনি। স্পষ্ট টের পেয়েছেন, কাঁধে কেউ চাপড় দিয়েছে! লোকটা কি হাওয়ায় মিলিয়ে গেল? কালীপ্রসাদ শরীরে একটা শীতল শিহরন অনুভব করেও লজিক হারালেন না। এমনও হতে পারে একটা চামচিকে উড়তে উড়তে তাঁর পিঠে পাখার ঝাপটা দিয়েছে। ব্যাখ্যাটা খুব মনঃপূত হল না তাঁর, তবু লজিক্যাল বলে মনে হল।

ল্যাবরেটরির মধ্যে কোনও শব্দ ছিল না। কিন্তু হঠাৎ খুব ক্ষীণ একটা কাচের শব্দ শুনে কালীপ্রসাদের দৃঢ় ধারণা হল, ল্যাবরেটরিতে চোর বা আগন্তুক কেউ ঢুকে পড়েছে। তিনি দরজা আস্তে করে খুলে ভেতরে ঢুকলেন।

ঘর নিরেট অন্ধকার। কিছুই দেখা যাচ্ছে না। কাচের পাত্র নাড়াচাড়ার একটা ক্ষীণ শব্দ শুনেছিলেন, এখন অবশ্য কোনও শব্দ নেই। কালীপ্রসাদ টর্চ জ্বেলে দেখলেন, তারপর ইনভার্টার চালু করে আলো জ্বেলে তন্ন-তন্ন করে খুঁজলেন। কেউ কোথাও নেই। চিন্তান্বিত কালীপ্রসাদ আলো নিভিয়ে যখন ল্যাবরেটরি থেকে বেরোতে যাবেন, ঠিক তখনই কে যেন আবার তাঁর পিঠে খুব আলতো করে একটা চাপড় দিল। কালীপ্রসাদ আবার চমকে উঠলেন। টর্চ জ্বেলে, বাতি জ্বেলে ফের দেখলেন। কেউ কোথাও নেই।

চামচিকেই হবে, ভেবে নিয়ে কালীপ্রসাদ দরদালানে বেরিয়ে এসে যখন দোতলায় উঠতে যাবেন তখন আর চাপড় নয়, কে যেন তাঁর কাঁধে আলতো করে হাত রাখল। কালীপ্রসাদ হাতটা ধরার জন্য একটা থাবা দিলেন। হাতটা সরে গেল।

বাদা অঞ্চলের অজ পাড়াগাঁয়ে তাঁর জন্ম, বাঘ অবধি পুষেছেন, অসমসাহসী কালীপ্রসাদ ভয় কাকে বলে তা জানতেনই না। কিন্তু এখন হঠাৎ ভয় যেন বাঘের মতোই সাপটে ধরল তাঁকে। শরীরটা কেমন ঠাণ্ডা আর শক্ত হয়ে যেতে লাগল। ভেতরে একটা কাঁপুনি। মাথাটা ঝিমঝিম। তাঁর দু'জন কাজের লোক তিনতলার ছাদে দু'খানা ঘরে থাকে। তাদের ডাকবার মতো ক্ষমতাই নেই কালীপ্রসাদের। এমনকী সিঁড়ি ভেঙে দোতলায় অবধি উঠতে পারছেন না। শরীরটা যেন সাতমন ভারী হয়ে গেছে। এই অবস্থাকেই কি স্তম্ভন বলে? নাকি তাঁর স্ট্রোক হয়ে গেল? মাথায় কোনও গণ্ডগোল হয়ে যায়নি তো!

সিঁড়ির গোড়ায় কালীপ্রসাদ অসহায়ভাবে দাঁড়িয়ে রইলেন। এক পাও নড়তে পারলেন না। হঠাৎ টের পেলেন, তাঁর কানের কাছে অনেক মশা যেন পিনপিন শব্দ করে উড়ে বেড়াচ্ছে। এত মশা কোথা থেকে এল তা বুঝতে পারলেন না। চাষবাসে পোকা মারার ওষুধ দেওয়ার ফলে আজকাল আর এ-অঞ্চলে মশা বিশেষ নেই। তার ওপর কালীপ্রসাদের বাড়িতে রোজ রিপেলেন্ট স্প্রে করা হয়।

হঠাৎ কালীপ্রসাদের মনে হল, মশা বলে যাদের ভাবছেন তারা মশা নয় হয়তো।

কারণ পিনপিন শব্দটা একটু অন্যরকম। কালীপ্রসাদ স্থির দাঁড়িয়ে থেকে মনোযোগ দিয়ে শব্দটা শুনবার চেষ্টা করলেন। খানিকক্ষণ চোখ বুজে প্রায় ধ্যানস্থ থাকার পর তিনি বুঝতে পারলেন, মশার শব্দ বলে যা মনে হয়েছিল আসলে তা খুব চিকন, খুব মিহি, খুব মৃদু একটা গলার স্বর। এই অপ্রাকৃত ঘটনায় তাঁর গায়ে কাঁটা দিয়ে উঠল। তবু প্রাণপণে নিজেকে সংযত রাখলেন। ভাবলেন, যা হওয়ার হবে।

চোখ বুজে ফের ধ্যানস্থ হয়ে গলার স্বরটাকে শোনার ও বোঝার চেষ্টা করতে লাগলেন কালীপ্রসাদ। দোতারা বা ওই ধরনের তারের যন্ত্রের মতো স্বরটা প্রথমে সঙ্কেতধ্বনি বলে মনে হচ্ছিল। তারপর একটা-দুটো শব্দ ওর মধ্যেই বুঝতে পারলেন। কে যেন বলছে, তুমি মিথ্যাচারী! তুমি মিথ্যাচারী!

কালীপ্রসাদ অস্ফুট গলায় বললেন, "আপনি কে?"

"তারাপ্রসাদ।"

কালীপ্রসাদ সভয়ে বললেন, "আমার প্রণাম। আমি কী অপরাধ করেছি?"

"বন্ধুর কাছে পূর্বপুরুষের মিথ্যে গল্প বলেছ।"

"বন্ধুকে সান্ত্বনা দেওয়ার জন্য বলেছি। ক্ষমা করুন।"

"তোমার ঠাকুর্দার আত্মার অপমান হয়েছে।"

"অপরাধ হয়েছে। আর করব না।"

"তুমি অকৃতজ্ঞ। তুমি জানো যে, তোমার পূর্বপুরুষেরা সর্বদাই তোমাকে ঘিরে থাকেন! সর্বদাই তোমার মঙ্গলের জন্য চেষ্টা করেন।"

"আজ্ঞে, জানতাম না।"

"তোমার বন্ধু পাপী লোক। তার কর্মফল ফলবেই। তুমি ওর মধ্যে যাবে না।"

"যে আজ্ঞে। কিন্তু তার ছেলেটা যে ভাল।"

"বাবু মিত্র অপঘাতে মরবে। দিন ঘনিয়ে আসছে।"

কালীপ্রসাদ শিহরিত হলেন। বাবু মিত্তিরের অতীতের কিছুটা যে ভাল নয় তা তিনি জানেন। কিন্তু বন্ধুর প্রতি তাঁর একটা গভীর ভালবাসাও আছে। করুণ স্বরে বললেন, "তাঁকে বাঁচানোর কি কোনও উপায় নেই?"

"তুমি তাঁকে বাঁচাতে চাও?"

"চাই।"

"তা হলে একেবারে চুপ করে থাকো, তার উপকার করতে গেলে অপকারই হবে। মিথ্যাচার করে বংশে কালি দিয়ো না।"

"যে আজ্ঞে।"

"পূর্বপুরুষের প্রতি শ্রদ্ধা না থাকলে কিছুই করতে পারবে না। তুমিই আমাদের বংশের শেষ বংশধর। তোমার পর এই বংশ লুপ্ত হয়ে যাবে। তাতে আমরা দুঃখিত নই। শেষ বংশধর হিসেবে তোমার গুরুত্ব অনেক। সেটা ভুলে যেয়ো না।"

"যে আজ্ঞে। কিন্তু বাবু মিত্তিরের কী ব্যবস্থা হবে?"

"যথাসময়ে দেখা যাবে।"

কানের পিনপিন শব্দ হঠাৎ মিলিয়ে গেল। তারাপ্রসাদ বিদায় নিলেন।

কালীপ্রসাদও ফের স্বাভাবিক হলেন। প্রথমটায় প্রচণ্ড ভয় পেলেও ধীরে-ধীরে তারাপ্রসাদের সঙ্গে বাক্য বিনিময় করতে গিয়ে ভয়টা কেটে গেছে। কালীপ্রসাদ রাতটা আর ঘুমোলেন না, সাধন-ভজন করে কাটিয়ে দিলেন।

এই ঘটনার বেশ কিছুদিন বাদে বিকেলের দিকে তাঁর বার্তাবাহী পায়রাটা উড়ে এল। পায়ে কৌটোয় বাঁধা চিরকুট। তাতে লেখা, "আমার জীবন সংশয় দেখা দিয়েছে। ডেল্টা তার প্রতিশোধ নিতে শুরু করেছে। মৃত্যু ঘনিয়ে এল। আমার ছেলেটার খবর দয়া করে যদি দিস তা হলে এ-সময়ে সেইটেই হবে আমার সবচেয়ে বড় পাওনা। ডেল্টা ইতিমধ্যে আমার কুকুরটাকে মেরেছে। তুই দেরি করিস না।"

কালীপ্রসাদ চিরকুটটা হাতে নিয়ে চুপ করে বসে রইলেন। কী করবেন তা ভেবে পেলেন না। কিন্তু তারাপ্রসাদের আদেশ অগ্রাহ্য করা যে উচিত হবে না সেটাও তিনি জানেন। রকিকে কি খবরটা দেবেন? বুঝতে পারলেন না।

রাত গভীর হল। কালীপ্রসাদ তাঁর ল্যাবরেটরিতে অনেকক্ষণ কাজ করে ক্লান্ত বোধ করছেন। প্রায় তিনদিনের গবেষণার কথা লিখতে লিখতে আঙুল ব্যথা করছে। শোবেন বলে উঠতে যাচ্ছিলেন। হঠাৎ তাঁর ডান হাতটা এগিয়ে গিয়ে কলমটা তুলে নিল। তারপর সাদা কাগজের ওপর কলমটা যেন কিছু লিখতে লাগল। এই অদ্ভুত অবৈজ্ঞানিক কাণ্ড দেখে কালীপ্রসাদ প্রথমটায় হতচকিত হয়ে পড়লেও সামলে নিলেন। ডান হাতকে তার কাজ করে যেতে দিয়ে নিজে চুপ করে বসে রইলেন।

মিনিটপাঁচেক দ্রুতবেগে লেখার পর হাতটা থামল।

কালীপ্রসাদ ঝুঁকে পড়ে দেখলেন, কাগজে লেখা হয়েছে:

বাবু মিত্তিরের আশঙ্কা অমূলক নয়। বিশ্বাসঘাতকতার শাস্তি তো আছেই। ডেল্টা তাকে সহজ উপায়ে মারবে না। মারবে কষ্ট দিয়ে।

সে যা অনুমান করছে, সেভাবে নয়। সম্পূর্ণ অপ্রত্যাশিত দিক থেকে তার মৃত্যু আসবে। ধীরে-ধীরে তিল-তিল করে যন্ত্রণা সয়ে মরতে হবে তাকে। তুমি তার উপকার করতে চাও জানি। তুমি আমাদের শেষ বংশধর। তোমাকে আমরা সাহায্য করতে চাই। কাল সকালে পায়রা মারফত তুমি তাকে লিখে পাঠাও, যেন সে কোনওক্রমেই কাল তার বিছানায় না শোয়। কাল তার চাদরের তলায় একটি ছুঁচের মতো জিনিস রাখা থাকবে। ওটি সাধারণ জিনিস নয়, একটি তেজস্ক্রিয় শলাকা। যদি সে বিছানায় শোয় তবে অবধারিত তার কর্কট রোগ দেখা দেবে। ওটি যেন বেশ সাবধানে চিমটে দিয়ে ধরে মাটিতে গভীর গর্ত করে পুঁতে ফেলা হয়। বিছানাটাও ফেলে দেওয়া উচিত। কিন্তু সবটাই করতে হবে গোপনে। কেউ জানতে পারলে বাবু মিত্তিরের ঘাতকরাও জেনে যাবে। খুব সাবধান। তাকে কিছুতেই তার ছেলের খবর দিয়ো না।

কালীপ্রসাদ চমৎকৃত হলেন। পূর্বপুরুষদের প্রতি কৃতজ্ঞতায় তাঁর মাথা নত হয়ে এল। তিনি এটাও বুঝতে পারলেন, রকির খবর কেন বাবুকে জানানো উচিত নয়। কারণ, বাবু মিত্তির যদি জানতে পারে তা হলে সে ছেলের সঙ্গে যোগাযোগ করার

জন্য উদ্যোগ নেবেই। আর তখন তার ঘাতকরাও জেনে যাবে যে, তার ছেলে বেঁচে আছে। হৃদয়হীন ডেল্টা তখন প্রথমেই মারবে বাবুর ছেলেকে। বোধ হয় এইজন্যই তিনি বাবু মিত্তিরকে রকির খবর দিতে গিয়েও দিতে পারেননি। ভেতরে-ভেতরে একটা বাধা পেয়েছিলেন। সেও কি তাঁর পূর্বপুরুষদেরই কাজ? তাই হবে।

চিন্তা-ভাবনায় রাতটা আর ঘুমোতে পারলেন না কালীপ্রসাদ। ভোরবেলা উঠেই পায়রার পায়ে চিরকুট বেঁধে ছেড়ে দিলেন। কিন্তু তবু নিশ্চিন্ত হতে পারলেন না। নিজেও তৈরি হয়ে নিলেন। তারপর বেরিয়ে পড়লেন।

কলকাতায় এসেই তিনি প্রথমে ট্রাঙ্ককল করলেন আমেদাবাদে, রকিকে।

তাঁর গলা শুনেই রকি শঙ্কিত গলায় বলল, "কী খবর কালীকাকা? বাবা ভাল আছে তো!"

"আছে রে আছে। ভালই আছে। তবে তোকে একটা ব্যাপারে একটু সাবধান করে দিতেই টেলিফোন করছি।"

"কী ব্যাপার কালীকাকা?"

"তুই কিন্তু কিছুতেই, কোনওক্রমেই তোর বাবার সঙ্গে যোগাযোগ করিস না।"

"কেন কাকা? কী হয়েছে?"

"সব তো টেলিফোনে বলা যায় না। তবে আমার কথাটা শুনিস।"

রকি একটু চুপ করে থেকে বলে, "কিন্তু..."

"কিন্তু কীসের?"

"আমি যে একটা অন্যায় করে ফেলেছি কাকা। বাবার জন্য মনটা সবসময়ে ভীষণ খারাপ লাগে। পৃথিবীতে আমার তো আপনজন বলতে বাবা আর আপনি। বাবাকে অনেকদিন দেখিনি, তাই তিন-চারদিন আগে হঠাৎ বাবাকে একটা চিঠি দিয়েছি।"

কালীপ্রসাদ আর্তনাদ করে উঠলেন, "সর্বনাশ!"

"কী হয়েছে আমাকে একটু বলবেন কাকা? চিঠিতে আমি বাবাকে শুধু জানিয়েছি যে, আমি বেঁচে আছি, ভালই আছি।"

"চিঠিতে তোর ঠিকানা দিয়েছিস?"

"দিয়েছি। আপনার কথা শুনে মনে হচ্ছে বাবার একটা কিছু হয়েছে। আমাকে বলবেন না?"

"অত বলার সময় নেই। তবে তো বাবার চেয়ে তোরই বিপদ এখন বেশি। শোন, কোনও ওজর-আপত্তি করিস না, তুই আজকেই এবং পারলে এখনই আমার কাছে চলে আয়। খবরদার, কোথায় যাচ্ছিস, কার কাছে যাচ্ছিস তা কাউকে জানাবি না। তোর বাবাকেও না। সোজা কালীপুরে চলে আসবি।"

রকি অবাক হয়ে বলে, "সে কী! আমার যে নতুন চাকরি, অনেক দায়িত্ব, কোম্পানি ছাড়বে কেন?"

"ওরে, যা বলছি শোন। চাকরি যদি যায় তো যাবে। তোর যা কোয়ালিফিকেশন তাতে ফের ভাল চাকরি পাবি। প্রাণের চেয়ে তো আর চাকরিটা বেশি নয়।"

"প্রাণ! প্রাণের কথা উঠছে কেন কাকা?"

"আগে আয়, তারপর ডিটেল্‌স শুনবি। কিন্তু একটা মুহূর্তও দেরি করিস না। তোর সত্যিই বিপদ। ডেল্টার নাম শুনেছিস?"

"শুনেছি। ডেল্টা তো খুব ডেঞ্জারাস অর্গানাইজেশন!"

"তোর পিছনে ডেল্টা লেগে গেছে। ব্যাপারটার গুরুত্ব বোঝানোর জন্য বললাম। চলে আয়।"

॥ ৪ ॥

পায়রাটা এল সকাল আটটা নাগাদ। বাবু মিত্তির তাঁর দোতলার বসবার ঘরে বসে খবরের কাগজ পড়ছিলেন। কিংবা পড়ার চেষ্টা করছিলেন। মন দিতে পারছিলেন না। আজকাল কোনও কিছুতেই মন দিতে পারেন না। বেজায় অন্যমনস্ক থাকেন। মনটা সবসময়ে কেবল 'হায় হায়' করে। অনেক টাকা করলেন, গাড়ি হল, বাড়ি হল, লোকে মান্যগণ্যও করে, কিন্তু সবই যেন ব্যর্থ হয়ে গেল নিজের স্বভাবদোষে। মৃত্যু চকিতে এসে দরজায় দাঁড়িয়েছে। ছেলেটার কোনও খোঁজ নেই। কালীপ্রসাদের ভৌতিক গল্পটা তাঁর পুরোপুরি বিশ্বাস হয় না বটে। তবু শেষ ভরসা হিসেবে নির্ভর করে আছেন। জঙ্গলে এক ভুতুড়ে গাঁয়ে বাস করে কালীপ্রসাদ, হয়তো-বা সত্যিই সেখানে অলৌকিক কাণ্ডকারখানা হয়।

সর্বক্ষণ উৎকর্ণ থাকেন বলেই বোধ হয় পায়রার ডানার আওয়াজটা শুনতে পেলেন। তাড়াতাড়ি ছাদে উঠে এসে পায়রার পা থেকে চিরকুটটা পড়লেন। তাঁর বিছানায় রেডিয়ো-অ্যাকটিভ ছুঁচ আছে এটা কালীপুর গ্রামে বসে কালীপ্রসাদ জানতে পারল কীভাবে?

বাবু মিত্তির তাড়াতাড়ি নেমে এসে শোওয়ার ঘরে ঢুকলেন। বিছানা পরিপাটি করে পাতা। ওপরে টান-টান বেডকভার। তিনি আগে বেডকভারটা তুলে দেখলেন। সাদা ধবধবে চাদর পাতা। ইস্তিরির দাগ এখনও রয়েছে। তার অর্থ চাদরটা আজ সকালেই পাতা হয়েছে। একটু নিচু হয়ে খুব মন দিয়ে চাদরটা লক্ষ করলেন বাবু মিত্তির। ছুঁচ থাকলেও ওপর থেকে বোঝা যাবে না। তিনি খুব সাবধানে চাদরটা তুললেন। ছুঁচটা দেখতে পেলেন মিনিটদুয়েকের চেষ্টায়। তিনি শুলে তাঁর কোমর যেখানে থাকবার কথা ঠিক সেখানে খুব বুদ্ধি করে তোশকে সেলাইয়ের মধ্যে ছুঁচটা গোঁজা রয়েছে।

কলিং-বেল দিয়ে রাখালকে ডাকলেন।

"সকালে বিছানা কে তুলেছে রে রাখাল?"

"আমিই তুলেছি।" রাখাল একটু অবাক হয়ে বলে।

"সকালে তুই ছাড়া আর কেউ শোওয়ার ঘরে ঢুকেছিল?"

"জমাদার বাথরুম ধোলাই করতে ঢুকেছিল। আর পোকামারা-বাবুরা এসে স্প্রে করে গেছে।"

"পোকামারা-বাবু, মানে পেস্ট কন্ট্রোল?"

"আজ্ঞে হ্যাঁ, তারাই।"

"আজ কি তাদের আসার কথা?"

"তা তো জানি না। মাসে একবার করে তো আসে।"

"কখন এসেছিল?"

"আপনি তখন বাগানে পায়চারি করছিলেন।"

"সে তো খুব সকালে। অত সকালে পেস্ট কন্ট্রোলের লোকেরা আসে নাকি? তোর সন্দেহ হয়নি?"

"সন্দেহ হয়নি, তবে তারা নিজেরাই বলল, আজ অনেক বাড়িতে যেতে হবে বলে তারা সকালেই বেরিয়ে পড়েছে।"

"তুই তাদের সঙ্গে ছিলি?"

"ছিলাম।"

"কিছু অস্বাভাবিক দেখিসনি?"

"না। তবে পাম্পার ফিট করতে গিয়ে একজনের হাত একটু কেটে গিয়েছিল বলে অ্যান্টিসেপটিক এনে দিয়েছিলাম।"

"তারা ক'জন ছিল?"

"চারজন।"

"চেনা লাগল।?"

"না। প্রতি মাসে এক লোক আসে না।"

"একটা চিমটে আর একটা টিনের কৌটো দিয়ে যা। আর পলাশকে পাঠিয়ে দে। সে কী করছে?"

"সকালের জলখাবার খাচ্ছে।"

"খাওয়া হলে আসতে বলিস।"

রাখাল চিমটে আর কৌটো দিয়ে গেলে বাবু মিত্তির দরজা বন্ধ করে ছুঁচটা সাবধানে ধরে কৌটোয় পুরলেন। তারপর তোশকসমেত চাদর আর বেডকভারটা মুড়ে রাখলেন। ধীরেসুস্থে ব্যবস্থা করতে হবে নিজেকেই।

পলাশ যখন এল তখন কাজ শেষ করে তিনি বসবার ঘরে এসে বসেছেন।

পলাশ বলল, "ডাকছিলেন আমাকে?"

"হ্যাঁ। তুমি কি সায়েন্সের ছাত্র?"

"বি. এসসি পাশ করেছিলাম।"

"রেডিয়ো অ্যাকটিভ কোনও জিনিসের সংস্পর্শে এলে কী হয় জানো?"

"ক্যানসার হয় বলে শুনেছি। কেন বলুন তো!"

"ঠিক জানো?"

"যদি বলেন তো ভাল করে খোঁজ নিয়ে বলতে পারি।"

"ভাল করেই খোঁজ নাও।"

"নেব।"

"আর-একটা কথা, যদি ক্যানসার হয় তবে কতদিনে সেটা বোঝা যাবে সেটাও

জেনে এসো।”

“হঠাৎ এসব বলছেন কেন?”

বাবু মিত্তির পলাশের দিকে তাকালেন। কালীপ্রসাদ তাঁকে যতদূর সম্ভব গোপনীয়তা রক্ষা করতে বলেছেন। সুতরাং ঘটনাটা একে বলা ঠিক হবে না। তিনি বললেন, “কাল তোমাকে বলব। আর-একটা কথা, আমাকে এখন সবসময়ে পাহারা দেওয়ার দরকার নেই।”

“কেন বলুন তো।”

“মনে হচ্ছে দরকার হবে না।”

“রাখাল বলছিল আপনার বিছানায় কিছু একটা হয়েছে। কাঁকড়াবিছে বা সাপটাপ গোছের কিছু? সকালে নাকি পেস্ট কন্ট্রোলের লোক এসেছিল, যাদের আপনি সন্দেহ করছেন!”

বাবু মিত্তির মুখটা নিরাসক্ত রাখবার প্রাণপণ চেষ্টা করে বললেন, “মেক্সিকোর কুখ্যাত কালো কাঁকড়াবিছে। আমি সেটাকে মেরে ফেলে দিয়েছি।”

পলাশ একটু বিবর্ণ হয়ে বলল, “ক'টা ছেড়ে গেছে তার ঠিক কী?”

“ভাল করে খুঁজে দেখেছি। ও-ঘরটা আজ অ্যাভয়েড করলেই হবে। রাম পহলওয়ানের খবর নিয়েছ?”

“নিয়েছি। পেট থেকে পাম্প করে বিষ বের করা হয়েছে। কিন্তু অবস্থা এখনও ভাল নয়। বাহাত্তর ঘণ্টা না কাটলে কিছু বলা যাবে না।”

“ডাক্তারদের বোলো তার চিকিৎসার ব্যাপারে যেন কোনও ত্রুটি না হয়। টাকা যতই লাগুক।”

“সেটা ডাক্তাররা জানেন। চিকিৎসার ত্রুটি হচ্ছে না।”

“তুমি আজ একটু বেড়িয়েটেড়িয়ে এসো, মনটা ভাল থাকবে। আর সবসময়ে সাবধানে থেকো।”

“আপনাকে একটা কথা জিজ্ঞেস করতে চাই, কিছু মনে করবেন না।”

“না, আমাকে সবই জিজ্ঞেস করতে পারো।”

“আপনাকে মারবার জন্য ডেল্টা যেরকম বিরাট প্ল্যানিং নিয়েছে তাতে মনে হচ্ছে তাদের ব্যাপারটা অত্যন্ত গুরুত্বপূর্ণ। তাই নয় কি? বিশেষ করে ঘটনা ঘটে যাওয়ার এত বছর পর।”

“ডেল্টা বিশ্বাসঘাতকদের কখনও ক্ষমা করে না।”

“সেটা বুঝলাম। সেক্ষেত্রে আপনাকে তারা আচমকা গুলি করে বা স্ট্যাব করে মেরে ফেলত। আগে থেকে চিঠি দিয়েছে, আপনাকে সতর্ক হওয়ার সুযোগ দিয়ে তারপর মারত না। ব্যাপারটার মধ্যে একটু অস্বাভাবিকতা আছে। একটু যেন বাড়াবাড়িও।”

“আমারও তাই মনে হচ্ছে।”

“বাড়াবাড়ি করতে গিয়ে তারা খুব ঝুঁকি নিচ্ছে। সাধারণত এইসব ভাড়াটে খুনি বা অপরাধীর দল এরকম করে না। আপনার বেলায় করছে কেন? আপনি কি ওদের

কোনও গুরুতর গুপ্ত কথা জানেন?"

বাবু মিত্তির খানিকক্ষণ চুপ করে থেকে বললেন, "তুমি খুব বুদ্ধিমান। জীবনে উন্নতি করবে।"

"ওটা আমার কথার জবাব হল না কিন্তু।"

বাবু মিত্তির আবার কিছুক্ষণ চুপ করে শূন্য চোখে চেয়ে রইলেন। তারপর গলাখাঁকারি দিয়ে মৃদু স্বরে বললেন, "তা হলে বোসো। আমার আর লুকোবার কিছুই নেই। তুমি খুব ভাল ছেলে। তোমাকে বললে হয়তো আমার কর্মফল কিছুটা কাটবে।"

পলাশ বসল। বলল, "দাঁড়ান। কথাগুলো বলবার আগে ভাল করে ভেবে নিন, আমাকে বললে আপনার কোনও ক্ষতি হবে কি না।"

বাবু মিত্তির ম্লান হেসে বললেন, "ক্ষতির ভয় আর কিছু নেই। আমার জীবনটা তো পার করেই দিলাম। তোমার অনুমান খুব ভুল নয়। আমাকে মারার জন্য যে বিরাট জাল ফেলেছে ডেল্টা, তা অকারণ নয়। ঘটনার শুরু অলিম্পিকে। আমাকে সাহেবরা বলত কোব্রা। সেটা অকারণে বলত না। অলিম্পিকের আগেই বিভিন্ন আন্তর্জাতিক প্রতিযোগিতায় আমার রেকর্ড এত ভাল ছিল যা ভারতীয় বক্সারদের কেউ কখনও পারেনি। অলিম্পিকে সোনার মেডেল আমার বাঁধাই ছিল। আমার প্রতিদ্বন্দ্বীরা কেউই আমার সমকক্ষ ছিল না। প্রথম দু' রাউন্ড আমি জিতেছিলাম ফার্স্ট রাউন্ড নক আউটে। পরের গুলোও তাই জিততাম। সেই সময়ে অলিম্পিক ভিলেজে একদিন একজন লোক আমাকে এসে ধরল। সে বলল, অলিম্পিকের পর সে আমাকে আমেরিকায় নিয়ে গিয়ে প্রফেশনাল বক্সিং-এ নামাতে চায়। প্রফেশন্যাল বক্সিং-এ আমেরিকা দুনিয়ার সেরা দেশ। লাখো লাখো ডলারও আয় করা যায়। আমি এ-প্রস্তাবে দারুণ নেচে উঠলাম। লোকটা আমাকে আগাম এক হাজার ডলারও দিয়েছিল। থার্ড রাউন্ডে আমার প্রতিদ্বন্দ্বী ছিল রাউল নামে দক্ষিণ আমেরিকার একটি ছেলে। ইজি অপোনেন্ট। কিন্তু সেই লোকটা বলল, লড়াইটা যদি ছেড়ে দিই তবে সে আমাকে আরও পাঁচ হাজার ডলার দেবে। শুনে আমি অবাক হলাম। কিন্তু রাজি হইনি।"

বাধা দিয়ে পলাশ বলল, "রাউল নামে একটি ছেলেই না মেক্সিকোর সেই ঘটনায় আপনার সঙ্গী ছিল?"

বাবু মিত্তির মৃদু হাসি হেসে বললেন, "তোমার স্মৃতিশক্তি চমৎকার। হ্যাঁ, এই সেই রাউল। তার সঙ্গে লড়াইয়ের দিনই আমি পেটের ব্যথায় কাতর হয়ে পড়ি। হাসপাতালেও যেতে হয়েছিল। কোনও বিষ কোনওভাবে আমার শরীরে কেউ ঢুকিয়ে দেয়। এতদিন ধরে ভেবে-ভেবেও আমি ষড়যন্ত্রটা ধরতে পারিনি। ঘটনাগুলোকে জুড়তেও পারিনি।"

"এখন কি পারছেন?"

"বোধ হয় পারছি। রাউল আমার বিরুদ্ধে ওয়াক ওভার পেয়ে সেমিফাইনালে যায়। কিন্তু সুবিধে করতে পারেনি। শেষ অবধি সে ব্রোঞ্জ মেডেল জিতেছিল। তবে

ভিলেজেই সে এসে আমার সঙ্গে বন্ধুত্ব করে।”

“আর আমেরিকার সেই লোকটি?”

“সেই কথাতেই আসছি। বক্সিং কম্পিটিশন শেষ হওয়ার পরই আমার সঙ্গে তার দেখা করার কথা। তার নাম ছিল জন লিডো। অন্তত ওই নামটাই সে বলেছিল। কিন্তু লিডো আর আমার সঙ্গে দেখা করল না। একেবারে হাওয়া হয়ে গেল। অলিম্পিকের পর দেশে ফিরে আসি। কিছুদিন বাদেই রাউল একটা চিঠি লিখে আমাকে আর্জেন্টিনায় যেতে নেমন্তন্ন করে। আমি দেশে তখন খুব ভাল অবস্থায় নেই। বরাবরই আমার একটু বড়লোক হওয়ার নেশা। তা ছাড়া বিশ্ববিখ্যাত হওয়ার স্বপ্ন তো ছিলই। হাজার ডলার সম্বল করে আমি আবার ভেসে পড়লাম। আর্জেন্টিনায় রাউলের সঙ্গে দেখা হল। সে-ই আমাকে পলের সঙ্গে পরিচয় করিয়ে দেয়। তারপর থেকেই আমার জীবন অপরাধ জগতের সঙ্গে জড়িয়ে যায়। মেক্সিকোয় যে মিশনে রাউলের সঙ্গে আমাকে পাঠানো হয়েছিল সেটা ছিল বিপজ্জনক। কথা ছিল খুনের কাজটা আমিই করব। রাউল থাকবে আড়ালে। সে আমাকে পালাতে সাহায্য করবে। ফায়দাও ছিল আমারই বেশি। ওই একটা কাজের জন্যই আমাকে পাঁচ লাখ ডলার দেওয়ার কথা। হাতে-হাতে। মেক্সিকোর একটি হোটেলে টাকা নিয়ে অপেক্ষা করছিল ডলফিন নামে আর-একটি লোক। কাজ হাসিল করে গেলেই টাকা মিটিয়ে দেবে। কিন্তু ব্যাপারটা প্ল্যানমাফিক হল না। ওই পার্টিতে সাদা পোশাকে অনেক সিকিউরিটি গার্ড ছিল, যে-তথ্যটা আমাদের জানা ছিল না। আমাকে একটা ছোট্ট হাতবোমা দেওয়া হয়েছিল। একটা নৈনিতাল আলুর চেয়ে বেশি বড় নয়। কিন্তু খুব শক্তিশালী। কথা ছিল সবাই যখন সেই শিল্পপতির স্বাস্থ্যপান করবে সেই সময়ে বোমাটা টপকে দেওয়া। কেউ ধরতে পারত না আমাকে। বোমা ফাটলে সবাই বিভ্রান্ত হয়ে যেত।

“আপনার কাছে কি অন্য কোনও অস্ত্র ছিল না?”

বাবু মিত্তির কিছুক্ষণ চুপ করে থেকে জামার তলায় হাত ভরে তাঁর পিস্তলটা বের করে আনলেন। বললেন, “এটা ছিল।”

পলাশ একটা শ্বাস ফেলে বলে, “এবার বলুন।”

বাবু মিত্তির পিস্তলটা আবার শোলডারে হোলস্টারে ভরে রেখে বললেন, “তুমি সত্যিই বুদ্ধিমান। গজপতি আমাকে ভুল লোক দেয়নি। যাই হোক, পার্টি যখন চলছিল তখন হঠাৎ রাউল দু'জন সিকিউরিটির হাতে ধরা পড়ে। কীভাবে পড়েছিল তা আমি জানি না। সেই বিশাল পার্টিতে সে আমার কাছ থেকে বিচ্ছিন্ন হয়ে যায়। তবে একটা ঝটাপটি আর চেঁচামেচি শুনে আমি এগিয়ে গিয়ে দেখি, রাউলের সঙ্গে দুটো লোকের মারপিট হচ্ছে। রাউল অলিম্পিকের পদক পাওয়া বক্সার। তার সঙ্গে পেরে ওটা চাট্টিখানি কথা নয়। সে ঘুঁসি চালিয়ে দু'জনকে হারিয়ে পালানোর চেষ্টা করতে যায়। সে-সময়ে সে পিস্তলও বের করে। আর তখনই গুলি চলে। আমি আর অপেক্ষা করিনি। কারণ যাকে মারব বলে যাওয়া সেই লোকটিকে চোখের পলকে সিকিউরিটি গার্ডরা ঘিরে ফেলে পার্টি থেকে সরিয়ে নিয়ে যায়। আমি গতিক সুবিধের

নয় দেখে পালাই। কিন্তু তখন লোভ ছিল প্রচণ্ড। ভাবলাম এক ঢিলে দুই পাখি মারব। এই খুনখারাপির বিপজ্জনক কাজ আর করব না, আর নিজের আখেরটাও গুছিয়ে নেব। পার্টি থেকে বেরিয়ে এসে আমি আমাদের স্পোর্টস কারটি নিয়ে সোজা সেই হোটেলে গিয়ে হাজির হই। ডলফিন গম্ভীর মুখে অপেক্ষা করছিল তার ঘরে। সঙ্গে মস্ত বড় অ্যাটাচি কেস। আমি গিয়ে সোজা তাকে বললাম, কাজ হাসিল টাকা দাও। সে গম্ভীর মুখে বলল, রাউল কোথায়? আমি বললাম, সে পরে আসছে। একটু ঝামেলায় পড়েছে।"

বাবু মিত্তির চোখ বুজে যেন স্মৃতিটাকে আর একটু ঝালিয়ে নিলেন। তারপর বললেন, "কিন্তু ডলফিন বোকা নয়, সে যেন পচা ইঁদুরের গন্ধ পেয়ে নাক কুঁচকে বলল, "রাউল আর তুমি একসঙ্গে না এলে টাকা দেওয়ার হুকুম নেই। অপেক্ষা করো, রাউলকে আসতে দাও। আমি রেগে গিয়ে বললাম, রাউল তার সময়মতো আসবে, আমি অপেক্ষা করব কেন? সে ঠাণ্ডা গলায় বলল, তুমি এখনও জানো না রাউল কে। জানলে ও-কথা বলতে না। যে-টাকাটা তুমি আজ পাবে অন্য লোকে এ-কাজের জন্য এর দশ ভাগের এক ভাগও পায় না। তুমি পাচ্ছ রাউলের দয়ায়।"

"আপনি তখন এ-কথাটার অর্থ বুঝতে পারেননি?"

"না। তুমি কি পারছ?"

"মনে হয় পারছি।"

"আমি তো আগেই বলেছি তুমি বুদ্ধিমান ছেলে। আমি বুঝতে পারিনি, কারণ আমি তখন ভীষণ উত্তেজিত আর অস্থির। হাতে সময় নেই। যত তাড়াতাড়ি পালানো যায় ততই মঙ্গল। ডলফিন আমার মুখ দেখে কিছু আন্দাজ করেছিল। সে এক হাতে হোলস্টার থেকে রিভলভার বের করতে করতে অন্য হাতে অ্যাটাচিটা চেপে ধরল। কিন্তু ডলফিন মাঝবয়সি মানুষ। গুণ্ডা হলেও আমার মতো চটপটে নয়, গায়ে তত জোরও নেই। আমি তাকে একটা ঘুঁষি মেরে শুইয়ে দিলাম আর হাত মুচড়ে রিভলভার আর অ্যাটাচি দুটোই কেড়ে নিলাম। ডলফিন মেঝেতে পড়ে গিয়েও আমার দিকে চেয়ে চিৎকার করে বলে উঠল, রাউল কোথায়? রাউলের যদি কিছু হয় তো তোমার রক্ষে নেই। অলিম্পিকে প্রাণে বেঁচে গেছ, এবার বাঁচবে না। পল তোমাকে শেষ করবেই।"

"আপনি তখনও বুঝতে পারেননি?"

"না। বোধ হয় তখন থেকেই আমার মাথায় কার্যকারণ অনুধাবন করার ক্ষমতা কমতে শুরু করে। তা ছাড়া টাকার লোভ, মৃত্যুভয়, পালানোর তাড়া, সব মিলিয়ে মাথার ঠিক ছিল না। আমি রিভলভারের বাঁট দিয়ে মেরে ডলফিনকে অজ্ঞান করে পালিয়ে যাই। অনেক কষ্ট করে, নানা ঘটনা ঘটিয়ে প্রথমে আফ্রিকা, তারপর দেশে ফিরে আসি।"

"ঘটনাটা যদি আগে জানতাম তা হলে ডেল্টা আপনাকে কেন এভাবে মারতে চায় তা আগেই বুঝতে পারতাম।"

বাবু মিত্তির মৃদু হেসে বললেন, "বুঝতে পেরেছ তা হলে?"

"অনেকটা।"

"কী বুঝেছ বলো তো!"

পলাশ গম্ভীর মুখে বলল, "রাউল আসলে পলের ছেলে, কিন্তু সেটা ওরা আপনাকে বুঝতে দেয়নি কখনও।"

"শাবাশ!" বলে বাবু মিত্তির হেসে উঠলেন।

"অলিম্পিকে আপনার হাত থেকে রাউলকে বাঁচানোর জন্য পলই তার লোককে লাগিয়েছিল। সেই লোকই আপনাকে আমেরিকায় নিয়ে যাওয়ার লোভ দেখায়।"

"বুলস আই! চমৎকার।"

"সেই লোকটা যখন লড়াই ছেড়ে দেওয়ার জন্য আপনাকে পাঁচ হাজার ডলার দিতে চেয়েছিল তখন কি আপনার মনে হয়নি ও রাউলের লোক?"

বাবু মিত্তির মাথা নেড়ে বললেন, "না, মনে হয়নি। তার একটা সঙ্গত কারণ আছে। বিশ্ব পর্যায়ের যে-কোনও প্রতিদ্বন্দ্বিতা নিয়েই একটা বাজি ধরাধরি হয়। অনেক টাকার খেলা। কোনও একজন বক্সারের ওপর কেউ হয়তো এক লাখ ডলার বাজি ধরল। তখন বাজি জেতবার জন্য সে প্রতিদ্বন্দ্বী বক্সারকে পাঁচ-দশ হাজার ডলার দিয়ে হেরে যেতে রাজি করিয়ে নেয়। এ-জিনিস আকছার হচ্ছে। কাজেই রাউলকে সন্দেহ করার কিছু ছিল না।"

"সেই লোকটাই কি আপনাকে বিষ দিয়েছিল?"

বাবু মিত্তির মাথা নেড়ে বললেন, "না। পলের অনেক লোক ছিল। অলিম্পিক ভিলেজে আমি রোজ সকালে সেন্ট্রাল ডাইনিং হল-এ গিয়ে ব্রেকফাস্ট করতাম। আমার মনে হয় সেই সময়ে আমার দুধে কেউ কিছু মিশিয়ে দেয়। ও-কাজটা খুব শক্ত ছিল না।"

"এবার ব্যাখ্যাটা আপনিই করুন।"

"ব্যাখ্যা খুব সোজা। আমি বোকা বলেই এতদিন বুঝতে পারিনি। সবচেয়ে করুণ ব্যাপারটা কী জানো? সেটা হল রাউল। সে হয়তো বড় বক্সার ছিল না, কিন্তু হৃদয়বান ছিল। আমাকে সোনার মেডেল থেকে তার বাবা বঞ্চিত করেছে এটা সে কখনওই ভোলেনি। তাই নানাভাবে ক্ষতিপূরণ করতে চেয়েছে। আর্জেন্টিনায় নেমন্তন্ন করা, বাপের দলে ভেড়ানো, বেশি-বেশি বখরা পাইয়ে দেওয়ার চেষ্টা, এ-সবই তার ভালবাসার নিদর্শন।"

"কিন্তু..."

"হ্যাঁ, ওই কিন্তুটার কথাই আসল কথা। রাউল আমাকে ভালবেসেছিল ঠিকই, কিন্তু একটা পাপচক্রে ভিড়িয়ে আমার জীবনটাও সে নষ্ট করতে বসেছিল। অবশ্য তাকে দোষ দিই না। সে ছেলেবেলা থেকেই হয়তো ওসবে অভ্যস্ত। কাজেই খুন, ড্রাগের ব্যবসা বা চোরাচালানকে খারাপ বলে ভাবতেই শেখেনি।"

"এবার আসল কথাটায় আসুন কাকাবাবু। পল আপনাকে মারার জন্য এই বিরাট প্ল্যানিং কেন করছে?"

বাবু মিত্তির একটা দীর্ঘশ্বাস ফেলে বললেন, "অনেকের সন্দেহ রাউলকে আসলে

খুন করেছিলাম আমি।"

"আপনি! আপনি কেন খুন করবেন?"

"মেক্সিকো থেকে পালিয়ে আসার আগে আমাকে কিছুদিন গা-ঢাকা দিয়ে থাকতে হয়েছিল। আমার এক বিশ্বস্ত কালো বন্ধু ছিল, তার বাড়িতে। সে আমাকে বলেছিল, শহরে জোর গুজব যে, রাউলকে খুন করেছে বাবু। কারণ রাউলের জন্যই সে অলিম্পিকে সোনার মেডেল পায়নি। তা ছাড়া রাউল যে-গুলিতে মারা যায় তাও ছিল নাইন মিলিমিটারের এই পিস্তলের।"

"রাউলকে আপনি সত্যিই মারেননি তো কাকাবাবু?"

"না পলাশ। রাউল আমার বন্ধু ছিল। ষড়যন্ত্রটার কথা তখনও আমার জানা ছিল না। অনেক পাপ করেছি বটে, তবে এ পাপটা করিনি।"

"পলের বয়স এখন কত হবে কাকাবাবু?"

"হয়তো সত্তর বা সামান্য বেশি। পুত্রশোক সে আজও ভোলেনি। তার প্রতিশোধস্পৃহা ভয়ঙ্কর।"

"বুঝতে পারছি। অ্যাটাচি কেস-এ আপনি কত ডলার পেয়েছিলেন?"

"শুনে কী করবে? তবে বলতে বাধাও নেই। আমার পাঁচ লক্ষ ডলার ছাড়াও ওতে ছিল আরও পাঁচ লক্ষ। বাড়তি পাঁচ লক্ষ হয়তো অন্য কোনও পে-অফ-এর জন্য ছিল। মোট এক মিলিয়ন ডলার। মিলিয়নের বাংলা কী বলো তো!"

"নিযুত।"

"হ্যাঁ, এক নিযুত ডলার। ও-টাকা পলের কাছে কিছুই নয়। কিন্তু আমার কাছে অনেক টাকা।"

পলাশ একটু হেসে বলল, "আপনি আজ অনেক কথা আমাকে অকপটে বললেন, তবু কিছু গোপনও করছেন। রেডিয়ো অ্যাকটিভিটি, ক্যানসার ইত্যাদি নিয়ে আপনার প্রশ্ন আসছে কেন?"

বাবু মিত্তির নির্বিকার মুখে বললেন, "হতে পারে তারা আমাকে বায়োলজিক্যাল অ্যাটাক করতে চাইছে। সব দিক দিয়ে চিন্তা করছি।"

"কাকাবাবু, কাঁকড়াবিছের গল্পটা কি সত্যিই?"

বাবু মিত্তির হাসলেন, "সত্যি না হলেও সত্যি বলেই ধরে নাও। আর কিছু জিজ্ঞেস কোরো না।"

"ঠিক আছে।" বলে পলাশ চলে গেল।

বাবু মিত্তির একটু স্বস্তি বোধ করছেন। ডেল্টা তাঁকে ক্যানসার উপহার পাঠিয়েছে। সুতরাং তারা এখন অপেক্ষা করবে। লক্ষ রাখবে। তাদের প্ল্যান যে ভেস্তে গেছে সেটা না জানা অবধি তারা হয়তো আর কিছু করবে না। সুতরাং টান-টান দুশ্চিন্তা নিয়ে থাকার দরকার নেই।

সারাদিন বাবু মিত্তির আজ একটা হালকা মেজাজে রইলেন। তাঁর বক্সিংয়ের ছাত্ররা এলে আজ তিনি নিজে তাঁদের সঙ্গে অনেকক্ষণ স্পারিং করলেন। শরীরটা অনেক ঝরঝরে লাগল। দুপুরে আজ তৃপ্তি করে খেলেনও।

খেয়ে উঠে কালীপ্রসাদকে একটা চিঠি লিখলেন, "কালী, তুই কি পিশাচসিদ্ধ, নাকি সত্যিই তন্ত্রমন্ত্র জানিস, নাকি সত্যিই তোর পোষা ভূত আছে? অত দূর থেকে কী করে ছুঁচের কথা টের পেলি? ছুঁচ সত্যিই ছিল। আজ সকালেই ডেল্টা মৃত্যুবাণটি আমাকে উপহার পাঠিয়েছে। তোর জন্যই বেঁচে গেলাম। কিন্তু দৈবের ওপর নির্ভর করে কতবার বাঁচা যাবে? আমি পাপী লোক, ঈশ্বর আমার জন্য বেশি মাথা ঘামাবেন বলে আমার মনে হয় না। সবচেয়ে বড় প্রয়োজন এখন রকিকে, তোর কাছে একটু আশার আলো দেখেছিলাম। তার কোনও খবরই তো আর দিলি না! তোর আশায় বসে আছি।"

ছাদে উঠে পায়রাটির পায়ে চিরকুট বেঁধে উড়িয়ে দিলেন।

বিকেলে বাগানে কাজ করার অছিলায় একটা কামিনীঝোপের পিছনে ঘের-পাঁচিলের কাছ ঘেঁষে খুরপি দিয়ে মাটিতে একটা গর্ত খুঁড়লেন। তারপর চারদিক ভাল করে দেখে নিয়ে কৌটোসমেত ছুঁচটিকে কবরস্থ করলেন তার মধ্যে।

শোওয়ার ঘরের তোশকটাকে বর্জন করা উচিত। কিন্তু সেটা করতে গেলে পাঁচজনের চোখে পড়ার সম্ভাবনা। ডেল্টার চোখ কতখানি খর নজর রাখছে তাঁর ওপর তা তো তিনি জানেন। সুতরাং ঘরে এসে বিছানাটি নিজেই পরিপাটি করে পাতলেন। স্থির করলেন, রাতে মেঝেতে আলাদা একটা বিছানা পেতে শোবেন।

দিন দুই বেশ ঘটনাবিহীন কাটল। দু'দিন বাদে সকালে হঠাৎ পলাশ একটু উত্তেজিতভাবে তাঁর ঘরে এসে ঢুকল। হাতে একটা চিঠি। বলল, "কাকাবাবু, আপনার ছেলের নাম তো রকি!"

"হ্যাঁ, হ্যাঁ। কেন বলো তো!"

"এ-চিঠিটা দেখুন তো, তারই কিনা।"

খামটা হাতে নিয়ে উত্তেজনায় কাঁপতে লাগলেন বাবু মিত্তির। খামের ওপরেই বাঁ দিকে নিজের নাম ও ঠিকানা লিখে দিয়েছে রকি। রকি বেঁচে আছে এইটেই অবিশ্বাস্য মনে হচ্ছিল তাঁর কাছে।

খামটা খুলতে যাচ্ছিলেন, পলাশ বাধা দিয়ে বলল, "একটু দাঁড়ান কাকাবাবু, খামটা একটু লক্ষ করুন।"

"খামটা! কেন, কী লক্ষ করব?"

"খামটা খোলা হয়েছে, তারপর বন্ধ করা হয়েছে। ফ্ল্যাপটা একটু ছেঁড়া।"

বাবু মিত্তির এই সময়ে পলাশের ডিটেকটিভগিরি মোটেই পছন্দ করলেন না। বললেন, "দাঁড়াও বাপু, আগে চিঠিটা দেখি। এ চিঠির মতো বড় সম্পদ এখন আর আমার কিছু নেই।"

এই বলে বাবু মিত্তির খামের মুখটা খুলে চিঠিটা বের করলেন। বেশ ছোট চিঠি। রকি লিখেছে:

শ্রীচরণেষু বাবা,

তোমার কাছে আমার অনেক অপরাধ জমা হয়েছে। তোমাকে অনেক কষ্ট

দিয়েছি। হয়তো আমার জন্য তোমার কষ্টও হয়েছে খুব। আজ তোমাকে জানাতে আপত্তি নেই, আমি বাড়ি থেকে পালিয়ে কালীপুরে কালীকাকার কাছে চলে গিয়েছিলাম। কালীকাকা এক অসাধারণ মানুষ। তিনি আমাকে দিল্লিতে পাঠিয়ে পড়াশোনা করান। আমি আমেরিকা থেকে ইলেকট্রনিকস এঞ্জিনিয়ারিং-এ ডক্টরেট করে এসেছি। খুব শিগগিরই আমি তোমার কাছে যাব। তোমার জন্য আমার বড্ড মন কেমন করে। আমার সব অপরাধ ক্ষমা করে দিয়ো। দেখা হলে সব তোমাকে বলব। আমি বেঁচে আছি, ভাল আছি। চিন্তা কোরো না। প্রণাম নাও।

—তোমার অবাধ্য ছেলে রকি।

নিজের অজান্তেই বাবু মিত্তিরের চোখ থেকে অজস্রধারে আনন্দাশ্রু বয়ে যাচ্ছিল। তিনি ফুঁপিয়ে ফুঁপিয়ে কাঁদতে লাগলেন। নিষ্ঠুর মুষ্টিযোদ্ধার বুকের ভেতরে যে এত চোখের জল ছিল তা কে জানত!

সামলে উঠতে তাঁর মিনিটদশেকের মতো সময় লাগল। ততক্ষণে পলাশ একটাও কথা বলল না। বাবু মিত্তির শান্ত হওয়ার পর সে নরম গলায় বলল, "কাকাবাবু, ঘটনাটা যেমন আনন্দের, তেমনই উদ্বেগেরও।"

বাবু মিত্তির অবাক হয়ে বললেন, "ও-কথা কেন বলছ? কতদিন পর আমি আমার হারানো ছেলের খবর পেলাম!"

"সেটা না পেলেই বোধ হয় ভাল ছিল।"

"তার মানে?"

"আপনি যেমন রকির খবর পেলেন, তেমনই খবরটা পেয়ে গেল ডেল্টাও।"

বাবু মিত্তিরের হঠাৎ যেন চৈতন্য হল, "কী করে বুঝলে?"

"বোঝা খুব সহজ। খামের মুখটা খুলে আবার আঁটা হয়েছে, ভাল করে দেখলেই বুঝতে পারবেন।"

বাবু মিত্তির খামটা তুলে নিয়ে দেখলেন, সত্যিই ফ্ল্যাপটা একটা ছেঁড়া, আঠার একটু দাগ রয়েছে।

"আরও একটা কথা।"

"কী কথা পলাশ?"

"চিঠিটা এসেছে আজ সকালে। কিন্তু এ-সময়ে কখনও ডাকপিয়ন আসে না। আসে দুপুরে এবং কখনও-সখনও বিকেলেও। খামের ওপর মোহরের ছাপ দেখুন। অস্পষ্ট হলেও বোঝা যায়, চিঠিটার আসল ডেলিভারির তারিখ ছিল গতকাল। তার মানে চিঠিটা একদিন কারও কাছে ছিল। আজ সকালে আপনার চিঠির বাক্সে ফেলে গেছে।"

বাবু মিত্তির সবই বুঝলেন। ফ্যাকাসে মুখে কিছুক্ষণ চেয়ে থেকে তিনি তাড়াতাড়ি টেলিফোন তুলে আমেদাবাদে রকির নম্বর ডায়াল করলেন। একটা মোটা গলা ইংরেজিতে বলল, "ওয়েস্টার্ন ইলেকট্রনিকস।"

বাবু মিত্তির রকির নাম বললেন। অপারেটর একটা কানেকশন দিল। দ্বিতীয়

আর-একজন লোক ধরতেই বাবু মিত্তির নিজের পরিচয় দিয়ে রকির সঙ্গে কথা বলতে চাইলেন। লোকটা বলল, "সে তো দু'দিন হল নিপাত্তা। কোনও খবর নেই। তার বাড়িতেও একটা হামলা হয়ে গেছে কাল রাতে।"

বাবু মিত্তির ফোন রেখে অবসন্নভাবে চোখ বুজলেন। এবার আনন্দাশ্রুর বদলে তাঁর দু' চোখ থেকে শোকের জলধারা নেমে এল। ফিসফিস করে বললেন, "ঠিকই বলেছ পলাশ। চিঠিটা রকি না লিখলেই বোধ হয় ভাল করত।"

॥ ৫ ॥

কালীপ্রসাদ যে আজেবাজে কথা বলার মানুষ নন তা রকি ভালই জানে। তবে বয়সে মাথার গণ্ডগোল দেখা দিলে অন্য কথা। সাতপাঁচ ভেবে রকি কালীকাকার কথা অমান্য করল না। টেলিফোন পাওয়ার ঘণ্টাখানেকের মধ্যে প্লেনে সিট বুক করল এবং পরদিন বিকেলেই দিল্লি পৌঁছে তার পরদিন সকালের ফ্লাইট ধরে কলকাতায় চলে এল। কালীপুর পৌঁছতে অবশ্য বেলা গড়িয়ে গেল। নৌকো থেকে নেমে যখন ঘাটে উঠছে তখন ঘাটেই কালীপ্রসাদের সঙ্গে দেখা। নিতাই মাঝির ঝোপড়ায় উদ্বিগ্ন মুখে বসে ছিলেন। রকিকে দেখে লাফিয়ে উঠলেন, "এসেছিস!" বলে কালীকাকা একেবারে বুকে জড়িয়ে ধরলেন আনন্দে।

রকি মৃদু হেসে বলল, "আপনি কি সারাদিন এখানে বসে আছেন নাকি আমার জন্য?"

"বেলা ন'টা থেকে বসে আছি। গতকালও ছিলাম। রাতে ঘুমোতে পারিনি।"

"কিন্তু ব্যাপারটা কী কালীকাকা?"

"আগে বাড়ি চল, তারপর বলব।"

রকি স্নান করে ভাত খাওয়ার পর কালীপ্রসাদ তার কাছে প্রায় সবই খুলে বললেন। বাবু মিত্তির যে একসময়ে ডেল্টার হয়ে কাজ করেছেন এবং কিছু-কিছু অত্যন্ত অন্যায় কাজও করেছেন, তাও রেখেঢেকে বললেন।

রকির মুখ শুকিয়ে গেল। সে বলল, "বাবার মুখে তো কখনও এসব শুনিনি। আমেরিকায় যখন ছিলাম তখন ডেল্টার কথা অনেক শুনেছি, খবরের কাগজেও পড়েছি। ওদের ভয়ে সবাই তটস্থ। ওরা যদি বাবার ক্ষতি করতে চায় তা হলে তো ভয়ের কথা।"

"শুধু তোর বাবা তো নয়, এখন তাদের নজর তোর ওপরেও পড়েছে বলে আমার বিশ্বাস। এতদিন ডেল্টা তোর খবর জানত না। কিন্তু বাবু মিত্তিরের কাছে তুই চিঠি লেখার পর তারা সব জেনে গেছে। এখন বাবুকে শাস্তি দেওয়ার জন্য ডেল্টা আগে তোকে মারবার চেষ্টা করবে।"

রকি কিছুক্ষণ স্তব্ধ হয়ে থেকে বলল, "দাঁড়ান, সত্যিই ডেল্টা আমার ওপর অ্যাটেম্প্‌ট করেছে কি না তা এখনই খবর নিচ্ছি।"

রকি তার স্যুটকেস খুলে একটি অত্যাধুনিক খুদে যন্ত্র বের করল। তারপর

কিছুক্ষণের চেষ্টায় আমেদাবাদে নিজের অফিসের সঙ্গে যোগাযোগ করল। কিছুক্ষণ কথাবার্তা বলার পর সে গম্ভীর মুখে যন্ত্রটা ফের গুছিয়ে রাখতে রাখতে বলল, "আপনার কথাই ঠিক। আমি যে-ফ্ল্যাটটায় থাকি সেখানে দরজা ভেঙে কারা ঢুকেছিল। ফ্ল্যাট তছনছ করে গেছে। আমার বাড়িওয়ালা পুলিশে আর আমার অফিসে খবর দিয়েছে। ডেল্টার নেটওয়ার্ক তো দেখছি দারুণ ভাল।"

কালীপ্রসাদ গম্ভীর মুখে বললেন, "এখন একটাই দুশ্চিন্তা, ওরা তোকে খুঁজতে খুঁজতে এত দূরেও হানা দেবে কি না। দিলেই বা আমরা কী করতে পারি।"

রকি মৃদুস্বরে বলে, "কাকা, আমি বক্সার হতে পারিনি ঠিকই, কিন্তু আমি তো আমার বাবারই ছেলে। অত সহজে ভয় পাই না। আপনি অত দুশ্চিন্তা করবেন না। আমাদের মাথা ঠাণ্ডা রাখতে হবে। আচ্ছা, বাবা কি ব্যাপারটা পুলিশকে জানিয়েছেন?"

"তা জানি না। তবে পুলিশকে জানালে তেমন কোনও লাভ হবে বলে মনে হয় না।"

"তবু জানিয়ে রাখাটা ভাল।"

কালীপ্রসাদ দুঃখিত গলায় বললেন, "আমাদের দেশের পুলিশ তো কোন ছার, বাবুর কাছে শুনেছি, সে-দেশের পুলিশই তাদের কিছু করতে পারে না। তার ওপর পুলিশ ডাকলে পুলিশেরই ভেক ধরে তারা বাড়িতে ঢোকার সুযোগ পাবে। অবশ্য সুযোগের অভাব তাদের নেই, রেডিয়ো অ্যাকডিভ ছুঁচ তো দিব্যি অনায়াসে বিছানায় ঢুকিয়ে দিয়ে গেল।"

রকি দমে গেল। বলল, "তা অবশ্য ঠিক। কিন্তু এখন কী করা যাবে কাকা?"

"তোকে কিছু করতে হবে না। তুই শুধু চুপচাপ একটু গা-ঢাকা দিয়ে থাকবি। তোর একটা ওয়্যারলেস যন্ত্র আছে দেখছি। আগেই বলে রাখি, ওটা দিয়ে আবার ফস করে তোর বাবার সঙ্গে যোগাযোগ করে ফেলিস না।"

"না কাকা, আমি আর বোকামি করব না।"

নির্জন কালীপুরে ধীরে-ধীরে বিকেল নেমে এল। তারপর সন্ধে হল। কালীমন্দিরে আরতি শুরু হল।

কালীপ্রসাদ তাঁর রান্নার ঠাকুর যোগেন আর কাজের লোক ধানুকে ডাকলেন। ল্যাবরেটরিতে তাদের দু'জনকে বসিয়ে পরিস্থিতি সম্পর্কে খুব হুঁশিয়ার করে দিয়ে বললেন, "তোমরা দু'জন আমার বিশ্বাসী লোক। সাহসীও। যদি ভয় পাও তা হলে তোমরা কিছুদিনের জন্য দেশে চলে যেতে পারো। আর যদি থাকতে চাও তা হলে বিপদের ঝুঁকি নিয়েই থাকতে হবে। এখন যা তোমাদের ইচ্ছা।"

ধানু মূক-বধির হলেও কালীপ্রসাদের ঠোঁটের দিকে চেয়ে সব কথা বুঝতে পারে। সে মস্ত জোয়ান মানুষ। যে-কাজে গায়ের জোর লাগে সে-কাজে তার খুব আনন্দ। সে বুক চিতিয়ে দাঁড়িয়ে বুকে দুটো থাবড়া মেরে জানিয়ে দিল সে থাকবে।

যোগেন একটু বয়স্ক মৈথিলী ব্রাহ্মণ। খুব শান্ত, ধীর-স্থির। বুদ্ধিও রাখে। সে বলল, "কোনও চিন্তা নেই কালীবাবা। আমিও থাকছি।"

কালীপ্রসাদ জানতেন যে, তাঁর বিশ্বস্ত দুই অনুচর কোনও বিপদেই তাঁকে ফেলে যাবে না। বললেন, "ঠিক আছে। এখন বাড়িতে কোথা দিয়ে শত্রু ঢুকতে পারে তা একটু খুঁজে দেখো। পিছনের দেওয়াল খানিকটা ভাঙা আছে। ওদিকটায় একটু কাঁটাতার লাগালে ভাল হয়। ফটকটাতেও মরচে ধরেছে।"

যোগেন একটু ইতস্তত করছিল। যেন কিছু একটা বলতে চায়। খুব মৃদু একটা গলাখাঁকারি দিয়ে বলল, "বাড়িতে নিশুত রাতে নানারকম শব্দ হচ্ছে। আগে হত না। তিন-চারদিন ধরে শুনতে পাচ্ছি।"

কালীপ্রসাদ সচকিত হয়ে বলেন, "কীরকম শব্দ?"

"কেউ যেন চলাফেরা করে।"

"আগে বলিসনি কেন?"

"বললে তো আপনি হেসে উড়িয়ে দেবেন। এ-বাড়িতে মানুষ ঢোকে না, প্রেতাত্মারাই ঘুরে বেড়ায় হয়তো।"

কালীপ্রসাদ একটু চুপ করে থেকে বললেন, "সাবধান থাকিস, এখন যা।"

রাতে আজ একটু তাড়াতাড়িই খাওয়া সেরে রকি তার ঘরে শুতে চলে গেল। পথশ্রমে ক্লান্ত সে। কালীপ্রসাদ একা নানা ভাবনা-চিন্তা নিয়ে ল্যাবরেটরিতে বসে লেখালেখি করতে লাগলেন। সময়ের জ্ঞান ছিল না। কিন্তু হঠাৎ একটা চেনা বোঁটকা গন্ধ পেয়ে ঘন ঘন বাতাস শুঁকলেন। কালীপ্রসাদ সুন্দরবনের মানুষ। সবই তাঁর নখদর্পণে। জঙ্গলে ঘুরেঘুরে তাঁর বিপুল অভিজ্ঞতা হয়েছে। উপরন্তু তিনি নিজেই একসময়ে বাঘ পুষতেন। সেই বাঘের নামই দিয়েছিলেন 'হালুম'। কুকুরের মতোই পোষ মেনে গিয়েছিল। আট বছর বয়সে সে হয়ে উঠেছিল পেল্লায় চেহারার। সেই সময়ে বিষাক্ত সাপের কামড়ে সে মারা যায়। আজও সেই শোক ভুলতে পারেন না কালীপ্রসাদ।

গন্ধটা যে নির্ভুল কোনও বাঘবাবাজির গায়ের গন্ধ, তাতে কোনও ভুল নেই। কিন্তু বাঘ এলে জানান পড়ে যায়। কালীপুর সুন্দরবনের প্রত্যন্ত প্রদেশে হলেও বাঘের জঙ্গল এখন দূরে সরে গেছে। এ-অঞ্চলে গত পাঁচ-সাত বছরে বাঘের আনাগোনা নেই। তবে বাঘ এল কোথা থেকে?

কালীপ্রসাদ চুপিসারে উঠলেন। নিঃশব্দে প্রথমে পুবের জানালার কাছে এসে খুব খুব আস্তে পাল্লা ফাঁক করলেন। এদিকে গন্ধটা তেমন তীব্র নয়। জানালা বন্ধ করে উত্তরদিকের জানালায় গিয়েও পরীক্ষা করলেন। এদিকে গন্ধ আরও কম। এবার ধীরে ধীরে গিয়ে দক্ষিণের জানালাটা একটু ফাঁক করতেই ভক করে গন্ধটা যেন নাকে ধাক্কা মারল। বাইরে ঘন কুয়াশা। খুব ঠাণ্ডা। গাছের পাতায় শিশির পড়ার শব্দ হচ্ছে টুপটাপ। অন্ধকারে আর কিছু দেখা গেল না।

কালীপ্রসাদ ঘরের আলো নিভিয়ে দিয়ে আবার দক্ষিণের জানালায় এসে দাঁড়িয়ে তীক্ষ্ণ চোখে বাইরে চেয়ে রইলেন। অজ পাড়াগাঁয়ে থাকেন বলেই কালীপ্রসাদের চোখের দৃষ্টি তীক্ষ্ণ। চট করে অন্ধকার সয়ে যায়। অনেকক্ষণ চেয়ে থেকে তিনি বাগানের গাছপালা, ঝোপঝাড় সবই চিনতে পারছিলেন। কোথাও কোনও নড়াচড়া বা

শব্দ নেই। ধৈর্য হারালেন না। বাঘ অতিশয় চতুর জন্তু। চট করে ধরা দেয় না। পনেরো মিনিট থেকে আধঘণ্টা চুপচাপ দাঁড়িয়ে থাকার পর তিনি হঠাৎ শক্ত হয়ে গেলেন। সামনেই মল্লিকার ঝাড়। পর পর অনেক গাছ। তারই ভিতর থেকে খুব ধীরে ধীরে একটা মস্ত ছায়ামূর্তির মতো বাঘটা উঠে দাঁড়াল। বেশ আলস্যজড়িত ভাবভঙ্গি। একবার যেন মুখটা ঘোরাল জানালার দিকে, যেখানে কালীপ্রসাদ দাঁড়িয়ে আছেন। দু'খানা জ্বলন্ত চোখ অন্ধকারে ধকধক করে উঠল। বুকটা কেঁপে গেল কালীপ্রসাদের। বাঘটা একবারই দৃষ্টিক্ষেপ করে দুলকি চালে ধীর গতিতে আরও দক্ষিণের দিকে চলে গেল।

কালীপ্রসাদ দুশ্চিন্তায় পড়লেন। গাঁয়ে বাঘ আসাটা খুব সুখের ব্যাপার নয়। সুন্দরবনের সব বাঘই মানুষখেকো। বাঘের খবরটা জানান দেওয়া দরকার। ছাদে উঠে ক্যানেস্তারা পেটালে গাঁয়ের লোক সতর্ক হয়ে যাবে।

কালীপ্রসাদ উঠতে যাচ্ছিলেন। টেবিলে রাখা ট্রানজিস্টার রেডিয়োতে স্ট্যাটিকের মৃদু শব্দ পেয়ে থামলেন। রেডিয়োর খবর শোনাটা তাঁর নেশার মতো। গানটানও শোনেন। রেডিয়োটা খুলে রেখেই কাজ করছিলেন। হয়তো অন্যমনস্ক ছিলেন বলে বন্ধ করতে ভুলে গেছেন। রেডিয়োটা বন্ধ করতে নবের দিকে হাত বাড়াতেই শুনতে পেলেন, "দিস ইজ অল ইন্ডিয়া রেডিয়ো...ওহে কালীপ্রসাদ, ক্যানেস্তারা পেটানোর দরকার নেই।"

ভয়ে হিম হয়ে গেলেন কালীপ্রসাদ। রেডিয়ো থেকে এ কার গলা শুনছেন তিনি? এ কি তারাপ্রসাদ নাকি?

রেডিয়ো আর কিছু বলল না।

নব ঘোরাতে গিয়ে বুঝলেন, রেডিয়ো বন্ধই ছিল।

সভয়ে কালীপ্রসাদ তারাপ্রসাদের উদ্দেশে হাতজোড় করে কপালে ঠেকিয়ে বললেন, "তাই হবে।"

কালীপ্রসাদ দোতলায় নিজের ঘরে এসে চটপট শুয়ে পড়লেন।

শরীর শীতে আর ভয়ে কাঁপছিল। তবে ঘুমিয়ে পড়তেও দেরি হল না।

সকালবেলায় উঠে একগাছা মজবুত পাকা বাঁশের লাঠি হাতে বাগানটা তন্ন-তন্ন করে খুঁজে দেখলেন কালীপ্রসাদ। কোথাও বাঘের চিহ্নমাত্র নেই। যোগেনকে গাঁয়ে পাঠালেন বাঘ কোনও মানুষ বা গোরু-ছাগল নিয়ে গেছে কি না। যোগেন এসে বলল, "কোনও ঘটনা ঘটেনি। তবে বুড়ো তারিণীখুড়ো বাঘের গন্ধ পেয়েছেন। শাকিলের গোয়ালে গোরুরা খুব দাপাদাপি করেছে রাতে। তার বেশি কিছু নয়।"

তারপর পায়রা-দূত মারফত একটা খবর পাঠালেন বাবু মিত্তিরকে, "চিন্তা করিস না। বিপদে পড়লে কালীপুরে চলে আসিস। মরলে সবাই একসঙ্গে মরব। কালীপুর অপেক্ষাকৃত নিরাপদ জায়গা। অচেনা লোক এলে জানাজানি হয়ে যায়। কলকাতায় তো সেই সুবিধেই নেই।"

কালীপ্রসাদের খুব ইচ্ছে, পুত্র-বিরহে কাতর বাবু মিত্তিরের সঙ্গে রকির দেখা-সাক্ষাৎটা এখানেই হোক, তাঁর চোখের সামনে।

এর পর রকিকে খুঁজতে গিয়ে কালীপ্রসাদ দেখেন, সে ঘরে নেই। বিছানা পরিপাটি করে তোলা। বাথরুমে নেই। কোথাও নেই। কালীপ্রসাদ উদ্বিগ্ন হয়ে উঠলেন। রকি গেল কোথায়?

যোগেনকে ডেকে জিজ্ঞেস করতে যোগেন বলল, "দাদাবাবু তো হাফপ্যান্ট আর গেঞ্জি পরে খুব ভোরবেলা দৌড়তে বেরোলেন।"

কালীপ্রসাদের দুশ্চিন্তা তবু রয়ে গেল। রকির বয়স কম, অভিজ্ঞতা কম। হুট করে বেরিয়ে পড়েছে, বিপদের কথাটা মাথায় না রেখেই। কালীপ্রসাদ উদ্বেগে বেরিয়ে পড়লেন। হাটখোলা, কালীমন্দির, মালোপাড়া ঘুরে কোথাও পেলেন না রকিকে। দু-চারজনকে জিজ্ঞেস করলেন। কেউ দেখেনি তাকে। হতাশ কালীপ্রসাদ ঘাটের কাছে চারদিক দেখলেন। কোথাও নেই। খোঁজ নিয়ে জানলেন, নৌকো করেও ওরকম কেউ আজ কোথাও যায়নি।

ফিরে আসছেন, হঠাৎ অদৃশ্য জায়গা থেকে কেউ ডাকল, "কালীকাকা!"

কালীপ্রসাদ চারদিকে চেয়ে দেখলেন। প্রথমটায় কাউকে দেখতে পেলেন না। খালের ধারে একটু উত্তর দিকে পাণ্ডুরাজার বিশাল ঢিবি। জঙ্গলে একেবারে দুর্গম হয়ে আছে। পাণ্ডুরাজার ঢিবি নামটা গ্রামবাসীদেরই দেওয়া। এখানে কখনও ও-নামে কেউ রাজত্ব করেছিল বলে জানা নেই তাঁর। তবে ঢিবির মধ্যে কোনও ধ্বংসাবশেষ থাকলেও থাকতে পারে। ডাকটা, মনে হল, ওদিক থেকেই এল। কালীপ্রসাদ একটু এগিয়ে গিয়ে অনুচ্চ গলায় ডাকলেন, "রকি নাকি রে?"

ঢিবির ওপরে ঝাঁকড়া-ঝাঁকড়া ঝোপঝাড়। তার ভেতর থেকে টুপি মাথায় একটা মূর্তি উঁকি দিল। মুখে একগাল হাসি। রকি।

কালীপ্রসাদ আর্তনাদ করে উঠলেন, "ওখানে কী করছিস? সাপখোপের আস্তানা, বিছুটি গাছ, ভীমরুলের চাক, কী নেই ওখানে?"

রকি তার গলায় ঝোলানো একটা বাইনোকুলার তুলে দেখিয়ে বলল, "ওয়াচ করছি।"

"ওয়াচ করতে হবে না। নেমে আয়। ওটা বিপজ্জনক জায়গা।"

"শীতকালে সাপ বেরোয় না কাকা। ভয় নেই। চিন্তা করছিলেন নাকি?"

'চিন্তা করব না? সাত সকালে কোথায় বেরিয়ে গেছিস?"

"সকালে রোজ দৌড়ই। অভ্যাস। দৌড় শেষ করে ঘাটের দিকে নজর রাখতে এখানে এসে থানা গেড়েছি। এ-জায়গাটা কিন্তু ওয়াচ করার পক্ষে চমৎকার জায়গা।"

বলতে বলতে রকি নেমে এল।

কালীপ্রসাদ জিজ্ঞেস করলেন, "কিন্তু সন্দেহজনক দেখলি নাকি?"

"না। গাঁয়ের লোকই আসছে যাচ্ছে। ডেল্টার লোক বলে কাউকে মনে হল না।"

"তা বলে ডেল্টা বসে নেই। আজ হোক কাল হোক তারা হানা দেবেই।"

"ডেল্টা সম্পর্কে আপনি এত জানলেন কী করে কাকা?"

"তোর বাবার কাছ থেকেই সব শুনেছিলাম একসময়ে। আমার কাছে বাবু তো কিছুই গোপন করত না।"

রকি চিন্তিত মুখে বলল, "আমেরিকায় থাকতে আমিও অনেক কিছু শুনেছি।"

"কী শুনেছিস?"

"পল নামে একটা লোক গোটা অর্গানাইজেশনকে চালায়। লোকটা ভয়ঙ্কর অহঙ্কারী, নিষ্ঠুর, আত্মকেন্দ্রিক আর প্রতিহিংসাপরায়ণ।"

"সে তো হাড়ে-হাড়ে টের পাচ্ছি।"

"আমেরিকার বিখ্যাত একটা খবরের কাগজে পল সম্পর্কে একটা বিরাট লেখা বেরিয়েছিল। তাতে একটা কথা ছিল। ডেল্টা অর্গানাইজেশন হিসেবে খুব পাওয়ারফুল বটে, কিন্তু সেটাকে চালায় একটাই লোক। মুশকিল হল, সেই লোকটা না থাকলে গোটা অর্গানাইজেশন ভেঙে ছয়-ছত্রখান হয়ে যাবে। কিন্তু পল এতই আত্মকেন্দ্রিক যে, ডেল্টার নেতৃত্ব আর কাউকে দেবে না। যাকে সেকেন্ড ইন কম্যান্ড বলে, পলের সেরকমও কেউ নেই।"

"বটে! তা হলে পল মরলেই সব ফরসা?"

"তাই অবস্থা ছিল। কিন্তু পল সম্প্রতি ব্যাপারটা নিয়ে ভেবেছে এবং নিজের পুরনো সিদ্ধান্ত পালটে অর্গানাইজেশনটাকে ডিসেন্ট্রালাইজড বা বিকেন্দ্রীকরণের চেষ্টা করছে। ফলে দলে প্রাধান্য এবং পদ পাওয়ার জন্য কিছু গণ্ডগোল শুরু হয়ে যায় দু-চারটে খুন-জখমও হয় দলের মধ্যে। একটা গোষ্ঠী বেরিয়ে গিয়ে পালটা অর্গানাইজেশন করে। তবে যতদূর পড়েছি, ডেল্টা সেইসব গণ্ডগোল কাটিয়ে উঠেছে।"

কালীপ্রসাদ সতর্ক গলায় বললেন, "পলের ছেলেপুলে নেই বুঝি?"

"ছিল একটা ছেলে। কিন্তু মেক্সিকো না কোথায় যেন পলেরই বিশ্বস্ত এক অনুচর তাকে এক পার্টির মধ্যে খুন করে পালিয়ে যায়।"

অনুচরটি কে, তা কালীপ্রসাদ জানেন। কিন্তু রকি বোধ হয় জানে না। কাগজে অত কথা নিশ্চয়ই লেখেনি। ভয়ে আর প্রশ্ন না করে কালীপ্রসাদ একটা দীর্ঘশ্বাস ফেললেন। তারপর বললেন, "বাড়ি চল।"

রকি আনমনে নদীর দিকে চেয়ে ছিল। হঠাৎ সচকিত হয়ে বলল, "দাঁড়ান! একটা নৌকো বা ভটভটি আসছে। এটাকে একটু দেখে নিই।"

রকি দক্ষ হাতে-পায়ে পাণ্ডুরাজার ঢিবির ওপর চোখের পলকে উঠে গিয়ে ঝোপঝাড়ে অদৃশ্য হল। কালীপ্রসাদ একটু আড়ালে সরে দাঁড়ালেন।

একটু বাদে রকির চাপা স্বর পাওয়া গেল, "কালীকাকা, ভটভটি করে পনেরো-বিশজন লোক আসছে। সঙ্গে মুভি ক্যামেরা এবং আরও সব সরঞ্জাম। মনে হচ্ছে সিনেমার শুটিং করতে আসছে। উঠে আসুন না, দেখবেন।"

কালীপ্রসাদ একটু কষ্ট করেই খাড়া ঢিবিটার ওপর উঠে এলেন। রকি বাইনোকুলারটা এগিয়ে দিল। খুবই শক্তিশালী আধুনিক জিনিস। অন্তত মাইলটাক উজানে ভটভটিটাকে দেখা গেল। সত্যিই অনেক লোক এবং সরঞ্জাম। কালীপ্রসাদ অস্ফুট স্বরে বললেন, "মনে হচ্ছে এরাই। শুটিং নয় রে বাবা, ওটা ওদের মুখোশ।"

কালীপ্রসাদ তাড়াতাড়ি নেমে এসে বুড়ো নিতাই মাঝির ঝোপড়ার দরজায় গিয়ে

দাঁড়ালেন।

"মাঝি, আছ নাকি?"

"আছি কর্তা। বলুন।"

"সিনেমাওলাদের আসার কথা আছে নাকি এ-গাঁয়ে?"

"আজ্ঞে না।"

"একটা ভটভটি আসছে তাতে মেলা লোক। কোথায় আসছে বলতে পারো?"

"কত লোক তো কত দিকে যায়।"

ভটভটিটার জন্য কালীপ্রসাদ অনেকক্ষণ অপেক্ষা করলেন গা-ঢাকা দিয়ে। কিন্তু শেষ অবধি এল না।

রকি নেমে এসে বলল, "ওরা এর আগে আর-একটা খালে বাঁ দিকে ঢুকে গেল।"

রকিকে নিয়ে কালীপ্রসাদ বাড়ি ফিরে এলেন। পুরনো বন্দুকটা বের করে সারা সকাল সেটাকে সাফ করলেন। ভারী ছ্যাঁচা ইস্পাতে তৈরি। আজও চমৎকার কন্ডিশনে আছে। গুলিগুলোও বহু পুরনো। রং চটে বিবর্ণ হয়ে গেছে। মোট পঞ্চাশটার মতো কার্টরিজ রোদে দিয়ে দিলেন। ড্যাম্প ভাবটা চলে যাবে।

রকি কাণ্ড দেখে হেসে বলল, "কাকা, এ-বন্দুক তুলে তাক করতে করতে ওরা অটোম্যাটিক রাইফেলে ঝাঁঝরা করে দেবে আমাদের।"

॥ ৬ ॥

দুটি রাত প্রায় বিনিদ্র কেটেছে বাবু মিত্তিরের। ছেলের খবর যাও-বা পেলেন, কপালের দোষে সেই ছেলেও পড়ে গেল ডেল্টার খপ্পরে। বারবার ট্রাঙ্ককল করছেন আমেদাবাদে। রকির অফিস থেকে জানাচ্ছে, তারা কোনও খবর জানে না। রকি কিছু না জানিয়েই নিরুদ্দেশ হয়েছে। এর অর্থ একটাই হতে পারে। রকি এখন ডেল্টার খপ্পরে। হয় মেরে ফেলেছে, না হলে গুম করেছে। হয়তো মুক্তিপণ হিসেবে ডলার ফেরত চাইবে। ডলার ফেরত দিলেও শেষ অবধি যে রকিকে তারা জ্যান্ত ছাড়বে না তা বাবুর চেয়ে ভাল আর কে জানে।

পরশুই তিনি আমেদাবাদ রওনা হতে চেয়েছিলেন। পলাশ বাধা দিয়ে বলেছে, "ওটা আপনার অচেনা শহর, কোথায় খুঁজবেন তাকে? তা ছাড়া কিডন্যাপ করলেও তারা নিশ্চয়ই আটঘাট বেঁধেই করেছে। আপনি শুধু-শুধু হয়রান হবেন কেন? বরং মাথা ঠাণ্ডা রেখে চিন্তা করুন।"

আজ সকালে আমেদাবাদে আবার টেলিফোন করে একটা সুখবর পেলেন বাবু মিত্তির। রকি নাকি তার অফিসের সঙ্গে ফোনে যোগাযোগ করেছিল কাল। কোথায় আছে বা গেছে তা বলেনি। শুধু বলেছে, সে কিছুদিন ছুটি চায়। এটা সুখবর বটে, কিন্তু দুশ্চিন্তাও আছে। রকি যদি কলকাতায় তাঁর কাছেই আসবার জন্য রওনা হয়ে থাকে তা হলে কী হবে? আজ সকাল থেকে এই দুশ্চিন্তায় তাঁর বুক কাঁপছে, গলা শুকিয়ে আসছে। মড়ার মতো পড়ে আছেন বসবার ঘরের ইজিচেয়ারে।

পলাশ ঘরে ঢুকে তাঁর হাতে এক টুকরো কাগজ দিয়ে বলল, "কাকাবাবু, আপনার পায়রা এসেছে।"

বাবু মিত্তির চমকে উঠে বললেন, "পায়রা! তুমি পায়রার কথা জানলে কীভাবে?"

পলাশ ম্লান একটু হেসে বলে, "আপনি আমাকে যে পুরোপুরি বিশ্বাস করেন না তা আমি জানি। আপনার মতো অবস্থায় আমিও করতাম না। তবে আমি তো চারদিকে নজর রাখি। তাই পায়রার কথা জানতে অসুবিধে হয়নি।"

বাবু মিত্তির চিরকুটটা পড়ে একটা দীর্ঘশ্বাস ফেলে বললেন, "কালী আমাকে বাঁচাতে চাইছে। কিন্তু আমার মৃত্যুটা আমার কাছে গৌণ হয়ে গেছে। আমার ছেলেটাকে যদি বাঁচিয়ে রাখতে পারি তবে সেটাই হবে আমার বেঁচে থাকা। এখন ভয় হচ্ছে, রকি না আমার কাছে চলে আসে।"

পলাশ ভ্রূ কুঁচকে বলে, "রকি আপনার কাছে আসবে বলে আমার মনে হয় না। ডেল্টার বিপদ সম্পর্কে কেউ তাকে অ্যালার্ট করেছে। আর সেজন্যই সে একচুলের জন্য বেঁচে গেছে। রকি পালিয়েছে।"

"কী করে বুঝলে?"

"না পালালে সে গতকাল অফিসে ফোন করত না। আর আগে থেকে খবর না পেলে সে পালাতও না। আপনার মাথা এখন ভালভাবে কাজ করছে না। করলে এই সহজ ইকুয়েশনটা আপনিই কষতে পারতেন।"

"রকি তা হলে কোথায় যেতে পারে?"

"রকির চিঠিটা ভাল করে আবার পড়ুন, তা হলেই বুঝতে পারবেন।"

"তুমি বুঝতে পেরেছ?"

"বোধ হয় আন্দাজ করতে পারছি। রকিকে আগে থেকে অ্যালার্ট করেছেন সম্ভবত আপনার বন্ধু কালীপ্রসাদ। এবং খুব সম্ভব রকি এখন কালীপ্রসাদের আশ্রয়েই আছে।"

বাবু মিত্তিরের কথাটা বিশ্বাস হল না। তবু আবার একটা দীর্ঘশ্বাস ফেলে বললেন, "তুমি বুদ্ধিমান, এ-কথা তো আগেই বলেছি। আবার কি বলতে হবে?"

"না। অনেকবার বলেছেন।"

"কালীপ্রসাদ তার কাছে যেতে লিখেছে। গেলে হয়তো রকির সঙ্গে আমার দেখাও হবে। কিন্তু যাওয়া কি উচিত?"

"খুবই উচিত। কারণ রকির চিঠি ডেল্টাও পড়েছে। তারা আমাদের চেয়ে অনেক বেশি বুদ্ধিমান। রকি যে কালীপ্রসাদের কাছেই যাবে এটা বুঝতে তাদের দেরি হবে না।"

"সর্বনাশ! তা হলে তো আমার এখনই সেখানে যাওয়া উচিত!"

পলাশ একটু হেসে বলল, "যাওয়া উচিত তো ঠিকই। কিন্তু আপনি এখন আর সেই আগেকার অলিম্পিক-বক্সার নেই। গায়ের জোরে রকিকে বাঁচাতেও পারবেন না। আর আমার মনে হয় কালীপ্রসাদ অত্যন্ত বুদ্ধিমান লোক। যদি পারেন তা হলে তিনিই হয়তো পারবেন রকিকে বাঁচাতে।"

একটু দোনোমোনো করে বাবু মিত্তির বললেন, "তুমি কি আমার সঙ্গে যাবে?"

"আপনি কি আমাকে পুরোপুরি বিশ্বাস করেন?"

বাবু মিত্তির একটা দীর্ঘশ্বাস ফেলে বললেন, "বিশ্বাস না করেও কোনও লাভ নেই। তুমি যদি ডেল্টার লোকও হয়ে থাকো তবু তুমি তো সবই জানো।"

"এবার ঠিক কথাই বলেছেন। আপনি জিনিসপত্র গুছিয়ে নিন। কালীপুরে যেতে হলে তাড়াতাড়ি রওনা হওয়া ভাল। আপনার অনুপস্থিতিতে রাখাল বাড়ি আগলে থাকতে পারবে।"

ঘণ্টাখানেকের বেশি সময় লাগল না। বাবু মিত্তির পলাশকে নিয়ে কালীপুর রওনা হয়ে গেলেন। প্রকাশ্যে বেরিয়ে পড়তে আর কোনও চিন্তা ছিল না বাবু মিত্তিরের। প্রথমত, তেজস্ক্রিয় শলাকা বিছানায় রেখে ডেল্টা ধরেই নিয়েছে যে, অচিরেই বাবুর ক্যানসার হবে। ডেল্টা তিল-তিল করে মারতে চাইছে। ফন্দিটা যে খাটেনি তা ডেল্টা এখনও জানে না। বাবু বিছানা পরিপাটি করে পেতে চাদরের নীচে অবিকল আর-একটা ছুঁচ রেখে এসেছেন। ডেল্টা সরেজমিনে তদন্তে এলেও ক্ষতি নেই, যদি না তারা তেজস্ক্রিয়তা পরীক্ষার জন্য গাইগার কাউন্টার যন্ত্র আনে। দ্বিতীয়ত, আপাতত তারা বাবুকে না মেরে প্রথমে মারতে চাইবে রকিকে। সুতরাং বাবুর এখন ভয় নেই।

পথে কোনও ঘটনাই ঘটল না, শুধু একজন বুড়ো বাউল কামরায় সবাইকে ছেড়ে বাবু মিত্তিরের সামনে এসে একটু নেচে নেচে যখন গাইছিল, "পিঁজরার পাখি রে ডাকিছে গগন, ছাড়িয়া দাও তারে এইবারে..." তখন বাবু মিত্তির চাপা গলায় বলে উঠলেন, "ডেল্টা!"

পলাশ বলল, "ডেল্টা কি এভাবে নিজেকে এক্সপোজ করবে?"

"তা বটে।"

বাউলটা মাঝপথে নেমে গেল।

বাকি পথটায় আর কোনও ঘটনা ঘটল না। যখন কালীপুরের ঘাটে এসে নামলেন তখন বিকেল হয় হয়। প্রায় এক যুগ পরে রকির সঙ্গে দেখা হবে ভেবে বাবু মিত্তিরের বুকটা আনন্দে এত ধড়ফড় করছিল যে, ভাল করে শ্বাস নিতে পারছিলেন না। শরীরটা যেন বেহাল। আবার মনে হচ্ছে, রকির এখানে থাকা কি সম্ভবপর? এতই সহজ হবে কি ব্যাপারটা?

সুন্দরবনে গাড়িঘোড়া, রিকশা কিছুই নেই। নৌকো আর হাঁটাপথ। কিছু-কিছু জায়গায় রিকশা-ভ্যান চলে। কালীপুরে তাও নেই। অনেকটা হাঁটতে হল। কিন্তু হাঁটাটা বাবু মিত্তিরের পক্ষে মঙ্গলজনকই হল। বুকের ধড়ফড়ানি কমে গিয়ে স্বাভাবিক বোধ করতে লাগলেন।

কালীপ্রসাদের বাড়ির ফটকে ঢুকতে যেতেই কোথা থেকে একটা মুশকো লোক ইয়া বড় এক মুগুর হাতে সামনে উদয় হল। চোখে কটমটে দৃষ্টি। ঢুকতে দেবে না। বাবু মিত্তির ঘুঁসি বাগিয়ে ফেলেছিলেন, কিন্তু পলাশ বাধা দিয়ে বলল, "এ তো কালীপ্রসাদেরই লোক হতে পারে। দাঁড়ান দেখছি কথা বলে।"

কিন্তু বিপদ হল, লোকটা বোবা। কথা বলতে পারে না, কিন্তু কটমটে চোখ দুটোই ওর কথা। বলতে চাইছে, কেটে পড়ো।

বাবু মিত্তির একটু রাগের গলায় বললেন, "ওহে পলাশ, চৌকাঠই যে ডিঙোতে পারছি না। আমি বরং একে আস্তে করে একটা আপারকাট মেরে দিই, নইলে ঢুকতে দেবে না।"

পলাশ বাধা দিতে যাচ্ছিল, কিন্তু বাবু মিত্তিরের তর সইল না। রকির সঙ্গে দেখা হবে, তিনি কাঁহাতক ধৈর্য রাখতে পারেন। তিনি সোজা এগিয়ে গিয়ে তাঁর বহু বিখ্যাত ঘুঁসির একটি চালিয়ে দিলেন।

আশ্চর্যের বিষয়, এখনও বাবু মিত্তিরের ঘুঁসির বহর দেখবার মতো। বিরাট চেহারার লোকটা ঘুঁসি খেয়ে প্রায় শূন্যে উঠে ছিটকে পড়ল মাটিতে। বাবু মিত্তির হাত দুটো নেড়ে বললেন, "দেখলে?"

"দেখলাম!" কথাটা যে বলল সে পলাশ নয়। অন্য একজন। ফটকের পাশ থেকে ছিপছিপে চেহারার একটি দীর্ঘকায় যুবক বেরিয়ে এল সর্পিল গতিতে। কেউ কিছু বুঝে উঠবার আগেই সে সামনে পলাশের চোয়ালে একটা বিদ্যুৎগতির ঘুঁসি মারল। পলাশ ধানুর মতোই খানিকটা শূন্যে বিচরণ করে ছিটকে পড়ে গেল এবং পড়েই রইল। ছোকরার দ্বিতীয় ঘুঁসিটা অবশ্যম্ভাবী বাবু মিত্তিরের মাথা লক্ষ্য করে সাপের ছোবলের মতোই এল। বাবু মিত্তির অভ্যস্ত সাইড স্টেপ করে সরে গিয়েই বাঁ হাতে বিষাক্ত একখানা জ্যাব করলেন। তিনি স্পষ্ট বুঝতে পারলেন, ডেল্টা তার জন্য এখানেই অপেক্ষা করছিল। ডেল্টার ওপর তাঁর সুগভীর রাগ। সামনে যাকে পান তাকেই খুন করেন। এটাও বুঝতে পারছেন, পুরো ব্যাপারটাই একটা চক্রান্ত। রকির চিঠি, পলাশের ব্যাখ্যা, এখানে তাঁকে নিয়ে আসা, সবই যেন চক্রান্তের একটা অংশ।

তাঁর জ্যাবটা ছেলেটা হাতেই ব্লক করে দিল। তারপর ডান হাতে চমৎকার একটা নক-আউট পাঞ্চ করল বাবুর চোয়ালে। কিন্তু বাবু মুখটা সরিয়ে ঘুঁসিটাকে বাতাসে ভাসিয়ে দিয়ে ব্যাক স্টেপ করে সরে এলেন। বহুকাল পরে উপযুক্ত প্রতিপক্ষ পেয়েই যেন বাবু মিত্তিরের রক্ত টগবগ করে ফুটতে লাগল। শিরায়-শিরায় গরম রক্ত পাগলা ঘোড়ার মতো ছুটছে। বাবু মিত্তির তাঁর প্রতিপক্ষের বয়স ও ক্ষিপ্রতাকে উপেক্ষা করেই দ্রুত দুই পা এগিয়ে ডান হাতে একটা ভুয়ো ঘুঁসি মেরে ছেলেটার ভারসাম্যে গোলমাল ঘটিয়ে বাঁ হাতে আসল ঘুঁসিটা মারলেন। কিন্তু ছেলেটা ভালই শিখেছে। দু' হাতে ব্লক করে ঘুঁসিটা আটকে দিয়ে মাথাটা নিচু করে বাঁ হাতটা উঁচুতে তুলে চমৎকার পায়ের কাজ দেখিয়ে এগিয়ে এসে পর-পর অতি দ্রুত তিনটে ঘুঁসি মারল বাবুকে। বাবু মনে মনে তারিফ করলেন আর তিনটে মোচড়ে শরীরকে তিনদিকে তিনবারে হেলিয়ে ঘুঁসিগুলোকে কাটিয়ে দিলেন। কিন্তু অবাক হয়ে দেখলেন, ছেলেটার বাঁ হাতটা সাপের ছোবলের মতো উঁচু করে রাখাটা অবিকল তাঁরই মতো। আর সেইজন্যই তাঁর নাম হয়ে গিয়েছিল কোব্রা। তাঁরও বাঁ হাত সামান্য ওপরে তোলা থাকত আর সেটা গোখরোর ফণার মতো দোল খেত।

বাবু অস্ফুট গলায় বললেন, "কাম অন ডেল্টা!"

ছেলেটাও অস্ফুট স্বরে বলে উঠল, "আই শ্যাল ডিল উইথ ইউ ডেল্টা।"

কেউই কারও কথা শুনতে পেল না। বাবু মিত্তির পর পর চারটে ঘুঁসি মারলেন। চারটেই কেটে গেল। ছোকরা মারল পাঁচটা। বাবু মিত্তির পাঁচটাই কাটালেন।

হারজিত হচ্ছে না। দু'জনেই দক্ষ, সতর্ক। একজনের সঙ্গে অন্যজনের তফাত শুধু বয়স ও তৎপরতায়, অভিজ্ঞতা ও জ্ঞানে। বাবু মিত্তির ছেলেটাকে একটু সময় দিলেন, তারপর হাত দুটো নামিয়ে প্রলুব্ধ করলেন ঘুঁসি মারতে। ছেলেটা সেই ফাঁদে পা দিল না। অপেক্ষা করল। তারপর চমৎকার দ্রুত সাবলীল গতিতে এগিয়ে এসে বাবুর ব্লকের ফাঁক দিয়ে দারুণ তৎপরতায় একটা ঘুঁসি চালিয়ে দিল। ঘুঁসিটা পুরোপুরি এড়াতে পারলেন না বাবু। মাথা স্পর্শ করে ঘষটে গেল। বাবু তলা থেকে হাতটা ওপরে তুলে পালটা একটা শর্ট পাঞ্চ করলেন। ছেলেটার বাঁ চোয়ালে সেটা লাগল, তবে জোরে নয়।

হঠাৎ কাছ থেকে কে যেন বলে উঠল, "এ কি সোরাব-রুস্তম হচ্ছে নাকি? ওরে রকি, থাম! ও তোর বাবা।"

রকি থামল। বাবু বেকুবের মতো চেয়ে রইলেন। সামনে কালীপ্রসাদ।

কালীপ্রসাদ ক্ষুব্ধ গলায় বললেন, "তোরা করছিসটা কী? আর এ-দুটোই বা এ-অবস্থায় পড়ে আছে কেন?"

বাবুর কানে কোনও কথাই ঢুকছে না। তিনি হাঁ করে ছেলেটাকে দেখছেন। এই কি তাঁর ছেলে রকি?

রকিরও বাহ্যজ্ঞান নেই। সেও চেয়ে আছে বাবার দিকে। এই কি তার বাবা বাবু মিত্তির?

কয়েক সেকেন্ডের বিহ্বলতার পরই দু'জন দু'জনকে জাপটে ধরল।

"রকি!"

"বাবা!"

পলাশ উঠে বসে চোয়াল ঘষতে-ঘষতে দৃশ্যটা দেখে বলে উঠল, "দু'জনেই গুণ্ডা।"

কিছুক্ষণ বাদে খাওয়ার টেবিলে বসে রকির দিকে চেয়ে বাবু বললেন, "তুই বক্সিং কোথায় শিখলি?"

রকি খুব লজ্জা-লজ্জা মুখে বলল, "আমেরিকায়। ফ্লয়েড প্যাটারসনের কাছে।"

"বলিস কী! প্যাটারসন তোকে শিখিয়েছে? তাই অত ভাল শিখেছিস! যা শিখেছিস অলিম্পিকে স্বচ্ছন্দে যেতে পারিস।"

রকি মাথা নেড়ে বলে, "না বাবা। বক্সিং আমার জান-প্রাণ নয়। তুমি আমাকে জোরজবরদস্তি বক্সার বানাতে চেয়েছিলে। আমার তাতে কষ্ট হত। আমি শিখেছি শখ করে। প্যাটারসনও বলতেন, আমি ন্যাচারাল বক্সার। কিন্তু প্রফেশন্যাল নই। আমি বক্সিংয়ের চেয়ে লেখাপড়া বেশি পছন্দ করতাম।"

"তোকে বক্সার হতে বলছি না। কিন্তু গুণটা নষ্ট করলি। তুই তো বোধ হয় হেভিওয়েট নোস, তাই না?"

"না বাবা, আমি লাইট হেভিওয়েট। তোমারই ক্যাটেগরি।"

বাবু মিত্তিরের মুখটা খুবই উজ্জ্বল দেখাচ্ছিল। পুত্রগর্বে গৌরব বোধ করছিলেন।

পলাশ টেবিলের অন্য ধার থেকে বলল, "রকিবাবু, আপনার ঘুঁসি খেয়ে পেট ভরে গেছে, খেতে পারছি না।"

রকি লজ্জিত হয়ে বলে, "আমি ফটক পাহারা দিচ্ছিলাম। বাবা ধানুকে অ্যাটাক করায় আমার মনে হয়েছিল, আপনারাই ডেল্টার লোক। তবে আসলে ডেল্টার লোকও বোধ হয় ধারে-কাছে আছে। আজ সকালে তারা সিনেমার শুটিং করার অছিলায় এসেছে। আমরা খোঁজ নিয়েছি কাছাকাছি কোথাও শুটিং হচ্ছে না।"

বাবু মিত্তির বললেন, "সর্বনাশ! তা হলে কী হবে?"

কালীপ্রসাদ বললেন, "যা হওয়ার হবে। আমরা একসঙ্গে আছি, ভয় কীসের?"

গল্পেগুজবে, আড্ডায় সন্ধেটা চমৎকার কেটে গেল সকলের। বাবু মিত্তির আসন্ন বিপদ সত্ত্বেও বেশ ঝরঝরে বোধ করতে লাগলেন। অসুস্থতাটা যেন বারো আনাই কেটে গেছে।

ক্রমে রাত হল। খাওয়ার পর কালীপ্রসাদ বললেন, "তোমরা সব শুয়ে পড়ো। আমি জেগে থাকব।"

বাবু, রকি, পলাশ সবাই একসঙ্গে বলে উঠল, "আমরা শুচ্ছি না। রাত জেগে পাহারা দেব।" যোগেন আর ধানুও শুতে রাজি হল না। কালীপ্রসাদ অগত্যা প্রস্তাবটা মেনে নিয়ে বললেন, "গাঁয়ের কয়েকটা ছেলেকে আমি নানা জায়গায় পাহারা রেখেছি। তোমরাও কেউ এক জায়গায় থেকো না। বাড়ির বিভিন্ন ঘর থেকে চারদিকে নজর রাখো।"

দোতলায় চারটে কোণে চারটে শোওয়ার ঘর। বাবু, রকি, পলাশ আর যোগেনকে চারটে ঘরে মোতায়েন করলেন কালীপ্রসাদ। ধানু রইল নীচে আর-একটা ঘরে। ল্যাবরেটরিতে কালীপ্রসাদ। হাতে বন্দুক। কিন্তু নরহত্যা করার ইচ্ছে তাঁর মোটেই নেই। আত্মরক্ষার জন্য করতে হলে করবেন, কিন্তু সেটা খুব অপারগ না হলে নয়।

রাত দশটা বাজল। ধীরে-ধীরে এগারোটা। বারোটা। কিছুই ঘটছিল না। কালীপ্রসাদ দক্ষিণের জানালাটা একটু ফাঁক করে চোখ রেখে বসে আছেন। ঘর অন্ধকার। চোখে অন্ধকার সয়ে গেছে কালীপ্রসাদের।

হঠাৎ কোকিলের ডাকের মতো একটা শিস শুনতে পেলেন। এ হচ্ছে মালোপাড়ার যতীন। জানান দিচ্ছে, গাঁয়ে কেউ ঢুকছে।

একটু বাদে টিটি পাখির মতো আর-একটা শিস। আমতলায় বিমল মোতায়েন আছে। সংকেত দিচ্ছে, এ-বাড়ির দিকে কেউ বা কারা আসছে।

কালীপ্রসাদ একটু মৃদু কাশলেন, ওপর থেকে পালটা একটু কাশির শব্দ শোনা গেল। অর্থাৎ, বাবু সতর্ক আছে।

আরও প্রায় দশ মিনিট নিথরভাবে বসে থাকার পর হঠাৎ কালীপ্রসাদের চোখে পড়ল, একটা ছায়ামূর্তি একটা কামিনী ঝোপের আড়াল থেকে আর-একটা ঝোপের আড়ালে সরে গেল।

কানের কাছে হঠাৎ একটা মশা চক্কর দিচ্ছে আর পনপন আওয়াজ করছে। কালীপ্রসাদ থাবড়া মারতে হাত তুলেও থেমে গেলেন। মশাটা এবার যেন তাঁর কানের গর্তের মধ্যে ঢুকে গিয়ে পিন পিন করে কথা বলতে লাগল।

কালীপ্রসাদ স্থির হয়ে মশার শব্দটা মন দিয়ে শুনতে লাগলেন। মশাটা গুনগুন করে বলল, "নিজেকে খুব বুদ্ধিমান ভাবো নাকি?"

"আজ্ঞে না।" খুব বিনীতভাবে বললেন কালীপ্রসাদ।

"তোমার শত্রুপক্ষ খুবই শক্তিমান। ইচ্ছে করলেই তারা তোমাদের সুদ্ধু গোটা বাড়িটাই উড়িয়ে দিতে পারে।"

"যে আজ্ঞে।"

"তোমাদের কাছে যথেষ্ট অস্ত্রশস্ত্র নেই, লোকবল নেই, প্রবল শত্রুর সঙ্গে পারবে কী করে?"

"আমাকে পরামর্শ দিন।"

"তুমি যে বন্ধু এবং আশ্রিতজনদের বাঁচানোর জন্য নিজের বিপদ তুচ্ছ জ্ঞান করছ এতে আমরা—তোমরা পূর্বপুরুষেরা সন্তুষ্ট। শত্রুদের লক্ষ্য দু'জন। বাবু মিত্তির আর তার ছেলে। ছেলেটাকে মারতেই তারা এসেছে। বাবু মিত্তিরকে তারা মারবে না, দগ্ধে-দগ্ধে মরতে দেবে বুঝেছ?"

"যে আজ্ঞে।"

"সুতরাং সকলের মঙ্গলের জন্য তোমার উচিত হবে ছেলেটাকে শত্রুপক্ষের হাতে ছেড়ে দেওয়া।"

কালীপ্রসাদ শিহরিত হয়ে বললেন, "সে কী! তা হলে তো চূড়ান্ত বিশ্বাসঘাতকতা করা হবে।"

মশা যে হাসতে পারে তা জানা ছিল না কালীপ্রসাদের। শুধু হাসি নয়, অট্টহাসি। কালীপ্রসাদ নিজের কানের মধ্যে সেই আশ্চর্য অট্টহাসি শুনতে পেলেন। মশা বলল, "শোনো কালীপ্রসাদ, নিজের বুদ্ধিতে যদি চলো তা হলে আমার পরামর্শের প্রয়োজন তোমার নেই। সেক্ষেত্রে তোমাদের ভাগ্যে যা আছে তাই হবে।"

"আজ্ঞে, আমাকে একটু বুঝিয়ে বলুন।"

"শত্রুপক্ষের সর্দারের নাম পল। সে নিজে এসেছে। ঢ্যাঙা এবং শীর্ণ চেহারার একটি লোক। সে অত্যন্ত প্রতিহিংসাপরায়ণ। বহুদিন ধরে সে প্রতিশোধের জন্য অপেক্ষা করছে। আজ সে নিজের হাতে বাবু মিত্তিরের ছেলেকে মারবে। নইলে তার বুকের জ্বালা জুড়োবে না।"

কালীপ্রসাদ অবাক হয়ে বললেন, "পল নিজে এসেছে?"

"হ্যাঁ। তুমি সদর দরজাটা খুলে দাও। ওদের আসতে দাও। তার আগে বাবু মিত্তিরের কাছে গিয়ে তার পিস্তলটা চেয়ে নাও কারণ সে গুলি ছুড়লে সব ভণ্ডুল হয়ে যাবে।"

এ-কাজ করলে বাবু যে আমাকে আর বিশ্বাস করবে না। আমি বিশ্বাসঘাতকতার দায়ে পড়ে যাব।"

"তা হলে নিজের বুদ্ধি-বিবেচনা অনুযায়ী চলো। আমাদের আর কিছু করার নেই।"

কালীপ্রসাদ তাড়াতাড়ি বললেন, "আজ্ঞে, আমাকে ক্ষমা করবেন। আমি আপনার পরামর্শই মেনে নিচ্ছি।"

"তা হলে তাড়াতাড়ি করো। সদর দরজাটা অত্যন্ত দুর্লভ কাঠ দিয়ে তৈরি। ও-কাঠ আর পাওয়া যায় না। শত্রুরা দরজাটা ভাঙার আগেই ওটা খুলে দিতে হবে। বুঝেছ?"

"যে আজ্ঞে।"

কালীপ্রসাদ বিষণ্ণ মনে ধীরে-ধীরে দোতলায় উঠে বাবু মিত্তিরের ঘরে এলেন।

"বাবু।"

বাবু মিত্তির জানালার ধারে পিস্তল হাতে নিয়ে বসে ছিলেন। ডাক শুনে চমকে ফিরে তাকালেন, "কী রে?"

"তোর পিস্তলটা আমাকে দে।"

"কেন?"

"দে না।"

বাবু মিত্তির সন্দিহান চোখে বন্ধুর দিকে কয়েক পলক চেয়ে রইলেন অন্ধকারে। তারপর দ্বিধাজড়িত হাতে পিস্তলটা এগিয়ে দিয়ে বললেন, "কিছু দেখেছিস?"

কালীপ্রসাদ সত্যি কথাটাই বলবার জন্য হাঁ করেছিলেন। কিন্তু তাঁর হয়ে আর-একটি কণ্ঠ বলে উঠল, "না, কিছু দেখিনি। তুই দেখেছিস?"

বাবু বললেন, "না। কিন্তু পাখির ডাক শুনেছি। রাতে পাখি ডাকে নাকি?"

অন্য কণ্ঠটি কালীপ্রসাদের হয়ে বলল, "তা ডাকে। ভয়ের কিছু নেই এখনও।"

"পিস্তলটা নিচ্ছিস কেন?"

অন্য কণ্ঠটি বলল, "তোর ভালর জন্যই। এখন তোর মাথা ভাল কাজ করছে না। দুম করে চালিয়ে দিলে বিপদ হতে পারে।"

"তা বটে। বুড়ো বয়সে খুনটুন করার ইচ্ছেও আমার ছিল না। কিন্তু ছেলেটাকে বাঁচাতে তো কিছু করতেই হবে।"

অন্য কণ্ঠটি বলে উঠল, "বিপদে মাথা ঠিক রাখতে হয়।"

কালীপ্রসাদ চমৎকৃত হচ্ছিলেন। হুবহু তাঁর গলা নকল করে কে কথাগুলো বলে দিচ্ছে? তিনি কণ্টকিত শরীরে নীচে এলেন। তারপর সাবধানে সদর দরজার খিল খুলে দরজাটা হাট করে দিলেন। তারপর ল্যাবরেটরিতে এসে জানালার কাছে বসে রইলেন।

প্রথমে অনেকক্ষণ কিছুই ঘটল না। বাগানে নড়াচড়া নেই। কানেও মশার শব্দ নেই। কালীপ্রসাদ শুধু চেয়ে রইলেন।

হঠাৎ ওপর থেকে বাবু মিত্তিরের চিৎকার শোনা গেল, "সাবধান! ওরা আসছে!"

বাবু বোধ হয় দৌড়ে ঘর থেকে বেরিয়ে সিঁড়ি দিয়ে দুড়দাড় নামতে লাগল। কালীপ্রসাদ আরও তিনজোড়া পায়ের শব্দ পেলেন। সবাই ছুটে আসছে নীচে।

কানে মশাটা বলে উঠল, "হুড়োহুড়ি কোরো না। যা ঘটছে ঘটতে দাও।"

কালীপ্রসাদ বললেন, "যে আজ্ঞে।"

বলে উঠে দরজায় এসে দাঁড়ালেন। সামনেই দরদালান। ডান দিকে সদর দরজা। দেখলেন সদর দরজা দিয়ে কয়েকটা ছায়ামূর্তি চটপটে পায়ে ভিতরে ঢুকে সিঁড়িটা আগলে দাঁড়াল।

বাবু সবার আগে নেমে আসছিলেন। অগ্র-পশ্চাৎ বিবেচনা তাঁর লোপ পেয়েছে। তিনি চার সিঁড়ি ওপর থেকে ঘুঁসি বাগিয়ে লোকগুলোর ওপর লাফিয়ে পড়লেন, "তবে রে! আজ সবাইকে শেষ করে ছাড়ব!"

শুধু বাবু নয়, পিছনে রকি, পলাশ, যোগেন।

বাবু আর রকি দক্ষ বক্সার। তারা দুমদাম ঘুঁসি চালিয়ে যেতে লাগল। ছায়ামূর্তিরা একটু বেসামাল হয়ে পড়ল আচমকা আক্রমণে। দু'জন, ঘুঁসি খেয়ে পড়েও গেল ছিটকে। কিন্তু তারপরেই লোকগুলো ছোট-ছোট ব্যাটনের মতো জিনিস দিয়ে পালটা মারল।

মিনিটখানেকের মধ্যেই লড়াই শেষ হয় গেল। সিঁড়িতে আর দরদালানের মেঝেয় চারজনই ভূমিশয্যা নিয়েছে।

লম্বা সুরুঙ্গে চেহারার একটা লোক ভিতরে এসে দাঁড়িয়ে দৃশ্যটা দেখে ঠাণ্ডা গলায় ইংরেজিতে বলল, "ওদের বেঁধে ফেলো।"

চটপট বাঁধা হল চারজনের হাত আর পা।

লম্বা লোকটা বলল, "চোখেমুখে জল দাও। জ্ঞান ফিরে আসুক।"

তাই করা হল।

বাবু মিত্তির একটু কাতর শব্দ করে উঠে বসলেন। তারপর সামনে চেয়ে লম্বা লোকটাকে দেখে ভীষণ চমকে উঠে বললেন, "পল!"

"চিনতে পারছ তা হলে? বিশ্বাসঘাতক!"

বাবু মিত্তির ডুকরে উঠে বললেন, "বিশ্বাস করো পল, আমি রাউলকে মারিনি। রাউল আমার বন্ধু ছিল। রাউলকে মেরেছিল সিকিউরিটির লোকেরা।"

"তোমার সাফাই আমার জানা ছিল। পুত্রশোক কীরকম হয় তা জানো? এত বছর ধরে আমি ভিতরে ভিতরে জ্বলেপুড়ে খাক হয়ে যাচ্ছি। তোমাকে সেই জ্বালার একটু ভাগ দিতে চাই।"

"দোহাই পল, এ-কাজ কোরো না। কী প্রায়শ্চিত্ত করতে হবে বলো। ডলার ফেরত চাও, দেব। সব কিছু করব। শুধু আমার ছেলেটাকে ছেড়ে দাও।"

"রাউল তোমার বন্ধু ছিল, তোমার জন্য সে অনেক কিছু করেছিল। প্রতিদানে তার জুটেছিল কয়েকটা বুলেট। এ-পাপের কী প্রায়শ্চিত্ত হয়। আর যদি হয় তা ঠিক এইভাবেই হয়। পুত্রশোকের ভাগিদার হয়ে সেই প্রায়শ্চিত্তই করতে হবে তোমাকে। তারপর ধীরে ধীরে অশেষ যন্ত্রণা পেয়ে ক্যানসারে মারা যাবে তুমি। আমি এ দিনটারই অপেক্ষায় ছিলাম।"

বাবু নিজেকে সংযত করলেন। গলা থেকে আবেদন-নিবেদনের ভাবটা মরে গেল। তেজি গলায় বললেন, "পল, আমাকে প্রায়শ্চিত্ত করতে বলছ? তোমার

পাপও কি কিছু কম? অলিম্পিকে সোনার পদক আমার বাঁধা ছিল। কেউ সেবার আমাকে হারাতে পারত না। তুমি রাউলকে পদক পাইয়ে দেওয়ার জন্য আমাকে ফুড পয়জন করেছিলে। বলো, করোনি? তুমি কি জানো একটা অলিম্পিকে একটা সোনার পদক আমার কাছে তখন কতখানি মূল্যবান ছিল?"

পল হাসল, "পদকের শোকের চেয়েও বড় শোক পৃথিবীতে আছে। স্বীকার করছি, আমি তোমাকে রাউলের পথ থেকে সরিয়ে দিয়েছিলাম। কিন্তু ক্ষতিপূরণও করেছি। তোমাকে অনেক টাকা দিয়েছি।"

"এমনই দাওনি। আমাকে পাপের পঙ্কিল পথে নামিয়েছিলে।"

"দুনিয়াতে পাপ বলে কিছু নেই। ওসব দুর্বলদের কথা। যে কোনও জীবিকাই জীবিকামাত্র।"

"তুমি পিশাচ।"

"ঠিক কথা। এখন বলো তো, তোমার ছেলের মৃত্যু আমি কী ভাবে ঘটাব! পারবে বলতে?"

"আগে আমাকে মারো পল। এইটুকু দয়া করো।"

পল হাসল। বলল, "ধীরে বন্ধু, ধীরে। তাড়াহুড়োর কী আছে? দুনিয়াটাকে আর কিছুদিন ভোগ করে নাও। আমার খুব ইচ্ছে, তোমার ছেলের ডান হাতটা প্রথমে কেটে ফেলি। ও চেঁচাবে, ছটফট করবে। তুমি চেয়ে চেয়ে দেখবে। কেমন হবে ব্যাপারটা?"

রকি একটা ঝাঁকি দিয়ে উঠে দাঁড়ানোর চেষ্টা করে বলল, "আমি তোমাকে একটা কথা বলে নিতে চাই পল। আমি মরতে ভয় পাই না। বেশি নাটক না করে যা করার করে যাও।"

"অত তাড়া কীসের? গাড়ি ধরবে নাকি?" বলে পল খুব হাসল। হঠাৎ তার হাতে ঝিকিয়ে উঠল একটা এক ফুট লম্বা সরু ছুরি।

কালীপ্রসাদের হাত পা নিসপিস করছিল। তিনি মুঠো বাগিয়ে এক পা এগিয়ে গিয়েছিলেন। কানের মধ্যে মশা পনপন করে উঠল, "করো কী! চুপ করে থাকো। নাটকটা দেখতে দাও।"

প্রায় নিঃশব্দে কালীপ্রসাদ হাসলেন, "যে আজ্ঞে।"

ছুরিটা হাতে নাচাতে নাচাতে পল বলল, "চেয়ে দ্যাখো বাবু। দু' চোখ ভরে দ্যাখো, প্রথমে তোমার ছেলের ডান হাত কেটে নিচ্ছি। তারপর বাঁ হাত। তারপর একটা চোখ উপড়ে নেব। তারপর আর-একটা। তখনও ও মরবে না। চেঁচাবে, দাপাবে। ঘণ্টাখানেক বাদে রক্তক্ষরণে মারা যাবে। দ্যাখো।"

বলে পল গিয়ে রকির সামনে দাঁড়াল।

ঠিক এই সময়ে কালীপ্রসাদ পিস্তলটা তুলতে যাচ্ছিলেন। আর সময় নেই। কিছু একটা না করলে রকি মরবে।

মশাটা কানে পনপন করে উঠে বলল, "ও-কাজ কোরো না। তুমি আমাদের শেষ বংশধর। খুনটুন করে বসলে পাপ হয়ে যাবে। তা হলে নিম্নগতি হবে। আমাদের

উদ্ধার করবে কে?"

"যে আজ্ঞে।"

ভক করে হঠাৎ বোঁটকা গন্ধটা নাকে এল কালীপ্রসাদের। খুবই চেনা গন্ধ। গতকালও পেয়েছিলেন। গন্ধের উৎস খুব কাছেই। কালীপ্রসাদ চারদিকে তাকাতে লাগলেন। হঠাৎ চমকে উঠে দেখলেন, ঠিক তাঁর পাশে, গা ঘেঁষেই বিশাল কেঁদো বাঘটা।

পল ছুরিটা নিপুণ হাতে ধরে রকির কনুইয়ের ওপর চালাতে যাচ্ছে ঠিক এই সময়ে তার দলের লোকেরা আর্তনাদ করে উঠল, "বাঘ! বাঘ!"

পল চকিতে ঘুরে দাঁড়াল, "মাই গড! শুট ইট।"

সঙ্গে সঙ্গে গোটা দুই স্বয়ংক্রিয় আগ্নেয়াস্ত্র ট্যারা-ট্যাট-ট্যাট করে ঝাঁঝরা করে দিচ্ছিল বাঘটাকে।

কিন্তু বাঘটা নির্বিকারভাবে দাঁড়িয়ে পথের দিকে চেয়েছিল। পল ছুরিটা তুলে বিদ্যুৎগতিতে ছুড়ল বাঘটার দিকে। কালীপ্রসাদ অবাক হয়ে দেখলেন ছুরিটা বাঘটাকে ভেদ করে দেওয়ালে গিয়ে লাগল।

তারপর যা ঘটল তা অবিশ্বাস্য। বাঘটা একটা চাপা গর্জন করে একটা ঘূর্ণিঝড়ের মতো গিয়ে পড়ল পলের ওপর। তাকে মুখে তুলে নিয়ে একটা লাফে খোলা দরজা দিয়ে বাইরে গিয়ে পড়ল।

পলের স্যাঙাতরা ছিটকে পড়ল এদিক-ওদিক। সবাই কুমড়ো-গড়াগড়ি।

মশাটা কালীপ্রসাদের কানের মধ্যে বলল, "ওদের বাঁধন খুলে দাও। পাজি লোকগুলোকে বেঁধে ফেলো। ওরা এখন নিরস্ত্র।"

কালীপ্রসাদ বললেন, "যে আজ্ঞে। কিন্তু বাঘটা কোথা থেকে এল?"

"ওকে চিনতে পারলে না? ও তোমার হালুম।"

"বুঝেছি।" বলে কালীপ্রসাদ কৃতজ্ঞতায় চোখের জল মুছলেন। তারপর এগিয়ে গিয়ে চারজনের বাঁধন খুলতে লাগলেন।

পাতালঘর

"আচ্ছা, ও বাড়িতে কি ভূত আছে মশাই ?"

নরহরিবাবু অবাক হয়ে বললেন, "ভূত ! বাড়ির সঙ্গে আবার ভূতও চাই নাকি আপনার ? আচ্ছা আবদার তো মশাই ! সস্তায় বাড়িটা পাচ্ছেন, সেই ঢের, তার সঙ্গে আবার ভূত চাইলে পারব না মশাই। ভূত চাইলে অন্য বাড়ি দেখুন। ওই নরেন বক্সির বাড়ি কিনুন, মেলা ভূত পাবেন।"

সুবুদ্ধি জিভ কেটে বলল, "আরে ছিঃ ছিঃ, ভূত চাইব কেন ? ওটা কি চাইবার জিনিস ? বলছিলাম কি পুরনো বাড়ি তো, অনেক সময়ে পুরনো বাড়িতেই তাঁরা থাকেন কিনা।"

নরহরিবাবু এ-কথাটা শুনেও বিশেষ খুশি হলেন না। গম্ভীর হয়ে বললেন, "পুরনো বাড়ি হলেই ভূত থাকবে এমন কোনও কথা নেই। ভূত অত সস্তা নয়। ভূত যদি থাকত তা হলে আরও লাখদুয়েক টাকা বেশি দর হাঁকতে পারতুম। কপালটাই আমার খারাপ। কলকাতার বিখ্যাত ভূতসন্ধানী ভূতনাথ নন্দী মাত্র ছ'মাস আগে এসে প্রস্তাব দিয়েছিলেন, 'যদি ভূতের গ্যারান্টি থাকে তবে তিন লক্ষ টাকা দিতে রাজি আছি।' বুঝলেন মশাই, ভূত থাকলে এত সস্তায় মাত্র এক লাখ টাকায় বাড়িটা আপনি পেতেন না।"

সুবুদ্ধি ঘাড় নেড়ে বলল, "বুঝেছি। ভূতের দাম আছে দেখছি।"

"চড়া দাম মশাই, চড়া দাম। অথচ কপালটা খারাপ না হলে দেড়শো বছরের পুরনো বাড়িতে এক-আধটা ভূত কি থাকতে পারত না ? কিন্তু ব্যাটারা যে কোথায় হাওয়া হল কে জানে ! বোম্বাইয়ের থিওসফিক্যাল সোসাইটির কিছু আড়কাঠিও এসেছিল ভূতের বাড়ির খোঁজে। তারাও ও-বাড়ি ভাড়া নিয়ে কয়েকদিন ছিল। ভূতের গায়ের আঁশটিও দেখতে পায়নি।"

সুবুদ্ধি হঠাৎ বলল, "ভূতের গায়ে কি আঁশ থাকে নরহরিবাবু ?"

নরহরিবাবু উদাস হয়ে বললেন, "কে জানে কী থাকে ! আঁশও থাকতে পারে, বড়-বড় লোমও থাকতে পারে।"

"নরেন বক্সির বাড়ির কথা কী যেন বলছিলেন !"

নরহরিবাবু গলাটা একটু খাটো করে বললেন, "ওর বাড়িতেও ভূতফুত কিছু নেই মশাই। সব ফক্কিকারি। ভূতনাথ নন্দীকে ভজিয়ে বাড়িটা দেড় লাখ বেশি দামে গছাল। রাত্রিবেলা মেজো ছেলে গোপালকে ভূত সাজিয়ে পাঠিয়েছিল। গোপাল সাদা চাদর চাপা দিয়ে খানিক নাচানাচি করে এল উঠোনে। নাকিগলায় কথাটথাও বলেছিল। তাইতেই ভূতনাথবাবু খুব ইমপ্রেস্ড। খুশি হয়ে বাড়িটা কিনে ফেললেন। তবে তিনি ব্যস্ত মানুষ, বিশেষ আসেন না। বাড়িটা পড়েই থাকে।"

সুবুদ্ধি একটা স্বস্তির শ্বাস ফেলে বলল, "যাক, বাড়িটায় ভূত নেই জেনে ভারী নিশ্চিন্ত হলাম। পুরনো বাড়ি বলে একটু খুঁতখুতুনি ছিল।"

এ-কথায় নরহরিবাবু একেবারেই খুশি হলেন না। একটু যেন চটে উঠেই বললেন, "আপনি তো ভূত নেই বলে খুশি হয়েই খালাস। কিন্তু ভূত না থাকাটা কি ভাল ? যত দিন যাচ্ছে ততই ভূতের চাহিদা বাড়ছে। চারদিকে এখন 'ভূত নেই', 'ভগবান নেই' বলে একটা হাওয়া উঠেছে। যতই হাওয়াটা জোরদার হচ্ছে ততই লোক ভূত দেখার জন্য হামলে পড়ছে। আর যতই হামলে পড়ছে ততই ভূতেরা গা-ঢাকা দিচ্ছে। তাতে লাভটা হচ্ছে কার ?"

সুবুদ্ধি একটু হতবুদ্ধি হয়ে বলল, "তা বটে !"

"আপনি তো 'তা বটে' বলেই মুখ মুছে ফেললেন, কিন্তু আমার ক্ষতিটা বিবেচনা করেছেন ? আমার এ-তল্লাটে সোয়াশো দেড়শো বছরের পুরনো আরও পাঁচখানা বাড়ি আছে। ভূত না থাকলে সেগুলোর দর উঠবে ? নোনায় ধরেছে, ঝুরঝুর করে চুনবালি খসে পড়ছে। দেওয়াল ফেটে হাঁ হয়ে তক্ষকের বাসা হয়েছে, অশ্বত্থ গাছ উঠছে, ওসব বাড়ির দামই বা কী ? ওদিকে ভূতনাথ নন্দী বলে রেখেছেন খাঁটি ভূত থাকলে তিনি প্রত্যেকটা বাড়ি আড়াই তিন লাখে কিনে নেবেন। কিন্তু কপালটাই এমন যে, কী বলব ! মতি ওঝাকে দিয়ে সবক'টা বাড়ি তন্নতন্ন করে খুঁজিয়েছি। সে মেলা মন্ত্রটন্ত্র পড়ে ভাল করে দেখে এসে বলেছে, 'আপনার নসিবটাই খারাপ। কুনো বাড়িতে ভূতটুত কুছু নাই। সব সাফা কোঠি আছে।' আমি তো আর নরেন বক্সি নই যে, ভেজাল ভূত চালিয়ে দেব ! আমি হলাম হরি ময়রার প্রপৌত্র। আমাদের বংশে কেউ কখনও দুধে জল বা রসগোল্লায় সুজি মেশায়নি। সেই বংশের ছেলে হয়ে কি আমি ভূতে ভেজাল দিতে পারি ?"

সুবুদ্ধি অত্যন্ত বুদ্ধিমানের মতো মাথা নেড়ে বলল, "তা তো বটেই।"

"তাই বলছিলাম মশাই, ভূত নেই বলে আপনার তো আনন্দই হচ্ছে, কিন্তু আমার তো তা হচ্ছে না। একেই বলে কারও পৌষ মাস, কারও সর্বনাশ।"

সুবুদ্ধি মাথা নেড়ে সায় দিয়ে বলল, "যা বলেছেন !"

নরহরিবাবু কটমট করে সুবুদ্ধির দিকে চেয়ে বললেন, "তা হলে যান, গিয়ে নেই-ভূতের বাড়িতে সুখে থাকুন গে।"

সুবুদ্ধি এতক্ষণ বড় অস্বস্তি বোধ করছিল। ধমক খেয়ে পালিয়ে বাঁচল। সঙ্গে তার ভাগ্নে কার্তিক।

রাস্তায় এসে কার্তিক বলল, "মামা, ভূতের যে এত দাম তা জানতাম না তো !"

"আমিই কি জানতাম ? যাক বাবা, বাড়িটায় ভূত নেই এটাই বাঁচোয়া।"

কার্তিকের বয়স বছর পনেরো। বেশ চালাক-চতুর ছেলে। বলল, "ভূত থাকলেই ভাল হত কিন্তু মামা। ভূত দেখার মজাও হত, আবার ভূতনাথবাবুকে বেশি দামে বেচেও দেওয়া যেত।"

সুবুদ্ধি নরহরিবাবুর মতোই কটমট করে কার্তিকের দিকে চেয়ে বলল, "তোরও ঘাড়ে ভূত চাপল নাকি ? ওসব কথা উচ্চারণও করতে নেই।"

সুবুদ্ধি মিলিটারিতে চাকরি করত। চাকরি করতে-করতে বেশ কিছু টাকা জমে গিয়েছিল হাতে। মিলিটারিতে খাইখরচ লাগে না, পোশাকআশাকও বিশেষ লাগে না, ইউনিফর্ম তো সরকারই দেয়। দিদি ছাড়া তার তিনকুলে কেউ নেই বলে কাউকে টাকাও পাঠাতে হত না। ফলে সুবুদ্ধির হাতে বেশ কিছু টাকা জমে গেল। মিলিটারিতে রিটায়ার করিয়ে দেয় খুব তাড়াতাড়ি। রিটায়ার হয়ে সুবুদ্ধি ভাবল, এবার নির্জনে কোথাও আস্তানা গেড়ে ছোটমতো একটু দোকান করবে আর একা-একা বেশ থাকবে। এই নন্দপুরের খোঁজ মিলিটারিরই একটা লোক দিয়েছিল। বলেছিল, "হুগলি জেলায় ওরকম জায়গা আর পাবে না। জলবায়ু যেমন ভাল, তেমনই গাছপালা আছে, নদী আছে। ব্যবসা করতে চাও তো নন্দপুর হচ্ছে সবচেয়ে ভাল জায়গা। বড় গঞ্জ, মেলা লোকজনের যাতায়াত। নন্দপুরের বাজারের খুব নাম।"

তা নন্দপুর জায়গাটা খারাপ লাগেনি সুবুদ্ধির। বাস্তবিকই জায়গাটা চমৎকার। গাঁ বলতে যা বোঝায় তাও নয়। আধা শহর, আধা গ্রাম। ব্যবসা-বাণিজ্য করতে চাইলেও বাধা নেই।

সুবুদ্ধির দিদি বসুমতীর শ্বশুরবাড়িও কাছাকাছিই, বৈঁচিতে। ঘণ্টাটাকের পথ। দিদি নন্দপুরের নাম শুনে বলল, "ওখানে একটা ভাল ইস্কুল আছে শুনেছি। কার্তিকটার তো এখানে লেখাপড়া তেমন ভাল হচ্ছে না। সারাদিন খেলে বেড়ায়। ওকে বরং ওখানেই তোর কাছে নিয়ে রাখ। তোরও একা লাগবে না, আর ওর ওপরেও নজর রাখতে পারবি।"

দিদির পাঁচ ছেলে, এক মেয়ে। কাজেই কার্তিককে ছেড়ে দিতে জামাইবাবুরও আপত্তি হল না।

কয়েকদিন হল মামা-ভাগ্নে নন্দপুরে এসে বাজারের কাছে একটা ঘর ভাড়া নিয়ে আছে। বাড়িটাও কেনা হয়ে গেল। এখন একটু মেরামত করে নিলেই হয়। যে-ঘরটায় তারা আছে সেখানেই দোকান করা যাবে। কীসের দোকান তা অবশ্য এখনও ঠিক হয়নি। কার্তিকের ইচ্ছে, একটা রেস্টুরেন্ট বা মিষ্টির দোকান খোলা হোক, সুবুদ্ধির ইচ্ছে মনোহারি বা মুদির দোকান।

নন্দপুরের নামকরা মিস্তিরি হল হরেন মিস্তিরি। একডাকে সবাই চেনে। বড্ড ব্যস্ত মানুষ। তাকে ধরাই মুশকিল। দু'দিন ঘোরাঘুরির পর তিনদিনের দিন বিকেলে বাজারের পেছন দিকে হরেন মিস্তিরির বাড়িতে তাকে পাওয়া গেল। পাকানো চেহারা, মস্ত গোঁফ, মুখখানা থম-ধরা। সব শুনে-টুনে জিজ্ঞেস করল, "কোন বাড়িটা কিনলেন ?"

"ওই যে পাঠকপাড়ায় নরহরিবাবুর বাড়ি।"

শুনে ফিচিক করে একটু হাসল হরেন, "কেনা হয়ে গেছে ?"

"আজ্ঞে।"

"ভাল, ভাল।"

ভাল, ভাল-টা এমনভাবে বলল যে, মোটেই সেটা ভাল শোনাল না সুবুদ্ধির

কানে। বলল, "কেন, কোনও গোলমাল আছে নাকি ?"

"থাকুন, বুঝবেন।"

এ-কথাটাও রহস্যে ভরা। সুবুদ্ধি বলল, "একটু খোলসা করেই বলে ফেলুন না। আমি বাইরের মানুষ, সব জেনে রাখা ভাল।"

হরেন একটা শ্বাস ফেলে বলল, "জানবেন, জানবেন, তার জন্য তাড়া কীসের ? থাকতেই তো এসেছেন, থাকতে-থাকতেই জানতে পারবেন।"

সুবুদ্ধির মনে একটা খিঁচ ধরে গেল। হরেন মিস্তিরি কি কোনও গুহ্য কথা জানে ? সে বলল, "বাড়িটা একটু পুরনো।"

হরেন গলা চুলকোতে-চুলকোতে বলল, "পুরনো বললে কিছুই বলা হয় না। ও-বাড়ি একেবারে ঝুরঝুরে। তা কত নিল ?"

"এক লাখ।"

"আপনার অনেক টাকা, না ? টাকা চুলকোচ্ছিল বুঝি ?"

সুবুদ্ধি শুকনো মুখে ঢোক গিলে বলল, "ঠকে গেছি নাকি ?"

"এখন আর সেটা জেনে লাভ কী ? কিনে তো ফেলেইছেন।"

"যে আজ্ঞে।"

হরেন মিস্তিরি বলল, "ঠিক আছে, কাল আমি লোকজন নিয়ে যাব। তবে বলেই রাখছি মশাই, ও-বাড়ি মেরামত করতে বেশ খরচ হবে আপনার।"

সুবুদ্ধি দমে গিয়ে বলল, "তা কত পড়বে ?"

"আগে দেখি, তারপর হিসেব।"

নন্দপুরে এসে জায়গাটা দেখে বেশ আনন্দ হয়েছিল সুবুদ্ধির। কিন্তু আনন্দটা এখন ধীরে-ধীরে কমে যাচ্ছে। একটু উদ্বেগ হচ্ছে।

পরদিন হরেন মিস্তিরি বাড়ি মেরামত করতে গেলে একটা বিপত্তি ঘটল। হরেনের এক শাগরেদ পাঁচু কোণের ঘরের ফাটা মেঝেতে একটা আলগা চাঙড় তুলতে যেতেই মেঝে ধসে সে পাঁচ হাত গর্তের মধ্যে পড়ে গেল। হাঁটু ভাঙল, মাজায় চোট।

হরেন মিস্তিরি মাথা নেড়ে বলল, "শুরুতেই এমন অলক্ষুণে কাণ্ড মশাই, আমি এ-বাড়ি মেরামত করতে পারব না। পাঁচুই আমার বল-ভরসা। সে বসে যাওয়াতে আমার ভারী ক্ষতি হল। আর ছোঁড়াটাও বোকা। কতবার শিখিয়ে-পড়িয়ে দিলাম, ওরে ওদিকপানে তাকাসনে, তা হলেই বিপদ। তা ছোঁড়া শুনল সে-কথা ? ঠিক তাকাল, আর পড়লও বিপদে।"

সুবুদ্ধি শুকনো মুখে বলল, "কোনদিকে তাকানোর কথা বলছেন ?"

হরেন নরহরিবাবুর মতোই কটমট করে তাকিয়ে বলল, "সে আমি বলতে পারব না মশাই, নিজেই বুঝবেন।"

হরেন মিস্তিরি দলবল নিয়ে চলে যাওয়ার পর সুবুদ্ধি মাথায় হাত দিয়ে বসে পড়ল, "এখন কী হবে রে কার্তিক ?"

কার্তিক বিন্দুমাত্র না ঘাবড়ে বলল, "দেখো মামা, আমি বলি কী, মেরামতের

দরকার নেই। একটু ঝাঁটপাট দিয়ে চলো দুটো চৌকি কিনে এনে এমনিই থাকতে শুরু করি। তারপর দু'জনে মিলে রংটং করে নেব'খন ধীরেসুস্থে।"

"বলছিস ?"

"বাড়িখানা আমার দিব্যি পছন্দ হয়ে গেছে। ইচ্ছে করছে আজ থেকেই থাকি।"

তা বাড়িটা সুবুদ্ধিরও কিছু খারাপ লাগছে না। পুরনো আমলের ত্রিশ ইঞ্চি মোটা দেওয়াল, পোক্ত গঠন। তিনখানা ঘর, একখানা দরদালান আছে। পেছনে একটু বাগান, তাতে অবশ্য আগাছাই বেশি। সুবুদ্ধি আর কার্তিক বাড়িটা ঘুরেফিরে দেখল। তিন নম্বর ঘরটা ভেতর দিকে। বেশ বড় ঘর, তারই মেঝেটা এক জায়গায় বসে গেছে।

"ওরে কার্তিক, বাড়ির মেঝে যে ফোঁপরা হয়ে গেছে রে! রাত-বিরেতে আমাদের নিয়ে ধসে পড়বে না তো!"

"না মামা, না। এ-জায়গাটায় বোধ হয় গুপ্তধনটন আছে, তাই ফাঁপা।"

"তোর মাথা।"

সুবুদ্ধি মুখে রাগ দেখালেও মনে-মনে ঠিক করে ফেলল এখানে থাকাই যুক্তিযুক্ত। বাজারে যে-ঘর ভাড়া নিয়েছে সেখানে জায়গা বড় কম, বাথরুমও নেই। এখানে থাকলে সেদিকে সুবিধে।

পরদিন বাজারে গিয়ে তারা দুটো চৌকি কিনে ফেলল। তারপর জিনিসপত্র নিয়ে এসে ঘরদোর সাজিয়ে ফেলল।

কার্তিক হঠাৎ বলল, "আচ্ছা মামা, একটা জিনিস লক্ষ করেছ ?"

"কী ?"

"এ-পাড়াটা অন্ধদের পাড়া।"

"বলিস কী ?"

"একটু আগে সামনের বারান্দায় গিয়ে দাঁড়িয়ে ছিলুম। দেখলুম সব লোক চোখ বুজে হাতড়ে-হাতড়ে হাঁটছে। এমনকী একটা রিকশাওলা পর্যন্ত চোখ বুজে পঁক-পঁক করে হর্ন দিতে-দিতে চলে গেল।"

"ঠিক দেখেছিস ?"

"বিশ্বাস না হয় চলো, তুমিও দেখবে।"

বাইরে এসে সুবুদ্ধি দেখল, কথাটা ঠিকই, রাস্তা দিয়ে যারা যাচ্ছে কেউ চোখে দেখে না, সবাই সামনের দিকে হাত বাড়িয়ে পা ঘষটে-ঘষটে হাঁটছে। একটা লোক সাইকেলে করে গেল, তারও চোখ বোজা।

সুবুদ্ধি ফের হতবুদ্ধি হয়ে বলল, "এ কী ব্যাপার রে ? এখানে এত অন্ধ মানুষ থাকে নাকি ?"

"তাই তো দেখছি।"

"এ তো বড় ভয়ের কথা হল রে কার্তিক। নন্দপুরের এত লোক অন্ধ কেন, তার একটু খোঁজ নিতে হচ্ছে। এখানে নিশ্চয়ই কোনও খারাপ চোখের রোগের

প্রকোপ আছে। শেষে যদি আমাদেরও এই দশা হয়?”

ঠিক এমন সময় খ্যাঁচ করে একটা হাসির শব্দ হল। সুবুদ্ধি ডান দিকে ফিরে দেখল, পাশের বাড়ির বারান্দায় একটা লোক দাঁড়িয়ে তার দিকে চেয়ে হাসছে। লোকটার মাথায় টাক, মোটা গোঁফ, রোগা চেহারা। সুবুদ্ধির চোখে চোখ পড়তেই বলল, “ভায়া কি নতুন এলে নাকি?”

“যে আজ্ঞে।”

“নতুন লোক দেখলেই বোঝা যায়, এখনও নন্দপুরের ঘাঁতঘোঁত বুঝে উঠতে পারনি না?”

“আজ্ঞে না!”

“বাড়িটা কিনলে বুঝি?”

“আজ্ঞে হ্যাঁ। আচ্ছা মশাই, এখানে কি খুব চোখের রোগ হয়?”

লোকটা ভ্রূ কুঁচকে বলল, “চোখের রোগ? না তো?”

“তা হলে এত অন্ধ কোথা থেকে এল?”

লোকটা ফের খ্যাঁচ করে হাসল, “অন্ধ কে বলল? ওরা তো সব চোখ বুজে হাঁটছে।”

“চোখ বুজে হাঁটছে! কেন মশাই, চোখ বুজে হাঁটছে কেন?”

“বাঃ, আমি দাঁড়িয়ে আছি না?”

সুবুদ্ধির বুদ্ধি গুলিয়ে গেল, সে বলল, “আপনি দাঁড়িয়ে আছেন তো কী!”

“নন্দপুরে নতুন এসেছ, বুঝতে একটু সময় লাগবে।” বলেই লোকটা ফের খ্যাঁচ করে হাসল। হাসিটা মোটেই ভাল ঠেকল না সুবুদ্ধির কাছে। সে কার্তিকের দিকে চেয়ে বলল, “কিছু বুঝছিস?”

“না মামা।”

“আমিও না।”

তার ঘণ্টাখানেক পরেই পুরোটা না হলেও খানিকটা বুঝল সুবুদ্ধি। বাজারে আজ তার পকেটমার হল। আর ষাঁড় তাড়া করায় পড়ে গিয়ে হাঁটুতে বেশ চোট হল। আর মামা-ভাগ্নে মিলে খাবে বলে যে দুটো মাগুর মাছ কিনেছিল তা চিলে ছোঁ মেরে নিয়ে গেল। কার্তিকেরও বড় কম হল না। সুবুদ্ধি বাজারে যাওয়ার পর সে ঝুল-ঝাড়ুনি দিয়ে ঘরদোর পরিষ্কার করতে গিয়ে বে-খেয়ালে একটি বোলতার বাসায় খোঁচা মারতেই গোটা চার-পাঁচ বোলতা রেগেমেগে এসে তার কপালে আর গালে হুল দিয়ে গেল। একটা কুকুর এসে নিয়ে গেল একপাটি চটি। আর কুকুরটাকে তাড়া করতে গিয়ে রাস্তায় একটা চোখ-বোজা লোকের সঙ্গে ধাক্কা লেগে চিতপটাং হতে হল।

হয়রান আর ক্লান্ত হয়ে সুবুদ্ধি যখন বাজার থেকে ফিরল তখন কার্তিক বিরস মুখে বারান্দায় বসে আছে। ভাগ্নেকে দেখে সুবুদ্ধি বলে উঠল, “আর বলিসনি, ষাঁড়ে এমন তাড়া করেছিল...”

“রাখো তোমার ষাঁড়, বোলতার হুল তো খাওনি...”

"বোলতা কোথায় লাগে ! কড়কড়ে পাঁচশো বাইশ টাকা চলে গেল পকেট থেকে..."

"আর আমার চটি ? তার কথা কে বলবে ?'

"দু-দুটো মাগুর মাছ চিলে নিয়ে গেল হাত থেকে জানিস ?"

"আর আমার যে মাথায় চোট !"

মামা-ভাগ্নে বারান্দায় পাশাপাশি বসে যখন এসব কথা বলছিল তখন আবার সেই খ্যাঁচ করে হাসির শব্দ ! পাশের বাড়ির বারান্দায় সেই গুঁফো, টেকো, রোগা লোকটা দাঁড়িয়ে বড়-বড় দাঁত বের করে হাসছে। বলল, "কী ভায়া, বড্ড যে বেজার দেখছি ! বলি হলটা কী ?"

সুবুদ্ধি মলিন মুখ করে বলল, "বড্ড বিপদ যাচ্ছে দাদা।" লোকটা ভারী আহ্লাদের হাসি হেসে বলল, "যাচ্ছে ? বাঃ বাঃ ! এবার তা হলে দেখলে তো !"

"কী দেখব ?"

"কিছু বুঝতে পারোনি ?"

"আজ্ঞে না।"

"হেঃ হেঃ, তা হলে তো তোমাকে বেশ বোকাসোকাই বলতে হয়। জলের মতো সহজ ব্যাপারটা বুঝতে পারলে না ?"

সুবুদ্ধি মাথা চুলকে বলল, "ষাঁড়ের তাড়া খেয়ে মাথাটা ভোঁ হয়ে গেছে। বুদ্ধিটা কাজ করছে না।"

"আরে বাবা, সাধে কি আমার এত নামডাক ? শুধু এ-তল্লাট নয়, গোটা পরগনা ঘুরে দেখে এসো, এ শর্মাকে সবাই একডাকে চেনে কি না !"

সুবুদ্ধি খুব বিনয়ের সঙ্গে বলল, "তা হলে আপনি একজন কেউকেটা লোকই হবেন বোধ হয় ?"

"তা বলতে পারো। আজকাল দু' পয়সা বেশ রোজগারও হচ্ছে আমার। রোজ বড় পোনা মাছ রান্না হয় আমার বাড়িতে, ভাতের পাতে ঘি না হলে আমার চলেই না, রাতে মাংস আর ক্ষীর একেবারে বাঁধা। তা কী করে এসব হয়, তা জানো ?"

সুবুদ্ধি মাথা নেড়ে বলল, "আজ্ঞে না।"

"শুনতে চাও ?"

"যে আজ্ঞে।" সুবুদ্ধি খুব বিনয়ের সঙ্গে বলল।

লোকটা মুচকি হেসে বলল, "আমি হচ্ছি বিখ্যাত অপয়া গোবিন্দ বিশ্বাস। সকালের দিকে আমার মুখখানা দেখেছ কি সর্বনাশ ! ধরো বাজারে বেরোবার মুখে আমার সঙ্গে দেখা হয়ে গেল। ব্যস, আর দেখতে হবে না। সেদিন হয় তোমার পকেটমার হবে, নয়তো পচা মাছ বা কানা বেগুন গছিয়ে দেবে ব্যাপারিরা, নয়তো ষাঁড়ে গুঁতিয়ে দেবে।"

সুবুদ্ধি চোখ গোল-গোল করে বলল, "আজ্ঞে, তাই তো হয়েছে।"

কার্তিক বলল, "আর আমার কিছু কম হয়েছে ?"

গোবিন্দ বিশ্বাস বেশ অহঙ্কারের সঙ্গে বলল, "আরে ও তো কিছু নয়, ধরো আজ তোমার একটা গুরুতর মামলার রায় বেরোবে, মামলাটার ধরো, তোমার দিকেই পাল্লা ভারী, জিতবেই কি জিতবে। বেরোবার মুখে আমার সঙ্গে দেখা হয়ে গেল, ব্যস, মামলার রায় ঘুরে যাবেই কি যাবে।"

সুবুদ্ধি আতঙ্কিত হয়ে বলল, "বটে ?"

"গ্যারান্টি দিই ভায়া। আর সেইজন্যই তো আজকাল আমাকে হায়ার করতে মেলা দূর-দূর থেকেও লোক আসে। মোটা ফি দিয়ে নিয়ে যায়।"

সুবুদ্ধি ক্যাবলাকান্তের মতো বলল, "হায়ার করে কেন ?"

"করবে না ? ধরো তোমার কাউকে জব্দ করা দরকার। আমার কাছে এসে টাকা ফেলে তোমার শত্রুর নাম-ঠিকানা দিয়ে যাও। পরদিন সকালে ঠিক আমি তার বাড়ির সামনে গিয়ে ঘাপটি মেরে থাকব। যেই বেরোবে অমনই তার সামনে গিয়ে হাসি-হাসি মুখ করে দাঁড়িয়ে যাব। আজ অবধি একটাও ফেলিওর নেই। ফিও বাড়িয়ে দিয়েছি। ছোটখাটো কাজও আজকাল হাতে নিই না। এই তো রামবাবুর সঙ্গে অবিনাশবাবুর খুব মন-কষাকষি। রামবাবুর ছেলে অবনী প্রতি বছর পরীক্ষায় ফার্স্ট হয়। অবিনাশবাবু সেবার অবনীর পরীক্ষার ফল বেরোবার আগের দিন এসে আমাকে হায়ার করার জন্য ঝুলোঝুলি, যেন পরদিন সকালে অবনীকে একটু দেখা দিয়ে আসি। তা আমি রাজি হইনি। বড্ড ছোট কাজ। ছুঁচো মেরে হাত গন্ধ করতে আছে ? অবিনাশ তখন হাতে দু' হাজার টাকা গুঁজে দিয়ে বললেন, 'এ-কাজটা না করলে আমি আত্মহত্যা করব।' তা কী আর করা। গেলুম। অবনী ইস্কুলে যাওয়ার মুখে গিয়ে তার সামনে দাঁড়িয়ে বললুম, 'কী, রেজাল্ট জানতে যাচ্ছ ? ভাল, ভাল'।"

সুবুদ্ধি চোখ গোল করে বলল, "তারপর কী হল ?"

"বললে বিশ্বাস হবে না ভায়া, যে ছেলে অঙ্কে একশোতে একশো ছাড়া পায় না, সেই ছেলে অঙ্কে পেল আট, ইংরেজিতে একুশ, ভূগোলে এগারো, আর বাংলায় পঁচিশ।"

"বলেন কী ?"

"কী বলব ভায়া, নিজের এলেম দেখে আমি নিজেই তাজ্জব !"

"আপনি তো দাদা, সাঙ্ঘাতিক লোক !"

গোবিন্দ বিশ্বাস হঠাৎ মুখখানা গম্ভীর করে বলল, "সাঙ্ঘাতিক বটে, তবে আমার জীবনটা ভারী দুঃখের। সেই ছেলেবেলা থেকে সবাই অপয়া-অপয়া বলে পেছনে লাগত, কেউ মিশতে চাইত না ! আমার কোনও বন্ধুও ছিল না। তারপর বড় হলাম, চুঁচুড়ো আদালতে চাকরিও পেলুম, কিন্তু কপালের দোষে সবাই টের পেয়ে গেল যে আমি অপয়া। লোকে ঘেন্নাটেন্নাও করত। তারপর ধীরে-ধীরে অপয়ার কদর হতে লাগল। পয়সাকড়ি পেতে শুরু করলুম। তারপর চাকরি ছেড়ে এখন দিব্যি আছি। মুখ দেখালেই পয়সা।"

সুবুদ্ধি অবাক হয়ে বলে, "যত শুনছি তত অবাক হচ্ছি। এরকমও হয় নাকি ?"

"হয় না ? এই তো আজই সকালে আমার মুখ দেখে তোমার কেমন হেনস্থাটা হল বলো। বেশি কথা কী। বর্ধমান কর্ড লাইনে বেলমুড়ি বলে একটা স্টেশন আছে। নামটা নিয়েছ কি বিপত্তি একটা হবেই। ও-লাইনের লোকেরা নামটা উচ্চারণও করে না। বলে মাঝের গ্রাম। এমনকী হাওড়ার টিকিটবাবুরা অবধি।"

"আজ্ঞে, আমি এদিককার লোক নই, তাই ও-জায়গার নাম শুনিনি। তবে আপনার ওপর ভারী শ্রদ্ধা হচ্ছে।"

"হতেই হবে। সারা পরগনার লোক আমাকে ভয় খায়। এই যে আমার বাড়ির সামনে দিয়ে যারা যায় তারা চোখ বুজে যায় কেন এবার বুঝলে তো ?"

"আজ্ঞে খুব বুঝেছি, জলের মতো পরিষ্কার।"

"তবে কী জানো ভায়া, আমার এলেম বেলা বারোটা অবধি। তারপর আর আমার অপয়া ভাবটা থাকে না। আবার ভোর থেকে শুরু হয়। তামাম দিন অপয়া ভাবটা থাকলে আরও মেলা রোজগার করতে পারতুম।"

সুবুদ্ধি খুবই শ্রদ্ধার সঙ্গে বলল, "আপনার ওপর ভারী ভক্তি হচ্ছে আমার।"

"হবে না ? হওয়ারই কথা কিনা, ভক্তি বলো, ভয় বলো, যা হোক একটা কিছু হলেই হল। মোদ্দা কথা, তুচ্ছ-তাচ্ছিল্য করা চলবে না। সকালবেলাটায় এই বারান্দায় এসে কেন দাঁড়িয়ে থাকি জানো ? এটা হল আমার নেট প্র্যাকটিস। লোকেরা আমাকে ঠিকমতো মান্যগণ্য করছে কিনা, যথেষ্ট খাতির দেখাচ্ছে কিনা তা লক্ষ করা। তবে আজকাল অনেকেই এ-রাস্তা ছেড়ে খালধার বা বটতলা দিয়ে ঘুরে বাজারে যায়। দিনদিন এ-রাস্তায় লোক-চলাচল কমে আসছে। তা সেটাও ভাল লক্ষণ। আমার নামডাক আরও বাড়ছে, কী বলো ?"

সুবুদ্ধি খুবই গদগদ হয়ে বলল, "তা তো বটেই !"

লোকটা খ্যাঁচ করে হেসে বলল, "দরকার হলে বোলো ভায়া, তুমি আমার কাছের লোক, কম পয়সায় কাজ উদ্ধার করে দেব। বেলা বারোটা বাজে, আমার চান-খাওয়ার সময় হল। আজ আবার ইলিশ মাছ হয়েছে কিনা। গলদা চিংড়িও আছে। যাই তা হলে ?"

"আজ্ঞে আসুন। আলাপ করে বড় ভাল লাগল।"

গোবিন্দ বিশ্বাস ভেতরে ঢুকে দরজা বন্ধ করার পর কার্তিক বলল, "এ তো সাঙ্ঘাতিক লোক মামা ! এর পাশে থাকা কি ঠিক হবে ? তুমি বাড়ি বেচে দাও।"

সুবুদ্ধি করুণ মুখে বলল, "আমি আহাম্মক বলে কিনেছি। যারা জানে তারা এ-বাড়ি কি কস্মিনকালেও কিনবে ?"

"তা হলে কী হবে ?"

"সকালের দিকটায় সাবধান থাকতে হবে। ওরে, সব জিনিসেরই ভাল আর মন্দ দুটো দিক আছে। মাছের যেমন কাঁটা বেছে খেতে হয়, এও তেমনই। গোবিন্দ বিশ্বাসের মুখখানা বেলা বারোটার আগে না দেখলেই হল।"

"সকালবেলায় আমাকে ইস্কুলে যেতে হবে। তোমাকেও বাজারহাট করতে হবে।"

“আমরাও চোখ বুজে বেরোব।”

“পারব ?”

“অভ্যাস করলে সব পারা যায়।”

কার্তিক হঠাৎ বলল, “আচ্ছা মামা, পুরনো বাড়িতে তো অনেক সময় গুপ্তধন থাকে, তাই না ?”

“তা থাকে হয়তো।”

“এ-বাড়িতেও যদি থাকে ?”

“দুর পাগলা।” বলে সুবুদ্ধি খুব হাসল।

॥ ২ ॥

নন্দপুরের বিখ্যাত তার্কিক হল দ্বিজপদ ভট্‌চায। হেন বিষয় নেই যা নিয়ে সে তর্ক জুড়ে দিতে না পারে। সকালবেলায় হয়তো অম্বুজবাবুর সঙ্গে ভগবান নিয়ে তর্ক বাধিয়ে প্রমাণ করেই ছাড়ল যে, ভগবান টগবান বলে কিছু নেই। যারা ভগবান মানে তারা গাধা। বিকেলে আবার ব্যোমকেশবাবুর সঙ্গে তর্কে বসে গিয়ে প্রমাণ করে দিল, ভগবান না থেকেই পারেন না। যারা বলে ভগবান নেই তারা মর্কট। এই তো সেদিন ভূগোল-সার নবীনবাবুকে বাজারের রাস্তায় পাকড়াও করে বলল, “মশাই, আপনি নাকি ক্লাসে শেখাচ্ছেন যে, আকাশের রং নীল ?”

নবীনবাবু গম্ভীর হয়ে বললেন, “তা নীল হলে নীলকে আর কী বলা যাবে ?”

দ্বিজপদ চোখ পাকিয়ে বলল, “নীলটা তো ভ্রম। আসলে আকাশ ঘোর কালো।”

নবীনবাবু রেগে গিয়ে বললেন, “কালো বললেই হল ?” ব্যস, তুমুল তর্ক বেধে গেল। সে এমন তর্ক, যে নবীনমাস্টারের স্কুল কামাই। দাবাড়ু বিশু ঘোষকে দাবার চাল নিয়ে তর্কে হারিয়ে দিয়ে এল এই তো সেদিন।

দ্বিজপদর তর্কের এমনই নেশা যে চেনা লোক না পেলে অচেনা লোকের সঙ্গেই এটা-ওটা-সেটা নিয়ে তর্ক বাধিয়ে বসে। তর্কে দ্বিজপদর প্রতিভা দেখে ইদানীং তাকে লোক একটু এড়িয়েই চলে। হরকালীবাবু বাগান পরিষ্কার করছিলেন, দ্বিজপদ গিয়ে তাঁকে বলল, “আচ্ছা, বলুন তো মশাই, কোন আহাম্মকে বলে যে সূর্য পুব দিকে ওঠে, আর পশ্চিমে অস্ত যায় ?”

হরকালীবাবু ভয় খেয়ে বললেন, “বলে নাকি ? খুব অন্যায় কথা। বলাটা মোটেই উচিত নয়।”

সঙ্গে-সঙ্গে দ্বিজপদ কথাটার মোড় ঘুরিয়ে নিয়ে বলল, “আহা, বলবে নাই-বা কেন, বলুন তো ! বললে ভুলটা হচ্ছে কোথায় ?”

হরকালীবাবু সঙ্গে-সঙ্গে সায় দিয়ে বললেন, “না, ভুল তো হচ্ছে না। সত্যিই তো, ভুল কেন হবে ?”

তর্কের আশা নেই দেখে দ্বিজপদ কটমট করে হরকালীবাবুর দিকে তাকিয়ে

বলল, "আপনি আমার সঙ্গে একমত হচ্ছেন কেন ?"

হরকালীবাবু সঙ্গে-সঙ্গে বললেন, "না, একমত হওয়াটা মোটেই কাজের কথা নয়।"

নন্দপুরের লোকেরা বেশিরভাগই আজকাল তর্কের ভয়ে দ্বিজপদর সঙ্গে একমত হয়ে যায়। ফলে দ্বিজপদর মনে সুখ নেই। গাঁয়ে নতুন লোকও বিশেষ একটা পাওয়া যায় না। সে শুনেছে কলকাতার বিখ্যাত ভূত-বিশেষজ্ঞ ভূতনাথ নন্দী নন্দপুরে নরেন বক্সির একটা ভুতুড়ে বাড়ি কিনেছেন। মাঝে-মাঝে এসে থাকেন এবং ভূত নিয়ে গবেষণা করেন। শুনে ইস্তক দ্বিজপদ প্রায়ই বাড়িটায় এসে ভূতনাথ নন্দীর নাগাল পাওয়ার চেষ্টা করে। ভূতনাথকে পেলে তাঁর সঙ্গে ভূত নিয়ে একটা ঘোর তর্ক বাধিয়ে তোলার ইচ্ছে আছে তার।

আজও অভ্যাসবশে বিকেলের দিকে দ্বিজপদ হাঁটতে-হাঁটতে ভূতনাথ নন্দীর নতুন কেনা পুরনো বাড়িটায় হানা দিল। পশ্চিমপাড়ায় খুব নির্জন জায়গায় মস্ত বাঁশঝাড়ের পেছনে ভূতনাথের বাড়ি। ঝুরঝুরে পুরনো। পেছনে একটা মজা পুকুর। দিনের বেলাতেই এলাকাটা যেন ছমছম করে। দুটো মস্ত বাঁশঝাড়ের ভেতর দিয়ে একটা শুঁড়িপথ গেছে। সেই পথটাও আগাছায় ভরা। দ্বিজপদ পথটা পেরিয়ে বাড়ির চৌহদ্দিতে ঢুকে একটু গলা তুলে বলল, "ভূতনাথবাবু আছেন কি ? ভূতনাথবাবু !"

সাড়া পাওয়া গেল না। দ্বিজপদ হতাশ হয়ে ফিরতে যাচ্ছিল, হঠাৎ তাকে চমকে দিয়ে বাড়ির দেওয়ালের আড়াল থেকে একটা মুশকোমতো রাগী চেহারার লোক বেরিয়ে এসে গম্ভীর গলায় বলল, "কাকে খুঁজছেন ?"

খুশি হয়ে দ্বিজপদ বলল, "নমস্কার। আপনি কি ভূতনাথবাবু ?"

লোকটা তার দিকে স্থির চোখে চেয়ে বলল, "না। এ-বাড়িটা কার ?"

"কেন, ভূতনাথবাবুর ! তিনি নরেন বক্সির কাছ থেকে বাড়িটা কিনেছেন।"

"অ। তা হলে অঘোর সেনের বাড়িটা কোথায় ?"

দ্বিজপদ একটু অবাক হয়ে বলল, "অঘোর সেন ? না মশাই, ও নামে কাউকে চিনি না। অঘোর চক্রবর্তী আছেন একজন। বামুনপাড়ায়। আর অঘোর সামন্ত থাকেন কালীবাড়ির পেছনে। আপনার ভুল হচ্ছে।"

লোকটা মাথা নেড়ে বলল, "ভুল হচ্ছে না। এ-জায়গাটা যদি নন্দপুর হয়ে থাকে, তা হলে এখানেই অঘোর সেনের বাড়ি।"

সামান্য একটু তর্কের গন্ধ পেয়ে দ্বিজপদ হাসল, "নন্দপুর হলেই সেখানে অঘোর সেন বলে কেউ থাকবে এমন কথা নেই। আর নন্দপুরের কথা বলছেন ? সারা পশ্চিমবঙ্গ খুঁজলে না হোক পঁচিশ ত্রিশটা নন্দপুর পাবেন। উত্তরপ্রদেশ, বিহার, হরিয়ানাতেও মেলা নন্দপুর আছে। আপনি কি বলতে চান সব নন্দপুরেই একজন করে অঘোর সেন আছেন ? তা বলে আমি বলছি না যে অঘোর সেন বলে কেউ নেই। খুঁজলে হয়তো বেশ কয়েকশো অঘোর সেন পাওয়া যাবে। কিন্তু তা বলে তাঁরা যে নন্দপুরেই থাকবেন এমন কোনও কথা আছে কি ?"

লোকটা বড্ডই বেরসিক। তর্কে নামার এমন একটা সুযোগ পেয়েও নামল না। তেমনই মোটা আর গম্ভীর গলায় বলল, "অঘোর সেনকে নয়, আমি তাঁর বাড়িটা খুঁজছি। অঘোর সেন বহুকাল আগেই মারা গেছেন।"

"অ। কিন্তু অঘোর সেনের বাড়ি খুঁজতে আপনি যদি ভূতনাথবাবুর বাড়িতে ঘোরাঘুরি করেন তা হলে তো লাভ নেই। অঘোর সেনের বাড়ি খুঁজতে হলে অঘোর সেনের বাড়িতেই যেতে হবে। তাই বলছিলাম, আপনি ভুল জায়গায় এসেছেন। এই নন্দপুরে অঘোর সেন বলে কেউ থাকেন না। অন্য নন্দপুরে খুঁজে দেখতে পারেন।"

লোকটা হঠাৎ এগিয়ে এসে হাত বাড়িয়ে দ্বিজপদর জামাটা বুকের কাছে খামচে ধরে একখানা রাম-ঝাঁকুনি দিয়ে বলল, "এখানেই অঘোর সেনের বাড়ি, বুঝলি?"

ঝাঁকুনির চোটে দ্বিজপদর মাথার ভেতরটা তালগোল পাকিয়ে গেল, ঘাড়টাও উঠল মট করে। সে দু'বার কোঁক-কোঁক শব্দ করে বলে উঠল, "যে আজ্ঞে।"

"বাড়িটা কোথায়?"

দ্বিজপদর বাঘের থাবায় ইঁদুরের মতো অবস্থা। বলল, "আজ্ঞে, এখানেই কোথাও হবে।"

লোকটা দ্বিজপদকে আর-একটা ঝাঁকুনি দিয়ে ছেড়ে দিতেই সে টাল সামলাতে না পেরে পড়ে গেল।

লোকটা রক্ত-জল-করা চোখে চেয়ে জলদগম্ভীর স্বরে বলল, "বাড়ি যা।"

পড়ে থেকেই দ্বিজপদ খুব বিনয়ের সঙ্গে বলল, "যে আজ্ঞে।"

তারপর কোনওরকমে উঠে এক দৌড়ে বাঁশবন পেরিয়ে রাস্তায় এসে পড়ল। জায়গাটা ভারী নির্জন, হাঁকডাক করলেও কেউ শুনতে পাবে না। দ্বিজপদ পিছু ফিরে একবার দেখে নিয়ে প্রায় ছুটতে-ছুটতে মোড়ের মাথায় বটকেষ্টর মনোহারি দোকানটায় এসে হাজির হল।

বটকেষ্ট তার বন্ধু মানুষ। ক্রিকেটের ভক্ত। গতকালই বটকেষ্টকে সর্বসমক্ষে ক্রিকেট ভাল না ফুটবল ভাল তাই নিয়ে তর্কে হারিয়ে দিয়েছে। বটকেষ্ট তাই দ্বিজপদকে দেখে গম্ভীর হয়ে বলল, "কী চাই?"

দ্বিজপদ হাঁফাতে-হাঁফাতে বলল, "একটুর জন্য প্রাণে বেঁচে গেছি রে ভাই!"

বিরস মুখে বটকেষ্ট বলল, "সাপের মুখে পড়েছিলি বুঝি? তা পারল না ঠুকে দিতে? কুলাঙ্গার আর কাকে বলে!"

"না রে ভাই, সাপ নয়, খুনে ডাকাত। ভূতনাথ নন্দীর খোঁজে, তাঁর ভুতুড়ে বাড়িটায় গিয়েছিলুম। সেখানেই ঘাপটি মেরে ছিল। যেতেই ক্যাঁক করে ধরল। মেরেই ফেলত, কোনওক্রমে হাত ছাড়িয়ে পালিয়ে এসেছি।"

বটকেষ্ট নিরাশ হয়ে বলল, "অপদার্থ! অপদার্থ! এসব লোকের মুখে চুনকালি দিতে হয়।"

দ্বিজপদ রেগে গিয়ে বলল, "কার মুখে চুনকালি দেওয়ার কথা বলছিস?"

বটকেষ্ট বলল, "তোর মুখে নয় রে, তোর মুখে নয়। ডাকাতটার কথাই

বলছি। সে কেমন ডাকাত, যার হাত ফসকে লোকে পালিয়ে যায় ?"

দ্বিজপদ অবাক হয়ে বলল, "তার মানে ? আমি খুন হলে বুঝি ভাল ছিল ?"

বটকেষ্ট তাড়াতাড়ি সামলে নিয়ে একটু মোলায়েম গলায় বলল, "সে-কথা হচ্ছে না। বলছিলাম কী, আগেকার মতো খাঁটি জিনিস আজকাল আর পাওয়াই যায় না। তখনকার ডাকাতরা খাঁটি ঘি-দুধ খেত, আস্ত পাঁঠা, আস্ত কাঁঠাল এক-একবারে উড়িয়ে দিত। ক্ষমতাও ছিল তেমনই, মাছিটিও গলে যেতে পারত না তাদের পাল্লায় পড়লে। আর আজকালকার ডাকাতদের চেহারা দেখেছিস ? রোগা-দুবলা, উপোসি চেহারা, না আছে জোর, না আছে রোখ। এই তো গত মাসে বরুণ চাকির বাড়িতে ডাকাতি করতে এসে ডাকাতদের কী হেনস্থা ! গাঁয়ের লোক মিলে এমন মার মারলে যে, সব ভুঁয়ে গড়াগড়ি দিয়ে হাতেপায়ে ধরতে লাগল।"

দ্বিজপদ বুক ফুলিয়ে বলল, "আমার ডাকাতটা মোটেই তেমন নয়। ছ' ফুটের ওপরে লম্বা, খাম্বাজ চেহারা। ইয়া চওড়া কাঁধ, মুগুরের মতো হাত, রক্তবর্ণ চোখ।"

একটু উৎসাহিত হয়ে বটকেষ্ট বলল, "বটে ! তা তোর সব কেড়েকুড়ে নিল বুঝি ?"

দ্বিজপদ মাথা নেড়ে বলল, "সেসব নয়। লোকটা অঘোর সেন নামে কার একটা বাড়ি খুঁজছিল। তা সেই অঘোর সেনকে নিয়েই দু-চারটে কথা হয়েছে কি হয়নি, অমনই তেড়ে এসে এমন ঝাঁকুনি দিতে লাগল যে, প্রাণ যায় আর কী !"

বটকেষ্টর চোখ দু'খানা চকচক করে উঠল, "আহা, এসব তেজস্বী মানুষের অভাবেই না দেশটা ছারখারে যাচ্ছে ! এমন লোকের পায়ের ধুলো নিতে হয়।"

তেজস্বিতা আর মারকুট্টা ভাব যে এক নয়, বীরত্ব আর গুণ্ডামিতে যে তফাত আছে, এইটে নিয়ে দ্বিজপদ একটা তর্ক বাধাতে পারত। সুযোগও ছিল। কিন্তু কে জানে কেন, তার তর্কের ইচ্ছেটাই ফুটো বেলুনের মতো চুপসে গেছে।

দ্বিজপদ শুধু খাপ্পা হয়ে বলল, "ওরকম একটা জঘন্য, খুনিয়া, গুণ্ডা, তেরিয়া, অভদ্র লোক কিনা তেজস্বী ! তার আবার পায়ের ধুলোও নিতে ইচ্ছে করছে তোর ?"

বটকেষ্ট হাসি-হাসি মুখ করে বলল, "তোর কথা শুনে মনে হচ্ছে লোকটা কল্কি অবতারও হতে পারে। আমাদের দুঃখ-কষ্ট ঘোচাতে এসেছে। কিন্তু এই অঘোর সেন লোকটা কে ?"

দ্বিজপদ একটু ঠাণ্ডা হয়ে বলল, "সেইটেই তো বলতে গিয়েছিলুম যে, নন্দপুরে অঘোর সেন বলে কেউ নেই। নন্দপুর হলেই যে সেখানে অঘোর সেন থাকবেন, এমন কথাও নেই। তা ছাড়া নন্দপুর নামে অনেক গাঁ আছে, অঘোর সেনও খুঁজলে বিস্তর পাওয়া যাবে। কথার পিঠে কথা আর কী। কিন্তু বেরসিক লোকটা এমন তেড়ে এল !"

বটকেষ্ট একটু চিন্তিত মুখ করে বলল, "অঘোর সেন বলে কেউ এখানে নেই ঠিকই, কিন্তু নামটা চেনা-চেনা ঠেকছে।"

দ্বিজপদ বিরক্ত হয়ে বলল, "তুই চিনবি কী করে ? অঘোর সেন নাকি অনেক আগেই মারা গেছেন।"

বটকেষ্ট চিন্তিত মুখেই বলল, "সেটাই স্বাভাবিক। নামটা যেন আমি কোনও পুঁথিপত্রে পেয়েছি, বা কোনও পুরনো লোকের মুখে শুনেছি। এখন ঠিক মনে করতে পারছি না। মনে হয়, অঘোর সেন একসময়ে বেশ বিখ্যাত লোক ছিলেন। এ-ব্যাপারে মিত্তিরজ্যাঠা কিছু জানতে পারেন।"

দ্বিজপদ উত্তেজিত হয়ে বলল, "কিন্তু ডাকাতটার ব্যাপারে কী করা যায় ?"

"প্রথম কথা, লোকটা ডাকাত কি না আমরা জানি না। দ্বিতীয় কথা, খুনিও বলা যাচ্ছে না, কারণ তোকে লোকটা খুন করেনি। তিন নম্বর হল, লোকটাকে এখন ভূতনাথ নন্দীর বাড়িতে পাওয়া যাবেই এমন কথা বলা যাচ্ছে না। বুদ্ধিমান হলে এতক্ষণে তার সরে পড়ার কথা। চার নম্বর হল, লোকটার যেমন বিরাট চেহারা আর গায়ের জোর বলছিস তাতে আমরা দু'জন গিয়ে সুবিধে করতে পারব না। লোকলশকর ডেকে নিয়ে যেতে হবে। সেটা সময়সাপেক্ষ ব্যাপার। গাঁয়ে আজ লোকজন বিশেষ নেইও, কারণ বেশিরভাগই গেছে চড়কডাঙার মেলায়। ছ' নম্বর কথা হল—"

"ভুল হচ্ছে। এটা পাঁচ নম্বর হবে।"

"তা পাঁচ নম্বরই সই। পাঁচ নম্বর কথা হচ্ছে, অঘোর সেন সম্পর্কে কিছু তথ্য সংগ্রহ করা গেলে লোকটাকে জেরা করার সুবিধে হবে।"

"তুই একটা কাপুরুষ।"

"তাও বলতে পারিস, তবে কাপুরুষ হলেও আমি বুদ্ধিমান। এখন চল তো।"

বটকেষ্ট দোকান বন্ধ করে দ্বিজপদকে নিয়ে বেরিয়ে পড়ল।

সমাজ মিত্তির পুরনো আমলের লোক সন্দেহ নেই। বয়স এই সাতানব্বই পুরে আটানব্বই চলছে। এখনও বেশ শক্তসমর্থ আছেন। নন্দপুরের কায়স্থপাড়ায় নিজের বারান্দায় বসে সন্ধেবেলায় তিনি গেলাসে গোঁফ ডুবিয়ে দুধ খাচ্ছিলেন। একটু আগেই সায়ংভ্রমণে বেরিয়ে মাইল তিনেক হেঁটে এসেছেন।

বটকেষ্ট আর দ্বিজপদকে দেখে এক গাল হেসে বললেন, "গোঁফ ডুবিয়ে দুধ খেলে দুধের স্বাদ বেড়ে যায়, জানো ?"

অন্য সময় হলে দ্বিজপদ গোঁফে বায়ুবাহিত জীবাণুর প্রসঙ্গ তুলত এবং গোঁফ ডুবিয়ে দুধ খাওয়া যে খুব খারাপ অভ্যাস, তাও প্রমাণ করে ছাড়ত। কিন্তু গুণ্ডাটার ঝাঁকুনি খেয়ে আজ তার মাথা তেমন কাজ করছে না, মেজাজটাও বিগড়ে আছে। সে বিরস মুখে বলল, "কারও পৌষ মাস, কারও সর্বনাশ। বলি মিত্তিরজ্যাঠা, আরাম করে তো দুধ খাচ্ছেন, এদিকে যে গাঁয়ে ডাকাত পড়েছে সে-খবর রাখেন ?"

সমাজ মিত্তির সটান হয়ে বসে বললেন, "ডাকাত পড়েছে ?"

"তবে আর বলছি কী ?"

সমাজ মিত্তির ভারী খুশি হয়ে বললেন, "তা কার বাড়িতে পড়ল ? কী-কী নিয়ে গেল ? খুনখারাপি হয়েছে তো ! সব বেশ খোলসা করে বলো দেখি, শুনি। আহা,

নন্দপুরে কতকাল ডাকাত পড়েনি ! সেই একুশ বছর আগে চৌধুরীদের বাড়িতে পড়েছিল, তারপর সব সুনসান ।”

ডাকাতি যে সমাজবিরুদ্ধ ব্যাপার এবং মোটেই ভাল জিনিস নয় তা নিয়ে তর্ক করার জন্য দ্বিজপদর গলা চুলকে উঠল । কিন্তু নিজেকে কষ্টে সামাল দিল সে, আজ তর্কে সে এঁটে উঠবে না ।

বটকেষ্ট বলল, “মাঝে-মাঝে ডাকাত পড়া কি দরকার বলে মনে হয় আপনার জ্যাঠামশাই ?”

“খুব দরকার হে, খুব দরকার । গাঁয়ের জীবন বড়ই নিস্তরঙ্গ বুঝলে, বড়ই নিস্তরঙ্গ । মাঝে-মাঝে এরকম কিছু একটা হলে গা বেশ গরম হয় । শরীর, মন দুই-ই বেশ চাঙ্গা থাকে । তা বেশ গুছিয়ে বলো তো ঘটনাটা, কিছু বাদসাদ দিও না ।”

দ্বিজপদ একটা দীর্ঘশ্বাস ফেলে বলল, “আমিই ডাকাতের খপ্পরে পড়েছিলুম একটু আগে । বিকেলের দিকটায় ভূতনাথবাবুর সন্ধানে তাঁর বাড়িতে গিয়েছিলুম, সেখানেই দেখা । ইয়া সাত ফুট লম্বা আর চওড়া চেহারা, পঞ্চাশ ইঞ্চি বুকের ছাতি, হাত দু'খানা যেন একজোড়া ঢেঁকি, চোখ ভাঁটার মতো বনবন করে ঘুরছে । আমাকে ধরে এমন ঝাঁকুনি দিচ্ছিল যে, আর একটু হলেই প্রাণবায়ু বেরিয়ে যেত ।”

সমাজ মিত্তির ঝুঁকে বসে আহ্লাদের গলায় বললেন, “তারপর ?”

“তারপর কোনওরকমে তার হাত ছাড়িয়ে পালিয়ে এসেছি । একসময়ে ব্যায়ামট্যায়াম করতুম তো, তাই পারলুম । অন্য লোক হলে দাঁতকপাটি লেগে পড়ে থাকত ।”

বটকেষ্ট চাপা গলায় বলল, “লোকটার হাইট এক ফুট বাড়িয়ে দিলি নাকি ? চওড়াটাও যেন বেশি মনে হচ্ছে ।”

সমাজ মিত্তির বললেন, “বাঃ বাঃ, কিন্তু তারপর কী হল ?”

দ্বিজপদ বলল, “তারপর এখন অবধি আর কিছু হয়নি । হচ্ছে কি না তা বলতে পারব না । তবে হবে ।”

সমাজ মিত্তির নাক সিঁটকে বললেন, “হোঃ, এটা একটা ঘটনা হল ? তোমাকে একটু ঝাঁকুনি দিয়েছে, তাতে কী ? একে কোন আক্কেলে ডাকাতি বলে জাহির করছ শুনি ? রগরগে কিছু হলে না হয় বোঝা যেত । তা লোকটা সেখানে করছিল কী ?”

“অঘোর সেন নামে একজনের বাড়ি খুঁজছিল ।”

সমাজ মিত্তির ভারী অবাক হয়ে বললেন, “অঘোর সেন ! অঘোর সেনের বাড়ি খুঁজছিল ? কেন খুঁজছিল তা বলল ?”

“না জ্যাঠামশাই, অঘোর সেন নামে যে এ-গাঁয়ে কেউ নেই, তা বলতে গিয়েই তো বিপদটা হল ।”

সমাজ মিত্তির বিরক্ত হয়ে বললেন, “অঘোর সেনের বাড়ি যে এ-গাঁয়ে নয় এ-কথা তোমাকে কে বলল ? কিছু জানো না, বোঝো না, সেদিনকার ছোকরা, ফস

করে বলে ফেললে অঘোর সেনের বাড়ি এ-গাঁয়ে নয় ? সবজান্তা হয়েছ, না ?”

দ্বিজপদ ভারী থতমত খেয়ে গেল। বটকেষ্ট বলল, “আজ্ঞে, সে-কথা জানতেই আপনার কাছে আসা। লোকটা নাকি বেশ জোর দিয়েই বলছিল যে, অঘোর সেনের বাড়ি এই নন্দপুরেই !”

সমাজ মিত্তিরও বেশ জোরের সঙ্গে বললেন, “আলবাত নন্দপুরে। লোকটা ঠিকই বলেছে।”

দ্বিজপদ আমতা-আমতা করে বলল, “তিনি কে জ্যাঠামশাই ?”

“তিনি খুব সাঙ্ঘাতিক লোক ছিলেন। কিন্তু সে-কথা থাক। আগে বলো তো, ঘটনাটা যখন ঘটল তখন ভূতনাথ কী করছিল !”

দ্বিজপদ মাথা নেড়ে বলল, “তিনি তো আসেননি !”

সমাজ মিত্তির বললেন, “আসেনি মানে ? বললেই হল আসেনি ? বেলা তিনটের সময় পালোয়ান ভৃত্য হরুয়াকে নিয়ে এই পথ দিয়েই ভূতনাথ গেছে। আমি তখন বারান্দায় বসে ছিলুম। আমাকে দেখে এগিয়ে এসে দু' দণ্ড দাঁড়িয়ে কথা বলে গেল। আসেনি মানে ?”

দ্বিজপদ একটু অবাক হয়ে বলল, “কিন্তু অনেক ডাকাডাকিতেও তিনি সাড়া দিলেন না জ্যাঠামশাই ?”

সমাজ মিত্তির টপ করে উঠে পড়লেন। বললেন, “তোমরা বোসো, আমি চট করে টর্চ আর লাঠিগাছ নিয়ে আসছি। ব্যাপারটা সুবিধের ঠেকছে না। একটু সরেজমিনে দেখতে হচ্ছে।”

দ্বিজপদ তাড়াতাড়ি বলল, “লোকজন না নিয়ে কি সেখানে যাওয়া ঠিক হবে জ্যাঠামশাই ? আমি বরং লোক ডাকতে যাই।”

বটকেষ্ট বলল, “আমার একাদশী পিসির বড্ড অসুখ, এখন-তখন অবস্থা। একবার তাঁর বাড়িতে না গেলেই নয়।”

সমাজ মিত্তির দ্বিজপদর দিকে চেয়ে বললেন, “গাঁয়ের লোক আজ প্রায় সবাই মেলায় গেছে, ডেকেও কাউকে বিশেষ পাবে না। আর ডেকে হবেটাই বা কী ? তারাও তো তোমাদের মতোই ভিতুর ডিম।”

তারপর বটকেষ্টর দিকে চেয়ে বললেন, “একাদশীর জন্য চিন্তার কিছু নেই। বিকেলে বেড়াতে বেরিয়ে আজ ন'পাড়ার দিকেই গিয়েছিলুম। দেখলুম একাদশী মস্ত জাঁতায় ডাল ভাঙছে।”

দু'জনেই একটু অপ্রস্তুত। সমাজ মিত্তির তাঁর মোটা বাঁশের লাঠি আর টর্চ নিয়ে বেরিয়ে এসে বললেন, “চলো। দেরি করা ঠিক হবে না।”

সমাজ মিত্তির আগে-আগে টর্চ ফেলতে ফেলতে আর লাঠি ঠুকতে-ঠুকতে, দ্বিজপদ আর বটকেষ্ট একটু পেছনে জড়সড় আর গা-ঘেঁষাঘেঁষি করে এগোতে লাগল।

বাঁশবনে ঘুটঘুট্টি অন্ধকার। জোনাকি জ্বলছে বলে অন্ধকারটা যেন আরও ঘন মনে হচ্ছে। মানুষের সাড়া পেয়ে দু-চারটে বন্যপ্রাণী, শেয়াল আর মেঠো ইঁদুরই

হবে, দৌড়ে পালাল। জনমনিষ্যির চিহ্ন নেই।

বাঁশবন পেরিয়ে বাড়ির চাতালে পৌঁছে মিত্তিরমশাই চারদিকে টর্চ ফেললেন। বাড়িতে কোনও আলো জ্বলছে না। তবে সদর দরজাটার একটা পাল্লা হাঁ করে খোলা।

সমাজ মিত্তির হাঁক মারলেন, "ভূতনাথ ! ভূতনাথ আছ নাকি ?"

নির্জন ফাঁকা অন্ধকারে ডাকটা এমন বিটকেল শোনাল যে, দু'জনের পিলে চমকে গেল। সমাজ মিত্তিরের গলায় যে এত জোর, তা তাদের জানা ছিল না। যে ডাকে মড়া পর্যন্ত উঠে বসে, সেই ডাকেও ভূতনাথের সাড়া পাওয়া গেল না।

সমাজ মিত্তির দুশ্চিন্তার গলায় বললেন, "নন্দীর পো-র হল কী ?"

দ্বিজপদ ভাঙা গলায় বলল, "বোধ হয় টায়ার্ড হয়ে ঘুমিয়ে পড়েছেন। ডিস্টার্ব করাটা ঠিক হবে না জ্যাঠামশাই।"

বটকেষ্ট বলল, "ভূতনাথ নন্দীর বদলে আর কাউকে দেখেননি তো জ্যাঠামশাই ? বয়স হলে তো একটু-আধটু ভুল হতেই পারে।"

সমাজ মিত্তির অবশ্য কোনও কথাই কানে তুললেন না। লাঠিটা বাগিয়ে ধরে এগোতে-এগোতে বললেন, "একটা বিপদের গন্ধ পাচ্ছি হে। এসো দেখা যাক।"

দ্বিজপদ বলে উঠল, "কাজটা কি ঠিক হচ্ছে জ্যাঠামশাই ? ট্রেসপাসিং হচ্ছে না ?"

বটকেষ্ট বলে উঠল, "কথাটা আমারও মনে হয়েছে। ট্রেসপাসিংটা মোটেই ভাল জিনিস নয়।"

বাড়ির বারান্দায় উঠে সমাজ মিত্তির আবার বাঘা গলায় ডাকলেন, "ভূতনাথ, আছ নাকি ? ভূতনাথ ?"

সেই ডাকে দুটো বাদুড় উড়ল। কয়েকটা চামচিকে চক্কর মারতে লাগল। দূরে কোথাও কুকুর ডেকে উঠল ভৌ-ভৌ করে। কিন্তু ভূতনাথ সাড়া দিলেন না।

অবশ্য সাড়া দেওয়ার মতো অবস্থাও তাঁর ছিল না। বাইরের ঘরের মেঝের ওপর তিনি পড়ে ছিলেন উপুড় হয়ে। মাথার ক্ষতস্থান থেকে রক্ত পড়ে মেঝে ভেসে যাচ্ছিল।

দৃশ্যটা টর্চের আলোয় দেখে সমাজ মিত্তির বললেন, "সর্বনাশ ! এ তো দেখছি খুন করে রেখে গেছে ভূতনাথকে !"

দু'জনে একসঙ্গে বলে উঠল, "খুন !"

সমাজ মিত্তির উত্তেজনা ভালবাসেন, ঘটনা ঘটলে খুশি হন, কিন্তু দৃশ্যটা দেখে তিনি তেমন খুশি হলেন না। হাঁটু গেড়ে বসে ভূতনাথের নাড়ি পরীক্ষা করতে লাগলেন।

দ্বিজপদ বলল, "ডেডবডি নাড়াচাড়া করাটা ঠিক হচ্ছে না জ্যাঠামশাই। পুলিশ ওতে রেগে যায়।"

বটকেষ্ট বলল, "মড়া ছুঁলে আবার চানটান করার ঝামেলা আছে। এই বয়সে কি ওসব সইবে আপনার ?"

সমাজ মিত্তির একটা শ্বাস ছেড়ে বললেন, "এখনও মরেনি। প্রাণটা আছে। ওহে, তোমরা একটু জলের জোগাড় করো দেখি। জলের ঝাপটা দিয়ে দেখা যাক জ্ঞান ফেরে কি না। তারপর বিছানায় তুলে শোওয়াতে হবে। আর দেখো, বাতিটাতি কিছু আছে কি না।"

জল পাওয়া গেল ভূতনাথের ওয়াটারবট্‌লে। চোখে-মুখে ঝাপটা দেওয়ার পর বাস্তবিকই ভূতনাথ চোখ খুললেন। তবে চোখের দৃষ্টি ফ্যালফ্যালে। কোনও ভাষা নেই। টেবিলের ওপর মোমবাতি আর দেশলাই ছিল। বাতি জ্বালানোর পর ভূতনাথকে বিছানায় তুলে শোওয়ানো হল। 'ফার্স্ট এইড বক্স'ও দেখা গেল ঘরে মজুত আছে। সমাজ মিত্তির ক্ষতস্থানে ওষুধ লাগিয়ে নিজের হাতেই ব্যান্ডেজ বাঁধতে-বাঁধতে বললেন, "ওহে, তোমরা হরুয়াকে খুঁজে দেখো। মনে হচ্ছে তার অবস্থাও এর চেয়ে ভাল নয়। টর্চটা নিয়ে যাও।"

বটকেষ্ট আর দ্বিজপদ সিঁটিয়ে গেলেও মুখের ওপর না করতে পারল না। দ্বিজপদর একবার ইচ্ছে হল বলে যে, হয়তো বাজারে-টাজারে গেছে, এসে যাবে। কিন্তু সেটা প্রকাশ্যে বলাটা যুক্তিযুক্ত হবে বলে মনে হল না তার।

হরুয়াকে পাওয়া গেল ভেতরদিককার উঠোনে। উঠোনে মস্ত আগাছার জঙ্গল। তার মধ্যেই পড়ে ছিল হরুয়া। কপালের বাঁ দিকে বেশ গভীর ক্ষত। তবে হরুয়াও বেঁচে আছে। তার বিশাল চেহারা, ধরাধরি করে তুলে আনা কঠিন ব্যাপার। দ্বিজপদ ওয়াটারবট্‌ল এনে তার মুখে-চোখে ঝাপটা দেওয়ার পর হরুয়া চোখ মেলল। প্রথম কিছুক্ষণ তার চোখেও ভ্যাবলা দৃষ্টি। তবে সে পালোয়ান মানুষ। কয়েক মিনিট বাদে ধীরে-ধীরে উঠে বসে বলল, "জয় বজরঙ্গবলি"।

প্রায় আধঘণ্টা পরিচর্যার পর মোটামুটি যখন কথা বলার মতো অবস্থা হল দু'জনের, তখন ভূতনাথ নন্দী শুধু বললেন, "স্ট্রেঞ্জ থিং।"

সমাজ মিত্তির গুছিয়ে বসে বললেন, "বেশ খোলসা করে বলো তো ভায়া, বেশ বিস্তারিত বলো।"

ভূতনাথ নন্দী মাথা নেড়ে বললেন, "বিস্তারিত বলার কিছু নেই। দুপুর সোয়া তিনটে নাগাদ আমি আর হরুয়া বাড়িতে ঢুকেছি। ঢুকে দেখি দরজার তালা ভাঙা। অবাক হওয়ার ব্যাপার নয়, নির্জন জায়গায় বাড়ি, চোর হানা দিতেই পারে। তাই আমি বাড়িটাতে দামি জিনিস কিছুই রাখি না। সামান্য দুটো খাট, বিছানা, আর দু'-চারটে পুরনো অ্যালুমিনিয়ামের বাসনকোসন। যায় যাক। তাই তালা ভাঙা দেখে আমরা চেঁচামেচি, থানা-পুলিশ করিনি। হরুয়া একটু তড়পাচ্ছিল বটে, তবে সেটা ফাঁকা আওয়াজ। কিন্তু ঘরে ঢুকে দেখলুম, চোর কিছুই নেয়নি, কিন্তু দু'-দুটো ঘরের মেঝেয় বিরাট করে গর্ত খুঁড়েছে। ওই উত্তরপাশের ঘরটায় আর পেছনের ঘরটায়। দুটো গর্তই সদ্য খোঁড়া। বাড়ির মেঝে এরকম জখম হওয়ায় হরুয়া তো খুব রেগে গেল, লাঠি হাতে চারদিকটা ঘুরে দেখেও এল। আমি রেগে গেলেও জানি, পুরনো বাড়িতে গুপ্তধন থাকতে পারে এই ধারণায় অনেকে খোঁড়াখুঁড়ি করে।"

সমাজ মিত্তির গম্ভীর মুখে শুনছিলেন। বললেন, "গর্ত দুটো একটু দেখে আসতে পারি ?"

"বাধা কী ? যান, দেখে আসুন। ওরে হরুয়া, বাতিটা দেখা তো।"

সমাজ দ্বিজপদ আর বটকেষ্টকে নিয়ে গর্ত দেখলেন। দুটো গর্তই কোমরসমান হবে। অনেকটা জায়গা জুড়ে বেশ করেই গর্ত খোঁড়া হয়েছে।

সমাজ মিত্তির ফিরে এসে বললেন, "তারপর বলো ভায়া।"

"আমি বিকেলের দিকটায় জিনিসপত্র গোছগাছ করছি। হরুয়া গেছে উঠোনের জঙ্গল কাটতে। এমন সময় হঠাৎ একটা বেশ লম্বাচওড়া লোক ঘরে ঢুকে জিজ্ঞেস করল, "এটা অঘোর সেনের বাড়ি না ?' লোকটা হঠাৎ বিনা নোটিশে হুট করে ঢুকে পড়ায় আমি বিরক্ত হয়েছিলুম। বেশ ধমক দিয়ে বললুম, 'না মশাই, এটা অঘোর সেনের বাড়ি নয়। আপনি আসুন।' লোকটা এ-কথায় রেগে গিয়ে বলল, 'এটাই অঘোর সেনের বাড়ি। তুই এখানে কী করছিস ?' আমি রেগে গেলেও মাথা ঠাণ্ডা রেখে বললুম, 'এ-বাড়ি কার, তা আমি জানি না। তবে আমি বক্সির কাছে কিনেছি।'"

"তারপর কী হল ?"

"ব্যস, কথা ওটুকুই। বাকিটা অ্যাকশন। লোকটা হঠাৎ মুগুরের মতো একটা জিনিস বের করে ধাঁই করে মাথায় মারল। আর কিছু জানি না।"

হরুয়া বলল, "আমি লোকটাকে দেখিনি। আপনমনে জঙ্গল সাফা করছিলাম, হঠাৎ কে যে কোথা থেকে কী দিয়ে মারল তা ভগবান জানেন।"

সমাজ মিত্তির একটা দীর্ঘশ্বাস ফেলে বললেন, "তোমাদের কপালে বোধ হয় আরও কষ্ট আছে, ভূতনাথ। তোমরা বরং এখানে এখন আর থেকো না।"

"কেন বলুন তো ?"

"অঘোর সেনের খোঁজ যখন শুরু হয়েছে, তখন সহজে শেষ হবে না।"

"অঘোর সেনটা কে ?"

"সে বৃত্তান্ত পরে শুনো। আজ বিশ্রাম নাও। গাঁ থেকে কয়েকজন শক্তসমর্থ লোক পাঠাচ্ছি। তারা আজ বাড়িটা পাহারা দেবে।"

॥ ৩ ॥

গভীর রাত্রি। মামা আর ভাগ্নে পাশাপাশি দুটো চৌকিতে অঘোরে ঘুমোচ্ছিল। দু' দিন খুব খাটাখাটনি গেছে। শরীর দু'জনেরই খুব ক্লান্ত। পাড়াটা শান্ত, চুপচাপ। মাঝে-মাঝে রাতচরা পাখির ডাক, ঝিঁঝির শব্দ, কখনও কুকুরের একটু ঘেউ-ঘেউ। তাতে ঘুমটা আরও গভীরই হয়েছে দু'জনের।

রাত যখন প্রায় একটা, তখন সুবুদ্ধি হঠাৎ ঘুম ভেঙে উঠে বসল। তার মনে হল, কে যেন করুণ স্বরে কাকে ডাকছে। বারবার ডাকছে, অনেকক্ষণ ধরে ডাকছে।

"কার্তিক ! ওরে কার্তিক !"

আধো-ঘুমের মধ্যেই কার্তিক বলল, "কী মামা ?"

"কে কাকে ডাকছে বল তো ! কারও বিপদ-আপদ হল নাকি ?"

"হলেই বা ! তুমি ঘুমোও।"

"ওরে না। পাঁচজনের বিপদে-আপদে দেখতে হয়। পাড়া-প্রতিবেশী নিয়ে বাস করতে গেলে অমন মুখ ঘুরিয়ে থাকলে হয় না।"

কার্তিক উঠে বসল। হাই তুলে বলল, "কোথায়, আমি তো কিছু শুনতে পাচ্ছি না।"

"কান পেতে শোন।"

কার্তিক কানখাড়া করল। কিছুক্ষণ পর বলল, "কোথায় কী ? তুমি স্বপ্ন দেখেছ।"

সুবুদ্ধিও শব্দটা আর শুনতে পাচ্ছিল না। বলল, "স্বপ্ন দেখা যায়। স্বপ্ন কি শোনা যায় রে ? আমি শব্দটা শুনেছি।"

"রাত্রিবেলা কতরকম শব্দ হয়। ঘুমোও তো।"

"উঁহু, ভুল শুনেছি বলে মনে হয় না। মিলিটারিতে ছিলাম, আমাদের অনেক কিছু শিখতে হয়েছে।"

কার্তিক শুয়ে চোখ বুজল, আর সঙ্গে-সঙ্গে ঘুমিয়ে পড়ল। সুবুদ্ধিও শুল। তবে তার মনটা খচখচ করছিল। একটু এপাশ-ওপাশ করে সেও শেষ অবধি ঘুমোল।

রাত দুটো নাগাদ হঠাৎ কার্তিক ধড়মড় করে উঠে বসে বলল, "মামা, ও মামা ! শব্দটা শুনেছ ?"

সুবুদ্ধি ঘুম ভেঙে বলল, "কীসের শব্দ ?"

"তোমার শব্দটাই গো ! কে কাকে ডাকছে। শোনোনি ?"

সুবুদ্ধি টর্চটা নিয়ে মশারি তুলে বেরিয়ে এল, "চল তো দেখি।"

"ও মামা, এ-বাড়িতে ভূত নেই তো !"

"দুর ! ভূত থাকলে বাড়িটা এত সস্তা হত নাকি ? ভূতের দাম শুনলি না ?"

"তাই তো !"

"কী নাম ধরে ডাকছিল বুঝতে পারলি ?"

কার্তিক মাথা নেড়ে বলল, "না। খুব অস্পষ্ট শব্দ। তবে মনে হল কী বাবু বলে যেন ডাকছিল।"

"আমিও ওরকমই শুনেছি। ঘোষবাবু না বোসবাবু কী যেন।"

"মামা, আমার বড্ড ভয়-ভয় করছে।"

সুবুদ্ধি একটু হাসল, "ভয়টা কীসের ? মানুষ বিপদে পড়ে মানুষকে ডাকে।"

"কিন্তু তুমি টর্চ নিয়ে চললে কোথায় ? শব্দটা কোথা থেকে আসছে, কে করছে তা না জেনে হুট করে বেরিয়ে পড়লেই তো কাজ হবে না। মনে হচ্ছে শব্দটা বেশ দূর থেকে আসছে।"

সুবুদ্ধি চিন্তিত মুখে বলল, "ভাবছি পাড়াটা একটা চক্কর দিয়ে আসব। তুই বরং ঘুমিয়ে থাক, আমি বাইরে তালা দিয়ে যাচ্ছি।"

কার্তিক তড়াক করে উঠে পড়ে বলল, "পাগল নাকি? আমি এই ভুতুড়ে বাড়িতে একা থাকতে গেছি আর কী! চলো, আমিও সঙ্গে যাই।"

সুবুদ্ধি একটু ভেবে তার লাঠিটাও নিয়ে নিল। দরজায় তালা লাগিয়ে বেরিয়ে পড়ল দু'জনে।

রাস্তাঘাট অতীব নির্জন। রাস্তায় কুকুরটা বেড়ালটা অবধি দেখা যাচ্ছে না। আশপাশে যে দু'-চারটে বাড়ি আছে, সব অন্ধকার। সুবুদ্ধি হাঁটতে-হাঁটতে বলল, "শব্দটা কোন দিক থেকে আসছিল বল তো?"

কার্তিক মাথা নেড়ে বলল, "বলতে পারব না। ভুলও শুনে থাকতে পারি।"

"দু'জনেই শুনেছি। ভুল বলে মনে হচ্ছে না।"

গোটা পাড়াটা ঘুরে-ঘুরে দেখল তারা। কোথাও কারও বিপদ হয়েছে বলে মনে হল না।

কার্তিক বলল, "চলো মামা, ফেরা যাক।"

সুবুদ্ধি মাথা নেড়ে বলল, "তাই চল।"

নিজেদের বাড়ির দরজায় এসে দু'জনেই থমকে দাঁড়িয়ে গেল। তালাটা ভাঙা, দরজার একটা পাল্লা হাঁ হয়ে খোলা।

কার্তিক ভয়ার্ত গলায় বলল, "মামা, এ কী?"

সুবুদ্ধি চাপা গলায় বলল, "চুপ। শব্দ করিস না। চোর ঢুকেছে মনে হচ্ছে। শব্দ করলে পালাবে।"

কার্তিক মামার হাত চেপে ধরে বলল, "ভেতরে ঢুকো না মামা। চোর হলে তোমাকে মেরে বসবে।"

সুবুদ্ধি হাসল। বলল, "মারতে আমিও জানি। মিলিটারিতে কি ঘাস কাটতুম রে? তুই বরং বাইরেই থাক। আমি দেখছি।"

সুবুদ্ধি ঘরে ঢুকে দেখল, ভেতরে যে হ্যারিকেনটা তারা জ্বালিয়ে গিয়েছিল, সেটা নেভানো। অন্ধকার হলেও সুবুদ্ধি ঠাহর করে বুঝল, প্রথম ঘরটায় কেউ নেই। থাকলে সুবুদ্ধির তীক্ষ্ণ কানে শ্বাসের শব্দ ধরা পড়ত। দ্বিতীয় ঘরটাতেও কেউ ছিল না। সেটা পেরিয়ে তিন নম্বর ঘরটায় ঢুকবার মুখেই সুবুদ্ধি থমকে দাঁড়াল। তার প্রখর অনুভূতি বলল, এ-ঘরে কেউ আছে। কিন্তু কে?

অন্ধকার এবং অজানা প্রতিপক্ষ সামনে থাকলে একটু কৌশল নিতেই হয়। সুবুদ্ধি তাই সোজা ঘরটায় ঢুকল না। উবু হয়ে বসে হামাগুড়ি দিয়ে চৌকাঠটা পেরিয়ে সে আবছা দেখতে পেল, ঘরের মেঝের গর্তটার সামনে একটা বিরাট চেহারার লোক দাঁড়িয়ে আছে। সুবুদ্ধি লাঠিটা বাগিয়ে ধরে রইল, কিন্তু কিছু করল না। সে শুনতে পেল লোকটা বিড়বিড় করে বলল, "এটাই কি অঘোর সেনের বাড়ি? এটাই কি..."

সুবুদ্ধি সাহসী হলেও হিংস্র নয়। সে ধীরে-ধীরে উঠে দাঁড়াল।

সুবুদ্ধি একটু গলাখাঁকারি দিয়ে খুব বিনয়ের সঙ্গে বলল, "আজ্ঞে না, এটা অঘোর সেন মশাইয়ের বাড়ি নয়।"

লোকটা বিদ্যুদ্বেগে ফিরে দাঁড়াল। অতবড় শরীরটা যে এমন চিতাবাঘের মতো দ্রুত নড়াচড়া করতে পারে, তা দেখে সুবুদ্ধি অবাক হল। লোকটা চাপা হিংস্র গলায় বলল, "তুই কে ?"

সুবুদ্ধি আরও বিনয়ের সঙ্গে বলল, "আমার নাম সুবুদ্ধি। সম্প্রতি এই বাড়িটা কিনেছি। কিছু যদি মনে না করেন তো বলি, তালা ভেঙে বাড়িতে ঢোকাটা আপনার ঠিক হয়নি। চোর-ছ্যাঁচড়রাই এমন কাজ করে।"

কথাটা শেষ করেছে কি করেনি, কী যে একটা ঘটে গেল, তা সুবুদ্ধি বুঝতেই পারল না। প্রথমে তার মুখে একটা প্রবল ঘুসি মুগুরের মতো এসে পড়ল। তাতেই মাথা অন্ধকার হয়ে গেল সুবুদ্ধির। আর সেই অবস্থাতেও টের পেল কেউ তাকে দু'হাতে তুলে নিয়ে গর্তের মধ্যে ছুড়ে ফেলে দিল। তারপর সুবুদ্ধির আর জ্ঞান নেই।

সুবুদ্ধি কতক্ষণ অজ্ঞান হয়ে ছিল, তা সে বলতে পারবে না। তবে তার জ্ঞান যখন ফিরল তখন সে দুটো জিনিস টের পেল। এক, তার চারদিকে নিশ্ছিদ্র অন্ধকার। আর দুই হল, সে অজ্ঞান অবস্থাতেও হাঁটু মুড়ে বসে আছে।

মিলিটারিতে ছিল বলে সুবুদ্ধির সহ্যশক্তি আর সাহস দুটোই প্রচুর। গায়ের জোরও খুব কম নয়। নিজের অবস্থাটা বুঝতে তার খানিকটা সময় লাগল। চারদিকে হাতড়ে দেখল, সে একটা বেশ অপরিসর গর্তের মধ্যে সেঁধিয়ে গেছে। নীচে-ওপরে কোথাও কোনও রন্ধ্র আছে বলে মনে হচ্ছে না। তার ওপরে একটা ফুটো নিশ্চয়ই আছে, নইলে সে এখানে এসে সেঁধোয় কী করে!

সুবুদ্ধি উঠে দাঁড়িয়ে ওপর দিকটা হাতড়ে দেখল। কিছুই নাগাল পেল না। চেঁচিয়ে কার্তিককে কয়েকবার ডাকল, বুঝতে পারল ঘরের গর্তটা কেউ বুজিয়ে দিয়েছে, গলার স্বর ওপরে যাচ্ছে না।

সাহসী সুবুদ্ধির একটু ভয়-ভয় করতে লাগল। এখনই যদি কিছু করা না যায়, তা হলে এই কবরের মধ্যে অক্সিজেনের অভাবে তার মৃত্যু অনিবার্য। গর্তের ভেতরে ভ্যাপসা গরমে তার শরীর ঘামে ভিজে যাচ্ছে।

সুবুদ্ধি ওপরে ওঠার ফিকির খুঁজতে লাগল। ওপরে ওঠা ছাড়া বেরোবার তো পথ নেই। কাজটা শক্ত নয়। গর্তটার খাঁজে-খাঁজে পা রেখে ওঠা সহজ ব্যাপার। সুবুদ্ধি চারদিকটা হাতড়ে দেখে নিল। নরম মাটি। খাঁজখোঁজও অনেক। সুবুদ্ধি একটা খাঁজে পা রেখে ভর দিয়ে উঠতে গিয়েই হড়াস করে মাটির দেওয়াল খসে ফের নীচে পড়ল। কিন্তু ধৈর্য হারালে চলবে না। নরম মাটিতে আবার একটা গভীর খাঁজ তৈরি করে নিল সে। কিন্তু মাটি বড্ডই নরম। খাঁজ ভেঙে মাটির চাপড়া খসে পড়ে গেল।

গাছের শেকড়-বাকড় থাকলে ভাল হত। কিন্তু তা নেই। বারবার চেষ্টা করতে লাগল সুবুদ্ধি, আর বারবার মাটির চাপড়া ভেঙে পড়ে যেতে লাগল। সুবুদ্ধি

ঘামছে। শ্বাসের কষ্ট এখনও শুরু হয়নি। তবে হবে। তাই সে একটু ধৈর্য হারিয়ে গর্তের একটা দেওয়ালে হাত দিয়ে খুবলে বেশ বড় একটা খাঁজ তৈরি করতে লাগল। মাটি খানিকটা খুবলে আনতে গিয়েই হঠাৎ একটা কঠিন জিনিসের স্পর্শ পেল সে। মনে হল, যেন পাথর বা ওই জাতীয় কিছু। গর্তটা সে খুবলে আরও একটু বড় করে ফেলল। তারপর হাতড়ে-হাতড়ে দেখল।

প্রথমটায় পাথর বলে মনে হলেও আরও কিছু মাটি খসাবার পর দরজায় যেমন লোহার কড়া লাগানো থাকে তেমনই একটা মস্ত এবং ভারী কড়া হাতে পেল। মাটির নীচে চোর-কুঠুরি থাকা বিচিত্র নয়। অনেক সময়ে এসব চোর-কুঠুরিতে সোনা-দানা, টাকা-পয়সা পাওয়া যায়। সুবুদ্ধি কৌতূহলবশে ওপরে ওঠার চেষ্টা ছেড়ে কড়াটা নিয়ে নাড়াঘাঁটা করতে লাগল। এটা দরজাই হবে, সন্দেহ নেই। কিন্তু খোলা শক্ত। মটি না সরালে খোলা যাবে না।

সুবুদ্ধি একটু জিরিয়ে নিল। ঘাম ঝরে যাচ্ছে, শরীর দুর্বল লাগছে, তেষ্টা পাচ্ছে, এই অবস্থায় হঠাৎ বেশি পরিশ্রম করলে তার দম একেবারেই ফুরিয়ে যাবে। অন্ধকারে সে কিছুই দেখতে পাচ্ছে না। কাজ করছে আন্দাজে আন্দাজে। টর্চটা থাকলে কাজের সুবিধে হত।

সুবুদ্ধি কিছুক্ষণ জিরিয়ে ফের মাটি সরাতে লাগল। তাড়াহুড়ো করল না। ক্রমে-ক্রমে মাটি ঝরে গর্তটা যেন আরও ছোট হয়ে যাচ্ছিল। তবে সামনে ধীরে-ধীরে একটা সরু দরজার মতো জিনিস হাতড়ে-হাতড়ে বুঝতে পারল সুবুদ্ধি। একটু ধাক্কা দিয়ে দেখল। না, দরজাটা নড়ল না। আবার ধাক্কা দেওয়ার জন্য হাতটা তুলেছিল সে। হঠাৎ তার সর্বাঙ্গ যেন ভয়ে পাথর হয়ে গেল। সর্বাঙ্গে একটা হিমশীতল শিহরন। সে স্পষ্ট শুনতে পেল, মাটির তলা থেকে কে যেন ক্ষীণ কণ্ঠে ডাকছে, "অঘোরবাবু! অঘোরবাবু! কোথায় গেলেন?"

মিলিটারি সুবুদ্ধিরও যেন মাথা গুলিয়ে গেল। মাটির তলায় চোরা-কুঠুরিতে অশরীরী ছাড়া তো কারও থাকার কথা নয়। তবে কি যক বলে সত্যিই কিছু আছে? এ কি সেই যকেরই কণ্ঠস্বর? জীবনে সুবুদ্ধি এত ভয় কখনও পায়নি। তার বুক ধড়াস-ধড়াস করছে। হাতে পায়ে খিল ধরে গেছে।

সুবুদ্ধি কিছুক্ষণ চুপ করে বসে রাম নাম করল। মাটির নীচের কণ্ঠস্বর ওই একবারই ডেকে চুপ মেরে গেছে। তবে একটু আগে সে আর কার্তিক যে এই কণ্ঠস্বর শুনেছিল, তাতে সুবুদ্ধির সন্দেহ রইল না।

সুবুদ্ধি বসে-বসে ভাবল, এই গভীর গর্তের মতো জায়গায় তার মরণ এমনিতেই লেখা আছে। মরতেই যদি হয় তো আর ভয়ের কী আছে? দরজাটা খুললে যদি কোনও সুড়ঙ্গটুড়ঙ্গ পাওয়া যায় তো ভাল, না হলে কপালে যা আছে হবে।

সুবুদ্ধি কড়াটা ধরে এবার নিজের দিকে টানল। কিন্তু দরজাটা নড়ল না। দরজাটা কোন দিকে খুলবে, তাও বুঝতে পারছিল না সে। টানবে না ঠেলবে, সেটাও তো বোঝা দরকার। ছিটকিনি বা ওই জাতীয় কিছু আছে কি না দেখার জন্য সুবুদ্ধি দরজাটা ফের আগাপাশতলা হাতড়াতে লাগল। একেবারে দরজার

মাথায় মাটির একটা টিবলি খুবলে নিতেই একটা শিকল পেয়ে গেল সুবুদ্ধি। শিকলে একটা তালাও মারা রয়েছে। সুবুদ্ধি ভাবল, বহুকালের পুরনো তালা আর শিকল হয়তো কমজোরি হয়ে এসেছে। সে হ্যাঁচকা টান মারল।

শিকল খুলল না। তাতে হার না মেনে বারবার হ্যাঁচকা টান দিতে থাকল সে। কারণ এ ছাড়া আর পথ নেই।

অন্তত বারদশেক হ্যাঁচকা টান দেওয়ার পর হঠাৎ যেন তালা লাগানোর আংটাটা একটু নড়বড়ে মনে হতে লাগল । উৎসাহের চোটে সুবুদ্ধি দ্বিগুণ জোরে হ্যাঁচকা মেরে তালা ধরে প্রায় ঝুলে পড়ল। তাতে আংটা খুলে তালাটা পটাং করে এসে সুবুদ্ধির মাথায় লেগে একটা আলু তুলে দিল।

কিছুক্ষণ মাথাটা ঝিমঝিম করল সুবুদ্ধির। ক্ষতস্থান থেকে রক্তও পড়ছিল। সুবুদ্ধি খানিকটা মাটি নিয়ে ক্ষতস্থানে চাপা দিল। এর চেয়ে ভাল ফার্স্ট এইড এখন আর কী হতে পারে!

খুব ধীরে-ধীরে দরজাটা ঠেলল সুবুদ্ধি। বহুকালের পুরনো জং-ধরা কবজা আর এঁটেল মাটিতে আটকে যাওয়া পাল্লা সহজে খুলল না। বেশ খানিকক্ষণ ধাক্কাধাক্কি করার পর অল্প-অল্প করে দরজাটা ওপাশে সরতে লাগল। তারপর সরু একটা ফালি ফোকর উন্মোচিত হয়ে গেল সুবুদ্ধির সামনে। ভেতরে একটা বহুকালের পুরনো সোঁদা বাতাসের গন্ধ।

সুবুদ্ধি সন্তর্পণে দরজার ফাঁকটায় দাঁড়িয়ে ভেতরের অবস্থাটা আন্দাজ করার চেষ্টা করল। সামনে কোন বিপদ অপেক্ষা করছে তার ঠিক কী? পা বাড়িয়ে সে দেখল, সামনে মেঝে বলে কোনও জিনিস নেই। তার পা ফাঁকায় খানিকক্ষণ আঁকপাকু করে ফিরে এল। খুব চাপা একটা শিস দিল সুবুদ্ধি। শিসের শব্দটা বেশ খানিকটা দূর অবধি চলে গেল। অর্থাৎ ঘরটা ছোট নয়। সুবুদ্ধি একটা মাটির ঢেলা নিয়ে ফেলল নীচে। অন্তত দশ ফুট নীচে ঢেলাটা থপ করে পড়ল।

দশ ফুট লাফ দিয়ে নামা সুবুদ্ধির কাছে শক্ত কিছু নয়। প্যারাট্রুপারের ট্রেনিংয়ের সময় এরকম লাফ সে বহু দিয়েছে। তবে চিন্তার বিষয় হল, নীচে কী আছে তা না জেনে লাফ মারলে বিপদ হতে পারে। নীচে আসবাবপত্র, কাচের জিনিস বা পেরেক-টেরেক থাকলে বিপদের কথা। সুবুদ্ধি তাই নিচু হয়ে হাত বাড়িয়ে দেখল নীচে নামবার কোনও মই-টই কিছু আছে কি না, নেই।

সুবুদ্ধি হুট করে লাফ না দিয়ে দরজার চৌকাঠ ধরে আগে নিজের শরীরটাকে নীচে ঝুলিয়ে দিল। তারপর হাত ছেড়ে দিতেই দড়াম করে পড়ল নীচে একটা বাঁধানো জায়গায়। পড়েই অভ্যাসবশে গড়িয়ে যাওয়ায় চোট বিশেষ হল না।

খুব ধীরে-ধীরে সুবুদ্ধি উঠে দাঁড়াল, তারপর হাতড়ে-হাতড়ে দেখতে লাগল কোথায় কী আছে। সামনেই একটা টেবিলের মতো জিনিস। তাতে মেলা শিশি, বোতল, নানা আকৃতির বয়াম বা জার রাখা আছে। রবারের নলের মতো জিনিসও হাতে ঠেকল তার।

আরও একটু এগিয়ে সে আরও বড় একটা টেবিলে আরও বড়-বড় এবং কিম্ভূত

সাইজের বয়াম, শিশি আর জার ঠাহর করল। এগুলোতে কী আছে তা জানার সাহস হল না তার। তবে একটু তুলে দেখার চেষ্টা করল। বড্ড ভারী।

এর পর একটা লম্বা টানা টেবিলের ওপর রাখা কাঠের লম্বা-লম্বা বাক্স ঠাহর করল সে। এই বাক্সে গুপ্তধন থাকলেও থাকতে পারে। থেকেও অবশ্য লাভ নেই তার। এখান থেকে বেরোতে না পারলে গুপ্তধনের সঙ্গে সেও গুপ্ত এবং লুপ্ত হয়ে যাবে।

মস্ত ঘরটা ঘুরে-ঘুরে সে কিছু কোদাল আর শাবল জাতীয় জিনিসও পেল। কাজে লাগলে এগুলোই লাগতে পারে। কিন্তু আপাতত তার দরকার একটা বাতি। সে-ব্যবস্থা নেই বলেই মনে হচ্ছে। তবু সে হাল ছাড়ল না। নিশ্ছিদ্র অন্ধকারে দু'খানা হাতকেই চোখের বিকল্প হিসেবে ব্যবহার করে খুঁজতে লাগল। আবার প্রথম আর দ্বিতীয় টেবিল হাতড়াতে-হাতড়াতে হঠাৎ তার মনে হল, দুটো পাথর পাশাপাশি রাখা আছে। চকমকি নয় তো!

পাথর দুটো হাতে নিয়ে ঠুকবার আগে একটু ভাবল সুবুদ্ধি, মাটির নীচে এই ঘরে কী ধরনের গ্যাস জমে আছে তা জানা নেই। হঠাৎ যদি আগুন লেগে যায়, তা হলে পুড়ে মরতে হবে।

কিন্তু যা হোক একটা কিছু তো করতেই হবে। অন্ধকারটা আর সে সহ্য করতে পারছিল না। সুবুদ্ধি ঠাকুরকে স্মরণ করে ঠুক করে চকমকি ঠুকল।

ঠুকতেই এক আশ্চর্য কাণ্ড! বাঁ হাতের পাথরটা দপ করে জ্বলে উঠে একটা নীল শিখা লকলক করতে লাগল। সুবুদ্ধি 'বাপ রে' বলে পাথরটা ফেলে দিতেই সেটা নিভে গেল। এরকম কাণ্ড সুবুদ্ধি আগে কখনও দেখেনি।

হতবুদ্ধি হয়ে কিছুক্ষণ দাঁড়িয়ে থেকে সে ফের নিচু হয়ে হাতড়ে-হাতড়ে পাথরটা তুলে নিল। পাথরটায় যখন আলো হয় তখন এটাকে ব্যবহার না করারও মানে হয় না।

ফের ঠুকতেই যখন পাথরটা জ্বলে উঠল তখন সে চট করে চারদিকটা দেখে নিল। টেবিলের ওপর একটা পেতলের প্রদীপ রয়েছে, পাশেই একটা শিশি। শিশিতে তেল থাকার সম্ভাবনা। জ্বলন্ত পাথরটাকে টেবিলের ওপর রেখে সে সেই আলোয় শিশি থেকে প্রদীপে তেল ঢালল। তারপর জ্বলন্ত পাথর থেকে প্রদীপটা ধরিয়ে নিল। পাথরটা কিন্তু জ্বলতে-জ্বলতে দ্রুত ক্ষয়ে তারপর ফুস করে নিভে গেল, আর তার অস্তিত্বই রইল না।

প্রদীপটাই এখন তার মস্ত ভরসা। আলোটাও হচ্ছে বেশ ভাল। সাধারণ প্রদীপের আলো যেমন টিমটিম করে, এর তা নয়। বেশ সাদাটে জোরালো একটা শিখা স্থির হয়ে জ্বলছে। ষাট বা একশো ওয়াটের বাল্‌বের চেয়ে কম নয়। হতে পারে অনেকক্ষণ অন্ধকারে ছিল বলেই আলোটা এত বেশি উজ্জ্বল লাগছে তার চোখে।

ঘরখানা বেশ বড়। অন্তত কুড়ি ফুট লম্বা আর পনেরো ফুট চওড়া হবে। চারদিকে টেবিল, আর টেবিলের ওপর নানা কিম্ভূত যন্ত্রপাতি। শিশি-বোতল আর

জারের অভাব নেই। একধারে লম্বা টেবিলের ওপর পরপর তিনটে কাঠের লম্বা বাক্স। বাইরে থেকে গোটা কয়েক নল বাক্সগুলোর মধ্যে কয়েকটা ফুটো দিয়ে গিয়ে ঢুকেছে। সুবুদ্ধি চারদিকে ভাল করে চেয়ে-চেয়ে দেখল। তার মনে হচ্ছিল, এটা আদ্যিকালের কোনও বৈজ্ঞানিক গবেষণাগারই হবে। খুবই বিস্ময়কর ব্যাপার।

হাতলওলা পিতলের প্রদীপটা নিয়ে সে চারদিক একটু ঘুরে দেখল। ঝুল, ধুলো, মাকড়সা এই নীচের ঘরেও কিছু কম জমেনি। একধারে একটা কাচ বসানো আলমারিতে অনেক বই সাজানো আছে। চামড়ায় বাঁধানো বইগুলোর নাম পড়া গেল না, কাচে ময়লা জমে যাওয়ায়।

হঠাৎ তার সর্বাঙ্গে হিমশীতল একটা শিহরন বয়ে গেল। কে যেন শিস দেওয়ার মতো চিকন তীব্র স্বরে ডেকে উঠল, "অঘোরবাবু! অঘোরবাবু! আপনি কোথায়?"

এত চমকে গিয়েছিল সুবুদ্ধি যে, আর একটু হলেই প্রদীপটা তার হাত থেকে পড়ে যেত। স্বরটা এত তীব্র যে, সেটা এ-ঘর থেকেই হচ্ছে বলে মনে হল তার। কিন্তু এ-ঘরে কে থাকবে? অশরীরী অবশ্য হতে পারে।

কাঁপা হাতে প্রদীপটা শক্ত করে ধরে সে ধীরে-ধীরে লম্বাটে বাক্সগুলোর দিকে এগোল। ভয় পেতে-পেতে সে ভয় পাওয়ার শেষ সীমানায় পৌঁছে গেছে। এখন যা থাকে কপালে, তাই হবে।

প্রথম বাক্সটার ডালা খুলতে গিয়েই সে টের পেল, খোলা সহজ নয়। বজ্র-আঁটুনি আছে।

সুবুদ্ধি প্রদীপটা ধরে ভাল করে বাক্সটা দেখল। বাক্সের গায়ে একটা পুরনো বিবর্ণ কাগজ সাঁটা। তার গায়ে বাংলা হরফেই কিছু লেখা আছে। সুবুদ্ধি নিচু হয়ে দেখল, পুঁথিতে যেমন থাকে তেমনই অদ্ভুত হাতের লেখায় সাবধান করা হয়েছে, "ইহা শ্বাস নিয়ামক যন্ত্র। বাক্সটি দয়া করিয়া খুলিবেন না। খুলিলে যন্ত্র বিকল হইবার সম্ভাবনা।"

দ্বিতীয় বাক্সটার গায়েও একটা বিবর্ণ কাগজ। তাতে লেখা, "ইহাতে মৎ আবিষ্কৃত অমৃতবিন্দুর সঞ্চার ঘটিতেছে। বৎসরে এক ফোঁটা মাত্র অমৃতবিন্দু দেহে প্রবেশ করিয়া তাহা সজীব রাখিবে। বাক্সটি দয়া করিয়া খুলিবেন না।"

তৃতীয় বাক্সটার গায়েও কাগজ সাঁটা। তাতে লেখা, "এই ব্যক্তির নাম সনাতন বিশ্বাস, অদ্য ১৮৪৫ খ্রিস্ট অব্দের সেপ্টেম্বর মাসের ৩০ তারিখে ইহার বয়ঃক্রম আঠাশ বৎসর হইবেক। সনাতন অতীব দুষ্টপ্রকৃতির লোক। তাহার অখ্যাতি বিশেষ রকমের প্রবল। আমার গবেষণার জন্য ইহাকেই বাছিয়া লইয়াছি। সনাতনকে নিদ্রাভিভূত করিতে পারিলে গ্রামের মানুষ হাঁফ ছাড়িয়া বাঁচিবে। সনাতন অবশ্য সহজে ধরা দেয় নাই। কৌশল অবলম্বন ও প্রলোভন প্রদর্শন করিতে হইয়াছে। যে গভীর নিদ্রায় তাহাকে অভিভূত করা হইয়াছে তাহা সহজে ভাঙিবার নহে। যুগের পর যুগ কাটিয়া যাইবে, তবু নিদ্রা ভঙ্গ হইবে না।

সনাতনের শ্বাসক্রিয়া ও হৃদযন্ত্রের স্পন্দনের মাত্রা অতিশয় হ্রাস করা হইয়াছে। ফলে তাহার শরীরে শোণিত চলাচল মন্দীভূত হইবে এবং ক্ষয় একপ্রকার হইবেই না। এ-ব্যাপারে আমি হিক সাহেবের পরামর্শ লইয়াছি। অমৃতবিন্দুর সঞ্চার যদি অব্যাহত থাকে তবে সনাতনের প্রাণনাশের আশঙ্কা নাই। ভবিষ্যতের মনুষ্য, যদি সনাতনের সন্ধান পাইয়া থাকেন, তাহা হইলে তড়িঘড়ি করিবেন না। বাক্সটির পাশেই ইহা খুলিবার একটি চাবি পাইবেন। বাক্সটি খুব সন্তর্পণে খুলিবেন। সনাতনকে কী অবস্থায় দেখিতে পাইবেন তাহা অনুমানের বিষয়। আমি সে-বিষয়ে ভবিষ্যদ্বাণী করিতে পারিব না। তাহার গাত্রে একটি সবুজ প্রলেপ মাখানো আছে। মুখে ও নাকে নল দেখিবেন। বাক্সটি খুলিয়া খুব সন্তর্পণে কিছুক্ষণ বায়ু চলাচল করিতে দিবেন। সনাতনের শিয়রে একটি শিশিতে একটি তরল পদার্থ রাখা আছে। শত বা শতাধিক বৎসর পর তাহা হয়তো কঠিন আকার ধারণ করিবে। শিশিটি আগুনের উপর ধরিলেই পুনরায় উহা তারল্য প্রাপ্ত হইবে। সনাতনকে হাঁ করাইয়া এই শিশি হইতে সামান্য তরল পদার্থ তাহার মুখে ঢালিয়া দিবেন। তৎপর নাকের ও মুখের নল খুলিয়া দিবেন। অনুমান করি, সনাতন অতঃপর চক্ষু মেলিবে। জগদীশ্বরের কৃপায় যদি সত্যই সে চক্ষু মেলিয়া চাহে এবং পুনরুজ্জীবিত হয় তাহা হইলে আমার গবেষণা সার্থক হইয়াছে বলিয়া ধরিতে হইবে। কিন্তু সেই সাফল্যের আস্বাদ লাভ করিবার জন্য আমি তখন ধরাধামে থাকিব না। মহাশয়, পূর্বেই বলিয়াছি, সনাতন অতীব দুষ্ট প্রকৃতির লোক। পুনরুজ্জীবিত হইয়া সে কী আকার ও প্রকার ধারণ করিবে তাহা আমার অনুমানের অতীত। তবে তাহাকে যে সকল প্রলোভন দেখাইয়াছি তাহার ফলে সে যে আমার অনুসন্ধান করিবে তাহাতে সন্দেহ নাই। ঈশ্বর প্রসাদাৎ আমি তখন পরলোকে। সনাতনের বাহানা আপনাদেরই সামলাইতে হইবে। আমি শ্রীঅঘোর সেন সম্পূর্ণ সুস্থ মস্তিষ্কে এই বিবরণ দাখিল করিলাম।”

সুবুদ্ধি হতবুদ্ধি হয়ে কিছুক্ষণ দাঁড়িয়ে রইল। কী করবে বা করা উচিত, তা প্রথমটায় বুঝতে পারল না। তবে কৌতূহল জিনিসটা বড়ই সাঙ্ঘাতিক। শত বিপদের ভয় থাকলেও কৌতূহলকে চেপে রাখা কঠিন।

চাবিটি জায়গামতোই পাওয়া গেল। সুবুদ্ধি চাবিটা নিয়ে বাক্সের গা-তালায় ঢুকিয়ে ঘুরিয়ে দিল। তারপর ধীরে-ধীরে ডালাটা তুলে ফেলল। কী দেখবে, কাকে দেখবে ভেবে ভয়ে কিছুক্ষণ চোখ বন্ধ করে রইল সুবুদ্ধি। তারপর চোখ খুলে হাঁ করে চেয়ে রইল।

অঘোর সেন তাঁর বিবরণে যা লিখেছেন তা যদি সত্যি হয় তা হলে লোকটা দেড়শো বছরেরও বেশি ঘুমিয়ে রয়েছে এবং লোকটার বয়স একশো আটাত্তর। সেই তুলনায় সবুজ রঙের লোকটাকে নিতান্তই ছোকরা দেখাচ্ছে। একটু রোগাভোগা চেহারা ঠিকই। তবে দেড়শো বছর ধরে মাসে মাত্র এক ফোঁটা করে অমৃতবিন্দু খেয়ে বেঁচে থাকলে রোগা হওয়ারই কথা। কিন্তু তেমন সাঙ্ঘাতিক রোগা নয়। লোকটা অঘোরে ঘুমোচ্ছে। বুকের ওঠানামা বা শ্বাস চলাচল বোঝাই

যাচ্ছে না।

সুবুদ্ধিকে চমকে দিয়ে হঠাৎ লোকটা সেই অস্বাভাবিক চিকন স্বরে ডেকে উঠল, "অঘোরবাবু ! অঘোরবাবু ! আপনি কোথায় ?"

সুবুদ্ধি আর ভয় পেল না। সে ভাল করে লোকটার আপাদমস্তক দেখে নিল। না, লোকটা জেগে নেই। তবে অহরহ অঘোরবাবু সম্পর্কে দুশ্চিন্তা রয়েছে বলে ঘুমের মধ্যেই অঘোরবাবুকে খুঁজে নিচ্ছে।

শিয়রের শিশিটা তুলে নিয়ে প্রদীপের আলোয় দেখে নিল সুবুদ্ধি। তরলটা সত্যিই জমে গেছে। শিশিটা প্রদীপের শিখার ওপর সাবধানে ধরল সুবুদ্ধি। মিনিট দুয়েকের মধ্যে তরলটা গলে গেল।

সনাতনকে হাঁ করাতে বেগ পেতে হল না। শরীরের জোড় আর খিলগুলো বেশ আলগা হয়ে গেছে। অর্ধেকটা ওষুধ সনাতনের মুখে ঢেলে দিল সুবুদ্ধি। তারপর নাক আর মুখ থেকে নল সরিয়ে নিল।

সনাতনের জেগে উঠতে সময় লাগবে। কিন্তু এই ঘুমন্ত লোকটার গলার স্বর পাতালঘর থেকে ওপরে কী করে গিয়ে পৌঁছত সেটা একটু অনুসন্ধান করে দেখল সুবুদ্ধি। তৃতীয় আর-একটা রবারের নল থেকে একটা চোঙার মতো জিনিস বেরিয়ে বাক্সে সনাতনের মুখের সামনেই 'ফিট' করা আছে। নলের অন্য প্রান্ত একটা ড্রামের ভেতরে গিয়ে ঢুকেছে ঘরের কোণে। সেখান থেকে ফের ওপরে উঠে ঘরের ছাদের ভেতরে গিয়ে অদৃশ্য হয়েছে। এটা বোধ হয় দেড়শো বছর আগেকার একটা পাবলিক অ্যাড্রেস সিস্টেম। হয়তো-বা অঘোর সেনেরই উর্বর মাথা থেকে বেরিয়েছিল। সনাতনের হদিস যাতে ভবিষ্যতের মানুষ জানতে পারে সেইজন্যই বোধ হয় ব্যবস্থা করে রেখে গিয়েছিলেন।

একটু আগে যে গুণ্ডা লোকটা তাকে মেরে গর্তে ফেলে দিয়েছিল সেও অঘোর সেনের বাড়িই খুঁজছিল। কথাটা মনে পড়ে যাওয়ায় সুবুদ্ধি একটু দুশ্চিন্তায় পড়ল। অঘোর সেনের পাতালঘরের খবর কি তা হলে আরও কেউ-কেউ জানে ?

সনাতনের চোখের পাতা কম্পিত হতে লাগল আরও আধঘণ্টা পর, শ্বাস দ্রুততর হতে লাগল। সুবুদ্ধি নাড়ি দেখে বুঝল, নাড়ির গতিও ক্রমে বাড়ছে।

আরও ঘণ্টাখানেক বাদে সনাতন মিটমিট করে তাকাতে লাগল। প্রদীপের আলোটাও যেন ওর চোখে লাগছে।

সুবুদ্ধি সনাতনের মুখের ওপর একটু ঝুঁকে বলল, "কেমন আছেন সনাতনবাবু ?"

সনাতন পটাং করে চোখ মেলে তাকে দেখেই খোলা ভুতুড়ে গলায় চেঁচিয়ে উঠল, "ভূ-ভূ-ত ! ভূ-ভূত নাকি রে তুই ? খবরদার, কাছে আসবি না। গাম... গাম... গাম... গাম..."

সুবুদ্ধি একটু লজ্জা পেল। ধুলোমাটিতে মাখা তার চেহারাখানা যে দেখনসই নয় তা তার খেয়াল ছিল না। খুব বিনয়ের সঙ্গে সে বলল, "যার নাম করতে চাইছেন তিনি গাম নন, রাম।"

সনাতন আতঙ্কের গলায় বলল, "হ্যাঁ হ্যাঁ, রামই তো ! রাম নামে ভয় খাচ্ছিস না যে বড় ? অ্যাঁ !"

"ভূত হলে তো ভয় পাব ! আমি যে ভূতই নই আজ্ঞে।"

"তবে তুই কে ?"

"আমার নাম সুবুদ্ধি রায়। চিনবেন না। পরদেশি লোক।"

"ডাকাত নোস তো !"

"আজ্ঞে না। ডাকাত হতে এলেম লাগে। আমার তা নেই।"

সনাতন চোখ পিটপিট করতে-করতে বলল, "অক্ষয়বাবু কোথায় বল তো ! অক্ষয়বাবুর কাছে আমি পাঁচ হাজার টাকা পাই।"

সুবুদ্ধি বুঝতে পারল, অনেকদিন ঘুমিয়ে থাকায় সনাতনের কিছু ভুলভাল হচ্ছে। ঘুমের মধ্যে অঘোরবাবুর নামটা ঠিকঠাক বললেও এখন জেগে ওঠার পর স্মৃতি কিছুটা ভ্রষ্ট হয়েছে। সুবুদ্ধি মাথা চুলকে বলল, "অক্ষয়বাবু বলে কাউকে চিনি না। তবে অঘোরবাবু বলে একজন ছিলেন।"

সনাতন বলল, "হ্যাঁ, হ্যাঁ, অঘোরবাবুই তো ! তিনি কোথায় ?"

"তিনি এখন নেই আজ্ঞে।"

সনাতন খ্যাঁক করে উঠল, "নেই মানে ? কোন চুলোয় গেছেন ? সনাতন বিশ্বাসের জলার জমিটা কিনব সব ঠিকঠাক হয়ে আছে। সোমবার টাকা দেওয়ার কথা।"

সুবুদ্ধি একটু দোটানায় পড়ে বলল, "আজ্ঞে, যতদূর জানি, সনাতন বিশ্বাস আপনারই শ্রীনাম। নিজের জমি কি নিজে কেনা যায় ? আমি অবশ্য তেমন জ্ঞানগম্যিওলা লোক নই।"

সনাতন চোখ বড়-বড় করে বলল, "আমার নাম সনাতন বিশ্বাস ! হ্যাঁ, সেরকম যেন মনে হচ্ছে। আজ এত ভুলভাল হচ্ছে কেন কে জানে ! অঘোরবাবুর ওষুধটা খেয়ে ইস্তক মাথাটা গেছে দেখছি। আচ্ছা, আমি একটা কলসির মধ্যে শুয়ে আছি কেন বল তো !'

"কলসি ! আজ্ঞে কলসির মধ্যে শোওয়া কঠিন ব্যাপার। এ হল গে যাকে বলে বাক্স। কফিনও বলতে পারেন।"

"হ্যাঁ, বাক্সই বটে। বাপের জন্মে কখনও বাক্সে শুইনি বাপ। এ নিশ্চয়ই এই বিটকেলে অঘোরবাবুর কাণ্ড। লোকটা একটা যাচ্ছেতাই।"

"যে আজ্ঞে।"

"এখন রাত কত হল বল তো !"

"তা শেষরাত্তিরই হবে মনে হয়।"

"বলিস কী ? সেই সকালবেলাটায় ওষুধ খাইয়ে ঘুম পাড়াল এর মধ্যেই শেষ রাত্তির ! আজব কাণ্ড।"

মাঝখানে যে দেড়শো বছর কেটে গেছে সেটা আর ভাঙল না সুবুদ্ধি।

"ওরে, আমাকে একটু ধরে তোল তো, শরীরটা জুত লাগছে না। মাথাটাও

ঘুরছে। আরও একটু শুয়ে থাকতে পারলে হত, কিন্তু তার জো নেই। গোরুগুলোকে জাবনা দিয়ে মাঠে ছেড়ে আসতে হবে। তারপর গঞ্জে আজ আবার হাটবার। মেলা কাজ জমে আছে।”

“আজ্ঞে এই তুলছি।” বলে সুবুদ্ধি সনাতনকে ধরে তুলে বসাল। একটু নড়বড় করলেও সনাতন বসতে পারল। চারদিকটা প্রদীপের আলোয় চেয়ে দেখে বলল, “বড্ড ধুলো ময়লা পড়েছে দেখছি! সকালবেলাটায় তো বেশ পরিষ্কার ছিল।”

“আজ্ঞে, ধুলোময়লার স্বভাবই ওই, ফাঁক পেলেই ফাঁকা জায়গায় চেপে বসে। আর ফাঁকটা অনেকটাই পেয়েছে কিনা।”

সনাতন বিরক্ত হয়ে বলল, “ধরে ধরে একটু নামা তো বাপু, একটু দাঁড়িয়ে মাজাটা ছাড়াই। এই বিচ্ছিরি বাক্স থেকে বেরোনোও তো ঝামেলার ব্যাপার দেখছি।”

সুবুদ্ধি সনাতনকে পাঁজা-কোলে তুলে নামিয়ে দাঁড় করিয়ে দিতেই সনাতন হাঁটু ভেঙে বসে পড়ল, “ও বাবা, হাঁটুতে যে জোর নেই দেখছি!’

“ভাববেন না। সব ঠিক হয়ে যাবে। দেড়শো বছরের পাল্লাটার কথাও তো ভাববেন।”

সনাতন অবাক হয়ে বলল, “দেড়শো বছর। কীসের দেড়শো বছর রে পাজি?”

“মুখ ফসকে একটা বাজে কথা বেরিয়ে গেছে। জিরিয়ে নিন, পারবেন।”

তা পারল সনাতন। আরও আধঘণ্টা বসে থেকে, তারপর সুবুদ্ধির কাঁধে ভর দিয়ে লগবগ করতে করতে দাঁড়াল। তারপর বলল, “নাঃ, বড্ড খিদে পেয়ে গেছে। বাড়ি গিয়ে একটু পান্তা না খেলেই এখন নয়।”

“হবে, হবে। বাড়ি যাবেন সে আর বেশি কথা কী? এটাও নিজের বাড়ি বলে ধরে নিতে পারেন। কথায় আছে বসুধৈব কুটুম্বকম।”

নাক সিঁটকে সনাতন বলল, “হুঁঃ এটা একটা বাড়ি! অঘোর পাগলের বাড়ি হল গোলোকধাঁধা। মাথার গণ্ডগোল না থাকলে কেউ মাটির নীচে ঘর করে? তা ছাড়া লোকটা ভূতপ্রেত পোষে।”

“তা বটে। তা এই অঘোর সেনের খপ্পরে আপনি পড়লেন কী করে?”

“পড়েছি কি আর সাধে? পাঁচটি হাজার টাকা পেলে জলার জমিটা কেনা যাবে। তা অঘোরবাবু বলল, কী একটা ওষুধ খেয়ে একটু ঘুমোলে পাঁচ হাজার টাকা দেবে। তা হ্যাঁ রে, জমিটা কার তা মনে পড়ছে না কেন বল তো!”

“পড়বে। একটু ঝিমুনির ভাবটা কাটতে দিন।”

“পড়বে বলছিস? আচ্ছা আমার বউ, ছেলে, বাপ, মা কারও নামই কেন মনে পড়ছে না বল তো! অঘোরবাবু আমাকে কী ওষুধই যে খাওয়াল।”

“আচ্ছা সনাতনবাবু, হিক সাহেব বলে কারও কথা আপনার মনে আছে?”

“থাকবে না কেন? সকালে তো এই ঘরেই দেখেছি। তোকে চুপি-চুপি বলে

রাখি, ওই হিক সাহেব কিন্তু আস্ত ব্রহ্মদত্যি।”

“বটে। কীরকম ব্যাপার বলুন তো!”

সনাতন চারদিকটা চেয়ে দেখে নিয়ে বলল, “ও মনিষ্যি নয় রে।”

“তা হলে কী?”

“বললুম না, ব্রহ্মদত্যি বা দানো। ইয়া উঁচু চেহারা, দত্যিদানোর মতো মস্ত শরীর। দেখিসনি?”

“আজ্ঞে না। ও না দেখাই ভাল।”

“যা বলেছিস। তা হিক সাহেব কোথা থেকে আসে জানিস? আকাশ থেকে। তার মস্ত একটা কৌটো আছে। সেই কৌটোটা যখন আকাশ থেকে নামে তখন নন্দপুরে বিনা মেঘে বিদ্যুৎ চমকায়।”

সুবুদ্ধি অবাক হয়ে বলল, “কৌটোতে কী থাকে আজ্ঞে?”

“কেন, হিক নিজেই থাকে। ব্যাটা প্রেতলোক থেকে নেমে আসে, আবার প্রেতলোকেই ফিরে যায়। বড় সাঙ্ঘাতিক লোক। ব্রহ্মদত্যিটার সঙ্গে মাখামাখি করেই তো অঘোর সেনের মাথাটা বিগড়োল। নইলে একটু ঘুম পাড়াবার জন্য কেউ পাঁচ হাজার টাকা কবুল করে? হেঃ হেঃ হেঃ... কিন্তু তোকে এসব কথা বলছি কেন বল তো! তুই ব্যাটা আসলে কে? দেখে তো মনে হচ্ছে, এই মাত্র খেতে নিড়েন দিয়ে এলি।”

“আজ্ঞে ওরকমই কিছু ধরে নিন। এবার একটু জোর পাচ্ছেন শরীরে?”

“পাচ্ছি।”

“তা হলে এবার পা তুলতে হচ্ছে কর্তা। এই গর্তের ভেতর থেকে এবার না বেরোলেই নয়। কাজটা শক্ত হবে।”

সনাতন একটু হাঁটাহাঁটি করল নিজের পায়েই। একটু টালমাটাল হচ্ছিল বটে। কিন্তু কয়েকবারের চেষ্টায় পেরেও গেল। বলল, “কিন্তু অঘোরবাবু টাকাটা তো এখনও দিল না? গেল কোন চুলোয়?”

সুবুদ্ধি দেখে নিয়েছে এখান থেকে বেরোনোর ওই একটাই পথ, যেটা দিয়ে সে নেমে এসেছে। ভরসা এই যে, এ ঘরে দূরদর্শী অঘোরবাবু শাবল টাবলের জোগাড় রেখেছেন, ভবিষ্যতে দরকার হতে পারে ভেবেই। নইলে, ল্যাবরেটরিতে শাবল থাকার কথা নয়। একটা টেবিল থেকে শিশি বোতল সরিয়ে সেটাকে দেওয়ালের গায়ে দাঁড় করাল সুবুদ্ধি। তার ওপরে সনাতনের বাক্সটাও রাখল। তারপর দরজার ফোকরটা নাগাল পেতে কোনও কষ্টই হল না।

সনাতন হাঁ করে কাণ্ডটা দেখছিল। বলল, “সিঁড়িটা ছিল যে! সেটার কী হল?”

সুবুদ্ধি বলল, “সিঁড়ি! আজ্ঞে সে আমি জানি না। চলে আসুন। এখন মেলা গা ঘামাতে হবে।”

সনাতনকে দরজার চৌকাঠে দাঁড় করিয়ে সুবুদ্ধি খুব সাবধানে শাবল দিয়ে ওপরকার মাটি সরাতে লাগল। একটু অসাবধান হলেই ওপর থেকে হুড়মুড় করে

মাটির চাপড়া ঘাড়ে এসে পড়বে। তবে এসব কাজে সে খুব পাকা লোক। মাটি সরিয়ে সরিয়ে একটু একটু করে একটা ফোকর তৈরি করতে লাগল।

সনাতন ভারী বিরক্ত হয়ে বলল, "এসব কী ব্যাপার রে বাপু বল তো! এই তো কালকেও দিব্যি ফটফটে সিঁড়ি ছিল, এখানে! সেটা মাটি-চাপা পড়ল কীভাবে? ভূমিকম্প-টম্প কিছু হয়ে গেল নাকি?"

"ভূমিকম্পই বটে। দেড়শো বছরের পাল্লা তো চাট্টিখানি কথা নয়।"

সনাতন চটে বলল, "বারবার দেড়শো বছর দেড়শো বছর কী বলছিস বল তো! তুই কি পাগল নাকি রে?"

"পাগল তো ছিলুম না কর্তা, তবে এখন যেন একটু-একটু হতে লেগেছি। এমন অশৈলী কাণ্ড জীবনে দেখিনি কিনা।"

"একটা কথা কিন্তু তোকে সটান বলে রাখছি বাপু, সেই পাঁচটি হাজার টাকা কিন্তু আমার চাই। অঘোর সেন কোথায় পিটটান দিল জানি না। তাকে না পেলে তোর কাছ থেকেই আদায় করব।"

"টাকা টাকা করে হেদিয়ে মরবেন না সনাতনবাবু। আগে তো গর্ভগৃহ থেকে বেরোন, তারপর টাকার কথা হবেখন।"

"মঙ্গলবার আমার জমির টাকা দিতে হবে, মনে থাকে যেন।"

"কত মঙ্গলবার এল আর গেল। মঙ্গলবারের অভাব কী? মেলা মঙ্গলবার পাবেন।"

সুবুদ্ধি খুব ধীরে-ধীরে মাটির চাঙড় ভাঙতে লাগল।

ধীরে-ধীরে ওপরের দিকটা উন্মুক্ত হচ্ছে। সেই গুণ্ডাটা কি ওপরে ওত পেতে আছে? থাকলেও চিন্তা নেই। সুবুদ্ধির হাতে এখন শাবল। দরকার হলে শাবলের খোঁচায় ব্যাটাকে কাবু করা যাবে।

শেষ চাঙড়টা ধপাস করে ভেঙে ওপর থেকে ঝুরঝুর করে খানিক বালি আর সিমেন্টের গুঁড়ো ঝরে পড়ল। সুবুদ্ধি চোখ ঢেকে রেখেছিল। ধুলোবালি সরে যেতেই দেখতে পেল, ওপরে গর্তের মুখে ভোরের আবছা আলো দেখা যাচ্ছে। সুবুদ্ধি হাত নীচের দিকে বাড়িয়ে বলল, "আসুন সনাতনবাবু।"

॥ ৪ ॥

গোবিন্দ বিশ্বাসের বাজার হয়ে যায় একেবারে সাতসকালে। দিনের আলো ফোটবার আগেই, যখন নন্দপুরের মানুষজন ঘুম থেকে ওঠেইনি ভাল করে। তা বাজার করার জন্য গোবিন্দ বিশ্বাসের কোনও ঝামেলাই নেই, এমনকী, তাঁকে বাজার অবধি যেতে হয় না। সামনের বারান্দায় ঝুড়ি, ধামা, গামলা সব সাজানো থাকে পরপর। ব্যাপারিরা বাজারে যাওয়ার পথে আলু, বেগুন, পটল, মুলো যখনকার যা সব ঝুড়িতে দিয়ে যায়। মাছওলারা এক-একজন এক-একদিন পালা করে মাছ দিয়ে যায় চুবড়ির মধ্যে। সপ্তাহে দুদিন গোবিন্দ বিশ্বাস মাংস খান, তা

ঠিক দিনে হরু কষাই সবচেয়ে পুরুষ্টু পাঁঠাটি কেটে রাং আর দাবনার সরেস মাংস রেখে যায়। দুধওলা গামলা ভরে দুধ দিয়ে যায়। মাসকাবারি জিনিসপত্র মাস পয়লা পৌঁছে দিয়ে যায় মুদি। গোবিন্দ বিশ্বাসের ভৃত্য মগন দাঁড়িয়ে-দাঁড়িয়ে সব নজর রাখে, তারপর জিনিসপত্র ঘরে নিয়ে যায়। বন্দোবস্তটা বাজারের ব্যাপারিরা নিজেদের বাঁচাতেই করেছে। আগে গোবিন্দ বিশ্বাস নিজেই বাজারে যেতেন আর তাঁকে দেখতে পেলেই বাজারে হুলুস্থুলু পড়ে যেত। ব্যাপারিরা সব চোখে চাপা দিয়ে চোঁ-চাঁ দৌড়ে পালাত। নিদেন পালাতে না পারলে মুখ ঢাকা দিয়ে মাথা নিচু করে বসে থাকত। বাজার হয়ে যেত সুনসান। তো তারাই একদিন এসে হাতজোড় করে গোবিন্দ বিশ্বাসকে বলল, “আজ্ঞে, আপনার মতো মান্যগণ্য লোক কষ্ট করে বাজার করলে আমাদেরই লজ্জা। বাজারে আপনি কেন যাবেন ? বাজার নিজেই হেঁটে আসবে আপনার দরজায়। দামের কথা তুলে আমাদের লজ্জায় ফেলবেন না। আপনার জন্য যে এটুকু করতে পারছি সেই আমাদের কত ভাগ্যি !”

সেই থেকে গোবিন্দ বিশ্বাস বাজারে যাওয়া ছেড়েছেন। পয়সা বাঁচছে, সময় বাঁচছে, ঝামেলা বাঁচছে। তা ছাড়া ব্যাপারিরা যা দিয়ে যায় সব বাছাই জিনিস। পচা-ঘচা, বাসি বা নিরেস জিনিস কেউ দেয় না। সকলেরই তো ভয় আছে। অপয়া হওয়ার যে কী সুখ তা তিনি আজ গভীরভাবে উপলব্ধি করেন। সামনের কয়েক জন্ম এরকম অপয়া হয়েই তাঁর জন্মানোর ইচ্ছে।

আজ সকালে বেশ তাড়াতাড়ি ঘুম ভাঙল গোবিন্দবাবুর। উঠে দাঁতন করতে করতে জানালা দিয়ে উঁকি মেরে দেখলেন, আজ মাছের চুবড়িতে চিতল মাছের পেটি, লাফানো কই আর রুই মাছের মস্ত একটা খণ্ড পড়েছে। মেঠাইওলা রঘু আজ এক হাঁড়ি গরম রসগোল্লা রেখে গেছে। এক ডজন ডিম আর এক শিশি ঘিও নজরে পড়ল। মনটা ভারী খুশি হয়ে গেল তাঁর। ব্যাপারিদের বাড়বাড়ন্ত হোক। হিরের টুকরো সব।

ভৃত্য মগন জিনিসগুলো সব ঘরে আনার পর তিনি দাঁতন করতে-করতেই একটু বারান্দায় বেরোলেন। আজকাল আর আগের মতো প্রাতর্ভ্রমণ হয় না। অন্য যারা সব প্রাতর্ভ্রমণ করে তারাই চাঁদা তুলে মাসের শেষে থোক কিছু টাকা দিয়ে যায়। সকলের দিকই তো দেখতে হবে, তাই প্রাতর্ভ্রমণ বন্ধ করেছেন। বারান্দাতেই একটু হাঁটাহাঁটি করেন।

আজ হাঁটাহাঁটি করতে গিয়ে হঠাৎ নজরে পড়ল, পাশের বাড়ির বারান্দায় বসে একটা লোক তাঁকে খুব ড্যাব ড্যাব করে দেখছে। তিনি ভারী অবাক হলেন। নতুন লোকই হবে। নইলে এই সকালবেলায় তাঁর মুখের দিকে চাইবে এমন বুকের পাটা কার আছে !

তবে তিনি খুশিও হলেন। মাঝে-মাঝে নিজের অপয়া ব্যাপারটা এভাবেই শানিয়ে নেওয়া যায়। একটু গলা-খাঁকারি দিয়ে তিনি মোলায়েম গলায় বললেন, “নতুন বুঝি ?”

লোকটা একটু রোগাভোগা, চেহারাটাও ফ্যাকাসে। মেজাজটা বেশ তিরিক্ষে। খ্যাঁক করে উঠে বলল, "কে নতুন ?"

"এই তোমার কথাই বলছি ভায়া। সুবুদ্ধির কেউ হও বুঝি ? কবে আসা হল ?"

লোকটা রেগে গিয়ে বলল, "এই গাঁয়ে আমার সাত পুরুষের বাস তা জানেন ? আসা হবে কেন ? এই গাঁয়েই থাকা হয়।"

গোবিন্দবাবু অবাক হয়ে বললেন, "থাকা হয় ? কোন বাড়ি বলো তো ! এ-গাঁয়ে আমার ঊর্ধ্বতন দ্বাদশ পুরুষের বাস।"

লোকটা মাথা নেড়ে বলল, "ভাল মনে পড়ছে না। আমিও ব্যাপটা ঠিক চিনতে পারছি না। এ বাড়িটা অঘোর সেনের তা জানি, কিন্তু বাদবাকি সব রাতারাতি পাল্টে গেছে দেখছি !"

"অঘোর সেন ! আ মলো, অঘোর সেনটা আবার কে ?"

"অঘোর সেনকে চেনেন না ? আর বলছেন দ্বাদশ পুরুষের বাস !"

লোকটা পাগলটাগল হবে। আর না-ঘাঁটানোই ভাল, বিবেচনা করে গোবিন্দ বিশ্বাস বললেন, "তা সুবুদ্ধি ভায়াকে দেখছি না যে ! সে কোথায় গেল ?"

"সে কুয়োর পারে হাত-পা ধুচ্ছে আর তার ভাগ্নে ঘুমোচ্ছে। কিন্তু আমি ভাবছি এ কি দৈত্যদানোর কাণ্ড নাকি ? এত সব বাড়িঘর রাস্তাঘাট কোথা থেকে হল ? কবে হল ?"

গোবিন্দ বিশ্বাস একটু হেসে বললেন, "জন্মাবধিই দেখে আসছি। নতুন তো হয়নি। তা ভায়া কি এতদিন বিলেতে ছিলেন ?"

"বিলেত ! বিলেতে থাকব কেন মশাই ? ম্লেচ্ছ দেশ, সেখানে গেলে একঘরে হতে হবে না ?"

"হাসালে ভায়া। আজকাল আর ওসব কে মানে বলো তো ! আকছার লোকে যাচ্ছে। ওসব হত সেই আগের দিনে।"

সনাতন কেমন ক্যাবলার মতো চেয়ে থেকে বলল, "আচ্ছা মশাই, অঘোর সেনের বাড়ির এ পাশটায় তো একটা আমবাগান ছিল, আর বাঁশবন। তা আপনার এই বাড়িখানা কী করে রাতারাতি এখানে গজিয়ে উঠল ?"

"তোমার মাথায় একটু পোকা আছে ভায়া। রাতারাতি গজিয়ে উঠবে কেন ? পুবপাড়ায় বাপ-পিতেমোর আমলের বাড়ি ছেড়ে এখানে বাড়ি করে চলে এসেছি সেও আজ পঁচিশ বছর।"

সনাতন মাথায় হাত দিয়ে বলল, "উঃ, কী যে সব শুনছি তার দেখছি আর ঠিক-ঠিকানাই নেই। পুবপাড়ায় তো আমারও বাস। আপনাকে তো জন্মে দেখিনি মশাই !"

গোবিন্দ বিশ্বাস বিজ্ঞের মতো হেসে বললেন, "আগেই সন্দেহ করেছিলুম, ভায়ার মাথায় একটু গণ্ডগোল আছে। পুবপাড়ায় যাকে জিজ্ঞেস করবে সেই দেখিয়ে দেবে বিশ্বাসবাড়িটা কোথায়। এ-তল্লাটে আমাকে চেনে না এমন লোক পাবে না।"

"বিশ্বাসবাড়ি ! মশাই, মাথার গণ্ডগোল আমার না আপনার ? পুবপাড়ায় তো বিশ্বাসবাড়ি একটাই। আর সেই বাড়িই যে আমার। ঊর্ধ্বতন সপ্ত পুরুষের বাস মশাই। পিতা শ্রীহরকালী বিশ্বাস, পিতামহ স্বর্গত জগদীশচন্দ্র বিশ্বাস। সবাই চেনে কিনা। আপনি হুট করে বিশ্বাসবাড়িটা নিজের বলে গলা তুললেই তো হবে না !"

"হাসালে ভায়া। বেশ মজার লোক তুমি হে। হোঃ হোঃ হোঃ..."

"কেন, এতে হাসার কী আছে ? সহজ সরল ব্যাপার।"

"নাঃ, স্বীকার করতেই হচ্ছে যে, তুমি বড় রসিক মানুষ। পুবপাড়ার বিশ্বাসবাড়িটাও যে তোমার বাড়ি, জেনে বড্ড খুশি হলুম।"

সনাতন একটু ভ্যাবলা হয়ে বলল, "এ তো বড় মুশকিল দেখছি ! সেই বাড়িতে জন্ম হল, এইটুকু থেকে এতবড়টি হলুম, আর আপনি বলছেন রসিকতা ? হাতে পাঁজি মঙ্গলবার, অত একরারে কাজ কী ? গিয়েই দেখাচ্ছি। এখনই শরীরটা একটু টালমাটাল করছিল বলে জিরিয়ে নিচ্ছিলুম একটু, নইলে অঘোর সেনের বাড়িতে বসে আছি কি সাধে ?"

"অঘোর সেনের বাড়ি ? হাঃ হাঃ হোঃ হোঃ... বাপু হে, শরীর তোমার টালমাটাল করছে কি সাধে ? এই বয়সেই নেশাভাঙ ধরে ফেলেছ বুঝি ? এই বুড়ো মানুষটার কথা যদি শোনো তবে বলি ও-পথে আর হেঁটো না। শুনেছি নেশাভাঙ করলে পরের বাড়িকে নিজের বাড়ি মনে হয়, নর্দমাকে মনে হয় শোওয়ার ঘর, বাঘকে মনে হয় বেড়াল। আর হরকালী বিশ্বাসের কথা কী বলছিলে যেন ?"

"কেন, তিনি আমার পিতাঠাকুর।"

"হাঃ হাঃ হাঃ ...হোঃ হোঃ হোঃ ...হরকালী বিশ্বাস যদি তোমার পিতাই হন, তা হলে তোমার বয়সটা কত দাঁড়ায় জানো ?"

"কেন, আঠাশ বছর।"

"আঠাশ বছর ! হাসতে-হাসতে পেটে যে খিল ধরিয়ে দিলে ভায়া ! আঠাশের আগে যে আরও একশো বা দেড়শো বছর জুড়তে হবে, সে-খেয়াল আছে ? হরকালী বিশ্বাস, জগদীশচন্দ্র বিশ্বাস কবেকার লোক তা জানো ? এঁরা সব আমারই নমস্য পূর্বপুরুষ। তাঁদের নিয়ে ঠাট্টা-ইয়ার্কি নয়। সেইজন্যই তো বলি, নেশাভাঙ করলে এরকম যত গণ্ডগোল হয়।"

সনাতন বিশ্বাস দুর্বল পায়ে উঠে দাঁড়াতে-দাঁড়াতে বলে উঠল, "খবরদার বলছি, নেশাভাঙের কথা তুলে খোঁটা দেবেন না ! আমি জন্মে কখনও তামাকটা অবধি খাইনি ! আমাদের বংশে নেশাভাঙের চলন নেই। কেউ বলতে পারবে না যে, সনাতন বিশ্বাস কখনও সুপুরিটা অবধি খেয়েছে !"

গোবিন্দ বিশ্বাস হঠাৎ হেঁকে উঠে বললেন, "কে ? কার নাম করলে ? সনাতন বিশ্বাস !"

"যে আজ্ঞে। এই অধমের নামই সনাতন বিশ্বাস, পিতা হরকালী, পিতামহ জগদীশচন্দ্র বিশ্বাস। আরও শুনবেন ? প্রপিতামহ তারাপ্রণব বিশ্বাস। বৃদ্ধ

প্রপিতামহ অক্ষয়চন্দ্র বিশ্বাস।”

চোখ গোল করে গোবিন্দ বিশ্বাস বললেন, “এ যে আমার কুলপঞ্জি তুমি মুখস্থ বলে যাচ্ছ হে ! কিন্তু এত সব তো তোমার জানার কথা নয়, সনাতন বিশ্বাস নাম বলছ ? তা তিনিও আমার এক প্রাতঃস্মরণীয় পূর্বপুরুষ। তাঁর দুই ছেলে নিত্যানন্দ আর সত্যানন্দ। সত্যানন্দ সাধু হয়ে গিয়েছিলেন, নিত্যানন্দের সাত ছেলে অভয়পদ, নিরাপদ, কালীপদ, ষষ্ঠীপদ, শীতলাপদ, দুর্গাপদ আর শিবপদ। আমরা হলুম গে দুর্গাপদর বংশধারা। তাঁর ছিল পাঁচ ছেলে...”

“থামুন মশাই, থামুন। নিত্যানন্দর বয়স এখন মাত্র ছয় বছর। তার সাতটা ছেলে হয় কোত্থেকে ? গাঁজা আমি খাই, না আপনি খান ?”

ঝগড়াটা যখন ঘোরালো হয়ে উঠছে, তখন সুবুদ্ধি এসে মাঝখানে পড়ল, “আহা করেন কী, করেন কী বিশ্বাসমশাই ? সদ্য লম্বা ঘুম থেকে উঠেছেন, এখন কি এত ধকল সইবে ? পৌনে দুশো বছর বয়সের শরীরটার কথাও তো ভাবতে হয় ! আসুন, ঘরে আসুন।”

বলে সনাতনকে একরকম টেনেহিঁচড়েই ঘরে নিয়ে গেল সুবুদ্ধি।

গোবিন্দ বিশ্বাস একটু হেঁকে বললেন, “যতই তর্ক করো বাপু, আজ ঠেলাটি বুঝবে। প্রাতঃকালেই আজ এই শর্মার মুখখানা দেখেছ, যাবে কোথায় ? বলে কিনা উনিই সনাতন বিশ্বাস। সনাতন বিশ্বাস হওয়া কি মুখের কথা ? অনেক জন্ম তপস্যা করে তবে সনাতন বিশ্বাস হতে হয়। তাঁর মতো অপয়া ভূ-ভারতে ছিল না। আর অত নামডাক হচ্ছিল বলেই তো তাঁকে গুমখুন করে ফেলা হয়। লাশটার অবধি হদিস কেউ পায়নি। আর ইনি কোত্থেকে উড়ে এসে জুড়ে বসে বুক বাজিয়ে বলছেন, আমিই সনাতন বিশ্বাস। হুঁঃ।”

ঘরের মধ্যে তখন সনাতন বিশ্বাস চোখ গোলগোল করে গোবিন্দর চেঁচামেচি শুনতে-শুনতে সুবুদ্ধিকে বলল, “কী বলছে বল তো লোকটা ?”

“আজ্ঞে, ওদিকে কান না দেওয়াই ভাল। আর আপনিও বড্ড ভুল করে বসেছেন। প্রাতঃকালে ওঁর মুখখানা না দেখলেই ভাল করতেন। উনি ঘোর অপয়া লোক। ভুলটা আমারই। আপনাকে সাবধান করে দেওয়া উচিত ছিল। যাকগে, যা হওয়ার হয়ে গেছে। আজ একটু সাবধানে থাকবেন।”

সনাতন একটু আত্মবিশ্বাসের হাসি হেসে বলল, “আমাকে অপয়া দেখাচ্ছিস ! শুনলেও হাসি পায়। ওরে, আমি এমন অপয়া লোক যে, প্রাতঃকালে আমার মা অবধি আমার মুখ দেখত না। আমি রাস্তায় বেরোলে কুকুর-বেড়াল অবধি পাড়া ছেড়ে পালাত।”

“অ্যাঁ,” বলে সুবুদ্ধি এমন হাঁ করল যে, তাতে চড়াইপাখি ঢুকে যেতে পারে। তারপর ঢোক গিলে কাঁদো-কাঁদো হয়ে বলল, “তা হলে কী হবে ! আমি যে প্রাতঃকাল থেকে আপনার মুখ দেখছি।”

সনাতন ভ্রূ কুঁচকে বলল, “তা অবশ্য ঠিক। তবে তোকে একটা গুপ্ত কথা বলতে পারি। খবরদার আর কাউকে বলবি না তো ?”

"আজ্ঞে না।"

"পাশের বাড়ির লোকটা কীরকম অপয়া বল তো!"

"আজ্ঞে সাঙ্ঘাতিক।"

"দূর দূর! তেমন অপয়া হলে পাড়ায় কুকুর-বেড়ালও থাকত না। আমি তো দেখলুম, ওর বারান্দার সিঁড়িতে দিব্যি গ্যাঁট হয়ে একটি বেড়াল বসে আছে। তা যাকগে, কমজোরি অপয়া হলেও চলবে। তুই যদি সকালে দু-দুটো অপয়ার মুখ দেখে ফেলিস, তা হলে আর ভয় নেই। একটার দোষ আর-একটায় কেটে যাবে।"

"বটে!"

"খবরদার, পাঁচ কান করিস না।"

"আজ্ঞে না।"

"তা হলে আমি এবার বাড়ি চললুম। গিয়ে গোরুগুলোকে মাঠে ছাড়তে যেতে হবে, গেরস্থালির আরও কত কাজ পড়ে আছে। অঘোরবাবুকে পেলে টাকাটা আদায় করে নিয়ে যেতুম। কিন্তু আর দেরি করার জো নেই।"

সুবুদ্ধি খুব বিনয়ের সঙ্গে বলল, "যে আজ্ঞে, বাড়ি যাবেন সে আর বেশি কথা কী? তবে একটা গণ্ডগোল হয়ে গেছে কিনা, তাই বলছিলুম—"

"গণ্ডগোল! কীসের গণ্ডগোল?"

"আজ্ঞে, আপনার ঘুমটা একটু বেশি লম্বা হয়ে গেছে কিনা, তাই—"

"অ্যাঁ! খুব লম্বা ঘুম ঘুমিয়েছি নাকি? তা সেটা কত লম্বা? দু'দিন, তিনদিন নাকি রে?"

"আজ্ঞে না। আর একটু উঠুন।"

"ওরে বাবা! দু-তিনদিনেরও বেশি? তবে কি দিনপাঁচেক?"

"আরও একটু উঠুন।"

"আরও? ও বাবা, আমার যে মাথা ঘুরছে।"

"তা হলে একটু শক্ত হয়ে বসুন। তারপর একটু চিঁড়ে দই ফলার করে নিন। তাতে গায়ে একটু বল হবে। মনটাকে বেশ হালকা করে রাখুন।"

সনাতন দই-চিঁড়ে খেল। তারপর বিছানায় বেশ জুত করে বসল, "এবার বল তো বৃত্তান্তটা কী।"

"আজ্ঞে আপনি টানা দেড়শো বছর ঘুমিয়ে ছিলেন।"

সনাতন সোজা হয়ে বসে বলল, "দেড় বছর! বলিস কী রে ডাকাত! দেড় বছর কেউ ঘুমোয়? তুইও দেখছি নেশাখোর!"

"দেড় বছর হলে তো কথাই ছিল না মশাই। দেড় বছর নয়। দেড়শো বছর।"

সনাতন এবার এমন হাঁ হল যে, তাতে একটা ছোটখাটো বেড়াল ঢুকে যায়। তারপর খানিকক্ষণ খাবি খেয়ে বলল, "তুই খুব নেশা করিস।"

"আজ্ঞে না। ভাল করে যদি চেয়ে দেখেন চারদিকটায় তা হলেই বুঝতে

পারবেন। কিছু কি আর আগের মতো আছে দেখছেন ? অত বড় আমবাগান আর বাঁশবাগান কোথায় গেল ?"

সনাতন ঢোক গিলে বলল, "একটু-একটু মনে পড়ছে সব। অঘোরবাবুর বাড়ির উলটো দিকে একটা মস্ত ঝিল ছিল। সেটাও তো দেখছি না।"

"আজ্ঞে, দেড়শো বছর লম্বা সময়।"

"তা হলে আমার বাড়ি ! আমার বাপ-মা ছেলেপুলে সব ? তাদের কী হল ?"

"আজ্ঞে, দেড়শো বছরে কি কিছু থাকে ? তবে পুত্রপৌত্রাদি এবং তস্য তস্য পুত্রপৌত্রাদি নিশ্চয়ই আছে।"

"তার মানে কেউ বেঁচে নেই বলছিস নাকি ?"

"বেঁচে থাকলে কি ভাল হত মশাই ? তবে সবাই বেশ দীর্ঘজীবী হয়েই সাধনোচিত ধামে গমন করেছেন।"

"এ-হো-হো.... !" বলে সনাতন ডুকরে কেঁদে উঠল। সেই বুক-ফাটা কান্নায় সুবুদ্ধিরও চোখে জল এসে গেল। সে তাড়াতাড়ি সনাতনের পিঠে হাত বোলাতে-বোলাতে বলল, "অত উতলা হবেন না। বয়সটার কথাও একটু বিবেচনা করুন। এই পৌনে দুশো বছর বয়সে অত উতলা হলে ধকল সামলানো যে মুশকিল হবে।"

সনাতন হঠাৎ কান্না থামিয়ে সচকিত হয়ে বলল, "কত বললি ?"

"আজ্ঞে হিসেবমতো পৌনে দুশো বছরেরও একটু বেশি।"

"উরে বাবা রে ! তা হলে তো বড্ড বুড়ো হয়ে গেছি ! সর্বনাশ ! এত বুড়ো নাকি রে আমি ? হিসেবে কিছু ভুল হয়নি তো রে ?"

"আজ্ঞে না। দু-চার বছর এদিক-ওদিক হতে পারে।"

"একটু কম করে ধরলে হয় না রে ?"

"চাইলে করতে পারেন। আসলে আপনি তো আটকে আছেন সেই আঠাশেই।"

"আঠাশ ! এই যে বলছিস পৌনে দুশো !"

"দুটোই ঠিক। একদিক দিয়ে দেখলে আঠাশ, অন্যদিক দিয়ে দেখতে গেলে পৌনে দুশো।"

"ওরে বাপ রে ? তা হলে আমি বুড়ো হতে-হতে জরদ্গব হয়ে পড়েছি। হাঁটাচলা করতে পারব কি ? চোখে ছানি হয়নি তো ! হ্যাঁ রে দাঁতগুলো সব গেছে নাকি ? আরও কী-কী হল দেখ তো ভাল করে।"

"আজ্ঞে, ওসব ঠিকই আছে।"

"ঠিক আছে কী রে ? পৌনে দুশো বছরে যে লোহা অবধি ক্ষয় হয়ে যায়। দাঁড়া বাপু দাঁড়া, ভাল করে হেঁটেচলে দেখি পায়ের জোড়গুলো ঠিক আছে কি না।"

"আজ্ঞে আছে। এতক্ষণ হাঁটাচলাই করছিলেন। দিব্যি পাতালঘর থেকে ওপরে উঠে এলেন।"

হঠাৎ সনাতন কাঁদো-কাঁদো হয়ে বলল, "হ্যাঁ রে, আমার নিত্যানন্দ আর সত্যানন্দ। তারা বেঁচে নেই ?"

"দুঃখ করবেন না বিশ্বাসমশাই। তাঁরা সব পাকা বয়সেই গেছেন। শুনলেন তো, নিত্যানন্দের সাত ছেলে ছিল।"

"নিত্যানন্দকে যে মাত্র ছ' বছরের রেখে আমি কালঘুম ঘুমোতে এলাম। কত বয়স হয়েছিল তার বল তো !"

সুবুদ্ধি বানিয়ে বলল, "আজ্ঞে নব্বই বছর। দুঃখের কিছু নেই, এই তো শুনলেন আমাদের গোবিন্দ বিশ্বাসই আপনার অধস্তন কত পুরুষ যেন।"

"ওই বিচ্ছিরি ঝগড়ুটে লোকটা ?"

"যে আজ্ঞে।"

সনাতন খানিকক্ষণ গুম হয়ে থেকে হঠাৎ চনমনে হয়ে বলল, "ওরে ডাক তো খোকাটিকে। আমারই তো বংশ। ডাক তো, ভাল করে একটু মুখখানা দেখি।"

"আজ্ঞে, এই ডাকছি।" বলে বারান্দায় গিয়ে ভারী বিনীত গলায় সুবুদ্ধি ডাকল, "গোবিন্দদা ! ও গোবিন্দদা। একটু বাইরে আসবেন ?"

গোবিন্দ বিশ্বাস বারান্দায় এসে সুবুদ্ধির দিকে অবাক চোখে চেয়ে বললেন, "এই প্রাতঃকালটায় আমার মুখ দেখে ফেললে যে ! তোমার তো বড্ড সাহস দেখছি হে ! বিপদে পড়লে আমার দোষ দিয়ো না যেন। আমি পাড়াপ্রতিবেশীকে কখনও বিপদে ফেলতে ভালবাসি না।"

সুবুদ্ধি মাথা চুলকে হাসি-হাসি মুখ করে বলল, "আজ্ঞে সেই কথাটাই বলার জন্য ডাকা আপনাকে। অপরাধ নেবেন না। অপয়া দর্শনের একটা ভাল নিদান পাওয়া গেছে। দয়া করে যদি গরিবের বাড়িতে একটু পায়ের ধুলো দেন !"

"নিদান পেয়েছ ! তবে তো ভয়ের কথা হল হে। নিদানটা আবার পাঁচজনকে চিনিয়ে বেড়িয়ো না। করে-কর্মে খাচ্ছি, ব্যবসা লাটে উঠবে। দাঁড়াও, চটিজোড়া পায়ে গলিয়ে আসছি।"

গোবিন্দ বিশ্বাস এলেন এবং মন দিয়ে সব শুনলেন। তাঁর চোখ জ্বলজ্বল করতে লাগল, গলা ধরে এল, গলবস্ত্র হয়ে একেবারে উপুড় হয়ে পড়লেন সনাতনের পায়ে, "এও কি সম্ভব ? এই চর্মচক্ষে আপনার দেখা পাব—এ যে স্বপ্নেও ভাবিনি ! আপনি হলেন আমার ঠাকুর্দার ঠাকুর্দার ঠাকুর্দা... না, একটা ঠাকুর্দা বোধ হয় কম হল !"

সনাতন বড় আদরে গোবিন্দর মুখখানা তুলে দু' হাতে ধরে নিরীক্ষণ করতে-করতে গদগদ হয়ে বললেন, "তা হোকগে, একটা ঠাকুর্দার কম বা বেশি হলে কিছু না। আহা, এ তো দেখছি আমার নিত্যানন্দের মুখ একেবারে কেটে বসানো ? নাকখানা অবশ্য সত্যানন্দের মতো। আহা, খোকাটিকে দেখে বুক জুড়িয়ে গেল। তা হ্যাঁ রে দুষ্টু, তোর বাপ বেঁচে নেই ?"

চোখের জল মুছতে-মুছতে গোবিন্দ বিশ্বাস বললেন, "আজ্ঞে আছেন। বিরানব্বই চলছে।"

"ডাক, ডাক তাকে। বিরানব্বই আবার একটা বয়স নাকি! দুধের শিশুই বলতে হয়।"

তা বিরানব্বই বছরের বাপও এসে সব শুনে ভেউ- ভেউ করে কেঁদে সনাতনের পা জড়িয়ে ধরলেন। সনাতন তাঁকে আদরটাদর করে, গালে ঠোনা মেরে খুব চনমনে হয়ে উঠলেন। শোকটা কেটে গেল।

তারপর গোবিন্দ বিশ্বাসের দিকে চেয়ে বললেন, "তুই নাকি খুব অপয়া রে ভাই?"

গেবিন্দ বিশ্বাস তাড়াতাড়ি সনাতনের পায়ের ধুলো নিয়ে লজ্জায় মাথা নত করে বলল, "আপনার তুলনায় নস্যি। তবে অপয়া বলেই চারটি খেতে-পরতে পারছি। লোকে মানে- গোনে।"

"বাঃ বাঃ। শুনে খুব খুশি হলুম। তবে মুশকিল কী জানিস? প্রাতঃকালে যদি দু'-দুটো অপয়ার মুখ দেখতে পায় মানুষ, তা হলে আর অপয়ার দোষ থাকে না। কেটে যায়।"

গোবিন্দ আঁতকে উঠে বললেন, "সর্বনাশ! তা হলে যে ব্যবসা লাটে উঠবে! সুবুদ্ধি বুঝি এই নিদানের কথাই বলছিল?"

সনাতন গম্ভীর হয়ে বলল, "হ্যাঁ। তবে তোর ব্যবসা আমি নষ্ট করব না। ঘর-সংসার যখন নেই তখন আর এখানে থেকে হবেটা কী? ভাবছি, হিমালয়ে গিয়ে সাধু হয়ে যাব।"

"আজ্ঞে তাই কি হয়?" বলতে-বলতে ঘরে ঢুকলেন সমাজ মিত্তির আর ভূতনাথ নন্দী। তাঁদের একটু পেছনে বটকেষ্ট আর দ্বিজপদ। সুবুদ্ধি শশব্যস্তে তাদের বসবার জায়গা করে দিল।

সমাজ মিত্তির সনাতনের পায়ের ধুলো নিয়ে বললেন, "ঘটনাটা এই মাত্র সেদিন এক বিলিতি জার্নালে বেরিয়েছিল। তারাও খুব একটা বিশ্বাস করেনি। তারা কেবল তাদের পুরনো জার্নাল থেকে রিপ্রিন্ট করেছিল খবরটা। তাতেই আমি জেনেছিলুম যে, পাগলা বৈজ্ঞানিক অঘোর সেন কী একটা পদ্ধতি জানতেন যাতে মানুষকে অবিকৃত অবস্থায় বহু বছর ঘুম পাড়িয়ে রাখা যায়। এবং সে বাবদে একটা এক্সপেরিমেন্টও নাকি করে গেছেন। কিন্তু এক্সপেরিমেন্টটা কোথায় করেছিলেন তার হদিস জার্নালটায় দিতে পারেনি। শুধু লেখা ছিল, নন্দপুর গাঁয়েই একটা লোককে ঘুম পাড়িয়ে রাখা হয়েছে। লোকটার নাম সনাতন বিশ্বাস। কিন্তু অঘোরবাবু বিয়ে করেননি, তাঁর বংশধর বলেও কেউ নেই। ফলে মৃত্যুর পরই তাঁর বাড়িতে অন্য সব লোক বসবাস শুরু করে। তবে জার্নালে প্রবন্ধটা বেরোনোর পর আমার মতো দু-চারজন খোঁজখবর শুরু করেছিল। এই যে ভূতনাথ নন্দী, ইনিও তাঁদের মধ্যে একজন। তিনি অবশ্য বুদ্ধি করে অঘোর সেনের নাম উহ্য রেখে এ-গাঁয়ের পুরনো ভূতের বাড়ি খুঁজতে থাকেন। তিনি অবশ্য একটা বাড়ি অনুমানে ভর করে কিনেও ফেললেন। কিন্তু সেই বাড়ি অঘোর সেনের নয়। অঘোর সেনের বাড়িটা কিনল সুবুদ্ধি রায়। যাই হোক, গতকাল থেকে এ-গাঁয়ে একজন

সাঙ্ঘাতিক লোকের উদয় হয়েছে, যে অঘোর সেনের বাড়ি খুঁজে বেড়াচ্ছে। কোনওরকম বাধা দিলেও সে মেরে বসছে লোককে। বাধা না দিলেও সন্দেহের বশে মারছে। আমাদের সন্দেহ, লোকটা অঘোর সেনের ল্যাবরেটরি আর সনাতন বিশ্বাসের সন্ধান করে মস্ত দাঁও মারার চেষ্টায় আছে। দেড়শো বছর আগেকার ল্যাবরেটরিতে কী কাণ্ড করেছিলেন অঘোর সেন, তা জানলে দুনিয়া তাজ্জব হয়ে যাবে। আর সনাতনবাবুকে তো ছিঁড়ে খাবে দুনিয়ার বৈজ্ঞানিকরা। কাজেই এখন সনাতনবাবু এবং অঘোর সেনের ল্যাবরেটরি হামলাবাজদের হাত থেকে বাঁচানোটাই আমাদের প্রধান কাজ।"

ভূতনাথবাবু বললেন, "আমি নিজেই একজন সায়েন্টিস্ট। আমি জানি, ঘটনাটা প্রায় অলৌকিক। অঘোর সেন আইনস্টাইনের চেয়ে কম নন।"

সনাতন বলে উঠল, "ইঞ্জিরি বলছ নাকি খোকা? ওইসব ভাষা যে আমি বুঝি না।"

ভূতনাথ বললেন, "আপনার বোঝার কথাও নয়। আইনস্টাইন আপনার অনেক পরে জন্মেছেন। কিন্তু কথা হল, আমাদের সামনে এখন কঠিন বিপদ। লোকটা কাল আমাকে আর আমার সহচরটিকে প্রায় যমের বাড়ি পাঠিয়ে দিয়েছিল। ঘরে-ঘরে গর্ত খুঁড়ে দেখেছে কোথাও পাতালঘর আছে কি না। এর পর সে দ্বিজপদকেও মেরে তাড়ায়। শুনলাম সে মধ্যরাতে সুবুদ্ধি রায়কেও নাকি মেরে একটা গর্তে ফেলে দেয়।"

সুবুদ্ধি বিনয়ের সঙ্গে বলল, "সে-কাজটা উনি ভালই করেছেন। গর্তে আমাকে ফেলে দিয়েছিলেন বলেই অঘোর সেনের ল্যাবরেটরি আর সনাতনবাবুর হদিসটা পাওয়া গেল। কিন্তু লোকটা কে বলুন তো! বাংলায় কথা বলছিল বটে কিন্তু বাঙালি বলে মোটেই মনে হল না। আর গায়ে কী সাঙ্ঘাতিক জোর। আমাকে যেন পুতুলের মতো তুলে সপাং করে ছুড়ে ফেলে দিল। এরকম পালোয়ান লোক আমি জন্মে দেখিনি।"

ভূতনাথ চিন্তিতভাবে বললেন, "সেইটেই ভয়ের কারণ। লোকটা কে বা কোত্থেকে এল তা আমরা জানি না। কিন্তু সে যে সাঙ্ঘাতিক বিপজ্জনক লোক, তাতে সন্দেহ নেই। যাকগে, ওটা নিয়ে পরে ভাবা যাবে। আপাতত আপনাদের আপত্তি না থাকলে ল্যাবরেটরিটা আমি একটু দেখতে চাই।"

"আসুন, আসুন," বলে সুবুদ্ধি খাতির করে পথ দেখিয়ে নিয়ে গেল সবাইকে।

একটু কষ্ট করেই একে-একে ল্যাবরেটরিতে নামলেন ভূতনাথ সুবুদ্ধি আর সমাজ মিত্তির। আর কাউকে যেতে দিলেন না ভূতনাথ। প্রদীপটা এখনও জ্বলছে। ঘরভরা উজ্জ্বল আলো।

প্রথমে প্রদীপটাই একটু পরীক্ষা করলেন ভূতনাথ। মাথা নেড়ে বললেন, "এরকম কখনও দেখিনি। আমাদের বিজ্ঞান এ-জিনিস এখনও কল্পনা করতে পারেনি।"

টেবিলের ওপরে যে দুটো বন্ধ বাক্স রয়েছে, খুব সাবধানে একে একে সে-দুটোও

খুললেন ভূতনাথ। ভেতরে ঝকঝকে কিছু অদ্ভুতদর্শন জিনিস এবং যন্ত্র রয়েছে। ভূতনাথ অনেকক্ষণ ধরে টর্চ জ্বেলে ভেতরটা দেখে নিয়ে ফের মাথা নেড়ে বলেন, "এসব যন্ত্রপাতি দেড়শো বছর আগে কেউ কল্পনা করেছিল, ভাবাই যায় না! এসব তো আজকের দিনেও আমরা কল্পনাই করি মাত্র। অঘোর সেন কী ধরনের মানুষ ছিলেন বুঝতে পারছি না। এসব সূক্ষ্ম যন্ত্রপাতি তৈরিই বা করলেন কী করে। খুবই আশ্চর্য ব্যাপার।"

সুবুদ্ধি বলল, "সনাতনবাবু বলছিলেন, হিকসাহেব বলে কে একজন অঘোরবাবুর কাছে আসত। সে নাকি মানুষ নয়, ভূত। অঘোরবাবু ওই বাক্সটার গায়ে সাঁটা কাগজটাতেও হিক সাহেবের কথা লিখেছেন।"

ভূতনাথবাবু লেখাটা দেখে বললেন, "হুঁ। অঘোর সেনের আমলে যে এসব সফিস্টিকেটেড যন্ত্রপাতি পৃথিবীতে তৈরি হত না সে বিষয়ে সন্দেহ নেই। কিন্তু হিকসাহেবটা কে, তা বুঝতে পারছি না। হিক নামে কোনও বড় বৈজ্ঞানিকের নাম তো শুনিনি!"

সুবুদ্ধি বলল, "সনাতনবাবু বলেন, হিক আকাশ থেকে কৌটো করে নেমে আসত। আর তখন নন্দপুরে বিনা মেঘেও বিদ্যুৎ চমকাত।"

ভূতনাথ হাঁ করে চেয়ে থেকে বললেন, "আকাশ থেকে! কৌটো করে! এসব তো আষাঢ়ে গল্প।"

সনাতনবাবুর দৃঢ় বিশ্বাস হিকসাহেব ভূত ছাড়া কিছু নয়।

ভূতনাথবাবু বললেন, "ভূত বলে কিছু নেই। তবু হিক যদি ভূতই হয় তা হলেও বাঁচোয়া! কিন্তু ভূত না হলে চিন্তার কথা। চলুন সমাজবাবু, ওপর যাওয়া যাক। ল্যাবরেটরিটা এক অমূল্য সম্পদ। একে রক্ষা করার জন্য ভাল ব্যবস্থা করতে হবে। আবার পাঁচকান করাও চলবে না। তা হলে গুচ্ছের লোক এসে ভিড় করবে। বাছা-বাছা লোকজন নিয়ে পাহারা বসানো দরকার। নইলে ওই হামলাবাজটা এসে আবার ঝামেলা পাকাতে পারে।"

"যে আজ্ঞে, যথার্থই বলেছেন। লোকটা ঝামেলা পাকাবেই। আমাকে গর্তের মধ্যে ছুড়ে ফেলে লোকটা যখন পালিয়ে যায় তখন আমার ভাগ্নে কার্তিক বারান্দায় দাঁড়িয়ে ছিল। লোকটাকে দেখে সে একটা থামের আড়ালে লুকিয়ে পড়ে। সে নিজের কানে শুনেছে লোকটা চাপা গলায় অদ্ভুত ভাষায় কী যেন বলছিল। ভাষাটা সে বুঝতে পারেনি। তবে দেখেছে, লোকটা চকের মতো একটা জিনিস দিয়ে আমাদের বাইরের দেওয়ালে একটা ঢ্যাঁড়া কেটে দিয়ে চলে যায়। সেই ঢ্যাঁড়ার দাগটা নাকি অন্ধকারে জ্বলজ্বল করছিল।"

"বলেন কী?" ভূতনাথবাবু অবাক হয়ে বললেন, "এতক্ষণ বলেননি কেন?"

"আজ্ঞে। একসঙ্গে অনেক ঘটনার ধকল সামলাতে হচ্ছে তো! কোনটা আগে বলব, কোনটা পরে, তার তাল রাখতে পারছি না।"

"চলুন তো দাগটা দেখি।"

মাথা নেড়ে সুবুদ্ধি বলল, "আমি দেখেছি, কোনও দাগ নেই। মনে হচ্ছে ওটা

এমন একটা জিনিস, যা রাত্রে জ্বলজ্বল করে, কিন্তু দিনের আলোয় অদৃশ্য হয়ে যায়।”

ভূতনাথ গম্ভীর হয়ে বললেন, “হ্যাঁ, এরকম জিনিস থাকতেই পারে। তার মানে বাড়িটা দেগে রেখে গেছে। তার মানেই হচ্ছে লোকটা রাতের দিকেই আসবে। আর তারও মানে হচ্ছে, লোকটা বুঝতে পেরেছে যে, এটাই অঘোর সেনের বাড়ি।”

সুবুদ্ধি একগাল হেসে বলল, “আজ্ঞে, তার মানে হচ্ছে আমাদের সামনে এখন অঘোর বিপদ। অঘোরবাবু এতসব কাণ্ড- ফাণ্ড না করলে আজ এত নাকাল হতে হত না।”

ভূতনাথবাবু করুণ অসহায় গলায় সমাজবাবুর দিকে চেয়ে বললেন, “এ-গাঁয়ে ব্যায়ামবীর-টির নেই ? কিংবা ক্যারাটে, কুংফু জানা লোক ?”

সমাজ মিত্তির মাথা নেড়ে বললেন, “না হে, নন্দপুরে ব্যায়ামবীর কেউ আছে বলে জানি না। ক্যারাটের নামও কেউ শুনেছে কি না সন্দেহ।”

“আচ্ছা, কার-কার বাড়িতে বন্দুক-পিস্তল আছে বলুন তো !”

“না রে বাপু, গাঁয়ের লোকের অত পয়সা কোথায় ? যদু সামন্তর একটা গাদা বন্দুক ছিল, তাও বহু পুরনো। সেদিন দেখলুম যদু সামন্তর নাতবউ সেটা দিয়ে নর্দমা পরিষ্কার করছে।”

“তা হলে তো চিন্তার কথা !”

॥ ৫ ॥

নন্দপুরের পুবপাড়া যেখানে শেষ হয়েছে তার পর থেকে ঘোর জঙ্গল, দিনের বেলাতেও জায়গাটা অন্ধকার। দেড়শো বছর আগে একসময়ে এখানে কুখ্যাত তারা তান্ত্রিকের ডেরা ছিল। জনশ্রুতি আছে এখানে নিয়মিত নরবলি হত। জঙ্গলের একেবারে ভেতরে নিবিড় বাঁশবনের মাঝখানে পুরনো পরিত্যক্ত একখানা কালীমন্দির। মন্দিরের বেশিরভাগই ভেঙে পড়েছে। সাপখোপ আর তক্ষকের বাসা। বাদুড় আর চামচিকের আড্ডা। বহুকাল এই জায়গায় কোনও মানুষ আসেনি। কালীমন্দিরের লাগোয়া পুকুরটাও সংস্কারের অভাবে হেজেমজে গিয়েছিল। তবে মাঝখানটায় এখনও গভীর জল।

বিকেল গড়িয়ে সন্ধে হয়ে আসছে। চারদিকে পাখিদের কিচিরমিচিরে কান পাতা দায়। কালীমন্দিরের চাতাল দিয়ে ধীর পায়ে দুটো নেকড়ে এদিক-ওদিক তাকাতে-তাকাতে চলে গেল। বাঁশবন থেকে বেরিয়ে গোটাচারেক শেয়াল দ্রুতবেগে দৌড়ে আর-একধারের বাঁশবনে গিয়ে সেঁধোল। একপাল বুনো কুকুরের ডাক নিস্তব্ধতাকে হঠাৎ খানখান করে ভেঙে দিচ্ছিল।

মন্দিরের ভেতরে ঘুটঘুট্টি অন্ধকার। যে বেদিটার ওপর এককালে বিগ্রহ ছিল, তার ওপর ধুলোময়লার মধ্যেই শুয়ে ছিল একটা লোক। পরনে একটা ময়লা

প্যান্ট, গায়ে একটা ময়লা হাওয়াই শার্ট। লোকটা নিশ্চিন্তে ঘুমোচ্ছিল। আচমকাই বেদির নীচের ফাটল থেকে একটা মস্ত গোখরো সাপ হিলহিল করে বেরিয়ে এল। তারপর ধীরগতিতে উঠে এল বেদির ওপর। সাপটা লোকটার শরীরের ওপর দিয়ে চলে যাচ্ছিল ওপাশে। ঘুমন্ত লোকটা বিরক্ত হয়ে একটা হাত তুলে সাপটাকে ঝেড়ে ফেলতে যেতেই প্রকাণ্ড সাপটা প্রকাণ্ড ফণা তুলে দাঁড়াল লোকটার বুকের ওপর। তারপর বিদ্যুৎগতিতে তার ছোবল নেমে এল লোকটার কপালে।

বাঁ হাত দিয়ে সাপের গলাটা খুব তাচ্ছিল্যের সঙ্গেই ধরল লোকটা। তারপর উঠে বসে একটা হাই তুলল। সাপটা কিলবিল করছিল তার হাতের মধ্যে। সাপটাকে দু' হাতে ধরে মন্দিরের বাইরে এসে লোকটা চারদিকে চেয়ে দেখল একটু। তারপর সাপটাকে ছেড়ে দিল সামনে। তারপর আবার একটা হাই তুলল।

এই জঙ্গলের ভয়াবহতম প্রাণী হচ্ছে বুনো কুকুর। ক্ষুধার্ত হিংস্র বুনো কুকুরকে বাঘও ভয় খায়। কারণ তারা একসঙ্গে পঞ্চাশ-ষাটটা করে ঘুরে বেড়ায়, সামনে যে-কোনও প্রাণীকে পেলে সবাই মিলে আক্রমণ করে কয়েক মিনিটের মধ্যে খেয়ে সাফ করে দেয়।

লোকটা বাইরে অলস ভঙ্গিতে দাঁড়িয়ে বুনো কুকুরদের চিৎকার শুনছিল। কুকুরের পাল এগিয়ে আসছে এদিকেই। লোকটার তাতে কোনও উদ্বেগ বা ভয় দেখা গেল না। চুপ করে কিছুক্ষণ দাঁড়িয়ে রইল। তারপর ধীর পায়ে জঙ্গল ভেঙে এগোতে লাগল। তার শরীরের ধাক্কায় বাঁশঝোপের দু-একটা বাঁশ মচকে গেল, ছোটখাটো গাছ কাত হয়ে পড়তে লাগল।

হঠাৎ ঝোপঝাড় ভেঙে একপাল বুনো কুকুর এসে ঝাঁপিয়ে পড়ল তার ওপর। সে তেমন ঘাবড়াল না। দুটো কুকুরকে তুলে অনেক দূরে ছুড়ে ফেলে দিল! আর বাকিগুলোকে পা দিয়ে কয়েকটা লাথি কষাল। আশ্চর্যের বিষয়, ভয়ঙ্কর বুনো কুকুরেরা কেন যেন কিছু টের পেয়ে থমকে গেল। তারপর লোকটাকে ছেড়ে দুদ্দাড় করে পালিয়ে গেল সকলে।

জঙ্গল থেকে বেরিয়ে গাঁয়ের রাস্তায় পা দেওয়ার আগে লোকটা একটা বাঁশঝোপের পেছনে দাঁড়িয়ে চারদিকটা ভাল করে লক্ষ করল। সে লক্ষ করল গাঁয়ের এইদিকটা আজ অস্বাভাবিকভাবে জনশূন্য। সে একটু চুপ করে দাঁড়িয়ে থেকে বেরিয়ে এল। ধীর এবং নিশ্চিন্ত পায়ে সে হাঁটছে। চারদিকে একটু দেখে নিচ্ছে মাঝে-মাঝে। না, তাকে কেউ লক্ষ করছে না। গাঁয়ের কুকুররা তাকে দেখে তেড়ে এলেও কাছাকাছি এসেই কেন যেন ভয় পেয়ে কেঁউ-কেঁউ করে পালিয়ে যায়।

পুবপাড়া ছাড়িয়ে কেওটপাড়া। আজ সব পাড়াই জনশূন্য। রাস্তা ফাঁকা। দূরে কোথাও একটা কোলাহল শোনা যাচ্ছে। কোলাহলটা কোথা থেকে আসছে এবং কেন, তা লোকটা জানে। আজ গাঁয়ের লোক অঘোর সেনের ল্যাবরেটরি পাহারা দিতে জড়ো হয়েছে। লোকটা একটু হাসল। ওদের কাছে লাঠিসোটা

আছে সে জানে।

কেওটপাড়া পার হয়ে লোকটা রাস্তা ছেড়ে আঘাটায় নেমে গেল। সামনে বনবাদাড়, ঝিল, বাঁশঝোপ, জলাজমি। কাঁটাঝোপের জঙ্গল পেরিয়ে লোকটা ঝিলের জলে অম্লানবদনে নেমে গেল। ঝিলটা সাঁতরে পার হয়ে সে বাঁশঝাড়ে ঢুকে গেল। সামনে একটা জলাজমি, তার পরেই অঘোর সেনের বাড়ি দেখা যাচ্ছে। বাড়ির চারদিকে লণ্ঠন, মশাল এবং টর্চ নিয়ে বহু মানুষ দাঁড়িয়ে আছে। তারা হল্লা করছে।

লোকটা কিছুক্ষণ পাথরের মূর্তির মতো দাঁড়িয়ে রইল, তারপর বাঁশঝোপ থেকে বেরিয়ে জলাজমিতে পা রাখল। জলায় কোমর অবধি কাদা। একবার পড়লে আর ওঠা যায় না। কিন্তু লোকটার শরীরের শক্তি যন্ত্রের মতো। সে কাদায় নেমে সেই কাদা ঠেলে এগিয়ে যেতে লাগল। কোনও অসুবিধেই হল না তার।

জলাজমির প্রান্তে হোগলার বন। লোকটা হোগলার বনে দাঁড়িয়ে তীক্ষ্ণ চোখে বাড়ির পেছনদিকটা লক্ষ করল। পেছনে জলাজমি বলে ওরা এদিকে পাহারা কম রেখেছে। কারণ জলাজমি দিয়ে কোনও মানুষের পক্ষে হানা দেওয়া সম্ভব নয়। পেছনে মাত্র তিনজন লোক পাহারায় আছে।

এই গ্রহের প্রাণীদের শরীর দুর্বল, প্রাণশক্তিও কম। এদের অস্ত্রশস্ত্রগুলি হাস্যকর। লোকটা ইচ্ছে করলে এদের সব ক'জনকেই ঘায়েল করে কার্যোদ্ধার করতে পারে। কত লোককে হত্যা করতে হবে তা সে জানে না। সে শুধু জানে, সব কাজেরই একটা সময় আছে।

তার চারদিকে লক্ষ-লক্ষ মশা ওড়াউড়ি করছে, গা ঘেঁষে চলে যাচ্ছে জলজ সাপ, জোঁক কিলবিল করছে চারদিকে, ব্যাঙ লাফিয়ে পড়ছে গায়ে। তার ভ্রূক্ষেপ নেই। সে হিসেব করে দেখল, আরও কয়েক ঘণ্টা পর, বিশেষ করে ভোরের দিকে এই মানুষগুলি ক্লান্ত হয়ে পড়বে। এদের ঘুম পাবে, শিথিল হয়ে যাবে সতর্কতা। এখনই সময়। সুতরাং তাকে অপেক্ষা করতে হবে। সে স্থির হয়ে দাঁড়িয়ে রইল।

দারোগা হরকান্ত পোদ্দার রাত্তিরবেলা বিশেষ কিছু খান না। পাঁঠার কালিয়া আর ঘিয়ে ভাজা পরোটা। তা তাঁর জন্য আজ গোবিন্দ বিশ্বাসের বাড়িতে তা-ই রান্না হচ্ছে। হরকান্ত পোদ্দার বাইরে একখানা কাঠের চেয়ারে পা ছড়িয়ে বসে তাঁর দারোগা-জীবনের নানা বীরত্বের কাহিনী বর্ণনা করছেন। সবাই তটস্থ হয়ে দাঁড়িয়ে শুনছে। দু'জন বন্দুকধারী কনস্টেবল ভিড় সামলাচ্ছে।

হরকান্ত পোদ্দার সুবুদ্ধি আর দ্বিজপদর দিকে চেয়ে বললেন, "তোমরা বলছ, লোকটার গায়ে খুব জোর! ওরে বাবা, যত জোরই থাক ট্যারা পালোয়ানের চেয়ে তো আর সে তাকতওয়ালা লোক নয়! মোহনপুরের জঙ্গলে সেই ডাকু ট্যারা পালোয়ানের সঙ্গে হাতাহাতি লড়াই হল সেবার। তা লড়েছিল খুব। কিন্তু পারবে কেন? শেষে তাকে কোমরের বেল্ট দিয়ে একটা শালগাছের সঙ্গে বেঁধে ফেললাম। লোকটা সেলাম ঠুকে বলেছিল, 'আপনার মতো মস্তান দেখিনি

কখনও।' নাড়ু গুণ্ডার নাম শুনেছ ? বাহাত্তর ইঞ্চি বুকের ছাতি, দু'খানা হাত ছিল এক জোড়া শাল খুঁটি, আস্ত খাসি খেয়ে ফেলত এক-একবার। সেই নাড়ুকে যখন ধরতে গেলুম তখন কী ফাইটিংটাই না হল। হিন্দি সিনেমার ফাইটিং তার কাছে নস্যি। নাড়ু স্বীকার করেছিল, 'হ্যাঁ, ওস্তাদ বটে !' বুঝেছ ?"

সুবুদ্ধি আর দ্বিজপদ ঘাড় নাড়ল বটে, কিন্তু তারা হরকান্ত দারোগার উপস্থিতিতে বিশেষ ভরসা পেয়েছে বলে মুখের ভাবে প্রকাশ পেল না। হরকান্তর চেহারা দশাসই, সন্দেহ নেই। কিন্তু অনেক তেল-ঘি, মাংস-মাছ খেয়ে চেহারাটা বড়ই বিপুল। এ-চেহারায় ফাইটিং করতে গেলে কী কাণ্ড হবে কে জানে !

সনাতন বিশ্বাস বা অঘোর সেনের ল্যাবরেটরির কথা এখনও কাউকে জানায়নি তারা। শুধু প্রচার হয়েছে একটা ডাকাত আজ হামলা করতে আসছে। নন্দপুরে বহুকাল কোনও উত্তেজক ঘটনা ঘটেনি। তাই গাঁ ঝেঁটিয়ে লোক এসেছে।

সনাতন বিশ্বাসকে গোবিন্দ তাঁর বাড়ির একেবারে অন্দরমহলে লুকিয়ে রেখেছেন। নিজের বংশধরদের মধ্যে এসে সনাতন দুঃখের মধ্যেও কিছুটা সুখ পাচ্ছেন। গোবিন্দ বিশ্বাসের বউকে তিনি বলেছেন, "বউমা, এখন একটাই অসুবিধে। দেড়শো বছর টানা ঘুমিয়েছি, এখন কি আর আমার ঘুমটুম হবে ?"

সমাজ মিত্তির তাঁর মোটা লাঠিটা হাতে নিয়ে চারদিকে ঘুরে দেখছেন এবং লোকটা হাজির হলে কী করা হবে তার স্ট্র্যাটেজি ঠিক করছেন।

মাটির নীচে পাতালঘরে ভূতনাথ একা অবস্থান করছেন। তাঁর কপালে ভ্রূকুটি। তিনি বুঝতে পারছেন, অঘোর সেনের এই ল্যাবরেটরি দেড়শো বছর আগেকার প্রযুক্তি দিয়ে তৈরি হয়নি। এতে উন্নত বিজ্ঞানের অবদান আছে। এবং সেই বিজ্ঞান এই পৃথিবীর বিজ্ঞান নয়। হিক সাহেবের কথা তিনি শুনেছেন। বিচার-বিশ্লেষণ করে অনুমান করতে পারছেন যে, এই হিক সাহেবই সেই উন্নত বিজ্ঞানের সরবরাহকারী। আর এও বুঝতে পারছেন, যে লোকটি হামলা করছে সে এসেছে প্রমাণ লোপ করতে এবং কিছু জিনিস বা যন্ত্রপাতি ফেরত নিয়ে যেতে। সম্ভবত সে সনাতন বিশ্বাসকেও নিয়ে যাবে, যাতে পৃথিবীর বৈজ্ঞানিকরা রহস্যটা ভেদ করতে না পারে।

অনেক ভেবে ভূতনাথ হতাশায় একটা দীর্ঘশ্বাস ফেললেন। একটা লোক, কিন্তু সে অমিতবিক্রমশালী। তাঁরা যে পাহারা বসিয়েছেন তা দিয়ে লোকটাকে রোখা যাবে কি না সে-বিষয়ে তাঁর ঘোর সন্দেহ আছে। তিনি আজ কলকাতায় গিয়ে তাঁর রিভলভারটা নিয়ে এসেছেন, দারোগা এবং কনস্টেবলদের কাছেও বন্দুক-পিস্তল আছে। কিন্তু এগুলো তাঁর যথেষ্ট বলে মনে হচ্ছে না। তাঁর ভয় এবং দুশ্চিন্তা হচ্ছে।

ভূতনাথ ল্যাবরেটরিটা খুব ভাল করে ঘুরেফিরে দেখেছেন। শিশি-বোতলের তরল পদার্থগুলোও কিছু-কিছু পরীক্ষা করেছেন। বেশিরভাগই পরিচিত রাসায়নিক পদার্থ। তবে সনাতনের বাক্সে যে-শিশিটা রাখা আছে তার ভেতরকার দ্রব্যটা তাঁর পরিচিত জিনিস নয়। অমৃতবিন্দুর একটা পাত্র রয়েছে, সেটাও তাঁর চেনা জিনিস

নয়। তবে সবকিছুই ফের ভাল করে 'ল্যাবরেটরি টেস্ট' করা প্রয়োজন। নইলে দেড়শো বছর ধরে একটা লোককে ঘুম পাড়িয়ে রাখার রহস্যটা বোঝা যাবে না। পৃথিবীর বিজ্ঞানে এরকম ঘটনার কল্পনা করা হয় বটে, কিন্তু হাতে কলমে এমন অত্যাশ্চর্য ঘটনার প্রমাণ তো সারা দুনিয়ায় তোলপাড় ফেলে দেবে। কিন্তু সেই সুযোগ কি পাওয়া যাবে ?

অঘোর সেন এক আশ্চর্য লোক। এত বড় একটা কাজ করলেন কিন্তু এক্সপেরিমেন্টের কোনও লিখিত বিবরণ রেখে যাননি। বৈজ্ঞানিকদের ধর্ম অনুযায়ী এরকম একটা বিবরণ রেখে যাওয়া তাঁর খুবই উচিত ছিল না কি ?

"ছিলই তো !" কে যেন বলে উঠল।

ভূতনাথ গভীর চিন্তার মধ্যে বিচরণ করতে-করতে বললেন, "তা হলে লিখে রাখলেন না কেন ?"

"হিক সাহেব রাখতে দিল না যে !"

এবার ভূতনাথ একটু অবাক আর সচকিত হয়ে চারদিকে চাইলেন। ল্যাবরেটরিতে তিনি একাই আছেন। তা হলে কথাটা বলছে কে ? প্রদীপের উজ্জ্বল আলোয় চারদিকটা বেশ ফটফট করছে। তবু তিনি হাতের জোরালো টর্চটা জ্বেলে চারপাশে দেখে নিয়ে বললেন, "নাঃ, আমারই মনের ভুল।"

"ভুল নয় হে, ভুল নয়। ঠিকই শুনেছ।"

কেউ নেই, অথচ তার কথা শুনতে পাওয়া যাচ্ছে এরকম ঘটনা তাঁর জীবনে আগে কখনও ঘটেনি। তিনি একটু ভয় খেয়ে বলে উঠলেন, "আপনি কে কথা বলছেন ? কাউকে যে দেখছি না !"

"দেখতে চাও নাকি ?"

ভূতনাথ কাঁপতে-কাঁপতে বললেন, "আ-আপনি কি ভূ-ভূত ?"

গলাটা খিঁচিয়ে উঠল, "ভূত আবার কী হ্যাঁ ? বিজ্ঞান শিখেছ আর এইটে জানো না যে, সব জিনিসেরই বস্তুগত রূপান্তর হয় ?"

"আজ্ঞে, তা জানি।"

"তা হলে ভূত বলে তাচ্ছিল্য করার কী আছে ?"

"তাচ্ছিল্য করিনি তো ?"

"করেছ। তুমি ভূতটুত মানো না, আমি জানি।"

"আজ্ঞে মানছি, এখন থেকে মানছি। আপনি কে ?"

"আমিই অঘোর সেন।"

ভূতনাথ আঁ-আঁ করে অজ্ঞান হয়ে পড়তে-পড়তেও সামলে গেলেন। হাতজোড় করে বললেন, "আমার হার্ট দুর্বল। আমাকে আর ভয় দেখাবেন না।"

"তোমার মতো নাস্তিককে ভয় দেখাতে এসেছি বলে ভেবেছ নাকি ? আমার অত সময় নেই। তোমাদের বিপদ বুঝেই আসতে হল। একগাদা মর্কট মিলে ওপরে তো কীর্তনের আসর বসিয়ে ফেলেছ প্রায়। হিক সাহেবের ছেলেকে কি ওভাবে আটকানো যায় ?"

ভূতনাথ কাঁপতে-কাঁপতে বললেন, "হিক সাহেব কে ?"

"সপ্তর্ষি চেনো ?"

"যে আজ্ঞে !"

"ওই মণ্ডলেরই বাসিন্দা। অনেকদিন ধরেই যাতায়াত। ওহে বাপু, তুমি যে কেঁপে-ঝেঁপে একশা হলে। ভয় পাচ্ছ নাকি ?"

"ওই একটু।"

"তা ভয়ের কী আছে বলো তো! টেপরেকর্ডারে, গ্রামোফোনে অন্যের গলা শোনো না ? তখন কি ভয় পাও ? অনেক মৃত গায়কের গানও তো শোনো। তখন তো ভিরমি খাও না !"

"আজ্ঞে, সে তো যন্ত্রে রেকর্ড করা থাকে।"

"কিন্তু সেও তো ভূত, নাকি ? সেও তো অতীত, যা নাকি এখন নেই। ঠিক তো !"

"আজ্ঞে।"

"ফোটো দেখো না ? ফোটোতে কত শতায়ু মানুষের ছবিও তো দেখো, তখন ভয় পাও ?"

"আজ্ঞে, সে তো ইমপ্রেশন।"

"ভাল করে বিজ্ঞানটা রপ্ত করো, তা হলে ভূতপ্রেতও বুঝতে পারবে, বুঝেছ ? এসবও ইমপ্রেশন, এসবও সূক্ষ্ম অস্তিত্ব, তবে কিনা বিজ্ঞান এখনও নাগাল পায়নি এই রহস্যের।"

"যে আজ্ঞে !"

"শোনো বাপু, একটা কথা বলতে এই এতদূর আসা। অনেক দূরে থাকি, নানা কাজকর্মও করতে হয়। পরলোক বলে বসে শুয়ে জিরিয়ে সময় কাটানোর উপায় নেই। তবু তোমাদের বিপদের খবর পেয়েই আসতে হল।"

"যে আজ্ঞে।"

"হিক সাহেবের ছেলে পেছনের জলায় ঘাপটি মেরে আছে।"

"সর্বনাশ ! তা হলে লোকজনকে খবর দিই ?"

"আহাম্মকি করতে চাইলে দিতে পারো। তবে যদি ঘটে বুদ্ধি থেকে থাকে, ও-কাজ করতে যেও না। ওর নাম ভিক। ও একাই গাঁসুদ্ধু লোককে মেরে ফেলতে পারে।"

"তা হলে কী করব ?"

গলাটা খেঁচিয়ে উঠল ফের, "তার আমি কী জানি ?"

"তবে যে বললেন, বিপদ দেখে এসেছেন !"

"তা তো এসেছিই। কিন্তু ভূত বলে কি আর আমি সবজান্তা ?"

"যে আজ্ঞে।"

"শোনো বাপু, গতিক আমি সুবিধের বুঝছি না। হিকের সঙ্গে আমার চুক্তি ছিল সনাতনের যেদিন ঘুম ভাঙবে সেদিনই সে তার 'রেসপিরেটর' আর 'রিভাইভার'

যন্ত্র সমেত সনাতনকেও নিয়ে যাবে।"

"বটে! তা হলে আমরা আপনার এত বড় আবিষ্কারের কোনও ফলই পাব না?"

"পেয়ে করবেটা কী? লোকে জানতে পারলেই সব ঘুমোতে চাইবে। মরার চেয়ে ঘুম যে অনেক ভাল বলে মনে করে সবাই।"

ভূতনাথ মাথা চুলকে বললেন, "তা অবশ্য ঠিক। কিন্তু আবিষ্কারটা যে মাঠে মারা যাবে।"

"তা যাবে। হিক সাহেব ছাড়বার পাত্র নন। সনাতন যে জেগেছে সে-খবর তাঁর কাছে পৌঁছে গেছে। তাই ছেলেকে পাঠিয়ে দিয়েছেন।"

"তা হলে কী করা যায় বলুন তো!"

"ভাল করে শোনো।"

"শুনছি।"

"সনাতন খুব পাজি লোক, তা জানিস?"

"আজ্ঞে না। কীরকম পাজি?"

"কীরকম পাজি তা বলা মুশকিল। আমিও জানি না, তবে গাঁয়ের লোক ওকে ভয় পেত।"

"যে আজ্ঞে।"

"তোমরা ওকেই কাজে লাগাও।"

"কীভাবে?"

"তা আমি জানি না। যা মনে এল বললাম। এখন আমি যাচ্ছি। 'অ্যাণ্ড্রোমিডা' নক্ষত্রপুঞ্জে আমার জরুরি কাজ আছে। সেখানে আজ আর্কিমিডিস বক্তৃতা দেবেন।"

"বলেন কী? আর্কিমিডিস? এ যে ভাবা যায় না!"

"না ভাববার কী আছে! হরবখত দেখা হচ্ছে ওঁদের সঙ্গে। আর্কিমিডিস, নিউটন, গ্যালিলেও।"

"অ্যাঁ!" বলে মস্ত হাঁ করে রইলেন ভূতনাথ। তারপর হঠাৎ পকেট থেকে রিভলভারটা বের করে নিজের কপালে ঠেকিয়ে বললেন, "স্যর, একটু দাঁড়ান। আমিও আপনার সঙ্গে আর্কিমিডিসের বক্তৃতা শুনতে যাব। এ সুযোগ ছাড়া যায় না।"

"তা বলে মরবে নাকি?"

"না মরলে তো উপায় দেখছি না। একটা মিনিট দাঁড়ান। পিস্তলের ঘোড়া টিপলেই এক মিনিটের মধ্যে বেরিয়ে আসব।"

"আ মলো! এ তো আচ্ছা পাগল দেখছি! ওহে বাপু, আর্কিমিডিসের বক্তৃতা মেলা শুনতে পাবে। বেঁচে থেকে যা-যা করার, ঠিকমতো আগে করো, নইলে বিজ্ঞানলোকে আসবার পাসপোর্ট হবে না যে!"

ভারী হতাশ হয়ে ভূতনাথ বললেন, "আমার যে তর সইছে না।"

"আরে বাপু, আয়ু তো দু'দিনের। তারপর হাতে দেখবে অফুরন্ত সময়। রিভলভারটা পকেটে ঢুকিয়ে ফেলো তো বাপু! আমি চললুম।"

"যে আজ্ঞে।"

অঘোর সেন যে চলে গেলেন তা টের পেলেন ভূতনাথ। একটা শ্বাসের মতো শব্দ ঘর থেকে ফুস করে যেন বেরিয়ে গেল। ঘড়ি দেখে ভূতনাথ চমকে উঠলেন। সর্বনাশ! পৌনে চারটে বাজে! রাত শেষ হতে তো আর দেরি নেই!

তিনি হ্যাঁচোড়-প্যাঁচোড় করে উঠে পড়লেন। সুড়ঙ্গের মুখে মই লাগানো হয়েছে। সেটা বেয়ে ওপরে উঠে যা দেখলেন তাতে তাঁর একগাল মাছি। বেশিরভাগ পাহারাদারই শুয়ে বা বসে গভীর নিদ্রাভিভূত। দারোগাবাবুর নাক ডাকছে। জেগে আছে, শুধু সুবুদ্ধি, সমাজ মিত্তির আর দু-চারটে লোক। তিনি চেঁচিয়ে বললেন, "শিগ্‌গির সনাতনবাবুকে ডাকো তোমরা। আর সময় নেই।"

চেঁচামেচিতে সবাই জেগে গেল। স্বয়ং গোবিন্দবাবু বেরিয়ে এসে বললেন, "কী হয়েছে? সনাতনদাদু তো ঘুমোচ্ছেন।"

"ঘুমোচ্ছেন! দেড়শো বছর ঘুমিয়েও আবার ঘুম?"

"আজ্ঞে, পরোটা আর মাংস খাওয়ার পর তাঁর ভারী ঘুম পেয়ে গেল যে!"

"শিগ্‌গির তাঁকে তুলুন। নইলে রক্ষে নেই।"

অনেক ডাকাডাকির পর সনাতন উঠে বাইরে এসে হাই তুলে বললেন, "প্রাতঃকালেই ডাকাডাকি কেন হে?"

"আজ্ঞে, আপনিই ভরসা।"

"কী করতে হবে, বলো তো বাপু?"

"কী করতে হবে, তা জানি না। দয়া করে একটু পাতালঘরে এসে বসুন।"

"না হে বাপু, আর পাতালঘরে নয়। ওখানে গেলে যদি ফের ঘুমিয়ে পড়ি?"

"সে-ভয় নেই। দয়া করে আসুন।"

সাড়ে তিনটের সময় যখন লোকটা দেখল পাহারা শিথিল, সবাই ঘুমে ঢুলছে, তখন সে ধীরে-ধীরে হোগলার বন ভেদ করে ওপরে উঠে এল। খুবই নিঃশব্দ তার চলাফেরা।

গাড়ির পেছনকার বাগানের পাঁচিলটা ডিঙিয়ে সে ঢুকে পড়ল ভেতরে। তারপর ধীরে-ধীরে বাড়ির দিকে এগোতে লাগল।

হঠাৎ কে যেন চেঁচিয়ে উঠল কার নাম ধরে। অনেক লোক জেগে উঠল। পাশের বাড়ি থেকে দুটো লোক এ-বাড়িতে এসে ঢুকল। লোকটা একটু অপেক্ষা করল। গোলমালটা থিতিয়ে আসতেই সে নিঃশব্দ পদচারণায় বাড়ির পেছনের একটা দরজায় গিয়ে দাঁড়াল। হাতের সামান্য একটু কলাকৌশলেই খুলে গেল দরজা। সে ভেতরে ঢুকল।

সামনেই একটা লোক। তাকে দেখে চেঁচানোর জন্য হাঁ করেছিল। লোকটা তাকে সামান্য একটা কানা মারতেই লোকটা আলুর বস্তার মতো পড়ে গেল মেঝের

ওপর।

সুড়ঙ্গর পথ তার চেনা। সে নিঃশব্দে গিয়ে গর্তটার সামনে দাঁড়াল। তারপর নামতে লাগল নীচে।

পাতালঘরের দরজাটা বন্ধ। লোকটা হাতের ধাক্কায় দরজার পাল্লা ছিটকে দিয়ে খোলা দরজায় দাঁড়াল। নীচে দুটো লোক ভীত মুখে ঊর্ধ্বদিকে চেয়ে আছে।

দু'জনের একজন হঠাৎ তাকে দেখে চেঁচিয়ে উঠল, "ওই... ওই হল হিকসাহেব! ও আসলে ভূত! ও কৌটোয় করে আকাশ থেকে নেমে আসে... ওরে বাবা..."

লোকটা ওপর থেকে নীচে লাফিয়ে পড়ল।

লোকটার জীবনে যা কখনও হয়নি, যে অভিজ্ঞতা তার সূদূর কল্পনারও অতীত, লাফ দেওয়ার সঙ্গে-সঙ্গে তাই ঘটল। মেঝের ওপর পড়তেই তার বাঁ হাঁটুটা বেকায়দায় বেঁকে গেল। তারপর মচাৎ করে একটা শব্দ।

লোকটা এক অজানা ভাষায় চেঁচিয়ে উঠল, "সাব সি! সাব সি!"

তারপর যন্ত্রণায় ককিয়ে উঠে বাঁ হাঁটু চেপে ধরে বসে রইল।

ভূতনাথবাবু কাঁপতে-কাঁপতে বললেন, "ভূ-ভূত হলে কি অমন আর্তনাদ করত? ভূত কি ব্যথা পায়?"

সনাতন বিশ্বাস হঠাৎ বলে উঠল, "দাঁড়ান মশাই, মনে পড়েছে। ওই কোণের দিকে টেবিলে একটা শিশি আছে। হিক শিশিটা দেখে কেমন যেন ভয় পেয়ে গিয়েছিল।"

সনাতন দৌড়ে গিয়ে শিশিটা নিয়ে এল। তাতে তেলের মধ্যে ভেজানো একটা মরা তেঁতুলবিছে। অনেকে বাড়িতে রাখে।

"ওটা কী মশাই?"

"তেতুঁলবিছে হুল দিলে এই তেল লাগালে উপকার হয়।"

"ওতে ভয় পাওয়ার কী আছে?"

"কে জানে মশাই!"

বলে শিশিটা নিয়ে সনাতন বিশ্বাস লোকটার দিকে এগিয়ে যেতেই ভাঙা পা নিয়ে বিবর্ণ মুখে লোকটা উঠে দাঁড়িয়ে পরিষ্কার বাংলায় বলল, "খবরদার! খবরদার! ওটা সরিয়ে নে!"

সনাতন হেঃ হেঃ করে হেসে বলল, "এবার বাছাধন?"

লোকটা, অর্থাৎ হিকের ছেলে ভিক হঠাৎ অমানুষিক একটা চিৎকার করে এক লম্ফে ওপরের ফোকরটার কানা ধরে ঝুল খেয়ে ওপরে উঠে পড়ল। আর ঠিক সেই সময়ে ওপর থেকে একটা পাথর আলগা হয়ে খসে পড়ল তার মাথায়। তবু চেঁচাতে-চেঁচাতে লোকটা ওপরে উঠে পড়ল। সুড়ঙ্গ বেয়ে রাস্তায় নেমে ভাঙা পা নিয়েই সে এমন দৌড় লাগাল, যা মানুষের পক্ষে সম্ভব নয়।

সনাতন শিশিটা রেখে দিয়ে কপালের ঘাম মুছে বলল, "হুঁ, গোবিন্দ আবার অপয়া! ছেলেমানুষ মশাই, ছেলেমানুষ। আমি এমন অপয়া ছিলাম যে, কুকুর-বেড়াল অবধি আমার পথে হাঁটত না।"

ভূতনাথ গদগদ স্বরে বললেন, "দিন মশাই, পায়ের ধুলো দিন।"

হরিপুরের হরেক কাণ্ড

গদাই নস্কর ডাকাতি ছাড়লে হবে কী, হাঁকডাক ছাড়েনি। আর নগেন দারোগা চাকরি থেকে রিটায়ার করেছে বটে, কিন্তু দাপট যাবে কোথায়? গদাই যখন ডাকাত ছিল আর নগেন যখন দারোগা, তখন দু'জনে বিস্তর লড়াই হয়েছে। গদাইকে দু'-দু'বার গ্রেফতার করেছিল নগেন, দু'বারই গদাই গারদ ভেঙে পালায়। দু'জনেই ছিল দু'জনের জন্মশত্রু। এখনও যে তারা পরস্পরকে খুব একটা পছন্দ করে তা নয়। তবে সন্ধেবেলায় দু'জনেই বসে হ্যারিকেনের আলোয় নিবিষ্ট মনে দাবা খেলে। আজও খেলছিল।

শীতকালের শুরুতেই খুব ঝড়বৃষ্টি হয়েছে দু'দিন ধরে। বাঘা শীতটা না পড়লেও উত্তুরে হাওয়ায় বেশ হি হি কাঁপুনি ওঠে। এই দুর্যোগের রাতে ডাকসাইটে জমিদার মহেন্দ্রচন্দ্র দেবরায় তাঁর কাছারি ঘরে নিচু তক্তপোশে তাকিয়া ঠেস দিয়ে বালাপোশ গায়ে বসে গড়গড়া টানছেন। সামনে একটা কাঠের চেয়ারে পা তুলে যিনি বসে আছেন তিনি ত্রিশ বছর আগে ছিলেন রাজদ্রোহী পবনকুমার। মহেন্দ্রচন্দ্রকে সিংহাসনচ্যুত করে রাজ্যকে সুশাসিত করার জন্য তিনি প্রবল লড়াই করেছিলেন। আজ আর রাজ্যও নেই, সিংহাসনও লোপাট। মহেন্দ্রচন্দ্রের সময় কাটে না আর পবনকুমার মাস্টারির চাকরি থেকে রিটায়ার করে এখন একরকম ঘর-বসা। এই সন্ধেবেলাটা রোজই দু'জনের দেখাসাক্ষাৎ হয়। সুখদুঃখের কথা ওঠে। অবিশ্যি আড্ডায় আরও দু-চারজন রোজই থাকে। আজ বৃষ্টি-বাদলা বলে আর কেউ আসেনি।

অ্যালোপ্যাথ শহিদলাল আগে হোমিওপ্যাথ বিশু দত্তকে দু'চোখে দেখতে পারতেন না। আর দু'জনেই ছিলেন কবরেজ রামহরির চক্ষুশূল। আজকাল তিনজনেই রোজ একসঙ্গে বসে খুব মাথা নেড়ে-নেড়ে হেসে-হেসে গল্প করেন। শহিদলাল আজকাল প্রায়ই চ্যবনপ্রাশ বা আর্নিকা থার্টি খেয়ে থাকেন। বিশু দত্ত দরকার পড়লেই পাঁচন বা অ্যালোপ্যাথি ওষুধ খেয়ে থাকেন। রামহরিরও আজকাল অ্যালোপ্যাথি বা হোমিওপ্যাথিতে অরুচি নেই। আজ সন্ধেবেলা তিনজনেই রামহরির বাড়িতে বসে বাজারদর নিয়ে কথা কইছেন।

মল্লবীর নয়ন হাতির সঙ্গে ব্যায়ামবীর বজ্র সেনের কোনওকালে সদ্ভাব ছিল না। আজকাল দু'জনের মধ্যে খুব ভাব। সন্ধেবেলা নয়ন হাতির বাড়ির বৈঠকখানায় বসে দু'জনে একটা শ্লেটে কাটাকুটি খেলছেন।

শ্মশানকালীর মন্দিরে বটবৃক্ষের তলায় বসে বিখ্যাত তান্ত্রিক জটেশ্বর আজও ভাবের ঘোরে মা মা বলে চেঁচাচ্ছিল। একটু পেছনে বসে পরম বৈষ্ণব গোপেশ্বর দাস মিটিমিটি হাসছিল। জটেশ্বরের পুজো শেষ হলে দু'জনে একসঙ্গে বাড়ি

ফিরবে। রোজই এরকমধারা হয়।

রাত আটটা বাজতে আর বিশেষ দেরি নেই। রাত আটটায়—ঠিক রাত আটটায় জড়িবুটিওলা শূলপাণি একটা বিকট অট্টহাসি হাসে। শীত, গ্রীষ্ম, বর্ষা, যাই হোক, গত ত্রিশ বছর ধরে শূলপাণি কাঁটায়-কাঁটায় রাত আটটায় অট্টহাসি হাসবেই। অনেকেই সেই হাসি শুনে ঘড়ি মিলিয়ে নেন। শূলপাণিকে কেউ বলে পাগল, কেউ বলে ছদ্মবেশী মহাযোগী পুরুষ, কেউ ভাবে ম্যাজিশিয়ান, কেউ ভাবে প্রেতসিদ্ধ, কেউ ভাবে বৈজ্ঞানিক। শূলপাণি কোথা থেকে যে উড়ে এসে এ-গাঁয়ে জুড়ে বসেছে তা কেউ জানে না। গাঁয়ের সরলাবুড়ির তিন কুলে কেউ ছিল না। সে-ই শূলপাণিকে আশ্রয় দেয়।

সরলাবুড়ি একশো চার বছর বয়সে মারা যাওয়ার সময় গাঁয়ের পাঁচজন মাতব্বরকে ডাকিয়ে এনে বলল, "বাবাসকল, শূলপাণিকে আমি ছেলের মতোই দেখি। বেচারা ভাবে-ভোলা মানুষ। আমি মরলে তোমরা ওকে উৎখাত কোরো না। আমার ঘরেই থাকতে দিয়ো।"

তাতে অবশ্য গাঁয়ের লোকের আপত্তি হয়নি। সরলাবুড়ির পুরনো ঝুরঝুরে বাড়িটা পাকা হলেও ভগ্নদশা। বাঁশঝাড়ের পেছনে খালের পারে ওই বাড়িটার ওপর কারও কোনও লোভ ছিল না।

শূলপাণি রয়ে গেল। তবে সে খুবই রহস্যময় লোক। সে নানা ওষুধবিষুদ তৈরি করে। নানা প্রক্রিয়া জানে, ছোটখাটো ম্যাজিকও দেখাতে পারে। সে সাপ, পাখি, বিছে, হুলো বেড়াল, বাঁদর ইত্যাদি হরেক জীবজন্তু পোষে। তার একটা সড়ালে কুকুরও আছে। কেউ-কেউ বলে, সে কিছু ভূত আর পেত্নিও পুষে রেখেছে। কৃষ্ণপক্ষের রাতে সে যে মাঠেঘাটে ভূত ধরতে বেরোয়, তা ভিতু ভূতনাথবাবু, সাহসী বীরেনবাবু এবং আরও অনেকেই স্বচক্ষে দেখেছেন।

তা সে যা-ই হোক, গত ত্রিশ বছর ধরে প্রতিদিন রাতে কাঁটায়-কাঁটায় রাত আটটায় শূলপাণির অট্টহাসি গাঁয়ের লোক শুনে আসছে। কোনওদিন নড়চড় হয়নি। শূলপাণি কেন হাসে তা অবশ্য অনেক জিজ্ঞাসাবাদ করেও জানা যায়নি। জিজ্ঞেস করলে শূলপাণি অম্লানবদনে শুধু বলে, "হাসি পায় বলেই হাসি।"

শূলপাণির হাসির সঙ্গে এ-গাঁয়ের অনেক লোকেরই একটা রুটিন করা থাকে। যেমন শূলপাণি হাসলেই প্রিয়নাথবাবু ফটিককে পড়ানো বন্ধ করে বাড়ি যাওয়ার জন্য উঠে পড়েন। আবার ওই হাসির শব্দ পেলেই মহেন্দ্র তার মুদির দোকানের ঝাঁপ ফেলে হিসেব করতে বসে। শূলপাণি যেই হাসল, অমনই অন্নদাপিসি তাঁর জপ-আহ্নিক সেরে উঠে পড়েন। আর প্রবৃদ্ধ অন্নদাচরণ তাঁর ঠাকুর্দার আমলের পকেট-ঘড়িটার সময় ওই হাসির সঙ্গে রোজ মিলিয়ে নেন।

আটটা বাজে-বাজে।

ঘন-ঘন ঘড়ি দেখছেন রাজদ্রোহী পবনকুমার। আটটা বাজলেই উঠে পড়বেন। আজ বাড়িতে সোনামুগ ডাল আর কালনুনিয়া চালের খিচুড়ি হয়েছে।

মহেন্দ্রচন্দ্র গম্ভীর কণ্ঠে বললেন, "অমন ছটফট করছ কেন হে? কোন

রাজকার্যে যাবে ?”

পবনকুমার একটা শ্বাস ফেলে বলেন, “রাজকার্য তো তোমার। রাজাগজা লোকদেরই রাজকার্য থাকে।”

মহেন্দ্র একটু হেসে বললেন, “আরে সেসব পাট তো চুকে গেছে কবে। এখন ঘরেরটা ভাঙিয়ে পেট চালানো। ঠাটবাট বজায় রাখা যাচ্ছে না। সবই তো জানো। এখন যা দুরবস্থা চলছে তাতে মনে হয় পঞ্চাশ বছর আগে তোমার তলোয়ারের কোপে বা বন্দুকের গুলিতে প্রাণটা গেলেই ভাল ছিল। তা হলে অবস্থার এই পরিবর্তনটা দেখতে হত না।

খিদের চোটে পবনকুমারের পেট ডাকছিল। তবু হাসিমুখে বললেন, “তোমার হাতে আমি যদি মরতুম, তা হলেও মন্দ হত না। ইতিহাসে নাম থাকত মস্ত শহিদ বলে।”

শহিদলাল উসখুস করছিলেন, তাঁর দেওয়ালঘড়িতে ঢং ঢং করে আটটা বাজছে। কিন্তু শূলপাণির অট্টহাসি শোনা গেল না। তবে কি ঘড়িটা ফাস্ট যাচ্ছে ? ঘড়িটা নিয়ে তাঁর খুব অহঙ্কার। বিলিতি ঘড়ি। আজ অবধি গত পঞ্চাশ বছর ধরে ঠিকঠাক সময় দিয়ে আসছে।

হোমিওপ্যাথ বিশু দত্ত আটটার ঘন্টা শুনে ঘড়ির দিকে চেয়ে বললেন, “এবার ঘড়িটা বেচে দাও হে শহিদ, এ যে ঘোড়দৌড় লাগিয়েছে।”

কিন্তু কবিরাজ রামহরি ভ্রূ কুঁচকে বললেন, “শোনো বাপু, আমার যেন কেমন একটা সন্দেহ হচ্ছে।”

বিশু বললেন, “কীসের সন্দেহ ?”

“কন্ডিশন রিফ্লেক্স কাকে বলে তা তো জানোই। শূলপাণি রাত আটটার সময় অট্টহাসি হাসে। ত্রিশ বছর আগে প্রথম যেদিন ওই হাসি শুনি সেদিন আমি ভীষণ চমকে গিয়ে ভয় খেয়েছিলাম। তারপর থেকে রোজ রাত আটটায় ওই হাসি শুরু হয় আর আমিও একটু চমকে উঠি। এই করতে-করতে এমন হল যে, ভিন গাঁয়ে বা শহরে-গঞ্জে গেলেও রাত আটটার সময় আমি অজান্তে একবার চমকে উঠবই। শূলপাণির হাসি না শুনলেও ওই চমকে উঠলেই বুঝতে পারি আটটা বেজেছে। এই একটু আগেই ঘড়িতে শব্দ হওয়ার সঙ্গে-সঙ্গেই আমার চমকানি হয়েছে। সুতরাং ঘড়ি ঠিকই আছে। শূলপাণি আজ হাসেনি।”

“হতেই পারে না।”

“অসম্ভব ! ঘড়ি ফাস্ট আছে। তোমার চমকানোটাই গণ্ডগোলের।”

ওদিকে বজ্র সেন হঠাৎ সোজা হয়ে বসে বললেন, “ওহে নয়ন, শূলপাণি হাসল না যে বড় !”

নয়নও অবাক হয়ে বলল, “তাই তো ! সোয়া আটটা বাজে যে !”

বজ্র সেন তাড়াতাড়ি উঠে বললেন, “চলো তো, ব্যাপারটা দেখা যাক।”

“চলো, আমরা ছাড়া দেখবেই বা কে ?”

গদাই নস্কর আর নগেন দারোগারই শুধু বাহ্যজ্ঞান ছিল না। দাবা খেলায় মজে

ছিল দু'জনে।

হঠাৎ ভেতরবাড়ি থেকে নগেনের গিন্নি সুরবালা ঘরে ঢুকে আতঙ্কিত গলায় বললেন, "আজ শূলপাণি হাসল না যে গো ! গাঁয়ে বোধ হয় এবার মড়ক লাগবে। কী অলক্ষুণে কাণ্ড !"

চেঁচামেচিতে দু'জনেরই খেয়াল হল। নগেন আর গদাই সচেতন হল। নগেন অত্যন্ত রেগে গিয়ে বলল, "হাসবে না মানে ! হাসতেই হবে। না হেসে যাবে কোথায় ও ?"

সুরবালা রেগে গিয়ে বললেন, "সব জায়গায় দারোগাগিরি চলে না। যাও, গিয়ে দেখে এসো শূলপাণির কী হল ! আমার বাপু মোটেই ভাল ঠেকছে না।"

কথাটা ঠিক। রাত আটটায় শূলপাণির অট্টহাসি না শুনে গোটা গাঁ-ই উদ্বিগ্ন এবং চিন্তিত। একে-একে টর্চ, লণ্ঠন আর ছাতা হাতে বিভিন্ন বাড়ি থেকে লোকজন বেরিয়ে এল রাস্তায়। বেশ একটু হইহট্টগোলই হতে লাগল।

বাঁশঝাড়ের পেছনে শূলপাণির অন্ধকার বাড়িতে ঝড়বৃষ্টির মধ্যেও মেলা লোক জড়ো হয়ে গেল। তারপর ডাকাডাকি, "শূলপাণি ! ও শূলপাণি।"

কোনও সাড়া পাওয়া গেল না।

দুই

বৃষ্টি, বাতাস আর শীতের মধ্যেও শূলপাণির বাড়িতে বিস্তর মেয়ে-পুরুষ জড়ো হয়ে গেল। টর্চ, লণ্ঠন, হ্যাজাকবাতির অভাব হয়নি। সামনে একটু ফাঁকা জায়গায় আগাছা জন্মে আছে। আগে বাগান ছিল। শূলপাণির বাগানটাগানের শখ নেই। পেছনে সরলাবুড়ির পুরনো বাড়ি। দরজার পাল্লা হাট করে খোলা। শেকলে বাঁধা কুকুরটা প্রাণপণে চেঁচাচ্ছে।

নগেন প্রাক্তন দারোগা হলেও তারই অধিকার বেশি। সে সকলের দিকে ফিরে গমগমে গলায় বলল, "ভ্রাতা ও ভগ্নীগণ, আপনারা কেউ ভেতরে যাবেন না। আমি আগে ঢুকে দেখি কী হয়েছে। যদি বিপজ্জনক কিছু ঘটে থাকে, ধরুন যদি কোনও খুনি শূলপাণিকে খুন করে ভেতরে ওত পেতে থাকে, কিংবা যদি কোনও বাঘ শূলপাণিকে খেয়ে ভেতরে এখনও বসে ঠোঁট চাটতে থাকে, কিংবা কোনও ভূত যদি—আচ্ছা, ভূতের কথা থাক। মোটকথা, আমি আগে শূলপাণির ঘরে ঢুকছি।"

নয়ন বলে উঠল, "কিন্তু আপনার তো পিস্তল নেই।"

নগেন কাঁধ ঝাঁকিয়ে বলল, "তাতে কী ? আমার দুটো চোখই জোড়া পিস্তলের সমান। এই গদাইকেই জিজ্ঞেস করো না, কোনওদিন চোখে চোখ রেখে কথা কয়েছে ?"

"কিন্তু খুনির কাছে পিস্তল থাকতে পারে তো নগেনবাবু ?"

নগেন দারোগা হো হো করে হেসে উঠে বলল, "পারেই তো, আর সেইজন্যই

আমি সবার আগে ঢুকতে চাইছি। দেশের জন্য প্রাণ দেওয়ার ইচ্ছে আমার অনেকদিনের। দারোগাগিরি করে-করে আর সেটা হয়ে ওঠেনি। যদি সুযোগ এসেই থাকে তবে হাসিমুখেই প্রাণ দেব। তোমরা বটতলায় আমার নামে একটা শহিদ বেদি বানিও।"

গদাই নস্কর ফিচিক ফিচিক হাসছিল। চাপা গলায় বলল, "আর লোক হাসিও না বাপু। চম্বরপুরের জঙ্গলে আমার শাগরেদ কেঁলো বাঘের ডাক ডেকেছিল বলে তুমি ভয় খেয়ে কী পাঁই পাঁই করেই না ছুট দিয়েছিলে!"

নগেন বিরক্ত হয়ে বলল, "আচমকা ডেকে ওঠায় ভয় পেয়েছিলুম ঠিকই, কিন্তু বাঘের ভয় থাকলেও আমার ভালুকের ভয় নেই।"

"বাঘের চেয়ে ভালুক আরও খারাপ। পাল্লায় পড়নি বলে বলছ। বাঘ সবসময়ে তেড়ে আসে না, আর ভালুকের স্বভাবই হল কথা নেই বার্তা নেই তেড়ে এসে থাবা মারবে। অ্যাই বড়-বড় নখ, বুঝলে?"

নগেন খুব বিরক্তির সঙ্গে বলে, "ভালুকের গল্প পরে হবে, হাতে জরুরি কাজ রয়েছে। চলো, ঘরে ঢুকে দেখা যাক।"

"কে আগে ঢুকবে? তুমি, না আমি?"

নগেন বলল, "টস করা যাক।"

গদাই হেসে বলল, "তার দরকার নেই। তুমি রিটায়ার করার সঙ্গে-সঙ্গে সরকার বাহাদুর তোমার পিস্তল নিয়ে নিয়েছেন। আমার তো সে বালাই নেই। আমার পেটকোঁচড়ে সবসময়ে পিস্তল থাকে। তবে পিস্তলের দরকার হবে না। খুনি হোক, বাঘ হোক, এত লোক দেখে সে বসে নেই। এসো।"

গদাই ভেতরে ঢুকে চারদিকে টর্চ ফোকাস করে বলল, "ওহে নগেন, ব্যাপার সুবিধের নয়।"

টর্চের আলোয় যা দেখা গেল তা সুবিধের ব্যাপার নয় ঠিকই। শূলপাণির ঘর একেবারে লণ্ডভণ্ড। ঘটিবাটি বিছানা বাক্স সব ছত্রাকার ছড়িয়ে আছে। বানরটা ঘরের উঁচু একটা তাকে উঠে বসে আছে। ঘরের কোণে বসে বেড়ালটা ফ্যাঁস-ফ্যাঁস আওয়াজ ছাড়ছে। মড়ালে কুকুরটা কোনও কালে বাঁধা থাকে না। সেটা আজ নতুন একটা চেন দিয়ে ভেতরের দরজার কড়ার সঙ্গে বাঁধা। চেঁচিয়ে-চেঁচিয়ে বেচারার গলা ভেঙে গেছে। গাঁয়ের লোক দেখে সে নিজস্ব ভাষায় নানারকম নালিশ জানাতে লাগল।

নগেন বলল, "শূলপাণি কি খুন হল নাকি হে গদাই?"

"আগেই খুন ধরে নিচ্ছ কেন? রক্তপাত তো হয়নি দেখছ?"

"আহা, গলায় ফাঁস দিয়ে যদি—"

"তা হলে লাশ যাবে কোথায়?"

"সরিয়ে ফেলেছে।"

"কেন সরাবে?"

"প্রমাণ লোপ করার জন্য।"

"নাঃ, তুমি দারোগা হলেও বুদ্ধি খাটাচ্ছ না। লাশ সরানোর পরিশ্রম কম নয়। বিশেষ কারণ না থাকলে কেউ একটা ডেডবডি কাঁধে করে নিয়ে যায় না, ফেলেই যায়।"

ব্যঙ্গের হাসি হেসে নগেন বলল, "তাই বটে! এসব তো তুমি ভালই জানো। অনেক করেছ কিনা, তাই অভিজ্ঞতা থেকেই বলছ।"

"অভিজ্ঞতার চেয়েও বড় কথা হল কমন সেন্স। তার জন্য মাথা খাটানো চাই। তুমি আস্ত পাঁঠা বা দেড়খানা পাকা কাঁঠাল খেতে পারো বটে, কিন্তু মস্তিষ্কচালনা তোমার একেবারে নেই। পেটের ব্যায়ামই হয়েছে, মাথার ব্যায়াম হয়নি। যদি তাই হত তা হলে দু'-দু'বার তোমার গরাদ থেকে আমি পালিয়ে যেতে পারতাম না।"

"অত বাহাদুরি কোরো না। আমার ফোর্সের মধ্যেও তোমার লোক ছিল। তারাই তোমাকে পালানোর পথ করে দিয়েছিল।"

"সেটা ধরতে তোমার এতদিন সময় লাগল কেন? যাকগে, এখন এসো, শূলপাণির ঘরদোর ভাল করে দেখে পরিস্থিতিটা খতিয়ে দেখা যাক।"

একটু কাঁপা গলায় পেছন থেকে ভূতনাথ বলে উঠল, "দেখার কিছু নেই ভায়া। আমি সেই কবেই শূলপাণিকে বলেছিলুম, 'ওরে শূল, ভূতপ্রেত ধরে অধর্ম করিস না। ওরাই একদিন তোর ঘাড় মটকাবে।' সেই কথাই ফলে গেল।"

ভিড় ঠেলে জটেশ্বর তান্ত্রিক এগিয়ে এসে বলল, "ক'টা ভূত ছিল শুনি শূলপাণির? সব গাঁজাখুরি গল্প। এ-গাঁয়ের সব ভূত শ্মশানকালী মন্দিরের বট আর অশ্বত্থগাছে ঝুলে আছে। আমি গুনে দেখে এসেছি একটু আগে। মোট সাতশো তিরানব্বইটা। এ-গাঁয়ে ও- ক'টাই আছে। তাও চারশোর ওপর হচ্ছে বহু পুরনো ভূত। তাদের কারও-কারও বয়স হাজারের ওপরে। ঝুরঝুরে চেহারা, আবছা হয়ে এসেছে, তারা সাতে-পাঁচে থাকেও না। ভূতের নামে খবর্দার বদনাম দেবেন না।"

ভূতনাথ রামনামটা একটু থামিয়ে কাঁদো-কাঁদো গলায় বলল, "বদনাম করিনি বাপু, পাঁচজনে বলছিল আর কী।"

বৈষ্ণব গোপেশ্বর দাস জটেশ্বরের পিছু-পিছু এসে মিষ্টি করে বলল, "শূলপাণি কি কৃষ্ণে লীন হয়েছেন? এখানে এত গোল কেন?"

গোপেশ্বর বিনয়ী হলেও চতুর লোক। গাঁয়ের সবাই তাকে সমঝে চলে। পবনকুমার তার দিকে চেয়ে ভ্রূ কুঁচকে বললেন, "শূলপাণি কৃষ্ণে লীন হলে তোমার সুবিধেটা কী বলো তো!"

"হরি হরি। আমার সুবিধে হবে কেন? জীবাত্মা যদি পরমাত্মায় মিলে গিয়ে থাকে তা হলে তো ভাল কথাই।"

"না, ভাল কথা নয়। এ-গাঁয়ের অনেকের ধারণা আছে যে, সরলাবুড়ির গুপ্তধন ছিল, আর সেই গুপ্তধনের সন্ধান সে শূলপাণিকে দিয়ে গেছে। সেই ধারণার বশবর্তী হয়ে যদি কেউ তার কাছ থেকে গুপ্তধনের সন্ধান আদায় করার জন্য গুম

করে থাকে, তা হলে আশ্চর্য হব না। গোপেশ্বর তোমাকে পরশুদিন দেখেছি বটতলায় বসে জটেশ্বরের সঙ্গে শূলপাণির গুপ্তধন নিয়ে কথা কইছিলে।"

রাজদ্রোহী পবনকুমারকে সবাই একটু ভয় খায়। এক সময়ে দুরন্ত পবনকুমারের দাপটে সবাই থরহরি ছিল।

গোপেশ্বর মিনমিন করে বলল, "সবাই বলে, আমরাও বলি। দোষের তো কিছু নয়। বিষয়-আশয়ে ডুবে থাকে জীব, সেই নিয়েই কথা হয়। তবে শূলপাণির কী হয়েছে তা আমাদের জানা নেই।"

কে যেন বলল, "ভূতপ্রেত নয়, গুপ্তধনও নয়। আমি ভাল করেই জানি, শূলপাণি একজন ছদ্মবেশী বৈজ্ঞানিক। একদিন দুপুরে আমি এ-বাড়ি থেকে নীল আর লাল ধোঁয়া বেরোতে দেখেছি।"

গাঁয়ের উটকো লোক রাখাল বলল, "আমি সবুজ ধোঁয়াও দেখেছি।"

বজ্র সেন বলল, "মনে হয় শূলপাণিকে আমরা ঠিক চিনতে পারিনি। তার কোনও বৈজ্ঞানিক আবিষ্কারের জন্যই তাকে তুলে নিয়ে গিয়েছে কেউ।"

নগেন দারোগা বলল, "ওসব আষাঢ়ে গল্প।"

সুধীর ঘোষ বলল, "আচ্ছা দারোগাবাবু, শূলপাণির কি ঘড়ি ছিল?"

"জানি না।"

কয়েকজন একসঙ্গে বলে উঠল, "ছিল না! ছিল না!"

সুধীর বলল, "ঘড়িই যদি ছিল না, তা হলে শূলপাণি কী করে রাত আটটা বাজলে টের পেত আর হেসে উঠত বলুন তো!"

নগেন দারোগা খেঁচিয়ে উঠে বলল, "তার আমি কী জানি?"

সুধীর ঘোষ বলল, "তাতেই তো প্রমাণ হল শূলপাণি একজন বৈজ্ঞানিকই ছিল।"

নগেন দারোগা চোখ কটমট করে বলল, "কী করে প্রমাণ হল?"

সুধীর ঘোষ সকলের দিকে চেয়ে বলল, "হল কি না ভাইসব?"

সবাই বলে উঠল, "হ্যাঁ হ্যাঁ, হলই তো।"

নগেন দারোগা মাথা নেড়ে বলল, "ডিসগাস্টিং।"

তিন

যত রাত বাড়ছে দুর্যোগও ততই বাড়ছে। ঝোড়ো হাওয়ার সঙ্গে তুমুল বৃষ্টি শুরু হওয়ায় শূলপাণির বাড়িতে জড়ো হওয়া লোকজন টকাটক সরে পড়তে লাগল। শেষ অবধি দারোগাবাবু, গদাই আর পবনকুমার ছাড়া কেউ রইল না।

গদাই শূলপাণির লণ্ঠনটা জ্বেলে মাঝখানে রাখল। তারপর তিনজন বসল পরামর্শ করতে।

নগেন বলল, "পবনবাবু, আপনার অভিজ্ঞতা অনেক। শূলপাণির কী হতে পারে বলে আপনার মনে হয়?"

পবনকুমার মাথা নেড়ে বললেন, "অনুমান করতে বলছেন ? তাতে লাভ কী ? শূলপাণিকে চিনি বটে, কিন্তু তার সম্পর্কে জানি কতটুকু ? একটা লোকের স্বভাব-চরিত্র বা অতীতের জীবন খানিকটা জানলে অনুমান করা শক্ত হত না। কিন্তু শূলপাণি গাঁয়ের লোকই নয়। সরলাপিসি তাকে আশ্রয় দিয়েছিল। সে গাঁয়ের কারও সঙ্গে বিশেষ মিশত না, আপন খেয়ালে নানা পাগলামি করে বেড়াত। এরকম লোক সম্পর্কে কিছু কি বলা যায় ? কাল সকালে পুলিশে খবর দিলে তারাই যা করার করবে।"

নগেন দারোগা বলল, "পুলিশে কাজ করেছি বলেই বলতে পারি, এত প্রত্যন্ত গাঁয়ে একটা পাগল নিখোঁজ হওয়ার ঘটনাকে পুলিশ তেমন গুরুত্ব দেবে না। নিয়মমাফিক একটু খোঁজাখুঁজি করে ছেড়ে দেবে।"

পবনকুমার বললেন, "তা জানি। তবু পুলিশকে জানিয়ে রাখা ভাল। আমরা তো আর হাল ছেড়ে দিয়ে বসে থাকব না। কাল সকালে জেলেপাড়ায় খবর দিলে তারা গাঁয়ের পুকুরগুলোতে জাল ফেলে দেখবে শূলপাণির লাশ পাওয়া যায় কি না।"

"যদি পাওয়া না যায় ?"

"তা হলে ধরে নিতে হবে, হয় সে আপন খেয়ালে কোথাও চলে গেছে, কিংবা কেউ তাকে গুম করেছে। দ্বিতীয় সম্ভাবনাটা খুবই ক্ষীণ। শূলপাণিকে গুম করে কারও কোনও লাভ হবে বলে তো মনে হয় না।"

নগেন দারোগা বলল, "গুপ্তধনের কথা কী যেন আপনিই বলছিলেন !"

পবনকুমার হেসে বলেন, "ওটা কথার কথা। গোপেশ্বরকে একটু ভড়কে দেওয়ার জন্য বলা। আসলে সরলাপিসিকে আমি আমার ছেলেবেলা থেকে জানি। তাঁর গুপ্তধন থাকার কথাই নয়। সামান্য টাকাপয়সা যা ছিল তা শূলপাণিকে দিয়ে গেছেন বটে, কিন্তু সেই টাকার পরিমাণ সামান্যই হবে। আপনারা এত আগেই রগরগে ঘটনা কল্পনা করছেন কেন ? শূলপাণি ফিরেও আসতে পারে।"

গদাই নস্কর এতক্ষণ চুপচাপ বসে কথা শুনছিল। এবার বলল, "কথাটা যুক্তিযুক্তই মনে হচ্ছে। কিন্তু পবনবাবু, শূলপাণি গাঁ ছেড়ে যাওয়ার লোক নয়। এই হরিপুর তার খুব পছন্দের জায়গা। তা ছাড়া সে তার পোষা জীবজন্তুদের খুব ভালবাসত। এদের এরকমভাবে ফেলে সে কোথাও চলে যাওয়ার পাত্র নয়। শূলপাণি পাগল, আমিও মানছি। কিন্তু সে উন্মাদ পাগল নয়। ছিটিয়াল বলতে পারেন।"

পবনকুমার একটু গম্ভীর হয়ে বলেন, "সেটাও ভাবছি। তবু কাল অবধি দেখা যাক। তার আগে ঘরটা সার্চ করলে কেমন হয় ? নগেনবাবু তো এ-কাজে পাকা।"

নগেন চারদিকটায় একটু চোখ বুলিয়ে ভ্রূ কুঁচকে বলল, "দেখার তেমন কিছু আছে বলে তো মনে হচ্ছে না। পাগলা শূলপাণি রাজ্যের অকাজের জিনিস জড়ো

করে রেখেছে দেখছি। তবু আপনি যখন বলছেন, তখন দেখছি।"

গদাই বলল, "চলো, আমিও হাত লাগাই।"

অবশেষে তিনজনই কাজে নেমে পড়ল। শূলপাণির চৌকির নীচে একটা টিনের তোরঙ্গ পাওয়া গেল। তাতে পায়জামা, পুরনো কোট, কিছু কাপড়চোপড় ছাড়া একটা ম্যাজিক ওয়ার্ল্ড পাওয়া গেল। সরলাবুড়ির একটা আলমারি আর বাক্স খুলে রাজ্যের ন্যাকড়া, থান, জপের মালা, কাঁথা, পুরনো তেঁতুল, অজস্র কৌটোর মধ্যে দাগ-পড়া মশলাপাতি ইত্যাদি বেরোল। বাড়িতে আরও দু'খানা ঘর আছে বটে, কিন্তু সেগুলো ব্যবহারযোগ্য নয়। ছাদ ফেটে গেছে, দেওয়ালে ফাটল, রাজ্যের ধুলো-ময়লা জমে আছে।

গদাই ওপরের তাক থেকে একটা ছোট কাঠের বাক্স টেনে নামাল। বাক্সটা পুরনো হলেও বেশ মজবুত। গায়ে কারুকাজ রয়েছে। বাক্সটা তালা দেওয়া।

গদাই তালাটা নেড়েচেড়ে বলল, "এ তো বিলিতি তালা দেখছি। শূলপাণি এ তালা পেল কোথায়?"

পবনকুমার ভ্রূ কুঁচকে বললেন, "এটা সরলাপিসির জিনিস নয়। আমি ছেলেবেলা থেকেই এ-বাড়িতে আসা-যাওয়া করি। সরলাপিসি নারকোলের নাড়ু, তিলুড়ি, পিঠে করে কত খাইয়েছে। তিন কুলে কেউ ছিল না তো, তাই আমাদের খুব ভালবাসত। তার জিনিসপত্র সব আমাদের চেনা। বাক্সটা খুলুন গদাইবাবু।"

"শূলপাণির জিনিস, খোলা কি ঠিক হবে?"

নগেন বলল, "ওহে, আমি তো প্রাক্তন দারোগা। আমার সামনেই তো খুলছ। বিপদে নিয়মো নাস্তি।"

"তা হলে দেখা যাক চাবি পাওয়া যায় কি না।"

চাবি পাওয়া গেল। শূলপাণির লণ্ডভণ্ড বিছানা হাতড়ে চাবিটা বের করে এনে ভারী বাক্সের তালাটা খুলে ফেলল গদাই। তারপর অবাক হয়ে বলল, "কিছুই তো নেই দেখছি। কয়েকটি কড়ি আর গোটাকয়েক তামার পয়সা।"

তিনজনই ঝুঁকে দেখল, তাই বটে! মোট সাতটা কড়ি আর সাতটাই তামার পয়সা পড়ে আছে বাক্সের মধ্যে। আর কিছুই নেই।

নগেন বলল, "এই তুচ্ছ জিনিসের জন্য বিলিতি তালা?"

পবনকুমার বললেন, "তাই তো দেখছি।"

কড়ি আর পয়সাগুলো নেড়েচেড়ে দেখে গদাই বলল, "এ ব্রিটিশ আমলের পুরনো পয়সা। অচল জিনিস। আর কড়িগুলোরও তেমন বৈশিষ্ট্য কিছু নেই।"

পবনকুমার বললেন, "নাঃ, কোনও রহস্যেরই আভাস পাওয়া যাচ্ছে না। দারোগাবাবু, তা হলে চলুন ঘরে ফেরা যাক। আজ রাতটা ভেবেচিন্তে কাল যা হয় করা যাবে।"

"হ্যাঁ, তাই ভাল। চলুন।"

গদাই বলল, "কিন্তু এই অবোলা জীবজন্তুগুলোর কী ব্যবস্থা হবে? এদের দেখভাল করবে কে?"

নগেন বলল, "আমার অনেকদিন ধরে একটা বাঁদর পোষার শখ। বাঁদরটা আমি নিয়ে যেতে পারি।"

গদাই বলল, "কুকুরটা আমি নেব।"

পবনকুমার বললেন, "তা হলে বেড়ালটা আমার কপালে? বেড়াল আমি একদম পছন্দ করি না। তবু অসহায় জীব বলে নিতে রাজি আছি।"

কার্যকালে দেখা গেল, প্রস্তাব যত সহজ কাজটা তত সহজ নয়। দারোগাবাবু যতই চেষ্টা করলেন বাঁদরটা ততই লাফঝাঁপ করে নাগাল এড়িয়ে গেল। গদাই শিকল খুলতে যেতেই কুকুরটা এমন তেড়ে এল যে, গদাই আর এগোল না। আর বেড়ালটা স্রেফ একটা লাফ মেরে ভেতরের ঘরে পালিয়ে গেল।

লণ্ঠন নিভিয়ে টর্চ জ্বেলে গদাই বলল, "কাল সকালে যা করার করা যাবে। কিন্তু সদর দরজাটা কি খোলা থাকবে?"

পবনকুমার বললেন, "দামি জিনিস যখন কিছু নেই তখন থাক খোলা।"

তিনজনেই বেরিয়ে বৃষ্টি-বাদলার মধ্যেই এগোতে লাগল।

হঠাৎ পবনকুমার দাঁড়িয়ে বললেন, "নগেনবাবু, গদাইবাবু, আমার মনে হচ্ছে কাঠের বাক্সটা ফেলে যাওয়া ঠিক হচ্ছে না।"

"কেন বলুন তো?"

"কারণ বলতে পারব না। মনটা টিক-টিক করছে। আমার মনে হয় ওটা নিয়ে আসা ভাল। শূলপাণি যদি ফিরে আসে তখন ফেরত দেওয়া যাবে।"

নগেন বলল, "ইচ্ছে হলে নিয়ে আসুন। বাধা কীসের? আমরা দাঁড়াচ্ছি, আপনি যান।"

পবনকুমার দ্রুত ঘরে ফিরে এসে টর্চ জ্বাললেন। যা দেখলেন তাতে তাঁর বাক্য হরে গেল। বাক্সটা তাকের ওপর নেই।

গদাই জিজ্ঞেস করল, "কী হল পবনবাবু?"

"শিগ্‌গির আসুন।"

দু'জনেই দৌড়ে এল।

পবনকুমার টর্চের আলো ফেলে বলল, "দেখুন কাণ্ড!"

তিনজনেই কিছুক্ষণ হাঁ হয়ে চেয়ে রইল। তারপর গদাই তার পেটকোঁচড় থেকে রিভলভার বের করে হাতে নিয়ে ভেতরবাড়িতে ছুটে গেল। পিছু-পিছু পবন আর নগেন। কোথাও কাউকে দেখা গেল না। সব সুনসান।

পবন বললেন, "আশ্চর্য কাণ্ড! ভুতুড়ে ব্যাপার নাকি?"

নগেন মাথা নেড়ে বলল, "না, ভূতের কাজ নয়। এ পাকা লোকের কাজ।"

চার

শেষ রাতে বৃষ্টি থেমে দুর্যোগ কেটে গেল। সকালবেলায় কুয়াশায় মাখা একটু রোদও উঠল। এই সাতসকালে প্রাতর্ভ্রমণে বেরিয়েছে মদন হালদার আর সুজন বোস। দু'জনেরই বয়স সত্তরের ওপরে।

মদন বলল, "এবার গাঁয়ে একটা অনাসৃষ্টি না হয়েই যায় না!"

সুজন সায়েন্স-জানা লোক। বিলেতে, আমেরিকায় বিজ্ঞানী হিসেবে অনেকদিন চাকরি করে এসেছে। শেষজীবনে একটু শান্তিতে নিরিবিলি জীবন কাটাতে হরিপুরের পৈতৃক ভিটেয় ফিরে আসা। তবে একা থাকতে হয়, ছেলেমেয়েরা সব বিদেশে পাকাপাকিভাবে থেকে গেছে। স্ত্রীও এই অজ পাড়াগাঁয়ে আসতে রাজি নয়। একগুঁয়ে সুজন একাই আছে। মদনের কথাটা শুনে ভ্রূ কুঁচকে বলল, "কেন বলো তো?"

"শূলপাণির কথাই বলছি। কাল রাত আটটায় তার হাসি শোনা গেল না। গাঁসুদ্ধু লোক গিয়ে জড়ো হল তার বাড়িতে। কিন্তু সব ভোঁ ভাঁ, শূলপাণি হাপিস।"

"হ্যাঁ, ঘটনার কথা শুনেছি। কিন্তু তার সঙ্গে হরিপুরের অনাসৃষ্টির সম্পর্কটা কী?"

"কী জানি ভাই, মনে হয় এসব অলক্ষুণে কাণ্ড। হরিপুর শান্ত জায়গা, এখানে এরকম অদ্ভুত ঘটনা ঘটে না।"

সুজন একটু হেসে বলল, "তোমাদের সাবালক হতে আরও কতদিন লাগবে, সে-কথাই ভাবছি। শূলপাণি হাসেনি বলে সবাই নানারকম আশঙ্কা করছে কেন, তাও বুঝতে পারছি না। ও তো একটা পাগল। পাগলের কাণ্ডর কি কোনও লজিক্যাল ব্যাখ্যা হয়? সোজা কথা হল, শূলপাণি কোথাও চলে গেছে।"

"তা হতে পারে। কিন্তু তুমি কি শূলপাণিকে ভাল করে চিনতে?"

"খুব চিনতাম। আমি সায়েন্টিস্ট বলে সে প্রায়ই আমার কাছে আসত আর নানা উদ্ভট জিনিস জানতে চাইত।"

"কীরকম?"

"পাখির মতো আকাশে ওড়া যায় কি না, কোনও জিনিস শূন্যে কী করে ভাসিয়ে রাখা যায়, একজন মানুষের মুণ্ডু আর একজনের ধড়ের সঙ্গে জুড়ে দিলে কী হয়, এইসব আবোল-তাবোল। আমি বেশি পাত্তা দিইনি।"

"কিন্তু রাত আটটার সময় শূলপাণি অট্টহাসি হাসত কেন, তা ভেবে দেখেছ?"

"'কন্ডিশন রিফ্লেক্স' কাকে বলে জানো তো?"

"হ্যাঁ, পাবলভের থিয়োরি।"

"আমার মনে হয় এটাও ওরকম কিছু। এ ছাড়া অন্য কোনও কারণ নেই।"

"তুমি বৈজ্ঞানিক মানুষ, বিশ্বাস করবে না জানি। কিন্তু শূলপাণির কিছু অদ্ভুত ক্ষমতাও ছিল।"

"কীরকম ক্ষমতা ?"

"সে খালি হাত মুঠো করে অনেক জিনিস মুঠো থেকে বের করতে পারত।"

সুজন হেসে বলল, "ও তো রাস্তার বাজিকররাও দেখাতে পারে। এমনকী আমিও পারি। হাতসাফাই ছাড়া কিছু নয়।"

"একদিন সে আমাকে জিজ্ঞেস করেছিল, আমি কীসের গন্ধ ভালবাসি। আমি বললাম, কস্তুরী। কী করল জানো ? আমার ডান কবজিতে স্রেফ ডান হাতের বুড়ো আঙুলটা ঘষে দিল। অমনই ভুরভুর করে কস্তুরীর গন্ধ বেরোতে লাগল।"

"ভায়া হে, ওটাও কোনও মিরাক্‌ল নয়। একটু প্র্যাকটিস করলেই পারা যায়। শূলপাণি সম্পর্কে তোমরাই একটা রহস্যের ঘেরাটোপ গড়ে তুলেছ। গাঁয়ে-গঞ্জে এরকম হামেশাই হয়।"

"তুমি কি বলতে চাও লোকটা বুজরুক ?"

"তাও নয়। বুজরুকের অন্যকে ঠকানোর মতলব থাকে। শূলপাণির সে মতলব ছিল না। তবে সে যে পাগল, তাতে সন্দেহ নেই। একবার আমার কাছে কতগুলো জিনিস দেখাতে এনেছিল।"

"কী জিনিস ?"

"কয়েকটা কড়ি আর তামার পয়সা।"

"বলো কী ? কাল তার ঘরে একটা কাঠের বাক্সে নাকি পাওয়া গিয়েছিল জিনিসগুলো। কিন্তু সেগুলো কে বা কারা সরিয়ে ফেলেছে।"

সুজন এবার একটু চিন্তিত হয়ে বলল, "সরিয়ে ফেলেছে ?"

"হ্যাঁ হে, দারোগাবাবুর নাকের ডগায় ঘটনা। তা তোমার জিনিসগুলো দেখে কী মনে হয়েছিল ?"

মাথা নেড়ে সুজন বলে, "কিছুই নয়। সাধারণ তামার পয়সা, সাধারণ কড়ি। কোনও গুপ্তধন নয়।"

"আর কিছু হতে পারে কী ?"

"কোনও সঙ্কেত ? তা আমি জানি না। মোট সাতটা কড়ি, আর সাতটা পয়সা ছিল। সঙ্কেত হলেও তা ভেদ করা আমার পক্ষে সম্ভব নয়। তবে পয়সাগুলো বহু পুরনো। কোনও কালেক্‌টারকে বেচলে কিছু টাকা পাওয়া গেলেও যেতে পারে। তার বেশি কিছু নয়।"

"তোমার বাড়িতে তো একটা ল্যাবরেটরি আছে !"

"তা আছে। তবে গাঁ-গঞ্জে তো আর আধুনিক ল্যাব করা সম্ভব নয়। এ-গাঁয়ে এখনও ইলেকট্রিকই আসেনি। সুতরাং ল্যাব বলতে যা বোঝায় তা নয়। ছোটখাটো জিনিস বা এক্সপেরিমেন্ট হতে পারে। কিন্তু কেন বলো তো ?"

"ওই কড়ি আর পয়সা ল্যাবরেটরিতে একটু পরীক্ষা করে দেখলে পারতে !"

সুজন হাঃ হাঃ করে হেসে বলল, "আমি ওরকম কাজ করতে যাব কেন বলো তো ? কড়ি আর পয়সার মধ্যে কী এমন থাকতে পারে ?"

"না-ই যদি থাকবে তা হলে তা চুরি যাবে কেন ?"

চিন্তিত সুজন বলে, "সেটা একটা ভাবার মতো কথা। ওই সামান্য জিনিস নিয়ে কারও কোনও লাভ নেই। অন্তত কমন সেন্স সেই-কথাই বলে। তবে সঙ্কেত হলে আমার কিছু বলার নেই।"

"সাতটা পয়সা এবং সাতটা কড়ি—ব্যাপারটা বেশ রহস্যময় মনে হয় না?"

"রহস্য মনে করতে চাইলে করতে পারো। বাধাটা দিচ্ছে কে?"

পাঁচ

মহেন্দ্রচন্দ্রকে ইদানীং ভারী আলিস্যিতে পেয়েছে। আগে সারা তল্লাট ঘুরে বেড়াতেন, কখনও মোটরবাইকে, কখনও ঘোড়ায় চেপে, কখনও পায়ে হেঁটে। সাঁতার কাটতে ভালবাসতেন, ফুটবল বা টেনিস খেলাতেও খুব আগ্রহ ছিল। কিন্তু জমিদারি যাওয়ার পর থেকেই একটু-একটু করে গুটিয়ে নিলেন নিজেকে। এখন বাড়ি ছেড়ে মোটেই বেরোতে চান না। এমনকী বিছানা ছেড়ে নামতেও চান না বিশেষ।

এই শীতের সকালে আগে প্রাতর্ভ্রমণে বেরোতেন। এখন লেপের তলায় এপাশ-ওপাশ করতে-করতে ওঠেন সেই বেলা আটটায়। তাও এমনিতে নয়, পিসিমার তাড়নায়।

পিসিমা ব্রজবাসিনী দেবীর চেহারা রোগামতো, ছোটখাটো। কিন্তু দাপট সাঙ্ঘাতিক। তাঁর দাপটে বাঘে-গোরুতে এক ঘাটে জল খায়। তাঁর স্বামী মস্ত শিকারি এবং কুস্তিগির পরঞ্জয় দত্ত এ-বাড়িতে জড়োসড়ো হয়ে বাস করেন। দুই ছেলে বিজয় এবং দুর্জয়, মায়ের ভয়ে একেবারে কেঁচো। মহেন্দ্রচন্দ্রের অবস্থাও বিশেষ ভাল নয়। এখন তাঁর বয়স পঞ্চাশের ওপর, তবু পিসিমার নির্দেশ মেনেই তাঁকে চলতে হয়। মহেন্দ্রচন্দ্রের স্ত্রী এবং ছেলেমেয়েদেরও একই অবস্থা।

ব্রজবাসিনী দেবীর সবচেয়ে বড় দোষ, তিনি মনে করেন সব মানুষেরই প্রচুর পরিমাণে খাওয়া উচিত। কেউ খেতে না চাইলে বা কম খেলেই তাঁর মাথা গরম হয়ে যায়। আর তখনই বকাবকি, চেঁচামেচি শুরু হয়ে যায়। সুতরাং এ-বাড়ির প্রত্যেকটি প্রাণীকে ব্রজবাসিনীকে সন্তুষ্ট রাখতে প্রাণপণে খেয়ে যেতে হয়। পরঞ্জয় দত্ত কুস্তিগির মানুষ, খেতেও ভালবাসেন, কিন্তু পঁয়ষট্টি বছর বয়সের পরেও যে সকালে তাঁকে উনিশটি করে পরোটা এবং তৎসহ চারখানা ডিম ও ছ'টা কলা খেতে হচ্ছে এটাকে তিনি বাড়াবাড়ি মনে করেন। দুর্জয় আর বিজয়কে খেতে হয় বারোটা করে পরোটা আর তিনটে করে ডিম আর চারটে করে কলা। মহেন্দ্রচন্দ্রকে খেতে হয় পনেরোখানা পরোটা, চারটে ডিম আর পাঁচটা কলা। সকালে এই বিপুল জলখাবারের পর দুপুরে আবার বিপুলতর আয়োজন। খেয়ে-খেয়েই বোধ হয় দুর্জয় আর বিজয়ের মাথামোটা হয়ে লেখাপড়া হল না। শরীর হল ঢোলের মতো। মহেন্দ্রচন্দ্রকে ঘোর আলসেমিতে ধরে ফেলল। পরঞ্জয় অবশ্য কুস্তিটুস্তি করে, মুগুর ভেঁজে কোনওরকমে নিজেকে এখনও ফিট রেখেছেন, কিন্তু এ-জিনিস

চললে যে রক্তচাপ এবং অন্যান্য অসুখ দেখা দেবে, তাতে সন্দেহ নেই।

মহেন্দ্রচন্দ্র সকাল সাড়ে ছ'টায় ঘুম ভেঙে লেপের তলায় একটু এপাশ-ওপাশ করছেন। কাল রাত্রেও তিনি নানারকম দুঃস্বপ্ন দেখেছেন, মনটা ভাল নেই। পেটে বায়ু আর শরীরের চর্বি বেশ বেড়ে যাচ্ছে দিনকে দিন। নড়াচড়া করতে আজকাল ইচ্ছে যায় না।

হঠাৎ তাঁর কানে এল পিসিমা ব্রজবাসিনী একতলায় প্রচণ্ড চেঁচামেচি করছেন। ব্রজবাসিনী হামেশাই চেঁচামেচি করে থাকেন, সেটা এমন কিছু অভিনব ব্যাপার নয়। কিন্তু আজকের চেঁচামেচির মধ্যে নতুন একটা খবর রয়েছে। ব্রজবাসিনী যেন চেঁচিয়ে কার নিরুদ্দেশ হওয়ার কথা জানান দিচ্ছেন।

গাঁয়ে সদ্য একজন নিরুদ্দেশ হয়েছে এবং তার রেশ এখনও কাটেনি। এর মধ্যে আবার কে নিরুদ্দেশ হল তা বুঝতে না পেরে মহেন্দ্র আলস্য ত্যাগ করে লেপ ছেড়ে উঠলেন। গায়ে গরম চাদর জড়িয়ে ভেতরদিককার বারান্দায় এসে নীচের উঠোনে চেয়ে দেখলেন, ব্রজবাসিনীকে ঘিরে দাস-দাসী এবং আত্মীয়স্বজনদের একটা ভিড়। ব্রজবাসিনী চিৎকার করে বলছেন, "এ নিশ্চয়ই সেই ডাইনির কাণ্ড। জলজ্যান্ত লোকটা হঠাৎ উবে যায় কখনও ?"

মহেন্দ্র ওপর থেকে ঝুঁকে বললেন, "কে উবে গেল পিসিমা ?"

ব্রজবাসিনী ওপরের দিকে চেয়ে ডুকরে উঠে বললেন, "ওরে তোর পিসেমশাইকে খুঁজে পাওয়া যাচ্ছে না।"

"কবে থেকে ?"

"আজই সকাল থেকে।"

মহেন্দ্র বিরক্ত হয়ে বললেন, "এখনও তো ভাল করে সকালটাই হল না। নিরুদ্দেশ যে হল তা বুঝলে কী করে ?"

"বুঝতে কিছু বাকি নেই রে !"

"পিসেমশাই তো সকালে উঠে রোজই জগিং করতে যান। হয়তো তাই গেছেন।"

"তাই যদি যাবে তো দু-দুটো বন্দুকের বাক্স, অ্যাত বড় সুটকেস, তিন জোড়া বুটজুতো, তোশক, বিছানা, মশারি, দাড়ি কামাবার জিনিস এসব গেল কোথায় ?"

মহেন্দ্র খুব নিশ্চিন্ত হয়ে বললেন, "অ ! তাই বলো ! পিসেমশাই তো তা হলে কোনও টুরে গেছেন।"

"টুরে গেলেই হল ? আমাকে না বলে যাবে—তার ঘাড়ে ক'টা মাথা ?"

"হয়তো তোমাকে বললে যেতে দেবে না, তাই না বলেই গেছেন।"

"যেতে দেব না সে তো সত্যি। কিন্তু তা বলে আমাকে না জানিয়ে যাবে এমন মানুষ সে নয়।"

"কখন গেল কিছু জানো ?"

"না রে ! রাতে তো খেয়েদেয়ে এসে দিব্যি লেপমুড়ি দিয়ে শুল, নাকও ডাকতে লাগল। সকালে উঠে দেখি, জলজ্যান্ত মানুষটা কর্পূরের মতো উবে গেছে।"

"ও পিসি, সাধু হয়ে যায়নি তো ? সংসারের জ্বালায় কত মানুষ সাধু হয়ে যায়।"

"সাধু কি সঙ্গে বন্দুক নিয়ে যায় রে হাঁদারাম ? না কি তাদের সুটকেস বা বুটজুতোরই দরকার হয় ? তাদের তো কৌপীন, কমণ্ডলু আর কম্বল হলেই হল।"

"সকালে কি ঘরের দরজা খোলা অবস্থায় দেখেছিলে ?"

"খোলা ছিল বলেই তো ভাবছি।"

"তবে আর ভাববার কিছু নেই। পিসেমশাই গভীর রাতে সাধু হয়ে চলে গেছেন। কিন্তু সদর দরজাটা খুলে রেখে গিয়েছিলেন বলে পরে কোনও চোর এসে বন্দুক, বাক্স, বিছানা সব চুরি করে নিয়ে গেছে।"

"ওরে না, না, এ সেইসব কাণ্ড নয়। এ হল অশৈলী ব্যাপার। শূলপাণিকে যে নিয়েছে, তোর পিসেমশাইকেও সে-ই নিয়েছে। তাকে চিরকাল দেখে এসেছি, কোনওকালে আমাকে না বলে এক পা-ও কোথাও যায় না। তেমন মানুষই নয়। বাক্স, বিছানা, বন্দুক এতসব জিনিস বয়ে নিয়ে যাওয়া কি একজন মানুষের কাজ, বল তো !"

"সেই কথাই তো বলছি, পিসেমশাই ঝাড়া হাত-পায়েই গেছেন, বাকি জিনিসগুলো চোরে নিয়েছে। দাঁড়াও, থানায় একটা খবর পাঠাচ্ছি।"

থানায় খবর গেল, পুলিশও এল। তার আগে এল গাঁসুদ্ধু লোক।

নগেন দারোগা বলল, "পরঞ্জয়বাবু রাশভারী সিরিয়াস মানুষ, এমন হঠকারিতা করবেন না। অগ্রপশ্চাৎ বিবেচনা না করে কোনও কাজ করে বসার মানুষ নন। সুতরাং তাঁর নিরুদ্দেশ হওয়ার পেছনে অন্য পক্ষের হাত থাকা বিচিত্র নয়।"

গদাই চাপা গলায় বলল, "পরঞ্জয়বাবু অবশ্যই নিরুদ্দেশ হতে পারেন।"

"কেন বলো তো ?"

"ইদানীং তাঁর ব্লাড কোলেস্টোরাল ভীষণ বেড়ে যাচ্ছিল।"

"ব্লাড কোলেস্টোরাল বাড়লে কেউ নিরুদ্দেশ হয় নাকি ?"

"কিছু বলা যায় না !"

নয়ন হাতি হঠাৎ কপাল চাপড়ে খুব হাহাকার করতে লাগল, "অত বড় একজন পালোয়ানকে যদি তুলে নিয়ে যেতে পেরে থাকে, তা হলে আমাদের আর নিরাপত্তা কীসের ? আমি ওঁকে ওস্তাদ বলে মানতাম। আমাকে একটা তিব্বতি প্যাঁচ শেখাবেন বলে কথা ছিল।"

জটেশ্বর বলল, "আমি আর গোপেশ্বর কিছু বললেই পবনবাবু রেগে ওঠেন। তবু সত্যি কথা না বলেও পারছি না, ইদানীং পরঞ্জয়বাবু প্রায়ই শূলপাণির বাড়িতে যাতায়াত করতেন। এমনকী গত শনিবার সন্ধের মুখে শ্মশানকালীর মন্দিরের চাতালে বসে দু'জনকে গভীর পরামর্শ করতেও দেখেছি।"

ছয়

হরিপুরের নদীর ধারে সকালে বাজার বসেছে। হরিপুরের বাজারের বেশ নাম-ডাক। তার ওপর আজ হাটবার হওয়ায় লোকে একেবারে লোকারণ্য।

গজানন হালুইকরের দোকানে বিখ্যাত সাড়ে সাত প্যাঁচের জিলিপি ভাজা হয়েছে। গন্ধে চারদিক ম ম। মানুষ ভেঙে পড়েছে দোকানের সামনে। আড়াই প্যাঁচের ফিনফিনে জিলিপি এ নয়। গজানন হাতের কায়দায় সাড়ে সাত প্যাঁচ এমন সুন্দর মিলিয়ে করে যে ছোট-বড় হওয়ার উপায় নেই।

জিলিপির লাইনে একটু পেছনের দিকে জগা আর পাগলু দাঁড়িয়ে। পাছে লোকে চিনতে পারে সেই ভয়ে দু'জনেরই মুখ বাঁদুরে টুপিতে প্রায় ঢাকা। তার ওপর গামছা জড়িয়ে মুখ এমন আবডাল করেছে যে, চেনা লোকও চিনতে পারবে না।

জগা চারদিকে ভাঁটার মতো চোখে তাকাচ্ছিল। হঠাৎ চাপা গলায় বলল, "ওই যে!"

পাগলু জগার মতো নয়। তার চোখ ভাঁটার মতো ঘোরে না, বরং সবসময়ে একটা ঘুম-ঘুম ভাব। বলল, "কোথায়?"

"পেছনে, বাঁ দিকে পানের দোকানের আয়নায় গোঁফ চোমরাচ্ছে। গায়ে সবুজ জামা আর কালো পাতলুন।"

পাগলু গম্ভীর গলায় বলল, "হুম।"

"দেখেছ?"

"দেখে নিয়েছি।"

"এখন কী করবে?"

"চুপচাপ দাঁড়িয়ে থাক। আমরা যে দেখেছি তা বুঝতে দিসনি।"

"ঠিক আছে। কিন্তু তোমাকে আগেভাগেই বলে রাখছি, আমার কিন্তু গজাননের সাড়ে সাত প্যাঁচের জিলিপি খাওয়ার একটুও ইচ্ছে নেই। সকালে এককাঁড়ি পান্তাভাত খেয়ে তার ওপর এক হাঁড়ি দই আর আঠারোটা সন্দেশ খেয়ে তবে এসেছি।"

পাগলু বলল, "পান্তাভাত খেয়েছিস সে বুঝলাম, কিন্তু দই আর সন্দেশটা সকালে কোথায় পেলি? লটারি মেরেছিস নাকি?"

জগা মাথা চুলকে বলে, "আর বলো কেন, কাল সুধীর ঘোষের মেয়ের বিয়ে ছিল, জোগানি সেজে ঢুকে পড়েছিলুম, যদি কিছু সরানো যায়। তা গয়নাগাঁটি পয়সাকড়ি কিছু তেমন জুটল না। শেষ অবধি দু'হাঁড়ি দই আর দু'বাক্স সন্দেশ নিয়ে পালিয়ে এসেছি।"

"ছোঃ, তোর নজর নিচু হয়ে যাচ্ছে জগা।"

"কী করব বলো, আমার কপালটাই ওরকম। এই তো সেদিন সনাতন সাহার বাড়িতে সিঁদ কেটে ঢুকে কী অবস্থা। সনাতনের ঠাকুমার এমন কাশি উঠল যে,

বাড়ির লোক উঠে পড়ল, ডাক্তার-বদ্যির খোঁজ হতে লাগল। আমি খাটের তলায় ঘাপটি মেরে বসে বসে মশার কামড় খেলাম। শেষে হাতের কাছে খানিকটা পুরনো তেঁতুল পেয়ে তাই নিয়েই পালিয়ে এলাম।”

ঘন ঘন মাথা নেড়ে পাগলু বলল, “না, না, তোর নজর নিচু হয়ে গেছে রে জগা। তোকে দিয়ে আর বড় কাজ হবে না।”

জগা মুখখানা বড্ড কাঁচুমাচু করে বলল, “ওরকম করে বোলো না গো পাগলুদাদা, বুকের ভেতরটা কেমন যেন করে ওঠে। ভাগ্যের চাকা একদিন ঘুরবে এই আশা নিয়েই তো বেঁচে আছি। তাই তো চিরকুটটা পেয়েই তোমাকে খবর দিয়ে এনেছি এখানে। এবার যদি দাঁও মারা যায় একখানা।”

“কিন্তু চিরকুটটায় কী লেখা ছিল তাই তো স্পষ্ট বলতে পারছিস না।”

“লেখাপড়া জানা থাকলে কি আর বলতে পারতাম না। অক্ষরজ্ঞানই যে নেই। তাই পাশের বাড়ির বিশেকে ডেকে পড়াতে হল।”

“এই সেরেছে। বিশে তো জেনে গেল তা হলে ? কথাটা যে পাঁচকান হয়ে যাবে।”

“আরে না। বিশে মোটে কেলাস ফোর-এ পড়ে। সে অত তালেবর নয়।”

“চিরকুটটায় ঠিক কী লেখা ছিল বল তো ?”

“ওই তো বললুম, কাল হাটবার, গজাননের জিলিপির দোকানের সামনে থেকো। সবুজ জামা পরা একটা লোক আসবে। সে যেমন বলবে তেমনই যদি করো তা হলে আখেরে লাভ হবে।”

“নীচে নাম সই ছিল ?”

“না। এই দ্যাখো না কেন, আমার পেছনের পকেটেই তো রয়েছে চিরকুটটা।”

পাগলু উদাস মুখে বলল, “ও দেখে কী করব ? আমিই কি পড়তে জানি ?”

“তোমার কী মনে হয় বলো তো পাগলুদাদা ? এতদিনে কি ভগবান মুখ তুলে চাইলেন ?”

“ভগবানের তো খেয়েদেয়ে কাজ নেই, এত লোক থাকতে তোর আমার মতো অখদ্দে লোকের দিকে মুখ তুলে চাইবে। চিরকুটটা তো পেয়েছিস তোর ঘরের মেঝেয়। তা সেটা বাতাসে উড়ে জানালা দিয়ে এসেও তো পড়তে পারে। কে কাকে কী উদ্দেশ্যে লিখেছে কে জানে।”

“না গো পাগলুদাদা, তা নয়। যত্ন করে ভাঁজ করা কাগজ, জানালার নীচেই পড়ে ছিল। কেউ জানালা দিয়ে টুক করে ভেতরে ফেলে গেছে। দেখছ না পানের দোকানের সামনে সবুজ জামা গায়ে লোকটা দাঁড়িয়ে আড়ে আড়ে এদিকে দেখছে !”

“তুই তো একটা সবুজ জামা দেখেই কাত হয়ে পড়লি, আমি যে বিস্তর সবুজ জামা দেখছি। ওই তো হরুর সেলুনে খেউরি হচ্ছে এক সবুজ জামা, ওই দ্যাখ গোপালের দোকানে আর এক সবুজ জামা চটি সারাচ্ছে।”

"বটে !"

"বটে কী রে ! ওই দ্যাখ এক সবুজ জামা একটা বাচ্চা ছেলেকে বেলুন কিনে দিচ্ছে। আর-এক সবুজ জামা তেলেভাজার দোকানে ওই দ্যাখ কেমন সাপটে বেগুনি গিলছে।"

"তাই তো পাগলুদাদা, এ যে দেখছি হাট ভর্তি সবুজ জামা ! আজ কি সবাই আমাদের সঙ্গে শত্রুতা করতেই সবুজ জামা পরে এল নাকি ?"

"তোরও বলিহারি যাই, কোথাও কিছু না, একটা চিরকুট কুড়িয়ে পেয়েই গুপ্তধন পাওয়ার মতো নেচে উঠলি। যাকগে, গজাননের জিলিপির দুটো বারকোশ শেষ হয়ে এখন তিন নম্বরটা শুরু হবে। এবার আমাদের পালা।"

"তুমি খাও পাগলুদাদা, আমি একটু খোলা হাওয়ায় দাঁড়াই গিয়ে।"

"দাঁড়া।"

জগা ভিড় ছেড়ে একটু তফাত হয়ে দাঁড়িয়ে চারদিক টালুমালু করে চাইতে লাগল। বাস্তবিক জীবনে সে এত সবুজ জামা পরা লোক একসঙ্গে দেখেনি। আজ যেন চারদিকে সবুজের মিছিল।

পিরানের পকেটে ডান হাতে চিরকুটটা নাড়াচাড়া করতে করতে বেকুবের মতো জগা ভাবছিল, কেউ রসিকতা করল নাকি ? কিন্তু সে এতই অপদার্থ লোক, এতই সামান্য যে, তার সঙ্গে রসিকতা করার লোকই বা কে হবে ?

একখানা ভারী হাত আচমকা গদার মতো তার বাঁ কাঁধে এসে পড়তেই জগার ভিরমি খাওয়ার জোগাড়, ককিয়ে উঠে বলল, "আমি না... আমি কিছু করিনি..."

সেই গোঁফ চোমরানো লোকটা হাসি-হাসি মুখ করে বলল, "তুমি ছিঁচকে জগা না ?"

জগা মিটমিট করে চেয়ে লোকটাকে দেখল। মস্ত লম্বা আর চওড়া বিভীষণ চেহারা, গায়ে সবুজ জামা ঠিক আছে। মাথায় বাবরি চুল। ডান হাতে লোহার বালা। ভগবান কি মুখ তুলে চাইলেন।

জগা ক্ষীণ গলায় বলল, "আজ্ঞে হ্যাঁ।"

"তোমার মতো একজন ছিঁচকেকেই আমি খুঁজছিলুম।"

জগার বুকের মধ্যেটা তোলপাড় করে উঠল। হ্যাঁ, এই তো সেই সবুজ জামা পরা লোক !

জগা খুব অমায়িক গলায় হাতটাত কচলে বলল, "আজ্ঞে, কাজটা কী, বন্দোবস্তটা কীরকম হবে তা যদি একটু খোলসা করে বলেন, তা হলে বড্ড ভাল হয়।"

"খোলসা করেই বলছি। গত চোত মাসে তুমি নয়ন লাহিড়ীর রান্নাঘরে হানা দিয়ে দুটো ডেকচি আর একটা কড়াই চুরি করেছিলে না ?"

"যে আজ্ঞে, কিন্তু ওসব ছোটখাটো কাজ আর করব না বলেই ঠিক করেছি।"

"গত আশ্বিনে তুমি তারকনাথ দাসের গোয়ালঘর থেকে তাদের এঁড়ে বাছুর চুরি করে নবীগঞ্জের হাটে বেচে দিয়ে এসেছিলে।"

"আজ্ঞে তা হতে পারে।"

"তোমার ছিচকে চুরির যে লিস্টিটা আমার কাছে আছে তা বেশ লম্বা।"

জগা একটু লাজুক মুখ করে বলল, "ছোট-ছোট কাজে হাত পাকিয়েছি বলে ধরে নেবেন না যেন যে, বড় কাজ পেরে উঠব না। বড় কাজ দিয়ে দেখুন কেমন নিখুঁতভাবে নামিয়ে দিই।"

"শোনো বাপু, তোমাকে যে কাজটা দিচ্ছি, তা নিতান্ত ছিচকে চোরের কাজ। ঠিকমতো যদি কাজটা উদ্ধার করে দিতে পারো তা হলে পঞ্চাশটা টাকা পাবে।"

"পঞ্চাশ ! মোটে পঞ্চাশ ! কী বলছেন আজ্ঞে ?"

"ভুল শোনোনি। পঞ্চাশ টাকা কি খোলামকুচি নাকি ?"

মাথা নেড়ে জগা বলে, "আজ্ঞে না, আমি আর ছুঁচো মেরে হাত গন্ধ করতে পারব না।"

"খুব পারবে। তোমার চুরির যে লিস্টিটা আমার কাছে আছে তা যদি থানায় গিয়ে বড়বাবুর সামনে ফেলে দিই তা হলে তোমার ক'বছরের মেয়াদ হয় জানো ?"

"ভয় দেখাচ্ছেন কেন বলুন তো ! ছিচকে চোরেরা কি চিরকাল ছিচকে চোরই থেকে যাবে ? তাদের জীবনে কি উন্নতি করার সুযোগ আসবে না মশাই ? চিরটা কাল যদি তাদের দাবিয়ে রাখেন তা হলে কি দেশের ভাল হবে ?"

"আচ্ছা ঠিক আছে। পঞ্চাশের জায়গায় পুরো একশোই পাবে। হল তো !"

"আজ্ঞে, একশো টাকাটা আজকাল কোনও টাকার মধ্যেই পড়ে না। আর একটু উঠুন। শয়ের জায়গায় হাজার করুন, কাজ করে দেব।"

লোকটা হঠাৎ অট্টহাস্যে গোটা হাট কাঁপিয়ে দিয়ে বলল, "হাজার ! অ্যাঁ ! হাজার চাইছে ছিচকে চোর জগা ?"

এরকম চেঁচিয়ে কথাগুলো বলায় জগা টক করে মুখ ঢেকে ফেলল। হাটে যদি চোর বলে লোকে চিনতে পারে তা হলে কিলিয়ে কাঁঠাল পাকিয়ে দেবে।

সে চাপা গলায় বলল, "দোহাই, চেঁচাবেন না। কাজটা কী ?"

লোকটা হঠাৎ গম্ভীর হয়ে বলল, "এখানে নয়। একটু তফাতে চলো।"

সাত

জগার কাঁধটা একরকম বাঘের থাবায় চেপে ধরে লোকটা তাকে খালধারে বাঁশঝোপের দিকে নিয়ে যাচ্ছিল।

লোকটার ভাবগতিক জগার ভাল ঠেকছে না। সে চিঁচিঁ করে বলল, "ও মশাই, এমন কী গোপন কথা যে, অত আবডালে যেতে হবে। একটু খাটো গলায় বললেই তো হয়। হাটুরে গণ্ডগোলে গোপন কথা বলার ভারী সুবিধে।"

লোকটা তাকে একখানা ঝাঁকুনি দিয়ে বলল, "নির্জনে আরও সুবিধে।"

জগা ভয় খেয়ে বলল, "যে আজ্ঞে।"

খালের ওপর একখানা পুরনো নড়বড়ে বাঁশের সাঁকো। তার ওপারে

বাবলাবনের ভেতর দিয়ে একখানা জঙ্গুলে পথ আছে বটে, কিন্তু লোকবসতি নেই। লোকটা জগাকে বাঁশের সাঁকোর মুখটায় এনে ফেলল। ঘাড়টা এমন চেপে ধরে আছে যে, জগা অন্যরকম কিছু করতে পারছে না।

সে বলল, "এবার বলে ফেলুন।"

লোকটা খ্যাকখ্যাক করে হেসে উঠে বলল, "বড্ড তাড়া দেখছি যে হে জগা ওস্তাদ। আমার হাত থেকে ছাড়া পেতে চাও নাকি ? তা হলে যা বলব মুখ বুঁজে করবে, নইলে বিপদ।"

জগা চিঁচিঁ করে বলল, "করবটা কী মশাই, সেইটে আগে বলুন।"

"শোনো জগা, কাজটা তোমার প্রথমটায় শক্ত মনে হতে পারে। তবে এ-ধরনের কাজ প্রথমটায় শক্ত লাগলেও ধীরে-ধীরে দেখবে সড়গড় হয়ে যাবে।"

"যে আজ্ঞে। মোটে একশো টাকায় শক্ত কাজ করা যে ভারী শক্ত হয়ে যাচ্ছে মশাই। তাও কাজটা কতটা শক্ত তা এখনও বলেননি।"

"কাজটা শক্ত বলেছি বুঝি ? তা হবে। তবে তোমার কাছে হয়তো তেমন শক্ত নাও মনে হতে পারে।"

"কাজটা কী ?"

লোকটা একটু গলাটা নামিয়ে বলল, "একজন বুড়ো মানুষকে বৈতরণীটা একটু পার করে দিতে হবে।"

"বৈতরণীটা পার করাতে হবে ? কথাটা ঠিক মাথায় যেন সেঁধোচ্ছে না মশাই।"

"বৈতরণী জানো না ?"

"সে জানি। ওই তো মরার পর যে খালটা পেরোতে হয়।"

"বাঃ, এই তো বুঝেছ।"

"না, ঠিক বুঝতে পারছি না আজ্ঞে।"

"বুড়ো মানুষটার বয়স নব্বইয়ের ওপর। কঞ্জুস লোক। টাকার পাহাড়ের ওপর বসে আছেন। এই মানুষটি ভবলীলা সাঙ্গ না করলে কিছু অসুবিধে দেখা দিচ্ছে।"

জগা হঠাৎ লোকটার প্রস্তাবের অর্থ বুঝতে পেরে চোখ কপালে তুলে বলল, "আপনি কি খুনখারাপির কথা কইছেন নাকি ?"

লোকটা চোখ একটু ছোট করে চেয়ে বলল, "তুমিই না একটু আগে বলছিলে ছিঁচকে চোর হয়ে থাকতে তোমার ঘেন্না করে। তুমি জীবনে উন্নতি করতে চাও। বলোনি ?"

জগা কাঁপতে-কাঁপতে বলে, "আজ্ঞে তা বলেছি। তবে খুনখারাপি আমি পেরে উঠব না। ও আমার পোষাবে না মশাই।"

"তা হলে যে তোমার কপালে দুঃখ আছে জগাইচাঁদ।"

জগা লোকটার দিকে চেয়ে বলল, "আমাকে ছেড়ে দিন। মেলা লোক পাবেন। আমাদের নিবারণ শীলই তো টাকা নিয়ে খুন করে বেড়ায়। তাকে

ধরুন।”

লোকটা মাথা নেড়ে বলল, “উহুঁ, আমার তোমাকেই দরকার।”

জগা বলল, “কিচ্ছু চিন্তা করবেন না মশাই, নিবারণ আমার পিসতুতো ভাইয়ের শালার পাশের গাঁয়ে থাকে। খুব চেনা লোক, দশ-বিশ টাকা কমিয়েও দিতে পারব।”

লোকটা মাথা নেড়ে বলল, “নিবারণ নয়, কাজটা যে তোমাকেই করতে হবে জগাইচাঁদ।”

“আজ্ঞে, ও এলেম আমার নেই।”

“আছে কি না সেটারই পরীক্ষা হবে। শোনো জগা, কার ভেতরে কোন গুণ আছে তা আমার মতো কম লোকই বুঝতে পারে। আমি হলাম মানুষের জহুরি। তোমাকে দেখেই বুঝেছি, এই ছিঁচকে চোরের জীবন তোমার নয়। তোমার অন্যরকম জীবন হওয়া উচিত।”

জগা মলিন মুখ করে বলল, “ওসব কি আমার সাধ্যি বাবু ? ও আমি পেরে উঠব না।”

“একশো টাকার কথা শুনে হতাশ হোয়ো না। একশো টাকাটা কথার কথা। কাজটা উদ্ধার যদি করে দাও, কোনওরকম গণ্ডগোল যদি না হয়, তা হলে পাঁচটি হাজার টাকা পাবে।”

“পাঁ-পাঁচ ...”

“হ্যাঁ, পাঁচ হাজারই।”

জগা তবু কাঁপতে-কাঁপতে বলল, “আজ্ঞে, শুনে কাজ করার লোভও হচ্ছে, কিন্তু মনটা সায় দিচ্ছে না যে ! বুকটা কাঁপছে।”

লোকটা হাসল। বলল, “আচ্ছা, আচ্ছা, দশ হাজারই পাবে। এবার কাঁপুনিটা কমেছে ?”

জগা একটু নড়েচড়ে বলল, “যে আজ্ঞে, বুকটা আর কাঁপছে না তো।”

“যদি আরও পাঁচ হাজার দিই ?”

জগা বুক চিতিয়ে বলল, “আজ্ঞে, কখন করতে হবে কাজটা ?’

আট

জিলিপি মাথায় উঠেছিল পাগলুর। সে বড়-বড় চোখ করে দেখছিল দশাসই লোকটার পাল্লায় পড়ে জগার কেমন বেড়ালের থাবায় ইঁদুরের মতো অবস্থা। বেগতিক দেখে পাগলু আর এগোয়নি। একটু ঘাপটি মেরে থেকে লক্ষ করল, লোকটা জগাকে খালধারে বাঁশঝোপের আড়ালে ঘাড়ে ধরে নিয়ে গেল। মারবে না কাটবে কে জানে বাবা। চেঁচামেচি করলে লোক জড়ো হবে বটে, কিন্তু সেটা তাদের পক্ষে ভাল হবে কি না কে বলতে পারে। গাঁয়ে মোটেই তাদের সুনাম নেই। লোক জড়ো হলে উলটে তারাই না হাটুরে কিল খেয়ে যায়।

পাগলুকে সুতরাং অপেক্ষা করতেই হল। ভরসার কথা, দশাসই লোকটার গায়ে সবুজ জামা। এই লোকই যদি চিঠি দিয়ে থাকে ? তবে হয়তো মারধোর করবে না।

খুব বেশিক্ষণ অপেক্ষা করতে হল না পাগলুকে। কিছুক্ষণ পরেই দেখল জগা হাসি-হাসি মুখে বেশ তরতরিয়ে এদিক পানে আসছে। সঙ্গে দশাসই লোকটা নেই।

রমেশের ছিট-কাপড়ের দোকানের পাশে পাগলু ধরল জগাকে, "কী রে, কখন থেকে তোকে খুঁজছি !"

"ওঃ পাগলুদাদা, মার দিয়া কেল্লা।"

"মেরেছিস !"

"তবে আর বলছি কী ? এই দ্যাখো, কড়কড়ে দু'শো টাকা। চলো, জিলিপি খাই। আমার এখন খিদেটা চাগাড় দিয়েছে।"

পাগলু চোখ ছোট করে গম্ভীর মুখে বলল, "দ্যাখ জগা, আমি একটু আগেই তোকে বলেছিলাম কিনা যে, তোর নজর বড্ড ছোট হয়ে যাচ্ছে।"

জগা খ্যাঁক করে উঠে বলল, "কেন কেন, নজরটা ছোট বুঝলে কীসে ?"

"মাত্র দু'শো টাকা পেয়েই বলছিস মার দিয়া কেল্লা ? একে ছোট নজর বলে না তো কাকে বলে ? দু-পাঁচ হাজার টাকার বরাত পেতিস তা হলে না হয় বুঝতাম। মাত্র দু'শো টাকা পেয়ে কেউ এত লাফায় ?"

উত্তেজিত জগা বেশ চড়া গলায় বলল, "দু'শো টাকা কী বলছ গো ? বিশ লাখ টাকার বরাত পেয়ে এলাম, আর দু'শো বলছ ? জগা কি ছোটলোক নাকি গো পাগলুদাদা ?"

পাগলু এমন আঁতকে উঠল যে, বাক্য সরতে চাইল না। বিশ লাখ কথাটা যেন জীবনে প্রথম শুনছে। মাথাটাও এক পাক ঘুরে গেল। কিছুক্ষণ দম ধরে থেকে বলল, "কত বললি ?"

জগা অট্টহাসি হেসে বলল, "বিশ লাখ, বুঝলে ? বিশ লাখ !"

চারদিক থেকে লোকজন তাদের দিকে তাকাচ্ছে। পাগলু হঠাৎ জগার মুখটা হাতের চেটোয় চাপা দিয়ে ধরে বলল, "বুদ্ধু কোথাকার ! এসব কথা চেঁচিয়ে বলতে আছে ?"

জগা কাঁচুমাচু হয়ে চারদিকে চেয়ে গলা খাটো করে বলে, "টাকাটা বড্ডই বেশি তো, তাই গলাটা আপনা থেকেই ওপরে উঠে গেছে।"

"আমারও মাথাটা কেমন পাক মারছে। খালি পেটে এসব উত্তেজক কথাবার্তা ভাল নয়। চ', আগে পেটপুরে জিলিপি খেয়ে নিই। তারপর পেট আর মাথা দুই-ই ঠাণ্ডা হলে একটু ফাঁকে বসে নিরালায় কথা হবে।"

"তাই চলো।"

তা দু'জনেই বেশ উত্তেজিত বলে খিদেটাও জম্পেশ রকমেরই হয়েছিল। ইয়া বড়-বড় সাইজের জিলিপি এক-একজনে ত্রিশটা করে খেয়ে টিপকলে গলা অবধি

জল গিলে মুখ মুছে হাটের বাইরে একখানা জামগাছের তলায় জুত করে বসল। তারপর পাগলু বলল, "এবার ধীরেসুস্থে বেশ গুছিয়ে বল।"

"এই সে-ই লোক, বুঝলে?"

"কোন লোক? যে চিঠি দিয়েছিল?"

"তা আমি জিজ্ঞেস করিনি। তবে সে ছাড়া আর কে হবে?"

"তা না হয় হল, কিন্তু বিশ লাখ টাকা দিচ্ছে, ব্যাপারটা তো সোজা নয়। কাজটাও গুরুতরই হবে। কাজের কথা কিছু বলল?"

"সে কথায় আসছি। তার আগে একটা কথা।"

"কী কথা বল তো!"

"তুমি কি জানো যে পৃথিবীতে মানুষের সংখ্যা খুব বেড়ে যাচ্ছে?"

"তা আর জানি না! এই হরিপুরের হাটেই কি দশ বছর আগে এত লোক হত? আজকাল গিজগিজ করছে মানুষ। পৃথিবীতে লোক বাড়ছে এটা সবাই জানে।"

"সে কথা ঠিক। কিন্তু বাড়াটা উচিত হচ্ছে কি?"

"সবাই তো বলে মোটেই উচিত হচ্ছে না। যত লোক বাড়বে ততই অভাব-অনটন বাড়বে, গণ্ডগোল বাড়বে, খেয়োখেয়ি বাড়বে।"

"তা হলেই বোঝ, দুনিয়াটা একদম উচ্ছন্নে যাবে যদি লোকের সংখ্যা আরও বাড়ে।"

"অত ঘুরিয়ে বলছিস কেন? আসল কথাটা বলে ফ্যাল।"

"সেই কথাতেই আসছি। তাড়াহুড়ো করতে নেই। গুছিয়ে না বলতে পারলে ব্যাপারটা তোমার মাথায় ঢুকবে না।"

"তা হলে গুছিয়েই বল, কিন্তু ঘুরিয়ে বলিস না বাপ।"

"তা হলে শোনো। এই যে লোক বাড়ছে, এটা যদি ভাল না হয় তা হলে এর উলটোটাই ভাল, কী বলো?"

"তার মানে?"

"ধরো, যদি লোক আর বাড়তে না দিয়ে যদি ধীরে-ধীরে কমিয়ে ফেলা যায়, তা হলে কেমন হয়?"

পাগলু চোখ সরু করে জগার দিকে তাকিয়ে বলল, "কমাবি? কেমন করে কমাবি?"

জগা উদাস গলায় বলে, "কাজটা যদি ভালই হয়, কমানোই যদি সাব্যস্ত হয় তবে তার জন্য যা করা লাগবে তা করতে হবে।"

মাথা নেড়ে পাগলু বলল, "কথাটা বুঝলুম না। আরও খোলসা করে বল।"

"ইয়ে মানে, বলছিলাম কী, ধরো যদি দুনিয়া থেকে কিছু লোকজন লোপাট করে দেওয়া যায় তা হলে কাজটা কি খারাপ হবে?"

"লোপাট করবি কীভাবে?"

"তোমার সঙ্গে কথা বলাটা বড্ড ঝকমারি হয়ে যাচ্ছে। এত কম বোঝ কেন বলো তো? বুদ্ধির গোড়ায় একটু জল দাও।"

পাগলু খুবই গম্ভীর হয়ে বলল, "বুঝতে যে একেবারে পারছি না তা নয়। কিন্তু যা বুঝেছি তা-ই তুই বলতে চাইছিস কি না সেটাও তো বোঝা দরকার।"

"কী বুঝছ সেইটা আগে বলো।"

"তুই খুনখারাপির কথা বলতে চাইছিস নাকি?"

"আহা, খুনখারাপি হিসেবে না ধরলেই তো হয়। ধরো, পৃথিবীর ভালই করতে চাইছি। একটা লোক কমে যাওয়া মানে হল একটা পেট কমল, একখানা ঘর, একখানা বিছানা খালি হল, শ্বাসের জন্য একটু অক্সিজেন বাঁচল। সব হিসেব করে দেখলে দেখবে, ব্যাপারটা যত খারাপ শোনাচ্ছে ততটা খারাপ নয়।"

পাগলু থমথমে মুখ করে বলে, "লোকটা তোকে কী প্রস্তাব দিয়েছে সেটা আমাদের বাংলা ভাষায় বল তো বাপ। বাবুভাইদের মতো সোজা কথাকে প্যাঁচে ফেলিস না।"

জগা একটু চুপ করে থেকে বলল, "কাজটা খুবই সোজা। মহামায়াতলায় একজন বুড়ো মানুষ আছেন, বয়স তা ধরো পঁচানব্বই ছিয়ানব্বই হবে। খুব কঞ্জুস লোক। তা এই লোকটিকে বৈতরণী পার করিয়ে দিতে হবে। তা হলেই হাতে একেবারে কড়কড়ে বিশ হাজার—"

"হাজার? এই না বিশ লাখ বললি?"

"বলেছি! পাগলুদাদা, আমাদের কাছে হাজারে আর লাখে তফাত কী বলো তো! কত টাকায় হাজার হয় তা-ই তো আজ অবধি জানলুম না। বললে ভুলই বলেছি। লাখ নয়, হাজার।"

একটা শ্বাস ফেলে পাগলু বলল, "তার মানে লোকটা তোকে খুনের কাজে লাগাতে চাইছে।"

"আহা, খুনটুন বললে ভাল শোনায় না পাগলুদাদা।"

"কেমন শোনায় জানি না। কিন্তু কাজটা খুনই। শোন, তোর সঙ্গে অনেক দিনের সম্পর্ক। তোকে ছোট ভাইয়ের মতো দেখি। কিন্তু তোর মাথায় যদি এসব পাপের চিন্তা ঢোকে তা হলে আর তোর ছায়াও মাড়াব না।"

জগা কাঁচুমাচু হয়ে বলে, "তা হলে কি চিরটা কাল ছিঁচকে চোরই থেকে যাব পাগলুদাদা? জীবনে উন্নতি করতে পারব না?"

"চোর থেকে খুনি হওয়া কি উন্নতি রে পাগল? তোর ধর্মে কী বলে?"

"ফস করে ধর্মের কথা তোলো কেন বলো তো!"

"ধর্ম বলে একটা ব্যাপার আছে, তাই বলি। চুরিও অধর্ম বটে, কিন্তু পেটের দায়ে করি বলে ভগবান তেমন রাগবেন না। কিন্তু জীবহত্যা, ওরে বাপ রে।"

"হাসালে পাগলুদাদা। জীবহত্যা যদি পাপ হবে তবে পাঁঠা কাটলে, মাছ মারলে, মশা থাবড়ালে যা পাপ, মানুষ মারলেও তার বেশি পাপ হওয়ার কথা নয়।"

পাগলু কাহিল মুখে একটু হেসে বলল, "তোর বুদ্ধি খুব খুলেছে রে জগা। বেশ বলেছিস। কিন্তু আমি ওর মধ্যে নেই। তোকে বলি, তুইও থাকিস না। মশা

মারলে ফাঁসি হয় না, কিন্তু মানুষ মারলে হয়, এটা তো মানিস !"

"ফাঁসি হয়, ধরা পড়লে। ধরা না পড়লে কিছু হয় না।"

"ধরা পড়বি না কে বলতে পারে ?"

"ভেবে দেখতে হবে।"

"লোকটাকে খুন করতে চায় কেন এই লোকটা ?"

"তা অত খোলসা করে বলেনি। আন্দাজ করছি, বুড়ো মানুষটা এর মামা বা কাকা গোছের কেউ হয়। সে মারা গেলে এ-লোকটা সম্পত্তি পাবে।"

"বটে ! তা দেশে কি খুনির অভাব ? টাকা ফেললেই কত লোক গিয়ে খুন করে আসবে। লোকটা তোকে এ-কাজের জন্য বাছল কেন ?"

"আমার মধ্যে নাকি মস্ত বড় হওয়ার মতো গুণ আছে। সেই দেখেই—"

"তোর মাথা।"

"তা হলে কী ?"

"বলব ? বললে বিশ্বাস করবি ?"

"বলেই দ্যাখো না।"

"খুন যদি তুই করিসও লোকটা তোকে ফাঁসিয়ে দেবে। একটা পয়সাও আর পাবি না। উলটে ধরা পড়ে ফাঁসিতে যাবি। লোকটা তোকে বলির পাঁঠা করেছে।"

শুনে একটু ছাইবর্ণ হয়ে গেল জগা। বলল, "তাই নাকি পাগলুদাদা ?"

"তাই তো মনে হচ্ছে।"

"কিন্তু কাজটা যদি না করি তা হলে যে লোকটা পুলিশের কাছে যাবে। তার কাছে আমার সব অপকর্মের একটা ফর্দ আছে।"

"তা থাক। তুই বরং পালা।"

"পালাব ! কোথায় পালাব ?"

দু'জনের যখন এরকমতরো কথা হচ্ছে, কারওই কোনওদিকে খেয়াল নেই, তখন হঠাৎ পেছনের বাবলা ঝোপের আড়াল থেকে বেঁটেখাটো একটা লোক বেরিয়ে এসে বলল, "ওঃ, তোমাকে খুঁজে-খুঁজে যে হয়রান হলাম হে জগা !"

লোকটার গায়ে সবুজ জামা। দু'জনে হাঁ করে চেয়ে রইল।

নয়

গোপেশ্বরকে দেখে অবাক হওয়ার কিছু ছিল না। হরিপুরে আজ হাটবার, আর হাটবারে কে না হাটে আসে ! তবে জগা আর পাগলু একটু ঘাবড়ে গেছে, যদি গোপেশ্বর তাদের কথাবার্তা শুনে থাকে ! খুনখারাপি নিয়ে কথাবার্তা তো ভাল নয়।

গোপেশ্বরের মুখ দেখে তার মনের ভাব বুঝবার উপায় নেই। ভারী অমায়িক মুখে মিষ্টি একটু হাসি। মোলায়েম গলায় বলল, "তা ভায়াদের যে মুখ বড় শুকনো

দেখছি ! এ তো ভাল কথা নয় । মায়াবদ্ধ জীব তো মনের ঘানিতে ঘুরবেই। বেঁচে থাকা মানেই পাকে-পাকে জড়িয়ে পড়া । তা কথাটা হচ্ছিল কী নিয়ে ?”

জগার মুখে বাক্য সরল না । পাগলু গলা খাঁকারি দিয়ে বলল, “এই দ্রব্যগুণ নিয়েই কথা হচ্ছিল আজ্ঞে ।”

“দ্রব্যগুণ ! বলো কী হে ? দ্রব্যগুণ নিয়ে তো মাথা ঘামায় রামহরি কবিরাজ ।”

পাগলু জিভ কেটে মাথা চুলকে বলল, “আজ্ঞে মুখ্যুসুখ্যু মানুষ, কী বলতে কী বলে ফেলি ! দ্রব্যগুণ বলতে জিনিসপত্রের দামের কথাই হচ্ছিল আজ্ঞে । কুমড়োর দাম কী চড়াটাই চড়েছে বলুন তো ! মুলো বলুন, শাকপাতা বলুন, কোনটা গরিবের নাগালে আছে বলতে পারেন ?”

“তা বটে ! তা হলে দ্রব্যগুণ নিয়েই কথা হচ্ছিল তোমাদের ?”

“যে আজ্ঞে ।”

“আমার বয়স হয়েছে । কানেও ভাল শুনি না । তবে যেন ঝোপের আড়াল থেকে মনে হল, কারা যেন খুনখারাপি নিয়ে কথা কইছে ।”

পাগলু একগাল হেসে বলল, “খুনই তো, খুন ছাড়া একে আর কী বলা যায় ? এই জগা বলছিল, ‘পাগলুদাদা, জিনিসপত্রের যা গলাকাটা দাম দেখছি এতে গরিবেরা সব খুন হয়ে যাবে ।’”

“বটে ! তা ঠিক কথাই তো ।”

“আজ্ঞে, নিয্যস কথা । তা আপনি কিছু কইবেন ?”

গোপেশ্বর মিষ্টি হাসিটি বজায় রেখেই বলল, “সেইজন্যই তো হাটময় খুঁজে বেড়াচ্ছি তোমাদের হে । এসো, এই গাছতলায় জুত করে বসি । কথা আছে ।”

জগা খুবই ভয় পেয়েছে । বসতে গিয়ে সে দেখল তার হাতে-পায়ে খিল ধরে কেমন শক্ত হয়ে গেছে । হাঁটু ভাঁজ হতে চাইছে না । সে বলল, “আপনারা কথা বলুন । আমি একটা কচু দর করে এসেছি, দেখি গিয়ে সেটা আবার কেউ নিয়ে গেল নাকি ?”

গোপেশ্বর মিষ্টি গলায় বলল, “কচুর জন্য ভাবনা কী হে ? আমার বাড়ির পেছনেই মেলা হয়েছে । দাম দিতে হবে না, অমনি দিয়ে দেব’খন তোমাকে একটা । আর কথাটাও তোমার সঙ্গেই কিনা ।”

জগা বলল, “আজ আমার সঙ্গে অনেকেরই কথা আছে দেখছি ।”

গোপেশ্বর মাথা নেড়ে বলে, “যা বলেছ ! মানুষ নিজের গুণেই বড় হয় কিনা ! আর বড় হওয়ার ওইটেই রাজলক্ষণ । তখন সবাই তাকে খোঁজে, একটু আগেই তো দেখছিলাম যেন একজন লম্বা দশাসই চেহারার লোক খালধারে দাঁড়িয়ে তোমার কাঁধে হাত রেখে কথা কইছিল !”

জগার হাত-পায়ের খিল খুলে গেল লহমায় । সে অবশ হয়ে ধপ করে বসে পড়ল মাটিতে । মুখে বলল, “কই, না তো !”

“আমার চোখের দোষও হতে পারে । বয়স তো বড় কম হল না হে । চোখ-কানের আর দোষ কী ? মনে হল যেন মথুরাপুরের দিনুকেই দেখলুম । না

হলেই মঙ্গল, কারণ দিনু তো খুব একটা ভাল লোক নয়।"

জগা কাহিল গলায় বলে, "দিনু কে মশাই ?"

গোপেশ্বর মাথা মৃদু-মৃদু ডাইনে-বাঁয়ে নেড়ে বলে, "না না, ভুলই হয়েছে বলে ধরে নাও। দিনুর তো এখানে হাজির হওয়ার কথা নয়। তার নামে চোদ্দটা খুনের মামলা ঝুলছে। কয়েদ আছে আজ প্রায় সাত মাস। ফাঁসি তার হবেই। সে এখানে আসবে কী করে ?"

জগা হাঁ হয়ে গেল। দিনু ? দিনু মানে যদি দিনু হালদার হয়ে থাকে, তা হলে যে সর্বনাশ ! মথুরাপুরের দিনুর নামে পুলিশ-দারোগারও কম্প ওঠে।

পাগলু একটু ক্ষীণ গলায় বলল, "আর যদি ভুল না দেখে থাকেন ? যদি লোকটা দিনুই হয়ে থাকে ?"

গোপেশ্বর একটু গম্ভীর হয়ে বলে, "তা হলে বড় ভয়ের কথা হে ভায়া, বড়ই ভয়ের কথা। দিনু যদি কাউকে ধরে তবে তার রক্ষে নেই। কিন্তু সে তো এখন হাজতে—চোখের ভুলই হবে।"

জগা কাঁচুমাচু হয়ে বলে, "আমার কিন্তু দোষ নেই মশাই। আমি হাটে কচুর দর করছিলুম ; এমন সময়ে ঘটোৎকচের মতো লোকটা এসে আমাকে ধরল। আমি দিনু হালদারকে কস্মিনকালেও চিনি না।"

গোপেশ্বর জিভ দিয়ে একটা চুকচুক শব্দ করে বলল, "আহা, দোষটা তোমাকে দিচ্ছে কে ? হাটে হাজারো লোক আসে, কে ভাল কে মন্দ তা চেনা কি চাট্টিখানি কথা ? তবে লোকটা তোমাকে বলছিল কী ?"

মাথা নেড়ে জগা বলল, "সে আমার ঠিক স্মরণ হচ্ছে না।"

"তা হলে তো বড়ই দুঃখের কথা ভায়া। স্মরণ না হলে যে অনেক সময়ে ব্যাপার কঠিন হয়ে দাঁড়ায়। কুশল প্রশ্নই করছিল নাকি ষণ্ডাটা ?"

"আজ্ঞে তাও হতে পারে। খিদের চোটে তখন আমার মাথাটা ভাল কাজ করছিল না কিনা। কীসব যেন বলছিল।"

গলাটা যেন আরও মেজেঘষে, আরও মোলায়েম করে গোপেশ্বর বলল, "কথাটা কী জানো ? একটা কানাঘুষো যেন শুনছিলুম, দু'দিন আগে। কুসুমপুরে এক যজমান বাড়িতেই যেন শুনছিলুম, পাঁচজন বলাবলি করছে, দিনু হালদার গরাদ ভেঙে পালিয়েছে। তখন কথাটা বিশ্বাস হয়নি।"

পাগলু বলল, "আরও একটু খোলসা করে বলুন বাবাজি।"

গোপেশ্বর নিমীলিত নয়নে কিছুক্ষণ দূরের দিকে চেয়ে থেকে বলল, "পাপে পৃথিবীটা একেবারে ভরাভর্তি হয়ে গেল হে।"

"আজ্ঞে যা বলেছেন, পাপ ছাড়া আর আছেটাই বা কী ? তা দিনু হালদারের বৃত্তান্তটা কী বাবাজি ?"

"যে-মুখে হরিকথা কই, সেই মুখে এসব কথা কইতে বড় ঘেন্না হয় হে।"

"আজ্ঞে তা তো বটেই।"

"দিনুর তিন কুলে থাকার মধ্যে আছে এক মামা। দাসপুকুরে বাড়ি। একসময়ে

অবস্থা ভালই ছিল। এখনও নেই-নেই করে ধরো তা প্রায় লাখ বিশেক টাকার সোনাদানা আছে। ওয়ারিশ আছে মেলাই। হরিপদ দাসের নিজের ছেলেপুলে নেই, স্ত্রীও গত হয়েছে কয়েক বছর। মরলে সম্পত্তি পাওয়ার কথা তার ভাইপোদের। কিন্তু মুশকিল হল, হরিপদর অত সোনাদানা কোথায় আছে তার হদিস কেউ জানে না।"

জগার চোখ দুটো একটু জুলজুল করে উঠল। সে তাড়াতাড়ি বলে উঠল, "লুকিয়ে রেখেছে নাকি?"

"চারদিকে চোর ডাকাতের যা উপদ্রব, না লুকিয়ে উপায়ই বা কী বলো!"

জগা বলল, "তা বটে!"

গোপেশ্বর বলল, "হরিপদ দাসের বিরাট বাড়ি, খুবই পুরনো। সেই বাড়ির একতলায় হরিপদ দাস একখানা মস্ত ঘরে থাকে। লোকের বিশ্বাস, ওই ঘরেই সোনাদানা সব আছে। কিন্তু হরিপদ কস্মিনকালেও সেই ঘরে কাউকে ঢুকতে দেয় না। নিজেও ঘরের বাইরে বড় একটা আসে না। তার সাত-আটটা শিকারি কুকুর আর গোটা দশেক হুলো বেড়াল আছে। আর আছে বাহাদুর নামে একজন পুরনো বিশ্বাসী কাজের লোক। তারাই বাড়ি পাহারা দেয়। কাকপক্ষীও ঢুকতে পারে না।"

জগা ফস করে বলল, "হরিপদবাবুর বয়সটা কীরকম হল বলতে পারেন?"

"তা পারি। চুরানব্বই পুরে এই পঁচানব্বই-এ পা। তবে বুড়ো বলে জরাজীর্ণ ভেবো না। হরিপদ দাস এখনও বেশ সক্ষম মানুষ। দাঁত পড়েনি, চুলও পাকেনি। শোনা যায়, এখনও নাকি সকালে মুগুর ভাঁজেন। হেসেখেলে একশো পেরোবেন। আর সেইজন্যই দিনু কিন্তু বড় উতলা হয়ে পড়েছে।"

পাগলু বলল, "কারণটা কী?"

"মামা মরলেও তার কোনও আশা নেই। কারণ আইনত সে সম্পত্তি পায় না। সে ফিকির করছে মামাকে যদি দুনিয়া থেকে সরাতে পারে তা হলে সোনাদানা গাপ করা সহজ হয়। বলে রাখি ভায়ারা, দিনু বড় পাপী লোক।"

পাগলু বলে ওঠে, "যে আজ্ঞে, সে আর বলতে!"

"আর এ-কথাটাও জেনে রাখো, হরিপদ দাসও বিশেষ ভাল লোক নয়। সুদখোর মানুষ, চিরকাল গরিবকে ঠকিয়ে টাকা করেছে। কত বিধবার শেষ সম্বল যে ঠকিয়ে নিয়েছে তার লেখাজোখা নেই। দিনুর উপযুক্ত মামাই বটে! একেবারে শঠে শাঠ্যং। আমি বলি কী, দিনু যদি তার মামাকে মারতেই চায় তো মারুক, কিন্তু তোমরা ওর মধ্যে থেকো না।"

জগা বলে উঠল, "আজ্ঞে না। কখনওই না।"

"শোনো বাপু, দিনুর বৃত্তান্ত বলতে আমার আসা নয়। আমার আরও কিছু কথা আছে।"

পাগলু বলে, "কী কথা বাবাজি?"

"কথা শূলপাণিকে নিয়ে।"

দশ

গোপেশ্বরের মুখে শূলপাণির নাম শুনে জগা আর পাগলু একটু মুখ তাকাতাকি করে নিল। তারপর পাগলু খুব অমায়িক গলায় বলল, "আজ্ঞে কথাটা কী ?"

গোপেশ্বর ততোধিক অমায়িক মোলায়েম গলায় বলল, "আহা, পাগল মানুষটাকে যে কে গুম করে ফেলল ! তোমরা জানো নাকি কিছু ভায়ারা ?"

দুজনেই সমস্বরে বলে ওঠে, "কিছু না। কিছু না।"

গোপেশ্বর মৃদু হেসে বলল, "জ্ঞানের চেয়ে অজ্ঞানতাই কখনও কখনও ভাল বলে মনে হয়। যত না জানা যায় ততই বিপদের ভয় কম। কে আর ঝঞ্ঝাটে জড়াতে চায় বলো !"

দুজনেই বলল, "ঠিক কথা।"

"তবু জিজ্ঞেস করছি কেন জানো ? তোমরা দুটি তো সব বাড়িতেই রাতবিরেতে হানা দাও। অনেক সময়ে আড়ি পেতে ভেতরকার গুহ্য কথাও শুনে ফেল। অনেকের হাঁড়ির খবর তোমাদের একেবারে নখদর্পণে। তাই না ?"

জগা লজ্জিত হয়ে ঘাড়টাড় চুলকে বলে, "না না, কী যে বলেন। সামান্য মানুষ আমরা।"

গোপেশ্বর মাথা নেড়ে বলে, "আহা অত বিনয় করতে হবে না। তোমরা যে কাজের লোক তা আমি ভালই জানি।"

"যে আজ্ঞে।"

"শোনো ভায়ারা, শূলপাণি হঠাৎ কেন গায়েব হয়ে গেল সেই কথাটা আমার জানা দরকার।"

পাগলু মাথা নেড়ে বলে, "আজ্ঞে আমরা কাজটা করিনি। ছোটখাটো চুরি ছ্যাঁচড়ামি করে থাকি বটে, কিন্তু গুম বা খুন-টুন আমাদের লাইনের ব্যাপার নয়।"

"কাজটা যে তোমরা করেছ এমন কথা আমি স্বপ্নেও ভাবিনি। বলছি কী, শূলপাণির ঘরে কখনও হানাটানা দিয়েছ ?"

জগা বলল, "আজ্ঞে না। ওখানে গিয়ে হবেটা কী ? শূলপাণি পাগল মানুষ, কুকুর বেড়াল নিয়ে থাকত। তার বাড়িতে হানা দিয়ে হবে কোন লবডঙ্কা ?"

"তা বটে। কিন্তু শূলপাণি যে নিয্যস পাগল এ কথাটা আমার প্রত্যয় হয় না। আমার বরাবরই মনে হয়েছে শূলপাণি একজন সাজা পাগল।"

পাগলু অবাক হয়ে বলে, "বটে ! তা হলে তো আপনি আমাদের চেয়ে অনেক বেশি খবর রাখেন।"

"খবর তুমিও বড় কম রাখ না।"

পাগলু একটু তেড়িয়া হয়ে বলে, "তার মানে ?"

"মানে আমার চেয়েও তোমাদের আরও বেশি খবর রাখার কথা। তোমাদের দুজনেরই শূলপাণির বাড়িতে রীতিমতো যাতায়াত ছিল। আমার স্বচক্ষে দেখা। অস্বীকার করে লাভ নেই।"

জগা আর পাগলু ফের একটু মুখ তাকাতাকি করে নেয়। তারপর পাগলু গলাটা একটু নামিয়ে বলে, "সে ঠিক কথা।" আমরা ভাবতুম সে মস্ত ম্যাজিশিয়ান, কোন বিদ্যে কখন কোন কাজে লাগে কে জানে। তাই ম্যাজিক শিখতে কিছুদিন যেতুম বটে।"

"তা শূলপাণি তোমাদের কী ম্যাজিক শেখাত ?"

জগা রেগে উঠে বলল, "কিছু না মশাই, কিছু না। আমরা গেলেই সে অংবং করে কী সব বলত, মুখ ভ্যাঙাত, অঙ্গভঙ্গি করত, দু-চারবার ঠ্যাঙা নিয়ে তাড়াও করেছে।"

"বটে, এ তো খুব অন্যায় কথা !"

"অন্যায় বলে অন্যায় ! তাকে খুশি করার জন্য ধারকর্জ করে বনমালীর তেলেভাজা, আসগরের চপ, গোবিন্দপুরের দই কতবার ভেট নিয়ে গেছি। তা উনি সেসব বেশ জুত করেই খেতেন, কিন্তু শেখানোর বেলায় লবডঙ্কা।"

"কিন্তু বাপু, কথাটা হল সে যে ম্যাজিক জানে এ কথাটা তোমাদের বলল কে ?"

জগা মাথা চুলকে বলল, "অনেকেই বলাবলি করত। ওরকম ধারা খ্যাপাটে মানুষেরা কিছু না কিছু গুপ্ত বিদ্যে জানেই মশাই। হাটে বাজারে লোকে বলাবলি করত শূলপাণি নাকি রাতবিরেতে পাখির মতো আকাশে উড়ে বেড়ায়, তার বাড়িতে নাকি জিন-পরি-ভূতপ্রেত নিত্যি আসা-যাওয়া করে।"

"তুমি নিজে কি কিছু দেখেছ ?"

মাথা নেড়ে জগা বলে, "না মশাই, আমাদের সে কিছু দেখাত না। আমরা গেলেই পাগল সাজত।"

"আচ্ছা, একটা কথা।"

"বলুন।"

"রাত আটটার সময় শূলপাণি যে অট্টহাসিটা হাসত সেটা কখনও শুনেছ ?"

"শুনব না ? রোজ শুনতুম। গাঁসুদ্ধু লোকও শুনত।"

"যে সময়ে সে হাসত সে সময়ে কখনও তার কাছে ছিলে ?"

"যে আজ্ঞে।"

"কীরকমভাবে হাসত একটু বলবে ?"

"আজ্ঞে সে বড় বিদঘুটে হাসি। শুনে পিলে চমকে যেত। প্রথম দিন ওই হাসি শুনে তো আমার মূর্ছা যাওয়ার জোগাড়।"

"কেন হাসত তা জানো ?"

"আজ্ঞে না।"

"কখনও জিজ্ঞেস করেছিলে ?"

"তা করেছিলুম। প্রথম দিন যখন সন্ধের মুখে তাঁর কাছে যাই তখন খানকতক গরম-গরম জিবেগজা নিয়ে গিয়েছিলুম। তা উনি জিবেগজা খেতে-খেতে বিড়বিড় করে কী যেন বকছিলেন। চোখ দুটো আধবোজা, একটু একটু দুলছেন

বসে-বসে। আমি হাতজোড় করে সামনেই বসে আছি। হঠাৎ যেন ভূমিকম্পের মতো কী একটা হয়ে গেল। বললে বিশ্বাস করবেন না, ঠিক যেন নাভি থেকে শব্দটা ওঁর গলায় উঠে এল। এমন দমকা লহর তোলা হাসি জীবনে শুনিনি বাবা। ভিরমি খেয়েছিলাম মনে আছে। তার পর চেতন হয়ে জিজ্ঞেস করলাম, 'বাবাজি, এটা কী হল ?"

"তা উনি কী বললেন ?"

"বলাটলার ধার ধারতেন নাকি ? শুধু একবার কটমট করে তাকালেন।"

"কেন হাসত ঠাহর করেছ কখনও ?"

মাথা নেড়ে জগা বলল, "আজ্ঞে না।"

"তোমরা কি জান যে শূলপাণি একেবারে ঘড়ি ধরে ঠিক রাত আটটার সময়ে হাসিটা হাসত, কখনও একচুল এদিক-সেদিক হত না ?"

পাগলু বলল, "আজ্ঞে, সেরকমই শুনেছি। কিন্তু আমাদের তো আর ঘড়ি নেই যে মিলিয়ে দেখব।"

গলাটা আরও এক পরদা নামিয়ে গোপেশ্বর বলল, "আরও একটা কথা ভায়ারা। শূলপাণির বাড়ি থেকে নাকি লাল-নীল-সবুজ ধোঁয়া বেরোত, তোমরা দেখেছ নাকি ?"

দুজনেই মাথা নেড়ে বলল, "আজ্ঞে না।"

"আচ্ছা, ধোঁয়া নয় না-ই দেখলে, আর কিছু দ্যাখোনি ? চোখে লাগে এমন কিছু ?"

জগা ফস করে বলে ওঠে, "অনেকক্ষণ ধরে বকাচ্ছেন মশাই, আমাদের তো সময়ের একটা দাম আছে।"

গোপেশ্বর ভারী অমায়িক হেসে বলে, "তা আছে ভায়ারা, তা অবশ্যই আছে। একটু আগেই যেন দেখলুম, আমাদের জগাভায়া দিনুর কাছ থেকে কড়কড়ে দু'শো টাকা পেল ! তা সেটাও কি ওই সময়েরই দাম নাকি ?"

জগা একটু দমে গেল। বলল, "ঠিক আছে। যা জিজ্ঞেস করার করুন, তবে সময় বেশি নেবেন না। বেলা চড়ছে, আমাদের বিষয়কর্ম পড়ে আছে কিনা।"

"জানি বাপু, তুমি বড্ড কাজের লোক। তা বলি কখনও শূলপাণির কাছে কাউকে যাতায়াত করতে দ্যাখোনি ?"

"তা দেখব না কেন ? শূলপাণি বাবাজির কাছে সবাই যেত। এমনকী গোসাঁই, আপনিও যেতেন। কতদিন দেখেছি আপনি আর জটেশ্বরদাদা মুড়িসুড়ি দিয়ে গভীর রাতের দিকে বাবাজির ডেরায় গিয়ে সেঁধোচ্ছেন।"

"আহা, আমরা গাঁয়ের লোক, তার ভালমন্দের খোঁজ নিতে যেতুম আর কী ! আমাদের কথা হচ্ছে না। বাইরের কেউ আসত ? অচেনা মানুষজন ?"

"তাও আসত, তবে কার কথা জানতে চান সেইটে খোলসা করে বলুন।"

"ইয়ে, ধরো যদি বলি একজন খুব বেঁটেখাটো লোক ?"

জগা আর পাগলু ফের মুখ তাকাতাকি করে নেয়।

জগা বলল, “তা নানা সাইজেরই আসত। বেঁটে, লম্বা, মোটা, রোগা, কালো, ধলো।”

“আমি একজন বিশেষ বেঁটে লোকের কথা বলছি।”

পাগলু বলল, “বড্ড খিদে পেয়ে গেল যে গোসাঁই, এই অবস্থায় তো কথা চলে না।”

গোপেশ্বর গম্ভীর হয়ে বলে, “তাই বুঝি ? বলি কথাটা ভাঙবার জন্য ঘুষ চাও নাকি ? ঠিক আছে, দিনুর কাছ থেকে যে টাকা খেয়েছ সেটা নগেন দারোগার কানে তুলে দেব’খন। নগেন দারোগা রিটায়ার করলে কী হয় এখনও পাপীতাপীর যম।”

পাগলু খিক করে একটু হেসে বলল, “সে আপনার ইচ্ছে হলে বলুন গে। আর ইদিকে আমরাও কথাটা একটু দিনুর কাছে নিবেদন করে দেব’খন যে, আপনি আমাদের ভয়-টয় দেখাচ্ছেন।”

গোপেশ্বর গম্ভীর হয়ে বলল, “প্যাঁচ কষছ ভায়ারা ?”

“তা আপনি কষলে আমাদেরও কষতে হয়।”

গোপেশ্বর ফের মোলায়েম হয়ে বলে, “দারোগাবাবুকে বলে দেব বলেছিলাম, তা সে কথাটা ধোরো না। আসলে কী জানো, খবর পেয়েছি, একটা বেঁটেমতো লোক শূলপাণির কাছে খুব যাতায়াত করত। শূলপাণির গুম হওয়ার পেছনে তার হাত থাকতে পারে।”

জগা বলল, “গুমটুম বাজে কথা। শূলপাণি বাবাজির আর এখানে পোষাচ্ছিল না। তিনি হিমালয়ে গিয়ে সাধু হয়েছেন বলেই লোকের বিশ্বাস।”

গোপেশ্বর খানিকক্ষণ চিন্তিতভাবে বসে থেকে হঠাৎ বলল, “জিলিপি খাবে নাকি ভায়ারা ? তা এই নাও পাঁচটি টাকা। আমি গরিব মানুষ, এর বেশি পেরে উঠব না। এতে কি হবে ?”

জগা ঘাড় হেলিয়ে বলল, “হয়ে যাবে কোনওরকমে, কী বলো পাগলুদাদা ?”

পাগলু বিরক্ত হয়ে বলল, “তোর বড্ড ছোট নজর রে জগা।”

“আহা, বোষ্টম মানুষ, যা দিচ্ছেন নিয়েই নাও।”

পাগলু অনিচ্ছুক হাতে টাকাটা নিয়ে ট্যাঁকে গুঁজে বলল, “বেঁটে লোকটাকে আপনার কীসের দরকার ?”

“বেঁটে বলে তাকে অবহেলা কোরো না ভায়ারা। তার নামে একটা তল্লাট কাঁপে। ছোটখাটো মানুষ হলে কী হয়, সে হল অ্যাটম বোমা। তার নাম হল গে নিতাই পাল। চেনো ?”

একগাল হেসে পাগলু বলল, “নিতাই পালকে চিনব না। তবে তিনি যে এত ভয়ঙ্কর লোক তা জানা ছিল না।”

“অনেক কিছুই তোমাদের জানা নেই ভায়া। তা নিতাই আসত ?”

“প্রায়ই আসতেন, কী সব গুজগুজ-ফুসফুস কথাও হত দু’জনের মধ্যে।”

“বটে !”

"আজ্ঞে। সাতগাঁ না কোথায় যেন বাড়ি।"

"সাত গাঁয়েই।"

"আপনি কি তাকে চেনেন গোঁসাই ?"

"চিনি মানে ওই আর কী। মুখ চেনা বলতে পারো। কথাটা হল, নিতাই পালকে একটু টিট না করলেই নয়। তাকে চেপে ধরলে শূলপাণির খবর পাওয়া যাবে। আর শূলপাণির খবর পেলে সরলাবুড়ির গুপ্তধনেরও হদিস মিলবে।"

জগা হেসে উঠে বলল, "গোসাঁই গুপ্তধনের স্বপ্ন দেখছেন। ওসব বাজে কথা। সরলাবুড়ির বাড়ি আমরা আঁতিপাতি করে খুঁজে দেখেছি। গুপ্তধন নেই।"

"আলবাত আছে। অন্তত, দু'ঘড়া মোহর।"

এগারো

সুজন বোস সকালবেলা থেকেই একটু চিন্তিত। তিন কাপ কালো কফি খেয়ে বাগানে পায়চারি করে চিন্তার জট ছাড়ানোর চেষ্টা করছেন। তাতে মাথার মেঘ কাটেনি। এখন বেলা সাড়ে দশটা নাগাদ নিজের ল্যাবরেটরিতে বসে একটা সায়েন্স ম্যাগাজিনের পাতা ওলটাচ্ছেন।

দক্ষিণের জানলার দিকটায় ফণীমনসার ঝোপজঙ্গল। সেদিক থেকেই মৃদু একটু গলা খাঁকারির আওয়াজ এল।

সুজন ভ্রূটা সামান্য কুঁচকে মৃদু গলায় বললেন, "আসতে পারো।"

মিনিটখানেক বাদে ল্যাবরেটরির খোলা দরজায় পাগলু এসে বশংবদ মুখ করে দাঁড়াল।

"কী খবর পাগলু ?"

"আজ্ঞে খবর তো মেলা, ধীরে-ধীরে বলতে হবে। সময় লাগবে।"

সুজন একটু হেসে বললেন, "গাঁয়ের লোকের একটা দোষ কী জানো ? তাদের কাছে সময়ের কোনও দামই নেই। সময় কেমন করে কাটাবে তাই তারা ভেবে পায় না, এক মিনিটের কথা এক ঘণ্টা ধরে ফেনিয়ে-ফেনিয়ে বলে।"

"তা যা বলেছেন !"

"গুরুতর খবর হলে বলতে পারো। তবে সংক্ষেপে।"

"যে আজ্ঞে। আমার এক স্যাঙাত আছে, জগা। জানেন তো !"

"শুনেছি। চোর তো !"

"আজ্ঞে, তবে বিশেষ সুবিধে করতে পারেনি। আজ তাকে দিনু গুণ্ডা ধরেছিল একটা খুনের কাজে লাগানোর জন্য। আর গোঁসাই গোপেশ্বর আমাদের পাকড়াও করেছিল নিতাই পালের খবরের জন্য।"

ভ্রূটা একটু কোঁচকাল সুজনের। বললেন, "নিতাই পালের কথা সে কী বলছে ?"

"সে বলছে নিতাই পালই নাকি শূলপাণিকে গুম করেছে।"

সুজন গম্ভীরভাবে শুধু বললেন, "হুম। আর কিছু?"

মাথা নেড়ে পাগলু বলল, "সংক্ষেপে বলতে বলছেন, তাই সংক্ষেপেই বললুম। তবে গোপেশ্বরের বিশ্বাস, সরলাবুড়ির দু' ঘড়া মোহর আছে।"

সুজন একটু হাসলেন। বললেন, "মোহরের গপ্পো আমিও শুনেছি। মোহর কি ছেলের হাতের মোয়া?"

"আজ্ঞে, আমরাও তাই বলেছি।"

"ঠিক আছে, এখন যাও। পরঞ্জয়বাবুর খবর-টবর একটু নিয়ো।"

"আজ্ঞে নিয়েছি। কাল রাতেই গিয়েছিলাম। দিব্যি মনের আনন্দে আছেন। কোনও খবর দিতে হবে কি?"

"খবর দেওয়ার কিছু নেই। শুধু জেনে আসবে কিছু লাগবে-টাগবে কি না, কোনও অসুবিধে হচ্ছে কি না।"

"কিছু লাগবে না। মনের আনন্দে আছেন।"

"ঠিক আছে। এখন যাও।"

পাগলু চলে যাওয়ার পর সুজন চুপ করে বসে রইলেন।

মিনিটদশেক ধ্যানস্থ থাকার পর উঠে ল্যাবরেটরির দরজা বন্ধ করে খিল দিয়ে লোহার আলমারিটা খুললেন। ভেতর থেকে একটা কাঠের বাক্স বের করে ডালাটা খুলে কিছুক্ষণ চেয়ে রইলেন। বাক্সের ভেতর সাতটা কড়ি আর সাতটা পয়সা। রোজই কিছুক্ষণ তিনি জিনিসগুলো দেখেন। সাতটা কড়ি মানে সাতকড়ি নামের কেউ একজন, এটা বুঝবার জন্য বেশি বুদ্ধির দরকার হয় না। কিন্তু মুশকিল হল সাতটা পয়সা নিয়ে। পয়সার ধাঁধা তিনি এখনও সমাধান করতে পারেননি। সাতটা পয়সা মানে সাত পা হাঁটার সঙ্কেত হতে পারে, সাত ফুট দূরত্ব হতে পারে, কিংবা আরও অনেক কিছু।

সুজন বাক্সটা আবার যথাস্থানে রেখে আলমারি বন্ধ করে চেয়ারে বসতে যাচ্ছেন এমন সময়ে বাইরে হেঁড়ে গলায় কে ডাকল, "সুজনবাবু আছেন নাকি?"

সুজন দরজা খুলে দেখলেন, গদাই নস্কর আর নগেন দারোগা দাঁড়িয়ে আছে।

সুজন মৃদু হেসে বললেন, "আসুন, আসুন।"

ল্যাবরেটরির একধারে চেয়ারটেয়ার পাতা আছে। দু'জনে বসবার পর নগেন দারোগা বলল, "এসে ডিস্টার্ব করলাম নাকি? কোনও বৈজ্ঞানিক গবেষণা করছিলেন না তো!"

সুজন হেসে বললেন, "কথাটা ঠাট্টার মতো শোনাচ্ছে। এই ল্যাবরেটরিতে কি গবেষণা হয়? যন্ত্রপাতি কোথায়? ইলেকট্রিক কোথায়? গবেষণা-টবেষণা নয়, বসে-বসে চিন্তা-ভাবনা করি আর কী! তা কী খবর বলুন?"

নগেন দারোগা পা ছড়িয়ে বসে বলল, "এ-গাঁয়ে আপনিই সবচেয়ে মান্যগণ্য লোক। অনেক লেখাপড়া করেছেন, বিলেত-বিদেশ ঘুরে এসেছেন। আপনার কাছে একটা কথা বলতে আসা।"

"বলুন।"

"হরিপুর বড় শান্তির জায়গা ছিল। কখনও কোনও গণ্ডগোল হয়নি। কিন্তু ইদানীং এসব কী হচ্ছে বলুন তো !"

সুজন শান্ত গলায় বললেন, "শূলপাণির নিরুদ্দেশ হওয়া নিয়ে ভাবছেন নাকি ?"

"শুধু শূলপাণি কেন ? আমাদের পরঞ্জয়দাদারও তো একই কথা। দু-দুটো লোক গাঁ থেকে উবে গেল মশাই, এ কি সোজা কথা ?"

সুজন একটু চিন্তিতভাবে বললেন, "ঘটনা দুটি নিয়ে আমিও ভাবছি। শূলপাণির সঙ্গে আমার সামান্য আলাপ ছিল। পরঞ্জয়বাবু অবশ্য একরকম বন্ধুমানুষ। কিন্তু এঁরা কোথায় যেতে পারেন তা আমিও ভেবে পাচ্ছি না।"

গদাই নস্কর বলল, "এ-অঞ্চল আমার চেয়ে ভাল কেউ চেনে না। একসময়ে সারা তল্লাট জুড়ে আমি ডাকাতি করে বেড়িয়েছি। সব জায়গাতেই আজও আমার পুরনো চরেরা আছে। কিন্তু তারাও কেউ কোনও হদিস দিতে পারেনি।"

সুজন গম্ভীরভাবে বলল, "চিন্তার কথা।"

নগেন দারোগা বলল, "আপনি বুড়ো মানুষ, একা থাকেন, চোরে ডাকাতে জানে যে আপনি বিদেশ থেকে মেলা টাকাপয়সা নিয়ে এসেছেন। তাই আপনাকে নিয়েও আমাদের ভাবনা হচ্ছে। আপনি দুর্জয় সাহসী না হলে এভাবে একা থাকতেন না। কিন্তু আমরা সিদ্ধান্ত নিয়েছি, আপনার নিরাপত্তার জন্য একটা পাহারা বসাব।"

সুজন চমকে উঠে বললেন, "সর্বনাশ ! ও-কাজও করতে যাবেন না।"

"কেন বলুন তো !"

সুজন মাথা নেড়ে বলল, "আপনাদের ধারণা ভুল। টাকাপয়সা আমার বিশেষ কিছু নেই। বিদেশে আমি অনেক রোজগার করেছিলুম বটে, কিন্তু দেশে ফিরে একটা ব্যবসা করতে গিয়ে আমার বেশিরভাগ টাকাপয়সাই নষ্ট হয়েছে। এখন যা সামান্য আছে তা দিয়ে কোনওরকমে চলে যায়। চিন্তা করবেন না, টাকাপয়সা আমার ঘরে থাকে না, কালীপুরের ব্যাঙ্কে রাখা আছে।"

নগেন দারোগা মাথা নেড়ে বলল, "কিন্তু চোর-ডাকাতরা তো আর তা জানে না, তারা হানা দিতে পারে।"

সুজন একটু চুপ করে থেকে বললেন, "আপনি প্রাক্তন দারোগা বলেই বলছি, দোষ ধরবেন না, এ-তল্লাটের চোর-ডাকাতদের আমি চিনি, কিছু ভাবসাবও আছে। আমাকে নিয়ে মোটেই উদ্বিগ্ন হবেন না। আপনাদের কি ধারণা হয়েছে যে, শূলপাণি আর পরঞ্জয়ের পর এবার আমার নিরুদ্দেশ হওয়ার পালা ?"

নগেন দারোগা মাথা চুলকে বলল, "বলা তো যায় না।"

সুজন বললেন, "গুম করলে অন্য কথা, কিন্তু নিজের ইচ্ছেয় হঠাৎ এ-বয়সে নিরুদ্দেশ হওয়ার ইচ্ছে আমার নেই। আর গুম করার চেষ্টা কেউ করলেও কাজটা সহজ হবে না। সত্তরেও আমি বেশ তেজী লোক। বালিশের পাশে পিস্তল নিয়ে শুই। ঘাবড়াবেন না, পিস্তলের লাইসেন্স আছে।"

গদাই নস্কর চিন্তিতভাবে বলল, "তবু সাবধানের মার নেই। আপনার বাড়িতে

আলাদা করে পাহারা না বসালেও সারা গাঁয়ে সারারাত পাহারার ব্যবস্থা করা হয়েছে।"

সুজন বললেন, "ভালই করেছেন। তবে আমার বিশ্বাস, এসব গুমটুম নয়।"

নগেন বলল, "তা হলে কী?"

সুজন একটু চিন্তিতভাবে বললেন, "শূলপাণি একজন বাতিকগ্রস্ত মাথাপাগলা লোক। আমি বৈজ্ঞানিক বলে সে আমার কাছে নানা উদ্ভট প্রস্তাব নিয়ে আসত। গুপ্তবিদ্যা আর অলৌকিকের ওপর খুব ঝোঁক ছিল। আমার মনে হয় সে সেরকমই কোনও বিদ্যা অর্জনের জন্য কোথাও গেছে। কিংবা..."

নগেন ঝুঁকে বসে বলল, "কিংবা?"

"সে-কথা থাক। আর-একটু বিচার-বিশ্লেষণ করে ভেবে তবে বলা যাবে।"

গদাই বলল, "আপনি কি শুনেছেন যে তার ঘরে একটা কাঠের বাক্সে সাতটা কড়ি আর সাতটা পয়সা ছিল?"

"হ্যাঁ, শুনেছি। জিনিসগুলো সে আমাকে দেখিয়েও গেছে।"

"কেন দেখিয়েছিল?"

মাথা নেড়ে সুজন বললেন, "তা জানি না। সে শুধু জিজ্ঞেস করেছিল এগুলো দেখে আমি কিছু বুঝতে পারছি কি না।"

"আপনি কী বললেন?"

"আমি কিছু বুঝতে পারিনি, আর সেটাই বললাম।"

"আপনি কি জানেন যেদিন সে গুম হয় সেদিন আমাদের নাকের ডগা দিয়ে বাক্সটা লোপাট হয়ে যায়?"

"তাও জানি।"

"ব্যাপারটা রহস্যময় মনে হচ্ছে না?"

"হচ্ছে।"

"ওই কড়ি আর পয়সা কোনও সঙ্কেতও হতে পারে তো।"

"হতে পারে। কিন্তু সেই সঙ্কেত ভেদ করার মতো বুদ্ধি আমার নেই। আপনাদের বলি, এসব তুচ্ছ ব্যাপার নিয়ে এত ভাবছেন কেন? গাঁয়ের মানুষ সহজেই রহস্যের গন্ধ পায়। আমি বিজ্ঞানী বলে বাস্তবভাবে ব্যাপারটা দেখার চেষ্টা করি। ওই পয়সা আর কড়ির ভেতরে কোনও সঙ্কেত বা রহস্য না থাকারই সম্ভাবনা বেশি। যে বাক্সটা চুরি করেছে সে গুপ্তধনের সম্ভাবনার কথা ভেবেই করেছে হয়তো। কিন্তু লাভ হবে বলে মনে হয় না।"

গদাই বলল, "রাত আটটার সময় শূলপাণি রোজ অট্টহাসি হাসত। এখন সেটাকেও অনেকে সঙ্কেত বলে মনে করছে। আপনার কী মনে হয়?"

সুজন মৃদু হেসে বলল, "হাসিটা আমিও শুনেছি। কিছু মনে হয়নি। বাতিক ছাড়া আর কিছু নয়।"

নগেন দারোগা হতাশার গলায় বলল, "নাঃ, আপনি দেখছি সবই উড়িয়ে দিচ্ছেন।"

"সব উড়িয়ে দিচ্ছি না। আপনারা যা বললেন, এসব নিয়েও ভাবব।"

গদাই নস্কর আর নগেন দারোগা উঠতে যাচ্ছিল, সুজন বললেন, "একটা কথা। গোপেশ্বর গোস্বামীকে তো চেনেন নিশ্চয়ই ?"

নগেন বলল, "চিনব না ? সে তো গাঁয়েরই লোক।"

"লোকটা কেমন ?"

"মিটমিটে বিচ্ছু টাইপের, তবে তার নামে তেমন বড় কোনও অভিযোগ নেই। কেন বলুন তো ?"

"এমনিই। কৌতূহল। সে মাঝে-মাঝে আমার কাছে আসে।"

"কী বলে সে ?"

সুজন একটু হেসে বললেন, "কূটকচালি করতেই আসে। লোকটাকে সুবিধের ঠেকে না।"

নগেন মাথা নেড়ে বলল, "লোক সুবিধের নয়ও। তেমন কিছু হলে জানাবেন, ধমকে দেব।"

"না, না, ধমকানোর কিছু নেই।"

দু'জনে চলে যাওয়ার পর সুজন উঠলেন। স্নান-খাওয়া সেরে একটু বিশ্রাম করে বেরিয়ে পড়লেন। তাঁর একখানা মোপেড আছে। মোপেডটা ঘর থেকে বের করে উঠোনে নামিয়ে স্টার্ট দিলেন। তারপর গাঁয়ের দক্ষিণ প্রান্তের দিকে গাড়িটা চালিয়ে দিলেন।

হরিপুর ছাড়িয়ে মাইলপাঁচেক আসার পর মোপেড থামিয়ে কাঁধের থলি থেকে একটা শক্তিশালী খুদে দূরবিন বের করে পেছনের দিকটা ভাল করে লক্ষ করলেন সুজন। না, কেউ আসছে না অনুসরণ করে। নিশ্চিন্ত হয়ে তিনি ফের গাড়ি ছাড়লেন।

প্রায় কুড়ি মাইল তফাতে সাতগাঁ। গ্রামের উত্তর দিকে একখানা পাকা বাড়ির সামনে গাড়ি থামিয়ে নামলেন সুজন। বারান্দায় উঠে দরজায় টোকা দিতেই দরজা খুলে একটা বেঁটে লোক উঁকি দিল।

"আরে, আপনি !"

"জরুরি কথা আছে।"

"আসুন, ভেতরে আসুন।"

সুজন ভেতরে ঢুকে দরজাটা বন্ধ করে দিলেন।

বারো

সন্ধের মুখে আজও ঝোড়ো হাওয়া ছাড়ল এবং ঘন মেঘ করে চারদিক অন্ধকার হয়ে গেল। তারপর নামল তোড়ে বৃষ্টি।

কবিরাজ রামহরি কিছু গাছগাছড়ার খোঁজে হরিপুরের দক্ষিণে গড়নাসিমপুরের জঙ্গলে গিয়েছিলেন। ফেরার সময়ে এই দুর্যোগ। সঙ্গে অবশ্য ছাতা ছিল, কিন্তু

ঝোড়ো হাওয়ায় ছাতা উলটে শিকগুলো ছয়-ছত্রখান। ঠাণ্ডা হাওয়ায় বরফের কুচির মতো বৃষ্টির ফোঁটা থেকে মাথা বাঁচাতে রামহরি দৌড়ে সামনে যে-বাড়িটা পেলেন তার মধ্যেই ঢুকে পড়লেন।

ঢুকেই খেয়াল হল এটা সরলাবুড়ির বাড়ি। এ-বাড়ি থেকে শূলপাণি নিরুদ্দেশ হওয়ার পর থেকে তালাবন্ধ হয়ে পড়ে আছে। ভয়ে লোকে এ-বাড়ির ত্রিসীমানায় আসে না।

রামহরি দাওয়ায় উঠে দাঁড়ালেন। কিন্তু দাওয়াতেও বৃষ্টির প্রবল ছাঁট আসছে। হাতড়ে-হাতড়ে ঘরের দরজাটা দেখলেন। বেশ বড়সড় তালা লাগানো। সুতরাং ঘরে ঢুকে যে গা বাঁচাবেন সে উপায় নেই। চারদিকে ঘুটঘুট করছে অন্ধকার। ব্যাঙ ডাকছে পেছনের পুকুরে। গাছপালায় বাতাসের অতিপ্রাকৃত শব্দ হচ্ছে, যেন পেত্নির শ্বাস।

রামহরি গাঁয়ের লোক, সহজে ভয় খান না, কিন্তু আজ যেন গা-টা একটু ছমছম করছে। সরলাবুড়ির বাড়িটা গাঁয়ের বাইরে। কাছেপিঠে অন্য বাড়িঘর নেই। সরলাপিসির সাহস ছিল বটে! একা এই নির্জন পুরীতে বুড়ি দীর্ঘদিন বাস করেছে। শূলপাণি তো এল এই সেদিন।

কবিরাজি চিকিৎসায় খুব বিশ্বাস ছিল পিসির। শেষ কয়েক বছর রামহরিই তার চিকিৎসা করেছেন। বাড়িটার দাওয়ায় দাঁড়িয়ে আজ অনেক কথা মনে পড়ছিল রামহরির। বিশেষ করে এক সন্ধেবেলার কথা। খুব শীত পড়েছিল সেদিন। গড়নাসিমপুরের জঙ্গলে সেইদিনই সন্ধেবেলা বাঘের ডাক শোনা যাচ্ছিল। খুব কুয়াশা ছিল চারদিকে। এটা যে সময়ের কথা তখন শূলপাণি আসেনি।

রামহরি যখন বুড়ির নাড়ি দেখছিলেন মন দিয়ে তখন বুড়ি হঠাৎ বলল, "ও বাবা রামহরি, তোকে একটা কথা বলব?"

"বলুন পিসিমা।"

"আগে এ-গাঁয়ে মেলা চোর-ছ্যাঁচড় ছিল। বাইরে থেকেও আসত সব দেহাতি চোর। এ-বাড়িতে সাঁঝরাতেই আনাগোনা করত তারা। তখন ঘরের দোর এঁটে বসে খুব বকাঝকা করতুম তাদের, তা তারাও মাঝে-মাঝে আমার সঙ্গে বাইরে থেকে ঝগড়া করত। দু-চারটে চোরের সঙ্গে এভাবেই বেশ ভাবসাব হয়ে গিয়েছিল।"

রামহরি অবাক হয়ে বললেন, "তাই নাকি? এ তো সাঙ্ঘাতিক কথা পিসি!

একগাল হেসে বুড়ি বলল, "তা কী করি বল। আমার তিনকুলে কেউ নেই, গাঁয়ের লোকও কেউ বড় একটা আসে না। একা থাকি। তা চোর-ছ্যাঁচড়দের সঙ্গেই যা একটু কথাটথা বলতুম। এখন তারা আর আসে না। কেন বলতে পারিস?"

"তা তো জানি না পিসি। চোর-ছ্যাঁচড়দের সঙ্গে আপনারই বা দরকারটা কী?"

"ওই যে বললুম তোকে, তারা এলে দুটো কথা কয়ে বাঁচতুম। দু-চারজনের সঙ্গে তো বেশ ভাবই হয়ে গিয়েছিল। কালীচোর ছিল, সাত গাঁয়ে বাড়ি। চার

ছেলে, দুই মেয়ে নিয়ে বড় সংসার। তার আবার হাতে বাতব্যাধি ছিল। বউটা দজ্জাল বলে কত দুঃখ করত। আর ছিল নবাচোর। একেবারে ছেলেমানুষ। তার সৎ-মা বলে বাড়িতে আদর ছিল না। একবার তাকে জানলা গলিয়ে একবাটি পান্তাভাত খাইয়েছিলুম। আরও ছিল গণশাচোর। খুব পাজি ছিল। জানলায় দমাদম ইট মারত। একখানা টাকা ছিল তার বরাদ্দ। টাকা দিলেই চলে যেত।"

রামহরি হাসলেন, "উরেব্বাস! এ তো সাঙ্ঘাতিক কথা।"

"তা বাবা, চোরসকল যে উধাও হয়ে গেল, এরকমটা কি ভাল?"

"লোকে তো বলে চোর-ছ্যাঁচড় না থাকাই ভাল।"

"সে তোদের বেলায়। আমার বাপু, চোরটোর তেমন খারাপ লাগে না।"

রামহরি মাথা চুলকে বললেন, "একা থেকে-থেকে আপনার মাথাটাই গেছে দেখছি পিসি। তা একা থাকবার দরকারটাই বা কী? একজন কাজের মেয়ে রেখে নিন না। সে দিনরাত থাকবে আর মনের আনন্দে তার সঙ্গে বকবক করবেন।"

"ওরে বাবা, কাজের মেয়ে রাখব কী রে? তারা যে ভীষণ চোর হয়। আমি বুড়োমানুষ, কোথা থেকে কোন জিনিসটা সরাবে টেরও পাব না।"

রামহরি হেসে ফেললেন, "তা সরালে সরাক না। আপনি তো চোরই খুঁজছেন।"

"না, না বাবা, ঘরে চোর পুষতে পারব না। তবে আমার এখন একজন চোর খুব দরকার। একটা ভাল দেখে চোর খুঁজেপেতে দিবি বাবা? আনাড়ি হলে চলবে না। বেশ পাকা চোর চাই। পারবি?"

রামহরির তো একগাল মাছি। সরলাপিসির মাথাটা যে একটু বিগড়েছে সে-বিষয়ে তাঁর আর সন্দেহ রইল না। কিন্তু মুশকিল হচ্ছে, মাথা বিগড়োনোর অন্যান্য লক্ষণ ঠিকমতো মিলছে না। তিনি আমতা-আমতা করে বললেন, "আচ্ছা দেখব'খন। আমার কাছে রুগি যারা আসে তাদের মধ্যে খুঁজলে হয়তো এক-আধজন চোর পাওয়া যেতেও পারে।"

"ওরে না, না, ব্যাপারটা হালকাভাবে নিসনি। শক্ত কাজ, পাকা হাতের চোর ছাড়া পেরে উঠবে না।"

রামহরি অবাকের ওপর আরও অবাক হয়ে বললেন, "চোরকে দিয়ে কী কাজ করাবেন পিসি?"

"তোর মাথায় কি গোবর রে রামহরি? চোর চাইছি কি চণ্ডীপাঠ করবে বলে?"

"তা হলে?"

"চোরকে দিয়ে চুরিই করাব বাপ। তবে কাজটা শক্ত। তাই পাকা হাতের লোক খুঁজছি।"

"চুরি করাবেন পিসি? কী সব্বোনেশে কথা! কী চুরি করাবেন? কেন চুরি করাবেন? চুরি করা যে মহাপাপ।"

ফোকলা মুখে একগাল হেসে সরলাপিসি বলল, "শাস্তরের কথা কি আর জানি না রে বাপ! সব জানি। চুরি করা পাপ, মিথ্যে কথা বলা পাপ, আরও কত পাপ

আছে।”

“তা হলে চুরি করাতে চাইছেন কেন ?”

“কথাটা ভেঙে বলতে পারছি না রে বাপ। বলতে ইচ্ছে যাচ্ছে বটে, কিন্তু কথাটা এখুনি ফাঁস হয়ে গেলে মুশকিল। আগে একটা ভাল দেখে চোর এনে দে, কাজটা উদ্ধার হোক, তারপর একদিন তোকে সব খুলে বলব।”

রামহরির যদিও সরলাপিসির মাথার গণ্ডগোল হয়েছে বলে সন্দেহ রয়ে গেল, তবু চোরও তিনি কিন্তু খুঁজেছিলেন। তাঁর রুগিদের মধ্যে একজন ছিল নিতাই পাল। তার আধকপালে মাথাধরার জন্য চিকিৎসা করাতে আসত। নিতাই নানা জায়গায় ঘোরে, খুব ফিকিরফন্দি জানে। তা তাকেই রামহরি চোরের কথা বললেন, “ও নিতাই, আমাকে ভাল একজন চোরের সন্ধান দিতে পারো ?”

“চোর !” বলে নিতাইয়ের সে কী হাসি। হাসি আর থামেই না। তারপর বলল, “কবরেজমশাই, ব্যাপারটা কী ?”

“সে আছে, বলা যাবে না।”

“বলি চোর ধরে তাকে বেটে বা থেঁতো করে ওষুধ বানাবেন না তো ! আয়ুর্বেদে নাকি কিম্ভূত আর বিটকেল নানা জিনিস দিয়ে ওষুধ বানায়।”

“আরে না না, অন্য ব্যাপার।”

তা নিতাই এনেছিল দুটো চোরকে। একজন ফিচকে, অন্যজন ফটিক। দু'জনেরই বয়স কম, দু'জনেই রোগা, দু'জনেই কালো, দু'জনেরই মাথায় বাবরি চুল। দু'জনের চোখেই বেশ চালাক-চালাক দৃষ্টি, আর দু'জনেরই মুখে মিচকে হাসি। রামহরি বুঝলেন, এরা সত্যিই কাজের লোক।

দু'জনকেই সরলাপিসির কাছে নিয়ে গিয়েছিলেন রামহরি। চোর দেখে পিসির আনন্দ আর ধরে না। তাড়াতাড়ি মুড়ির মোয়া আর নাড়ু খেতে দিলেন। তারপর রামহরিকে বললেন, “তোর উপকারের কথা ভুলব না। এবার তুই বাড়ি যা, এদের সঙ্গে আমার গোপন শলাপরামর্শ আছে।”

এতদিন বাদে সেইসব কথা মনে পড়ে রামহরির একটু হাসি পাচ্ছিল। চোর দিয়ে সরলাপিসি কী করেছিল তা আজও জানেন না রামহরি।

সামনেই একটা তালগাছের মাথায় নীল একটা বিদ্যুতের ধাঁধাঁনো শিখা নেমে এল। দপ করে আগুন জ্বলে উঠল গাছের মাথায়। তারপর যে বাজের শব্দটা হল তা থেকে কান বাঁচাতে রামহরি দু'কান চেপে ধরে রইলেন।

তারপরই হঠাৎ শুনতে পেলেন, খুব কাছে কারা যেন কথা কইছে। একটু থতমত খেয়ে ঠাহর করে শুনলেন, তালাবন্ধ ঘরের ভেতর থেকে কথা শোনা যাচ্ছে। রামহরির মেরুদণ্ড বেয়ে হিমের স্রোত নেমে গেল।

তেরো

রামহরি আসলে সাহসী মানুষ। বন্ধ ঘরের ভেতর থেকে কথার আওয়াজ পেয়ে প্রথমটায় ভয় খেলেও সামলে গেলেন। তারপর জানলার বন্ধ পাল্লায় গিয়ে কান পাতলেন। ঝড়-বৃষ্টির শব্দে প্রথমটায় কিছু শুনতে পেলেন না। কিন্তু প্রাণপণে মনঃসংযোগ করে থাকার ফলে একটু বাদে শুনতে পেলেন, কে যেন কাকে বলছে, "হাঁ হাঁ বাবু, ও বাত তো ঠিক আছে, কসুর হই গিছে বাবু। হামি সমঝলাম কি বহোত দিন বাদ ইস তরফ যখন এসেই গেছি তখন বুড়ি মায়ের সোঙ্গে একটু বাতচিত করিয়ে যাই। উসি লিয়ে—"

অন্য গলাটা বাঘা গর্জন করে উঠল, "চোপ বেয়াদব, ফের মিছে কথা হচ্ছে! বুড়ি মাকে তুই চিনতিস? তুই তো ঢুকেছিলি চুরি করতে!"

অন্য গলাটিতে বিনয় ঝরে পড়ল, "নেহি মালিক, চোরি ওরি হামার কাম নেহি। হামি তো মুলকমে চাষবাস করে খাই।"

"চোর যদি নোস তবে ওই সিঁদটা কেটেছে কে?"

"কোই চোর টোরের কাম হোবে হুজৌর। শিয়াল ভি হোতে পারে। হামি উ সব কাজ জানি না মালিক।"

"না, তুমি ভাজা মাছটি উলটে খেতে জানো না তা বুঝেছি। কিন্তু তোর হাতে যে মাটির দাগ লেগে আছে। পায়ের কাছে যে সিঁদ কাটি পড়ে আছে এগুলো কোত্থেকে এল?"

"উরে বাপ! ইটা কি সিঁদকাটুয়া আছে নাকি বাবু? ইরকম চিজ তো হামি কখুন দেখি নাই! হুজুর, হামার মালুম হয়েছে কি কোই চোর-চোট্টা-বদমাশ জরুর ঘুসিয়ে কুথা ছিপকে বৈসে আছে। ঢুঁড়লে উসকো মিলে যাবে।"

"হ্যাঁ, তুই বড় সাধুপুরুষ। এখন বল, তোকে যদি মেরে পুঁতে ফেলি তা হলে কেমন হয়?"

"খুব খারাপ হোবে মালিক। হামি ভালা আদমি আছে।"

"তুই ওই সিঁদ দিয়ে ঢুকেছিস। নইলে তোর গায়ে অত কাদামাটি লেগে আছে কেন?"

"ওই বাত ঠিক আছে মালিক। বহোত দিন বাদ ইদিকে আসলাম তো। ভাবলাম কী, বুড়ি মা'র সোঙ্গে একটু মুলাকাত করে যাই। দরওয়াজা বন্‌ধ দেখে বুড়ি মা-বুড়ি মা বোলকে চিল্লামিল্লি কোরে দেখলাম কোই আওয়াজ নেই। তখুন কোঠিকে পিছে এসে দেখলাম ই গোর্তোটা আছে। তখুন ভাবলাম কী বুড়ি মা'র জরুর কোই তকলিফ হোচ্ছে। উস লিয়ে গোর্তোর ভেতর দিয়ে ঢুকে আসলাম।"

মোটা গলার লোকটা হাঃ হাঃ করে অট্টহাসি হেসে বলল, "বটে! তোর মনটা দেখছি ভারী নরম। এখন বল তো, বুড়ি মাকে তুই চিনতিস?"

"হাঁ হাঁ, জরুর। বুড়ি মা বহুত ভালা আদমি ছিলেন।"

"তোর সঙ্গে কী করে আলাপ হল?"

"হামি বুড়ি মার কাজ কাম কুছ কোরে দিতাম। লাকড়ি ফেড়ে দিতাম, পানি তুলে দিতাম, বাতচিত ভি হোতো।"

"কী বাতচিত হত ?"

"কোই খাস বাত নেহি। বুড়ি মা পুছ করতেন, বেটা রামপ্রসাদ, তোহার মতো অ্যাইসা আচ্ছা লেড়কার ইতনা মুসিব্বত কাহে ? আশমানে ভগবান যদি থাকেন তো তেরা ভি একদিন ভাল গলেগা। হাঁ হাঁ, কুছু হোবে তোর রামপ্রসাদ। এই বুড়ি মার আশীর্বাদ তোহার ভালা হি কোরবে।"

"বটে ! বুড়ি মা তোকে আশীর্বাদ করত ! আর তার জন্যই তুই বুড়িমার ঘরে সিঁদ কাটলি ?"

"ছিঃ ছিঃ হুজুর, সিঁদ তো আর কোই কাটিয়েছে। হামি তো শুধু ঘুসেছি।"

"কেন ঘুসেছিস সত্যি করে বল। নইলে এই যে ভোজালি দেখছিস এটা তোর পেটে ঢুকে যাবে।"

"রাম রাম বাবুজি। উসব ভোজালি-উজালি খুব খারাপ জিনিস আছে। রামপ্রসাদ ছোটামোটা আদমি আছে, ছুছুন্দর মারিয়ে হাতমে গোন্ধো কাহে করবেন ?"

"হাত গন্ধ করতে আমার আপত্তি নেই। এখন খোলসা করে বল তো, কী খুঁজতে এখানে ঢুকেছিলি ?"

"হনুমানজিকি কিরিয়া হুজুর, মতলব কুছু খারাপ ছিল না। বুড়ি মার আশীর্বাদ ফির একবার লিব বলেই এসেছি। কাম কাজ কুছু খারাপ যাচ্ছে।"

"চোপ ব্যাটা ! ফের মিথ্যে কথা !"

পটাং করে একটা থাপ্পড়ের শব্দ শুনে বাইরে রামহরি চমকে উঠলেন। থাপ্পড়টার যেন বাজের মতোই আওয়াজ হল।

"মর গয়া বাপ রে !"

"এবার বল ব্যাটা। নইলে—"

"আচ্ছা, আচ্ছা, বলছি মালিক। ইতনা জোর ঝাপট নেহি খায়া হুজুর।"

"এবার বলবি ? না ফের একটা বসাতে হবে ?"

"নেহি হুজুর, আউর নেহি। আমি ঘুসেছিলাম একটা জিনিস একটু ঢুঁড়তে।"

"কী জিনিস ?"

"কোই খাস জিনিস না আছে বাবুজি। একঠো বাক্স।"

"বাক্স ! তাতে কী আছে ?"

"সে হামি জানি না। তবে বাক্সটা বুড়ি মা চোরাই করিয়ে লিয়ে এসেছিলেন।"

"চুরি করে ? কে বলল তোকে ?"

"যো চুরি করিয়েছিল উসি আদমি বোলা মালিক।"

"সে কে ?"

"নাম বললে আপনি চিনবেন ?"

"বলেই দ্যাখ না।"

"একঠোর নাম ছিল ফটিক, আর দুসরার নাম ছিল ফিচকে।"

"ফটিক আর ফিচকে ? কই, এরকম নামে তো কাউকে চিনি না ?"

"কৈসে চিনবেন মালিক। দোনো চোর ছিল।"

"মিছে কথা বলছিস না তো ?"

"সীতামাঈকি কিরিয়া মালিক, ঝুট কিঁউ বোলবে ?"

"বাক্সে কী ছিল ?"

"কিসকো মালুম ? কোই খাস চিজ হোতে পারে। ওহি দেখনেকে লিয়ে এসেছিলাম। তো এসে দেখি, আপনি ঘোরের মধ্যে বসিয়ে আছেন। রাম রাম বাবুজি, হামি তা হলে এখুন আসি ?"

ফের সেই হাঃ হাঃ অট্টহাসি। তারপর গর্জন, "আমাকে বোকা ঠাওরালি নাকি রে রামপ্রসাদ ? এত সহজে ছাড়া পাবি ভেবেছিস ? আগে কথা ওগরা। ওই বাক্সে কী ছিল বল, নইলে—"

"হাঁ হাঁ, পরেসান কেন হোবেন হুজুর ? ফিন ঝাপট মারলে হামি তো মরিয়ে যাব।"

"তা হলে ভালয়-ভালয় বলে ফ্যাল।"

"হুজুর, কসুর মাফ করিয়ে দিবেন, ফটিক হামাকে বলেছিল কী বাক্সের মধ্যে কুছ তামাকা পয়সা আর কড়ি ছিল। কুছ খাস চিজ নেহি। বুড়ি মা উন দো চোরকো দোশো রুপিয়া বখশিশ দিয়েছিল। স্রিফ কড়ি আর পয়সাকা লিয়ে বুড়ি মা কেন দোশো রুপেয়া বখশিশ দিয়েছিল ওহি পুছনেকে লিয়ে হামি এসেছিলাম।"

"সেটা তো আমারও জানা দরকার। সাতটা পয়সা আর সাতটা কড়ির জন্য সরলাপিসি এত উতলা হয়েছিল কেন ! তুই কিছু জানিস না ?"

"নাহি মালিক। রামপ্রসাদ বুরবক আদমি আছে।"

"কেমন বুরবক, তা বুঝতেই পারছি। তা বাক্সটা সরাল কে তা জানিস ?"

"নেহি মালিক, হামি তো মুলুকমে চলিয়ে গিয়েছিলাম।"

"চোর দুটো কোথায় থাকে জানিস ?"

"নেহি হুজুর।"

"তোর সঙ্গে দোস্তি ছিল ?"

"জাদা দোস্তি ছিল না। থোড়া সে জান পহেচান ছিল।"

"কতদিন আগে ?"

"চার-পাঁচ বরষ হোবে। গুস্তাকি মাফ করবেন বাবুজি, বাক্সটা কুথায় ?"

"কোথায়, তা জানলে কি আর বসে আছি রে ব্যাটা ? তন্ন-তন্ন করে খুঁজে কোথাও পাইনি। যে সরিয়েছে তাকে হাতের কাছে পেলে ধড় আর মুণ্ডু আলাদা করতাম।"

"হুজুর, একটা বাত বলব ?"

"বল।"

"রাত হোয়ে আসছে। আঁধিয়ারি মে হামি কুছু ভাল দেখতে পাই না। হামাকে

আভি ছোড়িয়ে দিন। বরখা ভি হোচ্ছে। ভুখ ভি লাগা হ্যায়।"

"বটে! পালাতে চাস? দাঁড়া। আমার একটা স্যাঙাত এখনই এসে পড়বে। সে এলে তোর বিচার হবে। তারপর ভেবে দেখব তোকে ছাড়া যায় কি না।"

চোদ্দো

রামহরি একটু ভ্রূ কুঁচকে ভাবলেন, সরলাপিসির বন্ধ ঘরে যে নাটকটা হচ্ছে তার কুশীলবকে একটু চর্মচক্ষে না দেখলে তিনি স্বস্তি পাচ্ছেন না। কিন্তু হুট করে ঢুকবার পথ নেই। আর ঢুকলেও যে বিপদ হবে না তা কে বলতে পারে?

ঠিক এই সময়ে রামহরির হঠাৎ মনে হল, তাঁর পেছনে কেউ দাঁড়িয়ে আছে। একবার ঘাড় ঘোরালেন রামহরি, কিন্তু ঘুটঘুট্টি অন্ধকারে কিছু ঠাহর হল না। বৃষ্টির তোড় আর বাতাসের জোর দুই-ই বাড়ছে। রামহরি অস্বস্তি বোধ করতে লাগলেন। দু-একবার বিদ্যুৎ চমকাল বটে, কিন্তু সে আলোতে কাউকে দেখা গেল না।

রামহরি ভাবলেন, মনের ভুলই হবে। এই দুর্যোগে কে এসে তাঁর পেছনে লাগবে? তবে এখানে আর কালক্ষেপ করা যে যুক্তিযুক্ত হবে না সেটা বুঝতে পারলেন রামহরি। সুতরাং ঝড়-বৃষ্টি উপেক্ষা করেই তিনি দাওয়া থেকে নেমে পড়লেন। তারপর বয়স অনুপাতে ঝড়-বৃষ্টির মধ্যে যত জোরে ছোটা যায় তত জোরেই ছুটতে লাগলেন। কিন্তু সুমুখে এত ঘুটঘুট্টি অন্ধকার যে, দৌড় কেন, হাঁটাও খুব কঠিন। রামহরি প্রথমে একটা বাগানের বেড়া ভেঙে হুড়মুড় করে পড়লেন। তাতে 'চোর, চোর' বলে কেউ চেঁচিয়ে ওঠায় ভয় খেয়ে রামহরি আর একদফা ছুটতে গিয়ে একটা গাছের সঙ্গে বেজায় ধাক্কা খেয়ে ধরণীতলে জল-কাদায় পপাত হলেন এবং ফের উঠে দিগভ্রান্ত হয়ে কোথায় যে যাচ্ছেন তা বুঝতে না পেরে হাঁটতে লাগলেন।

একবার তাঁর মনে হল, পথ ভুলে গাঁয়ে ঢোকার বদলে গাঁয়ের বাইরেই চলে এলেন নাকি? এখন চেপে বৃষ্টি হচ্ছে, বিদ্যুতের চমকানি নেই বলে রাস্তাঘাট কিছুই ঠাহর করার উপায় দেখছেন না। এ অবস্থায় হাঁটা অতীব বিপজ্জনক। কোন খানাখন্দ, পুকুরে, ডোবায় পড়েন তার ঠিক কী?

রামহরি সুতরাং একটা গাছ ঠাহর করে তার নীচে দাঁড়িয়ে পড়লেন। ছোটাছুটিতে যথেষ্ট ধকলও গেছে। একটু জিরোনোও দরকার। সরলাপিসির বাড়িতে কারা ঢুকে বসে আছে সে-কথাটাও মাথায় ঘুরপাক খাচ্ছে। সাতটা কড়ি আর সাতটা পয়সার কথাও ভুলতে পারছেন না।

ঝড়-বৃষ্টি এবং ঘুটঘুট্টি অন্ধকারের ভেতরে হঠাৎ রামহরি একটা ক্ষীণ আলোর রেশ দেখতে পেলেন। সামনে, পঞ্চাশ-ষাট গজ দূরে যেন একটা লণ্ঠনের আলো দেখা যাচ্ছে। মনে হল, কোনও বাড়ি থেকেই আলোটা আসছে। যার বাড়িই হোক, আশ্রয় তো আপাতত জুটবে। গাঁয়ের সব লোকই তো চেনা।

রামহরি গুটি-গুটি আলোটার দিকে এগোতে লাগলেন। যত এগোচ্ছেন আলোটা বেশ স্পষ্টই দেখা যাচ্ছে। গাছপালার মধ্যে বাড়ির মতো কিছু একটার আকারও দেখা যাচ্ছে। রামহরি 'জয় দুর্গা' বলে এগিয়ে একেবারে বাড়ির দাওয়ায় উঠে পড়লেন। পাকা দালান, সামনেই একটা ঘরের কাচের শার্সি দিয়ে লণ্ঠনের জোরালো বাতি দেখা যাচ্ছে। চিনতে আর ভুল হল না রামহরির। কাচের শার্সিওলা বাড়ি হরিপুরে একটাই আছে। এ হল সুজন বোসের বাড়ি।

সুজন বোসের বাড়িতে সর্বদা গরম কফি পাওয়া যায়। মানুষটি পণ্ডিতও বটে, কথা কয়ে বেশ আরাম। গা পুঁছে একটু জিরিয়ে, বৃষ্টির তোড়টা কমলে বাড়ি যাওয়া যাবে।

দরজায় কড়া নেড়ে রামহরি হাঁক মারলেন, "সুজনবাবু আছেন নাকি ? ও সুজনবাবু—"

কেউ সাড়া দিল না। রামহরি আরও বারকয়েক হাঁকডাক করলেন। আশ্চর্যের ব্যাপার ! ভেতরে আলো জ্বলছে, দরজায় তালাও দেওয়া নেই, তবে লোকটা কি বাথরুম-টাথরুমে গেছে ? রামহরি জানলা দিয়ে ভেতরে উঁকি দিলেন। জানলায় একটা হাফ পরদা টানা থাকায় কিছুই দেখতে পেলেন না প্রথমে। কিন্তু পরদার ডান দিকে নীচের কোনাটা সামান্য ফাঁক হয়ে আছে দেখে সেখানে চোখ পেতে রামহরি আপনমনেই বলে উঠলেন, সর্বনাশ !

যা দেখলেন, তা হল, পায়জামা-পরা দু'খানা পা মেঝেতে সটান হয়ে আছে। এক পায়ে চটি, অন্য পা খালি, এর মানে সুজন হয় অসুস্থ হয়ে পড়ে গেছে, যেমনটা স্ট্রোক হলে হয় নইলে অন্য কিছু...।

রামহরি আতঙ্কিত হলেও তিনি কবিরাজ মানুষ। লোকের রোগভোগ, বিপদ দেখলে পালানো তাঁর ধর্ম নয়। তিনি দরজায় ফের ধাক্কা দিলেন, তারপর ওপর দিকটা হাতড়ে দেখলেন, বাইরে থেকে শেকল তোলা আছে। শেকলটা খুলতেই বাতাসের ধাক্কায় দরজার দুটো পাল্লা ধড়াস করে খুলে গেল।

ঘরে ঢুকেই আগে দরজাটা বন্ধ করে ছিটকিনি দিলেন রামহরি। তারপর দেখলেন, ঘরটার অবস্থা লণ্ডভণ্ড। স্টিলের আলমারিটা হাঁ করে খোলা। সুজন মেঝেতে সটান হয়ে শুয়ে আছেন উপুড় হয়ে।

হাঁটু গেড়ে বসে আগে নাড়িটা পরীক্ষা করলেন রামহরি, নাড়ি আছে। প্রাণে বেঁচে আছে লোকটা। ভাল করে পরীক্ষা করতে গিয়ে রামহরি সুজনের মাথার পেছনে ক্ষতস্থানটা আবিষ্কার করলেন। লাঠি বা ওরকম কিছু নয়, নরম, ভারী জিনিস দিয়ে সুজনকে মারা হয়েছে মাথায়। তার ফলে জায়গাটা ফুলে কালশিটের মতো পড়লেও রক্তক্ষরণ তেমন হয়নি। রবারের হোস দিয়ে মারলে এরকম হতে পারে।

মুখে-চোখে একটু জল ছিটিয়ে দিলেন রামহরি, তারপর হাত-পা ভাঁজ করে কিছু প্রক্রিয়া করলেন। মিনিট-দশেকের চেষ্টায় সুজন চোখ মেলে চাইলেন। খুব ভ্যাবলা চোখ, যেন কিছুই চিনতে পারছেন না।

আরও মিনিট-দশেক বাদে সুজন উঠে চেয়ারে বসতে পারলেন, মুখে কথাও ফুটল।

"ওঃ, মাথাটা ছিঁড়ে পড়ছে যন্ত্রণায়!"

"কে মারল আপনাকে?"

সুজন মাথা নেড়ে বললেন, "জানি না। মুখ ঢাকা দুটো লোক।"

"কখন হল?"

"সন্ধের পর। ঘরে বসে কাজ করছিলাম। কে যেন দরজায় কড়া নাড়ল। উঠে দরজা খুলতেই দুই মূর্তি ধাক্কা দিয়ে ঢুকে পড়ল।"

"তারপর?"

"পিস্তল বার করার চেষ্টা করেছিলাম, পারলাম না। তার আগেই পেছন থেকে মাথায় এমন মারল! তারপর, আর কিছু মনে নেই।"

"আপনার ঘরে ঢুকে ওরা তো লুটপাট করে নিয়ে গেছে বলেই মনে হচ্ছে। নাঃ, এ-গাঁ ক্রমে বসবাসের অযোগ্য হয়ে উঠছে দেখছি।"

সুজন মাথাটা দু'হাতে চেপে বসে ছিলেন। হঠাৎ মুখ তুলে আলমারিটার দিকে চেয়ে বললেন, "সর্বনাশ!"

বলেই তাড়াতাড়ি উঠে এসে আলমারিটার ভেতরে কী যেন আঁতিপাতি করে খুঁজে দেখলেন। তারপর বললেন, "নাঃ, নিয়েই গেছে!"

"কী নিয়ে গেছে সুজনবাবু?"

"ওঃ, সে একটা সোনার গয়না।"

"কীরকম গয়না?"

"ঠিক গয়না নয়। একটা সোনার ঘড়ি। দামি জিনিস।"

কথাটা যেন একটু কেমনভাবে বলা। রামহরি একটু সন্দিহান হলেন। কিন্তু কিছু বললেন না।

সুজন বললেন, "আমার ঘরে দামি জিনিস বা টাকা-পয়সা তেমন কিছু থাকে না। থাকলে সবই যেত।"

রামহরি চিন্তিতভাবে বললেন, "সোনার ঘড়িটাই বা কম কীসের? কত ভরি সোনা ছিল ওতে?"

"দু-তিন ভরি হবে বোধ হয়। ওজন করিনি।"

"কী ঘড়ি?"

"'রোলেক্স।"

"টেবিলের ওপর এই যে ঘড়িটা দেখছি, এটাও তো রোলেক্স বলেই মনে হচ্ছে। এটা নয় তো!"

সুজন যেন একটু তটস্থ হয়ে বললেন, "না, ওটা নয়। ওটা তো আমি হাতে পরি। এটা ছিল তোলা ঘড়ি।"

"ওষুধপত্র ঘরে কিছু আছে? ক্ষতস্থানে একটু বরফ দিলে হত।"

"বরফ কোথায় পাব? তবে আমার কাছে কিছু ওষুধ থাকে। চিন্তা করবেন না,

সামলে নেব। আপনি এসে না পড়লে কী যে হত!”

রামহরি বললেন, “আমি না এলেও তেমন কিছু হত না। একটু বেশিক্ষণ অজ্ঞান হয়ে থাকতে হত আর কী।”

সুজন একটা দীর্ঘশ্বাস ছেড়ে বললেন, “আমার একটা কথা রাখবেন রামহরিবাবু?”

“বলুন।”

“এ-ঘটনাটার কথা কাউকে জানাবেন না।”

“কেন বলুন তো! এত বড় ঘটনা চেপে যাব?”

“চাপতে হবে না। দু'দিন সময় চাইছি। আমি নিজে একটু তদন্ত করতে চাই। তারপর বলবেন।”

পনেরো

ঝড়-জলের রাত বলে তো আর ঘরে শুয়ে নাক ডাকালে জগার পেট চলবে না। জগা তাই নিশুত রাতে শহিদলালের দক্ষিণের ঘরের একখানা কমজোরি জানলার পুরো কাঠামোটাই খুলে ফেলল। ঝড়জলের রাত বলে দুটো সুবিধে। আজ রাত-পাহারার লোকেরা কেউ বেরোয়নি, আর দু'নম্বর সুবিধে হল, একটু-আধটু শব্দ হলেও কেউ শুনতে পাবে না।

বৃষ্টিটা বেশ চেপেই পড়ছে। হাওয়াটাও বেশ তেজালোই। শহিদলালের জামাই এসেছে শহর থেকে। বেশ শাঁসালো জামাই। তামাক বেচে কাঁচা পয়সা। পাঞ্জাবিতে সোনার বোতাম এঁটে কাল বিকেলেও টহল দিচ্ছিল, চার আঙুলে আংটি, বুক পকেটে সর্বদা দু'-পাঁচটা একশো টাকার নোট।

জগা বাঁশবনের দিকটা একটু চেয়ে দেখল। কাজ সেরে এই পথেই সটকে পড়া যাবে।

অন্ধকার ঘরে ঢোকা নানা কারণেই একটু ভয়ের। তাই জগা উঁকি মেরে দেখে নিল ভেতরটা। চোখ তার খুবই ভাল। অন্ধকারেও দিব্যি দেখতে পেল, মশারির ভেতরে লেপমুড়ি দিয়ে মেয়ে-জামাই ঘুমোচ্ছে। জামাইয়ের সুটকেসখানা একটা টেবিলের ওপর রাখা। পাঞ্জাবিটা আলনায় ঝুলছে। জিনিসগুলো যেন তাকে দেখতে পেয়ে আহ্লাদে ডাকাডাকি শুরু করে দিল, “এসো, এসো, জগাভায়া, তোমার জন্যেই হা-পিত্যেশ করে বসে আছি।”

জগা জানলায় উঠে ভেতরে লাফ দিয়ে নামল। কাজটা বেশ জলের মতো সোজা বলেই মনে হচ্ছে। মেয়ে-জামাই অঘোর ঘুমে। চারদিক সুনসান। তবে জগা বেশি লোভ করবে না। অতি লোভে তাঁতি নষ্ট। জামাইয়ের সুটকেসখানা, সোনার বোতামসমেত পাঞ্জাবি আর কাঁসার বাসন-টাসন যদি কিছু থাকে।

কাজটা বড্ড সোজা দেখে জগার একটু তুচ্ছ-তাচ্ছিল্যের ভাবও এল। তাই সে তাড়াহুড়ো না করে একটু জিরিয়ে নিয়ে ধীরে-ধীরে এগোতে লাগল টেবিলের

দিকে।

ঠিক এই সময়ে কে যেন খুব চাপা স্বরে বলল, "উঁহু।"

জগা চমকাল এবং থমকাল, কে কথা কয় ? জামাই নাকি ?

দাঁড়ানো লোককে সহজেই দেখা যায়। জগা তাই টক করে উবু হয়ে বসে পড়ল। আর বসতেই লোকটার একেবারে মুখোমুখি। টেবিলের নীচে ঘাপটি মেরে জাম্বুবানের মতো বসে আছে আর জুলজুল করে তাকে দেখছে।

জগা ভয় খেয়ে বলল, "জামাইবাবাজি নাকি ? ইয়ে—তা-একটু দেখা করতে এলুম আর কী ! শত হলেও আপনি গাঁয়ের কুটুম। দেখা না করাটা ভারী অভদ্রতা হয়ে যাচ্ছিল।"

লোকটা চাপা গলায় বলল, "কৌন জামাই ? হামি তো রামপ্রসাদ আছে।"

জগা টক করে বুঝতে পারল, লোকটা জামাই নয়। তবে কি পুলিশ টুলিস ? একটু মাথা চুলকে সে বলল, "তা সেপাইজি, কেমন আছেন ? শরীরগতিক সব ভাল ? বাড়িতে বালবাচ্চা সব ভাল তো ?"

"কৌন সিপাহি হ্যায় রে বুরবক ? ই ঘরে হামি আগে ঘুসিয়েছি, মাল-উল সব আমি লিব। তু আভি ভাগ।"

জগা এবার জলের মতো পরিষ্কার বুঝতে পারল এ-লোকটা জামাইও নয়, সেপাইও নয়। এ-লোকটা আর এক চোর। আগেভাগে ঢুকে বসে আছে। বুঝতে পেরেই জগার রাগ হল। বলল, "তার মানে ? তুমি যেমন রামপ্রসাদ, আমিও তেমনি জগা। তুম ভি মিলিটারি, হাম ভি মিলিটারি। ভাগেকা কাহে ? মাল-উল সরাতে আমিও জানি।"

"হাঁ হাঁ, উ বাত তো ঠিক আছে রে জগুয়া। লেকিন কুছ কানুন ভি তো আছে রে। এক ঘর মে দো চোর কভি ঘুসতা হ্যায় ? আশমানমে কি দোঠো চাঁদ হোয় রে পাগল। কৌন আগে ঘুসিয়েছে সেই সব লিবে।"

জগার মাথাটা একটু গরম হয়েই ছিল। এবার আরও এক ডিগ্রি চড়ল। সে বলল, "এঃ, আমাকে আইন শেখাতে এলেন ! আইন আমিও কিছু কম জানি না। আমি এ গাঁয়ের চোর, আমার হক অনেক বেশি। তুমি তো বাইরের চোর, গাঁয়ে ঢুকে অন্যায় করেছ।"

"তুকে কে বলল হামি বাহারের লোক আছি ? তুহার উমর কত রে বদমাশ ? হামি বহুত আগে ই গেরামে কত কাম কাজ করিয়েছি সো জানিস ? গদাইবাবু, নগেনবাবু, জমিদারবাবু সব হামাকে চিনে। তু তো দো দিনকা ছোকরা।"

"আমি দু'দিনের ছোকরা ?"

"না তো কী আছিস ? আভি তো তুহার হাত ভি তন্দরুস্ত হোয়নি। ওইভাবে জানালা ভেঙে কেউ ঢোকে ? এইসান আওয়াজ দিয়া যে মালুম হুয়া চোর নই, ডাকু গিরা।"

"এঃ আমাকে বিদ্যে শেখাচ্ছে ! তা তুমি কী করে ঢুকলে ?"

"আমি তুহার মতো থোড়াই আছি। আমি যখন কুনও বাড়িতে ঘুসব তো

অ্যায়সা চুপচাপ ঘুসে যাব যে কুত্তা ভি ভুকবে না।"

জগা একটু দমে গেল। লোকটা হয়তো সত্যিই তার চেয়ে পাকা লোক। নামটাও তার চেনা-চেনা ঠেকছে। একটু দমে গিয়েও সে বলে ফেলল, "মাপ করে দাও দাদা, ঢুকেই যখন গেছি তখন ছোট ভাইটিকে বঞ্চিত করবে কেন ? আধাআধি বখরা হোক।"

রামবিলাস বলল, "আই বাপ ! আধা হিস্যা ? তু তো খুনিয়া আছিস রে জগুয়া।"

"কেন, প্রস্তাবটা কি খারাপ ?"

"দো-পাঁচ রুপেয়া লিয়ে ভেগে যা।"

এবার সত্যিই ভারী রেগে গেল জগা। বেশ হেঁকেই বলল, "কী বললে ! দো-পাঁচ রুপেয়া ! ছোঃ !"

রামবিলাস বেশ ঠাণ্ডা গলাতেই বলল, "তো কত লিবি ? বিশ রুপেয়া হলে খুশ তো ! ও হি লিয়ে যা। উখানে জামাইদাদার মানিব্যাগটো পড়িয়ে আছে টেবিলের টানার মধ্যে। পঁচিশ রুপেয়া আছে হামি দেখে লিয়েছি। তু বিশ রুপেয়া গিনকে লিয়ে যা।"

জগা ফ্যাঁচ করে উঠল, "আর সোনার বোতাম, হাতঘড়ি, সুটকেস ? সেগুলো সব তুমি গায়েব করবে ভেবেছ ? অত সোজা নয়। আমি তা হলে চোর-চোর বলে চেঁচাব।"

জগাকে চেঁচাতে হল না। তাদের কথাবার্তা বে-খেয়ালে এত উঁচু গ্রামে উঠে গিয়েছিল যে, জামাইবাবাজি উঠে পড়লেন ধড়মড় করে।

"কে ? কে রে ঘরের মধ্যে কথা কয় ? অ্যাঁ ! চোর নাকি ? চোর নাকি হে ? এ তো ভারী আস্পদ্দা দেখছি হরিপুরের চোরদের ! আমি হলুম হারু রায়, আমার ঘরে চোর ঢোকে কোন সাহসে শুনি ? জানিস, শ্বশুরবাড়ির গাঁ না হয়ে আমার গাঁ মল্লিকপুর হলে এতক্ষণে তোদের থামে বেঁধে জলবিচুটি দেওয়াতাম !"

রামপ্রসাদ চাপা গলায় বলল, "সত্যনাশ কিয়া রে জগুয়া ! হামার নাগরা জুতিজোড়া কুথা রাখিয়েছি ইয়াদ আসছে না।"

"হুঁঃ, এই তো মুরোদ ! চোর নিজের জুতো খুঁজে পায় না, সে আবার আমাকে চুরি শেখাতে আসেন !"

বলে গদগদ হয়ে জগা উঠে দাঁড়িয়ে বলল, "জামাইবাবুর কাঁচা ঘুমটা ভাঙাতে হল—বড় দুঃখের কথা।"

পট করে একটা জোরালো টর্চের আলো এসে মুখের ওপর পড়ল।

"তুই কে ?"

"আজ্ঞে, আমরা পাড়াপড়শির মধ্যেই পড়ি।"

"ঘরে ঢুকেছিস যে ! অ্যাঁ !"

মাথা নেড়ে জগা বলল, "আজ্ঞে, দায়ে পড়েই ঢুকেছি। বাইরে থেকে মেলা ডাকাডাকি করেছি। তা দেখলুম বাদলার রাতটিতে আপনার ঘুমটিও বেশ জমাটিই

হচ্ছে। একেবারে ক্ষীরের মতো জমাট ঘুম। হওয়ারই কথা, শ্বশুরবাড়িতে ভালমন্দ পেটে পড়েছে, তার ওপর লেপের ওম। ঘুমের আর দোষ কী ?"

জামাই হেঁকে উঠল, "বাজে কথা রাখো। কী চাও ?"

জিব কেটে জগা বলে, "আরে ছিঃ ছিঃ, চাইব কী ? গরিব বটে, কিন্তু মাগুনে মানুষ নই। বুঝলেন !"

"বুঝলাম, তুমি মহাশয় লোক।"

"আজ্ঞে, তা যা বলেন। তবে কিনা পাড়া-পড়শির বিপদে আপদে না এসে উপায়ই বা কী বলুন !"

"বিপদ ! কীসের বিপদ হে ?"

"আজ্ঞে, সেই কথাটাই বলতে আসা। মাঝরাতে চেঁচামেচি শুনে বাদলা মাথায় করে ছুটে এসেছি। আমাদের শহিদখুড়োর শরীরটা বড্ড খারাপ। এখন-তখন অবস্থা, এই যান কি সেই যান। একেবারে ধড়ফড় করছেন।"

"বলো কী ! কই, কিছু টের পাইনি তো !"

"আজ্ঞে, উঠোনের ওপাশের ঘরে মেলা লোক জড়ো হয়ে গেছে। আপনি জামাই মানুষ বলে শাশুড়ি-ঠাকরুন খবর দিতে লজ্জা পাচ্ছেন। তা আমি বললুম, সে কী কথা ! জামাই হল আপনার জন। খবরটা কি তাকে না দিয়ে পারা যায় ? তা এসে দেখি আপনি বড্ড ঘুমোচ্ছেন। মেলা ডাকাডাকিতেও সাড়া পাওয়া গেল না, তাই অগত্যা জানলাটা খুলে ঢুকে পড়েছি।"

জামাই ভারী ব্যস্ত হয়ে বউকে ডাকতে লাগল, "ওগো, ওঠো, ওঠো, শ্বশুরমশাই যে চললেন।"

"অ্যাঁ !" বলে শহিদলালের মেয়ে উঠে পড়ল। তারপর দু'জন হুড়মুড় করে দরজা খুলে বেরিয়ে ঝড়জলেই উঠোন পেরিয়ে ছুটল।

রামপ্রসাদ জুলজুল করে চেয়ে ছিল জগার দিকে।

জগা তার দিকে চেয়ে বলল, "এঃ, চুরি শেখাতে এয়েছেন। দিয়েছিলে তো কাজ ভণ্ডুল করে !"

রামপ্রসাদ একটা দীর্ঘশ্বাস ফেলে বলল, "ঠিক আছে রে জগুয়া। তুহার আধা হিস্যা।"

ষোলো

রামপ্রসাদ আর জগা চটপট মালপত্র হাতিয়ে নিয়ে বেরোতে যাবে, এমন সময় রামপ্রসাদ বলে উঠল, "আরে ভাই, হামারা জুতি কাঁহা গিয়া ?"

জগা বলল, "তখন থেকে জুতো-জুতো করে হেদিয়ে মরছে দ্যাখো ! কেমন চোর তুমি যে, জুতো খুলে চুরি করতে ঢোকো ? চুরি তো আর পুজো-আচ্চা নয় যে, জুতো খুলতে হবে !"

"তু দো দিনকা ছোকরা, তু কুছু জানিস না। হামার নাগরা জুতির এইসান

আওয়াজ হয় কি মুর্দা ভি উঠকে বৈঠেগা, ওহি লিয়ে জুতি খুলকে ঘুসতে হয়।”

“তা অমন বিটকেল জুতো পরই বা কেন ?”

“অ্যায়সন নাগরা জুতি কাঁহা মিলবে রে ? তুদের মতো জুতি থোড়াই আছে। হামার মুলুক লালগোপালগঞ্জকা সীতারাম চামারকা আপনা হাথে বনায়া গয়া চিজ। নীচে চালিশ গো বুলাকি হ্যায়, উস জুতি বিশ-পঁচিশ সালমে ভি কুছ নেহি হোগা।”

জগা খিঁচিয়ে উঠে বলল, “তবে জুতো নিয়েই থাকো, আমি চললাম। বাড়ির লোকজন লাঠিসোঁটা নিয়ে এল বলে !”

রামপ্রসাদ খুব দুঃখের গলায় বলল, “জুতির তু কী জানিস রে জগুয়া ? তু তো নাঙ্গা পায়ে ঘুরে বেড়াস।”

কথাবার্তার মধ্যেই বাইরে একটা শোরগোল শোনা গেল। কারা যেন চেঁচাচ্ছে, কে একজন হেঁকে বলল, “খবর্দার, পালাতে যেন না পারে। বল্লম দিয়ে গেঁথে ফেলবি, বাড়ি ঘিরে ফেল এক্ষুনি।”

জগা আর রামপ্রসাদ দুই লাফে জানলার কাছে পৌঁছে চোখের পলকে জানলা খুলে বাইরে পড়ল। তারপর আমবাগানের ভেতর দিয়ে ছুটতে লাগল দু’জনে।

“এ জগুয়া, কাঁহা যাচ্ছিস রে ?”

“আর কোন চুলোয় যাব ! নিজের বাড়ি যাচ্ছি।”

“হাঁ হাঁ, তো আমাকে ভি লিয়ে যাবি তো !’

জগা তেতো গলায় বলে, “তা আসতে হয় এসো, তবে তা বলে সেখানে জামাই-আদর পাবে না কিন্তু।”

“ভাত খিলাবি তো ?”

“এত রাতে ভাত কোথায় পাব ? চিঁড়ে আর গুড় দিতে পারি।”

“থোড়া দুধ মিলবে নাই ?”

“এঃ, দুধ ! তোমার বায়নাক্কা তো কম নয় ?”

রামপ্রসাদ ভারী বিরক্ত হয়ে বলে, “তু তো একদম ছোটামোটা চোর আছিস রে জগুয়া। হামার বাড়িতে যাবি, দেখবি দোঠো ভঁইস, তিনগো গাই, চার বকরি, সব কুছ আছে।”

“ছোট চোর বলে কি তুচ্ছ-তাচ্ছিল্য করছ নাকি ? বেশ, তা হলে আমার বাড়ি গিয়ে তোমার কাজ নেই। তুমি রাস্তা দেখো।”

“গুসসা হল নাকি রে তুহার ? আরে ঠিক আছে, তুকে হামি অ্যাইসা চোরি শিখিয়ে দিব যে, তু ভি ভঁইস, গাই সব কিনতে পারবি।”

জগা ঘরে এসে একটা কুপি জ্বালল। তারপর দু’জনে বসল চুরির জিনিসপত্র দেখতে।

পাঞ্জাবির সোনার বোতামটা খুলে হাতে একটু নাচিয়ে নিয়ে জগা খুশির গলায় বলল, “ভরিখানেক হবে, কী বলো রামপ্রসাদদাদা ?”

রামপ্রসাদ বোতামটা হাতে নিয়ে কুপির আলোয় একটু দেখে গম্ভীর হয়ে

জিনিসটা জগার হাতে দিয়ে একটা দীর্ঘশ্বাস ফেলল। তারপর বলল, "তু তো একদম বুরবক আছিস রে জগুয়া?"

"কেন, বুরবকের আবার কী দেখলে?"

"উয়ো বুতাম সোনার থোড়াই আছে? উ তো গিল্টি মাল।"

"অ্যাঁ?"

"উসি লিয়ে তো বলছি কি তু একদম বুরবক আছিস।"

সুটকেসটা খুলে খানকতক জামাকাপড় পাওয়া গেল বটে, কিন্তু টাকাপয়সা টুঁ-টুঁ।

জগা ভারী দুঃখের গলায় বলে, "জামাইটা তো বড্ড ঠকিয়েছে আমাদের দেখছি। শুনেছিলাম জামাই বড়লোক, মেলা পয়সা।"

রামপ্রসাদ ঝাঁটা গোঁফের ফাঁকে হেসে বলল, "হাঁ হাঁ, বড় লুক আছে তো কী আছে? চোরচোট্টা কে লিয়ে কি সুটকেসের ভেতর রুপেয়া পইসা থোড়াই রাখবে? রুপেয়া পইসা আউর কৌন জঘায় রেখেসে, হামি হলে ঠিক বাহার করে লিতাম। তু ঘরে ঘুসে কাম বিলা করে দিলি।"

জগা ফোঁস করে উঠে বলল, "যত দোষ এখন আমার, না?"

মানিব্যাগে পঁচিশ টাকাই ছিল। রামপ্রসাদ উদাস গলায় বলল, "উ তু লিয়ে লে। পচিশ রুপেয়া সে হামার কী হোবে! তু ছোটামোটা চোর আছিস, তু হি লিয়ে লে।"

এ-কথায় ভারী অপমান বোধ করল জগা। বলল, "আমি ছোট চোর? আর তুমি কোন বড় চোরটা শুনি? আহা, আমাকে চুরি শেখাতে এলেন! নিজে তো নাগরা জুতোটা পর্যন্ত খুঁজে পেলে না!"

রামপ্রসাদ একটা শ্বাস ছেড়ে উঠে পড়ল। গায়ের মোটা কাপড়ের পাঞ্জাবিটা খুলে নিংড়ে নিয়ে গা-টা একটু মুছে নিয়ে বলল, "তু আভি আরাম কর। হামি চললাম দুসরা শিকার ঢুঁড়তে।"

জগা অবাক হয়ে বলে, "বেরোচ্ছ! বাঃ, চিঁড়ে-গুড় খাবে না?"

"চূড়া-গুড় দিয়ে কী হোবে রে জগুয়া? চূড়া-গুড় বসে-বসে খেলে কি কামাই হোবে?"

জগা টপ করে উঠে বলল, "কোথায় যাবে রামপ্রসাদদাদা, আমাকেও সঙ্গে নিয়ে চলো।"

"তু তো কাম বিলা করে দিবি।"

"না, না, যা বলবে তাই শুনব দেখো। মা-কালীর দিব্যি।"

"তব শুনে লে। জবান বন্‌ধ্ রাখবি আর কোই খতরা হোলে মগজ ঠাণ্ডা রাখবি। হামি যৌন বলবে ওহি করবি।"

"ঠিক আছে দাদা, তাই সই। এ যা রোজগার হল আজ, তা একেবারে যাচ্ছেতাই। চলো, যদি একটা দাঁও মারা যায়।"

ঝড় থেমে গেছে। বৃষ্টিটাও প্রায় ধরে এল। এখন টিপটিপ করে পড়ছে।

জলকাদার রাস্তায় রামপ্রসাদ আর জগা পাশাপাশি হাঁটছে।

"কোন বাড়ি যাবে গো রামপ্রসাদদাদা ?"

"চল, টুঁড়ে লিব।"

চাপা গলায় জগা বলে, "আহা, আমি তো এ-গাঁয়েরই লোক, সব বাড়ি চেনা। কোন বাড়িতে কী-কী মালকড়ি আছে তাও জানা। যে-বাড়ি বলো চোখ বুজে নিয়ে যাব।"

একটা জংলা জায়গা পেরিয়ে জমিদারবাড়ির ফটকের সামনে পড়ে জগা বলল, "এই হল জমিদার মহেন্দ্রচন্দ্রের বাড়ি...আর ওই যে হোমিওপ্যাথ বিশু দত্তর ঠেক। আর একটু এগিয়ে বাঁ-ধারে যে পাকা বাড়িটা দেখবে সেটায় নয়ন হাতি থাকে—মস্ত পালোয়ান, আর ওই যে..."

"তুকে বলেছি কিনা জবান বন্‌ধ রাখবি।"

"ও হ্যাঁ, তা তো ঠিক। আচ্ছা, আর কথা কইব না।"

একটা মাঠকোঠা পেরোনোর সময়ে হঠাৎ একটা খুনখুনে সরু গলায় কে যেন বলে উঠল, "কে যায় রে বাপ, চোর নাকি ?"

জগা টপ করে উবু হয়ে বসে পড়ল। সর্বনাশ ! এ যে গোপেশ্বরের বুড়ি মা—শীতলালক্ষ্মী !

বুড়ি ভারী মিঠে করে বলে, "চোর নাকি রে বাপ ! চোর হলে একটু ঘরে আয় বাছারা, জরুরি কাজ আছে।"

রামপ্রসাদ ফিরে তাকিয়ে জগাকে বসা দেখে চাপা গলায় বলল, "বসিয়ে আছিস কাহে রে ? ভাগবি তো !"

জগা চাপা গলায় বলে, "ডাকছে যে !"

"সো হামি শুনিয়েছি। ঘরে ডেকে লিয়ে পিটাই করবে।"

"আরে না, না। বুড়ি একা একটা ঘরে থাকে।"

জানলা খুলে শীতলালক্ষ্মী দাঁড়িয়ে ছিলেন। বললেন, "দাঁড়িয়ে দাঁড়িয়ে পায়ের গাঁটে ব্যথা হয়ে গেল বাপ। কখন থেকে একটা চোরের জন্য হা-পিত্যেশ করে চেয়ে আছি। তা চোরেরও কি আজকাল আকাল পড়ল ? আয় বাছারা ঘরে আয়, ভয় নেই, লোকজন ডাকব না।"

বুড়ি দরজা খুলে লণ্ঠন হাতে দাঁড়ালেন।

দু'জন গুটি-গুটি এগোতেই একগাল হেসে বললেন, "আহারে, ভিজে যে একসা হয়েছিস ! আয়, গামছা দিচ্ছি, গা-মাথা মুছে বোস।"

হতভম্ব রামপ্রসাদ জগার দিকে চেয়ে বলে, "এ বুড়িয়া পাগলি আছে নাকি রে ?"

"আরে না, চলোই না মজাটা দেখি। আমাদের রামে মারলেও মারবে, রাবণে মারলেও মারবে। যাঁহা বাহান্ন, তাঁহা তিপ্পান্ন।"

"ও বাত তো ঠিক আছে।"

ঘরে ঢুকতেই শীতলালক্ষ্মী আহ্লাদে ডগমগ হয়ে বললেন, "বাঃ বাঃ একটা চোর

চেয়েছিলাম, ভগবান একেবারে একজোড়া পাঠিয়ে দিয়েছেন। তা বোস বাছারা, ঘন দুধ আছে, চিঁড়ে আছে, মর্তমান কলা আছে, ফেনি বাতাসা আছে, একটু ফলার করবি ?”

“এ জগুয়া, ফল্লার কী চিজ আছে রে ?”

“খুব ভাল জিনিস, বসে যাও।”

শীতলালক্ষ্মী দুটো আসন পেতে দিলেন মেঝেতে। তারপর দুটো জাম বাটিতে ঘন দুধ, অনেক চিঁড়ে, কলা আর বাতাসা দিয়ে বললেন, “খা বাছারা, আগে পেটভরে খা। তারপর কাজের কথা হবে’খন।”

সতেরো

বহুকাল এমন খাবার খায়নি দু’জনে। সরা ভরা ঘন দুধ, মর্তমান কলা, বাতাসা আর চিঁড়ে যে কী অমৃত, তা বলে শেষ করা যায় না। শীতলালক্ষ্মী একেবারে মুক্তহস্ত হয়ে খাওয়াচ্ছেন। ফলে দু’জনেরই দেদার খেয়ে পেট একেবারে টাঁই টাঁই হয়ে গেল।

শীতলালক্ষ্মী দুঃখ করে বললেন, “আহা রে বাছারা, কতকাল বুঝি পেট ভরে খাসনি। তা কেমন চোর তোরা যে ভরপেট খাওয়া জোটে না ?”

জগা করুণ গলায় বলে, “ঠাকুমা, আমি খুবই ছিঁচকে আর ছোটখাটো চোর। দিন চলে না।”

শীতলালক্ষ্মী রামপ্রসাদের দিকে চেয়ে বললেন, “আর তুই ! তুই কেমন চোর রে বাবা ?”

রামপ্রসাদ খুবই লজ্জার সঙ্গে মাথা নামিয়ে বলল, “হামি তো বড়া চোর আছি বুড়িমা। হামার ঘর মে দোঠো ভঁইস, তিনগো গাই, চার বকরি, সব কুছ আছে।”

“তা বাবা, তোরা বড় চোর আর ছোট চোর দুটিতে মিলে আমার একটা কাজ উদ্ধার করে দিবি ?”

“হাঁ হাঁ, কিঁউ নেহি ? বোলেন বুড়িমা, যো কাজ বলবেন করিয়ে দিব।”

জগা বলল, “আজ্ঞে, শক্ত কাজ হলে আজ কি আর পেরে উঠব ঠাকুমা ? ফলার খেয়ে যে নিজেকেই টেনে দাঁড় করাতে পারছি না !”

একগাল হেসে শীতলালক্ষ্মী বললেন, “ওরে, তোদের দেখছি মরা পেট। এটুকু আর কী খেলি বাছা ? আমার দাদাশ্বশুর আস্ত পাঁঠার মাংস খেয়ে উঠে আস্ত কাঁটাল দিয়ে দু’সের দুধের ক্ষীর খেতেন। তবে তাঁর ঢেকুর উঠত। আর কী ঢেকুরই উঠত বাপ, যেন বাঘ-সিংহী ডেকে উঠল। আমার শ্বশুরমশাইয়ের কথা শুনবি ? আস্ত একখানা বিশ-সেরি কাতলা মাছের লেজ থেকে মুড়ো অবধি সাপটে খেতেন। তার পর এক হাঁড়ি দই আর পঞ্চাশটা রাজভোগ তাঁকে কতবার খেতে দেখেছি।”

রামপ্রসাদ হাত জোড় করে বলল, “উ সব দেওতা আছেন, হামি লোগ

ছোটামোটা আদ্‌মি আছে বুড়িমা। যদি আউর খিলাবেন তো হামার দম নিকলে যাবে।"

জগাও করুণ গলায় বলল, "আজ আর নয় ঠাকুমা। অর্ধেকটা বাকি থাক, কাল আবার হবে'খন।"

"আচ্ছা বাবারা, তোদের আর খেতে হবে না। তা বলি বাছারা, আমার একটা ছোট কাজ করে দিবি ?"

"আজ্ঞে, বলে ফেলুন।"

"কাজ খুব সোজা, তোদের গাও ঘামাতে হবে না, সরলার বাড়ি চিনিস তো ?"

ঘাড় নেড়ে সোৎসাহে জগা বলল, "খুব চিনি, খুব চিনি।"

"ব্যস, তা হলে তো অর্ধেক কাজ হয়েই গেল।"

"পুরো কাজটা কী ঠাকুমা ?"

"ওরে সে খুব সোজা কাজ। তার বালিশের পাশে একটা কাঠের বাক্স থাকে। ঘুম না ভাঙিয়ে বাক্সটা আমাকে এনে দিবি বাপ ?"

জগা বেশ জোরেই হোঃ হোঃ করে হাসল। তারপর বলল, "কার ঘুম ভাঙাব ঠাকুমা ? তিনি কবেই পটল তুলেছেন।"

"ও মা ! বলিস কী ? সরলা মরেছে কবে ?"

"তা হল অনেক দিন।"

"ও মা ! ছুঁড়ি তো এই সেদিনও এক্কাদোক্কা খেলত জামতলায়। একরত্তি বয়স।"

জগা মাথা নেড়ে বলে, "একরত্তিই বটে, তা একশো পুরে তার ওপর আর চার-পাঁচ বছর ধরুন।"

শীতলালক্ষ্মীর গালে হাত। চোখ বড়-বড় করে বললেন, "বলিস কী রে মুখপোড়া ! সে যে আমার চেয়েও দশ-বারো বছরের ছোট !"

"তা হতে পারে। হতে বাধা কীসের ?"

"হতে পারে মানে ? সরলার যদি একশো চার হয় তা হলে আমার কত হচ্ছে ?"

জগা বলে, "তা হবে একশো পনেরো-ষোলো। কিছু বেশিও হতে পারে।"

"ওরে বাপ রে ! এত বয়স হয়ে গেল নাকি রে আমার ! তা কেউ তো বয়সের কথাটা আমাকে বলেনি এতদিন ! সরলা যে মরেছে সেও তো টের পেলুম না। হ্যাঁ রে, বানিয়ে বলছিস না তো !"

জগা একগাল হেসে বলে, "না ঠাকুমা, বানিয়ে বলব কেন ? দু-চার বছর এদিক-ওদিক হতে পারে, তবে মোটামুটি হিসেবটায় খুব গণ্ডগোল পাবেন না। সরলা ঠাকুমা বেঁচে থাকতে তো ও-বাড়িতে কম ঘুরঘুর করিনি। রাতবিরেতে গেলে সরলা ঠাকুমা ঘরের ভেতর থেকে কথাবার্তাও বলতেন। তখনই বলেছিলেন, তাঁর তখন একশো চার চলছে। তাও ধরুন চার-পাঁচ বছর তো হয়েই গেল। বেঁচে থাকলে সরলা ঠাকুমার বয়স একশো দশটশই হত।"

শীতলালক্ষ্মী তাড়াতাড়ি দু'হাতে কান চাপা দিয়ে বললেন, "রক্ষে কর, বয়সের

হিসেব আর শুনতে চাই না। ফস করে আবার চার-পাঁচ বছর বেড়ে যাবে। যা ছিল তাই থাক।"

"থাকল ঠাকুমা। তা কীসের বাক্সর খোঁজ করছিলেন যেন?"

"সরলার বাড়িতে একখানা কাঠের বাক্স আছে রে বাপ। সে যক্ষীবুড়ির মতো আগলে রাখে। ওই বাক্সখানা যদি এনে দিস বাপ, তবে বুড়ো বয়সে একটু সুখে মরতে পারি।"

"বাক্সে কী আছে গো ঠাকুমা যে, সুখে একেবারে ভেসে যাবেন!"

"ধনরত্ন নয় রে বাবা, সেদিকে টুঁটুঁ। বাক্সের মধ্যে আছে সাতটা কড়ি আর সাতটা তামার পয়সা।"

রামপ্রসাদ আর জগা পরস্পরের দিকে তাকাল। তারপর রামপ্রসাদ একটা দীর্ঘশ্বাস ফেলে বলে, "উ বাক্স তো গায়েব হয়ে গেছে বুড়িমা।"

"অ্যাঁ! গায়েব হয়ে গেছে মানে! গায়েবটা করল কে?"

রামপ্রসাদ উদাস গলায় বলল, "ক্যা মালুম! উসি বাক্স লিয়েই তো হামি মুলুক থেকে এতো পরেসান হয়ে আসলাম। কিন্তু ওই বাড়ির মধ্যে দোঠো গুণ্ডা লোক ঘুসে বইসে আছে। আজ হামাকে পাকড়েছিল। দু'চার ঘুষ্‌সা ভি মারল। তো বুড়ি মা, ওই সাতটো কড়ি আর সাতটো পইসার বেপারটা কী আছে বলুন তো?"

শীতলালক্ষ্মী খুবই ভাবিত হয়ে পড়ে বললেন, "সে বাছা বলে আর কী লাভ?"

জগা বলল, "ওই বাক্সটা নিয়ে খুব কথা হচ্ছে গো ঠাকুমা। কোন হাতি ঘোড়া হবে বাক্সটা দিয়ে?"

শীতলালক্ষ্মী দুঃখের গলায় বললেন, "হত তো অনেক কিছুই রে বাপ। কিন্তু আর তো কিছু হওয়ার নয়।"

"বাক্সের রহস্যটা কী ঠাকুমা?"

"সে আছে বাছা। ভেঙে বলা যাবে না।"

"কেন ঠাকুমা? অসুবিধে কী?"

শীতলালক্ষ্মী মুখখানা তোম্বা করে বললেন, "আমিই কি তার সবটা জানি রে বাছা? তবে শুনেছি, সাতপয়সার হাট নামে একটা গ্রাম আছে। সেখানে সাতকড়ি নামে একটা লোক থাকে।"

"তারপর?"

"আমি ওইটুকু জানি। বাকিটুকু ওই সাতকড়ি জানে।"

মাথা নেড়ে রামপ্রসাদ বলল, "সমঝমে আসছে না বুড়িমা।"

জগা বলল, "আমিও বুঝতে পারছি না। সাতপয়সার হাট নামে কোনও গ্রামের নাম জন্মেও শুনিনি।"

শীতলালক্ষ্মী বললেন, "ওরে আছে, আছে। সে যে মস্ত ডাকাতের গাঁ ছিল।"

"সে কবে ছিল কে জানে। আপনি তো আর আজকের লোক নন। কত যেন বয়স বেরোল আপনার হিসেবে? দেড়শো নাকি ঠাকুমা?"

"ওরে বলিসনি, বলিসনি! শুনলে হৃৎকম্প হয়। আমার কথাটা ভাল করে

শোন। বাক্সখানা কিন্তু সরলার নয়।”

“তবে কার ?”

“সরলা দুটো চোরকে লাগিয়ে নিতাই পালের বাড়ি থেকে চুরি করিয়ে আনিয়েছিল।”

“নিতাই পাল ?”

“হ্যাঁ রে বাবা, নিতাই পাল। কিন্তু ও জিনিস নিতাই পালেরও নয়।”

“তবে কার ?”

“শোনা যায়, নিতাই পাল ওটা কোনও কাপালিকের কাছ থেকে চুরি করে এনেছিল।”

“ও বাবা ! একটা বাক্সের জন্য এত ?”

“হ্যাঁ রে বাবা, ও বাক্স বড় সামান্য নয়।”

“তা হলে এখন কী করা ঠাকুমা ?”

“বাক্সটা কে চুরি করল একটু খুঁজে দেখবি বাবা ?”

জগা মাথা চুলকে বলল, “সাতপয়সার হাট আর সাতকড়ি যখন জানা গেছে তখন বাক্সটা না হলেও চলবে। রহস্য তো ভেদ হয়েই গেছে।”

শীতলালক্ষ্মী বললেন, “না রে না, ওই বাক্স না নিয়ে গেলে সাতকড়ি যে রা কাড়বে না।”

“আহা, সাতটা কড়ি আর তামার পয়সা জোগাড় করা তো আর শক্ত নয়। কাঠের বাক্সও মেলা পাওয়া যাবে।”

“তোর বুদ্ধির বলিহারি যাই বাপু। এই বুদ্ধি নিয়ে চুরি করে বেড়াস ! এইজন্যই তোর কিছু হয় না। ওই কড়ি আর পয়সা আর পাঁচটা কড়ি আর পয়সার মতো তো নয়। ওর মধ্যে অনেক কারিকুরি আছে। তেমন চোখ না হলে ধরতে পারবি না।”

আঠারো

ভোর না হতেই সুজনের বাড়িতে মেলা লোক এসে হাজির। নগেন দারোগা, গদাই নস্কর, পবনকুমার, মহেন্দ্রচন্দ্র দেবরায়, শহিদলাল, নয়ন হাতি, বজ্র সেন এবং রামহরিও। সকলেই বেশ উদ্বিগ্ন।

নগেন বলল, “আগেই বলেছিলুম আপনাকে, বাড়িতে পাহারা বসিয়ে দিই, তা হলে আর বিপদটা হত না। তা লোকগুলোর চেহারার একটা বিবরণ দিতে পারেন কি ?”

সুজনের মাথায় ব্যান্ডেজ, শরীরও দুর্বল। মৃদু হেসে বললেন, “না, তাদের মুখ ঢাকা ছিল। ভাল করে কিছু বোঝবার আগেই মাথায় কী দিয়ে যেন মারল। আর কিছু মনে নেই।”

“কী কী নিয়ে গেছে ভাল করে খুঁজে দেখেছেন ?”

"এখনও ততটা জোর পাচ্ছি না গায়ে। তবে আমার বাড়িতে দামি জিনিস তেমন কিছু থাকে না। একটা ঘড়ি পাচ্ছি না মনে হচ্ছে।"

"আলমারিটা নাকি ভাঙা ছিল?"

"হ্যাঁ, তাও ছিল। তবে বেশি কিছু নেয়নি।"

হঠাৎ রামহরি বলে উঠলেন, "আপনার ঘরে নেই-নেই করেও দামি জিনিস বেশ কিছু আছে। ডাকাতরা তেমন কিছু নেয়নি, এটা খুব আশ্চর্যের কথা। এমন নয় তো যে, ওরা একটা বিশেষ কোনও জিনিসেরই খোঁজে এসেছিল?"

সুজন রামহরির দিকে চেয়ে বললেন, "কাল আপনি সময়মতো না এলে আমার কপালে আরও কষ্ট ছিল। আপনার কাছে আমি খুব কৃতজ্ঞ কিন্তু ঘটনাটা চাউর করতে যে বারণ করেছিলাম আপনাকে!"

মহেন্দ্র একটু বিরক্ত হয়ে বললেন, "আপনি অদ্ভুত লোক মশাই, বাড়িতে ডাকাত পড়ল আর আপনি সেই ঘটনাটাও চেপে যেতে চাইছেন? লোককে ডাকাত সম্পর্কে সাবধান করে দেওয়াও কি আপনার কর্তব্য নয়? আর গোপন করতে চাইছেনই বা কেন?"

সুজন খুব মৃদু গলায় বললেন, "আসলে আমি নিজেই একটু তদন্ত করতে চাইছিলাম। চাউর হয়ে গেলে ডাকাতরা সাবধান হওয়ার সুযোগ পাবে।"

নগেন দারোগা বলল, "এটা আপনার ভুল ধারণা। ডাকাতরা—যদি তারা সত্যিই সেরকম ডাকাত হয়ে থাকে—পাবলিসিটিতে ঘাবড়ায় না। তা ছাড়া একা-একা আপনি কী তদন্তই বা করবেন? আপনার কি পুলিশের ট্রেনিং আছে?"

সুজন মাথা নেড়ে বললেন, "না নেই। তবে আমার সঙ্গে এ-গাঁয়ের এবং আশপাশের গাঁয়ের চোর-ডাকাতদের সঙ্গে একটু চেনা-জানা আছে। ভাবছিলাম তাদের কাজে লাগিয়ে যদি কিছু করা যায়।"

"ওটা রিস্কি ব্যাপার সুজনবাবু। আমরা আর রিস্ক নেব না। আপনার বাড়িতে আমরা আজ রাত থেকে দু'জনকে পাহারায় রাখব।"

সুজন উদ্বিগ্ন হয়ে বললেন, "রক্ষে করুন। আমি বুড়ো হয়েছি, আমার প্রাণের মূল্য কী? পাহারাদাররা বিপদে পড়তে পারে।"

নয়ন হাতি আর বজ্র সেন একসঙ্গে বলে উঠল, "না হয় আমরাই পাহারা দেব। আমাদের বিপদ সহজে হবে না।"

সুজন ডাইনে-বাঁয়ে মাথা নেড়ে বললেন, "না না! আমার পাহারার কোনও প্রয়োজন নেই। ঠিক আছে, আমার লোক আমি নিজেই ঠিক করে নেব।"

নগেন জিজ্ঞেস করল, "তারা কারা?"

সুজন মৃদু হেসে বললেন, "নাম না-ই বা শুনলেন। আপনার চোখে তারা ভাল লোক নয়, কিন্তু আমার খুব বিশ্বাসী আর অনুগত।"

"ভাল হলেই ভাল। আমরা আপনার নিরাপত্তা ছাড়া আর কিছু চাই না।"

"আপনাদের অনেক ধন্যবাদ।"

নগেন দারোগা বলল, "শুনেছেন বোধহয় যে, সরলাপিসির বাড়িতে কিছু

সমাজবিরোধীরা থানা গেড়েছিল। কাল রামহরিবাবু বৃষ্টি থেকে মাথা বাঁচাতে ও-বাড়ির বারান্দায় উঠে দাঁড়িয়েছিলেন। নিজের কানে শুনেছেন, ভেতরে একটা চোরকে পাকড়াও করে আর-এক চোর খুব ধমক-টমক করছে। এবং কথা হচ্ছিল শূলপাণির সেই বাক্সটা নিয়ে, যাতে সাতটা তামার পয়সা আর সাতটা কড়ি ছিল। বুঝতে পারছি না, সেই বাক্সটা নিয়েই বা এত খোঁজখবর হচ্ছে কেন।"

সুজন বললেন, "ওসব বোগাস ব্যাপার। কিছু লোক গুপ্তধনের লোভে মরিয়া হয়ে ওসব করছে।"

মহেন্দ্রচন্দ্র হঠাৎ বললেন, "সুজনবাবুর ওপর হঠাৎ এই হামলাটা হল কেন সেটার পুলিশি তদন্ত হওয়া দরকার। সুজনবাবু ব্যাপারটাকে কেন গুরুত্ব দিতে চাইছেন না তা বুঝতে পারছি না। কিন্তু আমরা গুরুত্ব না দিলে ভুল করব। এরকম হামলা অন্যের ওপরেও হতে পারে।"

আরও আধঘণ্টা বাদে সবাই নানারকম আশঙ্কা, সান্ত্বনা আর দুঃখপ্রকাশ করে বিদায় নিলেন। একা ঘরে সুজন একটু থমথমে মুখ করে বসে রইলেন কিছুক্ষণ। তারপর উঠে একটু কফি করে খেলেন। তারপর দুশ্চিন্তাগ্রস্ত মুখ নিয়ে বসে-বসে ভাবতে লাগলেন। সাতকড়ি ব্যাপারটা বোঝা যাচ্ছে, কিন্তু সাতটা পয়সার রহস্য ভেদ করা যাচ্ছে না।

দুপুরের দিকে পেছনের জানলার ওপাশে একটা মৃদু গলা খাঁকারির শব্দ পাওয়া গেল।

সুজন চোখ মেলে বললেন, "পাগলু নাকি ?"

"যে আজ্ঞে।"

"ভেতরে এসো।"

পাগলু খুব অমায়িক মুখ করে ঘরে এল। মুখে একটু বশংবদ হাসি।

"খবর কী পাগলু ?"

"আজ্ঞে, খবর আছে। তবে এবার বন্দোবস্তের কথাটা হয়ে যাক সুজনবাবু।"

"কীসের বন্দোবস্ত ?"

"ধরুন, যদি গুপ্তধন পাওয়াই যায়, তা হলে আমাদের বখরাটা কীরকম হবে ?"

সুজন একটু হাসলেন, বললেন, "গাছে কাঁটাল, গোঁফে তেল। ওটা আদৌ গুপ্তধনের সঙ্কেত কি না তাই তো ভাল করে জানা গেল না।"

"সে তো ন্যায্য কথাই। পাওয়া না গেলে বখরার কথাই উঠবে না। "কিন্তু ধরুন, যদি পাওয়া যায়, তা হলে ?"

"তা হলে কত চাও ?"

"আমাদের বখরা আধাআধি।"

সুজন ফের হাসেন, "আধাআধি ? বেশ তাই হবে।"

"কথা দিচ্ছেন ?"

"দিলাম। এবার খবরটা কী বলবে ?"

"বলতেই আসা। কাল রাতে আমার স্যাঙাত জগা আর বাইরে থেকে আসা

একটা চোর রামপ্রসাদ, শীতলালক্ষ্মীর ঘরে গিয়ে ঢুকেছিল। বুড়ি চোর খুঁজছিল।"

"চোর খুঁজছিল ? তাজ্জব ব্যাপার !"

"আজ্ঞে, তাজ্জবই বটে। তা বুড়িও ওই বাক্স চায়।"

"তাই নাকি ! কেন চায় ?"

"বুড়ির কাছেই জগা শুনেছে যে, ওই সাতপয়সার সঙ্কেত হল সাতপয়সার হাট নামে একটা জায়গা। সেখানে সাতকড়ি নামে একটা লোক থাকে। তার কাছে গিয়ে হাজির হতে পারলে আর চিন্তা নেই।"

"সাতপয়সার হাট ! সেটা কোথায় ?"

পাগলু মাথা নেড়ে বলল, "সেইটেই জানা নেই। আশপাশে কোথাও সাত পয়সার হাট বলে কোনও জায়গার কথা শোনা যায় না।"

"বুড়ি এত কথা জানল কী করে ?"

"তা বলতে পারি না। তবে শীতলালক্ষ্মীর বয়স অনেক। পুরনো আমলের মানুষ। কিছু কানাঘুষো শুনে থাকবে।"

"সাত পয়সার হাট কোথায় না জানলে তো কিছু করা যাবে না। জায়গাটার পাত্তা লাগাও পাগলু।"

"যে আজ্ঞে। পাত্তা লাগালেই এসে বলে যাব। কিন্তু একটু বাধাও আছে।"

"কীসের বাধা ?"

"শীতলালক্ষ্মী বলেছে, শুধু জায়গাটা বা সাতকড়ি নামের লোকটাকে খুঁজে পেলেই হবে না। ওই বাক্স আর কড়ি আর পয়সা নিয়ে না গেলে সাতকড়ি পাত্তা দেবে না। ওই সাতটা পয়সা আর কড়িই নাকি আসল জিনিস।"

সুজন চিন্তিতভাবে বললেন, "বুঝতে পারছি রহস্যটা আরও জট পাকিয়ে যাচ্ছে। কিন্তু ঘটনাটা যদি অনেক কাল আগের হয় তা হলে সাতকড়িই কি বেঁচে আছে এতদিন ? তবু খোঁজ করতে থাকো। আমিও খোঁজখবর করছি।"

"যে আজ্ঞে।" বলে পাগলু বিদায় নিল।

উনিশ

জগা আর রামপ্রসাদে এক রাত্তিরেই বেশ ভাব হয়ে গেছে। রামপ্রসাদ দুপুরে জগার ঘরে খেতে বসে বলল, "জগুয়া, তু কি রোজ এইসন খানা খাস নাকি রে বেওকুফ ?"

জগা কাঁচুমাচু হয়ে বলল, "আমি গরিব মানুষ, এর চেয়ে আর বেশি কী করতে পারি বলো তো রামপ্রসাদদাদা ?"

ডাল, ভাত আর আলুর ছেঁচকি দিয়ে একটা বড় গরাস সাপটে মুখে তুলে বলল, "এইসন খানা খেলে তোর শরীরে তাকত আসবে থোড়াই ! ছোটামোটা কাম ছোড়িয়ে দে জগুয়া, বড়া-বড়া কাম কর।"

জগা একটু উজ্জ্বল হয়ে বলে, "একটা বড় কাজ হাতে আছে, বুঝলে রামপ্রসাদদাদা ? কাজটা করতে পারলে নগদ বিশ হাজার টাকা।"

"কী কাম রে জগুয়া ?"

"একজন বুড়ো মানুষকে খুন করতে হবে।"

"আরে রাম রাম ! খুনউন খারাপ কাজ আছে। চোর কা ভি কুছ ধরম হ্যায় রে বুরবক। খুন কাহে করবি ?"

একটা দীর্ঘশ্বাস ফেলে জগা বলল, "করতে আমারও মন চাইছে না, বুঝলে ? কিন্তু দিনুগুণ্ডা কি ছাড়বে ভেবেছ ? আগাম ধরিয়ে দিয়ে গেছে, কাজটা করতে না পারলে ব্যাটা আমার মুণ্ডু না নামিয়ে দেয়।"

"ছিয়া, ছিয়া, খুনখারাবি কি কোই মরদকা কাম আছে রে ?"

"কী করব বলো তো ! দিনু ব্যাটা কবে এসে হাজির হয় তার ঠিক নেই।"

"তু হিঁয়াসে ভাগ যা জগুয়া।"

"ভেগে কোথায় যাব ? কোন চুলোয় কে ঠাঁই দেবে আমায় বলো তো !"

"তু আমার মুলুকমে চল।"

"গিয়ে ?"

"ভঁইস চরাবি, গাই দেখবি, খেতি কা কাম করবি, আউর রাত মে থোড়া বহুত চোরি-ওরি ভি করবি। ভঁইসকা দুধ পিয়ে অ্যাইসা তাকত হোবে যে দশ-বিশ জোয়ানের সঙ্গে লড়াই করতে পারবি।"

"আমাকে চাকর খাটাতে চাও নাকি ?"

"আরে নেহি নেহি, চাকর থোড়াই বনবি। আধা বখরা হোবে।"

মাথা নেড়ে জগা বলে, "না গো রামপ্রসাদদাদা, সে আমি পারব না। হরিপুর ছেড়ে কোথাও গিয়ে আমার মন টিকবে না।"

দুজনে খাওয়া শেষ করে উঠে সবে একটু চ্যাটাই পেতে গড়িয়েছে হঠাৎ বাইরে হুঙ্কার শোনা গেল, "জগা ! অ্যাই জগা।"

জগা ধড়মড় করে উঠে বলল, "ওরে বাপ !"

রামপ্রসাদ নিমীলিত চোখে চেয়ে বলল, "কৌন চিল্লাচ্ছে রে ?"

"সাক্ষাৎ যম। ওই তো দিনুগুণ্ডা।"

রামপ্রসাদ মিটমিট করে চেয়ে বলল, "কেমন গুণ্ডা ?"

"বহুত গুণ্ডা।"

বাইরে ফের হাঁক শোনা গেল, "জগা ! অ্যাই জগা ! দরজা খোল বলছি।"

জগা উঠে দরজাটা খুলে দিয়ে চোখ কচলাতে-কচলাতে বলল, "আরে, দিনুদাদা যে !"

দিনু তার পেল্লায় চেহারাটা নিয়ে দরজা জুড়ে দাঁড়িয়ে বলল, "আজ রাতেই কাজ সারতে হবে। আর সময় নেই।"

"আজ রাতে ! কিন্তু আজ যে আমার একাদশী ! এই দিনটায় অস্ত্র ছুঁই না যে !"

দিনু তার ঘাড়টা ধরে একটা ঝাঁকুনি দিয়ে বলল, "আজ আবার কোন পঞ্জিকার

একাদশী রে বদমাশ ? আমাকে একাদশী চেনাচ্ছিস ?"

ঝাঁকুনির চোটে চোখে সরষেফুল দেখে জগা চিঁচিঁ করে বলল, "আহা ছাড়ো ছাড়ো দিনুদাদা, তোমার মামার বদলে আমিই যে টেঁসে যাব !"

"তোর ঘরে ওটা কে রে ?"

"ওঃ, উনি হচ্ছেন রামপ্রসাদ সিং, ভুসওয়ালের দারোগা।"

"দারোগা !"

"আজ্ঞে, ছদ্মবেশে রোঁদে বেরিয়েছেন।"

শুনে দিনুগুণ্ডা কোমরে হাত দিয়ে এমন হাঃ হাঃ করে অট্টহাস্য করল যে, বাইরে কাকেরা ভয় খেয়ে কা-কা করতে লাগল।

"দারোগা, বটে, অ্যাই রামপ্রসাদ, উঠে আয় তো দেখি। আয় এদিকে !"

রামপ্রসাদ তাড়াতাড়ি উঠে হাতজোড় করে বলল, "রামরাম বাবুজি !"

"তুই নাকি দারোগা ?"

রামপ্রসাদ হাতজোড় করেই বলল, "নেহি মালিক, জগা ঝুট বলছে।"

"তাই বল ! কাল যখন সরলাবুড়ির বাড়িতে ঢুকেছিলি তখন এই শর্মার হাতে পড়ে তো চিঁচিঁ করছিলি। ছিঁচকে চোর কোথাকার !"

"জি হুজৌর ! ছোটামোটা চোর আছে মালিক।"

"এ-গাঁয়ে এখনও ঘুরঘুর করছিস, তোর তো খুব সাহস ! কাল যে তোকে নাকে খত দেওয়ালাম, তুই যে বললি রাতেই এ গাঁ ছেড়ে চলে যাবি !"

"উ বাত তো ঠিক আছে মালিক। কাল আপনার ঘুষ্সা খেয়ে হাত-পাওমে দরদ হচ্ছিল, থোড়া আরাম করিয়ে নিলাম। আজ চলিয়ে যাব মালিক।"

দিনু ঘরে ঢুকে চারদিকে চেয়ে দেখে বলল, "এই ঘরে থাকিস নাকি রে, জগা ?"

"আজ্ঞে।"

"ছোঃ। বড্ড নিচু নজর তোর। এভাবে কেউ থাকে ?"

"আজ্ঞে, অবস্থাটা খারাপই যাচ্ছে।"

"কাজটা করে ফেল, তোর ভাগ্যের চাকা ঘুরে যাবে।"

"আজ্ঞে।"

"কী করতে হবে বুঝিয়ে দিচ্ছি। ভাল করে শোন। ভুলভাল হলে বিপদ আছে।"

"আজ্ঞে বলুন।"

"ঠিক রাত আটটায় বেরোবি। মনে থাকবে ?"

"যে আজ্ঞে।"

"গাঁ থেকে উত্তরে তিন ক্রোশ গেলে পঞ্চসায়রের জঙ্গল পড়বে। চিনিস ?"

"চেনা-চেনা ঠেকছে।"

"মারব গাঁট্টা, পঞ্চসায়রের জঙ্গল চেনে না এমন লোক কে আছে এখানে ?"

"আজ্ঞে চিনি।"

"পঞ্চসায়রের জঙ্গলের ভেতর দিয়ে ক্রোশটাক গেলে রায়দিঘি।"

"আজ্ঞে।"

"রায়দিঘি থেকে ডানহাতি দক্ষিণের রাস্তা ধরে নাক বরাবর গেলে একটা হাট দেখতে পাবি।"

"হাট?"

"লোকে বলে ওটা গগনচাঁদের হাট।"

"মনে থাকবে।"

"আগে জায়গাটার নাম ছিল সাতপয়সার হাট।"

"অ্যাঁ!"

"চমকে উঠলি যে বড়?"

জগা নিজেকে সামলে নিয়ে বলে, "আজ্ঞে ও কিছু নয়।"

"সাতপয়সার হাট বহু পুরনো জায়গা। দেখবি সব পুরনো আমলের বাড়ি-ঘর আর মন্দিরটন্দির আছে। জায়গাটা খুবই অখাদ্য। মশা, মাছি আর জোঁকের খুবই উপদ্রব।"

"যে আজ্ঞে।"

"সেখানে শিবমন্দিরের পেছনে একটা পাঁচশো বছরের পুরনো বাড়ি দেখতে পাবি।

"যে আজ্ঞে।"

"সেই বাড়িতেই আমার মামা থাকে। সাতানব্বই বছর বয়স। বুঝলি?"

"আজ্ঞে, জলের মতো।"

"মামার নাম সাতকড়ি গায়েন।"

"অ্যাঁ!"

"চমকে উঠলি যে বড়?"

"আজ্ঞে না, একটা মশা কামড়াল গালে, তাই।"

"ওই সাতকড়ি গায়েনই হল আমার শত্তুর। বুঝলি?"

"জলের মতো।"

"কাজটা খুব সোজা নয়, বরং বেশ কঠিন কাজই বলতে হবে।"

"যে আজ্ঞে।"

"মামার চারদিকে বেশ কঠিন পাহারা আছে।"

"ও বাবা, পাহারা থাকলে কী করব?"

"তুই বলবি সাতকড়ি গায়েনের কাছে তোর জমি বাঁধা আছে, তুই টাকা দিয়ে ছাড়াতে গেছিস।"

"বিশ্বাস করবে কথাটা?"

"খুব করবে।"

দিনু পকেট থেকে একখানা তুলোট কাগজের টুকরো বের করে জগার হাতে দিয়ে বলল, "এ কাগজটা দেখালেই তোকে পথ ছেড়ে দেবে।"

"তারপর কী করব ?"

"সাতকড়ি গায়েন নিজের কাজ নিজেই করে। পাওনাগণ্ডার ব্যাপারে কাউকে বিশ্বাস করে না। সামনে হাজির হতে পারলে আর চিন্তা কীসের ? একখানা দোধার ছোরা রেখে যাচ্ছি। ছোরাটা সোজা বুকে বসিয়ে দিবি।"

"ও বাবা !"

"ও বাবা আবার কী ? ছোরাটা বসিয়েই পালিয়ে আসবি। জলের মতো সোজা কাজ।"

কুড়ি

যাওয়ার সময় দিনুগুণ্ডা হাজারটা টাকা পকেট থেকে বের করে একরকম জগার নাকের ওপর তাচ্ছিল্যের সঙ্গে ছুড়ে মেরে বলল, "নেমকহারামি করলে কিন্তু জান খিঁচে নেব।"

জগা জিভ কেটে বলে, "ছি ছি, নেমকহারামি করবে কোন নেমকহারাম ? নেমকহারামি ব্যাপারটা আমার আসেই না।"

দিনু কটমট করে রামপ্রসাদের দিকে চেয়ে বলল, "অ্যাই মর্কট, ঘাপটি মেরে বসে তো সব শুনলি, এসব কথা আর পাঁচ কান হবে না তো !"

"জি নেহি। পাঁচ কান কিঁউ, দো কান ভি হোবে না।"

"ভাল কথা। জানাজানি হয়ে গেলে দুটো লাশই পুঁতে ফেলব।"

"জি হুজৌর।"

"কিন্তু শুনেই যখন ফেলেছিস, তখন তুইও কাজে লেগে যা। এসব কাজে একজনের চেয়ে দু'জন থাকা ভাল। টাকাটা বরং ভাগাভাগি করে নিস।"

রামপ্রসাদ অতি ধূর্ত লোক। চোখ মিটমিট করে বলল, "বহুত আচ্ছা মালিক। লেকিন ভাগউগ আপনি নিজে করিয়ে দিন। জগা হামাকে থোড়াই ভাগ দিবে।"

"অ। অ্যাই জগা, দে ওকে ওই হাজার টাকা থেকে পাঁচশো দে। কাজটা আজই সেরে আয়, কাল বাকি টাকা নগদ বাড়ি বয়ে এসে দিয়ে যাব।"

জগা বেজার মুখে হাজার টাকা থেকে পাঁচশো টাকা রামপ্রসাদের হাতে দিয়ে বলল, "যে আজ্ঞে।"

"তা হলে চললুম। কাজ যদি ভণ্ডুল করে আসিস তা হলে কী হবে বুঝতেই তো পারিস।"

"আজ্ঞে, সে আর বলতে !"

দিনু চলে যাওয়ার পর জগা আর রামপ্রসাদ দু'জনে পরামর্শে বসল।

জগা বলল, "রামপ্রসাদদাদা, দিনুগুণ্ডা কি আমাকে ফাঁসাতে চাইছে ? ছোটখাটো চুরিচামারি করি বটে, কিন্তু এসব খুন-জখম তো কখনও করিনি। তবু আমাকেই এত বড় কাজটা কেন দিল বলো তো !"

রামপ্রসাদ একটা হাই তুলে বলে, "তোর নসিব খারাপ আছে রে জগুয়া। খুন

করলে বিশ হাজার রুপিয়া তোকে থোড়াই দিবে দিনুগুণ্ডা। তুকে তো সাতপয়সার হাটের গাঁওয়াররা পিটতে-পিটতে মেরে দিবে। পুলিশ ভি আছে, ফাঁসি ভি হতে পারে।”

“তা হলে চলো, পাগলুদাদার কাছে যাই।”

“পাগলু কৌন আছে রে ?”

“আমার মতোই একজন চোর। তবে বেশ বুদ্ধি রাখে।”

“বুদ্ধির দরকার হোলে তোকে হামি বুদ্ধি দিব। পাগলু-অগলুসে বুদ্ধি লিবি কেন ?”

“পাগলুদাদার বুদ্ধি তোমার চেয়েও ঢের বেশি। আমরা খুব বন্ধুও বটে। পাগলুদাদাই আমাকে প্রথম বুঝিয়েছিল, খুনখারাপির কাজ না করতে। তখন শুনিনি, টাকার লোভটা খুব বেশি হয়েছিল। পাগলুদাদার কাছে যাওয়ার আরও একটা কারণ আছে।”

“কৌন কারণ আছে ?”

“পাগলুদাদা আর আমি একটা ধাঁধা মেলাতে পারছিলাম না। সেটা এবার মিলে গেছে। কথাটা পাগলুদাদাকে বলতে হবে।”

রামপ্রসাদ আর দ্বিরুক্তি করল না। উঠে পড়ল। বলল, “শুন জগুয়া, রাতের বেলা কুছ আচ্ছা খানাপিনা করতে হোবে।”

“খাওয়ার কথা এখন রাখো তো। আমার বলে বুক হিম হয়ে যাচ্ছে, উনি খাওয়ার গপ্পো ফেঁদে বসলেন ! চলো তো, জরুরি কাজটা আগে সারি।”

দু’জনে বেরিয়ে পড়ল। সন্ধের মুখে গাঁয়ের অন্য প্রান্তে পাগলুর বাড়িতে হাজির হল দু’জন।

পাগলু বাড়িতেই ছিল। তাকে আড়ালে ডেকে সংক্ষেপে ঘটনাটা ভেঙে জগা বলল, “সেই সাতপয়সার হাট আর সাতকড়ির সন্ধান পাওয়া গেছে পাগলুদা। এবার আমরা বড়লোক।”

“কোথায় পেলি ?”

“দিনুগুণ্ডার মামাবাড়ি হল গে গগনচাঁদের হাট। আগে ওটারই নাম ছিল সাতপয়সার হাট।”

“বলিস কী ?”

“হ্যাঁ। আর দিনুর সাতানব্বই বছর বয়সী মামাই হল সাতকড়ি।”

“বটে ! এ তো সাঙ্ঘাতিক খবর।”

“তাই বলছি, তুমিও আমাদের সঙ্গে চলো। তিনজনে মিলে কিছু একটা করা যাবে।”

পাগলু একটু ভেবে বলে, “সাতপয়সার হাট আর সাতকড়িকে তো পাওয়া গেল, কিন্তু সেই কাঠের বাক্স কোথায় ? সেটা না হলে তো আর সাতকড়ি আমাদের পুছবেও না।”

“পাগলুদাদা, আমি বলি কী, সাতটা পয়সা আর সাতটা কড়ি জোগাড় করা তো

কোনও সমস্যা নয়। আর রায়দিঘির গজানন মিস্তিরির দোকান থেকে একটা কাঠের বাক্স কিনে নিলেই হবে।”

“হবে বলছিস ?”

“না হবে কেন ?”

“ওই পয়সাগুলোয় যে সন দেওয়া আছে। তা না মিললে ?”

“তাও তো বটে ! এরকম একটা কথা যেন শীতলালক্ষ্মীও বলছিল। তবে কি আশা ছেড়ে দেব ?”

“তা নয়। তবে সঙ্কটকালে মাথা ঠাণ্ডা রাখতে হয়। আমরা হলুম চোর, সব গেরস্তরই ঘরের খবর জানি। আবার চোরদের গতিবিধিও নখদর্পণে। বাক্সটা প্রথমে সরলাবুড়ির বাড়ি থেকে আমিই সরাই।”

“তুমি ! বলছ কী ?”

“ওরে, সে এক বৃত্তান্ত। শূলপাণি যখন হাওয়া হল, তার আগের দিন সুজনবাবু আমাকে বাক্সটা সরানোর জন্য কিছু বখশিশ দেন।”

“এসব বলোনি তো আমাকে !”

“গুহ্য কথা তো, তাই বলিনি। বলা বারণ ছিল।”

“তারপর ?”

“শূলপাণি হাওয়া হওয়ার পর যখন তার বাড়িতে লোকের গাদি লেগে গেল তখন আমি ঘরে ঢুকে ঘাপটি মেরে চালের ডোলের মধ্যে সেঁধিয়ে রইলাম। লোকজন বেরিয়ে গেলে বাক্সটা হাতিয়ে নিয়ে সুজনবাবুকে দিই। তখন কি বুঝেছিলাম ওই বাক্সের এত কদর হবে ?”

“তা সুজনবাবুর কাছ থেকে বাক্সটা ফের হাতিয়ে নিলেই তো হয়।”

পাগলু দুঃখিত চিত্তে মাথা নেড়ে বলে, “তবে আর সমস্যা হবে কেন ? বাক্সটা তাঁর কাছ থেকে চুরি গেছে।”

“তা হলে ?”

“সেই তো ভাবছি, বাক্সটা নিল কে ?”

“বেশি ভাববার যে সময় নেই পাগলুদাদা। অনেকখানি রাস্তা। রাত আটটা নাগাদ না বেরোলে যে সকালবেলা পৌঁছনো যাবে না।”

“পৌঁছে করবিটা কী ? দিনুগুণ্ডার মামাকে খুন করবি নাকি ?”

“না করলে যে সে-ই আমাকে খুন করবে !”

“ওরে দাঁড়া, দিনুর ভয়ে অমন সিঁটিয়ে থাকিস না। বরং চল, সুজনবাবুর কাছে যাই।”

“গিয়ে ?”

“তিনি লেখাপড়া-জানা বিচক্ষণ মানুষ। সাহসীও বটে ! আমাকে খুবই স্নেহ করেন। যাহোক একটা বুদ্ধি তাঁর কাছে পাওয়া যাবে।”

“শেষমেশ তিনি আবার আমাদের কাঁচকলা দেখাবেন না তো !”

“না, সে-ভয় নেই। আর তাঁর সঙ্গে আমার কথা হয়েছে, গুপ্তধন উদ্ধার হলে

আধাআধি বখরা।”

“তা হলে চলো।”

“চল।”

একুশ

সব শুনে সুজনবাবু একটু উত্তেজিত হয়ে বললেন, “সাতপয়সার হাট! গগনচাঁদের হাটই সাতপয়সার হাট! খবর ঠিক তো!”

পাগলু বলল, “যে আজ্ঞে। দিনুগুণ্ডা এদের দু’জনকে বলেছে।”

“তার কথায় বিশ্বাস কী?”

“আজ্ঞে, সেটা যে দিনুর মামার বাড়ি। দিনুর মামাই হল সাতকড়ি।”

“বটে!”

“যে আজ্ঞে। তার সাতানব্বই বছর বয়স।”

“তা হলে তো সবই মিলে গেছে দেখছি।”

“আজ্ঞে। এখন বাক্সটা নিয়েই সমস্যা।”

“হুম।”

সুজনবাবু একটু ভাবিত হলেন। ঘরের মধ্যেই কিছুক্ষণ পায়চারি করে হঠাৎ দাঁড়িয়ে পড়ে বললেন, “বাক্সটা যারা চুরি করেছে তারা যদি সাতপয়সার হাট আর সাতকড়ির সন্ধান পেয়ে যায়, তা হলেই হয়ে গেল।”

জগা হঠাৎ বলল, “অভয় দেন তো একটা কথা জিজ্ঞেস করব?”

“কী কথা?”

“বাক্সটা আসলে কার?”

“জানি না, অনেকবার হাতবদল হয়ে আমার হাতে এসেছিল।”

জগা একটু গম্ভীর হয়ে বলল, “আজ্ঞে, সঠিক ওয়ারিশান কে, সেটা জানা দরকার।”

“কেন বলো তো!”

জগা বলল, “আজ্ঞে, আমরা তো দাগি চোর, আপনারা তো তা নন। বাক্সটা নিয়ে ভদ্রলোকেরা যা করছেন তাতে বড় ঘেন্না ধরে গেল মশাই। চোরে আর ভদ্রলোকে তফাত রইল না দেখছি।”

সুজনবাবু এ-কথা শুনে একটু হাসলেন। তারপর ঠাণ্ডা গলাতেই বললেন, “কথাটা একেবারে খারাপ বলোনি। বাক্সটা কার, তা আমাদের ভেবে দেখা উচিত ছিল। যতদূর শুনেছি, বাক্সটা বারবার এর-ওর কাছ থেকে চুরি হয়েছে বা চুরি করানো হয়েছে। ওয়ারিশান এখন খুঁজে পাওয়া যাবে কি না তা বলা কঠিন।”

জগা অভিমানী গলায় বলে, “খুঁজলে তো পাবেন! কেউ তো ভাল করে খোঁজই করল না।”

সুজনবাবু একটু থমকে গেলেও ভালমানুষের মতো বললেন, “কিন্তু এখন সেসব

ভেবে লাভ নেই। এখন কাজ হল রহস্যটা ভেদ করা। এবং তা থেকে যদি কিছু টাকাকড়ি পাওয়া যায় তবে তা সৎ কাজে লাগানো।"

জগা ফস করে উঠল, "সৎ কাজটা কীরকম ?"

সুজনবাবু এবারও একটু থতমত খেয়ে বললেন, "আমার একটা পরিকল্পনা হল—একটা ভাল গবেষণাগার তৈরি করা।"

"তাতে গাঁয়ের লোকের কী উপকার হবে সুজনবাবু ?"

"গবেষণায় সকলেরই উপকার।"

"আমরা গরিব চোর-ছ্যাঁচড় মানুষ। আমাদের কাছে পেটের চিন্তার বড় চিন্তা নেই। গবেষণা-টবেষণা আমরা বুঝি না। আমাদের অর্ধেক হিস্যা দেবেন বলেছেন তো !"

"হ্যাঁ, বলেছি।"

"এখন বলুন তো বাবু, আমরা এই তিন জনে যদি টাকাপয়সা বা গুপ্তধন উদ্ধার করি, তা হলে আপনাকে অর্ধেক বখরা দেব কেন ? আপনি কীসের হিস্যাদার ?"

সুজনবাবু এবার চটলেন। ফরসা মুখখানা লাল টকটকে হয়ে গেল। প্রায় কাঁপতে-কাঁপতে বললেন, "তোমার এত বড় সাহস !"

জগা হাতজোড় করে বলল, "কিছু মনে করবেন না, এই পাগলুদাদাই আমাদের আপনার কাছে নিয়ে এসেছে, আপনি ভাল পরামর্শ দেবেন বলে। তা পরামর্শ আর কী দিলেন ! শুনছি তো, কেবল বখরার কথা আর গবেষণাগার না কী যেন। বলি কাজটা কী করে উদ্ধার হবে তার কথা কিছু বলবেন ? চাট্টি খেয়ে আমাদের তো রওনা হতে হবে। রাত হতে চলল, হাতে বিশেষ সময়ও নেই।"

সুজনবাবু রাগে আর উত্তেজনায় প্রথমটা কথাই বলতে পারলেন না কিছুক্ষণ। তারপর নিজেকে অতি কষ্টে সামলে নিয়ে পাগলুর দিকে চেয়ে বললেন, "যদি আমাকে ডিঙিয়ে তোমরা সম্পদ উদ্ধার করে গাপ করো, তা হলে তার পরিণতি ভাল হবে না।"

পাগলু কিছু বলার আগেই জগা বলল, "কেন বাবু, আপনি কি আমাদের মারবেন নাকি ?"

এতক্ষণ রামপ্রসাদ কথা-টথা বলছিল না, এবার হঠাৎ বলে উঠল, "আপ ভি চোর আছেন, হামলোগ ভি চোর আছে। গুসসা করে কী হোবে ? মগজমে কোই মতলব আসলে বোলিয়ে ফেলুন। আপনার ভি দু-চার পুইসা হোবে, হামার ভি দু-চার পুইসা হোবে।"

সুজনবাবুকে খুবই চঞ্চল আর অস্থির দেখাচ্ছিল। তিনি ফের কিছুক্ষণ পায়চারি করে বললেন, "তোমরা এখন যাও। আমার ভাবতে কিছুক্ষণ সময় লাগবে। এক ঘণ্টা বাদে এসো।"

তিনজন নিঃশব্দে উঠে বেরিয়ে গেল।

সুজনবাবুর বাড়ি থেকে বেরিয়ে তিনজন অন্ধকারে কিছুদূর হেঁটে এসে একটা গাছতলায় দাঁড়াল।

জগা বলল, “পাগলুদাদা, সুজনবাবুর সঙ্গে তোমার সম্পর্কটা কী, একটু বলবে ?”

পাগলু হেসে বলল, “ওরে, উনি যে আমার মাসতুতো ভাই।”

“মাসতুতো ভাই ?”

“চোরে-চোরে তো তাই সম্পর্ক।”

“তাই বলো। লোকটা কিন্তু সুবিধের নয়।”

“তা আর বলতে ! লোক ভাল হলে আমাদের সঙ্গে গুজগুজ-ফুসফুস করে ?”

“তা লোকটা চায় কী ?”

“মুফতে রোজগার করতে চায়। ভেবেছিলাম লোকটা কিছু কাজের কথা বলতে পারবে।”

হঠাৎ জগা বলল, “ওই দ্যাখ, সুজনবাবু কোথায় যাচ্ছে !”

বাস্তবিকই দেখা গেল সুজনবাবুর বাড়ির দিক থেকে একটা মোটরবাইক বেরিয়ে ঝড়ের বেগে কোথায় যেন চলে গেল।

“কোথায় যাচ্ছে বলো তো পাগলুদাদা ?”

“কী করে বলব ? তবে নিতাই পালের সঙ্গে সুজনবাবুর দোস্তি আছে।”

“তা হলে এখানেই চেপে বসে থাকি এসো। সুজনবাবু তো একঘণ্টা সময় দিয়েছে।”

“অগত্যা তাই।”

তারা বসে-বসে নানা কথা কইতে লাগল।

আধঘণ্টা বাদে দেখা গেল, মোটরবাইকটা ঝড়ের বেগে ফিরে আসছে। সামনে সুজনবাবু, পেছনের ক্যারিয়ারে আর-একটা লোক।

বোধ হয় নিতাই পালকে নিয়ে এল।

“চলো যাই পাগলুদাদা। দেখি লোকটা কী বলে।”

“চল।”

দরজায় ধাক্কা দেওয়ার বেশ কিছুক্ষণ বাদে দরজা খুললেন সুজনবাবু। গম্ভীর মুখে বললেন, “এখনও একঘণ্টা হয়নি। আরও পনেরো মিনিট বাকি আছে।”

জগা একগাল হেসে বলল, “আজ্ঞে, আমাদের হাতে তো ঘড়ি নেই। তা ছাড়া খিদেও পেয়েছে মশাই।”

সুজনবাবু খুব কড়া চোখে তার দিকে চেয়ে থেকে বললেন, “ঠিক আছে, ভেতরে এসো।”

জগা ভেতরে ঢুকে বলল, “তা মশাই, আপনার মাথায় কোনও মতলব এল, নাকি ঝুটমুট আমাদের হয়রান করছেন ?”

সুজনবাবু গিয়ে চেয়ারে বসে বললেন, “আমি চা খাচ্ছিলাম। ইচ্ছে করলে তোমরাও খেতে পারো। চা খুব স্টিমুলান্ট।”

“কী আন্ট বললেন ?”

“বলকারক জিনিস।”

"শুধু চা ? ধুর মশাই, আমার যে খিদে পেয়েছে।"

"ও হ্যাঁ, সন্দেশ খাবে ?"

"খুব খাব মশাই, আমাদের আবার জিজ্ঞেস করতে আছে ? দিলেই খাই।"

সুজনবাবু একটা সন্দেশের বাক্স ভেতরের ঘর থেকে নিয়ে এলেন। বললেন, "খাও। অনেক আছে।"

তিনজনেই টপাটপ করে কয়েকটা খেয়ে নিল।

"আরও খাব মশাই ?"

"খাও, খাও, কোনও বাধা নেই।"

বাক্স একটু বাদেই ফাঁকা হয়ে গেল। সুজনবাবু বললেন, "ওই কুঁজোয় জল আর পাশে গেলাস আছে। জলও খেতে পারো।"

তিনজনেই উঠে গিয়ে জল খেয়ে এল।

জগা পেটে হাত বুলিয়ে বলল, "আহা ভুঁড়ি ঠাণ্ডা না থাকলে মাথাটাও ঠাণ্ডা থাকে না কিনা, আহা, এখন বড় আনন্দ হচ্ছে।"

"হচ্ছে ? বেশ, বেশ !"

"তা কী ভাবলেন বলুন তো ! না কি বুদ্ধি দেওয়ার জন্য নিতাই পালকে আনতে হল ?"

"নিতাই পাল ! সে কেন আসবে ?"

"এসেছে মশাই, নিজের চোখে দেখেছি।"

সুজনবাবু একটু হেসে বললেন, "তোমার চোখ দেখছি বেশ শার্প।"

হাই তুলে জগা বলল, "যে আজ্ঞে। চোরের চোখ বলে কথা।"

আরও দু'জনও হাই তুলল। বড্ড ঘুম পাচ্ছে তিনজনের।

জগা বলল, "মশাই সন্দেশে কি সিদ্ধি-টিদ্ধি কিছু মেশানো ছিল ?"

"কেন বলো তো !"

"এত ঘুম পাচ্ছে কেন ?"

"ঘুম পেলে ঘুমোও।"

সুজনবাবু একটু হাসলেন। তিনজনের ঘুমন্ত মাথা পর্যায়ক্রমে ঠাঁই-ঠাঁই করে টেবিলে পড়ল হঠাৎ।

বাইশ

ঘরের বাইরে পেছনের আগাছার জঙ্গলে দাঁড়িয়ে জানলার পাল্লার একটু ফাঁক দিয়ে ঘরের ভেতরকার দৃশ্যটা দেখছিল আর-একজন। সুজনবাবু তিনটে চোরকে সন্দেশ খাওয়ালেন এবং তার পরই তিনজন প্রায় একই সঙ্গে সংজ্ঞা হারিয়ে টেবিলে মাথা দিয়ে পড়ে রইল।

সুজনবাবু পেছনে হাত দিয়ে দাঁড়িয়ে ঘুমন্ত তিনজনের দিকে চেয়ে পরিতৃপ্তির হাসি হাসলেন। তারপর অনুচ্চ গলায় ডাকলেন, "নিতাই !"

ভেতরের ঘর থেকে নিতাই বেরিয়ে এল। চোখেমুখে কিছুটা যেন আতঙ্কের ভাব, "সুজনবাবু, এরা মরে যায়নি তো!"

"আরে না। মরবে কেন? ঘণ্টা কয়েকের জন্য অজ্ঞান হয়ে গেছে মাত্র!"

"বাঁচা গেল।"

"বড্ড জ্বালাচ্ছিল। চোর বটে, কিন্তু বুদ্ধিমান চোর নয়। কাজ পণ্ড করে দিত।"

"কিন্তু কাজটাই বা কী করে হবে? সেই কড়ি আর পয়সা তো চুরি হয়ে গেছে।"

গম্ভীর হয়ে সুজনবাবু বললেন, "হুম। সেটাই ভাবিয়ে তুলল।"

"চোরদের তো আপনি দেখেছেন। চেনা ঠেকেনি?"

"না হে। আচমকা মাথায় মেরে অজ্ঞান করে দিয়েছিল।"

"এরা কি এভাবেই পড়ে থাকবে?"

"না। জ্ঞান ফিরলে গোলমাল করতে পারে। আমার ঘরে এভাবে এদের পড়ে থাকাটাও ভাল দেখাবে না।"

"তা হলে?"

"একটু পরিশ্রম করতে হবে।"

"তিনজনকে অন্য কোথাও পাচার করবেন?"

"ঠিক ধরেছ, তবে বেশি দূরে নয়। রাস্তার ওপাশে একটা জংলা জায়গা আছে। ধরাধরি করে সেখানে নিয়ে গিয়ে রেখে আসতে হবে।"

"কিন্তু তাতে কি প্রতিক্রিয়া এড়াতে পারবেন?"

"সে পরে দেখা যাবে।"

"এরা জ্ঞান ফিরে পাওয়ার পর আপনার ওপর প্রতিশোধ নেবে না তো!"

"তত এলেম এদের নেই। অন্তত পাগলু সেরকম নয়। তবে ওই জগাটা একটু ট্যাঁটা আছে। আর রামপ্রসাদ এ-গাঁয়ের লোক নয়, কাজেই ওকে নিয়ে চিন্তা নেই।"

"তা হলে চলুন, কাজটা সেরেই ফেলা যাক। দেরি করলে কে কখন এসে পড়বে।"

এর পর দু'জন ধরাধরি করে একে-একে তিনজনকে নিয়ে আগাছার জঙ্গলে ফেলে এল। তারপর দু'জনে মুখোমুখি বসল।

নিতাই বলল, "এর পর প্ল্যানটা কী?"

"এটা তো জানা গেছে যে, গগনচাঁদের হাটই সাতপয়সার হাট। আর সাতকড়ি নামে একশো বছরের কাছাকাছি বয়সী একটা লোকও সেখানে থাকে। সুতরাং আমাদের কাজ অনেকটাই এগিয়ে গেছে।"

"কাজ কোনদিকে এগোল তা তো বুঝতে পারছি না।"

"কেন বলো তো!"

"গোটাটাই তো অন্ধকারে ঢিল ছোড়া।"

সুজনবাবু গম্ভীর হয়ে বললেন, "হয়তো তাই। কিন্তু কে বলতে পারে?"

"সুজনবাবু, সামান্য একটা অনুমানের ওপর নির্ভর করে শূলপাণিকে সরিয়ে ফেলা বা পরঞ্জয়বাবুকে অন্যত্র নিয়ে রাখাটা বাড়াবাড়ি হয়ে যায়নি কি?"

সুজন থমথমে মুখে বলে, "তুমি জানো না, শূলপাণির মুখচোখ দেখে আমার মনে হয়েছিল, সে-ই ওই বাক্সের রহস্য প্রায় ভেদ করে ফেলেছে। পাগলছাগল যাই হোক, শূলপাণিকে ছেড়ে রাখা বিপজ্জনক ছিল, আর পরঞ্জয় শূলপাণির সঙ্গে মাখামাখি শুরু করায় ব্যাপারটা বিপজ্জনক হয়ে দাঁড়ায়।"

"বিপদ এখনও আছে। শূলপাণি ছাড়া পেয়ে গাঁয়ের লোককে ঘটনাটা বললে কী হবে কে জানে!"

"ভয়ের কিছু নেই। শূলপাণিকে গুম করেছে বাইরের ভাড়াটে লোক। আমরা যে তার পেছনে আছি, তা তো সে জানে না।"

"আপনাকে ধরা যাবে না ঠিকই, কিন্তু আমাকে তো শূলপাণি দেখেছে।"

"তোমারও ভয় নেই। তুমি অন্য গাঁয়ে থাকো। তোমাকে কেউ কিছু করবে না। তা ছাড়া শূলপাণিকে তো আমরা খারাপ রাখিনি। সে খাচ্ছেদাচ্ছে, ঘুমোচ্ছে, আরামে আছে। শুধু ঘরে তালা দিয়ে রাখা হয়—এই যা।"

"পরঞ্জয়বাবু কি কিছু সন্দেহ করবেন না?"

"পরঞ্জয়বাবুর কেসটা আলাদা। তাঁর সংসারে শান্তি ছিল না বলে তাঁকে আমি অজ্ঞাতবাসের পরামর্শ দিই। তিনি তো খুশি মনেই প্রস্তাবটা মেনে নিয়েছেন। আছেনও ভাল। জঙ্গলের মধ্যে ক্যাম্প করে দিব্যি শিকার করছেন, নিজেই রান্না করে খাচ্ছেন। দেখাশোনা করার জন্য লোকও রাখা হয়েছে একজন।"

নিতাই বলল, "হ্যাঁ, এঁদের পেছনে আপনার টাকা আর পরিশ্রম বড় কম যায়নি। কিন্তু শেষ অবধি কী লাভ হবে সেটাই ভাবনার বিষয়।"

"দ্যাখ নিতাই, জীবনটা এরকমই। সবসময়ে লাভ হবে এমন কথা নেই। ঝুঁকি নিতেই হয়। টাকা খরচ হচ্ছে ঠিকই, কিন্তু যদি আন্দাজটা লেগে যায় তা হলে এই খরচটা সুদে-আসলে উশুল হয়ে যাবে।"

"কিন্তু সুজনবাবু, এখন প্রশ্ন হল, ওই সাতটা পয়সা আর সাতটা কড়ি ছাড়া শেষরক্ষা হবে কি না।"

"দেখা যাক। আজ রাতেই আমাদের রওনা হতে হবে। কাল ভোরেই আমাদের কাজ।"

"ঠিক আছে। আমি তৈরি।"

জানলার বাইরে ঘাপটি মেরে থাকা ছায়ামূর্তির পাশে হঠাৎ আর-একটা ছায়ামূর্তি এসে দাঁড়াল।

প্রথম ছায়ামূর্তি দ্বিতীয়জনের দিকে চেয়ে ঠোঁটে আঙুল ঠেকিয়ে চুপ থাকতে ইশারা করল।

ভেতরে সুজনবাবু তাঁর রিভলভারে গুলি ভরলেন, একখানা বাঁদুরে টুপিতে মুখমাথা প্রায় ঢেকে ফেললেন। হাতে দস্তানা গলালেন।

নিতাই পালও সোয়েটার পরল।

"তা হলে 'দুর্গা' বলে বেরিয়ে পড়া যাক সুজনবাবু।"

"হ্যাঁ, চলো।"

দু'জনে বাতি নিভিয়ে দিয়ে ঘরে তালা লাগিয়ে বেরিয়ে পড়ল।

প্রথম ছায়ামূর্তি দ্বিতীয়জনের দিকে চেয়ে বলল, "কিছু বুঝলে ?"

"আন্দাজ করছি।"

"নাটের গুরু হচ্ছে ওই সুজনবাবু।"

দ্বিতীয় ছায়ামূর্তি একটা দীর্ঘশ্বাস ছেড়ে বলল, "সে সন্দেহও ছিল।"

পবনকুমার মৃদু স্বরে বললেন, "তোমার বাড়ি থেকে কাঠের বাক্সটা কবে চুরি যায় ?"

"অনেকদিন আগে।"

"বাক্সের রহস্য কিছু জানো ?"

"খুব পরিষ্কারভাবে জানি না, তবে পিতামহের আমলের কোনও ঘটনা। মনে হয় কোনও একজন বিশেষ খাতকের কাছে আমাদের প্রভূত পরিমাণ পাওনা আছে। দাদু কোনও কারণে সরাসরি পাওনাগণ্ডার দলিল না করে এরকম একটা অদ্ভুত সাঙ্কেতিক ব্যবস্থা করে গিয়েছিলেন। হয়তো রহস্য ভালবাসতেন বলেই।"

"তার মানে বাক্স যে পাবে এবং রহস্য যে ভেদ করতে পারবে পাওনাগণ্ডা সে-ই আদায় করতে পারবে ?"

"হ্যাঁ।"

"আর না পারলে পাওনাগণ্ডা খাতকের দখলেই থেকে যাবে ?"

"হ্যাঁ।"

"ভাল চাল দেখছি !"

"হ্যাঁ। আমার দাদু এসব ছোটখাটো রহস্য করতে ভালবাসতেন।"

"তার মানে তুমি ন্যায্য অধিকারী হয়েও পাওনাগণ্ডা আদায় করতে পারবে না ?"

"তাই তো দাঁড়াচ্ছে।"

পবনকুমার একটু ভেবে বললেন, "সুজনবাবু যদিও রহস্য ভেদ করতে পেরেছেন কিন্তু বাক্সটা ওঁর কাছে নেই। সুতরাং উনি সুবিধে করতে পারবেন না।"

"না।"

"কিন্তু সঙ্গে রিভলভার নিয়েছেন। খুনখারাপি করবেন না তো !"

"লোকটাকে আমি সামান্যই চিনি। কীভাবে বলব ?"

"উনি একটু গুণ্ডাপ্রকৃতির মানুষ। বয়স হওয়ায় গায়ের জোর কমলেও বুদ্ধি দিয়ে গুণ্ডামি করতে ছাড়েন না।"

"তাই তো দেখছি।"

পবনকুমার ভ্রূ কুঁচকে একটু ভেবে নিয়ে বলল, "তোমাদের এখন পড়তি

অবস্থা। পাওনাগণ্ডা আদায় হলে তোমার সুবিধে হত।”

“হ্যাঁ। প্রজাপালক হিসেবে এ-বংশের নাম ছিল, তুমি তো জানো। কিছু টাকাপয়সা হাতে এলে সেই কাজটা করা যেত।”

“জানি, কিন্তু সুজনবাবুর সঙ্গে এঁটে ওঠা শক্ত। লোকটা মরিয়া হয়ে নেমেছে। শূলপাণি আর পরঞ্জয়বাবুকে গুম করার মতো কাজ যে করতে পারে সে সহজে হাল ছাড়ার পাত্র নয়।”

“বুঝেছি।”

“কিন্তু আমাদের একটা ভরসা আছে। বাক্সটা এখনও সুজনের হাতে নেই।”

“বাক্সটা কার কাছে আছে পবন ?”

“সেটা জানলে তো কাজ হয়েই যেত।”

মহেন্দ্র একটা দীর্ঘশ্বাস ফেলে বললেন, “আমি আশা ছেড়েই দিয়েছি।”

“তা কেন ছাড়বে ? ঠাণ্ডা মাথায় এসো, দু’জনেই একটু ভাবি।”

“তা ভাবা যেতে পারে। কিন্তু ঘটনা যেমন দ্রুত এগোচ্ছে তাতে—”

“আরে, অত ভেঙে পোড়ো না। দেখাই যাক না।”

তেইশ

পবনকুমার আর মহেন্দ্র যখন স্থানত্যাগ করার উপক্রম করছেন তখন হঠাৎ একটা শব্দ পেয়ে দু’জনেই দাঁড়িয়ে পড়লেন। শব্দটা বেশ জোরালোই। কে যেন সুজনের দরজার তালা ভাঙার চেষ্টা করছে।

ঝনাত-ঝনাত করে বারতিনেক শব্দ হল। তারপরই ঝড়াক করে দরজাটা খুলে ঘরে ঢুকল একটি অন্ধকার মানুষ। অন্ধকার বলে তাকে দেখা গেল না ঠিকই, কিন্তু পবনকুমারের অভ্যস্ত চোখ দেখতে পেল লোকটা বেশ লম্বা-চওড়া।

একটা টর্চ জ্বেলে লোকটা চারদিকটা দেখতে লাগল। জিনিসপত্রও হাঁটকাল। বিশেষ করে টেবিলের ওপর কাগজপত্রগুলো। ড্রয়ার খুলে সব তছনছ করল কিছুক্ষণ।

পবনকুমার চাপা গলায় মহেন্দ্রকে বললেন, “পরঞ্জয়বাবু।”

“অ্যাঁ ! বলো কী !”

“চুপ।”

মহেন্দ্র চাপা গলায় বলল, “কী করছেন উনি ?”

“কিছু খুঁজছেন।”

“কী খুঁজছেন ?”

“তা কী করে বলব ?”

“চলো ওঁকে ধরি।”

“ধরবে ?”

“ক্ষতি কী ?”

"অপ্রস্তুত হবেন হয়তো।"

"তা হন না। আমাদেরও তো উনি অপ্রস্তুত কিছু কম করেননি।"

"তা হলে চলো ফটকের কাছে গিয়ে দাঁড়িয়ে থাকি। বেরোলে মুখোমুখি হওয়া যাবে।"

"তাই চলো।"

দু'জনে গিয়ে ফটকের দু'ধারে দাঁড়িয়ে রইলেন।

মিনিট পনেরো বাদে পরঞ্জয় টর্চ নিভিয়ে বেরিয়ে এলেন। কিছুক্ষণ দাঁড়িয়ে কী যেন ভাবলেন, তারপর ভাবতে-ভাবতেই এগিয়ে এলেন ফটকের দিকে।

পবনকুমার মৃদু স্বরে বললেন, "এই যে পরঞ্জয়বাবু!"

পরঞ্জয় এমন চমকে উঠলেন যে, বলার নয়। ধাঁ ধরে একটা পিস্তল বের করে প্রায় ট্রিগার টিপে দিয়েছিলেন আর কী। কিন্তু মহেন্দ্র তার চেয়েও দ্রুতবেগে পরঞ্জয়ের কবজি চেপে ধরে পিস্তলের নলটা নামিয়ে দিয়ে বললেন, "করছেন কী?"

পরঞ্জয় অপ্রস্তুত হয়ে বললেন, "আরে তোমরা! তোমরা এখানে কী করছ?"

পবন বলল, "সেই প্রশ্ন তো আমাদেরও। আপনি এখানে কী করছেন?"

পরঞ্জয় একটা দীর্ঘশ্বাস ফেলে বললেন, "কী করছি তা এককথায় বলা মুশকিল। বলতে সময় লাগবে।"

"তার আগে বলুন, হঠাৎ নিরুদ্দেশ হলেন কেন?"

"নিজের ইচ্ছেয় হইনি।"

"তবে কি সুজনবাবুর ইচ্ছেয়?"

"অনেকটা তাই। তিনি আমাকে একটা পরামর্শ দিয়েছিলেন, আমি সেটা গ্রহণ করেছি মাত্র।"

"এখন বাকি কথা বলুন।"

"এখানে দাঁড়িয়ে?"

"তার দরকার কী? আমরা সুজনবাবুর ঘরে গিয়েও বসতে পারি। উনি আজ রাতে আর ফিরবেন না!"

"ফিরবে না? কেন, কোথায় গেছেন সুজনবাবু?"

"গুপ্তধনের সন্ধানে।"

"সর্বনাশ! তা হলে তো—"

"ব্যস্ত হবেন না পরঞ্জয়বাবু। গুপ্তধন উদ্ধার করা অত সহজ নয়। কিন্তু আপনিই বা কেন গুপ্তধন নিয়ে মাথা ঘামাচ্ছেন?"

পরঞ্জয় একটু থতমত খেয়ে বললেন, "আসলে কী জানো, রহস্য ভেদ করতে আমি বড় ভালবাসি।"

পবনকুমার বললেন, "রহস্যভেদ করা ভাল, কিন্তু আগে জানা দরকার গুপ্তধন বলে যদি কিছু থেকে থাকে তবে তা আসলে কার প্রাপ্য। আপনি কি তা জানেন?"

"না। কার প্রাপ্য তোমরা জানো?"

"জানি। ওই বাক্সটা মহেন্দ্রর হেফাজত থেকে অনেকদিন আগে চুরি যায়।"

"বলো কী!"

"হ্যাঁ। ওই গুপ্তধনের আসল উত্তরাধিকারী মহেন্দ্র। ওর পিতামহ কিছু বিষয়সম্পত্তি বা টাকাপয়সা যাই হোক একজনের কাছে গচ্ছিত রেখেছিলেন। কী শর্তে, তা অবশ্য আমাদের জানা নেই। সেটা উদ্ধার করা যাবে কি না তাও জানি না। কিন্তু উদ্ধার হলে তা মহেন্দ্ররই প্রাপ্য হয়।"

পরঞ্জয় যেন একটু ঘাবড়ে গেলেন। তারপর বললেন, "ওহে বাপু, অতশত আমার জানা ছিল না। আমি শূলপাণির কাছে শুনেছিলাম যে, ওই বাক্সে যা আছে তা এলেবেলে জিনিস নয়। একটা সঙ্কেত আছে।"

"তা কি দু'জনে ষড়যন্ত্র করছিলেন?"

"ষড়যন্ত্র! ষড়যন্ত্র হবে কেন? আমরা তো কোনও অন্যায় করিনি। সঙ্কেত উদ্ধারের চেষ্টা করতাম, যেমন লোকে ধাঁধাঁর সমাধান করে বা শব্দজব্দ মেলায়।"

"গুপ্তধন যদি উদ্ধার হত তা হলে কী করতেন?"

"সত্যি কথা বলব?"

"বলুন না।"

"আমার ইচ্ছে ছিল কিছু মোটা টাকা পেলে মধ্যপ্রদেশে গিয়ে অনেকটা জমি বন্দোবস্ত করে নিয়ে একটা জঙ্গল বানাতাম।"

"জঙ্গল?"

"হ্যাঁ। এ-দেশের বনজঙ্গল যেভাবে সাফ হয়ে যাচ্ছে, তাতে মনটা বড় খারাপ হয়।"

পবন আর মহেন্দ্র দু'জনেই হাসল।

পরঞ্জয় বললেন, "জঙ্গল বানিয়ে বাঘটাঘ ছাড়তাম।"

"তারপর বাঘগুলোকে শিকার করতেন তো!"

"আরে না। শিকারের শখ যৌবনে ছিল, এখন অরণ্যের জীবদের জন্য কষ্ট হয়। যাকগে, গুপ্তধন যখন মহেন্দ্রর তখন আর ও নিয়ে ভেবে লাভ নেই।"

"কিন্তু আপনি অজ্ঞাতবাস ছেড়ে ফিরছেন কবে?"

"সংসার আর ভাল লাগে না। জঙ্গলে তো বেশ আছি, তাঁবুতে থাকি, সারাদিন ঘুরি, পাখির ডাক শুনি। বেশ কেটে যাচ্ছে। তোমরা আমাকে এরকমই থাকতে দাও।"

"তাই নয় থাকবেন।"

"এতদিন সুজন আমাকে পুষতেন, তাঁরই খরচে আছি। এ বার থেকে না হয় নিজের খরচেই থাকব।"

"আমাদের জানা দরকার সুজন আপনাকে পুষতেন কেন?"

"সেটা প্রথমে বুঝতে পারিনি। ভেবেছি আমার প্রতি তাঁর একটা সিমপ্যাথি হয়েছে বলেই বুঝি প্রস্তাবটা দিয়েছেন। কিন্তু পরে বুঝতে পারি, আমাকে ঘটনা

থেকে দূরে রাখার জন্যই এটা একটা চালাকি।"

"তাই ওঁর ঘরে আজ হানা দিয়েছিলেন ?"

"অনেকটা তাই। আমি দেখতে এসেছিলাম বাক্সের সঙ্কেত ভেদ করে উনি কী পেয়েছেন।"

"তালা ভাঙলেন কেন ?"

"সুজন নেই দেখে মাথায় বদ মতলব খেলে গেল। ভাবলাম সঙ্কেত ভেদ করে কোথাও কিছু লিখে রেখেছে কি না।"

"কিছু পেলেন ?"

"না।"

"সঙ্কেত ভেদ করেও লাভ নেই, বাক্সটা কোথাও পাওয়া যাচ্ছে না। ওটা সুজনের হেফাজত থেকে চুরি গেছে।"

পরঞ্জয় একটু হেসে বললেন, "চুরি আমিই করিয়েছি।"

"বলেন কী ?"

"হ্যাঁ। জঙ্গলে যারা কাঠ বা পাতা আনতে যায় তাদের সঙ্গে আমার খুব ভাব। তাদের দিয়েই কাজটা করিয়েছি।"

"তা হলে কি বাক্সটা আপনার কাছে ?"

"অবশ্যই। ওটা আমি মোটা প্লাস্টিকে জড়িয়ে মাটিতে পুঁতে রেখেছি।"

"সেটাই যে এখন দরকার !"

"তা হলে চলো, বের করে দিচ্ছি। ওয়ারিশান যখন পাওয়া গেছে তখন ও বস্তু রেখে আমার লাভ কী ? মহেন্দ্র, কিছু মনে কোরো না, আগে জানলে আমি লোভ করতাম না।"

মহেন্দ্র বললেন, "আমি কিছু মনে করিনি। তবে এ-ব্যাপারে আপনার সাহায্য পেলে খুশি হব।"

"নিশ্চয়ই। সুজনবাবু লোকটি খুব সুবিধের নয়। যদিও খুবই উচ্চশিক্ষিত বলে শুনি, কিন্তু মতলবটা মোটেই ভাল নয়। চলো, একটু তাড়াতাড়ি যাই, নইলে অঘটন ঘটতে পারে।"

পবনকুমার বললেন, "হ্যাঁ, সেইটেই ভয়, সুজনবাবু পিস্তল নিয়ে গেছেন।"

তিনজনে যথাসাধ্য দ্রুতবেগে হাঁটা দিলেন।

চব্বিশ

পরঞ্জয়, পবনকুমার আর মহেন্দ্রর রওনা হতে একটু দেরি হল, কারণ পরঞ্জয়ের জঙ্গলের আস্তানা অনেকটা দূর, পায়ে-হাঁটা পথ নয়। পরঞ্জয় একটা ঘোড়ায় চেপে এসেছেন। আরও দুটো ঘোড়া রাজবাড়ির আস্তাবল থেকে জোগাড় করতে হল। কপাল ভালই, আস্তাবলে রাজবাড়ির শেষ দুটো ঘোড়াই অবশিষ্ট আছে। মহেন্দ্র মাঝে-মাঝে চড়েন।

গোটাপাঁচেক গ্রাম পেরিয়ে প্রায় বারো মাইল দূরবর্তী জঙ্গলে পৌঁছতে বেশ সময় লেগে গেল।

জঙ্গলের পথে ঢোকার মুখে পরঞ্জয় হুঁশিয়ার করে দিলেন, "ওহে, এ-রাস্তা খুব অন্ধকার। মাথার ওপর মোটা ডাল, লতাপাতা আছে। মাথা নিচু করে আস্তে-আস্তে এসো।"

জঙ্গলটা বাস্তবিকই বেশ ঘন আর জম্পেশ।

পবনকুমার বললেন, "একসময়ে এসব জঙ্গলে আমার আস্তানা ছিল। সব চিনি।"

পরঞ্জয় বললেন, "তা বটে। তুমি যে একসময়ে রাজদ্রোহী ছিলে তা ভুলেই গিয়েছিলাম।"

"ডাকাতিও করতে হত। সে একটা দিনই গেছে।"

আগু-পিছু তিনজন সাবধানে ঘোড়া চালাতে লাগলেন। পরঞ্জয়ের বেশ শক্তিশালী টর্চবাতি থাকায় তেমন অসুবিধে হল না।

জঙ্গলের মধ্যে মাইলখানেক এগোনোর পর পরঞ্জয়ের তাঁবু দেখা গেল। মিলিটারির ধরনের খাঁকি রঙের মজবুত তাঁবু। তলায় মাটি চেঁছে লেপেপুঁছে বেশ তকতকে করা হয়েছে। ডবল তাঁবুর ভেতর ক্যাম্পখাট আর বসবাস করার জন্য অত্যাবশ্যক জিনিসপত্র রয়েছে।

মহেন্দ্র জিজ্ঞেস করলেন, "এভাবে কষ্ট করে থাকেন বুঝি?"

"কষ্ট! কষ্ট কীসের? চিরকাল বনজঙ্গল ভালবাসি। এখানে থাকলে মনটা পবিত্র থাকে। খুব ভাল আছি হে।"

"কিন্তু বিপদআপদ! সাপখোপ বা পোকামাকড়ের উৎপাতও তো আছে।"

"তা আছে। খুবই আছে। কিন্তু জঙ্গলে বসত করলে ধীরে-ধীরে একটা ষষ্ঠ ইন্দ্রিয়ও তৈরি হয়ে যায়। তাঁবুতে যদি সাপ ঢোকে তবে গভীর ঘুমের মধ্যেও আমি ঠিক টের পাব।"

"পেয়ে কী করবেন? সাপটাকে মারবেন?"

"পাগল! অন্ধকারে, ঘুমচোখে সাপ মারার চেষ্টা করা আত্মহত্যার সামিল। তখন নড়াচড়া বন্ধ করে চুপটি করে শুয়ে থাকব। সাপ গা বেয়ে উঠলেও অকারণে কামড়াবে না।"

"আপনার সাহস আছে।"

"সাহস বলো সাহস, কৌশল বলো কৌশল।"

"জিনিসপত্র এভাবে ফেলে রেখে যান, চুরি হয় না?"

"না হে, পাহারাদার আছে।"

"কোথায় পাহারাদার? কাউকে তো দেখছি না!"

"দেখবে?" বলে হেসে পরঞ্জয় হঠাৎ হাঁক মারলেন, "টুপকা!"

ডাকার সঙ্গে-সঙ্গেই একজন বেঁটেখাটো মাঝবয়সী লোকের আবির্ভাব ঘটল তাঁবুর দরজায়। লম্ফের ম্লান আলোয় যতদূর বোঝা গেল সে আদিবাসী মানুষ।

পরঞ্জয় বললেন, "আমি সঙ্গে আছি দেখে সামনে আসেনি। নইলে এতক্ষণে তোমাদের ওপর চড়াও হত।"

"এ কি আপনার কাছেই থাকে ?"

"না। জঙ্গলের পাশেই ওদের গ্রাম। খোঁজখবর নেয়, নজরে রাখে, এই পর্যন্ত। আমিও ওদের দায়ে দফায় দেখি, অসুখ হলে হোমিওপ্যাথি ওষুধ দিই।"

পরঞ্জয় একটা পেট্রোম্যাক্স জ্বাললেন। তারপর একটা শাবল বের করে বললেন, "চলো আগে বাক্সটা তুলি।"

টুপকা পেট্রোম্যাক্সটা নিয়ে আগে-আগে চলল। তাঁবুর পেছনদিকে একটা বড় অশ্বত্থ গাছের তলায় পরঞ্জয় শাবল চালিয়ে গর্ত খুঁড়লেন। তারপর বাক্সটা বের করে মহেন্দ্রর হাতে দিয়ে বললেন, "খুলে দেখে নাও, কড়ি আর পয়সা আছে কি না।"

মহেন্দ্র বাক্স খুলে দেখলেন, সবই ঠিক আছে।

সবাই ফের তাঁবুতে ফিরে এলেন। পরঞ্জয় বললেন, "সাতপয়সার হাটে যাওয়ার অর্ধেক পথ আমরা চলেই এসেছি। আরও দশ-বারো মাইল পথ। রওনা হওয়ার আগে একটু কফি খেয়ে নিই এসো। এই জঙ্গলে তোমাদের আর কী আপ্যায়ন করতে পারি বলো।"

মহেন্দ্র বললেন, "আপ্যায়নের দরকার নেই, কফি হলেই চলবে।"

পরঞ্জয় বললেন, "সঙ্গে বন্দুক-পিস্তল নিতে হবে নাকি ?"

পবনকুমার বললেন, "একটা পিস্তল সঙ্গে থাক। তবে মনে হয় না ও সবের দরকার হবে। ভয় দেখানোর জন্য কাজে লাগতে পারে।"

আরও আধ ঘণ্টা বাদে তিনজন ঘোড়ায় চেপে রওনা হয়ে পড়লেন।

মহেন্দ্র পরঞ্জয়কে জিজ্ঞেস করলেন, "শূলপাণি এখন কোথায় তা কি জানেন ?"

"না। শূলপাণিকেও কোথাও সরিয়ে রাখা হয়েছে।"

"কেন বলুন তো !"

"শূলপাণিকে তোমরা পাগল বলে জানো। পাগল না হলেও তার মাথায় ছিট আছে। কিন্তু বুদ্ধি বা মেধা তার বড় কম নেই। সে বুঝেছিল, এই বাক্সটা একটা রহস্যময় জিনিস।"

"বাক্সটা আমাদের বাড়ি থেকে চুরি যায়।"

"সেটা আমার জানা ছিল না।"

"আমি ভাবছি, বাক্সটার কথা সরলাবুড়ি কী করে জানল, আর চুরিই বা করাল কেন।"

সরলাবুড়ি যে রাজবাড়ি থেকেই ওটা চুরি করিয়েছিল এমন নাও হতে পারে। হয়তো তোমাদের বাড়ি থেকে চুরি যাওয়ার পর সরলাবুড়ি ওটার সন্ধান পায় এবং চোরের ওপর বাটপাড়ি করায়।"

"হ্যাঁ, সবই সম্ভব। তবে বাক্সটার কথা জানা থাকলেও ওটা যে একটা সঙ্কেত, তা আমার জানা ছিল না। খুব সম্প্রতি আমার দাদুর কিছু পুরনো হাতের লেখা

কাগজপত্র ঘাঁটতে গিয়ে বাক্সটার ব্যাপারে জানতে পারি। ততদিনে অবশ্য বাক্স চুরি হয়ে গিয়েছিল।"

পবনকুমার বললেন, "পরঞ্জয়বাবু, কিছু টাকাপয়সা পাওয়া গেলে মহেন্দ্র মানুষের কাজে তা খরচ করবে।"

"খুব ভাল।"

মাঝরাত পেরিয়ে তাঁরা সাতপয়সার হাট নামে গাঁয়ে পৌঁছলেন। গ্রাম নিঃঝুম। শুধু কয়েকটা কুকুর তাঁদের দেখে ঘেউ-ঘেউ করতে লাগল।

পরঞ্জয় বললেন, "সাতকড়ির বাড়িটা কোন দিকে?"

পবনকুমার বললেন, "গাঁয়ের সবচেয়ে দুর্ভেদ্য বাড়িটাই তার হওয়ার কথা। চলুন, একটু ঘুরে দেখি।"

বেশি খুঁজতে হল না। গাঁয়ের এক প্রান্তে বেশ বড় পাঁচিলঘেরা একটা দোতলা বাড়ি দেখা গেল। ফটকে মোটা তালা ঝুলছে। ফটকের ভেতরে দরোয়ানের ঘরে দরোয়ানও আছে বলে মনে হল। তবে সে হয়তো ঘুমোচ্ছে।

পরঞ্জয় বললেন, "এবার?"

মহেন্দ্র বললেন, "আমাদের একটু আড়ালে অপেক্ষা করতে হবে।"

"আড়ালে কেন?"

"কারণ, সুজনবাবু এবং নিতাই পালও এখন এ-গাঁয়ে কোথাও ঘাপটি মেরে আছে। তাদের সঙ্গে মুখোমুখি হওয়াটা আমি এড়াতে চাই।"

"তা বটে।"

পবনকুমার বললেন, "চণ্ডীমণ্ডপটা পেরিয়ে এলাম। চলুন, সেখানেই ফিরে গিয়ে রাতটা কাটিয়ে দিই। সকাল হোক, তারপর দেখা যাবে।"

"সেটাই ভাল।"

চণ্ডীমণ্ডপটা ফাঁকা হাঁ-হাঁ করছে। বাঁধানো চাতালে তিনজন বসে জিরোতে লাগলেন। ঘোড়াগুলো ছাড়া পেয়ে দাঁড়িয়ে-দাঁড়িয়ে ঘুমোতে লাগল।

পরঞ্জয় হঠাৎ বললেন, "আচ্ছা, ওরা তো সোজা পথে গুপ্তধন উদ্ধার করতে পারবে না। যদি ওরা আজ রাতেই ও-বাড়িতে ঢুকে হামলা করে?"

পবনকুমার সোজা হয়ে বসে বললেন, "তাই তো!"

পঁচিশ

তিনজনেই ফের উঠে পড়লেন।

পরঞ্জয় বললেন, "বিশ্রাম নিয়ে ভাববেন না। আমরা বরং সাতকড়ির বাড়ির ধারেকাছে থানা গেড়ে থাকি।"

পবনকুমার বললেন, "সেইটাই বুদ্ধিমানের কাজ হবে।"

মহেন্দ্র বলে উঠলেন, "কিন্তু সুজনবাবু যেরকম মরিয়া হয়ে উঠেছেন, তাতে গুলিটুলি চালিয়ে দেবেন না তো!"

পরঞ্জয় গম্ভীর হয়ে বললেন, "অসম্ভব নয়। আমি যতদূর জানি সুজনবাবু একটা ল্যাবরেটরি বানানোর চেষ্টা করছেন। বিজ্ঞানের গবেষণাগার তৈরি করতে অনেক টাকা লাগে। সেই টাকার জন্যই উনি হন্যে হয়ে উঠেছেন।"

পবনকুমার বললেন, "কীসের ল্যাবরেটরি তা জানেন? বিজ্ঞানের তো অনেক শাখা।"

পরঞ্জয় বললেন, "উনি সেটা আমাকে ভেঙে বলেননি। আমেরিকায় উনি কী করতেন তাও কখনও আলোচনা করেননি।"

মহেন্দ্র বললেন, "যতদূর মনে হয় ওঁর বিষয় হল পদার্থবিদ্যা, উনি একজন পণ্ডিত ও গুণী মানুষ। তবু এই বেআইনি কাজটি কেন করতে যাচ্ছেন সেটাই বুঝতে পারছি না।"

পবনকুমার বললেন, "এ-গাঁয়ের অপরাধীদের সঙ্গে ওঁর যোগাযোগ আছে। সেটাও খুব ভাল ব্যাপার নয়।"

মহেন্দ্র বললেন, "ধন্দটা থেকেই যাচ্ছে।"

তিনজন হাঁটতে-হাঁটতে সাতকড়ির বাড়ির ফটকের কাছে পৌঁছে গেলেন।

পরঞ্জয় বললেন, "বাড়ির কম্পাউন্ডটা বিশাল বড়। তবু একটা চক্কর মেরে আসবে নাকি হে?"

পবন বললেন, "সেটা মন্দ প্রস্তাব নয়।"

সাতকড়ির বাড়ির চারদিকে দশ ফুট উঁচু দেওয়াল। দেওয়ালের ওপরে কাচ বসানো। তবু দেওয়ালটা ডিঙোনো খুব একটা শক্ত কাজ নয়। কারণ, বাড়ির উত্তর আর পশ্চিমে দেওয়ালের বাইরেই বিশাল আমবাগান। সেই আমবাগানের মেলা গাছের ডাল সাতকড়ির দেওয়াল ডিঙিয়ে ভেতরে ঝুলে পড়েছে। গাছের ডাল বেয়ে দিব্যি ঢোকা যায়।

পরঞ্জয় সে কথাটাই বললেন, "চারদিকে দেওয়াল থাকলে কী হবে, চোরের পক্ষে কোনও সমস্যাই নয়।"

পবনকুমার বললেন, "চোরেরা পারলেও সুজনবাবুর পক্ষে পারা মুশকিল। তাঁর বয়স সত্তরের ওপর।"

পরঞ্জয় বললেন, "আমার বয়সও সত্তরের কাছাকাছি। আমি জঙ্গলে যেভাবে বাস করি তোমরা পারবে না। বয়সটা ফ্যাক্টর নয়। আসল কথা হল প্র্যাকটিস, সুজনবাবু বেশ চটপটে এবং শক্তিমান মানুষ।"

মহেন্দ্র বললেন, "হ্যাঁ, তা বটে।"

পরঞ্জয় বললেন, "সত্তর বছর বয়সেও সুজন ব্যায়াম করেন। নিয়ন্ত্রিত খাওয়াদাওয়া আর পরিশ্রমের ফলে সুজন বেশ ফিট। কিন্তু এই বয়সে বেশি আকাঙ্ক্ষা করাটা ঠিক নয়। ওঁর উচ্চাশা বড্ড বেশি।"

তাঁরা হাঁটছেন আগাছা এবং ঝোপজঙ্গলের ভেতর দিয়ে। নিকষ্যি অন্ধকার চারদিকে। পরঞ্জয় মাঝে-মাঝে টর্চ জ্বেলে পথ দেখে নিচ্ছেন। তাঁর পেছনে পবন এবং মহেন্দ্র।

পবন কী একটা বলতে যাচ্ছিলেন, হঠাৎ পরঞ্জয় থমকে দাঁড়িয়ে হাত তুলে বললেন, "চুপ।"

টর্চটা নিবিয়ে খানিকক্ষণ অপেক্ষা করলেন পরঞ্জয়। তারপর খুব চাপা গলায় বললেন, "হুঁশিয়ার।"

পবন বললেন, "কী হল?"

"সামথিং ইজ হ্যাপেনিং অ্যাহেড। শব্দ না করে এসো।"

একটু থেমে তিনজন আবার সাবধানে এগোতে লাগলেন। দশ-বারো গজ এগিয়ে পরঞ্জয় আবার দাঁড়ালেন। টর্চটা জ্বেলে চারদিকটা খুঁটিয়ে দেখে বললেন, "এখান দিয়েই ঢুকেছে।"

পবন বললেন, "একটু বুঝিয়ে বলুন।"

সামনে একটা আমগাছের গায়ে টর্চ ফেলে পরঞ্জয় বললেন, "এ-গাছটায় ওঠা সবচেয়ে সহজ। একখানা ডাল কেমন বাঁকা হয়ে উঠে গেছে দেখেছ? এই ডাল বেয়ে যে-কেউ দেওয়াল-পেরোতে পারে।"

"কেউ দেওয়াল পেরিয়েছে বলে মনে হচ্ছে কেন আপনার?'

"আমি জঙ্গলে থাকি তো তাই আমার কান খুব সজাগ। সামান্য ডালপালা নড়া বা পাতা খসে পড়ার শব্দও টের পাই। কেউ যে এই গাছ বেয়েই ভিতরে ঢুকেছে তাতে সন্দেহ নেই।"

পরঞ্জয়বাবু টর্চ জ্বেলে দু'জনকে দেখালেন, গাছের তলায় ঝোপঝাড়ে কিছু দলিত-মথিত ভাব। আর হেলানো ডালটার গা থেকেও একটু বাকল খসার চিহ্ন।

পবন বললেন, "তা হলে আমরা এখন কী করব?"

পরঞ্জয় দৃঢ়স্বরে বললেন, "আমাদেরও মহাজনপন্থা নিতে হবে।"

"সর্বনাশ! বুড়োবয়সে পড়েটড়ে যে হাড় ভাঙবে। প্রাণও যেতে পারে।'

"তুমি না বিপ্লবী ছিলে! ছোঃ! প্রাণের ভয় আবার একটা ভয় নাকি? আর বয়সের কথা তুললে বলতেই হয় যে, তোমরা আমার হাঁটুর বয়সী, বুড়ো হওয়ার আগেই বুড়িয়ে গেলে চলবে কেন?"

"আচ্ছা, ঢুকে হবেটা কী?"

"তা জানি না। আমার মন বলছে আমাদের ভেতরে যাওয়া একান্ত দরকার।"

"আপনাকে নিয়ে আর পারা যায় না। সবসময়ে আপনি অ্যাডভেঞ্চার খোঁজেন। কী আর করা যাবে। চলো হে মহেন্দ্র।"

গাছে উঠতে খুব যে একটা অসুবিধে হল, তা নয়। তবে অন্ধকার বলে একটু সময় লাগছিল। তবে ডালটা বড় চমৎকার। দেওয়াল পেরিয়ে একটা প্যারাবোলার মতো মাটির কাছাকাছি নেমে গেছে। পরঞ্জয় এই বয়সেও দারুণ চটপটে। ডাল বেয়ে সাতকড়ির বাগানে নামতে তাঁর তিন মিনিটও লাগল না। পবন আর মহেন্দ্রর সময় একটু বেশি লাগল।

অন্ধকার বাগানে নেমে তিনজন একটু চুপ করে দাঁড়িয়ে রইলেন। চারদিক নিস্তব্ধ। শুধু ঝিঁঝির ডাক শোনা যাচ্ছে। কাছেপিঠেই কোথাও এক ঝাঁক শেয়াল

ডাকল।

মহেন্দ্র বললেন, "এবার ?"

পরঞ্জয় চাপা গলায় বললেন, "চারদিকে মেলা গাছপালা রয়েছে। কিছু দেখার উপায় নেই। চলো, বাড়িটার দিকে এগোই।"

পবন বললেন, "কুকুর নেই তো !"

"থাকতে পারে। তবে কুকুর যদি তাড়া করে তবে ওদেরই আগে করবে। এসো।"

চারদিকে দুর্ভেদ্য গাছপালা। বাগান না বলে জঙ্গল বলাই ভাল। পরঞ্জয় অভিজ্ঞ মানুষ। জঙ্গল ভেদ করে তিনিই আগে চললেন। পেছনে পবন আর মহেন্দ্র। খানিক দূর গিয়ে একটা পুকুরধারে পৌঁছলেন তাঁরা। পুকুরের ওপাশে দুর্গের মতো বাড়ি।

পবন বললেন, "ও বাবা, এ তো বিশাল বাড়ি। সাতকড়ি কোন ঘরে থাকে তা বুঝব কী করে ?"

পরঞ্জয় বললেন, "আগে থেকে অত ফ্যাঁকড়া তুলে লাভ কী ? চলো, দেখাই যাক।"

পুকুরধার ধরে এগিয়ে গিয়ে তারা বাড়ির পেছন দিকটায় পৌঁছলেন। গোটা বাড়িটাই অন্ধকার। কোথাও কোনও সাড়াশব্দ নেই। দরজা জানালা সবই আঁট করে বন্ধ।

পবন বললেন, "পরঞ্জয়বাবু, সুজন আর নিতাইকে তো দেখা যাচ্ছে না।"

"না। ওরাও এন্ট্রান্স খুঁজছে নিশ্চয়ই। এসো, আমরাও চারদিকটা ঘুরে দেখি।"

ঘুরে দেখাও সোজা ব্যাপার নয়। বাড়ির চারদিকে মেলা ঝোপজঙ্গল এবং বড়-বড় গাছ।

পরঞ্জয় টর্চ আর জ্বালাচ্ছিলেন না। অন্ধকারেই ঠাহর করে-করে এগোতে-এগোতে হঠাৎ থেমে হাত তুললেন।

কেউ কোনও কথা বলল না। সামনেই একটা নিমগাছ। গাছটা দোতলা ছাড়িয়ে ছাদে গিয়ে পৌঁছেছে।

পরঞ্জয় একটু ইশারা করে গাছটা বেয়ে উঠতে লাগলেন।

"কোথায় উঠছেন ?" পবন চাপা স্বরে জিজ্ঞেস করেন।

"ছাদে।"

"এখানে হেলানো ডাল নেই। খাড়া গাছে ওঠাও শক্ত। তা ছাড়া মহেন্দ্র কাঠের বাক্সটা নিয়ে উঠতেও পারবেন না।"

পরঞ্জয় উঠতে-উঠতেই বললেন, "তোমরা দাঁড়াও, আমি দেখে আসছি। মনে হয় এটা দিয়েই ওরা ছাদে উঠেছে। ছাদ দিয়ে বাড়িতে ঢোকার চেষ্টা করবে।"

অগত্যা দু'জনে নীচে দাঁড়িয়ে-দাঁড়িয়ে দেখতে লাগলেন, হনুমানকেও লজ্জা দেওয়ার মতো দক্ষতায়, টারজানকেও হারিয়ে দেওয়ার মতো দ্রুতবেগে পরঞ্জয়

দোতলা ছাড়িয়ে ছাদের কাছে উঠে গেলেন। তারপর আর তাঁকে দেখা গেল না।

মহেন্দ্র বললেন, "আশ্চর্য লোক বটে!"

ছাব্বিশ

প্রথম কিছুক্ষণ কিছুই ঘটল না। চারদিক নিশ্চুপ, শুধু ঝিঁঝিঁ ডাকার শব্দ।

মহেন্দ্র উৎকর্ণ হয়ে ছিলেন। চাপা গলায় বললেন, "ভেতরে কী হচ্ছে কে জানে! আমাদেরও কি ভেতরে যাওয়া উচিত?"

পবন বললেন, "খেপেছ? ওই খাড়া নিমগাছ বেয়ে ওঠা আমার কম্ম নয়। আমি বাঘ-ভালুককেও ডরাই না, কিন্তু খাড়া জায়গায় উঠতে আমার ভারী ভয়!"

"কিন্তু তা বলে তো হাত-পা গুটিয়ে বসে থাকা যায় না। পরঞ্জয়বাবুকে তো দেখলে, এই বয়সেও কেমন তরতর করে উঠে গেলেন।"

"আরে, ওঁর কথা বাদ দাও। জঙ্গলে থেকে-থেকে ওঁর একটা জংলি ভাব এসে গেছে। হয়তো হনুমান আর বাঁদরদের কাছে ট্রেনিং নেন। উনি পারলে কি আমাদেরও পারতে হবে?"

"একটু চেষ্টা করলে হত। আমার বেশ উদ্বেগ হচ্ছে।"

আচমকা পবন হাত বাড়িয়ে মহেন্দ্রর মুখে চাপা দিয়ে বললেন, "চুপ! কে যেন আসছে। এসো, ওই ঝোপটার আড়ালে দাঁড়াই।"

অন্ধকার তাঁদের চোখে সয়ে গেছে। তাই দেখতে তেমন অসুবিধে হচ্ছিল না। পুকুরের ধার ধরে একজন নয়, পরপর তিনটে ভুতুড়ে মূর্তিকে সন্তর্পণে আসতে দেখা গেল। হাবভাব মোটেই ভাল নয়।

খুব চাপা গলায় পবন বললেন, "অন্ধকারে ঠাহর করা মুশকিল। তবে মনে হচ্ছে, এরা সেই তিন চোর।"

"কাদের কথা বলছ?"

"একজন হল জগা, অন্যজন পাগলু, তিন নম্বরটা ওদের এক স্যাঙাত। নাম জানি না।"

মহেন্দ্র বললেন, "হুঁ, জগা আর পাগলুকে চিনি। এরা চায় কী?"

"গুপ্তধন ছাড়া আর কী চাইবে বলো! কয়েক ঘণ্টা আগে এদেরই তো অজ্ঞান করে ফেলে রেখে এসেছিলেন আমাদের সুজনবাবু। ওষুধটা হয়তো তেমন জোরালো ছিল না, তাই চটকা ভাঙতেই তিনজন হাজির হয়েছে এসে। ভালই হয়েছে। এদের কাজে লাগানো যেতে পারে।"

"তার মানে?"

"শোনো, মানে না জেনে কি আর কথাটা তুলেছি? ভেতরে কী ঘটছে না ঘটছে আমরা জানি না। এদের তিনজনকে যদি ভেতরে পাঠানো যায় তা হলে পরঞ্জয়বাবুর একটু জোর হয়। এদের কাছে গাছ বেয়ে ছাদ ডিঙোনো কোনও সমস্যা নয়। লোকবলও তো দরকার।"

"কিন্তু এরা যদি খুনোখুনি করে ?"

"সে এলেম এদের নেই। ছাপোষা ছিঁচকে চোর সব। তুমি বাক্সটা নিয়ে আড়ালে থাকো, আমি গিয়ে ওদের সঙ্গে কথা কই।"

"দ্যাখো, অধিক সন্ন্যাসীতে গাজন না নষ্ট হয়।"

"হবে না। কোনও ভয় নেই। তা ছাড়া সুজনের ওপর এদের রাগও আছে, সেই রাগটাও আমাদের কাজে লাগবে।"

পাগলু, জগা আর রামু ইতিউতি চাইতে-চাইতে নিমগাছটার তলাতেই এসে দাঁড়াল। তাদের চোরের চোখ, বাড়ির ভেতরে ঢোকার এইটেই যে সোজা পথ তা লহমায় বুঝতে পেরেছে।

জগা বলল, "পাগলুদাদা, এবার কী করা ?"

"জয় মা বলে ঢুকে পড়তে হবে। সুজনবাবু এতক্ষণে কাজ সেরে ফেলেছে কি না কে জানে।"

রামু বলল, "আরে নেহি ভাই, কাম সারতে সোময় লাগবে। লেকিন হামলোক ঘুসে করব কী ?"

"কেন, আর কিছু না হোক সাতকড়ির বাড়িতে দামি জিনিসের অভাব কী ? সুজনবাবু ভাগ না দিলে অন্যভাবে পুষিয়ে নিতে পারবে।"

জগা আর পাগলু একই সঙ্গে বলে উঠল, "হ্যাঁ, সেটা ঠিক কথা।"

"তা ছাড়া সুজনবাবুও পিস্তল হাতে সাতকড়ির বাড়িতে ঢুকেছে, তাকেও পেয়ে যাবে। মোকাবিলাটাও করে নিতে পারবে।"

জগা আর পাগলু দু'জনেই সোৎসাহে বলে উঠল, "তা তো বটেই।"

হঠাৎ রামু বলে উঠল, "আরে ভাই, ই তো তাজ্জব কি বাত। হামলোগ তো তিন আদমি থা, লেকিন এই চৌঠা আদমি কৌন আছে ?"

জগা বলল, "হ্যাঁ, হ্যাঁ, তাই তো। ও পাগলুদাদা, আমরা তো তিনজন ছিলাম, তাই না ?"

"তাই তো মনে হচ্ছে।"

"দাঁড়াও তো গুনে দেখি। এক... দুই... তিন... চার... নাঃ, এ তো চারজনই দাঁড়িয়ে যাচ্ছে দেখছি। তবে কি চারজনই ছিলাম ?"

পাগলু একটু মাথা চুলকে বলল, "মাথাটা ভাল কাজ করছে না। সুজনবাবু যে কী ওষুধটাই খাওয়ালেন, মাথাটা একেবারে গুবলেট হয়ে গেছে। তিনজন না চারজন থাকার কথা সেটা পর্যন্ত ভুল হয়ে যাচ্ছে।"

এবার চতুর্থজন মোলায়েম গলায় বলল, "দুশ্চিন্তা কোরো না হে, আমি তোমাদের দলের লোক নই। আমার নাম পবনকুমার সামন্ত।"

পাগলু সঙ্গে-সঙ্গে হাতজোড় করে বলল, "উরেব্বাস, পবনবাবু ! প্রাতঃপেন্নাম হই, প্রাতঃপেন্নাম হই। তা আপনি এখানে ?"

"কাজেই এসে পড়েছি। ভিনগাঁয়ে অচেনা জায়গায় তোমাদের দেখে ভারী ভালই লাগছে। তোমরা কেন এসেছ তাও জানি। আর দেরি না করে এই গাছ

বেয়ে ছাদে উঠে যাও, ভেতরে ঢোকার পথ পাবে। সুজনবাবু আর নিতাই পালও ঢুকেছে। আর শোনো, পরঞ্জয়বাবুকে চেনো?"

"আজ্ঞে, খুব চিনি।"

"উনিও আছেন, তবে উনি আমাদের লোক। যাও, ঢুকে পড়ো গিয়ে।"

"যে আজ্ঞে।"

বলে তিনজন আর দ্বিরুক্তি না করে গাছ বেয়ে উঠে পড়তে লাগল। তাদের কাছে কাজটা জলবৎতরলং। ছাদে উঠে তিনজন দেখল সিঁড়িঘরের দরজা হাট করে খোলা।

পাগলু বলল, "চল, চল, দেরি হয়ে না যায়!"

তিনজনেই অন্ধকার সিঁড়ি বেয়ে দোতলায় নেমে এল। রামু চাপা গলায় বলল, "ভাই, হামার হিস্যা-উস্যা লাগবে না। হামি এখুন যা পারি মাল নিয়ে চলিয়ে যাব। তুমলোগ হিস্যা-উস্যা বুঝে লিও।"

জগা বলল, "আরে মাল তো আমরাও সরাব। এখন আলাদা হলে কিন্তু ভাল হবে না রামুদাদা।"

"আচ্ছা, আচ্ছা, ঠিক আছে।"

বাড়িটা বিশাল। অন্ধকারে ঘুরে-ঘুরে তারা দিশেহারা হয়ে যেতে লাগল। ঘরের পর ঘর, তার ফাঁকে ফাঁকে অজস্র অলিগলি। রাজ্যের জিনিসপত্র চারদিকে। কিন্তু লোকজন কোথাও আছে বলে মনে হল না।"

পাগলু বলল, "হ্যাঁ রে, সাতকড়ি কি এতবড় বাড়িতে একা থাকে?"

"তা কে জানে?"

"লোকজন নেই কেন?"

"থাকার তো কথা। দিনুগুণ্ডা বলেছিল, সাতকড়ির চারদিকে নাকি শক্ত পাহারা।"

"দুর! কোথায় কী? সুজনবাবুদেরও তো চিহ্ন দেখছি না।"

"শোনো পাগলুদাদা আমার মনে হয়, নীচের তলাতেই আসল গাড্ডা। চলো নীচে নামি।"

তারা ধীরে-ধীরে একতলায় নেমে এল। সিঁড়ির গোড়াতেই মস্ত মোটা শক্ত গরাদ দিয়ে পথ আটকানো।

"ও বাবা! এ যে দেখছি জেলখানার ফটক!"

পাগলু বলল, "ওরে ভাল করে দ্যাখ, ওরা যখন ভেতরে ঢুকেছে তখন গরাদেও ফাঁক আছে।"

বাস্তবিকই তাই। দেখা গেল, গরাদের গায়ে তালাটা ঝুলছে বটে, কিন্তু সেটা খোলা। সন্তর্পণে তালা সরিয়ে তারা ফটক খুলে ঢুকল।

একতলাতেও আর-এক ভুলভুলাইয়া। চারদিকে অজস্র গলিঘুঁজি, অজস্র ঘর, অজস্র বন্ধ দরজা।

জগা বলল, "এ তো গোলকধাঁধা দেখছি।"

রামু জিনিসপত্র খুঁজতে-খুঁজতে বলল, "হাঁ হাঁ, উ বাত তো ঠিক আছে। কিন্তু চুরানেকা লিয়ে কোই চিজ তো মিলছে না রে জগুয়া।"

"মিলবে, মিলবে। সবুরে মেওয়া ফলে।"

তিনজনে মিলে গুটিগুটি এগোতে-এগোতে আচমকাই একটা পিস্তলের শব্দ পেয়ে দাঁড়িয়ে গেল। দুম-দুম করে দুটো ফায়ার হল। কে যেন 'আঃ' বলে একটা আর্তনাদ করে উঠল।

"ই কী পাগলুদা?"

"ওরে, খেল শুরু হয়ে গেছে। চল, চল।"

শব্দটা সামনে থেকেই এসেছিল। তিনজনে একটু দ্রুত পায়ে এগোতে লাগল।

বেশিদূর এগোতে হল না। সামনে একটা লম্বা প্যাসেজের শেষ প্রান্তে একটা লোক উপুড় হয়ে পড়ে আছে। বেশ লম্বাচওড়া লোক।

তিনজনেই হাঁটু গেড়ে বসে লোকটাকে ঠাহর করল। পাগলু বলল, "এই তো পরঞ্জয়বাবু!"

সাতাশ

পরঞ্জয়বাবুর বাঁ কাঁধে গুলি লেগেছে। রক্তে ভাসাভাসি কাণ্ড। তবে শক্ত ধাতের লোক বলে জ্ঞান আছে। একটু আঃ উঃ করে উপুড় থেকে পাশ ফিরে কাত হয়ে তাদের দিকে চেয়ে বললেন, "তোমরা কারা?"

পাগলু বলল, "আমি পাগলু, এ জগা, আর ও রামুয়া। আপনাকে কারা মারল?"

"বোধ হয় সুজনবাবু। অন্ধকারে কি আর ভাল করে দেখেছি? তবে চিন্তার কিছু নেই। চোট লেগে কাহিল হয়ে পড়লেও মরছি না। তোমাদের আমি চিনি। হরিপুরের লোক তোমরা, চুরিটুরি করো, তাই না?"

"যে আজ্ঞে।"

"শোনো বাপু, সুজনবাবুর সঙ্গে নিতাই পাল আর শূলপাণিও আছে। তবে শূলপাণিকে ওরা ধরে এনেছে, তার দুটো হাত বাঁধা বলেই মনে হল। তোমরা একটু এগোলে বাঁয়ে পথ পাবে। ওরা আমাকে গুলি করেই ওদিকে গেছে। সাবধান।"

"যে আজ্ঞে। কিন্তু ওনাদের সঙ্গে এঁটে ওঠা যাবে কি? দেখি চেষ্টা করে।"

পরঞ্জয়বাবু উঠে বসলেন। বললেন, "হেঁটে যেয়ো না, হামাগুড়ি দিয়ে যাও। পিস্তল তুললে মেঝেতে শুয়ে পড়লেই হবে। যাও।"

তিনজনে এগোতে লাগল। বাঁয়ে একটা গলি পেয়ে একটু ঢুকতেই সামনে একটা ঝনাত করে শব্দ হল। সঙ্গে-সঙ্গে গম্ভীর গলার আওয়াজ, "কৌন হ্যায় রে?"

ফের একটা গুলির শব্দ এবং সঙ্গে-সঙ্গে একটা আর্তনাদ।

জগা বলল, "বাপ রে! এ তো খুনখারাপির কারবার!"

পাগলু বলল, "তাই দেখছি। তবু চল এগোই।"

গলিটা ডান ধারে বেঁকেছে এবং সেখানে একটা লোহার দরজা। এখানেও একটা লোক উপুড় হয়ে পড়ে আছে। তার হাতে একটা খোলা ভোজালি, অন্য হাতে টর্চ। টর্চ জ্বেলে দেখা গেল, এ লোকটার পেটে গুলি লেগেছে। জ্ঞান নেই। তারা আর সময় নষ্ট না করে দরজাটা ঠেলল। সেটা খুলেও গেল।

পাগলু বলল, "সুজনবাবু যে আমাদের চেয়েও অনেক পাকা লোক দেখছি!"

রামু বলল, "হাঁ হাঁ, উস্তাদ লোক আছে। উনকো পাস শিখনেসে আচ্ছা হোগা।"

একটু সামনে সুজনবাবুরা একটা বন্ধ দরজার সামনে দাঁড়িয়ে পড়েছেন। সুজনবাবু বললেন, "নিতাই, এটাই সাতকড়ির ঘর মনে হচ্ছে। দরজাটা কাঠের হলেও বেশ ভারী আর কারুকাজ করা।"

"তাই তো মনে হচ্ছে।"

সুজনবাবু শূলপাণির দিকে চেয়ে বললেন, "এবার বলো শূলপাণি, সাতকড়িকে কী বলতে হবে।"

"আমি জানি না।"

"তুমি সব জানো। সাতকড়ির সঙ্গে তোমার যোগাযোগ ছিল। তুমি প্রায়ই এখানে আসতে সেটা তো নিজের মুখেই কবুল করেছ।"

"তা আসতাম। তবে সঙ্কেত-টঙ্কেত কিছু জানি না।"

"সে-কথা বললে হবে কেন? সাতকড়িকে দিয়ে দরজা খোলানোর কৌশল তোমার ভালই জানা আছে।"

"আমাকে ছেড়ে দিন। আমি কিছু জানি না।"

"দ্যাখো বাপু, তীরে এসে তরী ডুবলে তো আমার চলবে না। হাতে বেশি সময়ও নেই। টালবাহানা করলে আমাকে অন্য পন্থা নিতে হবে।"

এই বলে সুজনবাবু পিস্তলটা একটু নাচালেন।

ভয় খেয়ে শূলপাণি বলল, "আজ্ঞে, বেবাক ভুলে গেছি।"

"কিছুই ভোলোনি বাপু। ভুলবার পাত্র তুমি নও। পাগল সেজে অনেকের চোখকে ফাঁকি দিয়েছ বটে, কিন্তু আমাকে পারোনি। হরিদাসপুরের আর্মারি লুটের ফেরারি আসামি তুমি। হরিপুরে ঘাপটি মেরে পাগল সেজে চোরাই অস্ত্রের চালানদার ছিলে। তোমার নামে হুলিয়া বেরিয়েছিল। যদি ভাল চাও তো যা বলছি করো। নইলে বিপদ আছে।"

শূলপাণি মাথাটা ঝুঁকিয়ে একটু চুপ করে থেকে বলল, "আপনি যা শুনেছেন তার সব সত্যি নয়। আর্মারি লুটের দলে আমি ছিলাম বটে, কিন্তু নিজের ইচ্ছেয় নয়। না থাকলে আমাকে খুন করা হত। আর অস্ত্র চালানের ব্যাপারেই আমার কী করার ছিল বলুন। আপনার স্যাঙাত নিতাই পালই তো ছিল নাটের গুরু। যাকগে

ওসব কথা। আমার জীবনের ওপর ঘেন্না ধরে গেছে। নইলে সাতকড়িবাবুর কাছ থেকে ভালরকম দাঁও মেরে কবেই বড়লোক হতে পারতুম। কিন্তু আমার জানা ছিল ও সম্পত্তির অন্য মালিক আছে। আমি লোক তত খারাপ নই সুজনবাবু।"

"না, তুমি গঙ্গাজলে ধোয়া তুলসী পাতা। বেশি সাধু সেজো না, তোমাকে পুলিশে ধরিয়ে দিলে বোধ হয় পাঁচ-দশ হাজার টাকা পুরস্কারও পাওয়া যাবে। যা বলছি যদি ঠিকঠাক করো তা হলে ছেড়ে তো দেবই, চাও তো বখরাও দিতে পারি।"

"আগে বলুন, সাতকড়িবাবুকে খুনটুন করবেন না।"

"আরে না হে, না। খুন করব কেন ? খুনের অনেক ফ্যাঁকড়া। কাজটা গুছিয়ে নিতে পারলে ওসব করতে যায় কোন বোকারাম ?"

"তা হলে পিস্তলটা আমার পকেটে ঢুকিয়ে দিন।"

একটু দোনোমোনো করে সুজনবাবু তাই করলেন। শূলপাণির দু'হাত পিছমোড়া করে বাঁধা, সুতরাং সে পিস্তল দিয়ে কিছু করতে পারবে না।

শূলপাণি গলাখাঁকারি দিয়ে চোখ বন্ধ করল। তারপর বেশ সুরেলা গলায় গীতার একটি শ্লোক আবৃত্তি করতে লাগল, 'ন তিষ্ঠামি বৈকুণ্ঠে, যোগীনাং হৃদয়ে ন চ, মদ্ভক্তা যত্র গায়ন্তি তত্র তিষ্ঠামি নারদঃ...' ইত্যাদি। শ্লোক আবৃত্তি শেষ হলে শূলপাণি ডাকল, "সাতকড়িবাবু, আমি শূলপাণি। দরজা খুলুন।"

ঠিক তিনবার কথাটা বলে সে চুপ করল। তারপর বেশ কিছুক্ষণ চুপচাপ। তারপর দরজার খিলটিল খোলার আওয়াজ হতে লাগল। একটু পরেই একটা দরজা ফাঁক হয়ে একজন বুড়োমানুষ দেখা দিলেন। হাতে লণ্ঠন। এত লোক দেখে একটু তটস্থ হয়ে বললেন, "এসব কী শূলপাণি ? এরা কারা ?"

জবাবটা দিলেন সুজনবাবু, "আমরা আপনার সঙ্গে কিছু কথা বলতে চাই। সময় বেশি নেই।"

বুড়োমানুষটি খুবই অবাক হয়ে বললেন, "এই মাঝরাতে এমন কী কথা !"

"মাঝরাত ছাড়া সুবিধে হচ্ছিল না মশাই। চলুন, ভেতরে চলুন।"

সাতকড়িবাবুকে একরকম ঠেলে ভেতরে ঢুকিয়ে সুজনবাবু ঢুকলেন। বিনা ভূমিকায় বললেন, "সাতটা কড়ি আর সাতটা পয়সার রহস্যটা কী তা আমি জানি না। কিন্তু আমিই সেই পয়সা আর কড়ির মালিক। এবার আমার পাওনাগণ্ডা মিটিয়ে দিন।"

"আপনি মালিক ? কীসের মালিক ! পয়সা বা কড়িই বা কীসের ? আমি ওসব কিছু জানি না। আপনি কি ডাকাতি করতে ঢুকেছেন ?"

"তাও বলতে পারেন। সোজা আঙুলে ঘি না উঠলে আমি আঙুল বাঁকাতেও জানি।"

হঠাৎ সাতকড়ির সাতানব্বই বছরের জীর্ণ শরীরটা টানটান হয়ে দাঁড়াল। গলার জোরও বাড়ল। সাতকড়িবাবু বললেন, "বাপু হে, আমার বয়স সাতানব্বই হয়েছে, আমাকে ভয় দেখিয়ো না। প্রাণের ভয় আমার নেই। অন্যায্য কিছু আমার কাছে

আদায় করতে পারবে না। তবে জোর খাটালে খাটাতে পারো।"

সুজনবাবু বিনা বাক্যব্যয়ে শূলপাণির পকেট থেকে পিস্তলটা টেনে বের করে বললেন, "তবে তাই হোক। আমাদের আর তর্ক করার সময় নেই। কাজ হাসিল করে কেটে পড়তে হবে।"

সুজনের বোধ হয় ইচ্ছে ছিল সাতকড়িবাবুকে ঘায়েল করে চাবির গোছাটা হাতিয়ে নিয়ে ঘরে রাখা সিন্দুক আর বাক্সগুলো খুলে যা পারেন হাতিয়ে নেওয়া। কিন্তু পিস্তলটা তুলতে যেতেই হঠাৎ শূলপাণি তাঁর হাতে একখানা পেল্লায় লাথি কষিয়ে নিজেও পড়ে গেল। সুজনবাবুর হাত থেকে পিস্তলটা ছিটকে গিয়ে দেওয়ালে লেগে মেঝেয় পড়ল।

সুজনবাবু হিংস্র গলায় বললেন, "বীরত্ব দেখাচ্ছ! বীরত্ব! দাঁড়াও, বীরত্ব বের করছি।"

সুজনবাবু পিস্তলটা গিয়ে কুড়িয়ে নিয়ে ফিরে দাঁড়াতেই তিনটে আবছা মূর্তি হামাগুড়ি দিয়ে ঘরে ঢুকে পড়ল। সুজনবাবু পিস্তলটা তুলবার সময় পেলেন না। তার আগেই তাঁকে কোমর ধরে পেড়ে ফেলল জগা। নিতাই পালকে পাকড়াল রামু আর পাগলু।

আধঘণ্টা বাদে ঘরের মধ্যে জড়ো হলেন পরঞ্জয়, পবন এবং মহেন্দ্র। শূলপাণির বাঁধন খুলে সুজন আর নিতাইকে বাঁধা হয়েছে।

সাতকড়ি একখানা আতস কাচ দিয়ে মহেন্দ্রর পয়সা আর কড়িগুলো দেখছিলেন। তারপর বললেন, "সব ঠিকই আছে বাবা। তোমার প্রপিতামহ দীর্ঘজীবী ছিলেন, রসিকও ছিলেন। আমাকে বেশ কিছু টাকা দিয়ে বলেছিলেন, ব্যবসায় খাটাতে, আর বলেছিলেন যদি তাঁর নাতি বা তস্য পুত্র কেউ সঙ্কেত ভেদ করে দাবি করে তা হলেই এই টাকা শোধ দিতে হবে, নইলে নয়। তা আমার বাপু টাকাপয়সার তেমন দরকার নেই। ভোগই বা করবে কে বলো! যক্ষের মতো লাখো-লাখো টাকা আগলে আছি বলেই বোধ হয় প্রাণটাও বেরোচ্ছে না। তুমি আমাকে এবার ভারমুক্ত করো।"

সিন্দুক খুলে টাকার বাণ্ডিল বের করতে করতে সাতকড়িবাবু বললেন, "তা সুদে আসলে বড় কমও হয়নি। ধরো প্রায় সাত লক্ষ টাকা।"

সুজন একটা দীর্ঘশ্বাস ফেললেন।

ভোর হচ্ছিল। জানলা দিয়ে একটুকরো তেরছা লাল রোদ এসে দেওয়ালে পড়ল।

দুধসায়রের দ্বীপ

পুটু বলল, "আচ্ছা, এই পুকুরটার নামই কি দুধের সর ?"

খাসনবিশ চোখ কপালে তুলে বলল, "পুকুর ! এই সমুদ্দুরের মতো বিরাট জিনিসকে তোমার পুকুর বলে মনে হচ্ছে ? শহুরে ছেলেদের দোষ কী জানো তো ! তারা সব জিনিসকে ছোট করে দেখে। তারা পাহাড়কে বলে ঢিবি, বোয়ালমাছকে বলে মাগুরমাছ, বুড়োমানুষকে ভাবে খোকা। ওই হল তোমাদের দোষ।"

পুটু অবাক হয়ে বলল, "কিন্তু ক্ষান্তমাসি যে কালকেই বলছিল, যাই দুধপুকুরে চ্যান করে আসি।"

"ক্ষান্ত ? তার কি মাথার ঠিক আছে ? সে সুয্যিকে চাঁদ বলে মনে করে, মাঝরাত্তিরকে মনে করে বেহান বেলা, চোরকে ভাবে দারোগাবাবু। তার গুণের কথা আর বোলো না।"

"তা হলে এটা পুকুর নয় ?"

"কক্ষনও নয়, কস্মিনকালেও নয়। রাজা প্রতাপচন্দ্র জীবনে ছোটখাটো কাজ করেননি কখনও, ছোট কাজ করতে ভারী ঘেন্না করতেন। তাঁর কথা ছিল, মারি তো গণ্ডার, লুটি তো ভাণ্ডার। কুমড়োর সাইজের রসগোল্লা খেতেন, লাউয়ের সাইজের পান্তুয়া। তাঁর তরোয়ালখানার ওজন ছিল প্রায় আধ মন।"

"এঃ, অত বড় তলোয়ার নিয়ে কেউ যুদ্ধ করতে পারে ?"

"যুদ্ধ ! যুদ্ধ করার দরকারটা কী ? প্রতাপচন্দ্র নিজেও তলোয়ারটা তুলতে পারতেন না। কথাটা হল, উনি সবসময়ে বড়-বড় কাজ করতে ভালবাসতেন। শুনেছি একবার ঘুড়ি ওড়ানোর শখ হওয়াতে কুড়ি ফুট বাই কুড়ি ফুট একখানা ঘুড়ি তৈরি করিয়েছিলেন আর পিপের সাইজের লাটাই।"

"ও বাবা ! সে-ঘুড়ি ওড়াল কে ?"

"কেউ না। ঘুড়ি মোটে আকাশে ওড়েইনি। কিন্তু তাতেও রাজা প্রতাপের নামডাক খুব বেড়ে গিয়েছিল। এই যে সমুদ্দুরের মতো জলাশয় দেখছ এও রাজা প্রতাপের এক কীর্তি।"

"কিন্তু দুধের সর নাম হল কেন ?"

"দুধের সর নয় বাবা, দুধসায়র। সায়র মানে সাগরই হবে বোধ হয়। আর দুধের ব্যাপারটাও সত্যি। প্রতাপচন্দ্র সায়র তৈরি করলেন বটে, কিন্তু তাতে প্রথমটায় জল ওঠেনি। একদিন রাতে স্বপ্ন দেখলেন মা-চামুণ্ডা একটা দুধের পুকুরে চান করতে-করতে বলছেন, 'ওরে প্রতাপ, কীসের জোরে তোর এত বিষয়সম্পত্তি, এত পয়সাকড়ি তা ভেবে দেখেছিস ? মাটি থেকেই না তোর এত আয় হয়। তা মাটিকে কি কিছু দিস হতভাগা ? ভাল চাস তো সায়রে ঘড়া-ঘড়া

দুধ ঢাল। দুধ পেলে বসুন্ধরা খুশি হয়ে জল ছাড়বে। নইলে ওই দহে কস্মিনকালেও জল হবে না।' স্বপ্নাদেশ পেয়ে প্রতাপচন্দ্রের হুকুমে তিন হাজার গয়লা ঘড়া-ঘড়া দুধ ঢালতে লাগল। সে একেবারে থইথই দুধ।"

"এ মা, এত দুধ যে নষ্ট হল !"

খাসনবিশ চোখ কপালে তুলে বলল, "নষ্ট কী গো ? তোমরা শহুরে ছেলেরা বড্ড সায়েন্স শিখে যাও অল্প বয়সে। দুধ নষ্ট হবে কেন ? মাটিতে দুধ গিয়ে কীরকম সার হল বলো। তাইতেই তো আশপাশের জমি সব দ্বিগুণ ফলন্ত হয়ে উঠল। আর দুধপুকুরেও বান ডাকার মতো হু-হু করে মাটি ফুঁড়ে জল বেরিয়ে এল।"

"পুকুরে দুধ ঢালতেই জল বেরিয়ে এল ? হিঃ হিঃ, তা হলে নিশ্চয়ই গয়লারা দুধে খুব জল মিশিয়ে দিয়েছিল !"

"অ্যাঁ ! বলে কী রে খোকা ? কার ঘাড়ে ক'টা মাথা যে দুধে জল মেশাবে ? কিন্তু তুমি মহা বিচ্ছু ছেলে দেখছি পুটুবাবু। এইটুকু বয়সে যে কেউ এত নাস্তিক হয় তা জানা ছিল না বাপু।"

"নাস্তিক মানে কী খাসনবিশদাদা ?"

"নাস্তিক মানে হচ্ছে যারা কিছু মানেটানে না। সব জিনিস আজগুবি বলে উড়িয়ে দেয়। তুমি নাস্তিক হবে নাই-বা কেন ? তোমার বাপটাই তো একটা আস্ত নাস্তিক।"

"তুমি কেমন করে জানলে যে বাবা নাস্তিক ?"

"জানব না ? তাকে যে এই এতটুকু বয়স থেকে কোলে-কাঁখে করে বড় করেছি। আমার বড্ড ন্যাওটা ছিল। এখন ভারী চশমা চোখে এঁটে মোটা-মোটা বই পড়ে বটে, কিন্তু ছেলেবেলায় মহা বিচ্ছু ছিল। কিছু বললেই তোমার মতো চোখা-চোখা প্রশ্ন করত। তখন থেকেই নাস্তিক।"

"না, বাবা মোটেই নাস্তিক নয়। বাবা তো বিজ্ঞানে বিশ্বাসী, নাস্তিক হবে কেন ?"

"ওই হল বাপু। বিজ্ঞান কি আর ভাল জিনিস ? বিজ্ঞান অ্যাটম বোমা বানায়, ভগবানের নামে নিন্দেমন্দ করে, এঁটোকাঁটা মানে না।"

"হিঃ হিঃ, তুমি যে একটা কী না খাসনবিশদাদা ! আচ্ছা শোনো, তোমরা কি বাতাসা দিয়ে দুধ খাও ?"

"ও মা, ও কী কথা ? হঠাৎ বাতাসা দিয়ে দুধ খাওয়ার কথা উঠছে কেন ?"

"ওই যে দ্যাখো, দুধের সরের মাঝখানে ঠিক বাতাসার মতো একটা জিনিস ভাসছে না ?"

খাসনবিশ একগাল হেসে বলল, "তা বটে ঠিক। ওটা দেখতে বাতাসার মতোই বটে। তবে দূর থেকে বাতাসা বলে মনে হলেও ওটি কিন্তু একখানা দ্বীপ। তা ধরো দশ-বারো বিঘে জমি তো আছেই। ওটা ছিল প্রতাপরাজার বাগানবাড়ি।"

"কই, বাড়ি তো দেখা যাচ্ছে না !"

"না বাপু, এত দূর থেকে কি আর অত ঠাহর করা যায় ? তা ছাড়া বড়-বড় গাছ আর আগাছায় সব ঢেকে গেছে। বাড়িরও বড্ড ভগ্নদশা, সাপখোপের আড্ডা।"

"কেউ যায় না ওখানে ?"

"নাঃ। কে যাবে ? গিয়ে হবেটাই বা কী ? আগে কেউ-কেউ সোনাদানা মোহর কুড়িয়ে পাবে বলে লোভে-লোভে যেত। আজকাল আর কেউ যায় না। খামোখা হয়রান হয়ে লাভটা কী ?"

"কিন্তু পিকনিক করতে যেতে পারে তো !"

"ওসব পিকনিক-টিকনিক এখানে হয় না। এ গাঁ-গঞ্জ জায়গা।"

পুটু বলল, "কিন্তু আমরা যদি যাই ?"

খাসনবিশ একটু গম্ভীর হয়ে বলল, "না যাওয়াই ভাল। সাপখোপ ছাড়াও অন্যসব জিনিস আছে।"

"কী জিনিস খাসনবিশদাদা ?"

খাসনবিশ মাথা চুলকে বলল, "তুমি তো আবার নাস্তিক। তোমাকে বলেও লাভ নেই।"

"তুমি নিশ্চয়ই বলবে, ওখানে ভূত আছে !"

"বলব-বলব করছিলাম, তা তুমিই যখন বলে দিলে তখন সত্যি কথাটা স্বীকার করাই ভাল। এখানে ইদানীং ভূতের উৎপাত হয়েছে বলে শুনেছি।"

"আমি ভূতপ্রেত মানি না।"

খাসনবিশ খিঁচিয়ে উঠে বলল, "তা মানবে কেন ? দু'পাতা সায়েন্স পড়ে তোমরা সব গোল্লায় গেছ। তবে কুনকে তো আর মিছে কথা বলার ছেলে নয় !"

"কুনকে আবার কে ?"

"কুণ্ডুবাড়ির ছেলে কনিষ্ক কুণ্ডু, ক্লাসে ফার্স্ট হয়। সে আর পালপাড়ার ভোলা দু'জনেই স্বচক্ষে দেখে এসেছে।"

"কী দেখেছে খাসনবিশদাদা ?"

"তা আর তোমাকে বলে কী হবে ? বিশ্বাস তো আর করবে না !"

"ভূতের গল্প শুনতে যে আমার ভীষণ ভাল লাগে !"

"গল্প ? হুঁ, তোমার কাছে গালগল্প হলেও যারা দেখেছে তাদের কাছে তো নয়।"

"না বললে কিন্তু তোমার তামাক-টিকে চুরি করে লুকিয়ে রাখব।"

চোখ কপালে তুলে খাসনবিশ বলে, "ও বাবা, তুমি যে দেখছি গুটকের চেয়েও বেশি বিচ্ছু !"

"গুটকেটা তো হাঁদারাম, সাইকেল চালাতে পারে না।"

"তা না পারুক, গুটকে সাঁতার জানে। তুমি জানো ?"

"ও আমি দু'দিনে শিখে নেব। এবার গল্পটা বলো। কুনকে আর ভোলা কী দেখেছিল ?"

"কুনকে খুব হার্মাদ ছেলে, ভয়ডর বলতে কিছু নেই, বুঝলে !"

"সে আমারও নেই। তারপর বলো।"

"কথাই তো কইতে দাও না, কেবল ফুট কাট। হ্যাঁ, তা হয়েছে কী গতবার শীতের শুরুতেই তারা দু'জন এক দুপুরবেলা একটা ডিঙি নৌকো বেয়ে ওই দ্বীপে গিয়েছিল।"

"ওরা নৌকো বাইতে পারে বুঝি?"

"পারবে না? গাঁয়ের ছেলেরা সব পারে। তোমাদের শহুরে ছেলেদের মতো তো নয়।"

"আমিও দু'দিনে শিখে নেব। তারপর বলো।"

"তা তারা গিয়েছিল বেজির বাচ্চা খুঁজতে।"

"ওখানে বেজি আছে বুঝি?"

"প্রতাপরাজার আমলে মেলাই ছিল। উনি খুব বেজি পছন্দ করতেন। তা সেইসব বেজি এখন ঝাড়েবংশে বেড়েছে হয়তো।"

"এই যে বললে ওখানে সাপখোপের আড্ডা! বেজিরা তো সাপগুলোকে মেরেই ফেলবে।"

"ওরে বাবা, জঙ্গলের নিয়ম কি আর আমাদের মতো? সেখানে সবাই থাকে। ঝগড়াঝাঁটি খুনখারাপি হয়, আবার থাকেও একসঙ্গে। সাপও আছে, বেজিও আছে। তা সেইখানে গিয়ে যখন জঙ্গলের মধ্যে দু'জনে বেজি খুঁজছিল সেই সময়ে হঠাৎ দেখতে পায় একটা খুব লম্বা লোক সামনে দাঁড়িয়ে আছে।"

"সেটাই কি ভূত?"

"আঃ, ফের কথা বলে! হ্যাঁ বাপু, সেটাই ভূত।"

"যাঃ, লম্বা লোক হলেই বুঝি ভূত হয়? তা হলে আমার নসু কাকাও তো ভূত।"

"ওরে বাপু, লম্বার তো একটা বাছবিচার আছে! তিন-চার হাত লম্বা হলে কথা ছিল না, এ-লোকটা যে সাত-আট হাত লম্বা।"

"তার মানে কত ফুট?"

"তা ধরো দশ-বারো ফুট তো হবেই।"

"গুল মারছ খাসনবিশদাদা।"

"এইজন্যই তোমাকে কিছু বলতে চাই না।"

"দশ-বারো ফুট লম্বা কি মানুষ হয়?"

"মানুষ হলে তবে তো!"

"তা সে-লোকটা কী করল?"

"কী আবার করবে? লোকটা একটা নারকোল গাছে হেলান দিয়ে দাঁড়িয়ে ওদের দিকে চেয়ে ছিল। ওরা কি আর কিছু দেখেছে? ওরকম ঢ্যাঙা একটা লোককে দেখেই পড়ি কি মরি করে দৌড়ে এসে ডিঙিতে উঠে পালিয়ে এসেছে।"

"দুপুরবেলা?"

"হ্যাঁ, ঠিক দুপুরবেলা। কথাতেই তো আছে, ঠিক দুক্‌কুরবেলা, ভূতে মারে ঢেলা।"

॥ ২ ॥

বিদ্যাধরপুর গাঁয়ের একটু তফাতে জঙ্গলের মধ্যে বুড়ো শিবের পুরনো মন্দির। মন্দিরের গায়ে ফাটল ধরে তাতে অশ্বত্থের চারা উঁকি মারছে, দেওয়ালে শ্যাওলার ছোপ, তক্ষকের বাসা। আজকাল লোকজনও বিশেষ আসে না। শুধু জগাপাগলা আর ভুলু কুকুর রোজ সন্ধেবেলা হাজির থাকে।

প্রৌঢ় পুরোহিত রসময় চক্রবর্তী সন্ধ্যাপূজা সেরে বেরিয়ে এসে দেখেন জগাপাগলা চাতালের ওপর নিজের ঝোলাটাকে তাকিয়ার মতো করে আধশোওয়া হয়ে গভীর চিন্তায় মগ্ন। আর চাতালের সিঁড়ির নীচে ভুলু মহা আরামে গুটিসুটি মেরে ঘুমোচ্ছে।

রসময় চক্রবর্তী লণ্ঠনটা পাশে রেখে চাতালে বাবু হয়ে বসলেন। জগাপাগলার সঙ্গে রোজই তাঁর কিছু কথাবার্তা হয়। লোকটা পাগল হলেও তাকে খারাপ লাগে না চক্কোত্তি মশাইয়ের।

শরৎকাল এসে গেছে। এ-সময়ে সন্ধের পর একটু হিম পড়ে। জগার গায়ে একটা সবুজ রঙের গরম কাপড়ের কোট, আর পরনে কালো পাতলুন। রসময় লক্ষ করলেন, পোশাকটা বেশ নতুন।

"আজ কী নিয়ে ভাবনায় পড়লে হে জগা ? বড্ড তন্ময় দেখছি যে !"

জগা সোজা হয়ে বসে গোঁফদাড়ির ফাঁক দিয়ে একটু হাসল। তারপব বলল, "আজ্ঞে, বড্ড সমস্যায় পড়ে গেছি।"

"কী নিয়ে সমস্যা ?"

"আজ্ঞে, খিচুড়ি নিয়ে।"

"খিচুড়ি ? সে তো ভাল জিনিস। সমস্যাটা কোথায় ?"

"সমস্যা আছে। ধরুন চালেডালে মিশিয়ে সেদ্ধ করলে তো খিচুড়ি হয়, না কি ?"

"তা বটে।"

"কিন্তু ডালভাত মাখলে তো তা হচ্ছে না।"

"না, তা হচ্ছে না।"

"ওইখানেই তো সমস্যা। চালেডালে সেদ্ধ করলে খিচুড়ি, আর চাল আলাদা ডাল আলাদা সেদ্ধ করলে ডালভাত, এটা কেন হচ্ছে বলুন তো ঠাকুরমশাই ?"

"ও বাবা, এ তো জটিল প্রশ্ন দেখছি।"

"খুবই জটিল। যত ভাবছি তত জট পাকিয়ে যাচ্ছে। কেউই কোনও সমাধান দিতে পারছে না। আপনি তো মেলাই শাস্ত্রটাস্ত্র জানেন, আপনি বলতে পারেন না ?"

"না বাপু, শাস্ত্রে খিচুড়ির কথা পাইনি।"

"সেইটেই তো মুশকিল, সায়েন্সে খিচুড়ির কথা আছে মনে করে গোবিন্দর

কাছে গিয়েছিলুম। তা সে বলল, খিচুড়িও আসলে ডালভাতই। শুনে এমন রাগ হল ! এই বিদ্যে নিয়ে গোবিন্দ নাকি আবার কলেজে সায়েন্স পড়ায়। ছ্যাঃ ছ্যাঃ।"

"তা বাপু, খিচুড়ির কথাই শুধু ভাবলে চলবে কেন ? ধরো দুধে চালে সেদ্ধ করলে পায়েস, আবার দুধেভাতে মাখলে দুধভাত। এটাই-বা কেমন করে হচ্ছে ?"

ভারী বিরক্ত হয়ে জগা বলল, "আহা, খিচুড়ির কথাটাই আগে শেষ হোক, তবে না পায়েসের কথা ! আলটপকা খিচুড়ির মধ্যে পায়েস এনে ফেললে একটা ভজঘট্ট লেগে যাবে না ?"

রসময় মাথা নেড়ে বললেন, "তা বটে, তা হলে খিচুড়ির কথাটাই শেষ করো বাপু, তারপর বাড়ি যাই।"

জগা বলল, "বাড়ি যাবেন যান, কিন্তু তা বলে খিচুড়ির কথাটা এখানেই শেষ করা যাচ্ছে না। এ-নিয়ে আরও ভাবতে হবে।"

সিঁড়ির নীচে ভুলু ঘুমোচ্ছিল, হঠাৎ একটু ভুকভুক আওয়াজ করল।

রসময় উঠতে-উঠতে বললেন, "নাঃ, আর রাত করা ঠিক হবে না। মোহনপুরার জঙ্গলে নাকি বাঘের উৎপাত হয়েছে। জঙ্গলটা তো বেশি দূরেও নয়।"

জগা দাড়িগোঁফের ফাঁকে একছটাক হেসে বলল, "বাঘের খবরে ভয় পেলেন নাকি ঠাকুরমশাই ?"

"বাঘকে ভয় না খায় কে বাপু ?"

জগা মাথা নেড়ে বলল, "আমারও ভয় ছিল খুব। তবে নিত্যহরি কবরেজ অয়স্কান্তবাবুর বাতব্যাধির জন্য কী একটা ওষুধ বানাবেন বলে বাঘের চর্বি খুঁজছেন, তা আমি সেদিন কথায়-কথায় জিজ্ঞেস করেছিলুম, 'বাঘের চর্বি তো আর হাটে-বাজারে পাওয়া যাবে না, তা দামটা কীরকম দিচ্ছেন ?' নিত্যহরি কবরেজ পাঁচটা আঙুল দেখিয়ে বলল, 'বাপু রে, জোগাড় করে যদি দিতে পারিস তা হলে প্রতি সের পাঁচ হাজার টাকা দর দেব,' ওই দর শুনেই ভয়ডর চলে গেল, সেই থেকে আমি জুতসই একটা বাঘ খুঁজে বেড়াচ্ছি। চর্বি তো নিত্যহরি নেবেই, বাঘের ছালেরও নাকি অনেক দাম, তারপর নখ-দাঁত সবই নাকি ভাল দামে বিক্রি হয়। একটা বাঘ জোগাড় হলে এখন দিনকতক বেশ পায়ের ওপর পা দিয়ে বসে খাওয়া যায়, কী বলেন ?"

"তা হলে তো মোহনপুরার বাঘটার কপাল খারাপই বলতে হয়। তা বাপু, বাঘটাকে মারবে কী দিয়ে ? শুধু হাতে নাকি ?"

জগা গম্ভীর হয়ে মাথা নেড়ে বলল, "আজ্ঞে না, অস্তর আছে।"

"বটে ! তা হলে তো নিশ্চিন্ত। তা অস্তরটা কী ? বন্দুক নাকি ?"

খিকখিক করে খুব হাসল জগা, তারপর মাথা নেড়ে বলল, "বন্দুক আবার একটা অস্তর !"

"তবে কি কামান ?"

"সে আছে একটা জিনিস, বাঘ মারার অস্তর কিনব বলে শীতলাতলার হাটে গিয়ে খোঁজাখুঁজি করছিলুম এই শনিবার, তা বাঘ মারব শুনে সবাই হাসে, কেউ মোটে আমলই দেয় না, আজকাল ফচকে লোকের সংখ্যা ক্রমেই বড্ড বাড়ছে, লক্ষ করেছেন কি ঠাকুরমশাই ?"

"তা আর বলতে !"

"তাই বড্ড দমে গিয়েছিলুম। একজন তো বলেই ফেলল, 'ও জগা, তুমি যে বাঘ মারতে চাও এ-খবরটা যদি বাঘের কানে পৌঁছে দিতে পারো তা হলে আর চিন্তা নেই। বাঘ হাসতে হাসতে পেটে খিল ধরে নিজেই মরে যাবে।' বলুন তো ঠাকুরমশাই, এসব কথা শুনলে কার না রাগ হয় ?"

"হ্যাঁ, তা রাগ তো হতেই পারে।"

"হরিখুড়ো কী বলল জানেন ? বলল, 'বাঘ মারবে কী হে, ছ্যাঃ ছ্যাঃ। কথায় বলে মারি তো গন্ডার, লুটি তো ভাণ্ডার, বাঘ মারবে কোন দুঃখে ! মারলে গন্ডার মারো।'"

"এ তো হরিখুড়োর বড় অন্যায় কথা। গন্ডারের চাইতে বাঘই বা কম যায় কীসে !"

"সে-কথা আর কে বুঝছে বলুন, শ্যামাপদবাবু তো আর এক কাঠি সরেস। বললেন কী, 'ওহে জগাভায়া, বাঘকে মারতে যাবে কোন দুঃখে ? জ্যান্ত বাঘের যে অনেক বেশি দাম ! এই তো নবীন সাহা লোহার কারবার করে সদ্য বড়লোক হয়েছে, হাতে অঢেল পয়সা। কুকুর, বেড়াল, গোরু, ঘোড়া পুষে অরুচি ধরেছে। এ বার বাঘ পোষার শখ। লাখ টাকা দিয়ে কিনে নেবে। তুমি শুধু ধরে দাও।'"

"বটে ! ঠাট্টাই করল নাকি ?"

"তা কে জানে ! নবীনের পয়সা আছে, কথাটা মিথ্যে নয়। তবে ঠাকুরমশাই, কথাটা শুনে নিমাই যা বলল তা একেবারে ধ্যাষ্টামো। বলল কী, 'বাঘ ধরা তো সোজা ব্যাপার, হুইল বঁড়শিতে একটা পাঁটা গেঁথে ঝুলিয়ে দিয়ে গাছের ওপর বসে থাকো। বাঘ এসে কপাত করে পাঁটাকে গিললেই গেঁথে তুলে ফেলবে।' শুনুন কথা, বাঘ যেন পুকুরের মাছ ! বাঘকে কি অত তুচ্ছতাচ্ছিল্য করা ভাল ?"

"উহুঁ, উঁহু, মোটেই ভাল নয়। ওতে বাঘ আরও কুপিত হয়ে পড়েন, তা হলে তোমাকে নিয়ে হাটের মধ্যে একটা শোরগোলই পড়ে গিয়েছিল বোধ হয় ?"

"যে আজ্ঞে, মেলা লোক ঘিরে দাঁড়িয়ে হাসাহাসি করছিল। অমন একটা গুরুতর কথায় যে লোকে এমন হাসাহাসি করতে পারে তা জন্মে দেখিনি !"

"অন্যায় কথা, খুবই অন্যায় কথা।"

"আজ্ঞে, এইজন্যই তো দেশটার উন্নতি হল না।"

"তা যা বলেছ !"

"শুধু বামাচরণবাবুর মতো লোক দু-একজন আছে বলেই যা একটু ভরসা।"

রসময় অবাক হয়ে বলেন, "বামাচরণবাবুটা আবার কে ?"

"তাঁকে আমিই কি চিনতুম নাকি ? শীতলাতলার হাটেতেই চেনা হল। বড্ড

ভাল লোক। সাঁঝের মুখে যখন ফিরে আসছি তখনই হঠাৎ লম্বাপানা একটা লোক এসে কাঁধে হাত দিয়ে খুব হাসি-হাসি মুখ করে বলল, 'জগাভায়া কি কিছু খুঁজছ নাকি ?' আমি বললুম, 'আর বলবেন না মশাই, একটা অস্তর জোগাড় করতে এসে কী হেনস্থাটাই হল ! তখন উনি বললেন, 'সে আমি নিজের চোখেই দেখেছি, আমি এই পাশের গাঁয়েই থাকি, নাম বামাচরণ মিত্তির, তোমাকে বিলক্ষণ চিনি। সত্যি বলতে কী, তোমার মতো বুকের পাটাওলা লোক দুটি দেখিনি। বাঘটা আমাদের গাঁয়েও উৎপাত করছে খুব। পরশু রাতেই তো হেমবাবুর গোরুটা মারল, কিন্তু কেউই বাঘটা মারার জন্য কিছু করছে না। দারোগাবাবু সদাশিব আর শিকারি নাদু মল্লিকের ভরসায় সবাই বসে আছে। তা তারাও তো বিশেষ সুবিধে করতে পারছে না। দারোগা সদাশিব নাকি আজকাল গজল শিখছেন, গান নিয়েই ব্যস্ত। আর নাদু মল্লিকের নতুন নাতি হয়েছে। সেই নাতি নিয়েই আহ্লাদে মেতে আছেন, বন্দুক ছুঁয়েও দেখেন না। এখন ভরসা তুমি।' কথাটা শুনে খুব সন্তুষ্ট হলুম। হ্যাঁ, এই একটা বিবেচক লোক, তো বললুম, 'বাঘ মারব কিন্তু অস্তর কই ? শুধু হাতে তো আর বাঘ মারা যায় না মশাই। তখন বামাচরণবাবু আমার কানে-কানে বললেন, 'অস্তরের অভাব হবে না, অভাব তো শুধু শিকারির, আমি তোমাকে মোক্ষম অস্তর দেব।"

"তা দিল নাকি অস্তর ?"

খিকখিক করে হেসে জগা বলল, "দেয়নি আবার !"

রসময় দুশ্চিন্তাগ্রস্ত হয়ে বললেন, "দিয়েছে ! তা কী অস্তর দিল ?"

"সে আর আপনার শুনে কাজ নেই।"

বামাচরণ যে-ই হোক, পাগলের হাতে অস্ত্রশস্ত্র দেওয়াটা যে ভাল হয়নি, এটা নিশ্চয়ই। রসময় উদ্বিগ্ন গলায় বললেন, "দেখো বাপু, জিনিসটা সামলে রেখো, বাঘ মারতে গিয়ে আবার মানুষ মেরে বোসো না।"

"আজ্ঞে না, সে-ভয় নেই। মারার মতো মানুষই বা পাব কোথায় ? চারদিকে যাদের দেখছি সব তো আধমরা মানুষ। এদের আর মেরে হবে কী ?"

রসময় বললেন, "তা অবশ্য খুব ঠিক কথা, তা অস্তরটা কি একেবারে বিনি মাগনা-ই দিল নাকি ? পয়সাকড়ি চাইল না ?"

"আজ্ঞে না, তবে কথা আছে।"

"কী কথা ?"

"অস্তরের জন্য পয়সা দিতে হবে না বটে, কিন্তু একটা কাজ করে দিতে হবে।"

"খেত-টেত কোপাতে হবে নাকি ?"

"ওসব নয়। ছোট কাজ আমি ছেড়ে দিয়েছি, এই তো সেদিন ভূপতি চাটুজ্যে তার গোয়াল পরিষ্কার করাল, সারা দিনমান উদয়াস্ত খেটে গোয়ালঘরখানাকে তাজমহল বানালুম, কিন্তু কী জুটল জানেন ? তিনটে টাকা, একথালা পান্তা আর একছড়া তেঁতুল, একটু গুড় চেয়েছিলুম, তাইতে চাটুজ্যেগিন্নি এমন খ্যাঁক করে উঠল ! না মশাই, ছোটখাটো কাজ আর নয়, বড্ড ঘেন্না ধরে গেছে। নগেন

পালের মেয়ের বিয়েতে কম খেটেছি মশাই ? বাজার থেকে গন্ধমাদন মাল টেনে আনা, ম্যারাপ বাঁধার জোগালি খাটা, ঝাঁটপাট দেওয়া, জল তোলা, কী জুটেছিল জানেন ? সবার শেষে খেতে দিল একটা ঘ্যাঁট আর ভাত। বলল, সব জিনিস ফুরিয়ে গেছে। হাতে মোটে পাঁচটি টাকা গুঁজে দিল, ছ্যাঃ ছ্যাঃ ছোট কাজ কি ভদ্রলোকের পোষায় ?"

"অতি ন্যায্য কথাই বলেছ বাপু। ওসব কাজ তোমাকে মানায়ও না, তা এ-কাজটা বেশ মানানসই পেয়েছ তো ?"

জগা ঘাড় কাত করে বলল, "দিব্যি কাজ, একখানা জিনিস শুধু দুধসায়রের দ্বীপে রেখে আসতে হবে।"

বিস্মিত রসময় বলে উঠলেন, "বটে ! তা জিনিসটা কী ?"

"বলা বারণ, তবে পাঁচ কান যদি না করেন তো বলতে পারি।"

"পাঁচ কান করতে যাব কোন দুঃখে ?"

"তা হলে বলি, রাজা প্রতাপের একখান শূল আছে, জানেন তো !"

"কে না জানে ! প্রতাপরাজার শূল বিখ্যাত জিনিস। দেড় মন ওজন।"

"সেইটেই।"

রসময় চোখ কপালে তুলে বললেন, "বলো কী হে ! রাজা প্রতাপের শূল সরাবে, তোমার ঘাড়ে ক'টা মাথা ? হরুয়া পালোয়ান আর দুই ছেলে যখের মতো রাজা প্রতাপের বাড়ি পাহারা দিচ্ছে, তাদের মতো লেঠেল তল্লাটে নেই, তার ওপর তাদের দলবল আছে, তারা সব রাজা প্রতাপের খাস তালুকের প্রজা। সেই আদিকাল থেকে বংশানুক্রমে রাজা প্রতাপের বাড়ি পাহারা দিচ্ছে, তোমার প্রাণটা যে যাবে হে !"

একটু কাঁচুমাচু হয়ে জগা বলল, "সেইটেই যা মুশকিল, তা অস্তর দেখালে ভয় পাবে না ?"

"অস্তর দেখাবে ? কী অস্তর তাই তো বুঝলুম না !"

"এই যে !" বলে ঝোলায় হাত পুরে একখানা পিস্তল গোছের জিনিস বের করল জগা। তারপর খিকখিক করে হেসে বলল, "আজ্ঞে এসব খুব সাঙ্ঘাতিক জিনিস।"

সাঙ্ঘাতিক কি না রসময় তা জানেন না, তবে জিনিসটা দেখে তাঁর খেলনা পিস্তল বলেই মনে হল, একটু হেসে বললেন, "ওরে বাপু, ওরা ওসব খেলনা দেখে ভয় পাওয়ার লোক নয়। রাজা প্রতাপের বাড়িতে চুরি-ডাকাতির চেষ্টা বড় কম হয়নি, কিন্তু আজ অবধি কেউ কুটোগাছটি সরাতে পারেনি।"

জগা গুম হয়ে বসে রইল কিছুক্ষণ। তারপর বলল, "অস্তরটাকে কি খেলনা বলছেন ঠাকুরমশাই ?"

রসময় একটু সতর্ক গলায় বললেন, "তা কে জানে ! ওসব কখনও নাড়াঘাঁটা করিনি বাপু, ম্লেচ্ছ জিনিস। তবে মনে হয় ওসব ছোটখাটো অস্তরকে ভয় খাওয়ার পাত্র নয় হরুয়া, আরও একটা কথা বাপু, এত জিনিস থাকতে রাজা প্রতাপের এই

পেল্লায় শূল দিয়েই বা তোমার বামাচরণবাবু কী করবেন ?”

জগা মাথা নেড়ে বলে, “আমিও জানি না, তবে বলছিলেন, শূলখানা পাচার করতে পারলে একদিন পেট পুরে ভুনি খিচুড়ি আর ইলিশমাছ ভাজা খাওয়াবেন, ভুনি খিচুড়ি কখনও খেয়েছেন ঠাকুরমশাই ?”

“এক-আধবার।”

“ওফ, সে রাজরাজড়ার ভোজ, তার সঙ্গে হাতাদুয়েক গরম ঘি হলে আর কথাই নেই, তা সেসব কথাও হয়েছে বামাচরণবাবুর সঙ্গে। পাঁপড়ভাজা হবে, ইলিশের ডিমের বড়া থাকবে, শেষ পাতে চাটনি আর দই।”

“এত কথাও হয়েছে নাকি ?”

“আজ্ঞে। কথাবার্তা একেবারে পাকা।”

“কিন্তু শূলখানা যে সরাবে সেটা কিন্তু চুরির শামিল। চুরি করা কি ভাল কাজ হে জগা ? অস্তরটা বরং তুমি বামাচরণবাবুকে ফেরত দিয়ে এসো গে। বলো, এ-কাজ আমার দ্বারা হবে না।”

“তা হলে বাঘ মারব কী দিয়ে ঠাকুরমশাই ? অস্তরটাকে আপনার বিশ্বাস হচ্ছে না তো ঠাকুরমশাই ? তবে এই যে দেখুন—”

বলে পিস্তলটা তুলে জগা ঘোড়াটা টিপে দিল।

যে কাণ্ডটা হল, রসময় তার জন্য প্রস্তুত ছিলেন না, বিকট একটা শব্দ আর সেইসঙ্গে আগুনের ঝলক তুলে একটা গুড়ুলের মতো জিনিস ছিটকে গেল, গাছ থেকে একটা কাক মরে পড়ে গেল বোধ হয় নীচে, পাখিরা তুমুল চিৎকার করতে লাগল। ভুলু লেজ গুটিয়ে কেঁউ-কেঁউ করতে লাগল, রসময় স্তম্ভনভাবটা কাটিয়ে নিয়েই লাফ মেরে পড়ে দৌড়তে লাগলেন। পেছনে পেছনে জগাও।

জগার হাত থেকে পিস্তলটা ছিটকে পড়েছিল ঘাসের ওপর। কাকটা মরে পড়ে আছে একটা জামগাছের তলায়। রসময়ের লণ্ঠনের ম্লান আলোয় জায়গাটা ভুতুড়ে দেখাচ্ছে।

মন্দিরের পেছনের অন্ধকার বাঁশঝাড়ের ভেতর থেকে একটি ছায়ামূর্তি সর্পিল গতিতে বেরিয়ে এল। তার গায়ে কালো পোশাক। মুখটাও ঢাকা। একটা জোরালো টর্চের আলো ফেলে সে কিছু একটা খুঁজল। তারপর পিস্তলটা দেখতে পেয়ে কুড়িয়ে নিল। এবার টর্চের আলো গিয়ে পড়ল মরা কাকটার ওপর। ছায়ামূর্তি একটু ইতস্তত করে, মরা কাকটার ঠ্যাং ধরে হাতে ঝুলিয়ে দোলাতে-দোলাতে সামনের দিকের বাঁশঝাড়ের ফাঁক দিয়ে অদৃশ্য হয়ে গেল।

আধঘণ্টা বাদে লোকলশকর, টর্চ, লণ্ঠন আর লাঠি সমেত রসময় আর জগা ফের ফিরে এল মন্দিরের চাতালে। সকলেই ভীষণ উত্তেজিত।

রসময় বলে উঠলেন, “ওই যে ওই জায়গায় পিস্তলটা পড়ে ছিল, আর ওইখানে কাকটা।”

কিন্তু টর্চের আলোয় কেউ কোথাও কিছু খুঁজে পেল না।

রসিক পাণ্ডা মস্তান গোছের লোক। চারদিক দেখেটেখে বলল, “রসময়,

আজকাল গাঁজাটাজা খাচ্ছ না তো ?"

রসময় উত্তেজিত হয়ে বললেন, "এই তো জগা সাক্ষী আছে। ঝোলা থেকে পিস্তল বের করল, পিস্তল ফুটল, গুড়ুল ছুটে গেল, কাক মরল—এ যে একেবারে নিয্যস সত্যি ঘটনা।"

জগা জড়সড় হয়ে বলল, "আজ্ঞে তাই। অস্তরটা যে ওরকম সাঙ্ঘাতিক, তা তো জানতুম না।"

রসিক বলল, "এ যে দেখছি চোরের সাক্ষী গাঁটকাটা। তবু চলো, আরও ভাল করে খুঁজে দেখা যাক। মন্দিরের ভেতর-বার কোথাও বাদ রেখো না হে তোমরা।"

কিন্তু বিস্তর খোঁজাখুঁজি করেও কিছুই পাওয়া গেল না।

বিষ্ণু নামে একটা ছেলে গাছতলায় টর্চের আলো ফেলে কী দেখছিল। সে হঠাৎ বলে উঠল, "রসিকদা, ঘটনাটা মিথ্যে নাও হতে পারে। এখানে ঘাসের ওপর একটু রক্তের দাগ দেখা যাচ্ছে কিন্তু। আর কয়েকটা কাকের পালক।"

সবাই গিয়ে জায়গাটায় জড়ো হল। কয়েকটা টর্চের আলোয় বাস্তবিকই ইতস্তত ছড়ানো কয়েকটা কাকের পালক আর ঘাসের ওপর রক্তের ছিট-ছিট দাগ দেখা গেল।

রসিক পাণ্ডা সোজা হয়ে দাঁড়িয়ে বলল, "রসময়, একবার যে থানায় যেতে হচ্ছে!"

"কেন ভাই ?"

ঘটনাটা যদি সত্যি হয় তবে থানায় একটা এত্তেলা দিয়ে রাখা দরকার। আর বামাচরণকেও খুঁজে বের করতে হবে। কেমন লোক সে ? যার-তার হাতে পিস্তল তুলে দেয়—এ তো মোটেই ভাল কথা নয়! এর-পর তো হাটে-বাজারে অ্যাটম বোমা বিলি হবে।"

॥ ৩ ॥

দারোগা মদন হাজরা খুবই করিৎকর্মা লোক। পরদিন সকালে তিনি দলবল নিয়ে অ্যাকশনে নেমে পড়লেন। বেলা বারোটার মধ্যে পাঁচ-ছ'টা গ্রাম থেকে মোট এগারোজন বামাচরণকে গ্রেফতার করে থানায় নিয়ে আসা হল। তাদের মধ্যে পনেরো থেকে পঁচাশি সব বয়সের লোকই আছে। কেউ বেঁটে, কেউ লম্বা, কেউ কালো, কেউ ধলো, কারও লম্বা সাদা দাড়ি, কারও পাকানো কালো কুচকুচে মোচ। একটা লম্বা দড়ি দিয়ে এগারোজনকেই কোমরে বেঁধে সারি দিয়ে দাঁড় করানো হল।

দৃশ্যটা দেখে মদন হাজরা খুবই খুশিয়াল হাসি হাসলেন। তিনি রোগাভোগা মানুষ, বারোমাস আমাশায় ভোগেন। লোকে তাঁকে আড়ালে চিমসে দারোগা বলে উল্লেখ করে, তিনি জানেন। তিনি যে একজন ডাকসাইটে মানুষ, এ-বিশ্বাস কারও

নেই। তাই সুযোগ পেলেই তিনি নিজের কৃতিত্ব দেখানোর চেষ্টা করেন। আজ এগারোজন বামাচরণকে গ্রেফতার করার পর তিনি খুবই আহ্লাদ বোধ করছিলেন। ঝোলা গোঁফের ফাঁকে ফিচিক-ফিচিক হাসতে-হাসতে তিনি জগাকে ডেকে বললেন, "এই যে জগা, তল্লাট ঝেঁটিয়ে সবক'টা বামাচরণকে ধরে এনেছি। এবার বাছাধন, তোমার বামাচরণটিকে দেখিয়ে দাও তো? বেশ ভাল করে খুঁটিয়ে দেখে তবে বলবে, বুঝলে তো!"

জগারও আজ আহ্লাদের সীমা নেই। থানার সামনে মেলা লোক জড়ো হয়েছে। সেপাইরা ভিড় সামলাতে হিমশিম খাচ্ছে। বামাচরণরা সবাই এবং জড়ো হওয়া মানুষেরা তার দিকেই একদৃষ্টে তাকিয়ে আছে। নিজেকে ভারী কেষ্টবিষ্টু মনে হচ্ছিল জগার।

সে উঠে প্রথম লোকটার সামনে গিয়ে দাঁড়াল, লোকটা ছ' ফুট লম্বা, তেমনই চওড়া, বিরাট পাকানো গোঁফ, চোখদুটো বাঘের মতো গুল্লুগুল্লু।

জগা একগাল হেসে বলল, "আজ্ঞে, ইনিই সেই বামাচরণ। একেবারে হুবহু তিনিই—"

লোকটা চোখ পাকিয়ে বাজখাঁই গলায় বলল, "অ্যাঁ!"

জগা দু'হাত পেছিয়ে গিয়ে বলল, "আজ্ঞে না। আপনি না। বামাচরণবাবুর বোধ হয় গোঁফ ছিল না।"

দ্বিতীয়জন বেঁটেখাটো, মাথায় টাক, দাড়িগোঁফ কামানো। জগা তার মুখের কাছে মুখ নিয়ে কিছুক্ষণ নিরীক্ষণ করে বলে উঠল, "আরে! এই তো বামাচরণবাবু! এই তো সেই—"

লোকটা দাঁতে দাঁত পিষে বলল, "ইয়ার্কি হচ্ছে! ইয়ার্কি মারার আর জায়গা পাওনি, হনুমান কোথাকার!"

জগা চোখ মিটমিট করতে-করতে বলল, "আজ্ঞে ইনি হবেন কী করে? বামাচরণবাবুর যে বাঁ গালে আঁচিল ছিল!"

তৃতীয়জন পাকা দাড়িওলা বুড়ো মানুষ। চশমার ফাঁক দিয়ে জগাকে দেখছিলেন। হাতে লাঠি।

জগা গদগদ হয়ে বলল, "পেন্নাম হই বামাচরণবাবু, কতদিন পরে দেখা! সেই যে হাটে বাঘ মারার অস্তরটা দিলেন, তারপর আর দেখাই নেই! ভাল আছেন তো! বাড়ির খোকাখুকিরা সব ভাল?"

একটু কাঁপা-কাঁপা গলায় বুড়ো বামাচরণ বললেন, "হাতের লাঠিটা দেখছ তো! এমন দেব কয়েক ঘা—"

জগা সঙ্গে-সঙ্গে মাথা নেড়ে বলে, "আরে না, আপনার কথা হচ্ছে না, আপনার কথা হচ্ছে না। সেই বামাচরণের তো দাড়িই ছিল না মোটে।"

চতুর্থজন বয়সে ছোকরা, ভাল করে দাড়িগোঁফ ওঠেনি। জগা মিটমিট করে তার দিকে চেয়ে থেকে গলাখাঁকারি দিয়ে বলল, "বামা না! উঃ, কী সাঙ্ঘাতিক জিনিসই দিয়েছিলি বাপ! কী শব্দ, কী তেজ অস্তরটার!"

ছোকরা ফ্যাচ করে হেসে বলল, “জগাপাগলা, এক মাঘে শীত যায় না, বুঝলে ! আমার জগদ্ধাত্রী ক্লাবের ছেলেরা বাইরে দাঁড়িয়ে আছে। ঢিল মেরে তোমার মাথার চাঁদি উড়িয়ে দেবে আজ—”

জগা গম্ভীর হয়ে বলল, “আমি কি তোকে কিছু বলেছি রে বামা ? বল তো, বলেছি ? ওরে, আমার সেই বামাচরণের যে পেল্লায় দাড়িগোঁফ ছিল, তুই তো দুধের শিশু।”

পঞ্চমজন বেশ লম্বা একহারা চেহারার মানুষ। মুখখানা ভারী বিনয়ী। জগা তার দিকে এগিয়ে যেতেই লোকটা চাপা গলায় বলে উঠল, “জিলিপি খাবে বলে জষ্টিমাসে যে আড়াইটে টাকা ধার নিয়েছিলে সেটা এবার ছাড়ো তো বাপু। নইলে দারোগাবাবুকেই কথাটা বলতে হয়।”

জগা সঙ্গে-সঙ্গে মাথা নেড়ে বলল, “এ নয়। এ একেবারেই বামাচরণ নয়। কিছুতেই নয়। এ হতেই পারে না !”

ষষ্ঠজন এক আখাম্বা তান্ত্রিক। কাঁচাপাকা দাড়ি, রক্তাম্বর, কপালে প্রকাণ্ড তেল-সিঁদুরের তিলক, চোখ দু'খানা লাল, চেহারাখানাও পেল্লায়।

জগা হাসি-হাসি মুখে তার সামনে গিয়ে দাঁড়িয়ে বলল, “বামাবাবু যে ! ক'দিনেই চেহারাখানা শুকিয়ে একেবারে আদ্দেক হয়ে গেছে দেখছি ? তা বামাবাবাজি—”

তান্ত্রিক বজ্রনির্ঘোষে বলে উঠল, “জয় শিবশম্ভো ! জয় মা তারা ! তোর মাথায় বজ্রাঘাত হবে রে জগা, এই দিলুম তোকে অভিশাপ—”

তান্ত্রিক অভিশাপ দেওয়ার জন্য হাত তুলতেই জগা চট করে বসে পড়ল। তারপর একলাফে সরে চারদিকে চেয়ে অভিশাপটা কোথায় পড়ল তা খুঁজে দেখতে-দেখতে বলল, “তা বাজটা কোথায় পড়ল বাবাজি ?”

“পড়েনি। পড়বে। তোর নিস্তার নেই রে জগা—”

জগা খুব অভিমানের গলায় বলল, “দিয়েই ফেললেন নাকি শাপটা ?”

“এখনও দিইনি। এই দিচ্ছি—”

“থাক, থাক। আপনি মোটেই সেই বামাচরণ নন। সেই বামা পিস্তল নিয়ে ঘোরে, বাজ নিয়ে নয়।”

সপ্তমজন রোগাপাতলা চালাক-চালাক চেহারার একজন লোক। বাহারি সরু গোঁফ, বাবরি চুল, ঠোঁটে পানের দাগ।

জগা তার কাছাকাছি যেতেই লোকটা খুব মিহি গলায় বলল, “পরশু হাটুগঞ্জে আমাদের ফুল্লরা অপেরার কৃষ্ণার্জুন পালা হচ্ছে। গিয়ে আমার নাম বোলো গেটম্যানকে, বামাচরণ বিশ্বাস, একেবারে সামনের সারিতে বসিয়ে দেবে।”

জগা একগাল হেসে বলে, “কস্মিনকালে দেখিনি মশাই আপনাকে।”

অষ্টমজন মাঝবয়সী একজন নিরীহ লোক। এতক্ষণ ফ্যাচ-ফ্যাচ করে কাঁদছিল। জগা তার সামনে যেতেই ভেউ-ভেউ করে কেঁদে উঠে বলল, “এত হেনস্থাও কপালে লেখা ছিল ভাই জগা ? সারা জীবন গরিব-দুঃখীর জন্য এত করলুম, শেষে আমাকে কিনা পুলিশে ধরল ?”

জগা সঙ্গে-সঙ্গে কাঁদো-কাঁদো হয়ে বলল, "আহা-আহা, কাঁদো কেন বাপু ? গরিব-দুঃখীর জন্য খুব করো বুঝি তুমি ?"

লোকটা চোখে হাত চাপা দিয়ে মাথা নেড়ে বলে, "করতে আর পারলুম কই ? যতবার গরিব-দুঃখীর জন্য কিছু করতে যাই ততবার আমার মাসি আমাকে বলে, 'ওরে বামাচরণ, তোর মতো গরিব, তোর মতো দুঃখী আর কে আছে ?' তাই আর কিছু করে উঠতে পারলাম না রে ভাই !"

লোকটা জগার কাঁধে মুখ গোঁজার চেষ্টা করায় জগা একটু সরে দাঁড়িয়ে বলল, "আহা, আর কাঁদে না। তোমাকে না হয় ছেড়েই দিচ্ছি।"

"ছাড়বে কেন ভাই। বরং ফাটকেই দাও। তাও তো এরা দু'বেলা দুটি খেতে দেবে !"

নবমজন ঢুলু-ঢুলু চোখের একজন বেশ বাবু চেহারার যুবক। মুখে কোনও দুশ্চিন্তা নেই। গুন্‌গুন করে একটা সুর ভাঁজছিল।

জগা তার সামনে দাঁড়াতেই লোকটা জিজ্ঞেস করল, "বলো তো কী রাগ ?"

জগা তটস্থ হয়ে বলে, "রাগারাগির কী আছে ? আমি কি বাপু, রাগের কথা কিছু বলেছি ?"

লোকটা মৃদু হেসে বলল, "পারলে না তো ? এ হল বেহাগ। আচ্ছা এবার শোনো—"

লোকটা ফের গুন্‌গুন করে সুর ভাঁজতে লাগল। ভারী আনমনা।

দশ নম্বর লোকটা খুবই বেঁটে। জগার কোমরসমান হবে।

জগা একটু ঝুঁকে দেখে বলল, "বামাবাবুই মনে হচ্ছে যেন !"

লোকটা গম্ভীর হয়ে বলল, "তা তো বটেই। অধমের নাম বামাচরণ সরখেল। আমার মামাশ্বশুর কে জানো ? ডাকসাইটে উকিল হিদারাম রায়। জজেরা তাকে দু'বেলা সেলাম ঠোকে। আমার পিসতুতো শালা হল গয়েশপুরের দারোগা দাশরথি দাস। আমার খুড়শ্বশুর কে জানো ? কালিয়াগঞ্জের—"

জগা একটু রেগে গিয়েই বলল, "থাক, থাক, মশাই, আপনার আর বামাচরণ হয়ে কাজ নেই।"

এগারো নম্বর এক বুড়ো থুত্থুড়ে মানুষ। তাকে দেখেই বিকট গলায় বলতে লাগল, "ক্যা ক্যা ক্যা রে তুই ? অলপ্পেয়ে ! পাজি ! ছুঁচো ! কেন ধরে এনেছিস র‍্যা আমায় ? আমার চান-খাওয়ার সময় হয়নি নাকি র‍্যা ? অ্যাঁ, এখন বাজে ক'টা খেয়াল আছে ?"

জগা তাড়াতাড়ি পরের লোকটার সামনে গিয়ে একটা নিশ্চিন্তের শ্বাস ছেড়ে বলল, "এই যে ! পেয়ে গেছি দারোগাবাবু ! এই হল সেই বামাচরণ। একেই ভাল করে ধরুন।"

লোকটা চোখ পাকিয়ে বলল, "ইয়ার্কির আর জায়গা পেলে না ? আমি আবার বামাচরণ হলাম কবে ? আমি এই থানার সেপাই গুলবাগ সিং।"

জিভ কেটে কানে হাত দিয়ে জগা বলল, "সেপাইজি ! ছিঃ ছিঃ, বড্ড ভুল হয়ে

গেছে।”

কাণ্ড দেখে বাইরের জমায়েত লোকজন হোঃ হোঃ করে হাসতে লেগেছে। আর এগারোজন বামাচরণ সমস্বরে চেঁচাচ্ছে, “আমরা দেখে নেব। এইভাবে কোমরে দড়ি বেঁধে হাজারটা লোকের সামনে এই যে আমাদের হেনস্থা হচ্ছে এর প্রতিশোধ আমরা নেবই। মদন দারোগার নামে মামলা করব আমরা। জেল খাটিয়ে ছাড়ব”...ইত্যাদি।

মদন হাজরার মুখের হাসি মিলিয়ে গেছে, গোঁফ ঝুলে পড়েছে, চেঁচামেচি শুনে দু'হাতে কান চাপা দিয়ে মদন হেঁকে বললেন, “সসম্মানে খালাস! সসম্মানে খালাস! ওরে কে আছিস, বামাচরণদের কোমরের দড়ি খুলে দে...”

এক নম্বর বামাচরণ এগিয়ে এসে মদনের টেবিলে এক পেল্লায় চাপড় মেরে বলল, “শুধু ছেড়ে দিলেই হবে? আমার যে অপমান হল তার জন্য এক লক্ষ টাকা ক্ষতিপূরণ চাই।”

অন্য বামাচরণরাও এককাট্টা হয়ে চেঁচাতে লাগল, “আমি দেড় লাখ চাই। ...আমার সারাদিনের ব্যবসা নষ্ট, পাঁচ লাখের নীচে নামতে পারব না। ...আমার দশ লাখ...”

মদন হাজরা লাফিয়ে উঠে চেঁচাতে লাগলেন, “দরওয়াজা, শিগগির বামাচরণদের সসম্মানে ঘাড়ধাক্কা দিয়ে থানা থেকে বের করে দে।”

চেঁচামেচি হইহট্টগোলে চারদিকে তুলকালাম হতে লাগল। যে-সেপাইটা বামাচরণদের ঘাড়ধাক্কা দিতে গিয়েছিল তাকে এগারোজন বামাচরণ পেড়ে ফেলল। মদন হাজরা হা-ক্লান্ত হয়ে বসে হ্যা-হ্যা করে হাঁফাতে-হাঁফাতে বললেন, “যত নষ্টের গোড়া হল ওই জগাপাগলা। ওরে গুলবাগ সিং, ওটাকে ধরে হাজতে পুরে দে তো! তারপর ব্যাটাকে এমন ধোলাই দিতে হবে যে—”

ঠিক এই সময়ে ভিড়ের ফাঁক দিয়ে সরু হয়ে রসময় চক্রবর্তী এসে সামনে দাঁড়ালেন, হাতজোড় করে বললেন, “বড়বাবু! কোথায় যেন একটা ভুল হচ্ছে।”

“ভুল! কীসের ভুল?”

“বলছিলুম যে, বামাচরণ কাঁচা লোক নয়। সে নিজের আসল নামটাই জগাকে বলেছে বলে মনে হয় না।”

“আসল নামটা তা হলে কী?”

“সেটা জানলে আর এত জল ঘোলা হবে কেন? জগাকে সে শুধু পিস্তলটাই দেয়নি, প্রতাপরাজার শূলটাও চুরি করার দায়িত্ব দিয়েছে, সেটা ভুললে চলবে না।”

গম্ভীর হয়ে মদন হাজরা বললেন, “হুঁ। কিন্তু শূলটা দিয়ে কী করবে?”

“সেটাই ভাবনার বিষয়। শূলখানা আমি দেখেছি। সোনাদানা দিয়ে তৈরি হলেও না হয় কথা ছিল। তা নয়, শূলখানা নিতান্ত লোহা দিয়েই তৈরি। তার ওপর ওজনদার জিনিস, প্রায় দেড়মন। বামাচরণ এই শূল দিয়ে কী করবে তাও বোঝা যাচ্ছে না। দুধসায়রের দ্বীপে তার কোনও আস্তানা আছে কি না সেটাও

দেখা দরকার। আমি বলি কী হুজুর, হুটপাট না করে আমাদের ঠাণ্ডা মাথায় বিষয়টা ভাবা উচিত।"

দারোগা চিন্তিত হয়ে বললেন, "হুঁ।"

॥ ৪ ॥

ক্ষান্তমণি সকালে বাগানে গিয়েছিল শাক তুলতে। তখনই দেখে বাগানে একটা কালো আনারস পড়ে আছে। দেখে তার ভারী আহ্লাদ হল। কাঁচা আনারসের অম্বল খেতে বড় ভাল।

কিন্তু সেটা কাটতে গিয়ে দেখল, বঁটিতে মোটেই কাটা যাচ্ছে না। রেগে গিয়ে বলল, "মরণ! এ আনারস কাটতে কি এবার রামদাখানা নামাতে হবে নাকি? বলি ও খাসনবিশ, কোথায় গেলি? আয় বাবা, আনারসখানা একটু ফালি দিয়ে যা। বুড়ো হয়েছি তো, হাতেরও তেমন জোর নেই।"

খাসনবিশ বারান্দার কোণে তার ঘরে বসে নিবিষ্টমনে তামাক সাজছিল। বলল, "ক্ষান্তদিদি যে চেঁচিয়ে বাড়ি মাথায় করলে! বলি আনারস আবার এল কোথা থেকে? চোখের মাথা তো খেয়েই বসে আছ, এখন মাথাটাও গেছে দেখছি।"

"আমার মাথা গেছে, না তোর মাথা! আনারস নয় তো কি এটা কাঁটাল? আমাকে এলেন উনি আনারস চেনাতে। ওরে, আনারস খেয়ে-খেয়ে আমার এক জন্ম কাটল। তুই তো সেদিনের ছেলে।"

"হ্যাঁ গো ক্ষান্তদিদি, তুমি যে আনারসে এম.এ পাশ তা জানি। কিন্তু বলি এই অকালে আনারস পেলে কোথায়? বাজার থেকে তো আমি আনারস আনিনি, বাগানেও আনারস ফলেনি, তবে কি ভূতে দিয়ে গেল?"

"তা যদি ভূতের কথাই বলিস বাছা, তো বলি, এ ভূতের দেওয়া বলেই না হয় মনে করলি? বলি, চোখের মাথা কি আমি খেয়ে বসেছি, না তুই? বাগানে তো দু' বেলা মাটি কোপাস, এমন আনারসটা তোর চোখে পড়ল না? না কি আজকাল তামাকের বদলে গাঁজা খাচ্ছিস!"

খাসনবিশ হুঁকো হাতে বেরিয়ে এসে বলল, "গাঁজা যে কে খায় তা বোঝাই যাচ্ছে। তা আনারসটা কোথায়?"

ক্ষান্তমণি আনারসটা হাতে দিয়ে বলে, "বড্ড কচি তো, তাই শক্ত। বঁটিতে ধরছে না। বঁটিটার ধারও বোধ হয় গেছে। শানওলা এলে ডাকিস তো, বঁটিটা শানিয়ে নিতে হবে।"

আচমকা খাসনবিশের হাত থেকে হুঁকোটা পড়ে গেল। সে আঁ-আঁ করে শব্দ করতে-করতে বসে পড়ল হঠাৎ।

ক্ষান্তমণি বলল, "আ মোলো যা! এ যে হঠাৎ ভিরমি খেতে লেগেছে। বলি, ও খাসনবিশ, তোর হল কী?"

খাসনবিশ হঠাৎ বিকট স্বরে "পালাও! পালাও!" বলে চেঁচাতে-চেঁচাতে উঠে

বারান্দা থেকে লাফ দিয়ে নেমে প্রাণপণে দৌড়তে লাগল।

ক্ষান্তমণি হাঁ করে দৃশ্যটা দেখে বলল, “গেল যা ? এই দিনে দুপুরে ভূত দেখল নাকি রে বাবা ! রাতবিরেতে দেখে, সে না হয় আমিও দেখি, কিন্তু দিনে-দুপুরে তো বাপু কখনও কেউ দেখেছে বলে শুনিনি।”

গগনবাবু একসময়ে মিলিটারিতে ছিলেন। রিটায়ার করে গাঁয়ে ফিরে এসে চাষবাসে মন দিয়েছিলেন।

গাঁয়ে এসে গগনবাবু লক্ষ করলেন, গাঁয়ে বীরের খুব অভাব। বেশিরভাগ ছেলেই রোগাপটকা, ভিতু, দুর্বল। তিনি ছেলেপুলেদের জড়ো করে রীতিমতো মিলিটারি কায়দায় লেফ্‌ট রাইট, দৌড় এবং ব্যায়াম শেখাতে শুরু করলেন। কিন্তু মুশকিল হল, ছেলেগুলোর ডিসিপ্লিনের বড় অভাব। একদিন এল তো তিনদিন এল না। তার ওপর মিলিটারি কায়দায় শক্ত ট্রেনিং তারা বেশি সহ্যও করতে পারছিল না। সুতরাং গগনবাবুর আখড়া থেকে ছেলেরা একে-একে দুইয়ে-দুইয়ে পালাতে লাগল।

পাশেই মাইলগঞ্জে কিছুদিন কাইজার নামে একটা লোক এসে কুংফু আর ক্যারাটে শেখাতে শুরু করে। গাঁয়ের মেলা ছেলেপুলে গিয়ে কাইজারের আখড়ায় ভর্তি হয়ে মহানন্দে মার্শাল আর্ট শিখতে লেগেছে। গগনবাবু কুংফু, ক্যারাটে দু'চোখে দেখতে পারেন না। তাঁর ধারণা, ওসব শিখলে বীরের বদলে গুণ্ডা তৈরি হবে। কাইজারের ওপরেও তাই তাঁর খুব রাগ।

গগনবাবু সকালে বারান্দায় তাঁর ইজিচেয়ারে বসে আছেন। পুজোর ছুটিতে কয়েকদিনের জন্য তাঁর ছেলে গোবিন্দ আর নাতি পুটু আসায় তাঁর সময়টা ভালই কাটছে। পুটু সিঁড়িতে বসে বারান্দার ওপর একটা রিমোট কন্ট্রোল খেলনা-মোটরগাড়ি চালাচ্ছিল।

হঠাৎ পুটু বলল, “আচ্ছা দাদু, তুমি কখনও বাতাসা-দ্বীপে গেছ ?”

“যাইনি ! অনেকবার গেছি।”

“সেখানে কী আছে ?”

“কী আর থাকবে ! একটা ভাঙা বাড়ি আর গাছপালা।”

“আচ্ছা, বাতাসা-দ্বীপে কি ভূত আছে ?”

“ভূত ! ভূত আবার কী ?”

“খাসনবিশদাদা বলছিল সেখানে নাকি একটা খুব লম্বা ভূত আছে। দশ-বারো ফুট লম্বা।”

“খাসনবিশ নিজেই একটা ভূত। একসময়ে খাসনবিশও মিলিটারিতে চাকরি করত। তাতেও ওর ভয়ডর কিচ্ছু কাটেনি। আমাদের ক্ষান্তদিদি আর খাসনবিশ প্রায়ই নাকি ভূত দেখে। ওদের কথা বাদ দাও।”

“কুনকে আর ভোলা বেজি ধরতে গিয়ে নাকি দেখেছে।”

“গাঁয়ের ছেলেরা কত কী দেখে ! ওসব বিশ্বাস না করাই ভাল। এদের শুধু ভয়

আর ভয়। সত্যিকারের সাহসী ছেলে একটাও দেখতে পাই না।”

“আচ্ছা দাদু, জগাপাগলা নাকি সত্যিকারের পিস্তল দিয়ে একটা কাক মেরেছে।”

“ওটাও আষাঢ়ে গল্প। পিস্তল ও পাবে কোথায় ? পিস্তল কি ছেলের হাতের মোয়া ?”

“কিন্তু সবাই যে বলছে !”

“গাঁয়ে গুজবের অভাব কী ? এখানে কেউ ভূত দেখে, কেউ পরি নামায়, কেউ মন্ত্রতন্ত্রের জোরে আকাশে ওড়ে—কত কী শুনবে।”

ঠিক এই সময়ে ভেতরবাড়ি থেকে বাগানের ভেতর দিয়ে পড়ি-কি-মরি করে খাসনবিশ ছুটে এসে চিৎকার করতে লাগল, “বোমা ! বোমা ! কর্তা, শিগগির পালান...”

গগনবাবু সোজা হয়ে বসে বললেন, “কীসের বোমা ? কোথায় বোমা ?”

“বাড়ির ভেতরে। ক্ষান্তদিদি সেটা বঁটি দিয়ে কাটবার চেষ্টা করছে।”

কথাটা গগনবাবুর তেমন বিশ্বাস হল না। বললেন, “কীরকম বোমা ?”

“আজ্ঞে গ্রেনেড। একেবারে মিলিটারি গ্রেনেড।”

গগনবাবু টপ করে উঠে দাঁড়ালেন। পুটুকে বললেন, “তুমি এখানেই থাকো। আমি আসছি।”

ভেতরবাড়িতে এসে গগনবাবু যা দেখলেন তাতে তাঁর চক্ষু চড়কগাছ। ক্ষান্তমণি বারান্দার শানের ওপর একখানা হাত-দা দিয়ে বোমাটা কাটার জন্য উদ্যত হয়েছে।

গগনবাবু একটা পেল্লায় ধমক মারলেন, “অ্যাই ক্ষান্ত ! উঠে আয় বলছি !”

ক্ষান্তমণি গর্জন শুনে অবাক হয়ে বলল, “কী হল বলো তো তোমাদের ! সকালবেলায় এত চেঁচামেচি কীসের ?”

গগনবাবু দ্রুতপায়ে গিয়ে ক্ষান্তমণিকে ধাক্কা দিয়ে সরিয়ে বোমাটা তুলে নিলেন। মিলিটারিদের হ্যান্ডগ্রেনেড। ভাগ্য ভাল, ফিউজটা অক্ষত আছে। ফাটলে এতক্ষণে ক্ষান্তমণি সহ বাড়ির খানিকটা অংশ উড়ে যেত।

ক্ষান্তমণি পড়ে গিয়ে চিলচ্যাঁচানি চেঁচাচ্ছিল, “ওরে বাবা রে, মেরে ফেললে রে ! মাজাটা যে ভেঙে সাত টুকরো হয়ে গেল বাপ ! কোথায় যাব রে ! কর্তাবাবুর যে মাথাখারাপ হয়ে গেছে ! গিন্নিমা, শিগগির এসো !”

চেঁচামেচিতে গগনবাবুর স্ত্রী, পুত্রবধূ এবং বাড়ির অন্য সবাই ছুটে এল। “কী হয়েছে ! কী হয়েছে !” বলে মহা শোরগোল।

গগনবাবু ভ্রূ কুঁচকে গ্রেনেডটা দেখছিলেন। বললেন, “এটা তুই কোথায় পেলি ?”

ক্ষান্তমণি কোঁকাতে-কোঁকাতে বলল, “কোথায় আর পাব ! বাগানে শাক তুলতে গিয়ে দেখি কালো আনারসটা খেতের মধ্যে পড়ে আছে। তা তাতে কোন মহাভারতটা অশুদ্ধ হয়েছে শুনি, যে, এরকম রামধাক্কা দিয়ে আমার মাজাটা

ভাঙলে ! বুড়ো বয়সের ভাঙা হাড় কি আর জোড়া লাগবে ?”

গগনবাবু গম্ভীর গলায় বললেন, “তবু তো মাজার ওপর দিয়ে গেছে। আর একটু হলে তো উড়ে যেতি।”

হাঁফাতে-হাঁফাতে খাসনবিশ ফিরে এসে একবালতি জল তুলে আনল চৌবাচ্চা থেকে। গগনবাবু বোমাটা জলের মধ্যে রেখে বললেন, “মদন হাজরাকে ডেকে আন। যদিও সে খুব করিৎকর্মা লোক নয়, তবু জানানোটা আমাদের কর্তব্য।”

আধঘণ্টা বাদে মদন হাজরা সেপাইসান্ত্রি নিয়ে কাহিল মুখে এসে হাজির হলেন। বললেন, “বিদ্যাধরপুরে এসব কী হচ্ছে মশাই ? কাল এক পিস্তলের জের সামলাতে জেরবার হতে হয়েছে, এর ওপর আপনার বাড়িতে বোমা ! লম্বা ছুটির দরখাস্ত করে দিয়েছি মশাই, তিন মাস গিয়ে নয়নপুরে মাসির বাড়িতে থেকে আসব।”

জলে ভেজানো বোমাটা দেখে আতঙ্কিত হয়ে মদন হাজরা বললেন, “এ তো ডেঞ্জারাস জিনিস দেখছি।”

গগনবাবু বললেন, “হ্যাঁ, মিলিটারিতে ব্যবহার হয়। হাইলি সেনসিটিভ।”

“তা এটা নিয়ে করব কী বলুন তো !”

“নিয়মমতো থানায় নিয়ে রাখতে হবে। তদন্ত করতে হবে।”

“ও বাবা ! যদি ফেটেফুটে যায় ?”

“ফিউজটা নাড়াচাড়া না করলে ফাটবার কথা নয়। বালতিসুদ্ধুই নিয়ে যান।”

মদন হাজরা চোখ বুজে ঠাকুর-দেবতাকে খানিকক্ষণ স্মরণ করে বললেন, “ওরে গুলবাগ সিং, নে বাবা, জয় সীতারাম বলে বালতিটা নিয়ে পেছনে-পেছনে আয়, একটু দূরে-দূরেই থাকিস বাপ। সবাই মিলে একসঙ্গে মরে তো লাভ নেই রে !”

গুলবাগ সিং যথেষ্ট সাহসী লোক। ডাকাবুকো বলে থানায় তার বেশ সুনাম আছে। গুলবাগ একটা তাচ্ছিল্যের “হুঁঃ” দিয়ে বালতিটা হাতে নিয়ে বলল, “চলুন।”

মদন হাজরা এবং অন্য সেপাইরা আগে-আগে, পেছনে গুলবাগ। কিন্তু পথে নেমেই গুলবাগ দেখল, মদন হাজরা আর সেপাইরা বড্ড জোরে হাঁটছে, হাঁটার চেয়ে দৌড়ই বলা ভাল। জলভরা বালতি নিয়ে ওদের সঙ্গে পাল্লা দেওয়া অসম্ভব। তা ছাড়া হুড়োহুড়ি করলে নড়াচড়ায় বোমাটা ফেটে যেতে পারে। তাই গুলবাগ ঠোঁট-মুখ কুঁচকে আস্তে-আস্তেই হাঁটতে লাগল। ইতিমধ্যে মদন হাজরা আর সেপাইরা এ ওকে পেছনে ফেলার চেষ্টা করতে-করতে প্রাণপণে দৌড়ে হাওয়া হয়ে গেল।

কানা কালীর মাঠের কাছে পথটা ভারী নির্জন। চারদিকে বন, ঝোপঝাড়। সেইখানে গাছতলায় সবুজ রঙের চেককাটা লুঙ্গি আর হাফহাতা গেঞ্জি গায়ে, খোঁচা-খোঁচা দাড়িওলা একটা লোক দাঁত বের করে দাঁড়িয়ে ছিল। গুলবাগকে দেখে বলল, “সেপাইজি, সেলাম। তা ফাঁড়িতে কি জলের অভাব হয়েছে নাকি ? টিউকলটা কি খারাপ ?”

গুলবাগ রক্তচক্ষুতে একবার লোকটার দিকে তাকাল। কিছু বলল না।

লোকটা তাড়াতাড়ি এগিয়ে এসে হাত বাড়িয়ে বলল, "আরে আমরা থাকতে আপনি কেন কষ্ট করবেন সেপাইজি ? দিন, বয়ে দিয়ে আসি। আমরা পাঁচজন থাকতে এসব ছোট কাজ আপনারা করবেন কেন ? ছিঃ ছিঃ, এ যে বড় লজ্জার কথা !"

প্রস্তাবটা গুলবাগের খুব খারাপ লাগল না। মালটা বইতে হবে না, তার ওপর বোমা ফাটলে এই ব্যাটার ওপর দিয়েই যাবে। তাই গুলবাগ বালতিটা লোকটার হাতে ছেড়ে দিল।

গুলবাগ আগে, লোকটা পেছনে। গুলবাগ মাঝে-মাঝে পেছনে তাকিয়ে লোকটাকে নজরে রাখছিল।

হঠাৎ লোকটা বলে উঠল, "সেপাইজি, বালতির মধ্যে ভুড়ভুড়ি কাটছে কী বলুন তো ! ও বাবা ! এ যে ঘুটঘুট করে কেমন একটা শব্দও হচ্ছে !"

"বাপ রে !" বলে গুলবাগ চোঁ-চোঁ দৌড় মারল।

খোঁচা-খোঁচা দাড়িওলা লোকটা একটু হেসে বালতি নিয়ে রাস্তার পাশে ঝোপের আড়ালে নেমে গেল। বোমাটা বের করে বালতির জলটা ফেলে দিয়ে বালতিটা একটা ঘন ঝোপের মধ্যে গুঁজে দিল। তারপর বোমাটা একটা ঝোলায় পুরে শিস দিতে দিতে জঙ্গলের ভেতরপথ ধরে অদৃশ্য হয়ে গেল।

দুপুরের মধ্যেই সবুজ চেক লুঙ্গি পরা, হাতাওলা গেঞ্জি গায়ে আর খোঁচা-খোঁচা দাড়িওলা মোট সাতজনকে থানায় ধরে আনা হল।

গুলবাগ সিং প্রত্যেকটার মুখের দিকে পর্যায়ক্রমে রক্তচক্ষুতে চেয়ে দেখল। এমনকী দিনের আলোতেও টর্চ ফোকাস করে খুঁটিয়ে নিরখ-পরখ করে তারও প্রত্যেককেই সেই লোকটা বলে মনে হতে লাগল। হাল ছেড়ে দিয়ে সে বলল, "বড়বাবু, এদের সবক'টাই বদমাশ বলে মনে হচ্ছে। সবক'টাকেই বরং হাজতে পুরে রাখি।"

এ-কথা শুনে সাতটা লোকই মহা শোরগোল তুলে ফেলল। তারা গতকাল এগারোজন বামাচরণের ঘটনা জানে। তারাও বলতে লাগল, "আমরা মানহানির মামলা আনব। ...সরকার বাহাদুরের কাছে বড়বাবুর নামে নালিশ জানাব... আমাদের এরকম নাহক হয়রানির জন্য মোটা টাকা না দিলে ছাড়ব না....ওরে ভাই, এতক্ষণে আমার দেড়মন মাছ পচে নষ্ট হয়ে গেল, কম করেও হাজার টাকা লোকসান.... আর আমার কী হবে, দোকান ফেলে এসেছি, এতক্ষণে সব লুটপাট হয়ে গেছে..."

মদন হাজরা কানে হাতচাপা দিয়ে বললেন, "ছেড়ে দে, ছেড়ে দে, যেতে না চাইলে লাঠিচার্জ কর..."

ঠিক এই সময়ে ফের সরু হয়ে খুবই বিনীতভাবে রসময় চক্রবর্তী এসে মদন হাজরার সামনে দাঁড়ালেন।

মদন হাজরা বলে উঠলেন, "আবার আপনি ? আপনার আবার কী দরকার ?"

রসময় হাতজোড় করে বললেন, "বড়বাবু, বেয়াদপি মাপ করবেন। বলছি কী, এ-সময়টায় মাথাটা ঠাণ্ডা রাখা খুব দরকার !"

"মাথা ঠাণ্ডা রাখব ? এসব ঘটলে কি মাথা ঠাণ্ডা রাখা যায় ?"

রসময় বিনীত হাসি হেসে চাপা গলায় বললেন, "যা শত্রু পরে পরে। বুঝলেন কিনা !"

"না, বুঝলাম না।"

"বলছি কী, বোমাটা যদি লোকটা নিয়েই গিয়ে থাকে তাতে একরকম ভালই হয়েছে। থানায় রাখলে কখন ফেটেফুটে থানাই হয়তো উড়ে যেত। তার চেয়ে ও আপদ বিদেয় হওয়াতে একরকম স্বস্তি। ফাটে তো সেই ব্যাটার কাছেই ফাটবে।"

মদন হাজরার মুখটা একটু উজ্জ্বল হল। বললেন, "বসুন ঠাকুরমশাই। বসুন। কথাটা খারাপ বলেননি। বোমাটা থানায় রাখলে বড় দুশ্চিন্তার ব্যাপার হত। সদরে খবর দিলে বম্ব এক্সপার্ট কবে আসবে তার জন্য বসে থাকতে হত। হয়তো ওই সর্বনেশে বোমা নিয়ে আমাকেই সদরে যাওয়ার হুকুম হত। নাঃ, আপনি ঠিকই বলেছেন ! আর কিছু বলবেন ? আপনি বেশ উপকারী কথা বলতে পারেন দেখছি !"

রসময় বিগলিত হয়ে বললেন, "চেষ্টা করি আর কী।"

"মাথায় কোনও ভাল কথা এলেই আমার কাছে চলে আসবেন।"

"যে আজ্ঞে। আর একটা কথা !"

"কী বলুন তো !"

"প্রতাপরাজার শূলটার কথা ভুলে যাননি তো বড়বাবু ?"

"ওঃ, সেই দেড় মন ওজনের লোহার শূল তো, যেটা বামাচরণ জগাপাগলাকে চুরি করতে বলেছিল ? না, ভুলিনি, কিন্তু শূলটার রহস্য কী বলুন তো !"

মাথা নেড়ে রসময় বললেন, "আমিও জানি না আজ্ঞে।"

॥ ৫ ॥

সন্ধেবেলা শিবমন্দিরের চাতালে দু'জন বসা। রসময় আর জগাপাগলা। সিঁড়ির নীচে কুকুর ভুলু। চারদিকটা অন্ধকারে বড্ড ছমছম করছে।

রসময় বললেন, "ও জগা, শুনেছ তো, গগনবাবুর বাড়ির বাগানে একখানা বোমা পাওয়া গেছে।"

"বোমা ! বলেন কী ঠাকুরমশাই ?"

"হ্যাঁ গো, যে-সে বোমা নয়, মিলিটারি বোমা। সাঙ্ঘাতিক জিনিস। দেখতে অনেকটা আনারসের মতো।"

জগা একটু হাঁ করে চেয়ে থেকে বলল, "আনারসের মতো দেখতে ! সেটা বোমা হতে যাবে কোন দুঃখে ? সেটা তো স্বপ্ন তৈরির কল !"

রসময় অবাক হয়ে বললেন, "স্বপ্ন তৈরির কল ? সে আবার কী জিনিস ?"

জগা একগাল হেসে বলল, "আজ্ঞে পরেশবাবু তৈরি করেছেন। খুব মজার জিনিস।"

রসময় অবাক হয়ে বললেন, "পরেশবাবুটা কে ?"

"ভারী ভাল লোক। জিলিপি খাওয়ার জন্য পয়সা দিয়ে গেছেন।"

"তার সঙ্গে তোমার দেখা হল কোথায় ?"

জগা মাথা চুলকে বলল, "বড্ড মুশকিলে ফেললেন। বলা বারণ কিনা। তবে আপনি বলেই বলছি। পাঁচ কান করবেন না।"

"পাঁচ কান করব কেন ? বলে ফেল ?"

"আজ্ঞে, আমি তো কুনকেদের কাছারিঘরের বারান্দায় শুই, তা সেখানেই দেখা।"

"ঘটনাটা খোলসা করে বলো।"

"পরশু রাতে শুয়ে আছি মুড়িসুড়ি দিয়ে। একটা ভারী ভাল স্বপ্নও দেখছিলুম। এক রাজবাড়িতে ভোজ হচ্ছে। আর আমার পাতে একজন লোক গরম-গরম জিলিপির পর জিলিপি দিয়ে যাচ্ছে। দিয়েই যাচ্ছে, দিয়েই যাচ্ছে। দিচ্ছে তো দিচ্ছেই। ওঃ সে একেবারে জিলিপির পাহাড় হয়ে গেল।"

"তারপর ?"

"ওই সময়েই পরেশবাবু এসে ঠেলে তুললেন, 'ও জগা, ওঠো ওঠো !' তা উঠে ভারী রাগ হল। বললুম, 'মশাই, দিলেন তো জিলিপির স্বপ্নটার বারোটা বাজিয়ে ! তিন-চারটে খেয়েছি কি না-খেয়েছি অমনই কাঁচা ঘুমটা ভাঙালেন ! কত জিলিপি বাকি রয়ে গেল বলুন তো !' তখন পরেশবাবু খুব হাসলেন। বললেন, 'স্বপ্ন দেখতে চাও, তার আর ভাবনা কী ? তোমাকে এমন একটা কল দিচ্ছি যা থেকে কেবল রোজ জিলিপির স্বপ্নই বেরিয়ে আসবে। রোজ সারারাত ধরে কত খাবে খাও।'"

"বটে !"

"তবে আর বলছি কী ! কলটা শুধু মাথার কাছে রেখে শুলেই হবে।"

"তারপর ?"

"তা পরেশবাবু একটা নয়, দু-দুটো কল আমার হাতে দিয়ে বললেন, 'শোনো জগা, এই বাঁ হাতেরটা তোমার। এটাতে শুধু জিলিপির স্বপ্ন ভরা আছে।'"

জগা একটু থামতেই রসময় বলে উঠলেন, "আর একটা ?"

জগা মাথা চুলকে বলল, "আপনাকে বলেই বলছি। পাঁচ কান করবেন না। আর-একটা কলে ভূতের স্বপ্ন পোরা ছিল। পরেশবাবু বললেন, 'জানো তো, দু'পাতা সায়েন্স পড়ে নাস্তিকরা আর ভূতপ্রেত মানে না ! ওই গগনবাবু আর তার ছেলে গোবিন্দ ভারী নাস্তিক। এই তো সেদিন বাতাসা দ্বীপের ঢ্যাঙা ভূতের কথা বলতে গিয়েছিলাম, তা এমন হাসিঠাট্টা করল যে, বলার নয় ! তাই ওদের একটু শিক্ষা দেওয়ার জন্য এই কলটা বানিয়েছি। চুপিচুপি গিয়ে গগনবাবুর ঘরে রেখে

আসলেই হবে। রাখার আগে কলের গায়ে একটা জিনিস কামড়ে ছিঁড়ে দিতে হবে। দেখবে প্রতি রাতে বিটকেল সব ভূতের স্বপ্ন দেখে বাপ-ব্যাটা কেমন চেঁচামেচি লাগায়।'"

"তারপর ?"

"তা আজ্ঞে, গগনবাবুর ওপর আমারও একটু রাগ আছে। মেয়ের বিয়েতে ভোজ খেতে গিয়েছিলুম। তিনবার লাইন থেকে তুলে দিল, বলল, পরের ব্যাচে বসিস। তা শেষে বসলুম বটে, কিন্তু ঘ্যাঁটম্যাট ছাড়া কিছুই জুটল না। শেষ পাতে লালমোহনটা অবধি দিলেন না। কী অবিচার বলুন তো !"

"তা অবশ্য ঠিক।"

"তাই আমি পরেশবাবুর কথামতো কলটা রেখে আসতে গিয়েছিলুম। কিন্তু ওদের কুকুরটা এমন তাড়া করল যে, ভয়ে বাগানে ফেলে আসি।"

"অ। তা তোমার কলটা কই ?"

"কেন, এই যে আমার ঝোলার মধ্যে !" বলতে-বলতে জগা তার ঝোলায় হাত পুরে কালো আনারসটা বের করে এনে রসময়কে দেখিয়ে একগাল হেসে বলল, "রোজ শিয়রে নিয়ে শুই। কাল রাতেও খুব জিবেগজা খাওয়ার স্বপ্ন দেখেছি মশাই। মনে হয় পরেশবাবু ভুল করে একটা জিবেগজার কলই দিয়ে গেছেন। তা জিবে গজাই বা খারাপ কী বলুন !"

জিনিসটা দেখে রসময়ের ভিরমি খাওয়ার জোগাড় ! তবে তিনি মাথাটা ঠাণ্ডা রেখে বললেন, "ঠিক আছে, ওটা ঝোলায় রেখে দাও সাবধানে। বেশি নাড়াচাড়া করা ভাল নয়। ওতে জিবেগজার খুব ক্ষতি হয়।"

জগা সাবধানেই জিনিসটা পুরে রাখার পর রসময় বললেন, "এবার বলো তো, পরেশবাবুটা কে ?"

জগা জুলজুল করে চেয়ে বলে, "আজ্ঞে পরেশবাবু খুব ভাল লোক। আমাকে জিলিপি খেতে পাঁচটা টাকাও দিয়েছেন। বলেছেন, 'স্বপ্নের জিলিপি খাওয়া ভাল, আবার জেগে খাওয়াও ভাল।'"

"সে তো বুঝলুম। কিন্তু লোকটা থাকে কোথায় ?"

মাথা নেড়ে জগা বলে, "তা জানি না।"

"দেখতে কেমন ?"

"আজ্ঞে, বেঁটেমতো। মাথায় টাক আছে।"

"ঠিক তো ! পরে আবার গুলিয়ে ফেলো না। বামাচরণকে নিয়ে যা করলে সেটা তো যাচ্ছেতাই ব্যাপার।"

"আজ্ঞে না, এবার আর গণ্ডগোল পাবেন না। বেশ গাঁট্টাগোঁট্টা চেহারা। এই আপনার মতোই নাটা মানুষ !"

রসময় ভারী অবাক হয়ে বলেন, "আমি আবার নাটা হলাম কবে থেকে ? সবাই তো বলে আমি একজন লম্বা মানুষ।"

"অ্যাঁ, আপনি বেঁটে নন ?"

"কস্মিনকালেও না।"

ঘ্যাঁস-ঘ্যাঁস করে মাথা চুলকোতে-চুলকোতে জগা বলল, "তা হলে তো বড্ড মুশকিলে ফেললেন ঠাকুরমশাই। আমি যে আপনাকে বেঁটে বলেই জানতুম। আপনি বেঁটে, মহেশবাবু বেঁটে, ফটিকবাবু বেঁটে, খাসনবিশ বেঁটে।"

রসময় বললেন, "তুমি যে মুড়ি-মিছরির এক দর করে ফেললে হে! ফটিকবাবু বেঁটে হলেও মহেশবাবু বেশ লম্বা। আর খাসনবিশ মাঝারি।"

জগা জুলজুল করে চেয়ে বলল, "বড্ড ভাবনায় ফেললেন ঠাকুরমশাই। এখনও খিচুড়ির ব্যাপারটাই মেটেনি, মাথায় আবার নতুন একটা ভাবনা ঢুকল।"

"ভাল করে ভেবে বলো তো, পরেশবাবু বেঁটে, না লম্বা।"

জগা খুব লজ্জিত মুখে বলে, "লম্বাই হবেন বোধ হয়।"

"গোঁফ আছে?"

"থাকার কথা নাকি ঠাকুরমশাই? তা হলে আছে।"

"নাঃ, তোমাকে নিয়ে আর পারা যায় না দেখছি।"

"এইজন্যই তো আমি একটা চশমা চাইছি। চশমা চোখে দিলে বাহারও হয়, আর লম্বা না বেঁটে, কালো না ধলো তাও ঠাহর হয়। কিন্তু কেউ চশমা দিচ্ছে না মশাই। ফটিকবাবুকে বললুম, 'আপনার মা তো গত হয়েছেন, তাঁর চশমাজোড়া আমাকে দিন।' তা তিনি খ্যাঁচ করে উঠলেন, 'সোনার চশমা তোমাকে দিই আর কী!' মহেশবাবুকেও বলেছিলুম, 'আপনার তো দু'জোড়া চশমা, দিলেনই না হয় আমাকে একজোড়া।' তা ভ্যাল ভ্যাল করে চেয়ে থাকেন, কথা কানেই তোলেন না। এরকম হলে তো আমার চলে না মশাই। চশমা ছাড়া বড়ই অসুবিধে হচ্ছে।"

রসময় লণ্ঠনটা হাতে নিয়ে উঠে পড়লেন। বললেন, "চলো হে জগা, ঝোলাটা সাবধানে কাঁধে ঝুলিয়ে নাও। দেখো, পড়ে টড়ে না যায়। স্বপ্নের কলে চোট লাগা ভাল নয়।"

জগা ঝোলা নিয়ে উঠল। বলল, "চশমার কথাটা একটু খেয়াল রাখবেন ঠাকুরমশাই।"

"খুব রাখব। হ্যাঁ, ভাল কথা। আজও কি কুনকেদের বারান্দাতেই রাতে শোবে নাকি?"

ঘনঘন মাথা নেড়ে জগা বলল, "না মশাই, না। রোজ-রোজ এক বাড়িতে শুলে কি আমার চলে! আমার পাঁচজনকে দেখতে হয় যে। আজ ভাবছি ফটিকবাবুর বারান্দায় শোব।"

"বেশ, বেশ।"

জগা খুশি হয়ে বলল, "ফটিকবাবুর বারান্দা বেশ জায়গা। উলটো দিকে ফলসা বনে নিশুত রাতে জ্যোৎস্না উঠলে পরিরা আসে। উড়ে-উড়ে ঘুরে-ঘুরে বেড়ায়। তারা লোকও খুব ভাল।"

"তাই নাকি? ভাল, ভাল।"

বাঁশবনের ভেতরকার নির্জন কাঁচা রাস্তাটা পেরিয়ে জগা বাঁ দিকে ফটিকবাবুর বাড়ির মুখো রওনা হল। রসময় ডান দিকে ফিরে তাড়াতাড়ি হাঁটতে লাগলেন।

মদন দারোগা তাঁকে দেখে ভারী খুশি হয়ে বললেন, "আরে, আসুন, আসুন রসময়বাবু, ভাল কথা, কিছু মনে পড়ল নাকি? আপনার কাছে ভাল-ভাল কথা শুনব বলেই বসে আছি। তা বলুন তো মশাই, কয়েকটা মোক্ষম ভাল কথা।"

রসময় প্রথমে মাথা চুলকোলেন, তারপর হাত কচলে বললেন, "আজ্ঞে বড়বাবু, ভাল কথা কিছুই মনে আসছে না।"

"আহা, একটু বসুন, একটু ভাবুন, ঠিক মনে পড়ে যাবে।"

"যে আজ্ঞে। তবে কিনা বসার একটু অসুবিধে আছে।"

"কেন বলুন তো! ফোড়া-টোড়া হয়েছে নাকি? কিংবা হাঁটুতে বাত?"

ভারী বিনয়ের সঙ্গে রসময় বললেন, "আজ্ঞে, সে বরং ভাল ছিল। এ তার চেয়েও মারাত্মক। জগাপাগলা তার ঝোলার মধ্যে একখানা বোমা নিয়ে ঘুরে বেড়াচ্ছে।"

"সর্বনাশ! আবার বোমা! এই কি আপনার ভাল কথা? বোমা সে পেল কোথায়?"

"আজ্ঞে, পরেশবাবু বলে কে একজন মাঝরাতে তাকে ভুলিয়ে ভালিয়ে গছিয়ে গেছে।"

মদন হাজরা আতঙ্কিত হয়ে বললেন, "সর্বনাশ? আবার এগারোজন পরেশবাবুকে ধরে আনতে হবে নাকি! এ তো বড় ঝামেলাই হল দেখছি! জানেন মশাই, এগারোজন বামাচরণ আমার নামে মানহানির মামলা করবে বলে উকিলের চিঠি দিয়েছে। শুধু কি তাই? সবুজ চেক লুঙ্গি আর গেঞ্জি পরা, গালে খোঁচা-খোঁচা দাড়িওলা সাতটা লোক রোজ এসে ক্ষতিপূরণের জন্য ঘ্যানঘ্যান করছে।"

"খুবই দুঃখের কথা বড়বাবু, আপনাদের জীবনটাই তো এরকম। পরের জন্য এত করেন, তবু কেউ গুণের কথা বলে না। কেবল দোষ খুঁজে বের করে।"

"বাঃ! এই তো একটা ভাল কথা বললেন! বাঃ বাঃ! এ তো চমৎকার কথা! শুনে মনটা ভাল হয়ে গেল মশাই। হ্যাঁ, কী যেন বলছিলেন!"

"আজ্ঞে, জগাপাগলার ঝোলার মধ্যে একখানা মিলিটারি বোমা ফাটো-ফাটো করছে। এই ফাটে কি সেই ফাটে অবস্থা।"

মদন হাজরা লাফ দিয়ে উঠে বললেন, "কোথায় জগা? অ্যাঁ! কোথায় সে? ওরে গুলবাগ সিং, সেপাই-টেপাই নিয়ে যা তো বাবা, ব্যাটাকে একেবারে হাতকড়া দিয়ে ধরে আন।"

রসময় হাত কচলে বললেন, "আজ্ঞে বড়বাবু, জগাকে ধরে আনলে তেমন কাজ হবে না। বরং কাজটা কেঁচে যাবে।"

মদন হাজরা ধপ করে বসে পড়ে বললেন, "আপনি বোধ হয় আরও একটা ভাল কথা বলতে চাইছেন! তা হলে বলেই ফেলুন।"

"আজ্ঞে, ভাল কি না জানি না। আমাদের মাথায় যা আসে বলে ফেলি। তা ভাল না মন্দ সেটা আপনার মতো দণ্ডমুণ্ডের কর্তারা বিচার করবেন।"

মদন হাজরা খুশি হয়ে বললেন, "বাঃ এটাও ভাল কথা। এবার বলুন।"

"বলছিলাম কী, ধরপাকড় না করে বরং জগার ওপর নজর রাখলে ওই পরেশবাবু বা বামাচরণ যে-ই হোক, তাকে ধরে ফেলা যাবে। জগা নির্দোষ, বোমা বন্দুক সে চেনে না। তাকে পাগল পেয়ে কেউ আড়াল থেকে এসব করাচ্ছে।"

মদন হাজরা ভাবিত হয়ে বললেন, "হুম, তা লোকটা কে ?"

"হয় বামাচরণ, নয় তো পরেশবাবু।"

গগনবাবুর বাড়ির বোমাটা যে জগাপাগলাই রেখে এসেছিল তা আর রসময় ভাঙলেন না। তা হলে জগার কপালে দুঃখ ছিল।

মদন হাজরা দুলে-দুলে কিছুক্ষণ ভেবে বললেন, "খুবই চিন্তার কথা। কিন্তু বোমাটা যে ওর কাছে রয়েছে, সেটা যে সরানো দরকার। গ্রেফতার না করলে—"

রসময় ঘাড় চুলকে ভারী বিনয়ের সঙ্গে বললেন, "আজ্ঞে, জগা আজ ফটিকবাবুর বারান্দায় শুয়েছে। আমাকে যদি দশ মিনিট সময় দেন তা হলে আমি গিয়ে বোমাটা সরিয়ে ফেলব। অবশ্য যদি আপনার মত থাকে।"

মদন হাজরা একগাল হেসে বললেন, "খুব মত আছে। খুব মত আছে। বোমাটোমা থানায় রাখা বড্ড ঝকমারি মশাই। আপনি বরং বেরিয়ে পড়ুন। আমরা আধঘণ্টা বাদে যাচ্ছি।"

"যে আজ্ঞে," বলে রসময় বেরিয়ে পড়লেন।

বেশ জোর কদমেই হেঁটে যাচ্ছিলেন রসময়। ফটিকবাবুর বাড়ির কিছু আগে হাপু ডাইনির মোড়। জায়গাটা খুব নির্জন। চারদিকে ঝোপঝাড়।

হঠাৎ কে যেন অন্ধকার থেকে বলে উঠল, "ঠাকুরমশাই নাকি ?"

রসময় বললেন, "হ্যাঁ।"

"একটু উপকার করতে হবে যে ঠাকুরমশাই। আমার বাড়িতে আজ লক্ষ্মীপুজো, দুটো ফুল-পাতা ফেলে দিয়ে যেতে হবে যে !"

"পাগল নাকি ? আমি আজ বড় ব্যস্ত। জীবন-মরণ সংশয় হে বাপু, ওই পাঁচালি-টাঁচালি পড়ে চালিয়ে নাওগে যাও। আমার আজ সময় হবে না।"

লোকটাকে দেখা যাচ্ছে না। লণ্ঠনের আওতার বাইরে একটা ঝোপের আড়ালে দাঁড়ানো। বলল, "তাই কি হয় ? আমার বউ যে সকাল থেকে নির্জলা উপোস করে বসে আছে। পুজো না হলে জলটুকুও খাবে না।"

রসময় বললেন, "তা সেটা আগে বলোনি কেন ? হঠাৎ করে এসে পথ আটকালে তো হবে না ! আমি জরুরি কাজে যাচ্ছি।"

"আজ্ঞে, এ-কাজটাও কম জরুরি নয়। মালক্ষ্মী কুপিত হলে তো শুধু আমাদের ওপরেই হবেন না, পূজারীর ওপরেও হবেন। ঠাকুরমশাইয়ের কি সর্পভয়ও নেই নাকি ?"

"ওঃ, জ্বালালে দেখছি !"

“আজ্ঞে, বেশিক্ষণ তো নয়। পাঁচটা মিনিট একটু অংবং বলে দুটো ফুল ফেলে চলে আসবেন।”

“ঠিক আছে বাপু, চলো। তা তোমার বাড়িটা কোথায় ?”

“এই যে এদিকে।”

লণ্ঠনের আলোটা বড়ই কমজোরি। তাতে লোকটাকে ভাল দেখা যাচ্ছিল না। আগে-আগে হাঁটছে। পথ ছেড়ে একেবারে মাঠঘাট দিয়ে চলেছে।

“কই হে ? কোথায় ?” রসময় হাঁক মারলেন।

“এই যে আর একটু।”

হাঁটতে-হাঁটতে হঠাৎ রসময় থমকে দাঁড়ালেন। “সর্বনাশ !”

॥ ৬ ॥

ফটিকবাবুর বারান্দাটা বেশ চওড়া। জগা তার চট আর ছেঁড়া চাদরখানা যত্ন করে পেতে বিছানা করে ফেলল। ঝোলাখানাকে বালিশ করে শুয়ে পড়লেই হল ! আজ মহেশবাবুর মায়ের কী একটা পুজো ছিল। ভরপেট খিচুড়ি খাইয়েছে। পেট ঠাণ্ডা থাকলে ঘুমটাও বেশ ভাল হয়।

জগা একটা হাই তুলল, তারপর স্বপ্নের কলটা ঝোলা থেকে বের করে মাথার পাশে রেখে শুয়ে পড়ল। পরেশবাবু কলটা ভুলই দিয়েছেন। জিলিপির বদলে জিবেগজার কল। তা হোক, জিবেগজাও তার দিব্যি লাগে।

এসব সাত-পাঁচ ভাবতে-ভাবতে যখন ঘুমটা বেশ ঘনিয়ে আসছে সেই সময়ে লোকটা এল।

“এই যে জগা ! কী খবর ?”

জগা বিরক্ত হয়ে বলল, “ইস্ জিবেগজার স্বপ্নটা এইবারই শুরু হতে যাচ্ছিল, তা দিলেন তো বারোটা বাজিয়ে ?”

লোকটা অবাক হয়ে বলল, “জিবেগজা ! জিবেগজা হবে কেন ? জিলিপি নয় ?”

জগা এবার টপ করে উঠে বসে বলল, “আপনি কি পরেশবাবু ?”

“হ্যাঁ, আমিই পরেশবাবু, তবে অনেকে নফরচন্দ্রও বলে।”

জগা খুশি হয়ে বলে, “আজ্ঞে, কলটা আপনি ভুলই দিয়েছেন বটে ! এটা মোটেই জিলিপির কল নয়, জিবেগজার কল।”

“এঃ হেঃ, বড্ড ভুল হয়ে গেছে তো তা হলে ! দাও তা হলে ওটা বদলে দিই।”

“জিবেগজাও বেশ লাগছে কিন্তু !”

“আরে দুর ! এবার তোমাকে রাজভোগের কল দিয়ে যাব। রাজভোগের কাছে কি আর জিবেগজা বা জিলিপি লাগে ?”

“তা সত্যি ! রাজভোগ হলে তো কথাই নেই।”

"তা ইয়ে, সেই কলটা গগনবাবুর ঘরে রেখে আসতে পারনি বুঝি!"

"আজ্ঞে কী করি বলুন! কুকুরে এমন তাড়া করল যে, পালিয়ে বাঁচি না, তা বাগানে ফেলে এসেছিলুম। তারপর কী যেন গণ্ডগোল হয়েছে।"

লোকটা ভালমানুষের মতো বলল, "তাতে কী? এবার এমন ব্যবস্থা করে দেব যে, আর কাজ ভণ্ডুল হওয়ার জো নেই। এই যে দেখছ আমার হাতে, এটা হল ভূতযন্ত্র।"

জগা অবাক হয়ে দেখল, লোকটার হাতে কালোমতো বিটকেল একটা যন্তর বটে!

জগা বলে, "আজ্ঞে দ্রব্যটা কী?"

"এর ভেতর থেকে ভূত বেরোয়।"

"ওরে বাপ রে!"

"ভয় পেয়ো না। যন্ত্র যার হাতে থাকে ভূত তার ক্ষতি করে না।"

"বটে!"

"এই যন্তরটা নিয়ে রাত নিশুত হলে গগনবাবুর বাড়িতে যাবে। দক্ষিণের ঘরে গগনবাবু শোয়। জানো তো?"

"খুব জানি।"

পরেশবাবু খিকখিক করে হেসে বললেন, "এবার আর স্বপ্ন নয়, গগনবাবুর ঘরে একেবারে জ্যান্ত ভূত ছেড়ে দিয়ে আসবে। এই যে দেখছ নল, এটা গগনবাবুর মাথার দিকে তাক করে এই যে ঘোড়াটা দেখছ এটা টিপে ধরবে। অমনই দেখবে একটা ঝলকানি দিয়ে আর শব্দ করে যন্ত্র থেকে ভূতের পর ভূত গিয়ে ঘরের মধ্যে কেমন নাচানাচি আর লাফালাফি করে। ব্যস, ওখানে কয়েকটা ভূত ছেড়ে দিয়েই পালিয়ে আসবে।"

জগা মাথা চুলকে বলল, "কুকুরটা যে তেড়ে আসে মশাই। আমি কুকুরকে বড্ড ভয় পাই।"

"সেই ব্যবস্থাও আছে। এই যে প্লাস্টিকের ব্যাগে একটুকরো মাংস দেখছ, কুকুরটা এলেই মাংসের টুকরোটা বের করে ছুড়ে দিয়ো। খেয়েই কুকুরটা নেতিয়ে পড়বে। তারপর আর ভয়টা কাকে? ভূতটা ছেড়ে দিয়েই চলে আসবে, পারবে না? সোজা কাজ। আর এই নাও কুড়িটা টাকা, কাল ভূপতির দোকানে গরম-গরম লুচি আর হালুয়া খেয়ো।"

জগা খুশি হয়ে টাকাটা ট্যাঁকে গুঁজে বলল, "খুবই সোজা-সোজা কাজ দিচ্ছেন। মাঝে-মাঝে শক্ত কাজও দেবেন।"

"এর আর বেশি কথা কী? তোমার মতো যোগ্য লোক আর আছেটাই বা কে! তা আজ রাতেই একটা শক্ত কাজ করবে নাকি? যদি করো তো আরও কুড়িটা টাকা আগাম দিয়ে যাই।"

"আজ্ঞে, কী যে বলেন! শক্ত কাজ না পারার কী আছে মশাই! সারাদিন আমি কত শক্ত-শক্ত কাজ করে বেড়াই। এই ধরুন, গাছে উঠে পড়লুম, ফের নেমে

এলুম। তারপর ধরুন এই এত বড় একটা ঢিল তুলে ওই দূরে ছুড়ে দিলুম। তারপর ধরুন, দুধসায়র থেকে ঘটির পর ঘটি জল তুলে ফের দুধসায়রেই ঢেলে দিলুম।”

“বাঃ, এসব তো অতি কঠিন কাজ।”

“তা হলেই বলুন।”

“বলেই ফেলি তবে, কেমন? গগনবাবুর ঘরে ভূত ছেড়ে দিয়েই তুমি ভূত-যন্ত্রটা নিয়ে সোজা রাজবাড়িতে চলে যাবে।”

“তা গেলুম।”

“গিয়ে হরুয়া আর তার ভাই কেলোকে দেখতে পাবে। রাতে দু’জনেই থাকে। যন্ত্রটা তুলে ঘোড়া টিপে ধরে থাকবে, দেখবে গোল্লা-গোল্লা ভূত গিয়ে ওদের এমন তাড়া করবে যে, ভয়ে দু’জনে মাটিতে কুমড়ো-গড়াগড়ি যাবে। সেই ফাঁকে হরুয়ার ট্যাঁক থেকে চাবিটা সরাতে তোমার একটুও কষ্ট হবে না। হবে নাকি?”

“আরে না, না, এ তো সোজা কাজ।”

“ব্যস, তোমাকে আর কিছু করতে হবে না। চাবিটা হাতে নিলেই আমি হাজির হয়ে যাব।”

জগা একটু ক্ষুব্ধস্বরে বলল, “কেন, শূলটা নিয়ে গিয়ে দুধসায়রের দ্বীপে রেখে আসতে হবে না? বামাচরণবাবুর সঙ্গে সেরকমই তো কথা ছিল।”

“না, না, সেসব আমিই করব’খন।”

“তা হলে কাজটা যে বেজায় সোজা হয়ে যাচ্ছে!”

পরেশবাবু একটু চিন্তিত হয়ে বললেন, “আচ্ছা, ভেবে দেখব’খন।”

“ভাবাভাবির কী আছে পরেশবাবু? পটল জেলের নৌকোটা ঘাটে বাঁধাই থাকে। শূলটা নৌকোয় চাপিয়ে বৈঠা মেরে পৌঁছে দেব’খন।”

পরেশবাবু উঠে দাঁড়িয়ে বললেন, “আর দেরি করা ঠিক হবে না হে জগা। রওনা হওয়া যাক।”

“এই যাচ্ছি। আচ্ছা পরেশবাবু, আপনি লম্বা না বেঁটে?”

“কেন বলো তো?”

“ঠাকুরমশাই জিজ্ঞেস করেছিলেন। তা আমি বললুম, বেঁটে। কিন্তু উনি বলছেন, লম্বা। কোনটা ঠিক?”

“তোমার কথাই ঠিক। আমি বেজায় বেঁটে। তা হলে এবার বেরিয়ে পড়ো হে।”

“যে আজ্ঞে।” বলে যন্ত্র হাতে নিয়ে জগা রওনা হতেই পরেশবাবু টপ করে ঝোলা থেকে বোমাটা বের করে নিয়ে অন্ধকারে মিলিয়ে গেলেন।

আরও মিনিটদশেক বাদে হাঁফাতে-হাঁফাতে রসময় এসে হাজির হলেন। একটু দেরিই হয়ে গেছে তাঁর। লোকটা তাঁকে ভুলিয়েভালিয়ে মেঠো রাস্তায় অনেকদূর নিয়ে গিয়ে ফেলেছিল। আচমকাই রসময়ের খেয়াল হল, এটা একটা কৌশল নয় তো! তাঁকে বেকায়দায় ফেলে অন্যদিকে কাজ বাগিয়ে নেওয়ার মতলব। বুঝতে

পেরেই তিনি আর দাঁড়াননি। তবে পথে কয়েকবার হোঁচট খেয়ে পড়ে এবং রাস্তা ভুল করে একটু সময় বেশিই লেগে গেল।

রসময় জগাকে তার বিছানায় না দেখে আশপাশে খুঁজলেন। লণ্ঠনের তেল ফুরিয়ে অনেকক্ষণ নিভে গেছে। অন্ধকারে কোথায় আর খুঁজবেন!

বেশ কয়েকবার, "জগা, জগা!" বলে হাঁক মারলেন। কারও সাড়া পাওয়া গেল না। তাড়াতাড়ি গিয়ে জগার ঝোলাটায় হাত ভরে দেখলেন, বোমাটাও নেই।

কপাল চাপড়ে রসময় আপনমনেই বললেন, "নিয়তি কেন বাধ্যতে।"

সঙ্গে-সঙ্গে একটা জোরালো টর্চের আলো এসে পড়ল রসময়ের পায়ের কাছে।

মদন হাজরা বলে উঠলেন, "কী শ্লোকটা বললেন ঠাকুরমশাই?"

"এই আজ্ঞে বলছিলুম কী, নিয়তি কেন বাধ্যতে!"

"আহা হা, অপূর্ব! অপূর্ব! এইসব ভাল-ভাল কথা ছাড়া কি আপনাকে মানায়! লাখ কথার এক কথা। আমিও তো তাই বলি, ওরে পাপীতাপীরা, নিয়তি কেন বাধ্যতে। তোদের নিয়তিই তোদের খাবে রে বাপু! তবে কেন যে আমাদের এত হয়রান করিস, এত দৌড়ঝাঁপ করাস, হেদিয়ে মারিস, তা বুঝি না বাবা। ঠিক নয় ঠাকুরমশাই?"

"আজ্ঞে, আপনি দণ্ডমুণ্ডের কর্তা, আপনার মুখ থেকে কি ভুল কথা বেরোতে পারে?"

"তা আপনার জগা কোথায়?"

"সেটাই তো সমস্যা। তাকে খুঁজে পাচ্ছি না।"

"তার মানে! সে গেল কোথায়?"

রসময় সরু গলায় বললেন, "বড়বাবু, আমার মনটা বড় কু গাইছে।"

"কু গাইছে! তার মানে কী?"

"আজ্ঞে, খারাপ কিছু হবে বলে মনে হচ্ছে।"

"ওঃ তাই বলুন! আমি ভাবলাম এই রাতে আপনার বুঝি গানবাজনার শখ হল। কিন্তু কু গাইছে কেন?"

"আজ্ঞে, আমি বড় ভিতু মানুষ, আপনার মতো ডাকাবুকো নই তো! অল্পেই বড় ঘাবড়ে যাই। তা ইয়ে, জগার ঝোলার মধ্যে বোমাটাও নেই।"

"অ্যাঁ! তা হলে কি সে বোমা নিয়ে খুনখারাপি করতে বেরিয়ে পড়েছে? এ তো বিপদের কথা হল মশাই! ওরে, তোরা সব চারদিকে ছড়িয়ে পড়, জগাকে খুঁজে বের করতেই হবে।"

সেপাইরা তাড়াতাড়ি যে যেদিকে পারে দৌড় লাগাল।

মদন হাজরা রসময়ের দিকে চেয়ে বললেন, "আচ্ছা ঠাকুরমশাই, ভূত বলে কি কিছু আছে?"

রসময় অবাক হয়ে বললেন, "অ্যাজ্ঞে, কখনও দেখিনি। তবে আছে বলেই তো শুনি। কেন বলুন তো বড়বাবু?"

মদন হাজরা মাথা নেড়ে বললেন, "আমি ভূতটুতে মোটেই বিশ্বাস করি না। কিন্তু কয়েকটা ছেলে গতকাল বাতাসা দ্বীপে পেয়ারা পাড়তে গিয়েছিল। সেখানে নাকি তারা একটা লম্বা সাদা ভূত দেখে ভয়ে পালিয়ে আসে। এদের মধ্যে আমার ছেলেও ছিল। কয়েকজন জেলেও বলছে, তারা দুধসায়রে মাছ ধরার সময় একটা ঢ্যাঙা ভূতকে বাতাসা দ্বীপে দেখতে পায় মাঝে-মাঝে। ভয়ে আর কেউ দ্বীপটার কাছে যায় না। ভাবছি, কাল একবার সরেজমিনে হানা দিয়ে দেখে আসি।"

"যে আজ্ঞে। গেলেই হয়। তবে কিনা আপনাকে যেতে দেখলে ভূত কি আর বাতাসা দ্বীপে ঠ্যাং ছড়িয়ে বসে থাকবে বড়বাবু? তারও কি ভয়ডর নেই!"

"পালাবে বলছেন?"

মাথা নেড়ে রসময় বললেন, "ভূতপ্রেত বলে তো আর তাদের ঘাড়ে দুটো করে মাথা গজায়নি যে, আপনার সঙ্গে মোকাবেলা করতে যাবে।"

কথাটায় বাড়াবাড়ি থাকলেও মদন হাজরা খুশিই হলেন। বললেন, "তা হলে আর গিয়ে লাভ কী?"

"কিছু না, কিছু না।"

বাতাসা দ্বীপের ভূতের কথা রসময়ও জানেন। তিনি এও জানেন, মদন হাজরা গিয়ে হাল্লা মাচিয়ে যা করবেন তাতে ভূতের কিছুই হবে না। বরং সাবধান হয়ে যাবে।

মদন হাজরা বিদায় নেওয়ার পর রসময় বারান্দায় বসে গভীর চিন্তা করলেন। তাঁর মনের মধ্যে একটা কিছু যেন টিকটিক করছে। ঠিক করতে পারছেন না।

জগাপাগলাকে পিস্তল দেওয়া হল বাঘ মারার জন্য? নাকি মানুষ মারার জন্য? শূলটা চুরি করতে গেলে জগাপাগলাকে গুলি চালাতেই হত। তা হলে কে মারা পড়ত? হরুয়া। বোমাটা গগনবাবুর ঘরে রেখে আসতে বলা হয়েছিল। কে মারা পড়ত? গগনবাবু। তা হলে একটা লোক কি আড়ালে থেকে দু-দুটো লোককে খুন করাতে চায়? তবে নিজে করছে না কেন? বোমা পিস্তল যখন আছে, তখন নিজেই তো খুন করতে পারে, জগাকে কাজে লাগাতে চাইছে কেন?

ভাবতে-ভাবতে মাথাটা বড্ড গরম হয়ে গেল।

জগা এখনও আসছে না। বোমাটাও ঝোলায় নেই। তা হলে কি জগাকে ফের কাউকে খুন করতে পাঠানো হল? এখানে এসে পৌঁছতে রসময়ের অনেক দেরি হয়ে গেছে। তার কারণ একটা লোক তাঁকে ভুলিয়েভালিয়ে অনেক দূরে নিয়ে ফেলেছিল। ওই লোকটাই কি পরেশবাবু? কিংবা বামাচরণ? ইতিমধ্যে পরেশবাবু কিংবা বামাচরণ এসে কি জগার মাথায় আরও একটা আষাঢ়ে গল্প ঢুকিয়ে দিয়ে গেছে?

রসময় তাড়াতাড়ি উঠে পড়লেন। তিনি কি আগে হরুয়ার কাছে যাবেন? না কি গগনবাবুর কাছে? রসময় প্রথমটায় হরুয়ার কাছে যাবেন বলে রাজবাড়ির দিকে হাঁটা দিলেন। তারপর ভাবলেন হরুয়া ডাকাবুকো লোক, রাত জেগে পাহারা দেয়। সুতরাং তার তত ভয় নেই। কিন্তু গগনবাবু বুড়ো মানুষ, ঘুমোচ্ছেন, তাঁরই

বিপদ বেশি।

রসময় ফিরে গগনবাবুর বাড়ির দিকেই দ্রুতবেগে হাঁটতে লাগলেন। লণ্ঠন নেভানো, পথও অন্ধকার বলে রসময় খুব তাড়াতাড়ি হাঁটতে পারছেন না। তবুও যথাসাধ্য পা চালিয়ে প্রায় বাড়ির কাছাকাছি এসে পড়লেন।

তারপরই হাঁক মারলেন, "জগা ?"

সঙ্গে-সঙ্গে কে একটা লোক উলটোদিক থেকে এসে তাঁর ঘাড়ে সবেগে পড়ল। ধাক্কা খেয়ে ছিটকে পড়ে গেলেন রসময় চক্রবর্তী। মাজায় এমন মট করে উঠল যে, বলার নয়। কনুই দুটোও ব্যথায় ঝনঝন করে উঠল।

অন্ধকারে লোকটা বলে উঠল, "দেখতে পান না ? কানা নাকি ?"

রসময়ের কানে গলার স্বরটা চেনা-চেনা ঠেকল। কার গলা এটা ? আরে ! এই লোকটাই না তাঁকে লক্ষ্মীপুজোর নাম করে ভুলিয়ে বিপথে নিয়ে গিয়েছিল ?

রসময় লোকটাকে একবার দেখতে চান। তাই কৌশল করে কাতর কণ্ঠে বললেন, "ওঃ বড্ড লেগেছে। একটু ধরে তুলবেন মশাই ?"

"আহা ! আমার কি কম লেগেছে নাকি ?"

লোকটাকে ভাল করে চিনে রাখা দরকার। তাই রসময় বললেন, "অন্তত দেশলাই-টেশলাই থাকলে দিন না ! লণ্ঠনটা একটু জ্বালি।"

"না মশাই, দেশলাই আমার কাছে থাকে না।"

রসময় আর ধৈর্য রাখতে পারলেন না। ব্যথা-বেদনা উপেক্ষা করে হঠাৎ লাফিয়ে উঠে লোকটাকে জাপটে ধরতে গেলেন। যা থাকে বরাতে !

কিন্তু লোকটা হঠাৎ নিচু হয়ে মাথা দিয়ে তাঁর পেটে সজোরে একটা ঢুঁ মেরে হাওয়া হয়ে গেল। রসময় ফের পড়ে গিয়ে কাতরাতে লাগলেন। এবার দুনো চোট।

আর পড়ে থেকেই শুনতে পেলেন, গগনবাবুর বাড়ির দিক থেকে একটা অদ্ভুত শব্দ আসছে। ট্যাং-রা-রা-ট্যাট-ট্যাট ... ট্যারা-রা-ট্যাট-ট্যাট ...। সঙ্গে একটা কুকুরের ভয়ঙ্কর চিৎকার।

কীসের শব্দ তা তিনি বুঝতে পারলেন না। তবে এ যে ভাল জিনিসের শব্দ নয়, তা বুঝতে বেশি বুদ্ধি লাগে না। শব্দটা অবশ্য মাত্র কয়েক সেকেন্ডের বেশি স্থায়ী হল না। তারপরেই কে একটা হুড়মুড় করে ধেয়ে এল এবং চোখের পলকে মিলিয়ে গেল অন্ধকারে।

রসময় কপাল চাপড়ালেন। যা হওয়ার তা হয়েই গেছে। কষ্টেসৃষ্টে উঠলেন রসময়, সর্বাঙ্গে ব্যথা, তবু যথাসাধ্য ল্যাংচাতে-ল্যাংচাতে তাড়াতাড়ি হেঁটে গিয়ে গগনবাবুর বাড়ির বাগানের ফটক খুলে ঢুকলেন।

॥ ৭ ॥

আজ পুটু খাসনবিশের সঙ্গে পুকুরে সাঁতার শিখতে নেমেছিল। জলে তার খুব ভয়। তবে খাসনবিশ খুব পাকা লোক। প্রথম কিছুক্ষণ দাপাদাপি করার পর খাসনবিশ তাকে একটু গভীর জলে নিয়ে গিয়ে পট করে ছেড়ে দেয়। তখন ভয় খেয়ে এমন হাত-পা ছুড়েছিল পুটু যে, বলার নয়। চিৎকারও করেছিল। তাই দেখে গুটকের সে কী হাসি!

কিন্তু ওই একবারেই সাঁতারটা শিখেও গেল সে। তারপর অনেকক্ষণ সাঁতার কেটে চোখ লাল করে ফেলল। খাসনবিশ জোর করে তুলে না আনলে পুটুকে আজ জল থেকে তোলাই যেত না।

সাঁতার শিখে আজ পুটুর এমন আনন্দ হল যে, সারাটা দিন তার যেন পাখা মেলে উড়তে ইচ্ছে করছিল। সাঁতার যে এত সোজা জিনিস তা এতকাল জানত না সে।

দুপুরে খাওয়ার সময় সে দাদুকে সাঁতার শেখার গল্পটা খুব জাঁক করে বলছিল।

কিন্তু দাদু ভারী অন্যমনস্ক। কেবল হুঁ দিয়ে যাচ্ছিলেন।

"ও দাদু, তুমি খুশি হওনি?"

"হ্যাঁ, হ্যাঁ, খুব খুশি হয়েছি।"

"তবে হাসছ না যে!"

"হাসিনি! ও, আচ্ছা, এই যে হাসছি।"

"ওটা হাসি হল? মুখ ভ্যাংচানো হল তো?"

গগনবাবু এবার সত্যিই একটু হেসে বললেন, "কী জানো ভাই, আজ আমার মনটা ভাল নেই।"

"কেন নেই দাদু?"

"ঘটনাটা মাথা থেকে তাড়াতে পারছি না যে?"

"কোন ঘটনা দাদু?"

"ভাবছি আমার বাড়িতে বোমা রেখে গেল কে? আমার এমন শত্রু কে আছে? তার ওপর মিলিটারির হ্যান্ড গ্রেনেড। গাঁয়ের লোক এ-জিনিস পাবে কোথায়?"

পুটু গম্ভীর হয়ে বলল, "তুমি ভয় পেয়ো না দাদু। আমার তো এয়ার পিস্তল আছে। আজ রাতে আমি বাড়ি পাহারা দেব।"

গগনবাবু একটু বিষণ্ণ হেসে বললেন, "তা দিয়ো, তবু দুশ্চিন্তাটা যাচ্ছে না।"

আজ বিকেলে অনেক লোক এসে গগনবাবুর কাছে দুশ্চিন্তা প্রকাশ করে গেছে। রামহরিবাবু তো বলেই ফেললেন, "এর পর তো দেখব শীতলাতলার হাটে অ্যাটম বোমা বিক্রি হচ্ছে। দিনকালটা কী পড়ল বলুন তো! জগার হাতে পিস্তল! আপনার বাগানে বোমা! এ তো ভাল কথা নয়!"

হরিশবাবু বললেন, "একে রামে রক্ষে নেই। সুগ্রীব দোসর। ওদিকে ভূতের উৎপাতও নাকি শুরু হয়েছে। বাতাসা দ্বীপের ঢ্যাঙা ভূতটা নাকি ডাঙাতেও হানা

দিচ্ছে আজকাল।”

স্কুলের বিজ্ঞানশিক্ষক ব্যোমকেশবাবু বললেন, “ভূতটুত সব বাজে কথা। লম্বা লোকটা মানুষই বটে! শীতলাতলার হাটে তাকে অনেকেই দেখেছে। লোকটার নাম শিবরাম নস্কর, নয়াগঞ্জে বাড়ি, হাটে-হাটে গামছা ফিরি করে বেড়ায়।”

এই নিয়ে একটা তর্কও বেধে উঠল বেশ। রামহরিবাবু বললেন, “এঃ, খুব ঢ্যাঙা দেখালেন মশাই! শিবরাম নস্করকে আমিও চিনি। ও আবার লম্বা নাকি? অজিত কুণ্ডুকে তো দেখেননি। বাজিতপুরে বাড়ি। সেও হাটে আসে মাঝে-মাঝে। শিবরাম তো তার কোমরের কাছে পড়বে।”

মনসাবাবু মাথা নেড়ে বললেন, ‘উঁহু উঁহু, অজিত কুণ্ডু লম্বা বটে, কিন্তু সাতকড়ির কাছে কিছু নয়। পয়সাপোঁতা গাঁয়ের সাতকড়ি গো, আমাদের শিবগঞ্জের শিবেনের জামাই। সে তো হাত বাড়িয়ে গাছ থেকে নারকেল পাড়তে পারে, গাছে উঠতে হয় না।”

ব্যোমকেশবাবু টেবিলে চাপড় মেরে বললেন, “কথাটা লম্বা নিয়ে নয়, ভূত নিয়ে। কথা হল, বাতাসা দ্বীপে একটা ঢ্যাঙা ভূতের কথা শোনা যাচ্ছে। যারা মাছ-টাছ ধরতে যায় তারা নাকি দেখেছে। তা গাঁয়েগঞ্জে এরকম ভূত দেখা নতুন কিছু নয়। এসব কুসংস্কার ভেঙে ফেলা দরকার।”

রামহরি খিঁচিয়ে উঠে বললেন, “আপনি কি বলতে চান ভূত নেই!”

ব্যোমকেশবাবু বুক চিতিয়ে বললেন, ‘নেই-ই তো।”

“তা হলে বলি, আপনার বিজ্ঞান-পড়া বিদ্যে দিয়ে ওসব বুঝতে পারবেন না। সাহস থাকলে নীলগঞ্জে প্রতাপরাজার বাগানবাড়িতে একটা রাত কাটিয়ে আসুন, বিজ্ঞান ভুলে রাম নাম নিতে পথ পাবেন না। শুনেছি সেখানে প্রতি রাতে ভূতের জলসা হয়। গানাদার বাজনদার ভূতরা সব আসে।”

“ওঃ, যত্ত সব।” বলে ব্যোমকেশবাবু রাগ করে গম্ভীর হয়ে বসে রইলেন।

তা সে যাই হোক, বয়স্ক মানুষদের ঝগড়া শুনতে পুটুর খুব ভাল লেগেছিল আজ। সে হিহি করে হাসছিল। কিন্তু দাদুর মুখে হাসি নেই।

মহেশবাবু ভালমানুষ। তিনি কোনও ঘটনার খারাপ দিকটা দেখতে পছন্দ করেন না। বললেন, “আচ্ছা, ধরুন, এমনও তো হতে পারে, বিদ্যাধরপুরের ওপর দিয়ে নিশুত রাতে পথ ভুলে কোনও এরোপ্লেন যাচ্ছিল। ধরুন, প্লেনের পাইলটের খুব ঘুম পেয়ে গিয়েছিল। সে হয়তো ঘুম চোখে বোমা ফেলার বোতামটা টিপে দিয়েছিল। ঘুম চোখে ভুল তো হতেই পারে। আর সেই বোমাটাই এসে গগনবাবুর বাগানে পড়েছে। হয়তো বোমাটা মেঘের ভেতর দিয়ে আসার সময় ভিজে সেঁতিয়ে গিয়েছিল, তাই আমাদের ভাগ্যে ফাটেনি। হতে পারে না এরকম?”

রামহরিবাবু বললেন, “হতে পারবে না কেন? তবে হয়নি।”

গগনবাবু গম্ভীর গলায় বললেন, “এরোপ্লেন থেকে এ ধরনের বোমা ফেলা হয় না মহেশবাবু।”

দাদুর মুখে একটুও হাসি না দেখে আজ পুটুর মনটা বড্ড খারাপ লাগছিল। গাঁয়ের লোকেরা বিদেয় হলে সে দাদুর গলা জড়িয়ে ধরে বলল, "তুমি এত ভাবছ কেন দাদু ? কী হয়েছে ?"

গগনবাবু তার মাথায় হাত বুলিয়ে দিয়ে বললেন, "অনেক কথা ভাবছি দাদু। একটা গভীর ষড়যন্ত্র। নইলে প্রতাপরাজার শূলটা হাতাতে চাইবে কেন ? বুঝলে ভাই, আমার মনটা আজ সত্যিই ভাল নেই।"

রাতে যখন পুটু খেয়েদেয়ে মায়ের পাশে শুতে গেল, তখনও দাদুর গম্ভীর মুখটা সে ভুলতে পারছে না। বিদ্যাধরপুরে এলে দাদুই তার সারাদিনের সঙ্গী। কত গল্প হয়, হাসিঠাট্টা হয়, খেলা হয় দাদুর সঙ্গে। কিচ্ছু হচ্ছে না সকাল থেকে।

পুটু হয়তো ঘুমিয়েই পড়ত, কিন্তু সাঁতার কেটে আজ তার হাত-পায়ে খুব ব্যথা। মা ঘুমিয়ে পড়ার পরও সে অনেকক্ষণ জেগে রইল। তারপর ভাবল, উঠে বরং বাড়িটা পাহারা দিই।

সে গিয়ে প্রথমেই খাসনবিশকে জাগাল, "ও খাসনবিশদাদা, ওঠো ! ওঠো !"

খাসনবিশ প্রথমটায় উঠতে চায় না। ঠেলাঠেলি করায় হঠাৎ একসময়ে জেগে সটান হয়ে বসে বলল, "কী ! কী ! হয়েছেটা কী ? আবার বোমা নাকি ? উরেব্বাস ! আবার বোমা ! নাঃ, এবার আমি বৃন্দাবন চলে যাব !"

পুটু হিহি করে হেসে বলল, "ভয় পাচ্ছ কেন ? এবার কেউ বোমা ফেলতে এলে এই দ্যাখো আমার পিস্তল। ঠাঁই করে গুলি চালিয়ে দেব।"

নিজের এয়ার পিস্তলটা তুলে খাসনবিশকে দেখাল পুটু।

খাসনবিশ বলল, "ওরে বাবা, এয়ার পিস্তল দিয়ে কি আর ওদের ঠেকানো যাবে ?"

পুটু খাসনবিশকে ঘুমোতে দিল না। জোর করে বাড়ির বারান্দায় এসে দুটো চেয়ারে বসল দু'জনে।

"একটা ভূতের গল্প বলো তো খাসনবিশদাদা।"

খাসনবিশ একটা হাই তুলে গল্পটা সবে ফাঁদতে যাচ্ছিল। ঠিক এই সময়ে টমি কুকুরটা ঘাউ-ঘাউ করে গেটের দিকে তেড়ে গেল।

খাসনবিশ আঁতকে উঠে বলল, "ওই রে ! এসে গেছে বোমারু !"

পুটু ভয় খেল না। পিস্তলটা তুলে সে চেয়ার থেকে নেমে গেটের কাছে ছুটে গিয়ে আবছা অন্ধকারে একটা লোককে দেখতে পেল।

লোকটা একটা ছোট বন্দুকের মতো জিনিস বাগিয়ে ধরে আছে। অন্য হাতে একটা কী জিনিস দোলাতে-দোলাতে টমিকে বলছে, "আয়, আয়, খাবি আয়।"

গোয়েন্দা-গল্পে কুকুরকে বিষ-মেশানো খাবার খাওয়ানোর গল্প অনেক পড়েছে পুটু। সে চেঁচিয়ে উঠল, "এই তুমি কে ? কী চাই ?"

লোকটা ভয় পেল না। বলল, "রোসো বাপু, রোসো। অত চেঁচামেচি কোরো না। আমি ভূত ছাড়তে এসেছি। অনেক শক্ত কাজ আছে হাতে। আগে এই মাংসের টুকরোটা তোমাদের কুকুরটাকে খাওয়াতে হবে। তারপর ভূত ছাড়তে

হবে। তারপর আরও আছে।”

বলে লোকটা টমির দিকে মাংসের টুকরোটা ছুড়ে দিতেই পুটু চেঁচাল, “অ্যাই খবর্দার!”

বলেই সে তার পিস্তল চালিয়ে দিল।

“বাপ রে! মরে গেলুম রে!” বলে লোকটা চেঁচাতে শুরু করতেই চারদিক প্রকম্পিত করে লোকটার হাতের বন্দুকটা থেকে ফুলঝুরির মতো গুলি ছুটতে লাগল।

পুটু দাদুর কাছে মিলিটারির অনেক কায়দা শিখে নিয়েছে। গুলি চলতেই সে উপুড় হয়ে শুয়ে পড়ল। আর টমি ভয় পেয়ে ভীষণ চেঁচাতে লাগল।

লোকটা গুলি ছুড়তে-ছুড়তেই দৌড়ে পালিয়ে গেলে পুটু উঠে মাংসের টুকরোটা তুলে দেওয়ালের বাইরে ফেলতে যাচ্ছিল। হঠাৎ খেয়াল হল, রাস্তার কুকুররা বা কাকটাকেরা যদি খায়?

বিকট শব্দে বাড়িসুদ্ধ লোক উঠে পড়েছে। গগনবাবু বেরিয়ে এসে থমথমে মুখ করে সংক্ষেপে ঘটনাটা শুনে নাতিকে জড়িয়ে ধরে বললেন, “তুমি আমাদের বাঁচিয়েছ বটে, কিন্তু খুব বিপদের ঝুঁকি নিয়েছ। খাসনবিশের বদলে আমাকে ডেকে নিলেই পারতে! তোমার হাতে ওটা কী?”

“এটা মনে হচ্ছে বিষ-মেশানো মাংস। লোকটা টমিকে দিতে চাইছিল।”

“সর্বনাশ! ওরে খাসনবিশ, ওটা মাটিতে পুঁতে ফেল তো এক্ষুনি।”

খাসনবিশ দৌড়ে শাবল এনে বাগানের কোণে মাংসের টুকরোটা পুঁতে দিয়ে এল।

গগনবাবু সবাইকে উদ্দেশ করে বললেন, “ব্যাপারটায় তোমরা ভয় পেয়েছ জানি। বোমার পর স্টেনগান। কেউ আমাকে দুনিয়া থেকে সরাতে চাইছে। কেন চাইছে তা বুঝতে পারছি না। তবে একটা সন্দেহ আমার হচ্ছে। যদি সেই সন্দেহ সত্য হয় তবে বেশ গণ্ডগোলের ব্যাপার।”

ঠিক এই সময়ে রসময় এসে ঢুকলেন। থরথর করে কাঁপছেন। মুখে কথা সরছে না।

গগনবাবু একটু হেসে বললেন, “আসুন ঠাকুরমশাই, মনে-মনে আপনাকেই খুঁজছি। আমার একজন বিচক্ষণ লোক দরকার।”

রসময় কপালে জোড়হাত ঠেকিয়ে বললেন, “বেঁচে যে আছেন এই ঢের। দুর্গা, দুর্গা।”

“লোকটা কে ঠাকুরমশাই? চেনেন?”

রসময় একটা দীর্ঘশ্বাস ফেলে বললেন, “চিনি। ও হল জগাপাগলা।”

গগনবাবু অবাক হয়ে বললেন, “জগাপাগলা! বলেন কী ঠাকুরমশাই?”

“ঠিকই বলছি। তবে ওর দোষ নেই। পেছনে অন্য লোক আছে।”

“কে লোক?”

“কখনও তার নাম বামাচরণ, কখনও পরেশবাবু। কিন্তু হাতে আর সময় নেই

গগনবাবু। এখনই একবার রাজবাড়ির দিকে যাওয়া দরকার।”

গগনবাবু হঠাৎ টানটান হয়ে দাঁড়িয়ে বললেন, “শূল! অ্যাঁ! শূলটা নিয়ে যাবে না তো! চলুন তো, দেখি!”

ভূত-যন্ত্রটা হাতে নিয়ে দৌড়তে-দৌড়তে জগা খুব হাসছিল। গগনবাবুর বাড়ির আশপাশে মেলা ভূত ছেড়ে এসেছে আজ। আর ভূতগুলোর কী তেজ বাপ! আগুনের ঝলক তুলে রে-রে করতে-করতে সব বেরোতে লাগল। গগনবাবুর ঘরের মধ্যে ছাড়তে পারলে ভাল হত। লোকটা বড্ড ছ্যাঁচড়া। মেয়ের বিয়েতে জগাকে মোটেই ভাল করে খেতেই দিল না! যা হোক, বাড়ির সামনে যে ভূতগুলো জগা ছেড়ে এল তারা কি আর গগনবাবুকে ছেড়ে কথা কইবে?

নষ্টের গোড়া ওই ছেলেটা এসে যে পিড়িং করে কী একটা জিনিস ছুড়ে মারল! জগার কপালের ডানদিকটা এখন ফুলে বড্ড টনটন করছে। রক্তও পড়ছে বটে। তবে আনন্দটাও তো হচ্ছে কম নয়। শক্ত-শক্ত কাজ করতে ভারী আনন্দ হয় জগার।

রাজবাড়ির কাছাকাছি যখন এসে পড়েছে তখন কে যেন তার পাশে-পাশে দৌড়তে লাগল। সেই ভূতগুলোর একটা নাকি? অন্ধকারে আবছায়ায় তাই তো মনে হচ্ছে!

জগা চোখ পাকিয়ে বলল, “যাঃ, যাঃ, এখানে কী? যেখানে ছেড়ে এসেছি সেখানে গিয়ে দাপাদাপি কর।”

ভূতটা বেশ বিরক্ত গলায় বলল, “এবারও পারলে না তো?”

“পরেশবাবু যে! ওফ্, ভূত যা ছেড়ে এসেছি আর দেখতে হবে না। এতক্ষণে ভূতেরা দক্ষযজ্ঞ লাগিয়ে দিয়েছে গিয়ে দেখুন গগনবাবুর বাড়িতে।”

পরেশবাবু বললেন, “মোটেই তা নয় জগা। ভূতগুলো সব মুখ থুবড়ে পড়ে আছে।”

জগা অবাক হয়ে বলল, “বলেন কী মশাই? মুখ থুবড়ে তো পড়ার কথা নয়!”

পরেশবাবু বিরক্ত হয়ে বললেন, “তোমার ওপর বড় ভরসা ছিল হে! এ-গাঁয়ে তোমার মতো বীর আর কে?”

“আজ্ঞে, সে তো ঠিক কথা।”

“নিজে পারলে অবশ্য তোমাকে কষ্ট দিতাম না। কিন্তু ওইখানেই যে মুশকিল। নিজে হাতে মশা-মাছিটা অবধি মারতে পারি না আমি। সেইজন্যই তো চাকরিটা ছাড়তে হল।”

জগা কথাটার প্যাঁচ ধরতে পারল না। তবে হাসির কথা ভেবে খুব হাসল। বলল, “মশা-মাছি আমি খুব মারতে পারি।”

রাজবাড়ির দেউড়ির উলটো দিকে জগাকে নিয়ে ঠেলে দাঁড় করিয়ে পরেশবাবু বললেন, “এবার যেন ভুল না হয়, দেখো।”

জগা বলল, “না, না ভুল হবে কেন? সোজা কাজ। তবে কাজটা যেন কী

পরেশবাবু ?"

"ওই যে দেউড়ির বাইরে হরুয়া আর রামুয়া দু'ভাই পাহারা দিচ্ছে দেখেছ ? দু'জনের হাতেই পাকা বাঁশের লাঠি।"

"ও আর দেখব কী ? রোজ দেখছি।"

"তা হলে এবার এগিয়ে যাও। একেবারে কাছাকাছি গিয়ে যন্ত্রটা ভালমতো তাক করে ভূতগুলো ছেড়ে দিয়ে এসো। এবার যেন আর কাজ পণ্ড করে দিয়ো না।"

"না, না, আর ভুল হবে না। তা এর পর আরও শক্ত-শক্ত কাজ দেবেন তো পরেশবাবু ?"

"মেলা কাজ পাবে। কাজের অভাব কী ?"

জগা খুশি হয়ে বলল, "কেউ কাজ দেয় না মশাই, তাই বসে থেকে-থেকে আমার গতরে শুঁয়োপোকা ধরে গেল। এইসব কাজকর্ম নিয়ে থাকলে সময়টা কাটেও ভাল।"

"হ্যাঁ, হ্যাঁ, এবার যাও, কাজটা উদ্ধার করে এসো।"

"যে আজ্ঞে!"

ভূত ছাড়া ভারী মজার কাজ। জগা ভূত-যন্ত্রটা বগলে নিয়ে গটগট করে এগিয়ে গেল। কাজ খুবই সোজা। দেউড়ির মাথায় একটা ডুম জ্বলছে। সেই আলোয় হরুয়া আর রামুয়াকে স্পষ্ট দেখা যাচ্ছে।

জগা যন্ত্রটা তুলে ঘোড়া টিপে ধরল। আর সঙ্গে-সঙ্গেই আগুনের ঝলক তুলে রাশি-রাশি ভূত ছুটে যেতে লাগল হরুয়া আর রামুয়ার দিকে। ভূতগুলোর কী তেজ ! কী শব্দ ! বাবা রে ! যন্ত্রটা তার হাতের মধ্যে লাফাচ্ছে যেন !

দেউড়ির আলোটা চুরমার হয়ে অন্ধকার হয়ে গেল চারদিক। ঝপঝপ করে কী যেন খসে পড়ল। হরুয়া আর রামুয়া বিকট চিৎকার করে উঠল, "বাপ রে ! গেছি রে !"

তারপরই জায়গাটা একদম নিস্তব্ধ হয়ে গেল।

পরেশবাবু পেছন থেকে এসে যন্ত্রটা জগার হাত থেকে নিয়ে বললেন, "বাঃ, এই তো দিব্যি পেরেছ।"

জগা একগাল হেসে বলল, "এ আর এমন কী ? তা আর ভূতটুত ছাড়তে হবে না ?"

পরেশবাবু যন্ত্রটা একটু নাড়া দিয়ে বললেন, "ভূত শেষ হয়ে গেছে। আবার ভূত ভরলে তবে ভূত ছাড়তে পারবে। এখন চলো, অনেক কাজ আছে।"

পরেশবাবু একটা টর্চ জ্বেলে দেখলেন, হরুয়া আর রামুয়া মাটিতে চিতপটাং হয়ে পড়ে আছে। দু'জনেরই কপাল আর শরীর রক্তে মাখামাখি। পরেশবাবু নিচু হয়ে হরুয়ার ট্যাঁক থেকে একটা ভারী চাবির গোছা বের করে নিয়ে বললেন, "এবার শূল !"

জগা হরুয়া আর রামুয়ার রক্তাক্ত অবস্থা দেখে বলল, "আচ্ছা মশাই, ভূতেরা কি

এদের মারধোর করেছে ?”

“তা করেছে।”

“কিন্তু মারধোরের তো কথা ছিল না। শুধু ভয় দেখানোর কথা।”

“বে-আদবদের মারধোরও করতে হয়। এবার চলো, চটপট কাজ সেরে ফেলি।”

জগার একটু ধন্ধ লাগছিল। তার মাথাটাও হঠাৎ যেন ঝিমঝিম করছে। তবু সে পরেশবাবুর পিছু-পিছু চলল।

দেউড়ির ফটক ঠেলে পরেশবাবু ঢুকলেন। রাজবাড়ির মস্ত কাঠের দরজা চাবি দিয়ে খুলতে তাঁর মোটেই সময় লাগল না। পরপর কয়েকটা ঘর পার হয়ে একটা ঘরের বন্ধ দরজা খুললেন পরেশবাবু। টর্চের আলোয় দেখা গেল, ঘরের দেওয়ালে কাঠের স্ট্যান্ডে থরে-থরে প্রতাপরাজার অস্ত্রশস্ত্র সাজানো। বিশাল ধনুক, মস্ত তলোয়ার, প্রকাণ্ড ভল্ল, বিপুল গদা। কোনওটাই মানুষের ব্যবহারের উপযোগী নয়, এতই বড় আর ওজনদার সব জিনিস। পরেশবাবুর টর্চের ফোকাসটা স্থির হল শূলটার ওপর। শূলটাও দেওয়ালের গায়ে একটা কাঠের মস্ত স্ট্যান্ডে শোওয়ানো।

“এসো হে জগা, একটু কাঁধ দাও।”

“যে আজ্ঞে!”

দু’জনে মিলেও শূলটা তুলতে বেশ কষ্টই হল।

শূলটা বয়ে দুধসায়রের দিকে হাঁটতে-হাঁটতে জগা হঠাৎ জিজ্ঞেস করল, “আচ্ছা পরেশবাবু, হরুয়া আর রামুয়া মরে যায়নি তো ?”

পরেশবাবু চাপা গলায় বললেন, “মরলে তো তুমি বাহাদুর। আজ অবধি আমি কাউকে মারতে পারলাম না, তা জানো ? আমার ওই একটাই দুঃখ।”

দুধসায়রের অনেক ঘাট। সব ঘাট ব্যবহার হয় না। সেরকমই একটা অব্যবহৃত ঘাটে একটা ডিঙি নৌকো বাঁধা। পরেশবাবু সাবধানে ডিঙির ওপর শূলটা শুইয়ে রাখলেন। তারপর জগার হাতে পাঁচটা টাকা দিয়ে বললেন, “যাও, গিয়ে ঘুমোও। কাল সকালে ওই টাকা দিয়ে জিলিপি খেয়ো।”

কিন্তু জগাপাগলার হঠাৎ যেন কিছু পরিবর্তন ঘটে গেল। টাকাটা হাত ঝেড়ে ফেলে দিয়ে হঠাৎ জগা চেঁচিয়ে উঠল, “মোটেই ওটা ভূতযন্ত্র নয়! ওটা বন্দুক। আপনি আমাকে দিয়ে খুন করালেন পরেশবাবু ?”

পরেশবাবু একগাল হেসে বললেন, “কেন, খুন করে তোমার ভাল লাগছে না ? একটা খুন করতে পারলে আমার কত আনন্দ হত জানো ?”

জগা হঠাৎ পরেশবাবুকে জাপটে ধরে চেঁচিয়ে উঠল, “আপনাকে আমি ছাড়ব না। পুলিশে দেব।”

ঠিক এই সময়ে পেছনের অন্ধকার থেকে একজন লম্বা, খুব লম্বা লোক এগিয়ে এল। তার হাতে উলটো করে ধরা একটা পিস্তল। লোকটা পিস্তলটা তুলে তার ভারী বাঁটটা দিয়ে সজোরে জগার মাথার পেছনে মারল। সঙ্গে-সঙ্গে অজ্ঞান হয়ে

পড়ে গেল জগা। লোকটা জগার দেহটা টেনে ঘাটের আগাছার জঙ্গলে ঢুকিয়ে দিয়ে নৌকোয় উঠে পড়ল।

তারপর দু'জনে চটপট হাতে বৈঠা মেরে তীর গতিতে বাতাসা দ্বীপের দিকে এগোতে লাগল।

॥ ৮ ॥

একটু বাদে যখন গাঁয়ের লোকজন এসে রাজবাড়িতে হাজির হয়ে রামুয়া আর হরুয়ার অবস্থা দেখল তখন সকলেই 'হায়! হায়!' করতে লাগল। রসময় একটা দীর্ঘশ্বাস ছেড়ে গগনবাবুকে বললেন, "নির্দোষ পাগলটা খুনের দায়ে এবার না ফাঁসিতে ঝোলে!"

গগনবাবু টর্চের আলোয় ভাল করে হরুয়া আর রামুয়াকে দেখে বললেন, "ভয় নেই, এদের কারও গায়ে স্টেনগানের গুলি লাগেনি, মরেওনি। মনে হচ্ছে আনাড়ি হাতে এলোপাথাড়ি গুলির ঘায়ে দেউড়ির বাতিদানটা খসে হরুয়ার ঘাড়ে পড়েছিল। আর দেওয়ালের মস্ত চাবড়া খসে রামুয়ার মাথায় চোট হয়েছে। তবে চোট সাঙ্ঘাতিক কিছু নয়। দু'জনেই শক্ত ধাতের লোক। কিছু হবে না।"

গগনবাবুর পিছু-পিছু গাঁয়ের লোকেরা রাজবাড়ির ভেতরে ঢুকে দেখল, প্রতাপরাজার শূল হাওয়া।

গগনবাবু গম্ভীর গলায় মদন হাজরাকে বললেন, "মদনবাবু, এখনই একটা নৌকোর ব্যবস্থা করুন, আমাদের বাতাসা দ্বীপে যেতে হবে।"

"তার আর কথা কী? ওরে গুলবাগ সিং, শিগগির গিয়ে ছেলেদের ঠেলে তোল।"

গগনবাবু বললেন, "বেশি লোক যাওয়া চলবে না। শব্দ সাড়া হলে মুশকিল হবে। শুধু আপনি, আমি আর রসময়বাবু যাব, আর গুলবাগ সিং।"

একটু বিবর্ণ মুখে মদন হাজরা বললেন, "ইয়ে, তা বেশ কথা। কিন্তু গগনবাবু, ওদের কাছে যে স্টেনগান আছে!"

"তা থাক। আমাদের একটু ঝুঁকি নিতেই হবে। আপনার আর আমার দু'জনের পিস্তল আছে। তেমন হলে পালটা গুলি চালানো যাবে। চলুন।"

ঘণ্টাখানেক বাদে একটি ডিঙি নৌকো অন্ধকারে নিঃশব্দে এসে বাতাসা দ্বীপের একটা আগাছায় ভরা পাড়ে লাগল। চারজন নিঃশব্দে নামলেন। টর্চ না জ্বেলে ধীরে-ধীরে জঙ্গলের ভেতর দিয়ে এগোতে লাগলেন তাঁরা।

দেখা গেল, বাতাসা দ্বীপটা গগনবাবুর একেবারে মুখস্থ। প্রকাণ্ড বাড়িটার সামনের দিক দিয়ে গেলেন না গগনবাবু। চাপা গলায় বললেন, "উত্তরদিকে একটা জমাদার যাওয়ার দরজা আছে। সেটার খবর অনেকে জানে না।"

গগনবাবু টর্চ না জ্বেলেই ভাঙাচোরা রাস্তায় খোয়া, পাথর আর জঙ্গল ভেদ করে দরজাটার কাছে পৌঁছলেন। খুব সন্তর্পণে দরজাটা টানতেই ক্যাঁচ করে সামান্য

ফাঁক হল।

গগনবাবু একটু অপেক্ষা করলেন। তারপর ফের খুব সন্তর্পণে দরজাটা আবার টানলেন। আবার ক্যাঁচ করে শব্দ। তবে মানুষ গলে যাওয়ার মতো পরিসর সৃষ্টি হল। প্রথমে মাথা নিচু করে গগনবাবু এবং পেছনে তিনজন ধীরপায়ে ভেতরে ঢুকলেন। সামনে জমাট অন্ধকার।

গগনবাবু ফিসফিস করে বললেন, "আলো জ্বালাবেন না। আমার পিছু-পিছু আসুন। সামনে তিন ধাপ সিঁড়ি আছে। তারপর হলঘর। হলঘর পেরিয়ে দোতলার সিঁড়ি।"

হলঘর পেরিয়ে সিঁড়ি বেয়ে উঠতে অনেক সময় লাগল। সব কাজই করতে হচ্ছিল সন্তর্পণে। তা ছাড়া পুরনো ভাঙা বাড়িতে ইট-কাঠ-আবর্জনা এত জমে আছে যে, পা রাখাই দায়!

দোতলার চাতালে বুকসমান ইট-বালি-সুরকি জমে আছে। ভাঙা ছাদের একটা অংশ খসে পড়েছে এখানে। কোথায় যেন একটা তক্ষক ডেকে উঠল।

চাপা গলায় গগনবাবু বললেন, "ডাইনে। সাবধান, এখানে একটা জায়গা ভেঙে পড়ায় ফাঁক হয়ে আছে।"

এগোতে বাস্তবিকই কষ্ট হচ্ছিল। গগনবাবুর মিলিটারি ট্রেনিং আছে, আর কারও তা নেই।

অন্তত বিশ কদম গিয়ে ডানধারে একটা দরজার কাছে দাঁড়ালেন গগনবাবু। ঘরের ভেতরে ঘটাং-ঘটাং করে দুটো শব্দ হল। লোহার গায়ে লোহার শব্দ।

গগনবাবু সন্তর্পণে মুখটা বের করে দেখলেন, মস্ত শূলটা দেওয়ালের এক জায়গায় ঢোকানোর চেষ্টা করছে দুটো লোক। তাদের একজন খুব, খুবই লম্বা। অন্তত সাড়ে সাত ফুট হবে।

হঠাৎ জলদগম্ভীর স্বরে গগনবাবু বলে উঠলেন, "ক্ষেত্রী, আমি তোমাকে গ্রেফতার করতে এসেছি।"

সঙ্গে-সঙ্গে ভেতরে ঠণ্ডাত করে বিকট শব্দ হল। শূলটা ফেলে দিল হয়তো। আর তারপরেই ট্যারা-রা-রা... ট্যারা-রা-রা... ঝাঁকে ঝাঁকে গুলি ছুটে আসতে লাগল খোলা দরজা দিয়ে।

রসময় মাথায় হাত দিয়ে বসে পড়লেন। মদন হাজরা 'বাপরে' বলে চিৎকার দিয়ে, সিঁড়ির দিকে দৌড়তে গিয়ে ইট-বালির স্তূপে হুমড়ি খেয়ে পড়লেন। গুলবাগ দেওয়ালে সেঁটে দাঁড়িয়ে জোরে-জোরে 'দুর্গা দুর্গতিনাশিনী' জপ করতে লাগল।

শুধু অচঞ্চল গগনবাবু ঘাবড়ালেন না। পায়ের কাছ থেকে একটা আধলা ইট তুলে নিয়ে গুলির মুখেই আচমকা দরজা দিয়ে ভেতরে সজোরে ছুড়ে মারলেন।

গুলির শব্দ থামল। ভেতরে কে যেন একটা কাতর আর্তনাদ করে ধপাস করে পড়ে গেল।

গগনবাবু ঘরে ঢুকে টর্চ জ্বাললেন।

দেখা গেল লম্বা লোকটা মাথায় হাত দিয়ে বসে আছে। আঙুলের ফাঁক দিয়ে রক্ত গড়িয়ে নামছে। দ্বিতীয় লোকটা হাতে পিস্তল নিয়ে বিবর্ণ মুখে দাঁড়িয়ে আছে।

গগনবাবু স্টেনগানটা তুলে গুলির ম্যাগাজিনটা খুলে নিলেন। তারপর দ্বিতীয় লোকটার দিকে চেয়ে একটু হেসে বললেন, "কী ক্ষেত্রী, গুলি করবে নাকি? তা চালাও দেখি গুলি, কেমন পারো দেখি।"

ক্ষেত্রী পিস্তল তুলল, ট্রিগারে আঙুল রাখল, তারপর দাঁতে দাঁত চাপল, চোখ বুজল। কিন্তু গুলি করতে পারল না। তার হাত থরথর করে কাঁপতে লাগল। শেষে সে হঠাৎ হাউমাউ করে কেঁদে ফেলে বলল, "না, পারছি না! পারছি না!"

গগনবাবু এগিয়ে গিয়ে তার হাতের পিস্তলটা তুলে নিলেন। লোকটা বাধা দিল না।

দৃশ্যটা দেখে রসময় অবাক! হাতে পিস্তল থাকা সত্ত্বেও ক্ষেত্রী কেন গগনবাবুকে গুলি করল না সেটা বুঝতে পারলেন না তিনি।

গগনবাবু হাঁক দিলেন, "গুলবাগ সিং!"

গুলবাগ এবার বুক চিতিয়ে সামনে এসে দাঁড়াল, "বলুন সার।"

"এই ঢ্যাঙা লোকটার হাতে হাতকড়া পরাও।"

"বহুত আচ্ছা সার।" বলে গুলবাগ পটাং করে লোকটার হাতে হাতকড়া পরিয়ে বলল, "আর উনি?"

গগনবাবু মাথা নেড়ে বললেন, "একে পরাতে হবে না।" তারপর ক্ষেত্রীর দিকে ফিরে গগনবাবু শুধু বললেন, "বিশ্বাসঘাতক! কাপুরুষ!"

মাঝবয়সী, গাঁটাগোট্টা চেহারার ক্ষেত্রী নামের লোকটা মাথা নিচু করে দাঁড়িয়ে রইল।

বন্দুক-পিস্তলের মাঝখানে রসময় বড়ই অস্বস্তি বোধ করছেন। তবু কাঁপতে-কাঁপতে বললেন, "গগনবাবু, আপনার বড় দুঃসাহস। ওভাবে পিস্তলের মুখে দাঁড়িয়ে থাকা আপনার উচিত হয়নি। লোকটা গুলি করলে কী যে হত!"

গগনবাবু একটা দীর্ঘশ্বাস ফেলে বললেন, "রামলাল ক্ষেত্রীকে আপনি যদি চিনতেন তা হলে ওর পিস্তলের সামনে দাঁড়াতে আপনারও ভয় করত না।"

মদন হাজরা গায়ের ধুলো ঝাড়তে-ঝাড়তে দরজায় এসে দাঁড়িয়ে দৃশ্যটা দেখছিলেন। বললেন, "লোকটা কে গগনবাবু?"

"মিলিটারিতে আমার ব্যাটালিয়নেই চাকরি করত। কিন্তু ও একটি অদ্ভুত সাইকোলজিক্যাল কেস। মিলিটারি হয়েও জীবনে কোনওদিন কাউকে মারতে পারেনি, এমনকী, যুদ্ধের সময়েও না, মানুষ মারা তো দূরে থাক, একবার ফাঁদে পড়া একটা ইঁদুরকে মেরে ফেলতে বলেছিলাম ওকে। তাও পারেনি। তা বলে ওকে খুব অহিংস ভাববেন না যেন। নিজে মারতে পারে না বটে, কিন্তু অন্যকে দিয়ে খুন করাতে ওর আপত্তি তো নেই-ই, বরং আগ্রহ আছে। খুনখারাপি বরং ও ভালইবাসে এবং তা ঘটানোর জন্য সব আয়োজন করে দেয়। শুধু নিজে হাতে

কাজটা করে না। যদি তা পারত তবে অনেক আগেই আমাদের উড়িয়ে দিত। সেটা পারেনি বলেই ও জগাপাগলাকে কাজে লাগিয়েছিল।"

"কিন্তু ওই ঢ্যাঙা লোকটা তো ছিল!"

ঢ্যাঙা লোকটা থরথর করে কাঁপছে ভয়ে। গগনবাবু তার দিকে চেয়ে মাথা নেড়ে বললেন, "একেও আমার খুব বলবান বা সাহসী বলে মনে হচ্ছে না। বরং সন্দেহ হচ্ছে, পিটুইটারি গ্ল্যান্ডের গণ্ডগোলে হঠাৎ ঢ্যাঙা হয়ে গিয়ে অসুবিধেয় পড়ে গেছে শরীরটা নিয়ে। কী হে ক্ষেত্রী, ঠিক বলছি?"

ক্ষেত্রী মৃদুস্বরে বলল, "হ্যাঁ, সার, ঠিকই বলছেন। ও আমার মাসতুতো ভাই ধরণী। হঠাৎ-হঠাৎ দু-একটা সাহসের কাজ করে ফেলে বটে, নইলে যেমন ভিতু তেমনই অপদার্থ। শরীরটাও বড্ড লগবগে, বছরের মধ্যে আট-ন' মাসই অসুস্থ হয়ে বিছানায় পড়ে থাকে।"

রসময়বাবু এবার হাতজোড় করে বললেন, "গগনবাবু, এবার ঘটনাটা ভেঙে বলবেন? মনে হচ্ছে আপনি এই ঘটনার আদ্যোপান্ত জানেন।"

গগনবাবু মাথা নেড়ে বললেন, "হ্যাঁ জানি। শুধু জানি বললে সবটা বলা হবে না। আমিই এই ঘটনার পালের গোদা।"

"তার মানে?"

গগনবাবু মৃদু হেসে বললেন, "সবটা না বললে কি বুঝবেন?"

"সবটাই বলুন।"

"আমি যখন ছোট ছিলুম তখন এই বাতাসা দ্বীপের রাজার বাড়ি আমাকে খুবই আকর্ষণ করত। অনেকের মতো আমারও মনে হত, বোধ হয় রাজবাড়িতে গুপ্তধন আছে। তাই প্রায়ই এসে আমি এখানে-ওখানে গর্ত করে দেখতাম। একদিন আমার হঠাৎ খেয়াল হল, রাজবাড়ির দেওয়ালগুলো খুব পুরু বটে, কিন্তু পশ্চিমদিকে দোতলার এই ঘরের দেওয়ালটা যেন আরও অনেকটা বেশি পুরু। টেপ দিয়ে মেপেও দেখলাম, আমার অনুমান সত্যি। তখন একদিন নিশুত রাতে একা এসে দেওয়ালের চাপড়া ভাঙতে লাগলাম। খুব শক্ত আস্তরণ ছিল, ভাঙতে রীতিমতো গলদঘর্ম হতে হয়েছিল আমায়। প্রায় ছ' ইঞ্চি পুরু আস্তরণ সরিয়ে দেখি, ভেতরে একটা লোহার সিন্দুকমতো রয়েছে। চাবির ছিদ্রটা দেখে আমি অবাক! এত বড় ফুটোর চাবিও বিরাট বড় হওয়ার কথা। শুধু মুখটাই বড় নয়, ছিদ্রের মধ্যে একটা শলা ঢুকিয়ে দেখেছি খুব গভীরও বটে। সিন্দুক তো পাওয়া গেল, কিন্তু এর চাবি কোথায় পাওয়া যায়? চাবি না পেলে 'গ্যাস কাটার' দিয়ে কাটতে হয়। কিন্তু আপনাদের আগেই বলে রাখছি, আমার গুপ্তধন গাপ করার মতলব ছিল না। আমি চোর নই, কৌতূহলী মাত্র।"

রসময় বললেন, "সে আমরা জানি। নইলে অনেক আগেই আপনি গুপ্তধন সরিয়ে ফেলতে পারতেন।"

"ঠিক কথা। যাই হোক. আমি ভাঙা জায়গাটা সারারাত জেগে আবার মেরামত করি। পাছে লোকে বুঝতে পারে সেই ভয়ে পুরনো চুন-বালি লাগিয়ে তার ওপর

ঝুল-কালি ভরিয়ে দিই। তারপর চাবিটার কথা চিন্তা করতে থাকি। এত বড় চাবি প্রতাপরাজা কোথায় রাখতে পারেন ! হরুয়ার কাছে যেসব চাবি আছে সেগুলো বড় বটে, তবে এত বড় নয়। রাজবাড়ির ভেতরে ঢুকেও তন্নতন্ন করে খুঁজে দেখেছি। রাজবাড়িতে জিনিসপত্র বলতে তো কিছুই এখন নেই। রাজা মহাতাবের আমলেই সব বিক্রি হয়ে গেছে। থাকার মধ্যে আছে শুধু অস্ত্রাগারটা। তা সেখানে খুঁজতে-খুঁজতে হঠাৎ শূলটার ওপর আমার চোখ পড়ে। আশ্চর্যের বিষয়। শূলটার চোখা দিকটায় কিছু অদ্ভুত ধরনের খাঁজ কাটা আছে। আমি চাবির ছিদ্রের মাপ এবং নকশা নিয়ে রেখেছিলাম। মিলিয়ে দেখলাম, হুবহু মিলে গেল।"

মদন হাজরা অবাক হয়ে বললেন, "তাও কিছু করলেন না ? এতদিনে তো রাজা হয়ে যেতে পারতেন মশাই।"

গগনবাবু মাথা নেড়ে বললেন, "না, পারতাম না। রাজা প্রতাপের বৈধ ওয়ারিশন আছেন। তিনি আমেরিকায় থাকেন, নাম মহেন্দ্র। আমি তাঁকে একটা চিঠি লিখে ব্যাপারটা জানাই। তিনি আমাকে জবাবে লিখলেন, তাঁর দেশে ফেরার আশু সম্ভাবনা নেই। যদি কখনও ফেরেন তখন এসব নিয়ে মাথা ঘামাবেন। আসলে মহেন্দ্র ওখানে ব্যবসা করে প্রচুর টাকা করেছেন। গুপ্তধন তাঁকে টানেনি। আর গুপ্তধন কিছু আছে কি না তাও তো অজানা।"

মদন হাজরা উত্তেজিত হয়ে বললেন, "খুলে দেখলেই তো হয় !"

গগনবাবু বাধা দিয়ে বললেন, "না, হয় না। ওটা আমাদের অনধিকার হস্তক্ষেপ হয়ে যাবে মদনবাবু।"

"তা বটে !"

"আমি একটাই ভুল করেছি। কাশ্মীরের উত্তরে একটা ভীষণ দুর্গম জায়গায় পোস্টিং-এর সময় এই রামলাল ক্ষেত্রীর সঙ্গে আমার চেনা হয়। আমার খুব দেখাশুনো করত। একদিন খুব দুর্যোগের রাতে ছাউনিতে বসে গল্প করতে-করতে এই ঘটনাটা বলে ফেলি। তখন কল্পনাও করিনি যে, রামলাল ক্ষেত্রী এই অজ-পাড়াগাঁ খুঁজে বের করে গুপ্তধন বাগাবার চেষ্টা করবে। শুধু তাই নয়, সাক্ষী প্রমাণ লোপ করার জন্য আমাকেও ধরাধাম থেকে সরাতে চাইবে। লোভ যে মানুষকে কোথায় টেনে নামাতে পারে, ভেবে শিউরে উঠছি। এবার থেকে বাতাসা দ্বীপেও পাহারা বসাবার ব্যবস্থা করতে হরুয়াকে বলতে হবে। ব্যাপারটা যখন জানাজানি হয়ে গেল তখন আর ঝুঁকি নেওয়া উচিত হবে না।"

সবাই নির্বাক হয়ে রইল।

দুধসায়রের এক আঘাটায় খুব ভোরবেলা চোখ মেলে চাইল জগা। মাথাটা টনটন করছে বড্ড। চারদিকে ঝোপঝাড়ের মধ্যে সে পড়ে আছে কেন, তা প্রথমে বুঝতে পারল না। তারপর ধীরে-ধীরে সে উঠে বসল এবং সব ঘটনাই তার মনে পড়ে গেল। সে হঠাৎ টের পেল, তার স্মৃতিশক্তি ঝকঝক করছে এবং পাগলামির চিহ্নমাত্র আর তার মাথায় নেই। ভারী স্বাভাবিক লাগছে তার। তবে মনটা

অপরাধবোধে আচ্ছন্ন। সে ধীরে-ধীরে উঠল। ভাবল, থানায় গিয়ে নিজের অপরাধ কবুল করে ধরা দেয়।

তা গিয়েওছিল জগা। কিন্তু মদন হাজরা তাকে পাত্তাই দিলেন না। বললেন, "যাও, যাও, ওসব ছোটখাটো অপরাধের জন্য গ্রেফতারের দরকার নেই। আসল কালপ্রিট যে ধরা পড়েছে এই ঢের।"

বিকেলে গগনবাবুর বাড়িতে গাঁয়ের মেলা লোক জড়ো হয়েছে। ঘটনা নিয়ে তুমুল উত্তেজিত আলোচনা হচ্ছে। এমন সময়ে রামহরিবাবু শশব্যস্ত এসে ঢুকলেন। গলায় খুব উদ্বেগ। বললেন, "ও গগনবাবু, শুনছি নাকি আমাদের জগা পাগলার পাগলামি সেরে গেছে!"

সবাই সমস্বরে বলে উঠল, "হ্যাঁ-হ্যাঁ, এক্কেবারে সেরে গেছে।"

রামহরিবাবু বেশ উদ্বেগের গলায় বললেন, "তা হলে তো চিন্তার কথা হল মশাই! গাঁয়ে মোটে ওই একটিই পাগল ছিল, সেও যদি ভাল হয়ে যায় তা হলে কী হবে? পাগল ছাড়া গাঁ যে ভারী অলক্ষুনে!"

সবাই হাসতে লাগল।

বিপিনবাবুর বিপদ

নিজের দুঃখের কথা ভাবলে বিপিনবাবু বেশ আনন্দ পান। যখনই ভাবেন, আহা আমার মতো এমন দুঃখী আর কে আছে, তখনই তাঁর চোখ ভরে জল আসে এবং মনটা ভারী হালকা হয়ে যায়। আর সেজন্যই বিপিনবাবু নিয়ম করে দু'বেলা ঘরের দরজা-জানলা এঁটে বসে নিজের দুঃখের কথা ভাবেন। ওই সময় বাড়ির লোক তাঁকে ভুলেও ডাকে না বা বিরক্ত করে না।

মাঘ মাস। নফরগঞ্জে হাড়-কাঁপানো শীত পড়েছে। সন্ধের পর আর রাস্তাঘাটে মানুষ দেখা যায় না। কুকুর-বেড়ালটা পর্যন্ত পথে বেরোয় না। বিপিনবাবু নিজের ঘরে বসে একখানা ভারী বালাপোশে সর্বাঙ্গ ঢেকে খুবই আনন্দের সঙ্গে নিজের দুঃখের কথা ভাবতে শুরু করেছেন। ভাবতে-ভাবতে চোখে জল আসি-আসি করছে। মনটা বেশ হালকা হয়ে যাচ্ছে।

এই সময়ে বাইরে থেকে খনখনে গলায় কে যেন ডাকল, "বিপিনবাবু, আছেন নাকি ? ও বিপিনবাবু..."

বিপিনবাবু ভারী বিরক্ত হলেন। এই শীতের সন্ধেবেলা আবার কে এল ? গলাটা তো চেনা ঠেকছে না ! দুঃখের কথা ভাবার বারোটা বেজে গেল। বিপিনবাবু হ্যারিকেনটা হাতে নিয়ে উঠে দরজা খুলে বাইরে অন্ধকারে মুখ বাড়িয়ে বললেন, "কে ? কে ডাকছে ?"

"আজ্ঞে, এই যে আমি !" বলে অন্ধকার থেকে একটা লোক এগিয়ে এসে বারান্দায় উঠল।

হ্যারিকেনের আলোয় যেটুকু দেখা গেল তাতে মনে হল, লোকটি খুবই বুড়োমানুষ এবং বড় রোগা। মাথায় বাঁদুরে টুপি, গায়ে একটা লম্বা ঝুলের কোট, হাতে একখানা লাঠি।

বিপিনবাবু বিরক্ত হয়ে বললেন, "কোথা থেকে আগমন হচ্ছে ?"

খনখনে গলায় লোকটি বলল, "বলছি মশায়, বলছি। কিন্তু শীতে যে হাত-পা সব কাঠ হয়ে গেল। একটু ঘরে ঢুকতে দেবেন তো !"

দিনকাল ভাল নয়। উটকো লোককে ঢুকিয়ে শেষে বিপদ ঘটাবেন নাকি ? রোগা বা বুড়ো হলে কী হয়, হাতে লাঠি তো আছে। তা ছাড়া বাইরের লোককে ঘরে ঢোকাতে অন্যরকম আপত্তিও আছে বিপিনবাবুর। তিনি বিখ্যাত কৃপণ। তাঁর বাড়ির পিঁপড়েরাও খেতে না পেয়ে চিঁচিঁ করে। এমনকী, এ-বাড়িতে কুকুর-বেড়াল নেই, কাকপক্ষীরাও বড় একটা আসে না। বাইরের লোক এলে পাছে লৌকিকতা করতে হয়, সেই ভয়ে বিপিনবাবু বাইরে থেকেই সাক্ষাৎপ্রার্থীকে বিদেয় করে দেন। লোকে বিপিনবাবুকে চেনে, তাই আসেও না বড় একটা। বিপিনবাবু তাই

দরজা আটকে দাঁড়িয়ে বললেন, "আমি ব্যস্ত আছি। সংক্ষেপে যা বলার বলুন।"

বিপিনবাবুর ঘোরতর সন্দেহ হল, লোকটা মেয়ের বিয়ের জন্য সাহায্য বা ছেলের বই কেনার টাকা না হয় ওরকমই কিছু চাইতে এসেছে।

লোকটা কিন্তু বড় সোজা লোক নয়। দরজা জুড়ে দাঁড়ানো বিপিনবাবুকে একটা গুঁতো মেরে সরিয়ে ঘরে ঢুকে দরজাটা বন্ধ করে দিয়ে বলল, "ওরে বাবা, এই শীতে কুকুর-বেড়ালটা পর্যন্ত পথে বেরোয়নি, আর আপনি এই বুড়োমানুষটাকে ঘরে ঢুকতে দিচ্ছিলেন না, অ্যাঁ! লোকে যে আপনাকে পাষণ্ড বলে তা তো এমনি বলে না মশায়!"

লোকটা বুড়ো হলেও হাতে-পায়ে দিব্যি জোর। কনুইয়ের গুঁতো বিপিনবাবুর পাঁজরে এমন লেগেছে যে, তিনি ককিয়ে উঠে বুক চেপে ধরলেন। তারপর খেঁকিয়ে উঠে বললেন, "কে আমাকে পাষণ্ড বলে শুনি!"

"এখনও বলেনি কেউ? সে কী কথা! নফরগঞ্জের লোকেরা কি ভাল-ভাল কথা ভুলে গেল?"

বিপিনবাবু খুবই রেগে গিয়ে বললেন, "পাষণ্ড বললে তো আপনাকেই বলতে হয়। কনুই দিয়ে ওরকম গুঁতো যে দেয় সে অত্যন্ত হৃদয়হীন লোক। বুড়োমানুষ বলে কিছু বলছি না, তবে—"

লোকটা একটা কাঠের চেয়ারে জুত করে বসে হাতের লাঠিটা চেয়ারের গায়ে ঠেস দিয়ে দাঁড় করিয়ে রেখে বলল, "কী বললে, হৃদয়হীন? বাঃ, এ-কথাটাও মন্দ নয়। তবে গুঁতোটা না দিলে তুমি তো আর আমাকে ঢুকতে দিতে না হে বাপু! তুমি আমাকে না চিনলেও আমি তোমাকে খুব চিনি। তুমি হলে হাড়কেপ্পন বিপিনবিহারী রায়। তোমার বাড়িতে ভিখিরি কাঙাল আসে না। খরচের ভয়ে তুমি বিয়ে করে সংসারী অবধি হওনি।"

বিপিনবাবু এসব কথা বিস্তর শুনেছেন, তাই ঘাবড়ালেন না। বরং খাপ্পা হয়ে বললেন, "বেশ করেছি হাড়কেপ্পন হয়েছি। কেপ্পন হয়েছি তো নিজের পয়সায় হয়েছি। আপনার তাতে কী?"

লোকটা মৃদু-মৃদু মাথা নেড়ে বেশ মোলায়েম গলাতেই বলল, "তা অবশ্য ঠিক। তুমি কৃপণ তো তাতে আমার কী যায়-আসে! তবে বাপু, সত্যি কথা যদি শুনতে চাও আমি একজন পাকা কেপ্পন লোকই খুঁজে বেড়াচ্ছি। কাউকে তেমন পছন্দ হচ্ছে না। এই তুমি হলে তেরো নম্বর লোক।"

বিপিনবাবু দাঁত কড়মড় করে বললেন, "বটে! তা কেপ্পন দিয়ে কী করবেন শুনি! কেপ্পনদের ফলারের নেমন্তন্ন করবেন নাকি?"

"ওরে সর্বনাশ! না না হে বাপু, ওসব নয়। একজন পাকাপোক্ত কেপ্পন আমার খুবই দরকার। কারণটা গুরুতর।"

বিপিনবাবু একটু বুক চিতিয়েই বললেন, "শুনুন মশাই, কৃপণ খুঁজতে আপনি খুব ভুল জায়গায় এসে পড়েছেন। আমি কস্মিনকালেও কৃপণ নই। একটু হিসেবি হতে পারি, কিন্তু কৃপণ কেউ বলতে পারবে না আমাকে। আমি রোজ সকালে

মর্তমান কলা খাই, বাজার থেকে ভাল-ভাল জিনিস কিনে আনি, বছরে একজোড়া করে জুতো কিনি, আমার তিনটে ধুতি আর তিনটে জামা, দুটো গেঞ্জি আর একখানা আলোয়ান আছে। কৃপণ হলে হত এত সব ? এবার আপনি আসুন গিয়ে। আমার এখন অনেক কাজ।"

লোকটা বাঁদুরে টুপির ফোকর দিয়ে ফোকলা মুখে একটু হেসে বলল, "মর্তমান কলা তো তোমার গাছেই হয়। যেগুলো কাঁদি থেকে খসে পড়ে সেইসব মজা কলা বাজারে বিক্রি হয় না বলে তুমি খাও। বাজারের কথা বললে, শুনে হাসিই পেল। বাজারে তুমি যাও একেবারে শেষে, যখন খদ্দের থাকে না। দোকানিরা যা ফেলেটেলে দেয় তাই তুমি রোজ কুড়িয়ে আনো। জুতো তুমি কেনো বটে, কিন্তু সে তোমার এক বুড়ি পিসি আদর করে তোমাকে কিনে দেয়। তোমার তিনটে জামা আর তিনটে ধুতির কত বয়স জানো ? পাক্কা ছ' বছর। আর গেঞ্জি দুটো ঘরমোছার ন্যাতা করলেই ভাল হয়। যাকগে, কৃপণ বলে নিজেকে স্বীকার করতে না চাইলে না করবে। কিন্তু স্বীকার করলে আখেরে লাভই হত। মেলা টাকাপয়সা এসে যেত হাতে।"

টাকাপয়সার কথায় বিপিনবাবু ভারী থতমত খেয়ে গেলেন। টাকাপয়সা ব্যাপারটাই তাঁকে ভারী উচাটন চনমনে করে তোলে। তিনি রাগটাগ ঝেড়ে ফেলে একটু নরম গলায় বললেন, "তা মশাইয়ের নামটা কী ? কোথা থেকে আসা হচ্ছে ?"

বুড়োমানুষটি ফোকলা মুখে ফের একটু হেসে বলল, "এই তো দেখছি ঠাণ্ডা হয়েছ। বলি বাপু, খামোখা মাথা গরম করে এত বড় দাঁওটা ফসকালে কি ভাল হত ? যে তেরোজন কেপ্পনকে বেছেছি তাদের মধ্যে জনাতিনেককে আমার বেশ পছন্দই হয়েছে। তবে বাপু, অত ধনরত্নের দায়িত্ব তো আর যাকে-তাকে দেওয়া যায় না। তাই ভাল করে সবাইকে পরীক্ষা করছি।"

বিপিনবাবু গলা আরও এক পরদা নামিয়ে বললেন, "ধনরত্ন! কীরকম ধনরত্ন ?"

"ওঃ, সে ভাবতেও পারবে না। খাঁটি আকবরি মোহরই হল সাত ঘড়া। তার ওপর বিস্তর হিরে, মুক্তো। এই দ্যাখো,"—বলে লোকটি কোটের পকেট থেকে একটি মোহর আর একটি বেশ ঝলমলে ছোট্ট পাথর বের করে দেখাল। বলল, "এই হল নমুনা।"

"বলেন কী ?" বিপিন একেবারে হাঁ।

"সত্যি কথাই বলছি।" টক করে মোহর আর হিরে পকেটে পুরে বলল লোকটা।

"তা সেসব কোথায় আছে ?"

লোকটা খ্যাঁক করে উঠে বলল, "আমাকে অত বোকা পাওনি যে ফস করে বলে ফেলব।"

"না, না, আপনাকে মোটেই বোকা বলে মনে হয় না।"

"বোকা নইও, বুঝলে, ধনরত্নের ঠিকানা বলে দিলেই তো আমার মাথায় ডাণ্ডা মেরে গিয়ে সব গাপ করবে।"

"আজ্ঞে না, কৃপণ হলেও আমি তত পাষণ্ড নই।"

"কিন্তু লোকে তোমাকে পাষণ্ডই বলে থাকে, তা জানো ? যাকগে, তুমি পাষণ্ড হলেও কিছু যায় আসে না। ধনরত্ন যেখানে আছে সেখানে গিয়ে ফস করে হাজির হওয়াও সোজা নয়। সে খুব ভয়ঙ্কর দুর্গম জায়গা। এ শর্মা নিয়ে না গেলে বেঘোরে ঘুরে মরতে হবে।"

"যে আজ্ঞে। তা এবার একটু সবিস্তারে না বললে যে সবটা বড্ড ধোঁয়াটে থেকে যাচ্ছে। আপনার শ্রদ্ধেয় নামটিও যে এই পাপী কানে শুনতে পেলুম না এখনও।"

বুড়ো খিঁচিয়ে উঠে বলল, "থাক-থাক, আর অত বিনয়ের দরকার নেই। আমার নাম রামভজন আদিত্য। রামবাবু বা ভজনবাবু যা খুশি বলতে পারো।"

তবু বিপিনবাবু খুব বিনয়ের সঙ্গেই বললেন, "আচ্ছা, আপনি কি অন্তর্যামী ? আমি যে সকালে মজা কলা খাই, আমার পিসি যে আমাকে একজোড়া করে জুতো দেয়, বাজারে গিয়ে ফেলা-ছড়া জিনিস কুড়িয়ে আনি, এসব তো আপনার জানার কথা নয় !"

"ধ্যাত, অন্তর্যামী হতে যাব কোন দুঃখে ? আমি নফরগঞ্জে এসে একজনকে জিজ্ঞেস করেছিলাম এই গাঁয়ে কৃপণ লোক কেউ আছে কি না। অমনই দেখলাম, আরও লোক জুটে গেল। তারা পঞ্চমুখে তোমার সব গুণকীর্তির কথা বলতে লাগল। কেউ-কেউ এমনও বলল যে, তোমার মতো পাষণ্ডের মুখ দেখলেও নাকি পাপ হয়।"

বিপিনবাবুর মাথায় রক্ত উঠে যাচ্ছিল। এত বড় সাহস নফরগঞ্জের লোকদের ? নামগুলো জেনে নিয়ে—নাঃ, বিপিনবাবুর মাথাটা আচম্বিতে ফের ঠাণ্ডা হয়ে গেল। লোকগুলো তাঁর নিন্দে করে তো উপকারই করেছে! নইলে কি এই রামবাবু বা ভজনবাবু তাঁর কাছে আসতেন ? বিপিনবাবু খুবই বিগলিত মুখ করে বললেন, "তারা মোটেই বাড়িয়ে বলেনি। বরং কম করেই বলেছে। তারা তো আর জানে না যে, আশপাশে লোকজন না থাকলে আমি জুতোজোড়া পা থেকে খুলে হাতে ঝুলিয়ে হাঁটি, অন্যদের মতো মাসে-মাসে চুল না ছেঁটে আমি বছরে দু'বার ন্যাড়া হই, দাড়ি কামানোর মেলা খরচ বলে এই দেখুন ইহজন্মে আমি দাড়ি কামাইনি..."

ভজনবাবুকে খুশি করা কঠিন ব্যাপার। এতসব শোনার পরও তিনি অতিশয় জুলজুলে চোখে বিপিনবাবুর দিকে চেয়ে থেকে বললেন, "সবই বুঝলুম, তবে আরও একটু বাজিয়ে দেখতে হবে বাপু। যাকে-তাকে তো আর অত ধনরত্নের দায়িত্ব দেওয়া যায় না।"

বিপিনবাবু হাত কচলাতে-কচলাতে বললেন, "আজ্ঞে, আপনার হল জহুরির চোখ। আশা করি আমাকে চিনতে আপনার ভুল হবে না।"

ভজনবাবুর ফোকলা মুখে একটু হাসি ফুটল, "এখনও ঠিক-ঠিক চিনেছি বলা যায় না। তবে যেন চেনা-চেনা ঠেকছে। এই যে আমি বুড়োমানুষটা এই বাঘা শীতের সন্ধেবেলা কাঁপতে-কাঁপতে এসে হাজির হলুম, তা আমাকে এখন অবধি এক কাপ গরম চা-ও খাওয়াওনি। তুমি পাষণ্ডই বটে।"

বিপিনবাবু শিউরে উঠে বললেন, "চা ! ওরে বাবা, সে যে সাঙ্ঘাতিক জিনিস ! আগুন, চা-পাতা, চিনি, দুধ, অনেক বায়নাক্কা।"

ভজনবাবু খুব ভালমানুষের মতো মাথা নেড়ে বললেন, "তা তো অতি ঠিক কথাই হে বাপু। তবে কিনা সাত রাজার ধনদৌলত পেতে যাচ্ছ, তার জন্য একটু খরচাপাতি না হয় হলই।"

"তবে কি আমাকে আপনার পছন্দ হয়েছে ?"

"তা তুমিই বা মন্দ কী ?"

"যে আজ্ঞে, তা হলে চায়ের কথাটা মাসিকে বলে আসি।"

"সঙ্গে দুটো বিস্কুট।"

"বিস্কুট !" বলে থমকে দাঁড়ালেন বিপিনবাবু।

ভজনবাবু ফোকলা হেসে বললেন, "বিস্কুট শুনে মূর্ছা যাওয়ার কিছু নেই। চায়ের সঙ্গে বিস্কুট আমি পছন্দ করি।"

"যে আজ্ঞে, তা হলে আর কথা কী ? বিস্কুট তো বিস্কুটই সই।"

"হ্যাঁ, আর ওইসঙ্গে রাতের খাওয়াটার কথাও বলে এসো। রাতে আমি মাছ-মাংস খাই না। লুচি, আলুর দম, ছোলার ডাল, বেগুনভাজা আর ঘন দুধ হলেই চলবে।"

বিপিনবাবু চোখ কপালে তুলে মূর্ছা যাচ্ছিলেন আর কী ! নিতান্তই মনের জোরে খাড়া থেকে ভাঙা গলায় বললেন, "ঠিক শুনছি তো ! না কি ভুলই শুনলাম।"

"ঠিকই শুনেছ।"

"ওরে বাবা ! বুকটা যে ধড়ফড় করছে। হার্টফেল হয়ে মরে না যাই।"

ভজনবাবু গম্ভীর হয়ে বললেন, "তোমার হার্টফেল হলে বিদ্যাধরপুরের পাঁচুগোপাল আছে। তাকে আমার সবদিক দিয়েই পছন্দ ছিল। তোমাকে বাজিয়ে দেখে মনে হয়েছিল, তুমি তার চেয়েও সরেস। কিন্তু বুকের পাটা বলতে তোমার কিচ্ছু নেই।"

বিপিনবাবু সঙ্গে-সঙ্গে বুক চিতিয়ে বললেন, "কে বলল নেই ! লুচি, আলুর দম, ছোলার ডাল, বেগুনভাজা আর ঘন দুধ তো ! ওই সঙ্গে আমি আরও দুটো আইটেম যোগ করে দিচ্ছি, পাতিলেবু আর কাঁচালঙ্কা।"

"বাঃ বাঃ, এই তো চাই।"

"আমার হাসিরাশি মাসি রাঁধেও বড় ভাল।"

"আহা, বেশ, বেশ। আর শোনো, বিছানায় নতুন চাদর পেতে দেবে, একখানা ভাল লেপ। আমি আজেবাজে বিছানায় ঘুমোতে পারি না।"

॥ ২ ॥

নফরগঞ্জের উঠতি এবং নবীন চোর চিতেনের এই সবে নামডাক হতে শুরু করেছে। আশপাশের পাঁচ-দশটা গাঁয়ে চোরের মহল্লায় সবাই মোটামুটি স্বীকার করছে যে, চিতেন যথেষ্ট প্রতিভাবান এবং তার ভবিষ্যৎ খুবই উজ্জ্বল। চিতেন ছিপছিপে, ছোটখাটো, গায়ের রংটি শ্যামলা। চোরেদের বেশি লম্বা হলে বিপদ, তারা চট করে ঝোপেঝাড়ে বা টেবিল বা চৌকির নীচে লুকোতে পারে না। ঢ্যাঙা হলে দূর থেকে চোখেও পড়ে যায়। বেঁটে হওয়াটাও কাজের কথা নয়। বেঁটে হলে অনেক জিনিসের নাগাল পাবে না, উঁচু দেওয়াল টপকাতে সমস্যা হবে এবং লম্বা পা ফেলে দৌড়তে পারবে না বলে ধরা পড়ার সম্ভাবনাও বেশি। চিতেনের উচ্চতা একেবারে আদর্শ। বেঁটে নয়, লম্বাও নয়। রং কালো বলে অন্ধকারে গা-ঢাকা দিতে সুবিধে। সে দৌড়য় হরিণের মতো। গায়ে জোর-বলও যথেষ্ট। কিন্তু তার আসল প্রতিভা হল চোখে। চিতেনের চোখ সর্বদাই সবকিছুকে লক্ষ করে। সন্দেহজনক কিছু ঘটলেই তার চোখে পড়ে যায়।

রামভজনবাবু যখন সাঁঝবেলাটিতে নফরগঞ্জের হাটখোলার কাছে নবীন মুদির দোকানের সামনে এসে গাঁয়ে কোনও কৃপণ লোক আছে কি না তার খোঁজ করছিলেন, তখনই চিতেন তাঁকে লক্ষ করল। বুড়োমানুষটির হাবেভাবে সন্দেহ করার মতো অনেক কিছু আছে। নবীনের দোকানের সামনে বসে কাঠকয়লার আংড়ায় আগুন পোয়াচ্ছিল গাঁয়ের মাতব্বররা। বিশুবাবু একটু অবাক হয়ে জিজ্ঞেস করলেন, "কৃপণ ! তা মশাই, কৃপণের খোঁজ করছেন কেন ?"

রামভজন ফোকলামুখে হেসে বললেন, "কুঁড়োরহাটের মহাজন বিষ্ণুপদ দাসের নাম শুনেছেন কি ? আমি তাঁরই কর্মচারী। তা তাঁর শখ হয়েছে মহল্লার সব কৃপণদের নিয়ে একটা সম্মেলন করবেন। সেরা কঞ্জুষকে 'কঞ্জুষরত্ন' উপাধি দেওয়া হবে। আমার ওপর হুকুম হয়েছে কৃপণ খুঁজে বের করতে। বড়লোকের শখ আর কী !"

এ-কথায় সবাই হইহই করে উঠল। ব্যোমকেশবাবু বললেন, "তার আর চিন্তা কী ? ঠিক জায়গাতেই এসে পড়েছেন। ওই আমাদের বিপনেকে নিয়ে যান, তার মতো কিপ্টে ভূভারতে নেই।"

তারপর সবাই মিলে বিপিনবাবুর কিপ্টেমির মেলা গল্প বলে যেতে লাগল। কিন্তু রামভজনবাবুর আষাঢ়ে গল্পটা চিতেনের মোটেই বিশ্বাস হল না। উচ্চবাচ্য না করে সে ঘাপটি মেরে একধারে বসে রইল। রামভজনবাবু যখন বিপিনের বাড়ি রওনা হলেন তখন সেও পিছু নিল। জানলায় কান পেতে সে সব কথাবার্তাও শুনল। ধনরত্নের কথাটা তার মোটেই বিশ্বাস হল না, তবে ব্যাপারটা আসলে কী, সেটা না জেনেই বা চলবে কী করে চিতেনের !

বিপিনের তিন মাসির কারও মনেই যে সুখ নেই তা চিতেন জানে। কাশীবাসী মাসির বয়স এই অষ্টাশি পেরিয়েছে, হাসিরাশি মাসি ছিয়াশি, আর হাসিখুশি মাসির

এই আশি হল। তাঁরা কেউ বিয়ে করেননি, তিনজনে মিলে বোনপো বিপিনকে অনেক আশায় মানুষ করেছেন। বিপিন তাঁদের নয়নের মণি। তাঁদের বিষয়সম্পত্তি সবই বিপিনবাবুই পাবেন। এই বাড়িঘর, গয়নাগাটি, নগদ টাকা, সব। কিন্তু হলে কী হয়, বিপিনবাবু বড় হয়ে অ্যায়সা কেপ্পন হয়েছেন যে, মাসিদের ত্রাহি-ত্রাহি অবস্থা। হোমিওপ্যাথির শিশিতে করে রোজ এক শিশি সর্ষের তেল আনেন বিপিন। নিয়ম করে দিয়েছেন, তরকারিতে দশ ফোঁটার বেশি তেল দেওয়া চলবে না। তা সেই অখাদ্য তরকারি মাসিরা গিলবেন কী করে! বিপিন ওই অখাদ্যই সোনা-হেন-মুখ করে খান দেখে তিন মাসিই বিরলে দীর্ঘশ্বাস ছাড়েন।

একদিন দুপুরবেলা চিতেন নারকোল পেড়ে দিতে এসে দেখল, তিন বুড়ি বোন চোখের জল ফেলতে-ফেলতে তেঁতুল দিয়ে কোনওরকমে ভাত গিলছেন। কাণ্ড দেখে চিতেন হাতজোড় করে বলল, "মাসিমাগণ, বিপিনবাবু কৃপণ লোক জানি, কিন্তু তা বলে আপনারা কেন কষ্ট করবেন ?"

হাসিমাসি বললেন, "তা কী করব বাবা বল, বিপনে যে দশ ফোঁটার বেশি পনেরো ফোঁটা তেল তরকারিতে দিলে 'ওরে বাবা, এ যে তেলের সমুদ্দুর' বলে রাগ করে খাওয়া ফেলে উঠে যায়।"

চিতেন বলল, "মাসিমাগণ, এক-একজনের এক-একরকম সুখ। কৃপণের সুখ কৃচ্ছ্রসাধনে। বিপিনবাবু দুঃখ পেতে ভালবাসেন বলেই দুঃখ জোগাড় করে আনেন। তাঁর জন্য আপনাদের দুঃখ হয় জানি, কিন্তু তার ওপর আপনারা যে দুঃখ পাচ্ছেন তাতে দুঃখ যে ডবল হয়ে যাচ্ছে।"

"তা কী করব বাবা, একটা বুদ্ধি দে।"

"আমি বলি কী, বিপিনবাবু যখন দুঃখের মধ্যেই সুখ পাচ্ছেন তখন আপনাদের আর দুঃখ বাড়িয়ে কাজ নেই। দিন, টাকা দিন, আমি চুপিচুপি ভাল-মন্দ কিনে এনে রোজ দিয়ে যাব।"

"সে কি আমাদের গলা দিয়ে নামবে বাবা ?"

"ভাল করে তেল-ঘি দিয়ে রান্না করবেন, দেখবেন হড়হড় করে নেমে যাচ্ছে।"

তা সেই থেকে চিতেন গোপনে মাসিদের বাজার করে দিয়ে যায় রোজ। সেরা তরকারি, ভাল মাছ, তেল, ঘি। দুধওলাও ঠিক করে দিয়েছে সে। মাসিরা এখন ভাল-মন্দ খেয়ে বাঁচছেন।

কাজেই এ-বাড়িতে চিতেনের বিলক্ষণ যাতায়াত।

ওদিকে বিপিনবাবু ভেতরবাড়িতে এসে শশব্যস্তে হাসিরাশি মাসিকে ডেকে বললেন, "ও মাসি, একজন মস্ত বড় মানুষ এসেছেন আজ। তাঁর জন্য লুচি, আলুর দম, ছোলার ডাল, বেগুনভাজা আর ঘন দুধ চাই। তার আগে চা-বিস্কুট। শিগ্‌গির থলিটলি দাও, আমি চট করে গিয়ে সব নিয়ে আসি।"

শুনে তিন মাসিরই মূর্ছা যাওয়ার জোগাড়। হাসিমাসি উৎকণ্ঠিত হয়ে বললেন, "কে এসেছে বললি ? সাধুটাধু নাকি ? শেষে কি হিমালয়-টয়ে নিয়ে যাবে তোকে ?

ওষুধ করেনি তো !”

“আহাঃ, সেসব নয়। ইনি মস্ত মানুষ। এঁকে খুশি করতে পারলে মস্ত দাঁও মারা যাবে।”

বিপিনবাবু থলিটলি নিয়ে ঊর্ধ্বশ্বাসে বেরিয়ে যেতেই খুশিমাসি গিয়ে বিপিনবাবুর ঘরের দরজার ফাঁক দিয়ে উঁকি মেরে এসে বললেন, “হ্যারিকেনের আলোয় যা দেখলুম তাতে মনে হল শুঁটকো মতো এক বুড়োমানুষ। বাঁদুরে টুপি থাকায় মুখটা ভাল দেখা গেল না। তা সে যেই হোক, তার কল্যাণে বিপিনটার পেটেও যদি আজ একটু ভাল-মন্দ যায় !”

উঠোনের দরজা দিয়ে চিতেন ঢুকে পড়ল। বারান্দায় বসা তিন চিন্তিত মাসির দিকে চেয়ে হাতজোড় করে বলল, “মাসিমাগণ, আপনাদের বাড়িতে কে একজন মহাজন না মহাপুরুষ এসেছেন বলে শুনলাম। সত্যি নাকি ?”

মাসিদের সঙ্গে চিতেনের সম্পর্ক খুবই ভাল। চিতেন যে একজন উদীয়মান নবীন চোর, তাও মাসিদের অজানা নেই। এমনকী কোন বাড়িতে নতুন বউ এসেছে, কোন বাড়িতে কোন গিন্নি নতুন গয়না কিনল, সেসব সুলুক-সন্ধানও মাসিরা চিতেনকে নিয়মিত দিয়ে থাকেন। মাসিদের দৃঢ় বিশ্বাস, চিতেনের যা বুদ্ধি আর এলেম তাতে সে একদিন দেশ-দশের একজন হয়ে উঠবে।

তাই তাকে দেখে তিন মাসিই হাঁফ ছেড়ে ফোকলামুখে হেসে বললেন, “আয় বাবা, আয়।”

কাশীবাসী মাসি বললেন, “মহাপুরুষ কি না কে জানে বাবা, তবে বশীকরণ-টরন জানা লোক কেউ এসেছে। ভয়ে আমরা ও-ঘরে যেতে পারছি না।”

চিতেন বুক চিতিয়ে বলল, “মাসিগণ, ঘাবড়াবেন না, আমি গিয়ে বাজিয়ে দেখে আসছি।”

ভজনবাবুর বয়স একশো থেকে দেড়শো বছরের মধ্যেই হবে বলে অনুমান করল চিতেন। দুশো বছর হলেও দোষ নেই। কারণ একটা বয়সের পর মানুষের চেহারা এমন দড়কচা মেরে যায় যে, আর বুড়োটে মারতে পারে না।

তা এই বয়সের মানুষরা সুযোগ পেলেই একটু ঝিমোয় বা ঘুমোয়। কিন্তু ভজনবাবুর ওসব নেই। চিতেন নিঃশব্দে ঘরে ঢুকেই দেখতে পেল, ভজনবাবু তার দিকে জুলজুল করে চেয়ে আছেন।

“তুমি আবার কে হে ?”

চিতেন হাতজোড় করে বলল, “আজ্ঞে, আমাকে এ-বাড়ির কাজের লোক বলে ধরতে পারেন।”

লোকটা চমকে উঠে বললেন, “কী সর্বনাশ ! কৃপণের বাড়িতে কাজের লোক ! কাজের লোকই যদি রাখবে তা হলে আর তাকে কৃপণ বলা যাবে কী করে ? অ্যাঁ, এ তো সাঙ্ঘাতিক কথা ! তা কত বেতন পাও শুনি !”

চিতেন তাড়াতাড়ি জিভ কেটে বলে, “আজ্ঞে, আমি তেমন কাজের লোক নই। বিপিনবাবু নিকষ্যি কৃপণ। কৃপণকুলতিলক বললেও বাড়িয়ে বলা হয় না। আমি

কাজের লোক হলেও বিনিমাইনে আর আপখোরাকি কাজের লোক। বিপিনবাবুর তিন মাসি আছেন, তাঁরা আমাকে একটু-আধটু স্নেহ করেন আর কী !"

"অ ! তা কী মনে করে আগমন ?"

"আজ্ঞে। মাসিরা জানতে পাঠালেন, আপনার কোনও সেবার দরকার আছে কি না।"

"সেবা ! কীরকম সেবা ?"

"এই ধরুন, একটু গা-হাত-পা টিপে দেওয়া বা মাথায় বিলি কাটা বা আঙুল মটকানো !"

ভজনবাবু আঁতকে উঠে বললেন, "ও বাবা, ওসব করলে এই বুড়ো শরীরের হাড়গোড় ভেঙে যাবে।"

"তা হলে অন্তত জুতো মোজা খুলে দিই, বাঁদুরে টুপিটাও খুলে ফেলে বেশ জুত করে বসুন।"

ভজনবাবু আতঙ্কিত গলায় বলে উঠলেন, "না, না, এই বেশ আছি।"

"তা রাত্রিবেলা তো এখানেই দেহরক্ষা করবেন, না কি ?"

ভজনবাবু খিঁচিয়ে উঠে বললেন, "দেহরক্ষা ! দেহরক্ষা করব মানে ! মশকরা করছ নাকি হে !"

জিভ কেটে হাতজোড় করে চিতেন বলে, "আজ্ঞে মুখ্যু-সুখ্যু মানুষ কী বলতে কী বলে ফেলি। বলছিলাম, রাতে তো এখানেই ঘাঁটি গাড়তে হবে, না কি !"

ভজনবাবু চিড়বিড়িয়ে উঠে বললেন, "তুমি তো আচ্ছা বেয়াদব লোক দেখছি হে ! এখানে ঘাঁটি গাড়ব না তো কি এই শীতের মধ্যে মাঝরাতে বুড়োটাকে বাইরে বের করে দেবে নাকি ?"

জিভ কেটে এবং নিজের কান মলে চিতেন ভারী অনুতপ্ত গলায় বলে, "কী যে বলেন ভজনবাবু, শুনলেও পাপ হয়। এই বাড়িঘর আপনার নিজের বলেই মনে করুন। বলছিলুম কী, ভজনবাবু, আপনার কি জুতো-মোজা পরেই শোয়ার অভ্যেস ?"

ভজনবাবু খ্যাঁক করে উঠে বললেন, "কেন, আমি কি পিচেশ না সাহেব যে, জুতো পরে বিছানায় শোব ?"

একগাল হেসে চিতেন বলল, "যাক বাবা, বাঁচা গেল। এমন ঢাকাচাপা দিয়ে রেখেছেন নিজেকে যে, চেনার উপায়টি পর্যন্ত নেই। তা বলছিলুম ভজনবাবু, ওদিকে তো মাসিরা ময়দা-টয়দা মেখে ফেলেছে, ছোলার ডাল সেদ্ধ হয়ে এল বলে, তা এই সময়টায় জুতো-মোজা খুলে একটু হাত-মুখ ধুয়ে নিলে হয় না ? টুপিটা খুলতে না চান খুলবেন না, কিন্তু যদি অনুমতি করেন তো পায়ের কাছটিতে বসে জুতোজোড়া খুলে দিই। বেশ জাম্বুবান জুতো আপনার, ফিতের ঘর বোধ হয় দশ-বারোটা।"

ভজনবাবু একটু দোনোমোনো করে বললেন, "তা খুলতে পারো।"

মহানন্দে চিতেন ভজনবাবুর পায়ের কাছটিতে বসে জুতো খুলতে লেগে গেল।

ভজনবাবুর লম্বা ঝুলের কোটটা হাঁটুর নীচে প্রায় গোড়ালি অবধি নেমেছে। ডান দিকের পকেটটা চিতেনের একেবারে হাতের নাগালে। এই পকেটেই মোহর আর হিরেখানা রয়েছে। ডান পায়ের জুতো খুলতে-খুলতেই দু' আঙুলের ফাঁকে ধরা আধখানা ব্লেড দিয়ে পকেটের কাপড়টা ফাঁক করে ফেলল চিতেন। টুকুস করে মোহর আর হিরেখানা তার মুঠোয় এসে যাওয়ার কথা। কিন্তু খুবই আশ্চর্যের বিষয়, পকেট থেকে কিছুই পড়ল না। তবে কি বাঁ পকেটে ? নাঃ, এতটা ভুল চিতেনের চোখ করবে না। জানলার ফাঁক দিয়ে সে সবই লক্ষ করেছে। তবে যদি হুঁশিয়ার বুড়ো পকেট বদল করে থাকে তো অন্য কথা। চিতেন বাঁ পায়ের জুতো খোলার সময় বাঁ পকেটটাও কেটে ফেলল, কিছুই বেরোল না।

ফোকলা মুখে একটু হেসে ভজনবাবু বললেন, "কী, পেলে না তো ! ওরে বাবা, তোমার মতো কাঁচা চোর যদি আমাকে বোকা বানাতে পারত, তা হলে আর এই শর্মার নাম রামভজন আদিত্য হত না, বুঝলে ? পকেটদুটো খামোখা ফুটো করলে, এখন ফের সেলাই করে কে ?"

চিতেন একটু বোকা বনে গিয়ে নিজেকে সামলে নিয়ে ভজনবাবুর পা ছুঁয়ে একটা প্রণাম করে বলল, "আপনি ওস্তাদ লোক।"

ভজনবাবু দুঃখের সঙ্গে মাথা নেড়ে বললেন, "আনাড়িতে যে দেশটা ভরে গেল রে বাপ ! যেমন কাঁচা মাথা, তেমনই কাঁচা হাত। ছ্যাঃ ছ্যাঃ, এইসব দেখতেই কি এতদিন বেঁচে আছি ! এর চেয়ে যে মরে যাওয়া অনেক ভাল ছিল।"

চিতেন লজ্জায় কিছুক্ষণ মাথা নিচু করে বসে থেকে খুব অভিমানের সঙ্গে বলল, "তা আমাদের শেখায় কে বলুন ! নফরগঞ্জের মতো পাড়াগাঁয়ে পড়ে আছি, ভাল কোচ পাব কোথায় ? ঠিকমতো কোচিং পেলে কি আর খেল দেখাতে পারতুম না ! তা ভাগ্যে যখন আপনাকে পেয়ে গেছি তখন আর ছাড়ছি না, দু-চারটে কায়দা শিখিয়ে দিন ভজনবাবু।"

ভজনবাবু ফের খ্যাঁক করে উঠলেন, "আমি শেখাব ? কেন, আমি কি চোর না ছ্যাঁচড়া ? তুমি তো আচ্ছা বেয়াদব হে ! ওসব আমার কর্ম নয়। যারা শেখায় তাদের কাছে যাও।"

কাঁচুমাচু হয়ে চিতেন বলল, "আপনার বুঝি এসব আসে না ?"

"পাগল নাকি ? জীবনে পরদ্রব্য ছুঁইনি। তবে হ্যাঁ, শিখতেই যদি চাও তবে কুঁড়োরহাটের সামন্তকে গিয়ে ধরো। এই অষ্টাশি বছর বয়স হল, তবু বিদ্যে ভোলেনি। ভাল চেলা পেলে শেখায়। পাঁচশো টাকা নজরানা আর সেইসঙ্গে ভালরকম ভেট দিতে ভুলো না। ভেট মানে জ্যান্ত একটা পাঁটা, আস্ত একখানা রুই মাছ, মিহি পোলাওয়ের চাল, গাওয়া ঘি আর তরিতরকারি এইসব আর কী।"

চিতেন লজ্জিতভাবে মাথা চুলকে বলল, "তাই যেতাম ভজনবাবু। কিন্তু ভাবছি কুঁড়োরহাটে সামন্তর কাছে গিয়ে এত বিদ্যে শিখে হবেটাই বা কী ? আমাদের কাজ তো এই নফরগঞ্জের মতো অজ পাড়াগাঁয়ে। গেরস্তবাড়িতে ঢুকে পাওয়া যায় তো লবডঙ্কা। বড়জোর কাঁসার বাসন, মোটা ধুতি, মোটা শাড়ি, খুব বেশি হলে

ফিনফিনে সোনার একটা চেন বা মাকড়িটাকড়ি। পাইলট হয়ে এসে কি শেষে গোরুর গাড়ি চালাব মশাই ?"

ভজনবাবু ফোকলা মুখে একগাল হেসে বললেন, "তা বটে। ভাল চোরেরও আজকাল পেট ভরে না। দেশে খুবই অরাজক অবস্থা।"

"তা ইয়ে, বলছিলুম কী ভজনবাবু, একটা কথা ছিল।"

"কী কথা হে ?"

"আমি আড়ি পেতে আপনার আর বিপিনদাদার কথাবার্তা সবই শুনেছি। তা মশাই, আপনি কৃপণ লোক কেন খুঁজছেন সেটা ঠিক বুঝতে পারলাম না।"

"বুঝতে মাথা চাই, বুঝলে ? কৃপণ লোক কেন খুঁজছি এটা বুঝতে পারা শক্তটা কী ? কৃপণের কাছে কিছু থাকলে সে সেটা বুক দিয়ে আগলে রাখবে, মরে গেলেও খরচ করবে না। তাই কৃপণ হল ব্যাঙ্ক। এক তাল সোনা তাকে দিয়ে তীর্থভ্রমণে চলে যাও। তিন মাস পরে এসে দেখবে এক তাল সোনাই রয়েছে, এক রতিও খরচ হয়নি।"

"সেটা ঠিকই। তবে কৃপণ নিজের জিনিসই আগলায়, অন্যের গচ্ছিত রাখা জিনিসও কি আগলাবে ভাবেন ?"

"দুর বোকা, অন্যের জিনিস বলে ভাবতে দেবে কেন ? তাকে এক তাল সোনা দিয়ে বলো, এটা তোমাকে দিলুম।"

"তারপর ?"

"তারপর এসে একদিন তাপ্পি মেরে হাতিয়ে নিলেই হল।"

চিতেন চোখ বড় বড় করে বলল, "আপনি যে সাঙ্ঘাতিক লোক মশাই।"

"সাঙ্ঘাতিক কি না জানি না, তবে গবেট নই।"

"তা হলে ভজনবাবু, আপনি সত্যি-সত্যিই ওইসব সোনাদানা আর হিরে-জহরত বিপিনবাবুকে দিচ্ছেন না।"

ভজনবাবু ফের ফোকলা মুখে হেসে বললেন, "তাই কি বলেছি ? ওরে বাবা, আমারও তো বয়স হল, না কি ! এই একশো পেরিয়ে দেড় কুড়ি। তোমাদের হিসেবে একশোত্রিশ বছর। দু-চার বছর এদিক-সেদিক হতে পারে, কিন্তু কবে পটল তুলি তার ঠিক কী ? তা আমি পটল তুললে তোমার ওই বিপিনবাবুই সব পাবে।"

একটা শ্বাস ফেলে চিতেন বলল, "বুঝেছি। বিপিনবাবুকে আপনি জ্যান্ত যখ করে রেখে যেতে চান।"

"নাঃ, তুমি একেবারে গবেট নও তো ! বুদ্ধি আছে।"

"তা ভজনবাবু, এই যে আপনি ঘুরে ঘুরে বেড়াচ্ছেন, এখন আপনার ধনসম্পত্তি দেখাশোনা করছে কে ?"

"তার ভাল ব্যবস্থা আছে। গজানন, ফুলমণি, নরহরি সব দিনরাত চোখে চোখে রাখছে।"

"তারা কারা ? আপনার ছেলেমেয়ে বুঝি ?"

"ওরে বাবা, না। তারা সব অশরীরী।"

"অশরীরী মানে! ভূত নাকি?"

"মানে তো তাই দাঁড়ায়। তবে কিনা সামনেই ফাল্গুন মাস। ফাল্গুনে নয়নপুরে শিবরাত্রির মেলা। সেখানে ভূতেদেরও মস্ত মেলা হয়। বছরে এই একটাই তাদের বড় পরব। তাই সবাই মাঘ মাসেই সেখানে দলে দলে গিয়ে হাজির হয়। আমার মুখ চেয়ে তারা পাহারা দিতে রাজি হয়েছে বটে, কিন্তু দেরি দেখলে সব নয়নপুরে পালাবে। ভূতেদের বিশ্বাস কী বলো!"

চিতেন বড়-বড় চোখে চেয়ে বলে, "আপনার ভয়ডর নেই নাকি মশাই?"

"খুব আছে, খুব আছে। প্রথম যখন সেখানে গিয়ে হাজির হই, চারদিকে দুর্দম জঙ্গল, কয়েক ক্রোশের মধ্যে লোকালয় নেই। ভাঙা পোড়ো বাড়ির মধ্যে বিষধর সাপখোপ ঘুরে বেড়ায়, শেয়ালের বাসা, নেকড়ে বাঘের আনাগোনা তো আছেই, তার ওপর গিসগিস করছে ভূত। সে কী তাদের রক্ত-জল-করা হিঃ হিঃ হাসি, কী দুপদাপ শব্দ, কী সব ভয়ঙ্কর দৃশ্য।"

"আপনার ভয় করল না?"

"করেনি আবার! দাঁতকপাটি লেগে যাই আর কী! তবে কিনা সোনাদানা, হিরে-জহরতের মায়াও কি কম! তাই মাটি কামড়ে পড়ে ছিলাম। ওই দু-চারদিন যা ভয়টয় করেছিল। তারপর দেখলাম, ভূতকে ভয় করে লাভ নেই। বরং ভাব জমাতে পারলে লাভ। ভূতেরাও দেখল, আমাকে তাড়ানো সহজ নয়। তাই তারাও মিটমাট করে নিল। এখন বেশ শান্তিপূর্ণ-সহাবস্থান চলছে।"

"আর সাপখোপ?"

"তাদেরও আমি ঘাঁটাই না, তারাও আমাকে ঘাঁটায় না। জঙ্গলেরও একটা নিয়ম আছে। তোমাদের মতো অরাজক অবস্থা নয়। যে যার নিজের এলাকায় নিজের কাজটি নিয়ে থাকে, অযথা কেউ কাউকে বিরক্ত করে না।"

ঠিক এই সময়ে কাশীবাসীমাসি এক কাপ গরম চা আর পিরিচে দু'খানি বিস্কুট নিয়ে ঘরে ঢুকতেই ভজনবাবু একগাল হেসে বলে উঠলেন, "এসো খুকি, এসো। তা নামটি কী তোমার?"

কাশীবাসী মাসি ভয়-খাওয়া ফ্যাঁসফ্যাসে গলায় বললেন, "আজ্ঞে, আমি কাশীবাসী। আপনি মহাজন মানুষ, গরিবের বাড়িতে একটু কষ্ট হবে। বিপিন বাজার থেকে এসেই আপনার জন্য ময়দা মাখতে বসেছে। এল বলে!"

"আহা, তার আসার দরকার কী? মাখুক না ময়দা। ময়দার ধর্ম হল যত মাখা যায় ততই লুচি মোলায়েম হয়। কী বলো হে?"

চিতেন মাথা নেড়ে বলল, "আজ্ঞে, অতি খাঁটি কথা। তা ভজনবাবু, এই সাঙ্ঘাতিক জায়গাটা ঠিক কোথায় বলুন তো! কাছেপিঠেই কি? না কি একটু দূরেই?"

ভজনবাবু-চায়ে বিস্কুট ডুবিয়ে খেতে খেতে একটা আরামের শ্বাস ফেলে বললেন, "কাছে না দূরে, পুবে না পশ্চিমে সেসব বলে কি নিজের আখের খোয়াব

হে ? আমাকে অত আহাম্মক পাওনি।”

“আজ্ঞে তা তো বটেই। সবাইকে বলে বেড়ালে আর গুপ্তধনের মানমর্যাদা বলেও কিছু থাকে না কিনা। মোহর তা হলে ওই সাত ঘড়া-ই তো ! না কি দু-চার ঘড়া এদিক-সেদিক হতে পারে ?”

“পাক্কা সাত ঘড়া। গত ষাট বছর ধরে রোজ গুনে দেখছি, কম-বেশি হবে কী করে ?”

“আর ইয়ে ভজনবাবু, হিরে-মুক্তো কতটা হবে ?”

“তা ধরো আরও সাত ঘড়া।”

“আপনি প্রাতঃস্মরণীয় নমস্য মানুষ। একটু পা টিপে দেব কি ভজনবাবু ?”

“খবরদার না।”

“আচ্ছা, আপনার তো একজন কাজের লোকও দরকার, নয় কি ? বয়স হয়েছে, জঙ্গলে একা থাকেন।”

“একাই দিব্যি আছি।”

॥ ৩ ॥

রাত ন'টা নাগাদ নবীন মুদি যখন দোকান বন্ধ করার জন্য তোড়জোড় করছে, তখন দুটো লোক এসে হাজির। দু'জনেরই মুশকো চেহারা। একজন আর-একজনকে বলছিল, “তোর জন্যই সুযোগটা ফসকাল। বললুম অতটা পাঁঠার মাংস খাওয়ার পর একবাটি পায়েস আর গিলে কাজ নেই। শুনলি সেই কথা ! পেট খারাপ করে ফেললি বলেই তো লোকটা হাওয়া হয়ে গেল। এমন সুযোগ আর আসবে ?”

দ্বিতীয় লোকটা কাঁচুমাচু হয়ে বলল, “আমার ঠাকুর্দা কী বলতেন জানো গোপালদা, তিনি বলতেন, ওরে গোবিন্দ, পাত পুঁছে খাবি, খাবার জিনিস ফেললে অভিশাপ লাগে। আজ যা ফেলবি কাল তারই আর নাগাল পাবি না। ধর বেগুনভাজাটা ফেলে উঠলি, তো একদিন দেখবি তোর পাতে আর কেউ বেগুনভাজা দিচ্ছে না, মাছ ফেলবি তো পাতের মাছ একদিন লাফিয়ে পালাবে। সেই শুনে ইস্তক আমি খুব হুঁশিয়ার হয়ে গেছি। মরিবাঁচি পাতে কিছু ফেলে উঠি না।”

“আহা, কী মধুর বাক্যই শোনালেন। বলি, খাওয়াটা আগে না কাজটা আগে ? এই তোকে বলে রাখছি গোবিন্দ, ওই লোভই তোকে খাবে। এ পর্যন্ত তোর পেটের রোগের জন্য ক'টা কাজ পণ্ড হল সে হিসেব আছে ?”

“এবারের মতো মাপ করে দাও দাদা। হেঁটে হেঁটে হেদিয়ে গেছি, খিদেও লেগেছে বড্ড জোর।”

“এর পরেও খেতে চাস ? তোর কি আক্কেল নেই ?”

গোপাল অভিমানভরে বলল, “আমার খাওয়াটাই দেখলে গোবিন্দদা, আর এই

যে সাত ক্রোশ হাঁটলুম এটার হিসেব করলে না ? পেটের নাড়িভুড়ি অবধি খিদের চোটে পাক খাচ্ছে।"

দু'জনে সামনের বেঞ্চে বসে পিরানের নীচে কোমরে বাঁধা গামছা খুলে মুখটুখ মুছল। তারপর গোপাল নবীনের দিকে চেয়ে বলল, "ওহে মুদি, শুঁটকো চেহারার একজন বুড়ো মানুষকে এদিকপানে আসতে দেখেছ ?"

নবীন লোক দুটোকে বিশেষ পছন্দ করছিল না। সে নির্বিকার মুখে বলল, "সারাদিন কত লোক আসছে যাচ্ছে। মোটকা, শুঁটকো, বুড়ো, যুবো, কালো, ধলো, কে তার হিসেব রাখে ! তা বুড়ো মানুষ খুঁজে বেড়াচ্ছেন কেন ?"

গোবিন্দ আর গোপাল একটু মুখ-তাকাতাকি করে নিল। তারপর গোপাল বলল, "ইনি আমাদের দাদু হন। মাথার একটু গণ্ডগোল আছে। রাগ করে বেরিয়ে পড়েছেন, তাই খুঁজতে বেরিয়েছি। ভাল করে ভেবে দ্যাখো দিকি, লম্বা কোট আর বাঁদুরে টুপি পরা খুব শুঁটকো চেহারার একজন বুড়ো মানুষকে দেখেছ বলে মনে পড়ে কি না।"

নবীনের খুব মনে আছে। তবে সে এ দু'জনকে একটু খ্যাপানোর জন্য বলল, "কত লোক আসছে যাচ্ছে, কত মনে রাখব ? তবে একটু ভাবতে হবে। ভাবলে যদি মনে পড়ে !"

"তা ভাবতে কতক্ষণ লাগে তোমার ?"

নবীন বলল, "আমাদের বিদ্যেবুদ্ধি তো বেশি নয়, তার ওপর গেঁয়ো মানুষ, আমাদের ভাবতে একটু বেশি সময় লাগে মশাই। এই ধরুন ঘণ্টাখানেক।"

"তো তাই সই। ততক্ষণ আমাদের দু'জনকে আধসের করে চিঁড়ে আর একপো করে আখের গুড় দাও দিকিনি। দইটই পাওয়া যায় না এখানে ?"

"পাওয়া যাবে না কেন ? পয়সা দিন, মহাদেব ময়রার দোকান থেকে এনে দিচ্ছি।"

"বাঃ, তুমি তো বেশ ভাল লোক দেখছি।"

"নফরগঞ্জ ভাল লোকদেরই জায়গা।"

নবীন পয়সা নিয়ে দই এনে দিল, তাতে তার কিছু আয়ও হল। পাঁচশো গ্রামের জায়গায় পঞ্চাশ গ্রাম কম এনেছে সে। এই সূক্ষ্ম হেরফের বোঝার মতো মাথা লোকদুটোর নেই ! অবস্থাও বেগতিক। সাত ক্রোশ হেঁটে এসে দু'জনেই হেদিয়ে পড়েছে। নবীন একটু চড়া দামেই দুটো মেটে হাঁড়ি বেচল গোবিন্দ আর গোপালকে। দু'জনে হাঁড়িতে চিঁড়ে মেখে গোগ্রাসে খেয়ে এক এক ঘটি করে জল গলায় ঢেলে ঢেকুর তুলল। তারপর গোবিন্দ জিজ্ঞেস করল, "মনে পড়ল নাকি হে মুদিভায়া ?"

"ভাল করে ভেবে দেখছি। সেই প্রাতঃকাল থেকে যত লোক এসেছে গেছে সকলের মুখই ভাবতে হচ্ছে কিনা। এক ঘণ্টার মোটে এই আধ ঘণ্টা হল। তাড়া কীসের ?"

"একটু তাড়াতাড়ি আর কষে ভাবো হে। আধ ঘণ্টা পুরতে আর কতক্ষণই বা

লাগবে, বড়জোর পাঁচ সাত মিনিট।"

নবীন ফিচিক করে হেসে বলল, "তা মশাই, মাথাটা যে খাটাতে হচ্ছে তারও তো একটা মজুরি আছে না কি ?"

"ও বাবা, তুমি যে ধুরন্ধর লোক !"

"যা আকাল পড়েছে। বেঁচেবর্তে থাকতে গেলে ধুরন্ধর না হয়ে উপায় আছে ?"

"তা কত চাও ?"

"পাঁচটা টাকা ফেললে মনে হয় মাথাটা ডবল বেগে কাজ করবে।"

"রেট বড্ড বেশি হয়ে যাচ্ছে হে। দুটো টাকা ঠেকাচ্ছি, ওর মধ্যেই মাথাটা খাটিয়ে দাও ভাই।"

নবীন টাকা দুটো গেঁজের মধ্যে ভরে ফেলে বলল, "যেমনটি খুঁজছেন তেমন একজন এই সন্ধেবেলাতেই এসেছিলেন বটে। তিনি একজন কৃপণ লোক খুঁজছিলেন।"

এ-কথায় দু'জনেই সোজা হয়ে বসল। গোপাল বলল, "হ্যাঁ, হ্যাঁ. এই তো সেই লোক। তা গেল কোথায় লোকটা ?"

নবীন হাত বাড়িয়ে বলল, "আরও দুটো টাকা।"

দু'জনে ফের মুখ-তাকাতাকি করে নিল। তারপর গোপাল বলল, "একটু বাড়াবাড়ি হয়ে যাচ্ছে না কি মুদির পো ?"

"দিনকালটা কী পড়েছে সেটাও বিবেচনা করুন। বিনি পয়সায় কোন কাজটা হচ্ছে ?"

কথাটা ভাল করে শেষ করার আগেই গোবিন্দ নামের লোকটা চাদরের তলা থেকে ফস করে একটা হাতখানেক লম্বা ঝকঝকে ছোরা বের করে লাফিয়ে উঠে নবীনের গলার মাফলারটা খামচে ধরে বলল, "আমরা হলুম কত্তাবাবুর পাইক, আমাদের সঙ্গে ইয়ার্কি ?"

নবীন চোখ কপালে তুলে কাঁপতে-কাঁপতে বলল, "বলছি, বলছি। তিনি ওই সাতকড়ি শিকদারের বাড়িতে গিয়ে উঠেছেন। উনিই এখানকার সবচেয়ে কৃপণ লোক কিনা। সোজা গিয়ে ডানহাতি গলির শেষ বাড়ি।"

গোবিন্দ বিনা বাক্যে নবীনের গেঁজেটা কেড়ে নিয়ে নিজের ট্যাঁকে গুঁজে বলল, "শোনো মুদির পো, তুমি অতি পাজি লোক। আর আমরাও খুব ভাল লোক নই। এর পর থেকে সমঝে চোলো।"

এই বলে গোবিন্দ হাতের কানা দিয়ে নবীনের মাথায় একখানা ঘা বসাতেই রোগাভোগা নবীন মূর্ছা গেল। গোপাল আর গোবিন্দ মিলে ধরাধরি করে নবীনকে দোকানের ভেতরে ঢুকিয়ে তার ট্যাঁক থেকে চাবি নিয়ে দোকান বন্ধ করে বাইরে থেকে তালা ঝুলিয়ে দিল।

গোপাল খুশি হয়ে বলল, "বাঃ, কাজটা বেশ পরিষ্কার করে করেছিস তো !"

গোবিন্দ দুঃখের সঙ্গে বলল, "লোকে এত আহাম্মক কেন বলো তো ! এই যে

মুদির পোকে এক ঘা দিতে হল, এতেই ভারী পাপবোধ হচ্ছে। বোষ্টম হওয়ার পর থেকে আর লোকজনকে মারধোর করতে ইচ্ছে যায় না, জানো ! কিন্তু একে না মারলে ঠিক চেঁচিয়ে লোক জড়ো করত।"

"ঠিক বলেছিস। এখন চল সাতকড়ি শিকদারের খপ্পর থেকে বুড়োটাকে বের করে এনে চ্যাংদোলা করে নিয়ে কত্তাবাবুর পায়ের কাছে ফেলি।"

"চলো।"

"তা ইয়ে, গেঁজের মধ্যে কত আছে দেখলি না ?"

"গেঁজে দিয়ে তোমার কাজ কী ?"

"ভাগ দিবি না ?"

"কীসের ভাগ ? গেঁজে তো আমার রোজগার।"

"কাজটা কি ভাল করলি গোবিন্দ ? মানছি তোর গায়ের জোর বেশি, খুনখারাপিও অনেক করেছিস। কিন্তু মনে রাখিস, বুদ্ধি পরামর্শের জন্য এই শর্মাকে ছাড়া তোর চলবে না।"

"ঠিক আছে, পাঁচটা টাকা দেব'খন।"

"মোটে পাঁচ ? আর একটু ওঠ।"

"তা হলে সাত।"

"পুরোপুরি দশ-এ রফা করে ফ্যাল।"

"কেন, দশ টাকা পাওয়ার মতো কোন কাজটা করেছ তুমি শুনি ! গা না ঘামিয়েই ফোকটে রোজগার করতে চাও ?"

গোপাল মাথাটা ডাইনে বাঁয়ে নেড়ে বলল, "কালটা যদিও ঘোর কলি, তবু এত অধর্ম কি ভগবান সইবেন রে ? মুদির গেঁজের মধ্যে না হোক পাঁচ-সাতশো টাকা আছে। বখরা চাইলে আধাআধি চাইতে পারতুম।"

"কোন মুখে ? রদ্দা তো মারলুম আমি, তোমার বখরার কথা তা হলে ওঠে কেন ?"

"তুই কি ভাবিস রদ্দাটা আমিই মারতে পারতুম না ? সময়মতো মারতুমও, তুই মাঝখান থেকে উঠে ফটাস করে মেরে দিলি। একে কী বলে জানিস ? মুখের গ্রাস কেড়ে নেওয়া।"

"তা তুমি গেঁজেটা পেলে কী করতে ? দিতে আমাকে আধাআধি বখরা ?"

চোখ কপালে তুলে গোপাল বলল, "দিতুম না ? বলিস কী ? এখনও ভগবান আছেন, এখনও চাঁদসুয্যি ওঠে, এখনও ধর্ম বলে একটা জিনিস আছে। সবাই জানে আমি ধর্মভীরু লোক।"

"তা হলে বলি গোপালদা, চটের হাটে সেবার তামাকের ব্যাপারির গদিতে হামলা করে ক্যাশ হাতিয়েছিলে, মনে আছে ? আমাকে দিলে মোটে এগারোটা টাকা। থলিতে কত ছিল তা আমাকে বলেছিলে কখনও ? নিত্যপদর মেয়ের সোনার হারখানা ছিঁড়ে নিয়ে নয়াগঞ্জে বেচেছিলে, আমাকে কত দিয়েছিলে মনে আছে ? মাত্র একুশ টাকা। তখন তো আমি একটাও কথা বলিনি ! হিসেবও চাইনি।"

গোপাল গলাখাঁকারি দিয়ে বলল, "আচ্ছা, ওই সাত টাকাই দিস। কাজিয়া করে লাভ নেই, হাতে গুরুতর কাজ।"

"তা বটে।"

হঠাৎ গোবিন্দ দাঁড়িয়ে পড়ে পিছুপানে চেয়ে বলল, "গোপালদা, কেউ আমাদের পিছু নেয়নি তো! কেমন যেন একটা মনে হচ্ছে!"

গোপাল পেছন দিকটা দেখে নিয়ে বলে, "কোথায় কে?"

গোবিন্দ ফের বলল, "একটা বোঁটকা গন্ধ পাচ্ছ গোপালদা?"

"বোঁটকা গন্ধ! কই না তো!"

"আমি কিন্তু পাচ্ছি। ঘেমো জামা ছেড়ে রাখলে তা থেকে যেমন গন্ধ বেরোয় সেরকম গন্ধ।"

"এখন কি গন্ধ নিয়ে ধন্দের সময় আছে রে! কত্তাবাবু বসে আছেন, বুড়োটাকে নিয়ে গিয়ে তার সামনে ফেলতে হবে, তার পর একটু জিরোতে পারব। চল, চল।"

"উঁহু এ যেমন-তেমন গন্ধ বলে মনে হচ্ছে না গো গোপালদা। এ যে তেনাদের গন্ধ!"

"তোর মাথা।"

"আমার ঠাকুর্দা ভূত পুষত, তা জানো? তার ঘরে ঢুকলে এ রকম গন্ধ পাওয়া যেত।"

কথাটা শুনে তিন হাত পেছনে দাঁড়ানো পীতাম্বর খুশি হল। এতদিন পর এই প্রথম একটা লোক যে তাকে টের পাচ্ছে এটা খুব ভাল খবর। পীতাম্বর যতদিন বেঁচে ছিল ততদিন ছিল তার বেজায় ভূতের ভয়। দিনেদুপুরে এ-ঘর থেকে ও-ঘর যেতে পারত না একা। তারপর একদিন যখন দেহ ছাড়তে হল, তখন শরীর থেকে বেরিয়ে এসেই দ্যাখে, সামনে ধোঁয়াটে মতো কে একটা দাঁড়িয়ে, তাকে দেখে আঁতকে উঠে "ভূত! ভূত!" বলে চেঁচিয়ে পীতাম্বর মূর্ছা যায় আর কী? সনাতন তার বন্ধু মানুষ, দু'বছর আগে পটল তুলেছে। তা সনাতনই এসে তাকে ধরে তুলল, তারপর বলল, "আর লোক হাসাসনি। এতদিন পর পুরনো বন্ধুর সঙ্গে দেখা, কোথায় খুশি হবি, না মূর্ছা যেতে বসলি? ওরে নিজের দিকে একটু চেয়ে দ্যাখ দেখি।" পীতাম্বর নিজের দিকে চেয়ে যা দেখল তাতে তার ফের মূর্ছা যাওয়ায় জোগাড়। সেও ভারী ধোঁয়াটে আর আবছা এক বস্তুতে পরিণত হয়েছে। সেই থেকে তার একটা সুবিধে হয়েছে, ভূতের ভয়টা আর একদম নেই।

তবে হ্যাঁ, নিজের ভূতের ভয় গেলেও অন্যকে ভয় দেখানোর একটা দুষ্টবুদ্ধি তার মাথায় চেপেছে। সনাতন অবশ্য বলে, "দুর, দুর, ওসব করে লাভ কী? তার চেয়ে চল সাতগেছের হাটে মেছোবাজারে ঘুরে বেড়াই। আহা, সেখানকার আঁশটে পচা গন্ধে চারদিক ম' ম' করছে, গেলে আর আসতে ইচ্ছে যায় না।" পীতাম্বরের আজকাল ওসব গন্ধ খুবই ভাল লাগে। কিন্তু শুধু অজানা, অচেনা, অখ্যাত এক ভূত হয়ে থাকাটা তার পছন্দ নয়। নিজেকে জাহির না করলে হলটা কী? তাই সে

মাঝেমাঝেই ভরসন্ধেবেলা নির্জন জায়গায় কোনও লোককে একা পেলে তার সামনে গিয়ে উদয় হয়, নাকিসুরে কথাও বলে। দুর্ভাগ্য তার, আজ অবধি কেউ তাকে দেখতে পেল না, তার কথাও শুনতে পেল না। এই তো সেদিন বামুনপাড়ার পুরুতমশাই কোথায় যেন কী একটা পুজো সেরে বটতলা দিয়ে বেশি রাতে একা ফিরছিলেন। পীতাম্বর গিয়ে তার সামনে অনেক লম্ফঝম্ফ করল, টিকি ধরে টানল, হাতে চালকলার থলি কেড়ে নিতে চেষ্টা করল, কিন্তু কিছুই হল না। পন্ডিতমশাই দিব্যি নির্বিকারভাবে চলে গেলেন। সব শুনে সনাতন বলল, "দৃশ্যমান ভূত হওয়া খুব শক্ত। অনেক সাধনা করলে তবে একটু-আধটু দেখা দেওয়া যায় বলে শুনেছি। তা অত কসরত করে লাভ কী ? এখন ছুটি পেয়ে গেছিস, ঝুটঝামেলা নেই, মজা করে ঘুরে বেড়াবি চল। বাঁকা নদীর ধারে আজ ভুতুড়ে গানের জলসা বসছে, যাবি ? ওঃ, সে যা সুন্দর গান ! জগঝম্প, শিঙে, কাঁসর, বড় কত্তাল, আর তার সঙ্গে ব্যাঙের ডাক, গাধার চেঁচানি আর ঘোড়ার চিঁহিঁহিঁ মিশিয়ে একটা ব্যাকগ্রাউন্ড তৈরি হয় আর সবাই পুরো বেসুরে চেঁচায়। শুনলে মোহিত হয়ে যাবি।" হ্যাঁ, পীতাম্বরের সেই জলসার গান খুবই পছন্দ হল। বেঁচে থেকে এ-গান শুনলে তার দাঁতকপাটি লাগত। কিন্তু এখন যেন কান জুড়িয়ে গেল। মনে হল, হ্যাঁ, এই হল আসল গান।

তা বলে পীতাম্বর চেষ্টা ছাড়ল না। নিজের বাড়িতে গিয়ে একদিন সে নিজের বিধবা বউ আর ছেলেপুলেদের বিস্তর ভয় দেখানোর চেষ্টা করে এল। কিছুই হল না। শুধু অনেক মেহনতে বারান্দার ধারে রাখা একখানা পেতলের ঘটি গড়িয়ে উঠোনে ফেলে দিতে পেরেছিল। তাতে তার বউ "কে রে ?" বলে হাঁক মেরে বেরিয়ে এসে ভারী বিরক্ত হয়ে বলল, "নিশ্চয়ই ওই নচ্ছার বেড়ালটা !" বলে ঘটিটা তুলে রাখল। একে তো আর ভূত দেখাও বলে না, ভয় খাওয়াও বলে না। এ-ঘটনা শুনে কিন্তু সনাতন অবাক হয়ে বলল, "তুই ঘটিটা ফেলতে পেরেছিস ! উরেব্বাস, সে তো কঠিন কাণ্ড। নাঃ, তোর ভেতরে অনেক পার্টস আছে দেখছি। তুই লেগে থাক, নিশ্চয়ই একদিন লোকে তোকে দেখতে পাবে।"

সেই থেকে লেগেই আছে পীতাম্বর।

বাঁশতলা জায়গাটা ভারী নিরিবিলি, সাধনভজনের পক্ষে খুবই উপযুক্ত। পীতাম্বর এই বাঁশতলাতে বসেই নিজেকে দৃশ্যমান করে তোলার জন্য ইচ্ছাশক্তিকে চাগিয়ে তুলতে চেষ্টা করে। তার ফলও এই ফলতে শুরু করেছে। গোবিন্দ নামে লোকটা, কেউ পিছু নিয়েছে বলে যে সন্দেহ করল আর বোঁটকা গন্ধ পেল সে তো আর এমনি এমনি নয়। পীতাম্বরের সাধনারই ফল।

এরা দু'জন কোথায় কী মতলবে যাচ্ছে তা পীতাম্বর ভালই জানে। ডানহাতি গলির শেষে সাতকড়ি শিকদারের বাড়ি। কিন্তু যাকে খুঁজতে যাচ্ছে সে ও-বাড়িতে যায়নি, পীতাম্বর তাও জানে। নবীন মুদি এদের ভুল ঠিকানা দিয়েছে। সাতকড়ি শিকদার যণ্ডাগুণ্ডা লোক, দু'বেলা মুগুর ভাঁজে। মেজাজও ভয়ঙ্কর। তা ছাড়া

তার আরও এক ব্যারাম আছে। তারা তিন বন্ধুতে মিলে রাতের দিকে প্ল্যানচেট করতে বসে। সে-সময়ে তাদের বিরক্ত করলে খুব চটে যায়। ওই প্ল্যানচেটের আসরে অনেক ঘুরঘুর করেছে পীতাম্বর, কিন্তু কারও ভেতরে সেঁধোতে পারেনি।

লোকগুলো ভুল ঠিকানায় যাচ্ছে বলে পীতাম্বরের একটু দুঃখ হচ্ছিল। আসলে গোবিন্দ নামে লোকটাকে তার বড্ড ভাল লাগছে। এ-লোকটাই তাকে প্রথম ভূত বলে টের পাচ্ছে তো, সেইজন্যই পীতাম্বর একটু দুর্বল হয়ে পড়েছে।

লোক দুটো যখন ডানহাতি গলিটার মধ্যে ঢুকতে যাচ্ছে, তখন পীতাম্বর তাদের সামনে দাঁড়িয়ে পথ আটকে বলল, "ওহে বাবারা, কাজটা ঠিক হচ্ছে না। মানে-মানে ফিরে যাও, নইলে বেঘোরে পড়ে যেতে হবে যে, মুদির পো মহা পাজি লোক, তোমাদের ভুল ঠিকানা দিয়েছে।"

গোপাল আর গোবিন্দ অবশ্য পীতাম্বরকে ভেদ করেই ঢুকে পড়ল গলিতে। আর ঢুকেই হঠাৎ থমকে দাঁড়াল গোবিন্দ। চাপা গলায় বলল, "একটা গলার স্বর শুনলে নাকি গোপালদা?"

গোপাল চটে উঠে বলে, "কীসের স্বর বললি?"

"আহা, চট কেন? কেউ কিছু বলছে বলে মনে হল না তোমার?"

"তোর কি মাথা খারাপ? জনমনিষ্যিহীন গলি, এখানে কথা কইবে কে? কইলে আমি শুনতে পেতুম না?"

"কিন্তু আমি যে শুনলাম?"

"কী শুনলি?"

"ভাল বোঝা গেল না। মনে হল কেউ যেন আমাদের গলিতে ঢুকতে বারণ করছে।"

পীতাম্বর আনন্দে আত্মহারা হয়ে দু'হাত তুলে নাচতে-নাচতে গেয়ে উঠল, "সারা-রা-রা-রা, মার দিয়া কেল্লা!"

গোবিন্দ পাংশু মুখে বলল, "কে গান গাইছে বলো তো গোপালদা?"

"গান গাইছে? বলিস কী?"

"খুব আস্তে শোনা যাচ্ছে বটে, কিন্তু গাইছে ঠিক। অনেকটা যেন মশার গুন্‌গুন্‌ শব্দের মতো।"

"কী গাইছে?"

"মার দিয়া কেল্লা না কী যেন!"

গোপাল গম্ভীর হয়ে বলল, "এ তো মস্তিষ্ক বিকৃতির রাজলক্ষণ দেখছি! শোন গোবিন্দ, কাজটা নামিয়ে দে, তারপর ফিরে গিয়েই তোকে হরিহর কবরেজের কাছে নিয়ে যাব। মাথার তালুটা চৌকো করে কামিয়ে হরিহর কবরেজ যে মধ্যমনারায়ণ তেল দিয়ে পুলটিস চাপিয়ে দেয় তাতে বহু পুরনো পাগলও ভাল হয়ে যেতে দেখেছি।"

"না গোপালদা, এ মোটেই পাগলামি নয়। কিছু একটা হচ্ছে।"

পীতাম্বর সোল্লাসে বলে উঠল, "হচ্ছেই তো! খুব হচ্ছে। তা গোবিন্দভায়া

তোমার ওপর বড্ড মায়া পড়ে গেছে বলেই বলছি, সেই বুড়ো ভামটিকে এখানে পাবে না। সে গিয়ে বিপিনবাবুর বাড়িতে উঠেছে।"

গোবিন্দ আঁতকে উঠে বলল, "ওই আবার!"

"আবার কী? নতুন গান নাকি?"

"না, কী যেন বলছে। ঠিক বুঝতে পারছি না।"

"একটা কাজ করবি গোবিন্দ? একটু মাটি তুলে দুটো টিপ্‌লি বানিয়ে দুই কানে চেপে ঢুকিয়ে দে। তা হলে আর ঝঞ্ঝাট থাকবে না।"

পীতাম্বর চেঁচিয়ে উঠল, "না, না, খবরদার না।"

গোবিন্দ মাথা নেড়ে বলে, "শিশিরে ভেজা ঠাণ্ডা মাটি কানে দিলে আর দেখতে হবে না, কানের কটকটানি শুরু হয়ে যাবে। তার চেয়ে এক কাজ করি গোপালদা।"

"কী কাজ?"

"এসব ভুতুড়ে কাণ্ড না হয়েই যায় না। আমি বরং রামনাম করি। কী বলো?"

গোপাল নীরস গলায় বলল, "রামনামে কি আজকাল আর কাজ হয় রে? সেকালে হত। তবু করে দ্যাখ।"

পীতাম্বর আর্তনাদ করে উঠল, "ওরে সর্বনাশ! ও নাম নিসনি! নিসনি! তা হলে যে আমাকে তফাত হতে হবে।"

তা হলও তাই। গোবিন্দ কষে রামনাম শুরু করতেই যেন বাতাসের একটা ঝাপটায় পীতাম্বর ছিটকে বিশহাত তফাতে চলে গেল। আর ওদের কাছে এগোতেই পারল না।

মনের দুঃখে পীতাম্বর অগত্যা সাতকড়ি শিকদারের প্ল্যানচেটের ঘরে ঢুকে পড়ল।

দৃশ্যটা বেশ গা-ছমছমে।

মাঝখানে একটা কাঠের টেবিলের ওপর একটা করোটি রাখা। তার পাশেই মোমদানিতে একটা মোম জ্বলছে। একধারে বিশাল ষণ্ডা চেহারার সাতকড়ি বসে আছে, অন্যপাশে তার ভায়রাভাই নবেন্দ্র, আর তিন নম্বর হল বুড়ো হলধর পাণ্ডা। তিনজনেই ধ্যানস্থ। ভীষণ ঠাণ্ডা বলে তিনজনেই যথাসাধ্য চাপাচুপি দিয়ে বসেছে। হলধরের গলা অবধি বাঁদুরে টুপিতে ঢাকা। হলধরের মধ্যেই নাকি রোজ ভূত সেঁধোয়, প্রত্যেকদিনই হলধর নাকি সুরে নানা কথা কয়। কিন্তু পীতাম্বর জানে, ওসব ফক্কিকারি ব্যাপার। হলধর একসময়ে যাত্রা করত, অভিনয়টা ভালই জানে। ভরটর একদম বাজে কথা।

তবে আজকের সাফল্যে উজ্জীবিত পীতাম্বরের ইচ্ছে হল, সত্যি-সত্যিই হলধরের ঘাড়ে ভর করার। অনেকবার চেষ্টা করে পারেনি ঠিকই, কিন্তু আজ তার ইচ্ছাশক্তি বেশ চাগাড় দিয়ে উঠেছে। ইচ্ছাশক্তির বলে পীতাম্বর খুব সরু হয়ে হলধরের নাক দিয়ে ভেতরে ঢুকে গেল। ফলে হলধর দুটো হাঁচি দিল। আর

সঙ্গে-সঙ্গে ছিটকে বেরিয়ে এল পীতাম্বর। কিন্তু হাল ছাড়লে চলবে না। সে আর নাকের দিকে না গিয়ে কানের ভেতর দিয়ে গুঁড়ি মেরে ঢুকে পড়ল ভেতরে।

আর তার পরই হলধর বলতে শুরু করল, "শোনো হে, সাতকড়ি, শোনো হে নবেন্দ্র, দুটো মুশকোমতো লোক এদিকেই আসছে। তারা এলে তাদের মারধোর করতে যেয়ো না। বরং তাদের বোলো, তারা যাকে খুঁজতে এসেছে সে বিপিনবাবুর বাড়িতে আছে।"

সাতকড়ি গম্ভীর হয়ে জিজ্ঞেস করে, "আপনার কি ভর হয়েছে হলধরবাবু ?"

"হয়েছে। আমি এখন আর হলধর নই, অন্য লোক।"

"কে আপনি বলুন ?"

"আমি পীতাম্বর বিশ্বাস।"

"কোন পীতাম্বর ? নয়াপাড়ার পীতাম্বর নাকি ?"

"সে-ই।"

"তোমার কাছে আমি পঞ্চাশটা টাকা পাই। জমির খাজনা দিতে ধার নিয়েছিলে, মনে আছে ?"

"মরার পর কি কারও ঋণ থাকে সাতকড়ি ?"

"খুব থাকে। তোমার বউকে শোধ দিতে বলো।"

"সে আমার কথা শুনবে ভেবেছ ? যাক গে, যা বললাম মনে রেখো, দুটো লোক আসছে, ডাকাতটাকাত নয়। বিপিনবাবুর বাড়ির রাস্তাটা বলে দিয়ো।"

কথাটা শেষ হওয়ার আগেই দরজার কড়া নড়ে উঠল।

সাতকড়ি গিয়ে দরজা খুলতেই দুটো লোক তাকে ধাক্কা মেরে ঘরে ঢুকে পড়ল। হাতে দু'জনেরই দুটো মস্ত ছোরা।

ঘটনার আকস্মিকতায় কী বলতে হবে তা ভুলেই গেল সাতকড়ি। তার ওপর সে ষণ্ডামার্কা হলেও ছোরাছুরির মোকাবিলা করার সাহস নেই। সে তিন হাত পিছিয়ে আঁ-আঁ করতে লাগল। তার ভায়রাভাই নবেন্দ্র সুট করে টেবিলের তলায় ঢুকে পড়ল।

বুড়ো হলধরের মুখ দিয়ে পীতাম্বর তখন চেঁচিয়ে বলল, "আ মোলো যা, এরা ভয়ে সব ভুলে মেরে দিল। বলি ও গোবিন্দ, ও গোপাল, তোমরা যাকে খুঁজতে এসেছ সে এখানে নেই। সে আছে বিপিনবাবুর বাড়িতে।"

গোবিন্দ সোল্লাসে বলে উঠল, "গোপালদা, এই তো সেই বুড়ো !"

"তাতে আর সন্দেহ কী ! আমাদের চিনতেও পেরেছে। তোল, তোল, ঘাড়ে ফেলে নিয়ে ছুট দে।"

হলধর বিস্তর হাত-পা ছুড়ল এবং চেঁচিয়ে অনেক ভাল-ভাল কথা বলতে লাগল বটে, কিন্তু সুবিধে হল না। ভাঁজ-করা কম্বলের মতো তাকে লহমায় কাঁধের ওপর ফেলে দাঁড়াল গোবিন্দ। আর গোপাল ছোট্ট একখানা লোহার মুগুর বের করে সস্নেহে এক ঘা সাতকড়ির মাথায়, আর নিচু হয়ে টেবিলের তলায় এক ঘা নবেন্দ্রর মাথায় বসিয়ে দিল। দু'জনেই চোখ উলটে পড়ে রইল মেঝেয়।

নির্জন রাস্তা দিয়ে একরকম ছুটতে-ছুটতে গাঁয়ের বাইরে এসে হলধরকে নামিয়ে দাঁড় করাল গোবিন্দ। তারপর দম নিতে-নিতে বলল, "খুব তো কাঁধে চেপে নিলে কিছুক্ষণ! এবার হাঁটো তো চাঁদু। চটপট হাঁটো। কর্তাবাবু তোমার গর্দানের জন্য বসে আছেন।"

হলধর ওরফে পীতাম্বর খিঁচিয়ে উঠে বলল, "খুব কেরদানি দেখালে যা হোক। পই-পই করে বললুম, ওরে সেই অলুক্ষুনে বুড়ো বিপিনের বাড়িতে গ্যাঁট হয়ে বসে লুচি গিলছে, তা শুনলে সে কথা! আমার কোন দায় পড়েছিল আগ বাড়িয়ে খবর দেওয়ার? একটু মায়া পড়েছিল বটে, কিন্তু টানাহ্যাঁচড়ায় সেটাও গেছে। যাও, এবার গিয়ে কর্তাবাবুর লাথি ঝাঁটা খাও গিয়ে। গতরখানাই যা বানিয়েছ, ঘিলুর জায়গায় তো আরশোলা ঘুরে বেড়াচ্ছে।"

গোবিন্দ হলধরকে একখানা মৃদু রদ্দা মেরে বলল, "আর মেলা ফটফট করতে হবে না। পা চালিয়ে চলো তো বাছাধন!"

পীতাম্বর ভারী হতাশ হয়ে হলধরের কান দিয়ে বেরিয়ে এল। খামোখা সময় নষ্ট করে লাভ নেই। আজ আবার নিশুত রাতে মথুরাপুরে শিবু দাসের গুদামে শুঁটকি মাছ শুঁকতে নেমন্তন্ন করে গেছে সনাতন।

পীতাম্বর বেরিয়ে আসতেই হলধর চেতনা ফিরে পেয়ে চারদিকে তাকিয়ে হঠাৎ হাঁউ রে মাউ রে করে উঠল, "ওরে বাবা রে! এ আমি কোথায় এলুম রে! কারা ধরে আনল রে! ভূত নাকি রে তোরা! ভূত! পায়ে ধরি বাবা ভূত, সাত জন্মেও আর প্ল্যানচেট করব না..."

পীতাম্বর খুবই ক্ষুব্ধ চিত্তে দৃশ্যটা দেখছিল। হলধর চেঁচাচ্ছে আর দুই গুণ্ডা তার দু' হাত ধরে টানাটানি করছে।

হঠাৎ গোপাল বলল, "দাঁড়া তো গোবিন্দ! আমার কেমন যেন একটা সন্দেহ হচ্ছে।"

"কীসের সন্দেহ?"

"ওর টুপিটা খোল, মুখখানা ভাল করে দেখি।"

"কেন বলো তো?"

"এ সেই লোক না-ও হতে পারে। ভজনবুড়ো এত দুবলা নয়। মনে আছে, গতকাল রাতে কেমন আমাদের হাত ফসকে পিছলে বেরিয়ে গেল!"

"তা বটে। তা হলে দ্যাখো।" বলে গোবিন্দ একটানে বাঁদুরে টুপিটা খুলে ফেলল। গোপাল একখানা দেশলাইকাঠি ফস করে মুখের সামনে ধরতেই হলধর কাঁপতে-কাঁপতে বলল, "না বাবা, আমি সে-লোক নই। জন্মেও আমি সে-লোক ছিলাম না। সে-লোকগুলো যতটা খারাপ হয়, আমি ততটা নই বাবারা।"

ভাল করে দেখে গোপাল একটা শ্বাস ছেড়ে বলল, "না রে, এ সে লোক নয়। ভজনবুড়োর বয়স একশো তিরিশ বছর, আর এ তো আশি বছরের খোকা।"

গোবিন্দ বলল, "তা হলে তো সাত হাত জল গো গোপালদা! এখন সে-লোককে পাই কোথা?"

হলধর হঠাৎ শুনতে পেল, কে যেন বলে দিচ্ছে, "বিপিনবাবুর বাড়ি, বিপিনবাবুর বাড়ি..."

হলধর কাঁপতে-কাঁপতে বলল, "বিপিনবাবুর বাড়িতে যাও বাবা, বিপিনবাবুর বাড়িতে মেলা সে-লোক। সে-লোকে একেবারে গিজগিজ করছে।"

গোবিন্দ বলল, "তখন থেকে কেবল শুনছি বিপিনবাবুর বাড়ি, বিপিনবাবুর বাড়ি।—চলো তো চাঁদু, বাড়িটা একবার দেখিয়ে দাও তো!"

হলধর বিনয়ে গলে গিয়ে বলল, "তা আর বলতে! আস্তাজ্ঞে হোক, আস্তাজ্ঞে হোক। এই যে এ-দিকে।"

পীতাম্বর হাঁফ ছেড়ে বলল, "যাক বাবা, আর একটু হলেই শুঁটকি মাছের গন্ধ শোঁকার নেমন্তন্নটা ভেস্তেই যাচ্ছিল।"

হলধর সোজা তাদের নিয়ে গিয়ে বিপিনবাবুর বাড়ির সামনে দাঁড় করিয়ে দিয়ে কাঁপা গলায় বলল, "এই বাড়ি।"

॥ ৪ ॥

হাসিরাশি মাসির মুখে হাসি নেই, বরং রাশি-রাশি দুঃখ। হাসিখুশি মাসির খুশি উবে গিয়ে ফাঁসির আসামির মতো মুখের চেহারা। কাশীবাসী মাসির কাশী রওনা হওয়ার মতোই অবস্থা। তিন মাসি ভেতরবাড়িতে বারান্দায় গোল হয়ে বসে ডাক ছেড়ে কাঁদতে লেগেছেন। কান্নার শব্দে পাড়াপ্রতিবেশীরাও জড়ো হয়েছে। মাসিদের মাঝখানে সোজা হয়ে বসে চিতেন সবাইকে সান্ত্বনা দেওয়ার চেষ্টা চালিয়ে যাচ্ছে।

কাশীবাসী মাসি কাঁদতে-কাঁদতে বলছিলেন, "বুড়োটাকে দেখেই আমি বুঝতে পেরেছিলুম, এ ছেলেধরা না হয়েই যায় না। ছেলেমানুষ বিপিনটাকে ধরে নিয়ে গিয়ে কাশীর গলিতে-গলিতে ভিক্ষে করাবে।"

হাসিরাশি মাসি বললেন, "সে তো তবু ভাল। কাশীতে ভিক্ষে করলে পুণ্যি হয়। লোকটার চোখ দ্যাখোনি! যেন ভাঁটার মতো ঘুরছে। বলে রাখছি, মিলিয়ে নিয়ো, এ-লোক হল ছদ্মবেশী কাপালিক। নরবলি দেওয়ার জন্য কচি বাচ্চা খুঁজতে বেরিয়েছে। তাই বিপিনকে ভুলিয়ে-ভালিয়ে নিয়ে যেতে এসেছে।"

হাসিখুশি মাসি বলে উঠলেন, "বালাই ষাট। ও-কথা কি বলতে আছে? তবে বলেই যখন ফেললে ছোড়দি, তখন আমিও বলি, নরবলি দিয়েই কি ক্ষান্ত থাকবে ভেবেছ? তারপর বিপিনের আত্মাটাকে ভূত বানিয়ে দিন-রাত বেগার খাটাবে।"

প্রতিবেশী নরহরিবাবু বললেন, "তা অত ভাববার কী আছে? দিন না লোকটাকে আমাদের হাতে ছেড়ে। কিলিয়ে কাঁঠাল পাকিয়ে দিই।"

কাশীবাসী মাসি আর্তনাদ করে উঠলেন, "ও বাবা! তার কি জো আছে? লোকটা যে বিপিনকে বশ করে ফেলেছে গো! দ্যাখোগে যাও, গুচ্ছের লুচি গিলে সে-লোক ভোঁস-ভোঁস করে ঘুমোচ্ছে, আর বিপিন তার পা টিপে দিচ্ছে। বলেই

দিয়েছে, ভজনবাবুর যদি কোনও ক্ষতি হয়, তা হলে সে আত্মহত্যা করবে।"

এইবার একটু ফাঁক পেয়ে চিতেন বলে উঠল, "আহা, সব জিনিসেরই যেমন খারাপ দিক আছে, তেমনই একটা ভাল দিকও আছে।"

হাসিরাশি মাসি ধমকে উঠলেন, "ভাল দিক আবার কী রে হতভাগা ? এর মধ্যে কোন ভালটা তুই দেখলি ?"

চিতেন হেসে বলল, "আছে গো মাসি, আছে। সেটা ভেঙে বলা যাবে না। তবে লেগে গেলে সাঙ্ঘাতিক ব্যাপার হবে। বিপিনদাদা এক লম্ফে একেবারে মগডালে উঠে যাবেন।"

হাসিখুশি মাসি বললেন, "কেন, বিপিন কি হনুমান ?"

চিতেন খুশি হয়ে বলল, "জব্বর কথাটা বলেছেন বটে মাসি। হনুমানই বটে ! আমার অনুমান, এবার বিপিনদাদা হনুমানের মতো এক লাফে দুঃখের সমুদ্দুর ডিঙিয়ে একেবারে সুখের স্বর্ণলঙ্কায় গিয়ে পড়বেন।"

ওদিকে বাইরে দাঁড়িয়ে ভেতরবাড়ির শোরগোল আর মরাকান্না শুনে গোবিন্দ আর গোপাল একটু থতমত খেল।

গোপাল বলে, "কান্না কীসের ? কেউ মরেছে নাকি ?"

গোবিন্দ বলল, "তাই তো মনে হচ্ছে।"

হলধরকে তারা ছাড়েনি। হলধর চিঁ চিঁ করে বলল, "ওরে বাবা, আমি মরা-টরা যে একদম পছন্দ করি না। এই বার আমাকে ছেড়ে দাও বাবাসকল।"

গোবিন্দ একটু শঙ্কিত গলায় বলল, "ভজনবুড়োটাই মরেনি তো গোপালদা ! তা হলেই তো চিত্তির। একান্নটা টাকা জলে গেল !"

"আমারও একান্ন টাকা। রেটটা কত্তাবাবু কম দিচ্ছিলেন বলে বেশ রাগ হয়েছিল। এখন মনে হচ্ছে, রেটটা কম হওয়াতে ক্ষতিটাও কমই হল।"

গোবিন্দ বলল, "সেটা আবার কীরকম হিসেব গো গোপালদা ?"

"বুঝলি না ?"

"বুঝিয়ে দিলে তো বুঝব !"

"ধর, ভজনবুড়োকে পাকড়াও করে নিয়ে যাওয়ার জন্য কত্তাবাবু যদি পাঁচশো টাকা করে বখশিশ কবুল করতেন, তা হলে আজ ওই পাঁচশো টাকা করেই জলে যেত। তবে দেখতে হবে ভজনবুড়ো সত্যিই মরেছে কি না।"

গোবিন্দ হতাশ গলায় বলল, "সে ছাড়া আর কে মরবে ? দেড়শোর কাছাকাছি বয়স, মরলে তারই মরার কথা।"

গোপাল বলল, "মানলুম। কিন্তু ভজনবুড়ো মরলে এরা কাঁদবে কেন বলতে পারিস ? ভজনবুড়ো মরলে এদের কী ? সে এদের কে ? পরস্য পর বই তো নয়।"

"আহা পর মরলে কি লোকে কাঁদে না ? সবাই তো আর আমাদের মতো পাষণ্ড নয়। তা এ লোকটার কী ব্যবস্থা করবে ?"

"একটা রদ্দা মেরে ঝোপে ঢুকিয়ে দে।"

হলধর এই আচরণের তীব্র প্রতিবাদ করতে যাচ্ছিল, কিন্তু তার আগেই গোবিন্দ তার মাথায় একখানা রদ্দা বসিয়ে অজ্ঞান করে একটা ঝোপের পেছনে টেনে নিয়ে গিয়ে ফেলে দিল। হাত ঝাড়তে-ঝাড়তে বলল, "বোষ্টম হয়ে আর কত পাপ যে করব ?"

গোপাল কানখাড়া করে কান্নার শব্দ শুনে বলল, "এ যা কান্না শুনছি, তাতে একজন মরেছে বলে মনে হয় না। দু'-তিনজন মরেছে বলে মনে হচ্ছে। মেলা লোকের গলাও শুনতে পাচ্ছি।"

গোবিন্দ উৎকণ্ঠিত হয়ে বলল, "তা হলে কী হবে গোপালদা ?"

"লোকজন যখন জড়ো হয়েছে তখন সুবিধের কথাই। চল, পেছন দিক দিয়ে গিয়ে ভেতরবাড়িতে ঢুকে ভিড়ে মিশে গিয়ে ব্যাপারটা বুঝি।"

তো তাই হল। দু'জনে গুটি-গুটি বাড়ির পেছন দিক দিয়ে উঠোনে ঢুকে দেখল, পনেরো-বিশজন লোক এই শীতের রাতে উঠোনে জড়ো হয়েছে। বারান্দায় একখানা হারিকেন জ্বলছে, তার একটুখানি মাত্র আলো। তাতে উঠোনের কারওই মুখ বুঝবার উপায় নেই। দু'জনে মুড়িসুড়ি দিয়ে একটু পেছনে চেপে দাঁড়িয়ে গেল।

গোবিন্দ একটু চাপাগলায় বলল, "তিন-তিনটে যক্ষিবুড়ি কেমন সুর করে কাঁদছে দেখেছ, ঠিক যেন কালোয়াতি গান।"

সামনে একটা বেঁটেমতো লোক দাঁড়ানো। সে মুখটা ফিরিয়ে বলল, "আহা, কাঁদবে না ? তিন বুড়ির অন্ধের নাড়ি বোনপোটাকে যে ছেলেধরা এসে নিয়ে যাচ্ছে !"

গোবিন্দ চোখ বড় করে বলল, "নিয়ে গেছে ?"

"এখনও নেয়নি, তবে নেবে। ছেলেধরাটা ঘরের মধ্যেই আছে।"

"বলো কী ! তা ছেলেধরাটাকে ধরে—"

লোকটা মাথা নেড়ে বলে, "উঁহু, উঁহু, সে উপায় নেই। ছেলেধরার পেল্লায় চেহারা। চার হাত লম্বা, আশি ইঞ্চি বুকের ছাতি, মুগুরের মতো হাত, পেল্লায় গোঁফ আর রক্তবর্ণ চোখ সব সময়ে ভাঁটার মতো ঘুরছে। হাতে একখানা তলোয়ারও আছে বলে শুনেছি।"

"বলেন কী !"

পাশ থেকে একজন রোগাভোগা লোক বলল, "তলোয়ার নয়, তার হাতে রাম-দা। আর চার হাত কি বলছ, সে পাঁচ হাতের সিকি ইঞ্চি কম নয়। সন্ধের দিকে একটা গর্জন ছেড়েছিল তাতে আমার নারকোল গাছ থেকে দুটো নারকোল খসে পড়েছে।"

মাফলারে মুখ-ঢাকা একটা লোক চাপাগলায় বলল, "ফুঃ, তোমরা তাকে মানুষ ঠাওরালে নাকি ? সে মোটেই মানুষ নয়, নির্যস অপদেবতা। আর সন্ধের মুখে তো আমার খুড়তুতো ভাই নন্দর সঙ্গে রথতলার মোড়ে তার দেখা। নন্দ ডাকাবুকো লোক, অত বড় চেহারার মানুষ দেখে ডাকাত বলে ধরতে গিয়েছিল। ধরলও

জাপটে। লোকটা স্রেফ হাওয়া হয়ে গেল। দশ হাত পেছন থেকে ডাক দিয়ে বলল, 'কী রে, ধরবি? আয় ধর দেখি।' তা ভয় পেয়ে নন্দ চোঁ-চা দৌড়।"

গোপাল নিরীহ গলায় বলল, "তা এখন ছেলেধরাটা ঘরের মধ্যে কী করছে?"

বেঁটে লোকটা বলল, "কী আর করবে! বিপিনকে বস্তায় পুরে বাঁধাছাঁদা করছে বোধ হয়।"

লম্বা একটা লোক বলল, "আরে না, না, সে বৃত্তান্তই নয়। বিপিনকে কখন বশীকরণ করে ফেলেছে। সে এখন লোকটার পা টিপছে।"

গোপাল বলল, "তা আমরা একটু লোকটাকে দেখতে পাই না?"

"দেখে হবেটা কী? ও না দেখাই ভাল।"

গোপাল আর গোবিন্দ একটু মুখ চাওয়াচাওয়ি করে নিল। গোবিন্দ বলল, "কিন্তু তা হলে শুঁটকো বুড়োটা কোথায় গেল বলো তো গোপালদা! যা বিবরণ শুনছি তাতে তো সে এই লোক বলে মনে হচ্ছে না!"

গোপাল ততোধিক গলা চেপে বলল, "তুই বড় আহাম্মক। এতদিন এ-লাইনে আছিস। আর এটা জানিস না যে, গাঁয়ের লোকেরা সবসময়ে তিলকে তাল করে! নিজের চোখে না দেখলে বিশ্বাস কী?"

"তা বটে! কিন্তু তেনাকে চাক্ষুষ করারই বা উপায় কী বলো!"

"একটা কথা আছে, সবুরে মেওয়া ফলে। দামি কথা। মনে রাখিস।"

ওদিকে তিন মাসির মাঝখানে বসেও চিতেনের চোখ ঠিকই কাজ করে যাচ্ছিল। সে একজন প্রতিভাবান মানুষ, কাজেই তার চোখ আর পাঁচজনের মতো ম্যাস্তামারা চোখ নয়। সব সময়ে চারদিককার সবকিছুকে দেখছে, বিচার-বিশ্লেষণ করছে এবং কাজেও লাগাচ্ছে। চিতেন আবছা আলোতেও দু'জন অচেনা লোককে ভিড়ের পেছন দিকটায় দাঁড়িয়ে থাকতে দেখতে পেল। পাজি লোকদের সে লহমায় চিনতে পারে। এ-দু'জন যে পাকা পাজি, তা বুঝে নিতে তার এক মুহূর্তও সময় লাগল না।

চিতেন টপ করে উঠে পড়ল। ধীরেসুস্থে হাসি-হাসি মুখ করে এগিয়ে গিয়ে নিচুগলায় জিজ্ঞেস করল, "এ-গাঁয়ে নতুন বুঝি?"

লোক দুটো একটু অস্বস্তিতে পড়ে দু'জনে একসঙ্গেই বলে, "হ্যাঁ।"

"তা আপনারা কারা?"

একজন বলল, "আমি গোপাল, আর ও গোবিন্দ।"

"বাঃ, বেশ, বেশ। তা কাজটা কী?"

গোপাল একটু আমতা-আমতা করে বলল, "একজন লোককে খুঁজতে আসা। সে বিশেষ ভাল লোক নয়। শুনলুম সে বিপিনবাবুর বাড়িতে থানা গেড়েছে।"

"কেমন লোক বলুন তো!"

"শুঁটকো চেহারার বুড়োমানুষ। বয়স ধরুন হেসেখেলে দেড়শো বছর।"

চিতেন খুব ভাবিত হয়ে বলল, "দেড়শো বছর! নাঃ মশাই, একটু কমসম হলেও না হয় ভেবে দেখা যেত। এত বয়সের লোক কোথায় পাব বলুন তো!

সাপ্লাই নেই যে !”

গোপাল একটু থতমত খেয়ে বলে, “তা কিছু কমও হতে পারে।”

চিতেন একটু হেসে বলল, “তাই বলুন ! তা ধরুন একশো বিশ ত্রিশ বছর হলে চলবে ?”

“খুব চলবে।”

“শুঁটকো চেহারা বললেন ?”

“হ্যাঁ, হ্যাঁ। খুব শুঁটকো।”

চিতেন একগাল হেসে বলল, “পেয়ে যাবেন।”

গোপাল উজ্জ্বল হয়ে বলল, “পাব মশাই ? কোথায় পাব ?”

“অত ভেঙে তো বলা যাবে না। তবে আমার হাতে একজন একশো ত্রিশ বছরের শুঁটকো চেহারার লোক আছে। কুড়িটা টাকা পেলে তাকে দেখিয়ে দিতে পারি। পছন্দ হলে আরও কিছু লাগবে।”

গোবিন্দ বিরস মুখে বলে, “শুধু দেখতেই কুড়ি টাকা ? দরটা বেশি হয়ে যাচ্ছে না মশাই ? তার ওপর যদি আসল লোক না হয়—”

“আসল কি না জানি না মশাই, তবে তাঁর নাম রামভজন, তিনি একজন কৃপণ লোক খুঁজে বেড়াচ্ছেন।”

গোপাল চাপা গলায় গোবিন্দর কানে-কানে বলল, “গেঁজেটা থেকে টাকাটা দিয়ে দে। পরে উসুল করে নিলেই হবে।”

গোবিন্দ বিরস মুখে তাই করল।

চিতেন টাকাটা ট্যাঁকে গুঁজে বলল, “উঠোনের ওই দিকটায় ওই যে চালাঘর দেখছেন ওখানে খড় গাদি করা আছে। ওর মধ্যে সেঁধিয়ে বসে থাকুন। একটু ঘুমিয়েও নিতে পারেন। প্রাতঃকাল অবধি অপেক্ষা করতে হবে। যখন তিনি প্রাতঃকৃত্য করতে বেরোবেন তখন তাঁকে দু' চোখ ভরে দেখে নেবেন।”

“সে কী মশাই ! আমাদের যে আজ রাতেই তাকে নিয়ে কত্তাবাবুর কাছে হাজির হওয়ার কথা !”

“পাগল নাকি ? এই যে গাঁয়ের লোকেরা জড়ো হয়েছে দেখছেন, এরা সব সারারাত পাহারা দেবে। একজন ছেলেধরা এসে গাঁয়ের একটা লোককে ধরে নিয়ে যাবে, এমন মজা ছাড়ে কেউ ? তা কত্তাবাবুটি কে ?”

“আছেন একজন।”

“তা কত্তাবাবুর সঙ্গে বন্দোবস্তটা কীরকম হল ?”

গোবিন্দ ক্ষোভের সঙ্গে বলে বসল, “সে আর বলবেন না মশাই, মোটে একান্ন টাকা করে। এই যে এত হয়রানি হুজ্জুত করতে হচ্ছে একান্ন টাকায় পোষায়, বলুন তো ন্যায্য কথা !”

চিতেন খুব অবাক হয়ে বলে, “একান্ন টাকা ! মোটে একান্ন টাকায় এত বড় কাজ ! এর যে হেসেখেলে বাজারদর দু' থেকে পাঁচ হাজার টাকা। এঃ হেঃ হেঃ, আপনাদের যে বড্ড ঠকানো হচ্ছে দেখছি !”

গোপাল গোবিন্দকে কনুইয়ের একটা গুঁতো দিয়ে চুপ করিয়ে রেখে নিজে বলল, "তা মশাই, ভোরের আগে কিছু করা যায় না ? কত্তাবাবু যে বসে আছেন। বড্ড মেজাজি মানুষ। রেগে গেলে কাণ্ডজ্ঞান থাকে না কি না।"

চিতেন নাক সিঁটকে বলল, "অমন লোকের কাজ করা মানে ছুঁচো মেরে হাত গন্ধ। আপনারা বরং গিয়ে কত্তাবাবুর কাজে ইস্তফা দিয়ে সন্নিসি হয়ে হিমালয়ে চলে যান।"

গোবিন্দ দুঃখের সঙ্গে বলল, "আমিও সেই কথাই গোপালদাকে বলি। রেটটা কম হয়ে যাচ্ছে বড্ড।"

চিতেন বলেন, "খুবই কম। রামভজনবাবুর বাজারদর এখন আকাশছোঁয়া। হবে না-ই বা কেন ? সাত ঘড়া মোহর আর সাত কলসি হিরেমুক্তোর মালিক বলে কথা, তাঁর মতো লোককে ধরবেন মাত্র একান্ন টাকা মজুরিতে ? আপনাদের কত্তাবাবু যে দেখছি বিপিনবাবুর চেয়েও কঞ্জুষ।"

গোপাল আর গোবিন্দর চোখ হঠাৎ গোল হয়ে ভেতরে বেরিয়ে আসার উপক্রম হল। কিছুক্ষণ বাক্যহারা হয়ে চেয়ে থেকে গোপাল ফিসফিস করে বলল, "কী বললেন ভাই ? ঠিক শুনেছি তো ?"

"ঠিক শুনেছেন।"

"সাত ঘড়া কী যেন !"

"মোহর।"

"আর সাত কলসি কী যেন ?"

"হিরে আর মুক্তো। অ্যাই বড়-বড় কাশীর পেয়ারার সাইজের হিরে আর সবেদার সাইজের বড়-বড় মুক্তো। এখনও ভেবে দেখুন কত্তাবাবুর কাজ করবেন কি না।"

গোপাল বলল, "দুর, দুর। আমি এই এখনই এই মুহূর্তেই এখানে দাঁড়িয়ে কত্তাবাবুর কাজে ইস্তফা দিলুম। তুইও দিবি নাকি গোবিন্দ ?"

"এই যে দিলুম।"

চিতেন খুশি হয়ে বলল, "বাঃ, বাঃ, চমৎকার। তা এই কত্তাবাবুটি কে ?"

"বিদ্যাধরপুরের পাঁচুগোপাল। অতি বজ্জাত লোক।"

চিতেন বলল, "অ, তাই বলুন। রামভজনবাবু তাকেই প্রথমে পছন্দ করেছিলেন বটে। কিন্তু বিপিনবাবুকে দেখে তাঁর মত পালটেছে। এখন সব বিষয়সম্পত্তি বিপিনবাবুকেই দিয়ে যাবেন ঠিক করে ফেলেছেন।"

গোপাল ব্যস্তসমস্ত হয়ে বলল, "তা রামভজনবাবু এখন কোথায় ?"

"তিনি এখন লেপমুড়ি দিয়ে ঘুমোচ্ছেন, আর বিপিনদাদা তাঁর পা টিপছেন।"

গোপাল শশব্যস্তে বলল, "তা আমরা একটু তাঁর পদসেবা করার সুযোগ পাই না ? দিন না একটু ব্যবস্থা করে। না হয় আরও কুড়িটা টাকা দিচ্ছি।"

চিতেন বলে, "খবরদার, ও-কাজ করবেন না। ভজনবাবুর পা এখন বিপিনবাবুর দখলে। প্রাণ গেলেও ওই পা তিনি কারও হাতে ছাড়বেন না।"

গোপাল অসন্তুষ্ট হয়ে বলল, "তা বললে কি হয় কখনও ? ভজনবাবুর পায়ের ওপর কি আমাদেরও দাবি নেই ? একজন দখল করে বসে থাকলেই হবে ?"

গোবিন্দ বলল, "ঠিক কথা। ভজনবাবুর সেবা করার অধিকার সকলেরই আছে।"

চিতেন একটু হেসে বলল, "সেবার কথা আর বলবেন না মশাই। সেবা নিতে নিতে ভজনবাবুর এখন অরুচি। বললে বিশ্বাস করবেন না, তিনি তো সোনাদানা আগলে গহিন জঙ্গলের মধ্যে বাস করেন। জনমনিষ্যি নেই। তা সেখানেও কী হয় জানেন ? দু' বেলা দুটো কেঁদো বাঘ এসে রোজ তাঁর পিঠ চুলকে দেয়। ঘুমোনোর সময় দুটো গোখরো সাপ এসে তাঁর দু' কানে লেজ ঢুকিয়ে সুড়সুড়ি দিয়ে ঘুম পাড়ায়। এই শীতকালে রাতের দিকে যখন হাড়কাঁপানো ঠাণ্ডা পড়ে তখন হলধর আর জলধর নামে দুটো ভালুক এসে দু'ধার দিয়ে ভজনবাবুকে জড়িয়ে ধরে ওম দেয়। গদাধর নামে একটা কেঁদো হনুমান রোজ তাঁর জন্য গাছ থেকে ফলটল পেড়ে আনে। কামধেনু নামের একটা গোরু এসে দু'বেলা দু' ঘটি করে দুধ দিয়ে যায়..."

গোপাল আর গোবিন্দর চোখ ক্রমে ছানাবড়া হচ্ছিল। গোপাল বলল, "বলেন কী মশাই !"

চিতেন একটু ফিচকে হেসে বলে, "ঠিকই বলছি। যাঁর অত সোনাদানা আছে তাঁকে কে না খ্যাতির করে বলুন। তবে ভজনবাবুর তো দিন ফুরিয়ে এল। শুনছি তিনি বিপিনবাবুকে সব দিয়েথুয়ে সন্নিসি হয়ে হিমালয়ে চলে যাবেন।"

গোপাল শশব্যস্তে বলল, "আচ্ছা না-হয় ভজনবাবুর পা না-ই টিপলুম, বিপিনবাবুর পদসেবা করারও কি সুযোগ হবে না মশাই ?"

চিতেন দুঃখের সঙ্গে বলে, "বিপিনদাদার তো দুটো বই ঠ্যাং নেই। তা সে দুটোর জন্যও মেলা উমেদার। আমার খাতায় ইতিমধ্যেই বিশ-পঁচিশজনের নাম উঠে গেছে। মাথাপিছু কুড়ি টাকা রেট।"

গোপাল গোবিন্দকে ধমকে উঠে বলল, "হাঁ করে দেখছিস কী ? দে টাকাটা গেঁজে থেকে বের করে।"

গোবিন্দর হাত থেকে টাকাটা নিয়ে ট্যাঁকে গুঁজে চিতেন বলল, "বিপিনদাদা আমাকে তাঁর ম্যানেজার করে যে কী ঝঞ্ঝাটেই ফেলেছেন।"

গোপাল চোখ কপালে তুলে বলল, "আপনিই তাঁর ম্যানেজার ? প্রাতঃপেন্নাম হই।"

গোবিন্দ হাতজোড় করে কপালে ঠেকিয়ে বলল, "কী সৌভাগ্য ! এ যেন অমাবস্যায় চাঁদের উদয়। কী বলো গোপালদা ?"

"ঠিক বলেছিস। এ যেন কারও পৌষ মাস, কারও সর্বনাশ।"

॥ ৫ ॥

নিজের ঢেকুরের শব্দে চমকে জেগে উঠে বিপিনবাবু বলে উঠলেন, "কে রে ?" পরমুহূর্তেই নিজের ভুল বুঝতে পেরে একা-একাই লজ্জা পেলেন। ঢেকুরের আর দোষ কী ? কাল রাতে রামভজনবাবুর পাল্লায় পড়ে কয়েকখানা লুচি খেয়েছেন। কৃপণের পেটে গিয়ে লুচি যেন আজব দেশে এসেছে, এমন হাবভাব শুরু করে দিয়েছিল তখনই। প্রকাণ্ড ঢেকুরটা যেন লুচির বিদ্রূপ।

বিপিনবাবু উঠে বসে বিছানা হাতড়ে রামভজনের পা দু'খানা অন্ধকারে খুঁজতে লাগলেন। পা টিপতে-টিপতে ঘুমিয়ে পড়েছিলেন, সেজন্য লজ্জা হচ্ছিল। উনি কিছু মনে করলেন না তো ?

কিন্তু পা দু'খানা বিছানার কোথাও খুঁজে পেলেন না বিপিনবাবু। আশ্চর্য ! রামভজনবাবুর দু-দু'খানা পা যাবে কোথায় ? তেলের অপচয় হয় এবং ঘুমের ব্যাঘাত ঘটে বলে বিপিনবাবু ঘরে আলো জ্বেলে রাখেন না, তাঁর টর্চবাতিও নেই। ফলে অন্ধকারে হাতড়াতে-হাতড়াতে তিনি রামভজনবাবুর হাত, কোমর, পেট, বুক, এমনকী মাথা অবধি খুঁজে দেখলেন। এবং অতি আশ্চর্যের বিষয় যে, রামভজনবাবুর পা দু'খানার মতোই হাত দু'খানাও গায়েব হয়েছে। এমনকী, পেট, বুক এবং মাথা অবধি লোপাট। এত জিনিস একসঙ্গে কী করে উধাও হতে পারে, তা তিনি ভেবে পেলেন না। তিনি খুব করুণ মিনতির সুরে বললেন, "রামভজনবাবু ! রামভজনবাবু ! আপনি কোথায় ?"

কেউ জবাব দিল না। বিপিনবাবু বিছানা ছেড়ে নেমে এসে অন্ধকারেই চারদিক খুঁজতে লাগলেন। চেয়ার, টেবিল এবং খাটের বাজুতে বারকয়েক ধাক্কা খাওয়ার পর হঠাৎ তাঁর নজরে পড়ল, সদর দরজাটা যেন সামান্য ফাঁক হয়ে আছে !

কাছে গিয়ে দেখলেন, সত্যিই খিল খোলা। তবে কি রামভজনবাবু রাগ করে চলে গেলেন ? কেন গেলেন ? লুচিতে ঠিকমতো গাওয়া ঘিয়ের ময়ান দেওয়া হয়নি ? আলুর দমে কি গরমমশলা ছিল না ? বেগুন কি ডুবো তেলে ভাজা হয়নি ? না কি ঘন দুধের ওপর পুরু সর ছিল না ? কোন ত্রুটিটা ধরে তিনি এমনভাবে বিপিনবাবুকে ভাসিয়ে দিয়ে গেলেন ?

বিপিনবাবু খানিকক্ষণ থমকে দাঁড়িয়ে থেকে হঠাৎ ডুকরে কেঁদে উঠলেন, "রামভজনবাবু ! এ আপনি কী করলেন রামভজনবাবু ! আমাকে যে পথে বসিয়ে দিয়ে গেলেন ! সামান্য ত্রুটির জন্য সাত ঘড়া মোহর আর সাত কলসি হিরে-জহরত থেকে অধমকে বঞ্চিত করলেন !"

কান্নার শব্দে লোকজন সব জেগে উঠে শোরগোল তুলল।

"পালিয়েছে ! পালিয়েছে ! ছেলেধরা পালিয়েছে !"

কেউ বলল, "ওরে দ্যাখ, জিনিসপত্তর কী কী নিয়ে গেল ?"

গোপাল আর গোবিন্দ তেড়েফুঁড়ে উঠে বলল, "আমরা যে পদসেবা করব বলে লাইন দিয়ে বসে আছি..."

তুমুল হইহট্টগোল বেধে গেল। তারপর লোকজন টর্চ আর লণ্ঠন নিয়ে চারদিকে খুঁজতে ছুটল। তিন মাসি পরিত্রাহি চেঁচাতে লাগল। সেই চেঁচানোর কোনও মাথামুণ্ডু নেই। যেমন কাশীবাসী মাসি বললেন, "কেমন, আগেই বলেছিলুম কি না !"

হাসিরাশি মাসি বললেন, "আমিও ঠিক টের পেয়েছিলুম গো দিদি !"

হাসিখুশি মাসি বললেন, "আমি তো তখন থেকে পই-পই করে বলছি !"

ঠিক এই সময়ে খাটের তলা থেকে হামাগুড়ি দিয়ে রামভজনবাবু বেরিয়ে এসে বিপিনবাবুকে বললেন, "ওহে, আর দেরি করা ঠিক হবে না। এই সুযোগ !"

বিপিন কান্না ভুলে হাঁ করে চেয়ে থেকে অন্ধকারেই বললেন, "রামভজনবাবু নাকি ! স্বপ্ন দেখছি না তো !"

"না হে আহাম্মক। এই চালাকিটা না করলে বিপদ ছিল। আর দেরি নয়, তাড়াতাড়ি চলো।"

বিপিন লাফিয়ে উঠে পড়ে বললেন, "যে আজ্ঞে।"

সদর খুলে দু'জনে বেরিয়ে এলেন। ভজনবাবু বললেন, "পথঘাট ধরে যাওয়া ঠিক হবে না। আঘাটা আর খানাখন্দ ধরে চলো হে।"

বিপিনবাবুর কোনও আপত্তি হল না। খানিক হেঁটে, খানিক দৌড়ে রামভজনবাবুর গতিবেগের সঙ্গে তাল রাখতে-রাখতে বিপিনবাবু জিজ্ঞেস করলেন, "তা জায়গাটা কত দূর হবে মশাই !"

"দূর কীসের ? দুটো গাঁ পেরোলেই মধুবনির জঙ্গল। তারপর আর পায় কে ? চলো, চলো, রাত পোয়াবার আগেই জঙ্গলে ঢুকে পড়তে হবে।"

"সে আর বলতে ! তা রামভজনবাবু, অভয় দিলে একটা কথা জিজ্ঞেস করতে পারি।"

"কী কথা ?"

"মোহর নিয্যস সাত ঘড়াই তো !"

"একেবারে নিয্যস।"

"আর সাত কলসি হিরে-জহরত, তাই না ?"

"ঠিকই শুনেছ।"

"মাঝে-মাঝে মনে হচ্ছে ভুল শুনিনি তো !"

"কিছুমাত্র ভুল শোনোনি। কিন্তু অমন থপ-থপ করে হাঁটলে তো হবে না। দৌড়ও, জোরে দৌড়ও !"

"যে আজ্ঞে।" বলে যথাসাধ্য দৌড়তে-দৌড়তে বিপিন হাপসে যেতে লাগলেন। হাঁফাতে-হাঁফাতে একসময়ে আতঙ্কে আর্তনাদ করে উঠলেন, "ভজনবাবু ! আপনি রক্তমাংসের মানুষ তো !"

"তা নয় তো কী ?"

"ঠিক তো ভজনবাবু ? আমার যে মনে হচ্ছে আপনি মাটির ওপর দিয়ে হাঁটছেন না, কেমন যেন উড়ে উড়ে যাচ্ছেন !"

"তুমিও উড়বার চেষ্টা করো হে বিপিন। আমার সঙ্গে তাল দিয়ে হাঁটতে না পারলে যে সেখানে পৌঁছতেই পারবে না।"

"বলেন কী মশাই, সেখানে না পৌঁছে ছাড়ার পাত্রই আমি নই। এই যে দেখুন, দৌড়ের জোর বাড়িয়ে দিলুম।"

"বাঃ বাঃ, বেশ!"

"আপনার বয়স যেন কত হল ভজনবাবু?"

"একশো ত্রিশ। তোমার চারগুণেরও বেশি।"

"কেমন যেন পেত্যয় হয় না। আচ্ছা ভজনবাবু!"

"বলে ফ্যালো?"

"আপনি কি একটু-একটু করে ক্রমশ দূরে সরে যাচ্ছেন? আপনার আর আমার মধ্যে তফাতটা যেন বেড়ে যাচ্ছে!"

"বাপু হে, তফাত তো বাড়বেই। তোমার যে মোটে গা নেই নেই দেখছি, সাত ঘড়া মোহর আর সাত কলসি হিরে-জহরতের কথা একটু ভেবে নাও, গা গরম হয়ে যাবে। তখন দেখবে হরিণের মতো ছুটছ।"

"যে আজ্ঞে।"

ছুটতে-ছুটতে বিপিনবাবু চোখে অন্ধকার দেখতে লাগলেন। তেষ্টায় বুক ফেটে যেতে লাগল। পা আর চলে না। ভজনবাবু যেন ক্রমে ক্রমে দিগন্তে মিলিয়ে যাচ্ছেন। তবু বিপিনবাবু হাল ছাড়লেন না। সাত ঘড়া মোহর আর সাত কলসি মণিমাণিক্যের কথা ভেবেই এখনও শরীরটাকে টেনেহিঁচড়ে নিয়ে চলেছেন।

তবে কষ্টের শেষও হল একসময়ে। একটা মস্ত জঙ্গলের ভেতর ভজনবাবুর পিছু-পিছু ঢুকে পড়লেন বিপিনবাবু। গলা শুকিয়ে কাঠ হয়ে যাওয়ায় মুখে কথা ফুটল না।

ভজনবাবুই দয়া করে বললেন, "এসে গেছি হে। আর কিছু দূর এগোলেই আমার আস্তানা। এখন আর ছুটতে হবে না।"

বিপিনবাবুর চোখ কৃতজ্ঞতায় ভরে গেল।

পুবদিকে ভোরের আলো ফুটি-ফুটি করছে। অন্ধকার পাতলা হয়ে এসেছে। কিন্তু জঙ্গলের মধ্যে এখনও অমাবস্যার অন্ধকার। তার ওপর জঙ্গল এত ঘন যে, এগোনো ভারী কষ্টকর। বিপিনবাবু এই অন্ধকারে ভজনবাবুকে একেবারেই দেখতে পাচ্ছিলেন না। কিন্তু ডাকাডাকি করা সম্ভব হচ্ছে না। গলা শুকিয়ে স্বরভঙ্গ হয়ে আছে।

হঠাৎ সামনে থেকে ভজনবাবু লাঠিটা এগিয়ে দিয়ে বললেন, "এটা শক্ত করে ধরে থাকো হে বিপিন, নইলে এ-জঙ্গলে একবার হারিয়ে গেলে ঘুরে-ঘুরে মরতে হবে।"

বিপিনবাবু লাঠিটা ধরলেন। কিন্তু ভজনবাবু যত স্বচ্ছন্দে এগোচ্ছেন, বিপিনবাবু লাঠি ধরে থেকেও তা পারছেন না। দু'বার লতাপাতায় পা জড়িয়ে পড়ে গেলেন। বড়-বড় গাছের সঙ্গে দুমদাম ধাক্কা খেতে লাগলেন বারবার। কপাল

কেটে রক্ত পড়তে লাগল, হাঁটুর ছাল উঠে জ্বালা করছে। বিপিনবাবু তবু অন্ধের মতো লাঠিটা ধরে এগিয়ে যেতে লাগলেন। তাঁর কেবলই মনে হচ্ছিল, ভজনবাবু বুড়ো মানুষ তো ননই, আদতে মনিষ্যিই নন। এই বয়সে কারও এত শক্তি আর গতি থাকতে পারে ?

কতবার পড়লেন, আরও কতবার গাছে ধাক্কা খেলেন তার আর হিসেব রইল না বিপিনবাবুর। কতক্ষণ এবং কতদূর হাঁটলেন সেটাও গুলিয়ে গেল। শেষ অবধি যখন এই শীতেও শরীরে ঘাম দিল আর হাত-পা একেবারে অসাড় হয়ে এল তখন হঠাৎ ভজনবাবু থামলেন। বললেন, "এই দ্যাখো, এই আমার ডেরা।"

বিপিনবাবু চোখ মেলে প্রথমটায় শুধু অন্ধকার দেখলেন। খানিকক্ষণ চেয়ে থাকার পর ধীরে-ধীরে আবছাভাবে দেখতে পেলেন, সামনে অনেক গাছ, ঝোপ আর লতাপাতার জড়াজড়ির মধ্যে যেন ভাঙাচোরা একটা বাড়ির আভাস পাওয়া যাচ্ছে। ভোর হয়েছে অনেকক্ষণ, এখন আকাশে বেশ আলো ফুটেছে, কিন্তু এ-জায়গাটা এখনও সন্ধেবেলার মতো অন্ধকার।

ভজনবাবু খুব দয়ালু গলায় বললেন, "ওই তোমার বাঁ দিকে ঘাটের সিঁড়ি। পুকুরের জলে হাত-মুখ ধুয়ে নাওগে।"

বিপিনবাবু প্রায় ছুটে গিয়ে ঘাটে নেমে প্রথমটায় আঁজলা করে জল তুলে আকণ্ঠ পিপাসা মেটালেন। তারপর চোখেমুখে ঘাড়ে জল দিয়ে নিজেকে একটু মনিষ্যি বলে মনে হল। যখন উঠে আসছেন তখন বাঁ দিকে একটা অদ্ভুত গাছ নজরে পড়ল তাঁর। বিশাল উঁচু সরল একটা গাছ, ডালপালা নেই। কিন্তু মগডাল থেকে গোড়া অবধি বড়-বড় পাতায় ঢাকা। এরকম গাছ তিনি জন্মে দ্যাখেননি।

জায়গাটা কেমন যেন ছমছমে, দিনের বেলাতেও কেমন যেন ভুতুড়ে ভাব।

রামভজনবাবু তাঁর বাঁদুরে টুপিটা গতকাল থেকে একবারও খোলেননি। টুপির গোল ফোকর দিয়ে জুলজুলে চোখে বিপিনবাবুকে একটু দেখে নিয়ে বললেন, "কেমন বুঝছ হে ?"

"আজ্ঞে, হাত-পায়ে একটু অসাড় ভাব আছে, বুকটা ধড়ফড় করছে, মাথাটা ঝিমঝিম, মাজায় টনটন, কানে একটু ঝিঁঝিঁ। হাঁটু দুটো ভেঙে আসতে চাইছে। সর্বাঙ্গে এক লক্ষ ফোড়ার ব্যথা। তা হোক, তবু ভালই লাগছে।"

"বাঃ বাঃ ; এই তো চাই ! কষ্ট না করলে কি কেষ্ট পাওয়া যায় হে ! এসো, এবার ডেরায় ঢোকা যাক।"

চারদিকে এত আগাছা আর জঙ্গল হয়ে আছে যে, এর ভেতরে কী করে ঢোকা যাবে তা বুঝতে পারলেন না বিপিনবাবু। কিন্তু রামভজনবাবু ওই বুকসমান জঙ্গলের ফাঁক দিয়েই একটা সরু পথ ধরে ঢুকতে লাগলেন। বিপিনবাবু সভয়ে বললেন, "সাপখোপ নেই তো ভজনবাবু ?"

"তা মেলাই আছে। তবে শীতকালে তারা ঘুমোয়।"

বিপিনবাবু দেখতে পেলেন, সামনে বাড়ি নয়, বাড়ির একটা ধ্বংসস্তূপই পড়ে আছে। শ্যাওলায় কালো হয়ে আছে খাড়া দেওয়ালগুলো। ভজনবাবু ধ্বংসস্তূপটা

পাশ কাটিয়ে বাঁ দিক দিয়ে বাড়ির পেছন দিকটায় উঠলেন।

বাড়িটা একসময়ে বেশ বড়সড়ই ছিল, বোঝা যায়। বিপিনবাবু দেখলেন, পেছন দিকে গোটাদুই ঘর এখনও কোনওমতে খাড়া আছে। জরাজীর্ণ দরজা-জানলাগুলি এখনও খসে পড়েনি।

বিপিনবাবু একটু অবাক হয়ে বললেন, "এ কী! দরজায় তালা দিয়ে রাখেননি?"

ভজনবাবু দরজা ঠেলে ভেতরে ঢুকতে-ঢুকতে একটু হাসলেন, "তালা দেব কার ভয়ে? এখানে কে আসবে!"

"সাবধানের মার নেই কিনা!"

ঘরে ঢুকে বিপিনবাবু দেখলেন, একধারে একখানা নড়বড়ে চৌকিতে একখানা শতরঞ্চি পাতা। একটা বালিশ, আর কম্বল।

ভজনবাবু বললেন, "এই তোমার বিছানা।"

"আমার বিছানা? আর আপনি!"

"আমার অন্য ব্যবস্থা আছে। এবার এসো, আসল জিনিস দেখবে।"

"যে আজ্ঞে।"

ভজনবাবু পাশের ঘরটাতে ঢুকে মেঝেতে একখানা লোহার গোল ঢাকনা টেনে তুললেন। তলায় গর্ত।

গর্তের ভেতরে লোহার সিঁড়ি নেমে গেছে। ভজনবাবু নামতে-নামতে বললেন, "এসো হে।"

বিগলিত হয়ে বিপিনবাবু বললেন, "আসব? সত্যিই আসব? আমার একটু লজ্জা-লজ্জা করছে।"

"আহা, লজ্জার কী? নিজের জিনিস মনে করে সব বুঝে নাও। তারপর আমার ছুটি।"

"সত্যি বলছেন তো ভজনবাবু? ছলনা নয় তো!"

"ওরে বাবা, না। বুক চিতিয়ে চলে এসো।"

বিপিনবাবু ভজনবাবুর পিছু-পিছু সরু লোহার সিঁড়ি বেয়ে সাবধানে নামলেন। নীচের ঘরটা খুব একটা নীচে নয়। বড় জোর পাঁচ-সাত হাত হবে। বিপিনবাবু অবাক হয়ে দেখলেন, একটা মৃদু আলোর আভায় ঘরটা বেশ স্পষ্টই দেখা যাচ্ছে। আলোটা কোথা থেকে আসছে তা দেখতে গিয়ে হঠাৎ তাঁর ভিরমি খাওয়ার জোগাড়। ঘরের মাঝখানে একটা প্রকাণ্ড কালো সাপ ফণা তুলে আছে, তারই মাথা থেকে একটা আলো বেরোচ্ছে।

ভজনবাবু বললেন, "ভয়ের কিছু নেই। সাপটা পাথরের। আর আলোটা দেখতে পাচ্ছ ওটা সাপের মাথার মণি। আসল সাপের মাথা থেকে এনে পাথরের সাপের মাথায় বসানো হয়েছে।"

বিপিনবাবু উত্তেজিত হয়ে বললেন, "সে মণির তো লাখো-লাখো টাকা দাম!"

"কোটি-কোটি টাকা।"

ঘরের একধারে পর পর সাতটা ঘড়া, অন্য ধারে পর পর সাতটা কলসি সাজানো।

ভজনবাবু বললেন, "হাঁ করে দেখছ কী ! যাও, গিয়ে ভাল করে মোহরগুলো পরখ করো। এই নাও কষ্টিপাথর। ঘষেও দেখতে পারো।"

বিপিনবাবুর হাত-পা কাঁপছিল। স্বপ্ন দেখছেন না তো ! নিজের হাতে একটা রামচিমটি কেটে নিজেই 'উঃ' করে উঠলেন। না, স্বপ্ন নয় তো ? ঘটনাটা যে ঘটছে !

প্রথম ঘড়া থেকে খুব সঙ্কোচের সঙ্গে একখানা মোহর তুলে দেখলেন তিনি। খাঁটি জিনিস।

"দ্যাখো, ভাল করে ফেলে ছড়িয়ে ঘেঁটে দ্যাখো। নইলে মজাটা কীসের ? এসব তো ঘেঁটেই আনন্দ !"

তা ঘাঁটলেন বিপিন। নাওয়া-খাওয়া ভুলে সারা সকাল সোনাদানা হিরে-জহরত নাড়াচাড়া করে মনটা যেন স্বর্গীয় আনন্দে ভরে উঠল। ভজনবাবু তাই দেখে খুব হাসতে লাগলেন।

॥ ৬ ॥

গোবিন্দ ছোঁড়া যে লোক সুবিধের নয় তা কি আর পীতাম্বর জানে না ! কিন্তু ছোঁড়াটার ওপর বড্ড মায়া পড়ে গেছে পীতাম্বরের। চারদিকে কত গবেট মানুষ ঘুরে বেড়াচ্ছে, খাচ্ছে-দাচ্ছে, ফুর্তি করছে, তারা কি কেউ কখনও পীতাম্বরের গন্ধ পায় ? না শব্দ পায় ? না দেখা পায় ? কারও গেরাহ্যিই নেই পীতাম্বরকে। তা এতকালের মধ্যে ওই গোবিন্দ ছোঁড়াই যাহোক একটু দাম তো দিল তার। মায়াটা সেইজন্যই। আর মুশকিলও সেইখানেই, কারণ, গোবিন্দর নানা অপকর্মে তাকে সাহায্য করতে হচ্ছে।

ভজনবুড়ো যখন মাঝরাতে চালাকি করে বিপিনকে নিয়ে পালাল তখন দিগ্‌ভ্রান্ত গোবিন্দ আর গোপাল হাটখোলার দিকে ছুটে গিয়েছিল। আর একটু হলেই বিপদ বাধাত। কারণ, নবীন মুদির জ্ঞান ফিরে এসেছে মাঝরাতে। তার চেঁচামেচিতে লোকে এসে দরজা ভেঙে তাকে উদ্ধার করেছে এবং বৃত্তান্ত শোনার পর হাটখোলার লোকেরা এ-দু'জনকে ডাণ্ডা হাতে খুঁজে বেড়াচ্ছে চারদিকে।

গোঁয়ারগোবিন্দের মতোই গোপাল আর গোবিন্দ যখন হাটখোলার দিকে যাচ্ছিল তখন শীতলাবাড়ির মোড়ে গোবিন্দ ফট করে দাঁড়িয়ে গিয়ে বলল, "কে আমাকে ডাকছে বলো তো !"

"কে ডাকবে ?"

"কেউ যেন ওদিকে যেতে বারণ করছে।"

"তোর মাথা ! আজ কি তোকে ভূতে পেল ?"

"ভূতই হবে। কিন্তু সে উপকারী ভূত। না গোপালদা, ওদিকে যাওয়া ঠিক

হবে না।”

“কিন্তু ভজনবুড়ো যে পালিয়েছে, তার কী হবে ? সাত ঘড়া মোহর, সাত কলসি হিরে।”

“আমার মন বলছে, ভজনবাবু এদিকে যায়নি।”

“মন বলে কি আমারও কিছু নেই রে ? সেও কি কথা কয় না ?”

“শোনো গোপালদা, ফিরে গিয়ে চলো একটু চুপ করে বসি, কেউ আমাকে যেন কিছু বলতে চাইছে।”

গোপাল একটা দীর্ঘশ্বাস ফেলে বলে, “শেষে তুইও সিদ্ধাই হলি !”

গোবিন্দ যে তার কথা শুনতে পাচ্ছে এবং সেইমতো চলছে এতে পীতাম্বর খুব খুশি। পরিশ্রম সার্থক।

দু'জনে ফিরে এসে ফের খড়ের গাদির মধ্যে সেঁধিয়ে বসার পর পীতাম্বর চারপাশটা দেখে এল। ভজনবুড়ো বিপিনকে নিয়ে মধুবনির জঙ্গলের দিকে যাচ্ছে। কোথায় যাচ্ছে তাও পীতাম্বর জানে। এমনকী সাত ঘড়া মোহর আর সাত কলসি মণিমানিক সে দেখেও এসেছে। হায় রে ! বেঁচে থাকতে ওসবের সন্ধান পেলে কত ভাল হত !

সে না পাক, এখন গোবিন্দ পেলেও তার দুধের স্বাদ ঘোলে মেটে। কিন্তু মুশকিল হল ভজনবুড়ো বিপিনকে সব সুলুকসন্ধান দিয়ে ফেলেছে। তাদের কাছ থেকে সব কেড়েকুড়ে নিতে পারবে কি দুধের বাছা গোবিন্দ ? বিপিন কৃপণ লোক, কৃপণেরা ধনসম্পত্তি বাঁচাতে জান লড়িয়ে দেয়। তার ওপর ভজনবুড়ো আছে। যেমন ধূর্ত তেমনই পাষণ্ড, তেমনই গুণ্ডা। গোবিন্দ আর গোপাল তার কাছে দুধের শিশু। পীতাম্বর ভাবিত হয়ে পড়ল।

প্রতিভাবানের লক্ষণ হল তারা কোনও ঘটনাতেই ঘাবড়ে যায় না বা বিভ্রান্ত হয় না। মূল ঘটনা থেকে তারা কখনও মনঃসংযোগও হারায় না। কী ঘটতে পারে বা কী ঘটতে যাচ্ছে সেই সম্পর্কে তাদের দূরদৃষ্টি থাকে। লোকচরিত্র অনুধাবনেও তারা অতিশয় দক্ষ। এতসব গুণ আছে বলেই না আজ দশটা গাঁয়ের দুষ্টু লোকেরা চিতেনকে দেখলে সেলাম ঠোকে।

তবে হ্যাঁ, ভজনবুড়োর মতো ধূর্ত লোককে বিশ্বাস কী ? চিতেন যদি ডালে ডালে চলে তো ভজনবাবু চলেন পাতায়-পাতায়। ধূর্তামিতে ভজনবাবু তাকে টেক্কা দিতে পারেন বলে একটা ভয় ছিলই চিতেনের। তাই রাত তিনটের সময় যখন সদর দরজাটা টুক করে খুলে একটু ফাঁক হল, তখনই চিতেন বুঝে গেল, এবার খেল শুরু হচ্ছে।

কিন্তু চালটা ভজনবাবু দিলেন বড়ই সোজা। ভজনবাবুকে খুঁজে না পেয়ে বিপিনবাবু যখন কান্না জুড়লেন এবং লোকজন চারদিকে ভজনবাবুকে খুঁজতে ছুটল

তখনও চিতেন অনুমান করল, ভজনবাবু ঘরেই আছেন। কারণ পেছনের দরজায় চিতেন তালা লাগিয়ে রেখেছে। ভজনবাবু তো মশামাছি নন যে জানলার ফাঁক দিয়ে উড়ে যাবেন। তাঁকে এই সদর দিয়েই বেরোতে হবে।

প্রতিভাবানদের আরও গুণ হল, তারা যখন দৌড়য় তখন পায়ের শব্দ হয় না, তারা সহজে হাঁফিয়ে যায় না, শিকারের দিকে তাদের তীক্ষ্ণ নজর থাকে, তারা হোঁচট খেয়ে পড়ে না, বেড়া বা ছোটখাটো দেওয়াল অনায়াসে ডিঙোতে পারে। সবচেয়ে বড় কথা, প্রতিভাবানেরা গা-ঢাকা দিতেও ওস্তাদ। এসব গুণের জন্যই চিতেন ভজনবাবু আর বিপিনদাদার পিছু নিয়ে মধুবনির জঙ্গলে পৌঁছে গেল। এটুকু আসতেই বিপিনদাদার দম বেরিয়ে গেল বটে, কিন্তু চিতেনের গাও গরম হল না।

জঙ্গলের মধ্যে অন্ধকার থাকায় আর গাছপালার বাড়বাড়ন্তর ফলে চিতেনের ভারী সুবিধে হয়ে গেল। অন্ধকারে প্রতিভাবানরা ভালই দেখতে পায়, চিতেনও দিব্যি সবকিছু স্পষ্ট দেখতে পাচ্ছিল। পিছু নিতে তার কোনও অসুবিধে হল না।

ভজনবাবু যেখানে বিপিনবাবুকে এনে হাজির করলেন সে জায়গাটা মোটেই সুবিধের মনে হল না চিতেনের। ভাঙা বাড়ি, গাছপালা, গহিন বনের নির্জনতা থাকা সত্ত্বেও চিতেনের মনে হচ্ছিল, এখানে আরও একটা কোনও ব্যাপার আছে।

পেছন থেকে কে যেন আস্তে করে বলল, "আছেই তো।"

চিতেন সাধারণ ছিচকে চোর হলে চমকাত বা শিউরে উঠত। কিন্তু অতি উঁচুদরের শিল্পী বলে সে স্থির রইল এবং হাসি-হাসি মুখ করে পেছনে তাকাল।

যে-দৃশ্যটা চিতেনের চোখে পড়ল তা দেখে অন্য লোক মূর্ছা যেত। কিন্তু চিতেন অন্য ধাতুতে গড়া বলেই গেল না। পেছনে একটা ছোট গাছের ডালে অনেকটা টিয়াপাখির মতোই একটা পাখি বসে আছে। তবে আকারে অনেক বড়। আর খুবই আশ্চর্যের কথা যে, টিয়াপাখিটার ঠোঁটের নীচে অন্তত ইঞ্চিছয়েক ঘন কালো দাড়ি এবং মাথায় কালো চুল আছে।

চিতেন একটু গলাখাঁকারি দিয়ে খুব বিনয়ের সঙ্গেই বলল, "কথাটা কে বলল ?"

টিয়াপাখিটা গাছ থেকে একটা ফল ঠোঁট দিয়ে ছিঁড়ে কপ করে গিলে ফেলে বলল, "আমিই বললাম, কেন কোনও দোষ হয়েছে ?"

টিয়াপাখি এত স্পষ্ট করে কথা বলতে পারে তা জানা ছিল না চিতেনের।

পাখিটা তার দিকে চেয়ে বলল, "আমি যে টিয়াপাখি তা কে বলল তোমাকে ?"

চিতেনকে ফের উত্তেজনা কমাতে গলাখাঁকারি দিতে হল। সে বলল, "আপনি তবে কী পাখি ?"

"সে তোমার বুঝে কাজ নেই। তোমার মতলব তো জানি। গুপ্তধন খুঁজতে এসেছ তো ! যাও, পাবে। অনেক আছে।"

চিতেন একটু থতমত খেয়ে বলল, "আপনি কি অন্তর্যামী ?"

পাখিটা হিহি করে হেসে পটাং করে উড়ে গেল।

শক্ত ধাতুর চিতেনের মাথাটা একটু ঝিমঝিম করছিল। স্বপ্ন দেখছে নাকি ?

কে যেন মাথার ওপর থেকে বলল, "না, স্বপ্ন হবে কেন ? ঠিকই দেখেছ।"

চিতেন ধীরে মুখটা ওপরে তুলে দেখল, একটু ওপরে গাছের ডালে অনেকটা হনুমানের মতো দেখতে একজন বসে আছে। হনুমানই, তবে এরও বেশ দেড়হাত লম্বা দাড়ি আর বড় বড় বাবরি চুল। মুখে একটু বিদ্রূপের হাসি।

"কিছু বুঝলে চিতেনবাবু ?"

"আজ্ঞে না।"

"মাথা ঝিমঝিম করছে নাকি ?"

"করছে।"

"তবু বলি বাপু, তুমি বেশ শক্ত ধাতের লোক। তোমার হবে।"

"কী হবে ?"

"যেমন হতে চাও।"

এই বলে হনুমানটা চটপট গাছ বেয়ে উঠে অদৃশ্য হয়ে গেল।

ভুতুড়ে কাণ্ড নাকি ? চিতেন নিজেকে সামলাতে একটু চোখ বুজে রইল। তারপর চোখ মেলে সে সেই আশ্চর্য গাছটা দেখতে পেল। সোজা সরল, ডালপালাহীন বিশাল উঁচু গাছ। পাতায় ঢাকা।

এরকম গাছ সে জীবনে দ্যাখেনি। চিতেন চারদিকটা ফের ভাল করে দেখল। না, এ জায়গাটা ভুতুড়েই বটে ! তার ক্ষুরধার বুদ্ধি দিয়েও সে কিছু বুঝতে পারছে না।

একটু আগে বিপিনদাদাকে নিয়ে ভজনবাবু ভাঙা বাড়িটার ভেতরে ঢুকেছেন। সেখানে কী হচ্ছে কে জানে ! চিতেন খুবই চিন্তিত মাথায় ধীরে ধীরে গাছের আড়াল থেকে বের হয়ে বাড়িটার দিকে এগোতে লাগল। তবে দুটো বিচিত্র অভিজ্ঞতায় তার হাত-পা মগজ আর আগের মতো কাজ করছে না। ধন্দ লাগছে।

একটু এগিয়ে বাড়িটায় ঢুকবার মুখে দাঁড়িয়ে সেই অদ্ভুত গাছটায় হাতের ভর রেখে দাঁড়াতে গেল চিতেন। অমনই সমস্ত শরীরটায় যেন বিদ্যুৎ খেলে গেল। চিতেন ছিটকে পড়ে গেল মাটিতে। কী থেকে কী হল সে বুঝতেই পারল না।

কে যেন খুব কাছ থেকে বলে উঠল, "অত বুঝবার দরকারটাই বা কী ?"

চিতেন প্রায় কাঁপতে-কাঁপতে উঠে বসে দেখল, একটা দাড়ি আর চুলওয়ালা খরগোশ, তা হাত দুই লম্বা হবে, তার মাথার কাছে দাঁড়িয়ে সামনের দু'খানা পায়ে ধরা একটা পেয়ারার মতো দেখতে ফল খাচ্ছে।

চিতেন আর অবাক হল না। কাহিল গলায় বলল, "আপনারা কারা ?"

"বললাম তো, বেশি জেনে কাজ নেই। গুপ্তধন চাই তো ! যাও না, ওই সোজা পথে ঢুকে যাও। মেলা মোহর আর হিরে-মুক্তো পেয়ে যাবে। ওসব দেওয়ার জন্যই তো আমরা বসে আছি।"

এই বলে খরগোশটা ঝোপের আড়ালে অদৃশ্য হল। অন্য কেউ হলে চেঁচামেচি করত, দৌড়ে পালাত। কিন্তু প্রতিভাবানরা তা করে না। আর করে না বলেই তো

তারা প্রতিভাবান। চিতেন লম্বা, বেয়াড়া গাছটার দিকে একবার ঘাড় তুলে চেয়ে ধীরে-ধীরে বাড়ির ভেতরে ঢুকতে লাগল।

ওদিকে বিপিনবাবুর বাড়িতে খড়ের গাদির মধ্যে গোপাল আর গোবিন্দর কী হল সেটাও দেখা দরকার। ভোররাতে খড়ের ওম পেয়ে দু'জনেই একটু ঝিমোচ্ছিল। হঠাৎ গোবিন্দ শুনতে পেল, কে যেন খুব ক্ষীণ গলায় বলছে, "পাখি সব করে রব, রাতি পোহাইল, কাননে কুসুমকলি সকলি ফুটিল... ওঠো শিশু মুখ ধোও পরো নিজ বেশ, আপন পাঠেতে মন করহ নিবেশ...রবিমামা দেয় হামা গায়ে রাঙা জামা ওই... ভোর হল দোর খোলো, খুকুমণি ওঠো রে...আজি এ প্রভাতে রবির কর কেমনে পশিল প্রাণের পর..."

গোবিন্দ রক্তচক্ষু মেলে বিরক্তির সঙ্গে বলল, "কে রে এত ভ্যাজরং ভ্যাজরং করে!"

পীতাম্বর গোবিন্দর ঘুম ভাঙানোর জন্য ভোর নিয়ে যত কবিতা জানা ছিল আউড়ে যাচ্ছিল এতক্ষণ, কাজ হল না দেখে সে এবার গান ধরল। মুশকিল হল, তার গানের গলা তখনও ছিল না, এখনও নেই। বেসুরো গলাতেই সে প্রভাতী গাইতে লাগল, "প্রভাত যামিনী, উদিত দিনমণি, উষারানী হাসিমুখে চায় রে, জাগি বিহগ সব করে নানা কলরব, হরি হরি হরি গুণ গায় রে..."

গোবিন্দ এবার উঠে বসে বলল, "উঃ, এ যে জ্বালিয়ে খেলে! দিলে সকালের ঘুমটার বারোটা বাজিয়ে বেসুরো গলায়।"

পীতাম্বর বেশ রাগের গলাতেই ধমক দিল, "শোনো হে বাপু, ছেলেবেলায় রচনার বইতে পড়নি, যে শুইয়া থাকে তাহার ভাগ্যও শুইয়া থাকে?"

এবার গোবিন্দ সটান হয়ে বসল, এ তো সেই গলা! এ যে তার উপকারী ভূত।

শশব্যস্তে গোবিন্দ বলল, "কী করতে হবে আজ্ঞে?"

"শিগগির রওনা হয়ে পড়ো। ওদিকে সব সোনাদানা যে হরির লুট হতে যাচ্ছে! কবিতায় পড়নি, ছুটে চল, ছুটে চল ভাই, দাঁড়াবার সময় যে নাই? ঠিক সেইরকম এখন দম ধরে সোজা ছুটে মধুবনির জঙ্গলে গিয়ে সেঁধোও, তারপর আমি যেমন বলে দেব তেমনই চলবে।"

"যে আজ্ঞে।"

গোবিন্দ গোপালকে ঠেলে তুলে বলল, "চলো গোপালদা, আর সময় নেই। সোনাদানা যদি বেহাতি করতে না চাও তো দৌড়ও।"

খড়ের গাদি থেকে নেমে দু'জনেই রওনা হয়ে পড়ল। কখনও ছুটতে লাগল, কখনও হাঁটতে লাগল। একটু হাপসে পড়লেও দু'জনেই ভোরের আগেই মধুবনির জঙ্গলে গিয়ে ঢুকল।

গোপাল বলল, "এবার?"

গোবিন্দ হাত তুলে বলল, "দাঁড়াও, কথা বোলো না। তেনার গলার স্বরটা শুনতে দাও।"

"কার গলার স্বর ?"

"সে আছে।"

"তোকে ভূতেই পেয়েছে রে গোবিন্দ।"

"সে তো পেয়েছেই। ভূতের দয়াতেই আমার সব হবে, ভগবানের দয়া তো আর পাইনি।"

পীতাম্বর চারদিকটা দেখে নিয়ে বলল, "সোজা চলো।"

গোবিন্দ জঙ্গল আর আগাছা ঠেলে এগোতে-এগোতে বলল, "আমার পিছু-পিছু এসো গোবিন্দদা, তিনি পথ দেখাচ্ছেন।"

"বেঘোরে মরব না তো রে গোবিন্দ ? দেখিস ভাই।"

পীতাম্বর বলল, "বটগাছটা পেরিয়ে ডাইনে।"

গোবিন্দ "যে আজ্ঞে" বলে ডাইনে মোড় নিল।

"এবার ফের ডাইনে।"

"যে আজ্ঞে।"

"এবার বাঁয়ে।"

"ঠিক আছে।"

গভীর জঙ্গলের নিকষ্যি অন্ধকারে আন্দাজে হাঁটতে হাঁটতে গোপাল বলল, "আর কি ফিরতে পারব রে গোবিন্দ ?"

"কথা নয় ! কথা নয় ! তেনার গলার স্বর শুনতে দাও।"

পীতাম্বর হঠাৎ বলে উঠল, "সামনে বিপদ !"

"কীসের বিপদ ?"

"ওই যে ফাঁকা জমি দেখা যাচ্ছে, ওইখানে ! আমাকে একটু গা-ঢাকা দিতে হচ্ছে বাপু। এক ছুটে পার হয়ে যাও জায়গাটা।"

জঙ্গলের মধ্যে ফাঁকা জায়গাটায় পা দিয়েই দু'জন থমকে দাঁড়াল। সামনে তিনজন খুনখুনে ডাইনিবুড়ি দাঁড়িয়ে। তাদের মাথার চুল পা পর্যন্ত নেমেছে, পরনে ময়লা কাপড়, ফোকলা মুখে তিনজনই খুব হিহি করে হাসছে।

প্রথম বুড়ি খনখনে গলায় বলে উঠল, "আয় রে আমার গোপাল, আয় রে আমার গোবিন্দ..."

দ্বিতীয় বুড়ি বাঁশির মতো তীক্ষ্ণ গলায় বলল, "আয় রে আমার সোনা, আয় রে আমার মানিক..."

তিন নম্বর বুড়ি কাঁপা-কাঁপা গলায় বলল, "আয় রে আমার রাজা, আয় রে আমার গজা..."

আতঙ্কিত গোপাল বলল, "পালা গোবিন্দ !"

"না গোপালদা, না। তিনি বলেছেন, ছুটে পার হতে হবে। এসো, ছুট লাগাই।"

দু'জনে প্রাণপণে ছুটে তিন ডাইনিকে ভেদ করে ফের জঙ্গলে গিয়ে পড়ল।

পীতাম্বর বলল, "শাবাশ ! এই তো এসে গেছি আমরা। ওই যে ভাঙা বাড়ি

দেখা যাচ্ছে, যাও ওর মধ্যে গিয়ে ঢুকে পড়ো।”

“যে আজ্ঞে।”

ভাঙা বাড়ির মাটির নীচেকার ঘরে মোহর আর হিরে আর মুক্তো ঘাঁটতে ঘাঁটতে আত্মহারা বিপিনবাবু বললেন, “আহা, কী সরেস জিনিস!”

ভজনবাবু প্রশান্ত গলায় বললেন, “কষ্টিপাথরে ঘষে দেখেছ তো!”

“যে আজ্ঞে। খাঁটি সোনা। সবই কি আমাকে দিচ্ছেন ভজনবাবু! দু-চারখানা নিজের জন্য রাখবেন না?”

“না হে, না। ও নিয়ে আমার আর কী হবে? এবার আমার ছুটি।”

“তা ভজনবাবু, মোহর আর হিরেগুলো কয়েকখানা একটু বাইরে নিয়ে গিয়ে রোদের আলোয় দেখি!”

ভজনবাবু চিন্তিত মুখে বললেন, “দেখবে? তা দ্যাখো। তোমারই সব জিনিস, যা খুশি করতে পারো। তবে কিনা বাপু, যেখানকার জিনিস সেখানেই থাকা ভাল।”

“একটু দেখেই রেখে দেব এসে।”

“চলো, আমিও যাচ্ছি।”

সিঁড়ি বেয়ে ওপরে এসে বিপিনবাবু মোহরগুলো দিনের আলোয় দেখে হতবাক হয়ে গেলেন। কোথায় মোহর? এ যে সিসে! আর হিরের বদলে কিছু পাথরকুচি!

বিপিনবাবু আর্তনাদ করে উঠলেন, “ভজনবাবু! এ কী!”

ভজনবাবু প্রশান্ত মুখে বললেন, “বললুম তো, যেখানকার জিনিস সেখানেই মানায় ভাল। ওপরে আনার দরকারটা কী তোমার?”

“দরকার নেই? বলেন কী?”

“তুমি হলে কৃপণ লোক, এসব তো প্রাণে ধরে খরচ করবে না কখনও, সুতরাং ওপরে আনারও দরকার নেই। নীচের ঘরে নিয়ে গেলেই দেখবে, ওই সিসেগুলো ফের খাঁটি মোহর হয়ে গেছে, পাথরগুলো হয়ে গেছে হিরে। এখন থেকে তুমি নীচের ঘরে বাস করলেই তো হয়।”

কেমন ভ্যাবাচ্যাকা খেয়ে বিপিনবাবু ক্ষীণ গলায় বললেন, “মোহর সিসে হয়ে যাবে কেন মশাই?”

“সে তুমি বুঝবে না। কিন্তু আসলে মোহরের সঙ্গে সিসের কোনও তফাত নেই। ভেতরের গুণ একটু বদলে দিলেই হয়। যাও বিপিন, নীচে যাও। মোহর আর হিরে আর কখনও বাইরে এনো না।”

বিপিনবাবু তেমনই ভ্যাবাচ্যাকা মুখ করে সিঁড়ি বেয়ে নীচে নেমে দেখলেন, তাঁর এক হাতে মোহর আর অন্য হাতে হিরে ঝলমল করছে।

ব্যাপারটা কী হল তা অবাক হয়ে ভাবছিলেন বিপিনবাবু, ঠিক এই সময়ে হঠাৎ একটা হুহুঙ্কার ডাক ছেড়ে সিঁড়ি বেয়ে মূর্তিমান গোবিন্দ আর গোপাল নীচে নেমে এল। দু'জনের হাতেই মস্ত ছোরা।

বিপিনবাবু সঙ্গে-সঙ্গে রুখে দাঁড়ালেন, "খবরদার! আমার সোনাদানায় হাত দিয়েছ কি কুরুক্ষেত্র হয়ে যাবে।"

গোপাল আর গোবিন্দ দু'জনেই বিপিনের ঘাড়ে লাফিয়ে পড়ে ছোরার বাঁট দিয়ে কয়েক ঘা মোক্ষম বসিয়ে দিতেই বিপিনবাবু জ্ঞান হারিয়ে লুটিয়ে পড়লেন।

তারপর আর কালবিলম্ব না করে দু'জনেই ঘড়া আর কলসির ওপর ঝাঁপিয়ে পড়ল।

পীতাম্বর হুঁশিয়ার করে দিয়ে বলল, "বেশি লোভ করিসনি, এক-একজন এক-এক ঘড়া মোহর আর এক-এক কলসি হিরে তুলে নে।"

গোবিন্দ বলল, "যে আজ্ঞে।"

সোনার পেল্লায় ওজন। ঘড়া তুলে ওপরে এনে ফেলতে দু'জনেই গলদঘর্ম হয়ে গেল। কলসিরও ওজন বড় কম নয়। তোলার পর দু'জনেই হ্যাঃ হ্যাঃ করে হাঁফাতে লাগল।

গোপাল বলল, "একটু জিরিয়ে নিই। তারপর রওনা হওয়া যাবে, কী বলিস! পরে এসে বাকি ঘড়াগুলো একে একে নিয়ে যাব।"

গোবিন্দ কথাটার জবাব দিল না। সরু চোখে সে ঘড়ার দিকে চেয়েছিল। হঠাৎ বলল, "এ কী?"

গোপালও দেখল। বলল, "অ্যাঁ! এ তো সিসে!"

"হিরেমুক্তোই বা কোথায়? এ তো পাথরকুচি দেখছি!"

দু'জনেই হাঁ করে চেয়ে ছিল।

নিঃশব্দে চিতেন এসে সামনে দাঁড়াল, গম্ভীর গলায় বলল, "যাও বাপু, যেখানকার জিনিস সেখানে রেখে এসো। নইলে বিপদে পড়বে।"

হাঁ করে চিতেনের দিকে খানিকক্ষণ চেয়ে থেকে গোবিন্দ বলল, "কী ব্যাপারটা, বলো তো!"

মাথা নেড়ে চিতেন বলল, "আমিও জানি না। তবে এটা বুঝতে পারছি, এ খুব সোজা জায়গা নয়।"

পীতাম্বর গোবিন্দর কানে-কানে বলল, "ও যা বলছে তাই করো বাপু। খামোখা বিপদ ডেকে এনো না। এখানকার কারবারটা আমিও বুঝতে পারছি না।"

গোপাল আর গোবিন্দ কেমন যেন ক্যাবলার মতো কিছুক্ষণ বসে থেকে একটা দীর্ঘশ্বাস ফেলে উঠল। ঘড়া আর কলসি বয়ে নীচে নিয়ে গিয়ে জায়গামতো রেখে দিল।

বিপিনবাবু উঠে বসে মাথায় হাত বোলাতে-বোলাতে "উঃ, আঃ" করছিলেন। চিতেন গিয়ে তাঁকে ধরে তুলে বলল, "বাড়ি চলুন বিপিনদাদা, অনেক হয়েছে।"

"কিন্তু মোহর! হিরে মুক্তো!"

চিতেন হাসল, "কোথায় মোহর ! ও তো চোখের ভুল ছাড়া কিছু নয় ! এই ঘরের বাইরে নিলেই মোহর যে সিসে।"

"তা হলে !"

"ওপরে চলুন বিপিনদাদা। ভজনবাবু চলে যাচ্ছেন, তাঁকে বিদায় জানাতে হবে।"

"ভজনবাবু কোথায় যাচ্ছেন ?"

"যেখান থেকে এসেছিলেন, আকাশে।"

চিতেনই সবাইকে নিয়ে এসে সেই কিম্ভূত প্রকাণ্ড লম্বা গাছটার কাছাকাছি দাঁড়াল। সবাই হাঁ করে দেখল, জঙ্গল ভেদ করে প্রথমে এল তিনটে ডাইনি বুড়ি। তারপর দাড়িওলা খরগোশ, হনুমান, অদ্ভুত টিয়াপাখি। সেই বিশাল গাছটার গোড়ার কাছে হঠাৎ একটা দরজা ধীরে-ধীরে খুলে গেল। ডাইনি বুড়ির পিছু পিছু অদ্ভুত জীবজন্তুরা ভিতরে ঢুকে গেল।

তারপর একটা ঝোপের আড়াল থেকে ভজনবাবু বেরিয়ে এলেন। একই পোশাক, বাঁদুরে টুপিতে মুখখানা ঢাকা। তাদের দিকে চেয়ে ভজনবাবু একটু করুণ হাসলেন। তারপর ধীরে ধীরে ঢুকে গেলেন ভিতরে। দরজা বন্ধ হয়ে গেল।

হঠাৎ চারদিকে গাছপালায় একটা আলোড়ন তুলে গোঁ-গোঁ আওয়াজ উঠল। সবাই অবাক হয়ে দেখল, লম্বা গাছটা মাটি ছেড়ে আকাশে উঠে যাচ্ছে। প্রথমে ধীরে, তারপর হঠাৎ তীরের মতো ছিটকে লহমায় আকাশের মধ্যে মিলিয়ে গেল।

বিপিনবাবু কাঁপা গলায় বললেন, "ভজনবাবু আসলে কে রে চিতেন ?"

"কে জানে ! তবে মনে হয়, তেত্রিশ কোটি দেবদেবীর মধ্যে ইনিও একজন কেউ হবেন। চলুন, ভজনবাবুকে এখানেই মাটিতে মাথা ঠুকে একটা পেন্নাম করি।"

সঙ্গে-সঙ্গে ধড়াস ধড়াস করে সবাই সাষ্টাঙ্গে প্রণাম করল।

গোপাল চোখের জল মুছে বলল, "গোবিন্দ, আর নয় রে, আর গণ্ডগোলের জীবনে যাব না।"

"যা বলেছ গোপালদা।"

বিপিনবাবু চোখের জল মুছে বললেন, "এবার থেকে রোজ গাওয়া ঘিয়ের লুচি খাব রে চিতেন।"

"হ্যাঁ। আর আমাকেও চুরি ছেড়ে অন্য লাইন ধরতে হবে।"

হ্যাঁ, যে-কথাটা বলা হয়নি তা হল, মধুবনির জঙ্গলে সেই সাত ঘড়া মোহর আর সাত কলসি মণিমানিক কিন্তু আজও পড়ে আছে। কিন্তু সে-কথা আর কেউ ভুলেও উচ্চারণ করে না।

গ্রন্থপঞ্জি

গৌরের কবচ। আনন্দ পাবলিশার্স প্রাইভেট লিমিটেড, কলকাতা ৯।
তৃতীয় মুদ্রণ: ফেব্রুয়ারি ১৯৯৮, পৃ. ৮৮, মূল্য ২৫.০০।
প্রচ্ছদ: অনুপ রায়।
উৎসর্গ: রা-স্বা/মান্টি, রন্টি ও মাধবকে।
প্রথম সংস্করণ: জানুয়ারি ১৯৮৬।

হারানো কাকাতুয়া। শৈব্যা প্রকাশন বিভাগ, কলকাতা ৯।
দ্বিতীয় মুদ্রণ: ফেব্রুয়ারি ১৯৯৫, পৃ. ১২৮, মূল্য ২৫.০০।
উৎসর্গ: রা-স্বা/শ্রীমতী দামিনী মণ্ডল/শ্রীমতী মানিনী মণ্ডল/—কল্যাণীয়াসু
প্রথম সংস্করণ: জানুয়ারি ১৯৮৭।

গোলমাল। দে'জ পাবলিশিং, কলকাতা ৭৩।
তৃতীয় মুদ্রণ: জানুয়ারি ১৯৯৫, মাঘ ১৪০১, পৃ. ১৩৬, মূল্য ৩০.০০।
প্রচ্ছদ: ধীরেন শাসমল।
উৎসর্গ: রা-স্বা/শ্রীমতী সুতপা মিশ্র/শ্রীমান সানুজিৎ মিশ্র/শ্রীমতী সুচেতা মিশ্র/স্নেহাস্পদেষু
প্রথম সংস্করণ: বইমেলা, ফেব্রুয়ারি ১৯৮৯।

চক্রপুরের চক্করে। আনন্দ পাবলিশার্স প্রাইভেট লিমিটেড, কলকাতা ৯।
তৃতীয় মুদ্রণ: জানুয়ারি ২০০০, পৃ. ১০৪, মূল্য ৪০.০০।
প্রচ্ছদ ও অলংকরণ: সুব্রত চৌধুরী।
উৎসর্গ: রা-স্বা/শ্রীমতী তিলোত্তমা বসু/শ্রীমান কৃষ্ণপ্রণাম বসু।
প্রথম সংস্করণ: নভেম্বর ১৯৯০।

ছায়াময়। আনন্দ পাবলিশার্স প্রাইভেট লিমিটেড, কলকাতা ৯।
দ্বিতীয় মুদ্রণ: ফেব্রুয়ারি ১৯৯৩, পৃ. ৯৬, মূল্য ১৫.০০।
প্রচ্ছদ: সুব্রত চৌধুরী
উৎসর্গ: 'রা-স্বা'/শ্রীমান সম্রাট মুখোপাধ্যায়/কল্যাণীয়েষু
প্রথম সংস্করণ: জানুয়ারি ১৯৯২।

সোনার মেডেল। আনন্দ পাবলিশার্স প্রাইভেট লিমিটেট, কলকাতা ৯।
তৃতীয় মুদ্রণ: মার্চ ১৯৯৮, পৃ. ৮০, মূল্য ২৫.০০।
প্রচ্ছদ: সুব্রত চৌধুরী।
উৎসর্গ: 'রা-স্বা'/শ্রীমতী অর্পিতা ভট্টাচার্য/শ্রীমান কাশ্যপ ভট্টচার্য/স্নেহাস্পদেষু
প্রথম সংস্করণ: জানুয়ারি ১৯৯৩।

পাতালঘর। আনন্দ পাবলিশার্স প্রাইভেট লিমিটেড, কলকাতা ৯।
প্রথম সংস্করণ: এপ্রিল ১৯৯৬, পৃ. ১০০, মূল্য ৩৫.০০।
প্রচ্ছদ ও অলংকরণ: দেবাশীষ দেব।
উৎসর্গ: 'রা-স্বা'/শ্রীমতী ঈশানী মল্লিক/কল্যাণীয়াসু

হরিপুরের হরেক কাণ্ড। দে'জ পাবলিশিং, কলকাতা ৭৩।
প্রথম প্রকাশ: শ্রাবণ ১৪০৭, আগস্ট ১৯৯৭, পৃ. ১১২, মূল্য ৩৫.০০।
প্রচ্ছদ: দেবাশীষ দেব।
উৎসর্গ: রা-স্বা/শ্রীবঙ্কিমচন্দ্র শী/ স্নেহাস্পদেষু

দুধসায়রের দ্বীপ। আনন্দ পাবলিশার্স প্রাইভেট লিমিটেড, কলকাতা ৯।
প্রথম সংস্করণ: নভেম্বর ১৯৯৭, পৃ. ৮৮, মূল্য ৩৫.০০।
প্রচ্ছদ ও অলংকরণ: সুব্রত চৌধুরী।
উৎসর্গ: রা-স্বা/অনুমিতা চক্রবর্তী/কল্যাণীয়াসু

বিপিনবাবুর বিপদ। আনন্দ পাবলিশার্স প্রাইভেট লিমিটেড, কলকাতা ৯।
প্রথম সংস্করণ: জানুয়ারি ১৯৯৮, পৃ. ৮৪, মূল্য ৩৫.০০।
প্রচ্ছদ ও অলংকরণ: সুব্রত চৌধুরী
উৎসর্গ: 'রা-স্বা'/আমার পূর্বতন কর্মক্ষেত্র/কালিঘাট ওরিয়েন্টাল একাডেমির/প্রাক্তন ও বর্তমান ছাত্রদের।